Die Gerüchteköchin

Der Frühjahrsputz

W0336403

Jennifer Crusie gehört in Amerika zu den erfolgreichsten Autorinnen heiterer Frauenromane. Mit »Die Gerüchteköchin« hatte sie auf Anhieb durchschlagenden Erfolg in Deutschland, England, Frankreich und den Niederlanden. Jennifer Crusie unterrichtet Literatur an der Ohio State University.

Jennifer Crusie

Die Gerüchteköchin

Der Frühjahrsputz

Zwei Romane in einem Band

Weltbild

Die amerikanische Originalausgabe von *Die Gerüchteköchin* erschien 1998
unter dem Titel Tell *Me Lies* bei St. Martin's Press, New York

Die amerikanische Originalausgabe von *Der Frühjahrsputz* erschien 1999
unter dem Titel *Crazy for You* bei St. Martin's Press, New York

Besuchen Sie uns im Internet:
www.weltbild.de

Genehmigte Lizenzausgabe
für Verlagsgruppe Weltbild GmbH,
Steinerne Furt, 86167 Augsburg
Die Gerüchteköchin
Copyright der Originalausgabe 1998 © by Jennifer Crusie Smith
Copyright der deutschen Ausgabe 1999 © by Wilhelm Goldmann Verlag,
München, in der Verlagsgruppe Random House GmbH
Übersetzung: Jacqueline Klein
Der Frühjahrsputz
Copyright der Originalausgabe 1999 © by Jennifer Crusie Smith
Copyright der deutschen Ausgabe 2000 © by Wilhelm Goldmann Verlag,
München, in der Verlagsgruppe Random House GmbH
Übersetzung: Jacqueline Klein
Umschlaggestaltung: Hauptmann und Kompanie, München - Zürich
Umschlagmotiv: Iconica, London (© Simon Wilkinson)
Gesamtherstellung: Oldenbourg Taschenbuch GmbH,
Hürderstraße 4, 85551 KirchheimISBN 3-8289-7906-8

2008 2007 2006 2005
Die letzte Jahreszahl gibt die aktuelle Lizenzausgabe an.

Jennifer Crusie

Die Gerüchteköchin

Roman

Aus dem Amerikanischen
von Jacqueline Klein

Weltbild

Für
Mollie Amanda JoAnna Smith,
noch immer die erstaunlichste Frau,
die ich kenne.

»Jede Prosa ist Geschwätz.«
Truman Capote

1

An einem heißen Donnerstag nachmittag im August griff Maddie Faraday im Cadillac ihres Ehemanns unter den Vordersitz und zog einen Slip aus schwarzer Spitze hervor. Ihr gehörte er nicht.

Bis zu diesem Moment war der Tag ganz passabel verlaufen. Die Mikrowelle hatte zwar einen Knall von sich und dann den Geist aufgegeben, als sie versuchte, Em zum Frühstück ein Muffin aufzubacken, aber die Sonne schien auf ihr blaues Holzhaus, die Temperatur war vor Mittag noch nicht auf 33 Grad geklettert, Em wurde von der Planung ihrer Schuleinkäufe in Anspruch genommen – kurzum, es hatte Zufriedenheit geherrscht. Sogar Brents Laune hatte sich gebessert, als Maddie sich nach seiner gebrummten Bemerkung über den Sauberkeitszustand seines Wagens bereit erklärte, ihn zu putzen, was allerdings mehr aus einem Schuld- denn aus einem Pflichtgefühl heraus geschah. Es erschien ihr nur fair, daß sie den Wagen saubermachen würde, da sie Sommerferien hatte und er nicht, und sie sich in letzter Zeit größte Mühe gab, fair zu sein, weil es so verlockend war, es nicht zu sein. »Ich kann dich nicht einmal leiden«, hätte sie am liebsten gesagt, »warum sollte ich dein Auto putzen?« Aber Brent war, was Unterlassungen anbetraf, ein guter Ehemann: Er brüllte nicht herum, vertrank sein Gehalt nicht, schlug sie nicht und tat auch sonst so gut wie nichts von dem, was in der Countrymusik, die sie so gerne hörte, beklagt wurde. Er übernahm seine Rolle, also war das mindeste, was sie tun konnte, ihre zu spielen. »Em und ich werden deinen Wagen heute nachmittag ausmisten«, hatte sie gesagt, als er Em zum Abschied in die Arme nahm und auf dem Weg zur Tür war.

»Ruf Howie an und sag ihm, er soll dich auf dem Weg in die Firma abholen.« Brent war so überrascht gewesen, daß er sie auf die Wange geküßt hatte.

Em hatte das für eine Achtjährige typische Augenrollen hinter ihrer Brille aufgesetzt, als sie die erfreuliche Neuigkeit hörte. Aber dann trat der berechnende Blick in ihre Augen, und sie wurde zur Engelstochter und marschierte nach dem Mittagessen ohne Protest zu Brents im Sonnenlicht glänzenden Caddy hinaus. Irgend etwas war da im Busch, und Maddie wartete darauf, daß ihre Tochter mit der Sprache herausrückte, während sie den Müll vom Vordersitz entfernte und in den Gesang von Roseanne Cash aus dem Cassettenrecorder einstimmte.

Em beförderte genug Abfall vom Rücksitz, um einen ganzen Karton damit zu füllen. »Ich bringe das Zeug ins Haus und werf es sofort weg«, verkündete sie, schlang ihre dünnen Arme um den Karton und flüchtete in die hellgelbe klimatisierte Küche, während Maddie sie vom Fußraum des Vordersitzes her mit der Hand wegscheuchte.

Maddie griff unter den Sitz und fischte ein Einschlagpapier von Egg McMuffin hervor, als Roseanne »Blue Moon with Heartache« sang. Guter Song, schöner Tag. Zu ihrer Rechten hörte sie eine Fliegentür quietschen, und sie verdrehte den Hals, um zu sehen, wie Mrs. Crosby, ihre Nachbarin, auf ihre kleine, makellos weiße Veranda hinausschlurfte und sich zu ihrem kleinen, makellosen, mit Ringelblumen gesäumten Vorgarten vorbeugte, um zu Brents Caddy hinüberzublinzeln, der nichts in der Einfahrt zu suchen hatte – schließlich war es ein Arbeitstag.

Mrs. Crosby hatte heute Festtagskleidung angelegt und die roten Leggings, die an ihren dünnen, knochigen Oberschenkeln schlotterten, mit einem heißen orangefarbenen T-Shirt mit der Aufschrift »Weltbeste Großmama« gekrönt, ein gedruckter Beweis dafür, daß die Heuchelei in Frog Point, Ohio, schon in jungen Jahren begann. Maddie winkte ihr zu und rief: »Hallo, Mrs. Crosby, wir machen nur den Wagen sauber.« Mrs. Crosby besaß nicht mehr das Hör- und Sehvermögen wie vor zwanzig Jahren, aber sie hatte immer noch ein Mundwerk, und das Höllenspektakel, das sie veranstalten konnte, wenn man sie ignorierte, war stets schier endlos. »Da stand dieser Wagen«, würde Mrs. Crosby erzählen, »nicht zu übersehen, gerade so, als hätte er keine Arbeit.« Es war einfacher, jetzt zu winken und zu schreien, als später Erklärungen zu liefern.

Mrs. Crosby wedelte Maddie mit der Hand zu und schlurfte mit der Gewißheit zurück ins Haus, daß in der Einfahrt nebenan nichts Interessantes vor sich ging. Maddie stopfte das Egg-McMuffin-Papier in ihre Mülltüte, fingerte dann unter dem Sitz nach dem restlichen Abfall und fand den Slip.

Mrs. Crosby hatte sich geirrt.

Maddie saß dort, die nackten Beine aus der Autotür gestreckt, und starrte stupide auf das elastische Ding aus Spitze, das in ihrer Hand baumelte. Sie brauchte eine Minute, um zu erkennen, was es war, weil der Mittelteil fehlte – lediglich zwei Dreiecke aus schwarzer Spitze, zusammengehalten durch ein schwarzes Gummiband. Dann wurde ihr klar, daß es sich um einen Slip handelte, einen Slip ohne Schritt. *Nicht schon wieder*, dachte sie, und *Beth* und *Gott sei Dank ist Em hineingegangen* und *Jetzt kann ich ihn verlassen*. In diesem Moment schlug links nebenan eine Autotür zu, und sie zuckte zusammen und knüllte die Spitze zu einem harten Ball, der in ihrer Handfläche kratzte.

Gloria war nach Hause gekommen. Schlecht, wenn Gloria, wie üblich, über den dicken Palisadenzaun glotzen und

Maddie auf dem Boden von Brents Auto mit der Unterwäsche einer anderen Frau erwischen würde. Roseanne begann »My Baby Thinks He's a Train« zu singen, und Maddie schaltete schnell den Cassettenrecorder aus und rang um Fassung.

Wahrscheinlich war es paranoid anzunehmen, daß Gloria Meyer die Unterwäsche einer anderen Frau auf eine Entfernung von dreißig Metern identifizieren könne, aber in Frog Point war es besser, kein Risiko einzugehen. Wenn Gloria es mitbekäme, würde sie die Nase rümpfen, winken und ins Haus trippeln, und eine Stunde später würde Maddies Mutter anrufen, um herauszufinden, ob es wahr sei, weil sie es von Esther an der Brottheke im Kmart gehört hatte und nun jeder in Frog Point darüber sprach, was für ein Dummkopf Maddie und was für eine Schande es für Emily sei und daß überhaupt Maddies Mutter daran schuld sei, weil sie Maddie nicht richtig erzogen hätte.

Die ausgedörrte Vorstadtlandschaft schwankte hin und her, und ihr Magen vollführte Schlenker, um mit den Kurven mitzuhalten. Sie bemerkte, daß sie zu atmen aufgehört hatte, und füllte ihre Lungen mit der heißen, staubigen Luft, während das Blut in ihren Ohren pochte.

Nebenan fiel Glorias Fliegentür hinter ihr zu.

Denk nach, ermahnte Maddie sich. *Reiß dich zusammen.* Das Gerede damals war schlimm gewesen. Und nun war Em alt genug, um es zu verstehen. Em würde es erfahren.

Und dann war da noch ihre Mutter. Oh, Gott, ihre Mutter.

Denk nach. Keine Panik. Nun, eine Sache jedenfalls konnte sie tun. Sie konnte sicherstellen, daß man sie nicht wieder zur Idiotin stempeln würde. Sie konnte sich scheiden lassen. Sie nickte mit dem Kopf und fühlte sich augenblicklich wie eine Idiotin, weil sie alleine, kopfnickend, im Fußraum eines Autos saß.

Mit der Hand stützte sie sich auf das heiße, beigefarbene Leder und zog sich aus dem Wagen hoch, um in den Garten zu starren. Seltsam, wie normal alles aussah. Der Palisadenzaun aus Kiefernholz stand noch dort, wo er hingehörte, ebenso der abgesplitterte Gartentisch und Ems verbeultes, blaues Fahrrad – und dennoch hatte sie genau hier in der Linden Street zwischen Gloria Meyer und Leona Crosby die Unterwäsche einer anderen Frau gefunden, genau am Dreh- und Angelpunkt ihres Lebens.

Maddie holte tief Luft, stieg die hinteren Stufen zur Veranda hinauf und ging in die kühle Küche, wobei sie sich vergewisserte, die Hintertür zuzuwerfen, die wegen der Hitze neuerdings klemmte. Auf die Kleinigkeiten kam es an, wie zum Beispiel darauf, nicht den Garten zu klimatisieren, weil sie durcheinander war und die Tür nicht richtig geschlossen hatte.

Mit dem Höschen in der Hand stand sie neben der Spüle und versuchte einen Moment lang, es in ihr alltägliches Leben einzuordnen, so wie Em immer bei der Sesamstraße mitsang: Eines dieser Dinge gehört nicht hierher, eines dieser Dinge ist anders. Gelbe Anrichte aus Spanholz. Kaputte Mikrowelle. Blaukariertes Küchenhandtuch. Ein Rest Milch in einem Glas mit Bildern der Familie Feuerstein. Einweichende Speck- und Käsepfanne im Spülbecken. Tassenwärmer aus braunem Kattun mit der Aufschrift »Ich hab dich lieb, Mami«.

Schwarzer Spitzenslip ohne Schritt.

»Mom?«

Mit fahrigen Händen ließ Maddie das Höschen in den Speck- und Käsematsch fallen und schob es bis zum Pfannenboden, wobei fettiges Spülwasser auf ihr T-Shirt spritzte. Sie drehte sich um und sah Em im Türrahmen stehen, verloren in ihrem übergroßen Superman-Shirt, ihr Gesicht so verletzlich, wie nur das eines achtjährigen Kindes sein kann, umrahmt von den Locken ihres babyfeinen braunen Haars.

Maddie lehnte sich auf der Suche nach Halt gegen die Spüle. »Was denn, mein Schatz?«

»Was war das?« Em starrte sie mit riesigen braunen Augen hinter ihren Brillengläsern an.

Einen Augenblick lang starrte Maddie dumm zurück. »Was?«

»Das Ding da.« Mit der Hüfte die gelbe Anrichte entlangrutschend kam sie näher, wobei sie sich an jedem Schrankgriff nach vorn bog. »Dieses schwarze Ding.«

»Oh.« Maddie warf einen flüchtigen Blick auf die in der Pfanne schwimmende Unterhose und versenkte sie wieder im Wasser. »Das ist ein Scheuerlappen.« Sie begann, die Speck- und Käsepfanne mit dem zusammengeknüllten Slip zu schrubben und empfand tiefe Befriedigung darüber, wie der blasse Käse die Spitze verklebte.

»Ein Scheuerlappen?« Em spähte über ihren Arm.

»Nun ja, kein besonders guter Scheuerlappen.« Maddie ließ den durchtränkten Spitzenstoff auf den Boden der Pfanne sinken. »Ich werde ihn wegwerfen. Was ist mit dir? Hast du alles entsorgt?«

»Ja«, sagte Em gewissenhaft. »Und die Kiste habe ich in den Keller gebracht, damit keiner drüberstolpert.«

Tief im Inneren machten sich Bedenken bei Maddie breit. Ems Gewissenhaftigkeit konnte nur Teil eines Plans sein, den sie mal wieder ausgeheckt hatte, irgendeines Plans, den sie sich nur ausdenken konnte, weil ihre Welt sicher und in Ordnung war – und die nun kurz vor dem Untergang stand. Maddies Knie gaben nach, und sie zog einen Küchenstuhl heran und setzte sich darauf, bevor sie hinfallen und sich vor ihrer Tochter lächerlich machen würde.

»Mom?« fragte Em, und Maddie streckte ihre Arme aus, um sie zu sich zu ziehen.

»Ich liebe dich, mein Schatz«, flüsterte Maddie in ihr Haar, während sie Em vor und zurück wiegte. »Ich liebe dich so sehr.«

»Ich hab dich auch lieb, Mommy.« Em entzog sich ihr ein wenig. »Geht es dir gut?«

»Ja.« Maddie zwang sich, ihre Tochter loszulassen. »Alles in Ordnung.«

»Okay.« Em ging ein paar Schritte rückwärts, um sich aus der Küche davonzumachen. »Ruf mich, wenn du mich brauchst. Ich mache noch ein bißchen mit meiner Schulliste weiter. Dieses Jahr wird sie ziemlich lang. Die dritte Klasse ist härter.«

»Stimmt«, sagte Maddie. Worum Em auch immer bitten wollte, sie hatte es aufgeschoben, bis ihre Mutter wieder normal war. Aber nichts würde wieder normal werden, wenn Maddie diese Bescherung nicht irgendwie regeln konnte. Das Wichtigste war, nicht überzureagieren. Ja, das war das Wichtigste. Denk an den Alltag. Was würde sie jetzt tun, wenn sie den Slip nicht gefunden hätte? Die Speck- und Käsepfanne fertigspülen. Den Abfall hinausbringen. Heute kam die Müllabfuhr. Sie würde definitiv den Abfall hinausbringen.

Sie stand auf und zog an dem blauen Plastikmülleimer unter der Spüle. Er hatte sich verklemmt, und mit zusammengepreßten Zähnen zog sie immer wieder und zerrte schließlich heftig daran, bis er nachgab und heraussprang. *Verdammt gut so*, dachte sie und holte tief Luft. Sie schüttete das Wasser aus der Pfanne und warf das fettige, käseverklebte Höschen in den Müll. In einem plötzlichen Anfall von Abscheu griff sie nach der Flasche Desinfektionsmittel unter der Spüle und besprühte den Abfall und ihre Hände, bis sie vor Nässe trieften und der chemische Geruch in ihrer Nase stach. Dann schleppte sie den Mülleimer nach draußen und entleerte ihn in die Tonne am Rand der Einfahrt, wobei sie sich äußerste Mühe gab, Brents Wagen zu ignorieren. Eigentlich mußte sie alles, was sie in die Tonne warf, in Tüten packen, aber heute war kein Tütentag. Sie knallte den Deckel zu und richtete sich auf, als die Fliegentür nebenan quietschte und aufschlug. Gloria schon wieder.

»Hallo, Maddie?« Gloria spähte über den Gartenzaun und strich sich eine Strähne ihres blaßblonden Haars hinters Ohr. Maddie blinzelte sie im Sonnenlicht an. Auf eine zaghafte, blasse und überzüchtete Weise war Gloria hübsch. Vielleicht betrog Brent sie mit Gloria. Schließlich wohnte sie direkt nebenan, so daß es ihn keine große Mühe kosten würde. Das wäre typisch für Brent.

»Was ich dich fragen wollte, Maddie – was denkst du von dem Rasen?«

Maddie preßte ihre Zähne zusammen. »Ich denke nicht viel über den Rasen nach, Gloria.«

Sie ging zum Haus zurück in dem Bewußtsein, unhöflich und desinteressiert zu wirken.

Nun ja, ein wenig Interesse konnte nicht schaden; sie hatte keinen Grund, Gloria das Gefühl zu geben, unerwünscht zu sein, geschweige denn, ihr deswegen einen Anlaß zum Klatschen zu bieten. Im Vorbeigehen warf sie Gloria ein, wenn auch schwaches, Lächeln zu. *Das kannst du besser, verdammt*, sagte sie sich, aber Gloria bemerkte sowieso nichts.

»Ich weiß nicht.« Glorias Stirn legte sich in Falten, als sie die Augenbrauen hochzog. »Findest du nicht, daß deiner ein bißchen lang wird? Könntest du Brent wohl bitten, heute abend mal herüberzukommen, um darüber zu sprechen?«

Nur mühsam beherrschte Maddie sich, um ihrer Nachbarin nicht ins Gesicht zu springen. Gloria Meyer war eine Nervensäge, aber daß sie mit Brent schlief, war ausgeschlossen. Zum einen würde Gloria niemals Höschen ohne

Schritt tragen, und zum anderen würde Sex bedeuten, daß sie aufhören mußte, über ihren dämlichen Rasen zu reden.

»Das Gras ist schon in Ordnung, Gloria.«

»Findest du wirklich? Ich glaube, ich sollte doch mit Brent sprechen.« Gloria folgte Maddie fast auf gleicher Höhe und rutschte dabei auf ihrer Seite am Zaun entlang, genau wie Em vorhin an der Anrichte.

Maddie erreichte die Stufen und blieb nicht stehen. »Ich muß gehen«, sagte sie und floh in die Küche.

Vermutlich reagierte sie übertrieben. Zweifellos reagierte sie übertrieben. Sie verspürte Lust, Brent umzubringen, und wofür? Für eine Unterhose, für die es auch sehr gut eine einleuchtende Erklärung geben konnte. Sie benahm sich wie jemand in einer schlechten Fernsehserie, eine von der Art, die mit einem Mißverständnis begann, das jeder Idiot durchschauen konnte und eine halbe Stunde weiterlief, ohne daß die beiden Hauptdarsteller das Problem wie vernünftige Menschen aussprachen, bis sich in den letzten fünf Minuten alles aufklärte und die Welt wieder in Ordnung war, gerade rechtzeitig für den langen Werbespot. Wie lächerlich. Sie würde einfach abwarten und Brent auf das Höschen ansprechen, sobald er nach Hause kam. Wie ein vernünftiger und erwachsener Mensch.

»Hallo, Liebling. *Was zum Teufel* hat ein schwarzer Spitzenslip unter dem Vordersitz deines Autos zu suchen?«

Beruhige dich. Sei vernünftig.

Iß Schokolade.

Das war eine gute Idee. Schokolade förderte die Produktion beruhigend wirkender Endorphine und enthielt Koffein, das ihr die Energie geben würde, ihren Ehemann umzubringen. Die erdenklich beste gegensätzliche Wirkung.

Die Schränke waren voll von Gemüsekonserven und Cornflakes, aber im Froster fand sie hinter Tiefkühlerbsen und der Hühnersuppe von letzter Woche einen eingefrorenen Schokoladenkuchen. Gott sei Dank. In Streifen schälte sie die Plastikverpackung ab und ließ ihn auf die Anrichte fallen, wo er herumschlitterte und sich wie ein Eiswürfel drehte.

Großartig. Und die Mikrowelle war kaputt. Eine tiefsinnigere Frau würde dies unter Umständen als Symbol für den Zusammenbruch ihres Lebens betrachten. Aber glücklicherweise war sie nicht tiefsinnig. Sie würde diesen verdammten tiefgekühlten Schokoladenkuchen einfach so essen.

Sie versuchte, ein Stück davon abzubeißen, aber er war hart wie ein Schokoladenstein. Ungeduldig riß sie eine Schublade auf und holte ein großes Tranchiermesser hervor. Widerspenstig, kalt und teilnahmslos lag der Schokoladenkuchen auf der Anrichte. Sie zielte mit dem Messer darauf und rammte es in das Herz des Kuchens, aber es glitt von der Oberfläche ab und stieß eine Kerbe in die gelbe Arbeitsplatte. Brent würde sich mächtig darüber aufregen. Nun gut, Pech gehabt. In letzter Zeit regte er sich über alles auf; in der vergangenen Woche hatte sie ihm nichts recht machen können. Das war einer der Gründe dafür gewesen, daß sie in dieser Hitze sein verdammtes Auto saubergemacht hatte. Sie dachte an den Wagen und spürte das Blut in ihren Schläfen pochen. Er tat es schon wieder. Mit Beth? Bilder dieser kecken kleinen Rothaarigen tauchten vor ihr auf. Maddie haßte keckes Benehmen. Zur Hölle mit allen beiden.

Sie richtete die Messerspitze auf die Mitte des Kuchens. Präzisionsarbeit. Mit zusammengepreßten Zähnen stieß sie das Messer in den Mittelpunkt, wo es steckenblieb, während sich der Schokoladenkuchen immer noch weigerte, sich in eßbare Stücke aufzulösen. Durch ihre Zähne stieß Maddie die Luft aus. Noch niemals war ihr ein derart provozierendes Stück aus Fett und Zucker begegnet. Aber das war ihr Schicksal: Ein blödsinniger Schokoladenkuchen im Haus, und dann war er auch noch männlich.

Sie hielt das Messer mit dem auf der Spitze aufgespießten Kuchen in die Luft. Es war ein schöner Anblick, voller rachsüchtiger Befriedigung. Sie trug das Messer zum Herd, drehte das Gas auf und begann, den Schokoladenkuchen wie ein Marshmallow über der Flamme zu rösten. Der Geruch von verbrannter Schokolade erfüllte den Raum.

Wer war es dieses Mal? Beth? Oder eine Neue? In Gedanken ging sie die üblichen Verdächtigen durch, die für einen Ehebruch in Frage kamen.

Gloria von nebenan?

Kristie, seine Sekretärin?

Jemand Neues von der Bowlingbahn?

Jemand, für den er und Howie ein Haus gebaut hatten?

Spielte es tatsächlich eine Rolle?

Maddie drehte die Flamme höher. War es, nachdem es schon einmal passiert war, noch wichtig, wer es beim zweiten Mal war? Dies alles war Brents Schuld, er war derjenige, der ihr das antat. Ihr und Em. Oh, Gott, Em. Sie hoffte, er –

Das Telefon klingelte, und Maddie brummte frustriert, bevor sie das Gas abdrehte und, mit dem Messer in der Hand, hinüberging, um abzuheben. »Hallo?«

»Maddie, meine Liebe, Mama hier.«

Maddie schloß die Augen und wartete darauf, ihre Mutter sagen zu hören: »Maddie, du ahnst nicht, was ich heute über Brent gehört habe.«

»Maddie? Geht es dir gut, Liebes? Ich habe vor einer Viertelstunde schon einmal angerufen, aber es hob niemand ab.«

Maddie schluckte. »Wir waren draußen, um Brents Auto sauberzumachen.« *Und stell dir vor, was wir gefunden haben.* Sie ging ins Wohnzimmer und sank auf ihre dickgepolsterte blaue Couch mit Blumenmuster, wobei sich die

Telefonschnur quer durch den Raum spannte. Wenn sie das Messer in den Wohnzimmerboden rammte, würde Brent nach Hause kommen, über das Kabel fallen und hineinstürzen. Sie malte sich das Stolpern seines großen und kräftigen Körpers und das Knirschen des Messers beim Eintreten aus.

»Also, ich finde, es ist zu heiß, um den Wagen zu waschen«, hörte sie ihre Mutter sagen. »Du solltest drinnen bleiben.«

»Das tun wir«, antwortete Maddie. »Jetzt jedenfalls.« Sie umklammerte den Messergriff, bis ihre Knöchel weiß hervortraten, und knabberte ein kleines Stück an einer Ecke des Schokoladenkuchens ab. Es war hart und eisig, aber es war Schokolade. Sie lutschte darauf herum, ließ es dank ihrer kochenden Wut schmelzen und schluckte es dann mit einem leichten Würgen hinunter. *Immer mit der Ruhe*, ermahnte sie sich und sog Luft durch die Nase ein.

»Sind deine Allergien wieder schlimmer geworden?« wollte ihre Mutter wissen.

»Nein.«

»Trotzdem solltest du eine Benadryl nehmen, nur für alle Fälle. Du hörst dich verschnupft an. Ich will dich auch nicht aufhalten, ich wollte dir nur mitteilen, daß du jeden Moment Besuch bekommen wirst.«

»Du machst Witze.« Maddie nagte eine weitere Schokoladenecke ab.

»Von Sheriff Henleys Neffen, mit dem du zur High-School gegangen bist.«

»Neffen?« Die Neuigkeit brauchte einen Moment, um zu sinken, bevor Maddie das Messer mit dem ganzen Schokoladenkuchen fallen ließ. C.L. Sturgis. Er war ihr erster Fehler gewesen. Wäre sie Jungfrau geblieben, wäre nichts von alldem passiert. Sie versuchte, Desinteresse zu heucheln, während sie auf dem dunkelblauen Teppich nach dem Messer tastete. »Ich kann mich nicht mehr erinnern.«

Ihre Mutter konnte dies sehr wohl, aber das war nicht weiter ungewöhnlich. Das Gedächtnis ihrer Mutter war eine natürliche Datenbank aller Vorkommnisse, wenn jemand in der Stadt Mist gebaut hatte, und somit hatte sie unweigerlich eine Datei für C.L. angelegt. Und bald würde ihre bereits recht ansehnliche Datei über Maddie zweifellos an Umfang zunehmen.

»Ich habe ihn zufällig vor der Polizeistation getroffen«, fuhr ihre Mutter fort. »Er war auf der Suche nach Brent, und ich habe ihm gesagt, daß zumindest du heute nachmittag zu Hause bist. Also meinte er, er würde es dann bei dir versuchen.«

Vielen Dank, Mutter. Wo war der verdammte Schokoladenkuchen?

»Ach, und Maddie, es war mir so peinlich.« Sie senkte ihre Stimme. »Ich konnte mich nicht an seinen Namen erinnern. Ich wußte zwar, daß er kein Henley ist, weil er der Sohn von Annas Schwester ist, aber es fiel mir beim besten Willen nicht ein, wie er heißt. Er besuchte eine Klasse unter dir. Und er hatte immer Schwierigkeiten wegen Schlägereien und rücksichtslosem Fahren, weißt du noch?«

»Schwach.« Maddie steckte den Kopf zwischen die Knie, um nachdenken zu können, und fand das Messer mit dem von den Flusen des Teppichs leicht verschmutzten Schokoladenkuchen auf dem Boden vor ihren Füßen. C.L. war also wieder in der Stadt?

Maddie griff nach dem Messer und richtete sich wieder auf, um herumlaufen zu können. Gütiger Gott, erst gestern hatte sie gedacht, daß ihr Leben langweilig und leer sei. Gut, wünschen wir uns gestern zurück. Ihre Haut begann zu kribbeln, und ihre Atmung nahm wieder seltsame Züge an. Sie versuchte, sich darauf zu konzentrieren, die Flusen von dem Kuchen zu entfernen, was sich allerdings einhändig während des Herumlaufens als schwierig erwies.

Ihre Mutter redete noch immer. »Er hat Sheila Bankhead geheiratet und ist fortgezogen, aber dann hat sie ihn verlassen und bis auf das letzte Hemd ausgezogen. Weißt du das nicht mehr? Vielleicht ist er zurückgekommen, weil sie demnächst wieder heiraten wird. Wie war noch sein Name? Irgend etwas Merkwürdiges.«

Maddie klemmte den Hörer auf ihre Schulter, während sie die letzten Fussel von dem Schokoladenkuchen abwischte und ihre Mutter eine Liste falscher Namen herunterratterte. Als ihrer Mutter die Luft ausging, gab Maddie ihr den richtigen. »C.L. Sturgis.«

»Ja, das ist er! Dieser Sturgis-Junge. Er müßte eigentlich jeden Moment da sein.« Unvermittelt änderte sich der Tonfall ihrer Mutter. »Aber wie kommt es, daß du dich an seinen Namen erinnerst?«

»Zufallstreffer.« Wie könnte sie ihn vergessen. Gut, zur Hölle mit C.L. Sturgis. Zur Hölle mit allen Männern. Und vor allem zur Hölle mit Brent. Sie begann erneut hin und her zu laufen, während sie Stückchen von dem auftauenden Schokoladenkuchen abknabberte.

»Nun, wie auch immer, Sheila heiratet jetzt Stan Sawyer.« Ihre Mutter seufzte. »Er ist zwar dümmer als Bohnenstroh, aber wahrscheinlich hat sie es auf sein Geld und nicht auf sein Hirn abgesehen. Schließlich hat er gerade erst von seiner Tante das ganze Geld der Becknells geerbt. Krebs, wie furchtbar. Aber wenigstens ist Sheila besser als diese Beth, mit der er ausgegangen ist.«

Maddie hielt inne, als sie spürte, wie ihr Mageninhalt sich den Weg zurück durch ihre Speiseröhre bahnte, diesmal voll mit Schokoladenkuchen. Beth. Sie prüfte sich selbst und wartete auf die Wut, die sie fünf Jahre zuvor für Beth verspürt hatte, aber sie stellte sich nicht ein. Sie sollte Beth die Augen auskratzen.

Sie konnte sie definitiv nicht ausstehen. Aber der Haß auf

Beth würde nichts ändern. Zumindest hatte er vor fünf Jahren nichts geändert. Beth war nicht ihr Problem, selbst wenn es sich herausstellen sollte, daß sie diejenige war, der das Höschen fehlte. Brent war ihr Problem. Sie sollte diesen Hurensohn verlassen. Dann könnte er Beth heiraten. Und das wäre eine Möglichkeit, um sich an Beth zu rächen.

Ihre Mutter redete noch immer. Nun würde sie Zug um Zug die Wiederkunft Christi durchspielen. »Und jetzt baden die Sünder im Flammenmeer. Ich kann diese Schlampe Beth förmlich vor Augen sehen. Ja, sie übt sich gerade im Rückenschwimmen.« Maddie konnte eine gewisse Sympathie verspüren; auch sie hatte das Gefühl, im Flammenmeer zu stecken. Das dritte Mal tauchte sie unter, mit Brent am Hals. Sie lehnte sich mit der Stirn an die Wand, während ihre Mutter ein neues Thema anschnitt.

»Ich habe mit Candace Lowery in der Bank gesprochen. Sie trug einen wirklich hübschen beigefarbenen Blazer. Wenn man sie so sieht, sollte man gar nicht glauben, daß sie eine Lowery ist.«

»Mom, bitte.« Maddie konnte jetzt das typische Geschwätz in Frog Point heraushören. *Nach dem ersten Mal ist sie bei ihm geblieben, was hat sie denn erwartet? So, wie sie sich benimmt, sollte man doch nicht vermuten, daß sie eine Martindale ist.* Mit den Schultern ließ sie sich gegen die Wand fallen, umklammerte das Messer vor ihrem Gesicht und biß noch ein Stück Schokoladenkuchen ab.

»Ich habe Treva bei Revco getroffen. Sie hat erzählt, daß Three jetzt für einen Monat aus dem College nach Hause gekommen ist. Ziemlich lange Zeit, nicht wahr?«

»Hört sich gut an.« Vielleicht sollte sie Treva einen Besuch abstatten. Vielleicht sollte sie all diese Gedanken laut aussprechen, Treva würde sarkastische Bemerkungen über ihre Paranoia machen, und sie beide würden sich köstlich amüsieren. Das war schon seit langem überfällig. Seit letzter Woche hatte sie Treva nicht mehr gesehen.

»Wußtest du das nicht? Sie ist deine beste Freundin, und du wußtest nicht, daß ihr Sohn zu Hause ist?« Die Stimme ihrer Mutter wurde ein wenig lauter.

»Wir hatten soviel zu tun.« Maddie wußte nicht, warum sie Treva nicht mehr getroffen hatte, und in diesem Moment war ihr das auch egal. Immer nur ein Trauma zu einer Zeit. Sie schnitt jeden Gedanken ab und aß den Rest des Schokoladenkuchens. Angesichts der Umstände ein wirklich leckerer Schokoladenkuchen.

»Soviel zu tun, womit?« fragte ihre Mutter, als die Türklingel läutete und Maddie ihren Kopf wieder gegen die Wand fallen ließ.

C.L.

»Es ist Sommer«, hörte sie ihre Mutter sagen. »Im Sommer haben Lehrer nichts zu tun –«

Die Türglocke klingelte erneut, und Maddie stieß sich von der Wand ab. »Mom, es hat an der Tür geläutet, ich muß Schluß machen.«

»Dieser Sturgis-Junge. Vielleicht ist es besser, wenn du mit ihm auf der Veranda sprichst. Du weißt doch, wie die Leute sind. Ich bleibe dran, bis du Näheres weißt.«

»Nein, Mom. Ich muß jetzt aufhören. Ich hab dich lieb.« Als sie auflegte, redete ihre Mutter noch immer. Bei ihrem Glück würde sie wahrscheinlich jetzt die Tür öffnen, vor der ein Serienkiller stehen und sie auf der Türschwelle umbringen würde, und bei ihrem Begräbnis würde ihre Mutter jedem erzählen: »Ich habe ihr gesagt, sie soll nicht einhängen, aber sie hat ja nicht auf mich gehört.« Es gab Lästiges, das über den Tod hinausging, und jetzt die Tür aufzumachen, gehörte vermutlich dazu.

Sie brauchte C.L. Sturgis nicht. Vor allem konnte sie C.L. Sturgis jetzt nicht gebrauchen, weil jedes Mal, wenn die

Dinge mit Brent schlecht standen, die Erinnerung an C.L. Sturgis in ihr aufflammte. *Es könnte alles noch schlimmer sein*, sagte sie sich in solchen Momenten. *Du hättest C.L. Sturgis heiraten können.* Nur, daß die Dinge nicht viel schlimmer werden konnten und C.L. keine ganz so schreckliche Erinnerung war – und schließlich war es möglich, daß er sich in den zwanzig Jahren, seitdem er sie auf den Rücksitz seines Wagens gelockt hatte, gebessert hatte. Auf Brent traf dies nicht zu, aber das bedeutete nicht, daß es bei C.L. nicht der Fall sein konnte.

Es läutete erneut, und Maddie ging in ihre weiß gestrichene Diele und riß die Tür auf.

Mit Sicherheit jedenfalls sah C.L. Sturgis, von ihrer Mutter und einem hämischen Schicksal zurück in ihr Leben geleitet, dort im Sonnenlicht auf ihrer Veranda besser aus, als es ihm nach zwanzig Jahren zustand. »Hey, Maddie«, sagte er, und sie versuchte, ihre Erinnerung an den siebzehnjährigen C.L. mit dem echten C.L. von siebenunddreißig zu vereinbaren. Seine Gesichtszüge waren ausgeprägter, und er wirkte größer und breitschultriger in diesem blaugestreiften Hemd, aber sein dunkles Haar war noch immer dick und zerzaust, seine Augenbrauen bildeten noch immer dieses V in der Mitte, das ihn wie den Gesandten des Satans aussehen ließ, und er hatte noch immer diesen heißen, undurchsichtigen Blick und dieses breite, hirnlose und dämliche Grinsen. Ja, kein Zweifel, das war C.L. Ein Rebell ohne Verstand.

»Maddie? Deine Mutter meinte, es wäre in Ordnung, wenn ich vorbeischaue.« C.L.'s Stimme war sorglos und sein Grinsen noch immer da, aber seine dunklen Augen hatten sich zur Wachsamkeit abgekühlt. Was hatte sie ihm jemals getan, daß er sie nun so ansah? Gut, abgesehen davon, daß sie ihm nach einer Nacht auf seinem Rücksitz den Laufpaß gegeben hatte. Aber nach zwanzig Jahren konnte er deshalb doch nicht mehr sauer sein. C.L. trat auf ihrer Veranda einen Schritt zurück, und Maddies finsterer Blick verfestigte sich. Natürlich konnte er das. An einem Tag wie diesem war wahrscheinlich gerade jemand, den sie im zweiten Schuljahr auf dem Spielplatz geschubst hatte, mit einer Handgranate zu ihr unterwegs.

Er legte den Kopf schief und beäugte sie, und für einen Augenblick sah er wieder wie siebzehn aus, unsicher und deshalb doppelt gefährlich.

Es gab nichts Schlimmeres als einen verletzlich aussehenden C.L., fiel ihr ein, weil er dies so selten war. »Hm, schlechter Tag, was?« fragte er.

Ganz großartig. Er wußte auch schon über Brent Bescheid. Maddies Blick verfinsterte sich weiter. »Wie kommst du darauf?«

Er deutete auf ihre linke Hand. »Das Messer. Ziemlich großer Lutscher.«

Sie schaute nach unten. Noch immer hielt sie das Messer umklammert, zum Zustechen bereit. »Ich habe einen Schokoladenkuchen gegessen.«

C.L. nickte und sah dennoch ganz und gar nicht erleichtert aus. »Sicher. Das wäre eine Erklärung. Hör zu, ich wollte dich nicht stören.« Sein Blick wanderte zu dem Messer zurück. »Ist Brent da?«

Alles war so unwirklich. Noch vor einer Stunde war ihr Leben in Ordnung gewesen, und jetzt redete sie hier mit C.L. Sturgis, der mit ihrem Ehemann, diesem verlogenen Mistkerl, sprechen wollte. »Meine Mutter hat mir gerade schon erzählt, daß du auf dem Weg hierher wärst, aber ich konnte das irgendwie nicht glauben.«

Er behielt noch immer das Messer im Auge. »Glaub es einfach. Aber ist Brent –«

Zur Hölle mit Brent. Sie wedelte mit dem Messer, um ihn abzulenken. »Sieh mal, C.L., ich hab wirklich viel zu tun –«

Mit einer einzigen Bewegung griff er so schnell nach dem Messer, daß sie nur noch auf ihre leere Hand starren konnte. »Nichts für ungut, Maddie, aber es ist schon eine Weile her, und nach allem, was ich gehört habe, empfindest du immer noch Mordgelüste für mich.« Er trat von der Veranda und steckte das Messer bis zum Schaft in das Blumenbeet neben der Treppe. Er hat noch immer diesen geilen Hintern wie damals auf der High-School, bemerkte Maddie, und vom Zustand seiner Jeans her zu schließen konnte auch diese noch aus Schulzeiten stammen. Er kam zu ihr zurück und lächelte wieder, und sie hätte schwören können, daß sein Lächeln sich ebenfalls nicht verändert hatte – eine Mischung aus Unbeschwertheit und Aufforderung zum Ärger. Es war ihr unmöglich, sich abweisend zu zeigen, wenn er sie mit diesem Lächeln bedachte. Irgend etwas hatte C.L. an sich, das verlangte zurückzulächeln, auch wenn man wußte, daß es ein Fehler war.

Sie entspannte sich und stieß erleichtert die Luft aus, so, als sei ihr eine Last von den Schultern genommen. »Tut mir leid. Ich habe einen schlechten Tag.«

Er nickte voller Wärme und Sympathie, und ihr wurde klar, warum sie vor zwanzig Jahren auf seinen Rücksitz geklettert war. »Das liegt daran, daß du noch immer in Frog Point wohnst«, sagte er. »Hier ist jeder Tag ein schlechter. Übrigens, du siehst großartig aus.«

Maddie blickte an ihrem pinkfarbenen, spülwassernassen T-Shirt hinunter, auf dem noch immer Seifenlaugenflecken zu sehen waren. »Weißt du, C.L., man kann die Höflichkeit auch übertreiben.«

»Nein«, meinte er. »Du siehst wirklich großartig aus. Genau wie auf der High-School.«

Er wollte irgend etwas. So mußte es einfach sein; niemand würde sie sonst ansehen und sagen, »Genau wie auf der High-School«, nicht nach zwanzig Jahren Verschleiß und Brent. Sie spürte die Abneigung wieder in sich hochsteigen. »Danke«, erwiderte sie. »Also, was willst du?«

C.L. sah ein wenig bestürzt aus, aber nicht lange. »Gut, da wir den Smalltalk nun hinter uns gebracht haben und wir beide unbewaffnet sind: Ist Brent zu Hause?«

Brent. Der Hurensohn. Überall wurde sie mit ihm konfrontiert. Sie starrte C.L. an. »Nein. Ich habe zu tun. Versuch's im Büro.« Sie wollte die Tür zuschlagen, aber er hatte seinen Fuß auf die Schwelle gesetzt und hinderte sie daran.

»Warte einen Moment. Dort war ich schon.«

Er stand jetzt näher vor ihr, und sie registrierte, daß er nicht nur an Größe und Schulterbreite zugelegt hatte. C.L. hatte an Gewicht gewonnen; er war kräftiger geworden, und seine dunklen Augen unter seinen dichten Wimpern blickten selbstsicher. Er war erwachsen geworden.

Zu dumm, daß man das von Brent nicht behaupten konnte.

Maddie holte tief Luft. »Sieh mal, es ist nicht meine tägliche Aufgabe, auf ihn aufzupassen, okay? Ich weiß nicht, wo er ist. Schön, dich wiedergesehen zu haben, aber ich muß jetzt gehen.«

»Das kann ich nicht glauben.« C.L. runzelte die Stirn. Für einen Moment fiel die Wärme von ihm ab, und Maddie trat einen Schritt zurück. »In dieser Stadt kann niemand einfach so verschwinden. Du bist seine Frau. Du mußt wissen, wo er ist.«

Maddie brauchte nun wahrlich nicht, daß ihr erstes Desaster in Sachen Liebe Kommentare zu dem jetzigen abgab. »Jetzt hör mir mal zu, *ich habe keine Ahnung, wo er ist.* Und nun geh bitte.«

»Schon gut, schon gut.« C.L. hob abwehrend die Hände. »Ich will ja nur mit ihm sprechen. Macht es dir etwas aus, wenn ich hereinkomme?«

»Ja«, sagte Maddie. »Das macht mir sehr viel aus.« Mit

ihrem Fuß schob sie seinen aus dem Weg und schlug die Tür zu, selbst davon überrascht, wie schnell und wie wütend sie war. Zwei Männer in ihrem ganzen Leben, und beide hatten sie zum Narren gehalten. Zur Hölle mit ihnen.

»Maddie?« fragte C.L. von der anderen Seite der Tür.

»Nicht jetzt, C.L. Nicht jetzt und überhaupt nie. Verschwinde.« Maddie lauschte einen Moment, ob er wegging, und fuhr zusammen, als Em hinter ihr sagte: »Mom?«

Em stand dort mit ihrer Schulliste in der Hand. »Ich hab dich reden gehört. Wer war denn das? Du siehst komisch aus.«

Em. Jedes Mal, wenn sie an einem Punkt angelangt war, an dem sie Witze machen und so tun konnte, als wäre dies alles nicht wahr, kam Em und ließ die Katastrophe wieder über sie hereinbrechen.

Allein hielt sie das nicht mehr aus. »Niemand war das«, sagte sie zum Em. »Laß uns zu Tante Treva und Mel hinübergehen.«

»Okay«, meinte Em, jedoch mit mißtrauischem Blick.

Zehn Minuten später stand Maddie an der Hintertür ihrer besten Freundin und versuchte, geistig gesund auszusehen, während Treva sie verwundert anstarrte.

»Mel ist im Wohnzimmer«, sagte Treva zu Em, ohne den Blick von Maddies Gesicht abzuwenden. »Geh schon mal hinein.« Sobald Em in der Diele verschwunden war, ergriff Treva Maddies Arm. »Was ist los mit dir? Du siehst furchtbar aus. Bin ich daran schuld? Ich weiß, daß ich mich lange nicht gemeldet habe. Was ist passiert?«

»Brent betrügt mich.« Maddie mußte schlucken. »Ich muß ihn verlassen. Mich scheiden lassen.« Dies laut auszusprechen, war viel schrecklicher, als sie sich vorgestellt hatte, und sie taumelte eine Stufe hinunter und erbrach den Schokoladenkuchen in Trevas Büsche.

»Oh, Mist«, sagte Treva.

Als halbreifer, vernünftiger Erwachsener wußte C.L. Sturgis, daß der Schwarm, der ihn in der fünften Klasse geblendet und ihn dann auf der High-School gänzlich vernichtet hatte, wohl kaum auf sein jetziges Leben Einfluß nehmen konnte. Dann wurde ihm klar, daß er die Linden Street vier Häuserblocks langgefahren war ohne die geringste Ahnung, wohin er wollte oder wo er gewesen war, seit er Maddie in ihrem nassen T-Shirt gesehen hatte. Soviel zur Halbreife. In der Vermutung, daß sein Ruf in der Stadt schlecht genug war, fuhr er an den Straßenrand und stellte sein Cabriolet ab, bevor er, in wollüstige Gedanken an eine verheiratete Frau versunken, einen Bürger Frog Points überfahren würde und die Sündenliste von C.L., der Henry-Schande-bereitet-und-der-armen-Anna-das-Herz-gebrochen-hatte, noch um einige Punkte erweitern würde.

Er trommelte mit den Fingern auf das Lenkrad und versuchte, seine Gedanken wieder in die Richtung zu lenken, in die sie gehörten. Egal, wie begehrenswert sie dort im Türrahmen mit den dunklen Locken und warmen Kurven und dem kühlen Blick, der ihn völlig betäubt hatte, ausgesehen haben mochte, Maddie Martindale war Geschichte. Und schließlich hatte er nur mit ihr auf den Stufen ihrer Veranda gesprochen, also gab es nichts, weshalb er sich schuldig fühlen mußte, vor allem jetzt nicht, da er nicht in lustvernebelter Benommenheit Auto fuhr. Er war erwachsen und saß in einem Wagen, den er bezahlt hatte, und er hatte jedes Recht dazu, genau dort zu sein, wo er war, und mit jedem zu sprechen, mit dem er wollte.

C.L. ließ den Blick über die großen, alten Häuser schweifen, die allesamt mit dunklen Fenstern auf die Straße starrten, und er rutschte in der schuldbewußten Erinnerung an mit Toilettenpapier geschmückte Bäume, eingeseifte Fenster, Kartoffeln in Auspuffrohren und Kirschbomben in Briefkästen ein wenig tiefer in den Sitz. Dann faßte er sich wieder. Er hatte sich seit nahezu zwanzig Jahren in dieser Gegend nichts mehr zuschulden kommen lassen. Er war unschuldig. Es sprach noch nicht einmal etwas dagegen, aus dem Wagen auszusteigen. Zum Teufel mit Frog Point. Er riß an der Handbremse, sprang aus dem Auto und schlug die Tür hinter sich zu.

Der Lärm schien die Straße hinauf und hinunter zu hallen. Er zündete eine Zigarette an, lehnte sich gegen die Wagentür und fragte sich, warum er noch immer das Gefühl hatte, jeden Moment vermöbelt zu werden, weil man ihn beim Rauchen erwischt hatte. Er war siebenunddreißig Jahre alt. Er *durfte* in der Öffentlichkeit rauchen.

Auf der anderen Straßenseite öffnete eine Frau die Haustür und trat, ihn mißtrauisch beäugend, auf die Veranda hinaus. Zweifellos hatte sie die Neugier aus ihrem muffigen Wohnzimmer hinausgetrieben, um zu sehen, wer er war und warum er mitten am Tag in ihrer Straße parkte, wenn jeder anständige Mann bei der Arbeit zu sein hatte. Irgendwie kam sie ihm bekannt vor. Da erkannte er sie, und ihm wurde bewußt, daß er aus alter Gewohnheit genau an dieser Stelle geparkt hatte. Mrs. Banister. Er hatte die meiste Zeit seines Abschlußjahres genau hier vor ihrem Haus geparkt in dem Versuch, ihre Tochter Linda zu verführen, was ihm erstaunlich oft auch gelungen war. Und jetzt war er wieder hier, ein letztes Mal zurückgekehrt, wiederum verleitet durch seinen Instinkt.

C.L. richtete sich auf und winkte ihr zu, um ihr zu zeigen, daß er kein Triebtäter oder, noch schlimmer, irgendein Fremder war, der das Haus ausspionierte, um ihre Gartenzwerge zu klauen. Sie blickte ihn mit zusammengekniffenen Augen an und stapfte, die Tür hinter sich zuschlagend, wieder ins Haus. Er wußte nicht, ob sie dies tat, weil sie ihn erkannt oder weil sich ihr Mißtrauen verstärkt hatte, und es war ihm auch egal.

Nicht egal hingegen war ihm Maddie.

Sie hatte unglücklich und wütend und verloren ausgesehen, als sie die Tür geöffnet hatte, und sie war spröde und schnippisch gewesen, nicht das freundliche Mädchen aus High-School-Zeiten. Wann immer er in den vergangenen Jahren an Maddie gedacht hatte, war ihm stets ihre Wärme in den Sinn gekommen, aber nun war sie alles andere als warm. Jemand mußte ihr weh getan haben, und da er eine gewisse Vermutung hatte, wer der Schuldige war, stand er kurz vor einem Tobsuchtsanfall. Jemand würde für all diese Misere zahlen müssen, und er war verdammt sicher, daß dieser jemand Brent Faraday war.

Außerdem war C.L. verdammt sicher zu wissen, wie er das anstellen würde. Allen voran hatte ihm seine Exfrau die Waffe dazu geliefert.

»Ich brauche deine Hilfe, C.L.«, hatte Sheila am Telefon gesagt, als sie ihn letzte Woche anrief. »Ich brauche einen Finanzberater, dem ich trauen kann. Du könntest dir ein langes Wochenende nehmen, schließlich schätzen sie dich in deiner Firma und werden dir Urlaub geben, so lange du willst.

Du warst zwar ein lausiger Ehemann, aber du bist ein verdammt guter Finanzberater.« Nach diesem Köder hatte es ihm kein Problem bereitet abzulehnen, als sie ihm von ihrer Befürchtung erzählte, daß ihr Verlobter betrogen werde, kein Problem abzulehnen, als sie anfing zu weinen, kein Problem abzulehnen, als sie ihm anbot, ihr Recht auf Alimente aufzugeben, weil sie darauf sowieso würde verzichten müssen, sobald sie Stan heiratete. Aber dann sagte sie: »*Bitte*, C.L. Du brauchst lediglich hierherzukommen, einen Blick in die Bücher zu werfen und mir zu sagen, ob Brent Faraday Stan übers Ohr haut, wenn er für ein Viertel der Gesellschaft zweihundertachtzigtausend verlangt. Sag einfach nur: Ja, das tut er, oder: Nein, das tut er nicht. Mehr nicht.«

»Ich mach's«, hatte er geantwortet.

Er nahm einen weiteren tiefen Zug von der Zigarette und sog das Nikotin ein, um den Gedanken daran fortzuschieben. »Wahrscheinlich geht alles mit rechten Dingen zu«, hatte Sheila gemeint. »Schließlich geht es um Brent Faraday.« Da hatte er gewußt, daß da einiges krummlaufen mußte. Mehr als Frog Point haßte er Brent Faraday, der einen Mord hätte verüben können, ohne daß jemand in Frog Point ein schlechtes Wort über ihn gesagt hätte, und den Maddie geheiratet hatte, während C.L. von einem Schlamassel in den nächsten geriet.

Gott sei Dank lag dies nun alles hinter ihm. Er war ein solider Bürger mit einem soliden Job und einer soliden Zukunft. Vielleicht konnte er Brent endlich bei etwas erwischen, er hoffte sogar inständig darauf – denn die Tage, an welchen er selbst Angst vor Prügeln hatte haben müssen, waren vorbei.

C.L. rauchte seine Zigarette zu Ende und wollte gerade einsteigen, als ein Streifenwagen neben seinem Mustang anhielt, aus dem ein Polizist ausstieg und auf ihn zukam.

2

C.L. fiel gegen seinen Wagen. »Das *muß* ein Scherz sein.«

»Nee.« Der Polizist schob seinen Hut in den Nacken, legte dabei jede Menge roter Haare und Sommersprossen bloß und grinste. »Mrs. Bannister rief an wegen eines verdächtigen Mannes, der ihr Haus beobachtet, deshalb hat Henry mich losgeschickt, um nachzusehen, ob du das bist. Wie in alten Zeiten, Kumpel.«

»Vince, die alten Zeiten sind vorbei«, erwiderte C.L. »Vielleicht ist es dir ja entfallen, aber damals ranntest du vor den Cops *davon* und nicht *mit* ihnen. Ich habe Henry gesagt, er muß den Verstand verloren haben, dich einzustellen.«

»Hey«, protestierte Vince. »Das war ein geschickter Schachzug. Henry war klar, daß ich alles über Jugendstraftaten wußte, weil ich die meisten davon mit dir begangen hatte. Er hat sozusagen einen Experten eingestellt. Und jetzt schwing dich in den Wagen und mach dich davon, C.L., sonst muß ich einen Strafzettel schreiben.«

»Leck mich«, sagte C.L. »Unglaublich, kaum verleiht man einem Verbrecher ein bißchen Macht, wird er größenwahnsinnig. Wußte Henry wirklich, daß ich es bin?«

Vince lehnte sich neben C.L. an den Wagen. »Henry hat Röntgenaugen und -ohren, das weißt du doch. Außerdem bist du hier im Moment der einzige Fremde, was den Kreis der Verdächtigen erheblich einschränkt. Gib mir mal ne Kippe, Kumpel.«

»Um mir dann Bestechung eines Polizeibeamten anzuhängen, was?« meinte C.L. »Rauch deine eigenen.«

»Kann ich nicht.« Vince machte zum ersten Mal ein verdrießliches Gesicht, seit er aufgetaucht war. »Sonst setzt mich Donna vor die Tür.«

»Stehst ganz schön unter dem Pantoffel, was?«

»Ich habe zwei Kinder. Ich will nicht, daß sie an Secondhand-Lungenkrebs sterben«, erwiderte Vince, und seine natürliche Unbeschwertheit kehrte zurück. »Aber da die beiden gerade im Park sind und beim Softballspielen bescheißen, denke ich, daß ihnen eine von deinen nicht schadet.«

C.L. gab nach und reichte ihm seine Packung. »Bescheißen, sieh an. Gut zu wissen, daß du sie vernünftig erziehst.«

»Ich zeige ihnen nur alles, was du mir beigebracht hast, C.L.« Vince gab sich Feuer und nahm einen tiefen Zug. »Oh, tut das gut. Warum muß alles, was einem schlecht bekommt, so verdammt gut sein?«

C.L. dachte an Maddie. »Weil Gott einen niederträchtigen Sinn für Humor hat.«

»Schön, dich wieder hier zu haben, C.L.« Vince gab ihm das Päckchen zurück. »Hier in dieser Gegend machen nicht viele Leute Witze über Gott. Wenn dich also der Blitz trifft, hast du's verdient.«

»Sollte mir das passieren, dann mit Sicherheit hier«, sagte C.L. »Sobald ich die Stadtgrenze übertrete, zeichnet mir Gott eine Zielscheibe auf die Stirn.«

»Und dabei bist du ja so völlig unschuldig.« Vince stieß sich vom Auto ab. »Nun gut, ich muß zurück zur Arbeit. Schließlich bin ich das einzige, was zwischen Frog Point und dem Verbrechen steht. Wenn du heute abend gegen acht noch immer in der Gegend bist, schau doch mal im Bowlingcenter vorbei, dann spendiere ich dir ein Bier.«

C.L. setzte an, Vince zu erzählen, was er von dem Bowlingcenter hielt, unterdrückte den Impuls dann jedoch. Egal, was er über orange Plastik und Bowlingschuhe dachte, er mochte Vince. Es konnte ganz lustig werden, mit dem alten Vince noch einmal zu versacken.

Und Vince wußte fast soviel über Frog Point wie Henry.

»Abgemacht«, sagte C.L.

»Schön. Bring deine Zigaretten mit.« Vince wandte sich ab und ging zu seinem Wagen. »Und mach keinen Ärger. Ich hasse die Vorstellung, dich verhaften zu müssen.«

»Versuch das mal«, antwortete C.L., und Vince lachte und fuhr davon.

Ja, es war tatsächlich großartig, wieder daheim zu sein. Jeder hatte es geschafft, erwachsen zu werden, zu heiraten, Kinder zu kriegen und ein ehrenwerter Bürger zu werden, nur er war für sein Leben gezeichnet. Der älteste lebende Junggeselle in Ohio. Eine ziemliche Ehre. Er verspürte größte Lust, Mrs. Bannisters Haus aus reiner Bosheit zu observieren.

Und dann würde er nur um der alten Zeiten willen Maddie aufsuchen.

»Vergiß Brent«, würde er sagen, »erinnerst du dich noch an den Rücksitz?« Nur, daß dies keine tolle Erinnerung für sie war.

Und für ihn auch nicht. Als er am nächsten Tag zu ihrem Schließschrank gekommen war, um mit ihr zu sprechen, hatte sie sich abgewandt.

Bei der Erinnerung an diese Demütigung, die nach zwanzig Jahren noch immer tief saß, zuckte C.L. zusammen. Schwachsinn, Schwachsinn, Schwachsinn. Konnte ein Schmerz aus High-School-Zeiten ein Leben lang anhalten? Und wie kam es, daß er an einer Tür klingelte und Maddie Martindale vor sich stehen sah, zwanzig Jahre älter und einige Pfund schwerer, und augenblicklich wieder diesen Schmerz verspürte und sich wieder so verdammt dämlich vorkam und sie dennoch wieder begehrte? *Das ist der Stolz*, redete er sich ein. Es war der Stolz, der ihm einflüsterte: *Hey, ich hab's nicht gebracht, weil ich noch so jung war; gib mir noch einen Versuch – ich bin jetzt besser, viel besser. Wirklich.* Nur leider war er ziemlich sicher, daß, selbst wenn ein Wunder geschehen würde und er Maddie noch einmal erobern könnte, er es schon wieder vermasseln würde, einfach nur, weil es Maddie war. Außerdem würde kein Wunder geschehen, und er wollte das auch gar nicht. Die Vergangenheit war Vergangenheit, und sie spielte nirgendwo eine Rolle außer in Frog Point, wo alles, was vor zwanzig Jahren passiert war, immer noch in allen Köpfen saß, und Brent Faraday immer noch Der-Erfolg-versprechende-Junge und Maddie Martindale immer noch Dieses-liebe-Mädchen und er Dieser-Sturgis-Junge war, der eine solche Last für seine Tante und seinen Onkel war. Zum Teufel damit.

C.L. richtete sich auf und zog ein letztes Mal an seiner

Zigarette. Er beugte sich in sein Auto hinunter, um den Stummel auszudrücken, und hielt inne. Weswegen würden sie ihn wohl anzeigen, wenn er ihn auf die Straße warf? Verunreinigung?

Er schnippte den Stummel auf die Straße und erstarrte, als er auf einem Laubblatt landete. Im Geiste sah er das Blatt Feuer fangen, weiteres Laub in Brand setzen, die Flammen sich über die Straße ausbreiten, auf Häuser und Autos übergreifen, geschwärzte Holzrahmen wie Streichhölzer knicken und auf die Straße fallen, während Gastanks rumorten und explodierten, und dann Henry, in den sich auflösenden Rauchschwaden am Ende der Straße, mit dem üblichen angewiderten Blick in seiner Sheriff-Uniform auftauchen.

Der Stummel brannte aus, und C.L. stieg in sein Auto, fest entschlossen, Frog Point den Rücken zu kehren, bevor er tatsächlich geistig unzurechnungsfähig und nicht nur vorübergehend verrückt wurde.

»Ich werde deinen Büschen gegenüber nie wieder solche Gefühle hegen«, sagte Maddie, während sie in Trevas Küche einen in der Mikrowelle erhitzten Tee mit Zitrone trank. In der Küche herrschte ein gemütliches Durcheinander aus Kupferpfannen, Kinderzeichnungen am Kühlschrank und glänzenden Schachteln mit der Aufschrift »Neu!« oder »Extra knusprig!«. Howie hatte sie mit Backsteinen, Holz und funkelndem Messing vollständig neu renoviert, aber weil es auch Trevas Küche war, war vieles zusammengewürfelt.

Treva stand mitten darin, über eine Schüssel mit Weißkäse gebeugt, die auf dem Hackblock stand, und ihr blondes Kraushaar ließ sie wie ein Teil des Chaos' aussehen, wie eine zufällig dorthin gewehte Pusteblume.

»Ich bin sicher, daß meine Büsche dir ebenfalls neue Gefühle entgegenbringen.« Trevas Stimme klang streng, während sie einen Eßlöffel des weißen Zeugs aus der Schüssel vor sich und ein Cannellone von der Platte neben sich nahm und versuchte, den Käse hineinzustopfen. Ihre Hände zitterten, und sie drückte so heftig, daß der Pastateig brach und der Käsebrei in die Schüssel zurückplumpste und auf ihr rotgestreiftes Feinripp-Top spritzte. »Mist!« Sie tupfte den Flecken auf ihrem Shirt mit einem Spülhandtuch ab. »Mist *noch mal.*«

»Was hast du denn mit diesen Cannelloni vor?« fragte Maddie auf der Suche nach einer Ausflucht, um nicht über das Thema sprechen zu müssen, weshalb sie gekommen war. »Du willst doch nicht etwa kochen? Das paßt nicht zu dir.«

»Ich brauche das.« Treva ließ das Handtuch fallen und griff nach dem nächsten Stück Pasta. »Kennst du das, dieses Gefühl manchmal, kochen zu müssen?«

»Nein«, meinte Maddie. »Und du auch nicht. Was ist los?«

»Was los ist?« Treva wedelte mit dem Pastateig in ihre Richtung. »Du willst dich scheiden lassen und fragst *mich,* was los ist?«

»Ich glaube, daß ich mich scheiden lassen werde«, sagte Maddie. »Ich muß darüber nachdenken.«

»Denk nicht darüber nach.« Treva griff nach dem Löffel und machte sich wieder an die Arbeit. Während sie redete, wurden ihre Hände ruhiger. »Laß dich einfach von diesem Scheißkerl scheiden. Ich konnte ihn sowieso nie leiden.«

Überrascht schaute Maddie auf. »Ach was? Du warst Brautführerin bei unserer Hochzeit und wartest sechzehn Jahre, um mir das zu sagen?«

»Du warst verliebt. Schien damals nicht der richtige Zeitpunkt zu sein.« Treva ließ den Pastateig einen Moment außer acht, um ein Stück Hartkäse aus dem Kühlschrank zu nehmen und es Maddie zu reichen. »Wenn du damit fertig bist, dich aufzuregen, kannst du helfen. Die Reibe liegt hinter dir in der zweiten Schublade.«

Maddie blickte sie mißtrauisch an. »Hier stimmt doch irgendwas nicht.«

Treva ließ den Löffel wieder in die Schüssel fallen und stützte sich auf den Hackblock. »Ich bin einfach völlig durcheinander. Mir geht so vieles durch den Kopf. Und ich kann ihn nicht leiden.« Sie nahm Maddie ins Visier. »Gut, genug der Ausflüchte. Was hat er diesmal verbrochen?«

Maddie stand auf und nahm die Reibe und eine Schüssel aus Trevas Schrank. Dann begann sie, den Käse in die Schüssel zu reiben, um Treva nicht in die Augen sehen zu müssen.

»Ich habe einen schwarzen Spitzenslip ohne Schritt unter seinem Autositz gefunden. Das hat mich ein bißchen durcheinandergebracht.«

»Oh.« Treva blinzelte. »Nun ja, das würde mich wohl auch durcheinanderbringen. Einen Slip ohne Schritt, sagst du?« Sie biß sich auf die Lippe. »Beth?«

»Ich weiß es nicht.« Maddie rieb heftiger. »Es war kein Namensschild darin. Aber ich glaube, es ist mir auch egal. Ich meine, Beth hat mir nichts versprochen, sondern Brent. Wäre ich ein anständiger Mensch, würde Beth mir leid tun.«

»Moment, laß mich das verdauen.« Treva widmete sich erneut ihren Cannelloni. »Ich weiß, daß du immer schon das anständige Mädchen aus dem Bilderbuch warst, aber das geht zu weit.«

»Okay, ich mag sie nicht«, sagte Maddie. »Sie hat mit meinem Mann geschlafen, und ich könnte mich immer noch übergeben, wenn ich sie sehe. Aber es war schlimm für sie. Sie hielt es für das Richtige, zu mir zu kommen und mir alles zu erzählen, und dann ging der Schuß nach hinten los.« Sie hielt inne in der Erinnerung an Beths völlig ungläubiges Gesicht, als Brent ihr offenbarte, daß alles vorbei sei. »Ich glaube, sie hat ihn geliebt.«

Treva schnaubte verächtlich, und Maddie machte sich wieder über den Käse her. Käsereiben war ein ziemlich gutes Betäubungsmittel. Man mußte auf seine Knöchel aufpassen und daran denken, den Käse zu drehen, aber wenn man fertig war, hatte man geriebenen Käse. Nicht jede Form der Ablenkung sorgte für ein solches Nebenprodukt. Ab jetzt würde sie ihren Käse selbst reiben. »Du brauchst einen von diesen Plastikbehältern mit der Reibe im Deckel«, sagte sie zu Treva. »Ich glaube, die gibt's von Rubbermaid oder Tupperware.«

»Ich habe mittlerweile so viel Rubbermaid und Tupperware, daß ich noch mehr Rubbermaid kaufen muß, um es zu sortieren«, antwortete Treva. »Wahrscheinlich werde ich an Fluorcarbon-Vergiftung sterben. Vergiß den Kunststoff und sag mir, daß du dich dieses Mal wirklich von diesem Mistkerl scheiden läßt.«

Maddie zuckte zusammen. »Vielleicht bringe ich ihn einfach nur um. Es sei denn, daß ich auch das vermassele. Vielleicht könnte ich einen Killer engagieren. Der Zeitungsjunge kann ihn auch nicht ausstehen. Vielleicht können wir ja einen Deal machen.«

»Du kannst ihn nicht ausstehen?« platzte es aus Treva hervor.

Stimmte das? Sie war außer sich vor Wut, weil er ihnen allen diese Bescherung bereitete, aber das bedeutete nicht, daß sie ihn nicht ausstehen konnte. Sie war nicht sicher, ob er ihr wichtig genug war, ihn nicht ausstehen zu können. Abneigung lag natürlich im Rahmen der Dinge. »Nur, wenn er eine Affäre hat«, meinte sie. »Wenn er kein Verhältnis hat, mag ich ihn nur einfach nicht. Diese Betrügerei läßt mich wünschen, ihn in einem verbeulten Autowrack auf der Schnellstraße zu sehen.«

»Das wäre auch nicht schlecht«, erwiderte Treva. »Wenn wir in der Lage wären, eine Bremsleitung von einem

Gartenschlauch zu unterscheiden, könnten wir seine kappen.«

»Wir könnten beide kappen, um sicherzugehen«, schlug Maddie vor, dankbar für jeden Themenwechsel. »Dann würden wir allerdings auch Glorias Leben ruinieren, weil sie sich dem Nachbarrasen verschrieben hat.«

»Ich habe gehört, daß Gloria sich auch scheiden lassen will«, sagte Treva. »Ruf doch mal deine Mutter an und frag nach dem Grund. Wenn es bereits bis zu mir vorgedrungen ist, hat deine Mutter bestimmt Kopien der Klageschrift.«

Maddie erschauerte voller Unbehagen. »So wird es auch bei mir kommen, nicht wahr? Die Drähte werden heißlaufen, alle werden sehr mitfühlend sein und Em über den Kopf streicheln, und ihre Lehrer werden bei mir anrufen und ihr Verständnis dafür äußern, daß sie in der Schule nachgelassen hat, und die Kinder werden sie auf dem Spielplatz danach fragen.«

»Em wird es überleben.« Treva füllte einen weiteren Cannellone.

»Ich möchte, daß sie mehr als nur überlebt«, sagte Maddie. »Ich wünsche mir Wärme und Liebe und Sicherheit für sie. Sie liebt Brent so sehr.«

Treva bedachte sie mit einem Blick offensichtlicher Geringschätzung. »Willst du mir damit sagen, daß du für das Wohl deines Kindes bei diesem verlogenen Abschaum bleiben willst? Das kann ja wohl nicht wahr sein.«

Maddie blickte ihr fest in die Augen. »Du würdest also Mel Howie wegnehmen?«

Mitten im Löffeln hielt Treva inne, und ihre Knöchel zeichneten sich weiß ab, als sie den Griff umklammerte. »Ich würde alles tun, um meine Kinder zu schützen. Aber ich würde nicht bei einem Mann wie Brent bleiben.«

»Und dann ist da noch meine Mutter«, gab Maddie zu bedenken. »Ein unwesentlicher Punkt, ich weiß.«

»Machst du Witze?« Treva schüttelte den Kopf. »Ich möchte deiner Mutter *gar nichts* erklären müssen. Aber du kannst doch nicht im Ernst glauben, ihr das verheimlichen zu können. Für das Gerede der Leute ist deine Mutter doch ein Fliegenfänger.«

»Und meine Schwiegermutter. Helena mochte mich nie sonderlich leiden. Siebenmal die Woche wird sie mich verdammen.«

»Du bist jünger als sie«, sagte Treva. »Das nimmt sie dir übel. Dein Fehler.«

»Und dann noch die anderen Leute hier in der Stadt.« Maddie begann wieder, Käse zu reiben, weil alles besser war, als über die Zukunft nachzudenken. »Frog Point wird einen Festtag erleben.«

»Auf deine Kosten? Niemals.« Treva schnitt eine ungewöhnlich verächtliche Grimasse. »Niemand würde schlecht über Maddie Martindale reden, die heilige Madonna von Frog Point. Noch nicht einmal so ein Drachen wie Helena Faraday.«

Bei dem giftigen Klang von Trevas Stimme riß Maddie überrascht den Kopf hoch. »Was?«

Trevas schuldbewußte Miene sprach Bände. »Tut mir leid. Aber wenn du nicht meine beste Freundin wärst, würde mir der Umgang mit dir sehr schwerfallen. Um die Wahrheit zu sagen, fühle ich mich ein bißchen erleichtert.«

Auf der Suche nach einer Erwiderung verharrte Maddie mit offenem Mund. Das war nicht typisch Treva. Treva lachte und machte Witze und bot bedingungslose Unterstützung; sie teilte keine Schläge ohne Vorwarnung aus.

»Na ja«, meinte Maddie, um Zeit zu schinden. »Ich bin ja froh, daß wenigstens ein Mensch einen Vorteil darin sehen kann.«

Treva ließ den Löffel fallen, kam um den Hackblock herum und ließ sich Maddie gegenüber auf den Stuhl sinken. »Tut mir leid. Es tut mir wirklich leid. Vergiß einfach, was ich gesagt habe. Du machst das schon richtig.« Bleich geworden starrte Maddie sie an, und Treva fuhr schnell fort: »Du hast nichts falsch gemacht. Mein Gott, du bist die perfekte Ehefrau und Mutter. Und außerdem, wen interessiert das? Himmel, Maddie, du kannst dein Leben nicht danach ausrichten, diese verdammte Stadt glücklich zu machen.« Treva lehnte sich zurück. »Obwohl, wenn ich es recht bedenke, du das immer getan hast, nicht wahr? Sauber in Gedanken, Worten und Taten.«

»Bei den Gedanken bin ich da nicht so sicher«, meinte Maddie und versuchte, sich von Trevas Angriff zu erholen. »Manchmal stelle ich mir vor, mitten in der Stadt vor der Bank zu stehen und ›Scheiße, Scheiße, Scheiße!‹ zu schreien, nur um zu sehen, was die Leute tun würden. Oder nackt die Main Street hinunterzulaufen. Manchmal denke ich wirklich daran, obwohl ich weiß, daß ich es niemals tun würde.«

»Was würde ich dafür geben, das mitzuerleben«, meinte Treva. »Ich meine, ich würde kein Geld dafür bezahlen, dich zu sehen, allerdings den doppelten Preis für die Gesichter der Leute.«

»Aber ich kann das einfach nicht.« Maddie legte die Reibe beiseite und beugte sich vor, um ihren Worten Nachdruck zu verleihen. »Es wäre blöd und sinnlos und peinlich, und noch dazu schrecklich für meine Familie. Weißt du, es ist *einfacher,* sich korrekt zu benehmen.«

»Nicht für jeden von uns.« Treva schob ihren Stuhl so abrupt zurück, daß die Beine quietschten. »Einige von uns fanden es einfacher, das Falsche zu tun, und bezahlen noch immer dafür.«

Maddie blickte sie überrascht an und arbeitete sich durch ihr gegenwärtiges Trauma zurück zu vergangenem Schmerz. »Meinst du Three damit? Vor zwanzig Jahren hat sich niemand darum geschert, daß du heiraten mußtest.«

»Vor dem Schulabschluß?« Treva trat wieder an den Hackblock. »Niemand wird das jemals vergessen. Ich könnte ein Heilmittel gegen Krebs finden, und sie würden sagen: ›Treva Hanes – Sie wissen schon, die, die vor ihrem Schulabschluß heiraten mußte – hat das Heilmittel gegen Krebs entdeckt.‹ In dieser Stadt vergißt niemand etwas.« Sie schob den Cannelloni-Topf zur Seite und begann, die Anrichte abzuwischen. »Aber dich würden sie nicht anrühren. Du machst immer alles richtig. Du hast deine Liebe aus der High-School geheiratet und nie jemand anderen angeschaut. Verdammt, sie werden einen Schrein für dich errichten.«

»Treva, haben wir hier ein Problem?« fragte Maddie.

»Das steht dir absolut nicht zu Gesicht, und so gern ich auch Verständnis zeigen würde, aber mein Leben steht vor dem Zusammenbruch, und ich brauche dich jetzt.«

»Du hast recht.« Treva biß sich auf die Lippe. »Du hast ja recht, es tut mir leid. Ich habe nur eine wirklich üble Woche hinter mir, und nun das. Es ist einfach schrecklich. All das geht mir furchtbar an die Nerven.«

»Nun, zumindest hast du ein Abendessen daraus gemacht.« Maddie streckte die Hand aus, um ihr die Schüssel mit dem geriebenen Käse und das übriggebliebene Stück Parmesan zu reichen.

»Nein, jetzt reib auch das ganze Ding«, sagte Treva.

»Für ein Blech Cannelloni?«

Treva öffnete den Kühlschrank und deutete hinein, und Maddie machte einen langen Hals, um über ihre Schulter zu schauen. Fünf weitere Auflaufformen mit bereits gefüllten Cannelloni standen auf den Ablagen.

Alarmiert fiel Maddie auf ihren Stuhl zurück. »Treva, wir müssen reden. Da stimmt doch etwas nicht. Was ist los mit dir?«

»Du solltest reden. Mein einziges Problem ist ein Haufen

Pasta. Aber du hast mit Slips ohne Schritt zu kämpfen.« Treva knallte die Kühlschranktür zu. »Was wirst du tun? Was immer du vorhast, ich werde dir helfen.«

Maddie öffnete den Mund, um wiederum zu fragen, was eigentlich los war, überlegte es sich dann jedoch anders, abgeblockt von Trevas versteinerter Unschuldsmiene, jenem Blick, der Treva vor zahlreichen Konfrontationen in ihrem Leben bewahrt hatte. Was immer Treva auch beschäftigen mochte, sie war nicht willens, nun darüber zu sprechen. Punkt. Maddie gab es auf und kehrte zu ihren eigenen Problemen zurück. »Ich denke, ich werde ihn darauf ansprechen, sobald er nach Hause kommt. Ich weiß nicht, was ich tun soll. Ich habe keinen Beweis. Den Slip habe ich weggeworfen.«

Treva rollte mit den Augen. »Du brauchst keinen Beweis. Hier geht es um Scheidung und nicht um Mord.«

Mord. Im Vergleich zu *Scheidung* klang dieses Wort erfrischend eindeutig. »Warte ab«, sagte Maddie. »Der Tag ist noch nicht vorbei.«

»Hast du schon wegen dem Hund gefragt?« wollte Mel von Em wissen.

»Nein«, sagte Em. »Ist nicht die richtige Zeit dafür.«

»Na, dann habe ich *tolle* Neuigkeiten über Jason Norris.«

Sie waren in Mels Baumhaus geklettert, das sie von ihrem älteren Bruder geerbt hatte, und jetzt lehnte Em sich auf den alten blauen Couchkissen zurück, die sie aus dem Wohnzimmer mitgenommen hatten, und wußte nicht so recht, ob sie all ihre Sorgen auf ihre beste Freundin abladen sollte oder nicht.

Äußerlich ähnelte Mel ihrer Mutter – sie war mager, blond und sommersprossig –, ihren Verstand allerdings hatte sie an Nintendo-Spielen und so ziemlich jedem verbotenen Video in der Stadt geübt. Sie wäre der beste Mensch auf der ganzen Welt, dem man die Sorgen von daheim anvertrauen konnte. Em war nur nicht sicher, ob sie darüber reden wollte. Reden könnte es so wirklich machen.

»Dierdre White hat mir erzählt, daß Richelle Tandy *verrückt* nach ihm ist«, fuhr Mel fort, »aber Jason ist *eindeutig* nicht interessiert.«

Em war dies momentan auch nicht. »Er hat zu mir gesagt, alle Mädchen hätten Läuse.«

Mel setzte sich auf. »Hör mal, das ist doch *riesig*. Er *spricht* mit dir. Meine Mutter sagt, daß Männer nicht besonders gesprächig sind – wenn sie also mehr tun als *grunzen*, ist das ein gutes Zeichen.«

Em schüttelte den Kopf. »Er hat auch versucht, mich mit einem Frosch in der Hand um den Pool zu jagen. Als ob ich Angst vor Fröschen hätte. Er ist doof.«

»Also, ich finde ihn *süß.*« Mel betrachtete sie stirnrunzelnd. »Bist du okay? Letzte Woche fandest du ihn auch noch süß.«

Em gab auf. »Bei mir zu Hause stimmt irgendwas nicht.«

»Zanken sich deine Eltern?« Mel zuckte mit den Schultern. »Das ist nichts Besonderes. Meine streiten sich *immer.*«

»Wirklich?« Einen Moment lang war Em abgelenkt und versuchte sich vorzustellen, wie ihr Onkel Howie herumbrüllte. Bereits die Vorstellung, daß Onkel Howie Tante Treva auch nur Widerworte gab, fiel schwer, aber schließlich war es schwer vorstellbar, daß überhaupt jemand Tante Treva Widerworte gab.

Mel kramte in dem alten Koffer herum, den sie sich als Schatzkiste stibitzt hatte, und zog eine verknitterte Packung Oreo-Schokokekse hervor. »Klar. Letzte Woche ging es um den Rasen.« Sie nahm ein Plätzchen und reichte Em das Paket. »Sie wußten natürlich nicht, daß ich zuhörte.«

»Den Rasen?« Em schob ihre Brille auf der Nase hoch, um das Paket besser begutachten zu können. Keine Käfer. Sie nahm einen Keks und biß hinein. Er war alt und weich, aber immerhin ein käferloser Oreo-Keks in einem Baumhaus, deshalb schmeckte er doch ganz gut. Ein leichter Wind kam auf, blies durch das Fenster und noch mehr durch die Ritzen zwischen den Brettern, die Three in seinen frühen Zimmermannstagen zusammengenagelt hatte. Die Ritzen hoben den Standard. Jeder konnte Bretter eng zusammennageln, aber nur Three würde eine Klimaanlage einbauen.

Mel schluckte ihren Keks hinunter. »Ja, den Rasen.« Sie fummelte das nächste krümelige Plätzchen aus der Packung und lutschte an dem Überzug. »Dad kam nach Hause und sagte« – sie senkte ihre Stimmlage und wiegte bedächtig den Kopf hin und her – »›Mensch, Treva, du hast noch nicht einmal Unterricht im Sommer und erwartest von mir, daß ich nach dem langen Arbeitstag auch noch den dämlichen Rasen mähe‹, und Mom sagte« – Mel verlieh ihrer Altlage einen quiekenden Klang – »›Selber Mensch, ich hole mir doch beim Mähen dieses gottverdammten Rasens keinen Herzinfarkt. Wenn du ihn mähen willst, dann tu es.‹«

»Waren sie laut?« fragte Em fasziniert.

»Nö.« Mel plumpste neben sie auf die Kissen und stopfte sich den halben Keks in den Mund, so daß beim Sprechen dunkle Krümel an ihren Lippen kleben blieben. »Irgendwann sind sie es leid, dann meckern sie sich an, sagen irgend etwas Blödes, und dann tun sie es.«

Em riß die Augen auf. »Oh.«

Mel nickte. »Mom sagt zum Beispiel: ›Okay, ich werde den Rasen mähen, aber wenn ich dann heiß und verschwitzt bin, war's das, weil ich nur einmal am Abend heiß und verschwitzt sein will‹, und Dad sagt: ›Na ja, ich kann den Rasen auch später mähen; warum sprechen wir nicht darüber?‹, und Mom sagt: ›Ich weiß nicht, das Gras ist wirklich ziemlich lang‹, und dann greift mein Dad nach ihrer Hand und sagt: ›Komm in mein Büro, um das zu besprechen‹, und dann fängt meine Mom an zu lachen, und sie gehen in ihr Schlafzimmer und tun es.« Sie biß in die zweite Kekshälfte. »Nach dem Rasenstreit wollte ich an der Tür lauschen, aber Three hat mich erwischt.«

Em grinste und entspannte sich. »Was hat er gesagt?«

»Er meinte, daß ich aufhöre zu wachsen, wenn ich bei so einem Kram zuhöre, und daß ich selbst schuld bin, wenn ich ein Zwerg bleibe. Dann ist er mit mir ein Eis essen gegangen.«

Em seufzte. »Ich liebe Three.«

»Du kannst ihn auch als Bruder haben«, bot Mel an. »Und worüber streiten sich deine Mom und dein Dad?«

Em ließ ihren angeknabberten Keks sinken. »Tun sie nicht. Ich meine, sie streiten nicht. Sie reden noch nicht einmal miteinander.« Sie grübelte einen Moment. »Ich glaube noch nicht mal, daß sie es tun.«

Mel schüttelte den Kopf. »Das kannst du nicht wissen. Sie können wirklich geschickt sein und warten, bis du schläfst. Deine Mom und dein Dad sind erwachsen. Meine sind *unreif.*« Bei dem letzten Satz hob sie ihr Kinn und ähnelte ihrer Mutter so sehr, daß Em trotz ihre Sorgen lachen mußte. Aber Mel, wie sie nun einmal war, kam zum Ausgangsproblem zurück. »Wenn sie also nicht streiten, wo ist dann das Problem?«

»Sie tun *überhaupt nichts.*« Em dachte nach, um Mel eine Begründung geben zu können, damit sie verstand. »Dad ist ständig beim Bowling und kümmert sich um den Garten und geht zur Arbeit. Mom arbeitet im Haus, erledigt ihren Schulkram, um sich für das neue Schuljahr vorzubereiten, und redet mit Grandma und mit deiner Mom oder besucht meine verrückte Uroma im Pflegeheim. Aber sie tun nichts gemeinsam.«

Sie schob ihre Brille wieder hoch und sah Mel stirnrunzelnd an. »Ich weiß, das hört sich nicht schlimm an, aber das ist es. Irgend etwas stimmt nicht. Und heute benimmt sich meine Mom ganz komisch. Ich weiß nicht, warum, aber sie scheint wirklich unglücklich zu sein.«

Mel richtete sich auf. »Sie nehmen sich also, sagen wir, nicht in den Arm, machen Witze oder tun so, als würden sie streiten, um dann loszulachen, all so was tun sie nicht?«

Em versuchte sich ihre Eltern bei solchen Dingen vorzustellen. Es hörte sich so wundervoll an, Eltern zu haben, die lachten, aber sie konnte es sich nicht ausmalen. Ihre Mom lachte mit ihr und mit Tante Treva, aber sie konnte sich nicht daran erinnern, daß sie mit ihrem Dad lachte. Sie konnte sich überhaupt nicht daran erinnern, wie ihr Dad lachte. »Nein«, sagte sie. »Nein, so was tun sie nie.«

Mel setzte eine nüchterne Miene auf. »Vielleicht lassen sie sich scheiden.«

»Nein!« Em schob die Kekspackung weg und merkte, wie ihr schlecht wurde. »Nein, tun sie nicht. Sie streiten sich nicht. Nie. Wirklich, niemals. Sie lassen sich nicht scheiden.«

»Du könntest hier wohnen«, bot Mel an. »Meine Mom liebt dich, und mein Dad auch. Du könntest meine Schwester sein.«

»Sie lassen sich nicht scheiden«, wiederholte Em.

Mel ließ sich wieder auf die Kissen zurückfallen, starrte in die Luft und fing an zu grübeln. Em beobachtete sie hoffnungsvoll, schließlich war Mel diejenige mit den Ideen. Vielleicht fiel ihr ja etwas ein, um alles in Ordnung zu bringen.

»Wir könnten sie ausspionieren«, meinte Mel schließlich.

»Nein«, sagte Em. Mel hatte die Idee, aber manchmal waren ihre Ideen wirklich schlecht, und deshalb hatte Em stets das letzte Wort. Mel gab den Spionagegedanken auf und überlegte weiter.

»Ich hab's.« Sie setzte sich auf. »Du schläfst heute nacht bei mir, dann haben sie ein bißchen Zeit für sich. Meine Mom sagt, daß das ihre Ehe manchmal rettet. Sie lädt mich dann bei Grandma ab, und einmal, als sie nicht merkte, daß ich zuhörte, hat sie gesagt: ›Danke, Irma, das wird die Ehe deines Sohnes retten.‹«

»Ich habe doch letzte Nacht schon bei dir geschlafen«, warf Em ein. »Ich tue das doch ständig.«

»Seitdem du wegen ihnen ein schlechtes Gefühl hast?« fragte Mel.

Em dachte darüber nach. Dieser ganze Mist hatte letzte Woche angefangen. Sie redeten oder lachten nie miteinander, aber bis zur letzten Woche hatte sie sich darüber keine Gedanken gemacht. Aber nun schien alles kälter und gespannter zu sein.

Eigentlich hatte sie sich auch darüber bis heute keine Gedanken gemacht. Bis sie das Gesicht ihrer Mutter gesehen hatte, als sie von dem Auto zurückkam. »Nein«, meinte sie. »Nicht seitdem.«

Mel rollte sich auf die Füße und ging zur Leiter. »Komm schon. Laß uns fragen.«

Treva zu besuchen war vielleicht nicht die beste Idee gewesen, ging Maddie durch den Kopf. Nachdem Treva die sechste Auflaufform Cannelloni mit so viel frisch geriebenem Parmesan bestreut hatte, daß er ausreichen würde, ganz Frog Point unter sich zu begraben, war sie nun völlig auf den Gedanken fixiert, Brents Sachen nach Beweisen zu durchsuchen. »Nein«, sagte Maddie zu ihr. »Wir werden seine Sachen nicht durchwühlen. Kommt nicht in Frage.«

»Natürlich werden wir das tun.« Treva saß ihr gegenüber und war begeistert von ihrem Plan. »Wir werden bestimmt etwas finden, das uns zeigt, was abläuft. Briefe und solche Dinge.«

»Briefe?« Maddie sah sie ungläubig an. »Brent nimmt noch nicht einmal eine telefonische Nachricht entgegen, und du willst nach Liebesbriefen suchen?«

»Oder wonach auch immer. Ist er heute abend zu Hause?«

Maddie versuchte sich daran zu erinnern, welcher Tag heute war. Donnerstag. »Nein. Er ist mit seinem Vater beim Bowling.«

Trevas Miene erhellte sich, was Maddie vorsichtig werden ließ. Treva ging die ganze Katastrophe zu energisch an. »Das trifft sich hervorragend. Dann können wir die Suche heute abend starten. Und ich habe noch eine Idee.« Treva beugte sich vor. »Ich finde, du solltest ihn auch betrügen, um den Spielstand auszugleichen. Ich weiß sogar, mit wem du es tun könntest. Erinnerst du dich noch an diesen Rowdy, der dir während des Abschlußjahres nachgestiegen ist? Er hatte ständig Ärger mit irgend jemandem und war auf seine zwielichtige Art eigentlich ganz süß. Weißt du noch?«

»Nein.« Maddie starrte Treva an, eine Maßnahme, die allerdings keinerlei Wirkung zeigte.

»Aber klar. Er hatte so tolle Augen und diesen großen alten Wagen mit einem Rücksitz von der Größe deines Wohnzimmers.« Treva legte eine bedeutungsvolle Pause ein. »C.L. Sturgis.«

Maddie fuhr sich mit der Hand über das Kinn und versuchte, Desinteresse zu heucheln. »Vage. Ich kann mich vage an ihn erinnern.«

»Jedenfalls habe ich ihn heute morgen mit Sheila Bankhead vor der Polizeistation gesehen. Er sieht jetzt *viel* besser aus, gar nicht mehr wie ein Rowdy. Klar, er wirkt immer noch zwielichtig, aber mit achtunddreißig ist das aufregend.«

»Sieben.«

»Was?«

»Er ist siebenunddreißig. Ein Jahr jünger als wir. Aber was hat C.L. Sturgis mit meiner Scheidung von Brent zu tun?« Aha. Diesmal ging es ihr schon leichter über die Lippen.

»Das habe ich dir doch gesagt. Zahl es Brent erst mit einer eigenen Affäre heim. Mit C.L. Sturgis.«

»Ich soll Sex mit C.L. Sturgis haben?« Maddie begann zu lachen und konnte gar nicht mehr aufhören.

Treva wartete geduldig, unterbrach sie dann aber. »Warum nicht?«

Maddie hörte auf zu lachen und fing ihren Blick auf. »Weil ich den gleichen Fehler niemals zweimal mache, deshalb.«

»Du hattest Sex mit C.L. Sturgis?«

Die Hintertür fiel ins Schloß. Mel trampelte herein und rief: »Mom? Können wir – «

»Raus!« sagte Treva, ohne sich umzudrehen, und wartete, bis die Tür wieder zuschlug, bevor sie sich über den Tisch zu Maddie vorbeugte und wiederholte: »Du hattest Sex mit C.L. Sturgis? *Und du hast mir nichts davon erzählt?«*

»Es hat sich nie ergeben.« Maddie rieb sich die Stirn und versuchte, nicht zu sehr an diese Nacht zu denken, in der sie lachend auf dem warmen Rücksitz mit C.L. gesessen hatte. Damals war es ein Fehler gewesen, und genau das wäre es auch jetzt.

Treva war immer noch völlig verblüfft. »Es ist unglaublich. Ich hätte nicht geglaubt, daß du mir nur zwanzig Minuten etwas verheimlichen kannst, geschweige denn zwanzig Jahre. Und deine Mutter hat es nie herausgefunden?«

»Nein, Gott sei Dank nicht.« Bei dem Gedanken wie vom Blitz getroffen, setzte Maddie sich aufrecht. »Ich habe es nie jemandem erzählt. Kannst du dir vorstellen, was passiert wäre, wenn das herausgekommen wäre? *Niemandem* habe ich es erzählt.«

»Ja, und er wohl auch nicht«, meinte Treva. »Das muß ihn einige Selbstüberwindung gekostet haben.«

»Darüber habe ich nie nachgedacht«, sagte Maddie verwundert. »Das war wirklich nett von ihm.« Sie versuchte, sich an damals zu erinnern. »Ein paar Wochen lang war ich krank vor Sorge, aber niemand sagte etwas, und ich bekam dann meine Tage. Außerdem war damals viel zu tun. Es war kurz vor Ende des Abschlußjahres, und bald darauf hast du wegen der ganzen Aufregung um euch Howie geheiratet. Dann kam das Examen, alles passierte auf einmal. Ich bin danach zum College gegangen, und im folgenden Jahr machte er seinen Abschluß und ist aus der Stadt gezogen. Bis er heute auftauchte, hatte ich ihn mehr oder weniger vergessen. Er wollte mit Brent sprechen.«

»Mit Brent? Worüber?«

Maddie sah sie flüchtig an. »Ehrlich gesagt habe ich ihn nicht gefragt. Es war mir egal.« Sie holte tief Luft und stellte die Frage, vor der sie sich die ganze Zeit gefürchtet hatte. »Treva, sag mir die Wahrheit. Weiß schon jeder davon? Bin ich die letzte, die es erfährt? Ich glaube, ich kann nämlich wirklich nicht – «

Em steckte ihren Kopf durch die Hintertür, und Maddie zwang sich zu einem Lächeln. »Hallo, mein Schatz.«

»Hallo.« Em kam herein und lehnte sich gegen den Tisch. Maddie konnte die Anspannung in ihrem Gesicht sehen. »Tante Treva, darf ich heute nacht bei euch schlafen? Mel und ich müssen unsere Schullisten vergleichen, um zu sehen, ob wir uns etwas teilen können, damit ihr Geld spart.«

»Wie fürsorglich von euch«, antwortete Treva, ohne den Blick von Maddie abzuwenden. »Natürlich darfst du hierbleiben.«

»Super!« Em schlüpfte wieder zur Tür hinaus, und sie hörten sie rufen: »Hey, Mel!«

»Ist dir das recht?« fragte Maddie. »Oder wolltest du heute abend ausgehen? Ich möchte sie nicht bei dir abladen.«

»Mach dir deshalb mal keine Sorgen«, antwortete Treva. »Du mußt allein sein, um Brent anschreien zu können. Three kann auf sie aufpassen, falls ich nicht hiersein sollte. Die Kinder sind unser geringstes Problem.«

Maddie ließ sich zurückfallen. »Em ist mein größtes Problem. Der Gedanke, was passiert, wenn sie herausfindet, was jeder schon weiß, ist ein Alptraum für mich.«

»Ich weiß nicht, was jeder weiß. Ich weiß nur, was ich weiß, und um deine Frage zu beantworten, ich wußte von nichts.« Treva legte ihre Hand auf Maddies. »Vergiß Em mal einen Moment. Was möchtest du? Wenn es Em nicht gäbe, was würdest du wollen?«

»Ich denke, ich würde ihn verlassen«, sagte Maddie. »Nur, daß meine Mutter sich dann in der Stadt mit der ersten Scheidung in der Familie Martindale konfrontiert sieht und seine Eltern mir die Hölle heiß machen werden. Außerdem würde Brent eine Scheidung nicht einfach so hinnehmen, sondern wie beim letzten Mal wie ein Wahnsinniger kämpfen. Und –«

Treva drückte ihre Hand. »Würdest du jetzt mal wenigstens für eine Minute alle anderen vergessen? Was willst *du?*«

Maddie sah sie unsicher an. »Ich weiß nicht.« Sie bemühte sich, das Schuldgefühl von sich fortzuschieben, nicht zuerst an alle anderen zu denken. »Ich glaube, ich würde gerne in Ruhe gelassen werden. Ja, ich denke, das würde mir gefallen. Nur das zu tun, wozu ich Lust habe, sich keine Gedanken darüber zu machen, was die Nachbarn denken – das wäre klasse.« Sie rückte ein Stück vom Tisch ab, und Treva ließ ihre Hand los. »Kennst du eigentlich meine Phantasievorstellung, nackt vor der Bank zu stehen? Ich habe noch eine andere, nämlich allein auf einer verlassenen Insel mit jeder Menge Schokolade und Büchern zu sein. Nur ich und Esther Prices handgemachte Schokonüsse und Sahnebonbons und die kompletten Werke von jedem. Keine Nachbarn.«

»Die habe ich auch«, erwiderte Treva. »Bei mir sind es allerdings ein Haufen Schokolade und Harrison Ford. Bis ich eines Tages dachte: *Warum ist Harrison hier? Ohne ihn könnte ich mir diese Turnübungen sparen.*«

»Ich mag einfach dieses Alleinsein«, sagte Maddie. »Niemand, den man glücklich machen muß. Niemand, für den man sich schuldig fühlen muß. Für immer nur ich allein.«

»Für immer?« Treva hob eine Augenbraue. »Zwei Wochen vielleicht, dann würde ich mir meine Familie zurückwünschen. Selbst Howie, auch wenn er ein Mann ist.«

»Ich könnte ewig so leben«, meinte Maddie und richtete sich abrupt auf ihrem Stuhl auf. »Ohne Em allerdings würde ich sterben. Außerdem ist es nur ein Hirngespinst. Ich muß in dieser Stadt leben, und meine Mutter hat es verdient, daß ich mich um sie kümmere, und Em hat es erst recht verdient, daß ich mich um sie kümmere. Außerdem war ich diejenige, die Brent versprochen hat, in guten und schlechten Zeiten zu ihm zu stehen, also vergiß die einsame Insel.« Sie schüttelte den Kopf. »Ich weiß nicht, was ich will. Wahrscheinlich sollte ich mich besser darauf konzentrieren, was ich für Möglichkeiten habe.«

»Du kannst dich scheiden lassen«, sagte Treva. »Verlaß ihn.«

»Und wenn er mich nicht betrügt?« warf Maddie ein. »Wenn es eine Erklärung gibt? Immerhin könnte das sein. Es ist möglich.«

Treva rollte mit den Augen. »Gut, dann sprich mit ihm. Aber *tu* es auch.«

Mit ihm sprechen. Sagen, *Brent, ich werde dich verlassen.* Sagen, *ich nehme Em mit und verlasse dich.* In Lichtgeschwindigkeit fühlte sie sich fünf Jahre zurückversetzt. An diesem Punkt war sie schon einmal angelangt, und es war furchtbar gewesen. Maddie spürte die Tränen in ihren Augen aufsteigen und wappnete sich. Nein, sie würde nicht weinen. Sie würde nicht in der Küche ihrer besten Freundin sitzen und Trübsal blasen. In ihrem Bedürfnis zu fliehen, bevor die Tränen hervorquollen, stand sie auf. »Gut. Ich weiß, du hast recht. Aber ich muß jetzt gehen.«

»Wie du meinst.« Treva lehnte sich zurück. »Gut, dann später. Wann immer du mich brauchst. Bist du sicher, daß du okay bist?«

»Mir geht's prima«, sagte Maddie und ging hinaus, um ihre Tochter zu suchen.

Die Hitze war so drückend, daß sie schwer auf Maddie lastete, während sie mit Em die Linden Street hinunter nach Hause ging. Diese Straße war sie in ihrem Leben wohl schon millionenmal entlanggegangen. Mit ihrer Mutter hatte sie in dem alten gelben Haus zwei Blocks weiter als Treva gelebt, und Treva hatte dort gewohnt, wo sie jetzt mit Howie lebte, da sie das Haus von ihren Eltern übernommen hatte, als diese in eine der Eigentumswohnungen am Fluß zogen.

Ihr ganzes Leben lang bedeutete Linden Street, atemlos vor Plänen und Neuigkeiten zwei Blocks hochzulaufen, um Treva zu besuchen, genauso, wie sie nun immer drei Blocks hinunterging, um sie zu sehen.

Und sie stand für Brent, der sie zu einer Verabredung oder an Schultagen abholte und anschließend wieder nach Hause brachte, Brent, der in der Linden Street ein Haus gekauft hatte, weil sie diese Straße liebte und nahe bei Treva sein wollte, Brent, der so liebenswert sein konnte und der sie nun vermutlich betrog.

Du kannst ihn nicht ausstehen? hatte Treva sie gefragt. Es war möglich, jemanden gleichzeitig zu lieben und zu hassen; nach Beth hatte sie dieses Gefühl ihm gegenüber gehegt. Jetzt allerdings verspürte sie nur Wut und Grauen und grenzenlose Verbitterung – es gab keine Liebe mehr, die diese Gefühle aufwiegen konnte. So stand es also um ihre Ehe. Zu ihrem Schrecken konnte sie die Tränen nicht zurückhalten. Em würde es bemerken. »Laß uns ein Wettrennen bis zum Auto machen«, sagte sie daher und rannte den letzten Häuserblock entlang, um sich dann außer Atem, aber nicht mehr weinend, auf den Fahrersitz ihres betagten Civic fallen zu lassen.

Kurz nach ihr stieg Em ein und zog die Tür hinter sich zu. »Das war unfair, du hast einen Frühstart gemacht. Wohin fahren wir? Warum nehmen wir nicht Daddys Wagen? Der ist doch viel bequemer.«

Weil ich nie wieder in diesen Wagen einsteigen werde. Maddie legte den Rückwärtsgang ein. »Der hier fährt genauso gut. Laß uns bei deinem Dad vorbeischauen.«

Em wurde still. »Okay.«

Maddie fing ihren Blick auf und zwang sich unter Anstrengung aller Gesichtsmuskeln zu einem Lächeln, zu dem ihr so gar nicht zumute war. »Fragen wir ihn einfach nur, was er zu Abend essen möchte. Das wird lustig.«

»Okay«, sagte Em wieder, ohne ihren achtsamen Gesichtsausdruck zu ändern.

Maddie fuhr rückwärts aus der Ausfahrt, und Em duckte sich, damit niemand sie in diesem Rostmobil erkannte. Wenigstens der Civic war eine Schlacht gewesen, die Maddie in ihrer Ehe gewonnen hatte. Sie umklammerte das Lenkrad fester, während sie darüber nachdachte. Brent hatte sie überreden wollen, ihn gegen den neuen Wagen, den er für sie kaufen wollte, einzutauschen, und hatte sogar einen Abschleppdienst beauftragt, um ihn abholen zu lassen, aber in letzter Minute hatte sie sich auf die Motorhaube geworfen, so daß der Mann mit dem Abschleppwagen schließlich ohne ihr Auto wieder wegfuhr. »Ich liebe dieses Auto«, hatte sie Brent erklärt. »Ich habe ihn selbst bezahlt, er bleibt nie stehen, und ich verstehe ihn. Es braucht Jahre, bis man ein Auto so gut kennt wie ich dieses. Ich möchte in diesem Wagen begraben werden.« Brent hatte daraufhin aufgehört herumzunörgeln, sie jedoch mit einem Blick bedacht, als hätte sie den Verstand verloren. Vielleicht war das der Grund, weshalb er sie betrog: Die Schande ihres Wagens, erschwert durch ihren Schwachsinn, hatte ihn dazu getrieben.

Er betrog sie. Im Gegensatz zu all den Argumenten, die sie Treva genannt hatte, gab es keine andere Erklärung. Treva hatte recht damit getan, die Augen zu verdrehen. Er betrog sie.

Maddie stellte einen Country-Sender ein und fuhr zu der Musik der Mavericks durch das Stadtzentrum ihrem Ehemann und dem Ende ihrer Ehe entgegen, während sie sich bemühte, ihr ruiniertes Leben zu ignorieren. Leute lächelten und winkten ihr zu, und sie winkte zurück und fühlte sich anerkannt. Die Menschen in Frog Point mochten sie. Sie war liebenswert. Jawohl, das war sie: liebenswert. Es war eine verteufelte Sache, liebenswert zu sein, aber das war sie nun einmal, und vielleicht war das alles, was sie war. Plötzlich durchfuhr sie der furchtbare Gedanke, daß sie gegen die Idee einer Scheidung deshalb ankämpfte, weil eine Scheidung nicht liebenswert war. Das wäre schön dumm. Nur, daß sie, wenn sie nicht mehr liebenswert war, nicht wußte, ob sie überhaupt noch existieren würde.

Sie lenkte sich mit erfreulicheren Gedanken ab. Das alte Frog Point war im Spätsommer wunderschön; alte Ulmen und Eichen in voller Pracht bildeten ein Laubdach über den Straßen und rieben ihre Zweige über der Fahrbahn aneinander, und Maddie fühlte sich beschützt, während sie durch die Schattenflecken fuhr. Die Baumwurzeln drückten die grauen Betonplatten auf dem Gehweg in rissigen, runden Wellen nach oben, die an den schattigen Stellen mit Moos überzogen waren. In ihren Kindertagen in der Linden Street hatten Treva und sie die Platten in ihrer Phantasie zu Bergen gemacht und Geschichten über sie ersponnen, während sie sie mit ihren Rollschuhen hinauf- und hinunterfuhren und Himmel und Hölle spielten. Heute machten Em und Mel das gleiche, in Sicherheit vor all den schrecklichen Dingen, die kleinen Kindern in Großstädten widerfuhren. Was auch immer die Nachteile sein mochten, Frog Point war ihr Zuhause. Achtunddreißig Jahre lang hatte es sie umgeben, gewärmt und jeden ihrer Schritte überwacht. Wenn Brent nicht wäre, könnte sie damit leben. Sogar mit Brent mußte sie damit leben. Sie gehörte nach Frog Point.

Die Mavericks verklangen, und Patsy Cline stimmte *Walking after Midnight* an. Auch Patsy hatte Männerprobleme gehabt, was irgendwie tröstlich war; wenn selbst eine Klassefrau wie Patsy sich für Männer zur Idiotin machte, war Maddie vielleicht noch nicht ganz verloren. Hinter ihnen tauchte ein alter brauner Datsun auf und bremste in letzter Sekunde ab. Der Datsun war sogar noch älter als ihr Civic, so alt, als hätte C.L. Sturgis ihn in seinen ruhmreichen Tagen zu Schrott gefahren. Maddie rief sich den C.L. von damals ins Gedächtnis, frech und berstend vor sprühender Energie, und einen kurzen Augenblick lang wünschte sie sich zurück in diese Zeit, bevor sie all ihre Fehler begangen hatte und in der sie sich statt dessen für C.L. hätte entscheiden können. Aber das bedeutete, daß es Em nicht gäbe, und Em wog alles auf, sogar das; also mußte sie C.L. und die Erinnerungen aus ihren Gedanken verbannen und weiterfahren zu ihrem Ehemann.

Das Quietschen der Bremsen lenkte ihre Aufmerksamkeit wieder auf den Datsun. Erneut war er zu dicht aufgefahren und hatte im letzten Moment abgebremst, gerade noch rechtzeitig, um nicht in ihren Wagen zu schlittern.

»Was soll das?« fragte Maddie den Datsun durch ihren Rückspiegel, während der Fahrer, von ihrem behutsamen Fahrstil sichtlich genervt, in eine Seitenstraße abbog. Sollte er doch, niemand riskierte sein eigenes Leben, vor allen Dingen nicht mit Kindern auf dem Beifahrersitz. Maddie holte tief Luft. All dies würde Em so weh tun, und das war das Schlimmste, das Allerschlimmste. Und genau das würde sie Brent niemals verzeihen – daß er Em weh tat, wo sie ihn doch so liebte.

Aber ebensowenig konnte sie ihm verzeihen, was er ihr angetan hatte, und während der langsamen Fahrt durch den kühlen Schatten der Bäume steigerte sich ihre Wut immer mehr. Er hatte sie schon wieder lächerlich gemacht. Wenn sie ihn verließ, würde sie ohne die Möglichkeit eines Gegenschlags in die verständnisvolle und gleichzeitig hämische Umarmung der Stadt fliehen. Treva hatte recht – irgendwie mußte sie den Spielstand ausgleichen. Erneut kehrten ihre Gedanken zu C.L. zurück, dieses Mal zu der frischen Erinnerung, wie er als erwachsener Mann breitschultrig und lachend und kraftvoll und greifbar und verdammt gut aussehend auf ihrer Türschwelle stand.

Nein. Unter keinen Umständen. Sie hatte auch ohne Ehebruch bereits genug Probleme. Abgesehen von der Tatsache, daß man so etwas nicht tat, bedeutete ein Ehebruch in Frog Point eine Kurzserie in der Gerüchteküche.

Nichtsdestotrotz verspürte sie ein gewisses Wohlempfinden bei dem Gedanken an Rache. Und zudem stellte sie überrascht fest, daß sie die Vorstellung, die Stadt durch ein Verhalten, das einem anständigen Mädchen nicht zu Gesicht stand, in Aufruhr zu versetzen, geradezu genoß, solange sie nur mit dem Gedanken spielte und ihn nicht in die Tat umsetzte.

Im Radio löste Reba McEntire Patsy ab, und Maddie wich nur knapp drei Meter vor dem nächsten Stoppschild einem kleinen, buntgescheckten Mischlingshund aus, der mitten auf der Fahrbahn saß und sich von dem herannahenden Fahrzeug völlig unbeeindruckt am Ohr kratzte. »Keine Eile«, sagte Maddie zu ihm, und Em entspannte sich lachend.

Doch dann wurde Em sehr still und sah ihre Mutter mit großen unschuldigen Augen durch ihre Brillengläser an. »Ich wette, der Hund hat kein Zuhause. Vielleicht sollten wir ihn adoptieren.«

Maddie starrte über das Lenkrad hinweg auf den Hund. Er trug ein rotes Halsband, dessen Anhänger klimperten, während er sich kratzte. »Er gehört irgend jemandem, Em. Wahrscheinlich ist er gerade auf dem Heimweg.«

»Nun ja, dann könnten wir vielleicht einen anderen Hund kaufen und ihm ein Zuhause geben, als gute Tat«, meinte Em.

Maddie lehnte sich zurück. *Die Engelstochter macht die Rechnung auf,* dachte sie. *Endlich.* »Okay, heraus mit der Sprache. Was geht dir durch den Kopf?«

Em gab auf und ließ sich auf den Sitz zurückfallen. »Ich will einen Hund. Ich hätte wirklich so gerne einen. Und ich war brav. Außerdem habe ich bald Geburtstag.«

»Dein Geburtstag ist im Januar«, erinnerte Maddie sie.

Em stöhnte. »Ich *wußte,* daß du das sagen würdest. Sieh mal, Mom, wir brauchen wirklich einen Hund. Dringend.«

»Auf die Idee bist du wegen ›Frazier‹ gekommen, stimmt's?« meinte Maddie. »Em, das ist nicht so einfach, wie es im Fernsehen aussieht. Um einen Hund muß man sich kümmern – «

»Ich weiß«, sagte Em mit so großer Befriedigung, daß Maddie wußte, daß sie in die Falle getappt war. Em beugte sich über die Rückenlehne und holte einen Stapel Bibliotheksbücher hervor. »Ich habe mich informiert.«

Maddie besah sich die Bücher. *Die Pflege deines Welpen. Hundepflege im Überblick. Hundekunde. Der brave Hund.* Auf Ems Schoß lagen noch weitere.

»Ich habe sie alle gelesen, sogar die dicken«, sagte Em. »Ich schaffe das. *Bitte.*«

Maddies erster Impuls war, nein zu sagen, mit der Begründung, daß sie schon genug zu tun habe, aber Em zeigte einen solchen Eifer. Und Brent würde einen Hund verabscheuen, was ein wichtiges Kaufargument darstellte. Außerdem würde ein Hund Em ablenken, falls es zu einer Scheidung käme. Er würde ihr Halt geben, wenn der Rest ihrer Welt zusammenbrach.

Em sah Maddie an, als hinge ihr ganzes Leben von Maddies nächsten Worten ab.

»Einverstanden«, sagte Maddie. »Wir fahren beim Tierheim vorbei, nachdem wir bei Daddy waren.«

»Ja!« Vor Freude hüpfte Em auf dem Sitz herum.

»Aber du mußt dich um ihn kümmern – «

»Klar, das werde ich, ich kenne mich aus, das werde ich. Ich liebe dich, Mom!« Mit einem breiten Lachen auf dem Gesicht hüpfte Em weiter auf und ab.

Der Hund hörte auf, sich zu kratzen, und gähnte, und Em mußte erneut lachen, und für einen Augenblick schien die Welt wieder in Ordnung zu sein. *Vielleicht sollte ich nicht in die Firma zu Brent fahren*, dachte Maddie. *Vielleicht sollten wir statt dessen einen Hund kaufen. Oder vielleicht sollte ich mit dem Auto einfach hier mitten auf der Straße stehenbleiben.* Vielleicht würde sich nichts ändern, wenn sie nicht um die nächste Ecke bog.

Sie warf einen Blick in den Rückspiegel und sah den alten Datsun um die Ecke auf sie zusausen.

In Panik drehte sie sich zu Em, um sie zu warnen, aber

ihr Aufschrei verlor sich in dem Lärm quietschender Reifen, durchgetretener Bremsen und dem zermürbenden Krachen scheppernden Metalls. Sie spürte die Heftigkeit des Aufpralls in ihrem Rücken, und ihr Kopf schnellte nach vorne, als sich ihr Sitz aus der Verankerung löste und vorwärtsrutschte, während das Radio keinen Ton mehr von sich gab. Ihr Kopf schlug zurück und prallte mit Wucht gegen die Kopfstütze hinter ihr.

3

»Em«, stieß Maddie hervor, als sich nichts mehr rührte.

Em saß – klein, ruhig und angeschnallt – unverletzt und mit weit aufgerissenen Augen neben ihr. »Ich bin okay, Mom. Wow.«

»Bist du sicher? Tut dir der Nacken weh?« Maddies Nacken schmerzte zweifellos.

»Ich hab nichts. Irre, der hat uns voll getroffen.«

Maddie drückte die Autotür aus dem verzogenen Rahmen, und kleine Metallsplitter fielen klirrend auf den Boden. Sie stieg aus und fühlte sich schwindelig. *Immer schön langsam.* Alles um sie herum schien zugleich heller und unschärfer zu sein. Übervorsichtig ging sie zu dem anderen Wagen. Unter ihren Schuhen knirschten Glasscherben. Aus dem Radio plärrte nervtötendes Geschrei, und Maddie wünschte, sie könnte auch losschreien, aber das würde ihr zu große Schmerzen bereiten.

Der Fahrer saß stöhnend und den Kopf zwischen den Händen haltend auf dem Sitz, und sie beugte sich zu ihm, um zu sehen, ob es ihm halbwegs gutging. Er war ein blasser, schlaksiger Junge mit blonden Haaren aus der High-School, den sie erkannte, ohne ihm einen Namen zuordnen zu können, da er nicht ihre Klasse besuchte.

»Bist du in Ordnung?« fragte sie. »Hast du dir den Kopf gestoßen? Warst du angeschnallt?«

»Mein Auto. Ich bin voll in Sie reingefahren. *Mein Auto!«*

»Dein Radio funktioniert jedenfalls noch.« *Du Trottel.* Der Ärger, den sie die ganze Zeit unterdrückt hatte, bahnte sich wie eine Flutwelle den Weg nach draußen, und beinahe hätte sie ihn angeschrien, erinnerte sich jedoch rechtzeitig daran, daß auch er in den Unfall verwickelt war und daß es keinen Sinn hatte, ihn noch zusätzlich fertigzumachen, auch wenn er ein rücksichtsloser Idiot war. C.L. hatte bei seinen Unfällen wenigstens nur Geländer und Gräben in Mitleidenschaft gezogen und keine anderen Leute. Der Junge stöhnte erneut und wich ihrem Blick aus. Sie richtete sich auf und ging zu ihrem Wagen zurück, um den Schaden zu betrachten.

Er war hinüber. Der Kofferraum war bis zur Rückbank eingedrückt, beide Rücklichter waren völlig zertrümmert. Auch wenn sie von Autos keine Ahnung hatte, war ihr klar, daß dieses hier niemand mehr reparieren würde. Es war zu alt.

Sie verspürte noch immer größte Lust, den Jungen anzubrüllen. Dreimal war er ihr zu nahe gekommen, das letzte Mal definitiv.

Em stieg aus. »Wahnsinn.«

Mein Auto.

»Kriegen wir jetzt ein neues Auto?« fragte Em.

Der Junge gesellte sich zu ihnen. »Glaubst du, daß deine Versicherung dafür aufkommt?« Maddie wandte sich ihm zu. *Ich könnte dich auf der Stelle umbringen.* Sie begann, mit vorsichtigen, bedächtigen Schritten um ihren Wagen herumzugehen.

Der Junge folgte ihr, und plötzlich tauchte die Polizei auf.

Sie ließ sich in ihr Auto sinken und lehnte sich mit der

Stirn gegen das Steuer. Der Officer, ein junger Mann, der vor fünf Jahren durch ihren Kunstabschlußkurs gefallen war, fragte sie nach ihrem Führerschein, und Em fischte die Papiere aus Maddies Handtasche. Er war höflich, stellte jedoch zu viele Fragen. Maddie war so verwirrt, daß er sich nach ihrem Wohlbefinden erkundigte.

»Ich wollte in diesem Wagen begraben werden«, sagte sie, woraufhin er zum Funkgerät griff, um angesichts augenscheinlicher Gehirnerschütterung einen Krankenwagen anzufordern.

Brent, groß, dunkel, kraftstrotzend und selbstsicher, traf sie in der Notaufnahme an. *Ich war auf dem Weg zu dir,* wollte sie ihm sagen, aber er ergriff als erster das Wort.

»Ich werde mich um alles kümmern.« Er entfernte sich, um mit tiefer, ernster Stimme mit dem jungen Arzt und der noch jüngeren Krankenschwester zu sprechen.

Ich hasse dich, schoß es Maddie durch den Kopf, aber es schien nicht der richtige Zeitpunkt zu sein, um dies vor Em hier laut auszusprechen. Der Raum roch nach Desinfektionsmittel und Alkohol, und sie hatte einen metallischen Geschmack im Mund von der Medizin, die man ihr verabreicht hatte. Ihr war kalt, der Untersuchungstisch war zu hoch, und sie wollte nach Hause, aber Brent redete noch immer mit dem Arzt.

Sie betrachtete ihren Ehemann. Würde eine andere Frau ihn begehren? Er war ein wenig dick geworden, aber angesichts seiner Größe, Stärke und Jungenhaftigkeit noch immer gutaussehend. Diese dunkle Locke, die ihm ständig in die Augen fiel. Diese neckische Haartolle oben auf seinem Kopf. Diese Grübchen. Dieses freche Lächeln. Dieser Schweinehund. Mit gestrafften Schultern kam er wieder zu ihr, und die Krankenschwester folgte ihm mit bewunderndem Blick. Maddie zog sich ein wenig zurück, als er nähertrat.

Er sagte etwas zu ihr, und sie versuchte, ihn aus weiter Ferne zu fokussieren.

»Mach dir keine Sorgen, es war nicht deine Schuld«, sagte er, den Arm um Em gelegt, die sich ergeben an ihn lehnte.

»Ich weiß.«

»Der Junge ist nicht versichert, aber unsere Versicherung wird für den Schaden aufkommen.«

»Ich weiß.«

Seine Hand schloß sich fester um Em. »Und Emily ist Gott sei Dank nichts passiert.«

»Ich weiß.«

»Du hast noch nicht einmal eine Gehirnerschütterung, nur eine Muskelzerrung im Nacken. Du brauchst lediglich ein wenig Tylenol Drei.«

»Ich weiß.«

Brent seufzte, und seine Besorgtheit verwandelte sich augenscheinlich in Ärger.

»Wir können jetzt gehen.«

»Ich weiß.«

Die Krankenschwester schenkte ihm ein strahlendes Lächeln und gab ihm das Schmerzmittel für Maddie. Er führte sie hinaus zu dem Cadillac und setzte Em auf den Rücksitz, bevor er sich zu Maddie umdrehte, die den Wagen anstarrte und zu begreifen versuchte, wie er von der Auffahrt, wo er den Verrat offenbart hatte, den ganzen Weg bis zum Krankenhaus zurückgelegt hatte.

»Ich habe den Wagen saubergemacht«, sagte sie zu Brent. »Er stand in der Einfahrt.«

»Howie hat mich abgesetzt, damit ich ihn nehmen konnte. Dein Auto steht bei Leo auf dem Hinterhof. Ich habe dort angerufen, während der Arzt bei dir war. Leo sagt, es sei ein Totalschaden. Jetzt brauchst du einen neuen Wagen.«

Ihr Auto stand tot zwischen dem Unkraut auf dem Hinterhof einer Tankstelle. Normalerweise hätte sie das deprimiert, aber sie war zu benommen, um sich darüber Gedanken zu machen. »Ich weiß.«

Sie stieg in den Wagen und versuchte, sich an das Gefühl eines normalen Lebens zu erinnern. Gestern.

Er setzte sich neben sie und tätschelte ihr Knie, und sie wich zurück. »Entspann dich, Mad«, sagte er. »Bald geht's dir wieder prima.«

Sie nickte kurz, hörte aber sofort auf, weil der Schmerz wie ein Messer in ihren Nacken fuhr. »Ich weiß.«

Brent stieß die Luft durch seine Zähne aus. »Kannst du auch noch etwas anderes sagen außer ›Ich weiß‹?«

Wie wäre es mit »Deine Sympathiebezeugungen rühren mich zu Tränen«? Oder mit »Könnten wir vielleicht eine Schweigeminute für mein Auto einlegen, das von einem trotteligen Teenager auf brutale Weise ermordet wurde«? Oder mit »Hast du eine Affäre, und wenn ja, mit wem, du mieser, verlogener Hurensohn«?

»Maddie?«

Em saß im Wagen. »Vielen Dank, daß du uns abgeholt hast.«

Brent seufzte und fuhr los. Tausend Jahre später bogen sie in die Einfahrt ein. Maddie saß reglos und starrte aus dem Fenster, in dem Bewußtsein, irgend etwas sagen zu müssen. Bald.

»Maddie, wir sind da.« Brent griff an die Seite und löste ihren Sicherheitsgurt. »Mad?« Er legte seine Hand auf ihre Schulter. Sie fühlte sich an wie ein Bleigewicht.

Richtig, sie waren da. Fast verspürte sie Mitleid mit Brent. Es konnte nicht einfach sein, so mit ihr zu reden, das war ihr klar. Sie empfand Mitgefühl, während sie beobachtet, wie er vorne um den Wagen herumging und die Tür auf ihrer Seite öffnete. Das war nett von ihm.

»Maddie, steig jetzt aus. So schlimm geht es dir nicht, das hat jedenfalls der Arzt gesagt.«

Auch richtig. Sie stieg aus dem Wagen. Ihre Schuhe blieben an dem aufgeweichten Teer in der Einfahrt kleben, und sie bemühte sich angestrengt, ihre Füße freizuziehen. Aber sie waren so weit weg. Und Brent war zu nahe.

»Mom?«

Ems Stimme hallte in ihren Ohren. Maddie fixierte den Blick auf das Gesicht ihrer Tochter und lächelte. »Ich bin okay, Liebes. Laß uns hineingehen.« Das Antiseptikum roch gut und frisch, und sie konzentrierte sich einen Moment darauf, um ihren Mann nicht anzuschreien.

»Emily, bist du sicher, daß dir nichts fehlt?« Brent kniete sich neben ihr auf dem Gehsteig nieder und sah ihr in die Augen. In der Sorge um ihre gemeinsame Tochter machte seine gepflegte und ehrlich bemühte Erscheinung mit dieser Haartolle auf dem Kopf einen wirklich liebenswerten Eindruck. Dieser Schweinehund.

Em nickte und hielt ihren Blick auf Maddie gerichtet. »Mir geht es gut, Daddy. Wirklich.«

»Gut.« Er drückte sie an sich, küßte sie auf die Wange und richtete sich auf, um ihr nachzusehen, wie sie auf die Veranda lief. Erst danach wandte er den Blick zu Maddie. »Mad, du solltest auch hineingehen. Bei mir wird es heute abend spät werden. Bestell eine Pizza und laß es dir gutgehen. Warte nicht auf mich.«

Maddie trat neben ihn, und in dem Versuch, ihr auf die Schulter zu klopfen, glitt seine Hand mit kräftigem, unbeholfenem Tätscheln über ihren Oberarm. *Faß mich bloß nicht an,* dachte sie, und der plötzliche Anflug von Wut war erfrischend und wohltuend nach der trüben Benommenheit, die sie wenige Augenblicke zuvor empfunden hatte. Sie hielt inne und wartete, bis Em ein paar Meter weit weg war und die Stufen zur Veranda hinauflief, bevor sie den Blick auf Brent richtete.

»Maddie, komm jetzt.« Die Hand unter ihren Arm schiebend, wollte er sie in Richtung der Veranda führen, aber sie wehrte sich so heftig dagegen, daß er einen Schritt zurückwich.

»Was läuft hier ab, Brent?« zischte sie ihn an und preßte die Zähne zusammen, um nicht laut loszuschreien. Ihre Hände ballten sich vor ihrem Körper zu Fäusten zusammen. »Was treibst du? Was *zum Teufel* treibst du?«

»Was?« Brent starrte sie betroffen an. »Was redest du da?«

Maddie kam noch näher an ihn heran, so daß sie ihm förmlich auf die Füße trat, und flüsterte: »Gottverdammt, ich habe die Unterwäsche einer anderen Frau unter deinem Autositz gefunden! Mit wem triffst du dich? Mit Beth schon wieder?« Heftig schüttelte sie den Kopf, auch wenn ihr das höllische Schmerzen bereitete, die Fäuste gegen ihre Brust pressend, um nicht auf ihn einzuschlagen, in dem Bedürfnis, diese Sache vor ihm und auch vor sich selbst klarzustellen. »Ein weiteres Mal mache ich das nicht mit, Brent. Ein weiteres Mal nicht. Niemals. Wenn du mich betrügst, werde ich dich verlassen. Ich *schwöre* dir, diesmal werde ich dich verlassen.«

Brent starrte Em an, die auf der Veranda stehengeblieben war und zu ihnen zurückschaute. »Alles in bester Ordnung«, sagte er mit zu lauter Stimme. »Du bist völlig durcheinander. Schließlich hast du dir gerade den Kopf gestoßen.« Er senkte den Tonfall. »Du regst Emily auf. Hör auf damit.«

»Ich habe einen Slip gefunden. Einen schwarzen Spitzenslip ohne Schritt. Das solltest du mir erklären, und zwar *auf der Stelle.*«

»Mommy?« rief Em.

»Moment noch, Schatz«, rief Brent zurück. Er senkte seine Stimme wieder. »Du weißt, daß ich dich nicht mehr betrügen würde. Das habe ich dir versprochen. Wie lange willst du mich noch für die Geschichte mit Beth bezahlen lassen?«

Verwirrt trat Maddie einen Schritt zurück. Er argumentierte so vernünftig. »Und was ist mit dem Slip?«

»Keine Ahnung.« Brents Verärgerung ließ seine Stimme lauter werden. »Hat sich wohl jemand einen Scherz erlaubt.«

»Nicht sehr witzig«, erwiderte Maddie.

»Da kann ich dir, verdammt noch mal, nur recht geben.« Er wandte sich ab und ging zur Veranda auf Em zu.

»Mommy fühlt sich nicht wohl«, sagte er zu Em, und als Maddie ihm auf die Veranda folgte, meinte er: *»Bitte warte einen Moment.* Nicht jetzt«, und ergiff Ems Hand. »Mommy braucht ein bißchen Schlaf. Komm, Em, ich bringe dich zu Tante Treva, damit Mommy sich ausruhen kann.«

Em kämpfte mit den Tränen. »Mom?«

Maddie holte tief Luft. Niemals hatte sie ein größeres Bedürfnis verspürt, jemanden anzuschreien, aber nicht vor Em. Niemals vor Em. »Daddy hat recht. Am besten bleibst du heute abend bei Mel, auch die ganze Nacht. Ich komme schon zurecht.«

Em schluckte. »Bist du sicher? Ich könnte auf dich aufpassen.«

Maddie hielt die Tränen zurück. »Danke, mein Schatz, aber ich werde einfach meine Tabletten nehmen und mich ins Bett legen. Ehrlich, laß dich von Daddy mitnehmen.«

Em nickte zögernd. »Na gut, aber ich werde nicht die ganze Nacht dort bleiben. Ich komme rechtzeitig zurück, um dir zu helfen, wenn du aufwachst.«

Maddie schloß sie in die Arme und zog sie fest an sich. Sie spürte, wie steif Ems Körper war. »Mir geht es gut, Em. Du kannst ruhig bei Mel bleiben.«

»Nein.« Ems Stimme brach, und Maddie drückte sie noch fester an sich.

»Also gut.« Maddie klopfte ihr auf den Rücken und wiegte sie wie ein Baby sanft hin und her. »In Ordnung. Daddy kann dich später nach dem Bowling abholen. Alles wird wieder gut.«

Maddie beobachtete, wie Em an Brents Hand den Weg zum Auto zurückging und sich nach ihr umsah. Brent, dieser Hurensohn, der ihre Tochter als Entschuldigung für eine Flucht nutzte. Sie wollte ihm zuschreien: *Komm jetzt her und rede mit mir,* doch statt dessen winkte sie den beiden zu, als er den Wagen rückwärts aus der Einfahrt setzte. Sie holte tief Luft und ging ins Haus.

Sie nahm eine Schmerztablette und stellte das Pillenfläschchen in der Küche auf die Fensterbank, so daß es im Sonnenlicht bernsteinfarben schimmerte. Schön. Dann setzte sie sich einen Moment, um ihre Gedanken zu ordnen, und versuchte, nicht an Em oder schwarze Spitze oder Scheidung oder ihr Auto oder an irgend etwas anderes zu denken, das sie völlig durcheinanderbrachte.

Es war wirklich schön, daß sie keine Gehirnerschütterung hatte. Was zum Teufel hatte sie denn sonst? Sie blickte sich um. Nun ja, sie hatte eine häßliche Küche. Der Boden war mit grauem Linoleum ausgelegt, weil Brent es billig bekommen hatte, aber sie selbst hatte die Wände gelb gestrichen. Jawohl, das war ihre Wahl gewesen. Natürlich waren sie gelb. Sie hatte das Gefühl, in einem Früchtekuchen zu sitzen.

Wenigstens die schwarze Spitze hatte sich von der gelben Farbe abgehoben.

Vorsichtig stand sie auf und ging in die Diele. Die Diele war weiß. Langweilig, aber nicht unangenehm. So ähnlich wie Brent, bis heute jedenfalls. Heute war er unangenehm und unerträglich. Sich am Geländer hochziehend, erklomm sie mühsam die Stufen. Die Anstrengung machte sie schwindelig. Sie stützte sich an der Wand ab und gelangte so ins Schlafzimmer.

Pfirsichfarben. Wie war sie überhaupt auf die Idee der Pfirsichfarbe gekommen? Das gepolsterte Bett am Kopfende war besonders häßlich. Wenn sie es recht überlegte, haßte sie das ganze Zimmer. Das ganze verdammte Haus. Es war Zeit umzuziehen. Vielleicht sollte sie das tun, einfach umziehen. Vielleicht sollte sie das tun, einfach ausziehen, ohne Brent ein Wort zu sagen. Aber dann würde er es von jemand anderem erfahren. So war das nun einmal in Frog Point. Hier konnte man nichts verheimlichen.

Maddie legte sich aufs Bett. Es war himmlisch, die Augen zu schließen, weil das bedeutete, daß ihre Augäpfel nicht herausfielen. Der restliche Schmerz jedoch, den sie überall empfand, lastete so stark auf ihr, daß sie sich tief in die Matratze sinken ließ, um ihm auszuweichen. *Der springende Punkt ist,* so ging es ihr durch den Kopf, *daß ich ihn hasse. Also sollte es mir egal sein, ob er mich betrügt oder nicht. Aber mir tut alles weh, und ich hasse den Gedanken, dieser verdammten Stadt mit dieser ganzen unausweichlichen Katastrophe gegenüberzutreten, und ich ertrage es nicht, was das für Em bedeutet. Am besten sollte ich wohl später darüber nachdenken.*

Ich muß später darüber nachdenken.

Um sieben Uhr an diesem Abend lehnte C.L. sich gegen die Hintertür des Farmhauses seines Onkels und hörte den Grillen zu, die ihr Konzert anstimmten. Bis zum Einbruch der Dunkelheit würde es noch eine Stunde dauern, aber einige von ihnen begannen früh, und ihr Zirpen vermischte sich mit dem leisen Rauschen des Flusses, der ein paar hundert Meter entfernt an der Farm vorüberfloß, und mit dem Gesang der Vögel, die das Ende des heißen Augusttages zelebrierten. Es war einer der Abende, an dem ein Mann sich wünschte, mit einem kalten Bier und einer warmen Frau in einer Hängematte zu liegen, aber die Frau, an die er nicht zu denken versuchte, war verheiratet und hatte ihm die Tür vor der Nase zugeschlagen. Soviel zu Hängemattenphantasien. Wahrscheinlich war es sowieso unmöglich, sich in einer Hängematte zu lieben, obwohl er, wäre Maddie die Frau darin, verteufelt sicher war, daß er es auf einen Versuch ankommen lassen würde. Diese Vorstellung rief weitere hervor, an die er allesamt nicht denken durfte und die ihn schuldbewußt zusammenzucken ließen, als ihn seine Tante von hinten anredete.

»Hast du dir die Hände gewaschen, C.L.?«

C.L. fuhr herum und sah, wie Anna den Küchentisch mit dem Abendessen belud. Das rot-weiß karierte Wachstischtuch war mit großen weißen Porzellantellern, mit dampfenden Fleisch- und Kartoffelschüsseln und mit Gott weiß was noch bedeckt. Der Duft stieg ihm in die Nase, und bei dem Gedanken an die Würze und den Fleischsaft des selbstgepökelten Schinkenbratens und an die Sauce aus Sahne und Käse, in der die Kartoffeln blubberten, lief ihm das Wasser im Mund zusammen.

»Ich schwebe gerade im siebten Himmel«, antwortete er, und sie sagte: »Wenn du dir nicht die Hände gewaschen hast, lassen sie dich dort nicht rein.«

Ihre Stimme war streng, aber sie strahlte genausoviel Wärme und Güte aus wie damals, als Henry ihn vor siebenundzwanzig Jahren mit nach Hause gebracht hatte. Seine Mutter hatte ihm ein letztes Mal erklärt, was für ein Nichtsnutz er war und daß sie ihn nun endgültig in ein Heim für jugendliche Straftäter schicken würde, weil er selbst einer war. Deshalb war er ausgebüxt und wollte im Park schlafen, in der Einbildung, daß dies für einen Zehnjährigen völlig normal sei. Gerade als er die Picknickhütte ansteuerte, war Henry mit dem Wagen neben ihm aufgetaucht und hatte gesagt: »Komm, Junge, steig ein.« Zuerst hatte C.L sich weigern und sagen wollen, daß er auf sich selbst aufpassen könne, aber schon damals ließ Henry nicht mit sich diskutieren. Also war er in den Wagen geklettert, und Henry hatte ihn mit zu Anna genommen, die sagte: »Von jetzt an bleibst du bei uns, C.L.«, woraufhin er *tatsächlich* meinte: »Nein, ich kann auf mich selbst aufpassen«, weil er wußte, was es bedeutete, wenn Leute jemandem einen Gefallen taten: Sie ließen dich ewig dafür bezahlen. Seine Mutter ließ ihn noch immer dafür büßen, daß sie ihn geboren hatte. Davon hatte er mehr als genug.

Aber dann hatte Anna gesagt: »Klar, C.L., das wissen wir, aber wer paßt auf uns auf? Sieh mal, wir werden auch nicht jünger. Wir könnten einen jungen und kräftigen Burschen im Haus gebrauchen.« Bei dem Gedanken daran mußte C.L. grinsen. Henry mußte damals so um die vierzig gewesen sein, stark genug, um eine Kuh im Armdrücken zu schlagen. Und Anna hatte noch nie einen schwachen Tag in ihrem Leben gehabt. Aber für einen Zehnjährigen, der gebraucht werden wollte, hatte dies durchaus Sinn gemacht, und sich um die beiden zu kümmern, schien mit keinerlei Verpflichtung verbunden zu sein, im Gegenteil, sie würden in seiner Schuld stehen. Also hatte er gemeint: »Na gut, solange ihr wißt, daß ich es nur für euch tue.« Daraufhin hatte Anna ihn nach oben zu einem großen Bett mit weichen, weißen Laken gebracht und ihm gesagt, daß es zum Frühstück Pfannkuchen geben würde.

Er hatte zwanzig Jahre für die Einsicht gebraucht, daß die Verpflichtungen gegenüber Menschen, die sich um einen kümmerten, nichts im Vergleich zu denjenigen waren gegenüber Personen, um die man sich kümmern wollte. Bei den Menschen, die sich um einen kümmerten, konnte man sich revanchieren, aber diejenigen, die man beschützen mußte, bleiben einem das ganze Leben lang erhalten. Was bedeutete, daß er, auch wenn er sich nichts sehnlicher wünschte, als Frog Point nie wiederzusehen, zurückkommen mußte, um Anna zu besuchen. Nun betrachtete er sie mit inniger Liebe und dachte, daß sie noch immer aussah wie die energische blonde Frau, die ihm vor so langer Zeit das Leben gerettet hatte. Ihre Schürze war neu, mit modernem Streifenmuster anstelle ihrer üblichen Blumen, aber ihr mittlerweile weißes Haar trug sie immer noch in der Mitte gescheitelt und zu einem Knoten im Nacken zusammengebunden, so glatt und ordentlich wie immer, und ihre blauen Augen hatten sich überhaupt nicht verändert.

An Anna hatte sich überhaupt nichts Wichtiges verändert.

Er grinste sie an. »Jawohl, Ma'am, natürlich habe ich mir die Hände gewaschen. Sie haben mich sehr gut erzogen.« Er marschierte an ihr vorbei zu seinem Platz an der Seite des Tisches und kniff sie im Vorübergehen in die Taille.

Sie rümpfte die Nase. »Ich weiß, daß du erwachsen bist, C.L., aber für mich bist du immer noch mein Junge.«

»Darauf wette ich.« C.L. ließ sich auf den Stuhl fallen und streckte seine Hände mit den Handflächen nach oben für eine Inspektion aus. »Siehst du? Sauber.«

Anna setzte eine weitere dampfende Schüssel vor ihn auf den Tisch, diesmal mit grünen Bohnen. »Und heute ißt du deinen Teller leer. Keine Diskussion.«

C.L. ließ den Blick über das Festmahl gleiten: in Zucker gepökelter Schinken, Brötchen und Butter und Annas Himbeermarmelade, grüne Bohnen mit Speck, dickgeschnittener Kohlsalat mit rotem Pfeffer – Annas Kochkünste waren ein Weltwunder. »Ja, Ma'am.«

Die Fliegentür wurde aufgestoßen, und Henry trat von der Veranda herein, weniger gigantisch als er dem kleinen C.L. damals erschienen war, jedoch immer noch reichlich groß und kräftig. Das dunkle Haar war inzwischen weiß geworden, aber immer noch dicht und üppig. Er wusch sich die Hände an der Spüle und sagte: »Riecht wirklich toll,

Anna«, und sie erwiderte: »Danke, Henry.« *Vor jeder Mahlzeit, die ich hier jemals gegessen habe, habe ich sie das sagen hören,* schoß es C.L. durch den Kopf. Und nicht zum ersten Mal dankte er seiner Mutter stillschweigend dafür, daß sie ihn hinausgeworfen hatte. Es war das Beste gewesen, was sie jemals für ihn getan hatte.

Henry nahm am Kopfende des Tisches Platz, und C.L. faltete die Hände, während Anna sich auf ihren Stuhl setzte und den Kopf neigte. »Herrgott, wir danken dir für diese Speisen, Amen«, sagte Henry. »Amen«, echoten Anna und C.L., bevor Henry nach dem Schinken griff und Anna ihm die Brötchen reichte, während C.L. eine Portion Kartoffeln auf seinen Teller schaufelte. »Laß uns auch noch ein paar übrig, mein Junge«, meinte Henry, und C.L. sah in die riesige Schüssel und antwortete: »Nun ja, ich weiß nicht, Henry. Ich bin heute abend wirklich hungrig.«

»In der ganzen Stadt herumzulaufen und Fragen zu stellen, macht wohl Appetit, was?« Henry sah ihn unter den buschigen weißen Augenbrauen an, und Anna sagte: »Henry, der Junge ißt.«

C.L. grinste seinen Onkel an und schob die Kartoffelschüssel über das glänzende Wachstuch. »Ich habe Brent Faraday gesucht. Hat euch das noch niemand erzählt?«

»Ungefähr zwanzig Leute«, brummelte Henry. »Gibt's einen besonderen Grund?«

»Nö.« C.L. spießte ein Stück Schinken von der Größe Floridas auf die Gabel und lud es auf seinen Teller. »Ich tue lediglich Sheila einen letzten Gefallen.«

Anna erstarrte. »Sheila?«

Zu spät erinnerte C.L. sich daran, daß Sheila nicht unbedingt zu Annas besten Freundinnen gehörte. »Das geht schon in Ordnung. Sie hat mich angerufen und gebeten, einige Dinge nachzuprüfen. Sie heiratet demnächst Stan Sawyer, mach dir keine Sorgen.«

»Ich mache mir keine Sorgen«, erwiderte Anna, legte aber ihre Gabel hin.

»Das ist wirklich kein Problem«, sagte C.L. »Nur ein Gefallen, sonst nichts. Sie sagte, sie würde auf den Rest der Alimente verzichten, wenn ich das für sie täte. Es geht einzig und allein um Geld.« Er streckte die Hand aus und tätschelte ihre. »Schon in Ordnung. Iß jetzt.«

Anna grummelte leise vor sich hin und ergriff ihre Gabel.

Henry nahm den Faden wieder auf. »Und was hat Sheila mit Brent Faraday zu tun?«

C.L unterdrückte einen Seufzer und wandte sich wieder seinem Onkel zu. Es war sinnlos, sich zu sträuben. Henry würde es früher oder später sowieso erfahren. »Stan macht irgendwelche Geschäfte mit Brent, deshalb kam Sheila der Gedanke, daß ich mich als Finanzberater und ihr Exmann nützlich machen und einen Blick in die Bücher werfen könnte. Es wird nicht viel länger als eine Stunde dauern, so daß ich am Montag wieder in Columbus bin. Keine große Sache.« C.L. blickte von Henry zu Anna und sah, daß keiner von beiden ihm das abkaufte. Zeit für einen Themawechsel, sonst würde er während des ganzen Essens über Sheila und Brent reden. »Mrs. Bannister hat heute die Polizei angerufen, weil ich ihr Haus angestarrt habe. Wie weit ist es mit der Welt gekommen, daß Vince Baker plötzlich als Cop vor mir steht?«

Anna rümpfte die Nase. »Thelma Bannister besitzt keinen Funken Verstand.« Sie sah C.L. von der Seite an. »Es wundert mich nicht, daß Sheila dich gebeten hat, Brent Faraday unter die Lupe zu nehmen. Sheila war nie dumm, was Geld anbelangt.«

Bei dem bissigen Tonfall, mit dem sie ›Brent Faraday‹ aussprach, blinzelte C.L. mit den Augen.

»Brent Faraday.« Henry nahm sich einen Löffel Kartoffeln. »Interessant.«

C.L. legte seine Gabel beiseite und sah die beiden prüfend an. »Ihr nehmt mich wohl auf den Arm. Soll das heißen, daß diese Stadt Faraday endlich auf dem Kieker hat?«

»Vielleicht nicht die ganze Stadt«, meinte Henry, und Anna murmelte: »Er war immer so ein lauter Junge.«

Belustigt lehnte sich C.L. auf seinem Stuhl zurück. »Ha, ich will verdammt – nein, entschuldige, Anna –, verwünscht sein. Was hat er angestellt?«

Henry aß weiter und stieß die Sätze zwischen den Bissen hervor. »Warum erzählst du mir das nicht? Du bist doch hinter ihm her. Hab gehört, du hast mit seiner Frau gesprochen.«

»Ich bin dort auf der Suche nach Brent vorbeigefahren, aber er war nicht da.« Abgesehen von ein paar Hängemattenphantasien hatte C.L. sich nichts vorzuwerfen, aber irgendwie bereitete ihm Henrys Blick ein unbehagliches Gefühl. »Ich habe das Haus noch nicht einmal betreten, Henry. Ich habe lediglich nach Brent gefragt.«

»Einst war sie doch dein großer Schwarm«, ließ Anna sich vernehmen. »Ich weiß noch, wie du damals aus der Schule kamst und mir von ihr erzähltest. Du kannst nicht viel älter als zehn gewesen sein, weil du noch nicht lange bei uns wohntest. Elf vielleicht. So ein nettes Mädchen.«

»Ich schwöre, daß ich höchstens fünf Minuten vorne auf ihrer Veranda gestanden habe, mehr nicht.« C.L. versuchte, so unschuldig dreinzuschauen wie er war, aber Henry fixierte ihn noch immer. »Ich schwöre es, Henry.«

»Sie ist verheiratet«, sagte Henry.

Ergeben hob C.L. die Hände. »Henry, ich bin unschuldig. Sie hat mir die Tür vor der Nase zugeschlagen. Ich wollte Brent sehen, nicht Maddie.«

»Warum?« fragte Henry und kehrte damit zum Ausgangspunkt zurück.

»Also, Brent scheint Stan eine Beteiligung von einem

Viertel an der Baufirma verkauft zu haben. Das wäre die Hälfte seiner Hälfte, so daß sie jeweils ein Viertel besäßen, während Howie die Mehrheit hält. Sheila ist darüber nicht sonderlich glücklich.«

»Howie Basset ist ein anständiger Junge«, sagte Anna. »Er würde keine krummen Sachen machen.«

C.L. seufzte. Maddie war ein nettes Mädchen, Howie ein anständiger Junge, und die Tatsache, daß sie beide auf die Vierzig zugingen und sich mit den Jahren vielleicht geändert haben mochten, spielte für Anna keine Rolle. Sie sollte es besser wissen. *Er* hatte sich schließlich verändert. Er war nun verantwortungsbewußt. Seit 1983 hatte er kein Auto mehr zu Schrott gefahren. Und seit der High-School sich mit niemandem mehr geprügelt. Natürlich war Howie wirklich ein anständiger Kerl, Anna lag also nicht so schief, aber dennoch –

Henry griff nach den Brötchen. »Was also willst du von Brent Faraday?«

»Ich möchte mir die Bücher ansehen, und dafür brauche ich seine Genehmigung. Er ist mehr oder weniger dazu verpflichtet, sie mir zu geben, weil ich als Sheilas Finanzberater handele, aber –«

Henry spießte ein paar grüne Bohnen auf. »Was hält Stan denn davon, daß Sheila sich so um sein Geld sorgt, noch bevor es ihres ist?«

»Vermutlich geht es nicht nur um das Geld«, meinte Anna. »C.L., du ißt ja gar nicht. Henry, sei still jetzt, bis er ißt.«

Gehorsam nahm C.L. seine Gabel wieder auf. »Was meinst du damit, es geht nicht nur um das Geld?«

Anna deutete auf seinen Teller, und er schnitt ein Stück Schinken ab, bevor sie ihm antwortete. »Nun ja, sie wird doch nicht wollen, daß er sich in der ganzen Stadt zum Narren macht.«

Henry schnaubte verächtlich.

C.L. grinste ihn an. »Wohl kein Fan von Stan, was?« Anna richtete erneut ihren Zeigefinger auf ihn, und er aß noch ein Stück Schinken.

Angewidert schüttelte Henry den Kopf. »Die Frau muß verdammt dämlich sein, wenn sie glaubt, er ist ein besserer Fang als du.«

Überrascht hörte C.L. auf zu kauen und schluckte den Schinken in einem Stück hinunter. »Als ich?«

Henry strahlte ihn an. »Du hast es wirklich zu etwas gebracht, C.L. Wir sind stolz auf dich.«

C.L. spürte, wie sich seine Brust zusammenzog, und einen schrecklichen Moment lang dachte er, ihm würden die Tränen in die Augen schießen. In diesem Fall würde Henry ihn selbstverständlich enterben, deshalb hielt er sie zurück, aber er war gerührt und mußte das erst einmal verdauen. »Oh«, sagte er. »Danke.«

Anna griff nach dem Brotkorb. »Nimm dir ein Brötchen, C.L.« Sie legte zwei auf seinen Teller.

C.L. nickte, noch immer ganz durcheinander wegen des Schocks, den Henrys ausgesprochenes Lob verursacht hatte.

»Du ißt nicht genug in der Großstadt«, fuhr Anna fort und reichte ihm die Butter. »Du bist viel zu mager, jawohl.«

C.L. bestrich ein Brötchen mit Butter und biß hinein, um sie zufriedenzustellen.

»Wenn du öfters hier wärst, würde ich dich aufpäppeln«, redete Anna weiter. »Weißt du eigentlich, daß es in Frog Point nur einen Finanzberater gibt?«

C.L. blieb das Brötchen im Halse stecken.

»Laß den Jungen in Ruhe, Anna«, mischte Henry sich ein.

»Ich wollte es ja nur mal erwähnen.« Anna griff nach der Schüssel mit den grünen Bohnen. »Schön, ihn wieder zu Hause zu haben. Bohnen, C.L.?«

C.L. schluckte den letzten Bissen des Brötchens hinunter, nahm die Schüssel entgegen und wechselte das Thema. »Ich konnte Brent nirgends finden. War er vielleicht gar nicht in der Stadt?«

Henry durchbohrte eine weitere Scheibe Schinken mit der Gabel. »Nein. Er hat den Nachmittag im Krankenhaus verbracht.«

C.L. versuchte, ein Grinsen zu unterdrücken. »Hat da jemand etwa genauso wie ich die Nase von ihm voll gehabt?«

»Nein.« Henry lehnte sich zurück und begann, das Fleisch zu schneiden. »Seine Frau hatte einen Unfall.«

Augenblicklich erstarb C.L.'s Grinsen, und Anna gab einen sorgenvollen Ton von sich. »Doch nicht die liebe Maddie. Geht es ihr gut?« fragte sie.

»Hat sich ziemlich heftig den Kopf gestoßen.« Henry spießte den Schinken mit der Gabel auf. »Der Kleinen geht es gut. Der Webster-Junge, dieser Schwachkopf, ist um die Ecke gebraust und von hinten auf sie aufgefahren. Sie stand mit ihrem Wagen mitten auf der Straße, weil sie wegen eines Hundes gebremst hatte, sagt sie.«

»Typisch Maddie«, meinte Anna. »Sie würde keiner Fliege etwas zuleide tun. Ich werde ihr etwas backen.«

»Ich glaube, sie mag Schokoladenkuchen«, hörte C.L. sich sagen. »Ich kann ihn ihr ja vorbeibringen.«

Henry warf ihm einen scharfen Blick zu. »Ich dachte, du hältst nach Brent Ausschau.«

»Reiner Nachbarschaftsdienst«, meinte C.L. und hätte sich am liebsten selbst getreten. »Schließlich sollte sich jemand vergewissern, daß es ihr gutgeht. Hast du vor, den Rest der Kartoffeln zu essen, oder bewachst du sie nur da hinten auf dem Tisch?«

»Was für ein Segen.« Anna erhob sich, um die Kartoffeln herüberzureichen. »Henry, der Junge hat Hunger.«

»Genau das bereitet mir Sorgen«, erwiderte Henry.

C.L. ignorierte ihn und aß weiter. Später würde er noch einmal in die Stadt fahren, um Brent zu suchen, aber er hatte nicht die Absicht, Henry das zu erzählen, weil Henry eine schmutzige Phantasie hatte.

»Fahr vorsichtig, wenn du heute nacht nach Hause kommst«, sagte Henry.

»Ja, Sir«, sagte C.L.

»Wir bekommen einen Hund«, erzählte Em Mel, als die beiden mit Brezeln und Hot Dogs auf Mels Couch saßen, Threes Vorstellung einer ausgewogenen Mahlzeit.

Mel riß anerkennend die Augen auf. »Hast du gefragt? Cool.«

Em nickte. »Ich hab vergessen, meinen Dad zu fragen, aber Mom hat ja gesagt.« Sie erinnerte sich an das Gesicht ihrer Mutter, als sie mit ihrem Dad weggefahren war, und spürte, daß sich ihre Brust ein wenig zusammenkrampfte. »Vor dem Unfall«, fügte sie hinzu, und selbst in ihren Ohren klang ihre Stimme seltsam.

»Bestimmt geht es ihr bald wieder gut«, meinte Mel. »Das hat jedenfalls dein Dad gesagt. Denk an den Hund.«

»Wir werden zum Tierheim fahren«, sagte Em, *Hund Hund Hund* denkend, um die schlimmen Gedanken zu vertreiben. »Damit wir einen Hund retten. Das ist besser.«

Mel nickte. »Gute Idee. Kann ich mitkommen?«

Em nickte. »Klar.« Sie könnten alle zusammen gehen, sie und Mel und Tante Treva und ihre Mom. Sie dachte an ihre Mutter und den verwirrten Blick in ihren Augen und an die Art, wie sie zitternd ganz nahe neben ihrem Dad gestanden hatte, und an die Weise, wie sie einander angesehen hatten, so als ob sie sich haßten. *Hund Hund Hund.* Sie schluckte. »Sobald es Mom bessergeht, fahren wir hin.« Ihrer Mutter würde es bald bessergehen. Jeder sagte das. »Bald geht es ihr wieder gut. Die Tabletten benebeln sie ein bißchen, aber bald wird es ihr wieder gutgehen.«

»Das wird *wirklich* toll«, sagte Mel, ihre fröhliche Art wiedergewinnend. Mels fröhliche Laune konnte ziemlich anstrengend sein, aber Em war ihr dankbar für den Versuch. »Weil nun, da sie *verletzt* ist, dein Dad merken wird, wie sehr er sie *liebt,* und er wird sich um sie *kümmern,* und alles wird gut.«

»Er ist zum Bowling gegangen«, sagte Em und aß eine Brezel, um Mel nicht ansehen zu müssen.

»Oh«, meinte Mel.

Hund Hund Hund Hund Hund...

4

Als Maddie um neun Uhr aufwachte, hatten die Schmerzen ein wenig nachgelassen. Sie waren nun auf ihren Kopf konzentriert, so daß sie sie jetzt wenigstens in einem Körperteil orten konnte. Sie tastete sich die Treppe wieder hinunter, wurde jedoch beim Lesen des Etiketts auf ihrem Medikament durch das Läuten des Telefons unterbrochen. Sie taumelte zu dem Apparat, bevor er wieder klingeln und ihr Hirn auflösen würde.

»Maddie, hier ist Mama. Geht es dir gut?«

»Ja, Mom.« *Schrei doch nicht so.*

»Anna Henley hat angerufen, um sich nach deinem Wohlbefinden zu erkundigen, daher habe ich von dem Unfall erfahren.« Der Tonfall ihrer Mutter ließ verlauten, daß sie das ganz und gar nicht amüsant fand. »Geht es dir gut?«

»Ja, Mom.« Ihr Kopf schien abzufallen, und ihr Hals war völlig steif.

»Sie sagte, du hättest dir den Kopf gestoßen. Sie meinte, es sei nicht deine Schuld gewesen, sondern die dieses Webster-Jungen, aber kein Wunder, du weiß ja, wie diese Websters sind, und zwar alle. Gott sei Dank war es nicht deine Schuld. Ich kann einfach nicht glauben, daß du mich nicht angerufen hast. Geht es dir gut? Möchtest du, daß ich hinüberkomme?«

Bei dem Gedanken an einen solchen Überfall zuckte Maddie zusammen. »Nein. Mir geht es gut, mach dir keine Sorgen. Ich bin okay.«

»Geht es dir gut genug, um Grandma am Sonntag zu besuchen? Du weißt doch, wie sie ist. Aber ich verstehe, wenn du nicht fahren kannst.«

»Ich kann fahren«, sagte Maddie. Vorausgesetzt, daß sie dann nicht noch immer am Telefon saß.

»Du hörst dich gar nicht gut an. Ich kann sofort hinüberkommen –«

»Nein. Aber ich muß mir vielleicht dein Auto leihen.«

»Jederzeit. Soll ich es dir jetzt vorbeibringen? Es ist noch nicht dunkel. Ich kann schnell damit hinüberkommen –«

»Nein.« Maddie preßte die Hand gegen ihre Stirn. Sollte ihre Mutter herkommen, würde sie sie umbringen müssen. Zeit für einen Themenwechsel. »Was ist eigentlich an den ganzen Gerüchten über Gloria Meyers Scheidung dran?«

»Es ist wahr.« Bei dem Wort ›wahr‹ senkte ihre Mutter die Stimme, ein sicheres Anzeichen für Maddie, daß diese Geschichte wirklich interessant war. Maddies Geschichte würde natürlich auch ein Leckerbissen sein, wenn sie herauskam. *Vielleicht betrügt Brent mich ja gar nicht,* beruhigte sie sich selbst. *Vielleicht sagt er die Wahrheit, und dies alles ist nur ein schlechter Witz.*

»Ihr Mann sagt, daß sie nicht mehr mit ihm schlafen will«, fuhr Maddies Mutter fort. »Kannst du dir das vorstellen?«

Maddie dachte an Barry Meyer. Treva hatte ihn einmal als

kleines, klappriges Warzenschwein bezeichnet. »Ja, das kann ich. Ziemlich leicht sogar. Außerdem mäht er nie den Rasen.«

»Ja, das sagt sie auch. Er tut nichts im Haus. Ich denke, er ist einfach nichts wert. Aber«, die Stimme ihrer Mutter senkte sich weiter, »ich habe auch gehört, er vermutet, daß sie sich mit jemand anderem trifft.«

»Gloria?« Maddie versuchte, sich Gloria und Brent zusammen vorzustellen. Gloria in einem Höschen ohne Schritt? »Muß dieser Typ von der Gartenbaufirma gewesen sein.«

»Ich weiß nicht, wer, aber ich war doch *sehr* überrascht.«

»Ich auch«, meinte Maddie. »Ich kann mir sehr gut vorstellen, daß Gloria mit ihrem Mann keinen Sex hat, weil ich nicht glauben kann, daß Gloria überhaupt mit jemandem Sex hat.« Sie ließ sich auf den Stuhl neben dem Telefon sinken und beobachtete den großen Zeiger auf der Uhr. Wenn sie noch zwei weitere Minuten zuhörte, wäre es für ihre Mutter offensichtlich, daß es ihr gutging, und sie könnte auflegen, ohne ihr Sorgen zu bereiten. Zwei Minuten würde sie noch aushalten, bevor ihr Kopf abfiel.

»Die Menschen sind doch voller Überraschungen«, sagte ihre Mutter. »Gerade wenn man denkt, jemanden wirklich zu kennen, zeigen sie sich von einer ganz anderen Seite und machen so etwas.«

»So etwas wie? Scheidung?« *Ich glaube, mir wird schlecht.*

»Nein, wie Gloria mit einer Affäre.«

»Na, dann solltest du jetzt auflegen und herausfinden, wer er ist«, sagte Maddie und betete, daß es nicht Brent war. »Kaum zu glauben, daß du deine Zeit mit mir verschwendest.«

»Maddie, wie um alles in der Welt soll ich das herausfinden?«

»Wie hast du herausgefunden, daß sie nicht mit Barry schläft?«

»Er hat es seinem Bruder erzählt, der es seiner Frau erzählte, die es Esthers Tochter erzählt hat.«

Maddie schloß die Augen. »Ach so. Wie geht es Esther?«

»Gut. Bist du sicher, daß dein Kopf in Ordnung ist?«

Soviel zu dem Versuch, ihre Mutter abzulenken. »Laß uns bitte lieber von Gloria sprechen.«

»Zu Gloria gibt es nichts mehr weiter zu sagen, obwohl sie immer schon so war, wenn du mich fragst. Erinnerst du dich, als sie damals in der High-School einen hysterischen Anfall bekam, weil man sie als Junior nicht in die National Honor Society berief? Sie hat in der Turnhalle hyperventiliert.«

»Das habe ich verpaßt.« Maddie versuchte, sich an Gloria in den Tagen der High-School zu erinnern. Damals war sie noch blasser gewesen und in den Korridoren immer eng an den Schließschränken entlanggegangen. Maddie hatte nur ein einziges Mal jemals Farbe in Glorias Gesicht gesehen, und zwar, als Brent vorbeigegangen war, der großartige Football-Spieler, der Held der High-School. Sie hätte ihn Gloria damals überlassen sollen. »Sie war drei Jahre jünger. Ich war schon auf dem College, als sie noch ein Junior war.«

»Ja, aber sie hat ein Spektakel geboten, das kann ich dir sagen. Sie hat nur die Luft angehalten und ist ganz blau geworden, obwohl das nicht weiter auffiel, weil sie sowieso irgendwie bläulich ist. Die Frau ißt einfach nicht richtig. Aber sie ist eine von der Sorte, die immer bekommen, was sie wollen. Diese blassen, kleinen und schüchternen Dinger, die immer ausschauen, als könnte man sie wegblasen wie Pusteblumen, die muß man im Auge behalten.«

»Stimmt«, sagte Maddie und speicherte dies für die Zukunft.

»Sieh dir nur Candace in der Bank an.«

Maddie rief sich Candace in der Bank ins Gedächtnis, eine gesunde, intelligente, verständige, mit beiden Beinen im Leben stehende und durchtrainierte Blondine, die vermutlich die Hälfte ihrer Kundschaft im Armdrücken schlagen konnte. »Candace kam mir eigentlich nie schüchtern vor.«

»Du hast recht, schließlich fließt dieses deutsche Blut in ihr, aber du weißt schon, sie lächelt einfach nur ständig, und prompt ist sie Führungskraft in einer Bank.«

»Nun ja«, erwiderte Maddie und verstand gar nichts. »Ich weiß nicht, was du damit sagen willst.«

»Sieh mal, woher kommt sie denn? Jedenfalls nicht aus reichem Elternhaus.« Maddies Mutter stieß verächtlich die Luft aus. »Mein Gott, sie ist eine Lowery. Und trotzdem sitzt sie jetzt dort und hat fast die ganze Bank unter sich, weil, wie du sicher weißt, Harold Whitehead zu nichts zu gebrauchen ist. Sie haben ihn doch nur der Form halber auf diesen Stuhl gesetzt und unterstützen ihn. In Wirklichkeit schmeißt *sie* den Laden.«

Maddie dachte an Candace damals in der High-School zurück, die unmögliche Kleider trug, sich den Arsch für ein Stipendium abbüffelte und sich beharrlich gegen alle Widerstände nach vorne arbeitete. Candace hatte sich von der Stadt weder in eine Schublade stecken noch unterkriegen lassen. Vielleicht sollte sie Candace als vorbildliches Beispiel nutzen. »Mama, Candace hat wie eine Verrückte dafür gearbeitet, dorthin zu gelangen, wo sie jetzt ist.«

»Das weiß ich doch. Aber das sollte man nicht glauben, wenn man sie sieht, oder? Ein Eisschrank könnte nicht kälter sein.«

»Ich dachte, du magst Candace.«

»Ich *mag* Candace ja auch«, sagte ihre Mutter. »Sie ist eine nette Person. Ich bin nur erstaunt, daß eine Lowery die Bank leitet.«

»Das ist alles zu kompliziert«, meinte Maddie. »Ich muß Schluß machen. Ruf mich an, wenn du interessante Neuigkeiten über Gloria erfahren hast.«

»Sie hat Wilbur Carter für die Scheidung engagiert«, fuhr ihre Mutter fort. »Kannst du dir das vorstellen? Diese Frau muß dumm wie Bohnenstroh sein. Jeder Idiot weiß, daß man sich in Lima umsehen sollte, wenn man einen guten Scheidungsanwalt haben will.«

Maddie machte sich im Geist eine Notiz, sich das Telefonbuch von Lima zu besorgen. Es war schlimm genug, daß sie kurz vor einer Scheidung stand, aber sie wollte nicht auch noch dumm wie Bohnenstroh sein. Ihre Mutter hatte einen Ruf zu verteidigen.

»Mom, ich werde mich jetzt wieder ins Bett legen«, sagte Maddie. »Paß auf dich auf und mach dir keine Sorgen.«

»Ich mache mir immer Sorgen«, erwiderte ihre Mutter. »Ich bleibe neben dem Telefon sitzen, also ruf mich an, wenn du irgend etwas brauchst.«

»Danke, Mama«, sagte Maddie. »Ich hab dich lieb.«

»Ich dich auch, Maddie. Schlaf gut.«

Ich sollte netter zu dieser Frau sein, dachte Maddie, als sie auflegte. Sie ging in die Küche zurück, füllte Wasser in ein Glas und schluckte zwei weitere Schmerztabletten. Dann trat sie auf die Veranda hinaus und sank in einen der großen Korbstühle, um die Sommerluft einzuatmen, aber sie roch lediglich den Teer der Auffahrt. Der Veranda fehlten Heckenkirschen. Viele Heckenkirschen. In Gedanken dekorierte sie das Verandageländer mit blaßgelben Glockenblumenranken und versuchte, sich an ihren Duft zu erinnern. Zugleich bemühte sie sich, ihre Mutter und Em aus ihren Gedanken zu verbannen – und Brent, den einzigen Mann, mit dem sie seit der High-School zusammengewesen war.

High-School. Ruhmreiche Zeiten. Wie an jenem Tag, als

Howie die Strafe für die Überflutung der Umkleidekabine auf sich genommen hatte, damit Brent als Werfer das erste Saisonspiel bestreiten konnte. Indem er den Ball fallen ließ und nachher Margaret Erlenmeyer küßte. Das hätte ihr damals eine Warnung sein sollen. Aber statt dessen hatte sie auf Rache gesonnen und war auf dem Rücksitz von C.L.'s Chevy am Point gelandet, um eine Revanche zu suchen und... um was zu finden? Na ja, mit Sicherheit keinen guten Sex, aber auch keinen Reinfall. Am besten war ihr noch das gemeinsame Lachen in Erinnerung. Der gute alte C.L. Vieleicht hatte Treva ja recht. Sie könnte mit C.L. schlafen und Brent alles heimzahlen.

Sie beschwor C.L.'s Gesicht herauf, den wirklichen C.L., den sie an diesem Nachmittag gesehen hatte, nicht die verschwommene Erinnerung an High-School-Zeiten.

Er hatte einen ruhigen, selbstbewußten und... soliden Eindruck gemacht. C.L. Sturgis als solider Bürger, das war ein guter Witz. Wie auch immer, so solide er auch mittlerweile sein mochte, sie würde nicht wieder mit ihm schlafen. Vermutlich war C.L. heute nicht mehr so verwegen wie damals mit siebzehn, und außerdem war die Tatsache zu berücksichtigen, daß Ehebruch nicht ihr Stil war. Ihr Stil war, nett zu sein. Liebenswert. Ehebruch war eine ungehörige Idee. Sie hoffte, daß C.L. bald aus der Stadt verschwinden würde; sie hatte bereits genug Probleme.

Das Schmerzmittel zeigte seine Wirkung und machte sie benommen, aber Benommenheit war eine nette Abwechslung zu den vorhergehenden Stunden des Tages. Vielleicht konnte sie jetzt die positive Seite sehen. Wo zum Teufel war die positive Seite?

Nun, zumindest stand Brent mit der Baufirma auf eigenen Füßen. Er war ein guter Geschäftsmann, zudem ein guter Vater. Außerdem war er vermutlich ein verlogener Hurensohn, aber wie konnte sie ihn verlassen? Wie konnte sie Ems Vater fortschicken, abgesehen von einem Abend in der Woche und jedem zweiten Wochenende? Vor allem angesichts dessen, daß er so häufig Bowling spielte. Plötzlich trat ihr die Vision von Em in kleinen Bowlingschuhen vor Augen, die in einer Horde bierbäuchiger Männer in billigen T-Shirts mit Werbeaufdruck ihren Vater suchte. Nicht gut.

Es sei denn, er spielte gar nicht so häufig Bowling. Vielleicht hatte Treva ja recht, und heute abend war er gar nicht beim Bowling. Nach diesen wenig konkreten und verschwommenen Überlegungen ging sie ins Haus und rief Treva an, um sich deren Auto auszuleihen, da sie so schnell nicht wieder mit ihrer Mutter verhandeln wollte. Wider Erwarten hob Three ab.

»Ich hüte gerade die Mampfküken«, sagte er. »Mom ist nämlich ausgegangen.«

»Macht nichts, ist auch nicht so wichtig«, antwortete sie und wählte schließlich doch die Nummer ihrer Mutter. »Ich muß mir mal kurz dein Auto ausleihen«, sagte sie zu ihr. »Es dauert nicht lange.« Sie mauerte, bis ihre Mutter es aufgab, Fragen zu stellen, und verließ, Mrs. Crosby auf dem Gehweg zuwinkend, das Haus.

Zehn Minuten später parkte Maddie den grauen Accord ihrer Mutter an der Ecke des Bowlingcenters und überquerte den Parkplatz. Weil sie sich aufgrund der Schmerztabletten ein wenig benommen fühlte, machte sie zweimal die Runde, aber Brents Caddy war nicht da. Trevas kleiner gelber Sunbird stand vor der Tür, was Maddie ein wenig irritierte. Außerdem stand Howies goldgelber Saturn auf der Rückseite versteckt in einer Ecke neben einem glänzenden roten Cabriolet, das demjenigen, mit dem C.L. vorgefahren war, ziemlich ähnlich sah. Brents Wagen jedoch war nirgends zu sehen. Gut, also hat er gelogen. Sieh an, eine *echte* Überraschung.

»Maddie?«

Sie fuhr herum und spähte über den dunklen Parkplatz. Mr. Scott, der Besitzer der Bowlinganlage, stand in der Eingangstür des Centers. »Ich habe den Wagen Ihrer Mutter erkannt«, rief er ihr zu. »Brauchen Sie etwas? Geht es Ihnen gut? Ich habe von dem Unfall gehört. Kann ich Ihnen helfen?«

»Mir geht es gut, Mr. Scott«, log sie. »Vielen Dank für Ihre Nachfrage, aber mir geht es gut.«

Bevor er oder jemand anders Fragen stellen konnte, saß sie bereits wieder in dem Accord. Undercover-Ermittlungen anzustellen war in Frog Point unmöglich. Es gab keine Deckung, und die Nacht hatte tausend Augen.

Im Inneren des Bowlingcenters saß C.L. mit Vince an einem Ende der geschwungenen, gepolsterten Theke aus orange Plastik und beobachtete das Finale eines Dramas, das er interessant gefunden hätte, würde es nicht zwei Menschen, die er mochte, unglücklich machen. Ihm gegenüber an der Thekenkurve saßen Howie Basset, ein großartiger kleiner Zwischenspieler, an den sich C.L. voller Respekt erinnerte, und zwei Hocker weiter seine Frau Treva Hanes, eine großartige kleine Cheerleaderin, an die sich C.L. als Maddies beste Freundin erinnerte. Zwischen den beiden stand es offensichtlich so schlecht, daß die ganze Stadt am nächsten Morgen über ihre Scheidung diskutieren würde.

»Das trifft mich wirklich«, murmelte Vince in sein Bierglas. »Howie ist ein netter Kerl.«

»Noch einer auf Brent Faradays Liste«, sagte C.L., und Vince nickte. »Diese Arschgeige.«

Nachdem er den ganzen Tag methodisch alle Orte abgegrast hatte, wo Brent sich eigentlich hätte aufhalten sollen, hatte C.L. ihn durch puren Zufall in dem Center angetroffen, wo er auf der Bahn neben Vince mit seinem Vater, Norman Faraday, dem früheren ehrenwerten Bürgermeister von Frog Point, Bowling spielte. Brent schien überrascht gewesen zu sein, ihn zu sehen. C.L. hatte ihm zugewunken und sich hingesetzt, um Vince bei dem Versuch zu beobachten, eine Serie von Volltreffern zu werfen, da es keinen Sinn hatte, Brent Fragen zu stellen, wenn Norman danebenstand und sich einmischte, und außerdem würde dieser dumme Hund sowieso nirgends hingehen, bevor er sein Spiel beendet hatte. Drei verschiedene Frauen, die C.L. noch aus der High-School kannte, hatten sich angeboten, ihm als Willkommensdrink ein Bier zu bestellen, und nachdem sich die dritte verzogen hatte, meinte Vince: »Ich fange an, neidisch zu werden, altes Haus.«

»Nicht mein Typ.« C.L. behielt Brent im Blick.

»Wir alle kennen deinen Typ«, antwortete Vince. »Sie ist verheiratet.«

C.L. ignorierte ihn und beobachtete Brent und dessen Vater. Während der nächsten halben Stunde rief Norman diverse Leute zu sich herüber und ließ sich laut darüber aus, was für ein Glücksgriff sein Sohn als nächster Bürgermeister von Frog Point sein würde. Brent schüttelte Hände, aber er schüttelte auch mit dem Kopf bei jedem Vorschlag. »Nein«, hörte C.L. ihn mehr als einmal sagen, »ich bin nicht an einer Kandidatur interessiert, aber dennoch vielen Dank.« Unbeeindruckt tat Norman dies mit einer Handbewegung ab und rief einen neuen Mann zu sich, um ihm seinen Sohn als künftigen Bürgermeister zu empfehlen. Hätte C.L. nicht solch große Abneigung gegen Brent gehegt, hätte er ihm beinahe leid getan.

Als sich Brent und sein Vater nach dem Ende des Spiels an die Theke zurückzogen, griff C.L. Vince am Arm und folgte ihnen. Über ihrem Bier verfolgten sie die Gespräche, die die Faradays führten, Brent immer hitziger mit dem Kopf schüttelnd, während Norman zunehmend blind für Brents Einwände wurde, die allesamt von ihm abprallten.

»Ein weiterer Faraday als Bürgermeister fehlt uns gerade noch«, meinte Vince. »Beides Arschgeigen, der Vater wie der Sohn.«

»Brent macht nicht den Eindruck, als wäre es sein Wunsch«, sagte C.L.

»Aber Norman will es«, erwiderte Vince. »Und ich wette, Helena ist derselben Meinung. Wenn sie es beide wollen, wird Brent Bürgermeister werden. Diese Arschgeige.«

Als Norman sich entfernte, stand C.L. auf, um seine Sache in Angriff zu nehmen, setzte sich jedoch sofort wieder, als er bemerkte, daß Howie Basset sich von seinem Stuhl in der Ecke erhob und sich neben Brent setzte.

»Das könnte interessant werden«, meinte Vince. »Ich habe Gerüchte läuten hören.«

»Du und jeder in der Stadt. Dieser Ort lebt von Gerüchten.« C.L. versuchte, sich davon zu distanzieren, aber die Neugier siegte. Schließlich sollte er diese Angelegenheit überprüfen. Und überprüfen hieß nicht Klatsch verbreiten. »Was für Gerüchte?«

»Probleme in der Baufirma«, antwortete Vince. »Irgend etwas Merkwürdiges mit dem Geld, das habe ich zumindest gehört. Und wenn es stimmt, dann ist nicht Howie der Verantwortliche.«

»Nein, sicherlich nicht.« C.L. hatte mit Howie Baseball gespielt, ohne ihn jemals richtig gut kennenzulernen, aber Howie hatte hart und fair gespielt. Und jetzt war er völlig außer sich und nahm Brent in die Mangel. C.L. beobachtete, wie die Emotionen auf Brents Gesicht wechselten, während er lospolterte, dann argumentierte und sich schließlich von Howie abwandte. Howie sprach unverändert leise, aber seine Eindringlichkeit reichte aus, um einige Blicke auf sich zu ziehen.

Da betrat Howies Frau die Bar, versetzte Brent einen Rippenstoß und sagte reichlich giftig: »*Dich* habe ich gesucht«, woraufhin sich weitere Köpfe drehten, um zu sehen, wie sie leichenblaß wurde, als Brent seine Haltung änderte und sie ihren Ehemann hinter ihm sitzen sah.

»Nun, da du mich jetzt gefunden hast, kannst du ja statt dessen mit deinem Gatten sprechen«, hatte Brent gesagt und ein paar Scheine auf den Tresen geworfen, bevor er die Bar verließ. »Viel Spaß noch.«

Treva sank auf den nächsten Hocker, einen Stuhl zwischen sich und Howie freilassend.

»Oh, Scheiße«, sagte Vince, und C.L. hatte die beiden ein paar Sekunden mit Sympathie bekundendem Entsetzen beobachtet, bevor er sich aufmachte, um Brent zu folgen.

Vergeblich. Der Parkplatz umgab das Center auf allen vier Seiten, und C.L. drehte eine Runde um das Gebäude, hatte aber wohl offensichtlich in der falschen Richtung begonnen. Brent mußte den Parkplatz fluchtartig verlassen haben, und mit Norman und Howie und Treva im Nacken konnte C.L. auch verstehen, warum.

Was C.L. nicht verstehen konnte, war, wie es möglich sein konnte, daß er Brent den ganzen Tag in Frog Point gesucht und nicht gefunden hatte. Es schien fast, als hätte Brent gewußt, daß C.L. ihn suchte, und als weiche er einer Konfrontation aus. Was nichts Gutes für die Zukunft der Investition von Sheilas Verlobtem verhieß.

C.L. ging zurück zur Bar und setzte sich wieder neben Vince.

»Hast du ihn gefunden?« fragte Vince, und C.L. sagte: »Wen?«

»Brent«, antwortete Vince mit äußerster Geduld. »Den Kerl, dem du in der ganzen Stadt hinterherrennst. Hast du ihn gefunden?«

»Nein«, erwiderte C.L. »Erzähl mir, was in der Baufirma vor sich geht.«

»Henry weiß, daß du dich dafür interessierst, hoffe ich?«

Auf Vinces sommersprossigem Gesicht zeigte sich eine wachsame Miene. »Es geht doch wohl nicht nur darum, diese Arschgeige zu ärgern, oder? Weil ich, wenn dem so ist, dir natürlich helfe, allerdings aus der Deckung heraus, da Henry das nicht gefallen würde.«

»Henry weiß Bescheid.« C.L. beobachtete, wie Treva sich zu Howie beugte und auf ihn einredete. Ihr Gesichtsausdruck konnte jedem Mann das Herz brechen, es sei denn, sie betrog Howie mit Brent Faraday. In diesem Fall konnte sie seinetwegen in der Hölle schmoren. »Was hat Brent angestellt?« fragte er Vince.

»Dottie Wylie sagt, daß die Firma sie übers Ohr gehauen hat, als sie letztes Jahr das Haus für sie gebaut hat.«

C.L. richtete seine ganze Aufmerksamkeit auf Vince. »Was? War das Haus nicht in Ordnung?«

»Doch.« Vince sah ihn mißbilligend an. »Howie baut gute Häuser. Er hat auch meins gebaut. Dottie sagt, sie habe zuviel bezahlt. Und für die Finanzen der Firma ist Brent verantwortlich. Er macht die Kostenvoranschläge, verkauft die Häuser und erledigt den Papierkram. Howie ist Bauunternehmer, aber Brent –« Auf der Suche nach dem richtigen Wort kniff Vince die Augen zusammen. »Brent ist Händler. Dem würde ich keinen Gebrauchtwagen abkaufen. Ein Haus, das Howie gebaut hat, klar, aber keinen Gebrauchtwagen.«

C.L. versuchte, diese Informationen mit Sheilas Problem zu verbinden. Die Firma war in Ordnung, weil Howie da war, und das Produkt war gut, weil Howie es baute. Aber alle Geldangelegenheiten waren Brents Sache, und Sheilas Stan war drauf und dran, zweihundertachtzig Riesen an jemanden zu zahlen, dem Vince nicht traute. Und wenn Vince ihm nicht traute, stimmte irgend etwas nicht. Sich Henrys und Annas Kommentare beim Abendessen ins Gedächtnis rufend, gelangte C.L. zu der Überzeugung, genug erfahren zu haben. Er brauchte nur noch Sheila anzurufen und ihr zu sagen, sie solle Stan davon abhalten.

Aber jetzt noch nicht. Es wäre nur fair, zuerst mit Howie zu sprechen. Sheila war dagegen gewesen, da es sich um ein Geschäft zwischen Stan und Brent handelte, aber Howie sollte wissen, was vor sich ging, da es schließlich auch seine Firma war. Howie war ein vernünftiger Mann, er würde sich um die Dinge kümmern, Brent aufhalten und ihn vielleicht sogar als den Schweinehund entlarven, der er war.

Nur, daß Howie momentan ganz und gar nicht vernünftig aussah. Er machte vielmehr den Eindruck eines störrischen Maulesels.

»Ich muß mit Howie Basset sprechen«, sagte C.L., und Vince meinte: »Ich denke, du solltest das auf morgen verschieben.«

Ihnen gegenüber beugte sich Treva mit betroffener Miene erneut zu Howie, und C.L. empfand eine plötzliche Welle des Mitgefühls für die beiden. Als Treva aufgab und hinausging, fühlte C.L. sich noch schlechter. Sie waren so nette Menschen. Sie sollten nicht so aussehen, wie sie es jetzt taten. Das war ein weiterer Punkt, für den Brent Faraday würde bezahlen müssen. Abgesehen davon, was auch immer er angestellt hatte, um Maddie so zu erbosen.

Aber vor allem, dachte C.L., würde er für Maddie bezahlen.

Maddie fuhr eine Stunde lang in der Stadt herum und graste die Parkplätze der Ortskneipen und des einzigen Motels in Frog Point ab, um Brents Caddy zu finden, und fühlte sich dabei wie das Klischee der betrogenen Ehefrau. Schließlich hielt sie am Straßenrand an und befahl sich selbst nachzudenken. Wohin würde sie gehen, wenn sie mit jemandem allein sein wollte, der nicht Brent war? Es müßte ein Ort sein, an dem sie niemand in Frog Point sehen würde. Es war blöd gewesen, die Bars abzufahren; dies wäre der letzte Ort, wo Brent sich zeigen würde. Er mußte bislang wirklich vorsichtig gewesen sein, da niemand in Frog Point bemerkt hatte, daß er sie betrog. Es mußte ein Ort sein, wo außer ihm niemand hinkommen konnte.

Also blieb nur der Point. Sie hatte vergessen, daß einst jeder für eine schnelle Nummer zum Point gefahren war, weil das nun niemand mehr tat. Brent und Howie hatten nämlich den Weg blockiert, als sie die Baufirma am Fuß des Hügels errichtet hatten, und erst vor einem Monat hatten sie einen Nachtwächter dort postiert. Das bedeutete, daß der Point als Open-air-Orgie für jedermann der Geschichte angehörte.

Für jeden außer Brent. Bailey, der Nachtwächter, würde alle Pärchen auf der Suche nach einem Ort für ein Stelldichein fortjagen, aber er würde Brents Wagen erkennen und passieren lassen. Den Accord ihrer Mutter hingegen würde Bailey nicht erkennen. Er würde sie anhalten und ihr dann auszureden versuchen, hinaufzufahren, und am nächsten Tag würde die ganze Stadt wissen, daß Maddie Brent am Point hätte erwischen wollen.

Sie mußte einen anderen Weg finden, um dort hinaufzugelangen.

Sie fuhr aus der Stadt hinaus, bis sie die Einfahrt zu der Firma etwa hundert Meter hinter sich gelassen hatte, und bog von der holprigen Straße ab, um den Wagen unter den schweren, knackenden Ästen der Ulmen abzustellen, die den Straßengraben an dieser Stelle säumten. Der Wald zwischen der Straße und dem Point war dicht und verwachsen, aber nicht undurchdringlich. Als Kind war sie dort mit ihren Großeltern auf Pilzsuche gegangen. Als Teenager hatte sie den größten Teil ihrer Laubsammlung für den Biologiekurs dort gefunden. Und nun konnte sie ihren Mann dort beim Ehebruch erwischen. Bei diesem Gedanken überlief sie ein kalter Schauer, obwohl die Hitze immer noch auf ihr lastete. *Ich muß es wissen,* dachte sie. *Ich muß es sicher wissen, bevor ich Ems Leben auf den Kopf stelle.*

Das Dumme an dem Walddickicht war, daß sie sich durch jede Menge Strauchwerk kämpfen mußte, das zurückschlug und ihr ins Gesicht klatschte, ihre Hände zerkratzte und sich in ihrem Haar verfing. Das Gute war, daß man sich fast überall anlehnen konnte. Der Boden war feucht und mit einer dicken Schicht modernden Laubs bedeckt, das torfig roch, während sie sich den Weg hindurchbahnte. Die Profilsohle ihrer Turnschuhe setzten sich schnell zu, so daß sie mehrfach beinahe ausrutschte. Die Grillen zirpten furchtbar, die Hitze stachelte sie zu Rekordrhythmen an, und als sie sich dem Point näherte, strich eine Brise durch die Wildblumen, und der süße Duft der Heckenkirschen versetzte Maddie zwanzig Jahre zurück. Sie erinnerte sich an die Heckenkirschen und die Grillen und die Hitze, außerdem hatte der Mond geschienen. Und vor allen Dingen war C.L. dort gewesen, auf dem Rücksitz seines Chevy, sie umarmend und zum Lachen bringend, während er mit ihrem Büstenhalter kämpfte.

Sie erreichte den Waldrand und blieb hinter einem der letzten Bäume stehen, um auf die offene, kiesbestreute Fläche oberhalb von Frog Point zu starren.

Brents Wagen war da.

Maddie lehnte sich gegen den Stamm. Mit ihrer Ungewißheit hatte sie auch alle Energie verlassen. Soviel zu Brents Schlechter-Witz-Höschen-Theorie.

Der zunehmende Mond warf ein schwaches Licht auf den Vordersitz, und sie konnte Brents Kopf der Person zunicken sehen, die auf dem Beifahrersitz saß. Aus der Art seiner Bewegungen konnte sie schließen, daß er redete, argumentierte, und sie beugte sich vor, um besser sehen zu können. Der Kopf neben ihm bewegte sich plötzlich nicht mehr, so, als habe die Person etwas hinter Brent außerhalb des Wagens gesehen, und Maddie trat einen Schritt zurück, falls dieses Etwas sie gewesen war.

Brent öffnete seine Tür. Die Beifahrerin tat es ihm gleich, und Maddie erhaschte einen Blick auf helles Haar über dem Autodach, bevor die beiden auf den dunklen Rücksitz kletterten. Nicht Beth, der Rotschopf, also hatte er sich jemand Neues gesucht. Wer auch immer sie sein mochte, sie konnte sie nicht entdeckt haben, sonst hätte sie es Brent gesagt. Jetzt konnte Maddie die Umrisse ihrer beiden Köpfe kaum mehr erkennen, dann waren sie ganz verschwunden, und ihr wurde klar, daß sie sich auf den Sitz verzogen hatten.

Dieser Hurensohn.

Was würde passieren, wenn sie einfach dort hinüberging und die Tür aufriß? Einfach nur hinübergehen, die Tür aufreißen und irgend etwas Forsches sagen würde wie: »Möchtest du mir den Höschenwitz noch einmal erklären?« Das würde Treva tun. Aber Treva hätte das niemals nötig. Treva war mit Howie, dem perfekten Ehemann, verheiratet. Maddie war diejenige, die mit Brent geschlagen war. *Zur Hölle mit ihm.* Sie stellte sich den Ausdruck auf seinem Gesicht vor, wenn sie die Tür aufreißen würde, den Ausdruck auf dem Gesicht der Frau, wer auch immer sie sein mochte. Wenn sie über die Lichtung gehen und die Tür öffnen würde, wüßte sie zumindest, wem dieser widerliche Slip gehörte. In dieser Situation war verdammt noch mal keine Höflichkeit gefragt.

Tu es, befahl sie sich selbst und ging einen Schritt auf den Wagen zu. In diesem Augenblick hörte sie, wie sich in den Bäumen auf der anderen Seite etwas bewegte, und sie trat wieder zurück und blinzelte in die Dunkelheit. Vielleicht ein Reh. Was auch immer es war, jedenfalls war es groß. Sie beugte sich ein wenig nach vorn und wartete, bis sie die Bewegung erneut wahrnahm. Eindeutig groß. Bigfoot vielleicht, oder dieser Serienmörder, an den sie gedacht hatte, bevor sie C.L. die Tür öffnete. Beides war in Frog Point unmöglich, aber das war der Rest ihres Tages auch gewesen, insbesondere der Moment, den sie nun durchlebte.

Sie wartete eine weitere volle Minute, bis sie beinahe sicher war, daß sie sich alles nur eingebildet hatte, und wollte sich gerade wieder in Bewegung setzen, als ein Mann auf die Lichtung hinaustrat, sich dem Wagen näherte und aus der Distanz hineinspähte. Bailey, der Nachtwächter. Sie fiel gegen den Baum zurück, zu müde, um zu lachen oder zu weinen. Klar, daß Bailey heraufkam, um zuzuschauen. Was sonst konnte man hier in der Nacht tun? Und hätte er nur noch eine Minute dort im Unterholz gewartet, hätte er sehen können, wie sie Brents Wagen aufriß und den gehörten Wortschwall in ganz Frog Point zum besten geben können. Und bevor Bailey damit fertig gewesen wäre, hätte ganz Frog Point Bescheid gewußt.

Gut, also würde sie warten, bis die beiden ausstiegen.

Die Schatten auf dem Rücksitz begannen sich zu bewegen, und Maddie schloß die Augen. Sie hatten Sex, während Bailey zuguckte und sie wartete. Das war eindeutig zuviel. Sie wandte sich ab und glitt an dem Baumstamm, an den sie sich angelehnt hatte, auf den Boden hinunter. Sie wollte nur eine gute Aussicht haben, sie wollte nur, daß Bailey abhaute, sie wollte nur nach Hause. Sie saß in moderndem Laub, während ihr Ehemann Sex mit einer anderen Frau hatte, und der Gedanke daran machte sie krank. Was spielte es für eine Rolle, wer sie war? Sie würde es früh genug erfahren, wenn sie Brent verließ. Und sie würde ihn verlassen. Das war das einzige, was zählte. Sie würde ihn verlassen.

Zum Teufel damit. Maddie stand auf. Für heute hatte sie genug gehabt, ohne auch noch eine Vorstellung für Bailey zu geben. Brent würde früher oder später nach Hause kommen müssen, dann konnte sie ihren Anfall in den eigenen vier Wänden bekommen. Wichtig war, daß sie nun Gewißheit hatte. Jetzt war es egal, wie blöd er sie mit seinen dummen Erklärungen dastehen ließ. Nun hatte sie Gewißheit.

Sie machte sich an den Abstieg zurück zum Auto. Der Weg bergab ging weitaus schneller, obwohl sie auch jetzt wieder auf dem feuchten Laub ausrutschte. Als sie am Wagen angekommen war, zog sie ihre lehmigen Schuhe aus und setzte sie in den Fußraum hinter dem Fahrersitz auf die Zeitung, die ihre Mutter dort für Regenschirme und andere schmutzige Dinge ausgebreitet hatte. Wenigstens konnte sie versuchen, den Wagen ihrer Mutter nicht zu beschmutzen. Sie kletterte auf den Vordersitz und ließ sich zurückfallen. Mit der nachlassenden Wirkung des Schmerzmittels begann es in ihrem Kopf zu pochen.

Oh, es ist die Hölle, dachte sie, *die reinste Hölle.* Sie ließ den Wagen an und fuhr nach Hause.

C.L., der seinen Wagen in der baumgesäumten Straße gegenüber von Maddies Haus geparkt hatte, war halb eingeschlafen, als sie um halb zwölf in ihre Einfahrt fuhr. Ihr Haus gefiel ihm nicht – es hatte zwar eine schöne blaue Farbe, weiße Fensterläden und eine weiße Veranda, aber Brent wohnte dort –, und die Nachbarn waren so typisch für Frog Point, daß er bereits mehrere bemerkt hatte, die ihn zuvor hinter den Fenstern beobachtet hatten. Als das Auto anhielt, kämpfte er bereits gegen den Schlaf an. Dann sah er, wie Maddie aus dem Wagen stieg, und seine Müdigkeit löste sich in Luft auf.

Das Licht der Straßenlaternen erhellte die Dunkelheit ihres Vorgartens ein wenig, aber ihr Gesicht konnte er nicht erkennen, da sie gegen das Auto sank.

Beinahe wäre er zu ihr gegangen. Wenn irgend jemand

auf dieser Welt nicht verletzt und allein sein sollte, dann Maddie. Ungebeten, deutlich und immer noch scharf stieg die Erinnerung an die Grundschule in ihm hoch, die Anna beim Abendessen heraufbeschworen hatte.

Es war die letzte Schulwoche am Ende der fünften Klasse gewesen, auf dem staubigen Spielplatz der Grundschule Harold G. Troop. In der Erinnerung konnte C.L. den Staub in der Luft und das Blut in seinem Mund schmecken. Er hatte eben Pete Murphy verprügelt, weil der ihn als Arschgesicht bezeichnet hatte, und er war gerade dabei zu verduften, zwar in der Gewißheit, daß Mrs. Widdington ihn bestimmt erwischen würde, aber nichtsdestotrotz weglaufend mit der vagen Hoffnung, daß sie es vor dem Läuten zum Pausenende vergessen haben würde. Er lief um die Ecke, um sich hinter den schwarzen Feuerleitern aus Eisen zu verstecken, und sah sich plötzlich mit Maddie Martindale konfrontiert, einer dieser dummen Gänse aus der sechsten Klasse, die sich für so irrsinnig toll hielten. Er wollte verduften, blieb dann aber gegen seinen Willen wie angewurzelt stehen.

Sie saß etwa sechs Stufen hoch auf einer der Feuerleitern und sah aus wie ein Bild aus dem Sears-Katalog. Ihr Haar war mit einem dicken roten Band zu einem Pferdeschwanz zusammengebunden, und sie trug ein rotkariertes Kleid mit einem breiten weißen Kragen, so weiß, daß er in der Sonne leuchtete. C.L. wußte noch, daß er sich das Blut mit dem Handrücken vom Mund wischte, während er mit der anderen Hand über sein zerrissenes T-Shirt strich, um den Dreck ein bißchen wegzureiben. Seine Hände waren von der Prügelei so schmutzig, daß sein T-Shirt nur noch schlimmer aussah, und er lenkte seinen Blick davon auf ihre Hände, deren Fingernägel in dem gleichen hellen Rot wie das ihres Kleides lackiert waren. Da war ihm klargeworden, daß irgend etwas nicht stimmte, weil sie den Lack von ihrem rechten Daumennagel abkratzte, so daß er, rote Flecken hinterlassend, abgefressen aussah.

»Was ist los mit dir?« hatte er wissen wollen und seine Hände diesmal an der Hose gerieben, beschämt wegen seiner eigenen schmutzigen Erscheinung und wütend darüber, daß er sich schämte.

Mit trockenen, geschwollenen Augen hob sie ihren Blick und sagte: »Mein Daddy ist gestorben.«

Sogar für C.L., den König der Alles-egal-Einstellung, war dies bedeutend. Sein Daddy war nämlich auch vor langer Zeit gestorben, vor so langer Zeit, daß er sich nicht daran erinnern konnte. »Wann?« fragte er, und sie sagte: »Am Dienstag.«

Er zählte zurück. Es war Montag. Sechs Tage also. »Das ist schlimm«, meinte er zu ihr, und da er spürte, daß er vielleicht noch mehr sagen sollte, fügte er hinzu: »Tut mir leid.«

Sie nickte und fuhr fort, ihren Nagellack abzukratzen, und er wurde von dem Bedürfnis ergriffen, mehr zu tun.

Sie war so anrührend makellos, daß man sie einfach trösten mußte. Schnell steckte er seine Hände in die Taschen, aber das einzige, was er fand, war ein verbogener Streifen Kaugummi. Juicy Fruit. Sogar das gelbe Einwickelpapier war dreckig.

Er hob den Blick und sah, wie sie ihn beobachtete. »Hier«, sagte er und gab ihr den Kaugummi.

Vorsichtig nahm sie ihn entgegen, und er sah so schmutzig in ihren Fingern aus, daß er ihn beinahe wieder an sich gerissen hätte und weggelaufen wäre. Aber bevor er sich rühren konnte, wickelte sie ihn aus, zuerst das gelbe Papier und dann die Alufolie, die sie sorgfältig von dem klebrigen Kaugummi löste. Dann brach sie den Streifen in der Mitte durch und bot ihm die Hälfte an.

Er schluckte den Kloß hinunter, der ihm unerklärlicherweise im Halse steckte, und griff nach dem Stück. Als sie auf der Feuerleiter ein wenig beiseite rutschte, setzte er sich neben sie, darauf achtend, daß sein schmutziges T-Shirt nicht ihren Ärmel berührte. Im Sonnenlicht aßen sie gemeinsam den Kaugummi.

Das war vermutlich der glücklichste Moment in seinem damals zehnjährigen Leben gewesen.

Da erschien Mrs. Widdington um die Ecke der Feuerleiter und brüllte: »C.L. Sturgis –«, um sofort abzubrechen, als sie sah, wer bei ihm saß. »Hallo, Madeline«, sagte sie mit leiser und sanfter Stimme. »Wie geht es dir?«

»Gut«, erwiderte Maddie.

»Ja, das ist schön.« Die alte Widdy machte einen Moment einen ziemlich dämlichen Eindruck, bevor sie sich erneut ihm zuwandte. »Und du kommst mit, mein Freund«, sagte sie mit mordlustiger Stimme.

Er zog in Betracht wegzulaufen, schob diesen Gedanken dann allerdings beiseite. Schließlich sah Maddie zu. Immer noch darauf bedacht, sie nicht zu berühren, stand er auf und ging die Stufen hinunter seinem Schicksal entgegen.

Widdy packte ihn am Kragen und war im Begriff, ihn abzuführen, aber nach einigen Schritten hielt sie inne und wandte sich um zu Maddie. Während sie sprach, drückte sie ihre Faust fest unter sein Ohr. »Kann ich etwas für dich tun, Madeline? Möchtest du irgend etwas?«

In Widdys Griff blickte er über die Schulter und sah Maddie nicken.

»Ja«, hatte sie gesagt. »Ich möchte, daß dieser Junge bei mir bleibt.«

Nach einem Moment der Überraschung hatte Widdy gesagt, es täte ihr leid, aber nein, er sei ein böser Junge, und schleppte ihn zum Rektor, der ihm den Hintern versohlte, um ihm beizubringen, daß er andere nicht schlagen dürfte, aber all das machte ihm nichts aus, weil Maddie gesagt hatte: »Ich möchte, daß dieser Junge bei mir bleibt.«

Er war für eine Woche vom Unterricht ausgeschlossen worden, und danach begannen die Ferien. Im nächsten Schuljahr ging sie zur Junior-High-School, und als auch er dorthin wechselte, besuchte sie die Streber- und er die Idiotenkurse, weil er ein Verhaltensproblem hatte. Daher sah er sie nur selten. Aber das war auch nicht nötig. Er brauchte nur die Augen zu schließen, um sie zu sehen und sagen zu hören: »Ich möchte, daß dieser Junge bei mir bleibt.«

Jetzt allerdings würde sie das nicht sagen. Er beobachtete, wie sie langsam und vorsichtig vom Wagen zur Veranda ging, und nur zu gern hätte er ihr Gesellschaft geleistet. Sie sollte nicht allein sein. Mit ihm sollte sie allerdings auch nicht allein sein. Die Leute würden reden; wahrscheinlich hingen sie nun auch hinter den Fenstern. Und Henry hätte seine Bestätigung. Er zog gerade in Betracht, zu Anna auf die Farm zurückzufahren, als Maddie sich gegen das Verandageländer lehnte, als könne sie nicht mehr weitergehen. Er sprang aus dem Wagen.

»Maddie?« rief er, und sie wandte sich um, als er den Weg heraufkam. »Ich habe auf Brent gewartet. Bist du okay?«

»Oh!« Ihre Stimme klang schwach und dünn. »Ich dachte schon, du würdest mir hinterherlaufen. Das würde zu dem Tag passen.«

»Er ist ja fast vorbei«, sagte er und versuchte, herzlich zu klingen. »Noch eine halbe Stunde bis Mitternacht.« Sie schwankte einen Moment. Er schob seine Hand unter ihren Ellbogen, um sie zu stützen, und bemerkte erst dann, daß sie barfuß war. Ihre Verletzlichkeit rührte ihm das Herz. »Geht es dir gut?« fragte er und wollte ihr auf die Veranda helfen, aber statt dessen lehnte sie sich an ihn, so daß er den Arm um ihre Schultern legte, um sie aufrecht zu halten. Er spürte, wie sein Herz noch schneller raste. Das war nicht gut. »Maddie, soll ich einen Arzt rufen?«

Die Stirn gegen seine Brust gepreßt, schüttelte sie kurz

den Kopf, und ihre Locken streichelten sein Kinn. Sie fühlten sich so weich an, daß er sich geschlagen gab, beide Arme um sie legte und sie festhielt, in dem Wunsch, sie zu beschützen, während er sie gleichzeitig üblerweise einfach begehrte. »Es tut mir leid, Mad. Ich weiß zwar nicht, was los ist, aber es gefällt mir ganz und gar nicht. Was kann ich tun?«

Zittrig tat sie einen langen Atemzug. »Nun, als erstes solltest du nicht nett zu mir sein, weil ich sonst zu heulen anfange.«

»Das ist schon in Ordnung«, sagte er, obwohl er es nicht ertragen konnte, wenn Frauen weinten. Wenn sie wollte, konnte sie ihm das ganze T-Shirt naßheulen, solange er sie nur festhalten durfte. »Heul doch einfach.«

Einen Moment lang klammerte sie sich enger an ihn, und als Erwiderung drückte er sie fester. Dann sagte sie mit fast normaler Stimme: »Ist dir klar, daß wir mitten in meinem Vorgarten stehen? Die ganze Straße kann uns sehen.« Sie hob ihren Kopf, und er sah ihr tränenreiches Lächeln. Sein Herz machte einen Sprung. »Das wird deinen Ruf ruinieren.«

»Oh, Mist«, erwiderte er und versuchte, fröhlich zu klingen, »wo ich doch bislang so geschätzt war.«

»Ich schätze dich«, sagte sie, und einen Augenblick vergaß er zu atmen. Sie nutzte diesen Moment, um sich von ihm zu lösen, und er fühlte sich leerer, als er sich je hätte träumen lassen. »Danke, C.L.«, sagte sie. »Es war schön, sich einen Moment nicht allein zu fühlen.«

»Du bist nicht allein.« Er dachte daran, sie zu entführen, mit zu Anna zu nehmen und dafür zu sorgen, daß sie sich niemals wieder so unglücklich fühlte. Aber dem stand Brent im Weg, außerdem hatte sie ein Kind, eine Tochter, soviel er wußte, und es war zu spät für sie. »Paß auf dich auf, Mad«, sagte er, als er sich zum Gehen wandte. »Ruf mich, wenn du irgend etwas brauchst.« Ihr leises »Danke« folgte ihm den Weg hinunter. Und als er wieder im Wagen saß, war sie bereits im Haus verschwunden.

Er blieb sitzen, um zu beobachten, wie die Lichter im Haus erloschen, und versuchte, an langweilige Dinge zu denken, während er sich mit Leib und Seele nach ihr sehnte. Er mußte hier weg.

C.L. ließ den Wagen an. Morgen würde er Brent finden. Schließlich konnte sich dieser Mistkerl nicht ewig vor ihm verstecken. Und dann würde er die Stadt verlassen, egal, wie dringend Frog Point einen Finanzberater brauchte.

Der Freitagmorgen kam zu früh. Maddie rollte sich herum und bedauerte es. Ihr Kopf pochte, und der Gedanke, die Augen zu öffnen, war unerträglich, aber nichtsdestotrotz schlug sie sie auf. Die Sonne versetzte ihrem Hirn einen Stich, und sie brauchte eine Minute, bevor sie zu Brents Seite des Bettes blinzeln konnte. Jemand hatte darin geschlafen, also war er gekommen und wieder gegangen, während sie unter der doppelten Dosis Schmerztabletten, die sie vor dem Zubettgehen genommen hatte, fest schlief. Sie konnte Ems Radio unten in der Diele hallen hören, also hatte er sie letzte Nacht, vermutlich schon im Halbschlaf, abgeholt, genau wie er es versprochen hatte. Aber Brent war nicht da. Im Ausweichen war er groß.

Na ja, wenigstens konnte sie sich darauf verlassen, daß er nie da war. Zum Thema Verläßlichkeit ließ sich einiges sagen. Irgendwo hatte sie gelesen, daß mißhandelte Ehefrauen und Kinder fast alles ertragen konnten, solange die Mißhandlung konsequent war. Unregelmäßige Mißhandlungen hingegen waren nicht auszuhalten. Nun, Brent war konsequent. Sie wußte, daß er sie, wenn sie bei ihm blieb, weiter betrügen würde, aber sie wußte auch, daß er sie nicht verlassen würde. Damit lebten viele Frauen.

Die Zukunft lag vor ihr, unbarmherzig voll unterdrückten Ärgers, unerbittlich voll unausgesprochener Schmerzen, für immer allein, ohne die Chance, sich jemals wieder geborgen zu fühlen. Sie schloß die Augen und dachte an C.L., wie er sie letzte Nacht in den Armen gehalten und ihr gesagt hatte, daß er es haßte, sie unglücklich zu sehen. Er war nahezu ein Fremder, und dennoch hatte sie mehr Trost von ihm bekommen als von Brent in den letzten fünf Jahren. Und so würde ihr Leben weitergehen, wenn sie bei ihm blieb.

Zur Hölle damit, dachte sie und stand auf, zum Kampf bereit.

5

Im Sonnenlicht stand Maddie in ihrer Küche und warf ihre morgendlichen Schmerztabletten ein. Ihr ganzer Körper tat weh, und das nicht nur wegen des Unfalls. Seit – sie warf einen Blick auf die Uhr und rechnete schnell nach – zweiundzwanzig Stunden stand sie nun unter Anspannung, seit sie diesen verdammten Slip gefunden hatte. Zweiundzwanzig Stunden, sich gegen das Unvermeidliche zu wappnen. Nun, das Unvermeidliche war eingetreten, und es machte keinen Sinn mehr, herumzustehen und sich zu wappnen.

Sie brauchte einen Scheidungsanwalt.

Aber niemanden aus Frog Point. Keiner sollte sie dumm wie Bohnenstroh nennen. Das Problem war, in Lima einen Namen zu erfahren. Sie kannte Leute, die sich hatten scheiden lassen, aber sie wußte nicht, wie sie es soweit gebracht hatten. Außerdem wollte sie nicht nur einen Scheidungsanwalt, sie wollte ein Raubtier, jemanden, der sicherstellen konnte, daß sie das Sorgerecht für Em bekam und hinterher nicht als Idiotin dastehen würde. Wer aus ihrem Bekanntenkreis war gut bei einer Scheidung weggekommen? Niemand kam gut bei einer Scheidung weg. Sie dachte an Em und schloß die Augen. *Denk nach*, ermahnte sie sich.

Ihre Mutter hatte gesagt, daß Sheila Bankhead C.L. das letzte Hemd ausgezogen hätte. Er hatte jedoch ganz und gar nicht ärmlich ausgesehen, als er bei ihr vor der Tür stand, im Gegenteil, er hatte einen höchst erfolgreichen Eindruck gemacht, aber schließlich lag ihre Scheidung auch schon Jahre zurück.

Vielleicht hatte er Zeit gehabt, sich zu erholen.

Sie holte das Telefonbuch von Frog Point aus der Schublade hervor und blätterte die »B's« durch. Die Seiten bebten beim Umblättern. *Schluß damit,* sagte sie zu ihren zittrigen Händen, fand Sheilas Nummer und wählte. Ihr Atem ging heftig, bevor Sheila abhob.

»Sheila? Hier ist Maddie Faraday.« Keine Antwort, also versuchte Maddie es noch einmal. »Sheila?«

»Entschuldigung.« Vorsichtig drang Sheilas Stimme durch die Leitung. »Maddie Faraday?«

»Wir waren zusammen auf der High-School.« Maddie kam sich töricht vor. »Ich bin –«

»Ich weiß, wer du bist«, sagte Sheila. »Ich bin nur… überrascht.«

Maddie zog einen Stuhl unter dem Küchentisch hervor und setzte sich, weil das Stehen zuviel von der für dieses Telefongespräch notwendigen Energie in Anspruch nahm. »Ich weiß, wir waren nie eng befreundet, und ich möchte dich auch nicht belästigen, aber ich brauche deinen Rat.«

»*Meinen* Rat?« Sheilas Stimme stieg eine Oktave höher. »Du brauchst *meinen* Rat?«

Maddie gab es auf, taktvoll zu sein, da dies die Sache offensichtlich nur erschwerte.

»Sheila, ich brauche den Namen eines guten Scheidungsanwalts. Kennst du einen?«

»*Du willst dich scheiden lassen?*« Sheila erreichte beinahe das hohe C.

»O nein«, sagte Maddie schnell. »Ich frage für meine Nachbarin.«

»Ach, richtig, Gloria Meyer. Ich dachte, sie hätte Wilbur Carter engagiert.«

»Mutter meinte, das sei keine gute Idee gewesen«, antwortete Maddie, erleichtert, endlich die Wahrheit zu sagen.

»Da hat deine Mutter recht«, meinte Sheila. »Sag Gloria, sie soll sich an Jane Henries wenden. Bei meiner Scheidung war sie großartig. C.L. wußte gar nicht, wie ihm geschah. Sie hat ihre Kanzlei in Lima. Warte, ich glaube, ich habe die Nummer noch.«

Zwanzig Minuten später hatte Maddie eine Anwältin.

»Maddie Faraday?« fragte Jane. »Ihrem Mann gehört diese Baufirma in Frog Point.«

»Ja, ein Teil davon«, setzte Maddie an.

»Ein paar meiner Verwandten wohnen bei Ihnen in der Nähe. Sie haben meinem Neffen Kunstunterricht gegeben. Und Sie wollen sich scheiden lassen?«

»Ja, in der Tat.« Maddie war nicht sicher, wo der Zusammenhang zwischen Kunst und Scheidung lag, aber für einen Rückzieher war sie bereits zu weit gegangen. »Können Sie mir helfen, Mrs. Henries?«

»Selbstverständlich.« Maddie hörte sie lachen. »Sagen Sie Jane zu mir. Heute ist mein Terminkalender voll, aber Sie können am Montag herkommen –«

»Montag wäre gut –«

»– und in der Zwischenzeit besorgen Sie sich alle Finanzunterlagen, die Sie finden können, damit ich weiß, worauf wir es abgesehen haben –«

»Ich möchte nur das Sorgerecht –«

»– damit uns nichts entgeht. Wir sprechen von unüberbrückbaren Differenzen, nehme ich an?«

»Oh, ja«, sagte Maddie. »Sie sind unüberbrückbar. Ich will ihn tot sehen.«

Jane Henries lachte erneut. »Dabei kann ich Ihnen nicht helfen, aber wenn Sie mir die Unterlagen besorgen, kann ich ihn für Sie ruinieren. Manchmal ist das besser.«

»Ich möchte ihn nicht ruinieren –« begann Maddie.

»Natürlich möchten Sie das. Sie haben ein Kind, das ein College besuchen soll. Er wird wieder heiraten und eine neue Familie gründen, und was wird dann aus Ihrer Tochter?«

»Er würde niemals –«

»Natürlich würde er. Besorgen Sie mir die Unterlagen.«

Brent würde nie aufhören, sich um Em zu kümmern. Niemals. Oder doch? »In Ordnung«, sagte Maddie. »Was immer Sie wollen.«

»Gut«, antwortete Jane. »Das ist die richtige Einstellung.«

Als Em eine Viertelstunde später die Treppe herunterkam, schenkte Maddie gerade Milch in ein Glas der Familie Feuerstein, die Menge mit dem Auge bis auf dreieinhalb Zentimeter bis zum Rand abmessend, so daß sie Em die nötige Menge Calcium verabreichen konnte, ohne ihr eine mehr als angemessene Chance zu geben, alles über den Tisch zu verschütten. Dies verlangte Konzentration, abgesehen von Finanzunterlagen und Anwälten und Scheidung und der Frage, wie sie für Em das College bezahlen sollte, wenn Brent mit irgendeiner Frau in schwarzer Spitzenunterwäsche einen Haufen neuer Kinder in die Welt setzte, also widmete sie der Milch ihre volle Aufmerksamkeit.

Em schlüpfte auf ihren Stuhl und sah Maddie über den Rand ihrer Brille mit wachsamen Augen an. »Wie geht es dir?«

»Ganz prima«, antwortete Maddie so fröhlich wie möglich. Frühstück war nicht der richtige Zeitpunkt, einem

Kind mitzuteilen, daß es bald ein Scheidungskind sei. »Mir geht es großartig.«

»Tut dein Kopf noch weh?«

»Nein«, log Maddie. »Mit den Pillen wie weggeblasen.«

Erleichtert stieß Em die Luft aus und ließ ihre Schultern sinken. »Das ist gut. Ich habe Hunger.«

Maddie stellte die Milch vor sie hin. »Wie war es denn gestern abend?«

»Wir haben Filme gesehen.« Em rutschte ihren Stuhl an den Tisch heran. »Wir glauben, Mrs. Meyer ist ein Vampir.«

Maddie hob die Augenbrauen. Gloria ein Vampir? »Ausgeschlossen. Wie möchtest du deine Eier?«

»Im Glas mit Käse bitte.«

Maddie ging zur Mikrowelle und hielt inne. »Sie ist ja kaputt, das habe ich ganz vergessen. Wir werden später eine neue kaufen. Zweite Wahl?«

»Rührei.« Ems Augen verengten sich. »Es sind nicht nur die Zähne. Auch ihre Fingernägel. Und die Augen. Sie sehen aus wie dunkelrote Höhlen. Und sie ist so blaß, weil sie tagsüber nie lange draußen bleibt. Nur nachts.«

Maddie nahm aus dem Schrank eine blaue Rührschüssel und zwei Eier aus dem Kühlschrank und bewunderte, wie schön sich ihr bläulich-weißes Oval von der gelben Anrichte abhob. Viel besser als die braunen. Sie schlug die Eier in die Schüssel und rührte sie mit einer Gabel, während sie über Gloria nachdachte. Von allen Personen, die sich Em und Mel für ihr Vampirspiel aussuchen konnten, war Gloria die unwahrscheinlichste. Allerdings hatte sich Gloria ja auch schon als der Eisberg von Frog Point entpuppt, neun Zehntel unter der Oberfläche.

Trotzdem, Blutsaugen war out. Und nach dem, was sie gestern gehört hatte, standen die Chancen, daß Gloria überhaupt an irgend etwas sog, gleich Null. »Ich kann das nicht nachvollziehen, Em.« Sie griff nach der Milch und goß ein wenig in die Schüssel, bevor sie weiterrührte.

Em griff nach ihrem Glas. »Ich wette, sie hat keine Spiegel im Haus. Nachts ist sie immer draußen, und ich weiß auch, hinter wem sie her ist. Hinter Dad.«

Maddie hörte auf zu rühren. »Was?«

Em nickte und fixierte Maddie. »Hinter Dad. Sie geht nachts raus und wartet darauf, daß er in den Garten geht. Dann ruft sie seinen Namen. Manchmal bleibt er stehen, aber man sieht, daß er sich unwohl fühlt. Er weiß, daß sie ein Vampir ist.« Em steckte einen Finger in die Milch, wirbelte sie herum und produzierte weiße Strudel, ohne jedoch den Blick von Maddie abzuwenden. »Aber keine Sorge, ich weiß, wie man damit umgeht. Knoblauch, Weihwasser und ein Pfahl durchs Herz.«

Maddie erhitzte die Pfanne auf dem Herd und gab die Eier hinein. Sie wartete, bis die milchige Flüssigkeit eine hellgelbe Farbe annahm, bevor sie erwiderte: »Ich glaube, wir haben nur Knoblauchpulver.«

Em dachte darüber nach. »Ich könnte es in Weihwasser auflösen.«

»Wir haben kein Weihwasser.« Als die Eier durchgebraten waren, schob sie sie auf einen Teller und erfreute sich an dem zarten Gelb auf dem blauen Porzellan. Hübsch. Falls Gloria die andere Frau war, würde sie ihren Rasen vergiften. »Was für ein Video hast du gestern abend eigentlich gesehen?«

»*Die verlorenen Seelen.* Vielleicht explodiert Mrs. Meyer, wenn ich sie mit Weihwasser bespritze.«

Maddie stellte den Teller vor Em auf den Tisch. »Nachbarn mit Wasser zu überschütten ist keine gute Idee. Ich habe deinen Toast zu rösten vergessen. Das hast du nun davon, daß du mich ablenkst.«

»Ich mache das schon.« Em stand auf, fischte zwei Brotscheiben aus der Tüte und ließ sie in den Toaster fallen.

Es konnte nicht Gloria sein. Alleine die Vorstellung von Gloria im schwarzen Spitzenhöschen ohne Schritt war lächerlich. Ems Toast sprang heraus, und der Duft nach knusprigem Brot machte Maddie hungrig, also steckte sie auch zwei Scheiben für sich hinein.

Em bestrich ihren heißen Toast dick mit Butter und Marmelade. Dieses Brot mußte mindestens dreitausend Kalorien haben, die Em, einmal die Treppe hinaufrennend, alle verbrennen würde. Als Maddies Toast fertig war, strich sie eine dünne Schicht Marmelade darauf. Wenn sie schon wieder Single werden mußte, wollte sie nicht auch noch fett sein. Zeit für eine Diät. Die Dät für die geschiedene Frau. Kein Fett, kein Salz, kein Geld, kein Sex. Oh, Mist.

Mittlerweile waren Ems Gedanken gewandert. »Fühlst du dich wirklich gut?«

»Ich fühle mich prima«, sagte Maddie. »Hör auf, dir Sorgen zu machen.«

»Dann darf ich heute nacht bei Mel schlafen?« Em biß eine Ecke aus ihrem Toast. »Eigentlich sollte ich doch letzte Nacht dort bleiben. Ich bin nur nach Hause gekommen, damit du nicht alleine warst, aber jetzt siehst du schon wieder ganz gut aus. Wenn du in Ordnung bist, darf ich heute nacht dort schlafen?« Sie unterbrach sich schnell. »Wenn nicht, bleibe ich bei dir. Das macht mir nichts aus, wirklich.«

»Oh.« Maddie schluckte. »Habe ich dir schon einmal gesagt, daß du die perfekte Tochter bist?«

»Danke. Darf ich bei Mel bleiben?«

»Hast du Tante Treva gefragt?« Maddie biß vorsichtig in ihren Toast und kaute. Die Kopfschmerzen ließen sich aushalten. So weit, so gut.

Em schüttelte den Kopf. »Nein, Mel macht das. Darf ich?«

»Ruf an und frag nach.«

Em schob ihren Stuhl zurück.

»Nach dem Frühstück.«

Em beugte sich über den Tisch und schaufelte das Ei auf den Butter-Marmelade-Toast. Eine ziemlich eigenwillige Frühstücks-Sandwich-Kreation. »Ich esse das am Telefon«, sagte sie und ging, eine Butterspur hinterlassend, ins Wohnzimmer. »Danke, Mom.«

Mit einem Küchentuch wischte Maddie die Butter vom Boden und richtete sich auf, ermutigt durch die Tatsache, daß der Toast blieb, wo er war, selbst wenn sie so rücksichtslos gewesen war und sich nach vorn gebeugt hatte.

Gut, dachte sie. *Ich werde weiterleben.* Die Dinge besserten sich.

Em brüllte aus dem Wohnzimmer herüber: »Tante Treva möchte dich sprechen!« Maddie hob am Nebenanschluß ab.

Trevas Stimme klang vorsichtig. »Wie geht es dir?«

»Em, hast du aufgelegt?« rief Maddie.

»Ich habe das Klacken gehört«, sagte Treva. »Wie geht es dir? Hast du mit ihm gesprochen?«

»Nein.«

»Oh, Maddie, zum Teufel –«

Maddie schnitt ihr das Wort ab. »Warte mal, er ist erst nach Hause gekommen, als ich schon schlief, und war bereits wieder weg, als ich aufwachte, aber ich habe eine Anwältin angerufen. Am Montag habe ich einen Termin. Ich tue es, Treva. Ich werde es mit so wenig Aufhebens wie möglich durchziehen, aber ich habe sie angerufen. Es ist soweit.«

»Ja«, hauchte Treva in den Hörer. »O ja, ja, ja. Gut für dich.«

Maddie lehnte sich gegen die Wand. »Ich weiß nicht. Es wird furchtbar werden. Sie sagt, ich soll mir die Finanzunterlagen beschaffen.«

»Wer ist *sie?*«

»Die Anwältin. Jane Henries aus Lima.«

»Ooooh, sie ist gut.« Trevas Stimme klang geradezu hysterisch fröhlich. »Ich habe gehört, daß sie ihnen bis auf die Socken alles nimmt. Woher willst du die Finanzunterlagen bekommen?«

»Ich habe sie schon. Ich mache jedes Jahr die Steuererklärung, deshalb habe ich alle Unterlagen hier im Schrank. Das ist also nicht weiter schwer.«

»Was ist mit dem Büro? Ich finde, wir sollten sein Büro durchsuchen.«

Maddie fiel beinahe der Hörer aus der Hand. »Hast du den Verstand verloren? Ich will eine Scheidung, keinen Skandal. Ich habe dir doch gesagt, ich werde das Ganze ohne Aufhebens durchziehen, und wenn ich Brents Büro durchstöbere, werden sich die Leute mit Sicherheit das Maul zerreißen.«

»Er ist Abschaum, Maddie.« Treva sprach so eindringlich, daß sie fauchte. »Er hat es verdient, über den Tisch gezogen zu werden. Willst du nicht wissen, was er bei der Arbeit bereits beiseite geschafft hat? Ich jedenfalls mit Sicherheit, und ich wette, Jane Henries auch. Laß uns zum Büro fahren. Wir sind doch ständig dort, es wird nicht weiter auffallen. Ich hole dich in einer Viertelstunde ab. Three kann auf die Mädchen aufpassen.«

»Treva, ich kann mir nicht vorstellen, daß er irgend etwas im Büro versteckt. Warum sollte er –«

»Wo würde er es sonst verstecken?« unterbrach Treva sie. »Wenn du es schon nicht für dich tust, dann tue es für mich. Ich hatte eine miese Woche und würde sie gerne an jemand anderen abgeben, und zwar an Brent, wenn möglich. Außerdem, was willst du denn sonst heute tun?«

Wie üblich hatte Treva es auf den Punkt gebracht. Wenn Maddie nicht das Büro durchsuchte, würde sie zu Hause sitzen und Trübsal blasen, darauf warten, daß Brent heimkam, damit sie sich von ihm scheiden lassen konnte. Sie glaubte wirklich nicht, daß sie etwas finden würden, aber schließlich hatte sie auch nicht geglaubt, daß es eine andere Frau gab.

»Gut, dann komm her«, sagte Maddie.

Sobald Maddie aufgelegt hatte, klingelte das Telefon erneut, und sie lehnte ihren Kopf gegen die kühle Wand in dem Bemühen, ihre Gedanken zu ordnen. Sie hätte gerne einen Nervenzusammenbruch bekommen, aber dazu würde sie keine Gelegenheit haben, weil sie ständig telefonierte. Als es weiterläutete, hob sie ab und fragte: »Hallo?« Ihre Mutter antwortete: »Maddie, Schatz, hier ist Mama.«

Maddie zuckte zusammen. Ihre Mutter hatte bereits von der Scheidung gehört. »Es ist alles in Ordnung, Mom.«

»Nein, ist es nicht. Schließ alle Türen ab.«

Maddie betrachtete stirnrunzelnd den Hörer. Es ging also nicht um die Scheidung. Vielleicht betraf es C.L., der sie letzte Nacht mitten in ihrem Vorgarten umarmt hatte. Sie versuchte, daran nicht mehr zu denken, aber wenn ihre Mutter es wußte – »Warum?«

»Hier läuft ein Streuner durch die Gegend.«

Noch einmal davongekommen, sackte Maddie gegen die Wand. »Um zehn Uhr morgens?«

»Nun ja, nicht direkt. Candace hat ihn gestern abend gesehen. Sie hat es mir heute morgen erzählt.«

»Was hast du denn schon wieder in der Bank gemacht?«

»Einen Scheck eingelöst. Wirklich, Maddie, sei vorsichtig. Vor allem, wenn Brent so spät wie letzte Nacht nach Hause kommt.«

Wie hatte sie das schon wieder herausgefunden? »Mom, das war nur eine Nacht.«

»Nun, ein Streuner braucht nur eine Nacht, und prompt liegst du ermordet in deinem Bett, gerade du, wo du schon eine Kopfverletzung hast. Wie geht es deinem Kopf überhaupt?«

»Gut, danke, Mutter.« Ihre Mutter als führende Drehbuchautorin für Horrorszenarien. Wenn sie nur wüßte.

»Schließt du bitte deine Türen ab?«

Maddie gab sich geschlagen. »Ja, versprochen. Ich muß jetzt Schluß machen. Ich bin mit Treva verabredet.«

»Warte, was geht eigentlich bei Treva und Howie vor sich?«

»Das Übliche wie bei allen glücklich verheirateten Paaren«, erwiderte Maddie.

»Das denke ich nicht«, meinte ihre Mutter. »Gestern abend haben sie sich im Bowlingcenter heftig gestritten.«

»Im Bowlingcenter?« Ihre Autos hatten auf dem Parkplatz gestanden. »Was haben sie denn im Bowlingcenter gemacht?«

»Esther sagt, daß Lori Winslow sagt, daß Mike Winslow dort war und gesagt hat, daß Howie mit Brent sprach, als Treva hereinkam und es plötzlich Krach gab.« Die Stimme ihrer Mutter klang wißbegierig. »Hat sie dir nichts erzählt?«

»Nein«, antwortete Maddie. »Und ich werde sie auch nicht danach fragen, du brauchst also gar nicht mehr weiterzubohren. Verheiratete Menschen streiten sich nun einmal.«

Ihre Mutter schlug eine andere Taktik ein. »Warum war Howie denn so wütend auf Brent? Gibt es Ärger in der Firma?«

Überall, nur nicht in der Firma, wollte Maddie sagen, erwiderte jedoch statt dessen: »Nein. Du weißt doch, wie die Leute Klatsch lieben. Sie machen aus einer Mücke einen Elefanten.«

»Esther sagte, daß Lori sagte, daß Mike sagte, daß Treva aussah wie der leibhaftige Tod.«

»Esther sollte sich besser um ihr Leben sorgen. Ich muß jetzt wirklich Schluß machen.«

»Du gehst mit Treva aus? Ist das vernünftig? Wie geht es deinem Kopf? Bist du wohlauf?«

»Mir geht es gut«, wiederholte Maddie. »Oh, ich habe dein Auto noch. Wir bringen es dir vorbei.«

»Wenn du den Wagen brauchst, Maddie, kannst du ihn noch behalten. Ein bißchen Bewegung tut mir gut.«

»Ich brauche ihn nicht.« Maddie fühlte sich zwischen Schuldgefühlen und Ärger hin- und hergerissen. Ihre Mutter war so lieb, wenn sie keinen Klatsch verbreitete; sie hatte keine Tochter verdient, die Lügen erzählend kurz vor der Scheidung stand und sarkastische Gedanken hegte. »Treva wird mich überall hinfahren.«

»Das ist nett von ihr, Liebes. Amüsiert euch schön. Und laß mich wissen, was sie erzählt. Gib auf deinen Kopf acht.«

Wie? wollte Maddie fragen, tat es aber nicht, weil sie wußte, daß sie, würde sie ihr Schicksal herausfordern, am Ende mit einem Motorradhelm durch die Stadt stapfen würde. »Das werde ich«, sagte sie und ging zu Em hoch, um sie zu bitten, sich fertig zu machen.

Wie ein Schießhund nach Brent Ausschau haltend fuhr C.L. die Main Street hinunter, entschlossen, ihn zu fassen zu kriegen und seine Frau zu vergessen. Maddie hatte ihm eine äußerst üble Nacht voller Sorgen und heißer Träume beschert, und jetzt war er müde und verdrießlich und angesichts seiner bevorstehenden Abreise aus der Stadt ein wenig verzweifelt.

Brent machte es ihm nicht gerade einfach. Schon nach neun, und er war nicht in der Baufirma, also was für ein Geschäftsmann war er? Ja, Brent sei dagewesen, hatte ihm die blonde Sekretärin erklärt. »Sie haben ihn gerade verpaßt, Mr. Sturgis«, hatte sie zuckersüß gezwitschert. »Vor zehn Minuten ist er zur Bank gefahren. Zur First National auf der Main Street. Im Zentrum.« Als wäre Frog Point groß genug, um ein Zentrum zu haben. »Eine Straße und drei Ampeln machen noch kein Zentrum«, hatte er zu der Sekretärin sagen wollen, aber es erschien ihm ungerecht, seinen Ärger an ihr auszulassen, deshalb hatte er den Mund gehalten und sich auf den Weg zur Bank gemacht.

Hier kehrte sein Glück zurück. Er fuhr gerade an der First National vorbei, als Brent im Anzug und mit einer grauen Sporttasche in der Hand heraustrat. C.L. bremste ab, um am Straßenrand anzuhalten, aber die Parkplätze auf beiden Seiten waren belegt, und der Wagen hinter ihm begann zu hupen.

»Hey, Brent!« rief er, und Brent drehte sich um und sah kurzzeitig verblüfft aus. Dann winkte er und ging weiter.

C.L. öffnete den Mund, aber der Wagen hinter ihm hupte erneut, diesmal eindringlicher. Kein Zweifel, das würde er später von Henry zu hören bekommen. Zum Teufel damit – er mußte nur wenden, um Brent zu folgen. C.L. fuhr bis zur nächsten Kreuzung, bog nach rechts in die Durchfahrt des Drive-In von Burger King ab und erntete einen erstaunten Blick von der Frau am Fenster, bevor er bei gelber Ampel wieder auf die Main Street einbog und mit weiteren Blicken und Huptönen von anderen Fahrern bedacht wurde. Genau wie in alten Zeiten. Er konnte es nicht erwarten, daß Henry ihm beim Abendessen einen Strafzettel wegen rücksichtslosen Fahrverhaltens schreiben würde.

Er fuhr die Main Street hinunter. Brent war verschwunden. Zweimal durchquerte C.L. den Stadtkern, ließ die Einkaufszone hinter sich und fuhr die Seitenstraßen ab, aber Brent hatte sich in Luft aufgelöst. In der Vergangenheit hatte C.L. Bekanntschaft mit einigen Leuten gemacht, die ihn mieden, aber keiner hatte dabei eine solche Besessenheit gezeigt wie Brent Faraday. Dieser Mistkerl hatte anscheinend wirklich Übles zu verbergen.

Und früher oder später würde C.L. herausfinden, was es war. In Frog Point hütete niemand lange ein Geheimnis.

Eine Stunde, nachdem sie Brents Büro durchsucht hatten, saß Maddie mit Treva an ihrem Küchentisch und starrte auf die beiden Dinge, die ihnen interessant erschienen waren.

Eines davon war eine Packung Kondome.

»Ich dachte, du nimmst die Pille«, hatte Treva gesagt, als sie sie aus Brents unterster Schreibtischschublade zog.

»Tu ich auch«, hatte Maddie geantwortet. »Vielleicht betrügt er mich ja.«

»Ich wünsche ihm den Tod«, hatte Treva gemeint und weitergesucht, aber Maddie entdeckte den nächsten Fund, eine verschlossene, zirka dreißig mal vierzig Zentimeter große Metallbox, auf deren Deckel in Brents Handschrift quer »Persönlich« gekritzelt stand. »In diese Kiste würde ich gerne einen Blick werfen«, hatte Treva gesagt, aber Kristie, Brents Sekretärin, war in diesem Moment in der Tür erschienen und hatte sie gebeten zu gehen.

»Sie sollten Mr. Faradays Schreibtisch nicht durchsuchen«, sagte Kristie, und ihr Piepsstimmchen zitterte leicht.

»Nun ja, genaugenommen ist nur ein Viertel davon sein Schreibtisch«, antwortete Treva schnippisch. »Denn Mrs. Faraday und ich besitzen zufällig jeweils ein Viertel dieser Firma, also gehört die Hälfte dieses Schreibtischs uns, was bedeutet, daß wir zur Hälfte Ihre Chefs sind. Sie dürfen gehen.«

»Treva«, hatte Maddie sie ermahnt, aber Kristie zog sich beleidigt und verwirrt zurück. Danach hatten sie ihre Suche beendet und die verschlossene Box mitgenommen, um sie zu Hause zu öffnen, ebenso die Kondome, um, wie Treva meinte, Brent den Wind aus den Segeln zu nehmen.

Nun stand die verschlossene Kiste mitten auf Maddies Küchentisch und schien sie hämisch anzugrinsen. Das

Schloß hatte sich als unmöglich zu knacken erwiesen, und der Deckel weigerte sich hartnäckig, sich aufhebeln zu lassen. Maddie zog kurzzeitig in Betracht, mit dem Auto darüberzufahren, befand dann jedoch, daß dies pubertär sei. Außerdem hatte sie kein Auto mehr. Toll, wie das Leben sich besserte.

Treva war genervt. »Mein Gott, was hat er bloß da drin? Die Zehn Gebote?«

»Wenn er später nach Hause kommt, sehe ich mir seinen Schlüsselbund an«, sagte Maddie.

»Klar. Du kannst ja sagen: ›Liebling, ich habe diese Geheimkiste gefunden, als ich in dein Büro eingebrochen bin; könntest du mir den Schlüssel leihen?‹ Das funktioniert bestimmt.«

Voller Zweifel sah Maddie die Box an. »Ich bin nicht mal sicher, ob der Schlüssel noch paßt, nachdem du den Schraubenzieher hineingerammt hast.«

»Ich war wütend«, sagte Treva. »Sie hat mich herausgefordert.«

»Schlechter Schachzug.«

Treva blickte auf die Uhr. »Oh, Mist, ich wollte schon vor einer halben Stunde zu Hause sein, das habe ich Three versprochen.« Sie stand auf und wedelte mit der Hand in Richtung der Kiste. »Soll ich sie mitnehmen, um sie dir aus den Augen zu schaffen?«

»Nein«, sagte Maddie. »Ich werde mich noch ein bißchen damit beschäftigen.« Sie erhob sich ebenfalls. »Und es ist wirklich okay, wenn Em heute nacht bei euch bleibt?«

Treva nickte. »Du und Brent müßt das allein austragen. Aber schlaf diesmal nicht ein, bevor du ihn dir vornehmen kannst.« Sie sah wieder zu der Box.

»Vergiß die Kiste, bis ich dir helfen kann. Versuch lieber, Brent zu knacken.«

»Hmm.« Maddie holte tief Luft. »Gestern hat er sie benutzt, Treva. Ich wollte mit ihm reden, aber er stellte sich hinter sie und sagte: ›Reg Em nicht auf.‹ Und die arme Em stand da, zu Tode erschrocken.«

»Ich wünsche ihm den Tod, wirklich.« Treva kam um den Tisch herum und drückte Maddie fest. »Du hast etwas Besseres verdient. Es ist richtig, was du tust. Du wirst wieder ganz von vorne anfangen, absolut neu. Und dieses Mal wird es besser werden.«

»Stimmt«, sagte Maddie, aber nachdem Treva gegangen war, setzte sie sich wieder an den Tisch und dachte, *wie denn besser?* Wie konnte es Em ohne Vater im Haus bessergehen? Sie wollte weinen und losbrüllen und sich schlecht benehmen und genoß die Vorstellung, sich auf jemanden zu stürzen, die Wirkung zu spüren und ihren ganzen Ärger und Frust herauszulassen. Sie dachte an C.L., stark und kräftig, wie er sie letzte Nacht in den Armen gehalten hatte. Es hatte so gutgetan, sich an jemanden anlehnen zu können, und er hatte genau das Richtige gesagt, Gott segne ihn, und seine Brust hatte sich hart an ihrer Wange angefühlt, und wenn er jetzt hier wäre, würde sie ihn zu Boden werfen und ihren ganzen Frust in rachelüsternem, ekstatischem Sex an ihm auslassen.

Was das Letzte war, was sie brauchte. Maddie versetzte der Kiste einen Stoß, um sich abzulenken. Irgendwie mußte das verdammte Ding doch aufzukriegen sein. Vielleicht mit einem Dosenöffner. Oder einer Axt. Sie glaubte zwar nicht, daß sie etwas wirklich Bedeutendes enthielt, aber das war besser, als an Brent zu denken. Oder an C.L. und Sex.

So schwer konnte es nicht sein. Der runde Schloßbesatz stand etwa einen halben Zentimeter vor. Den mußte man doch lösen können.

Sie stand auf, wühlte in der Werkzeugschublade und kam mit einem Holzmeißel und einem Hammer zurück. »Mach dich auf etwas gefaßt«, sagte sie zu der Kiste und rammte den Meißel hinter das Schloß. Nach einem halben Dutzend Hammerschlägen fiel die Platte ab.

Die Kiste blieb verschlossen.

»Scheißding!« stieß Maddie hervor und knallte den Hammer auf den Deckel.

Der Deckel flog auf und klappte laut auf den Tisch zurück.

»Hervorragend.« Maddie setzte sich wieder. »So ist es schon besser.«

Sie zog die Kiste zu sich heran und holte den Stapel Papiere daraus hervor. Zuerst dachte sie, es seien nur Geschäftsunterlagen, Kopien von Verträgen und Rechnungen, aber unter den Verträgen lagen Briefe. Liebesbriefe.

Insgesamt waren es neunundzwanzig. Siebenundzwanzig davon stammten von Beth, in denen sie eine Zukunft mit Brent plante, aber sie trugen kein Datum, daher war nicht klar, wann sie sie geschrieben hatte.

Maddie las sie durch, betroffen, wie sehr Beth ihn liebte und an ihn glaubte. Vielleicht hätte er bei Beth bleiben sollen.

Vielleicht war er auch jetzt wieder mit ihr zusammen.

Maddie legte Beths Briefe zur Seite und nahm die letzten beiden auf. Beide waren nicht unterschrieben. Der eine auf weißem Papier mit roten Gänseblümchen in der Ecke war in spitzer Handschrift geschrieben und enthielt den Vorschlag, sich in ihrer Garage zu treffen. Mit Sicherheit stammte er nicht von Gloria, da keine der Bitten den Rasen betrafen. Der andere aus weißem Papier mit blauen Linien, wie es Schulkinder benutzen, war zusammengefaltet. Außen stand »Brent« darauf, und die Handschrift, verschnörkelt und unreif, paßte zu jemandem wie Kristie. Jetzt brauchte sie nur noch eine Probe von Kristies Handschrift, um ohne Schuldgefühle grob zu ihr sein zu können. »Ich habe deine Unterhose gefunden«, könnte sie sagen. »Meine

Güte, ist die raffiniert.« Das war so ein rationaler Gedanke, daß Maddie überrascht zwinkern mußte. Wo war der Schmerz? Sie sollte wegen dieser ganzen Sache wütend sein, anstatt sarkastische Gefühle zu hegen. *Das ist ein gutes Zeichen,* dachte sie. *Ich muß über ihn hinweg sein. Diese miese Ratte.*

Mit einem vagen Gefühl der Ermutigung faltete sie den Brief auseinander, und es verschlug ihr den Atem. »Du mußt mich an unserem Ort treffen«, stand dort geschrieben. »Ich weiß, daß du Maddie liebst, aber ich bin schwanger und weiß nicht, was ich tun soll.«

Maddie ließ den Brief auf den Tisch fallen. »Du Hurensohn«, sagte sie laut.

Er hatte Kristie geschwängert. Nun, zumindest hatte er irgendeine Frau geschwängert. Soviel zu der Schachtel Kondome. Kristie oder irgendeine Frau bekam Ems Halbbruder oder Halbschwester. Das war ja schön. Was *zum Teufel* hatte Brent sich dabei gedacht?

Sie mußte etwas unternehmen. Das Ganze war schlimmer, als sie sich hatte träumen lassen. Und sie war diejenige, die Em alles erklären mußte. »Du weißt doch, wie sehr du Kristie magst«, könnte sie sagen. »Nun, Daddy mochte sie auch sehr gern, und –«

Mit Ausnahme des Schwangerschaftsbriefes legte sie alle Briefe wieder in die Box zurück und schlug den Klappdeckel zu. Dann besah sie sich den Brief erneut. Die Handschrift kam ihr völlig unbekannt vor, und das Papier war auch keine Hilfe. Würde Kristie auf Notizbuchpapier schreiben? Es war alles zu verwirrend.

Sie stopfte das Blatt in ihr Portemonnaie, um die Schrift später im Büro mit irgendeiner Notiz von Kristie zu vergleichen. Sie legte den Kopf auf den Tisch, weil es darin wieder zu hämmern begonnen hatte. Sie war krank. Sie sollte nicht so ein Zeug lesen. Sie sollte nicht so ein Leben führen.

Es war zuviel. Sie mußte etwas dagegen tun, aber im Moment brachten die Kopfschmerzen sie um.

Sie nahm drei Tabletten, in der Hoffnung, alle bewußten Gedanken auszulöschen, ging mit der Kiste und den Kondomen nach oben und versteckte sie unter dem Bett, wo Em nicht über sie stolpern würde. Dann kroch sie unter die Decke und fiel in tiefen Schlaf.

»Und, wie geht es deiner Mom?« fragte Mel, während sie und Em mit vollgehäuften Tellern mit Cannelloni und einer Schüssel Knoblauchbrot vor dem Fernseher saßen. *Ace Ventura* lief zum fünfzigsten Mal, aber beide taten sowieso nur so, als würden sie zuschauen.

»Sie sagt, es ginge ihr besser.« Em spießte eine Nudelrolle auf und biß vorsichtig ein Stück ab. Es schmeckte gut. »Sie macht nicht mehr so eine schreckliche Miene wie gestern, so, als würde sie jeden Moment losweinen.« Wieder stieß sie die Gabel in die Pasta, biß noch ein Stück ab und kaute darauf herum, während sie darüber nachdachte, wie sie den nächsten Satz am besten formulierte. »Mom und Dad haben sich gestern gestritten«, sagte sie schließlich. »So richtig.«

Mel riß die Augen auf. »Du machst Witze.«

»Nein. Sie haben zwar leise geredet, aber ich stand direkt daneben. Sie sahen so wütend aus, Mel.« Em blickte sie an und versuchte, nicht zu weinen. »Sie sahen aus, als würden sie sich hassen. Und dann hat Dad mich hergebracht und sie allein gelassen. Es ist schrecklich.«

»Warum hast du mir das nicht erzählt? Das mit dem Streit, meine ich.« Mel hörte sich merkwürdig verkrampft an, nicht so überschwenglich wie sonst.

»Ich konnte einfach nicht darüber reden«, sagte Em. »Es ist furchtbar, wenn sich Eltern streiten. Ich weiß, du hast gesagt, deine streiten sich immer, aber so, als meinten sie es nicht ernst. Aber das gestern war ernst. Ich will gar nicht daran denken. Und heute war Mom ganz ruhig, und Dad habe ich gar nicht gesehen. Das ist wirklich schlimm, Mel.«

Mel sah so aus, als sei sie nicht sicher, ob sie das, was ihr auf der Zunge lag, wirklich sagen sollte. Em kam das komisch vor, weil Mel sich nie Gedanken darüber machte, was sie zu irgend jemandem sagte. »Da ist noch etwas«, sagte Mel.

»Was denn?« fragte Em mit einem Kloß im Hals.

Mel schluckte und rutschte auf der Couch hin und her. »Meine Mom ist ganz schön wütend auf deinen Dad. Ich habe sie heute morgen am Telefon gehört. Sie hat ihn angeschrien.«

Em ließ sich zurückfallen. »Woher weißt du denn, daß er es war?«

»Weil sie seinen Namen gebrüllt hat.« Mel sah elend aus. »Es war schrecklich, Em. Sie sagte, sie würde ihn umbringen, wenn er es irgendeinem erzählen würde.«

Em schluckte. »Was denn?«

»Keine Ahnung.« Mel schnitt ein Stück Nudelrolle ab und versuchte, sich unbeeindruckt zu zeigen, aber Em wußte, daß dem nicht so war. »Es kommt noch schlimmer. Nachdem sie aufgelegt hatte, kam mein Dad herein und fragte, mit wem sie gesprochen hätte. Mit Grandma, hat sie gesagt.« Eine Minute lang preßte Mel ihren Mund zusammen. »Sie hat *gelogen.* Und dann haben sie sich auch richtig gestritten. Sie haben in ganz scharfem Ton geflüstert, und Mom hat mit der Hand auf den Tisch gehauen, und dann ist Dad hinausgegangen und hat die Tür zugeschlagen.« Sie schwieg und schluckte. »Nachdem Dad weg war, hat meine Mom angefangen zu weinen. Sie weint nie. Es war schrecklich. Ich will noch nicht mal darüber reden. Ich will, daß es weggeht.«

»Ich glaube nicht, daß es weggeht«, sagte Em und mußte an ihre Mom und an ihren Dad am Tag zuvor im Vorgarten denken, an die Art, wie ihre Mutter geschaut und ihre Fäuste gegen die Brust gepreßt hatte. »Da passiert wirklich etwas Schlimmes.«

Mel starrte auf den Bildschirm. »Vielleicht hat Mrs. Meyer deinen Dad gebissen und ihn zu einem Vampir gemacht, und dann hat er meine Mom gebissen, und sie will nicht, daß es irgend jemand erfährt.«

»Mel, hör auf damit«, sagte Em. »Das hier ist wirklich.«

Mel starrte weiter auf den Fernseher. »Ich will nicht, daß es wirklich ist. Ich will, daß es weggeht.«

»Ich auch«, sagte Em. »Aber ich glaube nicht, daß es das tut.«

Der Bildschirm verwandelte sich in summenden Schnee, und Mel richtete sich auf. »Ich glaube es nicht.« Ihre Stimme klang schrill vor Anspannung. *»Mom!* So ein Scheiß. *Mom!* Die Sender sind weg!«

»Eine Ausdrucksweise«, sagte Tante Treva, als sie ins Zimmer kam.

»Ich kann es nicht *glauben«*, fuhr Mel fort, während ihre Mutter an der Kabeldose rüttelte. »Es ist kein Bild mehr da. Was ist passiert?«

»Sieht so aus, als wäre die Leitung gestört.« Tante Treva richtete sich wieder auf. »Ich werde morgen die Fernsehleute anrufen und ihnen sagen, daß sie dein Leben ruiniert haben. In der Zwischenzeit könntest du ein bißchen lesen.«

»Das soll wohl ein Witz sein, oder?« meinte Mel.

»Es wäre eine gute Übung«, erwiderte Tante Treva. »Nächsten Dienstag fängt die Schule wieder an.«

»Erinnere mich bloß nicht daran«, sagte Mel. »Können wir uns ein Video anschauen?«

Tante Treva zuckte mit den Schultern. »Klar. Verderbt euch den Verstand. Wie ihr wollt.«

Mel wartete, bis ihre Mutter wieder gegangen war, bevor sie Em ansah. »Kannst du das *glauben*? Jedes Video, das wir wollen? Was auch immer faul ist, es muß wirklich faul sein. Seit einer Woche ist meine Mom nun schon ohne Verstand. Ich konnte es gar nicht glauben, daß sie uns gestern abend erlaubt hat, *Die verlorenen Seelen* zu sehen. Das ist kein jugendfreier Film. Der ist wirklich schlimm.«

Em dachte darüber nach. »Du hast recht. Ungefähr seit einer Woche hat mein Dad schlechte Laune. Irgend etwas muß da passiert sein. Was sollen wir jetzt tun?«

»Wir werden wohl ein bißchen herumschnüffeln müssen«, meinte Mel. »Erzählen werden sie es uns bestimmt nicht. Also müssen wir es selbst herausfinden.«

Em ließ sich das durch den Kopf gehen. Am Tag zuvor hatte sie nichts vom Spionieren gehalten, aber da waren die Dinge auch noch nicht so schlimm gewesen. »Du hast recht. Wir müssen etwas tun, um sie zu retten. Ich weiß nur nicht, was. Ich habe noch nie herumgeschnüffelt. Wie stellen wir das an?«

»Nun, zunächst werden wir jedes Telefongespräch belauschen«, antwortete Mel. »Das ist doch klar.«

6

Das Läuten der Türglocke weckte Maddie kurz nach sieben an diesem Abend auf. Sie fühlte sich betäubt und verwirrt. Warum klingelte Brent an der Tür? Er hatte doch einen Schlüssel. Vor sich hinfluchend ging sie die Treppe hinunter und öffnete die Tür.

»Ich habe dich geweckt.« C.L. lehnte im Türrahmen, und seine dunklen Augen schienen ihr bewundernde Blicke zuzuwerfen, was allerdings nicht sein konnte, weil sie vom Schlaf noch ganz zerzaust war und abgeschnittene Hosen und ein uraltes rotkariertes T-Shirt trug. Er zog den Kopf ein. »Tut mir leid.«

Maddie schloß die Augen vor seiner realen Präsenz und überließ sich statt dessen ihren Phantasien von ihm. Sie hatte ihn aus diesem Türrahmen zerren und sich über ihn hermachen wollen, und nun stand er hier in Fleisch und Blut mit seinem muskulösen Körper, der, in ein Karohemd und alte Jeans verpackt, unglücklicherweise äußerst ansehnlich aussah. Es war einfach peinlich. Sie schlug die Augen wieder auf und bemühte sich, höflich zu sein. »Kein Problem. Was willst du?«

»Anna hat von deinem Unfall gehört. Sie hat dir Schokoladenkuchen gebacken.« Er hielt ihr einen mit Plastikfolie umwickelten Teller hin, und sie nahm ihn entgegen, darauf bedacht, ihm nicht in die Augen zu sehen. Augenkontakt wäre nicht gut.

Den Blick starr geradeaus gerichtet, eröffnete sich ihr ein großartiger Anblick auf seine breite Brust unter dem Karohemd. Der Stoff sah weich und frisch gewaschen aus, und Maddie mußte sich zurückhalten, um nicht die Hand auszustrecken und darüberzustreicheln. Männer neigten dazu, so etwas mißzuverstehen. Sie war ziemlich sicher, daß C.L. es mißverstehen würde. *Sieh, daß du ihn loswirst,* riet ihr der Verstand. »Danke, C.L. Richte Anna bitte aus, daß ich mich sehr gefreut habe.«

»Das werde ich«, sagte er. »Hast du Brent in letzter Zeit gesehen?«

»Nein.« Maddie lächelte an seinem linken Ohr vorbei und versuchte, die Tür zu schließen, aber er stand schon im Rahmen und lehnte sich dagegen. Er war sehr schwer, und noch dazu rührte er sich nicht. »War wirklich nett, dich zu sehen, C.L., aber ich muß jetzt diesen Schokoladenkuchen essen.«

Sein Grinsen wurde breiter. »Danke, war auch nett, dich zu sehen.«

Maddies Herz schlug ein wenig schneller. Er mußte gehen. Wieder versuchte sie, die Tür zu schließen, aber er rührte sich immer noch nicht, so daß sie das Feingefühl aufgab. »Entschuldige, wenn ich unhöflich bin, aber du hast einen schlechten Zeitpunkt erwischt. Kannst du später wiederkommen?«

»Sicher. Wann?«

Sie hatte vergessen, daß er so beharrlich sein konnte. Aufgrund seiner Beharrlichkeit war sie vor zwanzig Jahren auf dem Rücksitz seines Chevy gelandet, aber sie hatte vergessen, wie direkt er dabei sein konnte. »Wie wäre es mit September? Bis dahin dürften sich die Dinge geregelt haben.«

Er schüttelte den Kopf. »So lange kann ich nicht warten. Ich muß am Montag wieder arbeiten.«

Maddie schenkte ihm ein strahlendes Lächeln. »Nun, dann vielleicht das nächste Mal, wenn du in der Stadt bist.«

Er richtete sich auf, und das Grinsen verschwand aus seinem Gesicht. »Maddie, es ist heiß. Ich bin müde. Ich möchte nur ein paar Minuten mit dir reden.«

Da das die Schiene war, auf der er sie vor all den Jahren in sein Auto gelockt hatte, schreckte Maddie zurück und schüttelte den Kopf. »C.L., mein Mann kommt gleich nach Hause und –«

»Großartig. Wegen Brent bin ich hier. Darf ich hineinkommen?«

Sie konnte von seinen Augen ablesen, daß er nicht gehen würde, bevor er nicht mit Brent gesprochen hatte. Maddie seufzte und wich einen Schritt zurück, und C.L. Sturgis betrat an ihr vorbei das Haus.

Üblicherweise bietet man einem Gast etwas zu trinken an, also schnappte Maddie sich zwei Gläser, eine Tüte Orangensaft und eine Flasche von Brents Wodka und führte C.L. nach hinten in den Garten hinaus, damit die Nachbarn sehen konnten, daß sie nicht verbotenerweise Sex miteinander hatten, obgleich C.L.'s auffälliges Cabrio wie eine rote Laterne vor ihrem Haus parkte.

»Die Hintertür mußt du fest zuschlagen«, rief sie über die Schulter, während sie ihn nach draußen führte. »Sie ist alt und schließt nicht richtig.«

Sie wandte sich um und sah, wie er die Türkante betrachtete. »Man könnte den Rand ein bißchen abschleifen, dann klemmt sie nicht mehr«, meinte er und fuhr mit der Hand an der Kante entlang. »Braucht nur fünf Minuten.«

Sie hatte Brent gebeten, etwas dagegen zu tun, aber er war zu beschäftigt gewesen. Verdammt, er baute ganze Häuser, aber er war zu beschäftigt, um seine eigene Hintertür in Ordnung zu bringen. Maddie spürte einen Stich im Kopf, der durch die Wut noch verschlimmert wurde. Wäre sie vor zwanzig Jahren bei C.L. geblieben, würde ihre Hintertür jetzt funktionieren.

»Danke«, sagte sie. »Wir werden uns darum kümmern.«

Sie setzten sich an den verwitterten Gartentisch, die Flasche zwischen sich, tranken den süßen, mit Wodka verdünnten Fruchtsaft und unterhielten sich ein wenig verlegen. Im Halbdunkel sah C.L. großartig aus, breit und sonnengebräunt und stark und gesund, so daß Maddie ihren Drink schlürfte, um nicht noch an weitere Adjektive zu denken. Sie war verheiratet, wenn auch unglücklich. Für Adjektive gab es keinen Platz in ihrem Leben.

»Und, was ist alles so passiert?« fragte C.L. sie, und Maddie mußte beinahe lachen. »Seid ihr, Treva und du, immer noch so dicke Freundinnen?«

»Klar«, sagte Maddie. »Blutsschwestern auf ewig.«

»Und ihr habt beide Kinder.« C.L. schüttelte den Kopf. »Kaum zu glauben. Ich verlasse die Stadt für zwanzig Jahre, und ihr beide verliert den Verstand.«

»Nur, um die Flaute bis zu deiner Rückkehr zu überbrücken«, sagte Maddie.

»Erzähl mir von deinem Leben«, forderte C.L. sie auf.

Es ist eigentlich nicht mein Leben. Ich lebe es nur, um es anderen Leuten recht zu machen. »Ich lebe in Frog Point. Meine Mutter ruft mich jeden Tag an. Jeden Sonntag besuche ich meine Großmutter im Altenheim, damit sie mich anbrüllen kann. Ich gebe Kunstunterricht an derselben Schule, an der meine beste Freundin Wirtschaft lehrt. Ich habe ein perfektes Kind, das sich einen Hund wünscht. Meine Mikrowelle ist kaputt und mein Auto tot.« Maddie nahm noch einen großen Schluck ihres Screwdrivers. »Das war's. Nicht sehr interessant.«

»Hey«, meinte C.L., »ich bin hier. Das ist interessant.«

»Ja, das ist es«, sagte Maddie. »Danke, daß du vorbeigekommen bist. Ohne dich würde ich durch die Gegend laufen und nach den Preisen für Mikrowellen fragen.« *Und meine Scheidungsrede einüben.* »Ich schulde dir was.«

»Gut. Vergiß es nicht. Erzähl mir von Treva.«

»Treva?« *Treva hat ein Problem, das sie nicht teilt.* »Nun, sie hat zwei Kinder, Melanie ist acht und Three zwanzig.«

C.L. hob überrascht die Augenbrauen. »Sie haben ihr Kind Three genannt?«

»Nein, sie haben ihn Howie junior genannt.« Maddie schenkte sich noch ein wenig Orangensaft ein und goß verstohlen einen kräftigen Schluck Wodka nach. Der Alkohol löste ihre Verspannungen angenehm. Zum Teufel mit Tylenol Drei. »Howie war es egal, aber Treva beharrte darauf und war zu keinem Kompromiß bereit. Aber dann kam Howies Mutter – erinnerst du dich an Irma Basset?«

»Die Schulsekretärin?« C.L. grinste. »Klar. Sie hat mich immer in den übelsten Momenten miterlebt. Eine Frau, mit der man sich besser nicht anlegen sollte.«

»Nun, Irma wies darauf hin, daß das Baby kein Junior sein könne, weil Howie schon Junior war, also müsse er Howie der Dritte heißen. Treva hat Kämpfe mit ihr ausgetragen, bis ihr klarwurde, daß die einzige Chance für das Kind, Howie junior zu werden, darin bestand, daß Howie senior starb, damit ihr Howie der Senior und das Baby der Junior wurde.«

»So was gibt es nur in Frog Point«, meinte C.L. »Ich wette, diese Diskussion hat sich wochenlang hingezogen und war Gespräch in der ganzen Stadt.«

»Nicht schwer zu erraten«, erwiderte Maddie. »Also einigten sie sich darauf, das Kind Howie Drei zu rufen, und schließlich kürzten sie es zu Three ab. Der Name ist hängengeblieben. Jetzt ist er zwanzig, und ich bin Mittelalter.«

»Mit einem Bein im Grab«, sagte C.L.

Der Alkohol löste Maddies Verkrampfung, und sie spürte, wie sich ihre Anspannung in Luft auflöste, aber C.L. sprang jedesmal auf, wenn eine Autotür zuschlug, und dann und wann schaute er auf seine Uhr, bevor er ihr eine weitere sinnlose Frage stellte. *Was will er?* fragte sie sich, und anschließend, *was kümmert mich das überhaupt?* Brent würde jeden Moment nach Hause kommen, und sie hatte vor, ihn zu verlassen, und ihr Leben, so, wie sie es kannte, war vorbei. Sie mußte ihre ganze Konzentration darauf verwenden, ihrer Mutter und Em keine Probleme zu bereiten. C.L. war lediglich eine sehr attraktive Nebenfigur in der *Götterdämmerung*.

Eine Stunde und drei Screwdrivers später gab C.L. es auf, seine Uhr zu kontrollieren, und sie entspannten sich beide. Frog Point lag halbdunkel in dem schweren, samtartigen Dämmerlicht eines heißen Augustabends. Die Grillen zirpten noch, wurden jedoch, vermutlich vor Erschöpfung, immer leiser. Maddie stellte sich vor, wie sie ihre Beine im Gleichklang aneinander rieben. Sie mußten die dünnsten Beine in der Insektenwelt haben. Ihr Glas war leer.

»Gießen wir den Wodka einfach in die Safttüte und trinken daraus.« Sie schob die Zunge zwischen die Zähne und zielte.

C.L. schaute sie an. »Hast du ein Alkoholproblem entwickelt, seitdem ich dich das letzte Mal gesehen habe?«

»Nein.« Maddie hob die Tüte, um ihm zuzuprosten. »Tatsächlich habe ich erst heute abend mit dem Trinken angefangen.«

C.L. sah sie mit hochgezogener Augenbraue an. »Geht es um etwas, wovon du mir erzählen möchtest? Geldschwierigkeiten vielleicht?« Sie bedachte ihn mit einem spitzen Blick, und er fügte hinzu: »War nur eine Frage.«

»Nein. Es gibt nichts, was ich dir erzählen möchte. Im September wird sowieso alles vorbei sein – aber nein, dann bist du ja nicht mehr in der Stadt.« Hastig griff Maddie nach der Tüte und nahm einen Schluck. »Wenn dir irgendwas nicht paßt, kannst du ja nach Hause gehen.«

»Nein. So ein Blödsinn, ich fühle mich pudelwohl. Reich mir mal die Tüte.« Sie gab sie ihm, und C.L. nahm einen gesunden Schluck und begann zu husten.

»Ich weiß, wir sind ein wenig knapp mit Orangensaft«, sagte Maddie. »Em trinkt ihn immer.«

»Sehr gesund.« Er schüttete den Rest des Kartoninhalts auf dem Rasen aus.

»Hey!«

»Ist mir aus der Hand gerutscht. Was passiert im September?«

»Du hast meinen Wodka ausgegossen.«

C.L. sah auf den mit Screwdriver getränkten Rasen. »Ich dachte, wir sollten uns ein wenig mäßigen.«

»Komm mit.« Maddie erhob sich schwerfällig vom Gartentisch. »Drinnen gibt's noch Wein.«

C.L. folgte ihr. »Was hältst du von einer Cola? Dann kannst du mir erzählen, was im September passiert. Sollte es vielversprechend sein, komme ich dann zurück.«

Maddie arbeitete sich behutsam bis zum Haus vor. *Ich bin ein bißchen betrunken,* dachte sie, *aber ich bin nicht blöd. Dieser Typ führt doch was im Schilde.* Sie lehnte sich gegen die Fliegentür, und C.L. blieb einen Schritt hinter ihr auf der Veranda stehen.

»Maddie?«

»Ich denke nach«, sagte sie und ging ins Haus.

»Schlechtes Zeichen.« Er folgte ihr und zog die Fliegentür fest hinter sich zu. »Unsere letzte Beziehung endete, weil du nachgedacht hast.«

Maddie steuerte auf den Schrank zu, in dem sie den Wein aufbewahrten, den Brents Eltern ihnen aus jedem Urlaub mitbrachten, obwohl sie keinen Wein tranken. »Zwei Stunden auf dem Rücksitz eines siebenundsechziger Chevrolets sind keine Beziehung.«

C.L. lehnte sich gegen den Kühlschrank. »Falsch. Zwei Stunden auf dem Rücksitz eines neunundsechziger Chevys sind keine Beziehung. Auf der Rückbank eines Siebenundsechzigers könnte man Kinder großziehen. Mein Gott, das war ein Wagen. Ich würde gerne wissen, was damit passiert ist.«

Maddie holte eine Flasche Wein aus dem Schrank. »Du hast ihn auf der Route 33 gegen die Leitplanke gesetzt.«

»Ich meinte, was danach mit ihm passiert ist«, sagte C.L. würdevoll. »Vielleicht hat ihn jemand wieder hergerichtet.«

Verächtlich sog Maddie die Luft ein und reichte ihm die Weinflasche. »Ja, zu Aschenbechern verarbeitet. Noch Jahre später hat man Stücke davon gefunden.« Sie begann, die Kramschublade auf der Suche nach dem Korkenzieher zu durchwühlen. »Um ehrlich zu sein, wurdest du zu einer Art Volksheld. Jedesmal, wenn jemand ein Stück Eisenschrott fand, hieß es: ›Das muß vom Chevy des alten C.L. stammen. Der gute alte C.L.‹.« Sie fand den Korkenzieher und reichte ihn ihm.

C.L. nahm ihn ihr aus der Hand und begann, ihn in den Korken zu schrauben. »Das ist ja nett. Wirklich nett.«

»Und dann fingen sie an zu kichern.«

Er hörte auf, den Korkenzieher einzudrehen, und grinste sie an. »Du bist eine starke Frau, Maddie Martindale. Gott sei Dank mag ich starke Frauen.«

Sie suchte Halt an der Anrichte und sah ihn mit zusammengekniffenen Augen an. Unmöglich, daß er nach all den Jahren immer noch für sie schwärmte. Unmöglich, daß er mit dem Gedanken spielte, sie würde noch einmal mit ihm ins Bett gehen. Das stand außer Frage.

Wahrscheinlich.

Er sah toll aus, groß und breitschultrig, und sie liebte große und breitschultrige Männer. Natürlich war er nicht so groß und breitschultrig wie Brent. Aber das war in Ordnung. Brent sah aus wie ein großspuriger Angeber. C.L. sah aus wie, nun ja, ein erwachsener Mann. Um ehrlich zu sein, sah C.L. nach einer verdammt guten Zeit aus. Und sie war fällig für eine verdammt gute Zeit. Nur ein einziges Mal hatte sie es verdient, etwas ausschließlich für sich selbst zu tun. Zur Hölle mit Brent.

»Okay«, sagte sie. »Gehen wir.«

C.L. zog den Korken aus der Weinflasche und verharrte, die Flasche in der einen, den herausgeschraubten Korken in der anderen Hand. »Gehen wir wohin?«

»Hoch zum Point. So wie damals in der High-School.« Begeistert von der Idee lächelte sie. Das war ein guter Plan. Danach würde sie sich besser fühlen. Das war *Action.* Rache, so lautete die Antwort. Sie würde mit C.L. zum Point fahren, Bailey würde es jedem erzählen, und sie wäre nicht mehr länger die nette, liebe und betrogene Ehefrau. Es wäre ungefähr so, wie auf der Main Street laut »Scheiße« zu brüllen, nur noch besser. Sie strahlte C.L. an.

Er sah nicht begeistert aus. Im Gegenteil, er machte einen

entsetzten Eindruck. Er stellte den Wein auf die Anrichte und sagte: »Maddie, Süße, du hast genug getrunken.«

Ihr Lächeln verflüchtigte sich. »Ist das eine Zurückweisung?«

»Nein, nein.« C.L. fuhr sich mit der Hand durch sein dichtes Haar und sah aufgewühlter aus, als sie ihn je in Erinnerung hatte. »Oder vielleicht doch. Du bist verheiratet. Eine unbedeutende Tatsache, ich weiß, aber –«

Maddie warf ihm einen finsteren Blick zu. »Kommst du jetzt mit mir oder nicht?«

»Zum Point?« Er schien Probleme mit ihrer Planung zu haben, das war Maddie klar.

Sie griff nach der Weinflasche. »Ja. Um deine Jugendzeit wieder heraufzubeschwören.« Sie versuchte, ihn verführerisch anzulächeln, aber es gelang ihr nicht sonderlich gut, und er schüttelte den Kopf und nahm ihr die Flasche aus der Hand.

»Keine gute Idee, mein Schatz. Ich war damals um einiges jünger, die Autos waren größer, und du warst nicht verheiratet. Du willst das doch gar nicht.«

Maddie starrte ihn an. »Gut, vergiß es. Du darfst jetzt gehen.«

»Warte.« C.L. stellte den Wein auf die Anrichte und hielt beschwichtigend die Hand hoch. »Laß uns darüber sprechen.«

Maddie verschränkte ihre Arme und sah ihn noch finsterer an. »Über Ehebruch spricht man nicht, man begeht ihn einfach.«

»Na, das klingt ja wirklich verlockend.« Er lehnte sich gegen die Wand und verschränkte ebenfalls die Arme. »Ich hätte nicht gedacht, daß dich die Leidenschaft in meine Arme treibt. Weißt du, ich komme hier nicht ganz mit, ich blicke nicht durch. Was geht hier vor?«

Maddie schaute ihn an, sah ihn diesmal wirklich an, wie

er dort lehnte und sie mit seinem markanten Gesicht und dunklen, glänzenden Augen angrinste. Zum ersten Mal nach achtundvierzig Stunden vergaß sie Brent und den ganzen Ärger.

»Du hast dich verändert«, sagte sie. »Du bist –«

»Älter?« Er stieß sich von der Wand ab und nahm den Wein von der Anrichte. »*Zwanzig* Jahre, Süße. Die machen einen Unterschied. Hast du irgendwo Gläser?«

Sie holte zwei aus dem Schrank, während sie weiterredete. »Vermutlich. Aber es ist nicht das Alter. Du siehst gut aus. Wirklich. Du siehst ... gefestigt aus. Selbstsicher.«

»Nun ja, schließlich bin ich nicht mehr Junior auf der High-School. Gott sei Dank.« Er sah auf die Gläser. »Möchtest du Pebbles oder BamBam?«

»Oh, entschuldige.« Sie griff nach ihnen. »Das sind die von Em.«

Er zog sie aus ihrer Reichweite. »Wenn du keine Vorliebe hast, nehme ich BamBam. Wir Kerle müssen zusammenhalten.« Er füllte die Gläser bis zur Hälfte und schob ihr ihres hin.

»Auf Em«, sagte er, das Glas hebend, und sie stieß mit ihm an.

Sie leerte es halb, wandte sich dann ab und ging mit ihrem Glas in die Diele, wo sie vor dem Spiegel im Eingangsbereich stehenblieb. »Ich kann mich gar nicht mehr erinnern, wie ich aussah«, sagte sie, als er hinter sie trat. Er war nur etwa zwölf Zentimeter größer als sie, daher legte er den Kopf auf ihre Schulter und sah sie an. Brent überragte sie immer; für Fotos pflegte er sein Kinn auf ihren Kopf zu stützen. Sie haßte das, vor allem die Art, wie sein Kinn sich in ihren Kopf bohrte.

»Du hast genauso ausgesehen«, sagte er. »Nur glatter, irgendwie unlebendig.«

Sie schnitt eine Grimasse im Spiegel. »Nicht so faltig, wolltest du sagen.«

»Nein.« Er schüttelte den Kopf. »Du sahst irgendwie unbewohnt aus. Noch niemand zu Hause. Du warst süß und lebhaft und irgendwie sexy wie in einer Seifenwerbung, aber du warst noch nicht wirklich du selbst. So ähnlich wie eine leere Hülle. Jetzt hast du dich gefunden.«

Maddie nahm einen weiteren Schluck und grübelte vor sich hin. Was für Gedanken hatte sie in der High-School gehabt? Welche Leidenschaften hatten sie bewegt? Erschrocken stellte sie fest, daß es keine gegeben hatte; ihre Erinnerungen setzten sich aus den Taten und Wünschen anderer Menschen zusammen. Aus Brents Wünschen. Und das betraf nicht nur die High-School, sondern ihr ganzes Leben. Würde sie jemand jetzt fragen, wer sie war, würde sie sagen: »Martha Martindales Tochter« oder »Brent Faradays Frau« oder »Emily Faradays Mutter«, aber sie wäre nicht in der Lage zu sagen, daß sie einfach Maddie war. Sogar ihre berufliche Laufbahn erklärte sich darüber, daß sie die Lehrerin von irgend jemandem war. Ihr ganzes Leben definierte sich über Beziehungen. »Das ist schrecklich«, sagte sie.

»Außer einer Nacht«, flüsterte C.L. nah an ihrem Ohr. »Eine Nacht warst du für mich da.«

Maddie seufzte. »Wahrscheinlich hast du in jener Nacht nur dein Wunschbild gesehen. Ich glaube, du hast recht. Vermutlich hatte ich mich bis gestern noch nicht gefunden.«

»Gestern?«

»Ich mache gerade einen Reifungsprozeß durch«, erwiderte sie und leerte ihr Glas. Er stand ganz nahe bei ihr, und sie mochte es. Über ihre Schulter hinweg lächelte sie ihn an. »Möchtest du mehr?«

Er schien zu überlegen. »Ich weiß nicht. Hat Alkohol noch immer die gleiche Wirkung auf dich?«

»Und die wäre?«

»Soweit ich mich erinnere, bist du auf Stufe eins verkrampft, und auf Stufe zwei übergibst du dich.«

»Oh, wie furchtbar.« Sie schloß die Augen. »Ich erinnere mich. Du warst süß.«

»Danke. Und dann kommt Stufe drei.«

»Was passiert auf Stufe drei?«

Er versuchte, unschuldig dreinzublicken, ein bei C.L. nutzloser Versuch. »Ich werde flachgelegt.«

»O nein.« Sie blickte wieder in den Spiegel und beobachtete, wie er sie ansah. »Du hast mir heute abend schon einmal einen Korb gegeben. Mehrmals lasse ich mich nicht demütigen.«

»Ich habe dir einen Korb gegeben«, sagte C.L. »Ich meinte, ich bin zu alt, um am Point auf dem Rücksitz eines Cabrios Kapriolen zu schlagen.«

»Wenn du mich genug begehren würdest, hättest du ja gesagt.«

C.L. sah sie im Spiegel an und lächelte ihr zu, und sie spürte eine Hitzewelle in sich aufwallen. Er reichte ihr sein Glas. »Wenn das Angebot ernst gemeint ist, werde ich ja sagen. Bis dahin, ich hätte gern noch ein Glas Wein.«

Eine Viertelstunde später, als sie gerade über einen Streich aus der High-School lachten, klingelte das Telefon. *Verdammt,* dachte Maddie. *Ich will mit niemandem sprechen. Ich fühle mich wohl.* Und als sie den Hörer abnahm, schoß es ihr durch den Kopf: *Zum ersten Mal seit Jahren geht es mir gut.*

»Maddie?« Brents Stimme drang gereizt durch das Telefon, und ein Schuldgefühl durchfuhr sie, als ihr Blick auf C.L. fiel. Dann jedoch gab sie sich einen Ruck. Zur Hölle mit Brent; da war nichts, weswegen sie sich schuldig fühlen mußte. Der Gedanke war niederschmetternd. Es sollte etwas geben, weshalb sie sich schuldig fühlte. Warum sollte er das einzige Miststück in der Familie sein?

Seine Stimme klang zunehmend verärgert, wenn dies überhaupt noch möglich war. »Maddie, bist du noch dran?«

Im Hintergrund konnte Maddie das Geräusch rollender Kugeln auf Holzbahnen und umfallender Kegel hören. Wenigstens befand er sich einmal dort, wo er sein sollte, diese miese Laus. »Was willst du?«

»Hör zu, ich komme erst spät nach Hause. Es ist mir etwas dazwischengekommen.«

Darauf wette ich. Nun, hier kommt gleich auch etwas dazwischen.

»Maddie? Howie möchte mit dir sprechen, sobald wir hier fertig sind. Aber ich will, daß du zu Hause bist, wenn ich heimkomme.«

»Klar. Kein Problem.« Erneut sah sie C.L. an und traf ihre Entscheidung. Dies war ihre Nacht. Es war eine Schande, daß der gute alte C.L. als Opfer herhalten mußte, aber er würde schon damit fertigwerden. »Laß dir Zeit«, sagte sie zu Brent. »Ich gehe derweil ins Bett.« Sie preßte ihre Lippen zusammen, um nicht in lautes Gelächter auszubrechen.

»Maddie? Lachst du?«

»Warum sollte ich lachen?«

»Maddie, ich war im Büro, bevor ich hierher gefahren bin.«

»Oh.« Sie trank einen Schluck Wein.

»Ich will die Kiste zurückhaben.«

Darauf wette ich. »Wir sprechen drüber.«

Er begann zu argumentieren, aber sie hatte das Interesse verloren. »Muß jetzt Schluß machen«, sagte sie und legte auf. Sie drehte sich um und winkte C.L. zu. »Bin gleich wieder da.«

Sie rannte die Stufen hoch ins Schlafzimmer, wo sie sich im Spiegel betrachtete. Okay, jetzt wurde es ernst. *Der Mann wird mit dir schlafen,* dachte sie, *aber nicht hier.* Da zog sie ihre Grenze. Und das einzige Motel in der Stadt könnte ebensogut seine Gästeliste auf der Titelseite des *Frog Point Inquirer* veröffentlichen, was allerdings ziemlich schäbig wäre. Also blieb nur der Point, der Ort, wo auch Brent es getrieben hatte. Aber C.L. wollte nicht zum Point. Also war es ihre Aufgabe, wenn sie sich dafür entschied, ihn zum Point zu locken und heiß zu machen. Oder ihn vielleicht hier heiß zu machen und dann hinaufzulocken.

Zu diesem Zeitpunkt wurde ihr klar, daß sie betrunken war, aber sie nahm es hin und ließ sich nicht aufhalten. Es war unwichtig, abgesehen von der Tatsache, daß sie all dies in nüchternem Zustand nicht tun würde. Also war es gut, daß sie betrunken war. So konnte sie sich wenigstens morgen mit dem Gedanken trösten, daß sie zuviel getrunken hatte. »Es war nicht meine Schuld«, könnte sie sagen. »Ich war betrunken.« So gesehen war die Trunkenheit ein entschiedener Pluspunkt. Sie lächelte ihrem Spiegelbild zu.

Jetzt zur Kleidung. Sie zog ihr Shirt und die abgeschnittene Hose aus und streifte ein blaßgrünes ärmelloses Jersey-Kleid über, vorne mit zig kleinen Knöpfen, die leicht aus den Löchern zu lösen waren. Das war gut – leicht an, leicht aus. Unter dem dünnen Baumwollstoff zeichnete sich die Kontur ihres Büstenhalters ab. Sie schob den Rock hoch und verdrehte ihre Hände auf dem Rücken, um den Verschluß zu finden. Während sie an ihrem BH herumfummelte, prüfte sie ihre Beine.

Ich habe tolle Beine, dachte sie; die weiße Baumwollunterwäsche mußte allerdings beseitigt werden. Sie streifte die Träger ihres Büstenhalters über die Arme und fischte den BH durch eines der Armlöcher ihres Kleides heraus. Ihre Brüste senkten sich ein wenig, aber nicht viel, und der weiche Baumwollstoff fühlte sich wunderbar auf ihrer Haut an. *Kein schlechter Körper,* dachte sie. *Vielleicht nicht einwand-*

frei, aber nichts, worüber man die Nase rümpfen muß, C.L., mein Lieber.

»Maddie?«

Seine Stimme drang vom Fußende der Treppe zu ihr hoch. Sie hatte zu lange getrödelt.

Sie zog ihre weiße Baumwollunterhose aus und ließ sie zu Boden fallen. Niemand beging Ehebruch in weißen Baumwollunterhosen. Sie raffte ihren Rock ein wenig und spürte verwirrt den Luftzug zwischen ihren Beinen. Wie zum Teufel war es Brents Flittchen entgangen, daß ihr Höschen fehlte? Aber klar, bei Slips ohne Schritt bekam man sowieso jede Brise mit. Hast du auch dein Höschen ohne Schritt ausgezogen?

»Maddie? Bist du okay?«

»Ich komme!« Hastig ergriff sie eines von Brents Kondomen, die sie in seinem Büro gefunden hatte, und stopfte es in die Tasche ihres Kleides. Fertig.

C.L. wartete unten am Absatz auf sie. Maddie versuchte, die Treppe leichtfüßig hinunterzulaufen, aber auf der letzten Stufe stolperte sie und fiel gegen ihn. Er fing sie auf, und der ganze Spaß war vorbei. Er war so echt und so stark, und sie trug keine Unterwäsche, so daß sich ihre Brüste gegen ihn drückten. Seinem recht verwirrten Ausdruck war anzusehen, daß er dies bemerkt hatte, aber sie war ganz und gar nicht sicher, ob sie das überhaupt wollte.

»Bist du in Ordnung?« fragte er. Sie holte tief Luft und erwiderte: »Ja. Laß uns gehen.«

»Wohin?«

»Zum Point«, sagte sie bestimmt, weil sie unsicher war.

»Oh, Maddie.« C.L. ließ sie los und trat einen Schritt zurück. »Hör auf damit.«

Verärgert knirschte Maddie mit den Zähnen. »Das ist mein Ernst. Ich will jetzt gehen.«

Einen Augenblick lang machte es den Anschein, als sei er

in die Falle gegangen, doch dann sagte er: »Oh, *verflucht*«, auf den Endpfosten des Treppengeländers schlagend. »Geht nicht. Keine Kondome. Tut mir wirklich leid, aber –«

Sie zog eines von Brents Vorrat aus der Tasche und hielt es ihm hin.

Er sah wie erschlagen aus. »Du meinst es wirklich ernst.«

»Absolut.« Maddie starrte ihn mit großen Augen an und versuchte, geistig gesund und unschuldig auszusehen. »Wir können auch nur reden, wenn das alles ist, was du willst. Aber dennoch sollten wir dorthin fahren, um der alten Zeiten willen.«

»Gut. Die alten Zeiten.« Er seufzte und steckte das Kondom in seine Tasche. »Okay, laß uns zum Point hochfahren und reden. Aber zuerst müssen wir uns ein anderes Auto besorgen. Ich möchte mir keine Vorhaltungen von Henry anhören, weil mein Wagen oben am Point gesehen wurde.«

»Du bist siebenunddreißig Jahre alt«, sagte Maddie. »Was schert es dich?«

»Wir sprechen über Henry«, antwortete C.L. »Das schert mich sehr viel.«

Sie nahmen den Wagen, um Trevas Auto zu holen, endeten jedoch bei Brents Caddy, da er mit Howie zum Bowlingcenter gefahren war. Maddie war entzückt; nun würde Bailey denken, Brent sei am Point, und sie käme sowohl mit ihrem guten Ruf als auch mit der Erfahrung davon, etwas Unrechtes zu tun.

»Das wird großartig«, sagte sie zu C.L., der weniger begeistert aussah, aber das war ihr egal.

Die Tage ihres Opferdaseins waren vorbei.

Fünfzehn Minuten später fuhr C.L., seine innere Stimme der Vernunft ignorierend, in dem Cadillac zum Point hinauf und hielt an. Er riß an der Handbremse und stellte den Motor ab.

»Klasse.« Maddie machte ihre Tür auf.

»Wo willst du hin?«

»Auf den Rücksitz.« Sie kletterte nach hinten und zog die Tür hinter sich zu.

Nicht zu fassen.

Ihm war sowieso klargewesen, daß er sich besser aus Frog Point hätte fernhalten sollen, aber dennoch war er hergekommen, sich einredend, daß in achtundvierzig Stunden nicht viel passieren könne. Er würde Sheilas kleines Problem abchecken, Brent Faraday in den Ruin treiben, Henry die Hand schütteln und Anna zum Abschied auf die Wange küssen und sich von dannen machen. Was sollte dabei schon schiefgehen? Nun jedoch saß er in einem dunklen Auto mit der Frau, die ihn jedesmal, wenn er sie gesehen hatte, um den Verstand gebracht hatte, und sie wollte Sex. Na ja, den wollte er auch, aber so weit würde es nicht kommen. Er hatte seinen Stolz, und was immer Maddie dazu veranlaßt haben mochte, hier hinaufzufahren, Verlangen war es nicht. Sie war wütend auf Brent und wollte es ihm heimzahlen. Nun, das konnte sie sich aus dem Kopf schlagen; in diesem Film hatte er schon einmal mitgespielt, und er wußte verdammt sicher, daß er das nicht noch einmal tun würde. Bis zu diesem Moment hatte er ihr nachgegeben, weil sie getrunken hatte und er absolut zuversichtlich gewesen war, sie schließlich müde zu machen und mehr über die Geschichte zu erfahren, die vor sich ging, aber keinesfalls würde er mehr anstellen. Ausgeschlossen.

»Hör mal, vor zwanzig Jahren warst du nicht so langsam«, sagte Maddie. »Komm schon.«

»Oh, Gott.« C.L. ließ sich in den Fahrersitz zurückfallen. »Ich kann die Frösche nicht hören.«

»C.L., seit vierzig Jahren gibt es in Frog Point keine Frösche mehr. Komm jetzt her.«

C.L. lehnte seinen Kopf einen Moment auf das Lenkrad,

bevor er sich zu ihr umwandte. Mit riesigen Augen starrte sie ihn in der Dunkelheit wild entschlossen an, die Arme vor der Brust verschränkt und bereit, sich ihm auf dem Rücksitz hinzugeben. Ihre Brüste zeichneten sich rund und locker unter dem Stretchstoff ab. Seine Gedanken wanderten zu der letzten Nacht in ihrem Vorgarten zurück, und er mußte daran denken, wie warm und weich sie sich in seiner Umarmung angefühlt hatte.

Dann dachte er zurück an die Situation unten an ihrer Treppe vor einer halben Stunde, und an die Lust, die ihn nahezu willenlos gemacht hatte, als sie gegen ihn fiel. Noch dazu hatte sie ihm ein Kondom gegeben. Und er hatte es angenommen.

Er war recht sicher, daß er nicht auf den Rücksitz klettern würde.

»Du trägst keinen BH«, sagte er.

»Das ist ein Zeichen meiner Aufrichtigkeit. Übrigens habe ich auch keinen Slip an.« Sie klopfte neben sich auf den Sitz. »Komm schon.«

Er wollte wirklich nicht auf den Rücksitz steigen, vor allem nicht, weil ein tieferliegender Grund sie dazu veranlaßte. Ein Grund, der ihm zunehmend gleichgültiger wurde, während sein Herz immer schneller schlug und sein Verstand nahezu völlig aussetzte, der aber immer noch da war und den er erfahren mußte, bevor er irgend etwas Dummes tat. »Maddie, warum machst du das?«

»Das will ich einfach nicht glauben!« explodierte sie. »Ich biete dir meinen Körper an, und du willst wissen, warum?« Sie starrte ihn an.

Das konnte doch alles nicht wahr sein. Nichts hatte er sich sehnlicher gewünscht, und gegen nichts hatte er sich je so gesträubt. C.L. stöhnte auf und schlug mit der Stirn gegen das Steuer. Dann begann er zu lachen.

Maddie hatte absolut keine Ahnung, warum C.L. lachte, aber sie zeigte Geduld. Letztendlich würde er bei ihr auf dem Rücksitz landen. So sehr konnte er sich in zwanzig Jahren nicht verändert haben.

»Gut«, meinte er schließlich. »Aber denk daran, dieses Mal war es deine Idee. Du hast mich verführt.« Er überprüfte die Handbremse, verriegelte die Beifahrertür, stieg dann aus und schloß die Tür auf der Fahrerseite hinter sich ab. Als er auf den Rücksitz kletterte, konnte sie sich nicht mehr zurückhalten und begann zu lachen.

»Was ist so lustig?« fragte er verdrießlich, als er sich neben sie fallen ließ.

»Du.« Maddie deutete ruckartig mit dem Daumen auf den Vordersitz. »Die Handbremse. Die abgeschlossenen Türen. Du bist so *vorsichtig.*«

»Nun ja, mitten im Geschlechtsverkehr den Abhang hinunterzufallen, stelle ich mir nicht gerade als prickelnden Höhepunkt vor.«

Maddie schnaubte verächtlich. »Vor zwanzig Jahren hättest du dir darüber keine Gedanken gemacht.«

»Vor zwanzig Jahren hatte ich auch keine Handbremse.« Er guckte aus dem Fenster. »Mein Gott, ist das dunkel.«

Maddie stand kurz davor, die Geduld mit ihm zu verlieren. »Ja. Deshalb sind wir hier oben und nicht auf der Main Street. Kommst du jetzt auch bald mal zur Sache?«

»Klar. Wenn du willst.« Er zog sie an sich, so daß sie zurückschreckte, und küßte sie ungestüm, seine Lippen gegen ihre Zähne pressend, während er sie auf den Sitz drückte. Ihre Schulter scheuerte gegen das Polster, und sein Körper lag wie ein Zentnergewicht auf ihr, so daß sie sich unter ihm wand.

»Warte mal kurz!« Sie stieß ihn zurück und versuchte, ihn mit dem Ellbogen von sich wegzudrücken, aber er war zu schwer, und seine Schultern nagelten sie auf dem Sitz fest, so daß sie sich nicht wegrollen konnte. *»Warte mal kurz.«*

»War es nicht das, was du wolltest? Heißen Sex auf der Rückbank eines großen Wagens?«

Etwas in seiner Stimme ließ sie aufhören, sich zu wehren, doch in diesem Moment stemmte er sich von ihr hoch und verharrte, auf beide Hände gestützt, über ihr. Sie konnte sein Gesicht nicht sehen, aber was immer er auch fühlte, maßlose Leidenschaft war es nicht. »Du lachst mich aus«, sagte sie mit vor Wut belegter Stimme.

»Verdammt richtig, ich lache.« Er schien nicht glücklich darüber zu sein. »Und du hast es verdient. Worauf zum Teufel bist du aus?«

Wieder versetzte sie ihm einen Stoß gegen die Brust. »Laß mich hoch.«

Er zog sie in Sitzposition hoch und lehnte sich in die Ecke des Wagens auf seiner Seite zurück, während sie, gedemütigt durch ihre eigene Dummheit, ihr Kleid richtete. Wie hatte sie annehmen können, daß er sie begehrte? Mein Gott, war sie dämlich.

»Wir haben uns wohl mit dem alten Brent gestritten, was?« fragte C.L. Sie konnte ihn in der Dunkelheit nicht sehen, aber sie konnte den Abscheu in seiner Stimme hören.

Wieder zog sie an ihrem Kleid. »Nein, haben wir nicht.«

»Ich frage nur, weil ich, wenn ich mich recht erinnere, das letzte Mal aus diesem Grund beglückt wurde.« C.L.'s Stimme klang ein wenig belustigt. »Der alte Brent turtelte herum mit –«

»Hör auf, ihn ›den alten Brent‹ zu nennen.«

»– Margaret, glaube ich, und du warst stinksauer auf ihn, also bist du mit mir hierhergekommen.«

Maddie ließ sich in die Polster zurückfallen. Das Schlimmste war, daß er recht hatte. Sie hatte ihn nicht zum

Point geschleift, weil die Leidenschaft sie überwältigt hatte; sie hatte ihn aus Rache hierhergezerrt. Und zwanzig Jahre später spielte sie noch immer das gleiche Spiel. Was war sie für eine Idiotin. »Okay.« Sie seufzte. »Hast mich durchschaut. Hab mich wohl nicht sehr clever angestellt.« Kein Wunder, daß ihr Mann sie betrog.

»Willst du mir davon erzählen?«

O ja, genau das wollte sie tun. »Nein. Ich habe mich heute abend schon genug zum Narren gemacht.«

»Hey, glaube nicht, daß mir das unangenehm war.« C.L. tätschelte ihr Knie. »Das Ringen mit dir beschwört alte Zeiten wieder herauf.« Er lachte. »Mein Gott, was war ich damals verblüfft, als du alle Register zogst.«

»Ja.« Maddie ließ den Kopf gegen die Lehne fallen, zu niedergeschlagen, um sich noch zurückzuhalten. »Ich war auch verblüfft. War gar nicht mein Plan gewesen.« *Aber schließlich läuft nichts so, wie ich es plane.*

»Ich habe nie verstanden, warum du mich ausgewählt hast«, fuhr C.L. fort. »Mit Sicherheit jedenfalls nicht wegen meiner Technik. Lust und Angst zu gleichen Teilen. Das kann nicht schön gewesen sein.«

Sie drehte ihren Kopf an der Lehne in seine Richtung. »Du warst lustig.«

C.L. grunzte leise. »Oh, vielen Dank.«

»Nein.« Maddie schüttelte den Kopf. »Ich meine, wirklich witzig. Du hast mich zum Lachen gebracht. Ich hatte Spaß.«

»Ach ja?« Er hörte sich immer noch ein wenig verletzt an, auch wenn es schon zwanzig Jahre her war.

»Ja. Du warst süß. Und lieb.« Sie dachte eine Minute nach. »Weißt du, du hast nicht versucht, der große Machohengst zu sein. Du warst einfach lieb und einfach froh, daß ich da war.«

»Froh wäre eine Untertreibung. Ich war in Ekstase.«

Trotz ihres Kummers mußte Maddie lachen.

Er streckte seine Hand aus und berührte ihre Schulter. »Komm her und erzähl mir alles.«

Sie versteifte sich. »Was?«

C.L. schüttelte den Kopf in ihre Richtung. »Ich habe schon begriffen, daß ich nicht flachgelegt werde, aber das bedeutet nicht, daß ich nicht zum Knuddeln da bin. Komm her und laß mich dich festhalten.«

Maddie zögerte, rutschte dann aber hinüber. Er legte seinen Arm um sie und klopfte ihr liebevoll und tröstend auf die Schulter. Sie holte tief Luft, atmete den Duft der Heckenkirschen ein und fühlte sich langsam besser. »Dieser Ort gibt mir ein gutes Gefühl«, sagte sie. »Vielleicht waren es ja wirklich gute alte Zeiten, als wir hierher fuhren.«

Wieder schüttelte C.L. den Kopf. »Nicht so, wie sie mir im Gedächtnis geblieben sind. Ein Desaster nach dem anderen.«

Maddie reckte den Hals. »Mich eingeschlossen?«

Zärtlich streichelte er ihr über den Kopf. »Vor allem du. Du hast mich fallenlassen und mein Herz gebrochen.«

Sie kuschelte sich näher an ihn und spürte den weichen Baumwollstoff seines gemusterten Hemdes an ihrer Wange. »Hattest du wirklich geglaubt, ich würde Brent wegen dir aufgeben?«

Er schwieg eine Minute. »Nein«, meinte er schließlich. »Aber trotzdem war ich am Ende, als du es nicht getan hast.«

Maddie richtete sich auf. »Das tut mir leid. Wirklich. Ich dachte, nun ja, daß du nur auf das *eine* aus wärst und, nachdem du es bekommen hattest, genug hättest. Ich hätte mir nie träumen lassen –«

»Vergiß es.« Er zog sie wieder an sich. »Das war vor zwanzig Jahren. Wir beide hatten seitdem jede Menge Sex.«

Maddie kuschelte sich noch näher an ihn und schmiegte ihre Wange gegen seine harte Brust. Sie fühlte sich viel besser. Der gute alte C.L. »Ja, aber das damals war mein erstes Mal. Das macht einen Unterschied.«

»Meins auch«, sagte er. Sie setzte sich aufrecht hin und schlug dabei mit ihrem Kopf gegen sein Kinn. »Autsch!« sagte er und rieb seinen Kiefer.

Maddie starrte ihn an. »Für dich war es auch das erste Mal?«

»Ja.« Er zog die Hand von seinem Kinn. »Lieber Himmel, Mädchen, paß auf. Du hast einen Kopf wie ein Stein.«

Maddie ließ sich in die Polster fallen. »Nun, das erklärt einiges.«

»Und was zum Beispiel?«

Sie wandte sich ihm wieder zu. »Zum Beispiel deine Bemerkung, nachdem alles vorbei war: ›War es für dich genauso schlecht wie für mich?‹«

C.L. blickte sie stirnrunzelnd an. »Das habe ich nie gesagt.«

»Doch, das hast du.« Sie begann zu lachen. »Ich dachte, du wolltest einen Witz machen. Aber es war wirklich schlecht.«

C.L. schüttelte den Kopf. »Es gibt keinen schlechten Sex. Nur welchen, der weniger gut ist.«

»*Der* war schlecht. Es war unbequem und peinlich und unbeholfen, und ich kam mir furchtbar blöd vor.«

C.L. seufzte. »Vielen Dank.«

»Das zweite Mal war schon besser«, lenkte sie ein.

»Das muß Brent gewesen sein. Wir haben es nicht ein zweites Mal gemacht. Nach diesem Abend hast du nie wieder mit mir gesprochen.« C.L. sank in die Polster zurück. »Am nächsten Morgen kam ich zu deinem Schließschrank, und du hast dich abgewandt. Mein Gott, was für ein Kommentar zu meiner Leistung.«

»Es war nicht Brent«, sagte Maddie. »Wir haben es an diesem Abend zweimal gemacht.«

»Oh.« In die Erinnerung versunken hielt C.L. inne. »Du hast recht.«

Empört richtete Maddie sich auf. »Das hattest du vergessen?«

»Hör mal, Süße, dieser ganze Abend liegt für mich unter einem Nebel von Lust. Was du für Humor gehalten hast, war vermutlich meine Idee eines Vorspiels.« Mit hoher und krächzender Stimme sagte er: »›Das war ziemlich schlecht; laß es uns noch mal probieren, bis wir es hinbekommen, okay?‹«

Sie mußte lachen, und er nahm sie wieder in den Arm. »So hast du dich nie angehört.«

Er zog sie näher an sich. »Innerlich bestimmt. Mein Gott, war ich panisch.«

»Wegen mir?«

»Wegen dir, wegen der Rückbank und weil ich nicht in der Lage war, alles richtig zu machen, und dann, weil ich nicht noch mal konnte. Nach dieser Nacht habe ich sogar noch Jahre später, jedesmal, wenn ich Sex hatte, gedacht: ›Das war's. Das werde ich nie mehr bekommen. Nie mehr wird sich eine andere Frau dazu bereit erklären. Mein Leben ist vorbei –‹«

»Hör auf«, sagte sie und mußte erneut lachen. »Du rührst mich zu Tränen.«

»Sogar selbst jetzt...«

»Ja? Was jetzt?« Sie richtete sich auf, um ihm in die Augen zu schauen, aber es war so dunkel, daß sie sich, bevor sie hineinblicken konnte, nahezu an der Nasenspitze berührten. »Bist du verheiratet?«

C.L. blinzelte sie an. »Nein. Ich bin geschieden. Seit zehn Jahren.«

Das klang einsilbig, aber sie wollte mehr wissen. »Warum hast du dich scheiden lassen?«

»Sie war auf Geld aus. Und es machte nicht den Anschein, daß ich jemals welches haben würde. Wir haben uns darüber gestritten, und nach einer Weile haßten wir uns einfach. Es schien genug zu sein.«

Recht entrüstet richtete sich Maddie ein wenig auf. »Sie hat dich wegen des Geldes geheiratet?«

»Nein.« C.L. schüttelte den Kopf. »Nein, das wäre nicht fair. Es war mehr als das. Es lief von Anfang an schief.«

»Was ist am Anfang passiert?«

C.L. sah sie stirnrunzelnd durch die Dunkelheit an. »Was soll das?«

»Du bist aus meinem Leben verschwunden«, sagte Maddie. »Ich will wissen, was passiert ist. In Frog Point kenne ich die Lebensgeschichte von jedermann. Da ist es ganz interessant, mal ausnahmsweise auf ein Geheimnis zu stoßen.«

C.L. zuckte mit den Schultern. »Kein großes Geheimnis. Ich habe Sheila vor etwa zwölf Jahren zufällig bei einem Hausbesuch wiedergetroffen. Nach der High-School arbeitete sie ein paar Jahre als Sekretärin, und wir haben uns angeschaut und gewußt, was wir wollten. Dann stellte sich heraus, daß wir beide nicht intensiv genug geschaut hatten.«

»Sie war auf Geld aus«, meinte Maddie. »Und das sah sie in dir?«

»Sie sah einen gereiften Mann, der Frog Point hinter sich gelassen hatte, in der Stadt wohnte und Anzüge zur Arbeit trug. Daraufhin haben wir geheiratet, und es stellte sich heraus, daß ich immer noch derselbe war, und sie merkte, daß ihr Frog Point fehlte. Aber ich wollte nicht mehr zurück ziehen, und wir hatten nicht das Geld, um das hochtrabende Leben zu führen, das sie sich vorstellte, also gab es nichts mehr, was uns verband.« Er seufzte. »Es war eine ehrliche Sache. Keine üblen Geschichten, nur zwei Menschen ohne weitere Illusionen.«

Obwohl Maddie die nächste Frage nicht stellen wollte, platzte sie heraus: »Was hast du gesehen?«

»Was?«

»Was hast du in Sheila gesehen?«

Einen Moment lang schwieg C.L. »Ich sah ein süßes, hübsches Mädchen, das mit mir zusammensein wollte.«

»Und das war alles?«

»Das ist doch schon verdammt viel.«

»Sie muß dir gefehlt haben, als sie dich verlassen hat.« Maddie biß sich auf die Lippe. »Ist eine Scheidung... schlimm?«

»Es ist die Hölle«, sagte C.L., jedoch ohne offensichtlichen Schmerz in seiner Stimme. »Wenn alles vorbei ist, fühlst du dich gut. Braucht zirka ein Jahr, um damit fertigzuwerden, wenn es dir ziemlich egal ist. Wenn man sich allerdings liebt, braucht es eine Ewigkeit. Habe ich zumindest gehört.«

Sie blieb so lange still, bis er sich zu ihr hinüberbeugte, um zu sehen, ob sie schlief.

»Hallo?«

»Ich denke nur nach.«

»Oh?« Seine Stimme klang unbeschwert. »Du denkst über eine Scheidung von dem alten Brent nach?«

Maddie sog tief die Luft ein. »Nun, bis jetzt dachte ich darüber nach, den alten Brent umzubringen, aber so wütend bin ich nicht mehr.«

»Weshalb warst du denn so wütend?«

»Er betrügt mich.«

C.L. lachte verächtlich auf. »Oh, welche Überraschung. Ein Geheimnis hat sich für mich gelöst.«

»Was?«

»Warum du heute abend hier oben bist und ein Remake drehst von der Nacht-in-der-wir-unsere-Unschuld-verloren. Rache, Teil zwei. Und dabei heißt es immer, daß sich die Geschichte nicht wiederholt.«

»Vielleicht nicht«, erwiderte sie.

C.L. lehnte sich von ihr zurück. »Versuch jetzt nicht, mich einzuseifen. Die brutale Wahrheit steht ausgesprochen zwischen uns.«

»Das ist ein Witz, oder?«

»Ein halber vielleicht.«

»Ich glaube nämlich nicht, daß du recht hast.« Maddie schwieg einen Moment, um die richtigen Worte zu finden. »Ich meine, ich bin an jenem Abend hier heraufgefahren, um es ihm heimzuzahlen. Aber das war nicht der Grund, weshalb ich geblieben bin. Ich habe es genossen. Den Sex ausgenommen.«

C.L. grunzte. »Mein Gott, das baut mich auf.«

Maddie lehnte sich näher an ihn, so daß sie sein Gesicht sehen konnte. »Du willst die Wahrheit hören? Der Sex war nicht gut. Aber das Kuscheln und der Spaß waren großartig. Du warst süß. Ich habe mich bei dir wohl gefühlt. Ich mochte dich sehr.«

»Warum hast du dann Brent geheiratet?«

Seine Stimme klang sarkastisch, aber sie antwortete ihm ernsthaft. »Ich weiß es nicht. Ich habe viel darüber nachgedacht. Jeder wußte, daß ich ihn heiraten würde, und wenn es jeder wußte, mußte es richtig sein, also habe ich nie etwas anderes in Betracht gezogen. Zu der Zeit, als ich mit dir hier hochkam, hatten wir schon ein Silberbesteck ausgesucht. Die Löffel hatte ich schon. Das ließ alles so unwiderruflich erscheinen. Ich hatte eine Identität. Ich war Brent Faradays zukünftige Frau. Ich weiß, das hört sich blöd an, aber ich habe nie etwas anderes erwogen, als Brent zu heiraten.«

»Ich weiß«, sagte C.L. »Das haben wir damals alle gedacht.«

»Ich selbst habe es bis gestern noch geglaubt«, sagte Maddie. »Deshalb war ich so wütend auf ihn.«

»War?«

Sie reckte den Hals ein wenig, um zu ihm aufzuschauen. »Irgendwie hast du meine Einstellung verändert.«

»Bitte nicht«, meinte C.L. »Sei wieder wütend auf ihn.«

»Nein, ich meine das ernst. Es ist schön hier. Seit langer Zeit habe ich mich nicht mehr so geborgen gefühlt. Sollte Brent nur darauf aus sein, mit irgendeiner Niete Leibesübungen zu treiben, ist er der letzte Dreck, aber wenn er dieses *Wohlbehagen* bei einer anderen findet, glaube ich, kann ich es verstehen.« Sie kuschelte sich näher an C.L., und er legte seinen Arm wieder um ihre Schultern. Sie fühlte, wie sie eine Welle der Ruhe durchströmte, so intensiv, daß sie körperlich spürbar war. »Ich fühle mich großartig. Du bist wunderbar.«

Er täschelte ihre Schulter. »Nun mal halblang. Laß uns nicht übertreiben.«

Wieder rieb sie ihr Gesicht an seinem Hemd, nur, um es auf ihrer Haut zu fühlen. Es roch nach Sonne und Seife und ganz schwach nach seinem Schweiß. Kein aufdringliches Rasierwasser, nur er und die Sonne. Sie reckte den Kopf zu ihm hoch. »Hat deine Tante dieses Hemd gewaschen? Es riecht wie auf der Wäscheleine getrocknet. Es riecht wundervoll.«

Er lachte, und sie fing den Blick seiner Augen auf, dunkel wie die Nacht und umrahmt von diesen unglaublichen Wimpern. Seine Lippen lächelten auf sie herunter, reif genug, um hineinzubeißen, und er war stark und warm und süß und vertrauenerweckend, und sie begehrte ihn so sehr, daß ihr der Atem stockte. Er hörte auf zu lachen und blickte sie an, und einen Moment später beugte er sich über sie und küßte sie. Seine Lippen streichelten über ihre und ließen ihren ganzen Körper erstarren.

Er hielt inne und flüsterte: »Maddie...«, und sie umfaßte seinen Hinterkopf mit ihrer Hand und zog ihn zu sich herunter. Als er sich noch näher über sie beugte, fuhr ihre

Hand seine Schulter entlang. Sein Mund schmeckte nach Wein und Hitze und nach mehr, nach ihm. Sein Arm unter dem Hemdstoff fühlte sich kräftig an, hielt sie fest umschlungen, und sie erschauerte, als seine Hand zu ihrer Brust wanderte und sie hart werden und anschwellen ließ. Plötzlich war ihr überall ganz heiß, und sie schmiegte sich noch näher an ihn. Sie spürte die weiche Berührung seiner Ärmel auf ihrer Haut. Als er seine Muskeln anspannte, um sie dicht an sich zu ziehen, wurde die Sehnsucht unerträglich. Seine Lippen bewegten sich zu ihrem Hals, und sie seufzte in die Dunkelheit hinein, um ihn dann tief einzuatmen. Mit jedem Atemzug begehrte sie ihn mehr, und als seine Hand schließlich drängend über ihre nun vor Verlangen empfindsame Brust strich, stöhnte sie, biß ihm in die Schulter und zog ihn so eng an sich, wie sie konnte.

»Wenn du es nicht willst«, flüsterte er kurz darauf in ihr Ohr, »dann sag es jetzt.«

Sie preßte die Zähne aufeinander, um nicht laut nach ihm zu schreien. »Ich will dich. Liebe mich – *jetzt sofort!*«

7

C.L.'s Blick war im Mondlicht durchdringend auf sie geheftet, und seine Hand, die zu den Knöpfen ihres Kleides hinunterfuhr und, sich mit den Fingern langsam zu ihrem Bauch vorarbeitend, einen nach dem anderen aufknöpfte, ließ ihr den Atem stocken. Sein Gesicht war ganz nahe vor dem ihren, seine Augen dunkel vor Begehren. Sein Kopf glitt hinab, und sie spürte den Hauch seiner Lippen in der Mulde ihres Halses, während sein Haar ihre Wange streichelte. Das Kitzeln ließ sie erschauern, und im gleichen Moment spürte sie ein Kribbeln in ihren Brüsten, in der Beuge ihres Ellbogens, in der Kniekehle und plötzlich auch heiß zwischen ihren Beinen, während er sich fortwährend an sie preßte und sie nur den Stoff seines Hemds, seine Haut und seine Hitze wahrnahm. Das einzige, was sie wahrnahm, war der Geruch nach Sonnenschein und Schweiß und C.L. Sie wand sich unter ihm und fuhr mit den Fingernägeln fordernd den Rücken bis zu seinen Jeans hinunter.

»Warte«, flüsterte er in ihrem Nacken. »Laß mich meinen Gürtel aufmachen.«

Während er an seinem Gürtel herumfingerte, ließ sie sich in das Sitzpolster sinken, so erregt und ihn so innig begehrend, daß sie unter ihm nicht stillhalten konnte und ein Zittern sie durchfuhr, bis sie sein Gewicht wieder auf sich spürte. Langsam glitt seine Hand unter ihr Kleid und fuhr über ihren Rücken, so daß sie die Zähne zusammenbiß, sich gegen ihn drückte und gleichzeitig ihr Kleid über die Schultern abstreifte. Sie preßte sich an ihn und spürte, wie der Stoff seines Hemds über ihre Brust rieb. Er fühlte sich wunderbar an, aber das war nicht genug. Sie wollte auch ihn nackt spüren, und sein Hemd aufzuknöpfen, würde zu lange dauern.

Ungeduldig schlug sie mit ihrem Kopf gegen sein Schlüsselbein, und als er ihren Kopf hochzog und sie heftig küßte, riß sie sein Hemd auf, so daß die Knöpfe absprangen, preßte sich gegen ihn, spürte seine rauhen Brusthaare auf ihren weichen, heißen Brüsten, und das Kitzeln und Kribbeln, das in diesem Augenblick von ihrem ganzen Körper Besitz ergriff, verbannte alles andere aus ihren Gedanken. Vor Wollust und Begehren stöhnte sie auf und biß in seine Lippe, bis sie blutete und sie das in ihrem Mund schmeckte.

»Oh, Gott, Maddie, hör auf«, stieß er hervor und ließ seine Hand zwischen ihre Beine gleiten. Die Berührung seiner Finger, die über ihre feuchten Schenkel streichelten und dann in sie hineinglitten, gab ihr so ein unbeschreibliches Gefühl, daß sie aufschrie. Er drückte sie wieder auf den Sitz, und sie umschlang ihn, als sein Mund ihre Brust fand und fordernd daran sog, während er sie am ganzen Körper streichelte. In diesem Augenblick verlor sie ihren Verstand und klammerte sich an ihn, während er in seiner Tasche nach dem Kondom wühlte. Mit seinen Knien spreizte er ihre Beine, und das Kribbeln und die Wollust verschmolzen in ihr zu einem einzigen Gefühl, als er hart in sie eindrang, so daß sie sich aufbäumte. Sie hob sich ihm entgegen und paßte sich seinen Bewegungen an, kaum wahrnehmend, daß er sie küßte, während sie sich seinem Rhythmus und einem unbeschreiblich sättigenden und faszinierenden Gefühl hingab, das seine Stöße in ihr verursachten. Seine Hände und Lippen waren überall, und sie spürte das Blut in ihren Schläfen, ihren Brüsten, ihren Fingerspitzen und schließlich heiß und tief und immer tiefer und stärker in sich wallen und schwellen, bis sie sich gehenließ und heftig kam, den Kopf tief in die Polster drückend und beinahe laut aufschreiend, als sie die starken Spasmen spürte. Sie empfand ihren Orgasmus nahezu als Antiklimax, weil der Sex zuvor so unerträglich gut gewesen war.

Einen Moment lag Maddie still, den Kopf in den Nacken gelegt, und holte seufzend tief Luft, bevor sie zu ihm hochschaute. Der Mond verbarg sich nicht länger hinter den Wolken, und in dem Dämmerlicht starrte C.L. mit glühenden Blicken auf sie hinunter. Wie verwandelt bemerkte sie, daß sie seine Blicke erwiderte. Sie hatte etwas Schlimmes getan, etwas Egoistisches, etwas nur für sich selbst. Niemals mehr würde sie dieselbe sein, und das war wunderbar.

»Komm her«, sagte er und zog sie hoch. Rittlings setzte sie sich auf ihn und drückte ihn mit dem Rücken gegen den Sitz. Leicht bewegte er seine Hüfte unter ihr und preßte sie, so eng er konnte, auf sich. Als sie spürte, wie er erneut hart in sie eindrang, umklammerte sie seine Schultern und grub ihre Finger in seine Muskeln.

»Was?« stieß sie hervor und ließ ihren Kopf in haltloser Wonne gegen seine Schulter fallen.

»War nicht einfach.« Seine Stimme klang heiser und belegt. »Du bist verdammt schnell gekommen.« Mit einer Hand fuhr er ihr spielerisch durchs Haar und zog dann ihren Kopf hoch, so daß er ihr Gesicht sehen konnte.

»Aber diesmal wird's anders. *Sieh mich an.* Diesmal will ich, daß du weißt, mit wem du zusammen bist.«

»Das wußte ich.« Sie zeichnete die Konturen seiner Lippen mit dem Finger nach, schloß die Augen und bewegte sich wiegend vor und zurück, als sie ihn noch tiefer in sich spürte. »Das wußte ich die ganze Zeit. So habe ich es noch nie erlebt.«

»Niemand hat so etwas je erlebt, mein Schatz.« Er küßte sie, seine Zungenspitze berührte leicht die ihre und fuhr dann über ihre Lippen und ihren Hals. Mit seinen Bewegungen tief in ihr liebkosten seine Hände mal sanft, mal heftig ihre Brüste, und sie spürte das Begehren wieder in sich aufwallen wie etwas Großartiges und Wunderbares, das aus seinem Versteck hervorkam und durch ihre Adern raste. Sie stöhnte, und er schob sich noch tiefer in sie. »Sieh mich an«, flüsterte er und griff ihr ins Haar, um ihren Kopf wieder hochzuziehen. Sie blickte ihn im Mondlicht an, seine Augen glänzten, und er preßte die Zähne zusammen, als auch ihn der Orgasmus durchfuhr, und sie dachte, *ich bin der Grund, warum er dies fühlt, er begehrt mich, ich lasse ihn die Kontrolle verlieren, er kommt in mir, wegen mir, o Gott!*, und dann verlor sie den Faden, denn sie spürte erneut die Lust von sich Besitz ergreifen. Ihre verkrampften Finger bohrten sich in sein Fleisch und zogen ihn näher an sich, und sie kam in seinen Armen, wie er zuvor in den ihren gekommen war.

Als sie wieder bei Sinnen war, ließ sich sich gegen seine breite, feuchte Brust fallen und dachte, *so etwas tut Maddie*

Faraday nicht. Das ist etwas ganz Neues, nur ich, nur für mich.

Das will ich noch einmal erleben.

C.L. glitt aus ihr heraus, und eng umschlungen saßen sie erschöpft beieinander, erst bebend und dann still, bis er schließlich in ihr Ohr flüsterte: »Wir sollten uns merken, wie wir das gemacht haben.«

Maddie lachte an seinem Hals.

»Ich meine das ernst.« C.L. gewann seine Stimme zurück und drückte sie noch fester an sich. »Ich hatte zuvor auch schon guten Sex, aber das war der Himmel auf Erden. Liegt das am Auto? So eins muß ich mir kaufen, das schwöre ich.«

»Nein«, wisperte sie. »Es lag an dir.« *Und an mir.*

Wieder schlossen sich seine Arme fester um sie, und er flüsterte in ihr Haar: »Wirst du dich morgen weigern, noch mit mir zu sprechen? Wenn ich zu deinem Schließschrank komme, wendest du dich dann ab?«

»Nein.« Sie atmete dicht an seinem Körper, den sonnigen, würzigen Geruch seiner Haut aufnehmend, und ihr wurde schwindlig, weil er da war und sie sich so frei fühlte. »Wahrscheinlich kann ich nie wieder nein zu dir sagen. Nicht nach diesem Abend.« Sie küßte ihn, und er erwiderte ihren Kuß so gierig, daß sie sich wie elektrisiert fühlte, weil er sie so begehrte und weil der Sex so unbeschreiblich gut gewesen war. *Ich kann alles tun.*

Entspannt lehnte sie sich an ihn, und er zog sie vorsichtig auf den Sitz herunter, damit sie sich neben ihn legte. Er strich sein Hemd glatt, während sie ihr Kleid ordnete, bis sie den Anstand aufgaben und in verknittertem Stoff und in tiefer Zufriedenheit engumschlungen dalagen. Nie wieder wollte Maddie sich bewegen. Überall roch sie Heckenkirschen, Schweiß und Sex und die Sonne in seinem Hemd. Sie leckte das Salz seiner Haut von ihren Lippen und schmeckte den Nachgeschmack. Warm und schwer und stark fühlte sie ihn neben sich liegen, seine Arme um sie geschlungen, und vor tiefer Wonne erschauerte sie. Sie konnte ihn in dem silbrigen Licht sehen, das Schimmern seiner Haut, den dunklen Schatten seiner Wimpern auf seinen Wangen, das leichte Lächeln auf seinen geöffneten Lippen. Wieder fuhr sie mit ihren Fingern über seinen Mund, und er küßte sie, ohne die Augen zu öffnen.

»Du hast ein ganz merkwürdiges Lächeln«, sagte sie verträumt. »Wie ein V.«

»Soll ich es ändern?« fragte er, vor sich hin dösend.

»Nein.« Wieder zeichnete sie seine Lippen mit ihren Fingern nach. »Es ist sehr sexy.«

Mit geschlossenen Augen lächelte er gegen ihre Finger. »Dann behalte ich's.«

»Eigentlich ist alles an dir sexy.«

»Danke.«

Sie kuschelte sich näher an ihn. »Findest du mich auch sexy?«

Er schlug ein Auge auf. »Ich finde, du solltest zum nationalen Gut erklärt und unter Denkmalschutz gestellt werden. Redest du nach dem Sex immer soviel?«

»Nein.« Maddie strahlte ihn mit dem ganzen Gesicht an. »Bisher nie. Es ist nur, weil ich so glücklich bin.«

Er schloß das Auge wieder und drückte sie fester. »Gut. Rede weiter. Ich höre dir zu, das verspreche ich.« Er küßte sie auf den Hals, und sie erschauerte unter dieser schmetterlingszarten Berührung. »Du hast einen tollen Hals.«

Sie lag neben ihm, lauschte den Grillen und seinem Herzschlag und atmete Heckenkirschen und C.L. ein. Mit den Fingern fuhr sie über seine Schulter den Arm hinab und zeichnete die Konturen seiner Muskeln nach. Er hatte einen tollen Körper. Alles an ihm war toll.

Ein unvermittelter Krampf in ihrem Bein erinnerte sie daran, daß er außerdem schwer war. Sie versuchte, eine bequemere Position zu finden, aber es gab keine. Wenn sie dieses Bein nicht ausstrecken konnte, wäre sie den Rest ihres Lebens gelähmt. »C.L.«, flüsterte sie, und er zog sie näher, und ein stechender Schmerz durchfuhr ihren Schenkel. »C.L.«, wiederholte sie lauter, und er schlug die Augen auf.

Er hob den Kopf. »Was?«

»Du zerquetschst mich. Und mein Bein ist verdreht –«

»Oh, entschuldige.« Er setzte sich auf. »So –«

»Autsch!«

»Entschuldige.« Er zog sie in eine aufrechte Position hoch, aber sie rutschte von seinem Schoß. Das Blut rauschte in ihr Bein und setzte es mit spitzen und schmerzenden Nadelstichen in Flammen. Ihr Knie knackte, als sie das Bein ausstreckte.

»Mein Gott, bin ich klapprig.«

Er tätschelte ihr Knie. »Glücklicherweise stehe ich auf ältere Frauen.«

Sie konnte die Erschöpfung in seiner Stimme hören. »Bring mich heim. Du brauchst Schlaf.«

Er legte den Arm um sie und zog sie wieder zu sich. »Kann ich den mit dir bekommen?«

Maddie schüttelte den Kopf, löste sich jedoch nicht von ihm. Es war ihr schier unmöglich; er fühlte sich zu wundervoll an. »Ich denke, Brent würde es schlagartig kapieren, wenn er dich tatsächlich mit mir im Bett erwischte.«

»Ach ja, der alte Brent.« C.L. zögerte. »Führst du irgend etwas im Schilde, das ich wissen sollte?«

»Ja«, sagte sie. »Ich lasse mich scheiden. Am Montag habe ich einen Termin. Ich habe es Brent nur noch nicht gesagt.«

Er seufzte und zog sie näher zu sich, wobei seine Hand abwärts glitt und ihre Brust streichelte. »Nun, dann habe ich ein Problem weniger. Sag es ihm heute abend, dann kann ich bei dir schlafen.«

Maddie zuckte zurück. »Nein.«

»Hey«, meinte er, »das war ein Witz.«

»Du bleibst ein Geheimnis, bis die Scheidung definitiv ist.«

C.L. sah sie stirnrunzelnd an. »Warum?«

Maddie durchfuhr ein Zittern. »Ich habe eine Tochter. Ich will nicht, daß er das Sorgerecht bekommt.«

Er schüttelte mit dem Kopf. »Maddie, keine Frau verliert das Sorgerecht wegen einer Affäre, vor allem nicht, wenn ihr Ehemann es mit einer anderen treibt.«

»Das ist mir egal. Ich will nichts riskieren. Nichts, was mein Kind betrifft.«

»Okay. Ich denke, ich kann das verstehen.« Er gähnte erschöpft. »O Gott, bin ich müde. Wann kann ich dich wiedersehen?«

Maddie dachte an Brent, und ihr Hochgefühl schwand dahin. »Dienstag abend. Nach dem Bowling dienstags und donnerstags treibt er sich herum.«

Mitten in der Streckbewegung hielt C.L. inne. »Das sind noch vier Tage.«

»Betrachte es als Vorspiel.«

»Sehr lustig.« Er beugte sich über sie und küßte sie stürmisch, während seine Hand über ihre Bust fuhr. Sie spürte die Hitze wieder aufflammen, als sie ihn schmeckte.

Er hielt ihr Gesicht nah vor seines und sagte: »Ich nehme dich ziemlich in Beschlag. Das ist nicht gut.«

Maddie streichelte seine Lippen mit den ihren und spürte den verstärkten Druck seiner Hand auf ihrem Körper, als er die Augen schloß. Es war berauschend, so sehr begehrt zu werden. Sie fühlte die Hitzewelle in sich immer stärker werden. »Warum ist das schlecht? Ich finde das toll.«

C.L. schlug die Augen auf. »Du bist verheiratet, darum. Vielleicht sollte *ich* Brent umbringen.«

Das plötzliche Pochen gegen das Fenster ließ sie beide

zusammenfahren. Maddie zog ihr Kleid zu und sank in die Dunkelheit der anderen Ecke, während C.L. sie vor dem Fenster durch seinen Körper deckte. Er kurbelte die Scheibe hinunter, und eine Stimme fragte: »Habt ihr Leute denn kein Bett?«

Maddie schrak zurück, als das Licht der Taschenlampe sie blendete. Bailey. Natürlich Bailey. Er hatte den Wagen gesehen, war hergekommen, um zuzusehen, und hatte noch dazu einen wahren Bonus mitbekommen: Die Frau seines Chefs mit dem schlimmsten Lumpen der Stadt. Maddie schloß die Augen und versuchte, nicht an den Ärger zu denken, der ihr bevorstand. Schließlich hatte sie es so gewollt. Sie wollte Rache. Soviel zu ihrem Ruf als heilige Madonna Frog Points.

Ihre Mutter würde sie erschlagen.

In der Zwischenzeit hatte C.L. seine Haltung verlagert, um sie vor dem Lichtstrahl zu schützen. »Wer zum Teufel sind Sie?«

»Hey, ich will verdammt sein, C.L. Sturgis. Wie geht es dir, C.L.?«

»Was?«

»Ich bin's, Bailey.« Der Wächter drehte die Taschenlampe so, daß sie ihm in sein über der Uniform des Sicherheitsdienstes grinsendes Mondgesicht schien. »Kennst du mich nicht mehr?«

»Bailey? Du bist jetzt ein Cop?« Seine Stimme verlor die Schärfe. »Himmel, was ist aus der Welt geworden?«

Bailey grinste noch breiter. »Von meiner Warte aus gesehen ist sie immer noch dieselbe. Erinnert mich an die Zeit vor zwanzig Jahren, als ich dich beim Bumsen auf einem Autorücksitz überrascht hab. Guten Abend, Ma'am.«

Maddie zog sich noch weiter in die Dunkelheit zurück.

C.L.'s Stimme wurde wieder grimmig. »Bailey, altes Haus ...«

»Ja?«

»Mach die Scheiß-Taschenlampe aus.«

»Oh, richtig.« Das Licht erlosch. »Aber du mußt hier wirklich verschwinden, C.L. Das ist jetzt Privatgelände.«

»Ich bin schon weg.« Maddie hörte, wie C.L. sein Hemd zusammenfummelte, während er von dem Rücksitz kletterte und die Tür hinter sich zuschlug, um noch immer die Sicht auf Maddie zu nehmen. »Nett, dich wiedergesehen zu haben, Bailey«, sagte er, und Maddie sah, wie er den Arm des Wächters ergriff und ihn vom Wagen wegzog »Verzieh dich jetzt.«

»Ich fahre vor dir den Berg runter, altes Haus, aber ich warte unten auf dich.«

»Schon gut, Bailey, mach das. Steig jetzt wieder in deinen Wagen.« C.L. hob den kleinen Wächter auf die Zehenspitzen, während er ihn zum Auto brachte.

»Hey, komm schon, C.L., ist es die, die ich vermute? Seit Monaten hat es in der Stadt keinen wirklich guten Klatsch mehr gegeben.« Bailey verdrehte den Hals nach hinten und versuchte zurückzublicken.

»Cops verbreiten keinen Klatsch, Bailey, noch nicht einmal Mietcops. Außerdem bin ich allein.« C.L. öffnete die Wagentür und schob ihn hinein. »Du wirst niemandem ein Sterbenswörtchen sagen, verstanden?«

»Du sitzt im Point allein auf dem Rücksitz von Brent Faradays Wagen? Erzähl mir den nächsten Witz. Außerdem habe ich jemanden da drin gesehen.«

Maddie konnte sehen, wie C.L. sich über die Autotür beugte. »Bailey,« sagte er, »hau ab und halt deine Klappe, oder ich werde dich grün und blau prügeln.«

Bailey lachte, ließ jedoch den Wagen an. »Du würdest mich nicht schlagen, C.L. Und du müßtest wissen, daß du in dieser Stadt kein Geheimnis für dich behalten kannst. Du solltest es jedenfalls wissen.«

»Stimmt, aber ich kann es sehr wohl versuchen«, hörte Maddie ihn zischen, als er auf den Fahrersitz fiel. »Bleib unten«, sagte er zu ihr und drehte den Zündschlüssel herum.

Maddie beobachtete, wie Baileys Rücklichter die Straße hinunter verschwanden. Morgen würde es jeder wissen. »Ich fühle mich wie ein Flittchen.«

C.L. stieß geräuschvoll die Luft aus. »Maddie, bleib locker, bitte.« Er fuhr an.

»Er hat alles verdorben.«

»Nur, wenn du es zuläßt.«

Maddie dachte darüber nach, während der Wagen anrollte. Sie hatte gerade den schönsten Abend ihres ganzen Lebens verbracht. Morgen würde sie es bereuen; morgen würde sie tausend Dinge zu bereuen haben, aber heute abend, hier in der Dunkelheit mit C.L., fühlte sie sich prächtig. »Okay«, sagte sie und kletterte über die Rückenlehne auf den Beifahrersitz.

»Ich scheine keine Knöpfe mehr am Hemd zu haben.« C.L. sah sie in dem Lichtschimmer des Armaturenbretts mit hochgezogenen Augenbrauen an, als er vom Point abbog. »Was hast du gemacht, sie abgebissen, als ich gerade nicht hinsah?«

»Dann paß beim nächsten Mal auf«, sagte sie und steckte ihre Zunge in sein Ohr.

Er wand sich, gewann jedoch wieder die Kontrolle über den Wagen, so daß sie nicht im Straßengraben landeten. »Laß das besser. Zumindest, wenn ich fahre. In meinem Wagen wäre das natürlich kein Problem. Da würde dich die Gangschaltung auf deiner Seite halten.«

Maddie rutschte wieder auf den Beifahrersitz. »Dein altes Auto hat mir besser gefallen. Darin konnte ich direkt neben dir sitzen.«

»Das kannst du immer noch. Du mußt nur den Schaltknüppel zwischen die Beine nehmen. Das würde dem vierten Gang eine völlig neue Bedeutung verleihen.«

Maddie mußte lachen. »Du läßt mich wieder wie achtzehn fühlen.«

Er nahm die Hand vom Schalthebel und tätschelte ihr Knie. »Du bist ziemlich flink über die Rückenlehne geklettert. Überhaupt nicht klapprig.«

»Du solltest erst mal sehen, wie ich in der anderen Richtung darüberspringe.«

C.L. wandte ihr sein Gesicht zu, und Maddie konnte in dem Lichtschimmer der Armaturen sein Lächeln sehen, aus dem ruhige Gewißheit sprach. »Das habe ich vor«, sagte er, und, noch immer die Auswirkung ihres wohligen Gefühls spürend, kuschelte sie sich in die Polster zurück und dachte nicht an morgen.

C.L. steuerte den Cadillac seines ärgsten Feindes in einer Benommenheit aus befriedigter Lust und Erstaunen durch die Dunkelheit. Ihm war nicht klar, ob sich sein Schicksal endlich goldenen Zeiten zuwandte oder ob das Universum ihm den üblichen Streich spielte, weil das letzte, was er gebrauchen konnte, eine Affäre mit einer verheirateten Frau in Frog Point war. Aber diese Frau war Maddie, und sie stand kurz vor der Scheidung, und während sich sein Verstand zäh wie Kleister bewegte, war er andererseits ganz sicher, daß er so glücklich war wie lange nicht mehr. Vielleicht nie gewesen war.

Er hatte Maddie zurück.

Als er hinter Trevas Haus parkte, schlüpfte sie aus dem Wagen, und auf seinen Zuruf »Hey!« kam sie um das Auto herum und überhäufte ihn leise lachend durch das Fenster mit kleinen Küssen. Es war wirklich Maddie, endlich, ihr rundes Gesicht und die vollen Lippen und die blitzenden Augen, und sie lachte und küßte ihn. *Zum Teufel, was soll's, alles andere ist mir egal*, schoß es ihm durch den Kopf. Er stieg aus dem Auto und versuchte, sie an sich zu ziehen, aber sie ging auf Abstand.

»Ich muß nach Hause«, sagte sie, während sie sich ihm entzog. »Ich gehe zu Fuß. Wenn du mich absetzt, sieht uns vielleicht jemand.«

In der Ferne grollte ein Donner, und Wind kam auf, als er realisierte, daß sie sich von ihm verabschiedete. »Morgen«, sagte er. »Ich rufe dich an. Ich will dich morgen sehen.«

Langsam entschwand sie, rückwärts die Richtung zu ihrem Haus einschlagend, in die Dunkelheit. »Ich werde sehen, was sich machen läßt. Du hast keine Ahnung, wie sehr ich es mir wünsche.«

Sie drehte sich um und lief die Straße hinunter, und er legte die Schlüssel des Caddys auf das Armaturenbrett und ging zu seinem eigenen Wagen. Zwei Stunden auf einem Rücksitz, und sein Leben war auf den Kopf gestellt.

Als er den Mustang startete, verstärkte sich der Wind, und in dem einsetzenden Regen fuhr er zu Henrys Farm. In seinen Gedanken spulte sich eine Bilderfolge ab von Maddies Umzug nach Columbus (würde sie Frog Point den Rücken kehren können?), von Maddies Tochter (was wußte er von Kindern?), von Annas Gesicht, wenn er es ihr erzählen würde (sie würde sich freuen, vor allem wegen des Kindes), von Henrys Gesicht, wenn er es ihm erzählen würde (unergründlich), von Maddies Gesicht, wenn er ihr einen Umzug nach Columbus vorschlagen würde (ausgeschlossen), von Annas Gesicht, sobald ihr einfiel, daß Maddie verheiratet war (die Hölle), und von den Gesichtern in Frog Point, sobald offenkundig wurde, daß er sie zu heiraten beabsichtigte (verblüfft), und all diese Gedanken führten zu dem Grund und Boden bei Henrys Farm (»schönes Grundstück, um darauf zu bauen«, hatte er zu C.L. gesagt, als er Sheila heiratete), zu der Gelegenheit,

Anna und Henry jeden Tag sehen zu können, und, jeden rationalen Gedankengang überschattend, zu Maddies Begierde und Weichheit, wie sie sich ihm in der Dunkelheit darbot, zu ihrem leisen Stöhnen, ihren Augen, als sie in seine blickte und kam, und zu der Art, wie sie sich an ihn krallte und kuschelte, als alles vorbei war.

Diesmal hatte er es richtig gemacht.

Ein kleiner, verständiger Teil von ihm sagte, daß zwei Stunden Autosex keine Zukunft ausmachten, aber der Rest von ihm brannte in dem Wissen, daß sie beide es diesmal richtig gemacht hatten.

So richtig vor jedem in Frog Point.

Maddie schlüpfte, durchnäßt vom Regen, durch die Hintertür. Sie versuchte, das endlose Wohlempfinden dieses Abends zu bewahren, aber mit dem Betreten des Hauses schwand ihr Glücksgefühl dahin. Toller Sex konnte ihre Probleme nicht beseitigen. Toller Sex –

»Wo *zum Teufel* bist du gewesen?«

Als Brents Stimme durch die Dunkelheit drang, fuhr sie zusammen. Er schaltete das Licht in der Küche ein und blendete sie.

»Brent?« Ihre Stimme vibrierte, als sie versuchte, ein wenig Zeit zu gewinnen. War ihr Kleid richtig zugeknöpft? Sie trug keinen BH.

»Ich fragte, wo zum Teufel du gewesen bist.« Er reihte die Worte wie einen Fluch aneinander, schwitzend und bebend und heftig atmend, während er sich mit einer Hand auf der Anrichte abstützte. Seine Augenbrauen sahen aus wie ein dunkler Schmiß auf seiner Stirn, als er sie anstarrte, den Kopf gesenkt wie ein verwundeter Stier.

»Brent, mir geht es gut.« Sie trat auf ihn zu in dem Versuch, ihn zu bruhigen. »Ich habe mit dem Cadillac eine Runde gedreht. Mach dir keine Sorgen wegen mir.«

Er packte sie am Arm. »Wegen dir mache ich mir keine Sorgen –« Er unterbrach sich und schüttelte ihren Arm leicht. »Wenn ich dir sage, daß du zu Hause sein sollst, erwarte ich, dich *zu Hause* vorzufinden. Hast du mich verstanden?«

»Nein«, sagte Maddie, und in ihren Gedanken mischten sich Schuldgefühle und Ärger. »Warum führst du dich so auf?« Sie entzog ihm ihren Arm. »Das paßt nicht zu dir. Weshalb bist du so wütend? Was macht es für einen Unterschied?«

»Es macht einen Unterschied, weil ich es sage.« Er beugte sich vor, um sie, an die Spüle gedrückt, festzuhalten. Er stank nach Schweiß und Bier und war so nahe, daß seine Hautporen wie Krater aussahen. »Ich bin dein Mann.«

Sie schüttelte den Kopf. *Nicht mehr. Ich brauche dich nicht mehr. Ich habe mich von dir befreit.* »So ein Blödsinn.« Sie schob ihn von sich.

Wieder senkte er seinen Kopf und trat, sie unter seinen Augenbrauen unverwandt anstarrend, einen Schritt auf sie zu. »Ich will wissen, wo du gewesen bist.«

»Warum?« fragte sie in Abwehrhaltung. »Ich frage dich doch auch nicht, wo du warst. Ich frage dich nicht« – sie holte tief Luft –, »weil ich es weiß.«

Er hielt inne. »Was?«

»Ich weiß alles über deine widerwärtigen kleinen Geheimnisse. Ich habe diese verdammte Kiste geknackt. Ich weiß alles.« Sie wandte sich ab gegen das regenbesprenkelte Fenster, in dem Bewußtsein, ihm nicht länger in die Augen schauen zu können, aber sie erkannte sein Spiegelbild darin. Wie vom Blitz getroffen stand er mit seitwärts herabbaumelnden Armen da. Grober, ungehobelter Klotz. Ihr Nacken schmerzte, so daß sie nach ihren Tabletten griff. Sie würde sie ohne Wasser schlucken. Sie wollte C.L.'s Geschmack in ihrem Mund nicht verlieren. »Wer zum Teufel glaubst du, wer du bist?« fuhr sie fort, während sie die Pillen in ihre Hand schüttete. »Hast du wirklich gedacht, du könntest ewig so billig davonkommen, nur, weil du Brent Faraday bist? Nun, da muß ich dich leider enttäuschen. Wenn du glaubst, daß ich mich mit diesem Scheiß abfinde, bist du blöder als –«

Sie wollte sich gerade zu ihm umdrehen, als sein Schlag mit der Faust sie von links am Auge traf. Sie torkelte und fiel rückwärts gegen die Wand, die Tabletten über den Fußboden verstreuend. *Gott sei Dank ist Em nicht hier,* schoß es ihr durch den Kopf, als sie an der Wand hinunter zu Boden rutschte. *Mein armes Baby.*

Unvermittelt setzte ihr Selbsterhaltungsdrang ein, und sie rappelte sich auf, als er auf sie zutrat. Sie rannte in die Diele und schrie: »Rühr mich nicht an!«, und als er ihr nicht folgte, stolperte sie ins Wohnzimmer und stützte sich zitternd und atemlos, das Tablettenfläschchen immer noch umklammernd, gegen die Sofakante.

Ihr Kopf schmerzte fürchterlich. So fühlte es sich also an, verprügelt zu werden. Mißhandelt. Noch eine gute Geschichte für die Nachbarn. Sie betastete die Seite ihres Kopfes, und als sie ihre Hand wegzog, klebte Blut an ihren Fingern. Sein Ring mußte sie geschnitten haben. Das mußte sie Em morgen erklären. Und ihrer Mutter. Und der ganzen Stadt. Ihre Knie gaben nach, und sie sank auf die Couch.

Zudem würde jeder die Sache mit C.L. erfahren, weil Bailey es mit Sicherheit ausplaudern würde. Was zum Teufel hatte sie sich dabei gedacht? Sie hatte ihr Leben für zwei Stunden absoluten Glücks verspielt. Kein schlechter Tausch, sofern es nur sie betraf, aber sie hatte auch Em und ihre Mutter verraten und verkauft. Sie war ein selbstsüchtiges Flittchen, und es gab keine Möglichkeit mehr, die Situation noch zu retten. Diesmal hatte sie ihre Gedanken wirklich in die Tat umgesetzt.

So konnte sie nicht mehr weitermachen. Sie konnte die Dinge nicht mehr in Ordnung bringen. Sie konnte nicht mehr das liebe Mädchen sein. Sie konnte es einfach nicht. Sie versuchte, ihre Augen auf einen Punkt zu konzentrieren, und ihr Blick fiel auf die nahezu leere Weinflasche, die sie mit C.L. am Tisch getrunken hatte. Nur ein Rest war noch darin. Sie war so müde, ihr Kopf schmerzte, und sie würde nie wieder glücklich sein.

Drei Tylenol hatten sie an diesem Nachmittag alles vergessen lassen. Die meisten Tabletten lagen auf dem Küchenfußboden verstreut, aber als sie das Fläschchen in ihre Handfläche ausleerte, zählte sie immer noch sieben. Das Vergessen war noch in erreichbarer Nähe. Sie ließ die Tabletten nacheinander in die Weinflasche fallen und schüttelte sie dann, um das Medikament aufzulösen.

»Maddie.«

Brent stand, noch immer in seinem Bowlinghemd, mit hängenden Schultern im Türrahmen. O Gott, sah er erbärmlich aus! Es lag nicht an dem Hemd. C.L. würde in diesem Hemd großartig aussehen. Es lag an Brent.

Sie sah auf die Flasche und knallte sie auf den Tisch. Brent war das Problem, nicht sie. Sie mußte aufhören zu trinken. Sie hätte sich gerade beinahe selbst umgebracht oder zumindest ernsthaft krank gemacht. Und dieses Selbstmitleid mußte auch aufhören. Sie mußte eindeutig aufhören, sich zu betrinken. »Schlechten Tag gehabt, was?« sagte sie und betastete erneut die Seite ihres Kopfes.

Brent schloß die Augen. »Es tut mir leid. Es tut mir so leid, daß ich dich geschlagen habe. Ich liebe dich, das weißt du. Es tut mir leid.«

»Ich weiß, daß es dir leid tut«, sagte Maddie. »Ich weiß.« Noch nie zuvor hatte er sie geschlagen, und auch jetzt spielte es nahezu keine Rolle. Das machte es nur einfacher für sie, ihn zu verlassen. Sie wäre ihm dafür beinahe dankbar gewesen, wenn es nicht so weh getan und es nicht soviel Chaos gegeben hätte, für das sie später bezahlen mußte.

Jeder, dem sie hierfür eine Erklärung liefern mußte, würde denken, daß er sie wegen C.L. geschlagen hatte, und während sie sich bemühen würde, alles zu erklären, würde Brent in seiner sorglosen Art weitermachen. Dieser Bastard.

»Du hast meine Papiere durchwühlt«, sagte Brent mit schwerer Stimme. »Du hast in meinem Büro herumgeschnüffelt.«

»Ganz recht.« Maddie war überrascht. Es kam ihr vor, als läge dies Tage zurück. Ein Jahrhundert zurück. »Ich hatte einen Grund.«

»Ich will diese Kiste zurückhaben.«

»Später.«

»Ich will sie *jetzt* zurück. Und ich will wissen, wo du gewesen bist. Mit wem hast du gesprochen?«

Maddie war müde. Auf eine zerschlagene Nach-Sex- und Ich-will-dieses-Gespräch-jetzt-nicht-führen-Art müde bis auf die Knochen. »Laß uns morgen reden.«

»Jetzt.«

»Na gut.« Sie stand auf und funkelte ihn an. »Du zuerst. Wo zum Teufel bist *du* gewesen? Und erzähl mir nichts vom Bowlingspielen, du Scheißkerl. Ich kann nicht glauben, was für ein Lügner du bist. Nie mehr werde ich dir irgend etwas glauben.«

Brent schien sich vor ihren Augen aufzublähen. *»Halt den Mund«,* sagte er. »Hier geht es nicht um mich. Wo –«

»Hör auf mit diesem Mist von wegen, hier geht es nicht um dich«, unterbrach Maddie ihn. »Hier geht es doch nur um dich und dein Verlangen, den großen Macker zu spielen, oder etwa nicht?«

»Es reicht jetzt«, sagte Brent.

»Der gute alte Brent Faraday kann jede Frau haben, die er will, und kommt bestimmt ans Ziel. Das ist doch der

Punkt, nicht wahr?« Von dem Wortwechsel angewidert ging sie um den niedrigen Tisch herum in Richtung Diele. »Ich werde dieses Spiel jedenfalls nicht mehr mitmachen. Ich gehe jetzt.«

»Nein, das tust du nicht«, sagte Brent zitternd. »Du gehst nirgendwo hin.«

»Ich weiß, was du bist –«, antwortete Maddie.

»Halt den Mund!«

»– und das ist nicht gerade bemerkenswert, also hör auf –« Während sie weiterredete, ging sie an ihm vorbei. *»Halt jetzt endlich den Mund!«* brüllte er, bevor er erneut ausholte und seine Faust sie nur Zentimeter unter seinem ersten Hieb mit einem dumpfen Schlag an der Seite traf, so daß sich in ihrem Kopf ein hohles Gefühl ausbreitete.

Sie torkelte rückwärts, richtete sich dann auf und zwinkerte die automatisch aufkommenden Tränen weg. *»Das genügt«*, sagte sie und schob sich an ihm vorbei, während sie ihn beiseite und dann zu Boden stieß, als sie auf die Treppe zustolperte.

Er kam wieder auf die Füße, und sie rannte auf die Stufen zu, Stühle hinter sich umwerfend, um ihm den Weg zu versperren. Sie hörte den Dielentisch hinter sich umkippen und das Holz splittern, als er darüberfiel, aber sie schaute sich nicht um, sondern lief in ihr gemeinsames Schlafzimmer, schlug die Tür hinter sich zu und drehte den Schlüssel in dem Moment um, als er seinen Körper dagegen warf. Mühsam schob sie die schwere Frisierkommode vor die Tür und preßte in dem Versuch, wieder zu Atem zu gelangen und die aufsteigenden Tränen zu unterdrücken, hervor: »Verschwinde. Verschwinde aus diesem Haus. Ich rufe die Polizei. Du bist betrunken. Oder durchgedreht. Ich weiß nicht, was du bist. Aber ich weiß, was du getrieben hast, und ich weiß, was für eine Sorte Mann du bist. Es ist aus. *Verschwinde!«*

Sie hörte ihn gegen die Tür sacken. »Maddie«, sagte er, und hätte sie nicht genau gewußt, daß Brent niemals weinte, hätte sie genau dies vermutet. »Es tut mir so leid. Ich wollte dich nicht schlagen. Es ist einfach so passiert. Wo warst du heute abend? Bitte sag es mir. Ich muß einfach nur wissen, was du weißt. Ich muß wissen, wem du es erzählt hast.«

»Ich war mit C.L. Sturgis zusammen«, sagte sie. »Den ganzen Abend. Am Montag habe ich einen Termin wegen der Scheidung. Ich weiß alles, alles über deine blonde Liebschaft, alles, aber daß du mich geschlagen hast, ist das Schlimmste. Daß du mich *zweimal* geschlagen hast. Hau ab. Du bist nicht länger mein Mann.«

»Was hast du ihm erzählt?« fragte Brent, und sie konnte sehen, wie die Tür unter dem Druck seines Körpergewichts nachgab. Sie warf sich gegen die Kommode, und das Türschloß hielt stand. »Mein Gott, Maddie, was hast du erzählt?«

»Hau ab!«, schrie Maddie. »Hau einfach nur ab!«

Nach einer langen Stille hörte sie ihn die Treppe hinuntergehen, auf jede Stufe schwerfällig wie gegen einen Sandsack tretend. *Das war's,* dachte sie. *Das ist das Ende dieses Lebens. Es ist vorbei. Ich bin froh, daß er mich geschlagen hat. Das war der Tiefpunkt. Jetzt kann ich ihn niemals zurücknehmen. Nicht für Em, nicht für meine Mutter, für niemanden mehr.*

Zwischen den Donnern draußen hörte sie ihn im Erdgeschoß herumlaufen, und nach einiger Zeit hörte sie ihn sprechen. Sie setzte sich aufs Bett und hob vorsichtig den Hörer des Telefons im Schlafzimmer ab, aber alles, was sie belauschte, waren Brents alkoholgeschwängerte Worte: »Ich kann immer noch nicht glauben, daß hier irgendein verdammter Streuner unterwegs ist, aber ich bringe sie dir. Aber das war's dann. Damit ist es vorbei.« Eine Frauenstimme antwortete: »Gut«, bevor Brent den Hörer auf die

Gabel knallte und Maddie hörte, wie das Telefon in der Diele auf den Boden fiel. Noch eine gute Viertelstunde lief er unten umher, während sie mit hämmernden Kopfschmerzen auf der Bettkante saß, doch dann hörte sie das Klingeln seiner Schlüssel, als er zur Haustür hinausging. Sie sank rückwärts auf das Bett.

Vor Schmerz und Erschöpfung und Angst und Verwirrung und wegen ihrer kaputten Ehe begann sie zu weinen und preßte immer wieder die Fäuste gegen den Kopf. So müde sie auch war, sie konnte jetzt nicht schlafen. All die Dinge, um die sie sich kümmern mußte – Em und Kristies Baby und ihre Mutter und den Hund und die Scheidung und Treva und ihren Wagen und sogar die Mikrowelle –, alles wirbelte in ihrem Kopf zusammen mit dem Schmerz und den Tränen durcheinander, während der Sturm draußen immer stärker wurde und sie das Gefühl hatte, wegen all dem verrückt zu werden. Mit einem Mal wünschte sie sich, daß C.L. sie in die Arme schließen und dafür sorgen würde, daß Brent sich ihr nicht mehr näherte und alles wieder in Ordnung kam.

Es war beinahe vier Uhr morgens, bevor der Sturm sich legte und sie in Schlaf fiel. Erst in diesem Moment, am Rande des Unbewußten, wurde ihr klar, daß es nicht nur die Schläge gewesen waren, die alles für sie beendet hatten, obwohl das allein ausgereicht hätte. Es war der Grund, der dahintersteckte. Er hatte nicht befürchtet, daß sie ihn betrog; er hatte Angst davor, daß sie ihm nachschnüffelte, daß sie das miese kleine Spiel herausfand, das er trieb, und daß in der ganzen Stadt bekannt würde, was für ein Mistkerl er war. »Ich muß einfach nur wissen, was du weißt«, hatte er gesagt, und sie konnte seine nackte Angst aus diesen Worten hören, daß er vielleicht nicht länger der tolle Brent Faraday war.

Wenigstens habe ich keine Angst, redete sie sich selbst ein.

Wenigstens bin ich dazu bereit, die zu sein, die ich wirklich bin. Ihre Gedanken schweiften ab zu ihrer Mutter, zu der ganzen Stadt und zu Bailey, der alles brühwarm erzählen würde, und das war schlecht. Aber schließlich war sie zu müde, um weiter nachzudenken, und fiel in Schlaf.

Jemand rief ihren Namen, und Maddie richtete sich zu plötzlich auf. Sie verspürte einen hämmernden Stich in ihrer Schläfe und fühlte sich von dem Schmerz wie geblendet. *Auf diese Art aufzuwachen, muß aufhören,* dachte sie. *Was habe ich letzte Nacht gemacht?*

Ihre Erinnerung kehrte zurück.

Wieder hörte sie ihren Namen. Treva. Treva war unten mit den Mädchen. Sie zog die Kommode von der Tür weg und stolperte die Stufen hinunter. Treva, Mel und Em standen in der Diele und starrten sie erschrocken und sprachlos an.

»Was gibt's denn?« fragte Maddie.

»Wir haben versucht, dich anzurufen«, meinte Em kleinlaut und sah furchtbar verängstigt aus, »aber es war ständig besetzt.« Sie blickte zu Boden. »Ich glaube, ich weiß, warum.«

Maddie drehte sich um. Zwei Stühle und der Dielentisch lagen umgekippt auf dem Boden, ein Stuhlbein war zerbrochen, gegen das Brent vermutlich auf seiner Verfolgungsjagd nach ihr getreten hatte. Das Telefon, das normalerweise auf dem Tisch stand, lag auf dem Fußboden, und der Hörer beklagte sich in nasaler Monotonie.

Em ging an ihrer Mutter vorbei und legte den Hörer auf. Es begann zu klingeln, und sie hob ab und sagte: »Einen Moment bitte.« Sie wandte sich zu ihrer Mutter. »Für dich.«

»Em, mein Schatz«, hob Maddie an, in dem verzweifelten Versuch, eine Erklärung zu finden, um diesen Ausdruck aus den Augen ihrer Tochter wegzuwischen. »Hör mir zu. Ich habe gestern abend ein bißchen viel getrunken und bin auf dem Weg ins Bett über ein paar Möbel gestolpert. Dabei habe ich mir den Kopf gestoßen.« Das Hämmern in ihrem Kopf wurde noch stärker; sie mußte furchtbar aussehen. »Tut mir leid. Du weißt, daß ich nicht trinke, aber es lief ein guter Film im Fernsehen, und ich habe ein bißchen Wein getrunken und ...« Sie zuckte mit den Schultern.

»Wie wäre es mit einem Frühstück, Mädchen?« ergriff Treva mit aufgesetzter Fröhlichkeit das Wort. »Zuckerplätzchen. Irgendwas, was eure Zähne ruiniert.«

Em reichte ihrer Mutter den Hörer und ging in die Küche. Mel warf Maddie einen ängstlichen und erstaunten Blick zu, bevor sie Em folgte.

»Keine gute Lüge«, meinte Treva zu Maddie. »Es gab letzte Nacht einen Senderausfall. Wir mußten uns Videofilme ansehen.«

»Oh, Gott.« Maddie wandte sich dem Spiegel zu. *»Oh, Gott!«* Die blaue Färbung rund um ihr Auge zog sich von ihrem Wangenknochen bis zu ihrer Augenbraue hoch und teilte sich dort in zwei Schrammen, wo Brents Ring sie geschnitten hatte. »Emily«, flüsterte sie. »Em hat es gesehen.«

»Verflucht!« Treva spähte über ihre Schulter, um den Schaden im Spiegel zu begutachten. »Ich hab's gesehen und könnte kotzen. Was ist passiert?«

»Brent hat mich geschlagen«, wisperte Maddie und nahm dann, als Treva mit offenem Mund schockiert gegen die Wand sackte, das Telefongespräch entgegen. »Hallo?«

»Was läuft da ab bei dir? Hat Brent schon das Weite gesucht?« C.L.'s Stimme klang fröhlich, voller Sonne und Sex. »Seit zehn Uhr versuche ich, dich zu erreichen. Du hast wohl mit Treva telefoniert, stimmt's?«

»Nein«, erwiderte sie und starrte ihr Spiegelbild an. Zu ihrem Entsetzen brach sie in Tränen aus.

»Ich bin sofort da«, sagte C.L. »Warte, und weine nicht. Ich bin sofort da.«

8

»Nein«, sagte Maddie. Ein Liebhaber im Haus fehlte ihr gerade noch, noch etwas, was sie Em erklären müßte und ihrer Mutter und den Nachbarn und – »Es ist alles in Ordnung«, meinte sie zu ihm. »Mir geht es gut. Treva ist hier. Mit den Kindern.«

»Hör zu, ich bin hier bei meinem Onkel. Ich kann jederzeit hinüberkommen. Ich werde in der Nähe des Telefons bleiben. Ruf mich an, wenn ich kommen kann. Was ist denn passiert? Ich komme jetzt.«

»Nein«, wiederholte sie. »Ich rufe dich später an.« Sie legte auf, während er weiter auf sie einredete. C.L. war wichtig, aber sie war nicht sicher, wie wichtig. Um Ems Bedeutung wußte sie jedoch ganz genau. Sie drehte sich zu Treva um. »Was soll ich mit Em machen?«

Treva starrte sie noch immer an. »Wie oft hat er dich geschlagen?«

»Zweimal. Danach habe ich mich im Schlafzimmer eingeschlossen.« Maddie blickte wieder in den Spiegel und schreckte zusammen. Sie sah noch immer fürchterlich aus.

»Lieber Himmel«, sagte Treva, »geh nach oben und mach dich zurecht. Ich lenke die Mädchen ab. Nimm reichlich Make-up. Und setz eine Sonnenbrille auf.«

Make-up und Sonnenbrille würden nicht funktionieren. Em hatte sie bereits gesehen. »Was soll ich Em sagen?«

Treva seufzte. »Ich weiß es nicht. Wie wäre es mit der Wahrheit?«

Hallo, Schatz, Daddy hat mich letzte Nacht verprügelt. Maddie schüttelte den Kopf. »Das geht nicht. Er ist ihr Vater.«

»Ja, und er hat ihre Mutter geschlagen.«

»Würdest du es Mel sagen, wenn es um Howie ginge?«

»Ich weiß nicht. Howie würde so etwas nicht tun.« Noch nie hatte Treva so nahe davorgestanden, in der Öffentlichkeit loszuweinen. »Geh dich jetzt zurechtmachen. Was für ein Mist.«

Eine halbe Stunde später trat Maddie, bekleidet mit einem alten Arbeitshemd und Jeans, ihr Gesicht mit einer dicken Schicht Make-up bedeckt und die Augen hinter einer Sonnenbrille verborgen, in der Küche ihrer Tochter gegenüber.

»Du hast wohl jede Menge Wein gestern abend getrunken«, meinte Em.

»Ja. Wie dumm von mir.« Maddie setzte sich.

»Warum hast du zwei Gläser benutzt?« fragte Mel und versuchte erst gar nicht, ihre Neugier zu verbergen.

»Ems Daddy hat auch einen Schluck getrunken«, log Maddie. »Er kam spät nach Hause und hat noch ein Glas getrunken.«

»Mel, wir müssen jetzt gehen«, sagte Treva, und dann zu Maddie gewandt: »Ruf mich später an.« Sie scheuchte ihre Tochter aus der Tür und in das Auto, bevor Mel weitere kluge Bemerkungen machen konnte.

Maddie streckte ihre Arme aus. »Komm her, meine Kleine.«

Em ging um den Tisch herum und ließ sich auf den Schoß ihrer Mutter ziehen. Sie begann zu weinen.

Maddie umarmte sie und wiegte sie hin und her. »Sag mir alles, mein Schatz.«

»Ich hatte Angst«, schluchzte Em. »Alles war so schrecklich, jeder hat sich gestritten, und dann habe ich dein Gesicht gesehen und Angst bekommen.«

»Ich weiß.« Maddie drückte sie fester. »Es sieht fürchterlich aus. Ich habe mich selbst erschrocken, als ich es gesehen habe, aber es ist nicht das erste Mal. Weißt du noch, als ich mich in dem Fitnessclub angemeldet habe und zu schwere Gewichte gestemmt habe, so daß die Blutgefäße in meinem Auge geplatzt sind?«

Em hörte auf zu weinen. »Ja.« Sie schniefte. »Das hatte ich vergessen. Aber da war nicht dein ganzes Gesicht so dick.«

»Aber nur, weil mir das Gewicht nicht auf das Gesicht gefallen ist«, antwortete Maddie geistesgegenwärtig.

Em sah sie stirnrunzelnd an. »Und jetzt ist dir ein Gewicht aufs Gesicht gefallen?«

»Genau. Eines von Daddys im Keller. Ich hatte ein paar Gläser Wein getrunken, und da ist es mir aus der Hand gerutscht. Nicht sehr intelligent, stimmt's?«

Em sah nicht so aus, als kaufe sie ihr diese Geschichte ab, aber wenigstens hatte sie aufgehört zu weinen.

»Ich kam mir so dumm vor«, schmückte Maddie ihren Bericht weiter aus. »Ich wußte nicht einmal, daß es so schlimm war, bevor ihr herkamt und ich in den Spiegel schaute.«

Em entzog sich ihrer Umarmung, glitt auf die Füße und meinte plötzlich sachlich: »Du mußt zum Arzt gehen.« Sie wischte mit dem Handrücken die letzten Tränen weg. »Vielleicht hast du einen Schädelbruch. Oder eine Gehirnerschütterung.«

»Vielleicht später«, sagte Maddie, erleichtert, daß die unmittelbare Krise überstanden war. Irgendwann würde Em sich an die Möbel in der Diele und den Senderausfall erinnern, aber in Kürze würde ihr ein härterer Schlag versetzt werden, nämlich die Scheidung ihrer Eltern. Danach würden kaputte Möbel ihr geringstes Problem sein.

Bevor sie aufräumen oder Treva anrufen konnte, klingelte das Telefon.

»Maddie, Schatz, hier ist Mama.«

Maddie sank an den Küchentisch zurück und versuchte, wohlauf zu klingen. »Hi, Mom.«

»Ich habe eben schon einmal angerufen, aber es war besetzt.«

»Ich habe den Hörer ausgehängt, weil ich ausschlafen wollte.«

»Nun gut. Wie geht es diesem netten Sturgis-Jungen?«

»Was?« Ihre Mutter konnte unmöglich schon etwas gehört haben, es sei denn, Bailey –

»Ich habe Gloria Meyer bei Revco getroffen. Sie sagte, du hättest gestern abend stundenlang mit ihm im Garten gesessen und Orangensaft und Wodka getrunken.«

Maddie schloß die Augen. Adlerauge Gloria hatte sogar den Wodka erkannt. Sie mußte ein Fernglas benutzt haben. »Es geht ihm gut, Mom.«

»Wie verdient er seinen Lebensunterhalt?«

»Das weiß ich nicht. Warum?«

»Nur so eine Frage. Warum hat er dich besucht?«

»Er wollte zu Brent.« Das war ihr in all der Aufregung völlig entgangen: Was hatte C.L. von Brent gewollt? Vielleicht war es nur ein Vorwand gewesen, um sie zu sehen. Wenn ja, gut für C.L.

»Will er hier ein Haus bauen?«

Maddie seufzte. »Ich habe keine Ahnung, Mutter. Ich denke nicht. Vermutlich ist er einfach nur zu Besuch. Er sagte, er würde eine Woche hierbleiben. Er wohnt bei seinem Onkel Henry. Er ist geschieden. Kinder hat er nicht. Er lebt in Columbus. Er fährt ein rotes Mustang-Cabrio. Das war's. Mehr weiß ich nicht.«

»Ist ja schon gut, Maddie. Ich habe mich lediglich gefragt, wie der Mann seinen Lebensunterhalt verdient.«

»Ich werde es herausfinden.«

»Es ist nicht wichtig, Liebes. Den Streuner haben sie übrigens immer noch nicht erwischt.«

»Ich bin sicher, daß Henry sich darum kümmert. Mach dir keine Sorgen.«

»Weißt du, was ich gerade dachte? Gloria Meyer läßt sich doch scheiden. Wenn der Sturgis-Junge in der Stadt bleibt, könntest du sie ja vielleicht miteinander bekannt machen.«

Das funktioniert nie. Er mag Sex. »Sicher.«

»Gloria ist völlig außer sich.«

»Warum?« fragte Maddie artig.

»Weil jemand Wilbur Carter erzählt hat, sie hätte sich einen Scheidungsanwalt aus Lima genommen – was in der Tat das einzig Sinnvolle wäre, was sie tun könnte –, und Wilbur hat sich fürchterlich aufgeregt, weil er der Cousin ihrer Mutter ist und zur Familie gehört und so.«

Es war die reine Hölle. »Woher weißt du das alles?«

»Weil Wilbur Gloria zufällig auf der Main Street getroffen hat, direkt vor der Bank, genau in dem Moment, als Margaret Erlenmeyer aus dem Revco kam. Er fragte sie danach, also blieb Margaret stehen und gab vor, sich die Schaufensterauslagen anzusehen. Aber Gloria hat es abgestritten, demnach kümmert er sich noch immer um ihre Scheidung.«

»Interessant«, sagte Maddie und versuchte, desinteressiert zu klingen. »Ich frage mich nur, wie dieses Gerücht in die Welt gesetzt wurde.«

»Ich habe keine Ahnung, aber ich hörte, sie hätte Jane Henries engagiert. Weißt du, sie ist sehr gut.«

»Das habe ich auch gehört.«

»Und trotzdem bleibt Gloria bei Wilbur.« Der Tonfall ihrer Mutter implizierte *dumm wie Bohnenstroh*. »Aber typisch Gloria. Nicht mehr Verstand als eine Gans. Hast du mit Treva gesprochen?«

»Treva geht es gut«, sagte Maddie.

»Schön, Schatz. Es ist nur, daß diese Geschichte von der Bowlingbahn wahr zu sein scheint. Wie geht es Emily?«

»Bestens. Hör zu, Mom, ich muß jetzt Schluß machen.«

»Natürlich, Liebes. Ich komme morgen früh vorbei, um

Emily abzuholen. Vorausgesetzt, du hast noch vor zu fahren.«

Maddie sank in sich zusammen. Zu allem Übel mußte sie morgen auch noch ihre Großmutter besuchen. »Selbstverständlich fahre ich. Hat es jemals einen Sonntag gegeben, an dem ich Gran nicht besucht habe?«

Die Stimme ihrer Mutter klang verdrießlich. »Nein, aber ich befürchte immer, daß dieser Tag einmal kommt.«

Und dazu wäre dieser Sonntag genau der richtige. »Das wird nicht passieren.«

»Du bist eine gute Tochter, Maddie. Ich sehe dich dann morgen. Paß auf dich auf. Und schließ die Türen ab.«

»Darauf kannst du wetten. Ich liebe dich, Mom.«

»Ich liebe dich auch, mein Schatz. Ruh dich noch ein wenig aus.«

Maddie überprüfte ihr Make-up – es sah noch immer furchtbar aus, aber auf jeden Fall besser als die Bescherung, die es abdeckte – und ging nach oben, um nach Em zu sehen. Mit einem Buch in den Händen saß sie zusammengekauert auf Maddies Bett, aber das Telefon auf dem Nachttisch stand schief, als habe sie es hastig weggeschoben.

»Grandma hat angerufen«, sagte Maddie zu ihr.

»Das ist schön«, erwiderte Em höflich.

Hatte sie am Nebenanschluß mitgehört? Maddie versuchte, sich zu erinnern, ob sie irgend etwas gesagt hatte, was Em nicht hören sollte, aber das schien unwahrscheinlich. Schließlich hatte sie mit ihrer Mutter gesprochen. Wäre es Treva gewesen... Sie bemerkte Ems verstohlenen Blick zum Telefon, bevor sie schnell wieder ihre Mutter ansah.

Was sollte sie tun? Em fragen, ob sie gelauscht hatte?

Em verkroch sich tiefer in das Bett und hob ihr Buch ein wenig an. Also gut, sie wollte nicht reden. Maddie wählte den feigen Weg.

»Ich werde jetzt unten aufräumen und Tante Treva anrufen, dann können wir danach zu Mittag essen, okay?«

»Okay«, sagte Em gleichgültig.

Unten hob Maddie einige der Trümmer auf, bis ihr Kopf wieder zu hämmern begann. Sie wählte Trevas Nummer und lauschte, ob noch jemand einen Hörer in der Leitung abnahm. Als Treva abhob, fragte Maddie: »Schlechter Zeitpunkt?« Trevas Stimme explodierte in der Leitung.

»Bist du völlig schwachsinnig geworden? Ich sitze hier und *warte* –«

Im Hintergrund hörte Maddie ein Klicken. »Hörst du noch jemanden in der Leitung?«

»Nein.« Treva hörte sich ein wenig überrascht an. »Warum?«

»Ich dachte, vielleicht lauscht Em über den Nebenanschluß.«

»Um herauszufinden, was zum Teufel bei ihr zu Hause vorgeht?« Treva schnaubte verächtlich. »Ich könnte es ihr nicht verdenken. Hört sie jetzt zu?«

Maddie dehnte die Telefonschnur bis zum Fuß der Treppe. »Em!«

Sekunden später steckte Em ihren Kopf aus Maddies Schlafzimmertür. »Was denn?«

»Geh draußen lesen«, sagte Maddie. »Hol dir ein bißchen Sonne und frische Luft.«

Em sah nicht begeistert aus, nickte aber, ging ins Schlafzimmer zurück und kam dann mit ihrem Buch die Treppe herunter. Maddie lief nach oben und nahm den Hörer im Schlafzimmer ab, so daß sie Em im Garten während des Gesprächs im Auge behalten konnte. »Okay, sie ist jetzt draußen, ich kann sie sehen. Hat sich Mel wegen meines Auges erschrocken?«

»Nicht so sehr wie ich«, meinte Treva. »Was ist passiert?«

»Ich weiß nicht genau. Ich habe gestern abend getrunken.«

»Mit Brent?«

C.L.'s Gesicht tauchte vor ihr auf, und sie wünschte sich, daß er hier bei ihr wäre, damit sie sich an ihn lehnen, mit ihm lachen und einfach alles auf ihn abladen konnte. »Oh, nein, nicht mit Brent.«

»Hat er dich geschlagen? Kindfrau entpuppt sich als heimliche Trinkerin? Im Liebesnest überrascht?«

»Er sah mich, als ich zur Hintertür hereinkam. Als ich ihm sagte, ich wisse Bescheid über die andere Frau, hat er mich geschlagen.«

Lange Stille. »Nun ja, es ist nicht gerade meine Art, mich zu entschuldigen.«

Maddie verzog das Gesicht, während sie sich zu konzentrieren versuchte, aber ihre geschundene Haut strafte sie sofort mit Schmerzen. Soviel zur Konzentration. »Treva, ich glaube, er hat mich geschlagen, weil ich es herausgefunden habe. Ich meine, er schien geschockt zu sein, aber nicht wütend. Oder geschockt und wütend. Es war eigenartig. Irgendwie unpassend.«

»Nun, da sind wir einer Meinung. Er hätte dich nicht schlagen dürfen. Ist das also etwas Neues, oder hast du mir auch das bisher verheimlicht?«

»Nein, nie. Noch nie. Er brüllt, wird sarkastisch, haut ab und ruft nicht an, aber er hat mich nie geschlagen. Em auch nicht. Er hat ihr noch nicht einmal irgendwann einen Klaps gegeben. Er –« Es klingelte unten an der Tür, und sie unterbrach sich und hörte, wie Em durch das Haus trampelte, um die Tür zu öffnen. »Es hat geläutet. Ich muß Schluß machen.«

»Warte einen Augenblick. Wohin bist du gestern abend mit dem Caddy gefahren?«

Em rief von unten hoch: »Mom, hier ist ein Mann, der dich sprechen will.«

»Bleib mal dran, Treva.« Maddie legte den Hörer weg und trat nach oben an die Treppe. »Was?«

»Hier ist jemand für dich.« Em ging zur Seite, so daß C.L. vortreten und zu ihr hochschauen konnte. Abrupt schwand das Lächeln aus seinem Gesicht, und in seiner Miene spiegelten sich Wut und Entsetzen.

»Scheiße, gottverdammter Herr im Himmel«, sagte er. »Was ist denn mit dir passiert?« Seine Besorgnis und seine Wut hüllten sie ein, und sie war verräterisch froh darüber.

»Ich komme sofort.« Sie rannte zum Telefon zurück. »Ich rufe dich später zurück«, sagte sie zu Treva, »ich habe Besuch bekommen.« Sie hängte ein, während Treva noch einmal sagte: *»Warte einen Augenblick.«*

Unten konnte sie C.L. sagen hören: »Hey, Kleine, entschuldige die Gotteslästerung. Ich war nur nicht auf das Gesicht deiner Mutter vorbereitet.«

»Ich auch nicht«, sagte Em. »Du warst jedenfalls besser als ich. Ich habe geweint.«

Es dauerte eine Weile, bevor Maddie Em loswurde, ohne den Anschein zu machen, sie loswerden zu wollen, vor allem, da sich Em und C.L. durch die kollektive Mißbilligung ihres Gesichts verbündet hatten. Schließlich wanderte Em mit ihrem Buch zurück in Maddies Schlafzimmer, und Maddie und C.L. hörten auf zu lächeln.

»Ein nettes Kind«, sagte C.L.

Maddie gab ihrer Stimme einen leichten Klang. »Ich finde sie auch ganz nett.«

»Sie sagt, dir wäre ein Gewicht aufs Gesicht gefallen.«

Maddie setzte sich auf die Treppe, zu müde für ein weiteres Theaterstück. »So eine Geschichte hört sich glaubwürdiger an, wenn man acht Jahre alt ist.«

C.L.'s Kiefer spannte sich. »Wie ist es passiert?«

Maddie zuckte mit den Schultern. »Ein Unfall.«

»Blödsinn.« C.L. setzte sich neben sie. »Er hat dich geschlagen.«

Sie lehnte sich leicht an ihn, und er legte den Arm um sie. »Nur einmal«, log sie. Sie zog seinen Arm von ihrer Schulter, hielt seine Hand jedoch fest. »Ich liebe die Art, wie sich dein Arm um mich anfühlt«, flüsterte sie, »aber Em ist oben. Und es geht mir gut. Wirklich, er hat mich nur einmal geschlagen.«

»Einmal war ganz offensichtlich genug.« C.L.'s Stimme klang grimmig, aber mit der Hand griff er ihr zärtlich unters Kinn. »Sieh mich an.«

»Es geht mir gut.«

Er beugte sich näher zu ihr, nahe genug für einen Kuß. »Sieh mich an, verdammt noch mal. Ich will deine Augen sehen.«

»Ich bin okay.« Maddie ging ein wenig auf Abstand. »Treva hat sie sich angeschaut. Keine Gehirnerschütterung.«

»Kopfweh?«

»Höllisch, ja.«

»Schwindel?«

»Nein.«

»Übelkeit?«

»Nein. Noch nicht einmal ein Kater.« Sie versuchte zu grinsen, um ihn abzulenken. »Ich bin okay.«

C.L. holte tief Luft, seine Hand schloß sich fester um ihre. »Du vielleicht, aber ich nicht. Ich bin schuld daran.«

Maddie warf einen Blick nach oben, um sich zu vergewissern, daß der Flur noch immer leer war. »Es war nicht wegen dir«, flüsterte sie. »Er war wütend, weil ich ihm nachspioniert habe.«

»Deshalb hat er dich geschlagen?«

Maddie löste sich ein wenig. »Können wir von etwas anderem sprechen? Dies ist bereits der zweite Aufguß. Das reicht mir.«

»Der zweite? Oh, Treva.« Er schwieg kurz. »Und was hast du über Brent herausgefunden?«

»Daß er eine Affäre hat. Ich weiß, ich weiß, keine große Überraschung. Aber ich war überrascht.«

»Ist das alles?«

»Ist das nicht genug?«

»Es wäre genug für mich.« C.L. lehnte sich mit der Schulter an sie, und das Gewicht und die Wärme fühlten sich wundervoll an. »Mein Gott, wie schrecklich du aussiehst. Verdammt, ich hätte mit dir hineingehen sollen.«

»Nein, es ist schon in Ordnung«, sagte sie und spürte die Tränen in sich aufsteigen. *Hör auf damit,* ermahnte sie sich. *Du tust nichts anderes als heulen.*

C.L. wollte einen Arm um sie legen, aber sie versteifte sich. »Nein. Em ist doch oben.«

»Okay.« Er ergriff ihre Hand und zog sie auf die Füße. »Komm her, nur eine Minute.« Er schob sie in die Diele außerhalb der Sichtweite vom oberen Treppenabsatz und umschloß ihr Gesicht mit beiden Händen. »Ich mache mir Sorgen um dich«, sagte er und küßte sie so sanft, daß sein Kuß sich wie ein Flüstern auf ihren Lippen anfühlte. »Ich will dich beschützen.« Wieder küßte er sie, diesmal länger und inniger. Sie lehnte sich an ihn und schmeckte ihn, als er sie in die Arme schloß und an sich zog. Sie fühlte sich so geborgen. Sie sollte das nicht tun, aber sie fühlte sich so geborgen, und sein Kuß bereitete ihr ein Gefühl wohliger Wärme im ganzen Körper. Dieser Kuß sollte für den Rest ihres Lebens andauern.

Als C.L. sich löste, sah er ebenso benommen aus wie sie. »Ich muß jetzt auf der Stelle gehen, oder wir landen hier auf dem Fußboden. Aber ich komme ganz bestimmt zurück. Verriegele die Tür.«

»Was soll das heißen, verriegele die Tür?« Noch immer aufgewühlt von seinem Kuß und voller Verlangen nach seiner Nähe folgte Maddie ihm durch die Diele zur Haustür. »Noch immer wegen dieses Streuners?«

»Es gibt keinen Streuner.« C.L. öffnete die Tür und wandte sich zu ihr um. »Henry hat Nachforschungen angestellt. Keiner hat irgendwas gesehen. Mach dir also keine Sorgen wegen eines Phantoms, wenn dir ein ganz anderer Ärger ins Haus steht.«

»Was meinst du damit?«

C.L. warf einen Blick nach oben, beugte sich dann zu ihr vor und flüsterte: »Ich meine, ich halte es nicht für eine gute Idee, Brent hereinzulassen.«

»Er ist Ems Vater. Wie kann ich ihm das Haus verbieten?« fragte Maddie ungläubig.

»Stell dir einfach vor, er würde Em schlagen. Das dürfte genügen.«

»Das würde er nicht tun.«

»Woher willst du das wissen? Dich hat er jedenfalls geschlagen.« C.L. reckte den Hals, um noch einmal die Treppe hinaufzuschauen. »Ich glaube nicht, daß sie uns beobachtet, aber wir sollten es besser nicht riskieren.« Er berührte ihre Lippen mit dem Finger. »Fühl dich zum Abschied geküßt, bis ich es richtig tun kann. Ich komme später wieder. Schließ die Tür hinter mir ab.«

Maddie sah ihm nach, wie er den Weg hinunterging. »Was hast du vor?«

»Deinen Ehemann zu suchen«, rief C.L. über die Schulter.

Als er fort war, fühlte Maddie sich einsam, aber sie machte die Tür zu und drehte den Schlüssel im Schloß herum.

Em hopste ein wenig auf dem Bett ihrer Mutter herum, während sie darauf wartete, daß Mel ans Telefon ging. Wenigstens hoffte sie, daß Mel abheben würde. Sie brauchten wirklich ein eigenes Telefon. Mit acht waren sie schließlich alt genug. Richelle Tandy hatte auch ihr eigenes –

»Hallo?« meldete sich Mel.

»Hast du mitgehört, als meine Mom deine Mom angerufen hat?«

»Nein«, sagte Mel. »Ich war draußen. Ich wußte noch nicht einmal, daß sie miteinander telefoniert haben. Hast du gelauscht?«

»Meine Mom hat's mitbekommen«, antwortete Em. »Sie hat mich in den Garten geschickt, während sie sprachen. Aber da ist noch etwas. Ein Mann ist hier. Ich habe ihn noch nie vorher gesehen, aber Mom kennt ihn.«

»Was macht er?«

Em verrenkte sich den Kopf, um in die Diele hinunterzuschauen, ohne gesehen zu werden. »Sie sitzen auf den Stufen und unterhalten sich. Du hättest hier sein sollen. ›Scheiße, gottverdammter Herr im Himmel‹, hat er gesagt, als er Moms Gesicht sah.«

»Dafür kommt er in die Hölle«, meinte Mel.

»Meine Mom sagt, ihr wäre ein Gewicht aufs Gesicht gefallen.« Em versuchte, ihren Worten einen unbeschwerten Klang zu verleihen, aber da sie selbst nicht daran glaubte, fiel ihr das schwer. »Ich denke, das ist eine Lüge.«

»Vielleicht«, sagte Mel. »Hey, vielleicht streiten sich deine Eltern wegen diesem Mann. Vielleicht war dein Dad *eifersüchtig*.«

»Das kann ich mir nicht vorstellen«, meinte Em. »Mom war wütend auf Dad, nicht umgekehrt. Außerdem ist er erst heute aufgetaucht.«

»Daß du ihn nicht kennst, heißt noch lange nicht, daß er nicht schon seit *Jahren* hier sein kann«, erwiderte Mel.

»In dieser Stadt?« Em schwieg einen Moment. Sie fand, sie hörte sich an wie ihre Mutter. »Komm schon, Mel, bleib ernst.«

»Du hast ihn noch nie gesehen?«

»Nee.«

»Wie sieht er aus?«

Em spähte wieder in die Diele hinunter. »Er ist ziemlich groß, aber nicht so groß wie mein Dad. Und er hat ganz dunkle Haare. Er hat ein blaukariertes Hemd und Jeans an.«

»Das könnte jeder sein«, meinte Mel. »Er könnte seit Jahren hier wohnen, und keiner hat ihn je bemerkt.«

»Nein«, sagte Em. »Diesen Mann würde man bemerken. Was läuft bei dir zu Hause ab?«

»Meine Mom ist total außer sich wegen dem Gesicht von deiner Mom«, antwortete Mel. »Sie kocht gerade. Wahrscheinlich wird sie deinen Dad wieder anschreien.«

»Er ist nicht hier«, sagte Em. »Ich weiß nicht, wo er ist. Mom hat mit Grandma telefoniert, aber sie hat ihr nichts von dem Gewichtsunfall erzählt.«

»Das *stinkt*«, meinte Mel. »Das stinkt zum Himmel.«

»Ich geh jetzt lauschen«, sagte Em. »Ich rufe dich später an, dann können wir einen Plan machen.«

»Ich wette, es geht um diesen Kerl«, erklärte Mel. »Ich *wette* mit dir, daß er das Problem ist.«

C.L. rannte die Stufen zum Büro seines Onkels hoch, nickte der molligen alten Esther Wingate am Telefontisch zu und ging hinein, ohne anzuklopfen.

»Was zum Teufel –?« fragte Henry und riß den Kopf hoch.

»Ich will eine Straftat anzeigen«, sagte C.L. grimmig. »Häusliche Gewalt.«

Im Vorzimmer spitzte Esther die Ohren.

»Mach die verdammte Tür zu«, sagte Henry, und C.L. gehorchte. »Wovon zur Hölle sprichst du?«

»Brent Faraday hat gestern nacht seine Frau verprügelt«, sagte C.L. »Nimm ihn fest.«

Henry fixierte ihn mit ruhigem Blick. »Will sie eine Anzeige erstatten?«

»Das muß sie nicht«, antwortete C.L. »Es ist häusliche Gewalt. Ich erstatte Anzeige.«

»Nein, das tust du nicht«, erwiderte Henry. »Setz dich.«

C.L. setzte sich. »Henry, ihr Gesicht sieht schlimm aus. Er hat sie mindestens zweimal geschlagen, weil sie zwei Ringschnitte im Gesicht hat.« Die Erinnerung an die beiden Schmisse stieg in ihm auf, und er mußte tief Luft holen, bevor er weiterredete. »Er hat sie verletzt. Dafür soll er büßen. Nimm ihn fest.«

»Du solltest besser mit Maddie darüber sprechen«, meinte Henry. »Vielleicht wäre sie dir gar nicht dankbar.«

»Zum Teufel –«

»C.L.«, schnitt Henry ihm herrisch das Wort ab. »Halt die Klappe. Sie muß in dieser Stadt leben. Die Leute kümmern sich gern selbst um ihre eigenen Probleme. Wenn sie damit klarkommt, braucht niemand zu erfahren, was geschehen ist.«

»Du willst mich wohl verarschen.« Vor Wut klang C.L.'s Stimme belegt. »Scheiße, du mußt mich verarschen. Du läßt zu, daß er es wieder tut. Du läßt zu, daß –«

»Das habe ich nicht gesagt«, erwiderte Henry. »Ich werde mit Brent Faraday sprechen. Es wird nicht wieder vorkommen. Und vorher ist es noch nie passiert, wenn du das denkst, weil ich es sonst wüßte. Er wird es nicht wieder tun.«

»Mit Sicherheit nicht, verflucht!« C.L. sprang auf.

»Setz dich«, sagte Henry, und C.L. setzte sich.

»Was bedeutet dir diese Frau eigentlich?« fragte Henry. »Langsam bekomme ich ein schlechtes Gefühl in dieser Hinsicht.«

»Henry, ich würde mich wegen jeder Frau aufregen, die geschlagen wird.«

»Aber nicht so«, sagte Henry. »Wenn ich es nicht besser wüßte, würde ich denken, daß du dich auf die Suche nach Brent Faraday begeben hast, um ihn zu vermöbeln.«

C.L. lehnte sich zurück. »Das war ein Teil meines Plans.«

Henry fixierte ihn. »Nun, davon solltest du Abstand nehmen, denn wenn er später mit nur einem gekrümmten Haar hier auftaucht, bringe ich dich hinter Gitter.«

»Oh.« C.L. nickte. »Das ist wirklich klasse, Henry. Er ist der Schläger, und mich buchtest du ein.«

»Er ist der Arsch, und du weißt es besser«, gab Henry zurück. »Außerdem würde Maddie das nicht wollen. Die Leute würden denken, daß mehr zwischen euch beiden abgelaufen ist als tatsächlich war, und es gäbe Gerede. Laß mich diese Sache im stillen regeln.«

»Henry –«

»Beschäftige dich mit anderen Dingen«, sagte Henry. »Womit, ist mir völlig wurscht, solange du niemanden verprügelst oder mit einer verheirateten Frau herummachst. Tu lieber mal zur Abwechslung eine gute Tat.«

»Vielen Dank auch«, sagte C.L. und stand auf.

»Und noch etwas«, ließ Henry sich vernehmen.

C.L. verharrte.

»Halte dich von dieser Frau fern«, sagte Henry. »Sie hat Nachbarn. Und sie kann darauf verzichten, daß du herumscharwenzelst.«

»Danke, Henry.« C.L. gab sich Mühe, beleidigt zu klingen. Henry und sein siebter Sinn. »Ich scharwenzle nicht herum.«

Er stapfte aus dem Büro, frustriert und schuldbewußt und in dem brennenden Verlangen, etwas zu unternehmen. Henry hatte recht, er konnte nicht zu Maddies Haus zurückfahren und sich dort herumtreiben, und Henry würde sich darum kümmern, daß Brent nie wieder die Hand gegen sie erhob. Er wollte sie wiedersehen und spüren, aber es gab die Nachbarn. Wenn er nicht bald etwas unternahm, würde er sich auf die Suche nach Brent begeben und ihn zusammenschlagen, aber das war keine gute Idee, deshalb –

Gedankenverloren machte er sich auf den Weg zu seinem Mustang. Er mußte etwas tun, um Maddie zu helfen, oder er würde noch verrückter werden, als er sowieso schon war.

Maddie war gerade dabei, das letzte kaputte Möbelstück aus der Diele zu schleppen, als das Telefon klingelte. *Ich sollte dieses Ding aus der Dose reißen,* dachte sie. *Andere Leute leben; ich führe Telefongespräche.*

Es war Candace aus der Bank. »Es tut mir furchtbar leid, Maddie, aber dein Konto ist überzogen.«

Maddie ließ das Stuhlbein, das sie in der Hand hielt, zu Boden fallen. »Was?«

Candaces Stimme quoll über vor Mitgefühl. »Ich kann die Schecks auch einfach zurückschicken, aber ich wollte dir die Kosten für einen Retourscheck ersparen, wenn du vorbeikommst und eine Sicherheit hinterlegst.«

Ganz zu schweigen von dem Hurrageschrei, das in der Stadt ausbrechen würde, sollte bekannt werden, daß sie Schecks platzen ließ. Ihre Mutter würde einen Anfall bekommen. Maddie preßte sich die Hand gegen die Stirn und versuchte nachzudenken. Eigentlich konnte das Konto gar nicht überzogen sein. Sie hatte das Scheckbuch erst letzte Woche überprüft, als der Kontoauszug eintraf. Irgend etwas lief da schief, aber sie fühlte sich nicht in der Verfassung, jetzt darüber zu diskutieren. Wenigstens wurde sie nun mit einem Problem konfrontiert, das sie lösen konnte. »Warum greifst du nicht einfach auf die Sparbücher zurück? Das kann ich doch telefonisch genehmigen, nicht wahr?«

»Die Sparbücher sind auch leer.«

Maddie verlor den Boden unter den Füßen und setzte sich auf die Stufen. »Was meinst du mit ›leer‹?«

»Fünf Dollar und dreiundsechzig Cents.« Candace klang entschuldigend, was recht einfühlsam von ihr war, da es sich nicht um ihren Ruin handelte.

»Okay. Vielen Dank, Candace. Gib mir eine Minute Zeit.« Mit den Fingerspitzen begann sie, ihren Kopf zu massieren. Das Hämmern darin verwandelte sich in ein Dröhnen. Wo war das Geld von ihren gemeinsamen Konten? Brent mußte alles heute morgen abgehoben haben. Aber warum? Und woher sollte sie jetzt Geld bekommen? Ihr Gehaltsscheck würde noch mindestens eine Woche auf sich warten lassen.

»Laß mich einen Augenblick nachdenken«, hielt sie Candace hin. Sie könnte ihre Mutter fragen, aber ihr wäre sie Rechenschaft schuldig. Treva vielleicht –

»Liegt irgend etwas in eurem Schließfach?« fragte Candace. »Du brauchst nur etwa zweihundertvierzig, um die bislang aufgelaufenen Schecks zu decken.«

Es gab ein paar Sparbriefe darin. Wahrscheinlich wurde ein Strafzins darauf erhoben, einen davon vorzeitig einzulösen, aber Strafzinsen waren im Moment ihr geringstes Probelm.

»Ich bin sofort da«, sagte sie. »Danke, Candace.«

Auf der Suche nach dem Schlüssel ging sie zu dem zierlichen Sekretär, den ihr Großvater ihr vermacht hatte. Die kleine Schublade in der Mitte war schief eingeschoben, und plötzlich kam der ganze Ärger, den sie wegen Brent verspürte, in ihr hoch. *Zur Hölle mit ihm.* Er weiß doch, daß man die Schubladen vorsichtig zumachen muß, damit sie sich nicht verkeilen. Er weiß doch –

Sie wollte losschreien oder heulen, aber beides war wenig sinnvoll. Die Sekretärschubladen waren unerheblich, selbst wenn sie Brent treffend charakterisierten. Er wußte es besser, aber er scherte sich nicht darum.

Sie zog die rechte Schublade auf, in der sie den Schließfachschlüssel aufbewahrten, aber er war nicht zu finden. Brent mußte ihn mitgenommen haben. Was hatte er mit ihrem ganzen Geld vor? Die Möglichkeiten waren nicht erfreulich, daher durchwühlte sie in der Hoffnung, ihren Verdacht nicht bestätigt zu finden, den gesamten Sekretär nach dem Schlüssel.

Sie fand ihn schließlich ganz hinten in der mittleren Schublade. *Gott sei Dank,* dachte Maddie, und rief die Treppe hinauf nach Em, daß sie zur Bank fahren würden, aber als sie hinaustraten, stand kein Wagen vor der Tür. Brent hatte den Caddy letzte Nacht abgeholt, und ihr Civic hatte das Zeitliche gesegnet – und seine vorübergehende Ruhestätte hatte er am Abschlepphaken in Leos Werkstatt gefunden. Sie könnte die knapp zwei Kilometer zum Zentrum auch zu Fuß zurücklegen, das wäre die einfachste aller Übungen, die ihr bevorstanden. Sie fühlte sich wie gefangen. Jemand hatte ihr Auto auf dem Gewissen, und nun saß sie bewegungsunfähig im Käfig.

Mrs. Crosby trat auf ihre Veranda heraus.

»Hallo, Mrs. Crosby.« Maddie winkte ihr zu und bemühte sich um einen gefaßten Gesichtsausdruck, bis ihr einfiel, daß Mrs. Crosby nicht die Bohne sehen konnte.

»Machen Sie einen Spaziergang?« rief Mrs. Crosby ihr zu, und Em seufzte leise auf.

»Nur ins Zentrum«, rief Maddie zurück, als sie drinnen das Telefon läuten hörte. *Verdammt.* Em rollte mit den Augen und setzte sich auf die Verandastufen, während Maddie ins Haus zurücklief und nach dem Hörer griff.

»Mrs. Faraday?«

»Ja?«

»John Albrech hier, wegen ihres Civics.«

Zu allem Überfluß mischte sich jetzt auch noch ein Versicherungsvertreter ein.

»Es kann eine Weile dauern, bevor wir für den Schaden an Ihrem Wagen aufkommen können –«

Maddie verlor die Geduld. »Nein, es wird keine Weile dauern. Es wird sofort passieren. Seit zwölf Jahren bezahle ich die Prämien für diesen Wagen, und das immer pünktlich. Ich will das bis Montag geregelt wissen, ist das klar?«

»Mrs. Faraday, ich glaube, Sie verstehen nicht –«

»Ich verstehe sehr wohl. Entweder wird der Wagen in Leos Werkstatt repariert, oder ich bekomme einen Scheck als Schadenersatz. Und zwar bis Montag.«

»Also, eine Reparatur ist ausgeschlossen, aber –«

»Gut. Ein Scheck geht auch in Ordnung. Ich brauche ein Auto. Entweder mein altes zurück oder ein neues, jedenfalls brauche ich ein Auto.« Sie bemerkte selbst, daß ihre Stimme einen hysterischen Klang annahm.

»Bitte beruhigen Sie sich, Mrs. Faraday. Ein Mietwagen –«

»Ich werde mich *nicht* beruhigen!«

»Ich melde mich am Montag wieder bei Ihnen«, sagte er und legte auf.

Sie ging wieder zu Em hinaus. »Wir gehen zu Fuß.«

Zu Maddies Erleichterung nahm Em dies gleichmütig hin. Ihr war momentan nicht danach, die Vorzüge körperlicher Ertüchtigung zu lobpreisen. Sie hatte Kopfschmerzen, und es erforderte ihre ganze Energie, einen Fuß vor den anderen zu setzen. Und nachzudenken. Sie mußte irgend etwas wegen Em unternehmen, weil die Katastrophe kurz bevorstand und sie es wußte. Was hielt Em eigentlich von C.L.? Außerdem stimmte irgend etwas mit Treva nicht, das mußte sie herausfinden und ihr helfen. Und dann war da noch Kristies Baby, wenn es denn Kristies Baby war. Und warum war ihr Girokonto völlig leergeräumt? Wo steckte Brent überhaupt? Bei der Arbeit in seinen Bowlingklamotten? Und was hatte C.L. vor? Mit einiger Verspätung fiel ihr ein, daß C.L. in der High-School ein kleines Gewaltproblem gehabt hatte, und sie fragte sich, ob er wohl gerade ihren Mann verprügelte. Vielleicht hatte er dieses Gewaltproblem ja noch immer. Sein Sextrieb jedenfalls hatte sich nicht geändert.

Ihr Leben war zu eng in einer Stadt, die zu eng war für so

viele tickende Zeitbomben. Vielleicht sollte sie eine Konferenz einberufen. Sie könnte alle im Wohnzimmer versammeln, ihnen befehlen, sich zu setzen und den Mund zu halten, bis sie den Durchblick hatte.

Eigentlich war es eine Wegstrecke von zwanzig Minuten, aber Em und sie legten sie in Rekordzeit zurück, jede von ihnen in die eigenen Gedanken versunken. Sie sah einige Leute, die sie kannte und die ihr ins Gesicht starrten, daher nahm sie an, daß ihr Make-up wenig erfolgreich war. »Bin gegen eine Tür gelaufen«, erklärte sie fröhlich. Jeder schien das zu akzeptieren; offenbar schien das zu ihr zu passen.

In der Bank war es kühl und dunkel, und sie mußte ihre Sonnenbrille abnehmen, um den Weg zum Schalter zu finden. »Ich muß an mein Schließfach«, sagte sie und legte ihren Führerschein vor. »Was muß ich tun?«

Das höchstens zwanzigjährige Mädchen betrachtete ihr Gesicht und starb augenscheinlich vor Neugier zu erfahren, was geschehen war. »Warten Sie hier, Mrs. Faraday«, sagte sie und berührte leicht Maddies Hand. »Ich werde jemanden holen, der Ihnen weiterhilft.«

Wer zum Teufel ist das? dachte Maddie, nicht in der Stimmung für gönnerhaftes Getue. Auf dem Namensschild an dem Schalter stand *June Webster*. Vielleicht war June ja Brents außerplanmäßige Aktivität. Sie sah aus, als könnte sie teuer sein.

Harold Whitehead kam aus seinem Büro und ging zu Candaces Schreibtisch hinüber. Er nickte Maddie im Vorbeigehen zu. Ihr Gesicht mußte ihm entgangen sein, da er keinerlei Reaktion zeigte. Typisch Harold.

Als er wieder in seinem Büro verschwunden war, blickte Candace auf und lächelte ihr zu, bevor sich ihre Augen plötzlich weiteten. In der kühlen Eleganz ihres beigen und blaßgoldenen Kostüms kam sie durch die Halle zu ihnen und flüsterte: »Geht es Ihnen gut?«

Maddie lächelte. »Bin gegen eine Tür gelaufen.«

Candace sah nicht sehr überzeugt aus, fragte jedoch nicht weiter nach. »Haben Sie sich etwas wegen Ihres Girokontos überlegt?«

»Das Schließfach.« Maddie hielt ihren Schlüssel in die Höhe. »Und könnten Sie mir bitte einen Kontoauszug ausdrucken, damit ich sehen kann, was falschgelaufen ist?«

»Selbstverständlich.« Candace streckte Em ihre Hand entgegen. »Emily, ich habe ein paar Stempel, mit denen du spielen kannst, während deine Mutter nach unten geht. Möchtest du ein paar Blätter stempeln?«

»Danke«, antwortete Em höflich und nahm ihre Hand ohne große Begeisterung. Ems Toleranz gegenüber Erwachsenen war offenkundig überstrapaziert.

»Mrs. Faraday?«

Das Kindchen vom Schalter wartete auf sie. »Mr. Webster hier wird Ihnen weiterhelfen.«

Noch ein Webster? Sie sahen wie Bruder und Schwester aus, blaß und blond und gönnerhaft. Mr. Webster war älter, dennoch höchstens Mitte Zwanzig, aber seriös, sehr seriös. In Anbetracht ihres Gesichts runzelte er die Stirn, ließ sie dann die Formalitäten durch eine Unterschrift erledigen und führte sie schließlich in einen abgeteilten Raum.

»Ich lasse Sie allein«, sagte er, was Maddie ein verschwörerisches Gefühl bereitete.

»Gute Idee«, sagte sie. »Dann kann ich Sie nicht mit hineinziehen, wenn's auffliegt.«

Mr. Webster sah sie verständnislos an. »Wie bitte?«

»Kleiner Scherz, machen Sie sich nichts daraus. Danke.«

Er ließ sie allein, um ihre Privatsphäre nicht zu stören, und es war so still in dem Raum, daß Maddie mit dem Gedanken spielte, den Rest ihres Lebens dort zu verbringen. Kein Telefon. Sie öffnete das Schließfach und traute ihren Augen nicht.

Es war vollgestopft mit Hundertdollarscheinen.

»Oh, mein *Gott*«, sagte sie, als Mr. Webster wieder in den Raum trat.

»Alles in Ordnung?« fragte er, und sein Blick fiel auf das Bargeld.

»Bestens«, antwortete Maddie schwach und wimmelte ihn mit einer Handbewegung ab. »Sie können gehen.«

Mr. Webster sah sie verunsichert an und verschwand dann.

Schnell ging sie den Inhalt des Schließfachs durch. Unter dem Geld lagen der Schmuck, Ems College-Sparbriefe und die Sparbriefe, aber den meisten Platz nahmen die in Bündel gepackten Geldscheine ein. Sie zählte hundert in einer Papierbanderole, zehntausend Dollar. Es waren achtundzwanzig Päckchen: zweihundertachtzigtausend Dollar. Keine Cents. Noch nie in ihrem Leben hatte sie so einen Haufen Geld gesehen, und sie war ziemlich sicher, daß sie nicht soviel besaßen. Jedenfalls nicht legal.

Denk nach, sagte sie sich, aber angesichts des vielen Geldes vor ihr fiel das schwer.

Offensichtlich hatte Brent, abgesehen von seiner Affäre, auch noch andere Sachen getrieben. Es sei denn, er ließ sich für seine Dienste bezahlen. Aber selbst dann war immer noch etwas faul, weil keine Frau soviel Geld für Sex mit Brent bezahlen würde. So toll war er nicht.

Das konnte kein gutes Ende nehmen. Sie sollte es jemandem erzählen, Henry Henley vielleicht. Nur, daß sie nicht wußte, woher das Geld kam. Was, wenn es ehrlich verdient war? Was, wenn Brent wirklich soviel Geld besaß, und sie schwärzte ihn bei der Polizei an? Frog Point wäre begeistert davon. Nein. Sie mußte erst mit Brent sprechen. »Entschuldige, aber nachdem ich die Unterhose gefunden hatte, habe ich einen Haufen Geld gefunden, und ich beginne, mich aufzuregen. Bist du ein Ehebrecher und Dieb oder nur ein Ehebrecher? Meine Scheidungsanwältin würde das sicher gerne wissen.«

Es war zu verwirrend. Sie wollte das Fach wieder schließen, hielt dann jedoch inne. Bei dem Verlauf der Dinge war es besser, das ganze Fach zu leeren und sicherzustellen, daß nicht noch weitere Überraschungen darin auf sie warteten. Sie holte Ems Sparbriefe, die Schmuckschatullen und das Geld heraus und fand darunter einen braunen Briefumschlag.

Ich will ihn nicht aufmachen, dachte sie, aber wieviel schlimmer konnte es noch werden?

Ihr Mann war ein ehebrecherischer Frauenschläger, noch dazu wahrscheinlich ein Dieb, und ihr Auto war kaputt. Sie hatte so ziemlich den Tiefpunkt erreicht. Und schließlich war es nur ein Umschlag. *Reiß dich zusammen,* ermahnte sie sich, öffnete das Kuvert und schüttelte den Inhalt heraus: zwei Flugtickets und zwei Pässe.

Die Tickets waren für einen Flug nach Rio am Montag, dem 19. August, also übermorgen. Er wollte mit jemandem nach Südamerika fliegen. Noch vor zwei Tagen hätte sie das schockiert; jetzt allerdings dachte sie nur, daß es viel einfacher sein würde, sich von ihm scheiden zu lassen, wenn er außer Landes war. Wenn man es richtig betrachtete, war diese Neuigkeit also gar nicht so schlecht. Er könnte Em Postkarten schicken, und sie könnte die Briefmarken sammeln.

Schlagartig wurde ihr die Bedeutung der beiden Pässe klar. Jetzt würde sie zumindest die Identität der Blondine erfahren. Der erste Ausweis, den sie aufschlug, war Brents, und sie warf ihn in das Schließfach zurück. Dann klappte sie den zweiten Paß auf, und ihr wurde kalt. Das Blut rauschte in ihren Ohren, und sie dachte: *Ich habe Kopfverletzungen. Ich muß die Nerven behalten. Laß mich auch hier die Dinge im richtigen Licht sehen.*

Die gute Nachricht war, daß er nicht irgendein Flittchen mit nach Südamerika nahm.

Die schlechte war, daß der zweite Paß Emily gehörte.

9

Wieder ergriff Maddie ein Schwindelgefühl. *Tief durchatmen,* ermahnte sie sich, aber der Sauerstoff auf der gesamten Erde hätte nicht ausgereicht.

Brent wollte mit Emily nach Brasilien. Er hatte ihr einen Paß besorgt und wollte sie nun mit nach Brasilien nehmen.

Sie stopfte alles außer Ems Ausweis in das Schließfach zurück und schlug die Klappe zu. Vor dem abgetrennten Raum rauschte sie an Mr. Webster vorbei und rannte die Stufen zur Bankhalle hinauf.

Keine Spur von Em.

Brent hatte sie gefunden. Die Panik, die sie überfiel, schnürte Maddie die Luft ab. Er war in die Bank gekommen, hatte Em gesehen und –

»Mom?« Mit von Stempelfarbe verschmierten Fingern schlüpfte Em hinter Candaces Schalter hervor. »Candace hat wirklich ein paar sehr schöne Stempel.«

Maddie mußte sich zurückhalten, um sich Em nicht zu schnappen und aus der Bank hinauszuhasten. »Wir müssen jetzt gehen. Danke, Candace.« Sie ergriff Ems Hand, und die Wärme von Ems Umklammerung ließ sie auf die Knie sinken. »Ich liebe dich, Em«, sagte sie und drückte ihre Tochter fest an sich.

»Ich dich auch, Mom.« *Du benimmst dich komisch,* war als Unterton aus ihrer Stimme herauszuhören.

Candaces verdutzten Gesichtsausdruck ignorierend, richtete Maddie sich auf. »Laß uns was essen gehen, okay?«

In ein Restaurant konnte Brent nicht hineinspazieren, um Em zu entführen. Dort wäre sie in der Öffentlichkeit. Früher oder später müßten sie nach Hause zurück, aber im Moment war später besser. Später bedeutete, daß sie Zeit hatte nachzudenken. »Burger King.«

Sie überquerten die Straße, und Maddie riß im Gehen die Seiten aus Ems Paß und warf sie auf dem Weg in zwei verschiedene Abfalleimer. Der Einband war zu hart, um ihn zu zerreißen, daher schleuderte sie ihn in den Müllcontainer hinter dem Restaurant. Sie war ziemlich sicher, daß ein zerrissener Ausweis nicht gültig war, aber falls doch, müßte Brent drei verschiedene Mülleimer durchforsten, um ihn wieder zusammenzukleben.

Er hatte sie hintergangen und ihrem gemeinsamen Kind einen Ausweis ausstellen lassen, um es ihr wegzunehmen.

Den Teufel würde er tun.

Ems Paßfoto bewahrte sie auf und steckte es in ihre Geldbörse. Niemals würde er Em mitnehmen.

Em sagte die ganze Zeit kein Wort.

»Ich weiß, daß ich mich komisch benehme«, sagte Maddie zu ihr, als sie in dem Restaurant saßen. »Ich glaube, ich muß mich gleich noch einmal hinlegen.«

Em nickte und aß schweigend ihren Cheeseburger und ihre Pommes frites, während sie jede Bewegung ihrer Mutter beobachtete. Das Schweigen tat gut; es gab Maddie die Gelegenheit, sich selbst davon zu überzeugen, daß Brent Em nicht einfach mitnehmen konnte, und sich soweit zu beruhigen, daß sie einen einwandfreien Gesundheitszustand vorspielen konnte. Sie mußte Em lediglich nach Hause bringen und die Kette vor die Tür legen, so daß Brent nicht hereinkam, und bis Montag warten. Wenn sie es schaffte, bis Montag auf Em aufzupassen und nicht dem Wahnsinn zu verfallen, würde Brent allein nach Rio fliegen müssen, und sie könnte sich in seiner Abwesenheit von ihm scheiden lassen.

Irgendwie schien eine Scheidung nicht mehr solch ein Trauma zu sein wie am Tag zuvor.

Zu Hause angelangt, verschloß Maddie die Haustür und den Hintereingang, legte Riegel und Kette vor und durchsuchte das Haus, um sicherzugehen, daß Brent sich nirgends versteckt hatte und darauf wartete, wie Freddy Krueger über sie herzufallen. Dann setzte sie sich auf die Treppe und legte den Kopf auf die Knie. Es war nicht fair, daß sie zu einem solchen Zeitpunkt Kopfverletzungen hatte. Alles tat ihr weh. Irgendwer sollte sie jetzt in den Arm nehmen und sagen: »Armes Mädchen.« C.L. würde sich dazu gut eignen.

»Mom?«

Maddie hob ihren Kopf und lächelte Em an, so gut es ihr gelang. »Mein Kopf schon wieder, mein Engel. Warum schaust du dir nicht irgendeinen schwachsinnigen Mist im Fernsehen an? Bekommt dir zwar nicht, aber dafür gehe ich demnächst mit dir in ein Museum.«

Em nickte bedächtig und verzog sich durch den Flur. Maddie ging ins Wohnzimmer, setzte sich und starrte auf den Couchtisch, die beiden leeren Gläser und die Weinflasche. Sie hörte, wie Em in der Diele eine Telefonnummer wählte. Wahrscheinlich wollte sie Mel sprechen.

»Meine Mutter benimmt sich vielleicht komisch«, würde sie sagen. »El comico. Daddy bringt mir Spanisch bei.«

Das konnte doch nicht wahr sein. Solange sie Ruhe bewahrte und die Ketten vor den Türen ließ, brauchte sie sich keine Sorgen zu machen. Maddie legte sich auf das Sofa und starrte erneut auf den Couchtisch. Sie sollte auch mal aufräumen. Leere Weinflaschen auf dem Couchtisch sehen billig aus.

Im Hintergrund hörte sie Em in ihrem höflichen Tonfall mit jemandem sprechen. Mel konnte das nicht sein. Wen rief sie an?

»Em? Wen rufst du an?«

»Daddy, auf der Arbeit.«

Abrupt richtete Maddie sich auf – was ein Fehler war, weil ihr Schädel nahezu explodierte. *»Warum?«*

»Ich glaube, du solltest noch mal ins Krankenhaus zurück. Du bist noch immer krank.«

Sie versuchte, ihrer Stimme einen normalen Ton zu geben, aber die Panik ließ sie angespannt klingen. »Was hat er gesagt?«

»Keine Ahnung. Onkel Howie meinte, er wäre nicht da.«

»Oh.« Maddie begann wieder zu atmen. Noch eine Krise, und sie würde auf dieser Couch auf der Stelle einen Herzinfarkt erleiden.

»Soll ich Tante Treva anrufen?«

»Nein, nein, alles in Ordnung.« Maddie sank zurück. Es gab ihr solch ein gutes Gefühl, daß sie beschloß, nie wieder aufzustehen.

»Wie wäre es mit diesem C.L.-Typen? Er könnte kommen.«

Er ist letzte Nacht schon gekommen, schoß es ihr durch den Kopf, und einen Augenblick lang fühlte sie sich gut. Aber nur für einen Augenblick, bevor sie die Panik erneut ergriff. »Nein, Schatz«, sagte sie zu Em. »Ich brauche nur ein bißchen Ruhe.« *Bis Montag. Bis Montag werden wir uns ziemlich viel ausruhen.*

»Na gut. Ruf mich, wenn dir komisch ist.«

Em ging die Treppe hoch, und Maddie entspannte sich ein wenig. Alles würde gut werden. Sie hatte sich im Haus eingeschlossen und die Ketten vorgelegt. Brent konnte nicht hereinkommen. Vor ihrem inneren Auge traten Visionen von Brent auf, wie er die Ketten sprengte. Sie könnte Möbel vor die Türen schieben, aber Em hegte schon genug Mißtrauen. Am besten sollte sie sich so normal wie möglich benehmen. Keine Möbel. Vielleicht –

Das Telefon klingelte. Em hob ab und schrie: »Mom!« Maddie erhob sich. Brent konnte es nicht sein, weil Em sonst noch mit ihm sprechen würde.

Brent würde Em nicht mitnehmen. Das war das einzige, was zählte.

Sie hob den Hörer unten ab und fragte: »Ja?«

»Maddie?« Die Stimme klang fremd, heiser und zögernd. »Bailey hier.«

»Bailey?« Der Mietcop vom Point. Niemand auf ihrer üblichen Telefonliste.

Baileys Stimme krächzte unten in der Leitung. »Ich wollte Ihnen nur sagen, daß ich keinem erzählt hab, was ich letzte Nacht gesehen habe.«

»Nett von Ihnen«, meinte Maddie.

»C.L. und ich sind alte Kumpels«, sagte Bailey. »Ich würde nie etwas tun, was C.L. schadet.«

»Das ist schön«, erwiderte Maddie. »Ich bin sicher, er weiß das zu schätzen.«

»Irgendwie hab ich gehofft, daß Sie das auch zu schätzen wissen.« Baileys Stimme klang so kläglich, wie eine heisere Stimme nur klingen konnte. »Sie verstehen, was ich meine?«

»Nicht die Bohne«, meinte Maddie, geradezu erleichtert, daß Bailey zum Punkt kam. »Was wollen Sie?«

»Wie wär's mit hundert Dollar?«

»Was?« Maddie war so überrascht, daß sie beinahe den Hörer fallen ließ. »Sie wollen mich erpressen?«

»Nein, nein«, versicherte Bailey hastig. »So etwas würde ich niemals tun. Das ist illegal. Ich dachte nur, Sie wollten sich vielleicht erkenntlich zeigen.«

Erkenntlich. »Und wenn nicht?«

»Nun, das ist ne ziemlich gute Geschichte«, meinte Bailey. »Wäre wirklich ne Schande, sie zu verschweigen.«

Bailey, du Armleuchter, das ist Erpressung, wollte sie

sagen, aber er würde es nicht kapieren, und ihr war es gleichgültig. »Wissen Sie, Bailey, in jeder anderen Woche würde mich so etwas aufregen –«

»Hören Sie, Maddie –«

»– aber in dieser Woche spielen Sie nur eine unwesentliche Rolle in dem Theaterstück.« Gut, sie wollte nicht auf seine Erpressung eingehen, aber sie mußte ihn aufhalten. Das bedeutete, Henry anzurufen. Und das bedeutete, daß Bailey eine Weile hingehalten werden mußte. »Wie wollen Sie die hundert Dollar haben?«

»Ich könnte vorbeikommen«, sagte Bailey.

Wie bei Erpressern üblich, schwelgte Bailey nahezu in seiner Dummheit. »Hier ist es im Moment ein bißchen hektisch«, sagte sie zu ihm. »Kann ich Sie deswegen zurückrufen?«

»Na gut, aber warten Sie nicht zu lange«, antwortete Bailey. »Wirklich eine verdammt gute Geschichte.«

»Ich melde mich bei Ihnen«, sagte Maddie und legte auf. Die Probleme nahmen kein Ende.

Sie hob den Hörer wieder ab, um Henry anzurufen, doch da fiel ihr ein, daß es C.L. nicht paßte, wenn sein Onkel erfuhr, daß er mit einer verheirateten Frau am Point geschlafen hatte. »Oh, Mist«, sagte sie und legte den Hörer wieder auf. Also mußte sie zuerst mit C.L. sprechen. Wie auch immer. Sie ging ins Wohnzimmer zurück, legte sich wieder auf das Sofa und versuchte, sich daran zu erinnern, was sie gedacht hatte, bevor Em ihr mit einem Anruf bei ihrem Vater zehn Jahre ihres Lebens genommen und Bailey ihr jegliche Illusion über anständiges Verhalten geraubt hatte. Ach ja, schlampiger Haushalt. Die leere Weinflasche.

Stirnrunzelnd betrachtete Maddie die Flasche. Leer? Eigentlich sollte noch ein Rest Wein darin sein. Wein mit Schmerztabletten, die ausreichten, um ein Pferd umzubringen. Oder es zumindest ins Koma zu versetzen.

Was war mit dem gedopten Wein geschehen?

Maddie setzte sich auf. Irgend jemand hatte den Wein mit den Tabletten getrunken. Treva verabscheute Wein. C.L. war nicht ins Wohnzimmer zurückgekommen. Em war zu vernünftig, um Alkohol zu trinken.

Nur ein einziger Mensch konnte den Wein getrunken haben.

Oh, mein Gott, dachte Maddie. *Ich habe meinen Mann umgebracht.*

»Meine Mom hat einen wirklich komischen Telefonanruf bekommen«, erzählte Em Mel, nachdem sie aus Maddies Schlafzimmer angerufen hatte. »Irgendein Typ erpreßt sie.«

»Cool«, erwiderte Mel. »Genau wie im Film.«

»Nein, ich finde das gar nicht cool.« Vor Verärgerung nahm Ems Stimme einen scharfen Klang an. »Hier geht es um meine Mom. Er will hundert Dollar haben.«

»Das ist nicht soviel«, warf Mel ein. »In den Filmen verlangen sie immer Millionen.«

»Er meinte, es ginge um die letzte Nacht. Ich wette, es hat etwas mit ihrem Gesichtsunfall zu tun.«

»Wow.« Mel schwieg einen Moment. »Und, geht sie darauf ein?«

»Sie meinte, sie würde ihn zurückrufen. Und Mel, übrigens kennt der Typ diesen C.L., der heute hier war.«

»Hat er irgendwas von meiner Mom und meinem Dad gesagt?«

»Nein. Es ging nur um meine Mom und darum, was letzte Nacht passiert ist. Ich wünschte, mein Dad wäre hier. Er würde alles in Ordnung bringen.«

»Wo ist er denn?«

»Ich weiß es nicht.« Em schluckte. »Ich weiß überhaupt nichts. Was sollen wir jetzt tun?«

»Wir können nicht mehr über diesen Typen am Telefon

herauskriegen, wenn wir nicht wissen, wer er ist«, meinte Mel. »Also bleibt nur dieser C.L.-Typ. Du mußt ihn in die Zange nehmen.«

»Klar doch«, antwortete Em. »Bleib doch mal ernst.«

»Erwachsene reden gerne mit Kindern«, sagte Mel. »Es gibt ihnen das Gefühl, sie könnten uns verstehen.«

»Das können sie nicht«, behauptete Em bestimmt.

»Sag das bloß nicht diesem C.L.-Typen. Sei nett und stell ihm Fragen. Vielleicht erzählt er dir ja, was du wissen möchtest, und dann wirst du ihn mögen.«

Em dachte kurz darüber nach, sich bei einem Fremden einzuschmeicheln. »Ich würde kein Wort herausbringen.«

»Na gut, du Miesmacher, hast du einen besseren Vorschlag?«

Nachdenklich schwieg Em einige Sekunden. Offenbar blieb ihr keine andere Möglichkeit. »Okay, ich mach's«, sagte sie schließlich zu Mel. »Aber es wird furchtbar werden.«

Hinter den zugezogenen Vorhängen war es im Wohnzimmer kühl und dunkel. Maddie legte sich ein feuchtes Tuch über die Augen, streckte sich auf dem Sofa aus und versuchte, Vernunft zu bewahren.

Vielleicht war Brent ja gar nicht tot.

Gut, sie hatte den Wein vergiftet. Sie hatte ihn nicht ausgeschüttet, und er war der einzige, der in Frage kam, ihn getrunken zu haben.

Und jetzt wußte niemand, wo er steckte.

Die schlimmste Vorstellung: Er hatte den Wein getrunken, war ins Auto gestiegen und über eine Klippe gefahren.

Welche Klippe? In Frog Point gab es keine Klippen.

Nur eine Bergspitze, den Point. Wohl kaum eine Klippe. Eher ein Vorsprung über einem Wassergraben. Ein hoher Vorsprung. Ein tiefer Wassergraben. Okay, eine Klippe.

Maddie stöhnte auf. Sollte er den Point hinuntergestürzt

sein, brauchte sie sich wenigstens keine Sorgen mehr darüber zu machen, daß er Em entführen könnte.

Man würde seinen Leichnam finden, vollgepumpt mit Schmerzmitteln. Sie käme ins Gefängnis. Ihre Mutter würde Em großziehen müssen. Um Himmels willen, nein, sie würde zu einer zweiten Maddie werden. Ein entsetzlicher Gedanke. Trevas Kinder entwickelten sich gut. Vielleicht könnte Treva für Em sorgen.

Maddie ging in die Diele, nahm den Hörer ab und hörte Em zu Mel sagen: »Aber es wird furchtbar werden.«

»Mel, ruf bitte mal deine Mutter«, schaltete Maddie sich ein, und Em fragte: »Mom?«, während Mel den Hörer mit einem Knall fallen ließ.

Eine Minute später war Trevas Stimme zu vernehmen: »Hallo?«

»Treva? Komm bitte sofort her.«

»Was ist passiert? Bist du okay?«

»Nein. Bitte komm her. Ich brauche dich jetzt.«

Maddie beförderte Em aus dem Schlafzimmer, um sich wieder hinlegen zu können, mit der Anweisung, die Tür nur für Treva und niemand anderen zu entriegeln. Zehn Minuten später klopfte Treva an die Schlafzimmertür und kam herein. »Was ist denn los? Warum ist es hier so dunkel?«

»Zieh bloß die Vorhänge nicht auf. Mein Kopf bringt mich um.«

Maddie hörte, wie Treva durch das verdunkelte Zimmer tapste und sich auf die Bettkante setzte. »Was ist passiert?«

»Ich habe Brent umgebracht.«

»*Was?*«

Das Pochen in Maddies Kopf verstärkte sich. »Der Wein ist weg. Ich hatte meine Tabletten in die Weinflasche gefüllt, weil ich so aufgeregt war, und jetzt ist sie leer.«

»Hat er sie ausgetrunken?«

»Ich jedenfalls nicht. Er muß es gewesen sein.« Maddie zog sich den Waschlappen von den Augen und starrte ihre beste Freundin durch das Dämmerlicht an. »Treva, er ist verschwunden. Auf der Arbeit ist er nicht. Hier ist er auch nicht. Irgendwo muß er doch sein. Er ist tot. Ich habe ihn umgebracht.«

Trevas Stimme klang unsicher in der Dunkelheit. »Du bist hysterisch. Du kannst Brent überhaupt nicht umgebracht haben, so ein Blödsinn. Behalt mal die Nerven!«

Maddie legte sich den Waschlappen wieder über die Augen. »Gut, dann eben nicht. Wirst du dich um Em kümmern, bis ich aus dem Gefängnis entlassen werde?«

»Du gehst nicht ins Gefängnis, weil du versehentlich deinen Mann vergiftet hast.«

»Wer sollte mir denn glauben, daß es ein Unfall war? Er betrügt mich, und die ganze Stadt weiß es.« Mit einem Mal durchfuhr Maddie die Erinnerung an die letzte Nacht, und sie stöhnte auf. »Noch dazu hat mich ein Mietcop am Point auf dem Rücksitz des Wagens meines Ehemanns mit einem anderen Mann erwischt, und jetzt erpreßt er mich. Und wenn ich das Geld nicht herüberwachsen lasse, wird er es jedem erzählen.«

»Was?«

»Und dann hat sich Brent noch dazu die letzte Nacht ausgesucht, um mich zu verprügeln.« *Außerdem will er mein Kind stehlen und mit nach Südamerika nehmen, mitsamt einem Haufen verdächtigen Geldes.*

Wegen des Geldes mußte sie etwas unternehmen. Später. Sie zog den Waschlappen wieder von ihren Augen und blickte Treva an. »Alle Motive sprechen doch gegen mich. Die Polizei müßte sich noch nicht einmal bücken, um sie aufzuheben.«

»Vergiß die Motive und komm mal zu dem Part am Point zurück. Mit wem haben dich die Bullen aufgegriffen?«

»Nicht die Bullen, sondern Bailey. Während ich es gerade mit C.L. Sturgis trieb.«

Trevas Stimme hob sich unmerklich. »Hinten in Brents Wagen?«

»Findest du das schäbig?«

Treva brach in Gelächter aus. »Nein, nein, ich finde das großartig. Oh, meine Güte, ich wünschte, ich wäre dort gewesen.«

»Das wünschte ich auch«, erwiderte Maddie immer noch in Panik, angesichts Trevas Verhalten jedoch ein wenig gelöst. »Wärst du an meiner Stelle gewesen, hätte ich ein Motiv weniger.«

»Also, wie war's?«

Maddie setzte sich auf und lehnte sich gegen das gepolsterte Kopfende. »Ich erzähle dir gerade, daß ich meinen Ehemann umgebracht habe, erpreßt werde und jeden Augenblick verhaftet werden kann, und du fragst mich, *wie war's?*«

»Du hast deinen Mann nicht umgebracht.« Treva wischte diese Theorie mit einer Handbewegung beiseite. »Überleg doch mal. Ein paar Tylenol Drei in einem Schluck Wein sind nicht tödlich. Er ist nicht tot. Ich denke, du hast dir bei dem Autounfall den Kopf angeknackst und wurdest noch dazu letzte Nacht zweimal geschlagen – wofür, so will ich hoffen, dein Ehemann in der Hölle schmort –, und meiner Meinung nach kannst du keinen klaren Gedanken fassen. Wer könnte das in dieser Situation auch schon? Leg dich wieder hin.«

Maddie schlüpfte wieder unter die Bettdecke. »Du hast recht. Es geht mir nicht gut.«

Treva rutschte weiter auf das Bett hinauf und machte es sich mit gekreuzten Beinen gemütlich. »Also, bevor du stirbst, erzähl's mir. Wie war's?«

»Du bist ein Leichenfledderer.«

»Nein. Ich wäre ein Leichenfledderer, wenn du es mit einem Toten getrieben hättest. War es so schlecht?«

Unwillkürlich mußte Maddie lächeln.

»Was?« polterte Treva los. »Es war nicht schlecht? Es war großartig?«

»Es war komisch.«

»Was?«

Maddies Grinsen wurde breiter. »Er hat in der Zwischenzeit geübt. So etwas habe ich in meinem ganzen Leben noch nicht erlebt. Wir sollten auf den Rücksitz des Cadillacs ziehen.«

Treva brach in lautes Lachen aus. »Das ist wundervoll! Großartig! Warte, bis ich Howie das erzähle.«

Maddie richtete sich auf. »Nein!« Angesichts des Pochens in ihrem Kopf fügte sie kleinlaut »autsch« hinzu und legte sich wieder hin. »Nein, du wirst Howie nichts erzählen.«

»Ach, komm schon. Er wird es sowieso herausfinden, wenn du in den Wagen ziehst.«

»Du sagst *niemandem* einen Ton.«

»Warum nicht?«

»Weil ich verheiratet bin!«

Trevas Grinsen verschwand. »Oh, ja. Das hatte ich vergessen.«

»Ich werde mich scheiden lassen«, sagte Maddie, »aber bis dahin muß ich vorsichtig sein.«

»Dabei fällt mir ein«, sagte Treva, »diese Kiste, die wir im Büro gefunden haben –«

Unten klingelte es an der Tür.

»Brent.« Maddie kroch aus dem Bett. »Er will Em holen!«

»Und klingelt an der eigenen Haustür?« zweifelte Treva, als Ems Stimme die Treppe heraufgellte.

»Mom! Dieser C.L. ist wieder hier. Und du solltest sehen, was er mitgebracht hat!«

Vor Erleichterung sackte Maddie gegen den Türrahmen. Solange es nicht Brent war, war alles egal.

Es war ein kurzbeiniger, zitternder, schwarz-weiß-brauner Welpe mit riesigen Pfoten und einer Stupsnase. Em und Mel hatten ihn bereits ins Herz geschlossen.

»Darf ich euch Phoebe vorstellen?« meinte C.L.

Treva mußte lachen.

Maddie lehnte sich gegen die Wand. »Phoebe?«

»Em hat ihr schon einen Namen gegeben«, sagte C.L. »Ich hatte an Hilda gedacht. Sieht sie nicht aus wie Hilda?«

»Oh, ja«, meinte Treva und brach wieder in Gelächer aus.

Em war hingerissen. »Ist sie nicht perfekt?«

»Sie ist perfekt!« echote Mel.

Perfekt war Phoebe nicht. Sie sah recht merkwürdig aus, wie ein Welpe aus einem Scherzartikelladen, dessen Proportionen nicht ganz koscher waren. Sie war zu lang für einen Beagle, zu kurz für einen Dachshund und zu dick für beides, und außerdem hatte sie diese Flecken: Phoebes Rücken war mit regelmäßigen großen braunen Beagle-Flecken bedeckt, aber auf ihren Flanken und Beinen zeigten sich kleine schwarze Dalmatiner-Flecken.

»Sie ist ein Stretch-Beagle«, meinte Treva.

»Sie ist ein Wachhund«, erwiderte C.L. »Sie ist hier, um euch zu beschützen.«

Der Wachhund schwankte, kippte neben Em um und verbarg sein kleines Köpfchen in ihrem Schoß.

C.L. zuckte mit den Schultern. »Nun ja, wenn euch jemand angreift, wird sie bösartig.«

»Sie sieht aus, als würde sie etwa fünf Pfund wiegen«, schätzte Maddie. »Sollten wir von irgend etwas angegriffen werden, das größer als ein Eichhörnchen ist, könnten wir echte Schwierigkeiten bekommen.«

»Schon, aber sie wächst ja noch reichlich.«

»Was?«

»Sie ist doch noch ein Welpe.«

Im Geiste sah Maddie ihre sowieso schon hindernisreiche Zukunft vor sich und fügte noch einen riesigen Beagle-Mutanten im Haus hinzu. Das war mehr, als sie ertragen konnte. »C.L., es ist wirklich nett von dir, daß du uns diesen Hund als *Leihgabe* besorgt hast, aber –«

C.L. grinste sie an. »Oh, er ist keine Leihgabe. Er ist für immer.«

»Du bist toll!« kreischte Em C.L. entgegen, den Welpen liebkosend, und Treva setzte sich auf die Stufen, weil sie vor lauter Lachen nicht mehr stehen konnte.

Maddie gab auf. »Wieviel reichlich?«

»Jede Menge. Sie ist eine Mischung aus Beagle und Dachshund und Setter und Dalmatiner.« C.L. blickte auf das Hündchen hinunter. »Und noch ein paar Rassen, vermute ich. Sie ist ein sehr amerikanischer Hund.«

»Und wie groß werden diese amerikanischen Teile?«

C.L. zuckte die Achseln. »Keine Ahnung. Ich hab noch keinen gesehen.«

Maddie setzte sich neben Treva auf die Treppe. Wenigstens hatte dieses neue Desaster nichts mit Geld, Ehebruch, Erpressung, Entführung oder Scheidung zu tun. Das war genau das, was sie brauchte: ein harmloses Trauma. »Was soll das denn sein? Eine Art Genexperiment im Tierheim?«

»Nein. Ein Freund von Henry hat einen Beagle-Mischling, der diese unglaublich aggressive Dachshund-Mischung getroffen hat. So ähnlich wie wir uns letzte Nacht.«

Treva prustete wieder los, und Maddie ignorierte sie. »Sehr witzig.«

C.L. blickte ihr geradewegs in die Augen und sagte nun ernst: »Du brauchst diesen Hund, Mad.« Kaum merklich nickte er mit dem Kopf zu Em, und Maddie sah ihre Tochter zum ersten Mal an, seit sie die Treppe heruntergekommen war. Ems Gesicht war entspannt und glücklich, strahlend glücklich.

»Du hast recht«, sagte sie. »Ich brauche diesen Hund.«

»Dich habe ich übrigens auch nicht vergessen, Süße«, fuhr C.L. fort. »Im Kofferraum ist eine Mikrowelle. Später besorgen wir dir einen Mietwagen. Komplettservice, so bin ich nun mal.«

»Das habe ich auch schon gehört«, meinte Treva, und Maddie sagte: »Halt die Klappe, Treva«, aber C.L. mußte einfach lachen.

»Komm jetzt, Mel.« Trotz des Protests ihrer Tochter stand Treva auf. »Wir kommen später noch mal wieder. Die Leute hier haben Besuch.«

»Ich bin kein Besuch«, sagte C.L., aber sie gingen trotzdem. Em nahm Phoebe mit nach draußen auf die Hinterveranda und brach über jeden ihrer tapsigen Schritte in Begeisterungsstürme aus, während C.L. die neue Mikrowelle ins Haus trug.

Maddie beobachtete Em durch das Küchenfenster. »Das ist toll«, sagte sie, den Blick nicht von Em abwendend. »Aber du brauchtest nicht –«

»Doch.« C.L. verrenkte sich den Hals, um zu sehen, wo Em war, bevor er sich vorbeugte und sie küßte, mit dem gleichen sanften, atemberaubenden Kuß, den sie nun schon von ihm kannte, so daß sie eine Minute lang Zuflucht in seinen Armen suchte.

»Das machst du gut«, murmelte sie.

»Andere Sachen mache ich auch gut«, erwiderte er. »Ich habe da so eine Idee.«

»Darauf wette ich, aber mein Kind ist draußen im Garten, also vergiß es.« Maddie drehte sich zum Fenster zurück. Am liebsten hätte sie Em wieder hereingerufen, aber sie sollte nicht meinen, daß irgend etwas nicht stimme. *Komm ins Haus, mein Schatz. Daddy könnte dich entführen.*

C.L. versuchte, entrüstet auszusehen, aber es gelang ihm nicht. »Das meinte ich gar nicht, obwohl das auch keine üble Idee ist. Ich finde, du solltest mit Em eine Weile auf die Farm herauskommen.«

Maddie riß die Augen auf. »Zu Anna?«

»Du hast eine schlimme Zeit hinter dir«, sagte C.L. »Ich habe Brent überall gesucht, konnte ihn allerdings nicht finden. Aber das bedeutet nicht, daß er heute abend nicht nach Hause kommt.« Er kam näher. »Ich hasse die Vorstellung, daß du hier alleine bist und ich nicht auf dich aufpassen kann. Komm und bleib bei uns, wo du in Sicherheit bist.«

In Sicherheit. Wenn sie Em auf die Farm brächte, würde Brent sie niemals finden. Und selbst wenn, würde er an Henry und C.L. vorbei müssen, um sie mitzunehmen. Es war die perfekte Lösung.

Nur, daß morgen früh in der Kirche ganz Frog Point darüber sprechen würde.

Sie hatte die Wahl: Sie konnte zu Hause bleiben, damit die Leute nicht redeten, oder sie konnte ihre Tochter in Sicherheit bringen.

»Ich weiß, du machst dir Gedanken darüber, was die Leute denken werden«, hörte sie C.L. sagen, »aber –«

»Wir kommen sehr gerne«, unterbrach Maddie ihn. »Ich packe ein paar Sachen zusammen. Geh du zu Em nach draußen und sprich mit ihr. Behalte sie im Auge.«

»Es geht ihr doch gut«, meinte C.L.

»Tu mir den Gefallen«, sagte Maddie und ließ ihn mit verwirrtem Gesichtsausdruck zurück.

Em saß auf den Stufen zur Hinterveranda und hielt die Arme um Phoebes warmen, hechelnden, kleinen Körper geschlungen. Sie konzentrierte sich auf das Wunder, das C.L. ihr beschert hatte, damit sie an nichts anderes denken mußte. Phoebe war wundervoll. Sie krabbelte an ihr hoch, um ihr Gesicht abzulecken, und als C.L. herauskam und sich neben sie setzte, wischte sie sich gerade das Welpengesabber aus dem Gesicht.

»Alles in Ordnung, Kleine?« fragte er sie und kraulte Phoebe hinter den Ohren.

»Natürlich ist sie in Ordnung«, antwortete Em. »Sie ist *wundervoll.*«

»Nein, ich meine dich.«

Seine Stimme klang ernst, obwohl sie das schwer beurteilen konnte, weil sie ihn gar nicht kannte. Von der Seite warf Em ihm einen Blick zu. Er hatte ein nettes Gesicht, eines von der Art, das aussah, als würde es häufig lachen, auch wenn es jetzt gerade nicht lachte, und wäre die Welt nicht so auf den Kopf gestellt, würde Em ihn bestimmt mögen, vor allem, seit er ihr Phoebe geschenkt hatte. Jetzt aber mußte sie ihn in die Zange nehmen. »Ich liebe sie«, sagte sie zu ihm. »Vielen Dank.«

Phoebes Gerappel wurde wilder, daher ließ Em sie los und sah zu, wie sie durch den Garten trottete und auf den Gehsteig pinkelte.

»Ich glaube, wir haben noch einige Arbeit vor uns«, meinte C.L., und Em mußte trotz allem lachen wegen der Art und Weise, wie er es sagte, so ein bißchen aufmunternd wie ihr Lehrer in der ersten Klasse, aber auch spaßig. »Das Gras ist zu hoch«, fuhr er fort. »Es kitzelt an ihrem Bäuchlein, und wenn einen etwas kitzelt, kann man nicht gut pinkeln, stimmt's?«

»Stimmt.« Em beobachtete Phoebe, die den Bordstein erkundete. »Phoebe, komm her!« rief sie, in der Angst, daß das Hündchen die Straße hinunterlaufen und dann das gleiche Bremsenquietschen zu hören sein würde, das sie vor zwei Tagen gehört hatte, und Phoebe würde zerquetscht und tot mitten auf der Straße liegen.

Phoebe kam zurückgesprungen und zwängte sich zwischen sie auf die Stufen. Em griff nach ihr und zog sie an sich, sie suchte Trost in ihrer Wärme und Lebendigkeit.

»Wir müssen den Rest des Gartens einzäunen.« C.L. rutschte ein wenig zur Seite, um Phoebe mehr Platz zu machen. »Nur an diesem offenen Stück zwischen der Einfahrt und dem Haus. Wir können ein Tor einbauen, so daß man noch zum Auto kommt. Und ich werde den Rasen mähen, damit das Kitzeln kein Problem mehr ist.«

Em überkam plötzlich ein kalter Schauder. »Mein Daddy mäht den Rasen.« Wieder sah sie ihn von der Seite an. Sie wollte ihn gerne mögen, aber sie war nicht ganz sicher, was er in ihrem Leben zu suchen hatte, also sollte er vielleicht nicht dort sein. Und dann war da noch der Erpresser. Wenn sie ihn nicht in die Zange nahm, würde Mel sie umbringen. Em rieb sich über den Kiefer. *Bist du in meine Mom verliebt?* schien kein guter Anfang zu sein. Vielleicht so etwas ähnliches. »Kennst du meinen Daddy?«

Sie sah, wie er ein wenig zurückwich und dachte: *Jetzt wird er lügen.* Er sagte: »Ich kenne deine Mom und deinen Dad aus der High-School. Seit damals bin ich nicht mehr oft hier in der Stadt gewesen, weil ich weggezogen bin, deshalb habe ich schon lange nicht mehr mit deinem Dad gesprochen.«

Em überdachte diese Antwort. Er hatte offene Augen, die sie geradewegs ansahen, also log er vermutlich nicht. Und er sprach zu ihr genauso wie zu ihrer Mutter, wie zu einem Erwachsenen, nur, daß er ihr gegenüber ernster klang als zu ihrer Mutter. »Das ist die Wahrheit, oder?« fragte sie ihn immer noch mißtrauisch und ließ Phoebe wieder aus ihren Händen rutschen.

»Natürlich ist das die Wahrheit.«

Er hörte sich ein bißchen verärgert an, deshalb sagte sie schnell: »Tut mir leid. Manchmal erzählen die Leute Blödsinn, um mich zu beruhigen.«

»Nun, ich werde nicht lügen, auch nicht, wenn du dich

dann mies fühlst«, erwiderte C.L. »Lügen bringen einen sowieso nur in Schwierigkeiten. Man vergißt, was man beim Lügen erzählt hat, und dann ertappt dich jemand, und prompt hat man die Bescherung. Deshalb kann man gleich die Wahrheit sagen und es hinter sich bringen.«

Er hörte sich ein wenig verdrossen an, als spreche er über etwas, das ihm widerfahren war. Em grinste und vergaß den Ärger und das In-die-Zange-nehmen einen Moment. »Jemand hat dich wohl erwischt, was?«

C.L. grinste zurück. »Mein Onkel. Ich schwöre dir, er kann Gedanken lesen.«

»Das würde mir gar nicht gefallen.« Em dachte an einige Dinge, die sie zu verbergen hatte, wie zum Beispiel die Tatsache, daß sie ihrer Mutter nicht glaubte.

»Mir auch nicht«, sagte C.L., »aber ich habe gelernt, damit zu leben. Hey, Phoebe, beweg deinen Hintern nach hier zurück.« Als der Welpe wieder auf sie zutrottete, fügte er hinzu: »Wir könnten eine Kette gebrauchen, um Phoebe daran im Garten festzumachen.«

Em nickte. »Und einen Napf und etwas zu essen und ein Halsband und eine Leine.« Sie stand auf. »Ich hole ein Blatt Papier für die Liste.«

»Ich habe Welpenfutter mitgebracht«, antwortete C.L. »Und für den Rest brauchst du kein Papier. Setz dich, ich bringe dir einen Trick bei.«

Em setzte sich. Tricks hörten sich gut an.

»Er nennt sich das Gedächtnisbild«, erzählte er ihr, während Phoebe sich wieder zwischen sie bohrte und auf Ems Schoß zurücksprang.

»Mein Onkel hat mir das beigebracht. Also gut, an wie viele Dinge müssen wir denken?«

In Gedanken zählte Em sie durch. »An vier. Nein, an fünf, wir brauchen auch Hundekekse.«

»Okay, jetzt mach die Augen zu.« Sie tat, wie ihr geheißen. »Und jetzt stell dir Phoebe vor, mit einem Halsband, einer Leine daran und – was war da noch?«

»Eine Kette«, sagte Em immer noch mit geschlossenen Augen, »die an der Leine befestigt ist.«

»Du hast es kapiert, Kleine«, lobte C.L. »Clever. Und was noch?«

»Sie frißt Hundekekse aus dem Napf«, setzte Em das Bild weiter zusammen.

»Denk ganz genau nach.« C.L.'s Stimme neben ihr klang nett, nicht drängend oder laut, sondern irgendwie entspannt. »Hast du's?«

In Ems Gedanken aß Phoebe braune Kekse aus einem roten Napf, trug ein blaues Halsband, an dem eine hellgrüne Leine eingehakt war, an der eine dicke, schwere silbrige Kette hing –

»Die Kette ist zu dick«, sagte sie zu C.L. und kam sich dumm vor, weil sie es doch selbst war, die sie sich vorgestellt hatte.

»Dann mach sie dünner«, sagte er, ohne daß seine Stimme vermuten ließ, er könne sie für dumm halten. »Du hast sie dir dick vorgestellt, weil dir die Idee nicht gefällt, daß Phoebe angekettet ist. Aber wir werden den Zaun bald bauen, damit wir keine Kette mehr brauchen. Sie soll Phoebe nur schützen, bis wir die Zaunlücke geschlossen haben.«

Die Kette schrumpfte auf eine vernünftige Größe, und Em wußte, daß sie fragen sollte, warum er den Zaun bauen würde und nicht ihr Vater, aber Phoebes Nase fühlte sich kalt und naß in ihrer Hand an, und sie hatte ein Gedächtnisbild von all den Dingen, die sie brauchte, und außerdem einen neuen Trick, den sie Mel zeigen konnte, ganz zu schweigen von all den Informationen, die sie bereits mit einer gut gezielten Frage bekommen hatte. Sie mußte nicht weiterfragen. In-die-Zange-nehmen war nicht ihr Ding, auch wenn sie offenbar ziemlich gut darin war.

»Okay«, sagte sie. »Ich hab's. Und vielleicht ein Ball und eine Frisbee-Scheibe.«

»Wo sind sie?«

»Die weiße Frisbee-Scheibe liegt unter dem Napf, und der dunkelrote Ball auf Phoebes Kopf.« Em kicherte bei der Vorstellung. »Das sind sieben Sachen, richtig?«

»Richtig. Und ich wette, du wirst keine davon vergessen.«

Ich vergesse gar nichts, wollte Em sagen, tätschelte jedoch statt dessen Phoebes Kopf und beschwor das Bild wieder herauf. Das lenkte sie ab von dem Gesicht ihrer Mutter und dem Erpresser und der Frage, warum C.L. den Zaun fertigstellen wollte und nicht ihr Dad.

»Was hältst du davon, wenn wir Phoebe mit auf die Farm meines Onkels nehmen?« fragte C.L., und Em versteifte sich erneut ein wenig, weil er sich zum ersten Mal gezwungen locker anhörte. »Okay«, sagte er wieder mit normaler Stimme. »Hier ist die Geschichte. Ich glaube, daß deine Mom jemanden braucht, der eine Weile auf sie aufpaßt, und meine Tante Anna paßt besser auf Menschen auf als jeder andere, den ich kenne. Außerdem könnte Phoebe auf der Farm toll spielen. Vielleicht können wir beide angeln gehen. Weißt du, so eine Art Kurzurlaub. Was meinst du?«

Ich denke, daß du und Mom das schon beschlossen habt, dachte Em, *warum kümmert es dich also, was ich meine?* Aber sie sagte nur: »In Ordnung.«

Maddie beobachtete, wie C.L. Em für die Fahrt zur Farm auf den Beifahrersitz setzte, während er Maddie riet, sich als Schutz vor dem Wind auf dem Rücksitz in einen Schal zu hüllen. Während der ganzen Fahrt unterhielt er sich mit Em, erzählte ihr von der Farm, dem Fluß, dem Angeln und davon, wie sehr Phoebe dies alles gefallen würde. Er sprach mit so sanfter Stimme, daß Maddie sich schon wieder völlig von ihm hingerissen fühlte.

Etwa auf der halben Wegstrecke in der Nähe der verlassenen Drake-Farm sprach Em zum ersten Mal. »Wie weit ist es noch?«

»Ungefähr fünfzehn Meilen«, antwortete C.L. »Die Straße zur Route 31, dann nach rechts in die Porch Road und wieder rechts auf die Hickory Road. Einunddreißig Leute auf der Veranda, die Hickorynüsse essen.«

»Was?« fragte Maddie, aber Em grinste, deshalb war es ihr gleichgültig, daß sie den Witz nicht verstand, solange Em nur fröhlich war. Und sicher.

»Es dauert noch etwa fünfundzwanzig Minuten, wenn wir vorsichtig fahren«, beendete C.L. seine Auskunft.

Weit weg von Brent. Zum ersten Mal nach dem Fund von Ems Paß entspannte Maddie sich. »Was bedeutet, daß wir mit dir am Steuer in zehn Minuten dort sind«, sagte sie zu C.L.

»Hey, ich habe mich geändert«, rief C.L. zu ihr nach hinten. »Ich bin ein ehrbarer Bürger mit Zukunftsperspektiven in dieser Stadt. Ich fahre nicht mehr zu schnell.«

Sie lachte, während er eine Cassette einlegte und ihr über die Schulter zurief: »Erinnerst du dich hieran?« Bruce Springsteen legte los mit »Born to run«. *Das ist so gar nicht mein Lied,* schoß es Maddie durch den Kopf. Zu schade, daß Bruce nie ein Lied aufgenommen hatte mit dem Titel »Geboren für Vorsicht und Anstand«. Dabei hätte sie mitsingen können, um ihr Leben zu erklären.

»Ich mag Country-Musik«, rief sie zurück. »Hast du irgendwas von Patsy Cline?« »Crazy« würde ihr Leben auch erklären.

C.L. schüttelte den Kopf. Zehn Minuten später bog er in den Feldweg ein, und Maddie konnte Henrys kleines weißes Farmhaus und die Wiese dahinter sehen, die sich knapp hundert Meter weit bis direkt ans Flußufer erstreckte. Dort unten standen Bäume, und ein verfallener

Bootssteg ragte ins Wasser hinein, genau wie C.L. es versprochen hatte. Seit Jahren war sie nicht mehr hier gewesen, aber alles sah noch aus wie damals.

C.L.'s Tante Anna trat auf die Veranda hinaus, als sie aus dem Auto stiegen. »Hallo, Maddie, Liebes«, sagte sie und gab sich redliche Mühe, die Prellungen in Maddies Gesicht zu übersehen.

»Hallo, Anna.« Mit Em an der Hand ging Maddie auf die Veranda zu. »Vielen Dank, daß wir hierbleiben dürfen.«

»Warte hier, Em.« C.L. ging zur Garage. »Ich hole die Angelruten.«

»Es ist uns ein Vergnügen.« Anna lächelte Em zu. »Das muß Emily sein. Ich habe sie zuletzt gesehen, als sie noch ein Kleinkind war.«

»Wie geht es Ihnen?« fragte Em höflich und mit ernstem Gesicht, während sie sich hinunterbeugte, um den Hund zu streicheln, der neben ihr herwatschelte. »Das ist Phoebe. C.L. hat sie mir geschenkt.«

Annas Augen weiteten sich ein wenig überrascht. »Das war aber nett von C.L.« Sie warf Maddie einen Blick zu, die zurücklächelte.

»Sehr nett«, sagte sie, und Anna sah erleichtert aus.

»Hier sind die Angelruten, Em«, sagte C.L., als er um das Haus herumkam. »Heute abend gibt es Fisch.«

»Ja, vielleicht«, meinte Anna, »aber für alle Fälle habe ich einen Braten vorbereitet.«

»Gut«, erwiderte C.L. »Das nimmt uns den Druck.« Er deutete mit dem Kopf in Richtung Fluß, und Em trat neben ihn, während Phoebe hinter ihr herdackelte.

»Laß das Kind nicht in den Fluß fallen«, ermahnte Anna ihn.

C.L. verdrehte die Augen. »Komm, Em, sie hindern uns an der Entfaltung unserer Fähigkeiten.«

Anna und Maddie sahen ihnen nach, wie sie zu dem

Bootssteg hinuntergingen. C.L. ging langsam, um Em nicht zu verlieren. Phoebe lief ihnen herumschnüffelnd nach.

»Ein tolles Mädchen, Maddie.« Anna hielt ihr die Fliegentür auf.

»Sie bedeutet mir alles.« Maddie folgte Anna nach drinnen. »Und jetzt wirst du sie mit wirklich gutem Essen verderben. Gibt es Kartoffelpüree?«

Eine Stunde später waren die Kartoffeln geschält, und Maddie und Anna hatten sämtlichen Klatsch ausgetauscht, der ihnen einfiel, auch wenn Maddie ihre eigenen Neuigkeiten bislang aus der Unterhaltung ausgeklammert hatte. Wundersamerweise waren sie noch nicht zum Gerede geworden.

»Gloria Meyer.« Anna schüttelte den Kopf. »Sie hätte wissen müssen, daß das nicht gutgehen konnte.«

»Manchmal weiß man das nicht«, sagte Maddie und versuchte, objektiv zu sein. »Manchmal ist es zu Beginn in Ordnung, und dann läuft einfach alles schief.«

Anna trug die Schüssel zur Spüle und ließ Wasser über die geschälten Kartoffeln laufen.

»Ich lasse mich scheiden«, platzte Maddie heraus und kam sich idiotisch vor. Sie wappnete sich gegen eine Predigt.

Anna trocknete ihre Hände an einem Küchenhandtuch ab und stellte den Topf mit den Kartoffeln auf den Herd. »Manchmal ist so etwas nötig. Da ist nichts Schlimmes dabei. Das Kind wird sich dort draußen einen Sonnenbrand holen.« Sie trat durch die Tür auf die Veranda hinaus und rief: »Em, kommt jetzt herein, wir wollen Plätzchen backen. Und, C.L., der Rasen muß noch gemäht werden, bevor dein Onkel nach Hause kommt.«

Als sie wieder in die Küche kam, sagte Maddie: »Ich weiß nicht, warum ich dir das erzählt habe«, und Anna erwiderte: »Beruhigt mich ein wenig. Danke.«

Maddie fühlte sich ein bißchen durcheinander, da sie mit all dem zu kämpfen hatte, was unausgesprochen geblieben war. »Gern geschehen«, antwortete sie und verbrachte die nächste Stunde damit zuzusehen, wie Em unter Annas Aufsicht Plätzchenteig auf den Blechen verteilte, während Phoebe erschöpft in der Ecke schlief.

Anna hätte gerne Enkelkinder, dachte Maddie, und da C.L. sich in dieser Disziplin als recht langsam erwies, war Anna mehr als glücklich, Em bei sich zu haben. *Hör mal, setz dir nichts wegen C.L. und uns in den Kopf*, wollte Maddie einwenden, aber es wäre grausam und unnötig, so etwas genau jetzt zu sagen. Anna sollte ein wenig Zeit mit Em genießen.

Sie wandte sich ab und schaute aus dem Fenster. C.L. hatte sein Hemd ausgezogen und schob einen alten Handrasenmäher am Ufer entlang vor sich her. Er sah heiß und verschwitzt und breitschultrig und stark und wirklich klasse aus. Sie verspürte Lust auf ihn. *Denk nicht daran.* Anna stand hier neben ihr, um Himmels willen. Maddie wandte sich vom Fenster ab und half bei den letzten Essensvorbereitungen.

Eine halbe Stunde später kam Henry heim. »Schön, daß du hier bist«, grummelte er und nahm Em mit auf die Veranda hinaus, um ihr zu zeigen, wie man Dame spielt. Kurze Zeit später unterbrach C.L. das Rasenmähen für das Abendessen, und alle fünf setzten sich ringsherum an Annas großen runden Tisch und reichten sich gegenseitig Platten mit dünnen Scheiben zarten Rindfleischs, Schüsseln mit Rahmkartoffeln, mahagonifarbener Bratensauce und winzigen jungen Erbsen und nicht zuletzt dick mit Butter bestrichene warme Brötchen. Em aß mit großer Konzentration, während Maddie sie beobachtete und trotz des ganzen Durcheinanders, das über ihr Leben hereingebrochen war, lächeln mußte. So etwas hatte Em noch nie gegessen. Es würde ihre Arterien verstopfen und ihr mit neun Jahren einen Herzinfarkt bescheren.

Aber wenigstens würde sie das Paradies geschmeckt haben, ehe sie starb.

Gegen Ende der Mahlzeit, als der erste Hunger gestillt war, führten Henry und C.L. eine hitzige, technische Diskussion über gasbetriebene Rasenmäher, während Anna und Emily Rezepte für die nächsten Plätzchen besprachen.

Henry deutete mit der Gabel auf C.L. »Dieser Handmäher ist noch so gut in Schuß wie an dem Tag, als ich ihn gekauft habe.«

Neben ihm beugte sich Anna zu Em. »Du formst einfach ein bißchen Teig zu einer Kugel und rollst ihn durch den Zimt.«

C.L. schüttelte den Kopf. »Mensch, Henry, ich habe heute zehn Pfund verloren und gerade mal die untere Hälfte der Wiese geschafft. Eines Tages wirst du einen Herzinfarkt bekommen.«

»Mit den Fingern?« fragte Em.

»Städter«, meinte Henry verächtlich.

Anna nickte. »Ja, mit den Fingern. Und dann drückst du ihn auf dem Kuchenblech platt.«

Mit einem Schulterzucken tat C.L. die implizierte Beleidigung ab. »Ich kann den Rasen nach dem Essen zu Ende mähen. Ich hätte auch vorhin weitergemacht, aber ich wollte mir das Dinner nicht entgehen lassen. Und Ems Plätzchen.«

»Wenn ich das nächste Mal wiederkomme, backen wir Zimtplätzchen«, flüsterte Em ihm zu.

»Ich kann es kaum erwarten«, antwortete C.L.

Henry grunzte, um C.L.'s Aufmerksamkeit wieder auf sich zu lenken. »Als Kind hast du dich nie über den Rasenmäher beschwert.«

Anna stand auf. »Möchte jemand Ems Kekse mit Schokoladenstückchen probieren?«

C.L. versuchte, sich erhaben zu zeigen. »Nur, weil ich ein braves Kind war.«

Anna und Henry blickten ihn schweigend an.

»Ich hätte gerne ein paar von Ems Plätzchen«, sagte C.L., um das Thema zu wechseln.

»Ich hole sie.« Em rutschte von ihrem Stuhl.

»Warum seht ihr mich so an?« fragte C.L. seine Tante und seinen Onkel. »Ich war schließlich kein Verbrecher.«

»Du warst eine Nervensäge«, erwiderte Henry.

»Ich denke, ich werde jetzt den Rasen zu Ende mähen.« C.L. nahm ein paar Kekse von dem Teller, den Em von der Anrichte geholt hatte. »Danke, Em.«

»War er wirklich so eine Plage?« wollte Maddie von Anna beim Abwasch wissen, während Em und Henry sich für ein letztes Damespiel auf die Veranda verzogen hatten.

»Das kannst du wohl laut sagen«, antwortete Anna. »Deshalb haben wir ihn großgezogen. Meine Schwester Susan wollte ihn in ein Erziehungsheim stecken, aber statt dessen haben wir ihn zu uns geholt. Eine Weile dachte ich, er würde Henrys Tod bedeuten, aber es hat geklappt. Er ist ein guter Junge«, fügte sie hinzu, während sie den Bratenteller einweichen ließ. »Er brauchte nur jemanden, der ihm Liebe entgegenbrachte. Und der ihm den Hosenboden versohlte, wenn er Unfug angestellt hatte. Er mußte einfach lernen.«

Das war eine Seite von C.L., über die Maddie nie nachgedacht hatte: C.L. als Kind. Wie Em. »Was hat er denn angestellt?«

»Meistens hat er sich geprügelt. Er war ein furchtbarer Schläger und hat wirklich versucht, den Leuten weh zu tun.« Anna hielt inne und blickte mit verwundertem Gesichtsausdruck in die Ferne. »Ich habe das nie verstanden, weil er mir gegenüber immer so lieb war. Und erst seine Tierliebe! Du hättest ihn zusammen mit Tieren sehen sollen. Eine Weile dachten wir, er würde Tierarzt werden, so gut konnte er es mit ihnen. Und mit kleinen Kindern. Und dann zog er los und brach jemandem den Kiefer.« Anna schüttelte den Kopf. »Er hatte stets einen Grund. Er sagte immer, jemand hätte einem anderen ans Leder gewollt oder etwas Schlimmes getan, und er hätte rot gesehen und einfach losgeschlagen.«

Maddie schluckte. »Aber du meintest vorhin, das hätte sich gelegt?«

»Nun, bei ihm schien es länger zu dauern als bei anderen Jungs.« Anna zog den Stöpsel aus dem Spülbecken und starrte aus dem Fenster, während das Wasser den Abfluß hinuntergurgelte. »Ich weiß noch, einmal hatte Henry ihn losgeschickt, um uns zwei von diesen verzinkten Mülleimern zu besorgen.« Sie wrang den Spüllappen aus und hängte ihn über den Wasserhahn. »Er brachte sie her, genau dorthin«, sie deutete aus dem Küchenfenster, »aber sie hatten sich ineinander verkeilt und ließen sich nicht voneinander abziehen. Ich stand hier und beobachtete, wie er immer wütender und wütender wurde, und dann stapfte er zu seinem Wagen, holte seinen Baseballschläger und schlug die Eimer in Stücke, bis nur noch Schrott übrigblieb.«

»Was hast du getan?« fragte Maddie, plötzlich schaudernd. Konnte C.L. Brent erwischt haben? Sie versuchte, sich an alles im Zusammenhang mit C.L. zu erinnern, seit sie Brent das letzte Mal gesehen hatte. Er war fröhlich gewesen, als er vor ihrer Tür stand, um sie wiederzusehen, bis er ihr Gesicht bemerkt hatte. Dann war er losgezogen, um Brent zu suchen. Er sagte, er habe ihn nicht gefunden, aber –

Anna antwortete ihr. »Ich sah einfach nur zu. Er stieg dann in sein Auto, fuhr in die Stadt und kam mit zwei neuen Eimern wieder, die er von seinem eigenen Geld bezahlt hatte. Und die nicht ineinandergestapelt waren. Das war alles.«

»Gütiger Gott.«

Anna drehte sich zu ihr herum und lächelte sie beruhigend an. »Mit der Zeit ist er reifer geworden. Und du kennst ihn jetzt – so liebenswert wie nur möglich. Aber manchmal denke ich, daß ein Teil des alten C.L. noch immer in ihm steckt. Weißt du, als Junge war er immer ein Dickkopf, und das ist er jetzt noch. Wenn er irgend etwas wirklich will, bekommt er es auch. Gestern wie heute.«

Vielleicht nicht, dachte Maddie.

Em kam von der Veranda in die Küche und warf einen Blick über die Schulter, um Phoebe hinter sich herwatscheln zu sehen. Der Rasenmäher schwieg seit einigen Minuten, und draußen wurde es dunkel. Anna reichte Maddie zwei Dosen Bier. »Bringe sie bitte C.L. Em und ich werden ein bißchen fernsehen, bis es Schlafenszeit ist.« Sie lächelte Em zu. »Du wirst in C.L.'s altem Kinderzimmer schlafen.«

»Phoebe auch?« fragte Em mit plötzlich angespannter Stimme.

»Phoebe auch«, sagte Anna, und Em setzte sich gehorsam mit einem Glas Milch, einem Teller Kekse und ihrem Hund vor den Fernseher.

»Sie wird nie wieder nach Hause wollen«, meinte Maddie.

»Das wäre schön«, sagte Anna und ging ins Wohnzimmer, um das erste Mal in ihrem Leben die Simpsons zu gucken, während Maddie sich nach draußen zu C.L. begab.

10

Maddie mußte ganz bis zum Fluß und um die Bäume herumgehen, um C.L. zu finden, da er dort in einer Hängematte zusammengebrochen war. »Ich habe Henry angelogen«, meinte er zu ihr, als sie sich unter einem Ast duckte, um zu ihm zu gelangen. »Diese Scheißmaschine bringt nicht ihn um, sondern mich.«

Maddie reichte ihm die Bierdose. »Trink was, dann geht's dir besser.«

Zischend öffnete er die erste Dose und trank die Hälfte davon in einem Zug. »Komm her und setz dich zu mir.«

Er sprach mit leiser Stimme, die ihr heiß und kalt werden ließ. Vor vierundzwanzig Stunden hatten sie auf dem Rücksitz gelegen. Bei der Erinnerung daran bekam sie eine Gänsehaut. Nun befanden sie sich nur gut hundert Meter von Em entfernt. »Nein, danke.« Maddie ließ ihren Blick über die dunkle Landschaft und den Sternenhimmel schweifen, um sich von ihren Gedanken abzulenken. »Es ist schön hier unten.«

»Ich träume noch immer von uns in der Hängematte«, sagte C.L. »Komm her. Ich brauche Streicheleinheiten.«

Maddie setzte sich außer Reichweite auf den Boden, weit genug weg, damit sie sich nicht, weil das so guttat, beiläufig an ihn lehnen konnte. »Anna hat mir erzählt, daß du geklaut hast, als du zehn warst.«

»Wenn du mir meine Vergangenheit vorhalten möchtest, darfst du jetzt gehen.«

Das war eine gute Idee. Das letzte, was sie nun gebrauchen konnte, war, hier draußen mit C.L. in der Dunkelheit zu sitzen. Maddie stand auf, um zu gehen, aber er beugte sich aus der Hängematte und hielt sie am Saum ihrer Shorts fest. »Ich hab geschwindelt. Geh nicht. Setz dich und trink ein Bier. Ich teile eins mit dir.«

Wieder zerrte er an ihren Shorts, und sie konnte seine warmen Finger hinten an ihrem Schenkel spüren. Es fühlte sich wunderbar an, und das war schlecht, deshalb schüttelte sie seine Hand von dem Hosensaum und dann von ihrer Hand ab und setzte sich wieder auf den Boden. Ihre Haut prickelte noch von seiner Berührung, daher wechselte sie das Thema, bevor sie ihren Verstand verlieren und über ihn herfallen würde. »War es schön, hier aufzuwachsen?«

C.L. legte sich entspannt in die Hängematte zurück. »Meistenteils. Anna hatte es nicht leicht mit mir. Sie war immer so traurig, wenn ich Mist gebaut hatte. Das konnte ich nicht ertragen.«

»Meine Mutter fuhr immer die Schiene, mir Schuldgefühle einzureden.« Maddie streckte sich auf dem kühlen Gras aus. »Tut sie heute übrigens immer noch. Sie sagt dann: ›Die Nachbarn werden denken, ich habe dich nicht gut erzogen.‹ Manchmal glaube ich, daß mein ganzes Leben darin besteht, den Nachbarn zu beweisen, daß meine Mutter mich gut erzogen hat.«

»Und das hat sie«, erwiderte C.L. »Du bist nahezu perfekt.«

Nein, das bin ich nicht. Das war die andere Maddie, diejenige, die seit achtunddreißig Jahren etwas vorheuchelte. Sie verspürte einen Hauch von Ärger, daß C.L. noch immer auf die Fälschung und nicht auf die wahre Maddie fixiert war. Nach all dem Gestöhne letzte Nacht auf dem Rücksitz mußten seine Träume eigentlich wie Seifenblasen zerplatzt sein, wenn er sie immer noch für ein braves Mädchen hielt.

Das rief ihr Bailey ins Gedächtnis. »So perfekt nun auch wieder nicht«, sagte sie. »Ich werde erpreßt.« C.L. richtete sich in der Hängematte auf, während Maddie weitersprach. »Bailey will hundert Dollar dafür, daß er den Mund hält.«

»Was für ein Idiot.« C.L. ließ sich in die Hängematte zurückfallen. »Ich werde mich um ihn kümmern. Er hat dich doch nicht wirklich beunruhigt, oder?«

»Soll das ein Scherz sein? Im Vergleich zu allem anderen ist Bailey eine Witzfigur. Aber ich würde es begrüßen, wenn du dich um ihn kümmerst.«

»Ist mir ein Vergnügen, Ma'am. Rettungen sind meine Spezialität. Willst du ein Bier?«

Maddie spähte ihn durch die Dunkelheit an. »Willst du mich betrunken machen?«

»Nein. Ich bin zu geschafft von diesem verdammten Rasenmäher, um hintergründige Gedanken zu hegen. Mein Gott, ich muß mindestens vierhundert Hektar gemäht haben. Komm her und tröste mich.«

»Du bist doch ein echter Mann«, meinte Maddie und suchte nach einem Thema, um sich abzulenken. »Wofür steht C.L. eigentlich?«

»Für nichts.«

»Was meinst du mit ›nichts‹? Deine Mutter hat dir einfach den Namen C.L. gegeben? Nur die Initialen?«

»Nein«, antwortete C.L. »Meine Mutter nannte mich Wilson. Das ist ein Familienname. Wird das jetzt ein Kreuzverhör?«

»Wilson Sturgis.« Sie begann zu kichern und brach dann in lautes Lachen aus. »Und wofür steht C.L. dann?«

»Chopped Liver.«

Maddie schnaubte ungläubig, und er erklärte es ihr. »Eines Tages kam ich nach Hause, ich muß so sieben oder acht gewesen sein, und meine Mutter unterhielt sich mit irgendeiner alten Dame aus der Nachbarschaft über meine Schwester. ›Denise kann dies, Denise kann das, und überhaupt ist Denise unbeschreiblich toll.‹ Deshalb sagte ich, ›Hey, und was bin ich, Chopped Liver – scheißegal?‹ Danach hat Denise mich einige Wochen nur Chopped Liver gerufen, bevor sie es zu C.L. abkürzte und es hängenblieb.«

Bestürzt richtete Maddie sich auf. »Hat dir das nichts ausgemacht?«

»Mein Gott, das war immer noch besser als Wilson.« Er nippte an seinem Bier. »Weißt du, irgendwie gefiel es mir, mir selbst einen Namen zu geben. Ich wurde zu dem, was ich mir ausgesucht hatte, egal, was meine Mutter davon hielt.«

Sich selbst einen Namen zu geben, einfach das zu werden, was man wollte, hörte sich gut an. Gedankenverloren streckte Maddie sich wieder auf dem Gras aus und sah zum Mond hinauf, der hoch, wunderschön und gespenstisch weiß am Himmel stand. »Es ist wirklich schön hier.«

»Eines Tages werden wir uns in dieser Hängematte lieben«, meinte C.L.

Maddies Frieden ging in Flammen auf, als das Begehren sie erneut überwältigte. »Hör auf damit.« Sie stand auf. »Ich finde dich phantastisch, und ich bin dir dankbarer für das, was du für Em getan hast, als ich dir jemals sagen kann. Und ja, ich will dich, ich will dich wirklich.« Bei der Vorstellung hielt sie einen Moment inne. »Aber –«

»Jetzt nicht«, beendete C.L. ihren Satz, während er sich in der Hängematte aufrichtete. »Ich weiß, von Henry und Anna trennt uns nur die Wiese, und du bist noch nicht geschieden. Ich kann warten, das ist schon okay. Und das, was ich für Em tue, mache ich, weil ich sie mag, und nicht für dich, deshalb brauchst du mir nicht dankbar zu sein. Em und ich verstehen uns prächtig alleine.«

Maddie fühlte sich von seinen Worten gerührt. ›Em und ich‹, hatte er gesagt, so, als kenne er Em, als sei sie eine Persönlichkeit, abgesehen von der Tochter der Frau, mit der er geschlafen hatte. Es schien, als würde er sie als einen Menschen betrachten, den er kannte, als jemanden, der ihm wegen seiner selbst am Herzen lag. Das war so schwierig mit dem Bild zu vereinbaren, das sie sich von C.L. gemacht hatte, daß ihr die Luft wegblieb und sie den Wunsch verspürte, sich zu ihm zu flüchten, tief in seine Umarmung zu kriechen und sich und Em und überhaupt alles mit ihm eins werden zu lassen.

»Ich muß zurück ins Haus«, sagte sie. »Anna und Henry wundern sich bestimmt schon.« So schnell sie konnte, entfernte sie sich von ihm, ging zurück zum Haus und zu ihrer Tochter, und mit jedem Schritt wuchs das Verlangen, wieder umzukehren. Als sie die Veranda erreichte, drehte sie sich um und sah, wie er sie im Mondlicht betrachtete, und das machte alles noch schwieriger.

C.L. erwachte früh in seinem behelfsmäßigen Nachtlager auf der Couch und setzte sich zu Henry an den Frühstückstisch, der mit Tellern überladen war, worauf sich Pfannkuchen, Erdbeeren und Reibekuchen stapelten. Die Butter glänzte im Sonnenlicht, und der Sirup war so dick, daß er nur langsam in einem einzigen Stück vom Löffel troff. »Soll ich Em und Maddie von oben rufen?« fragte er. Bevor Anna antworten konnte, erwiderte Henry: »Laß sie schlafen. Ich muß mit dir reden. Mußt du nicht langsam wieder in die Stadt zurück?«

»Henry!« Anna gesellte sich zu ihnen und setzte C.L. einen Krug mit geschäumter Milch vor die Nase. »Er kann so lange bleiben, wie er will, je länger, desto besser.« Sie tätschelte C.L.'s Hand. »Das hier ist sein Zuhause, wo er hingehört.«

»Er braucht eine Pause, um sich abzukühlen«, sagte Henry. »Danach kann er ja zurückkommen.«

»Ich habe darüber nachgedacht«, sagte C.L. »Über das Zurückkommen, meine ich. Besteht das Angebot für das Grundstück neben dem Haus noch?«

»Oh, C.L.«, hauchte Anna, und Henry machte ein finsteres Gesicht.

»Fahr in die Stadt zurück und denk in Ruhe darüber nach«, meinte er. »Komm erst mal wieder auf den Teppich.«

»Das Land gehört dir, wann immer du es willst, C.L.«, sagte Anna. »Ein Wort genügt.«

»Vielleicht sollte ich mal mit Howie Basset über ein Haus sprechen«, meinte C.L. an Henry gewandt. »Wäre wahrscheinlich eine gute Idee, wenn ich nebenan wohnen würde. Dann wäre es viel einfacher für uns, zusammen angeln zu gehen, wenn du im Ruhestand bist.«

Anna nickte und lächelte. Zweifellos versetzte sie Henry unter dem Tisch einen Tritt, denn C.L. bemerkte, wie er das Gesicht verzog.

Henry wirkte hin- und hergerissen. »C.L., ich warne dich«, sagte er, jedoch ohne jede Strenge, und Anna unterbrach ihn: »Fahr doch heute gleich einmal zu Howie. Bring ihn mit nach hier. Er sollte recht bald mit dem Bau beginnen, wenn du noch vor Weihnachten einziehen willst. Bis Weihnachten könnte er es doch schaffen, nicht wahr, Henry?«

Henry warf C.L. einen finsteren Blick zu und nahm seine Gabel zur Hand. »Wenn C.L. nicht schleunigst wieder auf den Boden der Tatsachen zurückkommt, wird er es bis zum Wochenende bauen müssen.« Mit der Gabel deutete er auf C.L. »Du warst schon immer ein Hitzkopf, was dich ständig in Schwierigkeiten gebracht hat, und jetzt ist es wieder dasselbe. Mach mal halblang und halte dich fern von –« Nach einem kurzen Blick zu Anna unterbrach er sich. »Halte dir den Ärger vom Hals«, beendete er den Satz.

Anna reichte C.L. die Reibekuchen. »Fahr heute zu Howie. Es ist Sonntag, also hat er bestimmt Zeit.«

»Jawohl, Ma'am«, sagte C.L. Er häufte Kartoffelplätzchen auf seinen Teller und wich Henrys Blick aus. Er mußte behutsam vorgehen. Aber Anna hatte recht: Wenn er für Maddie und Em und sich ein Haus möglichst schnell bauen wollte, mußte er heute mit Howie sprechen.

Sofort, nachdem er mit Brent gesprochen haben würde.

»Ich warne dich, C.L.«, wiederholte Henry, über seinen Pfannkuchen gebeugt.

»Ich hab's gehört, Henry«, antwortete C.L. und stellte sich Maddie und Em sicher in einem neuen Haus nebenan vor.

Bevor sie zum Frühstück hinunterging, rief Maddie ihre Mutter von dem Telefonapparat oben an. »Mom, hier ist Maddie. Du brauchst heute morgen nicht auf Em aufzupassen. Sie ist draußen bei Anna Henley auf der Farm.«

»Was, um alles in der Welt, macht sie denn da?«

»Wir sind beide hier.« Maddie versuchte, unbeschwert und ehrlich zu klingen, während sie zu der Geschichte ansetzte, die sie letzte Nacht durchgespielt hatte. »Es war ein wenig hektisch zu Hause, deshalb sind wir für eine kleine Abwechslung hier herausgefahren.«

»Wo ist Brent?« Die Stimme ihrer Mutter klang scharf.

»Ich weiß es nicht.«

»Maddie, was geht da vor sich?«

Maddie holte tief Luft. »Mom, ich werde ihn verlassen. Ich habe morgen einen Termin wegen der Scheidung.«

Die lange Stille sagte Maddie, daß ihre Eheprobleme für ihre Mutter keine Neuigkeit waren, denn sonst hätte sie gesagt: »Oh, nein, das kannst du nicht machen« oder etwas ähnlich Spontanes. Das Schweigen bedeutete, daß sie sich eine Strategie zurechtlegte. *Vergiß es, Mutter,* wollte Maddie sagen. *Du kannst es mir nicht ausreden.* Das Problem war nur, daß ihrer Mutter das meistens gelang. Aber das war natürlich vor der neuen Maddie gewesen. Vor derjenigen, die mit anderen Männern schlief und ihren Ehemann vergiftete.

Als ihre Mutter zum Sprechen ansetzte, klang ihre Stimme besänftigend. »Maddie, ich weiß, daß er ein Problem ist, aber überstürze nichts.«

Du hast ja keine Ahnung, was für ein Problem, Mutter. »Ich überstürze nichts. Ich habe darüber nachgedacht, und ich weiß, was ich tue. Ich habe mit einem Scheidungsanwalt telefoniert.«

»Oh, nein, doch etwa nicht mit Wilbur Carter?«

»Mit Jane Henries in Lima.«

»Nun, das ist gut. Jeder ist besser als Wilbur Carter.« Ihre Mutter fing sich wieder und nahm erneut den Kampf auf. »Obwohl ich finde, daß du dir das noch einmal überlegen solltest. Scheidung, Maddie! Ich weiß, für deine Generation ist das nichts –«

»Für meine Generation ist das nicht nichts.«

»– aber es ist eine schreckliche Sache. Denk an Emily.«

Ich denke die ganze Zeit an Emily. Sie würde Rio hassen. »Mom, ich weiß, was ich tue.«

»Jedenfalls hat es doch keine Eile, oder? Du mußt dich doch nicht morgen scheiden lassen, nicht wahr?«

Wenn sie es sich recht überlegte, mußte sie das nicht. Sobald Brent in sicherer Entfernung in Brasilien war, konnte sie sich mit der Scheidung Jahrzehnte Zeit lassen, wenn sie wollte. »Du hast recht, Mutter. Ich werde nichts übereilen.«

»Mehr verlange ich ja gar nicht.«

Im Moment, dachte Maddie.

»Und solltest du es dir wegen Em anders überlegen – ich bin zu Hause.« Der Tonfall ihrer Mutter implizierte, daß sie immer dort war, wo sie zu sein hatte, während ihre Tochter das von sich nicht behaupten konnte. »Bist du sicher, daß es dir gut genug geht, um Gran zu besuchen?«

»So gut, wie es mir immer geht, wenn ich Gran besuche«, erwiderte Maddie. »Ach, Em hat übrigens einen Hund.«

»Was?«

»C.L. Sturgis hat ihr gestern einen Welpen geschenkt. Sie sind unzertrennlich.«

»Maddie, hast du dich mit diesem Mann getroffen?«

Maddie schloß die Augen und setzte alles auf eine Karte. »Mutter, hast du gehört, daß ich mich mit diesem Mann getroffen habe?«

Die Stimme ihrer Mutter klang zweifelnd, als sie antwortete. »Nein.«

Maddie stieß den angehaltenen Atem aus. Bailey hatte

den Mund gehalten. »Meinst du nicht, du hättest etwas gehört, wenn dem so wäre?«

»Gloria sagte, du hättest stundenlang mit ihm an deinem Gartentisch gesessen und getrunken.«

»Gloria hat auch Wilbur Carter engagiert. Was weiß sie schon?«

»Nun ja, da hast du wohl recht. Wie, sagtest du, verdient dieser Sturgis-Junge seinen Lebensunterhalt?«

»Ich habe nichts gesagt, weil ich es nicht weiß. Ich muß jetzt Schluß machen.«

»Ruf mich an, wenn du von Gran zurückkommst«, bat ihre Mutter, und Maddie legte auf.

Em saß ihrer Mutter am Frühstückstisch gegenüber und tastete nach Phoebe, mehr, um sicherzugehen, daß sie bei ihr war, als sie zu streicheln, aber da ihre Hand nun unter dem Tisch war und Phoebe alle paar Minuten Streicheleinheiten erwartete, strich sie über den weichen Kopf des Hündchens. »Ich liebe Phoebe.«

»Ich weiß. Ich mag sie auch sehr gern.«

Em machte sich wieder über ihren Frühstückspfannkuchen her und beobachtete ihre Mutter. »C.L. mag ich auch.«

Nervös zuckte ihre Mom zusammen, und das war ein schlechtes Zeichen. Normalerweise war sie so ruhig, daß sie schon langweilig war. »Er ist ein lieber Kerl«, sagte ihre Mom. »Möchtest du noch etwas Sirup?«

»Du magst ihn also auch?«

»Er ist ein alter Freund. Wir waren zusammen auf der High-School.«

Ihre Mutter reichte ihr den Sirup. Em setzte ihn auf den Tisch neben sich. Essen interessierte sie nicht, auch wenn Annas Kochkünste etwas Besonderes waren. »War er auch mit Dad zusammen in der Schule?«

»Ja.« Ihre Mom schnitt ein großes Stück ihres Pfannkuchens ab und spießte es auf die Gabel. »Mit Dad und Tante Treva und Onkel Howie und jeder Menge anderer Leute. Genau wie die Freunde, die du und Mel habt.« Sie stopfte sich den Bissen in den Mund, und Em lehnte sich abwartend zurück, während Maddie kaute, um noch eine Frage stellen zu können. Ihre Mutter aß niemals in großen Bissen. Das war ungesund. Das mußte eine Hinhaltetechnik sein.

Die Sache mit der High-School war ein interessanter Nebenaspekt. Sie stellte sich vor, daß Mel und sie und all ihre Freunde eines Tages erwachsen sein würden, und einige von ihnen würden weggehen und dann zurückkommen. Sie fragte sich, wie Jason Norris wohl bei seiner Rückkehr aussehen würde. Vielleicht wie Doug in *Emergency Room.* Und er würde sie besuchen, um sie wiederzusehen, genau wie C.L.

Em runzelte die Stirn, als ihre Mutter den Bissen hinunterschluckte. »Wart ihr Freund und Freundin?«

»Nein.« Ihre Mutter reichte ihr die Erdbeeren, und Em stellte sie neben den Sirup. »Dein Daddy war der einzige Freund, den ich jemals hatte. Langweilig, was?«

»Vielleicht.« Em schluckte und stellte die Frage, die sie nicht stellen wollte. »Wo ist Dad?«

Ihre Mutter blinzelte und benahm sich schon wieder zu unbekümmert. »Nun ja, ich glaube, er arbeitet an irgendeinem Projekt für die Firma.«

Em überlief ein kalter Schauer. Sie war ziemlich sicher, daß das eine Lüge oder zumindest ein Vorwand war. Es hörte sich nicht gut an. Irgendein Projekt für die Firma hörte sich nicht gut an. Nicht so, wie ihre Mutter es gesagt hatte.

Anna kam in die Küche zurück und fragte: »Em, möchtest du noch etwas?« Em wurde klar, daß sie das Thema mit ihrem Vater besser fallenließ.

»Nein, vielen Dank«, sagte sie. »Es ist superlecker.« Das war es in der Tat; sie hatte nur keinen Hunger. Sie wollte wissen, was vor sich ging.

»Heute ist Sonntag, deshalb werde ich zu Uroma fahren«, sagte ihre Mutter viel zu unbekümmert. »Du bleibst hier bei Anna, dann kann Phoebe herumtollen. Einverstanden?«

»Ich denke schon«, erwiderte Em.

»Anna meinte, ihr könntet Erdbeerkuchen backen. Das hört sich doch gut an, oder?«

»Ich denke schon«, erwiderte Em.

»Wir werden uns einen schönen Tag machen«, sagte Anna bestimmt.

»Warte nur, bis du die Kette siehst, die ich für Uroma anlege«, meinte ihr Mutter. Ihre Stimme klang ein wenig unsicher.«

Em gab auf. »Zeig mal.«

Ihre Mutter fischte die Kette aus der Tasche. Sie war wirklich häßlich, aus Falschgold mit einem dicken roten Glasklumpen als Anhänger.

Em nickte. »Sie wird ihr bestimmt gefallen. Sonst trägst du doch keinen Schmuck, oder?«

»Nichts, worauf ich Wert lege.« Ihre Mom hörte sich wieder besser an, aber Anna warf ihr einen verwunderten Blick zu, daher erklärte Maddie: »Meine Großmutter hat so eine Art an sich, einem alles abzuschwatzen, egal, was es ist. Deshalb lenken wir sie mit dem Zeug ab, was wir nicht haben wollen.« Sie wandte sich wieder an Em. »Stimmt's, Em?«

Sie hörte sich so an, als wolle sie unbedingt, daß Em ihr zustimmte, so, als würde es tatsächlich eine Rolle spielen, was Em sagte, auch wenn das wohl nicht der Fall war. Em nickte nur.

Ihre Mutter legte sich die Halskette um und küßte Em

zum Abschied. »Viel Spaß mit Anna und Phoebe. Und hilf beim Abwasch.«

»Erzähl ihr nichts von Phoebe«, rief Em ihrer Mutter durch die Tür hinterher. »Sonst will sie sie auch noch haben.«

Anna hatte Maddie ihren alten Kombi geliehen (»Ich muß sowieso nirgends hin, nimm ihn nur«). Es war erstaunlich, wieviel besser Maddie sich fühlte, als sie wieder ein Auto hatte. Frog Point war zwar nicht so groß, daß ein Wagen notwendig war – doch vermittelte ihr ein Auto die Illusion, fliehen zu können, wenn es nötig wäre. Natürlich lag das außerhalb des Möglichen, aber ein Auto machte die Vorstellung wenigstens plausibel.

Ihrer Großmutter konnte sie definitiv nicht entkommen.

Grandma Lucille saß, in seegrünen Chiffon gehüllt, verstimmt unter pfirsichfarbenen Laken in ihrem blaß pfirsichfarbenen Zimmer und sah aus wie eine schlechte Parodie des Backfischs, der sie einst gewesen war. Ihr wie schwarze Schuhcreme glänzender Kurzhaarschnitt umrahmte ihr verwelktes Koboldgesicht, in dem lediglich ihre scharfen schwarzen Augen sich nicht verändert hatten – klein, raffiniert und hart wie Obsidian. Wie sie sich in diesem Zimmer bereits tausendmal hatte anhören müssen, hatte Maddie keinen der Vorzüge ihrer Großmutter geerbt, weder deren hübsches Gesicht oder ihren Abenteurergeist noch ihre überschwengliche Energie. Seitdem Gran jedoch schon lange zur schlimmsten Nervensäge aller Zeiten in der Familie geworden war, zeige Maddie sich nicht übermäßig bestürzt über diesen Mangel an genetischer Ähnlichkeit. »Du kannst dir nicht vorstellen, was ich durchgemacht habe, als ich aufwuchs«, pflegte ihre Mutter ihr als Kind zu erzählen. »Sie hat mich *gedemütigt.* Das würde ich dir niemals antun.«

Als sie ihre Großmutter nun betrachtete, sandte Maddie stillschweigend ein Dankeschön an ihre Mutter und nahm sich erneut vor, ihrer Tochter ein ebenso skandalfreies Bild von sich zu vermitteln. Das letzte, was sie sein wollte, war die Großmutter ihrer Generation.

Obwohl Wesenszüge ja häufig eine Generation übersprangen. Und dann gab es da noch C.L. und den Point. Wenn sie so weitermachte, würde sie unweigerlich zur Gran der Neunziger werden. Sie mußte ihr Leben in den Griff bekommen. Aber zuerst mußte sie diesen Besuch hinter sich bringen. Sie durchquerte das Zimmer, das verächtliche Gebrumm ihrer Großmutter ignorierend, daß sie zugenommen habe und ihrem Alter entsprechend aussehe, und teilte die pfirsichfarbenen Vorhänge aus Leinenimitat vor der Tür, die auf den kleinen Balkon hinausführte.

»Zu hell«, ließ Gran scharf und krächzend verlauten. »Schlecht für meine Haut. Für deine auch, aber du bist ja ein hoffnungsloser Fall.«

Maddie ließ sich auf einen Kompromiß ein und zog die Vorhänge wieder halb zu, in dem sicheren Wissen, daß ihre Großmutter sich über mangelndes Licht beschweren würde, sollte sie sie ganz zuziehen.

»Na, Gran«, sagte Maddie fröhlich, als sie sich neben das Bett setzte. »Wie geht es dir?«

»Ich bin fünfundneunzig – was glaubst du wohl, wie's mir geht?« anwortete ihre Großmutter schnippisch.

Du bist dreiundachtzig, wollte Maddie erwidern, unterdrückte diesen Impuls jedoch. Sich auf eine Diskussion mit Gran einzulassen, kam einem asiatischen Guerillakrieg auf persönlicher Ebene gleich. »Ich hoffe jedenfalls, daß es dir gutgeht«, sagte Maddie. »Du siehst toll aus.«

»Nur, weil ich nicht herumlaufe und mich in die pralle Sonne setze wie einige Leute, die ich kenne.« Gran beugte sich vor. »Diese Janet Biedemeyer aus dem Nebenzimmer ist das reinste Wrack. Sie sieht aus wie eine Krokodilhandtasche. Mach einen Henkel an ihr fest, und sie könnte als Gepäckstück fliegen. Dabei ist sie mindestens zwanzig Jahre jünger als ich. Wenn ich –« Gran unterbrach sich und sah Maddie mit zusammengekniffenen Augen an. »Was zum Teufel ist mit dir passiert?«

Maddie unterdrückte einen Seufzer. »Ich bin gegen eine Tür gelaufen, Gran. Nicht weiter schlimm.«

»Ha!« Entzückt fiel Gran in die Kissen zurück. »Er hat dich geschlagen, was? Den Eindruck hat er mir immer schon gemacht.«

»Nein, Gran«, sagte Maddie so bestimmt, wie es ihr möglich war. »Brent hat mich nicht geschlagen. Ich bin gestolpert und gegen die Kante einer offenen Tür gefallen.«

»Klar doch. Deshalb hast du auch diese Schnitte auf deiner Wange von seinem Ring«, antwortete Gran. Maddie nahm eine aufrechte Haltung an. »Also, jetzt hör gut zu. Bei mir bist du an der richtigen Adresse für einen guten Rat.«

O nein, das bin ich nicht, dachte Maddie, aber ihre Großmutter fuhr fort: »Das habe ich selbst mitgemacht. Was du jetzt tun mußt, ist –«

»Grandpa hat dich *nie* geschlagen«, warf Maddie ein, in ihrem Ärger ihre gesamte Diplomatie vergessend. »Das kann ich einfach nicht glauben. Du solltest dich schämen –«

»Nicht dein Grandpa«, unterbrach Gran sie erzürnt. »Nicht ein einziges Mal hat er die Hand gegen mich erhoben.« Sie schnitt eine Grimasse, als würde sie an seiner mangelnden Gewalttätigkeit noch immer gewissen Anstoß nehmen. »Ich rede von meinem ersten Ehemann.«

Maddie fiel gegen die Rückenlehne ihres Sessels. »Ich dachte, er wäre dein erster Ehemann gewesen.«

»Quatsch.« Beherrscht lehnte sich ihre Großmutter ebenfalls zurück. »Mein erster war dieser nutzlose Schafskopf Buck Fletcher.«

Maddie unterdrückte ein Grinsen. »Buck? Du hast jemanden namens Buck geheiratet?«

»Auch nicht schlimmer als Brent«, gab ihre Großmutter verächtlich zurück. »Wohin in aller Welt soll es mit so einem Namen schon führen?«

Laß sie bloß nicht anfangen, sagte Maddie sich stillschweigend und wich diesem Thema aus. »Ich kann einfach nicht glauben, daß du schon einmal verheiratet warst und es mir niemand erzählt hat.«

Ihre Großmutter zuckte mit den Schultern. »Er ist gestorben, bevor du geboren wurdest. Ich hab ihn auch nicht besonders betrauert, das kann ich dir sagen.« Großmutter gackerte los, bevor sie Maddie wieder unter die Lupe nahm. »Kindchen, bei einer Abreibung nützt Make-up gar nichts.«

»Danke für den Tip«, erwiderte Maddie in dem Wunsch, Grans Aufmerksamkeit auf die interessante Nebenhandlung von Buck-dem-geheimgehaltenen-Mann-Nummereins zu lenken, jedoch in dem sicheren Bewußtsein, daß dies bei gemeinsamem Schwelgen in Mißhandlungserinnerungen enden würde, worauf sie gut und gern verzichten konnte. »Ich habe dir Süßigkeiten mitgebracht.« Sie beugte sich vor, um ihre Tasche zu öffnen, und ließ dabei den roten Glasanhänger nach vorne baumeln.

»Danke«, antwortete ihre Großmutter automatisch und streckte eine ihrer Klauen aus, um die goldfarbene Schachtel entgegenzunehmen, die Maddie aus ihrer Tasche hervorholte. »Esther Price. Lecker.« Sie riß das rote Band von der Schachtel mit den handgemachten Pralinen ab. »Kleine Schachtel.«

»Nächste Woche bringe ich eine neue mit«, sagte Maddie. »Das tue ich doch immer.«

»Du bist ein liebes Mädchen, Maddie.« Gran biß ein Stück der Schildkröte aus Milchschokolade ab, die oben auf der Schachtel saß. Das war auch etwas, womit Gran einen provozierte: Jedesmal nahm sie die Schildkröte und spuckte dann die Nüsse aus. Während dieses Gedankens flog eine quer durch das Zimmer. »Lecker«, sagte ihre Großmutter, bevor sie ihr Augenmerk auf den Anhänger richtete. »Schöne Kette.«

»Diese hier meinst du?« Maddie hielt den roten Glasklumpen in die Höhe. »Das ist ein Erbstück. Von Brents Familie.« Sie versuchte, sich begeistert zu zeigen. »Eines meiner Lieblingsstücke. Ich –«

»Weißt du, ich werde nicht mehr lange bei euch sein«, sagte Gran schwach und sank in die Kissen zurück, die Pralinenschachtel in der einen, die verstümmelte Schildkröte in der anderen Hand. »Ich bin alt.«

Erzähl keinen Unsinn, wollte Maddie sagen, nickte stattdessen jedoch nur und gab sich Mühe, mitfühlend auszuschauen. »Du siehst bestimmt nicht alt aus«, log sie. »Du siehst besser aus als ich.« Angesichts des derzeitigen Zustands ihres Auges entsprach das zu allem Unglück beinahe der Wahrheit.

Gran schniefte. »Es kann jederzeit soweit sein.« Sie setzte die halb aufgegessene Schildkröte in die Schachtel zurück und legte die freie Hand auf ihr Herz. »Jederzeit.«

»Um Gottes willen, Gran«, rief Maddie aus. »Kann ich irgend etwas für dich tun?«

»Diese Kette würde gut zu meinem Nachthemd passen.« Gran zupfte an dem blaßgrünen Chiffon.

Das rote Glas würde grausig auf diesem Nachthemd aussehen, aber das tat Gran ja auch.

»Gran, ich weiß nicht«, meinte Maddie. »Brents Mutter hat sie –«

»*Diese* Frau.« Gran vergaß, schwächlich auszusehen, und rümpfte die Nase. »Helena Faraday war keinen einzigen Tag in ihrem Leben gut gekleidet.« Bei diesem Gedanken schnaubte sie verächtlich, erinnerte sich dann jedoch daran, daß sie dem Tode nahe war, und sank in die Kissen zurück. »Ich bin sicher, sie hätte nichts dagegen, wenn du die Kette deiner sterbenden Großmutter leihen würdest, Maddie. Schließlich –«, hier legte Gran eine Pause ein, um fromm, selbstlos und großherzig auszusehen, allesamt Eigenschaften, die ihr fernlagen, »– wirst du alles bekommen, wenn Gott mich zu sich ruft.«

»Na ja, wenn du meinst, daß du dich dann besser fühlst«, meinte Maddie. Genug Sarah Bernhardt für einen Besuch. Sie streifte die Kette über den Kopf ab und reichte sie ihrer Großmutter, die sie sofort um ihren Hals legte und sich wieder daranmachte, die Schildkröte auszuweiden.

Maddie stand auf. »Du siehst wirklich schon viel besser aus, Gran, deshalb –«

»Setz dich«, befahl ihre Großmutter ohne jede Schwäche. »Ich habe dir noch nicht die letzten Neuigkeiten erzählt.«

Maddie setzte sich wieder und sah verlangend auf die Pralinenschachtel. Wenn sie sich schon die Skandalgeschichten aus dem Altenheim anhören mußte, sollte sie dabei wenigstens Schokolade essen, aber ihre Großmutter würde sie allein schon bei dem Versuch zerfleischen.

»Mickey Norton entblößt mal wieder sein Allerheiligstes.« Gran legte die angebissene Schildkröte beiseite und nahm sich eine Nougatpraline. »Abigail Rock, zwei Türen weiter hinten, regt sich furchtbar auf, aber Mickey kann es einfach nicht lassen. Dieser Ed Keatin vom Ende des Gangs kommt überhaupt nicht mehr aus dem Bett. Es ist schrecklich, wie Männer sich gehenlassen, wenn sie älter werden.«

»Oh, ich weiß nicht«, erwiderte Maddie und dachte an C.L. »Es gibt auch einige, die sich positiv entwickeln.«

Erneut schnaubte Gran verächtlich. »Wie dein Mann vielleicht?«

»Ich muß jetzt wirklich gehen, Gran«, wich Maddie aus

und stand auf, aber ihre Großmutter sagte: »Setz dich«, also gehorchte sie und hörte sich den ganzen Klatsch an, den ihre Großmutter innerhalb einer Woche abgespeichert hatte. Gott sei Dank sprach Gran mit der Schnelligkeit eines Maschinengewehrs, so daß sie die Woche in einer halben Stunde abhandeln konnte.

»Und jetzt noch du«, meinte sie abschließend. »Sieh dich an, so durchgeprügelt. Jeder hier weiß doch, daß du meine Enkelin bist. Schon ist mein guter Name dahin.« Einen Augenblick lang sah sie verzweifelt aus, griff dann zur nächsten Praline.

»Es ist nicht dein Name«, korrigierte Maddie sie, »sondern Brents. Es ist ein Faraday-Skandal oder ein Martindale-Skandal. Man müßte drei Generationen zurückgehen, um einen Barclay-Skandal daraus zu machen.«

Erzürnt beugte ihre Großmutter sich vor. »*Und du glaubst, das tut man nicht?*«

Maddie wich ein wenig zurück. Für die Menschen in diesem Heim waren drei Generationen so etwas wie gestern. »Du hast recht. Tut mir leid wegen des Auges, Gran. Ich hätte nicht kommen sollen. Ich komme nicht wieder, bevor es nicht ganz ausgeheilt ist.«

»Ha!« keifte ihre Großmutter. »Und du meinst, das würde auch keinem auffallen, was? Du wirst nächsten Sonntag wiederkommen, genau wie immer. Bis dahin solltest du lernen, mit Make-up umzugehen. Es ist ein Skandal. Ha!«

Maddie erhob sich.

»Setz dich!« befahl ihre Großmutter.

»Ich kann nicht.« Maddie trat seitwärts den Rückzug zur Tür an. »Ich muß jetzt wirklich gehen. Bis nächste Woche, versprochen. Tschüs, Gran.«

»Nächstes Wochenende werde ich tot sein.« Großmutter nahm sich noch eine Sahnepraline, diesmal eine mit einer Walnuß obendrauf.

»Mit dieser Kette siehst du großartig aus, Gran«, meinte Maddie und zog die Tür hinter sich zu. Als sie sich zum Gehen wandte, hörte sie die Walnuß davon abprallen.

Die Hintertür war angelehnt, als Maddie nach Hause kam.

Mit dem Schlüssel in der Hand stand sie auf der Hinterveranda und starrte die offene Tür verständnislos an. Die Tür sprang zwar gewöhnlich auf, wenn sie nicht fest zugeworfen wurde, aber sie hatte alles abgeschlossen, bevor sie ging.

Brent.

Mit der Hand stieß sie die Tür vorsichtig an. Sie schwang ganz auf, und Maddie trat zögernd über die Schwelle.

Alles sah aus wie immer. Vielleicht hatte sie die Tür ja doch nicht abgeschlossen. Sie erinnerte sich, sie zugeworfen zu haben, um sicherzugehen, daß sie ins Schloß gefallen war – nein, sie hatte sie abgeschlossen. Sie war sicher, daß sie sie abgeschlossen hatte.

»Brent?« rief sie mit leicht zitternder Stimme. Sie legte ihre Tasche auf die Anrichte und ging ins Wohnzimmer. Auch hier sah alles aus wie immer – mit Ausnahme des Schreibtischs.

Die Schubladen standen, ein wenig schief in den Schienen, einen kleinen Spalt offen. Nacheinander zog Maddie sie auf. Der Schließfachschlüssel war weg.

Brent war gekommen, um den Schießfachschlüssel zu holen. Und Em. Er würde heute nacht wiederkommen, um sie mitzunehmen, wenn sie ihn nicht daran hinderte.

Sie ging zum Telefon in der Diele und wählte den Polizeinotruf. »Ich bin nicht sicher«, sagte sie, als der diensthabende Beamte sie fragte, was passiert sei. »Ich glaube, der Streuner war hier.«

Die Polizeibeamten stäubten die Schubladen auf der Suche nach Fingerabdrücken ein, fanden jedoch nur die von Maddie. Sie stellten ihr Fragen, die sie nicht beantworten konnte (»Ich habe keine Ahnung, was der Streuner mit unserem Schließfachschlüssel will«), und waren offenbar skeptisch, bis sie sagte: »Könnten Sie das Haus heute nacht nicht überwachen? Ich habe Angst.« Ein Teil ihrer echten Furcht mußte aus ihrer Stimme herauszuhören gewesen sein, da sie sich bereit erklärten, einen Streifenwagen vor dem Haus zu postieren. Wenn es ihr gelang, Brent nur noch eine weitere Nacht aus dem Haus fernzuhalten, konnte sie ihr Leben wieder in vernünftige Bahnen lenken.

Wenn sie Em davon überzeugen könnte, noch eine Nacht auf der Farm zu bleiben, wären sie noch sicherer.

Das schien nicht zuviel verlangt zu sein.

Nachdem die Polizei fort war, durchsuchte sie das Haus nach einem weiteren Beweis dafür, daß Brent hiergewesen war. Er war überall präsent, weil er so lange hier gelebt hatte – seine Zeitschriften, seine Arbeitsschuhe, sein Kleingeld. Sie wollte ihn hier heraus haben, auf der Stelle und endgültig. Es war an der Zeit. Sie holte ein paar Pappkartons aus der Garage und begann, seine Sachen einzupacken.

Drei Stunden und einige Kartons später hatte sie sich bis zu seinem Schrank im Schlafzimmer vorgearbeitet. Sie klappte die letzten beiden Kartons auf und warf seine Kleidungsstücke hinein, ohne sich damit aufzuhalten, sie zu falten. Während sie alles einpackte, fiel ihr auf, daß ein paar Sachen fehlten: seine Lieblingsbaumwollhemden, seine Jeans, ein Sommeranzug, seine Bowlingschuhe. Er hat schon gepackt, dachte sie, während sie seine Sachen von der Kleiderstange abnahm. Er hatte schon mitgenommen, was er benötigte. Sie stopfte die letzten Stücke in die Kartons und schleppte diese und den Rest seiner Sachen dann nach draußen zu der offenen Garage. Sie stieg wieder nach oben und machte sich daran, seine Sportutensilien ganz hinten aus dem Schrank hervorzuholen.

Seinen Baseballschläger legte sie beiseite. Den könnte sie vielleicht gebrauchen, sollte Brent zurückkommen. Dieser Hurensohn hatte schon *gepackt.* Sie hatte zwar gewußt, daß er sie verlassen wollte, aber irgendwie machte die Vorstellung, daß er schon gepackt hatte, sie noch wütender. Sie zerrte seine Golftasche heraus und verstreute dabei den Inhalt. Ein Dutzend Golfbälle rollten über den Boden, die Schläger fielen mit Gepolter heraus. Nicht ihr Tag.

Maddie richtete die Tasche auf und versuchte, die Schläger wieder hineinzustopfen, aber sie stießen gegen irgend etwas. Heftig zog sie sie wieder heraus und stülpte die Tasche um, um zu sehen, was unten darin war. Ein kleines Paket fiel heraus.

Sie setzte sich auf die Bettkante und starrte das Paket auf dem Boden eine Weile an. Weiß Gott, was darin sein mochte. Pornos? Kokain? Bei der Lage der Dinge könnte auch die Asche von Jimmy Hoffa darin sein, und sie wäre nicht überrascht. Nichts konnte sie mehr überraschen.

Sie machte es auf und fand Geld, vier Päckchen mit Hundertdollarscheinen. Vierzigtausend Dollar. Wie Monopoly-Geld, nur, daß es echt war.

»Was zum Teufel hat er getan?« sagte sie laut und dachte dann: *»Fluchtgeld.«*

Das Geräusch, als jemand unten gegen die Tür klopfte, riß sie aus ihrer Betäubung. Hastig schob sie die vier Geldbündel unter die Matratze, warf die Verpackung in den Müll und lief nach unten.

»Weshalb brauchst du so lange?« fragte C.L., als sie die Tür öffnete. »Ich dachte schon, du wärst tot.« Er schien es halb ernst zu meinen.

»Ich habe nachgedacht.«

»Davor habe ich dich gewarnt.« Er schob sich an ihr vorbei ins Haus und hob mit einer Hand ihr Kinn, um ihr Gesicht zu sehen. »Sieht schon besser aus. Ein bißchen jedenfalls.«

»Wie verdienst du deinen Lebensunterhalt?«

»Ich bin Finanzberater.« Er schloß die Tür hinter sich. »Ist Em noch auf der Farm?«

»Ja –« setzte Maddie an, doch er küßte sie und preßte sie an sich. Seine warmen Lippen auf ihrem Mund ließen sie verstummen. Sie schmiegte sich eng an ihn, um den Kuß zu verlängern, weil es ihr so guttat, und sie sich in letzter Zeit so selten gut gefühlt hatte. Trotz ihres hochtrabenden Geschwätzes zu warten, um einen Skandal zu vermeiden, hatte sie ihn vermißt. Es war so schwierig, den Anstand zu wahren, wenn sie eigentlich nur wie Gran sein wollte.

Seine Hände streichelten über ihren Rücken abwärts. Sie löste sich von ihm und trat einen Schritt zurück, bevor er sie noch mehr in Schwierigkeiten brachte. »Hör auf damit. Es könnte jemand durchs Fenster gucken und uns sehen.«

C.L. zog sie ins Wohnzimmer. »Wir zwei brauchen ein wenig Zeit für uns. Henry erzählte, ein Einbrecher wäre hiergewesen.«

Maddie versuchte sich zu erinnern, wo sie vor dem Kuß stehengeblieben waren. »Du bist Finanzberater?«

C.L. seufzte. »Was ist so schlimm daran, Finanzberater zu sein?«

»Gar nichts. Ich kann mir dich nur nicht als Finanzberater vorstellen.« Maddie ließ es sich durch den Kopf gehen. »Ehrlich gesagt dachte ich, du wärst arbeitslos.«

C.L. lehnte sich entrüstet zurück. »Vielen Dank. Aber nun zu deinem Einbrecher –«

»Warum interessierst du dich so dafür?«

C.L. sah verärgert aus. »Ein Fremder bricht in das Haus der Frau ein, die ich liebe, und du wunderst dich, daß mich das interessiert?«

»Vielleicht war es gar kein Fremder«, erwiderte Maddie und überhörte den zweiten Teil, »die Frau, die ich liebe«, weil sie sich dieser Komplikation noch nicht stellen konnte. »Ich habe alle Türen gestern abend abgeschlossen. Wer auch immer also hiergewesen ist, wußte entweder, wie man einen Dietrich benutzt, oder er hatte einen Schlüssel.«

Interessiert horchte C.L. auf. »Wer hat Schlüssel?«

»Meine Mutter, Treva und Brent.«

Er blickte sie an. »Ich setze mein Geld auf Brent.«

Maddie nickte. »Ich auch.«

»Wonach kann er gesucht haben?«

»Ich war gestern in der Bank und habe unser Schließfach geöffnet.«

»Erzähl weiter.« C.L. machte einen angespannten Eindruck, als hörte er ganz genau zu.

»Es waren zwei Tickets nach Rio und zwei Pässe darin.«

C.L. stieß einen Pfiff aus. »Er will wohl verduften, was?«

Maddie nickte. »Die Tickets sind für Montag. Der andere Ausweis war für Em.«

Er zuckte zusammen. »Das muß ein Schock gewesen sein.«

»Ich habe Ems Ausweis herausgenommen und zerrissen. Vielleicht hat er danach gesucht. Außerdem ist der Schließfachschlüssel weg.« Sie dachte an die Kleidungsstücke, die er eingepackt haben mußte. »Und er hoffentlich auch.«

»Behalte das im Kopf«, sagte er, beugte sich vor und küßte sie wieder. Seine Lippen streiften die ihren so sanft, daß sie erschauerte.

»Ich mag es, wenn du das tust«, flüsterte sie, und er erwiderte: »Gut. Ich werde nichts anderes mehr machen.« Wieder küßte er sie, diesmal noch zärtlicher, doch gerade als ihr ganz heiß wurde, schlug draußen eine Autotür zu, und er ließ von ihr ab. »Diese Stadt«, sagte er und löste sich von ihr, um durch das Fenster zu schauen. »Jedenfalls nicht deine Mutter. Irgendeine Wasserstoffblondine nebenan.«

»Gloria.« Einerseits wollte sie nicht, daß er sich von ihr löste, andererseits war sie auch erleichtert. »Vielleicht ist sie es ja, die mit Brent schläft.«

C.L. sah mit zusammengekniffenen Augen aus dem Fenster. »Lieber Himmel, wie kommst du denn darauf?«

»Du findest immer die richtigen Worte«, sagte sie, und er fuhr fort: »Du bleibst hier und legst die Kette vor. Ich werde zu Henry fahren, um zu veranlassen, daß er das Schließfach beobachten läßt.«

»Hey«, sagte Maddie, »mach mir keinen Strich durch die Rechnung. Ich will ihn hier forthaben.«

»Du und ich vielleicht, Baby«, antwortete C.L. und ging zur Tür, »aber es gibt einen Haufen Leute, die ihn lieber hier hätten, um einige Dinge zu klären. Es wäre einfacher für uns alle, wenn er das täte.«

Maddie folgte ihm. »C.L., hier geht etwas vor sich, wovon ich keine Ahnung habe, stimmt's?«

»Frag mich nicht«, sagte er. »Ich bin hier selbst ein Fremder.« Er küßte sie noch einmal, diesmal stürmisch, und preßte sie an sich, warf danach jedoch schuldbewußt einen Blick über seine Schulter. Bevor sie ihm weitere Fragen stellen konnte, war er verschwunden.

Maddie sah ihn wegfahren und dachte, *zu dir kommen wir später, Freundchen.* Sie würde ihre weiblichen Waffen einsetzen, bis er ihr alles erzählte. Wenn sie es nur schaffte, ihr eigenes überwältigendes Lustgefühl zu überwinden.

Sie ging wieder nach oben und zählte noch einmal das Geld unter der Matratze. Vierzigtausend Dollar. Warum hatte er es letzte Nacht nicht mitgenommen? Er mußte noch einmal kommen, um es zu holen. Er konnte es doch nicht vergessen haben.

Was, wenn Brent doch nicht der Einbrecher gewesen war?

Das ergab keinen Sinn. Es mußte Brent gewesen sein; niemand anderer konnte etwas mit dem Schließfachschlüssel anfangen.

Hau einfach nur ab, dachte sie. *Ich will dich aus meinem Leben haben und weit weg wissen.* Plötzlich fielen ihr die Tabletten ein. Hatte sie ihn vielleicht schon ins Jenseits befördert? Oh, Mist.

Sie stopfte das Geld wieder unter die Matratze zurück und schnappte sich ihre Handtasche. Bis zur Apotheke war es nur eine Meile. Das konnte sie vor dem Ladenschluß noch schaffen.

Im Revco zeigte Maddie dem Apotheker das leere Fläschchen Schmerzmittel.

»Wie gefährlich sind diese Tabletten?« fragte sie. »Wenn ich zu viele geschluckt habe, meine ich. Sagen wir so sieben.«

Der Pharmazeut hielt ihr einen Vortrag über den Mißbrauch apothekenpflichtiger Medikamente und meinte dann, daß sieben Stück wahrscheinlich niemandem ernsthaft schaden würden. »Sie würden das Urteilsvermögen beeinträchtigen und vermutlich zur Bewußtlosigkeit führen.« Er sah sie streng an. »Die empfohlene Dosis zu überschreiten ist eine sehr schlechte Idee.«

»Da bin ich ganz Ihrer Meinung«, sagte Maddie. Wenigstens war ihr nun die Angst genommen, eine Mörderin zu sein; ihrer Ansicht nach war Brents Urteilsvermögen immer schon beeinträchtigt gewesen, und den Schlaf hatte er vermutlich nötig.

Sie bat darum, das Fläschchen aufzufüllen, was der Apotheker stirnrunzelnd und widerwillig tat, und sie machte sich wieder auf den Weg nach Hause, um Brent endgültig aus ihrem Leben zu entfernen. »Du bist im Schlaf umgezogen«, könnte sie ihm sagen.

Sie brachte den Rest seiner Sachen einschließlich seiner Golftasche mit dem Geld darin in die Garage. So würde er alles, was er für Rio brauchte, dort finden.

Sie schloß gerade das Garagentor, als ein Auto vorbeifuhr und dann anhielt.

Es war ein Ford neuesten Modells, und Maddie hatte die Frau, die ausstieg, nie zuvor gesehen. Sie war attraktiv, mit wachem Blick und roten Haaren, also nicht Brents aktuelle Freundin. Dennoch wappnete sich Maddie, mit dem Schlimmsten rechnend. Sie konnte eine von Brents Exgeliebten sein. Oder jemand, den er übers Ohr gehauen hatte. Oder C.L.'s verheimlichte Ehefrau. Bei der letzten Möglichkeit schreckte sie zusammen, versuchte jedoch, ruhig zu bleiben, als die Frau auf sie zukam.

»Machen Sie einen Garagenverkauf?«

Maddie blickte sie verdutzt an. »Bitte?«

»Es ist Sonntag«, antwortete die Frau. »Da veranstalten doch manche Leute einen Garagenverkauf mit Trödel.« Sie trat einen Schritt zurück und sah sich um. »Ich dachte, Sie würden auch einen machen, aber ich habe mich wohl geirrt. Tut mir leid.«

»Ein Garagenverkauf«, hörte Maddie sich sagen. Sie riß das Tor wieder auf. »Sicher. Es ist nur Herrenkleidung. Ein paar Sportsachen sind auch dabei.« Ihr fiel das Geld ein, und sie fügte schnell hinzu: »Nur nicht die Golfschläger.«

Die Frau spähte in die Garage. »Welche Kleidergröße?«

Es war vermutlich nicht in Ordnung, Brents Sachen an eine völlig fremde Person zu verkaufen, aber das hätte er sich früher überlegen sollen, bevor er ihre ganzen Konten plünderte. Sie mußte seine Sachen verkaufen. Schließlich hatte sie kein Geld mehr.

»Fast alles XL«, antwortete Maddie. »Machen Sie mir ein Angebot.«

Zehn Minuten später fuhr die Frau mit Brents Sachen davon, die Golfschläger ausgenommen, und Maddie ging wieder ins Haus und stieg die Treppe hinauf. Sie füllte den Schrank mit einigen ihrer eigenen Sachen und warf ein paar ihrer Wäschestücke und Sweatshirts in die leeren Schubladen. Als sie damit fertig war, erklärte sie das ganze Zimmer zu alleinig ihrem Reich.

Eigentlich hätten sie Schuldgefühle plagen müssen, aber sie blieben aus. Sie fühlte sich befreit. Sich umblickend dachte sie: *Ich hasse dieses Zimmer. Ich muß hier raus. Es ist häßlich.*

Das mit pfirsichfarbenem Stoff überzogene Kopfende war besonders häßlich. Brent hatte es ausgesucht. Am besten mußte auch das verschwinden.

Maddie holte einen Schraubenzieher, löste die Halterungen unten an dem Brett und zog es ab. Sie schleppte es die Treppe hinunter und schaffte es in die Garage.

Gloria Meyer kam heraus und sah ihr zu. »Ist das *dein Bett?*«

»Frühjahrsputz.« Maddie blickte Gloria an und dachte, *Vampir, was?* Sie ging wieder ins Haus zurück, um sich dem nächsten Kampf zu stellen mit allem, was sie noch erwarten mochte.

Brent hatte sich nicht in der Firma versteckt, als C.L. dort ankam, aber er traf Howie an, obschon es Sonntag war.

»Sieben-Tage-Woche?« fragte C.L., als Howie herunterkam, um die Tür zu öffnen. Er sah immer noch so aus wie der solide, rechtschaffene Kerl in der High-School, nur sein Haar hatte sich gelichtet.

»Genau der Mann, den ich sehen wollte.« Howie winkte ihn herein.

»Ich suche Brent«, setzte C.L. an, und Howie unterbrach ihn. »Er hat sich in irgendeinem Erdloch verkrochen. Vergiß ihn. Ich möchte, daß du einen Blick in unsere Bücher wirfst.«

»Du machst wohl Witze.« C.L. folgte ihm in sein Büro. »Seit drei Tagen bin ich auf der Jagd nach Brent, um genau dafür die Erlaubnis zu bekommen.«

Howies Computer war eingeschaltet, und auf seinem Schreibtisch lagen jede Menge Ausdrucke. »Er hätte sie dir nicht gegeben.« Howie bedeutete ihm, Platz zu nehmen, und setzte sich selbst vor seinen Computer. »Er hat Gelder unterschlagen. Ich weiß es, aber ich kann nichts finden.«

»Also hatte Sheila recht.« C.L. zog seinen Stuhl näher an den Computer. »Bei Geld hatte sie immer den richtigen Riecher. Was hast du gefunden?«

»Ein Chaos«, erwiderte Howie. »Brent kümmerte sich immer um den Verkauf und die Bücher, während ich die Planung und den Bau übernahm. Bis vor etwa einem Jahr hat das großartig funktioniert, aber dann begannen wir, mehr Häuser zu verkaufen und weniger zu verdienen.«

»Oje!« meinte C.L.

Howie nickte. »Dann fing Dottie Wylie an, sich zu beschweren. Sie wollte das Haus verkaufen, das wir letztes Jahr für sie gebaut haben. Meiner Meinung nach hatte Brent einen zu niedrigen Preis gemacht, was ihm gar nicht ähnlich sah. Sonst wollte er die Angebote immer in die Höhe treiben. Dieses Haus war locker zweihunderttausend wert, und er bot es für einhundertachtzig an.«

C.L.'s Augen verengten sich. »Und warum beschwert Dottie sich?«

»Sie sagt, sie würde ein Verlustgeschäft mit dem Haus machen. Sie verlangt zweihundertzehn. Ich bin zu ihr gegangen, um mit ihr zu sprechen, und sie hat mir zum Beweis die ganzen Unterlagen gezeigt.« Howie sah müde aus. »Sie hat zweihundertzwanzig bezahlt.«

»Also hat Brent die anderen vierzigtausend kassiert«, schloß C.L. »Lieber Himmel, er hat ja jeden beschissen.«

»Und dank Dottie weiß es die ganze Stadt.« Howie rieb sich die Schläfen.

C.L. runzelte die Stirn. »Wenn das der Fall ist, warum zum Teufel hat Stan sich dann eingekauft?«

»Worin eingekauft?« fragte Howie.

»In die Firma«, erwiderte C.L. »Stan hat die Hälfte von Brents Hälfte für zweihundertachtzigtausend gekauft, und Sheila hat einen Anfall bekommen.«

Der Ausdruck auf Howies Gesicht sagte C.L., daß ihm dies alles völlig neu war. »Brent besitzt keine Hälfte«, sagte Howie. »Ihm gehört ein Viertel, genau wie mir. Treva und Maddie besitzen die beiden anderen Viertel.«

»Dann hat er also seinen gesamten Anteil verkauft?« fragte C.L. Howies Blick traf seinen.

»Anscheinend hat er sich verdrückt.« Howie lehnte sich zurück. »Er hat sich ausgekauft, was er nicht darf, ohne uns dreien das Vorkaufsrecht einzuräumen. Demnach ist das ganze Geschäft illegal.« Er schüttelte den Kopf. »Wie denkt Maddie über die ganze Sache?«

C.L. sank ein wenig auf seinem Stuhl zusammen. »Schwer zu sagen. Ich bin nicht einmal sicher, daß sie es weiß. Sie glaubt, er haut wegen einer anderen Frau ab, aber da steckt mehr dahinter. Sie nimmt ihn immer noch in Schutz.« C.L. brach ab, weil dieser Teil schmerzte. »Sie will nicht, daß wir sein Schließfach überwachen oder versuchen, ihn an der Ausreise zu hindern.«

»Das kann ich ihr weiß Gott nicht verdenken«, meinte Howie. »Wenn ich mit Brent verheiratet wäre, würde ich ihn mir auch woandershin wünschen. Dieser dämliche Hund. Noch vor ein paar Tagen erzählte er, wie sehr ihm Frog Point und sein Leben als Brent Faraday auf den Geist gehe und wie sehr er den Gedanken hasse, für das Bürgermeisteramt zu kandidieren. Sieht so aus, als hätte er endlich etwas dagegen unternommen.«

Bei diesen Neuigkeiten mußte C.L. ein Grinsen unterdrücken. Em war in Sicherheit, Maddie war frei, und er würde ihnen ein Zuhause bieten. »Gut für Brent. Endlich hat dieser blöde Hammel etwas gemacht, was mir gefällt.«

»Nun, ich bin nicht glücklich darüber.« Howie seufzte und deutete mit dem Daumen zu den Zahlen auf dem Bildschirm. »Ich habe gehört, du bist Finanzberater. Ich könnte einen gebrauchen.«

»Das nenne ich Zufall«, meinte C.L. »Ich könnte nämlich ein Haus gebrauchen.«

Howie sah ihn verdutzt an. »Hier? In Frog Point?«

»Ja«, erwiderte C.L. »Hat mich selbst überrascht. Laß mich nur schnell Sheila anrufen, um ihr zu sagen, daß Stan übers Ohr gehauen wurde, dann können wir einen Plan ausarbeiten.«

Em rief eine halbe Stunde, nachdem Maddie das Haus geputzt hatte, von der Farm aus an. »Phoebe und ich wollen nach Hause«, sagte sie mit einem leisen Anflug von Hysterie in der Stimme. »Ich will Daddy sehen.«

»Ich weiß nicht, ob Daddy heute abend nach Hause kommt«, antwortete Maddie. »Warum warten wir nicht, bis –«

»Ich will nach Hause«, wiederholte Em, und Maddie erwiderte: »In einer Stunde bin ich da. Halte durch.«

Okay, Em wollte nach Hause, also sollte es so sein. Aber sie mußte auch in Sicherheit sein. C.L. könnte sie beschützen, aber er konnte nicht über Nacht bleiben. Wenn er aber nicht über Nacht bleiben konnte, war Maddie nicht sicher, ob sie in der Lage wäre, Em zu beschützen, auch wenn die Polizei vor der Tür stand.

Ihr Kopf schmerzte.

Während sie in Gedanken ihre Möglichkeiten durchging, klingelte das Telefon.

»Maddie?« meldete sich Treva. »Bei dir war letzte Nacht ein Einbrecher?«

»Woher –«

»Howie hat C.L. getroffen. Bist du okay?«

»Mir geht's gut.« Maddie warf einen prüfenden Blick in den Spiegel der Frisierkommode. Es ging ihr nicht gut. Ihr Bluterguß jedenfalls sah noch schlimmer aus als vorher. Das dunkle Violett hatte an den Rändern eine schmutziggelbe Farbe angenommen. »Ich sehe furchtbar aus, aber sonst geht's mir gut.«

»Howie sagte, daß C.L. sich Sorgen um dich macht. Er meinte, er habe wohl ernste Absichten mit dir.«

»Vergiß C.L.«, antwortete Maddie. »Ich habe ein Problem. Ich befürchte, daß Brent herkommen und versuchen könnte, Em mitzunehmen.«

»Mitnehmen?« Treva klang geschockt. »Sie entführen?«

»Die Dinge stehen schlecht hier«, sagte Maddie. »Ich muß sie nur noch eine Nacht in Sicherheit wissen. Letzte Nacht habe ich sie draußen auf die Henley-Farm gebracht, aber dort will sie nicht mehr bleiben. Sie hat Brent seit vorgestern nicht mehr gesehen, deshalb hat sie Angst.« Bei dem letzten Wort schwankte Maddies Stimme ein wenig. »Und ich auch.«

»Wir kommen rüber«, sagte Treva. »Wir alle. Wenn eine ganze Horde bei dir sitzt, kann er sie nicht mitnehmen.«

»Ihr könnt nicht die ganze Nacht hierbleiben«, gab Maddie zu bedenken. »Ich weiß nicht, was ich tun soll.«

»Wir können zumindest so lange bleiben, bis wir eine Lösung gefunden haben«, meinte Treva. »Wirst du sie jetzt gleich abholen? Sobald du wieder zu Hause bist, kommen wir vorbei. Den Kindern können wir etwas von einer Pizzaparty erzählen, das werden sie uns abkaufen.«

Maddie lehnte sich gegen die Wand. Wieder für ein paar Stunden gerettet. »Ich schulde dir etwas, Treva.«

»Nein, das tust du nicht«, erwiderte Treva grimmig. »Du schuldest mir verdammt noch mal gar nichts. Hör zu, eigentlich rief ich an, um zu erfahren, ob du Hilfe dabei brauchst, die Kiste aus Brents Büro zu öffnen.«

Die Kiste mit den Briefen. Kristies Baby. »Die ist mir mittlerweile egal«, antwortete Maddie und bemühte sich, desinteressiert zu klingen, um Treva nicht neugierig zu machen. »Am besten werfe ich das ganze Ding in den Müll.«

»Besser nicht. Vielleicht sind wichtige Unterlagen für die Firma darin. Ich hole sie mir ab, möglicherweise kriege ich sie ja auf.«

Maddie stockte. »Ich gebe sie dir heute abend, das ist einfacher. Es ist wirklich nicht wichtig, Treva.«

»In Ordnung«, sagte Treva. »Mach dir deshalb keine Sorgen. Wahrscheinlich ist gar nichts darin.«

»Du hast recht.« Maddie legte auf und dachte: *Was glaubt Treva eigentlich, was in dieser Kiste ist?*

Treva hatte einen Hausschlüssel. Und sie wußte von dem Einbrecher. Warum hätte C.L. heute mit Howie sprechen sollen? Nach seinen Worten hatte er doch von ihr schnurstracks zu Henry fahren wollen. Und wenn er Howie nichts erzählt hatte, woher wußte Treva dann von dem Einbrecher? Vorausgesetzt, sie war nicht selbst der Einbrecher gewesen. Sie hatte sich noch nicht einmal erkundigt, ob irgend etwas fehlte.

Nein. Maddie schüttelte den Kopf und raffte sich auf. Sie wurde ja schon paranoid. Treva war ihre beste Freundin. C.L. beschützte sie. Als nächstes würde sie wahrscheinlich ihre Mutter verdächtigen. *Vergiß es und bestell das Abendessen,* ermahnte sie sich und bestellte telefonisch für acht Uhr drei große Pizzen, zwei Deluxe und eine vegetarische.

Sie verließ das Haus, um zur Farm zurückzufahren, und schloß das Garagentor, bevor Mrs. Crosby sich angesichts der Kartons in der Garage Gedanken über ihre Nachlässigkeit machen würde, die jeder von der Straße aus sehen konnte. Die Dämmerung brach herein, und vor dem Haus fuhr jemand mit einem Pickup vor.

Als der Fahrer ausstieg und die Auffahrt heraufkam, erkannte sie Stan Sawyer.

Es war nicht Brent. Solange es nicht Brent war, spielte alles andere keine Rolle.

»Maddie?«

»Hallo, Stan.« Sie bemühte sich, so herzlich wie möglich zu klingen, aber aus ihrer Stimme mußte die Frage zu hören sein: *Was zum Teufel willst du hier?*, denn er zögerte und stand einfach dort, das Gewicht seines schlaksigen Körpers von dem einen auf den anderen Fuß verlagernd. »Hmm ... Ist Brent in der Nähe?«

»Nein«, sagte Maddie. »Soll er dich anrufen, wenn er nach Hause kommt?«

»Wir waren gestern morgen verabredet, aber er ist nicht gekommen. Ich muß ihn dringend sprechen. *Wirklich* dringend.« Stan trat näher, und Maddie begann sich idiotischerweise unwohl zu fühlen. Sie war in Frog Point. Er konnte ihr nichts tun – die ganze Nachbarschaft lag hinter den Fenstern. »Bist du sicher, daß er nicht hier ist?«

»Howie müßte jede Minute kommen«, bot Maddie an. »Er weiß wahrscheinlich alles, was Brent auch weiß.«

»Nein.« Stan kam noch näher. »Meiner Meinung nach treibt Brent ein übles Spiel. Ich glaube, er will verduften.«

Das glaube ich auch, dachte Maddie, *aber von dir will ich das bestimmt nicht hören.* »Davon weiß ich nichts.« Maddie wandte sich dem Haus zu.

Er hielt sie am Arm fest. »Eines solltest du jedenfalls wissen: Er hat mein Geld.«

Sie versuchte, sich loszureißen, aber er hielt sie fest, indem er ihren Ellbogen hoch zu ihrer Schulter drehte. »Du sitzt genauso in der Scheiße wie er«, preßte Stan hervor, als sie plötzlich von den Scheinwerfern eines Wagens geblendet wurden, der die Einfahrt herauffuhr.

»Ich hoffe doch, daß Brent das ist«, sagte Stan.

Der Wagen hielt an, die Scheinwerfer erloschen, und C.L. stieg aus. »Laß sie los«, sagte er und kam mit grimmiger Miene auf sie zu.

11

»Das geht dich nichts an, C.L.«, sagte Stan. »Das ist eine Sache zwischen mir und den Faradays.«

»Laß sie los.«

Maddie versuchte, sich Stans Griff zu entwinden, aber er hielt sie weiterhin am Arm fest. C.L. schien kurz vor einem Mord zu stehen – so hatte sie ihn noch nie gesehen. »C.L., warte einen Moment –«

Stan ignorierte sie und sprach direkt zu C.L. »Du hast das alles ausgelöst, indem du hierher zurückgekommen bist. Verpiß dich und laß mich die Sache zu Ende bringen.« Stan ließ Maddie los, und sie stolperte kurz rückwärts, als er einen Schritt vortrat. »Hätte ich gewußt, was Sh –«

C.L. versetzte Stan einen Schwinger, und Maddie fuhr bei dem Geräusch der hart auftreffenden Faust zusammen. Stan verlor das Gleichgewicht und landete mit dem Hintern auf dem Asphalt, laut fluchend.

»Faß Maddie nicht an«, sagte C.L. »Niemals.«

Mrs. Crosby kam auf ihre Veranda heraus. »Maddie«, schrie sie. »Was ist los?«

»Was soll das?« fragte Maddie C.L. »Hast du den Verstand verloren?«

»Maddie?« bellte Mrs. Crosby wieder.

»Nichts passiert, Mrs. Crosby«, rief Maddie zurück.

»Stan hat nur das Gleichgewicht verloren. Alles in Ordnung.«

Mrs. Crosby rührte sich nicht.

C.L. sog an seiner Hand, ohne sie anzusehen. »Geh ins Haus, Maddie.« Er nickte Stan zu. »Komm her. Das wolltest du doch schon lange tun, also los.«

»Nein.« Maddie stellte sich zwischen sie. »Was ist los mit euch? Ihr seid keine sechzehn mehr. Hört auf damit.«

C.L. versuchte, sie zur Seite zu schieben. »Maddie –«

»Nein.« Sie wandte sich C.L. zu. »Keine Schläge mehr.«

Einen Moment lang verharrte er wie erstarrt. Dann bemerkte sie, wie sein Körper sich entspannte. Er legte die Arme um sie und drückte sie an sich. *Das wird Mrs. Crosby gefallen,* dachte sie, aber es machte ihr beinahe nichts aus. Es tat so gut, ihn wieder zu spüren.

C.L. seufzte. »Okay, du hast recht. Wir benehmen uns wie Idioten.« Er blickte zu Stan auf dem Boden hinunter. »Tut mir leid, aber laß demnächst die Finger von Maddie. Sie hat von nichts eine Ahnung.«

»Da soll mich doch der Teufel holen.« Stan setzte sich mühsam auf und betastete kurz seinen Kiefer. Offenbar war nichts gebrochen, denn er blieb sitzen, die Arme auf seinen angezogenen Knien verschränkt, und begann zu lachen. »Du und Maddie. Weiß Brent davon?«

C.L. bedachte ihn mit einem vernichtenden Blick, und Maddie hielt ihn fester umklammert, nur für den Fall, daß er noch mehr brillante Ideen über Prügeleien mitten auf der Straße hegte.

»Brauchst du deine Zähne noch?« fragte er Stan.

Wieder mußte Stan auflachen. »Der war gut.« Er stand auf und klopfte seine Hosen ab. »Mein Gott, Brent hat's nicht anders verdient.« Er grinste C.L. an. »Wirklich, C.L., ich muß dich nicht schlagen. Brent wird das für mich übernehmen. Er wird dich umbringen. Euch alle beide.«

»Warte mal, du verstehst wohl nicht –« setzte Maddie an, aber C.L. fuhr ihr über den Mund.

»Darauf freust du dich wohl schon, was?« fragte er Stan, aber es lag keine Feindseligkeit in seiner Stimme.

Maddie sah zu ihm hoch. Wie von Zauberhand war jede Wut verschwunden. Wäre es nicht so besorgniserregend gewesen, hätte sie nur staunen können.

Stan schüttelte den Kopf. »Das verspricht wirklich interessant zu werden. Warte, bis ich Sheila das erzähle.« Immer noch lachend ging er die Auffahrt hinunter.

»Ich hätte ihn härter treffen sollen.« C.L. blickte ihm nach. »In alten Zeiten hätte er die Klappe nicht mehr aufmachen können.«

Na, großartig. Jetzt waren es also die guten alten Zeiten. Sie starrte ihn von unten herauf an und ging auf Distanz, mit Bestürzung feststellend, wie sie das warme Gefühl verließ, sobald sie ihn nicht mehr spürte. »Was zum Teufel sollte das?«

»Ich weiß nicht recht. Wahrscheinlich hat es etwas damit zu tun, daß er meine Exfrau heiraten will.« C.L. schlang seine Arme wieder um ihre Schultern, wandte sich dem Haus zu und zog sie mit sich. »Ich bezweifle, daß Sheila ihm erzählt hat, daß ich ein wirklich anständiger Kerl bin.«

»Maddie?« brüllte Mrs. Crosby wieder herüber.

»Guten Abend, Mrs. Crosby«, schrie Maddie zurück und gab C.L. mit einer Bewegung ihres Kopfes ein abwehrendes Zeichen, auch wenn sie sich gleichzeitig näher an ihn schmiegte. »Das hatte doch etwas mit Brent zu tun. Und was meinte er damit, du hättest alles ausgelöst? Und was sollte deine Bemerkung heißen, ich hätte keine Ahnung von nichts?«

»Ich weiß es nicht, Mad.« In der Dämmerung sah C.L. absolut vernünftig aus. »In der Firma stimmt irgend etwas nicht, und das ist nicht gut. Recht viele Leute wollen sich mit deinem Mann unterhalten, und sie sind alle ziemlich sauer.«

»Was meinte Stan mit seiner Bemerkung, du hättest alles ausgelöst?«

»Ich weiß es nicht«, wiederholte er. »Hast du irgendwas Eßbares im Haus? Schlägereien machen mich immer hungrig.«

Er schob sie in Richtung Hintertür, und widerstandslos ging sie mit ihm den Weg hinauf, um die Unterhaltung fortzusetzen. »Das war noch nicht alles«, meinte sie.

»Ganz meine Meinung«, sagte C.L. und hielt die Küchentür für sie offen.

C.L. holte Em und Phoebe von der Farm mit seinem Auto ab. Kurz nachdem sie durch die Hintertür ins Haus gekommen waren, traf Treva mit ihrer Familie ein, gefolgt von Maddies Mutter, die es leid war, auf einen Anruf zu warten, der nicht kam. Bald darauf wurde die Pizza geliefert, die Maddies Mutter unbedingt bezahlen wollte, und zu acht schlugen sie ihr Lager im Wohnzimmer auf, wobei die Erwachsenen Em wie einen Kokon in ihre Mitte nahmen.

»Hast du die Kiste aus dem Büro noch?« flüsterte Treva ihr in der Diele ins Ohr.

»Ja, und ich habe sie geknackt«, antwortete Maddie ebenso leise. »Du wirst nicht glauben, was darin war.«

»Oh?« Treva verschüttete ein wenig von ihrer Cola und bückte sich, um die Tropfen mit einer Serviette aufzuwischen. »Interessantes Zeug?«

»Ein Dutzend Liebesbriefe. Die von Beth sind wirklich traurig.«

Treva blickte zu ihr hoch. »Du nimmst das ziemlich gelassen.«

»Nun ja, ich hasse Beth noch immer dafür, daß sie mit meinem Mann geschlafen hat, aber ich mag meinen Mann auch nicht so gern, wie sie es tut. Es ist ziemlich verwirrend.« Maddie biß in ihre Pizza und fühlte, wie der zähe Käse an ihren Zähnen haften blieb.

»Und was war noch darin?« fragte Treva, doch in diesem Moment verschlang Phoebe das vierzigste Stück Peperoni und mußte sich übergeben, so daß ein allgemeines Chaos entstand, bis die Kinder Phoebe nach draußen brachten.

»Warte«, sagte Maddie, als Em aufstand, aber Three meinte, »ich paß schon auf, Tante Maddie. Ist echt spannend«, und wich nicht von Ems Seite, während sie nach draußen gingen.

Maddie suchte sich einen Platz neben dem Fenster, um die Kinder beobachten zu können. Three klebte an Em wie Kaugummi, die Auffahrt stets im Auge behaltend.

»Er ist ein guter Junge«, meinte Treva neben ihr. »Mach dir keine Sorgen.«

»Er ist wirklich lieb«, antwortete Maddie. »Danke.«

»Maddie, was geht hier vor?« mischte sich ihre Mutter ein, und Treva erwiderte: »Hey, warum erzählen Sie uns nicht die letzten Neuigkeiten? Läßt Gloria sich wirklich scheiden?«

Glorias Scheidung bot für zehn Minuten Gesprächsstoff, und Maddie hörte schweigend zu, während sie C.L. beobachtete: Er saß auf dem Fußboden, seine breiten Schultern gegen ihr Sofa gelehnt, seine langen Beine auf ihrem Familienteppich ausgestreckt, und sie spürte Wärme in sich aufwallen, während sie einfach seine Gesten beobachtete, eine nicht aufzuhaltende Hitze, die sich den Weg aus ihrer Magengrube bahnte und sich in sämtlichen Nervensträngen niederschlug. Heute nacht konnte sie ihn nicht haben – ausgeschlossen, weil Em hier war –, aber sie konnte es genießen, ihn anzuschauen und seine Stimme und sein Lachen zu hören. *Ich könnte ihm ewig zuhören,* dachte sie und versuchte, sich schleunigst wieder auf die Unterhaltung zu konzentrieren, bevor ihr andere dumme Gedanken in den Sinn kamen.

Das Gespräch wandte sich Mrs. Crosbys Tochter zu, die gerade eine Trinkdiät machte, zu Margaret Erlenmeyer, die schon wieder schwanger war, und schließlich zu Harold Whitehead, der Candace Lowery zum Abendessen ausgeführt hatte, obwohl seine Frau erst seit zwei Monaten tot war. »Er behauptet, es wäre ein Geschäftsessen gewesen«, ließ ihre Mutter naserümpfend verlauten, »aber das kaufe ich ihm nicht ab.«

Die Kinder kamen wieder herein, und Mel erkundigte sich lautstark nach einem Dessert. Maddies Mutter stand auf und meinte: »Es ist schon spät. Ich muß jetzt gehen.«

Maddie folgte ihrer Mutter zur Haustür, einen Blick zu C.L. zurückwerfend, der sie angrinste und ihr den Atem stocken ließ.

»Wie geht es Gran?« fragte ihre Mutter auf der Veranda. »Was meinst du, geht es ihr gut?«

Diese Frau hatte noch niemals in ihrem Leben einen guten Tag, und das genießt sie, wollte Maddie erwidern, sagte statt dessen jedoch nur: »Sie blüht auf. Mickey Werauch-immer hat exhibitionistische Anwandlungen, und irgendeine Person im Nebenzimmer hat eine furchtbare Haut.« Maddie beobachtete den Gesichtsausdruck ihrer Mutter. »Ich wußte gar nicht, daß sie vor Grandpa schon einmal verheiratet war.«

Ihre Mutter wandte sich ab und ging zum anderen Ende der Veranda. »Das ist schon lange her, sehr lange. Das spielt jetzt keine Rolle mehr. Ich finde es übrigens sehr nett von diesem Sturgis-Jungen, Em so einen niedlichen kleinen Hund zu schenken.«

Gegenangriff, dachte Maddie. *Geschickt gemacht, Mom.* »Ja, nicht wahr? Fahr vorsichtig nach Hause.«

»Schön, daß du solch gute Freunde hast«, fuhr ihre

Mutter fort, ohne Anstalten zu machen, sich zu verabschieden.

»Ich kann mich glücklich schätzen«, antwortete Maddie. »Gib acht, daß du das Licht einschaltest.«

»Ich bitte dich, Maddie, selbstverständlich schalte ich das Licht ein. Es ist stockfinster.« Ihre Mutter sah sie stirnrunzelnd an. »Madeline, läuft da irgend etwas mit diesem Mann, was ich wissen sollte?«

Kurz ließ Maddie sich alles durch den Kopf gehen, was mit diesem Mann gewesen war. Es war eindeutig nicht genug, und die Anspannung und das Verlangen, die bereits während des ganzen Abends in ihr brodelten, wurden nur noch stärker. »Nein, Mutter.«

Ihre Mutter wandte sich der Treppe zu. »Mach jedenfalls keine Dummheit, nur weil du in Betracht ziehst, dich von Brent scheiden zu lassen. Wo steckt er überhaupt heute abend? Em macht sich Gedanken.«

Maddie lehnte sich an den Türrahmen. »Ich habe keine Ahnung. Vermutlich bei der Frau, mit der er eine Affäre hat.«

Regungslos verharrte ihre Mutter im Licht der Veranda. »Das hast du mir gar nicht erzählt.«

»Ich wundere mich, daß du es noch nicht weißt«, erwiderte Maddie. »Hast du wirklich noch nichts gehört?«

»Nicht mehr als sonst.« Ihre Mutter ließ ein wenig die Schultern hängen. »Offenbar ist es wohl wirklich aus, nicht wahr?«

»Ja, Mutter.« Maddie tat es mehr für ihre Mutter leid als für sich selbst. Sie würde frei sein und mit C.L. Sex haben können – *immer langsam,* ermahnte sie ihre Libido –, und Em wäre in Sicherheit, aber ihre Mutter hätte eine Scheidung in ihrer Familie zu beklagen.

»Was immer passiert, Maddie, du kannst mich jederzeit anrufen. Immer.«

Maddie biß sich auf die Lippe. Genau in dem Moment, wenn in Maddie das Gefühl aufstieg, Oberwasser zu haben, kam ihre Mutter stets mit so etwas heraus und ließ ihr bewußt werden, wie sehr sie sie liebte. »Danke, Mom. Das werde ich tun.«

»Ich wünschte, all das würde nicht passieren.« Die Stimme ihrer Mutter brach ein wenig, und Maddie trat die Stufen zu ihr hinunter, um sie zu trösten.

»Es ist besser für uns«, sagte sie und schloß ihre Mutter in die Arme. »Ich war schon lange nicht mehr glücklich, aber ich war auch nicht unglücklich, deshalb gab es keinen Grund, ihn zu verlassen. Aber jetzt habe ich eine Vorstellung davon bekommen, was Glück bedeutet.«

»Das war alles, was ich immer wollte«, sagte ihre Mutter. »Daß du glücklich bist.« Sie richtete sich auf. »Für die Stadt wird das ein gefundenes Fressen sein, soviel steht jedenfalls fest.«

»Nun ja, irgendwann müssen schließlich auch wir an die Reihe kommen«, erwiderte Maddie. »Unsere Familie war nicht mehr Stadtgespräch, seitdem Gran Buck heiratete.«

Ihre Mutter warf ihr einen mißbilligenden Blick zu. »Hör nicht auf diese Frau. Sie erfindet Dinge, um sich interessant zu machen.«

»Gran braucht nichts zu erfinden, um sich interessant zu machen«, meinte Maddie. »Auch mit geschlossenem Mund bietet sie dort auf ihrem Bett eine alleinunterhaltende Vorstellung.«

»Ja, weiß Gott.«

»Fahr nach Hause, Mom«, sagte Maddie. »Morgen wird alles besser aussehen. Ich habe einen Termin wegen der Scheidung, die Stadt wird darüber reden und zu dem Schluß kommen, daß Brent es verdient, weil er mich betrogen hat, wir werden allen ein paar Wochen lang leid tun, weil wir so liebe Menschen sind, dann wird jemand anderes irgendeine

Dummheit anstellen und zum Thema Nummer eins werden. In diesem Fall sind jedenfalls wir die Guten. Wir werden es überstehen.«

»Du hast recht.« Ihre Mutter tätschelte ihren Arm. »Ich liebe dich. Kümmere dich um Em. Es wird schlimm für sie werden.«

»Ich weiß.« Maddie verließen die Kräfte. »Ich weiß. Ich werde auf sie aufpassen.«

»Gut.« Noch einmal klopfte ihre Mutter auf ihren Arm und ging dann den Weg zum Wagen hinunter, hielt jedoch abrupt inne und drehte sich noch einmal um. »Madeline, du solltest diesen Sturgis jetzt nicht so oft sehen. Es macht einen schlechten Eindruck.«

Dieser Sturgis. C.L.'s heißer Blick und seine begehrenden Hände auf dem Rücksitz, in ihrer Diele, ihrer Küche, ihrem Wohnzimmer, auf ihr, unter ihr T-Shirt gleitend, ihren Rock, überallhin –

Sie durfte nicht daran denken. »Ich weiß, Mom.« Sie mußte sich von C.L. fernhalten. Gott sei Dank ging er nach Columbus zurück.

Bei diesem Gedanken erschauerte sie. Sie wollte seine Nähe spüren, wie er sie festhielt und wärmte. So, wie er es auf dem Rücksitz getan hatte. Maddie schluckte und schlang die Arme um ihren Körper. Sie wollte ihn nackt bei sich spüren, fühlen, wie er ihre Hitze entfachte. Maddie ermahnte sich, nicht an den nackten C.L. zu denken, aber ihre Gedanken gingen unaufhaltsam ihre eigenen Wege, und ihre Haut begann zu prickeln. Sie sollte hier vor ihrer Mutter nicht solche Gedanken hegen, aber nun, da die Vorstellung einmal aufgetaucht war, konnte sie an nichts anderes mehr denken.

Vielleicht könnte sie Einkäufe in Columbus machen, drei- oder viermal in der Woche. Sie malte sich C.L.'s Wohnung aus, ausgestattet mit einem riesigen Bett, und C.L. nackt und hart auf ihr, in ihr.

Ihre Mutter redete noch immer. »Laß ein wenig Zeit vergehen. Du solltest mindestens ein Jahr warten.«

Maddie kniff die Augen zusammen. Ein Jahr? Sie war nicht einmal sicher, daß sie es für die nächste Viertelstunde schaffen würde, und ihre Mutter sprach von einem Jahr?

»Du kennst die Leute«, schloß ihre Mutter.

»Ja, Mutter«, antwortete Maddie und flüchtete ins Haus zurück, sobald sich der Wagen entfernte. Ein Jahr. Ganz gewiß würde sie viele Einkäufe in Columbus machen.

Als sie in das Wohnzimmer zurückkam, saßen die anderen drei mit einem Bier auf dem Fußboden und diskutierten über Bailey. C.L. lehnte noch immer mit dem Rücken am Sofa. Die Hemdsärmel hatte er bis zu den Ellbogen über seine starken, sonnengebräunten Arme aufgerollt, die Beine in der Jeans vor sich ausgestreckt und übereinandergeschlagen. Er hatte tolle Schenkel, eine Tatsache, die ihr bislang entgangen war. Wenn sie bereits so weit war, daß sie Schenkel mit Stielaugen betrachtete, hatte sie wirklich große Probleme.

C.L. blickte zu ihr auf und lächelte – dann mußte er den heißen Blick in ihren Augen wahrgenommen haben, da sein Grinsen nur ein wenig nachließ und seine Augen sich verengten.

Ja, danke, ich hätte auch Lust, dachte Maddie und fragte sich, wie lange es wohl dauern würde, bevor sie ihn wieder haben konnte. Mit Em hier und Brent in Sicht konnte es Tage, Wochen dauern. Sie setzte sich ihm gegenüber, streckte ihre Beine neben seinen aus, und er stellte sein Bier auf dem Fußboden ab, so daß sein Handrücken flüchtig ihre Wade berührte.

Eine Hitzewelle durchfuhr sie, und sie erschauerte.

C.L.'s Lippen öffneten sich, und sein Blick tastete sie begehrend ab. Bewußt sah sie weg, um sich auf Howies Worte zu konzentrieren. Wenn sie und C.L. nicht damit aufhörten, würden sie sich gleich hier über den Teppich wälzen – eine so wundervolle Vorstellung, daß sie die Augen schließen mußte.

C.L. verlagerte seine Position ein wenig, so daß sein Bein das ihre berührte, rauher Jeansstoff an ihrer Wade. Ihre Gedanken schlüpften in Ecken, wo sie nichts zu suchen hatten, drängten sie förmlich, sich ebenfalls an ihn zu schmiegen, über seine Beine zu krabbeln, sich mit gespreizten Beinen auf ihn zu setzen, ihn auf den Teppich zu pressen, seinen Mund mit ihrem zu bedecken –

Hör auf damit, schalt sie sich selbst und versuchte, sich auf Howie und Treva zu konzentrieren.

»Nachdem man ihn bei der Bank gefeuert hatte, nahm er Schmiergelder von dem Spielclub hinten im Roadhouse«, erzählte Howie gerade. »Deshalb konnte Henry ihn nicht mehr als Mietcop empfehlen.«

Treva schüttelte den Kopf. »Ich habe nie kapiert, warum er so etwas Blödes gemacht hat.«

»Weil er eine etwas unklare Vorstellung von den Feinheiten des Gesetzes hat«, erwiderte Howie. »Bailey ist nur ein netter und harmloser, aber dämlicher Kerl. Er dachte, daß niemand durch das Spielen Schaden nehmen würde, warum also nicht das Geld absahnen?«

C.L.'s kleiner Finger kitzelte sie am Knöchel. Einen Moment lang schloß Maddie die Augen. Noch nie hatte ein Kitzeln eine so verheerende Wirkung gehabt. Wenn er noch eine Minute so weitermachte, würde sie gleich noch kommen. Sie würde mit Sicherheit kommen, wenn er sie, egal wo, mit seinen Händen berührte.

»Und jetzt ist er also Wachmann in der Firma«, sagte Treva. »Es scheint, als ob Bailey nicht der einzige dämliche Kerl hier ist.«

Howie zuckte mit den Schultern. »Das war Brents Idee, nicht meine.« Seine Stimme klang kühl, und Treva lehnte sich zurück und schwieg, während Maddie von Trevas offensichtlichem Unbehagen und der Erwähnung von Brents Namen aus ihrer Hitzewelle gerissen wurde.

»Warum wollte Brent ihn haben?« fragte sie.

Howie schob den Pizzakarton beiseite. »Vor etwa einem Monat kam er zu mir und meinte, daß sich trotz der Absperrungen wieder irgendwelche Jugendlichen oben am Point träfen und wir Schwierigkeiten bekämen, wenn sich einer von ihnen dort verletzen sollte. Deshalb hat er Bailey eingestellt.« Er trank einen kleinen Schluck Bier, während Maddie und Treva Blicke tauschten. »Hey, das war gar keine so schlechte Idee. Jetzt haben wir jemanden, der die Dinge nachts im Auge behält.«

Treva meinte: »Und zwar den Typen, von dem du sagtest, er hätte eine etwas unklare Rechtsvorstellung, richtig?«

Howie schüttelte den Kopf. »Er würde nichts aus der Firma stehlen. Bailey ist loyal.«

»Das ist er«, meinte C.L. Wieder verlagerte er seine Stellung, näher an Maddie heranrückend, setzte das Bier diesmal auf der anderen Seite über ihre Beine hinweg ab, wobei er ihren Knöchel mit dem Handgelenk gegen seine Hüfte preßte und weiterredete, um Howie und Treva abzulenken. »In der High-School wurde er immer grün und blau geprügelt, weil er seine Freunde nie verriet.« Er runzelte die Stirn. »Na ja, eigentlich wurde er immer grün und blau geprügelt, Punkt. Er war so ein kleiner Kerl, der die Prügel förmlich anzog.«

»Sprichst du da aus Erfahrung?« fragte Maddie und drückte ihren Knöchel noch fester gegen seine Hüfte. *Schlaf mit mir.*

Howie lachte. »Herrje, die Hälfte aller Schlägereien von C.L. in der High-School waren Racheakte an jemandem, der sich Bailey vorgeknöpft hatte. Bailey hält C.L. für einen Gott.«

»Es waren aber immer Typen, die ich sowieso verhauen wollte«, meinte C.L. und schenkte Maddie sein diabolisches Lächeln. *Jederzeit.*

Howie sah C.L. an. »Wie Brent.«

Maddie richtete sich ein wenig auf.

»Du bist der einzige, vor dem Brent jemals klein beigegeben hat«, fuhr Howie fort. »Und das war wegen Bailey.«

»Brent hat Bailey verprügelt?« fragte Maddie. *Und C.L. hat Brent verprügelt?*

»Nur einmal«, erklärte Howie. »Und genaugenommen hat Brent Bailey nicht verprügelt. Er hat ihn nur ein bißchen geschubst. Daraufhin hat C.L. ihm gesagt, er solle aufhören, und das hat er getan.«

Maddie warf C.L. einen Blick zu. »Einfach so?«

C.L. schüttelte den Kopf. »Wenn ich mich recht erinnere, hatte ich einen Baseballschläger in der Hand. So stark war ich nämlich gar nicht.«

»Bist du öfters bewaffnet zur Schule gegangen?« wollte Maddie wissen.

»Nein, wir spielten tatsächlich Baseball«, antwortete C.L. »Brent und ich waren Mannschaftskameraden. Kumpel sozusagen.«

»Klar doch«, lachte Howie, »ihr wart Kumpel!«

»Wir haben einige Erfahrungen geteilt«, korrigierte C.L. sich und ließ seine Hand wie zufällig über Maddies Wade gleiten.

Höher, dachte sie und versuchte, einen unbekümmerten und an der Unterhaltung interessierten Eindruck zu machen.

»Hör dir das an«, meinte Howie, und Treva versetzte ihm einen Tritt.

C.L. mußte lachen, und Maddie betrachtete ihre besten Freunde und dachte: *Er paßt zu uns. Es ist, als wäre er nie fort gewesen.* Dieser Gedanke erregte sie noch mehr. *Denk an etwas anderes.*

Sie erinnerte sich zurück an sie alle zu High-School-Zeiten: Howie ernst hinter seiner Brille, Treva, die in ihrem Cheerleader-Röckchen und mit einer Schleife in ihrem Pferdeschwanz herumlief und mit jedem flirtete, Brent, einfach nur cool, in seinem Pullover mit Schriftzug darauf, und C.L. in seinem aus der Hose hängenden Shirt, der noch cooler aussah. Es gab auch noch andere – Margaret Erlenmeyer und ihre erstaunliche Kollektion von Pendleton-Röcken; Candace, vernünftig und ehrgeizig; Stan, immer ein wenig zurückgeblieben und vorgebend, mit den anderen Schritt zu halten; Gloria, ein blasses kleines Nichts aus der untersten Klasse, die sie alle beobachtete, und vor allem Brent – aber es waren die Menschen hier im Zimmer, die ihr am meisten bedeuteten. Diese Menschen und Brent. Wenn sie sie nun betrachtete, stellten sie eine seltsame Gruppe ohne viele Gemeinsamkeiten dar, abgesehen davon, daß sie eine lustige Vergangenheit miteinander verband, aber das war schon viel.

C.L.'s Finger strichen über ihre Wade, und ihre Lust ließ sie erneut alles andere vergessen.

In diesem Moment stürmten die Kinder mit Phoebe herein und verwandelten das Zimmer augenblicklich wieder in ein einziges Chaos. Em rückte näher an ihre Mutter heran.

»Wo ist Daddy?« fragte sie flüsternd.

Schuldbewußt winkelte Maddie ihre Beine an. »Ich weiß es nicht genau, Liebes. Wahrscheinlich noch bei der Arbeit.«

Em sah besorgt aus. »Kommt er heute abend noch?«

Voller Schmerz wollte Maddie sie beruhigen. »Wahrscheinlich. Wahrscheinlich sehr spät, wie üblich.«

»Hey, Em«, rief Three, »Mel und ich gehen zu Dairy Queen. Willst du mitkommen?«

Maddie wollte nein sagen, aber Em fragte: »Darf ich?«, so daß sie dachte, *es wird sie ablenken, und Brent würde sie nicht finden.*

»Ja«, sagte Maddie.

»Können wir Phoebe mitnehmen?« fragte Mel. »Sie hat noch nie unser Haus gesehen.«

»Weshalb ihr auch keine Hundekotzflecken auf dem Teppich habt«, meinte Maddie trocken.

Treva sah Maddie an und dann C.L. »Ich finde, Phoebe sollte heute nacht bei uns bleiben«, sagte sie fröhlich. »Em kann auch kommen, wenn sie mag.«

»*Wirklich?*« Mel stieß einen Freudenschrei aus, während Howie seine Frau ansah, als habe sie den Verstand verloren.

»Wirklich«, sagte Treva. »Geh und hol Ems Pyjama.«

Em schien ein wenig überrumpelt zu sein, aber Mel zog sie aus dem Zimmer, während Phoebe um sie herumflitzte, so daß Em mitging und ihrer Mutter über die Schulter einen verwirrten Blick zuwarf.

Das war keine gute Idee. Sie sollte Em in ihrer Nähe behalten, aber der Gedanke daran, gleich mit C.L. allein zu sein, sich nackt an ihn zu pressen, während er sich in ihr bewegte –

Aber da war Em.

Sie sollte bei Em bleiben. Sie konnte dem Sex mit C.L. doch nicht mehr Bedeutung beimessen als ihrer Tochter. »Treva«, setzte sie an, und Treva unterbrach sie: »Es täte Em gut, die Nacht bei uns zu verbringen, wo doch hier *der Einbrecher* war. Howie und Three können sie beschützen.«

»Oh«, ließ Howie sich vernehmen.

»Was?« fragte C.L.

Treva nickte. »Und du brauchst – ihr braucht ein wenig Zeit für euch. Jemand sollte bei dir bleiben für den Fall, daß der Einbrecher zurückkommt.«

Ziemlich plump, Treva, wollte Maddie sagen, aber der Gedanke daran, C.L. hier zu haben, war zu überwältigend.

»Ich mag dich«, sagte C.L. zu Treva. »Ich habe dich immer schon gemocht.«

»Maddie?« fragte Treva.

Okay, sie war eine schlechte Mutter. Aber Em wäre wirklich sicherer bei Treva aufgehoben. Außerdem begehrte sie C.L. so sehr, daß sie hätte schreien können. »Gute Idee«, erwiderte Maddie. »Ich meine, daß Em diese Nacht bei euch bleibt.«

Während Maddie ihnen allen von der Veranda aus hinterherwinkte, ging C.L. durch das Haus, um alle Fenster- und Türschlösser zu überprüfen. Er traf sie dann vorne im Flur, als sie gerade die Haustür abschloß und die Kette vorlegte. »Wie geht es dir?« fragte er und kam näher. »Du hast ein paar schlimme Tage hinter dir.«

Er sah toll aus, wie er da stand, stark und selbstbewußt, mit breiten Schultern, feurigem Blick und kräftigen Händen, und je näher er kam, um so flacher ging ihr Atem. *Solange du hier bist, geht es mir wunderbar.* »Ich bin schon okay«, sagte sie. »Ich habe heute Brents Klamotten in einem Garagenverkauf verhökert.«

C.L. brach in Gelächter aus. »Ich hoffe, du wirst niemals sauer auf mich sein. Du bist skrupellos.« Er schlang seine Arme um sie, und Maddies Atem setzte völlig aus, während sie sich an ihn schmiegte und versuchte, nicht aufzustöhnen, als sie ihn endlich so nahe bei sich spürte. Sie wollte ihn nicht zu ernst nehmen. Bald würde sie endlich frei sein, und es gab noch einen Haufen Fragen, die er noch nicht beantwortet hatte, aber jetzt genoß sie einfach die Art und Weise, wie er aussah, wie er sich bewegte und wie sie sich in diesem Augenblick fühlte, während sie sich noch enger an ihn preßte. Ihm eine Menge Fragen zu stellen und damit ihre Umarmung zu lösen, schien eine schlechte Idee zu sein. Zu den Fragen konnte sie später kommen.

Er sprach in ihr Haar: »Ich vermute, dies ist der Punkt, an dem du mich rauswirfst.«

Nimm mich sofort hier auf dem Fußboden. Sein Wagen

stand in der Auffahrt und strahlte förmlich Sex aus... sie sollte ihn hinauswerfen, aber sie hatte solches Verlangen nach ihm –

»Du denkst schon wieder. Ich habe dich doch immer wieder davor gewarnt.« Er beugte sich herab und küßte sie lange. Seine Zunge spielte in ihrem Mund, während seine Hände hinten unter ihr T-Shirt glitten, seine Finger sie drängender streichelten und eine Hitze in ihr entfachten, daß sie beinahe aufgeschrien hätte. »Du brauchst mich, um dich zu beschützen, mein Schatz«, flüsterte er. »Ich sollte besser die ganze Nacht hierbleiben.«

Seine Arme schlossen sich fester um sie, und er küßte ihren Hals. Jeder Gegenwehr beraubt, umklammerte sie ihn mit ihren Händen. Sie schloß die Augen und stellte sich seinen nackten Körper an ihrem vor, während er sich in ihr bewegte. Angesichts ihrer Situation war das ein schändlicher Gedanke, aber sie stand kurz davor, zu explodieren, und Treva hatte soeben ihr Kind entführt, damit sie genau das tun konnte.

Außerdem würde Frog Point sowieso morgen von der Scheidung erfahren.

Wir werden die Guten sein, hatte sie zu ihrer Mutter gesagt, aber heute nacht wollte sie nicht gut sein. Sie wollte so sein wie auf dem Rücksitz am Point: selbstbewußt und fordernd und triumphierend und wild und befriedigt. Die neue Maddie würde nicht gut sein. Sie wollte alles haben, auch wenn es nur für eine Nacht war.

»Ja«, sagte sie, während sich seine Finger in ihren Rücken bohrten. »Du darfst bleiben.« Sie schluckte. »Aber zuerst mußt du rausgehen und so tun, als ob du fährst. Dann stellst du den Wagen ein paar Blocks weiter ab und kommst hinten herum zurück.«

»Du machst Witze«, meinte C.L.

Beeil dich, wollte sie herausplatzen, aber sie bemühte sich um einen ruhigen Tonfall und fragte: »Willst du, daß Henry es erfährt?« Er zuckte ein wenig zusammen.

»In Ordnung.« Er ließ sie los und trat zurück. Sie mußte sich davon abhalten, ihn wieder zu sich zu ziehen. »Ich fahre den Wagen weg, aber du solltest besser schon nackt sein, wenn ich wiederkomme.«

»Darauf kannst du Gift nehmen«, sagte Maddie und lief, als er zur Tür hinausging, die Treppe hinauf, um sich im Gästeschlafzimmer die Kleider vom Leib zu reißen. Ein guter Kompromiß, dachte sie, während sie unter die Bettdecke schlüpfte und die kühlen Laken an ihrem zitternden Körper spürte. Nackt, aber nicht in dem Schlafzimmer, das sie mit Brent geteilt hatte.

Beeil dich, ging es ihr wieder durch den Kopf. Sie rutschte noch ein wenig tiefer in die Kissen und dachte an C.L.'s Hände.

C.L. fand sie, da sie die Tür zum Schlafzimmer geschlossen und das Licht im Gästezimmer angelassen hatte. Es war ein schönes Zimmer – vage nahm er blaßblaue Wände und üppige, weiche Vorhänge aus weißem Stoff an den Fenstern wahr –, aber eigentlich waren das einzige, das er deutlich sah, die Kurven von Maddies Körper, die sich unter dem dünnen Laken abzeichneten. Ihre Brüste und Hüften, die unter dem weißen Stoff kleine Hügel wie Eiscreme bildeten, ihre bloßen Schultern, die im Licht der Lampe blaß schimmerten, und ihr Gesicht, überschattet von dem Bluterguß nach Brents Schlag, aber wunderschön mit den dunklen, heißen Augen und den einladend lächelnden, vollen Lippen. Er zog seine Kleider aus, während er sich zum Bett bewegte.

»Hat auch lange genug gedauert«, wisperte Maddie und rutschte ein Stück zur Seite. Ihre Stimme, warm vor Lächeln und heiser vor – wie er hoffte – Verlangen, und ihr

Körper, der sich unter dem Laken bewegte, benebelten seinen Verstand.

Er setzte sich auf die Bettkante, um seine Shorts abzustreifen, und ihr Körper neigte sich aufgrund seines Gewichts in seine Richtung. »In Columbus zu parken war deine Idee«, sagte er mit leicht bebender Stimme. Endlich hatte er sich aller Kleidungsstücke entledigt, rollte sich neben sie ins Bett, zog sie nahe zu sich und vergaß das Atmen. Sie war so weich und rund überall, kühl im Vergleich zu seiner Hitze, sanft im Vergleich zu seiner Rauheit. Ihr Körper spannte sich und schmiegte sich zitternd an ihn, ihre Muskeln und Nerven in kaum merklicher Bewegung, so daß er sie überall berühren mußte, um ihr Beben zu fühlen. *Kontrolle bewahren,* ermahnte er sich. Mit der Wange fuhr er ihre Schulter entlang bis zum Hügel ihrer Brust. Ihre Haut roch nach Blüten und, merkwürdigerweise, nach Annas Küche. »Du riechst nach Plätzchen«, flüsterte er mit belegter Stimme, so sehr begehrte er sie, und sie seufzte und wisperte: »Vanille.«

Er bewegte sich wieder nach oben und fand ihren Mund, der, das Wort noch auf den Lippen, leicht geöffnet war und seine Zunge weich in sich aufnahm. Sanft drückte er sie in die weichen Kissen, die wie Marshmallows unter ihnen nachgaben. Er streckte sich aus und preßte seinen Körper gegen sie, während er spürte, wie ihre Hände über seinen Rücken fuhren und ihre Zunge an seinem Schlüsselbein entlangglitt, bevor sie zärtlich seine Haut zwischen die Zähne nahm. Erschauernd spannte sich sein Körper, in dem Verlangen, sie auf der Stelle zu nehmen, hart in sie einzudringen, sie beide ins Vergessen zu stürzen, aber das wäre Maddie gegenüber nicht richtig. Nicht hier.

Es hatte irgend etwas mit dem Haus zu tun, Maddies Haus – ein anständiges Familienhaus mitten in Frog Point. Er hatte die Wärme und das familiäre Gefühl genossen, mit all diesen Menschen heute abend zusammenzusein, und irgendwie schien das Haus und vor allem dieses Schlafzimmer zu einer anderen Ära zu gehören. Maddie drängte sich gegen ihn, und er verzehrte sich vor Verlangen nach ihr, aber während er sich behutsam auf sie drehte – ihren Körper Zentimeter für Zentimeter erkundete und jeden animalischen Trieb, der von ihm Besitz ergriff, niederzukämpfen versuchte, letztendlich dadurch, daß er die derzeitige Baseballstatistik im Geiste rezitierte –, fühlte er tief im Inneren, wie das Haus und insbesondere dieses schöne blaue Zimmer ihn zurückhielten. Es war ein unschuldiges Zimmer von der Art, in der er und Maddie für immer schlafen würden, sobald sie dieses ganze Durcheinander hinter sich gelassen hätten. Für den Rest seines Lebens könnte er sie auf weiche, kühle Laken drücken und spüren, wie ihr heißer, runder Körper sich an ihn schmiegte oder ihn umschlang, und er könnte sie beide mit wiegenden Bewegungen, langsam und vorsichtig und sicher zu beständiger Befriedigung führen.

Unter ihm begann Maddie wieder, sich rhythmisch zu bewegen, und das alte Verlangen übermannte ihn erneut derart, daß er aufhören mußte, sich zu bewegen, sie zu berühren, während er gegen sein Verlangen ankämpfte, sie hart anzufassen, in ihre heiße, schlüpfrige Nässe einzutauchen und sie zu der schreienden Überwältigung zu treiben, die sie beide zwei Nächte zuvor auf dem Rücksitz nur knapp überlebt hatten.

Lieber Himmel, daran darfst du noch nicht mal denken, ermahnte er sich, während es in seinem ganzen Körper heftig pochte. Das war nicht das, was sie gerade erlebten, das war eine andere Art der Leidenschaft, eine von Frog Point genehmigte, verheiratete, ernsthafte und kontrollierte Leidenschaft, die für ihn nie zuvor besonderen Anreiz geboten hatte – und, wenn er ehrlich war, ihn auch jetzt weniger als anderes reizte. Aber solange Maddie seufzend unter ihm in einem großen kühlen Bett lag, war dies alles, was er wollte.

Unter ihm beschäftigten Maddie andere Gedanken.

Nun hatte sie alles, was sie wollte: Privatsphäre, Sicherheit, Handlungsfreiheit, keine Sorgen wegen Em, und endlich C.L., groß und stark und toll und heiß und verrückt nach ihr, dessen Hände mit soviel Lust in seinen Augen von ihrem Körper Besitz ergriffen, daß sie nahezu schon deswegen kam, weil sie so begehrt wurde.

Und dann hatte sich das Tempo plötzlich verlangsamt. Nicht, daß sie kein großer Fan des Vorspiels gewesen wäre, aber sie hatte das ganze Wochenende lang und vor allem nachts an ihn gedacht – an seine begehrenden, dunklen Augen, beschattet von den langen Wimpern, die bei jedem Mann Verschwendung wären, aber bei C.L. phantastisch aussahen, und an diesen festen Mund, der die Lust in ihr entfachte hineinzubeißen, und an diese Hände, oh, Gott, diese Hände, fordernd überall auf ihrem Körper –, so daß sie das ausgedehnte Vorspiel bereits auf gewisse Weise ohne ihn ausgelebt hatte. Genug davon. *Reichlich* genug.

Sie preßte sich gegen ihn, aber da er zögerte, hielt sie still, damit er nicht aufhörte. Nicht, daß die Dinge, die C.L. so einfühlsam mit seinen Händen und seinem Mund und seinem Körper anstellte, nicht großartig wären, weil sie ihr – vielen Dank – ein äußerst wohliges Gefühl bereiteten. Es ging vielmehr um die Frage, warum sie, wenn alles so wunderbar lief, noch Zeit dazu hatte, das Geschehen zu analysieren. Sie hob sich ihm mit rhythmischen Bewegungen entgegen, um die Dinge zu beschleunigen, und seine Hände umklammerten hart ihre Hüften, aber genau in dem Moment, in dem sie sich auf die Art von Sex einstellte, die sie befreien würde, ließ er von ihr ab und ging auf Distanz.

»C.L.?« fragte sie, worauf er erwiderte: »Schhhh…« und sie zärtlich küßte.

Ja, wunderbar. Es gab genügend Gelegenheiten für sanfte Küsse, aber dieser Moment heißer und nackter Körper gehörte mit Sicherheit nicht dazu. Sanft zog er sie an sich, und der Teil ihres Körpers, der den seinen berührte und Muskeln und Haut und Hitze spürte, fühlte sich phantastisch an, aber sie verlangte nun nach anderem als nach Zärtlichkeit.

Okay, denk nach, sagte sie zu sich selbst, was ein wenig schwierig war angesichts der Tatsache, daß er in diesem Augenblick mit seinem Mund ihre Schulter wie ein Scanner abtastete – zweifellos sehr schön, aber das war nicht ihre primäre erogene Zone.

Es dauerte mindestens eine Minute, bevor er den Weg zu der Vertiefung ihres Halses fand und zu wirklich interessanten Bereichen vordrang.

Das Problem war nicht C.L. Jeder Mann, der imstande war, das mit ihr zu tun, was er mit ihr auf dem Rücksitz eines Wagens vollbracht hatte, war sicherlich in einem Bett zu noch höheren Genüssen in der Lage. Das Problem war seine Vorgehensweise. Dieses vorsichtige, wie in Zeitlupe ablaufende Herantasten mußte ein Ende finden, weil sie ihn *auf der Stelle* in sich spüren wollte.

Ihm das zu sagen, war jedoch keine gute Idee. Sechzehn Ehejahre mit Brent hatten sie gelehrt, daß Kritik an der Leistung eines Mannes *in medias res* nur Schaden anrichtete. Also würde es nicht funktionieren, C.L. einfach an den Ohren zu ziehen und »Würdest du mich jetzt bitte ficken« zu schreien, auch wenn sie sich zu solch derben Worten überreden könnte.

Es wäre lustig, das zu tun – zu verlangen, was sie wollte, einfach alles hinauszuschreien. Aber er wäre bestimmt schockiert. Er hatte immer noch die Vorstellung, daß sie

Maddie die Heilige Madonna war, was erklären könnte, warum er ihren Schrein mit solcher Hochachtung behandelte, statt ihr den Verstand zu rauben. Und das letzte, was sie brauchen konnte, war ein abgetörnter C.L. Dann würde er sich noch langsamer bewegen.

C.L. unterbrach seine Zärtlichkeiten, um ein Kondom überzuziehen, und in Maddie keimte ein Funken Hoffnung auf. Seine Lippen fühlten sich warm an auf ihrem Hals, und sie ließ sich, sich leicht bebend an ihn pressend, in die Glut fallen, die er dort entfachte. Das war's schon eher. Sie ging zu hart mit ihm ins Gericht; auch sie war bei all diesen Gedankengängen passiv. Seine Hände glitten über ihren Rücken, und sie biß sich auf die Lippe. Zur Hölle mit dem Denken.

Sie rieb sich gegen ihn, als das Kitzeln seiner Lippen an ihrem Hals zu ihren Brüsten, ihrem Bauch und ihren Schenkeln und schließlich noch tiefer durchsickerte. Leicht fuhr sie mit ihren Fingernägeln über seinen Rücken.

C.L. atmete heftig und löste sich ein wenig von ihr, die Glut mit sich nehmend und sie so frustriert zurücklassend, daß sie hätte schreien können.

Verdammt.

Okay, er mochte keine aggressiven Frauen, die ihm den Rücken zerkratzten. Er wandte sich wieder ihrem Hals zu, und Maddie überließ sich dem Feuer, das er dort erneut entfachte. Nur hatte sie leider das Feuer hinter sich gelassen und erlebte bereits das Inferno. Sie fühlte, wie sein Mund zu ihrer Brust wanderte, und erwartungsvoll hob sie sich ihm entgegen. Sie wollte diesen betäubenden Druck spüren, der einem Schmerz so nahe kam, aber auch hier war C.L. sehr zärtlich. Vor Frustration stöhnte sie auf, was er als Ermutigung aufgefaßt haben mußte, da er noch langsamer wurde.

Maddie gab es auf. Wenn es so sein sollte, sollte es so sein.

Nicht, daß sie nicht schon zuvor langweiligen Sex erlebt

hätte – schließlich war sie mit Brent verheiratet. *Phantasiere,* riet sie sich selbst und beschwor die Vision des atemberaubendsten Mannes herauf, den sie sich vorstellen konnte, aber anstatt Dennis Quaid oder George Clooney vor sich zu sehen, erschien C.L., der sich auf dem Rücksitz hart gegen sie preßte, die Finger in ihrem Haar vergraben und ihren Kopf nach hinten ziehend, um ihr mit seinen glutheißen Blicken in die Augen zu sehen, während er sich tiefer in sie bohrte, so daß sie sich unter ihm wand, und sein Mund gierig an ihren Lippen sog und seine Hände grob über ihre Brüste und noch gröber über ihre Hüfte fuhren, um sie an sich zu ziehen und sie hart, hart, hart, hart zu nehmen –

Sie öffnete die Augen und sah C.L. über sich, der umwerfend wie immer, aber irgendwie abgelenkt wirkte, so als würde er an etwas anderes denken, um nicht die Kontrolle zu verlieren, *der dumme Hund.* Frustriert stieß sie einen Schrei aus.

C.L. hörte auf, ihre Brust zu streicheln, und fragte: »Maddie?«, und sie richtete sich auf, stützte sich auf ihre Ellbogen, bis ihre Nasenspitzen sich beinahe berührten, und sagte: »Hör zu, nicht, daß ich deine Aufmerksamkeiten nicht zu schätzen weiß, aber würdest du jetzt mit den Spielchen aufhören und *mich einfach um den Verstand ficken?«*

»Was?« fragte C.L., aber bevor sie es zurücknehmen konnte, sagte er: »Darüber müssen wir sprechen, aber *später*«, riß ihre Hüfte zu sich heran und stieß sie in die Kissen zurück, während er mühelos so hart und so schnell in sie eindrang, daß sie aufschrie.

»Nein?« fragte er und hielt inne, und sie stöhnte: »O Gott, ja«, beugte sich vor, um ihn in die Schulter zu beißen, und danach nahm sie nur noch das Gewicht seines heißen Körpers wahr, ihre Nässe, während er sich schnell und grob in ihr bewegte, seine Schultern unter ihren Fingernägeln, als er sich über sie beugte, seinen Mund, der über ihren herfiel. Er fühlte sich so gut an, daß sie vor Dankbarkeit hätte weinen können. Seine Hand packte in ihr schweißnasses Haar, sein Mund fuhr grob über ihre Brüste, seine Finger bohrten sich in ihre Hüften, als er sie niederdrückte und sie sich ihm entgegenwand in dem Verlangen, ihn ganz zu besitzen, den ganzen C.L., heiß auf ihr, hart in ihr.

Ihr Körper erschauerte jedes Mal, wenn er tief in sie eindrang, jeder Schauder ließ ihr Blut wallen, und der Rhythmus ergriff von ihr Besitz und ließ sie nichts weiter wahrnehmen als ihr Gefühl und C.L. und die erschütternde Überzeugung, daß er nicht aufhören könnte, ohne daß sie starb. »Hör nie damit auf«, sagte sie. Sie sah in seine Augen, so schwarz vor Lust, daß sie völlig leer aussahen, und ihr wurde klar, daß er sie nicht hören konnte, daß er sich in ihr verloren hatte, außer Kontrolle vor Verlangen nach ihr war, und das ließ sie noch mehr erschauern. Sie kam ihm noch weiter entgegen, die Zähne zusammenpressend, weil er sich so gut anfühlte, und er zog sie fester an sich heran und bohrte sich noch tiefer in sie, ihr Verlangen nach ihm zu einer einzigen, engen und heißen Spirale werden lassend, bevor alles explodierte und sie sich unter ihm wand, gefangen in Spasmen, so daß sie sich aufbäumte, wobei er sie jedoch mit seinem bebenden Gewicht wieder auf das Bett niederdrückte und sich ohnmächtig seinem eigenen Höhepunkt überließ – die beste Phantasie, die sie jemals gehabt hatte.

»Wahnsinn«, sagte C.L., als er wieder zu sich kam. »Ich wußte nicht, daß so etwas in Frog Point möglich ist.«

»Ist es auch nicht«, murmelte Maddie an seiner Schulter. »Danke.« Seine Hände umschlossen sie fest, nahmen sie voller Liebe und erneutem Begehren wieder in Besitz. Sie stöhnte leise auf, so daß er sie losließ.

»Habe ich dir weh getan?« fragte er, und sie kuschelte sich näher an ihn.

»Gerade im richtigen Maße«, sagte sie. »Exakt im richtigen Maße.«

Schon wieder übermannte ihn die Lust, und das einzige, was ihn bei Verstand hielt, war das Wissen, daß sie ihm gehörte und daß ihre Geschichte von Dauer sein würde – daß sie, sobald Brent gefunden und Maddie geschieden wäre, heiraten und für immer zusammenbleiben würden.

»Ich liebe dich«, flüsterte er nah an ihrem Ohr und begann, weil alles so schnell, viel zu schnell gegangen war, um es richtig mitzubekommen, das Liebesspiel erneut.

Maddie räkelte sich neben ihm, überwältigt von ihm und sich selbst und von der Art, in der sie sich geliebt hatten. Nie hatte sie sich freier gefühlt. *Warum habe ich jemals geheiratet?* fragte sie sich. Sobald Brent nach Südamerika verschwunden wäre, würde sie die Scheidung einreichen, dann wäre sie für immer frei. Diese Vorstellung war so beherrschend, daß sie einen Moment brauchte, bevor sie merkte, daß C.L. sich neben ihr bewegte. Sein Haar kitzelte ihre Brust, während er sich den Weg zu ihrem Bauch hinunterküßte. Alles in ihrem Inneren, das sich gerade in ein Nachglühen verwandelt hatte, loderte wieder auf. Sie fuhr ihm mit den Fingern durchs Haar, um ihn festzuhalten. »Ich glaube, noch so einen Orgasmus halte ich nicht aus«, sagte sie und versuchte, zu ihm hinunterzurutschen. »Ich werde meinen Verstand verlieren und sterben.«

Schräg von unten grinste er sie an, sein Mund ein wenig davon strapaziert, all ihre Phantasien zu erfüllen, und sagte: »Dann komm eben nicht.« Er fuhr mit der Wange über ihren Bauch abwärts und ließ seine Hände zwischen ihre Beine gleiten. Sie fühlte sein Gewicht auf ihren Schenkeln, bevor er sie dort zu küssen begann, und ihr letzter rationaler Gedanke war, daß man C.L. Sturgis schlecht etwas abschlagen konnte, wenn man nackt war.

Em war nicht glücklich. In jeder anderen Nacht hätte sie sich gefreut, Phoebe mit Mel zu teilen, Eiscreme zu essen und in Mels riesigem Doppelbett zu übernachten. Heute abend jedoch hatte sie Sehnsucht nach ihrem Dad. Seit zwei Tagen hatte sie ihn nicht mehr zu Gesicht bekommen, und sie wollte ihn wiedersehen, nur um sicherzugehen, daß alles in Ordnung war.

»Dieser C.L. ist echt cool«, meinte Mel. »Wie Jason Norris, ein bißchen wenigstens.«

Phoebe bettelte darum, ins Bett zu kommen, also hoben sie sie hoch und versteckten sie unter der Bettdecke für den Fall, daß noch einmal jemand für eine letzte Bettkontrolle hereinschaute.

»Er hat dir sogar einen Hund geschenkt«, fuhr Mel fort.

»Hmmm.« Em drückte Phoebe fester an sich.

Mel bohrte weiter. »Magst du ihn denn nicht?«

»Doch, er ist in Ordnung.« Em vergrub ihr Gesicht in Phoebes Hals.

»Hört sich aber nicht so an.«

»Doch, ich mag ihn wirklich.« Em setzte sich auf. Es ging ihr zu schlecht, um irgend etwas vorzutäuschen. »Bei uns zu Haus ist nur alles so komisch.«

»Ich weiß.« Mel nickte. »Das Gesicht von deiner Mom sieht echt übel aus.« Sie beugte sich über den Bettrand und fiel beinahe hinaus, während sie unter dem Bett nach etwas Knisterndem fingerte, richtete sich dann mit rotem Gesicht und einer Packung Hostess-Napfkuchen in der Hand wieder auf. »Die hab ich aus der Küche geklaut. Phoebe geben wir besser nichts davon, sonst kotzt sie noch ins Bett.«

Em war nicht sicher, ob nicht *sie* sich nach der Pizza und Dairy Queen in Mels Bett übergeben würde, aber nichtsdestotrotz nahm sie den kleinen Kuchen, den Mel ihr reichte.

»Wo ist dein Dad?« fragte Mel, nachdem sie beide ein

Stück Kuchen abgebissen hatten und die Cremefüllung aus der Mitte leckten.

Em wurde schlecht. »Weg. Arbeiten.«

»Hat das deine Mom gesagt?«

Em nickte.

Mel zuckte mit den Schultern. »Na gut.«

Sie glaubt es auch nicht, dachte Em und platzte bei diesem Gedanken hervor: »Sie lassen sich nicht scheiden. C.L. ist nur jemand, den sie noch aus der High-School kennen. Sogar deine Eltern kennen ihn. Der einzige Boyfriend, den meine Mom jemals hatte, war mein Dad.«

»Genau wie bei meiner Mom und meinem Dad.« Mel schüttelte mißbilligend den Kopf angesichts der Tatsache, wie langweilig Erwachsene sein konnten, und biß ein großes Stück Kuchen ab. »Ich frage mich, wer wohl C.L.'s Freundin gewesen ist.«

Aus irgendeinem Grunde war das auch kein toller Gedanke. »Vielleicht hatte er gar keine«, meinte Em.

»Bestimmt hatte er eine«, sagte Mel im Brustton der Überzeugung. »Er ist süß und lustig. Er hatte eine. Und ich wette, er hat noch immer eine.«

Sie zwinkerte Em zu. »Er lächelt deine Mom ziemlich oft an.«

»Sie sind alte Freunde«, wandte Em ein. »Deine Mom lächelte er auch an. Und deinen Dad ebenfalls.«

Mel nickte. »Weißt du, wenn das ein Film wäre –«

»Es ist aber kein Film«, sagte Em. »So etwas passiert Leuten wie uns nicht.«

»Stimmt«, antwortete Mel. »Wir sind echt langweilig. Hey, Phoebe frißt deinen Kuchen!«

»Phoebe!« Em riß ihr fast ganz weggessenes Kuchenstück in die Höhe und mußte trotz allem wegen der weißen Sahne auf Phoebes Nase lachen. Ein wenig aufgeheitert stand sie auf, um den Kuchenrest wegzuwerfen. Menschen

wie ihr oder ihrer Mutter passierte nie etwas. Oder wie ihrem Dad. Bei dem Gedanken an ihren Vater zog sich Ems Herz ein wenig zusammen. Ihnen passierte nichts. Niemals. Sie waren wirklich alle langweilig. Allesamt. Bis auf C.L. Sie stieg wieder ins Bett. »Hey, weißt du was? C.L. hat mir einen tollen Trick beigebracht. Er heißt das Gedächtnisbild, und man muß –«

Mel beugte sich aufmerksam vor, und Em schob alle Gedanken beiseite außer dem Trick, den C.L. ihr gezeigt hatte.

Das Telefon klingelte früh am Morgen. Maddie kämpfte sich aus den Tiefen des Schlafs nach oben. Sie spürte einen kleinen, aber angenehmen Schmerz in sich, den sie sich nicht ganz erklären konnte, und war ein wenig verwirrt, weil sie nicht wie üblich in ihrem Bett lag. C.L., selbst noch im Halbschlaf, nahm den Hörer ab, bevor sie ihn daran hindern konnte.

»H'lo?«

»Wer spricht dort?« Die Stimme am anderen Ende bellte so laut, daß Maddie sie verstehen konnte.

»Gib mir den Hörer», zischte sie, aber C.L. hatte sich bereits aufgestützt, um zu sprechen, und er hatte tolle nackte Schultern, die ihren Geist nur noch mehr benebelten. Deshalb gab sie auf und hörte zu.

»Henry?«

»C.L., was *zum Teufel* tust du dort?«

»Ich mache einen Besuch«, sagte C.L. schwach.

»Es ist sieben Uhr morgens, mein Lieber.«

»Ich weiß, Henry.« C.L. setzte sich aufrecht und fuhr sich mit der Hand über die Augen, um wach zu werden und schnell nachzudenken. »Was willst du?«

»Ich will Maddie Faraday sprechen, du hirnloser Schwachkopf. Was *tust* du dort?«

Maddie lehnte den Kopf in die Kissen und versuchte,

nicht loszuprusten. Es war nicht gut, daß Henry Bescheid wußte, und C.L. sah deshalb so unbehaglich aus, daß es nicht fair war, sich darüber zu amüsieren, aber ihr ging es nach der letzten Nacht so gut, ihr Körper fühlte sich immer noch weich an vor Genuß und Befriedigung, und er sah so großartig aus, nackt in ihrem Gästebett, daß es ihr schwerfiel, nicht zu grinsen, auch wenn ihr Leben immer mehr den Bach hinunterging. Aber wenigstens hatte niemand in ganz Frog Point so versiegelte Lippen wie Henry. Es war nicht sehr wahrscheinlich, daß er es weitererzählte.

»Ich seh mal nach, ob sie da ist«, sagte C.L. und legte die Hand über die Muschel. »Das ist mein Onkel«, erklärte er Maddie. »Es wäre vielleicht eine gute Idee zu versuchen –«

»Zu verbergen, daß wir miteinander schlafen?« Maddie grinste. »Unmöglich. Ich wette, er weiß sogar, daß wir beide nackt sind.«

»Nun, versuch es zu überspielen«, meinte C.L. irritiert. »Bist du morgens immer so munter?«

»Nur nach jeder Menge gutem Sex in der Nacht zuvor.« Sie zog ihn zu sich herunter und küßte ihn lange und innig. In jeder Faser ihres Körpers wurde die Erinnerung an ihn wachgerufen, während sie mit der Hand über seinen Arm streichelte.

C.L. löste sich und nahm die Hand von der Sprechmuschel. »Henry? Können wir zurückrufen? Hier passiert gerade etwas –«

Henry hörte auf zu brüllen, so daß Maddie nicht mehr verstehen konnte, was er sagte, aber es mußte etwas Wichtiges sein, weil C.L. sich plötzlich aufrichtete. Er hörte kurz zu und sagte dann: »Wir kommen sofort.«

»Was ist los?« fragte Maddie, als er auflegte. »Warum sollen wir kommen? Was ist denn nun mit ›Hier passiert gerade etwas‹?«

»Sie haben Brent gefunden«, sagte C.L. und stieg aus dem Bett.

Seine Stimme klang gepreßt, so daß Maddie sich ebenfalls aufsetzte. Sie hatten Brent gefunden. »Ich wußte gar nicht, daß er verlorengegangen war«, meinte sie und versuchte wieder munter zu klingen, aber sie fühlte sich wie erschlagen. Nun würde Brent niemals nach Südamerika fliegen. Sie war in der Klemme.

»Er ist nicht verlorengegangen.« C.L. zog den Reißverschluß seiner Jeans zu und setzte sich wieder aufs Bett. Er ergriff ihre Hand und sagte: »Ich muß dir etwas Schlimmes sagen. Er ist tot. Jemand hat ihn am Point erschossen.«

Maddie starrte ihn an. »Was? Was? Was redest du da?«

»Jemand hat Brent erschossen«, wiederholte C.L., und Maddies Verstand verarbeitete die Worte, aber sie ergaben keinen Sinn.

Jemand hat Brent erschossen. Brent war tot. Das war unmöglich. Jemand hatte Brent erschossen. Einen Moment später sah sie C.L. an und fragte: »Wer?«

»Ich weiß es nicht«, antwortete C.L. und stand auf, um sein Hemd anzuziehen. »Ich hoffe aber sehr, daß Henry es weiß, weil wir ihm schließlich gerade erst ein Motiv frei Haus geliefert haben.«

12

Es dauerte eine Weile, bevor Maddie die Bedeutung der Worte wirklich begriff. Brent war tot. Er würde nicht nach Südamerika fliegen, er war tot. Sie würde sich nicht von ihm scheiden lassen, er war tot. Er würde Em nicht entführen, er war tot. Es war entsetzlich, aber weit weg, als würde es jemand anderen betreffen. Brent konnte nicht tot sein. Brent widerfuhr niemals etwas Schlimmes.

Brent war tot.

Für Em würde es verheerend sein. Sie mußte Em holen.

»Maddie?« fragte C.L., doch sie schüttelte nur den Kopf und kletterte aus dem Bett.

»Em«, stieß sie hervor. »Ich muß es Em sagen.«

»Warte, zuerst solltest du mit Henry sprechen. Sag es Em später.« C.L. sah elend aus, als er ihren Namen aussprach. »Sag es ihr, wenn du bei ihr bleiben kannst.«

Maddie hielt einen Moment lang inne und stellte sich vor, wie Em mit diesem Wissen alleine wäre. »Du hast recht.« *Em.*

»Ich kann das einfach nicht glauben.« Sie griff nach ihren Kleidern, die sie auf den Stuhl geworfen hatte. »Henry ist ganz sicher?«

»Henry unterlaufen keine derartigen Fehler – zu sagen, Brent sei tot, wenn er es nicht ist«, antwortete C.L. »Das ist keine Oh-leider-vertan-Nachricht. Er ist ganz sicher.«

»Ich kann es nicht glauben«, wiederholte Maddie und verließ das Zimmer, um sich anzuziehen.

Sie zeigten ihr Brent auf einem internen Bildschirm. Soweit sie erkennen konnte, befand sich ein kleines Loch in seinem Kopf unterhalb des Ohrs. Die andere Gesichtshälfte war abgedeckt – hier konnte es also wiederum so klein nicht sein. Irgendwo hatte sie einmal etwas über die Größe von Austrittswunden gelesen, daher bat sie nicht, das Tuch wegzuziehen. Das war auch gar nicht nötig. Zweifellos handelte es sich um Brent – aufgedunsen, viel zu blaß und mit merkwürdiger Gesichtsfärbung, aber es war Brent. »Stimmt mit der Farbeinstellung des Monitors irgend etwas nicht?« fragte sie, was C.L. verneinte, so daß es ihr leid tat, gefragt zu haben. *Das ist mein Ehemann,* dachte sie und spürte, wie ihre Knie nachgaben. Er hatte sie in den Armen gehalten und geliebt und betrogen und geschlagen, und nun war er tot.

»Maddie?« sprach Henry sie an, und sie atmete tief durch.

»Er ist es«, sagte sie, wandte sich ab und trat von dem Bildschirm weg, bevor sie ohnmächtig werden würde. C.L. und Henry folgten ihr hinaus in den Korridor, wo Maddie sich gegen die Wand lehnte.

»Bist du okay?« C.L. hielt sie am Arm fest. »Setz dich eine Minute.«

»Es geht schon«, log Maddie. »Laß uns das hinter uns bringen, damit ich zu Em kann.«

Henry deutete zur Treppe, und sie folgten ihm die beiden Absätze hinauf in sein Büro.

»Wer hat ihn erschossen, Henry?« fragte C.L., als sie dort ankamen.

»Das wissen wir noch nicht.« Henry schenkte beiden Kaffee aus der Kanne auf dem Aktenschrank ein und blickte, nachdem sie Platz genommen hatte, Maddie an. »Hast du irgendwelche Ideen, Maddie?«

Ideen. Sie war noch nicht einmal zu klaren Gedanken fähig, und er wollte Ideen von ihr hören. »Er schlief jedenfalls mit einer anderen Frau. Das könnte, abgesehen von mir, noch jemand anderen aufgebracht haben.«

»So aufgebracht warst du gar nicht«, meinte C.L.

»Was hast du für ihn empfunden?« fragte Henry.

»Henry«, setzte C.L. an, aber Maddie beantwortete die Frage.

»Ich mochte ihn nicht«, sagte sie. »Ich sollte heute zu einem Termin wegen der Scheidung. Ich hatte Jane Henries in Lima angerufen.«

Mit zusammengepreßten Zähnen stieß C.L. die Luft aus. »Mad, vielleicht solltest du ohne einen Anwalt nichts weiter sagen.«

»Warum nicht?« Verwundert blickte sie ihn an. »Du glaubst doch nicht im Ernst, daß ich so etwas tun könnte. Außerdem war ich die ganze Nacht mit dir zusammen.«

Henry starrte C.L. an, der sich zurücklehnte und an die Decke sah. Dann wandte Henry sich wieder zu Maddie. »Die letzte Nacht interessiert uns nicht.«

Maddie riß die Augen auf. »Aber wann –«

»Für Genaueres müssen wir den Bericht des Coroners abwarten, aber wir vermuten einen Zeitpunkt zwischen Freitagabend und Samstagmorgen.«

»Freitag?« Das war mehr als zwei Tage her. So lange sollte er bereits tot sein? Während sie mit Em zur Bank gegangen und bei Burger King gesessen hatte, hatte er tot am Point gelegen? Unmöglich. Er war schon tot, während sie seine Kleidung verkauft und mit den anderen Pizza gegessen hatte und mit C.L. –

Maddie vergrub ihr Gesicht in den Händen. Das war einfach zuviel.

Henrys Stimme holte sie zurück. »Was hast du Freitagabend gemacht, Maddie?«

»Freitag.« Was hatte sie Freitagabend gemacht? Ihr Selbsterhaltungstrieb setzte ein. Oh, Gott. Sie war mit C.L. durch Frog Point gefahren und dann von ihrem Mann verprügelt worden, woraufhin sie sich in ihrem Schlafzimmer eingeschlossen hatte. Das war gar nicht gut. »Freitagabend lebte er noch«, sagte sie zu ihm. »Ich kam etwa gegen eins am Samstagmorgen nach Hause. Das war das letzte Mal, das ich ihn gesehen habe.« Er war aus dem Haus gegangen, um sich erschießen zu lassen, einfach so. »Oh, mein Gott.«

C.L. stand auf. »Henry, laß mich sie nach Hause bringen. Sie hat einen Schock. Du kannst sie später befragen.«

»Glaubst du, daß du einen Schock hast, Maddie?« fragte Henry.

Maddie wurde schwindelig. »Ich fühle mich wie betäubt, aber ich glaube nicht, daß das ein Schock ist. Mein Kopf tut weh.«

Henry beugte sich ein wenig vor. »Sieht so aus, als hätte dich jemand geschlagen.«

»Henry«, mischte sich C.L. erneut ein, »das ist nicht gerade das, was ich von dir erwarte.« Sein Onkel fixierte ihn.

»Nun, ich habe auch nicht erwartet, eine Frau anzurufen, deren Ehemann gerade ermordet wurde, und dich in ihrem Bett vorzufinden.«

C.L.'s Ärger löste sich in Luft auf. »Das kann ich erklären«, sagte er, und Maddie sah ihn mit mutlosem Interesse an. *Das wäre gut,* dachte sie. *Ich weiß nicht, ob ich selbst es erklären könnte.*

Henry lehnte sich zurück. »Ich warte.«

C.L. gab sich einen tugendhaften Anschein. »Weißt du, diese Sache mit dem Einbrecher und so, da dachte ich, es wäre besser, Maddie nicht allein zu lassen.«

Henry sah wenig beeindruckt aus. »Das zeugt ja wirklich von Nächstenliebe. Was hast du denn in ihrem Bett zu suchen?«

»Wir haben so eine Art gemeinsames Wochenende verbracht.« C.L. fühlte sich unbehaglich. »Ich war Freitagabend auf der Suche nach Brent, und da er nicht zu Hause war, haben Maddie und ich uns unterhalten.«

»Das ist alles? Unterhalten?«

C.L. nahm wieder Platz. »Tja, weißt du, Henry, sie dachte an eine Scheidung, und das haben wir... besprochen.«

Henry neigte den Kopf. »C.L., wenn du glaubst, daß ich –«

»Wir haben uns Freitagabend am Point geliebt, Henry«, sagte Maddie. »Danach hat C.L. mich etwa gegen eins zu Hause abgesetzt. Brent war dort und völlig außer sich. Er schlug mich, woraufhin ich ihm sagte, daß ich mich scheiden lassen wolle. Danach habe ich mich im Schlafzimmer eingeschlossen, und er verließ das Haus. Ich hatte schon mit

Jane Henries telefoniert und über die Scheidung gesprochen. Sie hatte mir für heute den Termin gegeben.« Maddie hielt inne, als ihr ein Gedanke durch den Kopf schoß. »Ich denke, nun brauche ich sie nicht mehr.«

»Sei dir da mal nicht so sicher«, meinte C.L. grimmig. Er erhob sich wieder. »Wir gehen jetzt.«

»Gegen ein Uhr morgens.« Henry warf C.L. erneut einen prüfenden Blick zu. »Hast du Brent Faraday gesehen, als du Maddie nach Hause brachtest?«

»Nein, leider nicht.«

»Warum leider?«

»Weil er sie in dieser Nacht verprügelt hat«, explodierte C.L. »Gottverdammt, Henry –«

»Setz dich, C.L.« Henry wandte Maddie seinen imposanten Kopf zu und ignorierte seinen Neffen. »Wohin ging er, nachdem er das Haus verlassen hatte?«

»Das weiß ich nicht.« Maddie ließ sich in ihren Stuhl zurückfallen und erzählte Henry alles, was sie über diese Nacht wußte. »Sie sagte nur dieses eine Wort«, schloß sie ihren Bericht. »›Gut.‹ Sie klang zornig, aber schließlich hatte er ihr gerade gesagt, daß es vorbei sei, daher ist das wohl verständlich. Nur konnte ich aus diesem einen Wort nicht viel schließen.«

»Sonst gab es nichts, was dir merkwürdig vorkam?« fragte Henry. »Alles andere war normal?«

»Nun ja, da sind noch die zweihundertachtzigtausend Dollar, die ich am Samstag im Schließfach gefunden habe, und die vierzigtausend, die ich Sonntag in der Golftasche entdeckte«, meinte Maddie. »Darüber habe ich mich ein wenig gewundert.«

C.L. wandte seinen Blick von Henry ab und starrte sie an. »*Was?* Und davon hast du mir nichts erzählt?«

»Ich habe niemandem etwas gesagt«, antwortete Maddie. »Ich dachte, er bräuchte es für seine Reise nach Rio.«

Fünfzehn Minuten später meinte Henry, den Kopf in die Hände gestützt: »Also, kam das Geld in dem Schließfach von Stan, und die vierzigtausend in der Golftasche –«

»Keine Ahnung«, sagte Maddie.

»Du hast also alles in dem Schließfach gelassen –«

»Außer Ems Paß«, beendete Maddie den Satz. »Ich vermutete, daß Brent Sonntag nacht wegen des Schlüssels noch einmal zurückgekommen sei, weil der Einbrecher, wer auch immer es war, einen Schlüssel hatte und anscheinend sofort zum Schreibtisch ging.« Erschrocken unterbrach sie sich. »Aber Brent war Sonntag nacht schon tot. Also muß sein Mörder seine Hausschlüssel an sich genommen haben, um irgend etwas zu suchen.«

»Nicht unbedingt«, setzte Henry an, doch C.L. verkündete: »Wir werden noch heute alle Schlösser auswechseln.«

Henry schüttelte den Kopf. »Es muß niemand mit einem Schlüssel gewesen sein. In dem Einbruchsbericht hieß es, man könne deine Schlösser mit einer Kreditkarte knacken. Trotzdem halte ich das für eine gute Idee, C.L. Die Schlösser sollten besser ausgewechselt werden.« Er lächelte Maddie zu. »Wir wollen dich doch in Sicherheit wissen.«

»Danke«, sagte Maddie und begann, sich unbehaglich zu fühlen. Es war nicht Henrys Art zu lächeln.

»Du besitzt nicht zufällig eine Waffe, oder?« fragte Henry immer noch lächelnd.

»Henry, das reicht jetzt«, sagte C.L.

»Es scheint jedenfalls keine auf dich oder Brent eingetragen zu sein, aber wir könnten natürlich verstehen, wenn du dir mittlerweile eine zugelegt hättest.«

»Ich habe keine Waffe«, antwortete Maddie im gleichen Moment, als C.L. aufstand und sagte: »Wir gehen.«

»C.L.«, ermahnte Henry ihn. »Du scheinst die Situation nicht zu begreifen. Ich habe hier zwei Personen mit großartigen Motiven und keinen Alibis.«

»Henry«, erwiderte C.L. mit übertriebener Geduld. »Warum hätten wir ihn erschießen sollen, wenn sie sich scheiden lassen wollte?«

»Als Witwe kriegt sie mehr Geld.«

»Ihr gehört ein Viertel der Firma«, gab C.L. zu bedenken.

Maddie fuhr hoch. Woher wußte er das?

»Und mir geht es auch nicht schlecht, danke«, fuhr C.L. fort. »Eine Scheidung würde mir genügen.«

Henry seufzte. »Du solltest lieber beten, daß nichts anderes ans Tageslicht kommt, was gegen euch spricht.«

»Bestimmt nicht«, erwiderte C.L.

»Nur noch ein paar letzte Fragen –« begann Henry.

»Nein.« C.L. ergriff Maddie am Arm und zog sie auf die Füße. »Mir gefällt der Verlauf dieses Gesprächs nicht. Ohne einen Anwalt wird sie gar keine Fragen mehr beantworten.«

Henry sah ihn finster an. »Auf wessen Seite stehst du, mein Lieber?«

»Auf ihrer«, sagte C.L. »Immer und uneingeschränkt. Sie muß ihrem Kind beibringen, daß sein Vater tot ist, und ich werde mich in der Zwischenzeit um neue Schlösser und einen Anwalt bemühen. Du brauchst sie im Moment nicht. Verdammt noch mal, schließlich wird sie schon nicht verduften.«

»Keiner von euch wird verduften«, erwiderte Henry. »Sie sollte noch nicht einmal daran denken, die Stadt zu verlassen. Das gilt auch für dich, C.L.«

Maddie hatte Mühe, nicht laut loszulachen. Frog Point verlassen? »Wohin sollte ich denn gehen?« fragte sie ihn.

»Mein Aufenthalt hier steht außer Frage«, sagte C.L. würdevoll. »Ich habe nicht die geringste Absicht, Maddie alleine zu lassen, während du solche verqueren Gedanken hegst. Ich nehme an, daß ich noch euer Hinterzimmer haben darf?«

»Ja, und heute nacht wirst du dort sein«, antwortete Henry. »Es ist reichlich zu früh, den Witwentröster zu spielen.«

Sie war jetzt Witwe. Alles war so unwirklich, und sie war Witwe. C.L. zerrte sie zur Tür.

»Wir rufen dich an, wenn wir einen Anwalt gefunden haben«, sagte C.L. zu Henry und schob sie hinaus.

Auf der Heimfahrt beobachtete C.L. Maddie aus dem Augenwinkel. Natürlich sah sie unter den gegebenen Umständen wie erschlagen aus, und ziemlich elend, was – angesichts der Tatsache, daß sie Em sagen mußte, sie habe ihren Vater verloren – ebenfalls verständlich schien.

»Es tut mir so leid, Liebling«, sagte er und ergriff ihre Hand. »Ich habe ihn mir zwar weit weg gewünscht, aber nicht so.«

»Es wird so furchtbar für Em werden«, sagte Maddie und umschloß seine Hand mit ihren Fingern, was ihm ein weitaus besseres Gefühl bereitete als in dieser Situation angemessen. »Meine arme Kleine.«

»Ich werde ihr auch helfen«, antwortete C.L., den Druck seiner Hand verstärkend. »Ich würde alles tun.«

Maddie zog ihre Hand zurück. »Das Beste, was du tun kannst, ist zu verschwinden. Deine ständige Nähe würde mich in ein ziemlich verdächtiges Licht setzen.«

Bei diesem Gedanken lief es ihm eiskalt den Rücken hinunter. *Ich werde alles tun, nur das nicht*, wollte C.L. sagen, doch in diesem Moment erreichten sie das Haus und trafen vor der Tür Maddies Mutter an.

»Esther rief mich an, daher bin ich sofort hergekommen«, sagte sie zu Maddie. »Sie arbeitete bis eben in der Telefonzentrale der Polizeistation, und ich konnte nicht auf deinen Anruf warten. Was, wenn Em nach Hause käme? Es ist so entsetzlich.« Sie blickte über Maddies Schulter und entdeckte C.L. Ihr Gesichtsausdruck wurde starr.

Was habe ich ihr getan? überlegte C.L., bevor es ihm klar wurde. Er hatte die Nacht mit ihrer Tochter verbracht und herrlich sündhaften Sex gehabt, eine Tatsache, die eine gewisse Esther von der Polizeistation zweifellos ausgeplaudert hatte. Mrs. Martindale vermittelte den Anschein, als sei der Sündenteil der schlimmste Aspekt.

»C.L. kennst du ja schon«, sagte Maddie mit bemüht ungezwungener Stimme.

»Ja«, erwiderte ihre Mutter. »Und ich nehme an, er geht jetzt.«

»Schön, Sie wiederzusehen, Ma'am.« C.L. trat einen Schritt zurück. »Ich werde mich jetzt um die Schlösser kümmern«, sagte er zu Maddie. »Wie viele Außentüren hast du?«

Maddie sah von ihrer Mutter zu ihm und wieder zurück. »Zwei, eine vorne und eine hinten.«

Die Kälte ihrer Mutter schwand dahin. »Was für Schlösser?«

»Der Einbrecher hat einen Schlüssel zum Haus, Mom«, erklärte Maddie. »Wir glauben, daß er derjenige sein könnte, der Brent erschossen hat. Daher könnte er jederzeit ins Haus, und wir wären schutzlos.«

Sämtliches Blut wich Maddies Mutter aus dem Gesicht, und sie tastete nach dem Türrahmen, um sich abzustützen. »Barmherziger Gott, Madeline!«

C.L. schob seine Hand unter ihren Arm und führte sie zu einem Verandastuhl. »Alles wird gut, Mrs. Martindale«, beruhigte er sie und versuchte, so beschwichtigend wie möglich zu klingen. »Ich werde neue und bessere Schlösser kaufen, solche, die man nicht aufbrechen kann, und noch vor heute mittag montieren. Machen Sie sich keine Sorgen. Maddie, hol deiner Mutter ein Glas Wasser.«

Maddies Mutter winkte ab. »Nein, nein, schon in Ordnung. Brauchen Sie Geld für die Schlösser? Gute Schlösser sind bestimmt teuer. Wo ist mein Portemonnaie?«

»Nein, nein.« C.L. trat wieder zurück. »Das übernehme ich, darauf bestehe ich. Es dauert mindestens noch eine Stunde, bevor die Geschäfte öffnen, aber ich werde schon einmal nach Hause fahren und Henrys Werkzeug holen. Sobald ich die Schlösser habe, komme ich zurück.«

»O ja, bitte. Gütiger Himmel.« Maddies Mutter wedelte zustimmend mit der Hand. Jegliche Mißbilligung war verschwunden. »Passen Sie auf sich auf, um Himmels willen.«

Maddie folgte ihm zum Wagen, wobei er darauf achtete, sie nicht zu berühren. »Was soll ich davon halten?« fragte er sie im Flüsterton. »Deine Mutter hätte beinahe einen Herzinfarkt bekommen.«

Maddie lehnte sich gegen das Auto. »C.L., sie weiß von heute morgen. Esther muß sie angerufen und ihr alles erzählt haben. Hast du nicht gemerkt, wie frostig sie vorhin war?«

»Schon, aber ...?«

»Nun, jetzt jedenfalls glaubt sie, daß du das einzige bist, was mich vom Tod trennt. Sie mag dich.«

Sie lächelte ihm zu – ein klägliches Lächeln, aber immerhin ein Lächeln –, und er spürte, wie sich erneut die Hitze in ihm ausbreitete wie stets, wenn sie in seiner Nähe war. Er stieg ins Auto und schlug die Tür zu, bevor er irgendeine Dummheit anstellte und sie auf den Boden warf, um sie zu nehmen, während ihre Mutter zusah.

»Erzähl deiner Mutter noch mehr Gutes über mich«, sagte er. »Sie wird mich in Zukunft noch häufiger ertragen müssen.«

Nicht zu Scherzen aufgelegt, schüttelte sie den Kopf. »Fahr jetzt los und hol die Schlösser. Ich muß Treva anrufen, Em ist doch bei ihr.«

Em, das arme Kind. Gewöhnlich beschäftigte er sich nicht viel mit Kindern, aber Em mochte er. Da er Maddie nicht umarmen konnte, nickte er ihr nur liebevoll zu. »Alles

Gute«, sagte er und steuerte den Wagen rückwärts aus der Einfahrt.

Er mußte die Schlösser kaufen, aber er mußte auch noch einmal mit Henry sprechen, bevor der auf irgendeine dumme Idee käme und die zukünftige Frau seines Neffen verhaftete.

»Irgend etwas ist hier absolut faul«, wisperte Mel Em zu, während sie durch das Treppengeländer spähten, aber Em wußte das ohnehin. Tante Trevas Gesicht war kreidebleich. Sie stand an die Wand gelehnt und atmete schwer. Es machte den Anschein, als würde sie gleich zu weinen anfangen, dann preßte sie hervor: »Bist du sicher?« Ihre Miene verzerrte sich, und statt dessen stieß sie ein Lachen aus, aber es war ein schreckliches Lachen.

Mel stand auf und fragte: »Mom?« Tante Treva hörte auf zu lachen und richtete sich auf, als sie sie wahrnahm. Nun sah sie wieder elend aus.

»Ich muß Schluß machen, die beiden sind hier. Beeil dich«, sagte sie in den Hörer und legte auf, bevor sie zur Treppe herüberkam.

Mel ging die Stufen hinunter, schlang die Arme um die Taille ihrer Mutter und überhäufte sie mit Fragen, Em jedoch blieb, wo sie war. Das Unheil war durchs Telefon gekommen, was bedeutete, daß es nicht hier bei Mel zu Hause passierte, aber das wußte sie ja bereits. Die ganze Zeit hatte sie gewußt, daß das Unheil bei ihr zu Hause geschah. Es schnürte ihr die Kehle zu, und sie schluckte einen heißen Kloß hinunter, bevor sie fragte: »Geht es meiner Mom gut?«

Tante Treva fuhr zusammen. »Ja, ja, ja, ihr geht es gut, wirklich. Sie hat gerade angerufen.«

»Was ist dann los?« wollte Mel wissen. »Keiner sagt uns etwas. Was ist los?«

Em fragte wie mechanisch weiter: »Geht es meinem Dad gut?«

Tante Treva sah verzweifelt aus. »Deine Mom ist auf dem Weg hierher, mein Schatz. Sie wird gleich –«

»Was ist los mit meinem Dad?« Kalt kroch die Angst in ihr hoch, und selbst als Phoebe die Stufen herunterpurzelte und sich neben ihr aufrappelte, wurde ihr nicht wärmer. »Ist er verletzt?«

»Ist er tot?« fragte Mel, und Tante Treva schob ruckartig ihre Hand fort, so daß Em am ganzen Körper kalt wurde. Die Kälte legte sich ihr auf die Brust, und sie versuchte angestrengt weiterzuatmen.

»Geh nach oben«, sagte Tante Treva zu Mel. »Geh jetzt bitte nach oben.«

»Er ist nicht tot«, sagte Em durch die Kälte. »Er ist verletzt, stimmt's?«

»Deine Mom –« begann Tante Treva wieder, doch Em unterbrach sie: »Er ist nicht tot.« Der Kopf ihrer Ruftante schwankte, es war weder ein Nicken noch ein Kopfschütteln, sondern nur ein Schwanken. *Mein Daddy ist tot,* schoß es Em durch den Kopf, und sie flüsterte: »Nein.«

»Es tut mir so leid, Liebes, deine Mama muß jeden Moment hier sein«, stieß Tante Treva hervor und kam die Treppe herauf. Sie schloß Em in die Arme und hielt sie an sich gedrückt, während Em dort auf den Stufen saß mit Phoebe an der einen und Tante Treva an ihrer anderen Seite, bis ihre Mutter durch die Vordertür trat und zu ihr hochschaute.

»Er ist nicht tot«, sagte sie zu ihrer Mutter, die schwerfällig die Treppe zu ihr hinaufstieg, um sie in den Arm zu nehmen. Em begann zu weinen, weil es nichts nützte, das Gegenteil zu behaupten, wenn es so war.

Irgendwie brachte Maddie Em nach Hause. Beim Fahren hielt sie die ganze Zeit Ems Hand fest und gab bedeutungslose tröstliche Laute von sich, während Em mit hängendem Kopf neben ihr saß und voller Verzweiflung weinte und Phoebe ihre Tränen ableckte.

»Gott segne C.L., daß er ihr diesen Hund geschenkt hat«, flüsterte Maddie ihrer Mutter zu, als sie mit Em zu Hause ankam und sie ungestört trösten konnte. »Phoebe hilft ihr vermutlich besser darüber hinweg, als wir das können.«

Ihre Mutter nickte und sah elend aus. »Vielleicht ist es nicht gut für sie, so zu weinen«, flüsterte sie zurück.

»Es ist besser, alles herauszulassen«, erwiderte Maddie in dem Bewußtsein, daß sie selbst noch nicht geweint hatte.

Konnte sie wegen Brent weinen? Er hatte auch positive Eigenschaften gehabt. Viele positive Eigenschaften sogar. Wenn er guter Laune gewesen war, hatten sie immer viel Spaß gehabt. Er hatte Em geliebt. Vermutlich hatte er auch sie geliebt, auf seine ihm eigene Weise. Als sie ihn nach Beth um die Scheidung bat, hatte er ihr geschworen, daß so etwas nie wieder passieren würde. »Ich kann ohne dich nicht leben, Maddie«, hatte er gesagt und wie ein Löwe um sie gekämpft; er hatte ihren Widerstand gebrochen, bis sie schließlich nachgab und bei ihm blieb. Niemals hätte sie ihm den Tod gewünscht, aber es fiel ihr schwer, um ihn zu weinen. Vielleicht konnte sie statt dessen um Ems wegen weinen.

Sie vergrub ihre Wange in das Haar ihrer Tochter und wiegte sie vor und zurück, bis Ems Schluchzen nachließ. »Ich liebe dich, mein Schatz. Ich werde dich immer liebhaben.«

Schluchzend holte Em Luft und klammerte sich an Maddie.

Maddies Mutter kam mit einem Tablett ins Zimmer. »Hier ist ein Kakao für dich, Emmy. Und Kekse. Ich habe auch Hundekuchen für Phoebe mitgebracht. Sie sieht sehr hungrig aus.«

Em hielt ihren Kopf gegen die Schulter ihrer Mutter gepreßt.

Das Telefon klingelte. Maddies Mutter nahm den Anruf entgegen, während Maddie beobachtete, wie Phoebe versuchte auf ihr Bein zu klettern, um zu Em zu gelangen. Sie schob ihre Hand unter das Hinterteil des Hündchens und hob es auf Ems Schoß. Em löste die Arme von ihrer Mutter, um dem Welpen Geborgenheit zu geben. Phoebe kuschelte sich tief in Ems Schoß, woraufhin deren Atem ein wenig ruhiger ging, zwar immer noch stoßweise, jedoch nicht mehr schluchzend. *Gott sei gedankt für dieses Tier,* dachte Maddie. Auch wenn C.L. nichts anderes mehr für sie täte, stünde sie wegen dieses Hundes auf ewig in seiner Schuld.

Ihre Mutter trat mit hilflosem Blick in den Türrahmen zum Wohnzimmer. »Maddie, Leo von der Werkstatt ist am Telefon. Ich habe ihm gesagt, daß der Zeitpunkt ungünstig ist, aber er will dich unbedingt sprechen.«

»Wozu?« fragte Maddie, hob Em und Phoebe jedoch von ihrem Schoß auf die Couch und ging zum Telefon. Ihre Mutter nahm den Platz neben Em ein.

Leo war kurz angebunden und kam sofort zur Sache. »Sie müssen Ihr Zeug aus dem Wagen holen, weil der Typ von der Versicherung in einer Stunde kommt, um ihn abschleppen zu lassen. Ist noch irgend etwas drin, was Sie brauchen?«

Der Civic. Das schien tausend Jahre zurückzuliegen. Vier Tage und tausend Jahre.

Leo redete weiter. »Der Versicherungsmensch meinte, Sie wollten es heute erledigt wissen, deshalb kommen sie gleich, aber es liegen noch Sachen drin. Wenn also noch irgend etwas dabei ist, worauf Sie Wert legen, sollten Sie rüberkommen, um den Kram abzuholen.«

»Lassen Sie mich nachdenken.« Maddie zog die Telefonschnur bis zur Wohnzimmertür. »Em, hast du irgend etwas in dem Civic gelassen?«

Em nickte schwach. »Meine Barbies und meine Hundebücher aus der Bü-Bücherei.«

»Okay«, meinte Maddie. »Ich werde sie schnell holen.«

»Mommy geht sie holen«, wiederholte ihre Mutter, aber Em brach doch wieder in Tränen aus.

»Ich bin gleich da«, sagte Maddie zu Leo. »Behalten Sie den Wagen solange dort.«

Hastig holte sie ihren großen alten Lederbeutel aus dem Wandschrank und fischte nach Ems Barbietasche auf dem Schrankboden.

»Paß auf dich auf, Liebes.« Ihre Mutter wiegte Em hin und her, die ihrer Umarmung verzweifelt nachgab.

»Ich liebe dich, Emmy.« Maddie küßte ihre Tocher auf die Stirn und strich ihr das Haar aus dem Gesicht. »Ich bin sofort wieder da und halte dich fest.«

»Geh jetzt«, sagte ihre Mutter. »Beeil dich.«

Der Wagen stand hinter Leos Tankstelle im Unkraut am hinteren Ende des Abstellplatzes. Er sah verlassen und einsam aus. Und tot. Bei diesem Anblick spürte Maddie die Tränen in sich aufsteigen und war entsetzt. Wegen eines kaputten Autos konnte sie weinen, aber nicht wegen eines toten Ehemanns? Was für eine Sorte Frau war sie?

Vielleicht weinte sie um ein kaputtes Auto wegen eines toten Ehemanns.

»Tut mir wirklich leid«, sagte sie zu dem Wagen. »Wirklich.« Dann kam sie sich blöde vor, mit einem Auto zu sprechen, und sie öffnete die eingedrückte Heckklappe. Ein halbes Dutzend Barbies starrten sie gleichgültig aus geschminkten Augen an; es sah so aus, als wäre ein Tornado über ein Heim für Eßgestörte hinweggefegt. Sie stopfte die

Puppen in die Barbietasche, um zu sehen, ob irgend etwas daruntergerutscht war.

Sie fand zwar keine Barbies, dafür jedoch einen Haufen Geld, verstreute Päckchen von Einhundertdollarscheinen. »Oh, *mein Gott*«, stieß Maddie hervor, schlug die Kofferraumhaube zu und setzte sich auf die Kante.

Wenn man es recht betrachtete, konnte die Sache mit diesem ganzen Geld ziemlich lustig sein. Es gab so viel davon, daß es kaum als echtes Geld zählen konnte. Wie Monopoly-Geld. Und unter diesen Umständen konnte sie sowohl die Parkstraße als auch die Schloßallee kaufen. Wirklich lustig.

Nur, daß ihr Mann tot war.

Maddie ließ den Kopf auf die Knie sinken und versuchte nachzudenken. Sie mußte Henry das Geld bringen. Sie mußte es ihm sofort bringen und ihm sagen, wo sie es gefunden hatte.

Ihr beide solltet lieber beten, daß nichts anderes ans Tageslicht kommt, was gegen euch spricht, hatte er gesagt. Nun, dies hier würde nicht zählen. Das war Brents geheimer Vorrat. Er mußte es hier deponiert haben. Bestimmt war ihm klargewesen, daß der Wagen hier für eine Weile stehen bleiben würde. In der Tat war dies ein perfektes Geldversteck.

Es würde wirklich keinen guten Eindruck machen.

»Alles klar, Mrs. Faraday?«

Erschrocken fuhr Maddie hoch. Mitfühlend und gleichzeitig unter offensichtlichem Zeitdruck stand Leo in seinem ölbefleckten Overall vor ihr. »Ja, Leo, alles in Ordnung.«

Er nickte ihr zu. »Sind Sie fertig?«

»Fast.« Sie lächelte so gut wie sie es zustande brachte, bevor ihr einfiel, daß sie Witwe war, und sie das Lächeln ersterben ließ. »Ich komme gleich. Nur noch eine Minute, versprochen.«

Sie beobachtete, wie er zur Tankstelle zurückging, riß

dann den Kofferraum wieder auf und kramte hastig die Barbies aus der Tasche. So schnell sie konnte, stopfte sie statt dessen das Geld hinein und zählte dabei die Päckchen. Zweihundertdreißig. Das spielte keine Rolle – Hauptsache, sie konnte es hier fortschaffen. Eilig zog sie den Reißverschluß der Tasche zu und erledigte wie betäubt den Rest der Säuberungsaktion. Die Barbies ließ sie in ihren Lederbeutel fallen. Sie ging zur Beifahrerseite und sah unter die Sitze, holte Ems Bibliotheksbücher hervor und schob sie ebenfalls in den Lederbeutel. Einem Impuls folgend leerte sie noch das Handschuhfach und stopfte alles in ihre Tasche: Erste-Hilfe-Kasten, Straßenkarten, Kaugummi, Sonnenbrille, Schußwaffe.

»Oh, mein Gott«, entfuhr es ihr zum zweiten Mal, während sie die Waffe in ihrer Hand anstarrte. Und jetzt waren auch noch ihre Fingerabdrücke darauf. Diese Dinge hatten hier nichts zu suchen, aber das war kaum ein Trost. Mit dem Saum ihres T-Shirts rieb sie die Waffe sauber und ließ sie zu dem Geld in die Barbietasche fallen. Brent hätte den Revolver niemals in das Handschuhfach gelegt. Wahrscheinlich war er mit dieser Waffe umgebracht worden. Sie mußte Zeit zum Nachdenken gewinnen, da sie ziemlich sicher war, daß dies reichlich schlecht aussehen würde. Henry würde es als weiteres Indiz gegen sie auslegen. Sie würde ins Gefängnis wandern, und das war ausgeschlossen, weil ihr Kind bereits am Rande des Nervenzusammenbruchs stand, da es seinen Vater verloren hatte. Gott sei gedankt für Ems Barbiepuppen und Bibliotheksbücher, weil ansonsten jemand anderer die Waffe gefunden und die Polizei alarmiert hätte. Und Em wäre darüber zugrunde gegangen.

Zum letzten Mal schlug Maddie die Tür ihres Civic zu und dachte an Em, an ihr kaputtes Auto, an Ems tränenüberströmtes Gesicht, an irgend jemanden dort draußen, der ihr Böses wollte, an Ems verzweifeltes und leises Wehklagen. Sie ließ ihren Kopf gegen die Dachkante des Wagens sinken und begann zu weinen, um Brent, um sich selbst, aber vor allem um Em, die zerbrechliche kleine Em, die nicht auch noch ihre Mutter verlieren sollte – und wenn Maddie jeden in dieser Stadt belügen mußte.

C.L. montierte gerade das Schloß an der Hintertür, als Maddie mit Annas Kombi in die Einfahrt einbog. Sie winkte ihm zu, parkte neben seinem Wagen und dachte angestrengt nach. Sie hatte die Barbietasche mit dem Geld und der Waffe auf den Rücksitz gelegt, aber dort konnte sie nicht bleiben; Anna würde einen Herzinfarkt bekommen, falls sie sie fände, oder die Waffe könnte losgehen und jemanden töten, sollte Anna über ein Schlagloch fahren. Weiter kam sie mit ihren klaren Gedanken nicht, als sie aussteigen und vortäuschen mußte, daß alles in Ordnung sei.

Nur, daß Brent tot war. *Du bist Witwe,* sagte sie sich selbst. *Vergiß das nicht.* Durch den Tränenausbruch an der Tankstelle wurde sie dieser Rolle wenigstens gerecht.

Em und Phoebe sahen C.L. bei der Arbeit zu. Em reichte ihm das Werkzeug und wischte sich mit dem Rücken ihrer schmutzigen Hand über das tränennasse Gesicht. »Mit dem hier sind wir fast fertig«, sagte er und lächelte ihr zu. »Dank Ems Hilfe ging es sehr schnell.«

Em nickte und kniff die Augen zu, aber trotzdem rollte eine Träne aus ihrem Auge, die sie erneut wegwischte. C.L. übersah dies geflissentlich und arbeitete weiter, während Maddie Em einen Kuß auf den Kopf drückte.

»Ich liebe dich, meine Kleine«, sagte sie zu Em, die schniefte.

»Em ist ein großartiger Handlanger«, meinte C.L. »Sie weiß immer, was ich brauche.« Er sah zu Maddie hoch. »Alles in Ordnung?« fragte er, und sie dachte, *nein, mein Kind leidet, und irgend jemand will mir Böses.*

Sie sollte ihm von dem Geld erzählen. Zumindest sollte sie irgend jemand davon erzählen. »Ach, weißt du«, könnte sie sagen, »ich habe eben eine Viertelmillion Dollar im Kofferraum meines Civic gefunden. Nö, keine Ahnung, woher die kommen. Warum?«

Sie mußte das überdenken.

Maddie nickte C.L. zu und erwiderte: »Ich bin okay«, während ihr gleichzeitig Gedanken durch den Kopf schossen.

Im Haus gab es keine Möglichkeit, soviel Geld zu verstecken. Wer auch immer es in den Civic gelegt haben mochte, hatte die richtige Idee gehabt. Der Kofferraum eines Autos. Aber nicht ihres Autos, weil sie keines hatte, und ebensowenig desjenigen von Anna oder ihrer Mutter.

Sie ging in die Küche, wo ihre Mutter gerade kochte, und lehnte sich gegen die Spüle, um aus dem Fenster auf die Einfahrt zu schauen. C.L.'s glänzender roter Mustang schien ihr hinter Annas Kombi zuzublinzeln.

Es war nicht das beste aller erdenklichen Verstecke, aber immerhin ein Versteck.

»Haben sie den Wagen mitgenommen?« fragte ihre Mutter, und Maddie antwortete: »Sie sind dabei.« Sie stieß sich von der Spüle ab und küßte ihre Mutter auf die Wange. »Was gibt es denn?«

»Suppe«, sagte ihre Mutter. »Es werden dir bestimmt viele Leute einen Besuch abstatten. Esther und Irma haben bereits Aufläufe vorbeigebracht. Ach ja, und dieser nette Vince war eben hier, um irgendwelches Geld abzuholen. Ich wußte nichts darüber, deshalb kommt er später wieder.«

»Geld?« Maddies Herz begann heftig zu klopfen. Wie hatte Henry denn erfahren von ... ach ja, stimmt, die vierzigtausend Dollar in der Golftasche. »Das ist schon richtig«, erwiderte Maddie. »Es gehörte Brent.«

»Wurde er deshalb umgebracht?« Bei dem letzten Wort zitterte die Stimme ihrer Mutter. »Wegen Geld.«

»Ich weiß es nicht, ehrlich, Mutter«, antwortete Maddie. »Du solltest versuchen, nicht daran zu denken.« Sie ging zu dem Wagen hinaus.

Annas Kombi schirmte C.L.'s Wagen vor der Hinterveranda ab. Maddie griff über die Fahrertür und entriegelte den Kofferraumdeckel, ging dann zum Heck des Autos und schob C.L.'s gesamten Kram – Wagenheber, Überbrückungskabel, eine Decke und Taschenlampen – über dem Ersatzreifen beiseite. Sie klappte die Abdeckung hoch, hob den Ersatzreifen heraus und warf ihn in den Laderaum von Annas Wagen. Dann nahm sie die mit Geld gefüllte Barbietasche vom Rücksitz des Kombis, leerte sie in die Ersatzreifenmulde des Mustangs aus und stopfte die Waffe, als sie ebenfalls herausfiel, hastig zurück in die Tasche. Sie ließ die Abdeckung zurückfallen und verteilte C.L.'s Sachen wieder darüber, schlug den Kofferraumdeckel wieder zu und ging, die Tasche mit der Waffe umklammernd, zurück ins Haus.

Ihre Hände zitterten. Die ganze Aktion hatte weniger als fünf Minuten gedauert, aber sie hatte sie auch fünf Jahre ihres Lebens gekostet.

»Geht es dir gut?« fragte C.L., als sie an ihm vorbeiging.

»Harter Tag«, antwortete Maddie und ging ins Haus.

Das Telefon klingelte, und als Maddie in der Diele den Hörer abnahm, war es Henry, der nach C.L. fragte. C.L. kam herein und sagte: »In Ordnung. Ich komme sofort.« Er legte auf, blickte sich schnell nach Em oder Maddies Mutter um und küßte sie. »Ich muß kurz fort. Ich komme später wieder, um das vordere Schloß zu montieren.«

»Warte einen Augenblick«, sagte Maddie. »Nimm das Geld in der Golftasche mit, dann braucht Vince deswegen nicht noch einmal herzukommen.«

»Vierzigtausend in einer Golftasche.« Er schüttelte den Kopf. »Zukünftig werden wir unser Geld auf andere Weise anlegen.«

Er küßte sie noch einmal, diesmal ein wenig länger, und trat dann zur Hintertür hinaus, wo sie ihn etwas zu Em sagen hörte, bevor er die Stufen hinuntersprang.

Da ging das Geld dahin. Wie gewonnen, so zerronnen.

Maddie wandte sich um und bemerkte, daß ihre Mutter sie von der Küchentür aus beobachtete. »Ist was?«

Ihre Mutter bemühte sich, streng zu schauen, aber sie war zu aufgeregt. »Maddie, wie lange hast du schon ein Verhältnis mit diesem Mann?«

Maddie seufzte. »Ich habe ihn nach zwanzig Jahren zum ersten Mal am Freitagabend geküßt. Wenn du drei Tage ein Verhältnis nennst, dann dauert es bereits so lange.«

Die Gesichtszüge ihrer Mutter fielen zusammen. »Maddie, das ist entsetzlich.«

»Tut mir leid, Mom«, erwiderte sie und wandte sich ab in Richtung Hintertür und Em. »Wir hätten warten sollen, bis ich geschieden gewesen wäre.«

»Hat Brent dich seinetwegen geschlagen?«

Maddie versuchte, schockiert dreinzuschauen. »Aber, Mutter! Ich habe dir doch gesagt, daß ich gegen eine Tür gelaufen bin.«

Ihre Mutter ging in die Küche zurück. »Ich bin nicht so blöd, wie ich aussehe, Maddie. Ich weiß, daß du nicht gegen eine Tür gelaufen bist. Jeder in der Stadt weiß das.«

Sie mußte etwas wegen ihrer Mutter unternehmen, aber Em hatte Vorrang. Maddie trat in dem Moment aus der Hintertür, als Phoebe von Ems Schoß herunterkrabbelte und in den Garten lief. Em folgte ihr mit hängenden Schultern. Auch Maddie ging hinterher und setzte sich auf den Gartentisch, um ihnen zuzusehen.

Vor drei Tagen hatte sie mit C.L. hier gesessen, und Brent

hatte noch gelebt. Ihr Leben war auch da schon aus den Fugen geraten, aber nicht in dem Maße wie jetzt, da ihre Tochter an gebrochenem Herzen litt. Mit verlorenem Gesichtsausdruck kam Em zurückgeschlendert, und Maddie wurde bewußt, daß sie, hätte Em so auf eine Scheidung reagiert, diese niemals durchgesetzt hätte. Das hätte sie ihrem Kind niemals antun können. »Komm her, mein Schatz«, sagte sie, und Em kletterte neben sie auf den Tisch. »Ich habe deine Hundebücher und deine Barbies geholt. Es liegt alles im Haus.«

»Danke«, sagte Em und brach in Tränen aus.

Maddie zog sie zu sich auf den Schoß und wiegte sie vor und zurück. »Weine ruhig«, sagte sie sanft, »laß alles heraus. Ich halte dich fest.«

»Ich hatte solche Angst letzte Nacht«, schluchzte Em. »Ich wußte, daß etwas nicht stimmte. Ich will meinen Daddy zurück.«

Maddie wurde von Schuldgefühlen ergriffen. Während ihr Kind Angst gehabt hatte, hatte sie sich lachend im Bett vergnügt. *Die Strafe folgt immer auf dem Fuß,* dachte sie. Sie hätte wissen müssen, daß ein solches Glück in Frog Point eine Sünde war. Und selbst das wäre nicht so schlimm, wenn sie diejenige wäre, die dafür bezahlen mußte.

Aber es war Em, die alleine gelitten und Angst gehabt und ihre Mutter nicht bei sich gehabt hatte, um sie zu trösten.

»Ich möchte nicht mehr bei Mel übernachten«, sagte Em.

»Das brauchst du auch nicht«, beschwichtigte Maddie sie.

»Ich will auch nicht mehr zu der Farm.«

»Dann gehen wir nicht.«

»Ich will nur hier sein. Mit dir.«

»Ich werde dich nicht mehr alleine lassen«, flüsterte sie in

Ems Haar. »Ich werde immer für dich dasein, das schwöre ich. Es tut mir so leid, Emmy. Ich werde immer dasein, das verspreche ich.«

C.L. war Geschichte. So mußte es zumindest sein. Neben all dem, was Em sowieso hören würde, konnte Maddie ihr nicht auch noch solche Gerüchte zumuten. Em mußte an erster Stelle stehen. Maddie und C.L. waren erwachsen, sie würden es überleben, wenn sie nicht zusammen waren, aber Em konnte nicht auf ihre Mutter verzichten. Maddie war alles, was Em nun noch hatte. C.L. mußte gehen.

»Oh, Em«, sagte Maddie und begann ebenfalls zu weinen.

13

»Ich habe an der Hintertür neue Schlösser angebracht, Henry«, sagte C.L., als er wieder die Treppe zu Henrys Büro hinaufstieg. »Und jetzt schnapp den Hundesohn endlich, damit sie überflüssig sind.«

»Setz dich, C.L.«, sagte Henry, und C.L. war klar, daß dies nichts Gutes verhieß.

»Sie hat es nicht getan, Henry«, versicherte er. »Sie war es nicht.«

»Er wurde am Point in seinem eigenen Wagen erschossen«, sagte Henry. »Ihre Fingerabdrücke sind überall –« er hob die Hand, als C.L. zu Protest ansetzte, »nur natürlich, da es auch ihr Wagen ist. Seine haben wir auch gefunden, außerdem eine Menge verschmierter Abdrücke, mit denen wir nichts anfangen können. Zudem befindet sich ein weiteres Paar auf dem Steuer und an den Griffen der Vorder- und Hintertür, das wir näher untersuchen. Es könnte also noch einen Verdächtigen geben.«

C.L. setzte sich. »Es könnten auch meine sein. Wir sind

Freitagabend mit dem Caddy zum Point gefahren. Habt ihr Knöpfe auf dem Rücksitz gefunden?«

»Das haben wir in der Tat.«

»Die gehören mir«, sagte C.L. »Das liegt an diesen billigen City-Hemden. Die Knöpfe fallen sofort ab.«

Henry bedachte ihn mit einem grimmigen Blick. »C.L., das ist kein Spaß. Wenn die Fingerabdrücke von dir stammen, haben wir nur drei Personen in dem Auto.«

»Oder drei Personen, die sich keine Gedanken machten, und eine, die einen Mord plante«, warf C.L. ein.

»Und wohin soll diese Person entschwunden sein?« fragte Henry. »Bailey schwört, daß nach Brent in jener Nacht niemand an der Firma vorbeigegangen oder -gefahren ist.«

»Und du glaubst ihm?« C.L. schüttelte den Kopf. »Mit einem Fünfer kann jeder Bailey kaufen. Dabei fällt mir gerade ein, daß er Maddie erpreßt, weil sie mit mir am Point war. Vielleicht möchtest du das ja erwähnen, wenn du ihn das nächste Mal siehst.«

»Dieser Idiot«, schloß Henry das Thema Bailey ab. »In dem Lehm auf dem Weg waren keine Fußspuren. Diese Zufahrt wird bewässert. Die Anlage arbeitete, als der Caddy zum Point hochfuhr, weil wir Reifenspuren gefunden haben. Aber es gibt keine Fußabdrücke, die den Weg hinunterführen.«

»Also muß der Mörder die kiesbestreuten Seiten entlanggegangen sein«, folgerte C.L.

»Bailey hat niemanden gesehen«, wiederholte Henry.

»Oder durch den Wald«, meinte C.L. »Das wäre schlau. Man kommt leicht hindurch.«

»Wir haben dort nur kleine Fußspuren gefunden, wahrscheinlich die einer Frau. Wir werden uns Maddies Turnschuhe ansehen müssen.«

»Großartig«, erwiderte C.L. »Tut das. Sie ist unschuldig. Ihre Turnschuhe werden so rein wie ihr Gewissen sein. Dann könnt ihr euch auf die Suche nach dem wahren –«

Henry nahm einen Bericht zur Hand und warf ihn mit einem Knall auf seinen Schreibtisch, der Esther im Vorzimmer mit Sicherheit die Ohren spitzen ließ. »C.L., würdest du bitte einmal den Tatsachen ins Auge sehen? Wir haben einen Mann, der seine Frau betrog und verprügelte und verdammt viel Bargeld in einem Bankschließfach deponiert hatte. Dann wird er umgebracht, und als ich die Witwe anrufe, um ihr mitzuteilen, daß sie Witwe ist, liegt sie mit einem anderen Mann im Bett. Jetzt sag mir bitte – was glaubst du, wer es getan hat?«

»Du vergißt, daß es sich um Maddie handelt«, gab C.L. zu bedenken.

»Schalte deinen eigenen Verstand ein, okay?« ermahnte ihn Henry. »Diese Frau hat dir so den Kopf verdreht, daß du nicht mehr weißt, wo oben und unten ist.«

»Ich weiß, daß sie ihren verdammten Ehemann nicht umgebracht hat«, beharrte C.L., getroffen von der Anschuldigung, weil sie der Wahrheit entsprach. »Wenn du so sicher bist, warum nimmst du sie dann nicht fest?«

»Weil ich keine Mordwaffe habe«, erwiderte Henry. »Und ich habe keinen Beweis dafür, daß sie diesen Hügel hinuntergegangen ist. Außerdem weiß ich immer noch nicht, warum ein so kräftiger und gesunder Kerl wie Brent Faraday es ohne irgendeine Gegenwehr zuläßt, daß ihm jemand eine Waffe hinter das Ohr setzt, um ihn zu erschießen. Es gibt wahrhaftig noch eine Menge Dinge, die ich nicht weiß, aber momentan ist sie mein bester Ansatz.«

»Was ist mit der Geliebten?« fragte C.L., nach einem Strohhalm greifend. »Er wollte auch sie verlassen. Und was ist mit seinem Komplizen bei der Veruntreuung? Er wollte ihn zurücklassen, damit er die Sache ausbadet. Zum Teufel,

Henry, du stehst noch ganz am Anfang. Suche lieber nach dem wirklichen Bösewicht und laß Maddie in Ruhe.«

Er erhob sich, um zu gehen, während Henry ihn mißbilligend betrachtete. »Kümmere dich nicht um mich – du selbst solltest dich von ihr fernhalten. Sie ist gefährlich.«

C.L. seufzte ärgerlich. »Henry, sie wird mich schon nicht erschießen. Sie hat ihren Ehemann nicht erschossen und wird auch mich nicht erschießen.«

»Davon spreche ich gar nicht«, sagte Henry, »obwohl man das, weiß Gott, im Hinterkopf behalten sollte. Ich spreche von der Art und Weise, wie du um sie herumscharwenzelst. Halte deine Hose geschlossen und deinen Verstand beisammen, kapiert?«

C.L. beugte sich vor und sprach sehr deutlich, um Henry klarzumachen, daß er es ernst meinte: »Henry, ich werde sie heiraten. Wir werden mit Em neben euch wohnen. Sie gehört jetzt zur Familie. Hör auf, dir über sie den Kopf zu zerbrechen, und kümmere dich lieber um den Mistkerl, der Brent ermordet hat.«

»Du hast nichts über Frauen dazugelernt, seitdem du zehn warst«, sagte Henry mit deutlicher Verachtung.

»Und wenn schon«, erwiderte C.L., inbrünstig hoffend, daß er dies sehr wohl getan hatte.

Eine Stunde später trug Maddie die erschöpfte Em die Treppe hinauf und blieb bei ihr am Bett sitzen, bis sie eingeschlafen war. Treva rief an und wollte herüberkommen, doch Maddie vertröstete sie auf später, da Em ein wenig Schlaf brauchte und sie selbst etwas Zeit für sich benötigte, um klare Gedanken zu fassen.

Em mußte behütet werden, was bedeutete, daß Maddie sich nichts zuschulden kommen lassen durfte; kein C.L. mehr und keine Verhaftung.

Aber nicht ins Gefängnis zu wandern, war nicht so einfach, wenn dort draußen jemand herumlief, der es auf sie abgesehen hatte. Irgend jemand hatte das Geld und die Waffe in ihren Wagen gelegt. Welchen Nutzen könnte jemand aus ihrer Verhaftung ziehen? Alles, was sie von Brent erben würde, würde nur an Em weitergehen; Geld konnte also nicht der Grund sein. Sie würde Em verlieren, wenn sie ins Gefängnis mußte – war es das vielleicht? Kurz flammte in Maddie die Wahnvorstellung von Helena Faraday auf, die ihr den Mord an Brent in die Schuhe schieben wollte, um Em selbst großzuziehen und Brents Nachlaß zu kontrollieren, aber das war lächerlich. Erstens hätte Helena dann von dem Geld wissen müssen, und Maddie war sicher, daß dies ein Geheimnis war, welches Brent nicht mit seinen Eltern geteilt hatte.

Außerdem würde Helena sich dann mit Maddies Mutter um das Sorgerecht für Em streiten müssen, wobei jeder sein Geld auf die Martindale-Seite setzen würde. Helena war skrupellos, sofern es um Geld und Macht ging, aber wenn das Wohl eines Familienmitglieds auf dem Spiel stand, konnte sie Martha Martindale nicht das Wasser reichen. Nein, Helena konnte es nicht sein.

Also mußte es sich um jemanden außerhalb der Familie handeln, der sie aber dennoch gut genug kannte, um zu wissen, daß Maddies Wagen kaputt war und bei Leo auf dem Hinterhof stand. Somit kam fast ganz Frog Point in Frage. Der einzig stichhaltige Grund dafür, Maddie in die Falle zu locken, bestand darin, den Verdacht von dem wahren Mörder abzulenken.

Folglich steckte wahrscheinlich nichts Persönliches dahinter. Das war tröstlich.

Maddie vergrub das Gesicht in den Händen. Sie wußte einfach nicht genug. Sie hatte keine Ahnung, woher das Geld kam oder wem die Waffe gehörte, sie wußte gar nichts. Hieß das, daß sie Henry alles aushändigen sollte? »Erzähl diesem Mann gar nichts mehr«, hatte C.L. ihr geraten, als er mit den Schlössern zurückgekommen war. »Ihm spukt die extrem dämliche Idee im Kopf herum, daß du Brent umgebracht haben könntest. Wir besorgen uns einen Anwalt, und so lange redest du *kein* Wort mehr mit Henry.«

Es war ein Vabanquespiel. Nichts zu sagen war leicht, aber das Wissen mit sich herumzutragen, war schwer. *Was ist das Beste für Em?* fragte sich Maddie und kam zu dem Schluß, daß das Geld es nicht wert war, sollte deswegen auch nur die geringste Möglichkeit bestehen, daß Em auch sie nun noch verlor. Sie mußte später darüber nachdenken.

Über die Waffe allerdings mußte sie sich sofort Gedanken machen. Sie mußte dieses verflixte Ding verstecken.

Sie vergewisserte sich zweimal, daß ihre Mutter im Wohnzimmer eingenickt war, bevor Maddie die Barbietasche in die Küche trug und den Kühlschrank öffnete. Im untersten Fach standen zwei Aufläufe. Sie nahm den lockereren heraus, weil dessen Schüssel tiefer war. Sie zog einen Frischhaltebeutel aus der Schublade, fischte die Waffe mit einem Papiertuch aus der Tasche und ließ sie in den Beutel fallen. Mit einem großen Löffel schaufelte sie ein Loch in die Mitte des Auflaufs aus Dosenfleisch und Vollkornnudeln. Maddie starrte die Mischung ungläubig an. Hatte wirklich jemand geglaubt, dieser Auflauf könnte ein Trost sein? Obwohl er dies, wenn man es richtig betrachtete, sehr wohl war, denn niemand mit einem Funken Verstand würde jemals versuchen, etwas von diesem klebrigen Brei zu essen. Es war das perfekte Versteck. Sie ließ die Waffe in die Aushöhlung fallen und bedeckte sie mit der festen Lage aus hartgewordenen Nudeln und angebranntem Fleisch. Sie strich die obere Schicht aus Kartoffeln glatt, stellte die Schüssel wieder in den Kühlschrank zurück, schloß die Tür und stopfte den übriggebliebenen Auflauf ganz unten in den Mülleimer.

Später konnte sie Treva den Auflauf zusammen mit ein paar anderen Lebensmitteln geben mit der Bitte, die Sachen für sie einzufrieren.

Einfrieren würde der Waffe nicht schaden, die Waffe aus dem Haus zu haben, bedeutete, daß sie wiederum ihr nicht schaden konnte. Dieser Sorge enthoben, ging sie nach oben und schlüpfte neben Em ins Bett.

»Es wird alles gut, mein Schatz«, sagte sie zu ihrer schlafenden Tochter. »Ich werde nirgendwo hingehen.«

Um sechs Uhr, nach mehr als einem Dutzend Telefonanrufen und zwei weiteren Aufläufen, die allesamt ihre Mutter entgegennahm, hörte Maddie draußen eine Autotür zuschlagen und öffnete den Bassets die Tür. Treva hatte die ganze Familie mitgebracht – Howie, Three und Mel – und ein halbes Dutzend frische Baguettes, welche sie Maddies Mutter in die Hände drückte, die zur Begrüßung aus der Küche gekommen war und dann wieder verschwand.

Em saß auf der Couch und hielt Phoebe umklammert. Sie machte den benommenen Eindruck eines Kindes, das zuviel geweint hatte und wieder in Tränen ausbrechen wollte, aber nicht die Energie dazu fand. Mel sah sie mit weit aufgerissenen Augen an, setzte sich dann zu ihr und legte einen Arm um sie. »Ich hab dich lieb, Emily«, flüsterte sie, und Em lehnte ihren Kopf einen Augenblick an Mels Schulter.

Three hockte sich vor sie hin. »Hey, Kleine«, sagte er. »Alles klar?«

Em schüttelte den Kopf. »Nein«, erwiderte sie leise. »Mein Daddy ist tot.«

»Ich weiß, Süße«, antwortete er. »Tut mir wirklich leid.«

Sie nickte und drückte Phoebe noch fester an sich, so daß das Hündchen aufjaulte.

»Sieht so aus, als müßte Phoebe mal raus«, meinte er. »Bringen wir sie nach draußen in den Garten.«

Em nickte, und Three führte sie und Mel in die Diele, während Phoebe unsicher hinter ihnen hertapste. *»Nein«*, wollte Maddie schon rufen, bevor ihr einfiel, daß sie sich nun um Ems mögliche Entführung keine Sorgen mehr zu machen brauchte. Brent war tot.

»Also, wie geht es dir?« fragte Treva und zog sie auf die Couch hinunter. »Bist du okay?«

»Nein.« Maddie lehnte sich zurück. Alles andere schien zuviel Kraftaufwand zu erfordern. Sie mußte mit zu vielen Dingen fertigwerden. »Es ist entsetzlich.«

»Ich hole dir einen Drink.« Howie zog sich in die Diele zurück.

»Du hast seine ganze Anteilnahme«, sagte Treva zu ihr. »Er weiß nur nicht mit solchen Situationen umzugehen.«

»Ist ihm nicht zu verdenken«, erwiderte Maddie. »Ich wünschte, Brent wäre nicht tot. Eine Scheidung wäre besser gewesen.«

»Schhhh!« Treva ergriff ihren Arm. »Bist du verrückt? Dein Mann ist gerade ermordet worden. Du solltest jetzt besser nicht von Scheidung sprechen.«

Maddie nickte. »Ich weiß. Du denkst wahrscheinlich, daß ich wegen all dieser schrecklichen Dinge so durcheinander bin. Aber eigentlich sind es die Einzelheiten der Situation, die – nun ja, es gibt so vieles, um das man sich kümmern muß.« Maddie sah ihre Freundin an. »Du kannst dir gar nicht vorstellen, wie kompliziert mein Leben ist.«

Howie kam wieder ins Zimmer zurück mit einem Tablett und drei Gläsern. »Außer Scotch konnte ich nichts finden.«

»Gut«, meinte Treva. »Gib Maddie alles.«

Die Türklingel läutete, und Howie stellte den Scotch ab, um zu öffnen. Die Erleichterung wegzukommen, war ihm eindeutig anzusehen. Gloria von nebenan stand mit einem Auflauf vor der Tür. Sie kam ins Wohnzimmer und stand dort, die Auflaufform vor dem Körper umklammernd, in ihrem besten blauen Kleid von Laura Ashley, mit geröteten Augen und am Boden zerstört.

»Maddie, ich habe es gerade erst erfahren«, sagte sie kläglich. »Wenn ich irgend etwas tun kann –« In offensichtlichem Schmerz brach sie ab.

»Danke, Gloria«, sagte Maddie. »Lieb von dir, daß du kommst. Sogar mit einem Auflauf. Wirklich...« Sie führte Gloria mit dem Auflauf in die Küche und lud beide bei ihrer Mutter ab.

»In den nächsten paar Tagen werde ich das wahrscheinlich Tausende Male sagen«, meinte sie zu Treva, als sie zurückkam. »Ich sollte Karten drucken lassen.«

»Was war denn mit der los?« fragte Treva.

»Ich denke, daß sie Pläne mit Brent hatte«, erzählte Maddie ihr. Konnte es Gloria gewesen sein? Gloria in Höschen ohne Schritt? Gloria, die Brent in den Kopf schoß?

Es klingelte schon wieder, und Treva sagte: »Aufläufe lassen sich problemlos einfrieren.«

»Gute Idee«, meinte Maddie. »Kannst du ein paar davon mit zu dir nach Hause nehmen?«

Drei Aufläufe und zwei Kuchen später tauchten Helena und Norman Faraday auf. Damit war der Tag endgültig verdorben.

Norman sah völlig erschüttert aus. Seine Glubschaugen fielen wegen der roten Ränder noch mehr als gewöhnlich auf. Maddie hatte ihn nie als attraktiv empfunden, aber er hatte stets eine Stärke ausgestrahlt, die seine körperlichen Defizite tarnte. Nun beobachtete sie, wie er durch das Wohnzimmer taumelte und jede Kraft ihn verlassen hatte, da all seine Träume, durch seinen Sohn weiterzuleben, vernichtet waren.

Jetzt war er einfach ein kleiner, dickbäuchiger Mann in den Sechzigern, der in seinen Weitbundhosen versank und verloren und schwach wirkte. Zum ersten Mal, seit sie ihn kannte, verspürte Maddie Mitleid mit ihm.

»Es tut mir so leid, Norman«, sagte sie, und er erwiderte, jedoch völlig ohne Gehässigkeit in der Stimme: »Du hast meinen Sohn nie verstanden.«

Helena versprühte genügend Gehässigkeit für beide zusammen. Ihr war keinerlei Schwäche anzumerken; ihre aufrechte Körperhaltung wirkte noch steifer, sie war starr vor Zorn und Verlust. Sie blickte Maddie geradewegs mit solcher Abscheu in die Augen, daß Maddie einen Schritt zurückwich und unweigerlich an die Morgenstunden denken mußte. Mittlerweile mußten sie dank Esther in der Polizeistation erfahren haben, daß C.L. in ihrem Bett gelegen hatte, als sie Henrys Anruf erhielt. Einen Augenblick lang konnte sie sogar Verständnis für die beiden aufbringen. Wäre Em von jemandem betrogen worden, wäre sie genauso umbarmherzig.

Natürlich hatte Brent sie zuerst betrogen, aber da er nun tot war, schien dieser Aspekt keine Rolle mehr zu spielen. Sie hatte ihren toten Ehemann hintergangen, und daher haßte ihre Schwiegermutter sie nun und würde sie auf ewig dafür bestrafen.

»Hallo, Helena«, sagte Maddie.

»Dir habe ich *gar nichts* zu sagen«, antwortete Helena und ließ sich neben Em nieder.

»Ich glaube, ich könnte den Scotch jetzt vertragen«, meinte Maddie zu Howie, woraufhin Helena hörbar die Luft zwischen den Zähnen einsog und sie mit einem bösartigen Blick bedachte, während sie sich zu Em beugte.

Em konnte keinen klaren Gedanken fassen. Jedesmal, wenn sie es versuchte, fiel ihr ein, daß ihr Daddy tot war, und das war entsetzlich, das war das Schlimmste. Diesen Gedanken konnte sie einfach nicht aushalten, deshalb hörte sie auf zu denken. Mel und Three waren losgezogen, um Eis zu holen, und hatten zunächst darauf bestanden, daß sie mitkam. Als sie ablehnte, versprachen sie, ihr eines mitzubringen. Nun saß sie dort im Wohnzimmer und fühlte sich wie Blei, ihr ganzer Körper zentnerschwer, während Leute kamen und gingen, Speisen brachten, leise sprachen und sie mitleidsvoll ansahen. Sie wäre gerne mit Phoebe in den Garten hinausgegangen oder auf den Schoß ihrer Mutter gekrabbelt, und sie wollte ihren Daddy sehen, aber er war tot – deshalb mußte sie dort sitzen bleiben.

Dann kam Großmutter Helena zu ihr herüber, nachdem sie mit ihrer Mutter ein paar Worte gewechselt hatte, und setzte sich neben sie. Nun wünschte Em sich erst recht in den Garten.

»Du darfst deinen Vater niemals vergessen, Emily«, sagte Grandma Helena, und Em fragte sich, wovon sie eigentlich sprach. Wie könnte sie jemals ihren Daddy vergessen?

»Du mußt ihn stets als den sehr wichtigen und guten Menschen in Erinnerung behalten, der er war«, fuhr Grandma Helena fort und ergriff ihre Hand. Grandma Helena roch immer nach Parfüm, aber irgendwie chemisch und nicht blumig, und Em wurde noch übler, als Grandma Helena näherrückte. »Er war ein sehr wichtiger Mann in dieser Stadt. Vergiß nie, daß du seine Tochter bist, und bereite ihm niemals Schande.«

Em nickte. Das war einfacher als zu erklären, daß es ihr gleichgültig war, ob ihr Dad wichtig gewesen war oder nicht. Sie wollte ihn nur zurückhaben. Sie versuchte, ein wenig wegzurutschen, aber Grandma Helena hielt ihre Hand noch fester.

»Denk immer daran, daß du Brent Faradays Tochter bist«, sagte Grandma Helena erneut. »Vergiß das niemals.«

Em blickte zu ihr hoch. »Wie könnte ich meinen Daddy vergessen?«

»Er war nicht nur dein Daddy«, fuhr Grandma Helena fort und beugte sich noch ein wenig näher, so daß Em wiederum ein kleines Stück zurückwich. »Er war ein Faraday. Genau wie du.«

»Und meine Mom«, meinte Em in dem Versuch, dem Ganzen einen Sinn abzugewinnen.

»Nein.« Grandmas Stimme war leise, klang aber so, als hätte sie gebrüllt. »Deine Mutter ist eine Martindale, das ist eine völlig andere Sache.« Em beobachtete, wie ihre Großmutter ihrer Mutter quer durch den Raum einen Blick zuwarf. *Sie mag meine Mom nicht,* dachte Em, zog schnell ihre Hand weg und stand auf.

»Ich werde meinen Daddy nicht vergessen«, sagte sie. »Ich muß jetzt gehen.«

Grandma Helena setzte dazu an, noch mehr zu sagen, aber Em wandte ihrer Großmutter den Rücken zu. So etwas hatte sie noch nie getan, weil es unhöflich war, Erwachsenen den Rücken zuzudrehen, wenn sie mit einem sprachen, aber sie mußte einfach fort von hier.

Sie ging durch den Flur, die Rufe ihrer Großmutter ignorierend. Auch ihre Mutter rief nach ihr. Phoebe saß vor der Hintertür und wedelte mit dem Schwanz, als sie Em erkannte.

»Komm mit«, sagte Em zu ihr und hielt ihr die Tür auf. Phoebe sprang hinaus, und Em folgte ihr, setzte sich auf die Verandastufen und dachte nach.

Wie konnte Grandma Helena glauben, sie würde ihren Dad vergessen? Grandma Helena war zwar nicht die netteste Person, die Em kannte, aber bislang hatte sie zumindest nie einen dummen Eindruck gemacht. Niemals würde Em ihren Daddy vergessen.

Nur, daß es ihr nun schwerer fiel, sich *genau* daran zu erinnern, wie er ausgesehen und sich angehört hatte, so *genau*, als würde er jeden Augenblick durch die Tür kommen.

Em preßte die Augen fest zu. Er war groß, hatte dunkelbraunes Haar und lächelte sie immer an, weil er sie liebte. Sie versuchte, einzelne Bilder heraufzubeschwören – wie er ihr das Fahrradfahren beibringen wollte, aber fort mußte, bevor sie den Bogen raus hatte, so daß ihre Mutter dazugekommen war und es ihr gezeigt hatte, bis es klappte. Bei den Pfadfindern war er auch nicht mit ihr gewesen, und, weil er arbeiten mußte, auch nicht bei dem Theaterstück in der Schule, in dem sie einen Glöckner spielte, aber er hatte bei einigen ihrer Softballspiele zugeschaut und gesehen, wie sie den Ball mit einem Schlag vom Feld beförderte.

Das war's. Em konzentrierte sich darauf, wie er ausgesehen hatte, als er auf das Spielfeld gekommen war, um sie zu umarmen. Eigentlich hätte er das nicht tun dürfen, weil das Match noch nicht zu Ende war, aber es tat so gut, ihn so strahlend und stolz bei sich zu haben. Das war der Moment, den sie in Erinnerung behalten wollte – wie ihr Dad ihr zulächelte. Sie bemühte sich, an andere Dinge zu denken, die ihn so besonders gemacht hatten, die Art und Weise, wie er sie in die Arme nahm, wie sehr er Sahnenußeis gemocht hatte, wie er immer »Emily« gesagt hatte – den ganzen Namen, nicht nur »Em« –, wie er seinen Kopf beim Lachen in den Nacken legte. All dies fügte sie in ihr Gedächtnisbild ein, ihren Dad mit der Little-League-Kappe auf dem Kopf, damit sie den exakten Moment in Erinnerung behielt, wie er sie mit einem Arm an sich drückte und in der anderen Hand ein Eis hielt, während er mit zurückgelegtem Kopf lachte. All diese Eindrücke fügte sie zu einem Bild zusammen und hielt die Augen fest geschlossen, um es sich einzuprägen, genau so, wie C.L. es ihr beigebracht hatte.

Als ihre Mom herauskam und sie ansprach, hatte sie es zusammen, und sie öffnete ihre Augen und sagte: »Ich bin okay.« Sie folgte ihrer Mutter zurück ins Haus und rief Phoebe, damit sie mitkam. Drinnen setzte sie sich wieder neben ihre Grandma Helena, nahm ihre Hand und sagte: »Ich werde ihn nie vergessen«, woraufhin ihre Großmutter ihre Hand ganz fest drückte und meinte: »Du bist ein gutes Mädchen. Du bist eine gute Faraday.«

Dann bedachte ihre Großmutter Maddie mit einem weiteren giftigen Blick.

Einige Aufläufe später kam C.L. zurück. Howie führte ihn ins Wohnzimmer, das mittlerweile mit Leuten, die ihr Beileid aussprechen wollten, und mit den Faradays überfüllt war. »Maddie, du erinnerst dich doch sicher an C.L. Sturgis, nicht wahr?« setzte Howie zu einem kläglichen Versuch an, jedem Gerede die Grundlage zu nehmen, aber C.L. trat um ihn herum, ergriff Maddie am Arm und zog sie in die Diele.

»Entschuldigen Sie uns bitte«, sagte er, zerrte sie durch die Diele ins Nebenzimmer und schloß die Tür hinter sich.

»Was soll das?« fragte Maddie wütend. »Weißt du, wer dort drüben sitzt?«

»Henry hat eine Vollmacht bekommen und euer Bankschließfach öffnen lassen«, erwiderte C.L. »Das Geld ist weg. Weißt du irgend etwas darüber?«

Verständnislos starrte sie ihn an. »Brent muß es herausgenommen haben«, sagte sie und unterbrach sich dann. Sie hatte es am Samstagnachmittag gesehen. Zu diesem Zeitpunkt war Brent bereits tot. Er konnte es nicht gewesen sein.

»Du und Brent seid die einzigen, die dieses Schließfach in den vergangenen zwei Wochen geöffnet haben«, fuhr C.L. fort. »Und du warst als letzte dort. Sie führen Buch darüber. Ich muß dir sagen, daß ich das nicht gerade toll finde, weil ich kurz zuvor noch vor Henry stand und geschworen habe, du hättest ihm über alles die Wahrheit erzählt. Was hast du damit gemacht?«

Konnte es das Geld aus dem Auto sein? Es war zwar nicht der gleiche Betrag, aber – schlagartig wurde ihr die Bedeutung seiner Worte bewußt. »Ich bin keine Lügnerin«, sagte sie hitzig. »Ich habe das Geld nicht genommen. Ich habe das Geld und die Tickets und Brents Ausweis in dem Fach gelassen. Das einzige, was ich herausgenommen habe, war Ems Paß, das schwöre ich.«

C.L. sah verwirrt aus, so, als wolle er ihr glauben, könne es aber nicht. »Lieber Himmel, Maddie, das Ganze fängt an, mir Sorgen zu machen. Wenn du irgend etwas darüber weißt, heraus mit der Sprache. Ich möchte dich nicht wegen eines dummen Fehlers verlieren, den Henry machen könnte, weil er glaubt, du willst mich hinters Licht führen.«

»*Was?*« stieß Maddie hervor, als Treva durch die Tür trat.

»Was immer ihr hier macht«, flüsterte sie, »hört auf damit und kommt herüber. Es macht einen ziemlich merkwürdigen Eindruck, und die Faradays finden das gar nicht komisch.«

Maddie schob sich an C.L. vorbei und ging zurück ins Wohnzimmer, um sich zu ihrer Mutter und Em auf die Couch zu setzen. Gloria hatte neben Helena Platz genommen, und die beiden glotzten sie an, während sie an ihnen vorbeiging. Daß Helena und Gloria sich verbündeten, fehlte ihr gerade noch.

Sie ergriff Ems Hand und drückte sie. Vergiß Helena und Gloria. Jemand hatte ihren Schließfachschlüssel gestohlen und das Geld genommen. Sie war nicht einmal sicher, ob das überhaupt möglich war, aber irgend jemand mußte es getan haben. Und niemand würde ihr glauben, vor allem nicht, wenn sie der Polizei nun plötzlich zweihundertdreißigtausend Dollar aushändigte. Jeder würde denken, daß sie die anderen fünfzigtausend gestohlen hätte. Henry würde sie festnehmen.

Sie mußte Henry das Geld geben.

Em kauerte sich an sie und legte ihren Kopf in Maddies Schoß.

Sie konnte Henry das Geld nicht geben.

»Wir müssen noch das andere Schloß anbringen«, hörte sie ihre Mutter zu C.L. sagen, als er ihr, die Blicke der Faradays ignorierend, ins Wohnzimmer folgte. Er nickte und sagte: »Kommst du mir helfen, Em?« und streckte die Hand aus. Em richtete sich auf, schniefte und ging mit ihm hinaus.

»Der Einbrecher war hier im Haus«, erklärte Maddies Mutter, und jeder versuchte, eine noch mitleidigere Miene aufzusetzen als zuvor, mit Ausnahme der Faradays, insbesondere Helenas, die unverhohlene Feindseligkeit versprühte.

Der Nachmittag zog sich lang hin und wurde noch länger, nachdem C.L. gegangen war und Vince von der Polizeistation auftauchte und nach ihren Turnschuhen fragte. Sie hatte sie hinten im Wagen ihrer Mutter gelassen, und er bat darum, sie mitnehmen zu dürfen, und ging hinaus, um sie zu holen. Selbst wenn es ihr nicht egal gewesen wäre, hätte sie sich nicht weigern können, aber es war ihr egal. Sie wünschte sich einfach alle fort, alle außer Em, die nicht mehr weinen und sich geborgen fühlen sollte. Um neun bugsierte ihre Mutter alle zur Tür hinaus und half ihr dann, Em ins Bett zu bringen, Phoebe dicht neben sich. Nachdem ihre Mutter sich verabschiedet hatte, machte Maddie sich ebenfalls bettfertig. Morgen stand ihr ein weiterer Tag voller Aufläufe und Mitgefühl bevor, und am Tag danach würde die Beerdigung stattfinden. Das war alles zuviel, um nachzudenken. Maddie zog sich ein pinkfarbenes Bärchen-Nachthemd über, das sich, weil es so alt war, ganz weich auf ihrer Haut anfühlte, und schlüpfte ins Bett.

Schön bequem, dachte sie, während der ausgefranste Saum an ihren Schenkeln kitzelte. Fast so schön wie gutes Essen. Nun fehlte ihr nur noch ein Teddybär. Sofort tauchte C.L. vor ihrem geistigen Auge auf, doch sie versuchte, den Gedanken an ihn zu verdrängen. Em mußte nun an erster Stelle stehen.

Dennoch, es würde ihr so guttun, ihm einfach alles zu erzählen und sich dann von ihm bis zur Besinnungslosigkeit lieben zu lassen. Sie erlaubte sich nur einen kurzen Gedanken daran und schob die Vorstellung dann beiseite. Dazu würde es nicht kommen. Sie durfte noch nicht einmal daran denken. C.L., groß neben ihr, hart in ihr, krampfhaft aus dem Gedächtnis verbannend, fiel sie in den Schlaf.

Erst sehr viel später nahm Maddie ein Geräusch wahr und erwachte. Sie stand auf, um nach Em und Phoebe zu sehen: Die eine schlief tief und fest nach einem letzten Weinkrampf, die andere döste vor sich hin und gab Geräusche wie auf der Hasenjagd von sich. Nachdem sie sich überzeugt hatte, daß beide wohlauf waren, entspannte sie sich ein wenig und merkte plötzlich, daß sie hungrig war. Den ganzen Tag lang hatte sie nichts gegessen, obwohl Tausende Aufläufe in ihrem Kühlschrank standen und mindestens zwei Kuchen. Der Wecker sagte zwei Uhr morgens, aber ihr Magen sagte jetzt.

Auf Zehenspitzen schlich sie die Treppe hinunter und ging ins Wohnzimmer, bevor sie eine Bewegung in der Dunkelheit wahrnahm und bemerkte, daß sie nicht allein war. Erschrocken schnappte sie nach Luft, und eine Hand legte sich über ihren Mund, während ein Arm sie mit dem Rücken gegen einen harten Körper preßte.

»Still«, flüsterte C.L. »Du weckst Em auf.«

Fest biß Maddie zu.

Er stieß einen leisen Fluch aus und ließ sie los. »Was zum Teufel soll das?« Durch die Dunkelheit drang seine Stimme heiser an ihr Ohr. »Verdammt, das tat weh! Bist du gegen Tollwut geimpft?«

Maddie drehte sich zu ihm um und flüsterte zurück: »Was tust du hier? Du bist in mein Haus eingebrochen!«

»Bin ich nicht. Ich habe einen Schlüssel.« Er hielt ihn in der Dunkelheit hoch. »Ich habe schließlich die Schlösser montiert.«

Sie grapschte nach dem Schlüssel. »Du suchst das Geld, stimmt's? Das glaube ich einfach nicht. Ich habe dir doch gesagt, daß ich es in dem Schließfach ließ.«

Verärgert stieß C.L. die Luft aus. Er ergriff ihre Hand und wisperte. »Komm her.« Er zog sie in die Küche, und sie folgte ihm widerstandslos, zum einen, weil sie Em nicht aufwecken wollte, zum anderen, weil sich seine Hand um ihre so gut anfühlte, auch wenn er sich noch so lausig benahm. »Maddie«, sagte er mit leiser, aber normaler Stimme, als sie in der dämmrigen Küche standen und sich ihre Umrisse vor dem schimmernden Nachtlicht neben der Spüle abzeichneten, »wenn Henry dich mit dem Geld erwischt, bist du erledigt. Ich will dich doch nur davor bewahren, verdammt. Sag mir, wo es ist, und ich werde einen Weg finden, es Henry zukommen zu lassen, ohne dich da hineinzuziehen.«

»Jetzt hör mir mal zu«, sagte sie so ruhig wie möglich. »Ich habe das Geld in dem Schließfach gelassen, das schwöre ich dir beim Leben meiner Mutter. Ich habe das Geld nicht genommen.«

C.L. schien erleichtert, aber immer noch argwöhnisch zu sein. Er ließ ihre Hand los und umfaßte statt dessen ihre Taille, um sie ein wenig näher zu ziehen, wozu er kein Recht hatte; seine Hände fühlten sich jedoch selbst durch ihr Nachthemd so gut, warm und sicher an, daß sie sich einfach nicht zur Wehr setzen konnte. Er beugte den Kopf herab, um ihr in die Augen zu schauen, während er sie festhielt. »Wenn Henry also das Haus hier durchsucht, gibt es nichts, worüber wir uns Sorgen machen müßten, richtig?«

Solange er nicht dein Auto durchsucht. Maddie versuchte, einen Schritt zurückzutreten, aber C.L. hielt sie fest.

»Ich frage nur, weil deine Schuhe mit den einzigen Spuren übereinstimmen, die vom Point hinunterführen«, sagte er. »Du hast mir nichts davon erzählt, daß du dort oben warst.«

»Das war am Donnerstag abend.« Wieder machte Maddie Anstalten, sich ihm zu entwinden, aber C.L.'s Griff um ihre Taille blieb eisern. »Ich ging hinauf und habe Brent dort oben mit einer Blondine gesehen. Dann stieg ich wieder hinab, fuhr nach Hause und habe dich getroffen. Meine lehmigen Schuhe habe ich im Wagen gelassen. Du erinnerst dich bestimmt, daß ich barfuß war.«

»Stimmt.« C.L. lockerte seinen Griff ein wenig. »Du warst barfuß, das kann ich Henry gegenüber bezeugen. Kann ich ihm auch beteuern, daß er bei einer Hausdurchsuchung nichts anderes finden wird?«

»Die zweihundertachtzigtausend würde er nicht finden«, erwiderte sie. »Die habe ich im Schließfach gelassen.«

C.L.'s Umklammerung verstärkte sich wieder. »Und was also *würde* Henry bei einer Durchsuchung finden?«

»Jede Menge Staub«, wich Maddie aus. »Vor lauter Mord und Erpressung und so bin ich nicht zum Putzen gekommen. Dabei fällt mir ein, hast du mit Bailey gesprochen? Sollte er nämlich auspacken, können wir uns getrost von dem kläglichen Rest unseres guten Rufs verabschieden. Hast du nun –«

»Nein«, antwortete C.L. »Ich habe Henry gesagt, er soll sich um ihn kümmern. Morgen –«

»Wird es zu spät sein.« Maddie legte ihm eine Hand auf die Schulter, um ihn zur Tür zu dirigieren. »Geh jetzt und suche ihn.«

»Es ist mitten in der Nacht.« C.L. kam wieder näher, führte ihre Hände hinter seinen Nacken und umschlang sie mit den Armen, um sie an sich zu ziehen. »Maddie, wir müssen über das Geld reden.« Er drückte ihr einen Kuß ins Haar, und sie dachte: *Geh jetzt, auf der Stelle.*

»Ich weiß nichts von dem Geld.« Sie versuchte, sich zu lösen. »Ich weiß nur, daß mein Kind oben schläft, also darfst du dich jetzt verabschieden. Sie soll nicht herunterkommen und uns überraschen. Du kannst nicht hierbleiben.«

»Wir würden Phoebe bellen hören, bevor Em an der Treppe ist«, flüsterte C.L. ihr ins Ohr. »Erzähl mir alles, was du von dem Geld weißt, damit ich mir überlegen kann, was zu tun ist.« Er strich mit den Händen über ihren Rücken und ließ sie erschauern. Langsam glitten sie weiter nach unten, so daß sie vergaß, warum sie sich von ihm fernhalten sollte. »Mein Gott, du fühlst dich so gut an«, sagte er leise und preßte ihre Hüften gegen seine. »Erzähl mir von dem verdammten Geld, damit wir dann miteinander schlafen können.«

»Das können wir nicht mehr tun«, flüsterte Maddie, bevor er mit den Händen unter ihr Nachthemd schlüpfte und über ihren nackten Rücken streichelte. »Nein.« Sie stieß ihn fort. »Em ist oben, das ist völlig unmöglich. Ich möchte ihr nicht einmal erklären müssen, was du hier in der Küche zu suchen hast, geschweige denn in mir. *Raus mit dir.*«

»Gute Idee«, erwiderte er und öffnete die Hintertür. Während sie sich bemühte, Erleichterung zu verspüren, griff er nach ihrer Hand und zog sie aus der Tür mit sich auf die dunkle Hinterveranda.

»Hey«, wehrte sie sich, doch er unterbach sie: »Nicht einmal Frog Point kann uns in dieser Finsternis sehen.« Er zog sie zu sich, als sie mit nackten Füßen vorsichtig die Stufen hinunterstieg. »Komm her.«

»Nein«, sagte sie, doch dann fand sein Mund den ihren, und sie schlang die Arme um seinen Nacken, um ihn nur noch ein letztes Mal zu küssen, weil er so nach Lust und Sicherheit schmeckte. Sie stand auf der untersten Stufe, so daß sich ihr Mund auf gleicher Höhe wie seiner befand. C.L. stand auf dem Boden, und dieser neue Kußwinkel hatte seine Vorteile, aber sie befanden sich dummerweise im Freien – daher mußte sie ein Ende finden.

»Danke«, flüsterte sie atemlos, als er den Kuß schließlich unterbrach. »Das war schön. Bis morgen.«

Er zog sie mit sich auf den Weg und legte die Arme um sie. »Ich kann dich nicht gehen lassen. Ich muß dich beschützen. Auch wenn du das nicht willst, ich muß es tun. Ich dachte, ich könnte einfach in die Stadt kommen, Brent festnageln und wieder verschwinden, aber ich kann dich nicht allein lassen. Ich liebe dich.«

Maddie löste sich aus seiner Umarmung. »Was meinst du damit, Brent festnageln? War es das, wovon Stan redete?«

C.L. zog sie erneut zu sich. »Deshalb bin ich Freitagabend hergekommen. Brent hatte Stan sein Viertel der Firma verkauft…« begann C.L. und erklärte die Vereinbarung, die er mit Sheila getroffen hatte, während er Maddie in den Armen hielt und sie ihren Blick in die Finsternis richtete.

Er war also nicht zurückgekommen, um sie wiederzusehen. Sie hatte einen unwilligen Mann bedrängt, mit ihr zum Point zu fahren, während er versuchte, ihr Informationen über ihren Geld veruntreuenden Ehemann zu entlocken. »Das kann ich nicht glauben«, sagte sie. »Du willst mir also sagen, daß ich dich am Point vergewaltigt habe?«

Mitten im Satz hielt C.L. inne und sah sie schräg von oben herab an. »Bist du übergeschnappt oder was? Hast du mich vielleicht auf dem Rücksitz um Gnade schreien hören? Hast du nicht gemerkt, wie ich dich geradezu aus deinem Haus gezerrt habe, weil ich nicht von dir lassen konnte? Jetzt schalte mal deinen Verstand ein, meine Liebe.«

»Du bist gar nicht wegen mir gekommen.« Maddie kam sich entsetzlich dumm vor. »Bei dieser ganzen Sache ging es anfangs um Geld, und das hast du mir nie erzählt. Du hast mit mir geschlafen und kein Wort darüber gesagt.«

»Welchen Unterschied macht es denn, warum ich ursprünglich herkam?« sagte C.L. »Alles, was zählt, ist das Jetzt. Wenn wir erst verheiratet sind –«

»Was?« Maddie riß ihren Kopf hoch. »Wenn wir erst was sind?«

»Verheiratet.« C.L. küßte sie auf die Stirn. »Ich habe schon mit Anna gesprochen, und sie meinte, du solltest ein Jahr warten. Nächstes Jahr um diese Zeit wäre also genau richtig. Dann hätte ich genügend Zeit, das Haus zu bauen –«

»Welches Haus?« fragte Maddie wie betäubt. »Wovon redest du?«

»Howie setzt uns ein Haus auf dieses Grundstück am Fluß neben Anna und Henry.« C.L. schloß sie fester in die Arme. »Ich wollte dich überraschen, aber –«

»Ich bin überrascht.« Maddie löste sich aus seiner Umarmung. »Ich will nicht heiraten. Ich war verheiratet, und es gefiel mir nicht.«

»Du warst nicht mit mir verheiratet«, gab C.L. zu bedenken. »Bei uns wird das anders sein. Wir –«

»C.L., es gibt kein ›Wir‹.« Maddie verlieh ihrer Stimme einen entschiedenen Ton, damit er ihr zuhörte.

»Bei allem, was ich jetzt tue, muß ich an Em denken. Ich kann nicht mit dir zusammensein. Ich darf noch nicht einmal in deiner Nähe sein. Du mußt jetzt gehen.«

»Nein.« Er küßte sie auf die Wange, den Mundwinkel, dann auf ihren Mund, und sie gab ihm nach, wie sie das immer tat, nur noch für ein letztes Mal, schwor sie sich, ein letztes Mal die dunkle und reiche Süße seines Kusses schmecken, die sie alles andere vergessen ließ. Sie wand sich aus seinen Armen, und dieses Mal ließ er sie los. »Nein, bitte hör auf. Du mußt jetzt gehen. Ich kann nicht glauben, daß du all diese Pläne gemacht hast –«

»Was hast du denn gedacht?« fragte C.L., langsam die Geduld verlierend. »Daß ich nur wegen einer netten Nummer mit dir geschlafen habe?«

»Ja«, sagte Maddie, bevor ihr die Zärtlichkeit einfiel, mit der er sie festgehalten und geküßt und sich um sie bemüht hatte. »Nein. Ich weiß es nicht. Aber mit Sicherheit habe ich nicht damit gerechnet, daß du nach zwei Nächten mit mir beginnst, ein Haus zu bauen. Was hast du dir dabei vorgestellt?«

»Uns«, antwortete C.L. kurz angebunden. »Ich dachte an uns. An dasselbe, wovon ich seit der High-School träume. Es wiederholt sich alles, nicht wahr? Ich denke an die Zukunft, und du wendest dich ab.«

Verblüfft wandte Maddie sich ihm zu. »Ich habe dich zwanzig Jahre lang nicht gesehen, und dann kommst du für ein Wochenende in die Stadt und glaubst, das ist es? Du kennst nicht mehr von mir als die High-School und zwei heiße Nächte, und du bist bereit, eine Verpflichtung fürs Leben einzugehen?«

Er schwieg so lange, daß sie näherkommen mußte, um sich zu vergewissern, ob alles in Ordnung war. »Mein ganzes Leben lang habe ich dich geliebt«, sagte er plötzlich, und angesichts des Schmerzes in seiner Stimme mußte sie die Augen schließen. »Ich habe nie damit aufgehört. Sheila hat mir einmal vorgehalten, daß ich sie geheiratet habe, weil ich dachte, sie wäre wie du. Einer der Gründe, weshalb sie mich verlassen hat – so sagt sie jedenfalls –, ist, daß sie für mich nicht wie du sein konnte. Bisher habe ich immer gedacht, daß sie nach Ausflüchten suchte, aber nun glaube ich, sie hatte recht.«

»Ich will das nicht hören«, sagte Maddie, die Arme schützend um ihren Körper gelegt. »Ich habe momentan genug Probleme, das reicht mir. Ich möchte mich nicht auch noch damit auseinandersetzen müssen.«

»Ich liebe dich«, sagte er, und sie erwiderte: »Nein, das tust du nicht. Du glaubst, ein Mädchen zu lieben, das du in der High-School kennengelernt hast. Aber das bin nicht ich. Wahrscheinlich war ich das nie, aber jetzt bin ich es mit Sicherheit nicht mehr.«

»Ich weiß, wer du bist«, sagte C.L. leise und bestimmt. »Ich weiß ganz genau, wer du bist.«

»Dann weißt du mehr als ich«, erwiderte Maddie, »weil ich momentan nur weiß, daß ich eine verzweifelte Tochter habe und ich alles tun muß, um nicht ins Gefängnis zu wandern, damit ich mich um sie kümmern kann. Und jedesmal, wenn du in mein Wohnzimmer kommst, gibst du Frog Point noch mehr Anlaß zu der Annahme, daß ich einen Grund hatte, meinen Mann umzubringen.«

Maddie trat einen Schritt zurück. »Du mußt dich von mir fernhalten. Für immer.«

C.L. seufzte. »Okay. Wenn du möchtest, daß ich eine Weile Abstand halte, verstehe ich das. Aber sprich nicht von der Ewigkeit.« Er trat auf sie zu und schloß sie in die Arme, aber sie zögerte. »Tu mir das nicht noch einmal an«, wisperte er. »Laß mich nicht im Stich. Ich muß wissen, daß du immer noch mir gehörst.« Er küßte sie drängend und verzweifelt, und sie versuchte, seinem Kuß zu widerstehen. Mit seiner Wange in ihr Haar gepreßt drückte er sie an sich, als sei sie sein Rettungsanker.

Wenn ich zu deinem Schließschrank komme, wendest du dich dann ab? hatte er sie in jener Nacht im Auto gefragt, und Maddie verging vor Verlangen, ihm zu sagen, daß sie ihn liebte, aber Em mußte an erster Stelle stehen. »C.L., ich bin nicht mehr das Mädchen aus der High-School. Ich bin noch nicht mal die, die ich gestern war. Ich darf dich nicht mehr sehen. Ich muß jetzt Em beschützen, und das ganze Gerede – ich darf dich nicht wiedersehen.«

»Für eine Weile«, erwiderte er und drückte sie noch fester an sich. »Wegen Em werde ich mich fernhalten. Aber nur für eine Weile.«

Maddie wußte, daß sie Argumente anführen sollte, aber

sie hatte nicht die Energie dazu. Als er fort war, ging sie wieder ins Haus, verschloß die Tür, legte die Kette vor und kroch dann zu Em und Phoebe ins Bett. Sie bedauerte, ihn weggeschickt zu haben, auch wenn sie wußte, daß sie das hatte tun müssen. Neben ihr rührte sich Em und fragte: »Mommy?« und sie antwortete: »Ich bin bei dir, Emmy. Wir sind zusammen« und hielt Ems Hand fest, bis sie wieder eingeschlafen war.

»Wie geht es dir?« fragte Treva, als sie Maddie am nächsten Morgen abholte, um mit ihr zum Bestattungsunternehmen zu fahren. »Wirklich, meine ich.«

»Müde«, erwiderte Maddie. *Letzte Nacht habe ich das Zweitbeste, was mir je im Leben begegnet ist, fortgeschickt, um das Beste beschützen zu können.* »Mein Leben ist voll von Menschen, mit denen ich vorsichtig umgehen muß. Du bist die einzige, der ich nichts vorzuspielen brauche. Du bist wirklich eine gute Freundin, Treva.«

Treva seufzte. »Ich versuche es zumindest. Und deshalb ist es an mir, dir die schlechten Neuigkeiten mitzuteilen.«

Maddie sah sie ungläubig an. »Das soll wohl ein Witz sein, oder? Wieviel schlimmer kann es denn noch werden?«

Treva ließ sich in ihren Sitz sinken. »Du bist jetzt das heißeste Thema in der Gerüchteküche von Frog Point. Willst du mehr davon hören oder lieber nicht?«

»Oh, Mist.« Maddie schloß die Augen. »Sag's mir.«

14

Treva holte tief Luft. »Nun, die meisten glauben, daß du deinen Mann erschossen hast, aber darüber, ob du dafür büßen solltest oder nicht, gehen die Meinungen auseinander. Die Mehrheit ist der Auffassung, es sei eine Schande, daß Brent dich geschlagen und betrogen hat, und daß du ungeschoren davonkommen solltest, weil du bis jetzt immer eine so liebenswerte Person warst.«

»Das ist ja ein echter Trost.« Maddie ließ den Kopf gegen die Rückenlehne des Sitzes sinken.

»Wie auch immer, dann gibt es noch eine kleine, aber lautstarke Fraktion, angeführt von Helena Faraday mit Unterstützung von Gloria Meyer. Sie wollen dich geröstet sehen. Momentan bekommen sie einigen Zulauf, weil es dank Esther bekannt wurde, daß du gerade mit C.L. im Bett warst, als du die Nachricht von deiner Witwenschaft erhieltest. Außerdem hat Leona Crosby über C.L.'s Mustang Buch geführt. Konnte er sich keinen unauffälligeren Wagen aussuchen?«

»Nicht C.L.«

»Dann sind da noch die Randtheoretiker.« Trevas Stimme nahm einen leicht belustigten Klang an. »Es kursiert das wilde Gerücht, Stan und C.L. hätten sich am Samstagabend in deiner Einfahrt wegen dir geprügelt. Ist das wahr oder hat Klatschtante Crosby mal wieder ihrer Phantasie freien Lauf gelassen?«

»C.L. hat ihm einen Haken versetzt, während Leona Crosby zusah«, erklärte Maddie. »Der Rest ist Phantasie.«

»Nun ja, das gibt einigen Leuten Anlaß zu der Vermutung, daß C.L. Brent ermordet haben könnte. Nur, daß er erschossen und nicht totgeschlagen wurde, was die Leute dann wieder zu dir führt.«

»Na, wunderbar«, sagte Maddie. »Oh, Gott, meine arme Mutter.«

»Deine Mutter behauptet ihre Stellung«, meinte Treva. »Sie hat ein paar schneidende Bemerkungen über Esthers Zuverlässigkeit fallenlassen, und da sie und Esther bislang so etwas wie Pech und Schwefel waren, liegt sie ganz gut im

Rennen. Für die Faradays will sie noch einen Zahn zulegen. Helena steht eine ungemütliche Spazierfahrt bevor.«

Maddie versteifte sich. »Davon will ich nichts hören.«

»Mußtest du Helena wirklich einmal ins Krankenhaus fahren, weil sie Kölnisch Wasser getrunken hatte?«

»Oh, *Mutter.*« Maddie schlug die Hände vors Gesicht. »Das einzige, was mir jetzt noch bleibt, ist ein Umzug, aber Henry wird nicht zulassen, daß ich die Stadt verlasse.«

»Ich habe auch Gerüchte gehört, daß Henry dich wegen C.L. auf dem Kieker hat«, fuhr Treva fort. »Aber das paßt nicht zu Henry.«

»Weißt du, worüber ich mich wirklich aufrege? Daß kein einziges dieser Gerüchte Brent betrifft«, meinte Maddie. »Er betrügt mich und veruntreut Geld, aber davon weiß niemand etwas. Wie kann das sein?«

»Oh, es gibt Gerüchte«, erwiderte Treva. »Er hat Firmengelder veruntreut, er hat mit Drogen gedealt, um an Bestechungsgelder für die Bürgermeisterwahl zu kommen, er hat seine Bowling-Punktezahl gefälscht – Brent bekommt auch sein Fett weg. Ich habe jedoch nichts davon gehört, daß er dich betrog. Entweder hat er endlich Diskretion gelernt oder seine Liebschaft ist die unsichtbare Frau.« Treva warf ihr von der Seite einen Blick zu. »Wie fühlst du dich jetzt?«

»Lausig«, erwiderte Maddie. »Trauerzeit ist die Hölle. Den ganzen Morgen lang haben Leute Essen vorbeigebracht. Wenn ich nur noch einen weiteren Auflauf sehe, muß ich brechen.«

»Meiner steht auf dem Rücksitz«, sagte Treva und ließ den Motor an.

Maddie konzentrierte sich auf das einzige Problem in ihrem Leben, das ihr keinen ernsthaften Kummer bereitete. »Es muß eine gravierende Knappheit an Kartoffeln in der Stadt herrschen. Was ist eigentlich falsch an Brotkrumen als oberste Schicht für Aufläufe?«

Treva vergewisserte sich, daß die Straße frei war, und fuhr auf die Fahrbahn. »Hast du schon wieder diese faschistischen Yuppie-Kochbücher der Demokraten gelesen?«

»Und überhaupt, was ist falsch an nackten Aufläufen? Oder wie wär's zur Abwechslung mit beißfester Nahrung?«

»Ich glaube, das ist ein zu weitläufiges Thema.«

»Okay«, seufzte Maddie. »Was für einen Auflauf hast du denn gemacht? Cannelloni, stimmt's?«

»Ich hab nur Spaß gemacht. Es sind Zuckerplätzchen mit Schokosplittern und Cashews.«

»Gott sei gepriesen für deine Freundschaft«, sagte Maddie, »weil er wußte, daß ich dich brauche.«

Sechs Plätzchen später fuhren sie in die Einfahrt des Bestattungsunternehmens. Maddie nahm das schöne alte Haus im viktorianischen Stil in Augenschein und meinte: »Warum sind eigentlich die schönsten alten Häuser in der Stadt allesamt Bestattungsunternehmen?«

»Weil in Frog Point niemand ein Freudenhaus aufmachen könnte.« Treva betrachtete das Haus zweifelnd. »Bist du sicher, daß du hierfür bereit bist?«

»Ich werde dafür nie bereit sein«, antwortete Maddie und stieg aus dem Wagen.

Der kleine Mann in dem Bestattungsunternehmen war zugleich schmierig und trocken wie altes Pergament.

»Die Untoten«, wisperte Treva. »Sie wandern umher.«

»Halt die Klappe«, sagte Maddie.

Er sah sie mit einer Mischung aus Herablassung und Mitgefühl an, bevor er sie in einen großen Raum voller Särge führte. »Hier sehen Sie unser Angebot. Alles nur beste Stücke. Ich bin sicher, es ist etwas nach Ihrem Geschmack und dem, äh, Ihres Ehemanns dabei.«

Maddie sah ihn entsetzt an. Ja, Brent wäre entzückt.

»Könnten Sie uns wohl einen Moment allein lassen?« bat Treva.

»Selbstverständlich.« Er nickte und entschwand durch die Tür, während Maddie hilflos die Särge anstarrte. Es standen so viele dort, und alle sahen aus wie schlechte Imitationen von niedrigen Couchtischen mit zuviel Holz und Messing. Zuviel von allem. Sie schüttelte sich und dachte, *nicht vor Em,* bevor ihr einfiel, daß Em gar nicht da war.

Sie mußte sich zusammenreißen, einen Sarg kaufen und zu Em zurück. »Was meinst du?« fragte sie Treva.

»Nimm eine Plastiktüte«, sagte Treva. »Mehr hat er nicht verdient.«

Brent in einer Plastiktüte. Aus irgendeinem Grund schien das Bild zu passen; Maddie brach gleichzeitig in Gelächter und Tränen aus.

»Maddie, tut mir leid.« Treva setzte sie auf den nächstbesten Sarg. »Hier.« Sie wühlte in ihrer Handtasche. »Nimm ein Taschentuch. Ich dachte, du hättest ihn nicht geliebt.«

»Das habe ich auch nicht«, schluchzte Maddie, dankbar dafür, daß sie endlich seinetwegen weinen konnte. »Aber der Mistkerl ist tot.«

Treva setzte sich neben sie und nahm sie in den Arm. »Maddie, der Mann hat mit anderen Frauen geschlafen, er hat dich geschlagen, und er wollte dich sitzenlassen.« Sie tätschelte Maddies Schulter. »Reiß dich zusammen. Der Kerl war eine Plage. Eine Plastiktüte ist noch zu gut für ihn. Wir werden einen ordinären Müllsack nehmen.«

Maddie ließ ihren Blick durch den düsteren Raum schweifen und verlor beinahe wieder die Beherrschung. »Treva, ich kann das nicht. Ich bin noch nicht bereit für das Begräbnis.«

»Ich denke, Howie und ich könnten die Gefriertruhe ausräumen, bis du soweit bist«, schlug Treva stirnrunzelnd vor, »aber ich glaube, du solltest es besser hinter dich bringen.«

»Ähemm... Mrs. Faraday?«

Maddie und Treva fuhren beide zusammen und drehten sich zu dem kleinen Mann um, der sich von hinten an sie herangeschlichen hatte.

»Haben Sie eine Wahl getroffen? Kann ich Ihnen, äh, vielleicht irgendwie behilflich sein?« Vielsagend blickte er auf ihre Sitzgelegenheit.

Sie standen auf, und Maddie sah von ihm zu Treva und wieder zurück. »Ich weiß nicht.«

»Aber ich«, sagte Treva. »Wir nehmen das billigste Ding, das Sie haben.«

Als Treva Maddie nach weiteren Stationen beim Floristen, in der Kirche, der Trauerhalle und beim Drucker zu Hause absetzte, berichtete ihre Mutter ihr, der Panik nahe, daß man sie in der Polizeistation sprechen wolle.

Henry wartete auf sie, zusammen mit C.L. und einer Frau mittleren Alters mit freundlichem Gesicht, die sich als Jane Henries vorstellte. »Ich springe nur so lange ein, bis Mr. Sturgis einen kompetenten Spezialisten aus Columbus beauftragen kann«, sagte sie leichthin. »Sollten Sie sich allerdings irgendwann noch einmal von jemandem scheiden lassen wollen, kann ich die ganze Sache für Sie von vorne bis hinten durchziehen.«

Maddie hätte sich am liebsten in Janes Arme geworfen. Sie war die erste Person, die zu glauben schien, daß alles gut ausgehen würde. Dann bemerkte sie die Fältchen rund um Janes Mund und das Glitzern in ihren Augen, und ihr wurde klar, daß bei Jane Henries alles gut *oder anders* ausging.

»Nun, Maddie«, begann Henry, nachdem sie alle Platz genommen hatten. »Ich möchte, daß du weißt, daß wir alle auf deiner Seite sind. Diese Stadt weiß, was für ein guter Mensch du bist, und selbst wenn wir mit dir als Beklagter vor Gericht gehen, wirst du auf größtes Verständnis stoßen.«

»Es gäbe noch viel mehr Verständnis, wenn sie nicht vor Gericht käme«, warf Jane ein.

Henry schenkte ihr keine Beachtung. »Du solltest also wissen, daß ich, falls du mir irgend etwas zu erzählen hast, zuhören und Verständnis aufbringen werde.«

»Sie muß Ihnen gar nichts erzählen«, mischte Jane sich erneut ein. »Können wir jetzt gehen?«

»Nun, ich habe ihr noch einige Dinge zu sagen«, erwiderte Henry verärgert. »Und da Sie ihre Anwältin sind, sollten Sie besser auch zuhören.«

Jane lächelte ihn gelassen an, und Maddie entspannte sich. C.L. hatte recht gehabt. Sie brauchte einen Anwalt.

Henry zählte die Punkte an seinen Fingern auf. »Erstens hast du ein Motiv. Wie du selbst zugegeben hast, betrog dein Mann dich; nach Howie Bassets Aussage veruntreute er Gelder einer Firma, von der du ein Viertel besitzt, und nach deinen eigenen Angaben beabsichtigte er, dir dein kleines Mädchen wegzunehmen.«

»In Anbetracht dessen, was ich über Brent Faraday gehört habe«, ließ sich Jane vernehmen, ohne jemanden speziell anzusprechen, »hatte die Hälfte aller Einwohner dieser Stadt ein Motiv.«

»Außerdem hast du gegenüber John Webster in der Bank ein Schuldgeständnis abgelegt«, fuhr Henry fort.

»Das stimmt nicht«, brauste Maddie impulsiv auf.

»Laut seiner Aussage hast du ihm gesagt, er solle dich am Schließfach allein lassen, weil du ihn nicht belasten wolltest.«

Verwirrt starrte Maddie ihn an. »Ich soll was gesagt haben?«

»Er meinte, deine Worte wären gewesen, daß du ihn nicht in diese Sache hineinziehen wolltest.«

Maddie schloß die Augen. »Das war ein Scherz.«

»Scherzen Sie nie gegenüber Bankleuten oder Polizisten«, sagte Jane, immer noch unbeschwert. »Sie haben keinen Sinn für Humor. Das beweist jedenfalls gar nichts, Sheriff, und das wissen Sie auch.«

»Außerdem hast du Beweismaterial zurückgehalten«, fuhr Henry fort.

Er hat das Geld gefunden. Maddie versuchte, unschuldig auszusehen.

»Du hast eine Kiste aus dem Büro deines Mannes mitgenommen und mir nichts davon erzählt. Warum nicht?«

»Oh, Mist«, sagte Maddie, »das habe ich ganz vergessen. Jane meinte, ich solle mir Finanzunterlagen beschaffen, deshalb haben Treva und ich sie mitgenommen, weil wir sie dort nicht öffnen konnten.«

»Ich habe ihr gesagt, sie solle alles einsammeln, was sie finden könne«, erklärte Jane. »Sie handelte auf Anweisung ihrer Anwältin.«

»Ich brauche diese Kiste«, sagte Henry, woraufhin Maddie tiefer in ihren Stuhl rutschte und nickte.

»Dann kommt noch dein verdächtiges Verhalten hinzu«, fuhr Henry fort. Maddie dachte an C.L. und zuckte unwillkürlich zusammen. »Warum hast du deinen Mann nicht als vermißt gemeldet? Er wurde Freitagnacht ermordet und erst am Montagmorgen gefunden, und du hast keine Vermißtenanzeige erstattet. Außerdem ist da noch Mrs. Ivory Blanchard.«

Maddie runzelte die Stirn. »Wer?«

»Du hast ihr die gesamte Garderobe deines Mannes verkauft. Das könnte einige Leute zu der Annahme veranlassen, daß du wußtest, er würde nicht mehr zurückkommen.«

»Das hoffte ich jedenfalls«, antwortete Maddie. Jane regte sich neben ihr. »Ich hatte die Flugtickets nach Rio gefunden und hoffte, daß er so gut wie abgereist war. Henry, all dies ergibt doch keinen Sinn. Du willst behaupten, ich hätte meinen Mann erschossen, der mich ohnehin verlassen wollte? Warum? Und wie? Ich hätte mit Brent hoch zum Point fahren und ihm eine Pistole an den Kopf drücken müssen, während er einfach dort saß. Henry, so gut haben wir uns nun auch wieder nicht verstanden.«

»Kommen wir zu den Mitteln«, sagte Henry, »wie stets nach Motiv und Gelegenheit. Der Grund, warum Brent sich nicht wehrte, ist, daß ihn jemand reichlich gedopt hatte, und zwar, laut Aussage des Coroners, mit einem üblichen Schmerzmittel. Dr. Walton sagt, er habe dir Schmerztabletten verschrieben. Der Apotheker im Revco behauptet, du hättest dich bei ihm erkundigt, welche Wirkung sieben davon haben würden. Der Coroner sagt, daß Brent vermutlich eine Menge zu sich genommen hatte, die etwa sieben Tabletten entspricht.«

»Ich habe den Apotheker gefragt, nachdem er sie geschluckt hatte«, erklärte Maddie. »Er hat sie aus Versehen genommen. Ich weiß, daß sich das blöd anhört, aber so war es.«

»Sheriff«, setzte Jane an, aber Henry hob die Hand.

»Du hattest ein Motiv, die Mittel und die Gelegenheit, Maddie«, sagte Henry. »Und kein Alibi.« Er seufzte, und seine Stimme nahm einen traurigen und ernsten Klang an. »Maddie, ich werde mildernde Umstände geltend machen. Und wenn es zu einem Gerichtsverfahren kommt, werden wir den Fall hier in Frog Point verhandeln. Hier mag dich jeder, und jeder weiß, wie Brent war. Die Stadt steht hinter dir.«

Jane stand auf. »Das reicht jetzt.« Sie wandte sich an Maddie. »Das ist der größte Mist, den ich je gehört habe. Er hat keine Mittel in der Hand, weil er die Waffe nicht hat. Er hat kein Motiv in der Hand, weil nichts von dem, was er angeführt hat, begründet genug ist, um schlüssig zu sein. Und er hat keine Gelegenheit in der Hand, weil er Ihre Anwesenheit am Tatort in der Nacht des Verbrechens nicht beweisen kann. Kurz gesagt«, sie drehte sich zu Henry, »er hat gar nichts.«

»Ich habe es nicht getan, Henry«, sagte Maddie.

»Und außerdem hat sie es nicht getan«, schloß Jane. »Nett, Sie kennengelernt zu haben, Gentlemen.«

»Vielleicht sollte ich das mit dem Typen aus Columbus lieber vergessen«, meinte C.L., als er ihnen nach draußen zum Parkplatz folgte. »Sie machen das sehr gut.«

»Nein, das tue ich nicht.« Jane wandte sich an Maddie. »Besorgen Sie sich schleunigst einen Strafverteidiger. Er hat ein paar recht ansehnliche Indizienbeweise; sollte er irgend etwas Konkretes finden, sind Sie geliefert. Er ist nicht dumm, dieser Sheriff.«

Konkrete Beweise. Maddie dachte an die Waffe in Trevas Kühltruhe. »Ich habe es nicht getan«, wiederholte sie, klang aber selbst in ihren eigenen Ohren hoffnungslos.

Am nächsten Nachmittag fühlte Em sich steif, müde und schwindelig, und alles tat ihr weh. Das Kleid aus schwarzem Samt, das Grandma Helena ihr gekauft hatte, war zu warm, auch wenn Grandma Helena gemeint hatte, es wäre in Ordnung wegen der Klimaanlage. Um sie herum standen jede Menge Menschen, und alles in dem Trauerraum war schwer – die Vorhänge, der Teppich, die Möbel und die große geschlossene Kiste (*»der Sarg«*, hatte Mel ihr zugeflüstert, bevor ihre Mutter sie weggezogen hatte), über die Em nicht weiter nachdenken mochte. Alles war zu schwer, abgesehen von den wackeligen Klappstühlen, die irgendwie nicht ins Bild paßten. Über allem hing eine gedämpfte Atmosphäre. Ems Augen brannten, während sie dort stand wie eine Schaufensterpuppe und darauf wartete, daß endlich alles vorbei war. Jeder Teil ihres Körpers tat ihr weh, und sie hatte so viel geweint, daß sie sich ganz ausgetrocknet fühlte, aber der Schmerz wollte einfach nicht weggehen. Sie war schlafen gegangen, und als sie aufgewacht war, war der Schmerz immer noch da. Sogar, als sie noch nicht ganz wach gewesen war, hatte sie gewußt – bevor sie sich daran erinnerte, was es war –, daß sie etwas Schlimmes erwartete, wenn sie ganz wach werden würde, etwas wirklich Schlimmes, das wie ein Monster auf ihrer Bettkante saß, wie ein Schatten, der nicht wegging. Und nun war sie auf dem Begräbnis, dem Begräbnis ihres Daddys, der in diesem Sarg mit dem geschlossenen Deckel lag, so daß sie ihn nicht sehen konnte. Sie wußte nicht, ob das gut oder schlecht war, während ihr alle immerfort die Schulter tätschelten und »armes kleines Ding« sagten. Daß das schlecht war, wußte sie, und sie wollte sich einfach nur hinsetzen und weinen. Nur, daß dies nicht helfen würde; seit drei Tagen bereits weinte sie so erbärmlich, daß sie ganz erschöpft war und sich trotzdem nicht besser fühlte, aber sie weinte immer weiter, weil sie nicht anders konnte. Nichts würde irgend etwas besser machen, und so würde es für immer sein. Sie war so entsetzlich müde, daß sie glaubte, es nicht mehr aushalten zu können, aber sie mußte durchhalten, weil es das Begräbnis ihres Vaters war und die Leute sie beobachteten.

Sie schwankte ein wenig, und ihre Grandma Helena kam und beugte sich zu ihr herunter. »Du mußt tapfer sein, Emily«, flüsterte sie ihr ins Ohr. Ihr Parfüm war so stark, daß Em den Drang verspürte, sich zu übergeben. »Du mußt ein tapferer kleiner Soldat für deinen Daddy sein.«

Am liebsten hätte Em die Augen verdreht, aber das war unmöglich. Ihre andere Großmutter, Grandma Martha, hatte ihr gesagt, daß die Leute sie bei der Beerdigung beobachten würden, also solle sie versuchen, sich wie eine kleine Dame zu verhalten. Eigentlich wollte Em keine Dame sein, aber das war immer noch besser als ein tapferer kleiner Soldat. Als er noch gelebt hatte, hatte ihr Daddy niemals von ihr verlangt, ein tapferer kleiner Soldat zu sein, und sie konnte sich auch nicht vorstellen, daß er dies jemals von ihr gefordert hätte. Und nun, da er tot war, interessierte es ihn doch sowieso nicht mehr, oder? Em biß die Zähne zusammen. Sie wollte einfach Emily Faraday sein mit einem Vater und einer Mutter, selbst wenn sie sich stritten oder nie miteinander redeten; aber das war sie nicht mehr.

Ein tapferer kleiner Soldat würde sie allerdings auch nicht sein. Als ihre Großmutter sich aufrichtete, löste sich Em aus ihrem Griff und schlüpfte hinter die Menschenreihe, bevor ihre Grandma sie erneut zu fassen bekäme. Jeder Platz war besser als dieser.

Am hinteren Ende der Halle schien ein Licht, das von einer Veranda einfiel. Sie hätte nicht gedacht, daß Trauersäle eine Hinterveranda hatten, aber wahrscheinlich hatte es auch schon andere Leute gegeben, die von einer Beerdigung flüchten wollten. Sie setzte sich auf die Stufen, sehnte sich nach Phoebe und versuchte, nicht an die Beerdigung zu denken. Sie sehnte sich auch nach Mel, die dort hinten in diesem furchtbaren Raum zwischen ihrer Mutter und ihrem Vater stand, Mel, die noch einen Vater hatte, Mel, die sie quer durch die Halle ansah, mit geröteten Augen, weil sie für Em geweint hatte, obwohl Mel doch niemals weinte. All dies ließ Ems Kopf weh tun, aber am meisten tat ihr der Kopf weh, weil sie sich bemühte, nicht an ihren Daddy zu denken oder daran, was nun mit ihrer Mom und ihr geschehen würde.

Sie rieb sich die Augen, als C.L. im Anzug herauskam und sich neben sie setzte, ohne sich auch nur kurz zu vergewissern, ob die Stufe sauber war.

»Bist du okay?« fragte er, und sie antwortete: »Nein. Mein Daddy ist tot.«

»Stimmt«, sagte er. »Blöde Frage.«

Sie nickte. Es war so ein Tag, an dem die Leute blöde Dinge sagten, weil ihnen nichts Passendes einfiel. Sie schluchzte auf und vergab ihrer Grandma Helena diese Sache mit dem tapferen kleinen Soldaten.

»Was ich meinte, war, ob ich irgend etwas für dich tun kann«, sagte C.L. »Ich meine, ich weiß, daß ich deinen Dad nicht zurückholen kann, aber vielleicht kann ich irgend etwas tun, damit du dich besser fühlst.«

»Nein«, sagte Em.

C.L. nickte. »Tut mir leid. Das war noch eine dumme Bemerkung. Okay, es ist nur..., na ja, ich will, daß du weißt –«

Em hob ihren Kopf, um ihn anzusehen, als er innehielt. Er runzelte die Stirn, aber nicht wegen ihr.

»Ich weiß nicht, wie ich das richtig ausdrücken soll«, sagte er. »Ich will, daß du weißt, daß ich da bin, wenn du mich brauchst. In der nächsten Zeit werde ich während der Woche fort sein, aber an den Wochenenden bin ich hier, und dann werde ich ganz nach hier ziehen. Ich werde für dich da sein.«

Em holte tief Luft. *Du wirst nicht mein Daddy werden, niemand ist mein Daddy außer meinem Daddy*, wollte sie sagen, aber er versuchte nur, nett zu sein, und das wäre gemein. Außerdem war sie zu müde zum Sprechen.

»Hör zu, ich weiß, daß ich nicht dein Dad bin«, fuhr C.L. fort. »Ich weiß, daß ich das niemals sein werde. Und ich weiß, daß es die Hölle sein muß zu wissen, daß er nicht zurückkommt. Ich versuche nicht, dir zu sagen, daß ich seinen Platz einnehmen möchte oder daß alles wieder gut wird.«

Em nickte und fühlte die Tränen wieder in sich hochsteigen.

»Aber ich werde da sein.« C.L. beugte sich hinunter, so daß er ihr in die Augen schauen konnte. »Ich werde für dich da sein. Immer. Darauf kannst du dich verlassen. Wenn du mich niemals brauchst, ist das auch okay, aber ich werde da sein.«

Kopfnickend versuchte Em, die Tränen zurückzuhalten.

»Abgemacht?« fragte C.L., und Em nickte noch immer mit wackeligen Kopfbewegungen, während C.L. hinzufügte: »Wenn du also weinen möchtest, ich meine, wenn du dich so richtig bei jemandem ausheulen willst – ich bin hier und werde es keinem erzählen. Das ist schon okay.«

Wieder nickte sie und ließ sich dann unwillkürlich gegen ihn fallen. Kurz schluchzte sie auf, aber nur einmal wollte sie das tun, nur ein paar winzige Tränen weinen, aber diesmal kamen die Tränen aus ihrem Bauch, keine dahinrinnenden kleinen Tränen, sondern dicke, schwere, Furchen hinterlassende Tränen. Sie drückte ihr Gesicht in sein Jackett und weinte sich alles von der Seele: ihre Wut, ihre Angst, ihren Kummer und die Wohltat, einfach loszuheulen – all dies kam unaufhaltsam herausgeströmt, während er sie hin und her wiegte und kein Wort sprach.

Maddie hatte bemerkt, wie Em hinausgegangen war, das Gesicht so schmerzverzerrt, daß sie alt aussah, und sie hatte registriert, daß C.L. ihr folgte. Am liebsten wäre auch sie hinterhergegangen, aber sie hielt sich gerade noch rechtzeitig zurück. Das fehlte gerade noch auf diesem Begräbnis, daß sie drei sich zusammen verdrückten. Alle Augen waren auf sie gerichtet, und zwar die ganze Zeit schon, seitdem sich die Türen zu dem Andachtsraum geöffnet hatten.

Pflichtbewußt gingen die Leute zu Norman und Helena hinüber, um murmelnd ihr Beileid auszusprechen, während sie begierig beobachteten, wie Helena Maddie mit bösen Blicken bedachte und Maddie diese, so gut es unter den gegebenen Umständen möglich war, ignorierte. Laß sie doch glotzen. Maddie machte sich ausschließlich Sorgen um ihre Tochter. Sie würde C.L. ein wenig Zeit lassen, um Em zu trösten, aber dann würde auch sie hinausgehen, Begräbnis hin oder her, um sich zu vergewissern, daß Em soweit in Ordnung war.

»Diese Frau«, preßte Maddies Mutter zehn Minuten später leise zwischen den Zähnen hervor. »Sie zieht eine ganz schöne Show ab.«

»Typisch Helena«, erwiderte Maddie. »Sie braucht immer jemanden, dem sie die Schuld geben kann.«

Ihre Mutter starrte sie an, und Maddie schwieg. Sie hatte bereits genug Probleme damit gehabt, ein kleines Gesteck aus gelben Iris und Margeriten in dem Raum zuzulassen. Es war ein hübsches Gesteck, aber die Karte war mit »B.« unterschrieben, und als ihre Mutter mit fragendem Gesichtsausdruck zu ihr gekommen war, hatte Maddie gesagt: »Das muß von Beth sein. Leg es zu den anderen.«

»Hast du völlig den Verstand verloren?« hatte ihre Mutter entsetzt gefragt. »Wir sollten es die Toilette hinunterspülen.«

»Nein«, hatte Maddie erwidert. »Hier geht es nicht um uns, sondern um Brent. Wahrscheinlich hat sie ihn mehr als jeder andere geliebt. Laß ihr ihre Blumen.«

Mißgestimmt hatte ihre Mutter sich gefügt, aber die zwischen den Chrysanthemen und Lilien leuchtenden Blumen nagten noch immer an ihr, nur übertroffen von Helena Faradays Blicken.

Auch Kristie hatte Blumen geschickt, die Karte klein und ordentlich in einer Jungmädchenschrift unterschrieben, die keinerlei Ähnlichkeit mit der verschnörkelten Handschrift auf dem Schwangerschaftsbrief aufwies. Wer auch immer Brents Baby bekommen mochte, Kristie war es nicht. Schuldgefühle übermannten Maddie, als Kristie den Raum betrat, in Tränen ausbrach und sagte: »Es tut mir *so* leid«, bevor sie allein im hinteren Bereich Platz nahm.

»Ich wußte gar nicht, daß Brent ihr so nahe stand«, sagte Maddies Mutter.

»Er stand sehr vielen Leute nahe«, erwiderte Maddie, und als sie einen scharfen Blick ihrer Mutter erntete, fügte sie hinzu: »Es ist entsetzlich, aber wir müssen dies hier und die Beerdigung und die Leute zu Hause überstehen, erst dann können wir zur Ruhe kommen. Wir werden es schaffen.«

»Wo ist Emily?« fragte ihre Mutter, durch die Abwesenheit ihrer Enkelin abgelenkt.

»Draußen«, antwortete Maddie. »C.L. ist bei ihr.«

»Also weißt du, Madeline«, setzte ihre Mutter an und wollte zur Tür gehen.

Maddie hielt sie am Arm fest. »Laß die beiden allein.«

Wieder starrte ihre Mutter sie an, aber als C.L. und Em eine halbe Stunde später wieder zurückkamen, war Ems Gesicht blaß und tränenverschmiert, aber gefaßt.

Die Spannung hatte sich gelöst, und Maddie sandte C.L. mit den Augen ein Dankeschön. C.L. lächelte zurück, ein sanftes, beruhigendes Lächeln, das in ihr ein so starkes Verlangen auslöste, zu ihm zu gehen, daß sie beinahe einen Schritt gemacht hätte. Ihre Mutter versetzte ihr einen kleinen Stoß, und Maddie sah, wie Helena sämtliche Farbe aus dem Gesicht wich angesichts dieses Flittchens von Schwiegertochter, das auf der Beerdigung seines Ehemanns flirtete.

Geh bitte, C.L., dachte Maddie. Sie fühlte sich eingekesselt, selbst die Menschen, die auf ihrer Seite standen, machten sie verrückt. Sie wandte sich ab und begab sich auf die Suche nach Treva, um wenigstens einen Augenblick ihren klaren Verstand wiederzugewinnen.

»Nettes Begräbnis«, meinte Treva, als Maddie sie in einem Stuhl bei der Tür fand. »Dieser Wasserspeier in schwarzer Seide ist ein schauerlicher Anblick.«

»Er war ihr Sohn«, sagte Maddie. »Sie hat sehr viel verloren. Stell dir nur vor, es wäre Three.«

»Nein«, sagte Treva. »Rede nicht einmal davon. Ich

könnte es nicht ertragen.« Sie suchte die Menge mit Blicken ab, bis sie ihren Sohn ausfindig machte und ihm erleichtert zulächelte. Maddie beobachtete, wie Three das Lächeln auffing und zu ihnen herüberkam.

»Wie geht es dir, Tante Maddie?« fragte er mitfühlend. Stirnrunzelnd sah sie zu ihm auf.

»Deine Stimme hört sich verändert an«, meinte sie, und er antwortete: »Nun, Mom hat mir gesagt, ich solle leise sprechen, deshalb flüstere ich schon den ganzen Tag. Ist ein blödes Gefühl.«

»Versuche doch bitte, nicht die Aufmerksamkeit auf dich zu ziehen«, sagte Treva angespannt. »Hier, setz dich. Du überragst ja alle.«

Überrascht sah Maddie Three an. Er benahm sich perfekt, warum also schalt Treva ihn? Three zuckte mit den Schultern und setzte sich. Treva legte eine Hand auf sein Knie und sagte: »Wir gehen gleich.«

Er nickte und beugte sich vor, die Arme auf die Knie gestützt, um die Leute zu beobachten. »Mel ist bei Em«, flüsterte er und beugte sich noch weiter vor, um besser sehen zu können. »Sie sehen in Ordnung aus. Zumindest hat Em aufgehört zu weinen.«

Maddie starrte hinüber und dann zurück zu Three, der mit geneigtem Kopf vor ihr saß. Die Haarlocke oben auf seinem Kopf ließ ihn soviel jünger aussehen, als er war. »Warum gehst du nicht mit ihnen –« begann sie und hielt abrupt inne. Die Haarlocke, seine Stimme, seine Größe, die Form seines Kiefers – schlagartig setzte sich alles für sie zu einem vertrauten und entsetzlichen Bild zusammen, und plötzlich wurde ihr der Grund für Trevas Unruhe bewußt.

»Tante Maddie?« fragte er, und der ganze Raum drehte sich. Sie hielt den Atem an, blickte auf Brents Sohn hinunter und dachte, *Treva hat den Schwangerschaftsbrief aus der Kiste geschrieben*. Treva. Nicht Kristie. Treva. Vor zwanzig

Jahren. Ihre Handschrift hatte sich in zwanzig Jahren verändert, aber nicht ihr Geheimnis.

»Tante Maddie?« fragte Three noch einmal, und sie antwortete schwach: »Willst du die Mädchen nicht mal nach draußen bringen? Dort ist es kühler.«

Three bedachte sie mit einem verwunderten Blick und machte sich auf den Weg zu seiner Schwester. *Seinen Schwestern.* Em hatte einen Bruder.

Zwanzig Jahre lang hatte Treva sie angelogen. Sie – *meine beste Freundin* – hatte mit Brent zu High-School-Zeiten geschlafen und sie alle angelogen: Maddie, Howie und auch Three.

Maddie starrte in die Menschenmenge und versuchte, klar zu denken. Wie konnte ihr das zwanzig Jahre lang verborgen bleiben? Three war vor ihren Augen aufgewachsen. Vielleicht war genau das der springende Punkt. Er war vor ihren Augen aufgewachsen, so daß sie sich an sein Gesicht gewöhnt hatte, an dieses Gesicht, das dem Trevas so ähnlich war, nun aber auch Brents. Erst in den letzten zwei oder drei Jahren war Three so gewachsen. Und heute hatte sie ihn zum ersten Mal in einem Anzug gesehen. Und erst heute hatte sie die Haarlocke in seinem neuen Kurzhaarschnitt registriert, den er sich anscheinend für die Beerdigung zugelegt hatte. Die Beerdigung seines Vaters.

Erst heute hatte sie die Wahrheit erkannt.

Einen Moment lang dachte sie: *Ich wünschte, ich wüßte es nicht. Ich wünschte, Treva hätte ihre Lügen besser getarnt, damit sie ein Leben lang hielten.*

»Maddie, ist alles in Ordnung?« fragte Treva, und Maddie sagte: »Nein«, ohne sie anzusehen. Sie ging zu ihrer Mutter hinüber, die mit Mary Alice Winterborn sprach, und setzte sich neben sie.

Treva. Sie hatte Treva immer alles erzählt; ihr ganzes Leben lang war Treva ihre beste Freundin gewesen. Und nun war alles vorbei, so, als sei sie nie dagewesen. Alles war eine einzige Lüge.

»Geht es dir gut, Madeline?« fragte Mary Alice.

»Nein«, antwortete Maddie wieder. »Ich habe gerade jemanden verloren, den ich sehr geliebt habe. Vielleicht wird es mir nie wieder gutgehen.« Sie blickte Mary Alice in die Augen und sah, wie sich die ganze Ungläubigkeit in Mitgefühl verwandelte.

»Es tut mir so leid«, sagte Mary Alice aufrichtig.

»Mir auch«, erwiderte Maddie und blieb völlig reglos und stumpfsinnig sitzen, während Mary Alice zu Helena hinüberging.

»So ist es schon besser«, meinte ihre Mutter. »Das ist die Art, wie man sich auf einer Beerdigung benehmen muß.«

Maddie starrte auf die Blumen. Sobald sie sich beruhigt hatte, sobald all dies vorbei war, würde sie mit Treva reden. Sie hatte keine Ahnung, was sie sagen würde, aber sie würde mit ihr sprechen. Dennoch würde nichts mehr so sein wie früher. Sie waren nicht mehr dieselben. Treva hatte mit Brent geschlafen und seinen Sohn geboren und ihr dies in zwanzig Jahren nie gesagt. Sie waren die besten Freundinnen und anscheinend doch nicht.

Sie waren eine Lüge gewesen, so wie sie und Brent eine Lüge gewesen waren, so wie die Dinge, die sie ständig ihrer Mutter erzählt hatte, um ihr keine Sorgen zu machen, so wie C.L.'s Grund für den Besuch bei ihr, so wie der Mensch, für den er sie hielt. Ihr ganzes Leben war eine einzige Lüge. Sie war glücklich gewesen, solange sie an die Lügen geglaubt hatte. Und nun, da sie die Wahrheit kannte, war nichts mehr wichtig. Außer Em.

Maddie klammerte sich an den Gedanken an Em. Em war die Wahrheit. Sie würde sich um Em kümmern, weiter in der Schule unterrichten und das Leben leben, das ihre Mutter gelebt hatte, ruhig und auf ihr Kind konzentriert. Es war schrecklich, aber alles andere waren Lügen, und wenn sie nicht wegen Mordes verurteilt wurde, wäre dies das Beste, was sie tun konnte. Sie brauchte niemanden, weder Treva noch C.L. noch sonst jemanden. Nur Em. Zumindest gäbe es in dieser Art Leben keinen Verrat.

Und die einzigen Lügen, die sie hören würde, wären diejenigen, die sie sich selbst erzählte.

Während der nächsten zwei Wochen widmete Maddie sich voll und ganz der Aufgabe, die Puzzleteile ihres Lebens wieder zusammenzusetzen und Emily zu bemuttern. Für Em hatte die Schule wieder begonnen, Em brachte dem Hund Gehorsam bei, Em weinte sich noch immer in den Schlaf, Em war der Mittelpunkt des ganzen Lebens, und Maddie würgte sogar ihre Mutter am Telefon ab, weil sie den ganzen Klatsch nicht ertragen konnte, der sowieso größtenteils aus Lügen bestand und weil nichts davon wichtig war und sie sich vielmehr um Em kümmern mußte. Zunächst reagierte ihre Mutter kühl, dann nachsichtig und schließlich besorgt, doch Maddie wehrte sie beständig in allen drei Phasen mit dem Bedürfnis ab, sich ausschließlich um Em zu kümmern.

Es war wichtig – und zuvor niemals wichtiger gewesen –, die richtigen Dinge für den Schulanfang zu kaufen. Nur zu gut war ihr die Hölle in Erinnerung geblieben, die sie durchgemacht hatte, weil ihre Mutter darauf bestand, daß sie Mary Janes anstelle von Keds wie alle anderen zur Schule anzog. Mit ihren glänzenden schwarzen Schnürschuhen hatte sie das eine Ende des festgelegten Spektrums gebildet, während Kinder wie Candace und Stan in abgetragenen Ledersandalen oder alten Buster Browns am anderen Ende standen und Treva sich mit einer ganzen Keds-Kollektion, die sie mit Markern und Abziehbildern dekoriert hatte, genau in der Mitte befand. Treva war durch die Korridore getanzt, während Maddie in ihren Bravmädchen-Schuhen hinterhertrottete. Em sollte niemandem hinterhertrotten, deshalb wimmelte Maddie die Gespräche mit ihrer Mutter ab und fuhr damit fort, die Schuleinkäufe mit Em zu planen.

Am Tag nach dem Begräbnis war Henry mit dem Polizeiwagen bei ihr vorgefahren, den er vor dem Haus parkte, wobei Leona ihn von ihrer Veranda aus beäugte.

»Ich habe dir Brents Habseligkeiten mitgebracht«, sagte er, als Maddie die Tür öffnete.

»Ich will sie nicht haben«, antwortete Maddie, und er seufzte und meinte: »Maddie, es sind einige Wertsachen und ziemlich viel Geld dabei, außerdem ein Brief, den du lesen solltest.«

Maddie ließ ihn herein und sah zu, wie er Brents Sachen vor ihr ausbreitete: Uhr, Ehering, Siegelring, Geldbörse, einen Haufen unnützer Dinge. Er hatte ziemlich viel bei sich gehabt, aber schließlich wollte er ja auch die Stadt verlassen. In einer grauen Sporttasche waren einige Kleidungsstücke gewesen, erklärte Henry, und außerdem befand sich in der Tasche ein an sie adressierter und frankierter Brief.

»Sieht so aus, als hätte er ihn einwerfen wollen, bevor er die Stadt verließ.« Henry reichte ihn ihr. »Wir möchten dich bitten, ihn dir anzuschauen.«

Der Umschlag war bereits geöffnet. »Jetzt lest ihr schon meine Post, was?« sagte Maddie und zog den Brief heraus. Er war geschrieben auf einem Blatt eines Notizblocks mit dem Briefkopf *Basset and Faraday Construction*, und Maddie las ihn mit einem zunehmenden Gefühl der Ungläubigkeit.

Liebe Maddie,

Du mußt diesen Brief zu Ende lesen, um zu verstehen, daß ich dich nicht verlasse. Ich muß nur weg aus Frog Point.

Wenn ich hierbleibe, werde ich wahnsinnig. Deshalb werde ich Em mitnehmen und in Brasilien auf dich warten. Ich weiß, daß du kommen wirst, um Em zurückzuholen, dann kann ich dir alles persönlich erklären. Vertraue mir, ich weiß, was ich tue.

Es wird Gerüchte geben, daß ich Geld unterschlagen hätte, aber das ist nicht wahr. Ich überlasse Howie die Firma, also ist es ein fairer Handel. Ich habe Stan mein Viertel verkauft; wenn du also Howie deinen Anteil überschreibst, sind wir alle quitt. Andere werden sagen, ich hätte dich nicht geliebt, aber das stimmt nicht. Die Sache mit Gloria ist nur ein einziges Mal passiert, aber sie ließ mich nicht in Ruhe. Hör nicht auf sie, falls sie behauptet, es sei mehr gewesen. Wenn du erst einmal in den Süden nachkommst, wird alles gut werden. Em wird es bestimmt gefallen, du weißt doch, wie sehr sie Neues liebt. Und du wirst es auch mögen. Biete das Haus jetzt zum Verkauf an. Es dürfte sich sehr schnell ein Käufer finden. Von dem Geld kannst du dir das Flugticket kaufen und den Rest mitbringen.

Wir hätten Frog Point schon viel früher verlassen sollen. Und jetzt werden wir es tun. Es wird großartig werden.

In Liebe, Brent.

»Em haßt alles Neue«, sagte Maddie, nachdem sie den Brief zu Ende gelesen hatte. »Was hat er sich nur dabei gedacht?«

»Weißt du, was diese Sache mit Gloria zu bedeuten hat?« fragte Henry.

»Ich vermute, daß er mit ihr geschlafen hat«, erwiderte Maddie, »aber ich kann es nicht beweisen. Dieser Brief macht keinen Sinn. Was soll das heißen, er habe Geld aus der Firma genommen?«

Henry sah unbehaglich aus. »Soweit ich informiert bin, hat er die Preise für einige Häuser, die sie gebaut haben, auf eigene Faust erhöht und die Differenz selbst eingestrichen.

C.L. versucht gerade, dies zusammen mit Howie zu klären. Sieht so aus, als habe er Dottie Wylie um etwa vierzigtausend betrogen.«

»Das Geld in dem Golfsack?«

»Schwer zu sagen.« Henry erhob sich. »Er scheint es jedenfalls alleine durchgezogen zu haben.«

»Unmöglich«, meinte Maddie. »Er konnte noch nicht einmal unser Scheckbuch führen. Die Steuererklärungen habe immer ich gemacht. Woher hätte er das Wissen haben sollen?«

»Gier ist ein mächtiger Antriebsfaktor«, sagte Henry. Nachdem er gegangen war, dachte Maddie: *Nicht einmal die Gier hätte Brent Mathematik lehren können; er muß einen Komplizen gehabt haben.* In diesem Moment kam Em herunter und fragte, was Henry gewollt hätte, und Maddie widmete sich wieder ihrer Vollzeitbeschäftigung, Em vor allem zu beschützen.

Auch Treva hatte angerufen, das erste Mal, um Maddie zu erzählen, daß ihre Mutter Helena vor der Bank mitten im Stadtzentrum zur Rede gestellt hatte.

»Helena erzählt jedem, du hättest Brent umgebracht«, hatte Treva mit Abscheu gesagt. »Sie ist wirklich ein Miststück.«

»Niemand nimmt sie ernst«, hatte Maddie in dem Versuch erwidert, das Telefonat abzubrechen.

»Deine Mutter tut es«, hatte Treva mit unüberhörbarer Befriedigung in der Stimme gemeint. »Sie hat sie gegen das Bankgebäude gedrängt und gesagt: ›Ich habe ziemlich schlimme Dinge gehört, Helena. Ich habe gehört, daß du Gerüchte über Madeline in die Welt setzt, und ich habe jedem erzählt, daß das nicht wahr sein könne, weil du so etwas Unchristliches niemals tätest.‹«

»Mitten vor der Bank?« hatte Maddie verdutzt nachgefragt. »Auf der Main Street?«

»Es war klasse«, hatte Treva geantwortet. »Helena versuchte, alles abzustreiten, aber dann hat deine Mutter, so sagt jedenfalls meine Schwiegermutter, angedeutet, sie werde ein paar Wahrheiten über Brent auspacken, wenn Helena nicht damit aufhöre. Irma meinte, sie hätte nie zuvor gesehen, daß deine Mutter so kurz davorstand, in der Öffentlichkeit jeglichen Anstand zu vergessen.«

»Als hätte ich nicht schon genug Probleme«, hatte Maddie gesagt. »Meine Mutter hat eine Szene auf der Main Street veranstaltet. Was sollen denn jetzt die Leute denken?«

»Ich finde das klasse, und Irma auch«, hatte Treva erwidert. »Geht es dir gut?«

»Nein«, hatte Maddie geantwortet, in dem Bedürfnis, das Gespräch zu beenden. *Deine Freundschaft ist eine Lüge.* »Ich muß jetzt zu Em. Es geht ihr immer noch ziemlich schlecht.«

»Natürlich«, hatte Treva unsicher gesagt. »Hör zu, ich habe noch jede Menge Platz in meiner Gefriertruhe, falls dein Eisfach mit Aufläufen überfüllt ist. Die Sachen, die du mir mitgegeben hast, waren so gut wie nichts. Soll ich vorbeikommen und noch mehr holen?«

»Nein«, hatte Maddie geantwortet. Sechs Aufläufe und eine Schußwaffe waren jede Menge, und das letzte, was sie nun wollte, war, Treva zu sehen. »Danke für den Anruf.« Sie hatte aufgelegt, bevor Treva sich verabschieden konnte.

Nach ein paar weiteren abgebrochenen Telefongesprächen hatte Treva es aufgegeben und nicht mehr angerufen, was die Dinge für Maddie leichtermachte. Nach der Beerdigung hatte sie den Schwangerschaftsbrief zerrissen, in der Hoffnung, damit auch die Erinnerung zu vernichten, aber sie konnte den Verrat nicht vergessen. Selbstverständlich würde sie wieder mit Treva sprechen, aber nicht jetzt. Nicht, bevor sie ihr ohne das Bedürfnis zu weinen gegenübertreten und sagen konnte: »Wie konntest du nur?« und all die anderen dummen Dinge, die zu nichts führen würden.

Im Gegensatz zu Treva verstand C.L. keine Andeutungen.

15

Hartnäckig wie immer rief C.L. Maddie zum ersten Mal am Samstag nach der Beerdigung an. »Irgendwann wirst du mit mir sprechen müssen«, sagte er, als sie den Hörer abnahm. »Leg nicht auf. Ich würde sowieso nur zurückrufen.«

»C.L., ich habe dir doch gesagt, daß ich dich nicht sehen kann«, antwortete Maddie, so müde davon, die Stellung zu halten, daß sie am liebsten laut geschrien hätte. »Meine Mutter trägt Faustkämpfe auf der Main Street aus, um meinen Ruf zu verteidigen; deshalb sollte ich ihr zumindest etwas bieten, das es zu verteidigen wert ist.«

»Davon habe ich schon gehört«, sagte C.L. »Ich habe ihr gesagt, ich würde mich geehrt fühlen, wenn ich beim nächsten Mal ihren Mantel halten dürfte.«

»Soll das heißen, du hast mit ihr gesprochen?« fragte Maddie. »Was führst du im Schilde?«

»Ich habe lediglich mit deiner Mutter zu Mittag gegessen«, antwortete er. »Nette Frau. Sie macht sich übrigens Sorgen um dich. Sie sagt, du würdest mit niemandem sprechen.«

»Ich muß mich auf den Schulanfang am Montag vorbereiten«, erwiderte Maddie. »Ich habe zu tun.«

»Das muß Treva auch«, sagte C.L. »Aber sie hat trotzdem Zeit zu reden, im Gegensatz zu dir, sagt sie. Was ist los mit dir?«

»Nichts ist los mit mir«, antwortete Maddie schnippisch.

»Dein Onkel glaubt, ich hätte meinen Mann umgebracht, rennt Fragen stellend durch die ganze Stadt, um sicherzugehen, daß auch alle anderen das denken. Meine Tochter läuft wie eine alte Frau herum und versucht, mit dem Tod ihres Vaters fertigzuwerden, und jeder in der Stadt verlangt von mir, mich normal zu benehmen und am Klatsch zu beteiligen. Ich habe aber keine Lust auf Klatsch. Ich bin der Klatsch. Und deshalb werde ich jetzt auflegen. Tschüs.«

»Warte einen Moment«, wandte C.L. hastig ein, doch sie legte dennoch auf, nur, um den Hörer wieder abzunehmen, als das Telefon eine Minute später erneut klingelte und er noch einmal in der Leitung war.

»Okay, in Ordnung«, sagte er, als sie sich meldete. »Du willst nicht mit mir sprechen, aber vielleicht dein Kind. Gib sie mir bitte.«

»Nein«, sagte Maddie, und er beharrte: »Ich werde so lange anrufen, bis sie statt dir ans Telefon geht. Also gib sie mir einfach.«

Blaß und still war Em im Türrahmen erschienen. Maddie deckte die Muschel ab und sagte: »Das ist C.L. Er möchte mit dir sprechen, aber du mußt nicht, wenn du nicht willst.«

Em streckte die Hand aus. »Ich will aber«, sagte sie und nahm den Hörer entgegen, die Schnur dehnend, damit sie sich auf die Treppe setzen konnte. »Ich bin's«, hörte Maddie sie sagen, bevor Em die Stimme senkte und eine halbe Stunde lang redete und zuhörte.

Danach rief C.L. jeden Tag an. Zuerst legte Maddie immer auf, doch er rief stets zurück, und Em begann, nach dem Hörer zu greifen, bevor Maddie abnehmen konnte. Sie gab es daher auf und ließ Em und C.L. ihre ausgiebigen Telefongespräche führen. Alles, was Em über diese schwere Zeit hinweghalf, war wunderbar, selbst wenn es sich dabei um C.L. handelte.

Sonntags kam ihre Mutter vorbei, zeigte sich zurückhaltend und vorsichtig und paßte auf Em auf, während Maddie ihre Großmutter besuchte.

»Ich hab's schon gehört«, verkündete Gran, als Maddie das Zimmer betrat. »Mach die verdammte Tür zu.«

Maddie tat, wie ihr geheißen, und setzte sich neben sie.

»Es ist zu dunkel hier drinnen«, beschwerte Gran sich, so daß Maddie wieder aufstand und die Vorhänge halb aufzog. »Jetzt sag schon, wie du's gemacht hast.«

»Wie ich was gemacht habe?« Maddie ließ sich in den Sessel neben dem Bett zurückfallen.

»Den Mistkerl um die Ecke gebracht natürlich«, erklärte Gran und beugte sich vor. »Es heißt, du hättest Tabletten benutzt. Genau wie ich damals. Hast du Süßigkeiten mitgebracht?«

Maddie, die gerade die Pralinen aus ihrer Tasche holen wollte, verharrte einen Augenblick regungslos bei den Worten *Genau wie ich damals*, aber der Impuls führte ihre Hand weiter, und sie reichte der alten Dame die goldfarbene Schachtel. »Ich habe ihn nicht umgebracht.«

»Madeline, ich bin deine Großmutter.« Gran riß das rote Band ab und zerrte an dem Deckel der Schachtel. »Sei also nicht albern. Ich habe auch gehört, du hättest ihn erschossen. Was stimmt denn jetzt?« Sie griff nach der Schildkröte aus Milchschokolade und biß hinein.

»Ich habe ihn nicht umgebracht«, wiederholte Maddie. »Wie geht es Mickey?«

»Präsentiert sich noch immer.« Gran spuckte eine Nuß aus. »Und weiche nicht vom Thema ab. Wie hast du es gemacht?«

»Ich war es nicht«, sagte Maddie. »Keiner glaubt mir das, aber ich war es nicht.«

Ihre Großmutter sah sie mit unverhohlener Verachtung an. »Ich hab's getan.«

»Gran«, ermahnte Maddie sie, »ich weiß, daß du gerne

Aufmerksamkeit erregst, aber dies ist nicht der richtige Augenblick –«

»Jetzt hör mir mal zu, Dummchen. Jeder hier weiß, daß ich es bei Buck getan habe. Die ganze Stadt wußte es, genau wie jetzt alle wissen, daß du es warst.« Gran nahm noch einen Bissen, mampfte darauf herum und spuckte eine weitere Nuß aus.

Maddie gab auf. Solange man ihre Jury nicht aus dem Pflegeheim rekrutierte, spielte es schließlich auch keine Rolle. »Also schön. Du hast deinen ersten Ehemann umgebracht. Meinen Glückwunsch.«

»Oh, du bist ja so schlau.« Ihre Großmutter legte die halb aufgegessene Schildkröte beiseite und wählte eine Sahnepraline. »Aber ich war auch clever. Ich habe es noch nicht einmal absichtlich getan.« Sie hielt inne und richtete ihren Blick kurz in die Ferne. »Glaube ich zumindest nicht.«

»Gran –«

»Er hat mich ständig geschlagen, genau wie deiner.« Bei dieser Erinnerung legte Gran die Stirn in Falten und aß die Sahnepraline. »Er ruinierte mein Aussehen. Als er mir die Nase brach, hat der Doktor wirklich gute Arbeit geleistet, um sie wieder zu richten, aber als er mich fragte, wie das passiert sei, und ich ihm sagte, Buck hätte mich geschlagen, gab er mir ein paar Pillen, um mich ruhigzustellen.«

Maddie sah sie mit großen Augen an. »Er gab *dir* die Pillen?«

Gran nickte. »Jawohl. Damit ich Buck nicht mehr auf die Nerven ginge.« Sie grinste. »Aber er ging mir dafür um so mehr auf die Nerven, deshalb begann ich, abends eine in sein Bier zu geben, wenn er nach Hause kam. Nach zwei Bier ging er aus wie ein Licht. Für eine richtig schön lange Zeit wurde ich nicht mehr verprügelt.«

Maddie nickte, zu fasziniert, um sie zu unterbrechen.

»Dann, eines Tages«, fuhr Gran fort, während sie auf der

Suche nach der nächsten Praline die Schachtel durchwühlte, »rief dein Großvater aus der Maschinenwerkstatt an und erzählte mir, Buck sei wegen einer Prügelei gefeuert worden und völlig außer sich auf dem Weg nach Hause.«

»Grandpa rief dich an?« hakte Maddie nach. »Du kanntest Grandpa da schon?«

»Unterbrich mich nicht.« Gran stopfte sich eine weitere Sahnepraline in den Mund und redete kauend weiter.

»Deshalb gab ich zwei Tabletten in sein Bier, aber er schlug mich trotzdem, als er nach Hause kam, bevor ich es ihm reichen konnte. Dann trank er das Bier, und ich gab auch in das nächste zwei Stück, weil ich Wert auf meine Nase legte. Er setzte sich aufs Sofa, schlief vor dem Radio ein und wachte ganz einfach nicht mehr auf.« Bei dieser Erinnerung mußte ihre Großmutter lächeln. »Woher hätte ich denn wissen sollen, daß dieser dumme Esel ein schwaches Herz hatte?«

Hervorragend. Die Veranlagung zum Gattenmord lag in ihrer Familie. Das fehlte ihr gerade noch. »Das ist ja eine tolle Geschichte, Gran«, meinte Maddie in dem vergeblichen Bemühen um eine Schadensbegrenzung.

»Das ist keine Geschichte, sondern die Wahrheit. Es stand sogar in den Zeitungen.« Gran lächelte bei dem Gedanken daran. »Jeder wußte, was geschehen war, aber der Sheriff erzählte der Zeitung etwas von einem Herzanfall, und so war es das, was sie druckten.«

»Warum?« fragte Maddie ihre Großmutter ungläubig. »Das verstehe ich nicht.«

»Diese Stadt nimmt sich derer an, die sich selbst zu helfen wissen«, erwiderte ihre Großmutter und klang vernünftiger, als Maddie es jemals zuvor gehört hatte. »Als Buck mich schlug, sah ich keinen Sinn darin, eine Szene in der ganzen Stadt zu machen. Dann wurde es schlimmer, ich nahm die Sache ohne viel Aufhebens selbst in die Hand, und die Stadt schützte mich. Und sie wird auch dich schützen. Reuben Henley hat mich damals in Schutz genommen, und sein Sohn wird dich decken. Er wird dich beschützen.«

»Ich will nicht, daß er mich beschützt«, wandte Maddie ein. »Ich möchte, daß er den wahren Täter findet. Ich möchte, daß die Leute die Wahrheit erfahren.«

Ihre Großmutter schüttelte den Kopf. »Die Wahrheit liegt in dem Abkommen, das du mit der Stadt triffst. Du hast dich immer an deine Abmachungen mit dieser Stadt gehalten, Maddie, das kann ich bezeugen. Du hast zwar keine Phantasie und keine natürliche Begabung, aber du warst stets eine gute Ehefrau, eine tadellose Mutter, eine liebe Tochter und eine gute Lehrerin für die Kinder dieser Stadt. Daran wird man sich erinnern.«

Maddie wurde kalt. Ihre Großmutter hatte recht. Frog Point war zweifellos in der Lage, sie zu ihrem eigenen Schutz ohne Verurteilung schuldig zu sprechen. »Das reicht mir nicht«, sagte sie. »Ich kann Em nicht in dem Glauben lassen, ich hätte ihren Vater ermordet. Das kann ich auch Mom nicht antun.«

Gran setzte sich im Bett auf und richtete ihren Finger auf Maddies Gesicht. »Du hörst mir jetzt zu. Es spielt keine Rolle. Nichts spielt eine Rolle, außer den Dingen, die du zum Überleben brauchst. Denk immer daran, Madeline: Du wirst alleine geboren und mußt alleine sterben. In der Zwischenzeit arrangierst du dich. Halte dich an deine Abmachung mit der Stadt, und Emily und deiner Mutter wird es gutgehen.«

Gran griff wieder nach ihrer verstümmelten Schildkröte und sank in die Kissen zurück. Plötzlich hielt Maddie es nicht mehr aus. »Ich muß gehen«, sagte sie und stand auf. »Tut mir leid, aber ich kann nicht länger bleiben. Ich muß zu Em zurück.«

»Setz dich«, befahl ihre Großmutter. »Ich will noch

etwas über den Mann hören, mit dem du die Nacht verbracht hast.«

»Das geht nicht.« Seitwärts schob Maddie sich zur Tür. »Ich muß zu Em zurück.«

Ihre Großmutter hörte auf zu kauen. »Du wirst genau wie deine Mutter, stimmt's? Versteckst dich in deinem kleinen Haus mit deinem Kind, obwohl draußen ein Mann herumläuft. Was habe ich bloß für einen jämmerlichen Haufen alter Jungfern in die Welt gesetzt?« Sie warf Maddie einen verächtlichen Blick zu. »Ich war nie so ein Hasenfuß wie ihr. Ich habe mir meine Liebhaber genommen und die anderen zur Hölle geschickt. Und jetzt ist es soweit gekommen. Ihr seid jämmerliche Angsthasen.«

Maddie sah sie verständnislos an. »Was für ein Mann? Es gab keinen Mann für meine Mutter, außer Dad.«

»Sie hatte etwas laufen mit diesem Kerl von der Bowlingbahn.« Gran rümpfte die Nase. »Ganz nett, nehme ich an, und besser als nichts, aber nicht für deine Mutter, o nein. Durch ihren untadeligen Lebenswandel habe sie stets versucht, meine Schandtaten in Vergessenheit geraten zu lassen, sagte sie damals, und wollte dir nicht dasselbe zumuten.« Einen Augenblick lang sprach ein großer Schmerz aus Grans Gesicht, bevor es sich wieder zu den üblichen mürrischen Falten verzog. »Sie benahm sich, als hätte ich nicht genug für sie getan, als wäre ich etwas, für das man sich schämen muß.« Unter schweren Lidern richtete sie ihren Blick auf Maddie. »Das einzige, dessen man sich schämen muß, ist die Angst zu leben, und die hat deine Mutter verinnerlicht. Wer von uns hat denn nun gelebt, frage ich dich?«

»Es ist kein schlechtes Leben«, meinte Maddie in Gedanken an die Erfahrungen der letzten Woche. »Es ist ruhig, keiner lügt dich an, und keiner redet über dich.«

Gran schnaubte verächtlich. »O ja, das ist ein Leben.

Und keiner hat Sex mit dir und bringt dich zum Lachen und läßt dich spüren, daß du lebst.« Sie streckte ihr Kinn vor und sah Maddie stolz an. »Ich hatte acht Männer in meinem Leben, und ich bereue keinen einzigen davon. Die Stadt hat sich das Maul zerrissen, und ich habe mich einen feuchten Kehricht darum geschert.«

»Du hast Grandpa betrogen?« fragte Maddie entsetzt.

»Mein Gott, er hat mit mir geschlafen, als ich mit Buck verheiratet war«, sagte Gran ohne jede Reue. »Was dachte er denn, was ich tun würde? Meinen Lebenswandel ändern?« Sie lachte auf. »Zumindest war ich voller Leidenschaft, was mehr ist, als meine ehrenwerte Tochter je an den Tag gelegt hat.« Sie starrte Maddie an. »Was dich betrifft, so hatte ich einige Hoffnung, aber du bist genauso ein Waschlappen wie sie. Was für ein Pärchen.«

»Ich kann es nicht glauben«, sagte Maddie, und ihre Großmutter erwiderte: »Scott war sein Name. Sam Scott.«

Sam Scott war an jenem Abend, als sie Brent gesucht hatte, auf dem Parkplatz des Bowlingcenters aufgetaucht. »Ich habe den Wagen deiner Mutter erkannt«, hatte er gesagt.

Hatte er seit dreißig Jahren ein Auge auf ihre Mutter geworfen? War es das, worauf ihre Mutter verzichtet hatte? Würde C.L. das gleiche tun? Es war ein schrecklicher, entsetzlicher Gedanke. Sie mußte fort von hier, weg von ihrer Großmutter, die Lügen erzählte. Ihre Mutter hatte gesagt, daß sie log.

Das Gebrummel ihrer Großmutter ignorierend, wandte sich Maddie zum Gehen, hielt dann jedoch inne, als ihr die Strasskette einfiel, die sie mitgebracht hatte. »Möchtest du diese Kette gerne haben?« Bei der Frage nahm sie sie ab und hielt sie ihrer Großmutter hin.

»Warum sollte ich so einen billigen Mist haben wollen?« Ihre Großmutter schob die Pralinenschachtel beiseite und sah sie an. »Wofür hältst du mich? Für mittellos? Ich brauche deinen Plunder nicht. Jetzt setz dich und erzähl mir von dem Mann, mit dem du dich getroffen hast.«

»Gran, es tut mir wirklich leid.« Maddie stopfte die Kette in die Tasche ihrer Jeans. »Ich muß zu Em zurück. Sie ist völlig durcheinander. Ich muß jetzt gehen.«

»Setz dich doch bitte und erzähl mir noch ein bißchen«, bat ihre Großmutter in weinerlichem Ton. »Ich werde nicht mehr lange unter euch sein.«

»Auf Wiedersehen, Gran«, sagte Maddie und flüchtete zur Tür hinaus. Bevor sie sich abwenden konnte, hörte sie, wie vermutlich die ganze Pralinenschachtel dagegengeschleudert wurde.

Sie fuhr nach Hause und hätte ihre Mutter beinahe nach Sam Scott gefragt, aber ein Blick in deren Gesicht machte ihr deutlich, daß »Hast du mit Sam Scott geschlafen?« nicht die Art von Frage war, die ihre Mutter schätzte. Sie würde ihr lediglich eine weitere Lektion darüber erteilen, was ihre Großmutter zusammenlog. Und weil Maddie bereits genug Probleme hatte, setzte sie sich zu dem Sonntagsessen, das ihre Mutter vorbereitet hatte, an den Tisch und betrieb höfliche Konversation, bis ihre Mutter aufgab und nach Hause fuhr. Den Rest der Woche verbrachte sie auf gleiche Weise in der Schule und zu Hause, höflich und zurückgezogen. Es war ein trostloses Leben, aber immerhin nicht so übel wie das, das sie zuvor geführt hatte, und sie war recht zuversichtlich, daß sie es in den Griff bekommen würde. Etwas anderes konnte sie ohnehin nicht ertragen. Der Umgang mit Menschen war einfach zu schmerzvoll, und von Schmerzen hatte sie vorerst genug.

Also setzte sie ein Lächeln auf, während sie innerliche Qualen litt, weil sie so allein war.

16

Für C.L. verliefen die beiden Wochen nach dem Begräbnis nicht viel besser.

Das Schlimmste war, daß Maddie sich nicht nur weigerte, mit ihm zu sprechen, sondern mit niemandem reden mochte. Maddies Mutter schien besorgt, aber höflich abwehrend, als sie mit ihm zu Mittag aß, nicht willens, über ihre Tochter zu sprechen. Wäre es sein Kind gewesen, das sich zurückzog, hätte er mit allen und jedem darüber gesprochen, aber Martha Martindale bevorzugte das Schweigen.

»Ich bin Ihnen dankbar, daß Sie Abstand zu Maddie wahren«, hatte sie zu ihm gesagt. »Nach der Beerdigung gab es ohnehin schon genug Gerede.«

Er hätte gerne erklären wollen, daß es vielmehr das Problem sei, daß es *kein Gerede* gab, zumindest nicht von Maddie, aber ihre Mutter hatte diesen entschlossenen Blick in den Augen, und da er von ihrem Kräftemessen mit Helena vor der Bank gehört hatte, zog er es vor zu schweigen. Auf ihre Art tat sie ihr Bestes.

Seine Art war anders.

Er stattete Treva und Howie einen Besuch ab, der ihn jedoch auch nicht viel weiterbrachte.

»Hey, C.L.«, begrüßte Howie ihn, als er neben der Garage der Bassets vorfuhr, wo Howie arbeitete. »Ich wollte dich sowieso anrufen. Willst du dieses Haus noch?«

»Natürlich will ich dieses Haus noch«, antwortete C.L. und stieg aus dem Cabriolet. »Ende des Monats müßte das Darlehen klar sein. Candace kümmert sich für mich darum. Warum sollte ich das Haus nicht mehr wollen?«

»Na ja, ich dachte, nun, da Maddie und du nicht mehr zusammen seid –«

»Wir sind zusammen«, unterbrach C.L. ihn. »Wir haben momentan nur eine kleine Sendepause in unserem Zusammensein. Wie geht es Treva?«

»Gut«, meinte Howie, sah jedoch unglücklich aus. »Sie ist im Haus.«

»Ob ich wohl mal kurz hineingehen kann?« fragte C.L. »Ich wollte sie einige Dinge fragen.«

Howie nickte, so daß C.L. an die Hintertür klopfte und dann, ohne zu warten, eintrat.

Treva war damit beschäftigt, irgend etwas in einem riesigen Topf zu kochen. Der Dampf machte ihr blondes Kraushaar noch krauser.

C.L. schnupperte und fragte: »Hühnersuppe?« Vor Schreck ließ sie den Löffel in den Topf fallen.

»Lieber Himmel, C.L.«, sagte sie, als sie herumfuhr. »Du hast mich zu Tode erschreckt.« Sie spähte in den Topf. »Und jetzt muß ich nach diesem blöden Ding fischen.«

»Laß mich das machen.« C.L. nahm ein Messer vom Schneidebrett.

»Damit nicht.« Treva riß eine Schublade auf und gab ihm eine langstielige Schöpfkelle. »Dann gehe mal angeln.«

»Und, was gibt's Neues bei dir?« wollte er wissen, während er in der Suppe herumstocherte und seine Aufmerksamkeit halb auf das Klirren gegen die Topfwand richtete, das ihm mitteilen würde, daß er fündig geworden war. »Wie geht es dir?«

»Gut«, antwortete Treva zurückhaltend. »Warum?«

C.L. hakte die Schöpfkelle unter Trevas Rührlöffel und brachte ihn an die Oberfläche. »Ich habe mich gefragt, ob du wohl mit Mad gesprochen hast.«

»Nicht viel.« Treva griff nach dem Löffel, von dem Brühe tropfte. »Autsch, ist der heiß.«

»Kein Wunder.« C.L. kostete von der Brühe. »Lecker. Ich wußte gar nicht, daß du kochen kannst.«

»Nimm Anna etwas davon mit«, sagte Treva und schaltete den Herd aus. »Wir haben reichlich davon.«

»Anna Essen mitzunehmen ist das gleiche wie Klatsch nach Frog Point zu bringen«, meinte C.L. »Unnötig und beleidigend. Warum hast du nicht mit Mad gesprochen?«

Treva legte den Deckel auf den Topf. »Weil sie nicht mit mir redet. Ich vermute, daß sie einfach ein wenig Zeit braucht, um alles zu verarbeiten. Also gebe ich sie ihr.« Sie sah ihn abwehrend mit versteinertem Blick an, der besagte: *Das ist meine Geschichte, und dabei bleibe ich*, aber sie machte einen unglücklichen, verärgerten und schuldbewußten Eindruck. C.L. war versucht, ihr alles aus der Nase zu ziehen, aber er hatte schon genug Probleme mit Maddie und Em, und außerdem würde Howie ihm ein Kreuzverhör seiner Frau vielleicht übelnehmen.

»Mit mir will sie auch nicht sprechen«, sagte er. »Ich mache mir ein wenig Sorgen.«

»Sie wird es schon wieder in den Griff bekommen«, erwiderte Treva. »Maddie Martindale hat immer alles im Griff.«

An diesem Punkt gab er Trevas Befragung auf und konzentrierte sich statt dessen auf seinen Onkel.

»Du kannst unmöglich im Ernst glauben, daß sie es getan hat, Henry«, sagte er eines Abends nach dem Essen zum tausendsten Male, und Henry, der die Zeitung zu lesen versuchte, biß endlich an.

»Möchtest du eine Liste all der Beweise haben, die gegen sie vorliegen?«

»Nein«, antwortete C.L. »Aber andererseits nimmst du sie nicht fest, also mußt du dennoch Zweifel haben.«

»Stimmt, ich habe einige Zweifel«, sagte Henry. »Ich arbeite daran. Trotzdem liegt Maddie immer noch gut im Rennen.«

»Aber du hast Zweifel«, insistierte C.L.

»Ich hätte gerne eine Mordwaffe«, sagte Henry. »Außerdem gibt es vielleicht einige Leute, die Lügen erzählen.« Er griff wieder nach der Zeitung und las weiter.

C.L. unterdrückte im letzten Augenblick das Verlangen, Henry die Zeitung aus den Händen zu reißen – schon die kleinste Bewegung wäre dumm gewesen. »Was willst du also in dieser Hinsicht unternehmen?«

»Nichts«, sagte Henry hinter der Zeitung.

»Henry«, begann C.L., woraufhin Henry die Zeitung erneut beiseite legte.

»Keiner von diesen Leuten wird damit durchkommen«, sagte Henry bestimmt. »Ich beobachte sie. Und ich habe Zeit. Nach einer Weile werden sie nervös werden, und einer von ihnen wird mit der Sprache herausrücken. Falls Maddie das sein sollte, hat sie dennoch nichts allzu Schlimmes zu befürchten, weil jeder Idiot weiß, daß sie dazu getrieben wurde. Wir werden die Sache hier vor Gericht bringen, damit sie eine wirklich geringe Strafe bekommt, und wir werden uns um sie und das kleine Mädchen kümmern. Mache dir also keine Sorgen.«

Wieder wollte er die Zeitung hochheben, aber C.L. hielt ihn mit einem Griff danach zurück.

»Henry«, reagierte er auf die unerhörten Worte seines Onkels, »eine unschuldige Frau ins Gefängnis zu stecken, ist nicht dein Stil.«

»C.L.«, sagte Henry, »nimm deine gottverdammte Hand von meiner gottverdammten Zeitung.«

C.L. gab es auf und ließ los.

Sonst gab er nichts auf.

Er rief jeden Tag bei Maddie zu Hause an, zunächst, um ihre Stimme zu hören, dann, um mit Em zu sprechen und sich zu erkundigen, wie die ersten Wochen in der Schule liefen (»Okay«, sagte Em, aber ihr Ton sagte: »Furchtbar«), um über Phoebe zu reden und Em zum Lächeln und einmal sogar kurz zum Lachen zu bringen und um sie zu bitten, auf ihre Mutter aufzupassen. »Kommst du denn gar nicht mehr her?« fragte Em am Ende der Woche, und er spürte einen Kloß im Hals, als er antwortete: »Eine Weile nicht, Kleine, aber ich werde dich jeden Tag anrufen.«

Er zeigte Geduld, weil er verstand, daß Maddie Zeit brauchte, um sich zu erholen, aber alles hatte seine Grenzen. Früher oder später würde sie ihn sehen müssen, und wenn sie ihm nur die Tür öffnen würde, damit er Em besuchen konnte.

Für Em waren die beiden Wochen nach der Beerdigung die Hölle. An einigen Tagen erwachte sie aus Träumen von ihrem Vater, die so wirklich schienen, daß sie dachte, das Begräbnis müsse der Traum gewesen sein, aber dann fiel ihr alles wieder ein, und das war so schrecklich, daß sie in Tränen ausbrach. Manchmal wußte sie beim Aufwachen alles, und es fühlte sich an, als wache sie mit einem Gewicht auf der Brust auf, was beinahe noch schlimmer war, weil sie dann noch nicht einmal einen kurzen Augenblick des Glücks empfand. Und manchmal wurde sie einfach wach und blieb regungslos liegen, weil sie sich fragte, warum sie und ihre Mom überhaupt aufstehen sollten. Es gab nichts zu tun, sie wollte noch nicht einmal mit Mel sprechen, weil Mel sich solche Mühe gab, nett zu sein, daß jede Unterhaltung mit ihr furchtbar war. Mit ihrer Mutter zu reden hatte erst recht keinen Sinn, weil sie log. Sie hatte Em erzählt, daß alles besser werden würde, wenn sie beide wieder zur Schule gingen, aber es war nur noch schlimmer geworden. Außerdem sah sie schlecht aus, aber wenn Em sie fragte, was los sei, behauptete sie nur, nichts sei los, es ginge ihr gut, aber das war eine Lüge.

Die Schule war auch eine Lüge. Jeder tat so, als sei alles in bester Ordnung, obwohl jeder wußte, daß dem nicht so war. Alle Lehrer waren wirklich sehr nett zu ihr und zeigten ihr mit Blicken, daß es ihnen ehrlich leid tat, während die anderen Kinder sie anschauten, als sei sie aus einem Zoo entsprungen. Daher schenkte sie allen außer Mel keine Beachtung, und noch nicht einmal mit Mel sprach sie viel. Seit dem Mittagessen am Donnerstag hatte sie gar nicht mehr mit ihr geredet. Sie waren gerade dabei, ihre Milchtüten aufzureißen, als Mel sie fragte: »Die Kinder sagen, dein Daddy ist erschossen worden, stimmt das?« Em hatte diese Gerüchte auch schon gehört – beim ersten Mal hatte sie sich beinahe übergeben müssen –, aber in diesem Moment stand sie auf, sagte: »Das ist gelogen« und ging einfach fort. Mel rief ihr hinterher, daß es ihr leid tue, aber Em ging weiter, und am Freitag saß sie alleine beim Essen. Alles war besser, als sich mit irgend jemandem unterhalten zu müssen.

Später, am Nachmittag, hatte Em ihre Mathehausaufgaben nicht gemacht, aber ihr Lehrer meinte nur: »Schon in Ordnung, Em«, so daß sie am liebsten gebrüllt hätte: »Ich habe sie einfach vergessen, es liegt nicht daran, daß mein Daddy gestorben ist, nichts liegt daran, daß mein Daddy gestorben ist«, aber sie blieb stumm. Sie würden nur denken, daß irgend etwas mit ihr nicht in Ordnung sei, wenn sie so losbrüllen würde.

Tatsächlich allerdings hätte Em am liebsten losgebrüllt.

Als sie nach der Schule aus dem Bus stieg und ins Haus kam, war alles still. Es klingelte kein Telefon, niemand redete, nur Phoebe kam auf sie zugesprungen. Sie ging mit Phoebe nach draußen, und fünf Minuten später sah sie ihre Mom nach Schulschluß der High-School in dem Mietwagen, den C.L. ihnen besorgt hatte, die Einfahrt herauffahren. Ihre Mom stieg wie eine alte Frau aus dem Auto. Sobald sie Em sah, winkte sie und lächelte, aber es war ein schreckliches Lächeln. Niemand würde einem solchen Lächeln glauben.

Em wartete, bis ihre Mutter ins Haus gegangen war, bevor sie Phoebe zu sich rief, auch hineinging und sich an den Küchentisch setzte, die Hände vor sich gefaltet, damit sie nicht zitterten. »Ich muß mit dir reden«, sagte sie, woraufhin ihre Mutter sie ansah, als sei sie nicht sicher, ob sie Em überhaupt kenne.

»Was meintest du, mein Schatz?«

»Ich muß mit dir reden.« Em gab sich Mühe, ihre Stimme kräftig klingen zu lassen, obwohl ihr innerlich ganz erbärmlich zumute war. »Mel sagt, Daddy ist erschossen worden. Sie sagt, Daddy ist tot, weil jemand ihn erschossen hat. Mit einer Pistole.«

Ihre Mutter sackte ihr gegenüber auf den Stuhl und schloß die Augen. »Em, ich habe dir doch gesagt, daß es ein Unfall war. Ich habe dir gesagt –«

»Ich will die Wahrheit wissen.« Em preßte die Zähne zusammen und versuchte, nicht zu schreien. »Sag mir die Wahrheit.«

»Jemand hat deinen Daddy aus Versehen erschossen«, sagte ihre Mom, wich jedoch Ems Blick aus. Em wurde schlecht. *Noch eine Lüge.* »Ich habe dir gesagt, daß es ein Unfall war. Es hat ihm nicht weh getan, Em. Er hat es noch nicht einmal gespürt. Ich habe dir das nicht erzählt, weil ich nicht wollte, daß du darüber nachdenkst. Versuche einfach, nicht daran zu denken. Es war ein Unfall.«

Noch eine Lüge, noch eine Lüge. Em war so böse, daß ihr richtig schlecht wurde, und das machte ihr angst. Sie war böse auf ihre Mom, aber wenn sie ihre Mom nicht hätte, wer würde sich dann um sie kümmern? Aber ihre Mom log, und das war nicht in Ordnung. *Sag mir die Wahrheit*, hätte Em am liebsten gebrüllt, aber das ging nicht, deshalb fragte sie nur: »Wer hat das getan?«

»Das wissen wir nicht«, antwortete ihre Mutter müde, aber wenigstens hörte sie sich endlich ehrlich an. »Sheriff Henley versucht, das herauszufinden. Er arbeitet schwer daran.« Sie hob ihren Blick zu Em und sah so furchtbar aus, daß Em sich schämte, sie mit Fragen bombardiert zu haben. »Wir wissen nicht, wer ihn erschossen hat, Em.«

»Ich will doch nur die Wahrheit wissen«, sagte Em. »Ich will wissen, was du weißt.«

Bei dieser Bemerkung schreckte ihre Mutter ein wenig zusammen und schüttelte dann den Kopf. »Ich weiß gar nichts, Liebling. Ich war noch nie in meinem Leben so durcheinander.«

»Okay.« Em stand auf. Sie war sich bewußt, daß sie zu ihrer Mutter gehen und sie drücken sollte, um sie zu trösten, aber aus irgendeinem Grunde konnte sie das nicht. »Okay«, sagte sie noch einmal und ging wirklich böse und wirklich traurig aus der Küche, obgleich Phoebe hinter ihr hertrottete.

Erst gegen vier Uhr bemerkte Maddie, daß Em verschwunden war. Sie rief nach ihr, um sie zu fragen, was sie zu Abend essen wollte, bekam jedoch keine Antwort. Sie schaute hinten im Garten nach und stellte fest, daß Ems Fahrrad und auch Phoebe nicht mehr da waren.

Das will nichts heißen, redete Maddie sich ein und suchte hastig im ganzen Haus, eigentlich lächerlich, weil das Fahrrad fort war. Nachdem sie sich noch einmal schnell im Garten und in der Garage umgeschaut hatte, blieb sie mitten auf dem Rasen stehen und ermahnte sich, nicht in Panik zu geraten, weil bestimmt alles in Ordnung sei.

Wen soll ich anrufen? Die Polizei zu alarmieren, wäre eine Überreaktion, vielleicht aber auch nicht. Vielleicht war Em zu ihrer Großmutter gefahren oder Mel oder –

»Maddie, ist alles in Ordnung?«

Maddie bemerkte Gloria, die kurzsichtig über den Zaun blinzelte. »Hast du Em gesehen? Vor einer Minute war sie noch hier draußen.«

»Nein.« Gloria kam den Zaun entlang näher. »Nein, ich habe sie nicht gesehen. Ist sie verschwunden?«

»Oh.« Maddie machte eine abwehrende Geste mit der Hand, um sie zurück auf ihre Verandatreppe zu scheuchen. »Natürlich nicht. Sie ist nur fortgefahren, ohne mir Bescheid zu sagen, wofür ich ihr die Leviten lesen werde, das ist alles.«

»Vielleicht ist sie ja entführt worden«, spekulierte Gloria. »Das hört man doch in letzter Zeit häufig in den Nachrichten.«

»Nicht in Frog Point, Gloria«, sagte Maddie, während sie die Fliegentür öffnete und sich nicht einmal den Anschein von Höflichkeit gab. »Sie ist nicht entführt worden.« Heftig ließ sie die Tür hinter sich ins Schloß fallen und blieb einen Augenblick in dem verzweifelten Versuch, nicht in Panik auszubrechen, in der Küche stehen.

Sie war nicht entführt worden. Wahrscheinlich war sie bei Mel.

»Treva?« fragte Maddie rasch, als jemand bei den Bassets den Hörer abhob.

»Was ist los?« fragte Treva. »Was klingst du so aufgeregt? Ist etwas passiert?«

»Hast du Em gesehen?«

»Oh, mein Gott.« Trevas Stimme entfernte sich, als sie sich offenbar abwandte, um durch das Haus zu rufen: »Mel, hast du Em gesehen?«

Maddie versuchte angestrengt, die leise Konversation mitzuhören, aber sie dauerte nicht lange genug, um etwas davon zu verstehen.

»Sie hat sie nicht gesehen, Mad«, sprach Treva zurück in den Hörer. »Sie meint, Em sei die ganze Woche in der Schule sehr still gewesen, so daß jeder sie in Ruhe gelassen hat. Sie sagt, sie habe versucht, mit ihr zu sprechen, aber Em habe sie nur schweigend angestarrt.«

»Oh.« Maddie wollte sich nicht vorstellen, wie Em einen Entführer oder den Mörder anstarren würde. »Hör zu, wahrscheinlich ist alles in Ordnung. Vermutlich ist sie zu meiner Mutter gefahren. Ich werde sofort dort anrufen. Mach dir keine Sorgen.«

»Wenn du sie nicht findest, gehen wir auf die Suche«, sagte Treva. »Wir haben drei Autos hier, mit denen wir die ganze Stadt abgrasen können. Ruf mich gleich wieder an und sage mir Bescheid.«

»Okay.« Schwach nickte Maddie in den Telefonhörer. »Okay.«

Ihre Mutter bot noch weniger Hilfe.

»Wo steckt sie denn nur? Um Himmels willen, Maddie, das Kind kann überall sein. Warum würde sie davonlaufen wollen? Was hast du getan?«

»Mutter.« Maddie mobilisierte jedes Fünkchen Selbstbeherrschung, das sie aufbringen konnte. »Du bist nicht gerade sehr hilfreich. Wenn sie nicht bei dir ist, hat sie wahrscheinlich nur Phoebe auf eine Spazierfahrt mitgenommen. Ich werde sie suchen gehen. Bleibe du bitte zu Hause für den Fall, daß sie bei dir auftaucht.«

»Gut, aber ich werde Henry Henley anrufen«, sagte ihre Mutter scharf. »Jemand muß das Kind finden.«

Maddie knallte den Hörer auf und versuchte nachzudenken. Wenn sie nicht bei Mel oder bei ihrer Großmutter war, wohin würde Em fahren? Bestimmt nicht zurück zur Schule, denn dort hatte sie sich die ganze Woche über miserabel gefühlt. Vielleicht zum Revco im Zentrum. Oder zur Bank, um wieder mit den Stempeln zu spielen. Oder –

Schluß mit dem Grübeln. Hastig griff Maddie nach ihrer Handtasche und machte sich auf den Weg zum Stadtzentrum. Während sie die Strecke langsam entlangfuhr, suchte sie alle Nebenstraßen mit den Augen ab. Im Revco fand sie Em nicht, aber Sheila war dort, und als sie hörte, wie Maddie Susan an der Kasse nach Em fragte, versprach sie, nach ihr Ausschau zu halten und sie nach Hause zu bringen, falls sie auftauchen würde.

In der Bank gab Candace ihr das gleiche Versprechen.

»Das ist ja wirklich besorgniserregend«, meinte sie. »Sie ist so ein süßes kleines Ding. Ich werde mit meinen Kollegen sprechen, aber bisher ist sie immer zu mir gekommen.«

Die Aushilfe bei Burger King hatte sie nicht gesehen, ebensowenig die Bedienung bei Dairy Queen oder Kristie in der Firma. »Ich habe sie seit der Beerdigung nicht mehr gesehen«, meinte Kristie zu ihr. »Aber ich werde nach ihr Ausschau halten und Sie anrufen, falls sie herkommt.«

Maddie ging zu ihrem Wagen zurück und ließ den Kopf auf das Steuer sinken.

Das konnte einfach nicht wahr sein. Sie hatte eine Abmachung mit Gott getroffen, derer sie sich zwar bislang nicht bewußt gewesen war, die aber immer noch als gültige Vereinbarung bestand, daß sie mit allem, was Er ihr auferlegte, fertigwerden würde, solange Em nichts zustieß. Em mußte außen vor bleiben. Es konnte einfach nicht wahr sein.

Maddie fuhr auf einem anderen Weg nach Hause und warf einen Blick in alle Seitenstraßen, so, als könne sie Em auftauchen lassen, wenn sie nur ihre Augen genug anstrengte. Sie drehte sogar eine Kurve an der Schule vorbei, aber es war hoffnungslos. Als sie wieder in ihre Hauseinfahrt einbog, war Ems Fahrrad immer noch verschwunden. Sie kam gerade rechtzeitig ins Haus, um den Hörer des läutenden Telefons abzuheben.

»Maddie? Henry Henley hier. Hast du sie gefunden?«

Wunderbar. Der Mann, der sie zu ihrem eigenen Besten des Mordes überführen wollte. »Nein, Henry. Ich habe das Stadtzentrum abgesucht und war in der Firma, aber ich habe sie nicht gefunden.«

»Wir haben jedenfalls alle unsere Leute informiert, nach ihr Ausschau zu halten. Mit Sicherheit finden wir sie. Du bleibst zu Hause, falls sie anrufen sollte, in Ordnung?«

»Okay.« Das war ein guter Rat, und Maddie verspürte Gewissensbisse, daß sie sich gegenüber dem Mann, der versuchte, ihr Kind zu finden, so abweisend verhalten hatte. »Ich weiß das zu schätzen, Henry, wirklich. Ich bin nur… außer mir vor Sorge.«

»Ich weiß, meine Liebe«, sagte er. »Ich bin auch besorgt, aber wir werden sie aufspüren. Ich *muß* sie finden, sonst läßt Anna mich nie wieder ins Haus.«

»Du würdest sie sowieso finden, Henry«, sagte Maddie. »So bist du nun einmal.«

»Das ist mein Job«, erwiderte Henry. »Und du rührst dich nicht vom Fleck, bis sie anruft, hörst du?«

»Ja«, antwortete Maddie. Fünf Minuten später klingelte das Telefon erneut, und sie betete inständig, daß es Em sei.

Statt dessen war es jemand mit offensichtlicher Kehlkopfentzündung, der mit heiserer Stimme durch die Leitung flüsterte. »Mrs. Faraday? Sie haben ein liebes kleines Mädchen.«

»Was?« Maddies Mund wurde trocken. »Wer spricht da?«

»Emily ist wirklich lieb.«

»Wer spricht da?«

»Wenn Sie Emily wiedersehen wollen, sollten Sie Henry von der Waffe und dem Geld erzählen, das Sie gefunden haben. Stellen Sie sich, oder Sie werden Ihr Kind nie wiedersehen.«

17

»Wo ist sie? Wer sind Sie?« Maddies Stimme nahm einen schrillen Klang an. *»Wo ist meine Tochter?«*

Erneut krächzte die Stimme durch das Telefon: »Sie wissen, daß Sie schuldig sind. Stellen Sie sich. Sie sollten das besser tun, und zwar sofort.«

»Hören Sie«, sagte Maddie scharf und voller Zorn. »Sollte meiner Tochter etwas zustoßen, werde ich Sie finden und umbringen. Wenn Sie ihr auch nur ein Haar krümmen, werde ich Sie finden und umbringen. Wenn –«

»Sie vergeuden Ihre Zeit. Ich gebe Ihnen fünfzehn Minuten, um Henry anzurufen. Tun Sie es, oder Sie werden sie nie wiedersehen. *Nie wieder.*«

»Warten Sie«, schrie Maddie in den Hörer, doch sie vernahm nichts mehr außer dem Wählton.

Sie legte auf. Ein eiskalter Schauer überkam sie, während sie nachzudenken versuchte. Sie mußte Henrys Nummer suchen. Nein, sie könnte die 911 wählen. Fahrig fuhren ihre Finger über die Tasten. Em war irgendwo in den Händen eines Verrückten. Als sich die Schaltzentrale der Polizei meldete, schrie sie ins Telefon: *»Geben Sie mir Sheriff Henley!«* Wenige Sekunden später drang Henrys Stimme durch die Leitung: »Was zum Teufel ist los?« Völlig außer sich antwortete Maddy: »Ich war es, Henry, ich habe meinen Mann umgebracht, komm sofort her und verhafte mich. Und versprich mir, die Sirene einzuschalten, *beeil dich*!«

»Maddie?« fragte Henry nach, und sie sagte aufgelöst: *»Beeil dich.* Und schalte die Sirene ein, versprich mir, daß du die Sirene einschaltest. *Beeil dich um Gottes willen*!«

Er schaltete die Sirene ein. Als er bei ihr vor der Haustür vorfuhr, standen sämtliche Anwohner der Straße auf ihren Veranden, aber das war Maddie völlig egal. Sie konnte an nichts anderes denken als an Em, die Angst hatte, die vielleicht Schmerzen hatte, Em in den Händen eines Kidnappers. Vor lauter Panik stand sie kurz vor einem Nervenzusammenbruch.

»Was zum Teufel geht hier vor?« fragte Henry, als sie ihm die Tür öffnete, woraufhin Maddie ihn ins Haus zog und sagte: *»Der Kidnapper hat angerufen!«*

»Beruhige dich erst einmal.« Er ergriff sie am Arm und steuerte sie ins Wohnzimmer. »Und jetzt erzähle mir alles, aber immer der Reihe nach.«

»Er sagte, ich hätte es getan, und er würde Em nicht freilassen, bevor ich nicht ein Geständnis abgelegt hätte«, erklärte Maddie mit zitternder Stimme.

»Bist du sicher, daß es ein Mann war?«

Maddie nickte. »Ganz sicher. Er flüsterte zwar, und die Stimme klang heiser, aber es war ein Mann.« Ein Mann, der Em in seiner Gewalt hatte. »Er sagte, ich hätte fünfzehn Minuten Zeit, um dich anzurufen und alles zuzugeben.«

»Nun, wenn er die Sirenen nicht gehört hat, muß er jedenfalls taub sein«, meinte Henry. »Du hast vollkommen richtig gehandelt. Hast du seine Stimme erkannt?«

»Nein, nein, *natürlich nicht*.« Maddie konnte nicht glauben, daß er so schwer von Begriff war. »Hätte ich die Stimme erkannt, wäre ich jetzt schon auf dem Weg zu ihm. Henry, *irgend jemand hat sie entführt*, vielleicht sogar der Mörder. Niemand anders hätte Interesse daran, daß ich ein Geständnis ablege. *Em kann nur in der Gewalt des Mörders sein*!«

»Höre bitte einen Augenblick auf zu schreien«, sagte Henry und ging zu seinem Wagen. Die ganze Straße beobachtete, wie er in sein Funkgerät sprach, und Maddie hoffte inständig, daß er geeignete Instruktionen erteilte. Em war verschwunden, Em war entführt worden. Es war so entsetzlich, daß es ihr unmöglich schien, einen klaren Gedanken zu fassen. *Em,* schrie es in ihren Gedanken, und ihre Arme schmerzten, weil sie so leer waren, anstatt Em in Sicherheit zu wiegen.

Henry kam ins Haus zurück. »Ich kann sehr gut verstehen, daß du dir Sorgen machst«, sagte er und setzte sich wieder neben sie. »Aber du mußt dich jetzt unbedingt konzentrieren. Könnte es jemand aus der Bank gewesen sein?«

»Aus der Bank?« Der Gedanke war so abwegig, daß Maddie ihn verständnislos mit aufgerissenen Augen ansah. »Du glaubst, daß Harold Whitehead Brent ermordet hat?«

»Wie wäre es mit Webster?« meinte Henry. »Er war es doch, der dich zu dem Schließfach begleitet hat. Hast du gesehen, daß er die Box wieder weggeschlossen hat?«

»Nein«, sagte Maddie. »Als ich den Paß gefunden hatte, bin ich sofort aus der Bank gelaufen.« Die Bedeutung der Worte traf sie wie ein Schlag. »Webster? Glaubst du, Webster hat das Geld genommen? Glaubst du, Webster hält Em fest?«

»Jedenfalls war es sein kleiner Bruder, der am Donnerstag auf deinen Wagen aufgefahren ist«, antwortete Henry. »Und Zufälle machen mich immer mißtrauisch. Könnte es die Stimme von Webster gewesen sein?«

»Henry, es könnte auch deine Stimme gewesen sein«, sagte Maddie kläglich. »Was sollen wir jetzt nur tun? Em –«

»Em kann jetzt gar nicht gebrauchen, daß du den Kopf verlierst«, unterbrach Henry sie. »Denke nach. Könnte es Stan Sawyer gewesen sein?«

»Oh, mein Gott, ich weiß es nicht.« Maddie vergrub den Kopf in ihren Händen. »Ich schwöre dir, es war nur eine heisere Stimme. Ich könnte die Stimmen von Stan oder Webster noch nicht einmal erkennen, wenn sie normal sprächen. Ich weiß es einfach nicht.«

»Und Howie?« hakte Henry nach. »Nein, *nein*«, erwiderte Maddie. »Howies Stimme hätte ich erkannt. Howie war es nicht.«

»Erzähle mir bitte ganz genau, was er gesagt hat«, bat Henry, wurde jedoch durch das Läuten des Telefons unterbrochen. »Laß mich mithören«, sagte er und folgte ihr, als sie zum Telefon lief, aber als sie abhob und den Hörer so hielt, daß sie beide zuhören konnten, war es lediglich ihre Mutter.

»Maddie, was ist los? Ich habe Sirenen gehört und Blaulicht hier vorne an der Straße gesehen. Stehen sie bei dir vor dem Haus? Haben sie Em gefunden? Was ist passiert?«

»Nein, Em ist nicht hier.« Maddie bemühte sich, ihre Stimme unter Kontrolle zu halten. »Wir haben sie noch nicht gefunden. Es ist nur Henry, der hergekommen ist, um zu helfen.«

»Dann sage ihm, er soll das Blaulicht ausschalten. Die ganze Straße muß ja denken, daß du Schwierigkeiten hast.«

»Mutter, ich kann jetzt nicht reden«, sagte Maddie und legte den Hörer auf, während ihre Mutter noch protestierte. »Die Sirenen haben gewirkt«, wandte Maddie sich zu Henry. »Meinst du, er hat es mitbekommen?«

»Die ganze Stadt hat es mitbekommen«, erwiderte Henry. »Jetzt erzähle mir, was er gesagt hat, und zwar genau, wie er es gesagt hat.«

Maddie schloß die Augen und versuchte, sich zu erinnern. »Zuerst fragte er, ›Mrs. Faraday?‹, und dann sagte er so etwas wie ›Sie haben wirklich ein liebes kleines Mädchen‹, so ähnlich jedenfalls, und dann meinte er noch, ich sähe sie nie wieder, wenn ich nicht alles zugeben würde.«

»Hat er genau das gesagt? Wenn du nicht alles zugeben würdest?«

Maddie ließ ihren Kopf gegen die Wand zurückfallen. »Ich weiß es nicht mehr. Er meinte, ich solle es dir sagen. Er sagte: ›Rufen Sie Henry an.‹«

»Henry? Nicht Sheriff Henley?«

»Henry. Ich bin ganz sicher, daß er Henry sagte.«

»Maddie, versuche bitte, dich an seine genauen Worte zu erinnern«, forderte Henry sie auf. »Vielleicht gibt uns das einen Anhaltspunkt.«

»Er wußte von dem Geld«, meinte Maddie. »Er sagte, ich solle dir von dem Geld erzählen.«

Und von der Waffe. Maddie wurde kalt. Wer immer es gewesen sein mochte, er wußte von der Waffe in dem Civic. Er war der Mörder.

Oh, Gott – der Mörder hatte Em in seiner Gewalt.

Wieder klingelte unmittelbar neben ihr das Telefon, so daß sie vor Schreck und Angst aufschrie. »Hole tief Luft, bevor du abhebst«, beschwichtigte Henry sie, aber sie konnte an nichts anderes denken als an Em.

Das Fahrrad holperte die steinige Straße entlang, während Em so müde in die Pedale trat, daß sie nicht mehr sicher war, noch lange das Gleichgewicht halten zu können. Die Idee, zu der Farm hinauszufahren, war bestimmt ein guter Einfall gewesen. Und den Weg kannte sie, weil sie sich alle Abbiegungen mit C.L.'s Gedächtnistrick eingeprägt hatte; einunddreißig Leute auf der Veranda essen Hickorynüsse. Aber es kam ihr so vor, als fahre sie schon seit Stunden die Route 31 entlang, und bisher war noch keine Porch Road gekommen, oder wenn wohl, hatte sie sie verpaßt. Sie war ganz allein dort draußen, sie könnte entführt werden oder überfahren oder erschossen – sie schluckte heftig –, und nach der ersten halben Stunde schien auch Phoebe keinen großen Gefallen mehr daran zu finden, in dem Fahrradkorb durch die Gegend gefahren zu werden. Auch Em war nach der ersten Stunde die Lust am Fahrradfahren vergangen, deshalb schien die Idee, zu der Farm zu radeln, nun doch nicht mehr so gut, obwohl sie sich wirklich freuen würde, wenn sie dort jemals ankäme.

In diesem Moment begann Phoebe wieder zu winseln,

und Em gab es auf und steuerte das Fahrrad von der Straße hinunter unter einen Baum. Sie schaffte es so gerade, das Fahrrad abzustellen und Phoebe aus dem Korb zu heben, bevor das Hündchen herausspringen und sich mit der Leine strangulieren konnte. Erschöpft ließ Em sich unter dem Baum auf den Boden fallen und sah zu, wie Phoebe in einem großen Halbkreis, so weit, wie ihre Leine es zuließ, die Erde abschnüffelte.

Sie könnte umkehren und wieder nach Hause fahren, aber das würde sie nur dorthin zurückbringen, wo sie angefangen hatte. Und das war der letzte Ort, wo sie sein wollte. Die eine Woche in der Schule hatte ihr gereicht, eine Woche mit Kindern, die die Stimmen senkten, wenn sie vorbeiging, was noch schlimmer war. Auch Mel stellte nur Fragen. Zum ersten Mal in ihrem Leben wollte sie Mel nicht sehen.

Nicht, daß Em Mel nicht verstehen konnte. Sie selbst wollte Fragen stellen, aber ihre Mutter erzählte nur weiterhin Lügen. Und sie mußte es endlich wissen. Deshalb hatte sie sich auf den Weg zur Farm und zu C.L. gemacht. Sie könnten angeln gehen und sich über Phoebe unterhalten, und vielleicht wären die Dinge dann für eine Weile nicht ganz so schlimm. Vielleicht würde sie sogar ein paar Antworten bekommen.

Wenn sie nur den Weg fände. Und das konnte sie nur, wenn sie sich wieder auf das Fahrrad setzte und weiterradelte. Das war ein schrecklicher Gedanke, aber schließlich konnte sie nicht den Rest ihres Lebens hier unter diesem Baum verbringen; noch dazu würde es früher oder später dunkel werden, und dann säße sie erst recht in der Klemme.

»Komm, Phoebe«, rief sie, und als der kleine Hund zu ihr getrottet kam, setzte sie ihn wieder in den Korb, den sie mit einem Handtuch ausgelegt hatte. Phoebe seufzte und suchte nach einer halbwegs bequemen Position, und Em sagte: »Ich weiß, ich habe auch keine Lust mehr, aber wir müssen.« Genau in diesem Moment hörte sie, wie sich ein Auto näherte. Sie blickte auf und sah den glänzend roten Mustang.

»Hey«, sagte C.L., als er neben ihnen anhielt. »Deine Mom steht kurz vor einem Herzinfarkt.«

»Tut mir leid«, sagte Em, meinte es aber gar nicht so. Wenn ihre Mom sich nicht so doof benommen hätte, müßte sie nicht tausend Meilen auf ihrem blöden Fahrrad zurücklegen.

»So bedauernd hörst du dich aber nicht an.« C.L. stieg aus dem Wagen und versuchte, streng auszusehen, was ihm aber vollkommen mißlang. »Ich finde es nicht gut, wenn du deine Mom unglücklich machst.«

»Du bist nicht böse«, sagte Em, nun wirklich müde. »Lüg nicht.«

»Hey.« C.L. runzelte die Stirn. »Was ist los mit dir?«

»Ich habe mich verfahren.« Em stieg von ihrem Fahrrad, und C.L. griff danach, um es festzuhalten. »Ich wollte zu dir, um mit dir zu reden, aber ich habe mich verfahren und kann die Porch Road nicht finden. Ich habe alles vermasselt.«

»Du hast dich nicht verfahren.« C.L. hob Phoebe mit einer Hand aus dem Korb und setzte sie auf den Boden. »Du bist nur müde geworden. Bis zu der richtigen Kreuzung dauert es noch etwa eine Meile. Wärst du weitergefahren, hättest du den Weg gefunden.«

Em fixierte ihn mit zusammengekniffenen Augen. »Wirklich?«

»Mensch, du traust wohl niemandem.« C.L. rollte das Fahrrad zum Wagen. »Steig ein, dann zeige ich es dir.« Er hob Ems Fahrrad auf den Rücksitz und öffnete die Fahrertür, damit Phoebe ins Auto krabbeln konnte. Em spürte, wie all ihre Sorgen leichter wurden.

Sie waren noch immer da, aber sie wurden leichter.

Em ging um den Wagen herum und setzte sich auf den Beifahrersitz, froh, nicht mehr weiterradeln zu müssen, und wirklich froh, bei C.L. zu sein. Phoebe kletterte auf ihren Schoß und lehnte sich über die Türkante, so daß Em sie am Bauch festhielt, damit sie nicht hinausspringen konnte. Liebevoll drückte sie den kleinen warmen Körper an sich. Wirklich, so war alles weitaus besser. Sie entspannte sich und lehnte ihre Schultern gegen das weiche Sitzpolster, den Kopf in den Nacken und auf die Lehne gelegt.

Der Nacken tat einem wirklich weh, wenn man tausend Meilen über steinige Straßen geradelt war.

C.L. stieg ein und täschelte ihr Knie, ehe er den Wagen auf die Straße steuerte und zwei Minuten fuhr, bevor er das Tempo verlangsamte. »Siehst du?« fragte er und deutete auf das Schild mit der Aufschrift Porch Road. »Du warst auf dem richtigen Weg.«

Die Straße war tatsächlich da. Beinahe hätte sie es geschafft. Nichts hatte sie vermasselt. C.L. bog in die Straße ein, und Em seufzte und entspannte sich nun völlig. »Fürs Fahrrad war der Weg zu lang.«

»Das ist wahr«, meinte C.L. »Aber das konntest du nicht wissen. In einem Auto kommt er einem viel kürzer vor. Jetzt hör schon auf, sauer auf dich selbst zu sein. Das einzige, was falsch war, ist, daß du deiner Mom einen Schrecken eingejagt hast. Und mir auch.«

Em sah ihn schräg von der Seite an. »Du hast dir Sorgen gemacht?«

»Ja.« C.L. wandte den Blick nicht von der Straße, aber er sagte es ernsthaft genug – ein richtiges »Ja«, kein einfaches Kopfnicken oder so etwas –, also wußte sie, daß er die Wahrheit sagte. »Du hast mir und Henry und Anna und deiner Mom und mindestens einer Million anderen Menschen einen Todesschrecken eingejagt, also mache so etwas nie wieder.«

Em reckte ihr Kinn vor. »Habt ihr geglaubt, ich wäre erschossen worden?«

C.L. verringerte das Tempo, um sie ansehen zu können. »Nein. Der Gedanke ist mir nie gekommen. Ich habe gedacht, du wärst vielleicht entführt oder überfahren worden.«

»Oh.«

»Was soll das heißen, Em?« C.L.'s Stimme klang ruhig, aber ernst. Em seufzte erneut und gab den Versuch auf, cool zu sein.

»Meine Mom lügt mich an.« C.L. wollte sie unterbrechen, aber sie sprach weiter, so daß er nichts sagte. »Sie hat mir erzählt, mein Dad wäre bei einem Unfall gestorben, und dann habe ich herausgefunden, daß er erschossen worden ist, und sie sagte, es wäre ein Unfall gewesen, aber die Kinder in der Schule sagten, daß das nicht stimmt, daß er ... ermordet worden ist.« Sie sank noch tiefer in den Sitz und umklammerte Phoebe fester. »Die meisten in der Schule sind total doof, aber ich wette, sie haben recht.« Sie sah zu C.L. hinüber und wollte ihn zu einer Lüge herausfordern. »Stimmt's?«

Er fuhr den Wagen an den Straßenrand und hielt an. Einige Sekunden lang starrte er unverwandt geradeaus, dann wandte er sich ihr zu, sah ihr direkt in die Augen und sagte: »Ja, sie haben recht. Er ist absichtlich von jemandem erschossen worden, der böse auf ihn war.«

»Von wem?« fragte Em, der furchtbar übel wurde.

»Das wissen wir nicht.«

Em riß den Kopf hoch, wütender, als sie je zuvor in ihrem Leben gewesen war, doch C.L. wiederholte lauter: *»Wir wissen nicht, wer es war, Em.«* Sie holte tief Luft, und er beteuerte: »Das ist die Wahrheit. Henry ist dabei, es herauszufinden, aber wir wissen es wirklich noch nicht.«

»Wird er auch meine Mom erschießen?« Ems Stimme

schwankte, als sie endlich die Worte aussprach, die ihr solche Angst bereiteten.

»Nein.« C.L.'s Stimme klang fest. »Wenn ich glauben würde, daß deine Mom in Gefahr wäre, würde ich nicht von ihrer Seite weichen. Wer auch immer deinen Dad erschossen hat, war wütend auf deinen Dad und nicht auf deine ganze Familie.«

»Jemand ist bei uns ins Haus eingebrochen«, gab Em zu bedenken, und C.L. erwiderte: »Ja, aber wer auch immer das war, er hat das mitgenommen, was er suchte, und ist nicht mehr zurückgekommen. Er wird deiner Mom nichts tun.«

Bei den letzten Worten schien er ein wenig unsicher zu sein, und Em warf ihm einen scharfen Blick zu. »Lüg nicht«, sagte sie. Er antwortete: »Wenn du nicht aufhörst, mich der Lügerei zu bezichtigen, werden wir beide Ärger miteinander bekommen. Ich habe dir gesagt, daß ich nicht lüge.«

»Der letzte Teil über meine Mom hörte sich aber wie eine Lüge an«, wandte Em ein. »Du hast dich nicht sehr sicher angehört.«

»Niemand versucht, deine Mom zu erschießen«, sagte C.L. »Wenn ich das annehmen würde, ließe ich sie keinen Moment aus den Augen. Großes Indianerehrenwort.«

»Behandle mich nicht wie ein kleines Kind«, sagte Em.

»Du bist ein Kind«, erwiderte C.L. »Hör auf zu versuchen, dich wie eine Erwachsene zu benehmen, und laß zu, daß wir uns um dich kümmern.«

»Ich will doch nur wissen, was los ist«, sagte Em trotzig. »Das ganze Flüstern, die Kinder in der Schule. Und Mom sieht so schrecklich aus. Alles ist schrecklich. Ich hasse es.«

C.L. ließ den Motor wieder an. »Okay. Eigentlich wollte ich dich zu deiner Mom zurückbringen, nachdem ich dir die Straße gezeigt habe, aber ich denke, wir sollten statt dessen zur Farm hinausfahren und deine Mom anrufen, damit sie dich holen kommt. Vielleicht hat sie ja Lust, zum Abendessen zu bleiben, dann könnt ihr beide euch ein bißchen erholen. Hört sich das gut an?«

Em nickte. »Hmm. Aber ich will immer noch wissen, was los ist.«

»Das will ich auch, Kleine«, sagte C.L. zu ihr. »Das will ich auch.«

Maddie schloß die Augen, atmete tief durch, nahm den Hörer ab und sagte: *»Hallo?«*

»Alles in Ordnung.« Warm und sicher drang C.L.'s Stimme durch die Leitung. »Pfeif die Hunde wieder zurück, Süße. Ich habe dein Kind gefunden, alles in Ordnung.«

»Was?« Maddies Knie gaben nach, und sie sank auf den Stuhl neben dem Telefon. »Sie ist *bei dir*? Geht es ihr gut?«

Ihre Hand zitterte so stark, daß sie den Hörer nicht mehr halten konnte und Henry ihn ihr abnahm.

»Wer ist da? C.L.? Was zum Teufel geht da vor?« hörte sie ihn fragen. Ihr Kopf sackte auf ihre Knie, während Henry zuhörte und dann sagte: »Erzähl es Maddie.« Mühsam hob sie ihren Kopf, und er reichte ihr den Hörer. »Em geht es gut. Ich muß ein oder zwei Anrufe machen. Bleib du hier und sprich mit C.L. Beruhige dich jetzt erst einmal.«

Maddie nahm den Hörer entgegen und versuchte, die Tränen der Erleichterung hinunterzuschlucken. »C.L.?«

»Alles in Ordnung, Schatz. Es geht ihr gut«, sagte C.L. mit so viel Liebe und Fürsorge in der Stimme, daß ihr ganz schwach zumute wurde und sie sich gegen die Wand lehnen mußte. Sie hielt den Hörer ein wenig von ihrem Mund weg, damit er sie nicht weinen hörte.

»Sie wollte mit dem Fahrrad hierher zur Farm fahren«, fuhr C.L. fort. »Und stell dir vor, beinahe hätte sie es auch geschafft. Sie ist zwar völlig erschöpft, aber sonst geht es ihr gut.«

»Es ist ihr wirklich nichts passiert?« Maddie begann, sich vor und zurück zu wiegen, den einen Arm fest um den Körper gelegt, während ihr vor Erleichterung die Tränen die Wangen hinunterliefen. »Gott sei Dank, es geht ihr gut. Wo hast du sie gefunden? Wer hat sie mitgenommen?«

»Niemand«, antwortete C.L. »Das habe ich auch zuerst gedacht, aber sie ist ganz allein losgefahren. Anna gibt ihr gerade Limonade. Es ist alles in Ordnung.«

Maddie schniefte und ermahnte sich, tief durchzuatmen, um nicht in Hysterie auszubrechen. Em ging es gut. Sie war nicht entführt worden. Es ging ihr gut. Mit dem Handrücken wischte Maddie sich die Tränen aus dem Gesicht. Irgendein Idiot mußte gehört haben, daß Em vermißt wurde, und hatte sich einen bösen Scherz erlaubt, während Em einfach nur mit dem Fahrrad durch die Gegend gefahren war. »Ich will nie wieder so eine entsetzliche Angst haben müssen. Sag ihr, daß sie ihr blaues Wunder erleben wird. Ich kann nicht glauben, daß sie so etwas tut. Nach allem, was passiert ist –«

»Genau deswegen hat sie es getan«, sagte C.L. »Du mußt mit ihr reden, Mad. Sie ist verängstigt und durcheinander. Sie muß wissen, was los ist.«

Maddies Anspannung richtete sich gegen C.L. Irgendein hirnloser Idiot hatte ihre Tochter bedroht, und nun hielt C.L. sich wohl für Dr. Freud. »Danke für den Rat. Ich komme sie sofort holen.«

»Warum läßt du sie nicht noch eine Weile hier draußen bleiben? Ich denke, sie könnte einen Tapetenwechsel ganz gut vertragen.«

»C.L., ich will nicht –«

»Und Anna ist ganz vernarrt in die Idee. Ich habe sie schon gefragt. Morgen wollen sie Plätzchen backen.«

Maddie preßte die Zähne zusammen. »C.L., ich will *wirklich* nicht –«

»Tu mir den Gefallen«, bat C.L. in einem Ton, der soviel besagte wie ›Komm schon‹. »Packe ein paar Sachen für dich zusammen und komm her. Hier seid ihr sicher und könnt euch ein wenig erholen. Ihr beide habt für eine ganze Weile genug Frog Point gehabt.«

»C.L. –«

»Ich weiß, daß du böse bist«, sagte er. »Ich weiß, daß du dir furchtbare Sorgen gemacht hast und jetzt böse bist, und ich weiß auch, daß du die Hölle durchgemacht hast und es immer noch nicht vorbei ist. Komm her und laß zu, daß wir uns um dich kümmern.« Er senkte die Stimme ein wenig, woraus Maddie schloß, daß jemand am anderen Ende zuhörte. »Komm her und laß dir von mir helfen. Du bekommst keine Extrapunkte dafür, daß du alles allein durchstehst, Mad.«

Du hast sie verdient, dachte Maddie. Du solltest Bonuspunkte bekommen. Sie war so müde, mit allem allein fertigzuwerden, und zur Farm hinauszufahren bedeutete nicht, daß sie aufgab. Es bedeutete nur, daß sie sich ein wenig ausruhte.

Maddie kniff die Augen zusammen, um nicht zu weinen, weil es sich so verlockend anhörte. C.L. Anna. Die Farm und der Fluß und keine Kidnapper, weil Henry und C.L. niemanden in die Nähe lassen würden. Nicht, daß C.L. ein Held war, nur weil er ihr Kind aufgespürt hatte und nun auf sie aufpaßte. Maddie versuchte, ihren Ärger aufrechtzuerhalten, weil dies der einzige Grund war, der sie davon abhielt, ohne Auto bis zur Farm zu rennen, um sich in seine Arme zu werfen und zu sagen: *Irgend jemand hat es auf mich abgesehen, hilf mir.* Nein, sie konnte sich selbst retten. Sie würde sich selbst retten. Und Em auch.

»Anna macht Brathähnchen mit Sauce«, machte C.L. ihr

den Mund wäßrig. »Em kann es gar nicht mehr erwarten. Dazu gibt es Kartoffelpüree. Ich weiß doch, daß du nichts mehr liebst als Kartoffelpüree, abgesehen von Em. Und von mir.«

Ein Grinsen lag in seiner Stimme, und sie fühlte sich zunehmend besser, während sie ihm einfach zuhörte. »Cholesterin«, sagte sie.

»Em ist acht«, erwiderte C.L. »Mindestens bis zur High-School wird sie es noch ohne Bypass schaffen.«

Sie sollte nicht dorthin fahren. C.L. war dort, und sie hatte doch so sorgfältig geplant, sich von ihm, von allen fernzuhalten, bis sich die Wogen wieder geglättet hätten und sie wieder mit Menschen und Telefonanrufen umgehen konnte. Bis sie wieder damit umgehen konnte, C.L. zu sehen.

»Komm schon, Mad«, beharrte er. »Em fühlt sich wohler hier draußen. Und sicherer. Komm schon her.«

Er hatte recht. »In Ordnung«, willigte Maddie ein. »Ich bin gleich da.«

Sie legte auf und sank auf den Stuhl zurück in dem Bemühen, ihren Platz in der Welt wiederzufinden. Em ging es gut. Und wenn es Em gutging, konnte es nichts auf der Welt geben, was allzu schlecht war.

Doch, eins gab es. Maddie richtete sich auf. *Erzählen Sie der Polizei von der Waffe und dem Geld*, hatte die Stimme gesagt. Das bedeutete, daß der Anrufer nicht irgendein Schwachkopf gewesen war. Er war der Mörder, und er war hinter ihr her.

Schon wieder klingelte das Telefon, und Maddie starrte es an. Jeder konnte es sein – der Mörder, die Polizei, ihre Schwiegermutter, Treva, ein Dutzend Leute, mit denen sie nicht sprechen wollte, ein Dutzend Probleme, denen sie sich nicht stellen wollte. Aber es hörte nicht auf zu läuten, also hob sie ab und sagte ihrer Mutter, daß es Em gutginge und sie sie später anrufen werde, um ihr alles zu erklären. Danach rief sie Treva an und sagte ihr, daß es Em gutginge und sie sie später anrufen werde, um ihr alles zu erklären. Sie ging nach oben, suchte Ems Pyjama und ein paar Kleidungsstücke zum Wechseln zusammen, während sie sich ununterbrochen einredete, daß alles gut werde.

Sie konnte es nicht erwarten, zur Farm zu kommen.

Em saß auf der Veranda und wartete auf ihre Mutter, während sie die Limonade ganz langsam trank, damit sie länger etwas davon hatte. Anna hatte gesagt, sie könne so viel davon haben, wie sie mochte, aber langsam getrunken schmeckte sie einfach besser. Vor allem, weil sie über so vieles nachdenken mußte, bevor ihre Mutter zur Farm kam.

In diesem Augenblick fuhr ihre Mom in dem Mietwagen die Straße entlang und parkte am Rand des Rasens. Sie stieg aus und marschierte durch das Gras auf sie zu. Am liebsten wäre Em ihr entgegengelaufen, aber sie tat es nicht. Diesmal nicht. Vorsichtig stellte Em die Limonade auf den Stufen ab, stand auf und verschränkte die Arme vor ihrem Körper.

Ihre Mutter blieb in einigem Abstand stehen und sah sie ganz seltsam an. Em hob ihr Kinn ein wenig. »Ich habe mich *zu Tode* um dich geängstigt, tue so etwas nie wieder«, sagte ihre Mom, aber Em starrte sie nur an, bis ihre Mutter nachfragte: »Em?«

Die Fliegentür ging auf, und Em hörte C.L. hinter sich über die Veranda kommen. »Em ist es leid, daß man sie ständig anlügt«, sagte er zu ihrer Mom. »Sie will endlich wissen, was los ist.«

Em sah, wie sich Maddies Miene verhärtete. »Ich kann mein Kind alleine erziehen, vielen Dank«, sagte sie zu C.L. über Ems Schultern hinweg.

»Du weißt, daß das nicht stimmt«, erwiderte C.L. »Deshalb hat sie versucht, fünfzehn Meilen mit dem Fahrrad bis zu mir zu fahren.«

Ems Mom trat einen Schritt näher, C.L. immer noch fixierend. *»Jetzt hör mir mal zu –«*

»Er hat recht«, mischte Em sich ein. »Du kannst ihn anschreien, soviel du willst, aber er hat recht.«

Ihre Mom wirkte erschüttert. »Em –«

»Er lügt mich nicht an«, sagte Em. »Ich weiß, daß er nicht alles erzählt, ich weiß, daß er Sachen weiß, die ich nicht weiß, zum Beispiel, warum er sich Sorgen um dich macht, obwohl er sagt, daß dir nichts passiert. Aber er *lügt* mich nicht an. Und du wohl. Du lügst und *lügst.*«

Sobald sie die Worte ausgesprochen hatte, erschauerte auch Em am ganzen Körper. Die Worte waren furchtbar, aber sie mußte sie sagen. »Du lügst die ganze Zeit«, fügte sie hinzu, stand dann auf und ging vom Haus zum Steg hinunter. Sie bemühte sich, nicht zu weinen. Als sie am Steg ankam, zog sie ihre Schuhe aus, setzte sich auf den Rand der verwitterten Holzbretter und ließ ihre Füße in dem kühlen Wasser baumeln. Phoebe kam hinter ihr hergesprungen, und Em ergriff sie am Halsband, damit sie nicht in den Fluß fiel. Fest drückte sie den kleinen, quirligen Körper an sich und versuchte krampfhaft, nicht daran zu denken, was sie gerade eben ausgesprochen hatte.

Maddie wollte Em hinterherlaufen, sie in die Arme schließen und wieder zu dem Kind werden lassen, das sie noch vor einem Monat gewesen war – nicht dieses starre Häuflein Elend, das sich steifbeinig an jeden Ort zurückzog, wo es keine Erwachsenen gab. Dann setzte Em sich an den Rand des Stegs, während Phoebe ihr nachsprang und sich neben ihr niederließ, und Maddie dachte: *Ich muß das in Ordnung bringen und weiß nicht wie.*

»Du mußt aufhören, sie anzulügen, Maddie«, sagte C.L.

Sie drehte sich zu ihm um, weil er der einzige Mensch war, den sie anschreien konnte.

»Du meinst also, ich soll ihr sagen, daß ihr Vater ermordet wurde?« fragte sie streitlustig. »Ich soll ihr also sagen, daß er Geld veruntreut hat und eine Affäre hatte, daß er plante, sie zu entführen und mit sich nach Südamerika zu nehmen, ohne mich? Ich soll ihr also von dir und mir erzählen?«

»Ja.« C.L. nickte grimmig. »Ja, das meine ich. Weil sie ohnehin schon weiß, daß irgend etwas absolut nicht stimmt, und die Wahrheit ist besser als all die Dinge, vor denen sie sich fürchtet. Du bist alles, was sie hat, Mad. Wenn sie dir nicht mehr trauen kann, ist sie ganz allein, und sie ist verdammt noch mal zu klein, um allein zu sein. Und ich will dir noch etwas sagen, wenn ich gerade schon dabei bin: So empfindlich ist Em nicht. Du behandelst sie, als könne sie jeden Augenblick zerbrechen, und mir ist klar, daß sie eine schwere Zeit durchmacht, aber sie ist so zäh wie ein alter Stiefel, solange du aufrichtig zu ihr bist. Wenn du ehrlich zu ihr bist, wird es ihr gutgehen.«

Nein. Maddie schluckte und trat einen Schritt zurück. Den Vater zu verlieren, war Alptraum genug für Em; ihn an einen Killer zu verlieren, der immer noch frei herumlief, wäre unerträglich.

Nein. »Ich kann ihr nicht sagen, daß ihr Vater ermordet wurde. Das werde ich nicht tun.«

»Das brauchst du auch nicht.« C.L. ließ sich so langsam auf der Verandatreppe nieder, als sei er plötzlich vorzeitig gealtert. »Ich habe es ihr schon gesagt.«

Maddie überlief es eiskalt. »Du hast *was* getan?«

C.L. blickte zu ihr hoch, und sie sah, daß er ihrem Ärger nichts entgegensetzen würde. »Sie hat mich gefragt. Die Kinder in der Schule haben es ihr erzählt, also wollte sie von mir wissen, ob es wahr ist. Und *ich* würde dieses Kind nicht anlügen. Niemals. Auch wenn das bedeutet, daß du mich haßt.«

»Wie schön für dich«, sagte Maddie, vor Wut bebend. »Du mußt dich ja *sehr* rechtschaffen fühlen. *Ist dir eigentlich klar –*«

»Mir ist klar, was es heißt, angelogen zu werden«, antwortete C.L. barsch. »Mir ist klar, was es heißt, dich anzusehen und so sehr zu lieben, daß es weh tut, und dabei zu wissen, daß du das Blaue vom Himmel herunterlügst, weil du mir nicht traust. Und das tue ich deinem Kind nicht an. Vergiß es.«

Wie üblich hatte er alles falsch verstanden, aber sie hatte nicht die Zeit, ihm ihren Standpunkt zu erklären. »Jetzt hör mir mal zu. Em und mir geht es gut. Wir brauchen weder dich noch deine Hilfe, also halte dich verdammt noch mal da raus.«

C.L. zuckte zusammen. »Vielleicht brauchst *du* mich nicht, aber dein Kind mit Sicherheit. Und ich will, daß sie mich braucht. Wenn es zwischen uns nicht klappt, okay, dann muß es wohl so sein, schätze ich. Aber mische dich nicht bei Em und mir ein. Wir beide verstehen uns nämlich prächtig.«

Erst in diesem Moment nahm Maddie ihn tatsächlich wahr, wie er grimmig und entschlossen dort auf den Stufen der Veranda saß und ihr sagte, daß er ihre Tochter nicht im Stich lassen werde, egal, was passierte. Er würde für Em dasein. Er wollte für Em dasein. Und Em vertraute ihm, sonst wäre sie nicht zu ihm gekommen.

Ich vertraue ihm auch, verdammt, schoß es Maddie durch den Kopf. Er war stark und fürsorglich und witzig und süß und aufregend und unverschämt begehrenswert, und er wollte Em für immer beschützen. Sie mußte lediglich zu der alten Maddie zurückfinden, die er begehrte, dann konnte sie ihn haben. Das war alles, was sie tun mußte.

»Ich kann es nicht«, sagte sie zu ihm. »Ich kann nicht mehr diese fade Unschuld vom Lande wie vor zwanzig Jahren sein. Ich kann noch nicht einmal die sarkastische Unschuld vom Lande sein, die ich vor einem Monat war. Ich bin nicht mehr die Frau, in die du dich in der High-School verliebt hast. Vergiß es.«

Bei diesem Themenwechsel blinzelte C.L. zu ihr hoch und nahm den Faden auf. »Die? Vergiß sie. Ich jedenfalls habe sie vergessen. Sie war eine tolle Erinnerung, aber du bist nicht sie. Du bist ein Dickkopf und ein durchtriebenes Weibsbild, und du hast ein verdammt loses Mundwerk, und meistens weiß ich nicht, ob ich über dich herfallen oder dich anschreien oder vor dir weglaufen soll, aber ich liebe dich, Punkt und Schluß. Gott weiß warum, aber so ist es. Ich liebe auch dein Kind. Also finde dich damit ab, Süße.« Er sah sie so finster an, daß sie am liebsten laut losgelacht hätte, wenn sie nicht in einer so mißlichen Lage gewesen wäre.

Keine Lügen mehr, hatte er gesagt. Sie dachte an die letzten beiden Wochen, daran, wie es war, ihn nicht in ihrer Nähe zu haben, Treva aus dem Weg zu gehen, ihrer Mutter vorzuspielen, daß alles in Ordnung sei, an Em, die kein Vertrauen mehr zu ihr hatte, und daran, wie sie sich vor einer Stunde gefühlt hatte, als ihre ganze Welt in Trümmern lag. Nie wieder wollte sie dieses Gefühl verspüren. Sie hatte versucht, Em zu beschützen, indem sie alle fernhielt, aber die damit verbundene Einsamkeit war so überwältigend gewesen. Nie zuvor hatte sie so ein Gefühl gehabt, weil sie stets Frog Point um sich gewußt hatte, das sie beschützte. Tja, sie hatte bekommen, was sie wollte – sie hatte sich von Frog Point gelöst. Sie hatte sich von jedem gelöst.

Und sie hatte sich elend und verletzlich und ängstlich gefühlt und Em in keinster Weise beschützt.

Vielleicht war es Zeit, umzukehren.

»Rühre dich nicht von der Stelle«, sagte sie zu C.L. »Ich

muß mit meinem Kind reden, aber ich will, daß du hier bleibst, bis ich wiederkomme.«

»Ich kann nirgends anders hingehen«, antwortete C.L. »Ich baue ein Haus hier.«

Sie drehte sich um und ging zu dem Steg hinunter, widerstrebend dem schlimmsten mehrerer Gespräche entgegen, die sie nicht führen wollte, aber dennoch unweigerlich führen würde.

Maddie setzte sich neben Em auf die verwitterten Holzbohlen und zog ebenfalls ihre Schuhe aus, um das kühle grüne Wasser an ihren Füßen zu spüren. Ein wohliges Gefühl breitete sich von den Knöcheln bis hoch zu den Schenkeln aus und entspannte ihren ganzen Körper. Vor Wonne seufzte sie auf.

Em plätscherte ein wenig mit ihren Füßen im Wasser, und als Phoebe unter ihrem Arm durchschlüpfte, um auf Maddies Schoß zu klettern und ihr das Gesicht abzulecken, schob sie ihre Unterlippe vor und wandte sich halb ab.

Maddie hob das Hündchen hoch, setzte es auf den Steg hinter sich und nahm Ems Hand.

Em zog sie zurück.

Na schön. Maddie faltete ihre Hände im Schoß und begann: »Okay, du hast recht. Ich hätte dir die Wahrheit sagen sollen. Ich wollte dir Kummer ersparen, weil die Wahrheit so entsetzlich ist, aber wahrscheinlich gab es gar keinen Weg, wie ich das hätte tun können.« Sie beugte ihren Kopf ein wenig herab, um Ems Gesicht zu sehen. »Oder gab es einen?«

»Nein«, sagte Em. »Nein. Es ist einfach fies, wenn man nicht weiß, was los ist. Ich halte das nicht aus.«

»Was möchtest du wissen?« fragte Maddie.

Em biß sich auf die Lippe und sah sie an. »C.L. sagt, daß irgendeiner Daddy erschossen hat.«

Oh, Mist. Maddie nickte. »Ja, aber er war sofort tot. Er hat gar nichts gespürt, Em. Das ist die Wahrheit.«

Für eine Minute hielt Em die Lippen zusammengepreßt. »Wer hat es getan?«

»Ich weiß es nicht«, antwortete Maddie. »Wirklich, ich weiß es nicht. Henry versucht, das herauszufinden, aber wir wissen es wirklich noch nicht. Ich habe noch nicht einmal eine Idee.«

»Erzähl mir, was passiert ist«, bat Em. »Ich will es wissen.«

»Okay.« Maddie schluckte. »Wir wissen nicht sehr viel. Aber an jenem Freitagabend hat sich dein Dad mit jemandem in seinem Auto getroffen. Er muß sich sehr schläfrig gefühlt haben, weil er Wein getrunken hatte, in den ich einige von meinen Schmerztabletten gemischt hatte. Also muß wohl die andere Person den Wagen zum Point hochgefahren und dort geparkt haben. Was dann geschehen ist, wissen wir nicht genau, aber dein Dad muß wegen der Tabletten eingeschlafen sein, und dann« – Maddie legte den Arm um die steifen Schultern ihrer Tochter –, »und dann hat die andere Person ihn erschossen.«

Em nickte, lehnte sich jedoch nicht gegen ihre Mutter. »Das sagen die Kinder auch. Grandma sagt, ihm wäre schlecht geworden und er wäre ganz schnell gestorben, aber die Kinder sagen, daß er erschossen worden ist.« Sie sah zu Maddie auf. »Aber das mit den Tabletten wußte ich nicht. Heißt das, er hat noch nicht einmal gewußt, daß er erschossen wird, nicht mal eine Minute lang?«

»Wahrscheinlich«, meinte Maddie. »Auch wenn er noch wach war, war er vermutlich so betäubt, daß er gar nicht wußte, was passierte. Er hat keine Schmerzen gehabt, Em. Das ist keine Lüge. Er hat nichts gespürt.«

Seufzend lehnte sich Em endlich gegen ihre Mutter. »Das ist schon besser. Ein bißchen. Es ist immer noch schrecklich, aber ich wollte gar nicht daran denken, daß er vielleicht Angst hatte oder so.«

»Nein.« Maddie drückte Em einen Kuß auf die Stirn. »Nein. Wahrscheinlich hat er ganz schnell das Bewußtsein verloren.«

»Wird dieser Mensch auch dich erschießen?« fragte Em.

»Nein.« Maddie lehnte sich ein wenig zurück, um Em ins Gesicht zu sehen. »Nein, natürlich nicht. Mach dir darüber keine Sorgen.«

»Er hat Daddy erschossen«, sagte Em mit zittriger Stimme. »Er könnte auch dich erschießen.«

»Ich glaube, daß er auf Dad wütend war.« Maddie versuchte, einen Weg um die ganzen schmutzigen Details zu finden, ohne zu lügen. »Es gab einige Leute, die auf deinen Dad wütend waren, aber sie sind nicht auf mich böse.«

»Ich meine nur, weil dir auch soviel Schlimmes passiert ist«, erklärte Em. »Wie der Autounfall und dein Gesicht.«

»Das waren Unfälle, Em«, antwortete Maddie. »Die Sache mit dem Auto war nur ein Unfall.« *Websters kleiner Bruder ist auf dich draufgefahren,* hatte Henry gesagt. »Ich glaube jedenfalls, daß es ein Unfall war. Autounfälle passieren ständig.«

»War dein Gesicht auch ein Unfall?« fragte Em, und Maddie mußte erneut schlucken, bevor sie erwiderte: »Nein.«

»Was ist denn dann passiert?« Ems Augen verengten sich, als Maddie zögerte. »Lüg nicht.«

»In jener Nacht ist dein Dad furchtbar sauer nach Hause gekommen«, sagte Maddie. »Und ich war auch sauer. Deshalb haben wir uns gestritten.« Wieder hielt sie inne, und Em verharrte mit versteinertem Gesichtsausdruck neben ihr. »Dabei hat er mich geschlagen.«

Em riß die Augen auf und wich dann ein Stück zurück. *»Nein, das hat er nicht.«*

In Ordnung. In Ordnung.

»Das hat er nicht getan«, wiederholte Em.

Schweigend blieb Maddie sitzen, fest entschlossen, ihr Versprechen zu halten und nicht zu lügen, jedoch ebenso fest entschlossen, ihre Tochter mit der Wahrheit nicht zu vernichten.

Wortlos starrten sie auf das Wasser und beobachteten, wie die Fische nur knapp unter der Oberfläche umherschnellten. Das Sonnenlicht schimmerte auf den kleinen Wellen, und der Steg spiegelte sich verzerrt in dem kühlen grünen Wasser. Hinter ihnen scharrte Phoebe auf der Suche nach dem Fischgeruch.

Schließlich meinte Em: »Warum?«

Maddie ergriff ihre Hand und spürte die Zerbrechlichkeit der kleinen Finger zwischen ihren eigenen. Sie war so klein. Zu klein für die Wahrheit, aber die war alles, was Maddie noch übrigblieb. »Er war einfach nur wütend, Em. Danach hat er sich dafür entschuldigt.« Maddie erinnerte sich, wie Brent auf der anderen Seite der Tür gestanden und gesagt hatte: »Es tut mir so leid. Ich muß einfach nur wissen, was du weißt.« Jeder wollte die Wahrheit erfahren. »Es tat ihm sehr, sehr leid. Er hat die Beherrschung verloren. Hör zu.« Sie beugte sich näher zu ihrer Tochter. »Niemals zuvor oder danach hat er mich geschlagen. Nie. So war er nicht.«

»Ich weiß.« Em richtete ihren Blick wieder auf das Wasser und schniefte. »Ich weiß. Er war ein lieber Daddy.«

»Ja, das war er.«

Em nickte. »Also will uns niemand etwas Böses antun.«

»Nein«, sagte Maddie, einen Moment lang den Kidnapper-Anruf ignorierend. »Em, mir tut das alles so entsetzlich leid. Es tut mir so leid, daß du dir das alles anhören mußt.«

»Es ist besser so«, sagte Em. »Es ist besser, als nicht zu wissen, was los ist. Ich hatte Angst deswegen.«

»Ich weiß«, antwortete Maddie. »Ich mag das auch nicht. Geht es dir gut?«

»Hmm«, sagte Em. »Ich bin ganz furchtbar traurig, aber es geht schon.« Sie hob ihr Gesicht und blickte sich um, so, als würde sie die Farm und den Fluß zum ersten Mal bewußt wahrnehmen. »Ich bin echt froh, daß wir hier draußen sind. Ich mag Frog Point, aber jetzt bin ich froh, daß wir hier sind.«

»Ich auch, meine Kleine«, meinte Maddie. »Frog Point kann einem ganz schön zu schaffen machen.«

Em legte den Kopf auf die Seite, um ihre Mutter anzusehen. »Bist du böse auf Tante Treva? Du redest gar nicht mehr mit ihr, noch nicht einmal, wenn sie anruft.«

Treva. Noch eine Lüge, der sie sich stellen mußte. Noch ein Verrat. Maddie ließ Ems Hand los und erhob sich von den Holzbohlen. In Erwartung eines Spaziergangs machte Phoebe voller Begeisterung einen riesigen Satz und rannte auf dem Steg hin und her. »Nein. Ich bin nicht böse.« Das war nicht gelogen. Sie war enttäuscht und verletzt und fühlte sich hintergangen, aber sie war nicht böse. »Hör zu, ich muß noch einmal in die Stadt zurückfahren, um deiner Grandma zu sagen, daß es dir gutgeht. Ihr beide, Phoebe und du, seid hier draußen bei C.L. und Anna gut aufgehoben.«

»Magst du C.L.?« Em schaute wieder auf das Wasser, sorgsam darauf bedacht, ihre Mutter nicht anzusehen.

»Ja.« Maddie blickte in den Himmel hinauf und dachte: *Mein Intimleben werde ich nicht mit diesem Kind erörtern. Vergiß es.*

»War Daddy deshalb sauer?«

»Nein. Lieber Himmel, Em, *nein*.« Maddie sank auf den Steg zurück, und Phoebe kam in großen Sätzen angelaufen, um auf ihren Schoß zu springen. »Hör zu, dein Dad und ich haben C.L. zwanzig Jahre lang nicht gesehen. Er ist nur einfach für ein paar Tage in die Stadt zurückgekommen. Dein Dad war nicht eifersüchtig, das schwöre ich.«

Em zog Phoebe unter ihren Arm, ohne Maddie anzusehen. Unverwandt hielt sie den Blick auf das Wasser gerichtet. »Weil C.L. dich sehr gern mag.«

»Nun ja« – Maddie bemerkte, daß sie ziemlich idiotisch mit dem Kopf nickte –, »ich mag ihn auch sehr gern.«

Em sah ihre Mutter an. »Wirst du ihn heiraten?«

»Nein«, sagte Maddie. »Ich werde ganz lange Zeit überhaupt niemanden heiraten, und vielleicht gar nicht. Du und ich kommen wunderbar allein zurecht.« Phoebe wand sich unter Ems Armen, und Maddie streckte die Hand aus, um sie hinter den Ohren zu kraulen. »Du und ich und Phoebe.«

»Und Grandma«, sagte Em. »Und Mel.«

»Stimmt.«

»Und Three. Und Tante Treva und Onkel Howie.«

Three. Ems Halbbruder. Three, groß und lächelnd und lieb zu Mel und Em. Er war ein guter Junge. Nein, ein guter junger Mann. Schließlich war er zwanzig Jahre alt. Er war erwachsen. So viele Jahre. Machte das, was vor zwanzig Jahren passiert war, heute tatsächlich noch einen Unterschied? War das, was geschehen war, es wert, Three zu verlieren?

Und, noch mehr, war er es wert, Treva zu verlieren? Sie kannte Treva ihr ganzes Leben lang. Es gab keine einzige Erinnerung, die nicht irgendwie mit Treva verbunden war, und wenn sie ihr auch nur später davon erzählt hatte. Achtunddreißig Jahre voller Geflüster und Gekicher und *Die Geschichte wird dir gefallen,* stets mit der Gewißheit, daß Treva immer dasein würde, mit Schokolade und treffenden Bemerkungen und bedingungsloser Unterstützung.

Maddie schloß die Augen und dachte: *Ich vermisse sie so sehr,* und dann, *ich war so dumm.*

»Mom?« fragte Em.

»Ja«, antwortete Maddie mit leicht bebender Stimme. »Und Three und Treva und Howie. Wir sind nicht allein. Alles wird gut.«

»Und Anna«, fuhr Em fort. »Und Henry.«

»Ganz viele Menschen«, sagte Maddie.

Em nickte. »Und C.L.«

»Und C.L.«, bestätigte Maddie. »Wir haben viele Freunde. Alles wird gut.«

»Okay.« Em beugte sich vor und vergrub ihr Gesicht in dem weichen Fell an Phoebes Hals. »Okay.«

C.L. beobachtete sie von der Veranda aus und spürte seine Anspannung, sobald sich eine von beiden regte. Was auch immer sich dort unten abspielen mochte – zumindest redeten sie miteinander, und das war gut so. Außerdem waren sie hier zusammen auf der Farm, wo er sich um sie kümmern konnte, und das war auch gut. Nun kam Maddie die Wiese herauf auf die Veranda zu. Sie sah zwar erschöpft, aber erleichtert aus, und das war besser als alles andere.

»Wie geht es ihr?« rief C.L. ihr entgegen, sobald sie in Hörweite war.

»In Anbetracht dessen, was sie durchgemacht hat, ganz gut.« Maddie verlangsamte ihren Schritt, als sie die Veranda erreichte. »Ich muß noch einmal in die Stadt. Kannst du für ein paar Stunden auf sie aufpassen?«

»Ich kann den Rest meines Lebens auf sie aufpassen«, erwiderte C.L.

Maddie schloß die Augen. »Laß uns mit ein paar Stunden anfangen und sehen, wie es klappt.«

»Es wird bestens klappen«, sagte C.L. »Em und ich verstehen uns. Es sind vielmehr du und ich, die Kommunikationsprobleme haben.«

»Später«, sagte Maddie. »Immer nur ein Trauma auf einmal. Ich habe noch einige Dinge zu klären. Bis später.«

Er beobachtete, wie sie zum Auto ging, und stellte sich zum tausendsten Mal vor, wie großartig es wäre, wenn sie ihm endlich genug vertraute, um Halt bei ihm zu suchen. Langsam erhob er sich, ging in die Küche und holte die Angelruten. Em und er könnten vor dem Abendessen noch ein wenig auf Fischfang gehen.

Maddie fuhr in die Stadt zurück und bog in die Linden Street ein. Ihre Straße. Ihre und Trevas Straße seit nahezu zwanzig Jahren. Sie hatten sie miteinander geteilt, so wie sie ihr ganzes Leben lang alles miteinander geteilt hatten, zusammen gelacht und geweint hatten und vorbehaltlos jederzeit für die andere dagewesen waren.

Nun war es an der Zeit, dies zurückzugewinnen, wenn das überhaupt noch möglich war. Erst drei Wochen waren vergangen, seitdem sie an Trevas Hintertür gestanden und gesagt hatte: »Brent betrügt mich. Ich will mich scheiden lassen.« Damals hatte sie geglaubt, dies sei das Ende der Welt. Erstaunlich, wie sehr drei Wochen die Perspektive ändern konnten. Ehebruch war für sie mittlerweile nebensächlich geworden. Mord und Entführung, darüber konnte sie sich noch aufregen, aber Ehebruch? Lächerlich.

Sie parkte vor Trevas Haus und klopfte an die Hintertür.

Treva öffnete und sagte: »Mein Gott, Maddie, du bist es.« Sie streckte den Arm aus und ergriff sie am Ärmel. »Was ist passiert? Ist wieder etwas mit Em?«

Maddie sah sie an und dachte, *ich habe Em nicht belogen. Ich bin nicht böse auf Treva. Überhaupt nicht böse.* Laut sagte sie jedoch nur: »Wir müssen miteinander reden, Treva. Das hätten wir schon vor langer Zeit tun sollen. Komm, laß uns ein Stück spazierengehen.«

Treva verharrte einen Moment wie angewurzelt, bevor sie einen Blick über die Schulter warf. Das Licht aus der Küche, vor dem sich ihre Konturen abzeichneten, verschmolz hier draußen mit der frühen Septemberdämmerung, und aus dem Inneren des Hauses drangen zwei tiefere Stimmen, vermischt mit einem hellen Sopran, an ihr Ohr. Familienzeit. »In Ordnung«, sagte Treva. »Wenn du möchtest.«

Sie schlüpfte ins Haus zurück, und Maddie hörte, wie sie ihrer Familie erklärte, sie werde einen kurzen Spaziergang machen, »nur einen kleinen mit Maddie, um uns auszusprechen«. Lastende Stille folgte, aber selbst Mel war nicht so taktlos, Fragen zu stellen.

Mit zwei Windjacken trat Treva wieder heraus und reichte Maddie die grüne, bevor sie die Tür hinter sich zuzog. »Es wird kühler«, sagte sie, während sie sich selbst die rote überstreifte. »Ich liebe den September, aber die Abende können ganz schön frisch werden.«

Maddie schlüpfte mit den Armen in die grüne Windjacke und schob die Ärmel über ihre Handgelenke hoch. Die Jacke war ein XL-Modell, eine von der Art, wie Brent sie immer getragen hatte. Schweigend gingen sie an den Nachbarhäusern von Mr. Kemp, Mrs. Whittaker und Mrs. Bannister vorüber bis zur nächsten Ecke, wo Maddie fragte: »Ist die von Three?«

»Ja«, sagte Treva. »Er ist groß.«

»Wie Brent«, sagte Maddie und blieb dann stehen, weil Treva sich nicht mehr rührte.

18

»Ist schon in Ordnung«, sagte Maddie und wandte sich um, um Treva ins Gesicht zu blicken. »Deshalb bin ich hergekommen – um dir das zu sagen. Es ist schon in Ordnung. Zuerst war ich völlig außer mir, aber jetzt ist es nicht mehr wichtig.«

Treva blinzelte angestrengt, so, als bemühe sie sich, nicht loszuheulen, und preßte den Mund so fest zusammen, daß er beinahe nicht mehr zu sehen war. »Brent hat es dir also erzählt.«

»Nein.« Maddie trat einen Schritt näher. »Nein, ich habe es auf der Beerdigung begriffen. Three hat Brents Stimme. Und seine Statur. Und seine Haarlocke.«

»Deshalb wolltest du also nicht mehr mit mir reden.« Treva nickte langsam und konnte gar nicht mehr damit aufhören. »Daher also. Ich wußte es. Ich dachte, du hättest vielleicht den Brief gefunden, oder Brent hätte es dir erzählt – Maddie, es tut mir so leid. So entsetzlich leid.«

Bei diesen Worten begannen dicke Tränen zu fließen. Treva verschluckte sich, wischte die Tränen mit dem Handrücken von ihren Wangen und schnappte nach Luft. »Es tut mir leid«, wiederholte sie wieder und wieder. Maddie schloß sie in die Arme, hielt sie fest und begann ebenfalls zu weinen. Es tat so gut, die aufgestaute Wut und Einsamkeit herauszulassen.

»Es spielt keine Rolle für mich, Treve«, sagte sie, während ihre Tränen in Trevas Krauslocken tropften. »Es spielt absolut keine Rolle. Es war lediglich ein dummes Mißgeschick, das ebensogut C.L. und mir hätte passieren können. Es hätte jedem passieren können. Es spielt keine Rolle.«

»Wie ich es gehaßt habe«, schluchzte Treva und klammerte sich an sie. »Ich habe es so gehaßt, aber ich konnte es dir einfach nicht sagen, und Howie konnte ich es auch nicht erzählen, oh, Gott, ich habe Howie belogen, damit er mich heiratete, aber wie hätte ich es ihm sagen sollen, ich konnte es doch niemandem sagen, und es tut mir so, so, so wahnsinnig leid –«

Mit jedem »so« ließ sie ihren Kopf gegen Maddies Schulter fallen, so daß Maddie ihre Hand um Trevas Hinterkopf legte, um bleibende Schäden zu vermeiden. »Ich weiß. Ich konnte dir auch nicht von C.L. erzählen, weil ich mich so schämte. Ich kann mich noch ganz genau daran erinnern, wie ich mich gefühlt habe. Ich verstehe das. Es spielt keine Rolle mehr.« Maddie schluchzte ein letztes Mal und klopfte Treva tröstend auf den Rücken, während sie sich der Autos bewußt wurde, die im Vorbeifahren abbremsten, um die beiden einander in den Armen liegenden Frauen zu beäugen. »Ich meine das vollkommen ernst. Es ist mir egal. Ich dachte, es würde mir etwas ausmachen, aber das stimmt nicht.«

Treva löste sich ein wenig, um sich erneut die Tränen abzuwischen. »Mir würde es etwas ausmachen. Wenn es um dich und Howie ginge, würde es mir sehr wohl etwas ausmachen.«

»Ich weiß«, meinte Maddie. »Ich weiß, aber Tatsache ist, daß ich dich viel mehr liebe, als ich Brent jemals geliebt habe. Das mag sich schrecklich anhören, aber es ist so. Ich habe es nur nicht gewußt, bis ich vorhin mit Em gesprochen habe, aber du fehlst mir soviel mehr als er. Und Three liebe ich auch, wie sollte ich mir also wünschen können, er wäre nie geboren worden? Ich hätte mir auch nie vorstellen können, einen Tag zu überstehen, ohne ein paar Worte mit dir zu wechseln, und trotzdem habe ich genau das in den letzten beiden Wochen getan. Ich bin darüber verrückt geworden, deshalb spielt alles andere keine Rolle. Wirklich nicht. Es ist zwanzig Jahre her. Es bedeutet gar nichts mehr.«

»Oh, *Gott.*« Treva sank auf die Stufen zu Mrs. Bannisters Haus und begann, noch lauter zu weinen, während sie die Worte zwischen den Schluchzern atemlos ausstieß. »Ich bin so erleichtert. Es tut mir so wahnsinnig leid, aber ich bin wirklich erleichtert.« Sie griff nach dem Ärmel von Threes Windjacke und zog daran, bis er über Maddies Hand rutschte. »Ich wollte dir nicht weh tun. Ich schwöre dir, das war nicht meine Absicht.«

Maddie setzte sich neben sie und zupfte ihren Ärmel zurück. »Ich weiß, Treve. Es ist alles in Ordnung.«

»Brent war nur –« Trevas Schluchzer wurden leiser, und sie begann die Jackentaschen auf der Suche nach einem Papiertaschentuch zu durchwühlen, gab es dann jedoch auf und rieb ihre Nase am Ärmel. »Brent war einfach nur der Größte damals, weißt du. Ich konnte nicht glauben, daß er sich mit mir abgab. Er war doch der Schwarm aller Mädchen. Er war es einfach. Und ich war so dumm. Ich war so dumm –«

»Schon okay, Treva, ich weiß. Ich habe ihn geheiratet, um Gottes willen.« Maddie legte ihr die Hand auf den Arm, aber nun, da sie einmal angefangen hatte, konnte Treva nicht mehr aufhören.

»Und dann ist meine Periode ausgeblieben, woraufhin ich diesen Brief geschrieben habe –« Treva umklammerte Maddies Handgelenk. »*Der Brief.* Wo ist –«

»Ich habe ihn zerrissen.« Maddie streichelte beschwichtigend ihren Arm. »Er existiert nicht mehr. Ich habe ihn ins Klo gespült. Er kann dir keinen Schaden mehr zufügen, das schwöre ich.«

»Oh!« Bebend atmete Treva tief durch. »Oh, mein Gott, ich kann es einfach nicht glauben.« Wieder brach sie in Tränen aus. »Ich kann es nicht glauben. Brent wollte es dir erzählen. Er sagte, er würde es dir und Howie erzählen. Ich habe ihn angeschrien. Ich habe sogar gedroht, ihn umzubringen, aber er blieb dabei, daß er alles erzählen würde, wenn ich wegen des Geldes meinen Mund nicht hielte.« Treva schluchzte erneut auf. »Ich habe Howie schon wieder hintergangen. Ich wußte, daß Brent die Firma betrog, weil Dottie Wylie es meiner Mutter erzählt hatte, und trotzdem habe ich es Howie verschwiegen. Ich habe Brent angerufen und ein Riesentheater gemacht, aber er drohte mir, deshalb habe ich es wieder getan. Wieder habe ich Howie hintergangen.«

»Jetzt ist alles vorbei«, sagte Maddie. »Howie wird es niemals erfahren.« Dann hielt sie eine Minute verwirrt inne. »Moment mal. Was hat Dottie Wylie damit zu tun?«

Treva schluckte die restlichen Tränen hinunter. »Brent hat ihr für ihr Haus zuviel in Rechnung gestellt. Sie hat meiner Mutter erzählt, daß das Haus nicht den Preis wert sei, den sie dafür bezahlt habe. Meine Mutter erzählte es dann mir, aber ich habe Howie nichts davon gesagt. Es stellte sich jedoch heraus, daß sie recht hatte. Vor ein paar Wochen – kurz bevor das mit Brent passierte – kam Howie nach Hause und meinte, er und C.L. hätten die Bücher durchgesehen. Brent hatte bei der Bezahlung von Dotties Haus etwa vierzigtausend durch doppelte Rechnungen allein für sich eingestrichen, aber sie konnten die Rechnungsbelege nicht finden. Howie vermutete, daß er noch weitaus mehr in den letzten beiden Jahren veruntreut hat. Das wurde aus den Geldbeträgen ersichtlich, die Brent tatsächlich in den Computer eingegeben hatte, aber sie brauchten auch die Rechnungsbelege.«

»Gelbe Durchschläge«, meinte Maddie. »In dieser verdammten Kiste, die wir gefunden haben, lag ein ganzer Stapel davon. Deshalb war Brent also so wütend darüber. Seine ganzen Rechnungen lagen dort drin.« Mit einem Mal fügten sich die Puzzleteile zu einem Bild zusammen. »Ich dachte, er wäre so außer sich, weil ich herausgefunden hatte, daß er mich betrog. Ich erzählte ihm, ich sei mit C.L. zusammengewesen, und er fragte nur, was ich ihm erzählt hätte. Daß ich mit einem anderen Mann zusammen war, interessierte ihn gar nicht, sondern nur, daß es ein Finanzberater war. Bei der ganzen Sache ging es von vornherein nur um Geld. Wegen *Geld* haben wir diese Hölle durchgemacht. Kannst du dir das vorstellen?«

»Nein«, sagte Treva. »Ich habe sie durchgemacht, weil ich vor zwanzig Jahren einen schrecklichen Fehler begangen und die beiden Menschen betrogen habe, die ich am meisten liebte.«

»Das gehört nun der Vergangenheit an«, meinte Maddie. »Das wollte ich dir sagen. Ich weiß, daß dir nach Heulen zumute ist, also heraus damit, aber alles ist vergeben und vergessen. Es bedeutet mir nichts mehr.« Sie legte Treva den Arm um die Schultern und zog sie zu sich, genau so, wie sie es eine Stunde zuvor mit Em gemacht hatte. »Alles wird gut.«

»Wirst du es Howie erzählen?« fragte Treva angespannt. »Ich könnte es verstehen. Ich hätte es nicht besser verdient.«

»Natürlich werde ich es Howie nicht erzählen«, antwortete Maddie. »Hast du mir denn gar nicht zugehört? Wofür hältst du mich?«

Trevas Kopf schwankte ein wenig. »Ich halte dich für einen wundervollen Menschen. Ich bin die Schreckliche hier. Ich wußte, daß Brent Gelder aus der Firma stahl, und ich unternahm nichts, als er mich *erpreßte* –« Kraftlos ließ Treva sich wieder gegen Maddies Schulter fallen.

»Alles in Ordnung mit euch Mädchen?«

Maddie hob ihr Kinn über Trevas Kopf, um sich umzublicken. Mrs. Bannister stand auf ihrer Vorderveranda und blinzelte durch das Dämmerlicht.

»Es geht uns gut, Mrs. Bannister«, rief sie zurück. »Wir sind's nur, Maddie Martindale und Treva Hanes. Wir reden über alte Zeiten.«

»Schön, Mädchen.« Mrs. Bannister winkte mit der Hand, als sie ins Haus zurückging. »Wenn ihr etwas braucht, kommt einfach klingeln.«

»Danke«, rief Maddie zurück, während Treva wieder in Tränen ausbrach.

»Jeder ist so nett zu mir«, schluchzte sie. »Und ich bin der letzte *Abschaum*.«

»Okay, das reicht jetzt.« Maddie stand auf und zog Treva am Kragen der Windjacke auf die Füße. »Reiß dich zusammen und laß uns ein paar Meter gehen. Du bist kein Abschaum, sondern der liebste Mensch, den ich kenne, und falls ich ins Gefängnis komme, möchte ich, daß du mein Kind großziehst, also hör jetzt auf, dich selbst zu bemitleiden.«

Treva klammerte sich wieder an sie. »Du kommst nicht ins Gefängnis. Selbst wenn sie dich für schuldig erkennen, wird man auf vorübergehende Unzurechnungsfähigkeit oder so etwas plädieren.«

»Vielleicht, Treva, aber das ist kein großer Trost.« Maddie zog Treva mit sich. »Ich glaube nicht, daß es für Em besonders gut wäre, in einer Stadt zu leben, die ihre schwachsinnige Mutter für die Mörderin ihres betrügenden Vaters hält.« Plötzlich mußte Maddie an ihre Großmutter denken. »Sie werden mich irgendwo einsperren, und Em wird mich besuchen kommen und mir Esther-Price-Pralinen mitbringen, deren Nüsse ich dann an die Wand spucke.«

»Wovon zum Teufel *sprichst* du?« fragte Treva.

»Vererbungslehre«, erklärte Maddie. »Hast du jemals deine Mutter oder deine Großmutter betrachtet und gedacht: ›Lieber Himmel, eines Tages werde ich genauso sein‹?«

»Manchmal denke ich, ich bin jetzt schon wie sie«, meinte Treva. »Aus diesem Grunde habe ich wahrscheinlich zwanzig Jahre lang mit Luchsaugen über Three gewacht. Ich hatte Angst, eines Tages aufzuwachen und Brent vor mir zu sehen.«

»Das wird nie passieren.«

»Oder daß Howie ihn eines Tages ansehen und sagen wird: ›Mein Gott, er sieht ja wie Brent aus.‹ Denn das ist so, ein bißchen jedenfalls.«

Sie gingen an zwei weiteren Häusern vorüber, bevor

Maddie sagte: »Hör zu, ich weiß, daß dir nun eine Last von der Seele genommen ist, aber mit Howie hast du einen wichtigen Punkt angesprochen. Ich finde, er sollte es erfahren. Ich werde es ihm niemals erzählen, aber vielleicht solltest du es tun.«

»Das kann ich nicht.« Treva ergriff Maddie am Ärmel. »Ausgeschlossen. Er wird denken, ich hätte ihn nur geheiratet, weil ich von Brent schwanger war.«

»Howie Basset mag vieles sein, aber mit Sicherheit ist er nicht dumm«, antwortete Maddie. »Er lebt seit zwanzig Jahren mit dir zusammen. Sein ganzes Leben lang hat er dich gekannt. Er hat ein bißchen Vertrauen verdient.«

»Ich kann nicht«, sagte Treva, aber ihre Stimme klang nicht mehr ganz so zittrig.

»Ich selbst bin auch erst heute eine große Verfechterin der Wahrheit geworden«, sagte Maddie. »Ich kann es jedem nur sehr empfehlen. Du glaubst nicht, was für eine *Erleichterung* das ist.«

Treva holte tief Luft und seufzte bebend auf. »Doch, das kann ich mir vorstellen. Ich fühle mich ja selbst jetzt besser, nachdem alles zwischen uns ausgesprochen ist.«

Maddie nickte. »Dann stell dir vor, wie es dir Howie gegenüber ginge. Versuche es.«

Sie erreichten die Laterne an der Ecke der Linden Street. Während Maddie noch auf Trevas Erwiderung wartete, wurde das Licht eingeschaltet und fiel auf Trevas blonde Locken, so daß sie einen flüchtigen Augenblick dem kleinen Mädchen von einst ähnelte, ein wenig durcheinander und gleichzeitig untrennbarer Teil von Maddies Welt.

Sie hielten nun schon so lange zusammen. Und sie würden noch sehr viel länger zusammenhalten. Dies war der Grund, warum Maddie nie aus Frog Point fortgehen würde – nicht nur wegen Treva oder ihrer Mutter oder Em, sondern wegen all der Erinnerungen und der Tradition und Sicherheit, die einem achtunddreißig Jahre am selben Ort vermitteln. »Die Laternen sind an«, sagte sie zu Treva. »Du weißt, was das heißt.«

Unwillkürlich mußte Treva grinsen, ein wenig zaghaft und unter Tränen zwar, aber immerhin ein Grinsen. »In zehn Minuten zu Hause, sonst können wir etwas erleben.«

»Was auch immer geschieht«, sagte Maddie, »zwischen uns ändert sich nichts. Du wirst dich vielleicht verändern und ich mich auch, aber zwischen uns ändert sich nichts. Okay?«

»Okay«, flüsterte Treva. »Okay.«

»Okay«, wiederholte Maddie. »Lieber Himmel, was für ein Tag.«

Als nächstes stattete sie Helena und Norman einen Besuch ab. Seit Wochen war sie nicht mehr bei ihnen gewesen, das letzte Mal vor der Beerdigung. Mit pochendem Herzen klopfte sie an die Hintertür. Helenas Gesicht war, als sie die Tür öffnete und Maddie dort stehen sah, nicht gerade eine Hilfe.

»Was willst du?« fragte Helena barsch, und Maddie antwortete: »Ich will, daß du aufhörst, Gerüchte über mich zu verbreiten und meine Mutter aufzuregen.«

Durch die geschlossene Fliegentür starrte Helena Maddie an. »Ich habe nur die Wahrheit gesagt.«

»Du hast einen Teil der Wahrheit gesagt«, korrigierte Maddie sie. »Du hast beispielsweise mit keinem Wort erwähnt, daß Brent mich betrog und mich geschlagen hat, und du hast geradewegs gelogen, als du behauptetest, ich hätte ihn umgebracht. Bislang hat auch meine Mutter noch nichts darüber verlauten lassen, aber das wird sie zweifellos tun, wenn du dich in Zukunft nicht zurückhältst – was zur Folge hätte, daß mein Kind mit all dem Gerede über seine angeblich miesen Eltern fertigwerden müßte, nur, weil seine Großmütter, verdammt noch mal, zu stur sind, ihre Klappe zu halten.«

Maddie hatte den Satz nicht auf diese Art beenden wollen, aber nun war es zu spät, und es gab ihr ein gutes Gefühl. Das schien die Sprechweise der neuen Maddie zu sein, der Person, die sie hatte werden wollen, bevor Brents Tod sie aus der Bahn geworfen hatte. Sie hatte Vorsätze gehabt, und an die hätte sie sich halten sollen.

Helena trat heraus und ließ die Fliegengittertür hinter sich zuknallen. Beinahe wäre Maddie ein paar Schritte zurückgewichen, aber sie blieb standhaft. Nie wieder würde sie zurückweichen.

»Komm mit«, sagte Helena im Befehlston, und Maddie folgte ihr auf dem Weg zur Garage.

Helena entriegelte das Tor und schaltete das Licht ein.

»Oh, nein«, entfuhr es Maddie.

In der Garage stapelten sich Poster, Plakate und Buttons, auf denen zu lesen stand: »Brent Faraday für das Bürgermeisteramt«. Maddie spürte Mitleid in sich aufsteigen, mit Brent und auch mit seinen Eltern.

»Er wollte das nicht«, sagte Maddie. »Ich weiß, daß ihr es nur gut meintet, aber –«

»Natürlich wollte er es«, sagte Helena. »Du warst diejenige, die sich dagegen wehrte. Du warst diejenige, die sagte, sie wolle nicht die Frau eines Bürgermeisters sein. Das habe ich auf eurer Weihnachtsfeier gehört.«

»Es war mir egal«, erwiderte Maddie, noch immer überwältigt davon, überall Brents Namen schwarz auf weiß gedruckt zu lesen. »Klar, die Frau des Bürgermeisters zu sein, wäre bestimmt eine tolle Sache gewesen. Ich wußte nur, daß er die Vorstellung haßte, deshalb wollte ich ihm den Druck nehmen. Er wollte es wirklich nicht.«

»Er wäre ein großartiger Bürgermeister gewesen«, meinte Helena in dem gleichen ehrfürchtigen Tonfall, in dem die meisten gesagt hätten: »Er wäre ein großartiger Präsident gewesen.«

»Helena –«

»Und du hättest ihn in keinster Weise unterstützt«, schnitt Helena ihr das Wort ab. »Wenn er Trost bei anderen Frauen suchte, ist das einzig und allein deine Schuld. Du warst nicht für ihn da.«

»Oh, mein Gott«, stieß Maddie hervor. »Natürlich war ich für ihn da. Ich war immer für jeden da. Er wollte schlicht und einfach nicht Bürgermeister werden.«

»Er wollte Bürgermeister werden. Er hatte bereits die Formulare ausgefüllt und alles Notwendige erledigt. Das letzte, was noch fehlte, war der Bericht zur Offenlegung seiner Finanzen, dann hätten wir seinen Namen auf den Stimmzetteln lesen können. Es war deine Schuld, und nun ist er tot, während du hier herumläufst –«

»Mein Gewissen für die letzten beiden Wochen ist so rein wie eine frisch gewaschene weiße Weste.«

»– und ich will, daß die ganze Stadt erfährt, was du getan hast.« Helena spie die beiden letzten Worte geradezu mit boshafter Genugtuung aus.

»Nun, schön für dich«, meinte Maddie und spürte die Wut unaufhaltsam in sich hochsteigen angesichts der naiven Begriffsstutzigkeit ihrer Schwiegermutter. »Aber du kennst meine Mutter, und sie hat der Stadt auch so einiges mitzuteilen. Ich werde jedoch nicht zulassen, daß Em zwischen euch gerät. Helena, er wollte die Stadt verlassen. Seinen Anteil an der Firma hatte er bereits verkauft. Er hatte Tickets nach Rio. Er wollte mit Em fliehen, weil er Gelder unterschlagen hatte und ihr ihn dazu triebt, für das Bürgermeisteramt zu kandidieren. Möchtest du wirklich, daß das herauskommt? Meinst du nicht, daß das unweigerlich passieren wird, wenn du weiterhin in der Gerüchteküche herumrührst?«

»Man sollte nicht über ihn reden«, zischte Helena bebend vor Zorn, »sondern über dich. Alle halten dich für eine so liebenswerte Person. Sie sollten die Wahrheit erfahren.«

»Das werden sie«, sagte Maddie. »Sie werden mich ganz neu kennenlernen. Aber mit dieser Sache werde ich mich nicht abfinden. Hör auf, Verleumdungen über mich zu verbreiten und meine Mutter zu verärgern, bevor sie der ganzen Welt von Brent erzählt.«

»Niemand wird ihr glauben«, meinte Helena, hörte sich jedoch zum ersten Mal während ihrer Unterhaltung ein wenig verunsichert an.

»Hör einfach auf damit«, wiederholte Maddie. »Hör einfach auf damit, bevor Em herausfindet, was Brent war.«

»Mach dich nicht lächerlich«, sagte Helena, schaltete jedoch das Licht aus, ohne weiter zu insistieren, so daß Maddie zufrieden war.

Armer Brent, dachte sie, als sie wieder im Wagen saß. Helena zur Mutter und Norman zum Vater zu haben. Er wäre trotz allem Bürgermeister geworden. Kein Wunder, daß Südamerika so verlockend gewesen war.

Vor allem mit einem Bericht zur Offenlegung seiner Finanzen in Aussicht. Wenn es etwas gegeben hatte, auf dessen Enthüllung Brent nicht scharf gewesen war, waren das seine Finanzen, obwohl er den größten Teil des Geldes, das er abgezweigt hatte, irgendwo anders versteckt haben mußte als auf ihren Konten oder in dem Golfsack. Sie hatte keine Ahnung, wo, und sie fragte sich, wie er das angestellt haben mochte. Er konnte das wirklich nicht alleine durchgezogen haben. Er mußte einen Komplizen gehabt haben.

Vielleicht den vermeintlichen Kidnapper, der sie angerufen hatte. Irgend jemand würde dafür bezahlen.

Aber zunächst mußte sie das letzte ihrer offenen Gespräche hinter sich bringen.

»Was ist passiert?« fragte ihre Mutter besorgt, sobald Maddie durch die Tür trat. »Es ist bereits nach *neun.* Ich habe Todesängste ausgestanden. Was, wenn der Einbrecher und der Mörder und –«

»Em ist zur Farm gefahren, um C.L. zu sehen«, erklärte Maddie. »Sie wollte die Wahrheit erfahren und dachte, er sei der einzige, der sie ihr erzählen würde.«

Maddies Mutter seufzte und sackte ein wenig zusammen. »Also weißt du, Maddie –«

»Setz dich«, unterbrach Maddie sie. »Wir müssen miteinander reden.«

»Du kannst dir nicht vorstellen, was ich für einen Tag hinter mir habe«, meinte ihre Mutter und ging zu dem rosa geblümten Sofa. »Diese Helena –«

»Guter Punkt«, sagte Maddie. »Ich komme gerade von dort. Ihr zwei müßt endlich damit aufhören, ›Godzilla trifft King Kong‹ zu spielen, oder ihr werdet den Ruf von Ems Eltern völlig ruinieren. Schluß damit.«

»Sie hat angefangen«, sagte ihre Mutter trotzig.

»Und ich habe es beendet«, erwiderte Maddie. »Ich bitte euch, sucht euch einen anderen Gesprächsstoff.«

Das mußte sie ihrer Mutter nicht zweimal sagen. »Gloria hat sich wieder mit Barry vertragen, kannst du dir das vorstellen?«

»Ja«, sagte Maddie. »Mittlerweile traue ich jedem alles zu.«

»Tatsächlich? Nun, dann hör dir das an.« Maddies Mutter beugte sich vor. »Candace aus der Bank geht mit Bailey aus, diesem Wächter aus Brents und Howies Firma.«

Einen Augenblick lang war Maddie verwirrt. »Das ist ja merkwürdig.«

»Was willst du denn von einer Lowery erwarten?«

»Stimmt«, sagte Maddie. »Es liegt ihr im Blut. Daher verwandele ich mich auch geradewegs in Gran.«

»Wovon sprichst du?« wollte ihre Mutter wissen.

»Em ist fortgelaufen, weil niemand ihr die Wahrheit

sagte.« Maddie setzte sich ihrer Mutter gegenüber in den Schaukelstuhl.

»Deshalb habe ich den Abend damit zugebracht, Gran zu spielen und jedem die Wahrheit zu sagen, auch wenn sie keiner hören will. Ganz interessant bisher. Vielleicht beginne ich gleich damit, Walnüsse durch die Gegend zu spucken.«

»Maddie, wovon sprichst du?«

Maddie holte tief Luft. »Wir sind alle so sehr damit beschäftigt, uns gegenseitig zu schützen, indem wir lügen, daß sich die Balken biegen. Wir müssen damit aufhören, oder wir werden uns nie von diesen Lügen befreien können. Wir *alle* müssen damit aufhören.«

»Meinst du mich auch damit?« Ihre Mutter saß stocksteif da, gar nicht angetan von der Wende, die das Gespräch zu nehmen schien.

»Ja. Aber du bist nur eine von vielen.«

»Also wirklich, Maddie –«

»Em fuhr zu C.L., weil sie uns nicht traute. Ich will nicht, daß das noch einmal passiert.«

Ihre Mutter sah verwirrt aus. »Ich verstehe nicht ganz, was C.L. Sturgis damit zu tun hat. Ich dachte, du hättest ihn aus deinem Leben verbannt.«

»Das hatte ich auch«, erwiderte Maddie. »Aber das war ein Fehler. Wir waren ein Liebespaar und werden auch wieder eines sein. Und ich habe keine Lust mehr, das zu verheimlichen, also wirst du es vermutlich erfahren, wenn wir wieder anfangen.«

»Also wirklich, Maddie –«

»Es ist so ähnlich wie bei dir und Mr. Scott«, versetzte Maddie abschließend.

Eine Minute lang schien sie ihre Mutter mundtot gemacht zu haben, doch dann hatte sie neuen Wind in den Segeln. »Ich habe keine Ahnung –«

»Vergiß es. Ich habe dir vorhin gesagt, daß ich nicht mehr

lügen werde. Ich habe mit Gran gesprochen, und sie hat mir alles erzählt.«

Maddies Mutter setzte eine grimmige Miene auf. »Deine Großmutter ist senil. Schenke ihr keine Beacht-«

»O nein, das ist sie nicht«, unterbrach Maddie sie. »Sie ist eine furchtbare Nervensäge, aber noch völlig klar im Kopf. Sie hat mir erzählt, daß du deine Liebesaffäre aufgabst, um mich zu schützen.«

Der Gesichtsausdruck ihrer Mutter verhieß nichts Gutes für ihre Großmutter. »Maddie, ich weiß nicht –«

»Und ich habe dasselbe für Em getan.« Maddie schaukelte in dem Stuhl leicht vor und zurück und fühlte sich getröstet. Als neugeborenes Baby hatte sie Em so gewiegt, ein so winziges Bündel, das völlig gewichtslos schien, und dann später als Kleinkind, während sie ihr *Bist du meine Mutter?* vorlas und Em auf jeder Seite versicherte, daß alles gut ausginge. Soviel zum Thema lebensnahe Literatur. »Ich dachte, daß sie sicher wäre, solange ich nur alle Sorgen von ihr fernhielte. Ich habe mich genau wie du verhalten. Aber sie war nicht sicher, und C.L. war derjenige, dem sie vertraute.«

»Maddie, dein Mann ist gerade mal zwei Wochen tot –«

»Ich mochte Mr. Scott«, schnitt Maddie ihr das Wort ab. »Mir gefiel es, wenn er uns besuchte. Er hatte immer ein offenes Ohr für mich. Ich mochte ihn sehr.«

Zum ersten Mal seit mehreren Minuten trafen sich ihre Blicke. »Ich auch«, sagte ihre Mutter schließlich. »Aber ich konnte es einfach nicht. Es wäre für dich so schwer zu verstehen gewesen. Und wenn wir uns weiterhin getroffen hätten – nun ja, du kennst diese Stadt ja.«

Mutter, du bist diese Stadt, hätte Maddie am liebsten geschrien, aber es war nicht wichtig. »Ich kann das nicht«, erklärte sie ihrer Mutter. »Ich könnte vermutlich eine Weile warten, wenn es das besser macht, aber ich will es nicht. Ich habe Brent schon so lange nicht mehr geliebt, ich habe so etwas schon so lange nicht mehr erlebt, und nun liegt es zum Greifen nahe vor mir.« Sie beugte sich vor. »Mir geht es wieder wunderbar, Mama. Wenn ich mit ihm zusammen bin, ist alles besser. Ich weiß, daß das vielleicht nicht immer so sein wird, aber das spielt eigentlich keine Rolle, weil es so guttut, jetzt mit ihm zusammenzusein. Nicht wegen der Zukunft, nicht, um den Leuten eine anständige Beziehung präsentieren zu können, sondern einfach nur für den Moment, für mich. Ich habe mit C.L. geschlafen, ich habe mit ihm zusammen gelacht, ich habe ihn mit meiner Tochter beobachtet, und ich werde heute nacht zu ihm zurückkehren und ihm dies alles sagen, weil ich ihm mehr vertraue als jedem anderen Menschen auf der Welt, und das, so bin ich mir ziemlich sicher, muß wohl heißen, daß ich ihn liebe.«

»Denk an Emily«, gab ihre Mutter zu bedenken. Maddie lehnte sich resignierend zurück.

»Ich bin nicht wie du, Mom«, sagte sie schließlich. »Ich bin selbstsüchtig. Ich will alles. Ich kann das nicht aufgeben, nur um Em in Watte zu packen. Ich liebe sie, und ich werde sie beschützen, aber ich werde mein Leben nicht zu einer Lüge machen, und ich werde nicht auf mein Glück verzichten, wenn es vor mir liegt, nur, weil das der Vorstellung von Ehrbarkeit in dieser Stadt entspricht.«

»Du mußt für dein Kind Opfer bringen«, sagte ihre Mutter stumpf. »Eine Mutter muß das tun. Du mußt dein Kind an die erste Stelle setzen.«

»Ich weiß.« Sie sah keinen Sinn mehr darin, gegen eine Wand anzureden, und stand auf. »Ich setze sie an die erste Stelle. Aber ich komme verdammt schnell an zweiter dahinter, und das bedeutet C.L. jetzt, nicht erst nächstes Jahr. Em mag ihn, und er hilft ihr. Wenn sie mit ihm zusammen ist, ist sie nicht ganz so traurig. Ich gehe jetzt zu ihm zurück. Ich hätte ihn nie aufgeben sollen.«

Bemüht, ihre Haltung zu wahren, beugte ihre Mutter

sich vor. »Wirst du bitte bedenken, was die Leute sagen werden? Brent ist gerade mal zwei Wochen tot. Was sollen da die Nachbarn denken?«

»Wenn Em glücklich ist und ich es auch bin, sind mir die Nachbarn ziemlich egal.« Maddie wandte sich zum Gehen, hielt dann jedoch plötzlich hoffnungsvoll inne, bereit, noch einen Versuch zu starten. »Tatsächlich ist es mir noch mehr als egal. Ich freue mich darüber. Du hast keine Ahnung, wie leid ich es bin, ständig die liebe Maddie zu spielen. Jetzt werde ich mich mal von einer anderen Seite zeigen, und ich werde einen Höllenspaß dabei haben. Ich wünschte, du würdest Mr. Scott anrufen und mir Gesellschaft leisten.«

»Maddie, ich bin dreiundsechzig Jahre alt – zu alt, um mich lächerlich zu machen.« Ihre Mutter preßte kurz die Lippen zusammen, bevor sie fortfuhr: »Ich habe auf sehr vieles verzichtet, um dich zu behüten«, sagte sie, die Worte sorgfältig wählend. »Ich habe dich allein großgezogen, du kamst für mich immer an erster Stelle. Und nun willst du alles wegwerfen, weil dieser Sturgis –«

»Siehst du«, unterbrach Maddie sie, »das ist ein weiterer Grund dafür, warum ich Em mein Leben nicht verschreiben will. Dann kann ich sie wenigstens später nicht damit erpressen.«

»Maddie!«

»Ich liebe dich, Mom.« Maddie beugte sich zu ihr und küßte sie auf die Wange. »Du würdest alles für mich tun, ich weiß das, aber im Gegenzug willst du mich dafür mit Haut und Haar. Aber das geht nicht. Ich bin eine undankbare Tochter, dessen bin ich mir bewußt, und ich hoffe nur, daß Em dies auch eines Tages sein wird.« Sie wandte sich zur Tür. »Mache dir keine Sorgen, mir geht es gut und Em zusehends besser. Ich rufe dich am Sonntag nach meinem Besuch bei Gran an.«

»Diese *Frau«*, grollte Maddies Mutter.

»Ich finde sie klasse«, sagte Maddie. »Sie ist höllisch egoistisch. Ein gutes Vorbild.«

Auf dem Rückweg hielt Maddie bei Dairy Queen an und bestellte den Rieseneisbecher mit heißer Schokolade und Sahne. Sie setzte sich an das Vorderfenster in den Schein der Neonreklame, der von der Straße hereinfiel, und löffelte die Schokolade wie eine Süchtige in sich hinein, während sie darüber nachdachte, was zum Teufel eigentlich gerade passierte, wer es auf sie abgesehen hatte und was sie selbst wollte. Leute, die ihr noch vor wenigen Wochen zugewunken hätten, steckten nun die Köpfe zusammen und flüsterten miteinander. Vor wenigen Wochen wäre sie darüber am Boden zerstört gewesen, doch nun war es ihr egal. Em war in Sicherheit. Sie hatte Treva zurück. Sie hatte Helena Einhalt geboten. Nun mußte sie lediglich noch den Mörder ihres Mannes finden und C.L. in ihr Leben zurückholen.

Zu dem ersten Punkt hatte sie nur vage Ideen, aber wie der zweite Punkt zu bewerkstelligen war, wußte sie ganz genau. Also würde sie damit beginnen.

C.L. saß auf den Stufen der Veranda und versuchte, die Schnüre zweier Angelruten zu entwirren, als sie gegen zehn Uhr vorbeifuhr.

»Wenn ihr von zwei verschiedenen Seiten des Stegs aus angeln würdet, könnte das nicht passieren«, sagte Maddie, während sie auf ihn zuging.

»Phoebe hat ihren Teil dazu beigetragen.« C.L. rutschte ein Stück, um ihr auf den Stufen Platz zu machen. Sie setzte sich näher an ihn, als nötig gewesen wäre. »Gib mir eine der Schnüre, ich helfe dir, sie zu entwirren.«

»Irgendwie hat das eine metaphorische Bedeutung.« C.L. beugte sich ein wenig zu ihr, so daß ihre Schultern sich berührten.

»Ich weiß, du willst mir helfen, mein Chaos zu entwirren.« Maddie griff nach einem der Schwimmer. »Wäre es nicht leichter, erst die hier abzunehmen?«

»Ich habe sie als Markierung benutzt.« C.L. nahm ihr die eine Rute aus der Hand und ließ sie zusammen mit der anderen neben der Treppe ins Gras fallen. »Es ist hoffnungslos. Laß uns etwas in Angriff nehmen, das Aussicht auf Erfolg hat.«

»Einverstanden.« Maddie beugte sich zu ihm und küßte ihn. Es war so wundervoll, ihn wieder zu schmecken, sich an seine Schulter anlehnen zu können und seinen Mund heiß auf dem ihren zu spüren, seinen Arm zu spüren, der sich sofort um sie legte. Als sie wieder zu Atem kam, sagte sie: »O Gott, tut das gut.« Sie lehnte ihre Stirn gegen seine und fügte hinzu: »Erinnere mich daran, daß ich dich nie wieder verlasse. Ich will zwar immer noch nicht heiraten, aber auf die anderen netten Dinge will ich nicht verzichten.«

»Du machst wohl Witze.« C.L. sah wie vom Blitz getroffen aus. »Nein, vergiß, daß ich das gesagt habe.« Er zog sie zu sich und küßte sie erneut. Sie spürte, wie seine Zunge an ihren Lippen spielte, und öffnete sie leicht, während sie willenlos an seine breite Brust sank und er mit der Zunge ihren Mund erkundete. »Du machst keine Witze«, sagte er ein wenig außer Atem. »Deine Mutter wird mich umbringen.«

»Ich habe es ihr schon gesagt«, erwiderte Maddie. »Ich nehme jede Schuld auf mich. Schließlich habe ich ihr erzählt, daß ich herkommen und über dich herfallen werde, also bist du in diesem Fall das Opfer. Küß mich noch einmal.«

»Wir sollten hier von der Veranda verschwinden.« C.L. zog sie auf die Füße.

»Nein.« Maddie schmiegte sich an ihn und genoß es, ihn

in ihrer Umarmung zu spüren. »Schluß mit dem Versteckspiel. Klar, ich bin Witwe, aber Gott und die Welt wissen über Brent Bescheid, warum also sollte ich etwas vorheucheln? Küß mich hier, auf der Stelle.«

»Gern, aber *Em* ist hier«, meinte er und zog sie in den Schatten neben der Veranda. Dort küßte er sie, legte nun im Schutze der Dunkelheit seine ganzen Gefühle in diesen Kuß, während er mit den Händen ihren Rücken hinabglitt und ihre Hüfte gegen seine preßte. Widerstandslos gab sie sich ihm und seiner schützenden Wärme hin und erwiderte seinen Kuß, einfach, um ihn zu küssen, und nicht aus Gründen der Rebellion, Vergeltung oder Unabhängigkeit. »Ich bin verrückt nach dir«, hauchte sie atemlos, und er flüsterte zurück: »Ja, aber was, wenn du morgen wieder bei Verstand bist?«

»Ich bin bei Verstand.« Wieder küßte sie ihn. Sie atmete heftig und mußte ihre ganze Konzentration aufbringen, um nicht zu vergessen, daß sie ihm nach diesem Kuß noch etwas sagen mußte, bevor sie ihn tief auf dem Boden vergewaltigte.

Widerstrebend löste sie sich von ihm und fühlte sich ein wenig verloren, bis sie sich im Geiste zusammenriß. Es ging ihr gut. Sie brauchte niemanden zum Anlehnen. Von nun an würde sie sich aus Liebe und nicht aus Not anlehnen. »Wir müssen miteinander reden.«

»Nein.« C.L. zog sie wieder zu sich. »Laß uns zu dem verrückten Teil zurückkehren, bevor du es dir anders überlegst.«

»Ich werde es mir nicht anders überlegen. Aber es gibt ein paar Dinge, die ich dir sagen muß.«

»Hört sich ziemlich schlimm an«, meinte C.L.

Sie führte ihn zu der Verandatreppe zurück. Er setzte sich neben sie, ließ seine Hand in die Beuge ihres Nackens gleiten und begann, ihre Muskeln sanft zu massieren. Seine

Hand fühlte sich warm und schwer und wundervoll an, nicht nur wegen der Massage, sondern einfach, weil er wieder bei ihr war. »Okay, schieß los«, forderte er sie auf.

Maddie seufzte. »Nun, da wir schon beim Thema sind: Ich weiß, wo die Waffe ist.«

C.L.'s Hand verharrte reglos. »Du weißt, wo sie ist?«

Maddie nickte, einerseits zur Bestätigung, andererseits, um seine Hand wieder in Bewegung zu setzen.

»Würdest du es mir dann auch verraten?« fragte C.L. in leicht verärgertem Ton.

»In Trevas Gefriertruhe.«

C.L. zog seine Hand zurück. *»Treva?«*

Maddie hob den Kopf. »Sie weiß nichts davon. Sie liegt in Mrs. Harmons Dosenfleisch-Vollkornnudel-Auflauf.«

C.L. sah so aus, als habe ihm jemand mit einem Baseballschläger auf den Kopf gehauen. »Lieber Himmel.«

Maddie nickte. »Du hast vollkommen recht. Sie ist zwar auf dem New-Age-Trip, aber sie hat immer noch nicht kapiert, daß Dosenfleisch nicht zur gesunden Ernährung gehört.«

»Ich meine doch nicht Mrs. Harmon«, sagte C.L. »Obwohl das wirklich eklig klingt. Ich rede von der Waffe in Trevas Gefriertruhe.«

»Ich habe sie in eine Plastiktüte gewickelt, bevor ich sie unter den Nudeln vergrub«, fuhr Maddie fort, »also ist sie bestimmt noch in Ordnung. Einfrieren schadet Pistolen doch nicht, oder?«

»Einen Augenblick lang dachte ich, du wolltest damit sagen, Treva habe es getan«, sagte C.L. »Ich weiß, sie hätte kein Motiv, aber trotzdem –«

»Sie hatte ein Motiv«, unterbrach Maddie ihn. Plötzlich wurde ihr ein wenig schwindelig, da nun die ganze Wahrheit unaufhaltsam ans Tageslicht kam. »Brent erpreßte sie.«

C.L. blieb eine Minute sprachlos sitzen, bevor er fragte: »Womit?«, als führten sie eine ganz normale Unterhaltung.

»Das kann ich dir nicht sagen«, erwiderte Maddie, »aber sie hat ihn jedenfalls nicht umgebracht.«

C.L. nickte, in dem Versuch, diese neue Information zu verarbeiten. »Wenn du einmal mit der Wahrheit anfängst, läßt du es wohl wirklich krachen, was?«

»Nun, das ist das Problem«, antwortete Maddie. »Es hängt doch alles zusammen. Es ist ja gut und schön, durch die Gegend zu laufen und die Wahrheit zu predigen, aber einige Leute haben ihr Leben auf ein paar dieser Lügen aufgebaut, und das aus gutem Grund. Man kann nicht einfach loslegen und das Leben anderer Menschen ruinieren, nur, um sich nachher damit brüsten zu können, ehrlich gewesen zu sein. Man kann nicht einfach den Leuten alles ins Gesicht sagen und denken, damit sei es getan. Man muß auch die Scherben aufsammeln. Du hast ja keine Ahnung, wieviel Schaden ich heute abend angerichtet habe.«

»Stimmt«, meinte C.L. »Glaube ich wenigstens. Aber ich denke immer noch, daß wir besser bei der Wahrheit bleiben sollten. Sonst noch etwas, was du mir sagen möchtest?«

»Ja«, antwortete Maddie. »In der Mulde für das Reserverad in deinem Kofferraum liegt ungefähr eine Viertelmillion Dollar.«

»*Was?*« stieß C.L. ungläubig hervor.

»Zweihundertdreißigtausend, um genau zu sein«, sagte Maddie. »Jemand hat es in den Civic gelegt, wo ich übrigens auch die Waffe im Handschuhfach gefunden habe, anscheinend in der Hoffnung, daß ich damit erwischt werde.«

»Ich vermute, daß *du* es warst, die das Geld dann in *meinem* Kofferraum versteckt hat.«

»Das war das Einfachste«, meinte Maddie. »Möchtest du es Henry sagen, oder soll ich das alleine tun?«

»Laß es uns zusammen hinter uns bringen.« C.L. stand

auf und ergriff ihre Hand, um sie neben sich auf die Stufen hochzuziehen. »Aber zuerst will ich einen Blick in meinen Kofferraum werfen.«

»Am besten nimmst du eine große Tüte mit«, riet Maddie. »Es liegt nämlich ein ganz schöner Haufen von Hundert-Dollar-Scheinen dort drin. Oh, Gott, ich bin so erleichtert, das endlich los zu sein.«

»Logisch«, meinte C.L. »Kann ich gut verstehen, nun, da du es mir in die Schuhe geschoben hast.«

Henry fand die Sache ganz und gar nicht lustig, und Maddie machte sich auf das Schlimmste gefaßt.

»Hast du das wirklich gerade erst erfahren?« bellte er C.L. an, als die drei zusammen am Küchentisch rund um das Geld saßen.

»Verdammt noch mal, ja. Natürlich habe ich gerade erst davon erfahren.« C.L. erwiderte unmutig Henrys grollenden Blick. »Für wie blöd hältst du mich eigentlich? Seit zwei Wochen fahre ich mit einem Vermögen in meinem Kofferraum durch die Gegend. Sie hat es mir erst vor zehn Minuten erzählt, also hör auf zu brüllen. Und schrei auch sie nicht an, sie gehört zur Familie. Wir werden heiraten.«

»Nein, werden wir nicht«, widersprach Maddie. C.L. sah sie an und fing an zu lachen.

»Doch, werden wir wohl«, sagte er. »Du weißt es nur noch nicht.«

Henry redete mit C.L., als ob Maddie nicht anwesend wäre. »Du weißt, mein Junge, es besteht die Möglichkeit, daß diese Frau ihren Ehemann erschossen hat. Sie ist eine liebenswerte Person, aber er wollte ihre kleine Tochter entführen, und ich glaube, daß sie nahezu alles getan hätte, um das Mädchen zu beschützen. Vielleicht möchtest du dir das einen Augenblick durch den Kopf gehen lassen.«

»Ich würde jedenfalls auch alles tun, um dieses Kind zu

beschützen«, sagte C.L., »daher würde sie mich niemals erschießen. Ruf doch nun bitte wegen der Waffe an, wir warten hier. Sie liegt in Treva Bassets Gefriertruhe in Mrs. Harmons Auflauf. Dosenfleisch und Vollkornnudeln.«

»Was für ein hirnverbrannter Einfall«, brummelte Henry, wobei er nicht näher spezifizierte, ob er das auf Maddie oder Mrs. Harmon bezog, und ging hinaus zum Telefon.

Als er zurückkam, war er nur ein wenig besänftigt. »Ich habe einige Fragen«, sagte er zu Maddie. Sie schluckte und nickte.

»Eigentlich könnte ich dir einfach alles erzählen, was ich weiß. Ich habe ziemlich lange darüber nachgedacht, und mir sind einige Ideen gekommen.«

Henry atmete tief durch und nickte dann. »Dann leg mal los. Aber verschweige bitte nichts.«

»Nun ja«, begann Maddie, »ich denke, all das fing an, weil Helena Faraday Brent unbedingt zum Bürgermeister machen wollte und weil Dottie Wylie mit Lora Hanes gut befreundet ist und weil die Geliebte meines Mannes verlangte, daß er mich verlassen solle.«

»Das ist doch nicht dein Ernst«, meinte C.L. »Was zum –«

»Halt die Klappe, C.L.«, fiel Henry ihm ins Wort. »Du hast anscheinend die Gepflogenheiten in dieser Stadt vergessen.« Er richtete seine Aufmerksamkeit wieder auf Maddie. »Wer hat wem was erzählt?«

»Vor etwa einem Monat erklärte Helena Brent, daß er wegen der Bürgermeisterwahl die Formulare für die Offenlegung seiner Finanzen ausfüllen müsse, und Brent wußte, daß das böse enden könnte. Ungefähr zur gleichen Zeit erzählte Dottie Lora, daß die Firma ihres Schwiegersohns sie betrogen hätte, woraufhin Lora Treva anrief. Treva wiederum wußte, daß Dottie und Howie beide ehrlich bis auf die Knochen sind – folglich blieb nur Brent übrig. Also rief sie ihn an und fragte ihn, was zum Teufel vor sich ginge, wobei sie ihm drohte, eine gewaltige Lawine loszutreten. Etwa eine Woche später fand ich dann dieses Höschen ohne Schritt unter dem Sitz des Wagens. Ich vermute, daß jemand es absichtlich dorthin gelegt hatte, also hat seine Geliebte ihm wahrscheinlich schon seit geraumer Zeit ziemlich zugesetzt –«

»Ein Höschen ohne Schritt?« fragte Henry.

»Was für ein Höschen ohne Schritt?« echote C.L.

»– weil ich nicht glaube, daß dieser Slip versehentlich in dem Wagen liegenblieb. Eine Zeitlang habe ich das angenommen, aber es paßte einfach nicht zusammen, denn schließlich zieht man ein Höschen ohne Schritt nicht aus, um mit einem Mann zu schlafen.« Maddie hielt inne und sah C.L. an. »Oder?«

»Wahrscheinlich nicht«, sagte C.L. und bemühte sich, unbescholten auszusehen, während Henry ihn mit einem finsteren Stirnrunzeln bedachte. »Aber nicht, daß ich das aus Erfahrung wüßte, denn mit so etwas kenne ich mich nicht aus.«

»Wie auch immer, jedenfalls kann ich mir nicht vorstellen, daß eine Frau es nicht merkt, wenn sie keinen Slip trägt. In der Nacht, als wir zum Point fuhren, habe ich jedenfalls ganz deutlich gespürt, daß ich keinen trug.«

Henrys Blick auf C.L. verfinsterte sich zunehmend, so daß sie schnell fortfuhr: »Außerdem würden sie es nicht auf dem Vordersitz miteinander treiben, weil dort nicht genügend Platz ist, und in der Nacht, als ich sie beobachtete, habe ich gesehen, daß sie auf den Rücksitz stiegen. Also hat sie ihn absichtlich zurückgelassen, damit ich ihn finden und Brent zur Rede stellen würde. Sie bedrängte ihn. Daraus ergibt sich für mich die Frage, ob dieser Unfall, den ich hatte, wirklich ein Unfall war.«

»Paranoia ist eine ziemlich üble Sache«, meinte C.L.

»Mein Auto war so alt, daß es beim kleinsten Unfall einen Totalschaden davontragen würde«, sagte sie zu ihm. »Und das würde bedeuten, daß ich mit dem Caddy fahren müßte. Beim Saubermachen würde ich dann das Höschen finden und mich von Brent scheiden lassen. Zudem war der Unfallverursacher der Brudes des Mannes, der gesehen hat, wie ich das Schließfach in der Bank öffnete. Hinzu kommt nämlich, daß Brent den Betrug nicht alleine durchgezogen haben kann, da er sich mit Geldangelegenheiten nicht genug auskannte – da wäre doch die Bank der richtige Ort gewesen, einen Komplizen zu finden, der Ahnung von Finanzen hat.«

»Da muß ich dir recht geben«, meinte Henry. »Du hattest ziemlich viel Pech auf einmal, deshalb habe ich den Webster-Jungen ein wenig unter die Lupe genommen. Er sagt zwar nichts, aber er ist auffallend nervös. Ich wollte nur noch ein Weilchen warten, bis er zusammenbricht, aber ich denke, ich könnte die Sache ein wenig beschleunigen.«

»Dafür wäre ich dir dankbar«, erwiderte Maddie. »Ich dachte, du verdächtigst mich.«

»Das tue ich auch«, antwortete Henry, »aber das bedeutet nicht, daß ich andere interessante Möglichkeiten ausschließe. Sprich weiter.«

C.L. sah die beiden abwechselnd an. »Ich kann das nicht glauben. Keiner von euch hat mir irgend etwas erzählt.«

»Ich wollte mir meine eigenen Gedanken dazu machen«, sagte Maddie. »Ich weiß, daß ich unschuldig bin, auch wenn Henry glaubt, ich würde meiner Großmutter nachschlagen.«

»Welcher Großmutter?« fragte C.L. verständnislos und sah, wie Henry bei der Erinnerung das Gesicht verzog. »Eine Großmutter spielt also auch in diesem Stück mit?«

»Halt die Klappe, C.L., und laß sie weiterreden«, wies Henry ihn zurecht.

Maddie sprach weiter und erzählte Henry alles, was sie wußte. C.L. sah, wie ihre Anspannung mit jedem Wort mehr nachließ.

»Ich vermute, es war so: Brent setzt alles, was er in die Hände bekommen kann, in Bargeld um und bereitet seine Flucht vor. Aber dann finde ich den Slip, und C.L. kommt in die Stadt und ihm auf die Schliche. Treva und ich durchsuchen das Büro und nehmen die Kiste mit den Rechnungen mit, woraufhin Brent ausrastet und mich schlägt. Es sind noch zwei Tage bis zum Abflug, und er weiß, daß ihm Dotties Geschrei Ärger mit seinem Komplizen bereiten wird, der vermutlich nicht weiß, daß er sich aus dem Staub machen will. Also ruft er ihn an, um den Schaden so klein wie möglich zu halten, und liefert sich dabei ans Messer.« Sie unterbrach sich und sah Henry an. »Vor allem, wenn er an jenem Freitagabend mit ihm gesprochen hat. Er war ziemlich betrunken und daher leicht zu durchschauen. Hättest du ihn an diesem Wochenende festgenommen, hätte er dir alles gestanden. Ich glaube, daß sein Komplize ihn umgebracht hat, um sich selbst zu schützen – nur, daß die Stimme, die ich an jenem Abend durchs Telefon ›Gut‹ sagen hörte, die einer Frau war. In der Bank arbeitet eine Kassiererin namens June Webster. Ist sie mit Webster verwandt?«

»Sie ist seine Schwester«, erklärte Henry. »Ich habe das überprüft. Harold Whiteheads Frau war auch eine Webster. Die Bank wimmelt nur so von ihnen.«

»Ich entwickle langsam eine Abneigung gegen sie«, meinte Maddie.

»Erzähle mir von dem Geld«, forderte Henry sie auf. »Wenn du es nicht mitgenommen hast, wie kam es dann in den Civic?«

»Das weiß ich nicht«, antwortete Maddie. »Aber ich wette, es war der Einbrecher von jenem Samstagabend, der es dort plaziert hat. Denn seitdem ist mein Schließfachschlüssel verschwunden. Ich weiß, daß das nicht ausreicht, um an das Schließfach zu gelangen, aber es ist immerhin etwas. Ich glaube, daß der Mörder das Geld nahm und ruhig abwartete, um zu sehen, ob du mich verhaften würdest. Für den anderen Fall hatte er die Waffe und den größten Teil des Geldes in dem Civic versteckt, in der Gewißheit, daß Leo alles finden würde. Nur, daß ich es zuerst fand. Dann hört er, daß Em vermißt wird, was nicht sehr schwierig war, weil ich es in der ganzen Stadt verbreitet habe –« Sie schwieg einen Augenblick und sagte dann: »Ich bin zur Bank gefahren, Henry. Jeder in der Bank wußte, daß Em verschwunden war.«

»Jeder in der Stadt wußte, daß Em verschwunden war«, korrigierte Henry sie.

Endlich meldete sich C.L. zu Wort. »Dieser Typ muß wirklich frustriert gewesen sein. All seine Pläne hast du ihm durchkreuzt. Mittlerweile muß er kurz davorstehen, deswegen leichtfertig seine Deckung aufs Spiel zu setzen.«

»Nur, wenn Maddie recht hat«, meinte Henry. »Es gibt noch eine Menge ungelöster Fragen – wie zum Beispiel das Problem, daß außer ihr in jener Nacht niemand nach Brent vom Point herunterkam.«

»Das behauptet zumindest Bailey«, sagte C.L. »Ich werde ihn mir morgen mal vorknöpfen.«

»Wir müssen morgen verdammt vieles in Angriff nehmen«, sagte Henry. »Angefangen mit dieser verfluchten Waffe.«

»Da ist noch etwas«, meinte Maddie. »Bailey geht mit Candace von der Bank aus, also gibt es auch hier eine Verbindung. Er könnte ebenfalls beteiligt sein.«

»Er hat eine Zeitlang im Sicherheitsdienst dort gearbeitet«, sagte Henry. »In der Bank kennt er sich bestens aus.«

»Noch ein Grund, sich Bailey morgen vorzuknöpfen«, ließ sich C.L. vernehmen. »Vor allem, da wir nun wissen, daß Maddie unschuldig ist.« Er sah Henry an.

Henry war unzugänglich wie üblich. »Vielleicht. Da gibt es immer noch das Geld und die Waffe, wovon sie uns nichts erzählt hat. Ich sollte sie wegen Unterschlagung von Beweismitteln belangen.«

»Das kannst du nicht«, meinte Maddie. »Ich habe dir nun alles gesagt, was ich weiß, also würde das nur verbohrt wirken. Und wie würdest du dastehen, wenn ich vielleicht deinen Neffen heirate?«

»Ungefähr so, wie ich mit C.L. immer dastehe«, erwiderte Henry, jedoch ohne jeden Vorwurf in der Stimme.

»Em liegt oben in meinem Bett und schläft«, sagte C.L. zu Maddie, als Henry sie schließlich allein gelassen hatte, um ebenfalls schlafen zu gehen. »Sofort nach dem Abendessen sind ihr die Augen zugefallen. Es war ein harter Tag.«

»Wem sagst du das.« Maddie rückte näher an ihn heran. »Ich habe dich vermißt.«

C.L. ging ein wenig auf Abstand. »Ich habe dich auch vermißt. Geh jetzt schlafen.«

Maddie hielt inne. »Was?«

»Dein Kind ist oben, und mein Onkel wartet darauf zu hören, daß du ihm Gesellschaft leistest. Nun geh schon.«

»Der Umgang mit mir ist dir nicht bekommen.« Ehe er sich ihr entziehen konnte, schlang sie die Arme um ihn. »Ich habe dich *vermißt.*«

Bevor er sie wegschob, erlaubte C.L. sich einen einzigen Kuß, und sie atmete ihn ein und liebte ihn dafür. »Ich habe dich auch vermißt, und deshalb habe ich vor, dich morgen bei dir zu Hause zu besuchen, während Anna auf Em aufpaßt und Henry seine Arbeit als Sheriff tut. Nimm dir also für morgen früh nichts vor, weil du ziemlich beschäftigt sein wirst – nackt im übrigen. Aber jetzt mußt du nach oben gehen.«

Ohne ihn in ihren Armen zu spüren, fühlte sie sich leer.

Sie hatte sich gerade erst ihm zuliebe von der ganzen Stadt distanziert, und sie hatte das Gefühl gehabt, alles tun zu können und zu müssen. Nun jedoch fühlte sie sich nur leer. »Das soll wohl ein Witz sein.«

Er trat einen Schritt zurück und bedachte sie mit einem empörten Blick – ein lausiger Abschreckungsversuch. »Nein. Geh nach oben.«

Maddie stemmte die Hände in die Hüften. »Ich habe mich endlich zu einem lasterhaften Leben durchgerungen, und jetzt zeigst *du* dich von einer neuen Seite?«

»Wenn ich dein Mann und Ems Stiefvater werden will, muß ich das wohl«, sagte C.L. »Ich muß euch beschützen. Geh nach oben.«

Er sah entschlossen und stur und elend aus.

»Oh, Mist«, fluchte Maddie und ging nach oben. Als sie neben Em im Bett lag, begann sie ihren Plan zu schmieden.

C.L. hatte ganz offensichtlich noch nicht begriffen, daß es die alte Maddie nicht mehr gab, da er anscheinend versuchte, zu deren Zwillingsbruder zu mutieren. Wenn sie aber gezwungen war, den Rest ihres Lebens mit ihrem alten Ich zu schlafen, würde sie ihn umbringen müssen. Also sollte sie schleunigst etwas unternehmen, um ihn wieder zu verderben, und zwar so zu verderben, daß er sich unter keinen Umständen je wieder als Doppelgänger der alten Maddie ausgeben konnte. Er sollte sündig und rebellisch und absolut verrucht sein. Je mehr sie ihn sich so vorstellte, um so mehr begehrte sie ihn. Mit diesen heißen Gedanken, die ihr das Blut unter der Haut kribbeln ließen, sank sie in den Schlaf. Und sie waren auch das erste, was ihr einfiel, als sie wieder aufwachte.

Em war zwar nicht gerade fröhlich beim Frühstück, jedoch immerhin entspannt. Sie unterhielt sich ohne das kleinste

Beben in der Stimme mit Anna über Plätzchenbacken und Phoebe.

»Kann ich den ganzen Tag bei Anna bleiben?« fragte sie. »Ich will noch nicht nach Hause zurück.«

»Du darfst das ganze Wochenende bleiben, falls Anna das aushält«, erwiderte Maddie.

»Ich würde sie für immer nehmen«, sagte Anna. »Wir werden Zimtplätzchen backen und heute nachmittag ein wenig häkeln. Das beruhigt die Nerven, weil es sehr viel Konzentration erfordert.« Sie lächelte Maddie über Em hinweg zu. »Eine gute Beschäftigung, wenn einem vieles durch den Kopf geht.«

Draußen hupte C.L., und Maddie schob ihren Teller fort und beugte sich über Em, um ihr einen Kuß auf die Wange zu drücken. »C.L. und ich müssen in die Stadt fahren, Liebes«, sagte sie. »Wir kommen heute nachmittag zurück. Sei schön lieb bei Anna.«

Em schenkte ihr einen mißbilligenden Blick. »Ich bin immer lieb.«

»Darüber sprechen wir auch noch«, meinte Maddie. »Aber zuerst habe ich noch ein paar andere Hühnchen zu rupfen.«

Sie ging die Stufen hinunter. C.L. zog seine Jacke vom Beifahrersitz und sagte: »Komm, steig ein.«

Er hatte vermutlich ein weiterreichendes Motiv, aber das hatte sie ebenfalls. Also setzte sie sich in das Cabrio und versuchte, in Gedanken die wirkungsvollste Strategie für ihren Plan zurechtzulegen. Gegen diese Webster-Bande, die ihr Leben ruinierte, konnte sie nichts unternehmen – das war Henrys Aufgabe –, aber sie konnte etwas tun, um wieder zu sich selbst zu finden und ihr Leben zu ihrer eigenen Angelegenheit und nicht zu derjenigen ihrer Mutter oder der Stadt zu machen. Dazu, so mutmaßte sie, mußte sie etwas so Schlimmes tun, daß sie ihren Ruf nie wieder herstellen konnte. Auch wenn ein Teil von ihr wußte, daß sie verrückt war, stachelte sie der andere Teil, den sie am Tag zuvor freigesetzt hatte, als sie sich so vielen Lügen stellte, immer weiter an.

Heute war der Tag, an dem sie sich endgültig von der alten Maddie lösen würde. Und C.L. würde ihr dabei helfen. Maddie tastete nach dem Kondom, das sie in C.L.'s Schublade gefunden und in die Tasche ihrer Shorts gestopft hatte. Er würde ihr nackt dabei helfen.

Er warf seine Jacke auf den Rücksitz, wobei sich seine Muskeln unter dem Baumwollhemd abzeichneten. Ein Schauer überlief sie, und sie lächelte ihm zu, während sie erneut das Kribbeln der letzten Nacht in ihren Adern spürte, nur, weil er lebendig und verfügbar neben ihr saß. Er reichte ihr das Kopftuch, das sie bei der letzten Fahrt getragen hatte, und sie band es um, während sie in Gedanken den nächsten Schachzug plante. Sie wollte ihn, und zwar sofort.

Es war erstaunlich, wie einen die Libido wieder übermannen konnte, sobald man nicht mehr niedergeschlagen war und der eventuell zukünftige Schwiegeronkel mit dem Gedanken spielte, jemand anderen zu verhaften.

»Ich muß zuerst noch zu Henry«, sagte C.L. und bog in die Straße ein. »Er hat Bailey zu sich zitiert, und ich will dabeisein. Aber danach haben wir Zeit für uns ganz allein, also warte zu Hause auf mich, Baby.« Er grinste sie an, und sie biß sich auf die Lippe, weil er so gut aussah. »Ich werde den Wagen bei Henry stehenlassen, damit es niemand mitbekommt.«

Von der Leidenschaft überwältigt, mußte Maddie laut lachen. »C.L., die ganze Stadt weiß Bescheid. Du kannst ruhig in meiner Einfahrt parken.«

»Nein.« Er warf einen Blick auf den Tacho und verringerte das Tempo.

Er schien eine harte Nuß zu sein. Aus dem Augenwinkel

sah Maddie ihn von der Seite an. Nein, das war er nicht. Er konnte sich noch so sehr darum bemühen, im Inneren blieb er immer noch C.L.

Sie legte eine Springsteen-Cassette ein und drehte die Lautstärke auf. »Born to run«, dröhnte aus den Lautsprechern ins Sonnenlicht hinaus.

C.L. stellte die Musik leiser. »Die Farmer arbeiten noch auf den Feldern hier draußen. Wir sollten keine Aufmerksamkeit erregen.«

Na wunderbar. Sie hatte sich in einen Nichtsnutz verliebt und nicht vor, den Rest ihres Lebens mit einem Mann zu verbringen, der sich eine Medaille für ehrenwertes Bürgertum erkämpfen wollte. Sie wartete, bis sie auf die Porch Road einbogen. Pflichtbewußt fuhr C.L. beständig vierzig Meilen pro Stunde, und sie sagte: »Fahr schneller.«

»Es gibt Geschwindigkeitsbegrenzungen«, ermahnte C.L. sie, so daß sie die Augen verdrehte und erwiderte: »Ja, und auf dieser Straße hier darfst du fünfundfünfzig fahren. Also leg los.«

Er seufzte und ließ die Nadel auf fünfzig hochkriechen. Das nächste Lied, »Thunder Road«, begann. Es war ein toller Song, und ihm zu Ehren stemmte sich Maddie aus ihrem Sitz hoch und setzte sich auf die Rückenlehne, wobei sie sich mit einer Hand am Rand der Windschutzscheibe festhielt. »Was zum Teufel machst du da?« fragte C.L. Der Fahrtwind blies ihr kräftig ins Gesicht, und am liebsten hätte sie laut geschrien, sich die Kleider vom Leib gerissen und C.L. auf den Rücksitz gezerrt. Statt dessen löste sie ihr Kopftuch und ließ es hoch über sich flattern, bis der Wind es davontrug.

»Würdest du dich *bitte* wieder hier unten hinsetzen?« C.L. griff nach ihrer Wade, aber Maddie warf nur den Kopf in den Nacken und spürte ihr Herz noch ein bißchen wilder klopfen, als der Wind durch ihr Haar blies und sich seine Finger fest um ihr Bein schlossen. Sämtliche heißen Gedanken an C.L., die sie jemals gehegt hatte, überwältigten sie. Sie ließ die Windschutzscheibe los und reckte die Arme in den Himmel, um die Bewegung ihrer Muskeln zu spüren, während C.L. die ganze Zeit von unten zu ihr hochbrüllte.

»Hast du den Verstand verloren? Komm jetzt da runter!« C.L. zerrte an ihrem Bein.

Sie stemmte ihre Füße in die Polster und blieb oben sitzen, ließ jedoch die Arme sinken. Ihre Haut sollte sich nackt an seinem Körper reiben, doch statt dessen meckerte er sie an. Sie mußte etwas unternehmen.

»Weißt du, ich finde, das ist unser Lied«, schrie sie zu ihm hinunter. »Eindeutig unser Lied. Vor allem der Teil über die ›Stadt voller Verlierer‹. Fahr an den Rand und laß uns Liebe machen!«

»Maddie«, ermahnte er sie, während sie ihr T-Shirt über den Kopf abstreifte und es ebenfalls vom Wind fortwehen ließ, so daß er beinahe von der Straße abkam, als er zu ihr aufsah. *»Maddie«,* wiederholte er eindringlich, doch sie lachte nur und genoß das Gefühl, als der Wind kräftig über ihre Haut strich. Auf der rechten Seite lag die Drake-Farm vor ihnen, und sie brüllte: »Bieg hier in die Einfahrt, C.L.!«

Von links tauchte ein Farmer auf einem Traktor auf, und C.L. riß die Füße so heftig von dem Sitz, daß sie herunterrutschte, aber es war zu spät. Mit weit aufgerissenen Augen starrte der Farmer sie an, als sie an ihm vorbeifuhren.

»Das war Todd Overton«, sagte C.L. in gespielter Ruhe. »Henry wird mich deshalb zur Rede stellen, verlaß dich drauf. Mußte das sein?«

»Bieg ab«, befahl Maddie, als die Einfahrt zur Farm näherkam. *»Bieg ab.«*

»Vergiß es«, sagte C.L. Maddie zog ihren BH aus und schleuderte ihn in seinen Schoß, wo er vom Wind sofort wieder auf ihre Seite und von dort aus dem Wagen geweht wurde.

C.L. sah zu ihr herüber. »Ach du Scheiße«, sagte er und riß das Steuer herum, um im letzten Moment von der Straße in die Einfahrt einzubiegen, worauf sie gebaut hatte. Das Heck des Wagens brach aus, als er heftig auf die Bremse trat.

Sobald das Auto schlitternd zum Stehen gekommen war, riß sie die Wagentür auf, und bevor er sie daran hindern konnte, sprang sie hinaus und ließ sich in das weiche Gras am Rand des Zufahrtweges fallen.

19

»Maddie, hör auf damit«, bat C.L. sie im Wagen. »Das ist nicht lustig. Da vorne steht ein Haus.«

»Mit Sicherheit ist das nicht lustig«, erwiderte Maddie, zog sich die Shorts mit dem Kondom in der Tasche und den Slip aus und schleuderte sie übermütig in seine Richtung. »Das ist die Drake-Farm. Da wohnt niemand mehr.« Mit gekreuzten Beinen setzte sie sich ins Gras und fügte hinzu: »Lieb mich, hier auf der Stelle. In der Sonne. Vor Gottes und vor jedermanns Augen. Schluß mit der Heimlichtuerei.«

C.L. sah sie an und schluckte. »Bis zu dem Teil über Gott und jedermann kann ich dir folgen.« Bedächtig stieg er aus dem Wagen, kam zu ihr herüber und streckte ihr eine Hand entgegen. »Es sind nur noch fünfzehn Minuten bis zu dir nach Hause. Warum fahren wir nicht –«

»Hier.« Sie zog ihn neben sich ins Gras herunter. Sein Hemd rieb an ihrer Haut, als sie sich in seine Arme rollte, und sie fühlte seinen heißen, kräftigen und festen Körper darunter. Sie küßte ihn und spürte, wie seine Hände ihren Rücken hinabglitten, als eine leichte Brise über ihre Haut strich. Sie preßte sich gegen ihn und drückte ihn auf die kühle Erde.

»Keine gute Idee«, sagte er nach Luft schnappend, aber trotz seiner Worte streichelten seine Hände über ihren Körper. Er rollte sie herum, so daß er nun auf ihr saß. Sie spürte sein Verlangen und sein Gewicht, und ihr Herz schlug schneller, beschleunigt auch durch die Musik, die noch immer aus dem Radio drang. »Jetzt«, sagte sie. Seine Hände glitten über ihre Hüften, bis sie erschauerte. Er küßte ihren Hals, ihr Ohr, fand schließlich wieder ihre Lippen und liebkoste ihren Mund mit der Zunge, während sie sich unter ihm vor Wonne wand.

»Ich will dich wirklich«, sagte er, als er wieder zu Atem kam. »Aber nicht hier. Nicht ohne Schutz.«

»In der Tasche meiner Shorts ist ein Kondom«, sagte sie. »Hol es. Es ist zu lange her.« Sie zog sein Gesicht zu sich herunter und knabberte zärtlich an seiner Lippe. »Ich will dich *jetzt.* Und hier. Während die Nachbarn zugucken. Damit es jeder erfährt.« Sie bewegte sich unter ihm und sah, wie seine Augen dunkel wurden. Durch seine Jeans spürte sie seine Erregung.

»Dumme Idee«, murmelte er, aber seine Stimme klang heiser und schwach. Wieder küßte er sie, zärtlich zunächst, ihre Lippen mit seiner Zunge umspielend, dann zunehmend fordernder, während sie ihm mit rhythmischen Bewegungen entgegenkam. Sein Mund glitt zu ihren Brüsten hinab. Ihr Atem ging immer schneller, während er sie dort liebkoste und ihr damit beinahe den Verstand raubte.

»Mach schon«, wisperte sie ihm ins Ohr, während er seinen Körper gegen ihren preßte. »Die ganze Nacht habe ich mir das ausgemalt. Ich bin so heiß auf dich. Wir sind hinter dem Wagen, niemand kann uns sehen, und ich begehre dich so wahnsinnig. Nimm mich hart, ich will dich jetzt –«

Sie brach ab, als er sein Knie zwischen ihre Beine schob, seine Hände überall auf ihrem Körper. Bereitwillig hob sie sich ihm entgegen. Die kühle Luft zwischen ihren Schenkeln machte ihr ihre Leere und ihr grenzenloses Verlangen nach ihm um so stärker bewußt. Er rollte sich zur Seite, um den Reißverschluß seiner Jeans aufzuziehen, und sie sagte atemlos: »Beeil dich, *nimm* mich auf der Stelle.«

Er setzte sich auf, um das Kondom aus ihren Shorts zu holen, und lächelte, als er sich ihr wieder zuwandte – ein lustvolles, verführerisches und spitzbübisches Lächeln. »Nee, laß es uns schön langsam tun, damit es auch ganz bestimmt jeder sieht.« Er ließ seine Hand zwischen ihre Schenkel gleiten, während er sich voller Verlangen mit seinem starken und kräftigen Körper über sie beugte. Sie kam seiner Hand entgegen, schloß die Augen vor der Sonne, spürte das kühle Gras unter sich und seine erforschenden Finger in sich. Ihr Atem stockte, und sie hörte das Blut in ihren Ohren rauschen. »Ich liebe dich«, preßte sie hervor, wie von Sinnen vor Verlangen nach ihm. »Ich weiß«, flüsterte er und küßte sie, trieb sie zum Wahnsinn mit seinen Händen und seinem Mund dort unter der Spätsommersonne, während sie ihn überall streichelte und jeden Zentimeter seines Körpers, alles andere vergessend, für sich beanspruchte.

Autos fuhren vorbei, Vögel zwitscherten und irgendeine Ackermaschine dröhnte in der Ferne, aber für sie war alles summendes Liebesgeflüster. Das einzige, was Maddie hörte, waren C.L.'s gewisperte Worte an ihrem Ohr, mit denen er ihr die unmöglichen, erotischen und gefügig machenden Dinge beschrieb, die er mit ihr machen wollte, jetzt, später und für immer, während sein Körper sie am Boden festhielt und seine Finger ihr vor Lust den Atem raubten.

Sie stöhnte auf und fummelte an seinem Reißverschluß,

während sie sich vor Verlangen nach ihm verzehrte. Als sie ihn endlich hart in ihrer Hand spürte, stieß er hervor: »Verdammt, langsam schaffe ich das nicht. Ich muß dich *jetzt* nehmen.«

Sie hob ihm ihre Hüfte entgegen, und nach einem kurzen Moment für das Kondom bewegte er sich in ihr, erstickte ihren Aufschrei der Wonne mit seinem Mund, während er sich herumrollte, so daß sie nun über ihm war und ihren Schoß hart auf ihn preßte. Rittlings setzte sie sich auf ihn, spreizte ihre Beine neben seinem breiten Körper und erschauerte, als sie ihn tief in sich spürte. Im Rhythmus seiner Bewegungen atmete sie aus, beobachtend, wie er die Augen schloß und seine Wimpern sich dunkel von seiner Haut abhoben, während er die Luft einsog. Sein Gesicht hatte ausgeprägte Züge, das schönste Gesicht, das sie je gesehen hatte. Sie schnappte nach Luft und preßte sich mit rhythmischen Bewegungen an ihn. Sie konnte die Anspannung seines Körpers unter ihren Händen spüren, während er immer wieder tief in sie hineinstieß und ihr vor Lust ganz schwindelig wurde. »Du bist wunderschön«, flüsterte er. Da bemerkte sie, daß er sie nun anschaute, um ihre Lust zu sehen, während er sich fordernd in ihr bewegte. »Du bist wirklich ganz anders«, meinte er, »aber immer noch mein.«

Sie lächelte zu ihm hinab und biß sich überwältigt von ihrem Verlangen auf die Lippe. »Vielleicht«, flüsterte sie. Er rollte sie herum, um sie unter sich festzuhalten und sich noch härter in sie hineinzuschieben. *»Mein«,* sagte er, und sie versuchte, den Kopf zu schütteln, aber wieder stieß er in sie, noch tiefer diesmal, so daß sie jedes Heucheln aufgab und sich ihm einfach nur entgegenhob. »Härter«, stieß sie zwischen zusammengepreßten Zähnen hervor, und er nahm sie ohne weitere Unterbrechung für Worte oder Scherze, sich mit heftigen Bewegungen in sie bohrend, dort in dem weichen Gras neben seinem glänzenden roten Wagen, keine fünf Meter von der Straße entfernt, alles außer ihr um sich herum vergessend. Sie waren schamlos und wahnsinnig vor Lust aufeinander, und dieses Wissen ließ sie aufschreien und sich aufbäumen, als sie in einer Woge von Hitze und Sonnenlicht schaudernd und vibrierend kam. Sie bohrte ihre Fingernägel in ihn, als die Spasmen sie überkamen und er erschöpft auf sie sank.

In diesem Augenblick lösten sich all ihre Selbstzweifel zusammen mit ihrem Ruf in Luft auf.

Keuchend lagen sie dort im Gras, mit solch irrsinniger Wonne ineinander verschlungen, daß sie beide laut lachen mußten. *Dies ist das Ende der alten Maddie,* schoß es ihr durch den Kopf.

Gran würde sehr stolz auf sie sein.

C.L. gab ihr seine Jacke, als sie wieder ins Auto stiegen. »Ich persönlich bevorzuge dich zwar nackt«, meinte er, »aber du kennst ja die Nachbarn.« Er küßte sie so stürmisch, daß es ihr erneut den Atem verschlug.

Als er sie eine Viertelstunde später vor ihrer Haustür absetzte, tauchte Glorias Kopf hin und wieder auf der anderen Seite des Zauns auf. Vermutlich schnitt sie gerade ihr Gras mit der Nagelschere. »Es läßt sich nicht vermeiden, die Nachbarn zu kennen«, sagte Maddie, während sie aus dem Auto stieg. »Vielleicht sollte ich umziehen. Bei der alten Farm habe ich gute Schwingungen gespürt.«

»Merkwürdig, ich auch«, sagte C.L. »Wenn du umziehst, dann zusammen mit mir.«

»Vielleicht«, antwortete sie, ging jedoch um den Wagen herum zu ihm und küßte ihn, weil sie sich einfach so gut dabei fühlte.

»Bist du verrückt? Wir stehen mitten auf der Straße«, protestierte er, bevor sie ihm erneut einen innigen Kuß gab – einen guten, langen und tiefen Vielen-Dank-für-den-großartigen-Sex-Zungenkuß, der ihn atemlos und äußerst empfänglich zurückließ. »Wegen meiner Jacke komme ich wieder«, meinte er. »Sobald ich bei Henry war, werde ich sie dir vom Leib reißen.«

»Diese hier?« Maddie schlug sie auf, so daß C.L. die Augen schließen mußte. Mit einem Griff zog sie den Schlüssel aus dem Zündschloß.

»Hey«, protestierte er, während sie zurückwich.

»Komm schon«, sagte sie. »Ich will, daß ein scharlachroter Mustang in meiner Einfahrt steht.«

»Sehr witzig, Hester«, meinte er. »Gib mir den Schlüssel.«

Maddie ging in Richtung ihres Gartens, die Berührung des seidigen Leinenstoffs seiner Jacke auf ihrer Haut mit jeder Faser spürend. Sollte er ihr folgen, okay – großartiger, animalischer Sex war eine wundervolle Sache, aber sie verspürte nun auch das Bedürfnis nach ein wenig Ruhe, und C.L. schien dafür auch recht empfänglich zu sein. Dessen war sie sich ziemlich sicher.

Sie blickte sich um, um zu sehen, ob er ihr folgte. Offensichtlich jedoch hatte er ihre Gedanken gelesen, denn er schlug die Autotür zu.

»Schön«, rief er ihr nach, »ich könnte ein wenig körperliche Ertüchtigung gebrauchen. Also warte hier auf mich, damit ich mir ein bißchen mehr davon holen kann, wenn ich zurückkomme.«

Sie schaute ihm nach, weil sie es liebte, seine Bewegungen zu beobachten. Als er um die nächste Ecke verschwand, ging sie um das Haus herum und die hintere Verandatreppe hinauf.

»Maddie?«

Sie wandte sich um und warf Gloria auf der anderen Seite des Zauns einen argwöhnischen Blick zu.

»Maddie, was hast du denn da an?« Gloria sah gleichermaßen geschockt wie erheitert aus. »Ist das ein Männerjackett?«

»Das ist C.L.'s Jacke«, rief Maddie zurück. »Wir haben draußen bei der alten Drake-Farm tollen Sex gehabt. Darunter bin ich nackt. Willst du sonst noch etwas wissen?«

»Also wirklich, Maddie!« Mißbilligend rümpfte Gloria die Nase. »Brent ist gerade mal zwei Wochen tot.«

»Ziemlich lange Zeit ohne Sex«, rief Maddie zurück. »Dabei fällt mir ein, daß du mit meinem Mann im Bett warst, und obwohl ich ihn nicht sonderlich mochte, bin ich dennoch nicht gerade begeistert darüber. Also halte dich bitte mit deinen Kommentaren über mein Sexleben zurück und kehre lieber vor deiner eigenen Haustür.«

Gloria errötete. »Ich weiß nicht, wovon du sprichst. Ich habe nie –«

»Gloria, er hat mir einen Brief geschrieben«, unterbrach Maddie sie. »Gib es auf. Er hat es zugegeben. Ich nehme an, ihr habt es in der Garage miteinander getrieben, beinahe vor den Augen aller Nachbarn. Wozu ich im übrigen auch gehöre. Ziemlich armselig.«

Gloria bewegte die Lippen, ohne einen Ton hervorzubringen. Sprachlos ließ Maddie sie stehen und schlug die Tür hinter sich zu.

Vielleicht würde sie auch dem Mörder ins Gesicht schreien können, falls Henry ihn finden sollte. Das Dasein der neuen Maddie gefiel ihr allmählich ganz gut – nicht mehr ewig nur nett zu sein, sondern jedem die Meinung zu sagen.

Außerdem hatte die neue Maddie großartigen Sex erlebt. Wie beflügelt legte sie die Musik einer mitreißenden Country-Sängerin auf. Für einen solch verrückten Sonnentag genau das Richtige.

»Ich dachte, du wolltest während Baileys Vernehmung hier sein«, meinte Henry mißmutig, als C.L. eine Stunde verspätet, zersaust und ohne Jacke in sein Büro hastete.

»War ziemlich viel Verkehr«, murmelte C.L. entschuldigend und versuchte, nicht nach tollem Sex auszusehen.

»Oh, mein Gott, C.L., auch noch im Tageslicht vor aller Augen?« hakte Henry nach. »Wenn du kein hirnloser Trottel bist, wer dann, zum Teufel?!«

»Na ja, da gibt es immer noch Bailey«, erwiderte C.L. beiläufig und versuchte, sein Hemd glattzustreichen. »Was hat er gesagt?«

»Er behauptete, daß Maddie Brent erschossen hat.«

C.L. fuhr hoch.

»Immer mit der Ruhe«, beschwichtigte Henry ihn. »Vielleicht sagt er ja die Wahrheit. Schließlich haben wir die Tatwaffe ausfindig gemacht, und sie ist auf die Baufirma zugelassen. Maddie hätte sie sich dort besorgen können.«

»Ich will ihn sehen«, stieß C.L. grimmig hervor und wandte sich zur Tür. »Diese Geschichte will ich hören.«

Maddie zog sich ein neues T-Shirt und Shorts an und drehte Lorrie Morgan im Radio lauter, um Gloria zu ärgern. Dann setzte sie sich auf die Couch und sah die Post durch, die sich seit einer Woche angesammelt hatte. Für die fälligen Rechnungen schrieb sie Schecks aus und legte sie bis zum Wochenende beiseite, um die Überweisung ihres Gehalts auf das Konto abzuwarten, so daß sie die Ausgaben decken konnte.

Es war wirklich ziemlich schäbig von Brent gewesen, ihre gemeinsamen Konten leerzuräumen, vor allem, da ihm eine Viertelmillion für seine eigenen Ausgaben zur Verfügung stand. Das paßte beim besten Willen nicht zu ihm. Er hatte seine Fehler gehabt, aber er war niemals schäbig gewesen. Schließlich mußte ihm klargewesen sein, daß ihre Schecks in der ganzen Stadt platzen würden.

Noch einmal ging Maddie die Post durch. In der ganzen Stadt müßten ihre Schecks bereits platzen; die Einzahlung, für die Candace angerufen hatte, hatte sie niemals gemacht. Aber wo waren die Retourbelege? Hatte Candace die Beträge doch irgendwie abgedeckt? Wenn ja, warum hatte sie Maddie nichts davon gesagt?

Maddie ließ die Post auf den Schreibtisch fallen.

Angenommen, es gab überhaupt keine geplatzten Schecks.

Angenommen, Brent hatte das Konto gar nicht leergeräumt.

Angenommen, jemand in der Bank hatte das Geld abgebucht, so daß Candace sie anrufen mußte, um sie in die Bank zu locken, damit sie das Schließfach öffnete und sich selbst belastete.

Harold Whitehead wäre nicht einmal imstande, einen Kindergeburtstag zu organisieren, die Websters aber waren cleverer. Sie hätten also ihr Konto abräumen und Candace dazu bringen können, sie anzurufen, damit sie als Zeugen danebenstehen könnten, sobald sie –

Aber warum sollten sie Candace zu dem Anruf veranlassen? Warum hatten sie nicht einfach *selbst* angerufen?

Candace war diejenige, die ihr vorgeschlagen hatte, im Schließfach nachzusehen. »Liegt irgend etwas in eurem Schließfach?« hatte sie gefragt. Verdammt, ja.

Candace?

Maddie versuchte, die Puzzleteile mit Candace anstelle der Websters als Drahtzieher zusammenzusetzen, aber es schien sich kein Bild zu ergeben. Gut, Candace war blond, aber sie war außerdem bei gesundem Verstand, etabliert und kein bißchen dumm. Die Vorstellung, daß Candace unter ihrem beigefarbenen Kostüm Höschen ohne Schritt trug, war absurd.

Aber vielleicht hatte sie es gar nicht getragen. Es war ein

ausgemachter Schwindel gewesen, etwas so Schockierendes, daß Maddie nicht umhin käme, Brent zur Rede zu stellen. Eine clevere Frau hatte den Slip unter dem Autositz versteckt.

Candace war eine sehr clevere Frau.

Candace hatte sich bis zur Kreditbearbeiterin in der Bank hochgearbeitet, aber weiter würde sie auch nie kommen. Candace wäre nur zu gern die Ehefrau des Bürgermeisters geworden. Dann wäre sie keine Lowery mehr gewesen. Und dabei stand ihr nur Maddie im Wege.

Du bist paranoid, ermahnte Maddie sich – wo aber waren die Überziehungsbestätigungen geblieben? Ihre Mutter hatte gesagt, daß Candace die Bank praktisch leitete; sie hätte alleine zum Schließfach hinuntergehen können, um es mit Brents Schlüssel zu öffnen.

Nun, da Maddie diese Möglichkeit durchdachte, schien alles offen auf der Hand zu liegen. In Geldangelegenheiten war Candace Expertin. Sie hätte sofort gewußt, wie Brent Firmengelder abzweigen konnte. Und sie war es, die die Spareinlagen und Firmenkonten führte. Es mußte Candace sein.

Nur, daß die Stimme des angeblichen Entführers männlich gewesen war.

Candace war mit Harold Whitehead ausgegangen, aber Maddie konnte sich nicht vorstellen, daß Harold einen Kidnapper-Anruf tätigen würde, nicht einmal, wenn Candace nackt vor ihm auf dem Tisch tanzte.

Aber Candace ging auch mit Bailey aus. Der würde zwar niemanden entführen, das wäre schließlich so illegal wie Erpressung, aber wenn es gar keine Entführung gab, würde er vielleicht den Anruf machen. Die Feinheiten der Gesetzgebung waren Bailey niemals klar gewesen. Die Stimme hatte heiser geklungen wie seine. Es hätte Bailey sein können. Aber Bailey würde niemanden umbringen.

Candace hingegen vielleicht schon.

Maddie runzelte die Stirn. Sie kannte Candace schon ihr ganzes Leben lang, seit den Zeiten der Mary Janes und der kaputten Sandalen. Die ganze Idee schien ihr lächerlich.

Aber sie machte Sinn – trotz des Entführers und wegen der kaputten Sandalen. Wenn Brent eine Affäre mit Candace gehabt und beschlossen hatte, sich aus dem Staub zu machen, um sie die Sache ausbaden zu lassen, wenn er sie hatte fallenlassen und ihr klargeworden war, daß er durchdrehte und sie vielleicht ins Gefängnis wanderte –

Candace wäre niemals imstande gewesen, ihn zu erschießen. Sie hatte zu hart gearbeitet, um es zu etwas zu bringen – sie würde es niemals hinnehmen, daß Brent sie wieder zu einem Nichts machte. Oder, noch schlimmer, zu einem Skandal in Frog Point. *Typisch Lowery*, würden die Leute sagen, und zum ersten Mal fragte sich Maddie, wie es sein mußte, auf der anderen Seite zu stehen. Sie hatte es gehaßt, die wohlgeborene Tochter zu sein, wie Candace sich hingegen gefühlt haben mochte, als Verliererin das Licht der Welt erblickt zu haben?

Maddie hatte soeben splitternackt Sex in der Öffentlichkeit gehabt, um sich von ihrer Identität zu lösen, die ihr wie eine Zwangsjacke anhaftete.

Was würde Candace dafür tun, um nicht in die ihrige zurückzufallen?

Für Candace stand viel auf dem Spiel. Sie wäre imstande gewesen, Brent zu erschießen.

Es gab nur einen Weg, das herauszufinden. Maddie griff nach C.L.'s Wagenschlüssel und hastete zum Auto. Sie mußte Candace damit konfrontieren und ihren Gesichtsausdruck beobachten.

»Es war Maddie, C.L.«, beteuerte Bailey. C.L. sah ihm geradewegs in die Augen und wußte, daß er die Wahrheit sagte. So überzeugend konnte Bailey gar nicht lügen. Er glaubte wirklich, daß Maddie die Mörderin war.

»Laß uns das noch einmal durchgehen«, sagte C.L. Bailey seufzte laut.

»Sie ging zum Point hoch, sah, daß Brent schlief, und hat ihn erschossen«, spulte Bailey zum zigsten Male im Singsang ab.

»Er schlief wohl häufig am Point, was?« wollte C.L. wissen.

»Manchmal fuhr er dort hoch, um einfach wegzukommen. Ich hab nicht nachgefragt. Bei ihm zu Hause lief's nicht so gut.« Anzüglich grinste er C.L. an. »Aber das wirst du wohl wissen.«

»Dabei fällt mir ein«, sagte C.L., »daß du deine Zähne von der Straße aufsammeln kannst, solltest du noch einmal versuchen, Maddie zu erpressen. Was zum Teufel sollte das?«

»Das war keine Erpressung«, widersprach Bailey im Brustton der Überzeugung. »Ich fand nur, daß sie mir ein bißchen von ihrem vielen Geld abgeben könnte, weil ich ihr so einen großen Gefallen tat.«

C.L. sah ihn an, zunächst mit Abscheu, dann jedoch mit wachsendem Interesse. Bailey erzählte bei Gott die Wahrheit – oder, in diesem Falle, Baileys Wahrheit. C.L. blickte zu Henry hinüber und sah, wie sich dessen Augen verengten.

»Erzähl mir noch einmal, was du am Point gesehen hast«, forderte C.L. Bailey noch einmal auf, der ein wenig unbehaglich auf dem Stuhl herumrutschte, dann aber so ehrlich wie ein Richter antwortete.

»Maddie ging den Berg hoch –«

»Hast du gesehen, wie sie den Berg hinaufging, Bailey?« Henrys Stimme klang irreführend sanft.

»Nein, ich hab ihre Fußspuren gesehen. Dann ging sie zu dem Auto und hat ihn erschossen.« Bailey nickte eifrig.

»Du hast also gesehen, daß sie es getan hat«, hakte C.L. nach.

»Jawohl«, sagte Bailey, richtete den Blick auf den Boden und scharrte mit den Füßen. »Bailey, du hirnloses Rindvieh, du lügst das Blaue vom Himmel herunter«, meinte C.L.

Bailey wandte den Blick zu Henry. »So darf er nicht mit mir reden, oder?«

»Normalerweise nicht«, pflichtete Henry ihm bei, »aber er scheint einen Grund dafür zu haben. Laß uns noch einmal von vorn anfangen. Erzähl uns bitte, was du gesehen hast, Bailey.«

»Sie war es«, beharrte Bailey. »Ich hab es nicht gesehen, aber sie war es.«

»Wer hat dir das erzählt?« fragte Henry.

Wieder rutschte Bailey auf seinem Stuhl hin und her.

»Bailey«, sagte C.L. und beugte sich zu ihm, »du verleumdest gerade die Frau, die ich liebe. Hast du eine Vorstellung davon, wie sehr mich das ärgert?«

»Polizisten dürfen nicht prügeln«, gab Bailey zu bedenken.

»Ich bin kein Polizist«, erinnerte C.L. ihn. »Das wären private Bürgerprügel, und darin bin ich ziemlich gut.«

»Henry«, jammerte Bailey nervös.

»Hier drinnen wird er dir nichts tun«, meinte Henry. »Du weißt, daß das nicht mein Ermittlungsstil ist. Das Problem ist nur, daß ich dich nicht beschützen kann, sobald du hier hinausgehst. Aber keine Sorge, sobald du im Krankenhaus liegst, sitzt er im Gefängnis. Darauf kannst du dich verlassen.«

Bailey sah von Henry zu C.L. und wieder zurück. »Sie kann es euch nicht selbst erzählen, weil das einen Riesenskandal geben würde. Ihr wißt doch, wie das hier in der Stadt ist.«

C.L. wollte einhaken, fing jedoch Henrys Blick auf und

schwieg. Wer auch immer Bailey an der Nase herumgeführt hatte, er hatte es gut gemacht. Er konnte ebensogut ruhig sitzen bleiben und zuhören.

»Diese Stadt ist wirklich ein Waschweib«, sagte er deshalb nur. »Schieß los.«

Um 12 Uhr mittags erreichte Maddie die Ampel an der Bank. Harold Whitehead war gerade dabei, die Türen zu schließen. Merkwürdiger Job für einen Bankdirektor, dachte Maddie. Er öffnete noch einmal, um Candace herauszulassen. Wie üblich war sie in Beige gekleidet. In einer Hand hielt sie eine helle Ledertasche.

In der anderen trug sie einen Koffer.

»Hey, Candace«, rief Maddie ihr vom Cabrio aus zu. »Warte bitte eine Minute.«

Candace wandte sich um und erblickte sie. Sie winkte ihr mit der Hand, in der sie die Tasche hielt, zu und ging weiter. »Candace«, brüllte Maddie wieder, während die Ampel noch immer stur Rot zeigte. *»Candace!«*

Candace ging weiter, mit dem leichten, gefälligen Schritt einer Karrierefrau, die keinerlei Sorgen auf dieser Welt hatte, allerdings mit plötzlicher Taubheit geschlagen zu sein schien.

»Zum Teufel damit«, sagte Maddie sich und sprang aus dem Wagen, den sie mitten auf der Kreuzung stehenließ. Die Ampel schaltete auf Grün, als sie den Bürgersteig erreichte, und es ertönte ein Hupkonzert.

Zum Teufel mit ihnen.

»Candace«, rief Maddie wieder und lief hinter ihr her.

Candace blieb stehen; sie konnte nicht anders. »Ich bin furchtbar in Eile, Maddie«, rief sie zurück. »Montag ist Labor Day, ich habe drei Tage frei. Muß zum Flughafen.« Sie wandte sich zum Gehen. »Ich rufe dich am Dienstag an.«

»Nein, das ist zu spät.« Maddie machte einen Satz nach

vorn und bekam den Griff ihres Koffers zu fassen. »Ich muß dich auf der Stelle sprechen.«

Einige Passanten blieben stehen und heuchelten lebhaftes Interesse an dem verspiegelten Revco-Schaufenster.

»Wirklich, Maddie.« Candace versuchte, ihren Koffer loszureißen.

»Wir haben etwas zu besprechen.« Mit allen Kräften umklammerte Maddie den Koffergriff.

»Maddie, ich weiß, daß du in der letzten Zeit Schlimmes durchmachen mußtest«, meinte Candace beschwichtigend, »aber ich muß wirklich dieses Flugzeug bekommen.»

»Mit all diesem Geld?« fragte Maddie und ließ mit einer schnellen Bewegung den Koffer aufschnappen.

Einige Garnituren traumhafter Seidenunterwäsche quollen hervor, gefolgt von sehr teuer aussehenden gold- und beigefarbenen Kleidungsstücken, die Candace erfolglos aufzufangen versuchte, bevor sie auf den Gehweg fielen.

Kein Geld.

Candace setzte den Koffer ab und sah Maddie an, als habe sie den Verstand verloren. Einige Passanten kamen zu Hilfe, darunter eine Freundin von Maddies Mutter.

»Maddie, meine Liebe«, meinte sie sanft, »vielleicht solltest du nach Hause gehen und dich ein wenig hinlegen.«

»Oh, Mist.« Maddie ignorierte sie, um Candace ihre ganze Aufmerksamkeit zu widmen. »Wo hast du es versteckt? An deinem Strumpfband?«

»Maddie, was ist los mit dir?« Candace ging in die Hocke, um ihre Kleidungsstücke in den Koffer zurückzustopfen, während die umstehenden Leute mitleidige Laute von sich gaben und Maddie anstarrten. Ein rotgesichtiger Mann kam herbei und sagte: »Lady, fahren Sie jetzt endlich Ihren gottverdammten Wagen weg.«

»Ich bin ein wenig außer mir wegen meines Girokontos«, sagte Maddie zu Candace.

»Soll das ein Scherz sein?« Candace ließ den Koffer zuschnappen und richtete sich auf. »Das alles nur wegen eines Girokontos? Maddie, du stehst unter furchtbarer Anspannung. Fahr heim, und wir werden uns gleich Dienstag morgen darum kümmern.«

»Lady, Ihr Wagen«, mischte sich der Mann wieder ein.

»Es ist nicht überzogen«, sagte Maddie. Candaces Blick flackerte unruhig – nur einen Augenblick lang, aber Maddie hatte es gesehen. »Du warst es, stimmt's?« fragte Maddie.

»Lady«, beharrte der Mann.

»Ich weiß nicht, wovon du sprichst.« Candace strich ihren Rock glatt und wich Maddies Blick aus. »Und ich habe keine Zeit, mit dir zu debattieren. Suche dir Hilfe, du brauchst sie.« Sie nahm den Koffer und die Tasche auf wandte sich zum Gehen, so selbstsicher, daß Maddie beinahe nachgegeben hätte.

»Nein, du bleibst hier.« Maddie packte sie am Arm. »Ich weiß nicht, wohin du willst, aber ich wette, irgendwohin, wo wir dich nicht mehr finden können. Und du wirst mich hier nicht in der Klemme sitzenlassen.«

Candace versuchte, sich loszureißen, aber Maddie umklammerte ihren Arm mit aller Kraft. Sie zerrten aneinander, Maddie entschlossen, Candace so würdevoll wie möglich. Die Leute hatten ihr vorgebliches Interesse an den Revco-Auslagen aufgegeben und starrten sie nun unverhohlen an. Selbst der Mann mit dem Wagen war jetzt verstummt und beobachtete das Schauspiel.

»Du machst eine Szene«, zischte Candace ihr wütend zu, während sie sich loszureißen versuchte. »Du machst dich *lächerlich.* Mein Gott, denke an deine Mutter.«

»Zum Teufel mit meiner Mutter«, zischte Maddie zurück. »Und wenn du das für eine Szene hältst, dann warte nur mal ab. Du kommst jetzt mit zu Henry, oder ich werde hier einen ganzen Film abspulen.«

Candace wand ihren Arm aus Maddies Umklammerung und machte einen großen Schritt, bevor Maddie ihr nachsetzte und sie von hinten ansprang, so daß Candace durch den Schwung ein paar Schritte vorwärtsstolperte.

»Diese Frau ist verrückt geworden«, sagte Candace zu den umstehenden Passanten und zog Maddie mit sich, während sie weiterstolperte. »Könnte mir bitte jemand helfen?«

Im Film sieht so etwas immer anders aus, schoß es Maddie durch den Kopf, während Candace sie ein Stück weiterschleifte. Im Film spielten sich Schlägereien immer schnell ab; offenbar gab es dort jene Momente der Besinnung nicht, in denen man sich ziemlich idiotisch vorkam. Kein Wunder, daß so viele Kämpfe so schnell vorüber waren.

»Helfen Sie mir«, bat Candace, eher verärgert als panisch. Versuchsweise trat Harold Whitehead einen Schritt vor.

»Tu es nicht, Harold«, warnte Maddie ihn, Candace immer noch mit aller Kraft festhaltend. »Du würdest einer Mörderin Beihilfe leisten.«

»Das ist doch lächerlich«, sagte Harold. »Candace ist Kreditbearbeiterin.«

»Sie hat mein Auto ruiniert, meinen Mann erschossen und mein Kind bedroht«, sagte Maddie so laut, daß jeder es hören konnte und die Leute Candace nun mit neuem Interesse betrachteten. »Und so eine Person hast du eingestellt, Harold.«

Candace schaffte es, sich aus der Umklammerung zu lösen. Sofort sprang Maddie ihr nach, um ihr den entscheidenden Schlag zu versetzen. Sie bekam Candaces Arm zu packen und sagte: »Was kann man sonst schon von einer *Lowery* erwarten?«

Mit vor Mordlust glitzernden Augen wirbelte Candace herum. »Du *Nutte*«, zischte sie. »Du selbstgefällige, dämliche *Nutte!*«

Sie versuchte, ihren Arm loszwinden. Als ihr das nicht

gelang, versetzte sie Maddie einen Tritt gegen das Knie. Vor Schmerz schrie Maddie auf. »*Jetzt hör mal zu,* du –« preßte sie hervor, als plötzlich Henry auftauchte.

»Wir haben einen Anruf wegen Ruhestörung bekommen«, rief er ihnen zu und stieg aus dem Wagen. »Ich dachte mir schon, daß du etwas damit zu tun haben mußt, Maddie. Was sollen denn die Leute denken?«

»Die Leute sind mir wurscht, Henry«, sagte Maddie wütend. Ihr Knie schmerzte, aber sie ließ Candace nicht los. »Scheiß auf die Nachbarn, sie sind mir egal. Ich werde mich nicht ins Gefängnis setzen, weil ich meinen Mann nicht umgebracht habe. Würdest du jetzt bitte diese Frau hier festnehmen?«

»Sie hat den Verstand verloren«, verkündete Candace in die Menge. »Sie hat ihren Ehemann ermordet, und jetzt beschuldigt sie mich. Sie ist verrückt. Henry, tue etwas, damit sie mich losläßt. Sie tut mir weh.«

»Laß sie los, Maddie«, sagte Henry.

»Henry, das ist nicht –«

»*Laß sie los,* Maddie«, wiederholte Henry, und Maddie begriff, warum C.L. solchen Respekt vor seinem Onkel hatte. Sie ließ Candace los und rieb sich ihr Knie.

»Ich denke, du hast recht, Candace«, meinte Henry beschwichtigend. »Maddie hat einige Probleme –«

»Hey«, mischte Maddie sich ein.

»– warum fahren wir also nicht alle zusammen zum Revier, damit du eine Anzeige erstatten kannst?«

Maddie schwieg. Alles, was Candace zum Revier brachte, war ein Schritt in die richtige Richtung.

»Weil ich keine Zeit habe.« Candace strich ihren Blazer glatt. »Ich muß meinen Flug bekommen.« Sie nahm ihre Tasche auf und wandte sich zum Gehen, doch Maddie schnappte erneut nach dem Griff der Tasche, während Henry vortrat.

»Du wirst Frog Point *nicht* verlassen«, zischte Maddie. Candace drehte sich zu ihr um und starrte sie panisch und zugleich wütend an. Mit der freien Hand schleuderte sie Maddie die Tasche an den Kopf. Das letzte, was Maddie sah, bevor sie ohnmächtig wurde, waren jede Menge Hundert-Dollar-Scheine, die durch die Luft flatterten.

»Du konntest wohl nicht auf Henry warten«, stellte C.L. fest, als sie zu sich kam. Sie lag in einem Krankenhausbett, und das erste, was sie fragte, war: »Wo ist Candace?«

»Hinter Gittern«, antwortete C.L. »Henry wollte sie sich gerade, ohne Aufsehen zu erregen, vornehmen, als du diese Szene gemacht hast. Jetzt kann ich dich natürlich nicht mehr heiraten. Ein solch kratzbürstiges Weib würde mir meine Familie nie verzeihen.«

»Weshalb sitzt sie im Gefängnis?« Mühsam versuchte Maddie sich aufzurichten, aber er drückte sie wieder zurück.

»Bleib liegen. Der Doktor kommt gleich, um zu sehen, ob du eine Gehirnerschütterung hast. Danach werde ich dafür sorgen, daß man dich röntgt und feststellt, ob du überhaupt den Hauch eines Gehirns besitzt. Warum zum Teufel bist du über diese Frau hergefallen?«

»Sie wollte sich aus dem Staub machen.« Angesichts ihrer Kopfschmerzen gab Maddie jeden Widerstand auf und ließ sich in die Kissen zurückfallen. »Sie hat Brent umgebracht. Das war mir klargeworden, aber sie wollte verduften. Von wegen Labor Day und langes Wochenende, so ein Blödsinn. Ich hätte meinen Arsch darauf verwettet, daß sie die Stadt verlassen wollte.«

»Stimmt«, sagte C.L.

Maddie sah zu ihm auf. »Sag bloß nicht, daß du das schon wußtest.«

C.L. schüttelte den Kopf. »Wir sind erst kurz vor dir daraufgekommen. Das Schließfach hat Henry von Anfang an mißtrauisch gemacht. Denn wenn du nicht gelogen hattest – wobei Henry sich dessen ziemlich sicher war –, mußte es jemand aus der Bank gewesen sein. Dieses Gerücht über den Streuner hatte er bereits bis zu Candace zurückverfolgt, aber ihm war noch nicht klar, warum sie es in die Welt gesetzt hatte.«

»Damit Brent ihr eine Waffe mitbringen würde«, meinte Maddie in Erinnerung an das belauschte Telefongespräch. »Das war alles geplant.«

»Ich glaube nicht, daß Candace jemals in ihrem Leben etwas tat, was nicht Berechnung war«, sagte C.L. »Sie ist wirklich ein durchtriebenes Luder. Aber du warst immer noch die Hauptverdächtige, bis wir Bailey geknackt hatten, der schließlich zugab, daß Candace an jenem Abend den Weg herunterkam und behauptete, du hättest Brent umgebracht. Das glaubte er ihr natürlich, vor allem, als sie begann, mit ihm auszugehen.« Er grinste sie an. »Mann, die ist vielleicht sauer auf dich. Nachdem sie einmal mit ihrem Geständnis losgelegt hatte, war ihr Hauptthema, wie du ihr ständig die Tour vermasselt hast. An jenem Freitag benutzte sie, nachdem sie Brent ermordet hatte, seinen Hausschlüssel, um den Schlüssel für das Schließfach in der Schreibtischschublade zu plazieren, damit du es am nächsten Morgen öffnen und das Geld herausnehmen würdest. Aber du Dummkopf hast es darin gelassen, weil du ehrlich bist, also mußte sie, während du auf der Farm warst, zurückkommen und den Schlüssel erneut stehlen, damit *sie* an das Geld herankam.«

»Dann hatten die Websters gar nichts damit zu tun?« Maddie verspürte Gewissensbisse. »Und ich habe so schlecht über sie gedacht.«

»Nun, der jüngste zumindest schon. Candace sandte ihm anonym per Post eine Hälfte eines Hundert-Dollar-Scheins mit der Anweisung zu, dein Auto zu Schrott zu fahren, sofern er die andere Hälfte haben wollte. Sie ging davon aus, daß er in den Wagen hineinfahren würde, wenn du ihn irgendwo abgestellt hättest, aber statt dessen inszenierte der Schwachkopf einen Auffahrunfall, während du im Wagen saßest. Er war so verängstigt, daß er nie ein Sterbenswörtchen gesagt hätte, aber Candace konnte seine Blödheit einfach nicht fassen. Auf ihrer Liste von Leuten, die sich nicht korrekt zu benehmen wissen, steht er nach dir an zweiter Stelle.« C.L. schüttelte den Kopf. »Sie sagte, sie könne einfach nicht verstehen, warum du es nicht wie üblich der Stadt überlassen hast, sich deiner Angelegenheiten anzunehmen. Niemals hätte sie damit gerechnet, daß du zurückschlagen würdest.«

»Und ich hätte niemals mit ihrem Geständnis gerechnet«, erwiderte Maddie. »Ich dachte sie würde einfach abwarten und es aussitzen.«

»Das Labor fand Fingerabdrücke auf dem Ladestreifen der Waffe. Henry benötigte Candaces Fingerabdrücke zum Vergleich, und er machte sich auf den Weg, um sie aufs Revier zu bitten, als du plötzlich den Entschluß gefaßt hattest, dich zum Stadtgespräch zu machen.«

»Aber ich habe die Waffe doch abgewischt«, warf Maddie ein.

»Das war sehr hilfreich von dir«, meinte C.L. »Der Ladestreifen war eingesetzt. Sie zog ihn heraus, um ihn zu überprüfen, und schoß Brent dann in den Kopf.«

»Oh.« Maddie mußte schlucken. »Die hat Nerven.«

»Nicht solche Nerven wie du. Ist dir klar, daß du jemanden am hellichten Tag überfallen und *noch dazu* ›Scheiße‹ vor etwa vierzig Leuten, einschließlich meines Onkels, gesagt hast?«

»Ich war völlig überreizt«, gab Maddie zu bedenken. »Ich konnte nicht zulassen, daß sie verschwand, und gleichzeitig konnte ich nicht glauben, daß sie es getan hatte. Die Sache spitzte sich also zu. Ich kann es immer noch nicht glauben. Ich kenne Candace doch. Ich bin zusammen mit ihr zur High-School gegangen. Ihr ganzes Leben hat sie in dieser Stadt gelebt.«

»Vielleicht hat sie es gerade deswegen getan«, mutmaßte C.L. »Sie war es leid, sich zu Tode zu schuften, um hier herauszukommen – also beschloß sie, statt dessen einen anderen umzubringen.«

»Das kann es nicht sein.« Vorsichtig verlagerte Maddie ihre Position im Bett. Da ihr der Kopf nicht abfiel, entspannte sie sich. »Candace hätte die Stadt jederzeit verlassen können. Sie hatte eine Ausbildung, noch dazu Erfahrung. Sie muß noch etwas anderes gewollt haben. Schließlich hat sie den Slip in Brents Wagen zurückgelassen. Sie muß ihn gewollt haben.«

»Sie hätte um ihn bitten sollen. Du hättest ihn ihr überlassen. Lieber Himmel, ich hätte ihn an deiner Stelle in Geschenkpapier eingewickelt.«

»Moment mal.« Langsam setzte Maddie sich auf. »Em ist jetzt in Sicherheit. Ich ebenfalls. Richtig?«

»Nun ja, nicht ganz«, meinte C.L. »Ich bin noch hier.« Er sah ihr tief in die Augen. »Deine Pupillen wirken normal. Falls du keine Gehirnerschütterung hast – möchtest du vielleicht nachher noch einmal zur Drake-Farm hinausfahren? Dein Ruf ist sowieso ruiniert.«

»Gott sei Dank«, erwiderte Maddie. »Von nun an wird mein Leben weitaus einfacher sein.«

»Verlaß dich darauf lieber nicht«, meinte C.L. »Jetzt gibt's mich.«

Am nächsten Morgen ging Maddie ins Revco, um eine Halskette für ihre Großmutter einzukaufen und sie später auf die Probe zu stellen. Jeder, an dem sie vorbeiging, starrte sie an, und einige Leute verrenkten sogar ihren Hals hinter Angebotsschildern, um einen Blick auf den neuesten Schandfleck zu erhaschen. Man begegnete ihr zwar nicht unfreundlich, aber man klopfte ihr auch nicht auf die Schulter. Es schien, als wisse niemand, wann sie den nächsten Anfall in der Öffentlichkeit bekäme, und mit Sicherheit würde das niemand billigen. Andererseits wollte selbstverständlich niemand dieses Spektakel verpassen. *Macht endlich die Augen auf*, hätte Maddie ihnen am liebsten geraten. *Ich hab's getan.*

Ihr Blick blieb an einem goldfarbenen Anhänger in Form einer Katze mit riesigen grünen Glasaugen hängen. Sie griff gerade danach, als sie jemand von hinten anstupste.

»Ich habe gehört, sie wollen hier eine Ehrentafel im Gedenken an die Schlacht errichten«, meinte Treva hinter ihr. »Dein Name soll besonders hervorgehoben werden.« Maddie drehte sich um, und Treva fügte hinzu: »Mein Gott, was für eine gräßliche Kette. Damit wirst du deinen Ruf endgültig ruinieren. Mußt du jetzt noch wie ein Kirmesweib aussehen?«

»Sie ist für Gran.« Maddie setzte sich auf die Kante des Verkaufstisches, so glücklich darüber, Treva und ihre Alltagsplaudereien wiederzuhaben, daß es ihr völlig egal war, welch böse Blicke Susan ihr hinter der Kasse zuwarf, weil sie sich gegen die Verkaufsware lehnte. »Meine Mutter hat meinen Untergang zu Genüge erörtert. Jedenfalls gibt es bei den Olympischen Spielen keine Zeitlupenaufnahme, zu der ich Stellung nehmen müßte.«

»Nun, zumindest gab es diesmal einen Berichterstatter vom Fach«, sagte Treva. »Ich nehme an, du hast nur gegengehalten.«

»Nein, ich war großartig«, meinte Maddie. »Ich habe ihr gesagt, daß es weitaus mehr Spaß mache, wirklich ein Skandal zu sein, als nur über einen zu reden, und daß sie es mir nachmachen sollte.«

»Und das hat sie dann getan«, mutmaßte Treva. »Wow.«

»Natürlich nicht«, sagte Maddie. »Ich habe eine weitere Stunde mit der Diskussion darüber verbracht, was es heißt, eine Martindale zu sein. So etwas habe ich noch nie gehört. Offensichtlich sind wir in Frog Point die Kennedys mit moralischen Grundsätzen. Und nun bleiben nur sie und Em übrig, um dieses Märchen weiterzuerzählen.«

»Ich denke, das bleibt allein Em überlassen«, meinte Treva. »Meine Mutter hat deine Mutter nämlich gestern abend im Bowlingcenter gesehen, als sie zusammen mit Sam Scott Kaffee trank, und das hat sie Esther erzählt. Du weißt ja, in der Nachbarschaft spricht sich so etwas schnell herum.«

»Das ist doch nicht dein Ernst, oder?« Maddie begann zu lachen und beugte sich im heiteren Einverständnis zu Treva. »Oh, das ist ja großartig. Finde ich toll! Warte, bis ich das Gran erzähle. Der Apfel fällt doch nicht so weit vom Stamm.«

»Aber ich kann noch eins drauflegen«, sagte Treva. »Ich habe Howie von Three erzählt.«

Maddie fiel das Lächeln aus dem Gesicht. Sie wappnete sich, bis sie merkte, daß Treva entspannter und gelöster aussah als die Monate zuvor. »Ich vermute, er hat es recht gefaßt aufgenommen?«

»Er wußte es sowieso schon.« Treva setzte sich neben sie, bei der Erinnerung erleichtert lächelnd. »Wegen des Blutgruppentests damals im Krankenhaus. Zwanzig Jahre lang habe ich dieses verfluchte Geheimnis mit mir herumgeschleppt, und er wußte es die ganze Zeit.« Treva verdrehte die Augen zur Decke. »Es spielt keine Rolle für ihn. Er sagte, er habe Three großgezogen, daher sei er sein Sohn, und das sei das einzige, was zähle. Ich konnte nicht glauben, daß er so ruhig blieb, aber er meinte, er wäre nur an jenem Tag vor ziemlich genau zwanzig Jahren stinkwütend und verletzt gewesen. Doch dann hätte er Three auf den Arm genommen und gedacht: ›Zum Teufel, was soll's.‹ Er hatte es verdrängt, bis vor wenigen Wochen, als er dachte, ich würde wieder mit Brent schlafen.« Treva schüttelte den Kopf. »Als ob ich zweimal so tief sinken würde.« Schlagartig wurde ihr bewußt, was sie gesagt hatte, und abrupt wandte sie sich Maddie zu. »Nicht, daß du nichts wert wärst, weil du mit ihm schliefst. Schließlich war er dein Mann.«

»Lieber Himmel«, meinte Maddie, in Gedanken noch immer bei Howie. »All diese Schuldgefühle für nichts.«

»Ich weiß«, erwiderte Treva. »Ich wollte ihn umbringen, aber ich liebe ihn. Was kann man da schon tun?«

»Stelle dich vor die Bank und schreie laut ›Scheiße!‹«, riet Maddie. »Ich warte hier auf dich.«

»Meine Mom hat gesagt, daß irgendeine Frau aus der Bank deinen Dad erschossen hat«, sagte Mel später am Morgen zu Em, als sie zusammen draußen bei der Farm saßen und versuchten, Fische zu fangen.

»Ja, Candace.« Em stieß mit dem Fuß gegen den Steg. »Ich will nicht darüber reden.«

»Okay«, meinte Mel. »Aber das ist echt schlimm.«

»Hmmm.« Em ließ ihre Beine stärker baumeln. »Ist Phoebe nah am Wasser?«

Mel verdrehte den Kopf, um nachzusehen. »Nee.« Sie zog ihre Rute aus dem Wasser und wurde ernst. »Em, alles klar?«

»Ja.« Em sprach das Wort nachdrücklich aus, so wie C.L. es immer tat, wenn er es ernst meinte. »Ich habe mit meiner Mom und mit C.L. gesprochen. Es ist alles vorbei. Ich wünschte, mein Dad wäre nicht tot –«, sie brach ab, weil sie schlucken mußte, und umklammerte ihre Angelrute fester, »das wünsche ich mir wirklich, aber alles andere ist schon in Ordnung. Keiner will uns weh tun. Es geht uns gut.«

»Okay.« Mel durchwühlte ihren Rucksack und zog eine Schachtel Archway-Schokokekse hervor. »Hier. Das sind die besten.«

Em nahm eines der großen Plätzchen und starrte, während sie daran herumknabberte, in den blauen Septemberhimmel, bemüht, nur daran zu denken, daß alles in Ordnung sei. Sie wünschte, Mel würde aufhören, von ihrem Dad zu sprechen, aber so war es nun einmal. Die Leute wollten immer von den Sachen sprechen, von denen man selbst nicht reden wollte.

»Wird deine Mom C.L. heiraten?« wollte Mel wissen. »Ich meine nur so, weil du nie etwas darüber sagst, obwohl ich vor Neugier sterbe.«

Em seufzte. »Ich glaube schon. Aber bestimmt nicht sofort. Mom sagt auch immer nein, und das muß auch stimmen, weil sie mir versprochen hat, mich nie wieder anzulügen, aber ich wette, C.L. überredet sie dazu. Wahrscheinlich nächsten Sommer, weil dann das Haus fertig ist und wir aufs Land ziehen, wo Phoebe viel Platz zum Spielen hat und ich Anna jeden Tag sehen kann. Mom sagt nein, aber C.L. behauptet ja, und er lügt nie.«

Mel setzte sich aufrecht. »Moment mal, wenn du auf dem Land wohnst, sehe ich dich ja nie wieder.«

»Aber klar doch.« Em biß noch ein Stück ihres Plätzchens ab und redete mit vollem Mund weiter: »C.L. wird dich abholen und herbringen, oder er wird mich zu dir fahren. Ich habe ihn schon gefragt, und er sagte, das wäre überhaupt kein Problem, weil er sowieso in der Stadt arbeitet. Ich glaube, er will mit deinem Dad in der Firma zusammenarbeiten. Alles wird gut.« *Außer, daß mein Daddy tot ist,* fügte sie stillschweigend hinzu, aber es tat schon nicht mehr ganz so schlimm weh wie wenige Tage zuvor. Es tat ganz furchtbar weh, aber nicht mehr ganz so schlimm. Em schloß die Augen und dachte an ihren Dad zurück, mit der

Baseballkappe auf dem Kopf und dem Sahnenußeis in der Hand. Sie sah ihn leibhaftig vor sich. »Wir werden es schön haben«, versicherte sie Mel, während sie wieder in ihren Keks biß.

»Na, das hört sich gut an«, meinte Mel. »Habe ich dir übrigens schon gesagt, was Cindy Snopes mir über Jason Norris erzählt hat?«

»Nein.« Gespannt setzte Em sich auf. »Was denn?«

»Nimm dir noch ein Plätzchen«, forderte Mel sie auf und hielt ihr die Schachtel hin. »Das wird eine lange Geschichte, aber echt interessant.«

»Du hast es verpatzt«, meinte ihre Großmutter zu Maddie bei deren Besuch am Nachmittag. »Du hättest es so einfach haben können, aber du mußtest dein Schicksal ja herausfordern, und prompt ist der Skandal da. Ehebruch. Unterschlagung. Mord. Herausschreien von Obszönitäten in der Öffentlichkeit. Du konntest ja deinen Mund nicht halten.«

»Stimmt. Ich habe nämlich beschlossen, so wie du zu werden.« Maddie reichte die goldfarbene Fünf-Pfund-Riesenpackung ihrer Großmutter, die kurzzeitig sprachlos vor Freude war. »Jede Menge Schokolade«, sagte sie schließlich. »Toll.« Sie riß das rote Band und den Klebestreifen ab. Als sie den Deckel hob, eröffnete sich ihr ein vor Kalorien strotzender Anblick.

Maddie grapschte nach der Schildkröte aus Milchschokolade, bevor ihre Großmutter sie an sich reißen konnte.

»Hey, das ist meine Lieblingspraline«, protestierte Grandma, und Maddie erwiderte: »Du spuckst immer die Nüsse aus. Das ist widerlich. Außerdem ist da noch eine aus Bitterschokolade.«

Schmollend lehnte sich ihre Großmutter in die Kissen zurück. »Ich mag keine Bitterschokolade. Ich werde nicht mehr lange –«

»Gut«, meinte Maddie. »Dann esse ich die auch noch.« Sie fischte sie aus der Schachtel und biß hinein. Die Schokolade schmeckte köstlich und bitter. Das Karamel blieb an ihren Zähnen kleben, und die Nüsse waren schmackhaft und knackig. »Himmlisch.«

»Du ißt meine ganzen Pralinen auf«, beschwerte sich ihre Großmutter ernsthaft verärgert. »Du bist ein schreckliches Mädchen.« Sie senkte ihren Kopf und fing wieder mit der alten Leier an: »Dabei weißt du doch, daß ich nicht mehr lange unter euch sein werde.«

»Du wirst uns alle überleben.« Maddie setzte sich und aß den Rest der Schildkröte aus Bitterschokolade. »Du bist wie diese Stadt. Man müßte einen Pfahl durch euer Herz bohren, um euch aufzuhalten.«

»Verdammt richtig«, meinte ihre Großmutter. »Das ändert aber nichts an deiner Blödheit, alles herauszuposaunen. Diesen ganzen Skandal. Mit dem Erfolg, daß sich deine Mutter nun im Bowlingcenter stolz mit Sam Scott präsentiert. Ich bin entsetzt.«

»Du wirst darüber hinwegkommen«, erwiderte Maddie. »Nicht zu fassen, daß du bereits von Mom gehört hast. Sie hat sich erst vor einer Stunde mit ihm getroffen.«

Ihre Großmutter rümpfte verächtlich die Nase. »Ich pflege Konversation. Du hingegen verbringst wahrscheinlich deine ganze Zeit mit diesem Mann im Bett. Herumtreiberin. Du führst wirklich keinen tadellosen Lebenswandel.«

»Das will ich auch gar nicht.« Maddie biß in die andere Schildkröte. »Das ist wirklich eine hervorragende Schokolade. Ich weiß gar nicht, warum ich sie nicht schon seit Jahren mit dir teile.«

Ihre Großmutter pickte sich eine mit einer Walnuß verzierte Sahnepraline heraus und stopfte sie sich ganz in den Mund. Maddie wartete, bis sie die Walnuß quer durch das

Zimmer gespuckt hatte, bevor sie sagte: »Das ist wirklich ein starkes Stück, Gran.«

»Deshalb tue ich's ja auch«, antwortete Gran. »Erzähl mir von diesem Mann.«

»Er ist klasse im Bett«, meinte Maddie. »Em liebt ihn. Er hat ihr einen Hund gekauft. Ich spiele mit dem Gedanken, ihn zu heiraten.«

»Kann nicht früh genug sein«, meinte Gran trocken. »Dein guter Ruf ist schon lange dahin.«

»Du mußt stolz auf mich sein«, sagte Maddie.

»Das bin ich«, antwortete Gran. »Du kannst dir gar nicht vorstellen, wieviel Aufmerksamkeit ich ernte. Schöne Kette, die du da trägst.«

»Ein Geschenk«, erwiderte Maddie. »Von meinem neuen Kerl. Die kann ich wirklich nicht hergeben.«

»Ich werde nicht mehr lange bei euch sein«, ließ sich Gran schwach vernehmen. »Mein Herz.«

»Sie ist ein Symbol seiner Liebe«, wandte Maddie ein. »Ich schlafe damit.«

Gran keuchte nach Luft und verfiel in einen Hustenanfall, der nicht enden wollte, bis Maddie ihr ein Glas Wasser gebracht hatte und die Krankenschwester ins Zimmer geeilt war, um sich zu vergewissern, daß keine drastischen Maßnahmen zu ergreifen waren.

»Mach das nie wieder«, meinte Maddie, sobald die Krankenschwester das Zimmer verlassen hatte. »Du jagst mir Angst ein. Ich fange gerade an, dich zu schätzen, also stirb mir jetzt nicht weg.«

»Ich würde mich weitaus besser fühlen, wenn ich etwas Hübsches hier bei mir hätte«, erwiderte Gran. »Diese Katzenkette ist wirklich hübsch.«

»Du hast gewonnen.« Maddie streifte sie ab und reichte sie ihr. »Aber führe nie wieder dieses Hustentheater auf. Erzähl mir jetzt lieber von Mickey.«

Gran zog die Pralinenschachtel aus Maddies Reichweite und legte sich die Kette um den Hals. »Vergiß Mickey. Erzähl mir lieber von deinem neuen Mann. Ich würde ihn gern kennenlernen. Wie gut ist er?«

»Unglaublich«, sagte Maddie. »Absolut der Beste. Ich komme jedesmal laut schreiend.«

»Ich bitte dich, sei leise«, erwiderte ihre Großmutter. »Wir müssen hier in dieser Stadt leben.«

Zu Hause angekommen, legte Maddie Bonnie Raitt auf, doch bevor sie die Lautstärke für »Something to Talk About« aufdrehen konnte, klingelte das Telefon. Maddie verwarf ihren ersten Gedanken, nicht abzuheben. Vielleicht gab es ja gute Nachrichten?

»Dies ist ein obszöner Anruf«, ließ sich C.L. vernehmen, als sie abhob, und allein der Klang seiner Stimme bereitete ihr ein behagliches Gefühl. »Was trägst du?«

»Ein Lächeln auf den Lippen und das, was ich bei der Drake-Farm getragen habe. Warum bist du jetzt nicht hier in mir?« Sobald sie diese Worte auch nur ausgesprochen hatte, raubte ihr der Gedanke an seine Stärke, seine Hände, seinen Mund, sein Lächeln und seine Liebe den Atem. Offenbar übten sie auf C.L. die gleiche Wirkung aus, da sie ihn durch die Leitung laut atmen hörte.

»Das waren klare und unmißverständliche Worte«, sagte er. »Himmel noch eins, wo war ich stehengeblieben? Auch egal. Mach dich bereit, ich bin unterwegs.«

»Warte einen Augenblick«, wandte Maddie ein. »Was ist mit Em? Wird Henry nicht anrufen?«

»Anna plant gerade, bis zum nächsten Jahrhundert auf Em und Mel aufzupassen, und Henry hat sich die Bücher und Rechnungen aus dieser Kiste im Polizeirevier vorgenommen. Ich habe also nichts anderes zu tun, als dich um den Verstand zu bringen.«

Maddie biß sich auf die Lippe und suchte Halt an der Wand. Vorspiel per Telefon. Zum ersten Mal seit Wochen hegte sie gegenüber AT&T freundliche Gedanken. »Du hast wohl nie etwas anderes im Sinn, was?«

»Ich wollte hier gerade ein Rohr verlegen, aber wenn du verdorbene Sprüche losläßt, werde ich bei dir eins verlegen. Ich habe das entsprechende Werkzeug und weiß es zu benutzen.«

»Meine Großmutter wird dich in ihr Herz schließen«, sagte Maddie.

»So wie du, Süße«, erwiderte C.L. Die Gewißheit in seiner Stimme ließ sie auflachen.

»Das habe ich schon«, meinte Maddie übermütig. »Ich liebe dich, wahnsinnig, leidenschaftlich, hoffnungslos, lautstark. Los, mißachte jede Geschwindigkeitsbegrenzung und parke direkt vor meinem Haus. Wir werden die Fenster offenstehen lassen.«

Ohne sich zu verabschieden, legte C.L. auf, und Maddie stellte sich vor, wie er die Tür seines Cabrios aufriß und sich ungestüm auf die Straße einfädelte. Aber das würde er selbstverständlich nicht tun, da er nun ein ernsthafter und ehrenwerter Bürger war. Dennoch konnte sie, völlig gefangen davon, dieses Bild genau vor sich sehen.

Er würde mindestens zwanzig Minuten bis zu ihr brauchen. Derweil könnte sie ihre Mutter anrufen und sich nach Einzelheiten erkundigen – andererseits wollte sie nichts tun, was ihre Mutter davon abhalten würde, sich mit dreiundsechzig zum Gespött der Leute zu machen. Sie könnte Treva anrufen, aber den Rest ihres Lebens würde sie mit Treva die letzten Neuigkeiten austauschen.

Sie sollte vielmehr einfach hier sitzen bleiben und sich obszönen Gedanken an C.L. hingeben, aber das Telefongespräch hatte sie schon heiß genug gemacht und erschauern lassen. Noch zwanzig Minuten...

Im Gefrierfach lagen noch Schokokuchen. Mit Nüssen. Und dank ihres funktionierenden Geliebten hatte sie eine funktionierende Mikrowelle, in der sie einen davon innerhalb von dreißig Sekunden in einen himmlischen Genuß verwandeln konnte.

Himmlische Vorstellungen ließen ihre Gedanken zu C.L. zurückschweifen. Sie streifte ihren winzigen blauen Bikinislip ab und wollte ihn in der Diele fallen lassen, damit er ihn dort finden würde. In diesem Moment überlegte sie es sich jedoch anders, trat auf die Vorderveranda hinaus und stülpte ihn statt dessen über den Türknopf, während sie Mrs. Crosby zuwinkte, die sie von ihrer Veranda aus mit zusammengekniffenen Augen beobachtete. Unbeeindruckt ging sie ins Haus. Sie war sicher, daß das Vorfinden ihres Slips auf den sowieso schon erregten C.L. eine elektrisierende Wirkung haben würde. Dieser Nachmittag, der bereits gut angefangen hatte, versprach galaktisch zu werden.

Und bis dahin gab es schließlich Schokolade.

Danksagung

Meinen Dank an die Fakultät und die Studenten des Kreativen Schreibseminars der Ohio State University für das Lesen großer Teile dieses Romans *ad nauseum*, an meine Lektorin, Valerie Taylor, die den gesamten Roman *ad nauseum* las, sowie an meine Agentin, Meg Ruley, und meine Verlegerin, Jennifer Enderlin, die aufrichtig schwören, er sei kein *nauseum*.

Jennifer Crusie

Der Frühjahrsputz

Roman

Aus dem Amerikanischen
von Jacqueline Klein

Weltbild

Für Lee K. Abbott,
einen göttlichen Mann

1

An einem trüben Nachmittag im März, in demselben Klassenzimmer der High-School, in dem sie seit dreizehn Jahren saß und ihrer besseren Hälfte mit unterdrückter Wut zum zweiundsiebzigsten Male, seit sie sich kannten, erklärte, daß sie um sechs nach Hause komme, weil es Mittwoch war und sie mittwochs immer um sechs nach Hause kam (»Genau wie immer, Bill«), hob Quinn McKenzie den Blick von den Aquarellarbeiten ihrer Schüler vor ihr auf dem Pult und begegnete ihrem Schicksal.

Ihr Schicksal war ein kleiner schwarzer Hund mit traurigen Augen, dessen Bedeutung ihr zunächst entging.

Alles andere entging ihr nicht. Das Hündchen, das ihr ihre Lieblingsschülerin des Kunstkurses entgegenstreckte, war ein Nervenbündel in Hundegestalt: ein drahtiger schwarzer Körper, dünne weiße Beinchen und ein kleiner schwarzer Kopf. Das arme Geschöpf war völlig verkrampft und zitterte am ganzen Körper. Es sah verfroren und verschreckt und hungrig und ängstlich aus, während es sich in Theas Armen wand, und Quinn brach das Herz. Kein Tier sollte jemals so aussehen.

»*Oh*«, meinte Quinn, stand auf und ging zu Thea hinüber, während Bill gutmütig seufzte und sagte: »Nicht noch einer.«

»Ich habe sie auf dem Parkplatz gefunden«, erklärte Thea und setzte den Hund auf den Boden vor Quinn. »Ich dachte mir, Sie wüßten, was zu tun ist.«

»Hallo, Kleine.« Quinn hockte sich vor sie – nicht zu nahe, nicht zu weit weg – und klopfte auf den Fußboden. »Komm her, mein Schatz. Du brauchst keine Angst zu haben. Jetzt wird alles gut. Ich werde mich um dich kümmern.«

Der Hund zitterte noch heftiger und schaute sich hektisch um. Dann stürmte er unvermittelt auf die nächste Tür zu, die zu seinem Pech zum Materialraum führte.

»Nun, das macht es einfacher, ihn zu erwischen und einzufangen«, meinte Bill in seinem üblichen unbeschwerten Ton.

Schlechte Tage kannte Bill Hilliard nicht, der Mann, der das Footballteam der Tibbett High zu fünf aufeinanderfolgenden Meisterschaften geführt hatte und das Baseballteam zu vieren – wobei die fünfte vor der Tür stand –, und das eigentlich nur deshalb, so dachte Quinn, weil er nie die Möglichkeit einer Niederlage in Betracht zog. »Wer weiß, was er will, dem gelingt es auch«, pflegte er die Jungs anzuspornen, und sie schafften es.

Quinn wollte eigentlich zu ihrem Pizzaessen, aber zunächst mußte sie diesen Hund trösten und Bill loswerden. Auf Händen und Knien kroch sie zur Tür und bemühte sich, nicht bedrohlich zu wirken. »Sieh mal, Hunde mögen mich«, sagte sie in ihrem besten Komm-zu-Mama-Tonfall, während der Hund neben einem Karton mit Holzmaterial an der hinteren Wand des engen Materialraums kauerte. »Diese Chance willst du dir doch wohl nicht entgehen lassen. Wirklich, ich bin berühmt dafür. Komm her.« Immer noch auf Händen und Knien rutschte sie ein wenig näher, und der Hund beäugte sie mißtrauisch.

»Ich nehme an, das mußte sein.« Bill wandte sich gelassen an Thea, und Quinn empfand gleichermaßen Ärger und Schuldgefühle ihm gegenüber, weil sie ihn getäuscht hatte. »Keine Hunde mehr«, hatte er das letzte Mal gesagt, als sie einem Streuner zu Hilfe gekommen war. »Du kannst sie nicht alle retten.« Sie hatte genickt, um zu erkennen zu geben, daß sie ihn gehört hatte, und er hatte dies als Zustimmung aufgefaßt. Sie hatte ihn in diesem Glauben gelassen, weil das einfacher war – es machte keinen Sinn, ein Problem zu schaffen, mit dem sie sich dann nur herumschlagen mußte, um eine Lösung zu finden.

Und nun hinterging sie ihn mit einem Mischlingshund. Wieder blickte sie dem Hund in die Augen. *Alles wird gut. Hör nicht auf das, was der große blonde Kerl sagt.* Das Hündchen preßte sich nicht mehr ganz so fest gegen den Karton und schaute sie nun wachsam und nicht mehr verängstigt mit seinen kleinen kummervollen Augen an. Ein Fortschritt. Wenn sie noch zehn Stunden Zeit hätte und dazu ein Schinkensandwich, würde es vielleicht sogar von alleine zu ihr kommen.

»Du willst ihn doch wohl nicht mit nach Hause nehmen, oder?« Bill erschien hinter ihr und warf im Nachmittagslicht, das schwach durch die Fensterfront einfiel, einen Schatten über den Hund. Der wich aus Angst vor der Dunkelheit wieder zurück.

Bill konnte nichts dafür, daß er groß war, aber er hätte wenigstens merken können, daß er überall einen beträchtlichen Schatten warf.

»Schließlich ist Hundehaltung in unserer Wohnung nicht erlaubt.« Bills Stimme klang geduldig, während er im Tonfall eines Lehrers weiterredete, der ihr etwas erklärte, was sie bereits wußte, und sie zu der richtigen Schlußfolgerung führen wollte.

Meine Schlußfolgerung ist, daß du mich bevormundest. »Irgend jemand muß sich um streunende Hunde kümmern und ein Zuhause für sie finden«, erwiderte Quinn, ohne sich umzuschauen.

»Stimmt«, sagte Bill. »Und deshalb bezahlen wir Beiträge an den Tierschutzverein. Ich könnte ja dort anrufen, um –«

»Im Tierheim?« fragte Thea entsetzt.

»Schließlich bringt man sie dort nicht um«, antwortete Bill. »Nur die kranken Tiere.«

Quinn sah über die Schulter und wechselte einen Blick mit Thea, die sie ansah. *Tja,* wollte Quinn ihr sagen, *das glaubt er tatsächlich.* Statt dessen klopfte sie erneut auf den Fußboden. »Komm her, Süße. Komm schon.«

»Liebling«, Bill legte ihr eine Hand auf die Schulter, »komm jetzt, steh auf.«

Wenn sie seine Hand von ihrer Schulter abschütteln würde, wäre er verletzt, und das wäre nicht fair. »Schon gut«, sagte Quinn.

Bill bewegte seine Hand, und Quinn stieß den Atem aus, den sie unbewußt angehalten hatte.

»Ich rufe einfach bei –«

»Bill.« Quinn bemühte sich, so freundlich wie möglich zu sprechen. »Geh jetzt und räume den Kraftraum auf, damit ich mich um dies hier kümmern kann. Ich bin um sechs Uhr zu Hause.«

Bill nickte und strahlte dabei trotz ihres unlogischen Widerwillens gegen den Tierschutzverein Toleranz und Verständnis aus. »Natürlich. Aber zuerst werde ich den Wagen für dich vorwärmen und vor die Tür fahren.« Er tätschelte ihre Schulter und fügte hinzu: »Du wartest hier«, so als beabsichtige sie, ihm zu folgen. Er verließ den Raum, und im Geiste sah sie ihn über den vereisten Parkplatz zu ihrem CRX stapfen, als wäre ein Ausrutschen gar nicht möglich. Wahrscheinlich würde ihm das tatsächlich nie passieren; Wikinger liebten Eis, und mit seinen knapp zwei Metern, seinen hundertzwanzig kraftstrotzenden Kilos und seinem Blondschopf war Bill das Musterbeispiel eines Wikingers. Ganz Tibbett bewunderte Bill, den einzigartigen Coach, nur Quinn beschlichen allmählich Zweifel.

Dabei war es so unfair von ihr, Zweifel zu haben. Sie wußte, er würde ihren Wagen vorwärmen und die Tür mit seinem statt mit ihrem Schlüssel aufschließen, noch so eine Sache, die sie störte. Vor zwei Jahren, als sie begannen, miteinander auszugehen, hatte er ohne ihre Einwilligung ein Duplikat des Schlüssels anfertigen lassen. Aber da er dies getan hatte, um ihren Wagen immer vollzutanken, war es völlig unlogisch, sich darüber zu ärgern. Es war nicht richtig, sich über einen Mann ohne Fehl und Tadel zu beschweren, einen Mann, der ordentlich, großzügig, rücksichtsvoll, fürsorglich, verständnisvoll und erfolgreich war, und der seit 1997 Hunderte von Dollars für ihr Benzin geblecht hatte. Dieser Schwachkopf war tatsächlich der perfekte Mann.

Quinn sah wieder zu dem Hund und sagte: »Sobald ich dich aus diesem Abstellraum herausgelockt habe, werde ich mein Liebesleben ernsthaft unter die Lupe nehmen.«

»Was?« fragte Thea, aber noch bevor sie das Wort ganz ausgesprochen hatte, schüttelte Quinn den Kopf.

»Vergiß es. Du hast nicht zufällig etwas Eßbares in deiner Tasche, oder? Ich könnte zwar einfach hineingehen und sie holen, aber sie ist so verängstigt, daß sie besser von alleine zu mir käme.«

»Warten Sie.« Thea wühlte in der großen Ledertasche, die sie stets mit sich herumschleppte, und förderte einen halben Müsliriegel zutage.

»Müsli«, seufzte Quinn. »Grandios.« Sie wickelte ihn aus, brach ein Stück ab und ließ es über den Boden zu dem Hund rutschen. Er wich zurück, kam dann jedoch zögernd ein wenig vor und schnupperte mit seiner kleinen schwarzen Nase. »Das ist lecker«, flüsterte Quinn, und der Hund begann vorsichtig, daran zu knabbern.

»Was für ein süßer kleiner Hund«, wisperte Thea neben ihr, und Quinn nickte und legte noch ein Stück auf den Boden, diesmal ein wenig näher. Langsam wagte sich der Hund vor, um es sich zu holen, wobei er sie jedoch nicht aus den Augen ließ, nur für den Fall, daß sie etwas Hundeunfreundliches tun würden – große, dunkle, feuchte Augen, die Quinn zu sagen schienen: *Hilf mir, rette mich, kümmere dich um mich.*

»Komm her, Kleine«, flüsterte Quinn, und der Hund traute sich tatsächlich, das nächste Stück zu holen.

»Fast«, hauchte Thea, als er sich vor sie setzte, zwar immer noch wachsam, aber schon ruhiger, während er auf dem Müsliriegel kaute.

»Hi«, sagte Quinn. »Willkommen in meinem Leben.«

Der Hund legte seinen Kopf schief und klopfte mit seinem schwarzen Schwänzchen auf den Boden. Quinn sah, daß er einen weißen Fleck über einem Auge hatte und vier weiße Pfoten; auch die Schwanzspitze war weiß, als sei sie in einen Farbtopf getunkt worden.

»Ich werde dich jetzt hochnehmen«, sagte Quinn zu ihm. »Ganz langsam.«

Sie streckte ihre Hand aus und hob ihn vorsichtig hoch, dann setzte sie sich und nahm ihn auf ihren Schoß. Sie gab ihm das letzte Stück Müsliriegel, und er entspannte sich und kaute darauf herum, während sie ihm den Rücken streichelte. »Ein wirklich süßer kleiner Hund«, meinte sie zu Thea und lächelte zum erstenmal, seit Bill den Raum betreten hatte. Ein weiteres Problem gelöst.

»Der Wagen steht bereit«, verkündete Bill im Türrahmen, was den Hund zusammenfahren ließ. »Du kannst ihn jetzt auf dem Weg zu deinem Pizzaessen beim Tierheim vorbeibringen.«

Quinn streichelte den Hund und wog im Geiste ihr Glück ab. Sie konnte *froh* sein, Bill zu haben; schließlich hätte sie auch bei jemandem enden können, mit dem das Zusammenleben schwierig war. Jemandem wie ihrem Vater, der nur für das Sportprogramm auf ESPN lebte, oder ihrem Ex-Schwager, der an angeborener Beziehungsunfähigkeit litt. Nick hätte sie nach einem Jahr sitzenlassen und sich aus Langeweile nach etwas anderem umgesehen, was ein lausiger Grund dafür war, jemandem den Laufpaß zu geben. Anderenfalls hätte sie Bill bereits vor langer Zeit verlassen.

»Es liegt außerhalb an der alten Schnellstraße«, ergänzte Bill. »Hinter dem alten Autokino.«

Quinn lächelte Thea zu. »Das hast du gut gemacht, vielen Dank für den Müsliriegel.« Sie erhob sich, wobei sie den Hund weiter streichelte, und Bill griff nach ihrem Mantel.

»Setz dieses Viech ab«, sagte er und hielt ihr den Mantel entgegen.

Quinn reichte Thea den Hund und ließ sich von Bill in den Mantel helfen.

»Bleib nicht zu lange bei Darla«, sagte er und drückte ihr noch einen Kuß auf die Wange. Sie schob sich an ihm vorbei, um den Hund wieder an sich zu nehmen. Sie sehnte sich danach, die Wärme seines drahtigen kleinen Körpers in ihren Armen zu spüren. Er blickte sie ängstlich an, und sie beruhigte ihn: »Alles in Ordnung, keine Sorge.«

Bill begleitete sie zur Tür und dann nach draußen in den kalten Märzwind. Er hielt Quinn die Tür ihres Wagens auf, während sie Thea fragte: »Soll ich dich mitnehmen?«

»Nicht nötig«, erwiderte Thea. »Bis morgen.« Zögernd warf sie Bill einen vorsichtigen Blick zu und fügte hinzu: »Danke, McKenzie.«

»Ist mir ein Vergnügen«, meinte Quinn, und Thea stapfte über den vereisten Boden in Richtung Studentenparkplatz davon, während Quinn auf den Fahrersitz glitt.

»Du wirst ihn doch ins Tierheim bringen, oder?« fragte Bill, der noch immer die Tür offenhielt.

Quinn wandte sich ab. »Wir sehen uns später.« Sie zog die Tür zu und hörte Bill seufzen, als hätten sich seine schlimmsten Befürchtungen bestätigt. Sie sah auf den Hund hinunter, der nun angespannt auf ihrem Schoß stand, und sagte mit sanfter Stimme: »Du bringst meinen Tag ganz schön durcheinander, weißt du das?« *Aber kein Problem, überhaupt keines, hier im* Auto *ist alles in Ordnung, vor allem, wenn du ein Hund bist.* »Ich war mit Darla um halb vier zum Pizzaessen verabredet, und jetzt bin ich zu spät. Du warst in meinem Plan nicht vorgesehen.«

Die Augen des Hündchens hellten sich auf, blickten nahezu interessiert, und Quinn mußte lächeln, weil es so klug aussah. »Ich wette, du bist ein kluges Tier«, sagte sie. »Ich wette, du bist der klügste Hund weit und breit.«

Der Hund kuschelte sein knochiges kleines Hinterteil auf ihrem Schoß zurecht, kringelte seinen Schwanz mit der weißen Spitze um den Körper und schaute neugierig zu ihr hoch.

»Wie niedlich.« Sie streichelte sein glänzendes weiches Fell und spürte, wie eisig es sich anfühlte, kein Schutz vor der Kälte. Der Hund erschauerte unter ihrer Hand, und sie konnte seine angespannten Sehnen und verkrampften Muskeln fühlen. Quinn knöpfte ihren Mantel auf und wickelte ihn um den zitternden kleinen Körper, bis nur noch das Köpfchen herausragte und der Hund sich seufzend an sie schmiegte und es sich in der Wärme gemütlich machte. Das Anschmiegen zeugte von purer Dankbarkeit – ein kompromißloses, simples, körperliches *Dankeschön* ohne irgendwelche Bedingungen –, und Quinn überließ sich dem wohligen Gefühl dieses Augenblicks, obschon ihr klar war, daß sie den Hund nicht behalten konnte. Bill wäre fassungslos, wenn er sie so sähe. Er würde ihr erklären, daß sie gebissen werden oder Flöhe oder Gott weiß was bekommen könnte, aber Quinn wußte, daß dieser Hund nicht beißen würde und daß es für Flöhe zu kalt war. Wahrscheinlich zumindest.

»Alles in Ordnung«, sagte sie und sah hinab in die dunklen, dankbaren Augen des Hündchens. Auf der Suche nach mehr Wärme und Sicherheit schob es seinen Kopf unter ihren Mantel, und Quinn spürte, wie sie sich zum erstenmal an diesem Tag völlig entspannte. Kunstunterricht zu geben war nie einfach – Tage voller Präzisionsmesserschnitte und verschütteter Farbe und aufgeblasener Vorgesetzter und künstlerischer Verzweiflung –, und in letzter Zeit war sie nervlich noch angespannter gewesen als üblich, fast ein wenig depressiv, so als liefe etwas schief. Nun jedoch, als sie den Hund noch enger an sich drückte und er eines seiner knochigen kleinen Knie in ihren Magen bohrte, fühlte sie sich besser.

»Was bist du für ein süßes Ding«, flüsterte sie in ihren Mantel.

Bill pochte gegen das Fenster, und der Hund streckte erschrocken seinen Kopf aus dem Mantel. Quinn stieß zwischen zusammengepreßten Zähnen die Luft aus und kurbelte die Scheibe herunter. »Was?«

»Ich überlegte nur gerade«, setzte Bill an, als sein Blick ins Auto fiel und er den Hund in ihrem Mantel sah. »Ist das eine gute Idee?«

»Ja«, erwiderte Quinn. »Was überlegtest du gerade?«

»Du bist doch sowieso schon zu spät für deine Pizza mit Darla«, meinte Bill, »deshalb wäre es doch sinnvoll, wenn ich ihn ins Tierheim bringe. Um so eher können ihn sich viele Leute ansehen. Dann findet er schneller ein Zuhause.«

Quinn stellte sich vor, wie das Hündchen zitternd auf einem kalten Betonboden saß, allein und ängstlich hinter einem dicken Stahlgitter eingesperrt und auf doppelte Weise betrogen, weil sie ihm Wärme versprochen hatte. Wieder blickte sie hinab in seine tiefdunklen Augen. Irgend jemand hatte diesen süßen kleinen Hund einfach ausgesetzt. Das würde nicht wieder passieren. *Ich werde dich nicht verraten.*

»Sei vernünftig, Quinn.« Bill hörte sich verständnisvoll, aber unnachgiebig an. »Das Tierheim ist ein sauberer, warmer Ort.«

Ihr Mantel war auch ein sauberer, warmer Ort, aber das zu sagen, wäre kindisch. Okay, sie konnte den Hund nicht behalten, das wäre unvernünftig, sie mußte ihn an jemanden abgeben, aber unter keinen Umständen käme er ins Tierheim. Wer also könnte ihn nehmen?

Vertrauensselig, nahezu hingebungsvoll erwiderte der Hund ihren Blick. Quinn lächelte ihm zu. Sie mußte eine liebe, ruhige Person finden, der sie uneingeschränkt vertrauen konnte. »Ich werde ihn zu Nick bringen«, sagte sie zu Bill.

»Nick will keinen Hund«, antwortete Bill. »Das Tierheim –«

»Das wissen wir nicht.« Quinn drückte den Hund fester an sich. »Er hat eine eigene Wohnung über der Reparaturwerkstatt, also gibt es kein Problem mit einem Vermieter. Ich wette, er hätte diesen Hund gerne.«

»Nick wird ihn nicht nehmen«, sagte Bill bestimmt, und Quinn wußte, daß er recht hatte. Darla hatte irgendwann einmal gesagt, Nick wäre am besten als groß, dunkel und abseits von der Menschheit zu beschreiben. Sie griff nach einem äußerst dünnen Strohhalm, wenn sie glaubte, Nick würde sich für einen Hund aufopfern.

»Bring ihn ins Tierheim«, beharrte Bill, aber Quinn schüttelte den Kopf.

»Warum nicht?« fragte Bill, und beinahe hätte Quinn gesagt, *weil ich ihn haben will.*

Der Gedanke war so absolut selbstsüchtig und fühlte sich so absolut richtig an, daß Quinn den Hund nun mit neuen Augen betrachtete.

Vielleicht war sie dazu bestimmt, diesen Hund zu behalten.

Die Erregung, die bei dem Gedanken von ihr Besitz ergriff, etwas so Unvernünftiges zu tun, war so intensiv, daß sie fast etwas Sexuelles hatte. *Es ist mir egal, ob das unklug ist,* könnte sie sagen. *Ich will ihn.* Wie egoistisch. Wie aufregend. Quinns Herz klopfte schneller, als sie darüber nachdachte.

Nur ein bißchen egoistisch. Ein Hund war ein so kleiner Wunsch – schließlich ging es nicht darum, ein neues Leben zu beginnen, den Liebhaber zu wechseln oder irgend etwas grundsätzlich zu verändern.

Nur eine kleine Veränderung. Nur ein kleiner Hund. Etwas Neues in ihrem Leben. Etwas anderes.

Sie umklammerte den Hund noch fester.

Edie, die beste Freundin ihrer Mutter, ermahnte sie schon seit Jahren, sie solle aufhören, immer alles regeln zu wollen, immer so vernünftig zu sein, immer das Leben anderer in Ordnung bringen zu wollen. Sie solle sich lieber um ihr eigenes Leben kümmern. »Mir geht es nicht schlecht«, hatte sie erwidert, aber vielleicht hatte Edie recht. Vielleicht sollte sie mit so etwas Kleinem wie einem Hund anfangen, mit diesem Hund, mit einer kleinen Veränderung, einer kleinen Verbesserung, um sich dann größeren Dingen zuzuwenden. Vielleicht war dieser Hund ein Zeichen, ihr Schicksal. Und mit dem Schicksal ließ sich nicht diskutieren. Man denke nur an all die griechischen Helden, die das versucht hatten.

»Du kannst den Hund nicht behalten«, sagte Bill, und Quinn antwortete: »Laß mich mit Edie sprechen.«

Bill lächelte, wobei sein hübsches Gesicht Erleichterung und Wohlwollen zeigte. Ein glücklicher Wikinger. »Großartige Idee. Edie ist sowieso allein. Sie könnte einen Hund gebrauchen, der ihr Gesellschaft leistet. Das ist sehr klug von dir.«

So *habe ich das nicht gemeint,* wollte Quinn sagen, aber es war sinnlos, einen Streit zu provozieren; daher sagte sie statt dessen nur: »Danke, tschüs dann.« Sie kurbelte das Fenster hoch und sah dem Hund in die dunklen Augen. »Du sollst es gut haben.« Der Hund stieß einen leisen Seufzer aus und schmiegte den Kopf an Quinns Brust, ohne den Blickkontakt aufzugeben, als hinge sein Leben davon ab. Vor lauter Intensität zitterte er ein wenig. Kluger, kluger Hund. Quinn tätschelte ihn, um ihn zu beruhigen, und lächelte. »Du siehst aus wie eine Katie. K-K-K-Katie, genau wie in diesem Lied. Eine süße kleine K-K-K-Katie.« Sie beugte sich hinab und wisperte: »Meine Katie«, und der Hund seufzte zustimmend und verkroch sich wieder in die dunkle Wärme von Quinns Mantel.

Bill stand draußen und winkte ihr zu, eindeutig erfreut darüber, daß sie so vernünftig war. Sie winkte zurück. Mit ihm konnte sie sich später befassen, aber nun wurde es wirklich Zeit, zu ihrer Pizzaverabredung zu fahren.

Mit ihrem Hund.

Am anderen Ende der Stadt beugte sich Nick Ziegler in der hell erleuchteten zweiten Bucht der Tankstelle und Reparaturwerkstatt der Brüder Ziegler unter die Motorhaube von Barbara Niedemeyers Camry und bedachte den Motor mit einem finsteren Blick. Soweit er sehen konnte, war er völlig in

Ordnung, was wiederum bedeutete, daß es Barbara um etwas anderes ging. Und in Anbetracht der Vorliebe Barbaras für verheiratete Handwerker konnte er sich nur zu gut vorstellen, was das war. Offenbar war nun sein Bruder Max an der Reihe. Das könnte ein Problem für Max werden, aber Nick sah eigentlich keinen Grund, sich darüber Gedanken zu machen. Bereits vor langer Zeit, als er selbst in sein Unglück gerannt war, war er zu dem Schluß gekommen, daß sich die Leute ihr Grab selbst schaufeln mußten, und wenn er auch ein paar Narben von einigen vergangenen Dummheiten davongetragen hatte, konnte er zumindest auch auf einige interessante Erinnerungen zurückblicken. Er hatte keine Lust, sich in Max' Leben einzumischen.

Er ließ die Haube von Barbaras trojanischem Pferd zufallen, zog einen Lappen aus seiner Hosentasche und wischte den glänzenden Lack sauber, um sicherzugehen, daß er keine Fingerabdrücke hinterlassen hatte. Dann ging er zur dritten Garagenbucht hinüber, um sich mit seinem nächsten Problem zu befassen, Bucky Manchesters Auspufftopf.

»Hast du ein Leck in dem Toyota gefunden?« fragte Max Nick von der Bürotür aus.

»Es gibt keinÖlleck.« Nick stand unter Mrs. Manchesters Chevy, rieb sich die Hände an dem Lappen ab und betrachtete den Schaden. Das Auspuffrohr war so löchrig wie ein Schweizer Käse. Er würde sie anrufen müssen, um ihr zu sagen, daß die Reparatur ziemlich teuer werden würde. Sie wäre bestimmt nicht begeistert, aber sie vertraute ihm.

»Das habe ich Barbara auch schon erklärt«, meinte Max. »Aber sie sagte, ›sieh es dir doch bitte noch einmal an‹. Diese Frau ist einfach übervorsichtig.«

Nick spielte kurz mit dem Gedanken, Max zu warnen, daß Barbara nicht an einem imaginären Ölleck interessiert war, schob die Idee dann jedoch beiseite. Max war kein Ehebrecher, und selbst wenn er seinen Verstand verlieren und einen Seitensprung tatsächlich in Betracht ziehen sollte, gab es immer noch Darla. Und Darla war keine Frau, die ein Mann zum Narren halten konnte und die sich mit Lügengeschichten abspeisen ließ. Es gab kein Problem namens Barbara.

»Sie hat noch nie soviel Aufhebens um ihren Wagen gemacht«, murrte Max weiter und trat aus dem Büro. »Man sollte glauben, sie vertraut uns nicht mehr.« Er blieb stehen, um aus einem der Fenster in der Tür zur ersten Bucht hinauszuschauen. »Hat Bill Quinn etwa heimlich ein Kind gemacht?«

Nicks Hand schloß sich fester um den Lappen, und er starrte ein paar Sekunden auf den Auspuff, bevor er antwortete: »Ziemlich unwahrscheinlich, daß Bill so was tut.«

»Sie geht ins Upper Cut.« Max blinzelte angestrengt durch das Fenster. »Sie scheint sich den Bauch festzuhalten. Vielleicht ist ihr schlecht.«

Die Tür lag sowieso auf Nicks Weg zum Büro, daher trat er hinzu und spähte über Max' Ohr hinweg. Es sah merkwürdig aus, wie Quinn mit der Tür zum Schönheitssalon kämpfte; ihr dunkelblauer Matrosenmantel wölbte sich über ihrem Bauch, die langen Beine, die in einer Jeanshose steckten, stemmten sich kräftig gegen den Wind, und ihre rötlichbraunen Fönwellen fielen ihr ins Gesicht, als sie sich vorbeugte. Dann drehte sie sich mit dem Rücken zur Tür, und er sah einen Hund, der den Kopf aus dem Kragen ihres Mantels hervorstreckte. »Vergiß es«, meinte er zu Max. »Es ist ein Hund.«

»Ich werde nicht noch einen Hund adoptieren«, sagte Max. »Zwei sind mehr als genug.«

Nick trat ans Waschbecken, um seine Hände von den letzten Ölresten zu säubern. »Vielleicht bringt sie ihn zu Lois.«

»Heute ist Mittwoch«, sagte Max düster. »Sie trifft sich dort mit Darla auf eine Pizza. Sie wird sie überreden, und dann müssen wir uns mit noch einem abfinden.« Seine Miene erhellte sich. »Es sei denn, Lois wirft sie raus, weil sie den Hund mit hineingeschleppt hat. Mit ihrem Schönheitssalon ist sie sehr eigen.«

Nick drehte mit dem Handgelenk den Wasserhahn auf.

»Wenn Quinn den Hund mit hineinnehmen will, wird Lois sie lassen.«

Das heiße Wasser rann über seine Hände, und er schrubbte sie mit der körnigen Seife, wobei er darauf mehr Aufmerksamkeit als üblich verwandte, weil er wütend auf Max war und er es nicht mochte, wütend auf Max zu sein. Nick drehte den Hahn zu, trocknete seine Hände ab und hörte Max einen Satz zu Ende bringen, dessen Anfang er versäumt hatte. »Was?«

»Ich meinte, daß Lois aber verdammt gute Laune haben müßte, um das zuzulassen.«

»Hat sie wahrscheinlich.« Nicks Verärgerung veranlaßte ihn dazu, ein wenig Unruhe in Max' Leben zu stiften. »Vermutlich hat sie gehört, daß Barbara Matthew sitzengelassen hat.«

Max sah so bestürzt aus, wie dies für einen Menschen mit einem permanent gelassenen Gesichtsausdruck möglich war. »Was?«

»Barbara Niedemeyer hat Lois' Mann vor die Tür gesetzt«, wiederholte Nick. »Pete Cantor hat es mir heute morgen erzählt.«

Max deutete mit dem Finger auf ihn. »Die nächsten Checks für Barbara übernimmst du.«

»Warum führst du nicht einfach sofort eine Komplettinspektion an dem verdammten Wagen durch, damit sie erst gar nicht mehr zurückzukommen braucht?« Nick ging zum Büro hinüber, um Mrs. Manchester anzurufen. »Würde uns beiden eine Menge Ärger ersparen.«

»Sie ist eine gutaussehende Frau«, meinte Max. »Hat 'nen guten Job in der Bank. Du checkst den Wagen durch.«

»Ich brauche keine Frau mit einem guten Job. Barbaras Wagen ist deine Sache, und das gilt auch für Barbara.«

»Die Werkstatt gehört zur Hälfte dir«, wandte Max ein. »Du bist hier der Single. Warum, verdammt noch mal, bittet sie nicht dich, ihre Ölleitung zu überprüfen?«

»Weil sie dich lieber mag, Gott sei Dank.« Nick betrat das Büro und hörte Max hinter sich einen Seufzer ausstoßen. Einige Minuten später, als er Mrs. Manchesters Nummer wählte, hörte er vom Büro aus, wie die Motorhaube von Barbaras Toyota geöffnet wurde.

»Nick?« fragte Max mit dem Kopf unter der Haube.

»Ja?«

»Sorry für den Witz über Quinn eben. Ich hab's nicht so gemeint, wie es sich anhörte.«

Nick lauschte dem Besetztzeichen bei Mrs. Manchester und dachte an Quinn, die Herzliche und Zielstrebige und Verläßliche, das vollkommene Gegenteil zu ihrer verrückten Schwester Zoë. Quinn in Schwierigkeiten war gar nicht lustig. »Schon gut.«

»Ich weiß, daß ihr euch nahesteht.«

Nick legte auf. »So nahe nun auch wieder nicht.«

Als Max nichts darauf erwiderte, ging Nick zurück in die Garage und konzentrierte seine Gedanken auf den Chevy, wo sie hingehörten. Autos konnte man verstehen. Man brauchte zwar ein wenig Geduld und mußte sich gut auskennen, aber Autos verhielten sich immer gleich. Man konnte sie reparieren. Und das war mehr, als man von den Menschen behaupten konnte. Kein guter Mechaniker hätte beispielsweise etwas für ihn und Zoë tun können. Er dachte nicht mehr häufig an Zoë; selbst die Nachricht vor zehn Jahren, daß sie wieder heiraten werde, hatte ihm nur einen kleinen Stich versetzt. Und das war nichts gewesen gegen das, was Max gerade mit seiner Witzelei über Quinn erreicht hatte.

»Nick?«

Max' Stimme klang immer noch ein wenig besorgt, deshalb sagte Nick: »Hältst du es für möglich, daß Barbara zwei Wagen hat? Dann könntest du beträchtliche Zeit mit ihr verbringen.«

»Sehr witzig«, grummelte Max, widmete sich dann aber wieder seiner Arbeit, so daß Nick sich auf den Auspuff konzentrieren konnte. Der war sowieso das einzige echte Problem, das er hatte, weil Max Darla niemals betrügen würde und Quinn stets streunende Hunde aufgriff und ein Zuhause für sie suchte. Nichts in seinem Leben würde sich jemals ändern.

Außer an Bucky Manchesters Auspuffrohr.

Auf der anderen Straßenseite ließ sich Darla Ziegler in dem kleinen Pausenraum des Upper Cut gerade auf die Couch aus verschlissenem Tweedstoff fallen, als Lois Ferguson mit finsterem Blick hereinkam. Mit ihrer orange schimmernden Hochsteckfrisur sah sie aus wie eine kleine Fackel. Seitdem sie das Upper Cut vor sechs Jahren übernommen hatte, versuchte Lois, Darla gegenüber ihre Autorität durchzusetzen, aber Darla hatte Lois bereits im Kindergarten Klebstoff futtern sehen. Da war also nichts mehr zu machen.

»Machst du schon Feierabend?« fragte Lois schnippisch. »Es ist erst vier Uhr.«

»Heute ist Pizza-Tag«, erwiderte Darla. »Ich bin fertig.«

»Diese Ginny Spade hast du jedenfalls toll frisiert, das muß ich dir lassen.« Lois verschränkte die Arme so fest, daß sich ihr grauer Kittel straff über der knabenhaft kleinen Brust spannte. »So gut hat sie seit Jahren nicht ausgesehen.«

»Ja, vielleicht wird sie nun jemanden kennenlernen und über diesen untreuen Mistkerl Roy hinwegkommen«, erwiderte Darla und hätte sich im gleichen Moment am liebsten selbst dafür getreten, weil sie vergessen hatte, daß Lois erst vor einem Jahr einen untreuen Mistkerl namens Matthew verloren hatte.

»Matthew möchte zu mir zurückkommen«, sagte Lois, und Darla richtete sich ein wenig auf, um Lois zur Abwechslung einmal etwas mehr Aufmerksamkeit zu schenken. Da kam Quinn durch die Ladentür gerauscht, mit fliegendem kupferfarbenem Haar und einem Hund, den sie unter ihrem Matrosenmantel verborgen hatte.

»Ich weiß, ich bin spät«, stieß sie hervor. »Tut mir leid –«

Überrascht beäugte Darla den Hund und hielt abwehrend die Hand hoch. »Warte einen Moment.« Sie sah zu Lois. »Du willst mich auf den Arm nehmen. Er hat sie verlassen?«

»Wer hat wen verlassen?« Quinn kämpfte damit, aus den Ärmeln ihres Mantels zu schlüpfen. Darla fand, daß der Hund aussah wie eine Ratte. Allerdings war es für Quinn normal, unansehnliche Hunde aufzulesen, und daher der Hund nicht annähernd so interessant wie die Bombe, die Lois gerade hatte platzen lassen. Sie widmete ihre ganze Aufmerksamkeit Lois.

»Das ist ein Hund«, sagte Lois.

»Gut erkannt.« Quinn drapierte ihren Mantel über der Lehne eines Sessels aus Avocadoholz. »Keine Sorge, ich halte sie fest. Sie wird den Boden nicht berühren, versprochen. Wer hat wen verlassen?«

»Ha.« Lois' Lippen verzogen sich zu einem süffisanten Lächeln, und sie triumphierte: »Barbara hat Matthew verlassen. Die Bankschlampe hat ihm gestern eiskalt den Laufpaß gegeben.«

»Wow.« Den Hund sicher in den Armen, sank Quinn in ihren Sessel.

»Unglaublich.« Darla lehnte sich zurück und atmete hörbar aus, während sie die Ereignisse überdachte. »Ein ganzes Jahr lang hingen sie wie die Kletten zusammen. Was ist passiert?«

»Irgendwas auf dieser dämlichen Reise nach Florida, die sie unternommen haben.« Lois preßte die Lippen noch fester zusammen. »Mich hat er nie auf eine dämliche Reise nach Florida mitgenommen.«

Im Geiste ging Darla die Möglichkeiten durch. »Ein anderer Mann?«

»Wenn ja, dann hat er ebenfalls den Abgang gemacht. Sie ist noch in der Stadt und lebt allein in ihrem kleinen Haus, und Matthew ist ins Anchor gezogen.« Lois nahm Darla gegenüber auf dem anderen durchgesessenen Sessel Platz. »Er will wieder bei mir einziehen.«

Darla zuckte die Achseln. »Das macht Sinn. Warum sollte ein Kerl in einem Motel wohnen wollen?«

»Wirst du ihn zurücknehmen?« wollte Quinn wissen.

Lois hob unschlüssig die Schultern. »Warum sollte ich? Das Haus und dieses Geschäft hier gehören mir. Wozu brauche ich ihn?«

Darla dachte an Max. »Freundschaft. Spaß. Sex. Erinnerungen. Damit du jemanden hast, der dich Neujahr küßt.«

»Er hat mich wegen einer Bankschlampe verlassen«, sagte Lois. »Wie steht es also deiner Meinung nach um unsere Freundschaft?«

Irgend etwas an der Art und Weise, wie sie das Wort *Bankschlampe* auf der Zunge zergehen ließ, verriet Darla, daß Lois nicht allein Matthew grollte. Vielleicht war diese Ehe noch zu retten. In dem Falle wäre es weitaus angenehmer, für Lois zu arbeiten. »Du hast ihn am Tag nach unserem Schulabschluß geheiratet. Sechzehn Jahre warst du mit ihm zusammen. Nur ein Jahr hat er mit Barbara Niedemeyer verbracht, und jetzt tut es ihm leid. Das ist doch schon etwas.« Wenigstens nahm Darla an, daß es ihm leid tat. Wenn er ernsthaft in Betracht zog, zu Lois zurückzukehren, obwohl er ihre Kratzbürstigkeit kannte, bevor er sie wegen einer jüngeren Frau verließ, mußte es ihm nun *tatsächlich* leid tun. »Und außerdem verdient er gut.« Sie dachte an das letzte Mal, als Matthew bei ihnen zu Hause den Abfluß repariert hatte. »Er verdient verdammt gut.«

»Ich verdiene auch gut«, meinte Lois. »Wer braucht ihn?«

»Nun, du wahrscheinlich«, mischte sich Quinn pragmatisch wie immer ein, »ansonsten würdest du nicht davon sprechen.«

»Es macht mich einfach nur wütend, das ist alles.« Lois' Kiefer mahlten heftig, bevor sie weitersprach. »Es ging uns wirklich gut, bis sie mit ihrem kaputten Badewannenabfluß und verstopften Waschbeckenrohr und Plänen für ein zweites Bad unten auftauchte. Als ob sie ein zweites Badezimmer bräuchte, wo sie doch ganz allein wohnt. Wenn ihr mich fragt, hat sie das geplant –«

Darla schaltete auf Durchzug, sie hatte diesen Wortschwall bereits mehrere Male gehört, genaugenommen seit dem Tag im vergangenen April, als sich Barbara Niedemeyer Matthew geangelt hatte. Was die Sache mit Barbaras gezieltem Vorgehen betraf, nun – Matthew war schließlich nicht ihr erster verheirateter Mann gewesen. Eigentlich hätte Lois hellhörig werden müssen, als Barbara von dem zweiten Badezimmer zu reden begann. Darla wäre jedenfalls bei dem zweiten Anruf in der Reparaturwerkstatt hellhörig geworden. Diese Frau hatte ein Vorleben. Lieber Himmel, Matthew war die Nummer Drei gewesen.

»– und jetzt glaubt er, er könne einfach mir nichts, dir nichts wieder zu Hause hereinspazieren«, beendete Lois ihren Satz. »Zum Teufel mit ihm.«

»Ich würde mir die Sache noch mal durch den Kopf gehen lassen«, meinte Darla. »Barbara ist so etwas wie eine Grippe. Männer holen sie sich, aber sie kommen darüber hinweg. Gil und Louis scheinen ihr gegenüber keine innigen Gefühle mehr zu hegen. Ich habe erst kürzlich gehört, daß Louis wieder geheiratet hat. Ich meine, Barbaras Männer erholen sich offensichtlich. Und da Matthew verdammt gutes Geld verdient, wird er andere Chancen haben, wenn du ihn nicht zurücknimmst.«

Lois starrte sie an.

»Sie hat den springenden Punkt erfaßt«, sagte Quinn. »Wenn du ihn zurückwillst.«

Darla spreizte die Hände und versuchte, unschuldig dreinzublicken. »Ich meine ja nur, wenn es dir wirklich egal wäre, wärst du nicht so wütend. Nimm ihn zurück. Laß ihn dafür bezahlen. Wenn du es richtig anstellst, wird er dich auch auf eine dämliche Reise nach Florida mitnehmen.«

»Du kapierst das nicht«, meinte Lois. »Was, wenn es Max wäre?«

Der Gedanke, daß Max sie betrügen könnte, war so lächerlich, daß Darla beinahe gekichert hätte. Max war ein wunderbarer und toller Mensch, sofern man dies von einem Mann behaupten konnte. Aber die Frauen wagten nicht einmal, mit ihm zu flirten, weit er so augenscheinlich glücklich verheiratet war. Oder zumindest, wenn sie ehrlich war, so eindeutig nicht an irgendeiner Veränderung in seinem Leben interessiert. Das war, genau betrachtet, nicht unbedingt dasselbe. Darlas Drang zum Kichern verflüchtigte sich, doch sie sagte sich, sie könne sich glücklich schätzen, einen so zufriedenen Mann zu haben. »Ich würde sagen, ›Max, du Arschloch, was zum Teufel hast du dir dabei gedacht?‹« erklärte sie Lois. »Und dann würde ich ihn zurücknehmen. Er ist dein Mann, Lois. Er hat Scheiße gebaut und muß dafür büßen, aber du solltest ihn nicht einfach aufgeben.«

Lois sah noch immer stocksauer aus, aber in die Wut schien sich eine gewisse Nachdenklichkeit zu mischen.

»Es sei denn, du liebst ihn nicht mehr«, fügte Quinn hinzu. »Es sei denn, du möchtest frei sein, um tun zu können, was du willst.«

»Bitte?« fragte Darla nach. Das hörte sich gar nicht nach Quinn an, die doch sonst für jedes Problem eine Lösung fand. »Natürlich will sie ihn zurück.«

Lois stand auf. »Das ist doch lächerlich«, sagte sie, ging in den Laden zurück und schlug die Tür hinter sich zu.

»Weißt du, ich verstehe Barbara nicht«, meinte Quinn stirnrunzelnd, während sie den Hund auf ihrem Schoß streichelte. »Sie ist doch eine nette Frau. Warum angelt sie sich immer wieder die Ehemänner anderer Frauen?«

»Weil sie keine nette Frau ist«, antwortete Darla entschieden. »Was ist in dich gefahren, Lois etwas von Freiheit zu erzählen? Lois möchte so gerne frei sein wie älter werden.«

»Ich meinte nur, sie sollte darüber nachdenken«, erwiderte

Quinn, wich Darlas Blick aus und lehnte sich in ihrem Sessel zurück. »Es steht nirgendwo geschrieben, daß das Leben mit einem Mann an der Seite besser ist.«

»In Tibbett ist es das«, sagte Darla. »Oder glaubst du wirklich, daß Lois in Bo's Bar & Grill herumhängen und geschiedene Trunkenbolde zur Wiederbelebung aufsammeln möchte?«

Quinn schnitt eine Grimasse. »Ach, komm schon. Zwischen Eheleben und Bo's muß es doch ein Mittelding geben.«

»Klar. So ein Leben, wie Edie es führt.« Darla streckte sich wieder auf dem Sofa aus. »Die ganze Woche unterrichten, am Feierabend mit deiner Mom Garagenverkäufe abklappern und abends Essensreste in einem einsamen Haus aufwärmen.« Für Darla hörte sich das wie die Hölle an.

»Allein muß nicht unbedingt einsam heißen«, sagte Quinn. »Ich denke, Edie gefällt ihr Alleinsein – sie spricht doch immer davon, wie gut es tut, nach Hause zu kommen, wo alles still ist. Andererseits kannst du auch mit jemandem zusammen sein und dich trotzdem einsam fühlen.«

Darlas Ansicht nach war die Einsamkeit mit einem anderen Menschen vermutlich die Lebensweise der meisten Leute. Was natürlich nicht bedeutete, daß sie mit Max einsam war.

Quinn drückte den zwergwüchsigen, schmächtigen Hund fester an sich und sah nicht gerade glücklich aus, so daß Darla sie prüfend anschaute. »Irgend etwas nicht in Ordnung bei dir und Bill?«

Mit gesenktem Kopf blickte Quinn dem Hund unverwandt in die Augen. »Nein.«

»Okay«, meinte Darla. »Heraus damit.«

Quinn rutschte im Sessel herum, während das Tier sie beide beobachtete. »Ich werde diesen Hund behalten.«

Du hast beigen Teppichboden, wollte Darla einwerfen, aber das würde vermutlich nicht nach Unterstützung klingen.

»Bill verlangt, daß ich sie ins Tierheim bringe«, fuhr Quinn fort. »Aber ich werde sie behalten. Es ist mir egal, was er sagt.«

»Herrje.« Darla bemerkte Quinns trotzig emporgerecktes Kinn und registrierte die ersten Alarmsignale. Bill benahm sich unglaublich dumm. »Er ist nun seit zwei Jahren mit dir zusammen, und er kennt dich so wenig, daß er ernsthaft glaubt, du würdest einen Hund ins Tierheim bringen?«

»Es wäre das Vernünftigste«, meinte Quinn, den Blick immer noch auf den Hund gerichtet. »Und ich bin ein vernünftiger Mensch.«

»Ja, das bist du.« In Darla machte sich nun entschieden Unbehagen breit. Einerseits hatte sie sich für Quinn immer eine so gute Ehe wie ihre eigene gewünscht. Gut, Bill war ein bißchen langweilig, aber das war Max schließlich auch. Man konnte nicht alles haben.

Man mußte Kompromisse eingehen. Genau darum ging es in einer Ehe. »Was, wenn er sagt, ›der Hund oder ich‹? Sag bitte nicht, daß du deine Beziehung wegen eines Hundes aufs Spiel setzen willst.«

Bei diesen Worten starrte der Hund zu ihr herüber und fixierte sie geradezu, und Darla fiel zum erstenmal auf, wie einschmeichelnd er aussah. Bezwingend. Nahezu teuflisch. Nun, das ergab einen Sinn. Wäre Quinn im Garten Eden, würde ihr der Teufel in Form eines Cockerspaniels erscheinen.

»Bill ist nicht so schwierig.« Quinn lehnte sich zurück und war offensichtlich bemüht, unbekümmert zu klingen, hörte sich aber nur noch angespannter an. »Wir haben keine Probleme. Er will, daß jeder Tag gleich abläuft, und weil dies der Fall ist, ist er glücklich.«

Das könnte Max sein. »Nun, so ist das mit den Männern.«

»Das Problem ist nur, daß mir das, glaube ich, nicht genügt.« Quinn streichelte den Hund, der sich an sie schmiegte, mit diesen hypnotischen schwarzen Augen zu ihr hochschaute und sie dazu verleiten wollte, eine absolut einwandfreie Beziehung zu verderben. »Der Gedanke, daß mein ganzes Leben so ablaufen wird, fängt an, mir zuzusetzen. Ich meine, ich liebe es zu unterrichten, und Bill ist ein guter Kerl –«

»Moment mal.« Darla richtete sich auf. »Bill ist ein *großartiger* Kerl.«

Quinn sank ein wenig zusammen. »Ich weiß.«

»Er reißt sich den Hintern auf für die Jungs im Team«, sagte Darla. »Und nach der Schule bleibt er dort, um Mark für die SAT-Meisterschaft zu trainieren –«

»Ich weiß.«

»– und bei Wohltätigkeitsveranstaltungen steht er immer in der ersten Reihe –«

»Ich *weiß.*«

»– und letztes Jahr war er Lehrer des Jahres, und das war lange überfällig –«

»Darla, ich *weiß* das.«

»– und er behandelt dich wie eine Prinzessin«, schloß Darla.

»Und das bin ich leid«, sagte Quinn und streckte ihr Kinn erneut empor. »Sieh mal, Bill ist nett – okay, er ist großartig«, korrigierte sie sich und hielt abwehrend die Hände hoch, bevor Darla wieder Einwände vorbringen konnte.

»Aber wir erleben nichts Aufregendes. Mir ist noch nie etwas Aufregendes passiert. Und so, wie Bill alles plant, werde ich auch nie etwas Aufregendes erleben.«

Ich *hatte* aufregende Momente, hätte Darla am liebsten gesagt. Sie und Max waren einst heiß wie die Hölle aufeinander gewesen. Sie konnte ihn wieder vor sich sehen – diesen Blick in seinen Augen, mit dem er sie fixierte, dieses Grinsen, das sagte, *ich habe noch etwas vor mit dir,* die Art, wie sie gemeinsam lachten – aber schließlich konnte man nicht erwarten, daß dies ewig so blieb. Sie waren nun seit siebzehn Jahren verheiratet. Aufregung konnte man nicht siebzehn Jahre lang erhalten.

»Es ist nicht wirklich Bills Schuld«, meinte Quinn. »Ich meine, auch bevor er auftauchte, gab es nichts Aufregendes. Wahrscheinlich ist das einfach nicht für mich vorgesehen. Ich bin keine aufregende Person.«

Darla öffnete den Mund und verschloß ihn gleich wieder. Quinn war ein Schatz, aber –

»Siehst du?« Resignierend blickte Quinn Darla endlich an. »Du willst mir sagen, daß ich aufregend bin, aber das kannst du nicht. Zoë war aufregend, ich bin langweilig. Mama sagte immer, ›einige Menschen sind wie Ölgemälde und andere wie Aquarelle‹, aber was sie meinte, war, ›Zoë ist interessant, und du bist irgendwie farblos‹.«

»Du bist die Verläßliche«, meinte Darla. »Du bist diejenige, bei der jeder Halt sucht. Wenn du aufregend wärst, wären wir alle ganz schön aufgeschmissen.«

Quinn ließ sich zurückfallen. »Aber ich bin es *leid.* Und hier geht es nicht um Bungeespringen oder irgend etwas ähnlich Verrücktes. Ich will nur diesen Hund.« Wieder blickte das Tier zu ihr auf, und Darlas Besorgnis verwandelte sich in echten Schrecken. »Einen Hund zu adoptieren ist noch nicht einmal aufregend. Und es ist doch wohl nicht zuviel verlangt, oder?«

»Nun ja, das kommt darauf an.« Darla starrte den Hund an. *Das ist alles deine Schuld.*

»Sehnst du dich nicht manchmal nach mehr?« Quinn beugte sich vor und fixierte Darla mit ihren haselnußbraunen Augen mit einer Leidenschaft, die ihr Unbehagen verursachte. »Schaust du dir nie dein Leben an und fragst dich, ob das alles ist?«

»Nein«, antwortete Darla. »Nein, nein, das tue ich nicht. Sieh mal, manchmal muß man sich mit weniger zufriedengeben, wenn man seine Beziehung aufrechterhalten möchte.«

»Max gegenüber warst du immer kompromißlos«, wandte Quinn ein, und Darla biß sich auf die Lippen. »Und jetzt werde ich mich wie du benehmen. Nur dieses eine Mal werde ich kompromißlos sein.«

Sie umklammerte den Hund fester, und Darla dachte, *jeder geht Kompromisse ein.* Das Tier warf Darla einen Blick zu und schien sie herauszufordern, dies laut auszusprechen – der Teufel in Hundegestalt. *Vergiß es,* teilte Darla ihm stillschweigend mit. *Mich bringst du nicht in Schwierigkeiten.* »Also, was möchtest du auf deiner Pizza?« Darla beugte sich über den Tisch und griff nach dem Telefon. »Das übliche?«

»Nein«, sagte Quinn. »Ich will etwas anderes.«

2

Ein wenig verdrossen wegen Quinn, mehr noch aber belustigt, war Bill in den Kraftraum zurückgegangen. Der Rektor, Robert Gloam, der in einem königsblauen Trainingsanzug elegant vor sich hin schwitzte, hörte beim Anblick von Bills Miene auf, sein Gesicht mit einem Handtuch von Ralph Lauren abzuwischen, und fragte: »Was ist so lustig, Sportsfreund?«

Von all den Kreuzen, die Bill in seinem Leben zu tragen hatte – Eltern und Sponsoren, pubertäre Athleten, in deren Körpern die Hormone wie in einem Flipper hin und her schossen, die Bemühung, einer Generation verzogener Kredit-Junkies eine lebendige und aussagekräftige Vorstellung von der Großen Wirtschaftskrise zu vermitteln – war das Kreuz, das am schwersten wog, sein größter Fan Bobby Gloam, der Boy Principal. Bill versuchte angestrengt, Robert in Gedanken nicht Bobby oder BP zu nennen, weil das respektlos und Robert ein hart arbeitender, kleiner und sportbesessener Mann war; aber er war gleichzeitig noch so jung und unerfahren, daß Spitznamen nahezu unvermeidlich waren.

»Lustig? Oh, Quinn hat mal wieder einen Hund gefunden«, sagte Bill, und Bobby verdrehte in männlicher Solidarität die Augen.

»Du zeigst wirklich viel Geduld mit ihr, Sportsfreund«, meinte er.

»Sie ist vernünftig«, erwiderte Bill. »Sie wird das Richtige tun.« Er machte sich an den letzten Kontrollgang durch den

Kraftraum, der eigentlich ziemlich überflüssig war. Er hatte die Jungs gut erzogen; außerdem war der BP in seiner Abwesenheit dort gewesen, um über jedes heruntergefallene Handtuch oder falsch abgelegte Gewicht zu meckern. Der BP betrachtete diesen Raum als sein Revier. Er war erst im letzten Monat renoviert worden und wirkte nun auf beinahe peinliche Weise plüschig, eine Sinfonie aus Scharlachrot und Grau. »Das Lehrerzimmer sollte mal so gut aussehen«, hatte Quinn gemeint, woraufhin Bobby geantwortet hatte: »Hey, die Sportler haben das verdient. Für wen haben denn die Lehrer etwas geleistet?«

»Ich wünschte, Greta würde auch das Richtige tun«, fuhr Bobby nun fort. »Klar, nach dem nächsten Jahr geht sie in Rente, aber bis dahin dauert es noch anderthalb Jahre, und das ist eine lange Zeit, wenn man mit einer widerborstigen Sekretärin auskommen muß.«

Bill hörte ihm nur halb zu, während er zum Lichtschalter ging, um alles dichtzumachen. Er wollte nach Hause und wie jeden Mittwoch das Abendessen für Quinn vorbereiten. Quinn. Allein bei dem Gedanken an sie wurde ihm warm ums Herz.

»Ich meine, manchmal habe ich den Eindruck, sie *verachtet* mich«, sagte Bobby gerade.

»Sie ist nur manchmal ein bißchen taktlos«, antwortete Bill. »Aber sie ist eine verflucht gute Kunstlehrerin, und das ist das Wichtigste.«

»Nicht Quinn, Greta«, erklärte der BP. »Obwohl ich auch bei Quinn so meine Zweifel habe.«

»Was macht Greta denn genau?« erkundigte sich Bill ein wenig schuldbewußt, weil er nicht richtig zugehört hatte.

»Nun, nimm zum Beispiel meinen Kaffee«, sagte Bobby. »Ich bitte sie, mir eine Tasse zu bringen, und sie füllt eine Tasse und stellt sie auf die Ecke ihres Schreibtischs. Dann muß ich sie noch einmal bitten, sie zu mir ins Zimmer zu bringen.«

»Warum holst du dir deinen Kaffee nicht selbst?« schlug Bill vor. »Die Maschine steht direkt auf dem Tisch neben deiner Tür. Wahrscheinlich noch näher bei dir als bei ihr.«

»Hierarchie«, sagte Bobby. »Wieviel Autorität bleibt mir denn, wenn ich meinen Kaffee selbst hole?«

Keine, und das ist sowieso nichts Neues.

»Was würdest du tun?« fragte Bobby, und Bill unterdrückte das Verlangen zu erwidern, daß er sich seinen Kaffee selbst holen würde, und meinte statt dessen: »Vermutlich würde ich einfach deutlich sagen, was ich erwarte, genauso, wie ich es bei den Jungs mache.«

Bobby schaute ihn verständnislos an, daher fuhr Bill fort: »Ich mache ihnen klar, was ich von ihnen will. Ich rege mich nicht auf, ich erwarte lediglich, daß sie meine Ansprüche erfüllen. Erwarte von Greta, dir zu geben, was du willst, und letztendlich wird sie es tun.«

»Das klingt reichlich optimistisch«, meinte Bobby.

»Nein.« Bill schaltete die Lichter aus und ging zur Tür. »Nimm zum Beispiel diese Sache mit Quinn und dem Hund. Sie weiß, daß wir keinen Hund halten können, also habe ich sie einfach daran erinnert, bis sie einverstanden war, ihn Edie zu geben.«

»Edie ist noch so eine Person, die mich verunsichert«, sagte Bobby. »Diese älteren Frauen kennen keine Autorität.«

»Sieh mal«, setzte Bill an, obwohl er ziemlich sicher war, auf verlorenem Posten zu stehen. »Die Menschen möchten, daß man gut von ihnen denkt, sie wollen die gute Meinung, die andere von ihnen haben, rechtfertigen. Wenn du den Menschen zeigst, was sie tun müssen, damit du sie schätzt, werden sie sich auch entsprechend verhalten – natürlich nur, wenn es im Bereich ihrer Möglichkeiten liegt. Erwarte niemals etwas von jemandem, das er nicht erfüllen kann.«

»Greta kann mir Kaffee bringen«, sagte Bobby.

»Und Quinn kann den Hund in ein gutes Zuhause abgeben.«

Bill öffnete die Tür, und das letzte Sonnenlicht dieses Nachmittags fiel in seinen Kraftraum. »Man muß nur ein bißchen Geduld haben.«

»Du bist echt klasse, Sportsfreund«, meinte Bobby, »ein wahrer Meister im Umgang mit Menschen.«

Zufrieden fuhr Bill nach Hause. Den Hund Edie zu überlassen war eine gute Idee gewesen, typisch Quinn: Auf diese Weise löste sie Edies Einsamkeitsproblem und fand noch dazu ein gutes Zuhause für den Hund – zwei gute Taten auf einmal. Zwischen seinen Beziehungen hatte Bill einige Male alleine gelebt und es gehaßt; er war deshalb sicher, daß es Edie auch nicht gefiel. Als er Quinn kennenlernte, hatte er sofort gewußt, daß sie die Richtige war, weil sie so vernünftig war und immer alles regelte. Mit Quinn in der Nähe gab es keinen Wellengang, sie sorgte für ruhiges Fahrwasser. Ein Jahr hatte er dazu gebraucht, sie zu überreden, ihn bei sich einziehen zu lassen, und weitere sechs Monate, damit sie mit ihm in die große Wohnung zog, die er für sie gefunden hatte. Schließlich aber hatte sie nachgegeben, und nun war sein Leben perfekt.

Im Juni würden sie sich verloben, die Hochzeit würde Weihnachten stattfinden. Er hatte alles genau geplant, es würde keine Probleme mit der Schule oder der Spielsaison geben. Während er den Wagen vor der Wohnung parkte, malte er sich die Zukunft mit Quinn aus. Selbstverständlich würden sie Kinder haben. Sie würde auf der Tribüne sitzen, wenn er ihre Söhne trainierte, und sie abends ins Bett bringen; sie würde eine gute Mutter sein.

Immer, wenn er Mütter sah, die ihre Kinder in Geschäften anbrüllten, dachte er an Quinns rundes, freundliches Madonnengesicht und war sicher, daß sie seine Kinder niemals so behandeln würde. Und auch für ihn würde sie immer da sein, liebe- und verständnisvoll. Sie war alles, was er brauchte, der solide, sichere Mittelpunkt seines Lebens.

Als Quinn um viertel nach sechs mit dem Hund auf dem

Arm nach Hause kam, blieb er daher ruhig und sagte lediglich in warnendem Tonfall, der verlauten ließ, daß es hier nichts zu verhandeln gab: »Quinn, der Hund kommt zu Edie.«

Mit zusammengepreßten Lippen reckte Quinn ihr Kinn empor, und plötzlich sah ihr Gesicht gar nicht mehr so rund aus wie üblich. Auf ihren Wangen bildeten sich zwei rote Flecken. Sie sah furchtbar aus, der Hund noch entsetzlicher, geradezu bösartig, so als hätte er sie gebissen und infiziert.

»Nein«, sagte sie.

»Hey« begrüßte Darla Max, als sie das leicht schmuddelige und vollgestopfte Büro der Werkstatt betrat, dessen Einrichtungsstil laut Quinn an die ersten Klemmbretter erinnerte. »Von wem ist denn der Toyota da draußen?«

»Von Barbara Niedemeyer«, erwiderte Max, ohne den Blick von der Rechnung zu heben, die er gerade schrieb. »Und wir werden nicht noch einen Hund adoptieren, also vergiß das gleich.«

Darla grinste seinen Hinterkopf an und dachte, wie sexy der Bogen seines Nackens war, dessen Linie hinten in seinem T-Shirt verschwand. Max hatte in den siebzehn Jahren seit ihrem Schulabschluß ein paar Kilo zugenommen, und sein dunkles Haar war ein wenig dünner geworden, aber sie konnte immer noch den attraktivsten Jungen aus der Abschlußklasse vor sich sehen, der ihr die Ehre zuteil werden ließ, als erstes Mädchen in dem Auto, das er endlich zum Laufen gebracht hatte, mit ihm ins Autokino zu fahren. Sie hatten sich *Das Imperium schlägt zurück* angeschaut, oder zumindest den größten Teil davon. Als sie ihn nun betrachtete, wäre sie am liebsten sofort wieder über ihn hergefallen. Nach siebzehn Jahren nicht schlecht, immerhin.

Sie spähte in die Werkstattbucht hinaus. »Wo ist Nick?«

»Oben.« Max schob seinen Stuhl zurück. »Ich meine das ernst, kein Hund.«

Darla setzte sich auf die Schreibtischkante und stupste sein

Bein mit ihrem Schenkel leicht an. »Auch nicht, wenn ich ganz lieb frage?«

»Nicht einmal dann«, sagte Max, aber der Unterton in ihrer Stimme war ihm nicht entgangen – das konnte sie an dem leichten Zucken seiner Lider erkennen. »Du könntest allerdings versuchen, mich zu überzeugen.«

Darla rutschte ein wenig nach vorn, bis ihre Beine die von Max umschlossen, und beugte sich vor, um sich mit den Händen auf den Armlehnen des Stuhls abzustützen. »Weißt du, ich würde diesen Hund furchtbar gerne haben. Was muß ich denn genau dafür tun?«

»Komm mit mir nach Hause, und mach mir eine Rückenmassage«, schlug Max vor. »Und noch ein bißchen was anderes. Obwohl du den Hund trotzdem nicht bekommst, das muß ich fairerweise gleich sagen.«

Er versuchte, streng dreinzublicken, und Darla mußte lachen und beugte sich noch weiter vor. »Vergiß das mit zu Hause«, flüsterte sie ihm ins Ohr. »Da wimmelt es von Kindern. Du und ich, mein Schatz, hier und jetzt.« Er hob die Augenbrauen, während sie anfing ihn zu küssen. Er erwiderte ihren Kuß mit einem dieser guten, soliden verdammt-bin-ich-froh-daß-du-hier-bist-Küsse, aber an diesem Abend wollte sie mehr, weil sie nicht zu Hause waren, sondern im Büro, hell erleuchtet und mit Fenstern ringsum, und sich wieder wie alberne Teenager benahmen. Sex mit Max war nie schlecht, aber er war nicht immer atemberaubend und auch nicht allzu häufig in letzter Zeit.

Jetzt jedoch war sie kaum zu bremsen.

»Warte mal«, murmelte Max und schnappte nach Luft, während sie sich auf seinen Schoß gleiten ließ, so gut dies trotz der Armlehnen ging, und dabei seine Schenkel auseinanderdrückte. Aber sie war ihm nicht so nah, wie sie das gerne sein wollte.

»Komm her«, flüsterte sie, und er antwortete: »Mein Gott, die ganze Welt kann uns sehen.«

»Dann werden sie was von uns lernen«, meinte Darla, aber Max erhob sich, wobei sich sein Körper einen wundervollen Moment lang dicht an sie preßte, bevor er sie wieder auf die Schreibtischplatte setzte.

»Laß uns nach Hause gehen«, sagte er. »Um elf Uhr sind die Kinder im Bett. Dann haben wir Zeit für uns, Süße.«

Darla spürte, wie sich ihre Lust in Luft auflöste. »Das sind noch fünf Stunden.«

Max grinste. »Das werden wir wohl noch schaffen. Komm schon, laß uns gehen, bevor uns hier jemand herumknutschen sieht.«

»Ja, das wäre furchtbar«, meinte Darla resignierend und folgte ihm zur Tür hinaus. Wieder fiel ihr der weiße Toyota ins Auge, der im Garagenlicht glänzte. »Wessen Wagen ist das, sagtest du?«

»Barbara Niedemeyers«, antwortete Max.

»Sie hat gerade Matthew hinausgeworfen«, sagte Darla und blieb abrupt stehen. »Oh, mein Gott, sie hat es auf Nick abgesehen.«

»Vielleicht glaubte sie auch nur, daß irgend etwas mit ihrem Wagen nicht stimmt«, erwiderte Max. »Du willst doch nicht tatsächlich noch einen Hund, oder?«

»Nein, und außerdem möchte Quinn ihn selbst behalten.« Im Geiste ging Darla die Möglichkeiten durch und lenkte sich damit von ihrer eigenen Enttäuschung ab. »Ich sage dir nur eins: Wenn der Toyota innerhalb einer Woche wieder hier steht, hat sie Nick im Visier.« Sie wandte sich zu Max. »Sollen wir versuchen, ihn zu retten?«

»Nick braucht niemanden, der ihn rettet«, sagte Max und sah dabei so verlegen aus, daß Darla das Thema fallenließ. Max und Nick standen sich nahe, aber sie mischten sich nicht in die Angelegenheiten des anderen ein. Diese Art Verhältnis hatte in den fünfunddreißig Jahren, die sie Brüder waren, immer funktioniert. Es gab keinen Grund, daran etwas zu ändern.

»Schon gut«, sagte sie, und Max meinte daraufhin: »Was meinst du damit, Quinn behält ihn? Das paßt nicht zu ihr.«

Darla folgte ihm hinaus in die trostlose Märzdämmerung, stapfte durch den Morast und dachte daran, wie Quinn sich darüber amüsieren würde, wenn sie hörte, daß Barbara hinter Nick her war. Gleichzeitig versuchte sie angestrengt, nicht daran zu denken, wie gerne sie eben im Büro Sex gehabt hätte – einfach mal eine kleine Abwechslung nach siebzehn Jahren.

»Vielleicht will sie eine Abwechslung«, meinte Darla, und Max erwiderte: »Quinn? Unwahrscheinlich.« Er riß die Fahrertür des Lasters auf und kletterte in den Wagen. »Sie führt ein gutes Leben, und wenn sie ihre Karten richtig ausspielt, kann das für immer so bleiben. Warum sollte sie sich das vermasseln?«

Darla stand auf dem Parkplatz, während die Schneeflocken um sie herumwirbelten, und ihr wurde plötzlich eiskalt. »Vielleicht braucht man ab und zu eine Abwechslung, um sich wieder lebendig zu fühlen, Max. Manchmal ist das, was immer gut war, nicht genug.«

»Wovon sprichst du eigentlich?« Max beugte sich hinüber und öffnete die Beifahrertür. »Das ist das Dümmste, was ich je gehört habe. Komm, steig ein, bevor du festfrierst.«

Darla ging um den Laster herum und kletterte auf ihren Sitz. Sie war sich nicht sicher, wovon sie sprach, aber sie war sich vollkommen sicher, daß sie wußte, wie sie sich fühlte.

Und wenn Max glaubte, er werde heute abend, nachdem die Kinder im Bett waren, verführt werden, hatte er gar nichts verstanden.

Er tätschelte ihr Knie. »Nach den Nachrichten, Süße«, sagte er. »Du und ich.«

Nein zu sagen, geradeheraus nein, stieg Quinn in den Kopf wie billiger Wein – sie fühlte sich schwindelig und benommen, und ihr wurde ein wenig übel, als Bill sie mit geschlossenen Lippen nachsichtig anlächelte.

»Nein, das wirst du nicht tun, Liebling«, sagte er. »Sei nicht albern.« Er hatte diesen wohlwollenden Blick à la Captain of the Universe aufgesetzt, der ihm in ganz Tibbett Respekt verschaffte. Ein echtes Mannsbild, hatte ihr Vater gesagt, als sie ihn das erste Mal mit nach Hause gebracht hatte. Was erklären würde, warum sie ihn im Moment nicht ertragen konnte. Sollten die Männer ihn doch haben.

Quinn bückte sich, um Katie auf den Boden zu setzen. Als sie sich wieder aufrichtete, fiel ihr Blick an Bill vorbei auf die Töpfe, die auf dem Herd köchelten. Vor Ärger stieg ihr die Röte ins Gesicht. »Du hast ja schon wieder gekocht. Wie oft soll ich dir denn noch sagen, daß ich mittwochs mit Darla esse –«

»Du hast doch früh gegessen«, sagte Bill. »Und Pizza ist nicht gesund. Du brauchst etwas Nahrhaftes.« Er öffnete den Schrank und nahm einen Teller heraus.

Quinn spielte mit dem Gedanken, die Nährstoffe aufzuzählen, die in Pizza enthalten waren, schwieg dann aber. Es war einfacher zu essen als zu argumentieren. Sie ging durch die Küche zu dem Schrank unter der Spüle und kramte darin herum. Katie trippelte ängstlich hinter ihr her, wobei ihre Krallen auf dem Fliesenboden klackten. »Wo ist denn das Welpenfutter vom letzten Mal?«

»Ganz hinten.« Bills Stimme klang gleichgültig, und Quinn zog ihren Kopf aus dem Schrank und sah, wie er Katie anstarrte.

Sie steckte den Kopf wieder in den Schrank und fischte das Welpenfutter heraus. Als sie sich erhob, hatte Bill ihr den Rücken zugewandt und häufte Nudeln und Sauce auf den Teller.

»In unserem Mietvertrag ist Tierhaltung verboten.« Bill stellte den Teller auf den Tisch und blieb wie ein mißgelaunter Popeye mit verschränkten Armen daneben stehen.

Quinn füllte eine Schüssel mit Futter und stellte sie auf den Fußboden. »Komm her, Kleine. Abendessen.«

Der Hund beschnüffelte das Futter und begann vorsichtig

zu fressen. Quinn füllte eine zweite Schüssel mit Wasser und stellte sie neben die andere. Mit gebeugtem Köpfchen verschlang Katie das Futter und sah dabei so niedlich aus, daß Quinn ihr über den Rücken streichelte.

Katie hockte sich nieder und begann zu pinkeln.

»*Quinn!*« schnauzte Bill so laut, daß der Hund zusammenzuckte.

»Ist ja schon gut.« Quinn wickelte ein Papiertuch von der Küchenrolle neben der Spüle ab. Katie blickte sie schuldbewußt und bestürzt an, und Quinn redete leise und beruhigend auf sie ein, während sie den Urin aufwischte und eine Flasche Desinfektionsspray aus dem Schrank holte. »Sie ist ein Unterwürfigkeitspinkler«, erklärte sie Bill und schrubbte derweil den Boden. »Das wußte ich nicht, weil ich sie den ganzen Tag auf dem Arm getragen habe. Sie wird nervös, wenn jemand sie streichelt, und –«

»Nun, ganz offensichtlich kann sie nicht hierbleiben«, meinte Bill triumphierend. »Heute nacht können wir den Boden im Badezimmer mit Zeitung auslegen, aber morgen verschwindet sie.«

Ohne eine Erwiderung wischte Quinn den Fußboden trocken. Während sie sich die Hände wusch, machte Bill ihr ein Friedensangebot. »Dein Stroganoff wird kalt.«

Quinn ließ sich auf ihren Stuhl gleiten und nahm die Gabel auf.

Beifällig lächelte Bill ihr zu. »Also nimmt Edie den Hund –«

»Ich werde diesen Hund behalten.« Quinn legte ihre Gabel hin.

»Das geht nicht«, sagte Bill. »Er wird den Teppich ruinieren, und wir müssen den Schaden dann von unserer Kaution bezahlen. Außerdem bist du den ganzen Tag in der Schule. Wer soll denn dann auf ihn aufpassen?« Von seiner eigenen Logik überzeugt, schüttelte er den Kopf. »Du wirst ihn Edie geben.«

»Nein.«

»Dann werde ich es tun«, sagte Bill und begann zu essen.

Quinn wurde kalt. »Das soll ein Witz sein, oder?«

»Du bist unvernünftig«, sagte Bill kauend, bevor er den Bissen hinunterschluckte. »Dieser Hund würde dich in Null Komma nichts verrückt machen. Sieh ihn dir doch an. Alles, was er tut, ist zittern. Und pinkeln.«

»Ihr ist kalt«, sagte Quinn, doch Bill schüttelte nur den Kopf und aß weiter. »Hörst du mir überhaupt zu?« fragte sie und spürte, wie der Ärger in ihr hochstieg.

»Ja, ich höre dir zu«, antwortete Bill. »Und es geschieht nur zu deinem Besten, wenn ich ihn zu Edie bringe.«

Eine Minute lang platzte Quinn nahezu vor Wut, schluckte ihren Ärger dann jedoch hinunter, weil Herumschreien nur ein Problem schaffen würde, das sie anschließend wieder in Ordnung bringen mußte.

»Es ist wirklich sinnvoll«, meinte Bill zu ihr. »Iß jetzt dein Abendessen.«

Quinn starrte in sein blasiertes und selbstsicheres Gesicht und erkannte schlagartig, daß sie ein Monster herangezüchtet hatte. Bill dachte, sie werde nachgeben, weil sie das immer getan hatte; warum sollte er also etwas anderes erwarten? Sie hatte ihm seine Blasiertheit *antrainiert.* Sie blickte sich um. Noch nicht einmal die Wohnung war ihre. Bill hatte sie ausgesucht und den Umzug organisiert, und als sie gemeint hatte: »Sie ist zu beige«, hatte er nur erwidert: »Sie ist nur fünf Minuten von der Schule entfernt«, und das hatte so viel Sinn gemacht, daß sie nachgegeben hatte. Auch die Möbel hatte er gekauft, alles aus zweckmäßigem furniertem Fichtenholz, und als sie geliefert wurden und sie gemeint hatte: »Sie gefallen mir nicht, sie sehen so kühl und modern aus«, hatte er gesagt: »Ich habe sie schon bezahlt, und nun sind sie da. Einen Versuch ist es wert; sollten sie dir in ein paar Monaten immer noch nicht gefallen, werden wir etwas anderes kaufen, das du magst.« Und sie hatte eingewilligt, weil es ja schließlich nur um Möbel ging, über die es nicht zu streiten lohnte.

Katie schmiegte sich an ihr Bein und rutschte mit ihrem

Hinterteil über den Teppich. Für Katie lohnte es sich zu streiten.

Und vielleicht hätte es sich auch gelohnt, über die Möbel zu streiten. All dieses verdammte Beige.

Bill, ebenso beige, lächelte ihr über den Tisch hinweg zu.

Genau betrachtet war in diesem Moment *alles* einen Streit wert.

»Jetzt hör schon auf zu schmollen«, sagte Bill. »Edie wird den Hund gut behandeln.«

»Ich hasse diese Möbel.« Quinn schob den Stuhl vom Tisch zurück und stand auf, um ihren Mantel zu holen.

»Quinn?« Bill klang, als sei er ein wenig aus der Fassung geraten. »Wovon redest du?«

»Von allem.« Sie zog sich den Mantel an. »Ich mag alte Sachen. Warme Möbel. Ich hasse diese Wohnung. Und ich hasse beigefarbenen Teppichboden.«

»*Quinn.*«

Sie wandte ihm den Rücken zu und nahm Katie auf den Arm. »Und im Augenblick bin ich auch nicht besonders scharf auf dich.«

Das letzte, was sie hörte, bevor sie die Tür hinter sich ins Schloß zog, waren Bills Worte: »Quinn, du benimmst dich *kindisch.*«

Nick hatte gerade Carl Hiaasens neuesten Roman aufgeschlagen, als jemand an seine Tür klopfte. Er war erst vor einer Stunde nach Hause gekommen, die Eiswürfel in seinem zweiten Chivas waren noch nicht geschmolzen, und nun stand Besuch vor der Tür. Einer der zahlreichen Vorteile des Single-Lebens war, daß er sehr viel Zeit allein an einem ruhigen Ort verbringen konnte. Er ließ das Buch auf den Boden fallen und erhob sich seufzend aus seinem alten Ledersessel, mit der festen Absicht, den Besucher, wer auch immer es sein mochte, so schnell wie möglich wieder loszuwerden.

Als er jedoch die Tür aufriß, stand Quinn davor, bis zur Nasenspitze in einen dicken blauen Wollschal gehüllt, ihr kupferfarbenes Haar glänzte im Licht der Veranda. Quinn die Tür vor der Nase zuzuschlagen war ein Ding der Unmöglichkeit. Sie trug einen unterernährten schwarzen Hund auf dem Arm, der ihn mit dem flehenden Blick eines verwaisten Hundes ansah, so daß er sagte: »Ich will keinen Hund«, aber dennoch zurücktrat, um sie hereinzulassen.

Quinn rauschte an ihm vorbei und setzte den Hund auf den Boden, während er die Tür schloß. Sie zog sich den Schal vom Mund und antwortete: »Das ist auch gut so, weil du sie nicht haben kannst.« Sie lächelte zu dem Hund hinunter, der vorsichtig die Wohnung zu erkunden begann, und wandte sich dann ihm zu, mit glänzenden Augen und schimmerndem Haar, die Wangen in ihrem runden Jungmädchengesicht gerötet. »Ich behalte sie.«

»Blöde Idee«, meinte er, jedoch völlig ohne Nachdruck, und lächelte sie an aus Gewohnheit und aus Freude, weil sie da war. »Etwas zu trinken?«

»Ja, bitte.« Quinn wickelte ihren Schal ab und ließ ihn auf den Hartholzboden direkt neben den alten Flechtteppich seiner Mutter fallen. Sofort kringelte sich der Hund darauf zusammen und sah Nick an, als erwarte er, sich einzuquartieren. *Denk noch nicht einmal daran, Hund.*

»Lieber Himmel, was für ein Tag«, stöhnte Quinn.

»Was ist denn passiert?« Nick ging in seine kleine Küche, und sie folgte ihm und nahm sich ein Glas aus dem Kiefernholzregal über der Spüle, während er ein paar Eiswürfel aus der Eisschale in seinem alten Kühlschrank herausbrach.

»Ich weiß gar nicht, wo ich anfangen soll«, meinte Quinn.

Die Küche war für zwei Personen etwas zu eng, aber da es Quinn war, spielte das keine Rolle. Sie hielt ihr Glas vor die Brust, weil sie so nahe beieinander standen, daß sie den Arm anwinkeln mußte. Er ließ das Eis hineinfallen und griff hinter ihr nach dem Chivas auf dem Regal, während er geistesabwesend ihre Nähe genoß. »Fang mit dem Schlimmsten an«, schlug er vor und schenkte eine Daumenbreite in ihr Glas. Schließlich mußte sie noch fahren; mehr würde sie nicht bekommen. »Dann werden wir mit einem Highlight enden.«

Sie grinste ihn an und sagte: »Danke. Kann ich noch etwas mehr haben?«

»Nein.« Er stellte den Chivas zurück und schob sie gleichzeitig mit seiner Hüfte in Richtung Wohnzimmer. »Du bist sowieso noch zu jung für Alkohol.«

»Ich bin fünfunddreißig.« Quinn ließ sich auf dem Teppich neben dem Hund nieder. Nicks Blick fiel auf ihre langen Beine und ihr schimmerndes Haar. Sie trug einen Pullover mit Farbflecken und Jeans. »Ich kann tun und lassen, was ich will.« Sie hielt inne, als habe sie sich selbst etwas Radikales anstatt Sarkastisches sagen hören, und zuckte dann mit den Schultern. »Okay, das Schlimmste ist, daß ich mich mit Bill gestritten habe.«

Einen Augenblick lang erfreute sich Nick an dem Farbenspiel – dem Kupferton ihrer Haare, der Honigfarbe des Eichenfußbodens, dem blassen Blau ihres Pullovers und dem verblichenen Grün des Teppichs –, am meisten jedoch am Anblick von Quinn, wie sie in ihrer Natürlichkeit dort inmitten all dieser Wärme zu glänzen schien. Plötzlich registrierte er, was sie gesagt hatte. »Was?«

»Ich habe mich mit Bill gestritten. Zumindest glaube ich, daß es ein Streit war. Schwer zu sagen, weil er nie aus der Fassung zu bringen ist. Ich habe ihm erklärt, daß ich diesen Hund behalten werde, aber er war strikt dagegen. Er tat gerade so, als sei ich ein kleines Kind.«

Quinn war so aufgeregt und schaute ihn mit ihren großen haselnußbraunen Augen auf eine Weise an, daß er unwillkürlich grinsen mußte. »Nun ja, manchmal benimmst du dich wirklich wie ein kleines Kind. Du wohnst in einer Mietwohnung. Wo willst du denn da einen Hund unterbringen?«

Sie schüttelte den Kopf, und ihr Haar schwang wie kupferfarbene Seide hin und her. »Darum geht es doch gar nicht. Der springende Punkt ist, daß ich ihn haben will und er nein gesagt hat.«

»Er will ihn einfach nicht.« Nick machte es sich in seinem Ledersessel gemütlich, fest entschlossen, sich nicht in Quinns Streitereien hineinziehen zu lassen und sich auch keine Gedanken darüber zu machen. Er konnte darauf verzichten, in Quinns Leben verwickelt zu werden. Er konnte nur nicht auf ihre Gesellschaft verzichten. »Er sollte nicht mit einem Tier leben müssen, wenn er das nicht will.« Der Hund bedachte ihn mit einem vorwurfsvollen Blick, den er ignorierte.

Quinn schüttelte den Kopf. »Und ich sollte nicht ohne eines leben müssen.«

»Einer von euch wird schon nachgeben«, meinte Nick. »Ihr werdet eine Lösung finden.« Er bemerkte, wie sie trotzig ihr Kinn vorschob, und dachte, *Bill, du bist gerade zum Hundeliebhaber geworden.* Er kannte Quinn, seit sie fünfzehn war, und wenn sie sich einmal etwas in den Kopf gesetzt hatte, konnte niemand sie davon abbringen.

»Es gibt nur eine Lösung«, sagte Quinn. »Ich behalte Katie.«

»Wen?«

»Katie. So heißt sie.«

Quinn zog den Hund auf ihren Schoß und streichelte ihm über den Kopf. Nick betrachtete ihn genauer und versuchte, ihn mit Quinns Augen zu sehen. Mit dem glatten Fell und dem klapperdürren Körper sah er aus wie eine Ratte auf Stelzen, und seine großen dunklen Augen machten Nick nervös. *Rette mich,* schien er zu sagen. *Kümmere dich um mich. Sei immer für mich da.* Er schüttelte den Kopf. »Hättest du dir nicht einen tausendmal weniger netten Namen als Katie ausdenken können?«

»Wenn du einen eigenen Hund haben und ihn Killer nennen willst, bitte schön«, antwortete Quinn. »Das hier ist mein Hund, und sie heißt Katie.« Plötzlich nachdenklich sah sie ihn an. »Ich finde, ein Hund täte dir gut.«

»Nein.« Nick rutschte tiefer in den Sessel. »Eine Etagenwohnung ist ein lausiger Ort für einen Hund. Außerdem brauche ich nicht noch eine Verpflichtung.«

Quinn betrachtete ihn mit liebevoller Geringschätzung. »Ein Hund wäre nicht noch eine Verpflichtung, weil du gar keine andere Verpflichtung hast. Er wäre deine erste Verpflichtung. Es wäre ein Anzeichen, daß du endlich reif wirst.«

»Ich sehe an mir genügend Anzeichen für meine Reife«, grummelte Nick. »Meine Haare werden grau.«

»Ich weiß«, sagte Quinn trocken. »Aber nur an den Schläfen. Sieht übrigens sehr attraktiv aus, schreckt aber vielleicht die Teenies ab, die du ständig verführen willst.«

»Ich verführe keine Teenager.« Nick bedachte sie mit einem grimmigen Blick. Nein, er verführte keine Teenager. Schließlich hatte auch er moralische Grundsätze.

»Ach, nein? Wie alt ist Lisa denn? Zwölf?«

»Zweiundzwanzig«, antwortete Nick. »Glaube ich jedenfalls.«

»Eine unreife Zweiundzwanzigjährige«, meinte Quinn. »Und du wirst vierzig.«

»Achtunddreißig.« Nick dachte daran, ihr zu sagen, daß er Lisa seit Weihnachten nicht mehr gesehen hatte, schwieg dann jedoch. Das würde das Gespräch in völlig andere Bahnen lenken, wozu er keine Lust hatte. Sie hatten dieses Thema schon unzählige Male diskutiert, die Tatsache, daß er mit Frauen ausging, die zu jung für ihn waren, damit er sich nicht auf etwas Ernstes einlassen mußte. Das stimmte zwar, aber es funktionierte schließlich – warum also darüber diskutieren? Zeit für einen Themenwechsel. »Also, was gibt's Neues? Ich habe heute den ganzen Tag niemanden zu Gesicht bekommen, weil ich bis sechs Uhr durchgearbeitet habe. Der Auspuff an Bucky Manchesters Chevy ist kaputt.«

»Er kann sich wohl einen neuen leisten«, meinte Quinn. »Mama sagt, daß er sich in seinem Immobilienbüro dumm und dämlich verdient.« Sie nahm den ersten Schluck von ihrem Chivas und trank gleich die Hälfte davon.

»Das ist auch gut so, weil Max und ich ihm einen Teil davon abknöpfen wollen.« Nick zeigte mit dem Finger auf sie. »Kipp das Zeug nicht so schnell hinunter. Du mußt noch fahren.«

»Nur nach Hause zu Bill.« Plötzlich wieder verdrossen nippte sie an ihrem Drink. »Weißt du, wenn er bei diesem Hund nicht nachgibt, werde ich ausziehen.«

»Das solltest du dir gut überlegen«, erwiderte Nick, eindeutig nicht an einer Diskussion über Bill interessiert. »Wie läuft's in der Schule?«

»Schule?« Mit einem Stirnrunzeln versuchte Quinn, dem plötzlichen Themenwechsel zu folgen. »Wie immer. Edie hat wieder das Theaterstück übernommen, und sie bringt Bobby damit zur Weißglut. Alles, was nicht Sport heißt, interessiert ihn nicht. Sie möchte, daß ich die Bühnenbilder und Kostüme mache, aber ich habe abgelehnt. Ich brauche nicht noch mehr Kopfschmerzen. Außerdem treibt Bobby auch Greta zum Wahnsinn, aber wir setzen unser ganzes Geld auf sie, weil sie seit Ewigkeiten die Schulsekretärin und er noch ganz neu ist. Ohne sie kann er die Schule nicht leiten.«

»Du redest ihn mit Bobby an?«

»Nein. Noch nicht einmal im Lehrerzimmer nennen wir ihn Bobby. Als er im November anfing, hat Edie ihn Boy Principal getauft, und jetzt nennt ihn jeder BP. Ich glaube, das ist einer der Gründe, warum er sie nicht leiden kann.«

»Kann ich mir denken«, meinte Nick, hauptsächlich, damit sie weiterredete. Quinn pflegte mit ihrem ganzen Körper zu sprechen; Arme, Augen, Schultern, Mund waren ständig in Bewegung. Sie bot eine so lebendige Vorstellung, daß er manchmal eine Diskussion mit ihr anfing, nur um sie erröten und gestikulieren zu sehen.

Mit unverhohlener Schadenfreude in der Stimme fuhr Quinn fort: »Ja, und außerdem hat er, glaube ich, irgendwann nach einer seiner Moralpredigten gehört, wie sie sagte –«,

Quinn verstellte die Stimme, um Edies hellen und leisen Sopran zu imitieren, diesen leichten Südstaaten-Singsang, aber giftig wie der Stachel eines Skorpions, »›*ich* finde, es ist viel einfacher, Robert zu mögen, wenn er nicht da ist.‹«

Nick mußte grinsen, und Quinn fügte abschließend hinzu: »Nun ja, ich glaube, der BP fand das gar nicht lustig.«

»Keinen Sinn für Humor«, meinte Nick.

»Keinen Verstand«, sagte Quinn. »Diese aufgeblasene kleine Null glaubt, alles zu wissen. Ich habe ja schon Harvey für eine Pfeife gehalten, aber nun, seit er pensioniert ist und uns der BP vor die Nase gesetzt wurde, wird mir klar, wie gut wir es mit jemandem hatten, der Greta die Schulleitung überließ. Bobby ist wie besessen davon, alles zu verändern, und schafft damit nur überall ein riesiges Durcheinander, aber wenn wir ihn auf seine Fehler aufmerksam machen, will er nichts davon hören. Bill ist der einzige, dem er überhaupt zuhört, aber auch nur, weil er ihn anhimmelt wegen all dieser Meisterschaften. Wenn Bill dieses Frühjahr den Baseball-Cup gewinnt, wird der BP ihn wahrscheinlich bitten, ihn zu adoptieren. Aber was soll's – meiner Meinung nach haben sie einander verdient.«

Wieder legte sich ein Schatten auf ihr Gesicht, und Nick fühlte sich unwohl. »Sieh mal, Bill kann nicht so blöd sein und riskieren, dich wegen eines Hundes zu verlieren«, meinte er schließlich. Er wollte nicht in diesen Streit hineingezogen werden, andererseits hatte er das Bedürfnis, sie zu trösten. »Wenn er sieht, wieviel dir das Tier bedeutet, wird er nachgeben.«

»Da bin ich mir nicht so sicher«, sagte Quinn. »Manchmal habe ich das Gefühl, er sieht mich gar nicht. Ich glaube, er sieht nur das Bild, das er sich von mir gemacht hat. Weißt du, was ich meine? Die Person, mit der er zurechtkommt. Weil mein wahres Ich zu problematisch und schwierig ist.«

Nick schüttelte den Kopf. Bill konnte nicht ernsthaft so dämlich sein, nicht zu verstehen, wer Quinn war und was sie ihm bedeutete. Sie beugte sich vor und drückte den Hund noch fester an sich; ihr Haar, wie kupferfarbene Seide, bildete im Lampenlicht einen schimmernden Kontrast zu ihrem goldfarbenen Teint.

Man mußte wirklich ein absoluter Idiot sein, um Quinn nicht zu sehen.

»Na los, erzähl mir, wo du diese Ratte gefunden hast«, sagte er, nur um ihre Augen aufblitzen zu sehen, und als sie den Kopf hochriß und ihm einen bösen Blick zuwarf, mußte er lachen.

Die gute, alte, verläßliche und berechenbare Quinn.

Als Bill sich am nächsten Morgen herumwälzte, hatte sich Katie zwischen ihm und Quinn auf die Bettdecke gekuschelt. Jetzt lag dieser verdammte Hund also mit ihnen im Bett, trotz seiner Pläne mit der Zeitung im Badezimmer. Quinn hatte dies mit einem knappen »Nein« abgelehnt und eine Decke neben dem Bett ausgebreitet. Klar, daß der Hund in der Nacht ins Bett gekrochen war. Ein Wunder, daß er nicht hineingepinkelt hatte. Er spürte den Ärger in sich aufsteigen und besänftigte sich, wie er das immer tat – tief durchatmen und klar denken. Quinn war einfach nur durcheinander. Am vorigen Abend war sie spät nach Hause gekommen und hatte nur den Kopf geschüttelt, als er versuchte, mit ihr zu reden. Sie hatte sich auch geweigert, das Stroganoff zu essen, das er für sie aufwärmte, und sich statt dessen mit dem Hund ins Schlafzimmer verzogen. Sie führte sich auf wie ein Kind, aber schließlich war er den Umgang mit Kindern gewöhnt. Er war Lehrer. Geduld war alles.

Nachdem sie am Abend zuvor aus der Wohnung gerauscht war, hatte er darüber nachgegrübelt, wo das Problem liegen mochte, bis ihm plötzlich klar wurde, daß sie vermutlich nur so verstimmt war, weil sie – genau wie er – heiraten und Kinder haben wollte. Er hatte natürlich noch eine Menge Zeit, Vater zu werden, aber sie war fünfunddreißig und wurde schließlich nicht jünger. Und nun war sie enttäuscht, weil er nicht von Heirat sprach und sich voll auf die Saison konzentrierte.

Also mußte er nur den Hund aus dem Weg räumen und ihr schnell einen Antrag machen, und dann würden sie heiraten und die Kinder bekommen, die sie sich wünschte, und er würde morgens aufwachen und Bill Junior zwischen ihnen liegen sehen. Bei diesem Gedanken wurde ihm warm ums Herz. Ein kleiner Junge mit seiner Kraft und Aufrichtigkeit und Intelligenz, gepaart mit Quinns sanftem Wesen. Er mußte nur Geduld haben und den Hund loswerden, dann würde sich alles wie von selbst ergeben.

Der Hund streckte seine dünnen Beine und seinen mageren Körper, um sich dann enger an Quinns Rücken zu schmiegen.

»Runter hier«, zischte Bill so streng er konnte, ohne Quinn aufzuwecken.

Der Hund schlug die Augen auf und starrte ihn an.

Mit der Hand schob Bill das Hinterteil des Hundes beiseite. *»Runter.«*

Der Hund hob eine Lefze und begann, tief in der Kehle bösartig zu knurren, um seinen Anspruch auf Quinn zu verteidigen. Bill zog seine Hand zurück.

»Was machst du da?« murmelte Quinn schläfrig über ihre Schulter.

»Der Hund hat mich angeknurrt.«

»Wahrscheinlich hast du sie geweckt.« Quinn gähnte und klopfte auf ihrer anderen Seite auf das Bett. »Komm her, Katie.«

Langsam stand Katie auf, streckte sich provozierend und kletterte dann über Quinns Hüfte, um sich triumphierend an ihrem Bauch einzurollen. Unbekümmert legte Quinn ihren Arm über den Rücken des Hundes und streichelte ihn ein wenig, bevor sie wieder in den Schlaf sank.

Bill atmete noch ein paarmal tief durch und mußte niesen. Wahrscheinlich war er gegen Streß mit Hunden allergisch.

Dieser Hund gehörte der Vergangenheit an.

»Ist Max hier?« Nick streckte seinen Kopf unter der Haube von Mary Galbraiths altem Civic hervor und fragte »Bitte?«, aber er hatte die Stimme bereits erkannt, bevor er die schlanke Blondine in dem marineblauen Kostüm vor sich stehen sah.

Die Barbie aus der First National Bank, hatte Darla sie getauft, und das war weitaus netter als der Spitzname, mit dem Lois Ferguson sie bedachte. Sie sah tatsächlich so unecht aus, daß es schwerfiel zu glauben, sie könne es auf Max abgesehen haben. Dennoch stand sie nun vor ihm. »Hi, Barbara. Nein, er ist gerade unterwegs. Alles klar mit deinem Wagen, hoffe ich?«

»Oh, er hat tolle Arbeit geleistet.« Barbara sah unsicher aus, völlig fehl am Platze in der schmutzigen Garage, aber schließlich wirkte Barbara außer in der Bank überall fehl am Platze. Sie ging Nick auf den Geist, aber das war nicht fair, das wußte er. Schließlich war sie verdammt gut in ihrem Job. Jedermanns Geld wurde immer richtig angelegt, wenn Barbara sich darum kümmerte.

»Ich weiß nicht, wann er zurückkommt«, fügte Nick hinzu, als Barbara offensichtlich nicht zu wissen schien, was sie sagen sollte.

»Ich wollte ihm nur das hier vorbeibringen.« Zögernd streckte sie ihm eine bemalte Dose entgegen, und Nick hatte beinahe Mitleid mit ihr und machte sich Sorgen um Max. Die Dose war bemalt und mit einer grünen Schleife und einer weißen Karte mit der Aufschrift DANKE! verziert. »Das sind Plätzchen«, erklärte Barbara. »Weil er so tolle Arbeit geleistet hat.«

»Oh.« Was zum Teufel sollte er mit Plätzchen anfangen? »Warum stellst du sie nicht einfach ins Büro? Ich werde Max ausrichten, daß sie von dir sind.«

»Danke, das wäre sehr nett.« Wieder um Worte verlegen blieb Barbara in ihrem perfekten Outfit wie angewurzelt stehen.

»Dort hinten im Büro«, sagte Nick und versuchte, aufmunternd zu klingen.

Barbara holte tief Luft. »Er kennt sich wirklich mit Autos aus, nicht wahr?«

»Er ist der Beste«, erwiderte Nick. »Das Büro ist dort drüben hinter der Tür.«

»Mein Wagen fährt jetzt nämlich viel besser. Er hat sogar die Heizung repariert.«

»Das war nur ein Wackelkontakt im Schalter«, sagte Nick, ohne zu erwähnen, daß er es gewesen war, der ihn behoben hatte. »Solche Dinge merkt Max immer schnell.«

»Ja, das habe ich auch gedacht.« Barbara trat einen Schritt näher, und Nick bemerkte, daß irgend etwas an ihr anders war. Aus irgendeinem Grunde sah sie nicht mehr so aufgedonnert aus. Vielleicht war ihr Haar dunkler. »Ich finde, es ist wichtig, auf Kleinigkeiten zu achten, oder?«

»Stimmt wohl.« Nick hörte auf, sich Gedanken über ihre Haarfarbe zu machen, weil es ihn nicht wirklich interessierte. »Du kannst die Plätzchen einfach ins Büro stellen.«

»Ist er zu Hause auch so geschickt?« wollte Barbara wissen, was Nick seltsam vorkam.

»Ich denke schon«, meinte Nick. »Zumindest beschwert sich Darla nicht.« Er erwog, mehr zu sagen, entschied sich dann aber dagegen. Es war sinnlos, sich in diese Sache hineinziehen zu lassen.

»Ich weiß. Sie ist eine tolle Friseuse.« Barbara klang aufrichtig. »Sie kann froh sein, daß sie Max hat.«

»Hinten im Büro«, lenkte Nick ab, »da wäre der richtige Ort für die Plätzchen.«

»Du hast viel zu tun.« Barbara trat einen Schritt zurück. »Es muß toll sein, mit Max zusammenzuarbeiten.«

»Läßt sich aushalten«, meinte Nick.

»Du bist bestimmt auch sehr gut«, fügte Barbara höflich hinzu.

»Nicht besonders«, erwiderte Nick.

»Nun, dann werde ich das hier im Büro abstellen.«

»Das ist eine gute Idee.« Nick steckte seinen Kopf wieder

unter die Motorhaube des Honda und dachte, *Max, da mußt du dir etwas einfallen lassen.*

Und dann konzentrierte er sich auf den Honda, weil Max und Barbara ihn nichts angingen.

Quinn kam kurz nach drei nach Hause, etwas früher als sonst, weil sie sich so sehr auf Katie freute. Bestimmt mußte sie sofort raus, also würde sie mit ihr wie schon morgens früh auf die Wiese hinter dem Wohnhaus gehen und zusehen, wie sie durch das gefrorene Gras sprang und hüpfte, um dann zu ihr zurückzulaufen. Bei diesem Anblick würde sie wieder die gleiche Freude wie am Morgen spüren, das erhebende Gefühl, jemanden zu haben, der sie liebte, ohne irgend etwas von ihr zu erwarten.

Katie würde mit den Pfoten aufgeregt und ängstlich zitternd an ihrem Mantel kratzen, und sie könnte sie hochnehmen und ihr Wärme schenken, während sie Katies kleinen Kopf wieder an ihrer Schulter fühlte. Es war so wundervoll, einen eigenen Hund zu haben, daß sie lächeln mußte, als sie die Wohnungstür aufschloß und »Katie!« rief in der Erwartung, wieder dieses niedliche Tapsen der Hundekrallen auf den Küchenfliesen zu hören.

In der Wohnung blieb alles still.

»Katie?«

Noch immer kein Tapsen. Quinn schloß die Tür hinter sich und begann, mit klopfendem Herzen die Wohnung abzusuchen, um sicher zu sein, daß Katie nicht im Badezimmer eingeschlossen war oder schlafend auf dem Bett aus Kiefernholz lag. Die Wohnung war so klein, daß sie sie innerhalb von zwei Minuten bis in den letzten Winkel abgesucht hatte. Keine Katie.

Sie quälte sich mit dem Gedanken, daß der Hund irgendwie aus der Wohnung herausgekommen sein müsse, aber als sie nachschaute, wieviel Hundefutter noch übriggeblieben war, um einen Anhaltspunkt zu haben, wie lange Katie in der

Wohnung gewesen sein mochte, waren beide Schüsseln verschwunden. Quinn fand sie in der Spülmaschine.

Bill war immer ordentlich.

Das Blut schoß ihr in den Kopf, und all der Ärger und die Frustration, die sich in ihr aufgestaut hatten, vereinigten sich zu grenzenloser Wut.

Er hatte ihren Hund weggebracht.

Er hatte ihren Hund *gestohlen.*

Die Meile bis zur Schule legte sie in Rekordgeschwindigkeit zurück.

3

Am anderen Ende der Stadt toupierte Darla im Upper Cut Susan Bridges' Haare und versuchte, ihren Ärger zu verdauen. Es gab keinen Grund, sauer zu sein. Max hatte am vorigen Abend recht gehabt. Sex vor den Augen von ganz Tibbett wäre vermutlich schlecht fürs Geschäft gewesen. Außerdem hatte sie es Max heimgezahlt, als sie ihn um elf Uhr abgewiesen hatte. Nachdem Mark und Mitch endlich ins Bett gegangen waren, hatte er sie in der Küche umarmt, doch sie hatte nur gesagt: »Bin nicht mehr in der Stimmung.« Daraufhin hatte Max mit dem Kommentar »Oooohkay« die Arme sinken lassen und war alleine ins Bett gegangen, ohne ein weiteres Wort mit ihr zu sprechen. Nicht ein einziges Wort.

»Autsch«, ließ sich Susan vernehmen, woraufhin Darla sich entschuldigte und ihre Aufmerksamkeit wieder Susans Frisur schenkte.

»Hast du jemals daran gedacht, deinen Stil zu verändern?« fragte sie Susan und blickte sie über deren Schulter in dem grau und purpurrot umrahmten Spiegel an. »Du trägst diese Frisur nun schon seit ... einer ganzen Weile.« Dreißig Jahre lang, schätzte Darla. »Dir würde bestimmt ein Stufenschnitt gut stehen. Der würde deine Wangenknochen betonen.«

Susan sog die Backen ein und betrachtete sich prüfend im Spiegel. »Darryl würde mich nicht wiedererkennen.«

»Das wäre doch toll«, meinte Darla. »Zeig ihm mal etwas anderes, damit er dich wieder wahrnimmt. Gib ihm das Gefühl, mit einer brandneuen Frau zu schlafen.«

»Du änderst deinen Haarschnitt doch auch nicht«, sagte Susan.

Darla betrachtete ihren hellbraunen Nackenknoten im Spiegel. »Max mag lange Haare, und nur so stören sie mich während des Tages nicht.«

»Schneide sie doch ab«, schlug Susan vor. »Gib ihm das Gefühl, dich zu betrügen.«

»Das ist nicht gerade das, was ich will«, antwortete Darla, obgleich der Gedanke, sich einen Kurzhaarschnitt zuzulegen, verlockend war. Nur, daß Max auf lange Haare stand. Es wäre reichlich plump, Max für etwas zu bestrafen, dessen er sich gar nicht bewußt war und das sie ihm noch nicht einmal erklären konnte. *Ich will eine Abwechslung*, hätte sie ihm am liebsten gesagt. *Ich will, daß wir wieder wie frisch verliebt sind.* Und dann würde der arme alte Max wie vom Donner gerührt dort stehen, ohne einen blassen Schimmer, wie er ihr das bieten könnte, was sie wollte. Es war nicht seine Schuld. »Das kann ich Max nicht antun.«

»Probier's doch einfach mal«, meinte Susan. Nachdem Susan gegangen war, kam Darlas Schwester Debbie aus dem Pausenraum zurück und ließ sich auf den purpurroten Stuhl neben Darlas Arbeitsplatz fallen.

»Mama sagte, du hättest sie gar nicht angerufen.« Debbie überprüfte ihre unglaublich blonde Haarpracht im Spiegel. »Sie meinte, sie hätte dich besser erzogen, und fragt sich, was du dir dabei denkst. Findest du, daß ich mit dieser Frisur wie Prinzessin Diana aussehe? Ich dachte, die Haare wären vielleicht zu lang, aber Ronnie findet das nicht. War das gerade Susan Bridges? Diese Frau hat ihr Aussehen nicht verändert, seitdem die Doobie Brothers sich aufgelöst haben.«

»Hallo, Deb.« Darla kehrte den Rest von Susans abgeschnittenen Haaren von dem grau und purpurrot gefliesten Boden um ihren Arbeitsplatz herum auf und unterdrückte den Impuls, Debbie darauf hinzuweisen, daß es etwas Morbides an sich hatte, wie Prinzessin Diana aussehen zu wollen, da sie leider keine neuen Modetrends mehr kreieren konnte.

Debbie strich ihren Upper Cut-Kittel im Spiegel glatt, während sie weiterquasselte. »Weißt du, was ich gehört habe?« Sie verdrehte den Kopf, um zu sehen, ob jemand an den anderen Stühlen mithören konnte, aber die drei einzigen Angestellten, die außer ihnen in dem Schönheitssalon beschäftigt waren, arbeiteten am anderen Ende des Raums. »Barbara Niedemeyer hat mit Matthew Ferguson Schluß gemacht. Sie hat ihm einen regelrechten Tritt in den Hintern gegeben.« In voller Zustimmung nickte Debbie mit dem Kopf.

Schnee von gestern, Deb, dachte Darla, hielt jedoch ihren Mund, während sie ihren Arbeitsplatz säuberte. Laß Debbie ihren Spaß. Wahrscheinlich würde sie sich niemals eine Veränderung in ihrem Leben wünschen – ihr reichten Ronnie, das Upper Cut und die Tatsache, den neuesten Klatsch aus erster Hand erfahren zu können.

»Und weißt du auch, was das bedeutet? Bald wird sie hier auftauchen, um sich einen neuen Haarschnitt verpassen zu lassen. Dann wissen wir jedenfalls, wer ihr neues Opfer ist.«

Unvermittelt hielt Darla im Kehren inne. »Was meinst du damit?«

»Nun ja.« Debbie beugte sich vor und wartete darauf, daß Darla sich zu ihr gesellte. Darla jedoch warf einen Blick auf ihre Uhr. Es war vier. »Marty Jacobsen hat jetzt einen Termin bei mir.«

Debbie winkte mit der Hand ab. »Marty kommt immer zu spät. Wahrscheinlich läuft sie gerade wieder durch die Gegend, um den neuesten Klatsch aufzuschnappen. Leute gibt's.«

»Stimmt«, meinte Darla und setzte sich. »Okay, laß hören.«

»Gut, erinnerst du dich noch an den Abend, unmittelbar bevor Barbara Matthew ins Visier nahm? Sie kam hier herein und wollte eine Hennaspülung und eine Hochsteckfrisur von mir haben, wobei sie meinte, ›Debbie, laß es geschmackvoll und weich aussehen, so wie bei Ivana‹. Damals fand ich das seltsam, aber nun, da Ronnie mir erzählte, daß sie Matthew vor die Tür gesetzt hat, habe ich gedacht, ›mal sehen, ob sie wieder für einen neuen Haarschnitt kommt‹, und da ist es mir wie Schuppen von den Augen gefallen.«

»Kläre mich bitte auch auf«, meinte Darla. »Das verstehe ich nicht.« Debbie beugte sich noch weiter vor, so daß sich die Armlehne des Stuhls in ihre Taille bohrte. »Sie wollte wie Lois aussehen.«

Zweifelnd hob Darla die Augenbrauen. »Glaubst du das wirklich?«

Zufrieden lehnte Debbie sich zurück. »Klar. Schließlich fiel mir ein, daß sie diesen Pferdeschwanz wie Janice trug, als sie hinter deren Mann Gil her war, nur daß sie ihn aufbauschte und ich ihn im Ansatz flechten sollte, damit sie wirklich klasse aussah. Und als Beas Louis aktuell war, sollte ich ihr einen hochangesetzten Haarknoten binden, wobei sie allerdings diese Strähnen an der Seite heraushängen ließ, damit es richtig sexy wirkte, weißt du noch? Die arme alte Bea sah aus, als hätte sie einen Bagel auf dem Kopf, aber Barbara stand das großartig. Und dann hat sie sich die Haare für Matthew im Ivana-Look erdbeerblond färben lassen, weil Lois seit Ewigkeiten mit diesem orangen Bienenkorb auf dem Kopf herumläuft, obwohl sie verdammt noch mal Inhaberin eines Schönheitssalons ist, also –«, Debbie beugte sich erneut vor, »wette ich darauf, daß sie im Laufe dieses Monats hier aufkreuzen wird, um sich einen neuen Haarschnitt zuzulegen. Und dann werden wir wissen, auf wen sie es abgesehen hat, je nachdem, welche Ehefrau ihre neue Frisur trägt. Ist das nicht aufregend?«

»Sie ist hinter Nick her«, sagte Darla. »Gestern hat sie ihren

Wagen in der Werkstatt abgeliefert, obwohl er völlig in Ordnung war.«

»Nick.« Debbie lehnte sich zurück, ohne die Augenbrauen zu heben, weil das ja Falten verursachen könnte, dennoch offensichtlich aus dem Konzept gebracht. »Lieber Himmel, dann könnte es ja jede sein. Wer ist denn gerade bei ihm aktuell? Diese kleine Lisa?«

»Nein.« Darla stand auf und fuhr fort, ihren Arbeitsplatz zu säubern. »Diese Geschichte ist schon seit längerem zu Ende. Zu Weihnachten hatte sie sich einen Ring gewünscht, und er schenkte ihr die *Dusty Springfield-Anthologie*, dabei wußte sie noch nicht einmal, wer Dusty Springfield ist. Augenblicklich hat er, glaube ich, nichts laufen.«

»Nun, er hat es ja noch nie lange mit einer ausgehalten. Höchstens ein Jahr.« Debbie schüttelte den Kopf. »Mit einem Mann, der über seine Scheidung vor zwanzig Jahren nicht hinweggekommen ist, kann irgendwas nicht stimmen.«

»Er war zwanzig Minuten, nachdem die Scheidung ausgesprochen war, darüber hinweg«, sagte Darla und versuchte, die Schärfe in ihrer Stimme zu unterdrücken. In bezug auf Frauen mochte Nick sprunghaft sein, aber er war ein verdammt guter Schwager und ein verdammt feiner Kerl.

Außerdem war er nicht in dem ewig gleichen Trott festgefahren wie einige andere Leute. »Er will sich eben einfach nicht binden.«

»Ein Mann sollte verheiratet sein.«

»Warum?«

Verärgert starrten sie einander mit dem wütenden Blick an, mit dem sie sich immer wieder anschauten, seit Darla zum ersten Mal über den Rand der Wiege ihrer neugeborenen Schwester geschaut hatte und gar nicht begeistert gewesen war von dem, was sie sah. Es gab keinen Grund, warum jeder Mann verheiratet sein sollte. Oder jede Frau. Egal, wie glücklich Debbie in ihrer Ehe mit diesem Schwachkopf Ronnie sein mochte.

Oder wie glücklich sie mit dem alten festgefahrenen Max war, verdammt noch mal.

In ihrem Gedankengang lief irgend etwas falsch. Sie sollte nicht so wütend sein.

Vor allem sollte sie nicht so wütend auf Max sein, der überhaupt nichts falsch gemacht hatte und der zwanzigmal mehr wert war als dieser Nichtsnutz Ronnie. Es war nicht richtig, sich mit ihm zu langweilen, und sie schämte sich für diese Empfindung.

Dennoch ließ sich dieses Gefühl nicht verleugnen.

»Warum bist du plötzlich so empfindlich?« fragte Debbie, und wieder hatte Darla ein schlechtes Gewissen. Debbie mochte keine intellektuelle Leuchte sein, aber sie war eine gute Schwester. Schlimmer wäre es, die aufregende Zoë ertragen zu müssen, neben der Quinn grau und langweilig aussah. Deb war einfach Deb.

»Tut mir leid« sagte sie, und Debbie meinte: »Denk an meine Worte, Barbara wird in den nächsten Tagen hier auftauchen. Und wenn sie wie Lisa aussehen möchte, müßte sie ihre Haare auf wundersame Weise wachsen lassen, weil sie dem Mädchen fast bis zum Hintern reichten, als ich sie das letzte Mal sah.«

»Er trifft sich nicht mehr mit Lisa.« Darla stand auf, als Marty Jacobsen, wie immer zu spät, hereinrauschte. »Vielleicht wird Barbara ja vernünftig und hat es nun auf ungebundene Männer abgesehen.«

»Das glaubst du doch selbst nicht«, sagte Debbie. »Die Menschen verändern sich nicht. Sie wird ihr Leben lang mit verheirateten Männern ausgehen. Eins kann ich dir sagen: Sollte sie jemals anfangen, ständig im Eisenwarenladen bei Ronnie herumzuhängen, braucht sie bald keinen Friseur mehr, weil ich ihr sämtliche Haare ausreißen werde.«

»Menschen verändern sich wohl«, meinte Darla. »Wenn sie einen hinreichenden Grund dafür haben, können sie –«

Marty plumpste in Darlas Stuhl und sagte: »Hi, ich bin

doch nicht zu spät, oder? Sprecht ihr über Barbara? Sie hat nämlich endgültig mit Matthew Schluß gemacht. Ich habe gehört, daß –«

Vier Uhr. Bill hatte einen anstrengenden Tag hinter sich, der noch anstrengender wurde, weil der BP darauf bestand, den Jungs beim Krafttraining zu helfen, obgleich sie mehr davon verstanden, als er jemals darüber wissen würde. »Hey, Coach, glaubst du, Corey braucht mehr Gewichte?« rief Bobby nun zu ihm herüber, während Corey Mossert, Bills gewichtigster Sportler in mehr als einer Hinsicht, die Augen verdrehte.

»Er hat genug«, antwortete Bill und ging weiter zur nächsten Kraftbank, dicht gefolgt von Bobby.

»Diese Greta bringt mich noch zum Wahnsinn. Sie ist einfach alt, weißt du.« Bobby schüttelte den Kopf, und Bill hätte beinahe gesagt, »Sie ist fünfzig, das ist nicht alt«, aber da der BP gerade mal achtundzwanzig geworden war, hatte es vermutlich keinen Sinn, auf die relative Jugend seiner Sekretärin hinzuweisen.

»Sie glaubt, alles sollte so gemacht werden, wie Harvey es getan hat«, fuhr Bobby fort. »Kannst du dir das vorstellen?«

»Eigentlich hat Harvey alles so getan, wie sie es wollte«, sagte Bill, während er die Form des nächsten Spielers prüfte. »Im Grunde hat immer sie die Schule geleitet.« Das war auch nötig gewesen, weil Harvey in den letzten zwanzig Jahren geistig tot gewesen war, sich jedoch standhaft geweigert hatte, in Pension zu gehen, bis er vor vier Monaten auf dem Kürbisfest mit einem Herzinfarkt umgekippt und schließlich wirklich gestorben war, obwohl Quinn fand, das wäre schwer zu beurteilen, weil er fast genauso ausgesehen hatte wie bei jeder Konferenz.

»Siehst du?« meinte Bobby. »Deshalb geht es mit der Schule bergab; die Führung fehlt. Bis jetzt jedenfalls.«

Bill kontrollierte Jason Barnes' Gewichtspaket, das genau die richtige Schwere hatte. Auf Jason konnte er sich verlassen.

Er nickte dem großen blonden Oberstufenschüler zu, den Quinn ›den Bill der nächsten Generation‹ zu nennen pflegte. Ihre Söhne würden eines Tages so wie Jason sein, groß und kräftig und zuverlässig.

»Weißt du, was Carl Brookner mir erzählt hat?« fragte Bobby unterdessen.

»Was denn?« erkundigte er sich, hauptsächlich, um Bobby einen Gefallen zu tun.

»Er sagte, er glaube, daß der Zuschuß für dieses Jahr durch ist.« Bobbys Augen glänzten, während er den Blick verträumt in die Ferne richtete. »Ihm sind die Malereien an der Wand aufgefallen, und er findet, daß ein neuer Kraftraum kaum genug Belohnung ist für das, was du mit den Jungs schaffst.«

»Nun, diesen Zuschuß brauchten wir schon lange«, meinte Bill milde. »Neue Schulbücher, Gehaltserhöhungen für die Lehrer – wir sind überfällig.« Die Wandbilder waren ein empfindliches Thema, da er Quinn und die Kunstgruppe gebeten hatte, sie zu malen, aber Quinn war dagegen gewesen. »Erkläre mir doch einmal, warum die Kunstschüler für die Sportgruppe schuften sollen«, hatte sie gesagt, aber er hatte Geduld gezeigt, und schließlich hatte sie nachgegeben.

»Ja, aber das Beste kommt noch«, fuhr Bobby fort. »Er sagte, wir sollten nicht zu bescheiden sein. Im Herbst steht nämlich eine Anleiheemission für neue Gebäude an.«

Bei dem Gedanken daran senkte Bobby die Stimme verschwörerisch. »Ein Stadion und eine neue Halle.«

Bei diesen Worten spitzte Bill die Ohren. »Du machst Witze.«

»Nein.« Bobby schüttelte den Kopf und blickte in die Zukunft. »Bill-Hilliard-Stadion.« Den Zusatz Robert-Gloam-Halle fügte er zwar nicht hinzu, aber Bill konnte seine Gedanken lesen.

»Es ist mir egal, wie sie es nennen«, sagte Bill. »Aber wir brauchen ein Stadion.«

»Ich weiß, ich weiß, Sportsfreund«, pflichtete der BP bei, eifrig darauf bedacht, sich bei Bill einzuschmeicheln. »Und wir können es auch bekommen. Wenn du die zehnte Meisterschaft gewinnst, ist es uns sicher.«

Er würde die zehnte Meisterschaft gewinnen. Schließlich hatte er fünf Jahre damit zugebracht, ein erstklassiges Baseball-Team aufzubauen. Er würde diesen Cup erringen.

Und dann das Stadion. Bill lächelte bei der Vorstellung.

»Uns stehen rosige Zeiten bevor«, sagte der BP.

Bevor Bill antworten konnte, hörte er, wie die Tür zum Parkplatz zugeknallt wurde, und er vernahm Quinns Stimme hinter sich. »Ich muß mit dir sprechen.«

Er drehte sich um und sah, wie sie ihn schwer atmend anstarrte. Neugierig hörten einige der Jungs auf, ihre Gewichte zu stemmen, bis er sie mit hochgezogenen Augenbrauen ansah und sie alle ihr Training wieder aufnahmen, mit Ausnahme von Jason Barnes, der seine Gewichte ablegte.

»Jason«, mahnte Bill und wartete, bis Jason gehorchte und das rhythmische Klirren seiner Gewichte wieder einsetzte. Dann wandte er sich zu dem BP, der seinerseits Quinn anstarrte, und sagte: »Übernimm du, Robert.«

Quinn stampfte zurück zur Tür, gefolgt von Bill, der vermutete, daß sie nur ein wenig aufgebracht war wegen des Hundes. Nichts, was er ihr nicht in einem vernünftigen Gespräch ausreden konnte.

»Wo ist sie?« wollte Quinn wissen, sobald sie draußen neben ihrem Wagen standen. Ihre haselnußbraunen Augen blitzten ihn an, ihre Wangen waren gerötet. Sie sah toll aus.

»An einem sicheren und warmen Ort.« Beschwichtigend tätschelte Bill ihren Arm. »Alles in Ordnung, beruhige dich.«

Quinn schüttelte seine Hand von ihrem Arm ab und trat einen Schritt näher.

»*Nichts* ist in Ordnung. Ich will diesen Hund zurückhaben. Wo immer du sie auch hingebracht hast, wir werden sofort dorthin fahren und sie abholen. Und ich hoffe für dich, daß es nicht das Tierheim ist, weil ich sonst nie wieder ein Wort mit dir wechsle.«

»Du reagierst überzogen«, sagte Bill äußerlich ruhig, aber er wunderte sich. Die Sache lief schlecht. Sie sollte nicht so wütend sein. »Dem Hund geht es gut. Ich habe ihnen gesagt, sie sollen ihn nicht einschläfern und uns anrufen, falls niemand –«

»Du hast sie ins Tierheim gebracht.« Quinns Stimme überschlug sich. »Du wirst *auf der Stelle* mit mir dorthin fahren.«

»Quinn, sei vernünftig –«

»Ich bin vernünftig.« Quinn sprach leise und mit tödlichem Ernst, ihr rundes Gesicht war noch blasser als üblich. »Aber ich stehe kurz davor, einen Anfall zu bekommen, den du dir gar nicht ausmalen kannst. Du wirst mit mir jetzt meinen *gottverdammten Hund* abholen!«

Er half ihr auf den Beifahrersitz ihres Wagens und setzte sich selbst hinter das Steuer. Er sollte ihr wirklich neue Sitzbezüge besorgen, ihre waren ja ganz abgenutzt. Wenn er sie erst einmal besänftigt hatte, könnten sie bei Target anhalten und welche kaufen. »Es tut mir leid, wenn du wütend bist.«

»Wenn?« Quinns Stimme schwoll zu einem Kreischen an. »Du hast gehört, was ich gesagt habe, und du bist dir *nicht sicher*? Nun, *verlaß dich drauf! Ich bin wütend!«*

»Aber wir können den Hund doch sowieso nicht behalten«, fuhr Bill fort, wobei er seiner Stimme einen beruhigenden Klang verlieh, während er den Wagen startete und vom Parkplatz fuhr. »Ich habe mit der Hausverwalterin gesprochen, aber da läßt sich absolut nichts machen.«

»Dann werde ich ausziehen.« Quinn verschränkte die Arme vor der Brust.

Bill atmete tief durch. Sie war noch immer aufgebracht, hatte sich aber ein wenig beruhigt. »Wir können doch nicht aus dieser Wohnung ausziehen. Sie ist preiswert, außerdem liegt sie in der Nähe der Schule. Sie ist –«

»Ich sagte, *ich* werde ausziehen«, unterbrach ihn Quinn. »Du kannst dort wohnen bleiben.«

»Quinn –«

»Das mit uns beiden hat sowieso nicht funktioniert«, sagte sie tonlos und ohne jede Emotion in der Stimme, jedoch voller Entschlossenheit. »Und nun hast du meinen Hund gestohlen. Jetzt ist es völlig aus.«

Bill wollte sie anbrüllen, aber er tat es nicht. Es machte keinen Sinn, wenn sie sich beide dumm benahmen. »Mach dich nicht lächerlich. Du wirst nicht ausziehen.«

Sie warf ihm einen Blick zu, den Bill lieber nicht gesehen hätte. »Glaube es mir einfach«, sagte sie ruhig.

»Glaube mir einfach, daß ich dich verlasse.«

Bill argumentierte nicht mehr weiter. Wenn Quinn in dieser irrationalen Stimmung war, war das zwecklos. Sie würde sich schon wieder beruhigen und ihren Verstand einschalten. Seine Gedanken wanderten zum Kraftraum – wer faulenzte, wer mehr Gewicht machen mußte, wer vor lauter Eifer zuviel Gewicht machte –, und er war so mit seinen eigenen Plänen beschäftigt, daß er beinahe die Abzweigung zum Tierheim verpaßt hätte.

Dort angelangt präsentierte sich Quinn noch übler gelaunt und schien drauf und dran zu sein, über den Empfangstisch zu springen, um der armen Frau, die eine braune Uniform trug, an die Gurgel zu gehen. Sie war eine nette Frau, ein wahrer Tiger-Fan, hatte sie ihm erzählt, als er den Hund abgeliefert hatte. »Sie machen Ihre Arbeit so toll, Coach«, hatte sie gesagt, und er hatte sich bedankt, weil ein gutes Sportprogramm nicht auf die Unterstützung der Öffentlichkeit verzichten konnte. Sie hieß Betty, fiel ihm nun wieder ein. Es war ihm ein wenig peinlich, als sie die beiden nach hinten zu den Zwingern führte, wo Quinn auf dem Betonboden auf die Knie sank, ihre Hand durch die Gitterstäbe steckte und »Katie« rief, so als sei sie von dem Köter nicht nur ein paar Stunden, sondern ganze Jahrhunderte getrennt gewesen. Am ganzen Körper zitternd kam der Hund zu ihr getrippelt. Er schauspielerte, das erkannte Bill sofort. Hunde verstanden es hervorragend, Menschen zu manipulieren. Sie sahen einen immer mit diesem berechnenden Blick an, insbesondere diese heimtückische und hinterhältige kleine Ratte.

Der Zwinger war groß, der Raum beheizt, und auf dem Boden standen ein Futternapf und eine Wasserschale; dieser Hund mußte eindeutig nicht leiden.

»Hol sie hier heraus«, sagte Quinn, ohne ihn eines Blickes zu würdigen. Ihre volle Aufmerksamkeit widmete sie dem Hund, den sie durch die Gitterstäbe streichelte. »Hol sie auf der Stelle hier heraus.«

Irgend etwas in ihrer Stimme, dieser merkwürdige und ein wenig beängstigende Tonfall, ließ Bill zu dem Schluß kommen, daß dies nicht der richtige Zeitpunkt für Einwände war. »Ich habe diesen Hund gestern hier abgegeben«, sagte er zu Betty. »Ich würde ihn gerne wiederhaben.«

»Tut mir leid, Coach, aber das kostet dreißig Dollar zuzüglich der Lizenzgebühr.« In Bettys Stimme schwang aufrichtiges Bedauern mit. »So will es das Gesetz.«

Bill wollte protestieren, daß er schließlich derjenige war, der den Hund hergebracht hatte, und ihn daher doch auch sicherlich kostenlos wieder abholen dürfe, aber es war unkomplizierter, das Geld einfach zu bezahlen. Es war es nicht wert, einen Tiger-Fan zu verärgern, und außerdem konnte er, je schneller sie hier herauskamen, Quinn um so früher zur Vernunft bringen und den Hund ohne Streit loswerden. Obwohl er eine Bleibe für das Tier finden mußte. Mit dem Tierheim war Quinn ganz offensichtlich nicht einverstanden.

Es paßte nicht zu ihr, so unvernünftig zu sein. Vielleicht litt sie am PMS.

Draußen im Wagen drückte Quinn den Hund schweigend an sich, während er über ihre Schulter Bill hämisch anstarrte. Bill ignorierte ihn. Vielleicht mußte er sich eine Weile mit diesem Mistvieh abfinden, aber nicht allzu lange. Er und Quinn hatten Zukunftspläne, in denen für einen Hund kein Platz war, mochte sie nun auch noch so wütend sein.

»Was hast du denn heute nachmittag vor?« fragte er betont herzlich, in dem Versuch, zur Normalität zurückzukehren.

»Ich ziehe aus«, sagte Quinn in dem gleichen Tonfall, mit dem sie auch hätte sagen können: »Ich gehe mit Darla Pizza essen.«

»Ach, Quinn, nun komm schon.« Verärgert bog Bill ein wenig zu abrupt in die Straße zur Schule ein. »Hör auf, so kindisch zu sein. Du ziehst nicht aus. Laß uns darüber sprechen, wenn ich nach Hause komme.«

Als sie nichts darauf erwiderte, wußte er, daß er sie überzeugt hatte, und ließ seine Gedanken wieder zu seinen Schützlingen zurückwandern. Einigen von ihnen fehlte die richtige Einstellung, darunter auch Corey Mossert.

Zu schade, daß Corey nicht ein wenig mehr von Jason Barnes hatte, obwohl Corey und Jason die besten Freunde waren. Vielleicht sollte er mal mit Jason sprechen.

Neben ihm schwieg Quinn beharrlich, während der Hund ihn über ihre Schulter hinweg beobachtete.

»Okay, jetzt beruhige dich erst einmal, um Gottes willen«, sagte Nick von der anderen Seite eines Blazers her und fragte sich, warum ausgerechnet er sich an diesem Tag nur mit abgedrehten Frauen herumschlagen mußte.

Quinn bedachte ihn über den Wagen hinweg mit einem Blick, als könne sie seine Gedanken lesen. »Ich will mich jetzt aber nicht beruhigen.«

Sie preßte Katie fester an sich, und der Hund legte sein Kinn auf Quinns Arm und starrte ihn vorwurfsvoll an. Sie gaben zweifellos ein harmonisches Bild ab, aber Nick hatte keine Lust, sich in harmonische Bilder einwickeln zu lassen. »Ich kann dir nicht helfen, solange ich nicht weiß, was los ist, und ich weiß nicht, was los ist, solange du es mir nicht erklärst.«

Quinn holte tief Luft. »Ich brauche lediglich jemanden, der mir hilft, meine Sachen aus der Wohnung herauszuschaffen und bei meiner Mutter unterzubringen, während Bill noch in der Schule ist. Das ist alles.«

Das war alles. Nick lehnte sich gegen den Wagen und wünschte sich an einen anderen Ort. Er mochte Bill. Er spielte mit ihm zusammen Poker. »Vielleicht solltest du mit Bill sprechen, dann –«

»Er hat meinen Hund ins Tierheim gebracht und den ganzen Tag dort in diesem kalten Zwinger gelassen. Sie hätte *sterben* können.« Quinn drückte Katie noch fester an sich und sah bei diesen Worten ganz jämmerlich aus. »Sie schläfern die Tiere ein, die sie für krank halten, und sie zittert doch die ganze Zeit. Sie hätten sie umbringen können.«

Nick schüttelte den Kopf. »Bill ist ein guter Kerl. Vielleicht –«

»Hast du überhaupt ein Wort von dem kapiert, was ich sagte?« wollte Quinn wissen. »Er hat Katie ins *Tierheim* gebracht.«

»Ja, hab' ich verstanden.« Angestrengt versuchte Nick, die richtigen Worte zu finden, die Quinn beruhigen und ihn aus diesem Schlamassel heraushalten würden.

»Aber deswegen ist er doch kein übler Typ, Quinn, und das weißt du auch. Bevor du etwas tust, was du später bereust, solltest du dich beruhigen.«

»Nein.« Quinn begann, in der Garagenbucht auf und ab zu gehen, wobei sie Katie weiterhin umklammerte. »Ich werde mich nie wieder beruhigen. Ich habe mich lange genug unterbuttern lassen. Zoë bricht ständig irgendwelche Regeln, meine Mutter tut immer so, als wäre alles in Ordnung, mein Vater bleibt vor der Glotze sitzen, bis sich die Wogen geglättet haben, Darla macht dauernd spitze Bemerkungen, und du wirst dich nie binden. Und ich war immer das dumme Schaf, das die Dinge in Ordnung brachte.«

»Nun, das kannst du auch ausgesprochen gut«, meinte Nick und wünschte, sie würde mit dem Herumlaufen aufhören.

»Ich bin aber kein sanftes Lamm. Das ist einfach nicht wahr.« Quinn preßte Katie noch fester an sich und atmete heftiger. »Wenn alle anderen herumschreien, muß jemand Ruhe bewahren und neutral reagieren. Bisher habe immer ich den Schiedsrichter gespielt, bin vollkommen ruhig geblieben und habe meine Gefühle ausgeschaltet. Deshalb gelang es mir immer, Kompromisse zu finden und alles wieder einzurenken. Aber genau das werde ich nicht mehr tun. Von jetzt an werde ich mich wie Zoë benehmen. Zum Teufel mit der Vernunft. Jetzt muß wohl jemand anders den reifen Part übernehmen, weil ich ab jetzt nur noch an mich selbst denken und machen werde, was ich will.«

Nick ließ sie nicht aus den Augen, während dieser Wortschwall aus ihr hervorbrach. Er machte sich fast ein wenig Sorgen, als er ihren Blick sah. Daß Quinn ankündigte, nicht mehr die Rolle des sanften Lammes spielen zu wollen, war fast so unvorstellbar, als behaupte sie, sie wolle das Atmen einstellen. Als ihre Mutter die Abzweigung unten bei dem Kräuterbierstand verpaßt hatte und gegen die dicke Eiche gefahren war, war es Quinn gewesen, die mit ihrer Tennissocke Meggys Blutung stoppte, während Zoë völlig hysterisch herumschrie. Als Zoë bei ihrer Hochzeit mit ihm nach der Hälfte des Mittelganges auf dem Absatz kehrtmachte, war es Quinn gewesen, die sie dazu überredete, wieder in die Kirche hineinzugehen. Als Max seine Abschlußprüfung in Geschichte vermasselte, war es Quinn gewesen, die ihm durch die Nachprüfung half, zu der sie den Lehrer überredet hatte, damit er seinen Abschluß bekam.

Nick kannte Quinn nun schon seit zwanzig Jahren, und während all dieser Zeit war immer sie es gewesen, die die Dinge in Ordnung brachte, die sich durch nichts aus der Fassung bringen ließ und die alle Probleme löste.

Als er nun darüber nachdachte, wurde ihm klar, daß das nicht ewig so weitergehen konnte.

Sie wollte nur einen Hund haben.

Und Quinn hatte es verdient, alles zu bekommen, was sie haben wollte.

Quinn unterbrach ihre Tirade, um Luft zu holen, und Nick sagte: »Okay.«

Verblüfft blinzelte sie ihn an. »Sonst nichts? Okay?«

»Wann ziehen wir um?«

»Du wirst es tatsächlich tun?«

Die Ungläubigkeit in ihrer Stimme ärgerte ihn. »Habe ich dir jemals einen Gefallen abgeschlagen?«

»Noch nie.« Sie antwortete so prompt, daß seine Mißstimmung auf der Stelle verflog.

»Ich wollte nur sichergehen, daß du das auch wirklich willst.«

Quinn nickte. »Ja, ich will es wirklich.«

»Ich meine nicht den Hund. Ich meine, Bill zu verlassen.«

»Ich will es wirklich«, wiederholte Quinn mit fester Stimme.

»Okay.« Nick ging um den Wagen zum Garderobenständer. »Kannst du mir denn auch noch erklären, warum wir diese Aktion starten müssen, während Bill in der Schule ist?«

»Ich will ihn nicht mehr sehen«, sagte Quinn. »Ich habe ihm im Auto erklärt, daß ich ihn verlasse, aber er hat nur gelächelt.«

Nick wollte gerade seine Jacke nehmen und hielt nun in der Bewegung inne. »Er hat was getan?«

»Nur gelächelt.« Quinn schüttelte den Kopf. »Er möchte darüber sprechen, wenn er nach Hause kommt, aber er würde sowieso nicht zuhören, und ich habe keine Lust mehr, gegen eine Wand anzureden.«

»Er hat nur gelächelt? Bist du sicher, daß du dich klar ausgedrückt hast?«

»Ich habe gesagt, ›ich ziehe *aus*‹. Ich habe gesagt, ›glaube mir einfach, daß ich dich verlasse‹«.

»Und er hat gelächelt.« Nick nahm seine Jacke vom Haken. »Ich denke, du hast ein Problem.«

»Aus diesem Grunde ziehe ich aus.« Ungeduldig wie ein kleines Kind trat Quinn von einem Fuß auf den anderen. »Könntest du dich ein bißchen beeilen? Er wird heute abend zwar wegen der Baseball-Besprechung erst später nach Hause kommen, aber ewig wird die auch nicht dauern.«

»Ich bin schon unterwegs. Was willst du denn alles mitnehmen?«

Quinn hielt inne, um nachzudenken. »Die Vitrine und Grandpas Waschtisch und Grandmas Silberbesteck. Meine Bücher, meine Steppdecken, meine Bilder und meine Klamotten. Das ist wirklich klasse von dir, Nick.«

»Hast du Kartons für die Bücher?«

»Nein.« Quinns Stimme schwankte.

»Okay, ich werde morgen welche besorgen.« Nick wandte ihr den Rücken zu, um seine Handschuhe aus den Taschen zu ziehen und nicht sehen zu müssen, wie ihr Kinn zitterte. »In der Zwischenzeit können wir die Möbel und die anderen Sachen herausholen, damit du schon einmal das Gefühl hast, ausgezogen zu sein. Die Bücher und alles andere, was du vergessen hast, können wir später abholen.«

»Danke«, sagte Quinn hinter ihm.

»Keine große Sache.« Er drehte sich um und sah, wie Quinn den Hund an sich drückte; und er sah den Blick in ihren großen haselnußbraunen Augen – dankbar und lebhaft und intensiver als je zuvor.

»Es ist eine große Sache«, widersprach sie. »Ich weiß, was du tust, ich weiß, wie schwer es dir fällt, dich in die Angelegenheiten anderer Leute einzumischen. Ich weiß, wie sehr du das haßt und wie unangenehm es dir Bill gegenüber sein wird.«

»Schon in Ordnung«, sagte er, woraufhin sie zu seinem Entsetzen näher kam und ihn innig umarmte, wobei sie den Hund zwischen ihnen beinahe erdrückte. Ihr weiches Haar kitzelte ihn sanft am Kinn. Er spürte ihre Wärme an seinem Körper, sie roch nach Seife, und sein Herz begann, viel zu schnell zu klopfen. Plötzlich war er sich jeder Kurve ihres

Körpers bewußt, jedes Atemzuges, den sie tat. Er erwiderte ihre Umarmung nicht.

»Es ist nicht nur in Ordnung«, flüsterte sie an seinem Hals. »Es ist genau das, was ich brauche und was dir zuwider ist. Du bist ein Schatz.« Lichtjahre später, so schien es ihm, löste sie sich endlich von ihm und ging zur Tür.

Er konnte wieder atmen. »Schön. Denk demnächst daran.« Von ihrem Gefühlsausbruch ein wenig aus dem Konzept gebracht, rief er Max zu, er solle die Pumpen im Auge behalten, und folgte ihr nach draußen, fest entschlossen, nichts mehr zu tun, was sie ihm noch einmal so nahe bringen könnte.

Die kurze Fahrt zu Quinns Wohnung kam ihm länger als üblich vor und die Kabine des Lasters enger als sonst. Nick fühlte sich mies, weil sie so durcheinander war, und er hatte Bill gegenüber ein schlechtes Gewissen, ihn so zu hintergehen, aber vor allem war er sehr angespannt. Sie saß neben ihm, den verfluchten Hund an sich gedrückt, und das wahnsinnige Verlangen, ihre Wärme wieder an seinem Körper zu spüren, wurde immer stärker. Aus diesem Grunde war es besser, wenn Quinn mit jemandem liiert war. Solange Quinn als tabu galt, war sie einfach nur Quinn, und er dachte nicht viel an sie. Es waren die Zeiten zwischen ihren Beziehungen, die ihn beunruhigten, aber Gott sei Dank kam das nicht oft vor, weil Quinn nicht flatterhaft war, und dennoch –

»Warum bist du so still?« fragte Quinn. »Du willst mir lieber nicht helfen, stimmt's?«

»Ich will, daß du glücklich bist«, sagte er ehrlich. »Ich will nicht, daß du allein bist.«

»Ich werde nicht allein sein.« Ihre Stimme klang überrascht und zitterte immer noch ein wenig vor Aufregung. »Ich bin nie allein. Es gibt eine Menge Leute in meinem Leben.«

»Ich spreche von einem Mann.«

»Ich brauche keinen Mann.« Quinn wandte sich von ihm ab und blickte aus dem Fenster. »Insbesondere keinen, der meinen Hund stiehlt.«

»Stimmt.«

Nick fuhr die Einfahrt zu Quinns Wohnanlage hinauf. »Der Hund bleibt besser im Wagen«, sagte er, und Quinn liebkoste den Köter ein letztes Mal, bevor er ihn in der Kabine einschloß. Als sie sich zum Gehen wandten, schaute er sie mit anklagendem Blick an. *Was ist mit mir?* schien er zu sagen. *Wer kümmert sich um mich?*

Nick ignorierte ihn.

Oben in der Wohnung stellte er fest, daß Quinn recht gehabt hatte. Es gab nicht viel, was sie mitnehmen wollte. Außer ihren Kleidern hatten sie alles in einer halben Stunde in den Laster geladen. »War das alles?« fragte Nick sie. »Sonst willst du nichts mitnehmen?«

»Ich fühle mich schon schuldig genug, weil ich ihn verlasse«, sagte Quinn. »Er hat zwar meinen Hund gestohlen, deshalb kann ich unmöglich bei ihm bleiben, aber ich werde ihn nicht ohne Möbel zurücklassen. Dies hier sind die Dinge, die meiner Familie wichtig sind. Der Rest war nur Kram aus Garagenverkäufen oder Sachen, die er neu gekauft hat und die ich sowieso nie leiden mochte. Ich verstaue meine Kleider noch schnell in Müllsäcken, dann sind wir fertig. Ist ihr noch warm genug?«

Nick schaute Katie an, die sie angstvoll durch das Rückfenster der Fahrerkabine beobachtete, die Pfoten gegen die Scheibe gepreßt. Für eine Ratte sah sie eigentlich ganz niedlich aus. Eigentlich. »Ihr geht es gut. Laß uns noch deine Klamotten holen.«

»Ich weiß das wirklich zu schätzen, Nick.«

Nick konzentrierte sich weiter auf Katie. »Laß uns deine Klamotten holen.«

Er folgte ihr nach oben, um ihr zu helfen, was sich als Fehler herausstellte. Ihr dabei zuzusehen, wie sie Kleider faltete und in Müllsäcke steckte, war nicht das Problem, aber dann zog sie die Schubladen auf und begann, ganze Hände voll seidener Unterwäsche in einen Beutel zu werfen, alles in den ausgefallensten Farben wie elektrisierendem Blau und heißem Rot und metallischem Gold, mit Karos und Pünktchen und Leopardenmuster und Zebrastreifen. Unwillkürlich stellte er sich vor, wie sie wohl darin aussehen mochte – die kräftigen Farben auf ihrer hellen Honighaut, der Seidenstoff rund und warm ausgefüllt, genauso, wie sie sich vorhin bei ihrer Umarmung angefühlt hatte.

»Ich bringe die hier schon mal nach unten«, sagte er und griff nach den beiden nächstbesten Beuteln, als sie begann, Nachthemden hervorzuziehen. »Bin sofort wieder da.« Hastig lief er die Treppe hinunter und warf die Säcke hinten in den Laster, bevor er reglos in der Kälte stehenblieb und versuchte, seine Gedanken wieder in die richtigen Bahnen zu lenken, um herauszufinden, was zum Teufel los war mit ihm. Katie starrte ihn vorwurfsvoll durch die Fensterscheibe an und las seine Gedanken.

Quinn war eine gute Freundin, mehr nicht.

Okay, abgesehen von Max war sie der beste Kumpel, den er hatte, und er mochte sie sehr – eine freundschaftliche Zuneigung, das war alles. Bloß keine wollüstigen Phantasien über Quinn. Das wäre völlig verrückt.

Es ist ja nicht das erste Mal, gestand er sich ein, und seine Gedanken wanderten neunzehn Jahre zurück zu dem Tag im August, als er und Zoë nach Hause zurückkehrten, weil ihre Beziehung eine einzige Katastrophe war. In den drei Monaten, die sie verheiratet waren, hatten sie festgestellt, daß das einzige, was sie gemeinsam hatten, ihre üblen Launen waren. Quinn jedoch hatte sich während dieser drei Monate verändert. Als er die Stadt verlassen hatte, war sie eine unfertige sechzehnjährige Unschuld in einem Brautjungfernkleid aus blauem Chiffon gewesen, die versuchte, seine Hochzeit zu retten, als ihre Schwester sich plötzlich nach dem halben Weg im Mittelgang sträubte. »Ich nehme das in die Hand«, hatte sie zu ihm gesagt, und das hatte sie auch getan, während er kochend vor Wut dort gesessen und sich gefragt hatte, ob er Zoë überhaupt heiraten wollte. Als er jedoch drei Monate später zurückkehrte, kam Quinn in Shorts und Trägertop aus dem Haus zum Wagen gelaufen, um ihre Schwester in die Arme zu schließen – wobei Zoë sie inniger und mit mehr Gefühl umarmte, als sie ihm jemals entgegengebracht hatte –, und er starrte sie mit offenem Mund voller Überraschung und schuldbewußter Lustgefühle an, während Quinn lachte und Zoë hin und her wiegte, selbstsicher, wohlgerundet, glücklich und plötzlich sexy. *Shit, ich habe die falsche Schwester erwischt,* war es ihm damals mit der ganzen Weisheit eines Neunzehnjährigen durch den Kopf geschossen.

Genau in diesem Moment hatte Zoë zu ihm herübergeblickt und ihn ertappt. Sie hatte ihn so vernichtend angesehen, daß er zum Auto zurückging und ihre Sachen herausholte, bevor sie irgend etwas laut sagen konnte. Später an diesem Abend hatte sie ihm ein Küchenmesser an den Hals gehalten, ihn gegen den weißen Metallküchenschrank ihrer Mutter gedrängt und gesagt: »Sie ist sechzehn, du Hurenbock.«

Bei dem Gedanken daran zuckte er zusammen. Oh Gott, sechzehn, und er hatte sich lüsterne Phantasien von ihr ausgemalt. Natürlich war er selbst erst neunzehn gewesen, also war das etwas anderes, als wenn er dies in seinem heutigen Alter täte.

Er stellte sich Quinn in diesem goldenen Leoparden-BH vor, den sie in einen der Beutel geworfen hatte. Ja, er war reifer geworden.

»Wenn du mich jemals betrügen solltest, Nick Ziegler«, hatte Zoë zu ihm gesagt, »werde ich dich einfach fallenlassen wie eine heiße Kartoffel. Solltest du dich jedoch jemals an meiner Schwester vergreifen, werde ich dir die Leber mit meiner Nagelschere herausschneiden und dich *dann* fallenlassen wie eine heiße Kartoffel.« Da Zoë niemals leere Drohungen ausstieß, hatte er schlagartig aufgehört, Quinn überhaupt anzusehen. Seine Ehe steckte zu diesem Zeitpunkt bereits ohne

Quinn und Nagelscheren tief genug in der Krise. Zu seiner Überraschung und gleichzeitig großen Erleichterung hatte Zoë sich drei Monate später aus dem Staub gemacht. Er hatte sie und Quinn und ganz Tibbett aus seinen Gedanken verbannt, während er vier Jahre bei Uncle Sam* verbrachte und dann seine Abfindung benutzte, um ein Handelsdiplom mit englischer Dichtung als Nebenfach zu machen. Die Poesie wirkte wie ein Magnet auf die Mädchen, die sich gern von ihm verführen ließen. Es war nicht schwer, die McKenzie-Schwestern aus seiner Erinnerung zu löschen. Als er nach Hause zurückkehrte, unterrichtete Quinn Kunst und war mit einem netten Typen namens Greg Soundso liiert. Das reichte aus, um sie aus der Gefahrenzone zu bringen, während er vor verblüfften, aber beeindruckten Mädchen aus Tibbett Donne und Marvell zitierte und Nagelscheren zu einer schemenhaften Erinnerung verblaßten.

Seine Gedanken wanderten zurück zu Quinn in diesem Leoparden-BH. Irgendwie konnte er sich nicht vorstellen, daß Bill ebenso erleichtert sein würde, von Quinn verlassen zu werden, wie er damals bei Zoë.

Er wäre es mit Sicherheit nicht.

Oben in der Wohnung nahm Quinn einen Block Notizpapier aus der Schreibtischschublade und setzte sich an den Eßtisch aus furniertem Fichtenholz.

Lieber Bill, schrieb sie.

Und weiter? Natürlich war sie wütend auf ihn wegen des Hundes, aber eine kurze Nachricht hatte er verdient. Nach zwei Jahren hatte er definitiv eine kurze Nachricht verdient.

Ich ziehe aus.

Ja, das klang gut. Kurz und präzise.

Es ist nicht nur wegen Katie ...

Aber es hatte viel damit zu tun. Er hatte ihr einfach ihren

* amerikanische Armee

Hund genommen, als zähle das, was sie wollte, gar nichts. Er dachte, sie würde darüber hinwegkommen. Er kannte sie überhaupt nicht.

... aber die Sache mit Katie hat mir klargemacht, daß wir beide uns völlig fremd sind.

Klar, das war vermutlich ihre Schuld. Sie hatte nie wirklich dafür gesorgt, daß er sie wahrnahm, sie hatte nie gesagt, »Damit bin ich nicht einverstanden«, nie gesagt, »Ich will wirklich einen Hund«, während sie all die, die sie aufgelesen hatte, an andere abgab. Es war tatsächlich ihre Schuld. Sie konnte nicht mit ihm zusammenbleiben, erst recht nicht nach dieser Geschichte mit dem Tierheim, aber sie brauchte deshalb nicht gemein zu werden, bittere Gefühle auszulösen und die Dinge für alle Beteiligten noch schwieriger zu machen.

Dies alles ist meine Schuld, weil ich niemals ehrlich zu Dir war, aber ich habe erkannt, daß wir zu verschieden sind. Mit uns hätte es niemals funktioniert.

Das hörte sich gut an, vernünftig. Viel mehr fiel ihr auch nicht ein, also kritzelte sie den Brief schnell zu Ende – *ich ziehe zu Mom und Dad, bis ich eine eigene Wohnung gefunden habe. Meine Bücher werde ich später abholen und dann den Schlüssel hierlassen.* Beinahe hätte sie aus Gewohnheit mit *Love, Quinn* unterschrieben, hielt dann jedoch inne. Sie liebte ihn nicht. Sie hatte ihn nie geliebt. Sie hatte ihn gerne genug gehabt, um bei ihm zu bleiben, weil sie ihn nicht abstoßend genug fand, um ihn zu verlassen. Wie traurig.

Also unterschrieb sie nur mit *Quinn,* verließ die Wohnung und ging die Treppe zu Nick und Katie hinunter, ein wenig schuldbewußt, aber hauptsächlich erleichtert darüber, daß dieser Abschnitt ihres Lebens endgültig abgeschlossen war.

Nick half Quinn dabei, ihre Möbel in der Garage der McKenzies abzuladen, und blieb dann wider besseres Wissen noch auf ein Bier, um ihr Gesellschaft zu leisten, bis ihre Eltern nach Hause kämen. »Sie können jeden Augenblick hier sein«, hatte Quinn gesagt, als sie ihn bat zu bleiben. »Ich kann es gar nicht erwarten, ihnen diese Neuigkeit zu erzählen.«

»Werden sie sich aufregen?« Er folgte ihr in die Küche und versuchte, nicht auf ihren Hintern zu starren. Ihre Jeans saß zu eng.

Es war ihm nie zuvor aufgefallen, aber ihre Jeans war eindeutig zu eng. Ein Wunder, daß die Männer auf der Straße nicht über sie herfielen.

»Nun ja, sie hatten sich daran gewöhnt, Bill und mich zusammen zu sehen.« Quinn ließ den letzten Müllsack mit ihren Kleidungsstücken in der Küche ihrer Mutter auf den Boden fallen, wo Katie ihn genauso beschnüffelte wie die anderen acht, offensichtlich mißtrauisch, daß eine Gefahr darin lauere. »Ich bin nicht sicher, ob sie mich ohne ihn überhaupt sehen können. Nach zwei Jahren mit ihm glaube ich, daß mich überhaupt niemand mehr wahrnimmt, jedenfalls nicht so, wie ich wirklich bin. Nehmen wir dich zum Beispiel.«

Nick erstarrte einen Augenblick bei dem Griff nach einem Bier aus dem Kühlschrank. »Laß mich da raus.« Er schraubte den Drehverschluß ab und stieß die Tür mit der Schulter zu.

Quinn lehnte sich gegen die Anrichte und verschränkte ihre Arme, so daß der rote Pullover über ihren Brüsten spannte, während sie ihm mißbilligende Blicke zuwarf. »Ich wette, du hast mich dein ganzes Leben lang als Zoës Schwester oder als Freundin irgendeines Mannes betrachtet.«

Nick schüttelte den Kopf. »Das müßtest du eigentlich besser wissen.« Er zumindest wußte es besser, auch wenn er darüber nicht nachdenken wollte.

»Als Zoë noch hier war, war das etwas anderes.« Quinn ging an ihm vorbei zum Kühlschrank. »Ich konnte verstehen, daß mich niemand wahrnahm, als Zoë noch hier war.«

Ein Gentleman hätte dies abgestritten, aber es entsprach der Wahrheit. Zoë war perfekt gewesen, exotisch, ihr kleines Fuchsgesicht umrahmt von einer wilden, naturkrausen Mähne, die ihr auf die Schultern fiel und deren Rot so dunkel war, daß sie im Sonnenlicht beinahe schwarz schimmerte.

»Ich habe mich daran gewöhnt.« Quinn nahm sich ein Bier aus dem Kühlschrank. »Aber man sollte doch meinen, daß man mich zur Kenntnis nimmt, wenn ich neben einem *Mann* stehe.«

Sie schraubte den Drehverschluß an ihrer eigenen Flasche ab und nahm einen tiefen Schluck. Er registrierte die Linie ihres Halses, als sie den Kopf in den Nacken legte, und die Bewegung der Muskeln in ihrer Kehle.

Krampfhaft bemühte er sich, den Blick nicht tiefer gleiten zu lassen zu den Kurven unter diesem verfluchten roten Pullover. Ihr Haar fiel in dem gleichen glatten Schnitt zurück, den sie bereits mit fünfzehn getragen hatte.

Nicht die kleinste Unebenheit an Quinn, dachte er, um seine Gedanken von Kurven abzulenken. Nur all dieses weiche, seidige, rotgoldene Haar, das so aussah, als würde es wie Wasser durch seine Finger rinnen.

»Ich habe dich wahrgenommen.« Nick stellte sein Bier ab. »Hör zu, ich muß jetzt gehen.«

»Du hast dein Bier noch gar nicht ausgetrunken«, entgegnete Quinn. »Aber ich habe den Wink verstanden. Ich höre ja schon auf zu jammern.«

Sie ging aus der Küche durch den weiten Torbogen in das dunkle kleine Wohnzimmer, während Katie nervös neben ihr hertapste, und machte einen Bogen um die große rote Couch, die im Durchgang stand, solange er denken konnte. »Kannst du dir das vorstellen?« hatte Zoë ihn gefragt, als sie in die Abschlußklasse gingen. »Meine Mutter hat eine rote Couch gekauft, einfach irre. Bekommt man nicht allein schon bei einem solchen Anblick Lust zu vögeln?« Da er damals achtzehn war und jederzeit jede vögeln wollte, egal, wo er hinschaute, war die Frage überflüssig gewesen. Nun jedoch überfiel ihn der Gedanke wieder, da Quinn sich mitten darauf hatte fallen lassen – ein roter Pullover und kupferfarbenes Haar auf knallroter Couch: Er konnte die Sinnlichkeit selbst in der Küche spüren.

Sieh zu, daß du hier wegkommst, sagte er sich, aber Quinn verdrehte den Kopf, um ihn über die Rückenlehne der Couch hinweg anzulächeln. »Versprochen, ich höre auf zu jammern. Ich bin dir wirklich dankbar, daß du mir beim Auszug geholfen hast. Tut mir leid, daß ich so mies gelaunt war.«

Das Licht aus der Küche schimmerte auf ihrem Haar. »Deine Mutter sollte sich mal neue Möbel zulegen«, sagte er und ging um die Couch herum, um sich neben sie zu setzen.

»Meine Mutter sollte vieles tun.« Quinn rutschte ein Stück, um ihm Platz zu machen, während Katie sich hilfesuchend zu ihren Füßen auf den Boden kauerte. »Zum Beispiel anfangen zu leben. Ich glaube, das ist einer der Gründe, warum ich beschlossen habe, Katie zu behalten.« Quinn lächelte auf den kleinen Hund hinab. Dann erstarb ihr Lächeln jedoch. »Und Bill zu verlassen. Ich möchte nicht so enden wie meine Mutter und ständig Garagenverkäufe mit meiner besten Freundin abklappern, während mein Mann ewig fernsieht, anstatt mich anzusehen, und genauso wäre es mir mit Bill ergangen. Aber ich will etwas anderes. Aufregung. Leidenschaft.«

Nick lehnte sich in die Kissen, den Arm auf der Rückenlehne ausgestreckt, jedoch sorgsam darauf bedacht, sie nicht zu berühren – sie zu berühren, wäre schlecht, also hüte dich davor –, und beobachtete, wie ihre Lippen sich bei ihren Worten öffneten und schlossen. Er merkte, daß sein Atem ein wenig schneller ging.

Das wäre eine große Dummheit, bloß weg hier, sagte er sich und riß seine Gedanken gerade rechtzeitig von ihrem Mund los, um sie sagen zu hören, »Ich will etwas Neues, anders sein, aufregend. Ich will wie Zoë sein.«

»Diesen Teil kannst du meinetwegen auch auslassen«, meinte Nick.

»Ich glaube, Katie war ein Zeichen. Weißt du, so als wolle mir mein Schicksal sagen, ich solle anfangen zu leben.« Quinn lächelte ihn an und fügte hinzu: »Dein Schicksal kannst du nicht ignorieren«, und er verlor erneut den Gesprächsfaden. Alles an Quinn strahlte Wärme aus, das hatte er immer gewußt, aber seit zwanzig Jahren redete er sich ein, es sei eine unschuldige Wärme, niedlich und unverfänglich. Nun jedoch fiel sein Blick auf ihren verführerisch lächelnden Mund –

»Nick?« Quinn beugte sich zu ihm, so daß ihr Haar über die Rückenlehne fiel. »Alles in Ordnung?«

Ihre Stimme drang aus weiter Ferne zu ihm. Er mußte nur einen Finger bewegen, um ihr Haar zu berühren. Nur einen Finger. Es war so einfach, die Strähnen fühlten sich wie Seide an, genauso, wie er es sich vorgestellt hatte, kühl und geschmeidig. Ihm stockte der Atem.

Ihre Augen weiteten sich, sie hatte ihn ertappt, beide waren sie ertappt, während sie sich sekundenlang in die Augen sahen, zu lang, viel zu lang, Stunden zu lang, wie gefangen im Blick des anderen, und je länger er sie ansah, um so mehr sah er Quinn, ihre riesigen und überraschten Augen, Quinn, ihre weichen Lippen leicht geöffnet, Quinn, heißer als er es sich je erträumt hatte, *Quinn.* Langsam beugte er sich vor, verlor sich in ihrer Wärme, ein wenig schwindelig vor Verlangen nach ihrem Mund. Sie schloß die Augen und kam ihm entgegen, greifbar nahe, zu greifbar, *tu das nicht*, aber dennoch beugte er sich noch weiter vor, um all ihre Hitze in sich aufzunehmen – in diesem Moment fiel draußen eine Autotür zu. Katie begann zu bellen, und Nick fuhr zurück.

»Oh, *verdammt.*« Er löste sich von ihr und stand auf, so daß sie ein wenig nach vorne sank. Erschrocken verzog sich Katie unter den Couchtisch.

Scheiße, du hast deinen Verstand verloren. »Okay«, sagte er brüsk zu ihr, nur seine heisere Stimme verriet ihn. »Nichts passiert. Das bist nicht du. Du tust so etwas nicht. Tut mir leid. Es muß an der Couch liegen. Ich muß jetzt gehen.«

Quinn atmete tief durch, und er versuchte, den Blick von ihrem Pullover zu wenden, der sich hob und senkte. *Nagel-*

scheren, ermahnte er sich. *Schwägerin. Beste Freundin. Bills Mädchen.*

Nichts half.

»Vielleicht bin ich es doch«, sagte Quinn leise. »Vielleicht tue ich so etwas. Ich habe mich heute verändert.« Sie schluckte, und die Bewegung in ihrer Kehle trieb ihn erneut zum Wahnsinn.

»Nein, das hast du nicht«, sagte er. »Ich gehe jetzt.« Er ging gerade hinten um die Couch herum, als Quinns Mutter durch die Hintertür kam und einen Schrei ausstieß.

4

Es dauerte einige Minuten, alles zu erklären, vor allem, weil Nick ein schlechtes Gewissen hatte und herumstotterte. *»Es ist nichts passiert«,* murmelte er, während Quinn sich aufrichtete und sagte: »Alles in Ordnung, Mama, wir sind's nur.«

»Wir?« fragte ihre Mutter, und Nick sagte hastig: »Nein, es gibt kein Wir, es ist nur Quinn. Und ich. Nicht zusammen.«

Quinns Vater kam von der Garage herein und fragte: »Was *zum Teufel* geht hier vor?« *Gute Frage,* dachte Nick.

»Was tut ihr hier?« Meggy McKenzie sah zuerst sie an und dann auf den Haufen Müllsäcke in ihrer Küche. Das sanfte Deckenlicht ließ ihr kurzes kastanienbraunes Kraushaar wie einen unglaublich rotgoldenen Heiligenschein um ihr hübsches Gesicht schimmern, das einen verblüfften Ausdruck annahm. »Was ist das für Zeug? Warum sitzt ihr hier im Dunkeln?«

»Hallo, Nick«, sagte ihr Mann und blinzelte in das dunkle Wohnzimmer. Aus seinem bedächtigen Tonfall klang Mißtrauen. Joe war ein hochgewachsener Mann, ein wenig kahlköpfig, ein wenig beleibt, vor allem jedoch ein kräftiger Handwerkertyp, der Nick nun mißbilligend ansah.

Nick konnte das nachvollziehen. Schließlich war er selbst

momentan auf sich nicht sonderlich gut zu sprechen. »Hey, Joe. Tja, ich muß jetzt gehen. Gute Nacht. Quinn wird euch alles erklären.« Er machte einen Bogen um Meggy und schlüpfte zur Hintertür hinaus, bevor sie ihm noch weitere Fragen stellen konnte wie zum Beispiel, *Was hast du mit meiner Tochter auf meiner Couch gemacht?* Ihre zweite Tochter, mit der er auf dieser Couch gesessen hatte. *Bloß nicht daran denken.*

Als er im Wagen saß, bemerkte er, daß er seine Jacke vergessen hatte, aber das machte nichts. Die Kälte würde ihn wieder zur Vernunft bringen oder zumindest sein Blut so weit abkühlen, daß er wieder klare Gedanken fassen konnte. Er blieb eine Minute reglos sitzen und versuchte, nicht daran zu denken, wie idiotisch er sich soeben benommen und zwanzig Jahre der Selbstbeherrschung einfach zunichte gemacht hatte.

»Das ist nicht passiert«, sagte er laut und startete den Laster.

Es war einzig und allein die Schuld dieses gottverdammten Hundes. Wäre er nicht gewesen, hätte Quinn Bill nicht verlassen. Solange Quinn mit Bill zusammen gewesen war, war die Welt für ihn in Ordnung. Und vor Bill hatte es Alex gegeben und vor ihm Greg und vor ihm – warum zum Teufel hatte sie eigentlich keinen dieser Kerle geheiratet? Sie waren zwar alle nicht gut genug für sie, aber warum lief sie noch immer allein durch die Stadt, eine wandelnde Gefahr mit diesem Mund, der den Männern den Verstand raubte?

Was ging ihn das an?

Er legte den Gang ein, setzte rückwärts aus der Einfahrt und ließ Quinn, die ganze Verwirrung und alle Gefahren hinter sich, und je weiter er fuhr, um so leichter fiel es ihm zu leugnen, daß irgend etwas passiert sei, daß sich irgend etwas geändert habe.

Weil dem wahrhaftig nicht so war.

Wie vom Donner gerührt saß Quinn auf der großen roten Couch, während ihre Mutter die Müllsäcke in der Küche beäugte und ihr Vater um sie herumging und den Fernseher einschaltete. ESPN erschien im Bild, und irgendein Typ in Jackett und mit schlecht sitzendem Toupet lamentierte über die Niederlage irgendeines Teams, als sei dies eine wahre Tragödie.

»Hi, Daddy.« Quinn rutschte in die Ecke der Couch, um ihm Platz zu machen, und versuchte, ihre Gedanken von jenem anfallsartigen Verlangen abzulenken. Nick hätte sie beinahe geküßt. Und sie war alles andere als abgeneigt gewesen. Unbegreiflich.

»Wie geht's?« fragte ihr Vater, während er sich niederließ und den Blick nicht vom Bildschirm wandte. Joes Frage war lediglich das Äquivalent zu »Schöner Tag heute«, keine wirkliche Bitte um Auskunft. Quinn war ziemlich sicher, daß er nichts davon wissen wollte, was auch immer mit Nick vor sich ging.

»Ich habe Bill verlassen«, sagte Quinn, um die Lage zu erkunden.

»Gut«, erwiderte ihr Vater, den Blick immer noch auf den Fernseher gerichtet, bevor die Bedeutung ihrer Worte plötzlich zu ihm durchzusickern schien.

»Was?« Er hob die Augenbrauen, aber Quinn wußte, daß er bluffte.

»Vergiß es«, sagte Quinn, und als er ihr Knie tätschelte und seine Aufmerksamkeit erneut dem Fernsehprogramm zuwandte, ließ sie ihre Gedanken wieder zu ihrem eigenen Leben abschweifen, das plötzlich interessant zu werden begann.

Nick hatte sie beinahe geküßt, und sie hätte sich nicht gewehrt. Noch nicht einmal eine Stunde, nachdem sie bei dem einen Mann ausgezogen war, sandte sie einem anderen unmißverständliche Signale und entwickelte heißere Gefühle als jemals zuvor in ihrem Leben – und, was das Merkwürdigste war, gegenüber *Nick.* Je mehr sie nun an ihn dachte, um so schwindeliger wurde ihr. *Wie lange lief das schon so?*

»Was läuft hier eigentlich?« fragte Meggy aus der Küche. »Hier liegen neun Müllsäcke. Neun.«

»Stimmt.« Quinn erhob sich von der Couch, auf der sie beinahe etwas Aufregendes getan hätte, und ging in die halbdunkle kleine Küche ihrer Kindheit. »Ich bleibe eine Weile bei euch, wenn das in Ordnung ist.«

»Hier läuft ein *Hund* herum«, rief ihr Vater aus dem Wohnzimmer herüber.

»Streichele sie nicht«, rief Quinn zurück, während Katie um die Couch herum tapste und angstvolle Blicke über ihre Schulter in Joes Richtung warf.

»Beißt sie?« fragte Meggy.

»Nein, sie pinkelt.« Quinn hob sie auf den Arm. »Sie heißt Katie. Ich werde sie behalten. Ich habe nun einen Hund.«

Das hörte sich wundervoll an. *Ich habe einen Hund.* Und dann war da noch Nick. Wie interessant ihr Leben plötzlich wurde. Endlich.

»In eurer Wohnung?« Meggy legte die Stirn in Falten, ihr ehemals schönes Gesicht verzog sich voller Unverständnis. »Hast du Bill deshalb verlassen? Du kannst doch nicht so leichtfertig sein –«

»Natürlich kann ich das.« Quinn drückte Katie an sich. »Ich bin ausgezogen. Es ist vorbei.«

Meggys Stirnrunzeln wandelte sich zu schierer Besorgnis. »Oh, Liebes, ich glaube, das ist ein Fehler. Beziehungen erfordern Kompromisse. Wenn du zurückgehst, wird es vielleicht –«

»Er hat meinen Hund ins Tierheim gebracht«, unterbrach Quinn sie. »Ich habe ihm gesagt, daß ich Katie behalten werde, aber er hat sie trotzdem fortgebracht, während ich in der Schule war.«

Meggy wirkte hin- und hergerissen, vermutlich zwischen dem Verlangen zu fliehen und dem Wunsch, ihre Tochter vor der Männerlosigkeit zu bewahren. »Quinn, Schatz, wir sprechen von einem *Hund.* Das paßt nicht zu dir. Du bist doch sonst –«

»Nein, bin ich nicht«, widersprach Quinn. »Nicht mehr.

Ich bin es leid, immer vernünftig und entgegenkommend zu sein. Ich bin fünfunddreißig. Wenn ich jetzt nicht anfange, das zu tun, was ich will, werde ich es niemals tun.« Wie mit Nick. Es war ihr gar nicht klar gewesen, bevor er sie vorhin so angesehen hatte, aber sie wollte ihn. Er war die personifizierte Aufregung, die absolut unpassendste Person für sie auf der ganzen Welt. Perfekt.

Angesichts der Art jedoch, wie fluchtartig er das Haus verlassen hatte, bedürfte er selbstverständlich einiger Überredung. Vielleicht sollte sie zunächst einfachere Aufgaben in Angriff nehmen, bevor sie sich Nick widmete.

»Mit fünfunddreißig ist das Leben noch nicht zu Ende«, sagte Meggy. »Ich bin achtundfünfzig und immer noch fit. Du solltest nur aufhören, Risiken einzugehen, bevor du alles verlierst.«

Quinn fragte sich, ob ihre Mutter jemals etwas wirklich gewollt hatte, ob sie jemals den Stachel und den Drang verspürt hatte, den sie selbst beim Gedanken an Nick fühlte. Aufhören, Risiken einzugehen? Diesen Ratschlag hatte ihr ihre Mutter ihr ganzes Leben lang gegeben, und plötzlich ärgerte Quinn sich darüber. »Ich will nicht wie du sein«, sagte sie zu ihrer Mutter. »Du tust exakt das, was du immer getan hast. Du stehst auf, nimmst Anrufe in Buckys Immobilienbüro entgegen, gehst mit Edie nach der Schule zu Garagenverkäufen, kommst nach Hause und bereitest das Abendessen für Dad vor, und dann schaust du zu, wie er fernsieht.« Quinn zügelte sich ein wenig, als Meggys Miene sich verfinsterte. »Ich meine, wenn dich das glücklich macht, okay, aber mir wäre das nicht genug. Wenn ich bei Bill bliebe, würde ich genauso enden wie du – keine Leidenschaft, keine Aufregung, kein wirklicher Grund, um morgens aufzustehen. Nein, so werde ich nicht leben.«

Meggys Antwort klang steif. »Und das alles kann dieser Hund dir bieten.«

»Nein, dieser Hund ist nur der Anfang.« Quinn setzte Katie auf den Boden, damit sie noch einmal die Küche erkunden konnte. »Katie hat bei mir die Alarmglocken ausgelöst. Ich wußte nicht, wie eng mein Leben war, bis Bill sie mir nicht lassen wollte.« Quinn atmete tief durch. »Ich werde mich nicht mehr anpassen, Mama. Von nun an werden sich die Leute mir anpassen müssen. Ab jetzt werde ich tun und lassen, was ich will.« Das klang so wunderbar selbstsüchtig, daß Quinn einen Moment lang ganz schwindelig wurde. Zu diesem Satz sollte eigentlich Musik im Hintergrund spielen. Trompeten. Nick.

»Ich hätte gern ein Bier«, rief Joe aus dem Wohnzimmer. Meggy ging automatisch zum Kühlschrank, um eines zu holen, und brachte es ihm mit finsterer Miene. Als sie aus dem Wohnzimmer zurückkam, verschränkte sie offensichtlich noch immer nicht überzeugt die Arme und bewies ein erstaunliches Standvermögen in Anbetracht der Tatsache, daß ihre übliche Antwort auf alles, was sie aufregte, war, ›Nun gut, wie auch immer‹. »Hat das etwas mit Nick zu tun?«

Quinn fühlte, wie sie errötete. »Nein. Das hat etwas mit mir zu tun.«

»Du und Nick, das wäre ja schrecklich«, fuhr Meggy fort. »Bill –« Das Telefon klingelte, und Meggy wandte ihr den Rücken zu, um abzunehmen. »Hallo? Einen Augenblick.« Sie hielt Quinn den Hörer entgegen. »Es ist Bill.« *Überleg dir, was du sagst,* ließ sich aus ihrem Tonfall heraushören.

»Oh, Mist.« Quinn spürte ihren Magen in die Kniekehlen rutschen, als sie den Hörer entgegennahm. »Hi, Bill.«

»Was ist hier los?« fragte er. »Deine ganzen Kleider sind weg.«

»Ich weiß. Ich bin ausgezogen. Ich habe dir eine Nachricht hinterlassen.« Quinn schloß die Augen und lehnte sich gegen den Küchenschrank. »Meine Bücher werde ich noch abholen, aber alles andere kannst du behalten.«

»Deine Nachricht ergibt keinen Sinn«, sagte Bill. »Außerdem fehlt das Silberbesteck.«

»Ich weiß.« Quinn startete einen neuen Versuch. »Ich habe es mitgenommen. Ich bin ausgezogen. Du mußt dir ein neues kaufen.«

»Dann haben wir aber zwei Sets«, meinte Bill, und plötzlich fiel jedes Schuldgefühl von Quinn ab.

»Bill, ich bin ausgezogen. Es gibt kein ›Wir‹ mehr. Ich habe dich verlassen. Es ist aus.«

»Mach dich nicht lächerlich.« Die ruhige Gewißheit in seiner Stimme ließ Quinns Wut erneut aufflammen.

»Ich mache mich nicht lächerlich. Ich habe dich *verlassen.« Ich knutsche mit anderen Männern.* Fast jedenfalls. »Für mich geht es so nicht weiter, Bill.«

»Aber natürlich tut es das. Ich hole dich jetzt ab, du kommst heim, und morgen nach der Schule werden wir darüber reden.«

»Nein.«

Bestürzt drehte Meggy sich zu ihr um. In abwehrender Geste schüttelte Quinn den Kopf. »Nein, du wirst mich nicht abholen«, sagte sie zu Bill mit brutaler Entschlossenheit. »Ich habe dich verlassen. Es ist vorbei.«

»In fünf Minuten bin ich da«, erwiderte Bill und legte auf.

»Ich glaube das einfach nicht.« Quinn hängte den Hörer ein. »Er kommt her. Ich habe ihm gesagt, daß es aus ist, und er sagt, ich solle mich nicht lächerlich machen. Er glaubt tatsächlich, daß ich zu ihm zurückkomme.« Sie wandte sich um und sah, wie Meggy noch immer die Tüten beäugte, die sich unordentlich in ihrer Küche stapelten, als würden sie sich in Luft auflösen, wenn sie sie nur lange genug anstarrte. »Vergiß es. Meinetwegen kann ich in ein Motel ziehen, aber ich werde nicht zu ihm zurückkehren.«

»Du willst das wirklich.« Meggy hörte sich unglücklich an.

»Ich möchte wirklich frei sein«, sagte Quinn. »Es ist wirklich ein so gutes Gefühl, von ihm weg zu sein.«

»Ich muß mit Edie darüber sprechen«, meinte Meggy. »Das kommt alles so überstürzt. Ich wünschte, du –«

»Mama«, fiel Quinn ihr ins Wort. »Es ist vorbei. Morgen werde ich mir eine Wohnung suchen, aber wenn ich nur heute nacht hierbleiben könnte –«

»Natürlich kannst du heute nacht hierbleiben«, sagte Meggy. »Du bist meine Tochter und kannst immer hierbleiben, auch wenn du einen großen Fehler machst.«

»Mama –«

»Morgen werde ich dir eine Liste freier Wohnungen besorgen. Ich werde eine Computerliste ausdrucken lassen, die du dir nach der Schule abholen kannst, wenn du bis dahin noch nicht zur Besinnung gekommen sein solltest.« Meggy strich ihr über die Schulter und warf Katie dabei einen zweifelnden Blick zu, den diese ebenso zweifelnd erwiderte.

»Wohnungen, in denen die Hundehaltung gestattet ist«, ergänzte Quinn.

Mit offenkundiger Mißbilligung behielt Meggy Katie im Auge, während diese wieder dazu überging, die Müllsäcke zu beschnüffeln. »Dieser Hund führt irgendwas im Schilde. Er ist hinterlistig.«

Katie sah zu ihr auf, die Augen vor ängstlicher Unschuld weit aufgerissen.

»Ist sie nicht«, sagte Quinn. »Sieh doch mal, was für ein niedliches Gesicht sie hat.«

»Dieser Hund hat ein Geheimnis«, meinte Meggy.

»Mutter –«

»Na gut, Wohnungen für Hundebesitzer. Was hast du gerade gesagt? Bill kommt hierher?«

»Ja«, antwortete Quinn. »Er glaubt, er könne mich abholen.«

»Du solltest nicht alle Brücken hinter dir abbrechen«, sagte Meggy. »Bill ist ein anständiger Mann mit einem gutem Job und einer vielversprechenden Zukunft. Ich bin sicher, daß sich alles wieder einrenken wird.«

»Bill bedeutet weitere dreißig Jahre furnierte Fichtenmöbel, High-School-Sportler und ESPN«, sagte Quinn, und

Meggy starrte durch den Türbogen. Der Raum wurde von dem schwachen bläulichen Licht des Fernsehers erhellt. Die Jubelrufe der Menge bei irgendeinem Spiel drangen leise zu ihnen.

»Haben wir ein paar Cheetos?« erkundigte sich Joe. Ohne ein weiteres Wort kramte Quinn die Chips hervor, bereits voll schlechten Gewissens wegen des Kummers, den sie ihrer Mutter zugefügt hatte. Ihrer Mutter gefiel ihr langweiliges Leben. Leidenschaft würde sie wahrscheinlich nur ängstigen.

»Tut mir leid, Mama«, sagte sie, als sie aus dem Wohnzimmer zurückkam. »Ich hätte das alles nicht sagen sollen. Du führst das Leben, wie es dir gefällt. Was weiß ich schon von dir?«

»Nichts«, antwortete Meggy kurz angebunden, aber als Bill an der Haustür klingelte, während Quinn ihre Kleidungsstücke nach oben verfrachtete, öffnete Meggy mit den Worten: »Sie bleibt für eine Weile hier, Bill, geh nach Hause«, und schlug ihm die Tür vor der Nase zu.

»Gut gemacht, Ma«, sagte Quinn und kam die Treppe herunter.

»War das Bill?« erkundigte sich Joe.

»Sieh einfach weiter fern«, antwortete Meggy. »Du könntest um Gottes willen etwas verpassen, wenn du deine Aufmerksamkeit anderen Dingen zuwendest.«

»Was habe ich getan?« fragte Joe, aber Meggy ignorierte ihn und stieg die Treppe hinauf.

Als Meggy verschwunden war, ging Quinn in die Küche, drückte die Speichertaste Eins und wartete darauf, daß Zoë am anderen Ende abhob.

Quinn war Speicherplatz Zwei.

Statt dessen antwortete Zoës Ehemann. »Hallo?« fragte Ben, und Quinn malte sich aus, wie er sich großgewachsen und die Ruhe in Person gegen den Kühlschrank lehnte – der einzige Mann, der Zoë je geliebt hatte und nicht von ihr in den Wahnsinn getrieben worden war.

»Hier ist deine Schwägerin«, sagte sie. »Wie geht es den Kindern?«

»Hey Q«, begrüßte Ben sie. »Es geht ihnen prima. Harry hat eine Eins im Diktat bekommen, und Jeannie hat sich im Kindergarten Kopfläuse eingefangen. Was gibt's Neues bei dir?«

»Ich habe Bill verlassen«, sagte Quinn.

»Oh. Tja, dann möchtest du wahrscheinlich mit Zoë sprechen.« Er legte eine Hand über den Hörer und brüllte: »Zo, Quinn ist am Apparat!«

»Gehe ich recht in der Annahme, daß du keinen Wert darauf legst, mein Liebesleben mit mir durchzukauen?« fragte Quinn.

»Um Himmels willen, nein«, antwortete Ben. »Obwohl ich allerdings immer schon der Meinung war, daß er für dich nicht gut genug ist.«

»Oh, vielen Dank«, erwiderte Quinn. »Hättest du mir das nicht schon vor zwei Jahren sagen können?«

»Um Himmels willen, nein«, meinte Ben. »Da kommt Zo. Bleib dran.«

»Was ist passiert?« meldete sich Zoë, und Quinn sagte: »Ich habe Bill verlassen.« Dieser Satz war beinahe schon zu einem Mantra geworden; mit jedem Mal, mit dem sie ihn aussprach, fühlte sie sich besser. »Ich bin ausgezogen. Ich rufe von Mom und Dad aus an.«

»Du machst Witze«, meinte Zoë. »Du willst wieder bei ihnen wohnen?«

»Nur vorübergehend.« Quinn schwang sich auf die Anrichte und begann, mit den Beinen zu baumeln, so daß ihre Füße gegen den Metallschrank schlugen. Ein köstliches Déjà vu, wieder mit Zoë zu plaudern und gegen Schränke zu treten. »Ich bin gerade erst hergekommen. Nick hat mir geholfen, ein paar von meinen Sachen herzubringen, den Rest wird er am Montag abholen. Bis dahin weiß ich vielleicht auch schon, wo ich hinziehe.« Sie wartete darauf, daß Zoë einen Kommentar zu Nick abgab oder sich nach ihm erkundigte, aber es kam nichts.

»Was ist denn zwischen dir und Bill vorgefallen?«

»Er hat meinen Hund gestohlen.«

»Welchen Hund?« fragte Zoë, woraufhin Quinn ihr die ganze Geschichte erzählte.

»Ich kann es nicht fassen«, meinte Zoë, nachdem sie alles gehört hatte.

»Also, was meinst du?« Gespannt beugte Quinn sich ein wenig nach vorne. »Mom hält es für einen Fehler.«

»Klar, du brauchst dir nur Moms Leben anzusehen.« Zoës Mißbilligung drang deutlich durch die Leitung. »Du mußt tun, was du tun mußt, Kleine.«

»Mom meint, ich wäre übergeschnappt, weil ich das alles wegen eines Hundes tue.«

»Es geht doch gar nicht um den Hund«, sagte Zoë, bevor sie in eine andere Richtung tuschelte: »*Später*, okay? Ich muß das erst einmal selbst verstehen.« Dann war ihre Stimme wieder deutlich durch das Telefon zu vernehmen: »Ben findet, in Tibbett gehe es zu wie in einer Seifenoper. Er wartet immer noch darauf zu hören, daß irgendeine ihren Cousin geheiratet hat und von ihrem Onkel ein Kind bekommt. Er will schmutzige Geschichten hören.«

Ich fange gerade an, deinem Ex-Mann Avancen zu machen, schoß es Quinn durch den Kopf, sie sagte jedoch nur:

»Barbara Niedemeyer hat Matthew Ferguson vor die Tür gesetzt.« Sie öffnete den Schrank neben sich und fingerte einhändig nach Vollkorncrackern.

»Oh, das ist ja eine Wahnsinnsneuigkeit«, meinte Zoë. »Sie ist sterbenslangweilig und tut immer wieder dasselbe. Erzähl mir etwas wirklich Interessantes.«

»Nick und Lisa haben sich getrennt«, sagte Quinn auf gut Glück, während sie einen Cracker aus der Schachtel fischte.

»Wer ist Lisa?«

»Du weißt schon, Lisa Webster.«

»Bei einer Lisa Webster war ich Babysitter«, sagte Zoë.

»Genau die ist es.«

»Er war mit einem Mädchen zusammen, bei dem ich Babysitter gewesen bin?«

»Sie ist zweiundzwanzig«, erklärte Quinn mit dem Vollkorncracker im Mund in dem Versuch, fair zu sein.

»Und er ist zwölf«, erwiderte Zoë. »Ich schwöre dir, dieser Mann wird niemals erwachsen.«

»Er ist ziemlich zuverlässig«, wandte Quinn ein. »Er und Max leisten gute Arbeit in der Reparaturwerkstatt.«

»Ich meinte seine sozialen Kontakte«, sagte Zoë. »Er benimmt sich immer noch wie in der High-School. Aber Gott sei Dank ist er ja nicht mehr mein Problem.«

»Er ist wirklich lieb zu mir.«

»Das war er immer«, meinte Zoë. »Wahrscheinlich bist du das einzig Positive, das er von unserer Ehe hatte. Er hat immer schon gesagt, daß du das Beste daran warst.«

Quinn schluckte. »So, hat er das?«

»Ja. Er meinte, er hätte sich schon immer eine kleine Schwester gewünscht, und dann hat er in dir das perfekte Exemplar gefunden. Er hielt dich für harmlos, wie jeder andere auch.«

»Und dich hielt er für aufregend«, sagte Quinn. »Wie jeder andere auch.«

»Du hörst dich nicht besonders gut an«, meinte Zoë. »Alles in Ordnung?«

»Ich bin es nur leid, immer die Vernünftige zu sein«, antwortete Quinn. »Ich möchte nicht mehr die Verläßlichkeit in Person sein. Ich will Aufregung.«

»Dann war es ein guter Schachzug, Bill zu verlassen«, sagte Zoë. »Er hat mich immer schon zu Tode gelangweilt. Am besten stellst du jetzt irgendwas an, das alle schockiert, und sei offen für eine Veränderung. Du warst die einzige, die dachte, immer nur brav sein zu müssen.«

»Mom denkt das auch«, wandte Quinn ein. »Sie hat immer

gesagt, ich hätte ein genauso ruhiges Gemüt wie sie, erinnerst du dich?«

»Sie ist nicht ruhig, sie ist phlegmatisch.« Wieder entfernte sich Zoës Stimme. »In einer Minute«, sagte sie zu Ben, bevor sie sich erneut Quinn zuwandte. »Ich muß Schluß machen, dieser Mann bringt mich zum Wahnsinn. Ich hab dich lieb, hörst du, Q? Laß dich von den Alten nicht verrückt machen. Wenn du ein wenig Abstand brauchst, komm uns eine Weile besuchen.«

»Ich habe dich auch lieb, Zo. Tut mir leid wegen der Kopfläuse.«

»Die hätte ich täglich, wenn ich noch bei Mom und Dad wohnte«, erwiderte Zoë. »Such dir schnell eine Wohnung.«

Nachdem sie sich verabschiedet hatten, blieb Quinn mit abwesendem Blick auf der Anrichte sitzen, knabberte an einem weiteren Cracker und versuchte, ihre Gedanken um die neuen Untiefen ihres ohnehin schon aufgewühlten Lebens zu steuern. Wegen Bill hatte sie kein schlechtes Gewissen, wahrhaftig nicht – nun, vielleicht ein bißchen, aber nicht genug, um zu ihm zurückzukehren. Niemals würde sie zu ihm zurückkehren. Nein, morgen würde sie sich auf die Suche nach einer Wohnung begeben, nach einem Ort ganz für sie allein – diese Vorstellung ließ ihr Herz schneller schlagen –, und dann würde sie mit Katie dort einziehen. Sie blickte hinunter zu Katie, die aufmerksam neben ihren Füßen wartete, und fütterte sie mit einem Vollkorncracker, den sie ohne Hast und ganz vorsichtig aus ihrer Hand fraß – sie könnte sich eigene Möbel kaufen, und vielleicht würde Nick ihr beim Umzug helfen –

Stell irgendwas an, das alle schockiert, hatte Zoë gesagt.

Ein Verhältnis mit dem Ex-Mann ihrer Schwester würde diesen Zweck erfüllen. Bei dem Gedanken daran überlief sie ein kleiner Schauer. Nick war das einzig Aufregende in ihrem ganzen Leben; wie konnte ihr das bisher entgangen sein? Er war stets der Ungestüme der Ziegler-Brüder gewesen, obwohl sie das nie richtig verstanden hatte, weil sie sich bei ihm immer so gut aufgehoben gefühlt hatte. Bis er sie so merkwürdig angesehen hatte. Bis sie seinen Blick erwidert und ihn wirklich wahrgenommen hatte, dunkel und gefährlich und voller unmöglich realisierbarer Verheißungen. Ohne Zweifel, er war der perfekte Mann, genau der, den sie jetzt brauchte: ein schlechter Kerl, der ihr niemals weh tun würde. Aufregung ohne Risiko.

Je mehr sie darüber nachdachte, desto besser schien er ihr geeignet, und desto wohler fühlte sie sich.

Nun mußte sie ihn nur noch dazu bringen, nicht sofort schreiend das Weite zu suchen, sobald er sie sah, und dann wäre auch sie aufregend.

Genau wie Zoë.

Bill stand im Garten des kleinen weißen Holzhauses der McKenzies und verfluchte Quinns Mutter für ihre Begriffsstutzigkeit. Wahrscheinlich hatte sie Quinn noch nicht einmal gesagt, daß er dort war, sonst wäre sie sicherlich heruntergekommen, um mit ihm zu sprechen, und dann wären sie gemeinsam nach Hause gefahren. Er starrte zu dem hell erleuchteten Rechteck von Quinns Schlafzimmerfenster hinauf. Er konnte die Wand- und die Deckenlampe klar erkennen. Die Vorhänge waren nicht zugezogen. Das war unvorsichtig – wußte sie denn nicht, daß das unvorsichtig war? Fremde Männer könnten hineinschauen. Er hatte einen Moment lang nachdenken müssen, um sich an die Raumanordnung im ersten Stock zu erinnern, aber er war sicher, daß dies Quinns Fenster war, einsehbar und ungeschützt, so daß jeder hineinschauen konnte, und das war weiß Gott unvorsichtig.

Plötzlich erschien sie am Fenster, die Rundungen ihres Körpers von dem roten Pullover verhüllt; ihre Silhouette zeichnete sich scharf vor dem hellen Zimmerlicht ab. Sie streckte sich, um nach dem oberen Ende der Vorhänge zu greifen – er konnte die Außenwölbung ihrer Brust, die Innenwölbung ihrer Taille und wiederum die Außenkurve ihrer

Hüfte erkennen –, und Bill spürte, wie sich sein Herz zusammenzog, er fühlte ihren Verlust in jedem Muskel und jeder Faser, schob dann jedoch diesen Gedanken beiseite, denn sie war nicht verloren, sie würden über alles reden, alles würde gut werden, und sie würden auf ewig zusammenbleiben und Söhne bekommen und die Abende mit einem gutem Essen zubringen und das Leben führen, wie er es geplant hatte – nein, sie würde ihn nicht verlassen.

Langsam zog sie die Vorhänge zu, bis sie das Fenster verdunkelten und er allein zurückblieb.

Mindestens noch eine halbe Stunde blieb er dort stehen, unempfänglich für die Kälte, bis das Licht hinter den Vorhängen erlosch und das Fenster in trüber Dunkelheit zurückließ, so daß er wußte, daß sie zu Bett oder hinunter gegangen war und daß, wo auch immer sie sein mochte, kein Grund mehr für ihn bestand, dort auszuharren. Also stieg er ins Auto und fuhr heim in dem sicheren Gefühl, daß sie morgen zu ihm zurückkehren würde.

»Du willst also ausziehen«, fragte Darla sie am folgenden Nachmittag nach Schulschluß zum etwa vierzigsten Male, und Quinn gab sich Mühe, Geduld zu bewahren. Irgend etwas stimmte nicht mit Darla, und ihr Entschluß, sich von Bill zu trennen, schien ihr Problem – worum auch immer es sich handeln mochte – noch zu verstärken. Daher war eine barsche Reaktion nicht angebracht, vor allem angesichts der Tatsache, daß Darla die letzte halbe Stunde damit verbracht hatte, Quinn dabei zu helfen, ihre Bücher in Kartons zu packen.

Energisch schob Quinn den letzten Karton zur Wohnungstür, und Katie machte einen Satz nach hinten, um nicht zerquetscht zu werden. »Jawohl, es ist aus. Sobald Nick diese Kisten hier am Montag abgeholt hat, ist mein Auszug endgültig.« Sie warf einen Blick auf ihre Uhr. »Laß uns verschwinden. Bills Krafttraining ist in einer Viertelstunde zu Ende.« Sie warf ihren Mantel über und nahm Katie auf den

Arm, die mit ihrem üblichen Mißtrauen der ganzen Welt gegenüber über Quinns Schulter äugte.

»Okay, ich weiß, daß ich nervtötend bin«, meinte Darla, als sie in ihrem Wagen saßen und darauf warteten, daß die Heizung auf Touren kam, »aber könntest du mir bitte erklären, wie du einen Mann, mit dem du zwei Jahre zusammen warst, einfach so in den Wind schießen kannst?«

»Ich war nicht mit ihm zusammen.« Quinn hielt Katie fest, während der Hund seine Pfoten an der Fensterscheibe abstützte und den Gehsteig ängstlich nach Feinden absuchte. »Eigentlich hatte ich nur eine gewisse Sympathie für ihn. Er fragte mich, ob ich ihn zu der Party anläßlich der dritten Baseball-Meisterschaft begleiten wolle, und irgendwie war er ja ganz süß, deshalb fing ich an, mit ihm auszugehen. Kurze Zeit später begann er, seine Sachen in meiner Wohnung zu hinterlassen, bis mir klar wurde, daß er komplett eingezogen war. Schließlich hat er diese Wohnung hier gefunden und den Umzug klargemacht, obwohl ich niemals wirklich zugestimmt habe. Er ist einfach nur hartnäckig und gibt nie auf, und schließlich ist er genau da, wo er hin will. Aber ich will da nicht hin. Bis er Katie ins Tierheim gebracht hat, war mir das gar nicht bewußt, aber jetzt ist mir klar, daß ich nicht da sein will, wo er ist.« Sie erschauerte kurz, so daß Katie, die offensichtlich spürte, daß das Problem innerhalb und nicht außerhalb des Autos zu suchen war, ihre Aufmerksamkeit auf Quinn wandte.

»Er kam heute in den Kunstraum und tat so, als sei gar nichts geschehen, als sei ich nur zu Besuch bei meinen Eltern, und er scheint zu glauben, ich käme jeden Augenblick zurück. Er verursacht mir eine Gänsehaut.« Trostsuchend strich Quinn Katie übers Fell, und der Hund kringelte sich auf ihrem Schoß zusammen und warf ihr nervöse Blicke zu. »Könnten wir jetzt fahren? Ich soll noch zum Immobilienbüro kommen, um bei Mom eine Liste mit Wohnungen abzuholen. Laß uns dorthin fahren.«

Darla setzte den Wagen in Bewegung. »Sobald Nick die Bücher abgeholt hat, bist du endgültig ausgezogen. Dann wird sogar Bill begreifen, daß du nicht zurückkommst. Wie hast du es eigentlich geschafft, Nick dazu zu überreden, sich darauf einzulassen? Ich hätte angenommen, daß er schleunigst das Weite suchen würde, um nichts damit zu tun haben zu müssen.«

Quinn dachte an Nick am Abend zuvor, stark und warm neben ihr in dem Laster, stark und heiß neben ihr auf der Couch. »Er ist ein guter Kerl«, sagte sie in bemüht beiläufigem Ton.

Darla verringerte das Tempo, um in die Main Street einzubiegen. »Habe ich irgendwas verpaßt?«

»Ich glaube, Nick hätte mich gestern abend beinahe geküßt«, platzte Quinn heraus und fühlte sich gleichzeitig töricht und erleichtert.

Darla fuhr an den Straßenrand und stellte den Motor ab.

»Zum Immobilienbüro sind es noch zwei Blocks«, meinte Quinn. »Ja, aber das Interessante spielt sich hier ab.« Darla sah eher entsetzt als interessiert aus. »Er hat dich *geküßt?«*

»Ich sagte, *beinahe.*« Zu Katies Unbehagen rutschte Quinn verlegen auf ihrem Sitz hin und her. »Wir saßen auf der Couch und unterhielten uns, als er plötzlich innehielt und wir uns ganz lange in die Augen sahen, verstehst du?«

»Ich glaube schon«, meinte Darla. »Einer dieser langen Blicke, die mit einem normalen Hallo beginnen und dann zu einem *Hallo* werden?«

Quinn nickte und streichelte den Hund besänftigend. »Aber dann stand er auf, sagte, ›Das bist nicht du‹ und war verschwunden.«

Darla sank in ihren Sitz zurück. »Ach du lieber Himmel. Ich weiß nicht. Du und Nick?«

»Es gibt kein Ich und Nick.« *Aber es könnte eines geben.* »Da war so ein angenehmes Kribbeln für diesen Bruchteil einer Sekunde zwischen dem Moment, als ich seinen Blick auffing, und dem Moment, als er aufstand und die Flucht ergriff. Aber trotzdem ist er aufgestanden und davongelaufen.«

Darla starrte durch die Windschutzscheibe. »Ein Kribbeln, hmm?«

Quinn nickte. »Mehr Kribbeln bei ihm, ohne daß er mich küßte, als zwei Jahre lang bei Bill, wenn er mich küßte. Eindeutig ein Kribbeln.«

»Das Kribbeln hält nicht lange an«, sagte Darla resigniert. Quinn schaute sie überrascht an. »Wirklich nicht. Wenn du Bill also nur verläßt, weil es nicht mehr kribbelt –« Sie schüttelte den Kopf. »Ein anständiger Kerl, der treu ist und dich liebt, ist mehr wert als ein Kribbeln.«

»Nein, das stimmt nicht.« Quinn sah Darla vorsichtig von der Seite an. Darla würde erst über ihr Problem sprechen, wenn sie mit sich selbst im reinen und dazu bereit war. War sie mit sich selbst im reinen und dazu bereit?

»Herzklopfen läßt sich nicht konservieren«, fuhr Darla fort. »Es läßt nach. Und dann mußt du dich mit dem arrangieren, was dir bleibt, und wenn du einen wirklich guten Mann hast, ist das schon genug, mehr als genug, das ist toll. Vielleicht hat Bill die Sache mit dem Hund nicht verstanden. Vielleicht solltest du ihm noch eine Chance geben. Er könnte dir ein sicheres Leben bieten, ein –«

»Ich will das aber nicht«, unterbrach Quinn sie. »Ich habe fünfunddreißig Jahre lang ein sicheres Leben geführt und nun die Nase voll davon. Ich möchte jeden Morgen mit dem Gefühl aufwachen, daß mich etwas Gutes erwartet, daß es einen Grund gibt aufzustehen. Immer wieder der gleiche Mist ist kein Grund.«

Darla kniff die Augen zusammen und biß sich auf die Lippen. »Dann sorge für ein wenig Abwechslung. Fang mit etwas Kleinem an, nicht mit etwas so Entscheidendem.«

»Habe ich doch«, erwiderte Quinn. »Ich habe Katie adoptiert.‹« Katie sah zu ihr auf, und sie streichelte ihr über den Kopf, um sie zu beruhigen. »Bill hat aus einer Mücke einen

Elefanten gemacht, weil er mich einfach nicht anders sehen kann als so, wie er mich sehen will. Nick nimmt mich zumindest wahr.« Wieder schweiften ihre Gedanken zu dem Abend zuvor auf der Couch, und ein wohliges Gefühl stieg in ihr auf. »Gestern abend hat er mich richtig wahrgenommen.«

»In einem Jahr wird er dich sitzenlassen«, sagte Darla trocken. »Oder er wird dich so wahnsinnig machen, daß du ihn verläßt, nur, daß du ihn dann auch als Freund verlierst, und abgesehen von mir ist er der beste Freund, den du hast. Wenn du bei Bill bleibst, kannst du beide haben, aber wenn du etwas in dieser Richtung planst, wirst du auch Nick verlieren. Möchtest du das wirklich?«

»Ich will noch einmal dieses Gefühl spüren«, beharrte Quinn dickköpfig. »Zwar bin ich mir ziemlich sicher, daß Nick darauf keinen Wert legt, ich aber schon. Was nächstes Jahr passiert, ist Zukunftsmusik. Es geht um jetzt, und ich werde keine Kompromisse mehr schließen.«

Offenbar den Tränen nahe schüttelte Darla den Kopf. »Quinn –«

»Hast du Probleme mit Max?« fragte Quinn und bereute es sofort, als sie sah, wie Darla das Gesicht verzog. »Okay, tut mir leid. Laß uns später darüber reden.«

»Ich liebe Max«, sagte Darla.

»Das weiß ich«, antwortete Quinn.

»Ich habe alles unter Kontrolle«, sagte Darla. »Ich bin glücklich.«

»Absolut«, sagte Quinn und nickte zustimmend.

»Ich liebe mein Leben«, fuhr Darla fort. »Ich habe liebe Kinder und ein schönes Haus, meine Arbeit gefällt mir, und mein Mann ist fleißig und treu.«

»Das ist alles sehr wichtig«, meinte Quinn.

»Und ich langweile mich derartig, daß ich schreien könnte«, sagte Darla.

»Ich verstehe«, sagte Quinn, erleichtert, daß es ausgesprochen war. »Was also hast du vor?«

»Nichts.« Vorwurfsvoll sah Darla sie an. »Ich setze keine harmonische Beziehung aufs Spiel, nur weil mir langweilig ist.«

»Ich hatte keine harmonische Beziehung«, erwiderte Quinn. »Bill ist nicht Max.«

»Hört sich aber an wie Max«, meinte Darla verdrießlich. »Oh, Mist, vergiß es. Laß uns eine Wohnung für dich suchen.«

»Vielleicht brauchst du einfach eine kleine Abwechslung«, meinte Quinn. »Nichts Großartiges, nur eine Veränderung um ein Grad, um die Dinge ein wenig zu bewegen und zu erneuern.« Sie sah zu Katie auf ihrem Schoß hinunter. »Schon gut, vergiß, was ich gesagt habe.«

»Eine kleine Abwechslung«, wiederholte Darla.

»Kleine Abwechslungen haben die Angewohnheit, sich zu vervielfachen«, sagte Quinn. »Vielleicht –«

»Die Idee gefällt mir.« Darla umklammerte das Lenkrad fester. »Eine kleine Abwechslung. Nur eine Kleinigkeit, damit er mich wieder wahrnimmt, wie du so treffend sagtest.« Ihre Blicke trafen sich. »Ich glaube, er sieht mich schon seit Jahren nicht mehr. Ich bin einfach da, verstehst du? Und ich habe ihn auch nicht mehr gesehen, nicht wirklich. Neulich war ich abends in der Werkstatt und hatte plötzlich Lust, im Büro mit ihm zu schlafen –«

»Mit all diesen Fenstern?« fragte Quinn entrüstet und verblüfft. Sex am offenen Fenster hörte sich nach etwas an, was Nick tun würde.

»– aber er hat es nicht einmal in Betracht gezogen. Er hat noch nicht einmal gesagt, ›Laß uns ins Badezimmer gehen‹, vielmehr meinte er, ›Wenn die Kinder im Bett sind‹. Wie schlimm ist das?«

»Nun ja –« setzte Quinn an.

»Es gab Zeiten, da konnte er die Finger nicht von mir lassen, und jetzt will er warten?« Darla hob die Stimme, während sich ihre Miene verfinsterte. *»Er nimmt mich gar nicht mehr wahr.«*

»Okay, okay.« Quinn beugte sich zu ihr und strich ihr über den Arm. »Okay, wir kriegen das hin. Wir müssen nur seine Aufmerksamkeit erregen. Ich meine, du mußt seine Aufmerksamkeit erregen.«

»Wie denn?« fauchte Darla. »Ich habe ihn im Büro fast vergewaltigt, und er hat abgelehnt. Was noch mehr –«

»Vielleicht warst du zu subtil.« Schnell dachte Quinn nach. »Du mußt ihn schockieren. Ihn zum Beispiel in Klarsichtfolie an der Haustür empfangen oder so.« Sie verspürte einen kleinen Stich und war neidisch, weil Darla eine Beziehung hatte mit einem Mann, der Klarsichtfolie sicherlich zu schätzen wußte. Bill wäre angesichts der Vulgarität ohnmächtig umgekippt, und Nick würde vermutlich die Folie mitnehmen und bei einer anderen Frau ausprobieren.

»Klarsichtfolie«, wiederholte Darla.

»Oder ein wirklich sexy Negligé«, schlug Quinn vor. »Oder schwarze Spitzendessous –«

»Ich habe einen durchsichtigen Regenmantel aus Plastik«, überlegte Darla mit nun wieder ruhiger Stimme. »Max' Mutter hat ihn mir geschenkt, weil er zu allem paßt.«

»Das könnte gut kommen«, meinte Quinn.

»Freitags kehren die Jungs spät heim«, fuhr Darla fort. »Max kommt heute abend um halb sechs allein nach Hause.«

»Heute abend?« Quinn war ein wenig überrascht, wie schnell Darla die Sache in Angriff nehmen wollte – die Dinge mußten wirklich schlecht stehen –, aber sie nickte nur. »Gute Idee.«

»Das gefällt mir«, sagte Darla. »Großartiger Sex im Wohnzimmer bei hellem Tageslicht.«

»Ich werde richtig neidisch«, meinte Quinn, halb zur Ermutigung, halb ernst.

»Ein guter Plan.« Darla nickte und war wieder optimistisch. »Und nur ein kleiner Plan, der nichts Wichtiges ändert, sondern die Dinge nur wieder so werden läßt, wie sie waren.« Sie strahlte Quinn an. »Das ist wirklich eine tolle Idee. Danke.«

Unbehaglich richtete Quinn ihren Blick auf Katie. »Gern geschehen.«

Darla startete den Wagen. »Jetzt suchen wir dir schnell eine Wohnung. Ich muß um fünf Uhr zu Hause sein.«

»Hör zu, versprich dir nicht zuviel davon«, sagte Quinn. »Eine kleine Abwechslung, in Ordnung, aber sei realistisch. Erwarte keine Wunder oder Revolutionen.«

»Wie bei dir und Nick?« fragte Darla.

Quinn schloß die Augen und dachte an Nick. All dieses Kribbeln. »Okay, du hast recht. Wir haben Wunder und Revolutionen verdient. Wir werden das beide in Angriff nehmen.«

»Verdammt richtig«, stimmte Darla ihr zu. »Das wird großartig.«

»Verdammt richtig«, sagte Quinn und dachte, *oh Gott*.

5

Meggy hatte nur ein Apartment in Tibbett ausfindig gemacht – »In den anderen sind keine Tiere erlaubt, Liebes« –, und das war alles andere als schön. »Hier kannst du nicht wohnen«, hatte Darla ihr zugeflüstert und voller Entsetzen auf die Wasserflecken an den Wänden gestarrt. »Ich kann, wenn das bedeutet, daß ich meinen Hund behalten darf«, hatte Quinn geantwortet, als der Vermieter sich bückte, um Katie zu streicheln.

Eine Minute später standen sie auf der Straße und suchten Schutz vor den heftigen Böen des Märzwindes. »Nur stubenreine Hunde, habe ich gesagt«, hatte der Mann gewettert, bevor er die Tür hinter ihnen zuschlug.

»Sie ist stubenrein«, meinte Quinn und verfluchte den Vermieter stillschweigend, der offenbar keine Ahnung von Hunden hatte, während Darla Katie zum ersten Mal wohlwollend ansah.

»Sie wußte, daß das eine lausige Wohnung war«, sagte sie. »Guter Hund.«

»Und was bleibt mir für eine Alternative?« wollte Quinn wissen und schaute von der einen zur anderen. »Jetzt muß ich bei meinen Eltern wohnen.«

»Es muß doch noch etwas anderes geben«, erwiderte Darla. »Vorausgesetzt natürlich, daß du dir immer noch sicher bist, nicht zu Bill zurückkehren zu wollen.«

»Ich mag ihn nicht, okay?« sagte Quinn. »Ist das Thema damit beendet? Er hat meinen Hund gestohlen. Für mich ist er gestorben.«

»Schon gut.« Darla nickte. »Okay, vergiß ihn, ich werde ihn nie wieder erwähnen. Wie wär's denn mit Eigentum? Wenn du eine Anzahlung locker machen kannst, sind Hypothekenabtragungen häufig billiger als Mieten.«

»Ein Haus kaufen?« Quinn erschienen die Tara-ähnlichen Anwesen rund um Tibbett vor Augen. Ein Haus zu kaufen war eine ernsthafte Sache. »Was sollte ich mit einem ganzen Haus anfangen?«

»Nicht alle Häuser sind groß«, sagte Darla geduldig. »Such dir ein nettes Häuschen mit zwei Schlafzimmern. Deine Mutter arbeitet schließlich bei einem Immobilienmakler. Wir können uns doch einfach mal erkundigen.«

»Ein Haus kaufen.« Quinn stieg wieder auf den Beifahrersitz und ließ Katie auf die Rückbank krabbeln, während sie darüber nachdachte.

Ein Haus. Ihr eigenes Haus. Unabhängigkeit. Reife. Ungestörtheit. Der gleiche Begeisterungsausbruch, der sie ergriffen hatte, als sie beschloß, Katie zu behalten und Nick zu küssen, ergriff von ihr Besitz. »Eigentlich könnte ich das tun. Ein Haus kaufen. Ich ganz allein.« Ihr eigenes Heim. Mit einem eingezäunten Garten für Katie. Und einer Couch im Wohnzimmer für Nick. »Ich könnte das wirklich tun. Vielleicht. Die Idee gefällt mir.«

»Woher kommt dieser merkwürdige Ausdruck in deinen

Augen?« fragte Darla. »Wir sprechen über ein Eigenheim, nicht über Sex.«

»Beides ist aufregend«, erwiderte Quinn. »Ich werde heute abend mit Mom sprechen und sehen, was ich mir leisten kann, dann können wir uns morgen auf die Suche begeben. Hast du morgen schon etwas vor?«

»Nur vormittags im Geschäft.« Darla grinste. »Und heute abend. Heute abend werde ich sehr beschäftigt sein.«

Als Max an diesem Abend um sechs Uhr nach Hause kam, öffnete Darla ihm, nur mit ihrem transparenten Regenmantel bekleidet, die Tür.

»Hey, Schatz«, sagte er und gab ihr einen Kuß auf die Wange, während er sich an ihr vorbeischob, um in das tiefer gelegene Wohnzimmer zu treten. »Wir haben nur –«

»Ebenfalls hey«, sagte Darla. »Mein Gott, du siehst mich *tatsächlich* nicht mehr.«

Er drehte sich um, als sie ihren Mantel aufknöpfte. *»Was –«*

»Ich habe einiges mit dir vor.« Sie ließ den Mantel gerade zu Boden fallen, als sich die Tür hinter ihr öffnete.

»Seht mal, was ich mitgebracht –« hörte sie Nick sagen, und ihr wurde plötzlich eiskalt. Kein Wunder, schließlich war sie nackt, und eine kräftige Märzbrise blies ihr in den Rücken. Sich zu bücken und den Mantel aufzuheben kam nicht in Frage, außerdem war er sowieso durchsichtig. Bevor sie weiter darüber nachdenken konnte, hörte sie Nick sagen: »Oder auch nicht«, und die Tür fiel wieder ins Schloß.

»Was tust du da?« Max sah bestürzt und entsetzt aus, und Darla hatte weder das eine noch das andere Gefühl hervorrufen wollen. »Die *Jungs* werden jeden Augenblick hier sein!«

»Ich –« Sie brach ab. »Ach, zur Hölle damit.« Zu peinlich berührt, um ihren Mantel aufzuheben, rauschte sie an ihm vorbei. Sie lief schnurstracks ins Schlafzimmer, schloß die Tür hinter sich ab und setzte sich mit dem Gedanken, sich zu erschießen, auf das Bett, die Arme um ihren Körper geschlungen.

»Darla«, rief Max von der anderen Seite der Tür. »Hau ab«, sagte sie und hörte, wie jemand an die Haustür klopfte. Sie hörte, wie Max die Tür öffnete, sie hörte die Stimmen ihrer Söhne, von denen einer fragte: »Warum dürfen wir nicht einfach hereinkommen?«

»O Gott«, sprach sie laut mit sich selbst und ließ sich nach hinten fallen. Nach zehn Minuten der Selbstgeißelung zog sie ein T-Shirt und Jeans an und konzentrierte sich darauf herauszufinden, auf wen sie wütender war: Max oder Nick. Die Tatsache, daß keiner von beiden etwas falsch gemacht hatte und daß sie diejenige war, die sich töricht benommen hatte, machte es ihr nicht leichter, ihnen zu verzeihen.

Eine Stunde später hatte sie sich hinreichend beruhigt, um in die Küche hinunterzugehen und Hot Dogs für die vier zu machen, die sich vor dem Fernseher niedergelassen hatten und eine Videoaufzeichnung des letzten Football-Spiels anschauten, wobei sie die Stelle, an der Mark seinen Touchdown erzielt hatte, immer wieder zurückspulten.

»Das Band ist heute erst angekommen«, sagte Max zu ihr auf einer seiner Stippvisiten, um sich nach dem Essen zu erkundigen. »Bill hat aus der Schule angerufen, aber ich hatte leider keine Zeit, es dir zu sagen –«

»Kein Problem«, antwortete Darla und drückte ihm eine Schüssel Popcorn in die Hand. »Würdest du die bitte ins Wohnzimmer bringen? Danke.«

Ohne ein weiteres Wort trat Max den Rückzug an.

Eine halbe Stunde später kam Nick in die Küche, um sich ein Bier zu holen.

»Tut mir leid wegen vorhin«, sagte Darla und wünschte sich, Max wäre ein Einzelkind.

»Was meinst du?« fragte Nick. »Hast du ein paar Chips?«

»Natürlich.« Dankbar dafür, ihm ihren Rücken zuwenden zu können, um ihr feuerrotes Gesicht zu verbergen, griff sie in einen der Hängeschränke. Sie reichte ihm die Tüte über den Küchenblock hinweg und sagte: »Danke.«

»Wofür?« fragte Nick.

Darla holte tief Luft. »Weil du so tust, als sei nichts geschehen, um es mir leichter zu machen. Es funktioniert zwar nicht, aber ich weiß es zu schätzen.«

»Nun, auf jeden Fall war es mir ein Vergnügen«, meinte Nick. »Du hast einen tollen Arsch.«

»Hey«, sagte Darla und errötete noch mehr, mußte aber dennoch gegen ihren Willen grinsen.

»Leider werde ich diesen Anblick wohl nie wieder genießen«, sagte Nick und ging ins Wohnzimmer zurück.

Okay, Nick konnte sie verzeihen. Aber Max –

Nachdem alle satt waren, bereitete sie sich selbst einen Teller zu und verzog sich erneut ins Schlafzimmer.

Wenige Dinge, die sie bisher in ihrem Leben unternommen hatte, waren derartig schiefgegangen. Und Max war ihr keinen Deut zu Hilfe gekommen. Er hatte sie lediglich entsetzt angeschaut, weil sie nackt gewesen war. Wenigstens eine Sekunde lang hätte er freudig überrascht sein können – Natürlich konnte die Tatsache, daß er wußte, daß Nick gleich hereinkommen würde, etwas damit zu tun haben, aber dennoch wäre es eine nette Geste gewesen, verdammt noch mal. Genauso, wie nackt mitten im Wohnzimmer zu stehen. Sehnsüchtig stellte sie sich vor, wie erregend es für sie beide hätte sein können, nackt im Wohnzimmer bei hellem Tageslicht. Sie hätten –

Wieder erschien Max' entsetzter Gesichtsausdruck vor ihr.

Blöder Hund. Sie biß in ihren Hot Dog und verfluchte Max im Geiste, während sie darauf herumkaute.

Um elf Uhr stolperte Max in das stockdunkle Schlafzimmer, kroch neben sie unter die Bettdecke und flüsterte: »Jetzt noch mal zu deiner Nacktvorstellung an der Tür zurück –«

»Wage es, mich anzufassen, und du bist ein toter Mann«, sagte Darla mit bleigeladener Stimme.

»Gute Nacht«, ließ sich Max vernehmen und drehte ihr den Rücken zu.

Was Quinn sich leisten könne, so unterbreitete ihr ihre Mutter am Samstagmorgen, entspreche in keinster Weise ihrem Lebensstandard. »Fünfundsiebzigtausend höchstens, dafür kriegst du so gut wie gar nichts«, erklärte Meggy ihr. »Vielleicht solltest du besser bei uns bleiben, bis du die Dinge mit Bill wieder ins Lot gebracht hast.«

»Gib mir die Liste«, sagte Quinn und holte Darla am Nachmittag ab, fest entschlossen, sich ein eigenes Haus zu suchen. Die ganze Nacht hatte sie darüber nachgedacht: Ein gemütliches kleines Haus für sie allein, wo sie Besuch empfangen konnte, ohne sich über die neugierigen Ohren der Nachbarn durch dünne Wände Gedanken machen zu müssen. Bis jetzt hatte sie zwar nichts getan, was des Zuhörens wert gewesen wäre, aber in einem eigenen Haus konnte sich das schlagartig ändern. Kein Zweifel, es gab genügend Gründe für den Kauf eines eigenen Hauses.

»Los, erzähl schon, hat der Plastik-Regenmantel Max vor Lust ganz wild gemacht?« wollte sie wissen, während sie sich in den Straßenverkehr einfädelte.

»Nein.« Darlas Stimme klang schon wieder düster, so daß Quinn einen Blick auf ihr angespanntes Gesicht riskierte.

»Möchtest du darüber reden?«

»Ich habe ihn nackt an der Tür empfangen. Leider war Nick bei ihm. Das hat die Stimmung irgendwie versaut.«

»Oh.« Quinn fiel in ihren Sitz zurück. »Du hättest Nick ja zu mir schicken können.«

»Hat er dir etwa noch nichts davon erzählt?« hakte Darla nach und richtete sich in zwiespältiger Entrüstung auf. »Was für ein Idiot.«

Quinn warf ihr einen Blick zu. »Heißt das, daß du diese Geschichte mit Nick verdaut hast?«

»Nein.« Darla ließ sich in den Sitz zurückfallen und verschränkte die Arme. »Aber wenn dir soviel daran liegt, tue ich dir den Gefallen.«

»Danke.« In Quinns Ohren klang ihre eigene Stimme genauso flach wie Darlas. Depressive Stimmung schien ansteckend zu sein. »Irgendwelche Ideen?«

»Noch nicht«, sagte Darla. »Ich erhole mich gerade erst von gestern abend. Aber ich gebe nicht auf.«

»Gut«, sagte Quinn. »Laß uns jetzt ein Haus kaufen, und dann werden wir über Plan B für dich und Plan A für mich nachdenken.«

Nachdem sie jedoch den ganzen Nachmittag damit verbracht hatten, sich die Angebote anzusehen, mußte Quinn sich eingestehen, daß ihre Mutter recht gehabt hatte. »Sie sind häßlich. Selbst wenn ich sie renovieren würde, wären es noch immer häßliche, schäbige kleine Häuser. Ich hatte mir etwas Gemütliches und Nettes vorgestellt, aber die sind alle –«

»Absolut häßlich«, beendete Darla den Satz. »Deshalb sind sie auch so preiswert. Es gibt noch zwei weitere hier in der Gegend –«

»Nein«, wehrte Quinn ab. »Sie sehen doch alle gleich aus. Entsetzlich.«

»– und dann gibt es noch eins am anderen Ende der Stadt für fünfundachtzig, aber deine Mom hat eine Notiz gemacht, daß es bereits eine ganze Weile auf dem Markt ist, so daß sich wahrscheinlich über den Preis verhandeln läßt.«

»Am anderen Ende der Stadt.« Quinn seufzte und ließ den Motor an. »Zwanzig Minuten bis zur Schule und zu allem anderen. Und wie muß es aussehen, wenn es schon so lange auf dem Markt ist?«

Eine Viertelstunde später meinte Darla: »Wir brauchen eigentlich gar nicht hineinzugehen.«

Das Haus war hoch und schmal, etwa einen Raum breit, verkleidet mit abbröckelnden grauen Asbestschindeln und verrotteten dunkelgrauen Holzbrettern. Es hatte eine kleine Seitenveranda, aber das Verandageländer war größtenteils zerfallen. Mehrere der Doppelfenster waren zerbrochen, die Dachrinne schwankte wie betrunken im Wind, und der winzige Vorgarten wurde von zwei gewundenen Bäumen verschönert, von denen einer abgestorben war. Auf der einen Seite stand ein Haus in noch schlimmerem Zustand, auf der anderen befand sich ein von Unkraut überwuchertes offenes Gelände. Um dem Ganzen den Rest zu geben, war das Schild mit der Aufschrift ›ZU VERKAUFEN‹ umgefallen.

»Wir haben den Schlüssel, dann können wir auch hineingehen«, meinte Quinn. »Sieh es mal so: Sollte es drinnen nett sein, könnte ich ein wirklich gutes Geschäft machen.«

»Dann aber schnell, bevor es zusammenbricht«, erwiderte Darla, sagte jedoch nichts mehr, als sie schließlich im Haus standen.

Im Erdgeschoß befanden sich drei hintereinander liegende Zimmer, wobei sie über die Seitenveranda zuerst in den mittleren Raum gelangten. Die Hartholzböden glänzten im Licht, das durch zwei hohe Fenster einfiel.

Ein Torbogen führte zur Vorderseite des Hauses in ein Wohnzimmer mit einem Kamin aus Ziegelsteinen, neben dem Bücherschränke standen, in deren bleiverglasten Türen fast überall die Scheiben fehlten. Zwei weitere große Fenster gaben den Blick auf die menschenleere Straße und den abgestorbenen Baum frei.

»Viel Licht«, meinte Darla. »Die Bäume könnten dir natürlich Alpträume bereiten.«

Quinn sah sich um und stellte sich eine gemütliche Einrichtung vor, nichts aus furniertem Fichtenholz. Eine große Couch, das stand fest. »Ich glaube, es gefällt mir.«

Die andere Tür des mittleren Zimmers führte in die Küche auf der Rückseite des Hauses, einen tristen kleinen Raum mit grauen Schränken und grauer Anrichte, jedoch ebenfalls sehr hell durch ein weiteres hohes Fenster. Die Hintertür, versehen mit einer Hundeklappe, führte in den großen Garten hinaus, der wundersamerweise eingezäunt war.

»Vielleicht ein bißchen Farbe.« Skeptisch betrachtete Darla die Küchenschränke. »Hier muß jemand mit echten Depressionen gewohnt haben.«

Quinn löste die Verriegelung der Hundeklappe, und Katie beschnüffelte sie, als wäre sie die Höllenpforte, bevor sie hindurchschlüpfte. Nach einer vorsichtigen Runde durch den Garten – eine von Unkraut überwucherte Fläche mit vereinzelten Flecken kahler Erde darin – setzte sie zu einem Sprint an, einer Hundeversion von *Born Free.* »Es gefällt mir wirklich.«

»Wegen des Gartens?«

»Es ist groß«, meinte Quinn. »Wenn es oben nicht allzu schlimm aussieht, kaufe ich es.«

Die obere Etage sah nicht schlimm aus. Zwei kleine Schlafzimmer und ein großes mit noch einem gemauerten Kamin, ein Badezimmer mit einer auf Klauenfüßen stehenden Badewanne, die einst weiß gewesen war, und überall viel, viel Licht.

»Hier muß jemand mal die Tür eingetreten haben«, sagte Darla und bückte sich, um das Holz zu begutachten.

»Darla, das kann man doch alles herrichten.« Quinn ging zum Treppenabsatz, um die obere Etage von dort aus zu betrachten. Unvermittelt verspürte sie das gleiche wohlige Gefühl in ihrem Solarplexus, das von ihr Besitz ergriffen hatte, als sie Katie am ersten Tag im Auto anschaute, und vor allem die gleiche Wärme, die sie gespürt hatte, als Nick sie beinahe geküßt hatte.

»Ich werde dieses Haus kaufen.« Plötzlich lachte sie euphorisch. »Weißt du, vor drei Tagen war mein Leben so grau wie die Küche unten, und heute bietet es unzählige Möglichkeiten. Stell dir nur vor, was erst morgen kommen mag!«

»Ja«, meinte Darla und schaute sich um. »Stell dir nur vor.«

Sonntagabend. Meggy hatte nicht nur Bucky überredet, einen Verkauf für siebzigtausend auszuhandeln, sie hatte auch den Verkäufer dazu gebracht, Quinn das Haus vor dem Abschluß zu vermieten. »Du kannst am Freitag einziehen«, sagte sie zu Quinn. Der Blick, mit dem sie Katie bedachte, die abwartend und nervös zugleich auf dem gefliesten Küchenboden saß, besagte, *und das ist keine Minute zu früh.*

»Danke für alles.« Quinn umarmte ihre Mutter. »Ich bin dir wirklich so dankbar. Ich weiß, du bist der Meinung, ich solle zu Bill zurückkehren –«

»Nun, jetzt kann er ja bei dir einziehen«, sagte ihre Mutter. »Es ist ein gutes Haus, ich habe es heute morgen inspizieren lassen. Viel Arbeit, aber eine gute Substanz. Um die Reparaturen kann Bill sich kümmern.«

Den Teufel wird er tun, dachte Quinn, erwiderte jedoch nichts.

»Du mußt siebentausend als Anzahlung leisten«, fuhr ihre Mutter fort.

»Kein Problem«, meinte Quinn. »Ich habe über elftausend auf dem Sparbuch. Dann bleibt mir sogar noch ein Rest für Möbel.« *Ein neues Bett. Nick hatte viele Möglichkeiten, ihr zu helfen.*

»Neue Möbel.« Ihre Mutter ging durch den Torbogen und ließ ihren Blick durch das Wohnzimmer schweifen, das nur vom Schein des Fernsehers erhellt wurde. »Es ist Jahre her, daß ich etwas Neues gekauft habe.« Ihr Blick blieb an der Couch hängen, die derzeit von ihrem Ehemann in Beschlag genommen wurde, der sie gar nicht bemerkte. »Vielleicht kaufe ich mir ein neues Sofa und gebe dir dieses hier.«

Nick hatte der Couch die Schuld gegeben, fiel Quinn ein. *Es muß an der Couch liegen.* »Ich würde diese Couch sehr gerne haben«, sagte Quinn. »Dad kannst du allerdings behalten.«

»Mmmm«, machte ihre Mutter und wandte sich um, um den Rest des Zimmers in Augenschein zu nehmen. »Dieser Raum könnte einige Veränderungen vertragen.«

»Kleine Veränderungen«, meinte Quinn mit plötzlicher Nervosität.

Der Blick ihrer Mutter wanderte zur Couch zurück. »Natürlich.«

Joe sah auf und bemerkte, daß sie ihn anschauten. »Haben wir noch ein Bier?«

Quinn ging in die Küche, um eines zu holen. »Kleine Veränderungen, Mom. Nur kleine.«

Am Montag war Quinn immer noch sicher, daß der Kauf eines Hauses eine brillante Entscheidung gewesen war, aber ihr Optimismus wurde von Stunde zu Stunde gedämpfter; der Schultag stand nämlich unter keinem guten Stern.

Es begann während des ersten Unterrichtsblocks, als mehrere Sportstudenten sie mit finsteren Blicken bedachten und sie ansonsten ignorierten, während der Rest der Schüler in gedrückter Stimmung zu sein schien. Es hatte sich herumgesprochen, daß sie den Coach verlassen hatte. Sie würden darüber hinwegkommen, aber dennoch war es beunruhigend, da sie daran gewöhnt war, allseits beliebt zu sein.

Dann hielt der BP sie in der Pause im Korridor auf ihrem Weg zum Lehrerzimmer an und sagte: »Ich kann nicht glauben, daß du wegen eines Hundes so weit gehst. Siehst du nicht, was du Bill damit antust? Der ganzen Schule? Es läuft ein *Finanzierungsplan* für uns, Quinn.« Sie warf ihm einen vernichtenden Blick zu, woraufhin er davonstolzierte, aber Quinn war klar, daß – sollte irgend etwas schiefgehen mit der zehnten WBL-Meisterschaft oder dem Finanzierungsplan – man ihr dafür die Schuld geben würde und sie dafür bezahlen müßte.

Beim Mittagessen mußte sie Edie und der ganzen Fakultät Rede und Antwort stehen.

»Deine Mom hat mir erzählt, daß du Bill verlassen hast«, sagte Edie und blickte Quinn mit ihren blauen Augen über die verkratzte Holzmaserung des Kunststofftisches im Lehrerzimmer hinweg prüfend an. »Sie hat sich ziemlich darüber aufgeregt.«

»Ich weiß.« Energisch öffnete Quinn den Verschluß ihrer Diätcola und ignorierte das lebhafte Interesse der anderen Anwesenden, insbesondere das der beiden Frauen, die unmittelbar neben ihnen saßen.

Marjorie Cantor, die größte Klatschbase der ganzen Schule, war vermutlich hin- und hergerissen zwischen der Alternative, sich bei Quinn einzuschmeicheln, um die Informationen aus erster Hand zu bekommen, oder sie mit Mißachtung zu strafen, weil sie den netten Coach Hilliard hatte sitzenlassen. Die adrette kleine Petra Howard hingegen sah einfach nur verwirrt aus. Petra, stets weltfremd, war im letzten Monat zu dem Schluß gekommen, daß ihre Studenten sich gegen sie verschworen hatten – angesichts Petras miserabler pädagogischer Fähigkeiten war dies auch nicht völlig paranoid –, und nun verbrachte sie soviel Zeit wie möglich im Lehrerzimmer, um sich dort zu verstecken und sich zwecks Ablenkung mit dem Leben anderer zu beschäftigen.

»Du hast einen schönen Pullover an, Quinn«, ließ sich Petra nun vernehmen. »So eine tolle Farbe.«

»Danke«, sagte Quinn und wandte sich wieder Edie zu. »Mom regt sich immer über Veränderungen auf.«

»Sie befürchtet, daß du ein gesichertes Leben wegwirfst.« Edie schürzte leicht die Lippen. »Deine Mutter legt viel Wert auf Sicherheit.«

»Wirklich ein sehr schöner Pullover«, meinte Petra.

»Ich kann selbst für meine Sicherheit sorgen«, sagte Quinn.

»Hey, ich stehe auf deiner Seite«, sagte Edie. »Deine Mutter regt sich auf, nicht ich.«

»Wo hast du diesen hübschen Pullover gekauft?« fragte Petra, und Marjorie verdrehte die Augen. Auf das Belauschen von Gesprächen über die neueste Pullovermode war Marjorie nicht erpicht, sie wollte vielmehr bis ins letzte Detail alles über das größte Trennungsdrama in der Geschichte der Tibbett High erfahren, seit der letzte Coach seine Frau wegen einer Kellnerin verlassen hatte.

Um Marjorie zu ärgern, lächelte Quinn Petra zuckersüß zu und sagte: »Der ist schon alt. Ich habe ihn in einer Boutique in Columbus entdeckt, als ich meine Schwester das letzte Mal besuchte.«

»Ich glaube, du läßt sie ihr eigenes Leben mit anderen Augen sehen«, fuhr Edie fort.

»Wie kommst du denn darauf?« wollte Quinn ernsthaft verblüfft wissen. »Ich wüßte nicht, warum das, was ich tue, irgendeinen Einfluß auf sie haben sollte.«

»Gab es den auch noch in anderen Farben?« fragte Petra. »Lavendel steht mir einfach nicht.« Petra sah tatsächlich wie ein Zombie aus, aber das lag nicht an ihrer Kleidung.

»Neunzehnhundertsechzig war er bestimmt noch in anderen Farben zu bekommen«, sagte Quinn und versuchte, nicht genervt zu klingen. »Er ist alt, es gibt keine mehr.« Außerdem hatte er nur fünf Dollar gekostet, aber Quinn hatte keine Lust, Marjories Tag zu retten, indem sie ausposaunte, wie billig sie war.

»Wahrscheinlich gar keinen Einfluß«, meinte Edie beschwichtigend. »Also, da du nun ja mehr Freizeit hast, könntest du dich um die Ausstattung für das Theaterstück kümmern, um die Bühnenbilder und die Kostüme. Das Entgelt dafür beträgt tausend Dollar, das ist gar nicht schlecht. Wenn du es nicht machst, muß ich mich wohl wieder an die Eltern wenden. Erinnerst du dich noch an *Klang der Musik*?«

Quinn zuckte förmlich zusammen. In ihrem ganzen Leben hatte sie nie so schäbige Alpen gesehen. »Zehn Wochen lang jeden Abend. Das ist ein Hungerlohn.«

»Vielleicht in einem schönen Blauton«, meinte Petra. »Ist das Wolle?«

»Bitte sag mir nicht, daß das nein heißt.« Edie versuchte, streng auszusehen, aber das lag ihr nicht. Weichherzige kleine Blondinen werden nicht wütend.

»Ich beginne gerade ein völlig neues Leben«, sagte Quinn. »Ab jetzt bin ich egoistisch.« Aus dem Augenwinkel sah sie, wie Marjorie sich vorbeugte.

»Hast du keine Angst vor Motten?« wollte Petra wissen, und Marjorie seufzte: »Petra, könntest du um Himmels willen endlich damit aufhören?«

»Das mit dem Egoismus finde ich gut«, meinte Edie. »Ich wünschte nur, du würdest für mich eine Ausnahme machen.«

»Gleicher Egoismus für alle«, erwiderte Quinn. »Nein.«

»Das Stück heißt *Auf in die Wälder*«, erklärte Edie. »Ein Märchen. Bäume und Burgen. Stell dir vor, wie lustig das wird.«

»Nein«, wiederholte Quinn und versuchte, im Geiste keine Bäume und Burgen zu entwerfen.

»Mottenkugeln«, sagte Petra. »Aber die stinken immer so.«

»Stell dir vor, wie furchtbar es aussehen wird, wenn du dich nicht darum kümmerst«, bohrte Edie weiter. »Du würdest das Stück wirklich retten, wenn du dich bereit erklärst.«

»Stimmt es, daß du den Coach verlassen hast?« mischte sich Marjorie ein, die offensichtlich nicht mehr an sich halten konnte.

»Ich muß gehen«, sagte Quinn und ergriff die Flucht.

Später tauchte Bill im Kunstraum auf – »nur um zu sehen, wie es dir geht« – und blieb. »Muß dein Nervenkostüm ja ziemlich strapazieren, bei deinen Eltern zu wohnen«, witzelte er. »Nein«, antwortete sie kurz angebunden, ohne die geringste Spur eines Verlangens, ihm von dem Haus zu erzählen oder überhaupt etwas zu sagen, das ein Gespräch in Gang bringen könnte. »Ich bin sehr beschäftigt, Bill«, fügte sie hinzu, aber er rührte sich nicht vom Fleck, während die Schüler sie beobachteten, fasziniert von der Seifenoper, die sich dort vor ihren Augen abspielte. Einige waren ihr offenkundig feindselig gesonnen, weil sie ihren Coach zum Narren machte.

»Er ist ein guter Typ«, meinte Corey Mossert zu ihr, nachdem Bill schließlich aufgegeben hatte und gegangen war, doch sie erwiderte nur: »Corey, mische ich mich in dein Privatleben ein? Also halte dich bitte auch aus meinem raus.«

Jason Barnes, der an der letzten Unterrichtsstunde teilnahm, schüttelte nur den Kopf, aber Thea, die Hilfsdienst hatte und daher nicht durch künstlerische Schaffenskraft abgelenkt wurde, war schwieriger abzuwimmeln. »Was hat er Ihnen denn getan?« wollte sie wissen, und Quinn antwortete: »Er war nicht der Richtige. Und ich wollte keine Kompromisse schließen, das wäre für keinen von uns beiden gut gewesen.«

»Was soll das heißen, Sie wollten keine Kompromisse schließen?« Thea beugte sich über das Pult und hakte die ausgegebenen Materialien auf einer Liste ab, wenn sporadisch einer der Schüler nach vorne kam. »Er ist der Coach, Herrgott noch mal. Er ist der König der Schule.«

»Es gibt auch noch ein Leben nach der Schule«, erklärte Quinn ihr. »Und ich will nicht eines Tages aufwachen und mir wünschen, ich hätte das getan, was ich tun wollte, anstatt Kompromisse einzugehen für das, was ich habe. Was in diesem Falle das ist, was andere Leute für mich wollen, nicht das, was ich will.« Sie zögerte ein wenig, weil sie wußte, daß hinter Thea Eltern standen, die sie zu Dingen bringen wollten, die nicht unbedingt Theas Vorstellung entsprachen. Es hatte keinen Sinn, Thea drei Monate vor ihrem Schulabschluß aus dem Gleichgewicht zu bringen. »Er ist einfach nicht der Richtige für mich, weißt du.«

»Okay«, sagte Thea. »Woher wissen Sie denn, daß er nicht der Richtige ist?«

»Er hat meinen Hund ins Tierheim gebracht.«

Mit großen Augen sah Thea sie an. »Dann ist er wirklich nicht der Richtige. Aber wie wissen Sie denn, wer der Richtige ist?«

Quinn dachte an Nick. »So etwas weiß man schlagartig. Ich kenne jemanden, bei dessen Anblick mir immer speiübel wird, aber das kann auch eine Grippe sein.«

»Nein, das Gefühl kenne ich«, meinte Thea. »Dann gehen Sie demnächst mit diesem Mann aus?«

»Er scheint kein Interesse zu haben«, antwortete Quinn. »Aber vielleicht sollte ich trotzdem einen Annäherungsversuch starten.« Alleine die Vorstellung war entsetzlich, aber die Alternative war auch nicht besser. »Sonst werde ich nur untätig herumsitzend immer älter werden und darauf warten, daß er den ersten Schritt macht.«

»Das wäre nicht gut«, sagte Thea, und als Jason wenige Minuten später ans Pult trat, um sich ein Präzisionsmesser zu holen, reichte Thea es ihm mit den Worten: »Hast du Lust, heute abend ins Kino zu gehen?«

Verdutzt riß Jason den Kopf hoch. *Oh, Mist,* dachte Quinn. »Nein«, sagte er.

»Okay«, meinte Thea, ging in den Materialraum hinter dem Pult und schloß die Tür.

»Das hast du wirklich *einfühlsam* gemacht«, sagte Quinn, hin- und hergerissen zwischen dem Verlangen, ihn zu ohrfeigen, und einem gewissen Gefühl des Mitleids.

»Ich war völlig perplex.« Stirnrunzelnd blickte Jason zur Tür des Materialraums. »Was sollte das überhaupt?«

»Ich glaube, sie wollte mit dir ins Kino gehen«, meinte Quinn. »Ist natürlich nur eine wilde Mutmaßung.«

»Was hätten Sie an meiner Stelle getan?« fragte Jason. »Was hätte ich denn sonst sagen sollen?«

»Nichts«, antwortete Quinn. »Aber vielleicht hättest du etwas langsamer nein sagen können.«

»Sie hat mich überrascht.« Jason schüttelte den Kopf. »Frauen.«

Als er zu seinem Tisch zurückgekehrt war, ging Quinn in den kleinen Materialraum, wo Thea Farben einsortierte.

»Alles in Ordnung?«

»Hmm.« Thea reichte ihr den leeren Farbkarton. »Jetzt nehme ich mir die Tusche vor.«

»Thea –«

»Schon gut.« Thea hob den Karton mit der Tusche vom Boden auf. »Ich wollte nur einen Annäherungsversuch starten, wie Sie meinten. Schließlich habe ich nichts zu verlieren.«

Der entschiedene Realismus in Theas Stimme versetzte Quinn einen Stich. »Thea, er war nur überrascht, das ist alles. Vielleicht wenn –«

»McKenzie«, unterbrach Thea sie. »Er kennt mich seit dem Kindergarten. Sagen Sie jetzt nicht, ›vielleicht wenn er dich besser kennenlernt‹. Er kennt mich.« Sie riß den Tuschekarton mit weitaus mehr Heftigkeit auf als erforderlich. Tuscheflaschen aus Plastik fielen auf den Betonboden, platzten jedoch nicht auf. »Mist.« Sie bückte sich, hielt dann jedoch inne und sah zu Quinn hoch. »Wissen Sie, meine Mom will, daß ich auf der Abschlußfeier eine Abschiedsrede halte. Mein Vater will, daß ich möglichst viele Stipendien fürs College sammele, und mein gesellschaftliches Leben beschränkt sich im wesentlichen aufs Lernen und den Hilfsdienst für Sie. Alles dreht sich um Abschlüsse und Schule. Aber wenn ich Jason anschaue, sehe ich das wahre Leben, ich meine, jemanden, der etwas unternimmt. Der *da ist,* verstehen Sie?«

Da Quinn ziemlich sicher war, daß die einzigen Orte, an denen Jason gewesen war, Sportplätze und Rücksitze von Autos mit Cheerleadern waren, verstand sie das nicht, aber andererseits war Thea an noch weniger Orten gewesen. »So ungefähr.« *Wie Nick,* dachte sie. *Anders als ich.*

»Und dann sprachen Sie davon, keine Kompromisse einzugehen, und ich dachte –« Sie zuckte mit den Schultern. »Es war dumm von mir.«

»Es war nicht dumm.« Quinn bückte sich, um ihr beim Aufsammeln der Tuscheflaschen zu helfen. »Männer mögen keine Überraschungen. Ich bringe einem bestimmten Mann ähnliche Gefühle entgegen, und er will auch nichts mit mir zu tun haben.«

»Männer sind dämlich«, meinte Thea und begann, die Tusche in die Regale einzuordnen.

»Ziemlich«, bestätigte Quinn und ging wieder in ihr Klassenzimmer zurück, wo sie Jason so lange anstarrte, bis der *»Was?«* fragte und sie zugeben mußte, daß er nichts Falsches getan hatte. Arme Thea.

Ihr Verständnis für Thea steigerte sich um ein Zehnfaches, als sie nach der Schule zur Reparaturwerkstatt fuhr, um ihre

Bücher abzuholen und Nick seine Jacke zurückzubringen. Ihr Herz raste wie ein Vorschlaghammer.

Sie klopfte an die Hintertür und trat gleichzeitig ein, wobei sie rief: »Hallo? Nick?«

»Hier drüben.«

Er zog gerade die Radmuttern an der Felge eines Escorts an, und einen Moment lang blieb sie schuldbewußt stehen, um den Anblick seiner Armmuskeln zu genießen, vor allem seiner Unterarme, aber auch des Bizeps unter seinem Hemd. Nick war kein Muskelprotz, dafür war er zu schlaksig, aber die Arbeit in der Werkstatt hatte ihn kräftig und stark werden lassen, und seine Arme sahen großartig aus. Der Rest seines Körpers sah vermutlich auch großartig aus. *Du bist ein hoffnungsloser Fall,* sagte sie sich, aber dennoch genoß sie den Anblick. Gucken war schließlich nicht verboten. Solange sie ihn nicht bat, mit ihr ins Kino zu gehen, war sie auf der sicheren Seite.

Nick unterbrach seine Arbeit und richtete sich auf, um sie über die Schulter hinweg anzublicken. Er sah klasse aus. Nie zuvor war ihr dieser Gedanke gekommen, er war immer nur Nick gewesen, und jeder wußte, daß Max der gutaussehende Ziegler-Bruder war. Nun jedoch betrachtete sie Nick mit anderen Augen, sah, wie heiß der Blick in diesen dunklen Augen und wie widerspenstig sein dichtes dunkles Haar war, so als käme er gerade aus dem Bett. Schlagartig wurde ihr bewußt, daß Nick aussah, als habe er gerade Sex hinter sich – oder vielleicht vor sich. Der Gedanke war reizvoll.

Vor allem aber sah er argwöhnisch aus, und sie wußte, daß er ihr ausweichen würde, sollte sie versuchen, mit ihm über jenen Abend auf der Couch zu sprechen. Irgend etwas jedoch mußte sie sagen, daher begann sie mit dem Vorwand für ihren Besuch. »Ich bringe dir deine Jacke zurück«, sagte sie und legte sie über die Werkbank. »Du hast sie am Donnerstagabend vergessen.« *An diesem Abend, als du mich so angesehen hast.*

Nick nickte. »Danke.«

Okay. »Außerdem wollte ich mich erkundigen, ob du Probleme wegen der Bücher hattest. Es sind eine ganze Menge.«

»Es waren keine da.« Er ging zur Wand hinüber, um den Schraubenschlüssel aufzuhängen. Er hatte tolle Schultern. Warum waren ihr seine Schultern nie zuvor aufgefallen? Wo war sie mit ihren Gedanken gewesen, auf dem Mars? Er wischte seine Hand an einem Lappen sauber, wobei er ihr den Rücken zuwandte. »Du und Darla habt sie Freitag in Kartons gepackt, oder?«

»Richtig.«

Nick schüttelte den Kopf. »Sie waren alle wieder in die Regale zurückgestellt. In alphabetischer Reihenfolge. Keine Kartons, als wärt ihr nie dort gewesen.«

Quinn suchte Halt an der Werkbank, weil ihr plötzlich die Knie weich wurden.

Bill hatte sämtliche Bücher wieder ausgepackt. Sie stellte sich vor, wie er nach Hause gekommen war, die Kartons gesehen und die Bücher wieder, geordnet nach den Nachnamen der Autoren, in die Regale sortiert hatte, bevor er die Kartons in die Mülltonne stopfte und alles wieder seine Ordnung hatte. Sie hätte darauf wetten können, daß er noch nicht einmal ärgerlich gewesen war. Er hatte sie einfach dorthin zurückgestellt, wo sie seiner Meinung nach hingehörten.

»Hast du mit ihm gesprochen?« fragte Nick. »Er scheint es nämlich noch nicht begriffen zu haben.«

»Ich habe ihm eine Nachricht hinterlassen«, antwortete Quinn, und Nick grunzte verächtlich. »Nein, eine ganz eindeutige Nachricht. Dann rief er mich bei meinen Eltern an, und ich habe es ihm noch einmal deutlich gesagt. Aber er meinte nur, ›Das Silberbesteck ist weg‹, woraufhin ich sagte, ›Es gehörte Grandma, du wirst dir ein neues kaufen müssen‹, und er nur meinte, ›Aber dann haben wir zwei Sets‹.«

Bei diesen Worten sah Nick sie an. »Das hört sich nicht gut an.«

»Am Freitag habe ich es ihm in der Schule erklärt. Außerdem habe ich meine Bücher zusammengepackt und es ihm heute in der Schule schon wieder gesagt.«

Nick ließ den Lappen auf die Bank zurückfallen. »Anscheinend mußt du dich weitaus deutlicher ausdrücken.«

»Wie denn?« fragte Quinn. »Was kann denn noch klarer sein als ›Ich verlasse dich und komme nicht zurück‹?«

»Hast du ihm erklärt, warum?«

»Nein.« Quinn sah auf ihre Füße. »Es ist schwierig zu erklären.«

»Also«, sagte Nick sachlich, »was hat er falsch gemacht?« Mit verschränkten Armen lehnte er sich gegen die Wand und stellte seine großartigen Unterarme zur Schau. »Es ist leichter zu verstehen, daß man verlassen wird, wenn dir jemand den Grund nennt.«

Quinn zuckte mit den Schultern. »Mir wurde einfach klar, daß da nichts war.« *Und danach war etwas zwischen dir und mir.*

Er nickte zustimmend. »Okay, das habe ich auch schon erlebt. Der Kick war weg und wollte sich auch nicht mehr einstellen.«

»Es gab nie einen Kick.« Quinn stieß sich von der Werkbank ab, irrationalerweise wütend darüber, daß Nick Kicks erlebt hatte, die sich irgendwann abnutzten. »Du kennst mich doch. Ich bin nicht der Typ für Kicks.«

Nick öffnete die Arme und ging zum Tisch zurück, um den Lappen wieder aufzunehmen.

»Es war nicht nur der fehlende Kick.« Quinn beobachtete, wie er sich auf den Betonboden kniete, um die Felge des Escorts zu polieren. »Er hat Katie gekidnappt, und da ist mir klargeworden, daß ich nicht mit einem Menschen zusammenleben möchte, der zu so etwas in der Lage ist, weil er dachte, er würde das Beste für mich tun, obwohl er mich gar nicht kennt.« Die letzten Worte brachen förmlich aus ihr hervor. »Vielleicht bin ich nicht die Art von Frau mit Kicks, aber so wollte ich auch nicht leben. Außerdem fühlte ich mich derart erleichtert auszuziehen, daß ich wußte, das Richtige zu tun.«

Sie trat einen Schritt näher in dem Versuch, sich ihm verständlich zu machen, weil es ihr so wichtig war, ihn auf ihrer und nicht auf Bills Seite zu wissen – nicht zwei Männer, die zusammenhielten, sondern sie und er zusammen. »Aber ich kann ihm das nicht sagen, ›Tut mir leid, Bill, ich habe gemerkt, daß du nicht nur ein Langweiler warst, du hattest auch absolut keine Ahnung davon, was ich brauchte. Tschüs dann.‹ Das wäre gemein.« Sie versuchte, sich Bill bei diesen Worten vorzustellen. »Er würde dann sagen, ›Ich kann lernen, was du brauchst‹, und ich müßte antworten, ›Nicht in einer Million Jahren‹, und würde wie ein Miststück dastehen.«

Nick war nicht dazu zu bewegen, sie anzusehen. Sie hätte es besser wissen müssen. Er haßte es, in so etwas hineingezogen zu werden. »Deshalb bleibe ich bei der schönen Phrase, ›Wir haben uns auseinandergelebt‹«, meinte sie abschließend. »Das sagt nichts darüber aus, daß wir niemals richtig zusammen waren.« Sie zuckte mit den Achseln und versuchte, dem Schweigen die Schwere zu nehmen. »Tut mir leid wegen der Bücher. Ich werde mir etwas einfallen lassen.« Da Nick noch immer nichts sagte, wandte sie sich zur Hintertür. »Ich weiß es wirklich zu schätzen, daß du versucht hast, mir zu helfen.«

Noch immer nichts.

Sie ließ die Tür laut hinter sich zufallen und fühlte sich gleichzeitig miserabel und wütend. Eine logisch denkende Frau hätte ihre Gefühle analysiert und sich mit ihren Gedanken ausgesöhnt. Quinn hingegen wünschte alle Männer dorthin, wo der Pfeffer wächst.

Als die Hintertür ins Schloß fiel, hörte Nick auf, die Felge zu polieren, die eigentlich gar nicht poliert werden mußte, und lehnte seine Stirn gegen die Wagenseite.

Sie war also der Meinung, sie sei nicht der Typ für Kicks. Aber er hatte an jenem Abend, als er ihr so nahegekommen war, dieses Aufblitzen in ihren Augen gesehen, ihr leises Atemholen gehört, die Hitze gespürt, als ihr das Blut in die letzten Winkel ihres Körpers schoß. Plötzlich verspürte er das unbändige Verlangen, all dies noch einmal zu erleben, sie zu berühren und ihren Atem zu beschleunigen, ihren Puls schneller schlagen zu lassen, diesen Mund in Besitz zu nehmen, seine Hand über ihren Hals hinunter zu ihrer Brust gleiten zu lassen – *Ich könnte dich zum Typ für Kicks machen,* dachte er und bemühte sich, diesen Gedanken wieder in das dunkle Loch in seinem Gehirn zu verbannen, aus dem er herausgekrochen war.

Verdammt. Er sank auf den kalten Betonboden und wünschte sich, die letzte halbe Stunde wäre nie geschehen. Eigentlich konnte er, wenn er sowieso schon dabei war, die Geschichte auszulöschen, auf die letzten fünf Tage gut und gerne ganz verzichten.

Quinn war ein permanenter Teil seines Lebens – verflucht, er konnte nicht mit ihr schlafen, er liebte sie doch –, und *Sex* und *permanent* waren zwei Wörter, die er zumindest in seinem Leben ganz weit auseinander wissen wollte, und zwar auf ewig. Er führte ein angenehmes Leben – er hatte viele Freiheiten und Abwechslung, keine Verantwortung, alles war so unkompliziert –, und er hatte nicht vor, sich das zu vermasseln, weil er auf seine beste Freundin scharf war.

Vergiß es, ermahnte er sich und wandte sich dem nächsten, unverfänglicheren Problem zu, und das war Bill.

Bill war ein netter Kerl, ohne viel Tiefgang, aber ehrlich, fleißig, lieb – mein Gott, hörte sich das langweilig an, was hatte Quinn nur in ihm gesehen? –, warum benahm er sich also so, als könne sie ihn nicht verlassen?

Nick lehnte sich gegen den Reifen und versuchte, sich in Bills Lage hineinzuversetzen, was ihm nicht leichtfiel, weil er sich normalerweise nicht um die Angelegenheiten anderer Leute scherte. Nun gut, er war Bill.

Er hatte mit Quinn zusammengelebt – bei dieser Vorstellung schweiften seine Gedanken unweigerlich ab und versuchten, in den Winkel vorzudringen, in dem sich diese Unterwäschephantasien verbargen –, und sie war ausgezogen. Das dürfte nicht so tragisch sein; seit Jahren hatten die Frauen irgendwann von Nick die Nase voll und ließen ihn sitzen, aber das hatte ihn nie sonderlich berührt.

Aber angenommen, es handelte sich um Quinn. Angenommen, er hätte sich daran gewöhnt, jeden Abend nach Hause zu kommen und Quinn lesend auf der Couch anzutreffen oder lachend mit Darla am Telefon oder unter der Dusche – *daran darfst du nicht denken* –, und dann wäre er eines Tages heimgekommen und hätte nur eine Notiz vorgefunden.

Der Teil mit der Dusche – die besondere Vorstellung von ganz viel Seife – hatte ihn ein wenig aus dem Konzept gebracht, aber er versuchte, sich eine Notiz vorzustellen, auf der stand, *Lieber Nick, ich bin weg,* und dies machte ihm weit mehr zu schaffen, als er erwartet hatte. Keine Quinn mehr in seinem Leben, kein Lachen mehr und kein schimmerndes kupferfarbenes Haar, keine Gespräche mehr oder »Hast du schon das Neueste gehört?«-Phrasen oder Überraschungen wie rattenartige kleine Hunde mit Verfolgungswahn.

Und wenn er Bill wäre, würde er am Abend nicht mehr zu Bett gehen und ihre weichen Rundungen spüren, die sich an seinen Körper schmiegten, er würde seine Hände nicht mehr über ihren Körper gleiten lassen, nicht mehr diese vollen heißen Lippen küssen oder fühlen, wie ihr Haar wie Seide seinen Körper streichelte, nicht mehr spüren, wie er hart und tief in sie eindrang –

»Okay«, sprach er laut aus und stand auf.

Quinn hatte Probleme. Bill würde sie nicht ohne weiteres aufgeben. Nick konnte das verstehen, weil er das auch nicht getan hätte, aber Bill würde sich damit abfinden müssen, weil Quinn ihre Entscheidung getroffen hatte.

»Dann werden wir zwei Sets haben«, hatte Bill gesagt. Und er hatte gelächelt, als sie ihm mitteilte, sie würde ausziehen.

Folglich war es eine gute Idee, ein wenig auf Quinn aufzupassen. Nichts Aufdringliches, nur ein brüderlicher Schutz, denn schließlich mußte sich Bill einfach nur an die Vorstellung gewöhnen, daß Quinn ihn verlassen hatte, und alle Probleme wären gelöst.

Nick verdrängte sämtliche Gedanken an Bill und Quinn und Duschen und Betten aus seinem Kopf und widmete sich wieder dem Escort.

Er fragte sich, welche Farbe ihre Unterwäsche unter dieser Bluse gehabt haben mochte.

6

Bill hatte Quinn ein Dutzend rote Rosen geschickt, als sie am Dienstag abend nach Hause kam. Kurz darauf rief er an, so daß sie sich bei ihm bedanken konnte und hinzufügte: »Bill, es ist aus. Schicke mir bitte keine Blumen mehr«, bevor sie auflegte und Darlas Nummer wählte.

»Rote Rosen«, erklärte sie ihr. »Ist das nicht typisch Bill? Das üblichste aller Geschenke in ganz Amerika.«

»Er versucht doch nur, nett zu sein«, sagte Darla.

»Nein, tut er nicht«, widersprach Quinn. »Er versucht, die Realität zu ignorieren.«

»Wahrscheinlich glaubt er, daß sie sich in Wohlgefallen auflöst, wenn er sie ignoriert«, meinte Darla. »Männer mögen keine Veränderungen.« Sie hörte sich grimmig an.

»Sie wird sich aber nicht in Wohlgefallen auflösen«, sagte Quinn. »Ich habe morgen einen Termin in der Bank, um einen Kreditantrag für mein Haus zu stellen, und das war's dann. Selbst Bill muß die Trennung akzeptieren, wenn ich diesen Schritt unternommen habe.«

»Darauf würde ich mich nicht verlassen«, meinte Darla, aber am nächsten Tag betrat Quinn während ihrer Freistunde nichtsdestotrotz die mit Bronze und Marmor verkleidete Halle der First National Bank in Tibbett mit dem Gefühl, ihre Unabhängigkeit zu erklären.

Am anderen Ende der Halle war Barbara – elegant in einem altrosa Kostüm im Chanel-Stil, hellen Nylonstrümpfen und farblich passenden Pumps und mit neuer Frisur, durchzogen von hellbraunen Strähnchen und zu einem lockeren Nackenknoten gesteckt – mit großem Ernst in ein Gespräch mit einem untersetzten Herrn in grauem Anzug vertieft. Verstohlen strich Quinn ihre Matrosenjacke glatt und fühlte sich plötzlich in ihren Jeans und flachen Leinenschuhen ein wenig unbehaglich. Für die Verhandlungen hatte sie sich ihre gute dunkelblaue Bluse angezogen, auch wenn das bedeutete, daß sie am Ende des Schultages mit Ton- und Farbflecken ruiniert wäre; nun jedoch schien sie unzureichend zu sein. Zu dem Anlaß, sich tief in Schulden zu stürzen, hätte sie sich besser kleiden sollen.

Barbara sah sie und winkte ihr zu, und Quinn ging zu ihr hinüber und sagte: »Meine Mutter hat wegen eines Kreditantrages angerufen«, wobei sie sich dumm vorkam und noch dazu schuldbewußt war. Sie war fünfunddreißig und ließ ihre Mutter für ihre Kredite anrufen?

Barbara nickte. »Du kaufst dieses alte Haus drüben in der Apple Street, nicht wahr?« Sie schien davon nicht sonderlich begeistert zu sein.

»Nun ja, weißt du, es wird Zeit, mit Mietzahlungen aufzuhören«, sagte Quinn und fragte sich, warum eigentlich. Die Idee, ein eigenes Haus zu besitzen, frei und erwachsen und unabhängig zu sein, war ihr zu Kopf gestiegen, aber nun hier in der Bank erinnerte sie sich daran, daß der Besitz eines Hauses unweigerlich einen Haufen Schulden mit sich brachte. Sie lächelte Barbara zu in dem Versuch, ihre eigenen Nerven zu beruhigen. »Dir gefällt es doch auch, in deinem eigenen Haus zu wohnen, oder?«

»Nein«, antwortete Barbara.

»Oh.« Oh, Mist.

»Ich werde die Unterlagen holen.« Barbara deutete hinter sich. »Nimm doch schon einmal am zweiten Tisch Platz.«

Quinn nickte, ging in den hinteren Bereich und setzte sich auf die Kante eines wuchtigen grünen Ledersessels, der vor einem Schreibtisch aus massivem Mahagoniholz stand. Sie fühlte sich wie ein gehorsames zwölfjähriges Mädchen und mußte ernsthaft gegen die Versuchung ankämpfen, sich in den Sessel plumpsen und die Füße baumeln zu lassen. Warum schüchterte der Kauf eines Hauses sie derartig ein?

Als Barbara ihr gegenüber mit einem Stapel Formulare Platz nahm, sagte Quinn: »Warum magst du dein Haus nicht? Vielleicht sollte ich mir das Ganze noch einmal durch den Kopf gehen lassen.«

Barbara schob die Papiere beiseite und sagte: »Immobilienbesitz ist eine hervorragende Geldanlage, die sich mit der Zeit rentiert. Mietzinsen sind lediglich Kosten, aber eine Hypothekenabtragung ist eine Investition in das Eigenkapital. Außerdem kannst du die Zinsen von der Steuer absetzen, also ist das ein wirklich vernünftiger finanzieller Schachzug.«

Quinn sah sie zweifelnd an. Bank-Barbie. »Warum magst du es dann nicht?«

Barbara veränderte ihre Haltung. »Ein Haus braucht einen Mann«, sagte sie schließlich. »Dinge gehen kaputt, also muß man Handwerker anheuern, die oft nicht kompetent sind, und prompt steckst du in Schwierigkeiten, weil du einfach keine Ahnung hast. Männer hingegen wissen Bescheid, zumindest die, die etwas taugen. Es sollte also wirklich ein Mann im Haus sein.«

So viel zu Barbara, der Bankemanze.

Barbara lächelte Quinn an. »Aber das dürfte für dich ja kein Problem sein, schließlich hast du Coach Hilliard. Er sieht zumindest sehr kompetent aus.«

»Ich habe ihn aber nicht mehr«, erwiderte Quinn. »Wir haben uns getrennt. Das Haus ist nur für mich.«

Barbaras Miene zerfloß vor Mitgefühl; die Bank-Barbie

hatte sich in Luft aufgelöst. »Das tut mir ja so leid, Quinn, das muß ja schrecklich sein. Ich hasse das, wenn sie einen einfach so fallenlassen.«

Wie was, wollte Quinn fragen, aber das hätte nur in einer Unterhaltung mit Barbara über Männer geendet – dabei wollte sie doch nur den Kredit haben. Eigentlich jedenfalls.

»Du glaubst, du könntest dich auf sie verlassen«, fuhr Barbara fort, »und dann passiert irgendwas, was sie nicht für dich regeln können, und plötzlich denkst du, ›Was schert es mich? Ich kann besser hilflos ohne ihn sein als mit ihm‹, aber das kapieren sie einfach nicht.«

Ich auch nicht, dachte Quinn, dennoch nickte sie.

»Aber du bist ja eine gute Freundin von Darla Ziegler, nicht wahr?« Bei diesem Gedanken lächelte Barbara über das ganze Gesicht. »Ihr Mann ist *äußerst* kompetent.«

»Ja, das ist er –« begann Quinn, bevor sie plötzlich dachte, *Oh, nein.*

»Ich habe gehört, daß er in ihrem Haus sogar die Klempnerarbeiten übernimmt.« Barbaras Blick richtete sich abwesend in die Ferne. »Der Typ Mann, auf den man sich verlassen kann. Sie kann sich so glücklich schätzen.«

Abrupt schob sie ihren Stuhl zurück. »Du kannst dich also sicherlich an ihn wenden. Er wird jedes Problem lösen.«

»Barbara, wenn es dir derartig mißfällt, ein eigenes Haus zu haben, solltest du es verkaufen«, sagte Quinn. *Und damit aufhören, verheiratete Klempner und Elektriker zu verführen.* Und möglicherweise auch Mechaniker.

»Das kann ich nicht«, antwortete Barbara. »Es ist das Haus meiner Eltern, und außerdem eine erstklassige Investition.«

»Vielleicht solltest du Abendkurse für Klempnerarbeiten besuchen«, schlug Quinn vor.

Wieder zu Plastik erstarrt lehnte Barbara sich zurück. »Ich nehme Abendkurse in Investment-Banking. Wenn du nun diese Formulare ausfüllen und die entsprechenden Unterlagen beifügen würdest …«

Quinn hörte nur mit einem Ohr zu, der Rest ihrer Gedanken war damit beschäftigt zu entscheiden, ob Barbaras Interesse an Max es rechtfertigte, Darla zu alarmieren. Wahrscheinlich nicht, weil nichts im Gange war; schließlich tauchte Barbara nicht ständig in der Autowerkstatt auf oder startete irgendwelche anderen Versuche.

Noch vor einer Woche war das Leben so viel einfacher gewesen. Ihr Unterricht, ihre Wohnung, ihre Freundschaft mit Nick – einen Augenblick lang fühlte sie sich verloren und vermißte ihn, weil er sie wie eine lästige Verpflichtung mied –, aber natürlich hatte es vor einer Woche noch Bill und keine Katie gegeben.

Barbara wies mit einem perfekt gefeilten und rotlackierten Fingernagel auf ein Formular. »Du mußt nur die Angaben eintragen und hier unten unterschreiben. Hast du noch Fragen?«

Fragen. Sobald sie dort unterschrieb, würde sie sich mit nahezu dreiundsechzigtausend Dollar verschulden, und der Großteil ihrer Ersparnisse wäre futsch.

Aber sie wäre auch frei. Eine erwachsene Frau im Besitz eines eigenen Hauses. Und einer Couch.

»Keine Fragen«, meinte Quinn. »Ich bin sicher, das Richtige zu tun.«

Auf ihrem Weg zurück zur Schule hielt sie bei dem einzigen Möbelhaus in Tibbett an und kaufte zur Feier des Tages ein massives Bett überdimensionaler Ausmaße aus poliertem Eichenholz mit vier Pfosten. Nach ihren alten Einzelbetten daheim und dem Doppelbett, das sie mit Bill geteilt hatte, sah es aus wie ein Fußballfeld aus polierter Eiche, und zwölfhundert Dollar waren ein Haufen Geld für einen Kurzschlußkauf, aber es vermittelte ihr ein derartig gutes Gefühl, daß sie keinen Moment lang zögerte.

Für dieses Bett hatte sie einige Pläne.

Nach der Schule saß Bill an diesem Nachmittag auf der Kante einer der Kraftbänke, während Bobby sein Hanteltraining zu Ende führte, und versuchte, sich dem Gedanken zu stellen, gegen den er den ganzen Tag angekämpft hatte: Quinn kaufte ein Haus.

Er hatte sie zufällig getroffen – nun ja, eigentlich hatte er auf sie an der Tür zum Kunstraum gewartet –, als sie nach ihrer Freistunde von weiß der Himmel wo zurückkam, und er hatte sie in heiterem Tonfall – als seien sie immer noch zusammen, weil sie das ja auch noch waren, das Ganze war schließlich eine vorübergehende Episode – gefragt: »Wo bist du denn gewesen, junge Lady?« Ohne zu lächeln hatte sie ihn angesehen und gesagt: »In der Bank. Ich kaufe ein Haus.«

Ein Haus. Alleine die Vorstellung daran machte ihn krank. Noch dazu hatte er herausgefunden, daß es dieses alte, heruntergekommene Haus in der Apple Street war, das schlimmste von allen. Ein altes Haus in einer alten Gegend, für ihre Kinder zu weit weg, um den Schulweg zu Fuß zurückzulegen. Was hatte sie sich nur dabei gedacht?

»Du siehst nicht gerade glücklich aus, Sportsfreund.« Der BP kam zu ihm herüber und baute sich in seinem jagdgrünen Designer-Sportdreß neben ihm auf. Bill schloß die Augen und dachte, *Verzieh dich, Bobby, bevor ich auf dich trete.* Quinn sagte immer: »Er ist ein solcher Mistkäfer, daß man auf ihn treten möchte.« Einmal hatte sie ihn gefragt: »Möchtest du ihm am liebsten einen Schwinger versetzen, wenn er dich Sportsfreund nennt?« Er hatte nur geantwortet: »Nein, natürlich nicht, er ist kleiner als ich.« Außerdem führte der arme alte Bobby nicht gerade ein ausgefülltes Leben. Plötzlich wurde Bill bewußt, daß sein eigenes Leben ohne Quinn wie Bobbys aussehen würde, aber er schob den Gedanken sofort beiseite. Ausgeschlossen.

Bobby setzte sich neben ihn, ein farblich passendes Handtuch um den Nacken geschlungen, seine Augen etwa in der Höhe von Bills Schultern. »Noch immer Ärger mit den Weibern, was?« fragte er, und Bill verspürte Lust, ihm mit dem Ellbogen einen Nasenstüber zu versetzen. Rein theoretisch natürlich, denn das würde er niemals tun. »Man kann nicht mit ihnen, aber auch nicht ohne sie leben.«

Was sollte das nun wieder heißen? Er hatte keine Probleme damit gehabt, mit Quinn zusammenzuleben. Und er würde mit Sicherheit nicht ohne sie leben.

»Darunter darf nur das Team nicht leiden«, fuhr Bobby fort. »Du mußt für die Jungs auf dem Posten sein, verstehst du?«

Bill blickte auf ihn hinab. »Willst du mir damit sagen, daß an meinem Training irgendwas auszusetzen ist?«

»Wo denkst du hin?« Bobby stand auf. »Hey, nein, du bist der Beste, das wissen wir doch alle.« Er schien einen Augenblick lang nachzudenken. »Obwohl wir heute verloren haben. Aber das heißt nicht, daß ich mich beklage.«

»Was für ein Blödmann«, hätte Quinn gesagt. Sie hatte recht.

»Aber auf die Einstellung kommt es an, stimmt's, Sportsfreund? Und seien wir ehrlich, deine Einstellung ist nicht die, die sie einmal war.« Bobby nahm seine Position auf einer rotgepolsterten Kraftbank ein, ein Gewichtheber von Welt. »Ich will dich nicht noch mehr unter Streß setzen, aber der Zuschuß –«

»Ich weiß von dem Zuschuß«, fiel Bill ihm ins Wort. »Das Team wird es schaffen. Jeder verliert irgendwann mal.«

»Es geht nicht nur um den Zuschuß«, sagte Bobby. Jede Überheblichkeit war aus seiner Stimme verschwunden. »Es geht um meinen Job.«

Er hörte sich so verwundbar an, daß Bill ihm nun tatsächlich Aufmerksamkeit schenkte. »Was ist mit deinem Job?«

»Ich bin nur bis zum Ende des Jahres Rektor«, erklärte Bobby. »Sie haben mir den Posten nur gegeben, weil ich Korektor war und sie bis zum Frühjahr keine Stellenausschreibung machen wollten. Herrgott, sie brauchen die Stelle noch nicht einmal auszuschreiben, Dennis Rule von der Celina ist ganz heiß darauf, und er ist dort seit zehn Jahren Rektor. Er hat Erfahrung.« Bobby sprach das letzte Wort aus, als sei es etwas Obszönes.

»Nun ja«, meinte Bill freundlich, »du machst deine Arbeit doch ganz gut –«

»Das reicht aber nicht«, sagte Bobby nachdrücklich. »Wenn ich allerdings den Zuschuß durchsetze, müssen sie sie mir geben. Und dann werden wir nächstes Jahr mit dem Bau des Stadions und der Halle beginnen, bei neuen Meisterschaften siegen –« Sein Blick richtete sich in der Aussicht auf eine strahlende Zukunft in die Ferne. Dann kam er auf den Boden der Tatsachen zurück. »Aber nur mit der Meisterschaft dieses Frühjahr und dem Zuschuß. Ich brauche deine Hilfe, Sportsfreund. Was also kann ich für dich tun? Sag es mir, und du bekommst es.«

»Du kannst gar nichts tun«, erwiderte Bill und dachte an Quinn in einem Haus ohne ihn. Bliebe sie bei ihren Eltern, mußte sie zu ihm zurückkommen, wenn sie aber ein Haus kaufte –

»Du würdest dich wundern, was ich alles tun kann«, sagte Bobby.

»Okay.« Bill stand auf. »Hindere Quinn daran, ein Haus im falschen Viertel der Stadt zu kaufen. Das würde mich wirklich aufheitern.«

»Sie will ein Haus kaufen?« Bobby hob die Augenbrauen.

»Vergiß es.« Bill begann mit seinem letzten Kontrollgang durch den Kraftraum. Er hatte keine Lust, den Rest des Abends mit Bobby zu verbringen. »Ich wollte damit sagen, daß es nichts gibt, was du tun kannst.«

»Oh, da bin ich nicht so sicher.« Auf Bobbys Gesicht zeigte sich jener angestrengte Ausdruck, der bedeutete, daß er nachdachte. »Will sie den Kauf über die First National abwickeln?«

»Was?«

»Den Kredit. Beantragt sie ihn bei der First National?«

Bill hielt inne. »Das weiß ich nicht. Wir haben dort zumindest unsere Konten.«

Bobby nickte zufrieden. »Dann wird sie dorthin gehen. Kein Problem.«

»Wovon zum Teufel redest du eigentlich?«

Mit hochtrabender Geste verschränkte Bobby die Arme. »Carl Brookner ist stellvertretender Direktor dort.«

Große Sache. Der Präsident der Boosters war ein stellvertretender Bankdirektor. »Na und?«

»Also könnte ich beiläufig erwähnen, daß Quinn nicht unbedingt die besten Kreditsicherheiten bietet, da sie sich in letzter Zeit so merkwürdig aufführt, wie zum Beispiel dich zu verlassen. Prompt wird er den Kredit prüfen und ablehnen.«

Das ist nicht fair, das kannst du nicht machen, wollte Bill sagen. Statt dessen schwieg er. Alles, was Quinn davon abhielt, in dieses Haus zu ziehen, war auf lange Sicht betrachtet nur zu ihrem Besten. Er konnte die Vorstellung nicht ertragen, daß sie dort dauerhaft wohnen blieb, es war nicht sicher, es wäre ein lausiger Ort für ihre gemeinsamen Kinder, sie hatten das Haus nicht zusammen gekauft – sie konnte dort nicht bleiben, ausgeschlossen, das wäre nicht gut für sie.

»Was hältst du davon?« fragte Bobby.

»Mach es«, sagte Bill.

»Hey, ich habe gehört, du warst im Kino«, sagte Darla, als Lois an diesem Nachmittag den Pausenraum betrat.

Lois zuckte mit den Schultern. »Ich stehe auf Tom Cruise, und Matthew hat bezahlt. Nichts Besonderes.«

»Es ist sehr wohl etwas Besonderes, wenn du dich mit deinem Ex-Mann triffst«, sagte Darla und beobachtete Lois' gleichgültige Haltung. »Ganz zu schweigen davon, daß du ihn bezahlen läßt. Im wahrsten Sinne des Wortes.«

»Ex-Mann ist nicht ganz richtig«, erwiderte Lois. »Ich habe die Papiere noch nicht unterschrieben.«

»Gut«, meinte Darla. »Ich unterschreibe nie Papiere. Sie bringen dich nur in Schwierigkeiten.«

Lois preßte die Lippen zusammen. »Bankschlampen sind es, die einen in Schwierigkeiten bringen.«

»Richtig.« Darla spielte kurz mit dem Gedanken, Lois zu erklären, daß auch eine Bankschlampe niemals eine stabile Ehe gefährden könne, entschied sich dann jedoch dagegen. Sollte Lois doch Barbara die Schuld geben, wenn dadurch ihre Ehe zu retten war.

»Wahrscheinlich schleicht sie schon auf der Suche nach dem nächsten Opfer herum«, fuhr Lois fort, und ihre Miene verfinsterte sich.

»Welche Frisur trägt sie jetzt?« fragte Darla, da sie sich an Debbies Theorie erinnerte.

Lois stieß verächtlich die Luft aus. »Woher soll ich das wissen? Als ob sie sich zum Frisieren hierher trauen würde.«

In dem Moment segelte Quinn zur Tür herein, voller Euphorie wegen ihres neuen Hauses. »Es ist so bezaubernd, Lois«, sagte sie übermütig und ließ sich in einen der Lehnsessel aus Avocadoholz fallen. »Heute morgen habe ich die Kreditunterlagen ausgefüllt, es ist also wirklich kein Traum.«

»Ich bin an dem Haus vorbeigefahren«, meinte Lois. »Bezaubernd ist es nicht gerade.«

Sie verließ das Zimmer, und Quinn fragte: »Was ist denn los mit ihr?«

»Sie trifft sich wieder mit ihrem Mann«, erklärte Darla. »Man sollte meinen, daß sie sich darüber freut, aber sie ist noch immer auf Barbara fixiert.«

»Sie trifft sich mit ihrem Mann?« Quinn runzelte die Stirn. »Warum sollte sie sich darüber freuen?«

»Es ist etwas anderes, weißt du.« Darla unterdrückte den Gedanken an das etwas andere, das sie ihrer eigenen Ehe verleihen wollte.

»Was ist anders? Matthew war schon eine Niete, bevor Barbara sich ihn geschnappt hat. Ich kann verstehen, daß Lois Depressionen bekommt bei der Vorstellung, wieder mit ihm auszugehen.«

»Er ist ihr Mann«, wandte Darla ohne einen Funken Enthusiasmus ein.

»Stimmt«, erwiderte Quinn und füllte offensichtlich im Geiste die unausgesprochenen Lücken. »Nun, was willst du wegen Max unternehmen?«

»Irgend etwas«, sagte Darla. »Ich werde mir etwas einfallen lassen, aber nicht jetzt. Erzähl mir ein bißchen Klatsch. Hast du den Kredit durch Barbara bekommen? Wie sieht ihre Frisur aus?«

»Woher weißt du, daß sie eine neue Frisur hat?« wollte Quinn wissen. »Sie hat eine andere Haarfarbe. Sieht hübsch aus, so eine Art brauner Strähnchen. Aber irgendwie war es auch ein Schock. Sie ist immer blond gewesen, und nun sind ihre Haare eindeutig hellbraun.«

Darla verspürte einen Stich in der Magengrube. Irgend etwas stimmte hier nicht. Wenn Barbara hinter Nick her war, hätte sie sich die Haare so dunkelbraun wie Lisas tönen müssen. »Hellbraun?«

Quinn nickte. »Sie trägt einen Nackenknoten wie du, nur nicht ganz so fest. So ähnlich wie ein Gibson Girl. Sie sieht wirklich gut aus.«

Wie du.

»Darla?«

»Wie ich?«

»Lockerer als du. Irgendwie lässiger.« Quinn gestikulierte mit den Händen. »Eigentlich wie dein Haar, aber irgendwie auch anders. Mit kleinen Löckchen rund um ihr Gesicht, du weißt schon.«

Wobei sie allerdings diese Strähnen an der Seite heraushängen ließ, damit es richtig sexy wirkte, hatte Debbie gesagt. *Die arme alte Bea sah aus, als hätte sie einen Bagel auf dem Kopf, aber Barbara stand das großartig.*

Darla befühlte ihren eigenen festen Nackenknoten, dieselbe ordentliche Frisur, die sie schon seit der High-School trug.

Langweilig.

Max.

»Geht es dir gut?« fragte Quinn.

»Natürlich«, sagte Darla. »Alles in Ordnung.«

»Nein, ist es nicht«, sagte Quinn. »Rück schon raus mit der Sprache.«

»Das werde ich.« Darla griff nach ihrer Tasche. »Bei Max.«

Max stand gerade über einen Sunbird gebeugt, als sie in die Werkstatt kam, und Darla registrierte völlig ohne Leidenschaft, daß er immer noch einen tollen Hintern hatte. Das mußte man den Gebrüdern Ziegler lassen: Ihre Körper hielten sie in Form.

Obendrein hatte sie den gutaussehenden erwischt. Nick war immer der Wilde gewesen, derjenige, dessen Gesicht schmal und so kantig war, daß er in der High-School älter aussah, als er tatsächlich war. Max war immer der Hübsche gewesen, der attraktive junge Mann, der stets ein Lächeln auf den Lippen hatte. »Du hast den Guten bekommen, er wird dir niemals Ärger bereiten«, hatte seine Mutter damals zu ihr gesagt. Nick waren alle mit ein wenig Skepsis begegnet, aber Max hatte jeder ins Herz geschlossen.

Und das war ganz offensichtlich noch immer so.

Er hob den Kopf und erschrak, als er sie sah. »Hey«, sagte er, »ich habe dich gar nicht hereinkommen hören. Was ist los?«

»Warum hast du mir nicht erzählt, daß Barbara hinter dir her ist und nicht hinter Nick?« Sie sprach mit fester Stimme, in ihren Ohren jedoch schienen ihre Worte von weit her zu kommen, so als spreche jemand anders sie aus.

Er ließ die Motorhaube des Sunbirds zufallen und kontrollierte länger als notwendig, ob sie wirklich eingerastet war. »Ich sah keinen Grund dazu.«

»Eine stadtbekannte Ehezerstörerin läuft meinem Mann hinterher, und du siehst keinen Grund dazu, mir das zu sagen?« Es war wirklich erstaunlich, wie ruhig ihre Stimme klang.

Max schien unbeeindruckt. »Da ich der Ehemann bin und ich keinerlei Absichten hege, dich zu betrügen, nein. Ich habe keinen Grund gesehen.« Er verschränkte die Arme über seinem Arbeitshemd und lehnte sich gegen den Wagen, was für Max – die Gemütsruhe in Person – einer Angriffshaltung gleichkam. Wenn er sich überhaupt jemals gestritten hatte, dann in dieser Position.

»Du hast mich in dem Glauben gelassen, es gehe um Nick«, beharrte Darla.

»Es hat niemandem weh getan.«

»Es läßt mich wie eine Idiotin dastehen.«

Eindeutig genervt schüttelte Max den Kopf. »Nein, das stimmt nicht. Die ganze Stadt weiß, daß ich dich niemals betrügen würde.«

Die plötzliche Erkenntnis, daß er dies tatsächlich nie tun würde, traf Darla unvermittelt. Mit achtzehn hatte er sich in sie verliebt, er hatte sie geheiratet, er hatte mit ihr zwei Söhne, er hatte zusammen mit ihr ein Haus gebaut, und nun beabsichtigte er, zusammen mit ihr alt zu werden; niemals würde er etwas tun, um das aufs Spiel zu setzen.

»Du hast alles, was du immer haben wolltest, oder?« fragte sie ungläubig, noch ungläubiger angesichts der Erkenntnis, daß auch sie sich nichts anderes wünschte. Das Leben war vorbei. Es ging bergab. »Deshalb warst du letztens so sauer über die Geschichte mit dem Regenmantel. Es hat deine Routine gestört.«

»Ich war überrascht, nicht sauer«, sagte Max und sah sauer aus. »Und ich will Barbara nicht.«

»Ich wünschte fast, du tätest es«, sagte sie, woraufhin er sie mit einem finsteren Blick bedachte.

»Das ist eine ziemlich dämliche Äußerung.«

Darla spürte den Ärger blitzartig in sich auflodern. »Nenn mich nicht dämlich –«

»Ich habe dich nicht dämlich genannt.« Max verschränkte seine Arme noch fester. »Ich sagte, daß deine Äußerung dämlich war, aber wenn du so weitermachst, werde ich vielleicht –«

»Hallo, ihr zwei«, ließ sich Nick vernehmen, der vom Hinterhof hereinkam. Er warf den beiden einen prüfenden Blick zu, um sich dann mit einem vernehmlichen »Oh, Scheiße« sofort wieder nach draußen zu verziehen.

»Schön«, meinte Darla. »Ich würde es allerdings zu schätzen wissen, wenn du mich beim nächsten Mal nicht mehr anlügst.«

»Ich habe nicht gelogen«, sagte Max.

»Du hast mir nicht die Wahrheit gesagt«, sagte Darla.

»Das bedeutet nicht notwendigerweise zu lügen.« Max ließ seine Arme sinken und ging zum Waschbecken, wo er seine Hände zu waschen begann. »Mich reizt nichts an ihr. Überhaupt nichts. Und selbst wenn, würde ich dich nicht betrügen. Ich habe eine Familie.«

»Nun, das ist wirklich toll von dir, Max«, meinte Darla. »Die Familie und ich wissen das zu würdigen.«

»Außerdem liebe ich dich«, fuhr Max fort. »Obwohl ich mich momentan frage, warum eigentlich.«

»Ich liebe dich auch«, sagte Darla. »Worüber ich mich ebenfalls ein wenig wundere.« Sie trat zur Tür und öffnete sie. »Komm rein, bevor du festfrierst«, rief sie Nick zu, der mit einem gezielten Wurf die Eiszapfen vom Rand des Basketballkorbs abbrach. »Der Streit ist beigelegt.«

Aber das stimmte nicht, das wußte sie. Er würde nicht eher vorbei sein, bis sie verstand, worüber sie sich eigentlich gestritten hatten.

Ihr war ziemlich klar, daß es nicht um Barbara ging.

Quinn begann mit ihrem Umzug freitags nach der Schule, lud eine nervöse Katie, das Silberbesteck ihrer Großmutter und neun Müllsäcke voller Kleidung in ihr Auto und fuhr zu ihrem neuen Zuhause. Edie und Meggy trafen wenig später ein und begannen, den Fußboden zu schrubben, um sich dann den Fenstern zu widmen, während Quinn die Regale abwischte, ihre Kleider in die Schränke sortierte und das Silberbesteck verstaute.

»Das ist wirklich eine schöne Wohngegend, Quinn«, meinte Edie, als sie fertig waren. »Wunderbar ruhig.«

»Es ist ein Risiko«, sagte ihre Mutter. »Ich weiß nicht, was die Leute darüber denken werden, daß du hier draußen ganz alleine lebst. Noch dazu wohnt Patsy Brady gleich nebenan, und *ihren* Ruf kennst du ja.«

Edie verdrehte die Augen, und Quinn meinte: »Hör auf damit, Mom. Es interessiert mich nicht, was andere Leute denken. Ich kann mein Leben nicht für andere führen, ich muß es für mich selbst leben.«

»Oh, na ja, natürlich, das *klingt* gut –« setzte Meggy an.

»Es ist gut.« Quinn stand mitten in ihrem Haus und fühlte sich unbesiegbar. »Ich bin glücklicher als jemals zuvor. Die Risiken, die ich in Kauf nehme, wie zum Beispiel Katie zu behalten und dieses Haus zu kaufen« *– und Nick zu begehren –*, »geben mir das Gefühl zu leben.« Sie ließ ihren Blick über die nun glänzenden Fußböden und die großen Fenster schweifen, durch die das Licht ungehindert hereinfiel. »Wie kannst du dir das alles hier ansehen und es nicht wundervoll finden? Kannst du dich nicht für mich freuen?«

»Ich freue mich ja für dich«, sagte Meggy. »Es sind nur diese ganzen Veränderungen –« Sie griff nach ihrer Tasche und seufzte. »Tut mir leid, wahrscheinlich bin ich nur neidisch.«

»Du willst ein neues Haus?« fragte Quinn verwirrt, aber Meggy schüttelte nur den Kopf und trat zur Tür hinaus.

»Es ist wirklich schön, Quinn«, sagte Edie. »Ich hoffe, du lädst uns zum Abendessen ein, sobald alle Möbel da sind.«

»Bis jetzt wären das nur das Sideboard, der Waschtisch, Moms rote Couch und der Sessel und unsere alten Einzelbetten«, sagte Quinn. »Obwohl ich ja für mich auch dieses Wahnsinnsbett bestellt habe. Das habe ich verdient.«

»Ja, das hast du.« Edie drückte ihr einen Kuß auf die Wange, während Meggy draußen zu hupen begann. »Laß es dir hier gutgehen, Quinn.«

»Ich werde mein Bestes tun«, antwortete Quinn und machte sich ebenfalls auf den Weg, um Darla im Upper Cut abzuholen, weil sie gemeinsam die Haushaltswarenabteilung bei Target durchstöbern wollten. Katie, wie üblich mißtrauisch und verängstigt, ließ sie zurück, damit sie ihr neues Zuhause und den Garten erkunden konnte.

»Das macht wirklich Spaß«, meinte Darla zwei Stunden später, während sie die letzten der neuen mintgrünen Handtücher zusammengefaltet in den altmodischen Wandeinbauschrank in Quinns Badezimmer legte. »Vielleicht sollte ich das Sparkonto plündern und alles neu kaufen.« Sie schob einen Stapel von Quinns Nachthemden beiseite, um Platz für die Handtücher zu schaffen. »Was ist das denn?« fragte sie.

Sie zog ein Knäuel weißen Chiffons hervor und schüttelte ihn aus. Quinn verzog das Gesicht. »Das ist ein Nachthemd, das Bill mir geschenkt hat. Ist das nicht schrecklich? Ich fühlte mich immer wie eine jungfräuliche Opfergabe damit. Außerdem konnte er, wenn ich es trug, immer hindurchsehen, und das hat ihm gar nicht gefallen.«

»Hindurchsehen?« Darla hielt das Nachthemd vor sich in die Höhe und sah Quinn durch den hauchdünnen Stoff hindurch an. »Oh. Und das hat ihm nicht gefallen?«

»Bill ist nicht so sexbesessen«, meinte Quinn.

»Aber Max«, sagte Darla. »Zumindest war er das mal.«

»Dann gehört es dir.« Quinn wedelte mit der Hand. »Du hast meinen Segen, wenn du es anziehst.«

»Das ist eine gute Idee.« Darla knüllte das Nachthemd wieder zusammen und stopfte es in ihre Tasche, während Katie es beschnüffelte und dann aufseufzte, weil es nicht eßbar war. Darla begab sich zum Waschbecken und öffnete den Wandschrank, um Seife und Zahnpasta in den Fächern zu verstauen. »Du hast zwei Zahnbürsten gekauft?«

Quinn sah zur Decke. »Ich habe auch ein Bett gekauft. Du weißt nie, ob nicht vielleicht jemand bei dir übernachtet.«

Darla schüttelte den Kopf. »Falls du von Nick sprichst, vergiß es. Gegen Übernachtungen ist er allergisch. Lisa hat das so frustriert, daß sie Heiligabend auftauchte und ihm erklärte, sie werde bei ihm übernachten, damit sie wenigstens Weihnachten zusammen aufwachen könnten.«

Da Lisa Geschichte war, gab es für Quinn keinen Grund, eifersüchtig zu sein, vor allem deshalb nicht, weil sie keine intime Beziehung mit Nick hatte, aber dennoch spürte sie einen Stich. Sie war wirklich ein hoffnungsloser Fall. »Wenigstens hat Lisa das verfolgt, was sie wollte.«

Darla grunzte verächtlich. »Schon, aber sie hat es nicht bekommen. Als sie zum Essen kamen, rauchte sie vor Wut. Sie erzählte mir, sie sei aufgewacht und habe Nick schlafend im Wohnzimmersessel vorgefunden. Dabei hatte sie doch einen Verlobungsring erwartet, und was hat sie bekommen? Ein paar CDs.« Darla schloß die Schranktür und stopfte die nun leere Target-Tüte in den Mülleimer. »Das war's dann für Lisa.«

»War Nick aus der Fassung, als sie ihn verlassen hat?« Noch während sie die Worte aussprach, haßte Quinn den eindringlichen Tonfall ihrer Stimme.

»Er war erleichtert.« Darla klang mitfühlend. »Das ist er immer. Sobald es auf ein Jahr zugeht, wird er nervös.«

»Bei mir war das nach einer halben Stunde der Fall«, meinte Quinn.

»Heute abend muß er es jedenfalls länger aushalten«, erwiderte Darla. »Er hat einen Haufen Möbel abzuladen.« Sie warf einen Blick auf ihre Uhr. »Sie müßten jetzt schon bei deinen Eltern sein. Laß uns gehen.«

Quinn dachte daran, Nick wiederzusehen, und ihr wurde plötzlich speiübel. »Gute Idee.«

Bill sah Quinn und Darla wegfahren und bedachte das nun leere Haus mit finsterem Blick. Es war häßlich, schmutzig, grau, dürftig, heruntergekommen und abgeschieden. Er haßte die Vorstellung, daß sie dort leben würde – mit diesem verdammten Hund dort leben würde, und vor allem ohne ihn dort leben würde.

Er stieg aus seinem Wagen und ging um das Grundstück herum. Angesichts des holprigen Bodens, der von Unkraut und Steinen übersät war, konnte er nur den Kopf schütteln. Als er durch die Seitenpforte in den Garten hinter dem Haus trat, wurde es noch schlimmer. Plötzlich sprang der Hund durch eine Klappe in der Hintertür und kläffte ihn hysterisch an, offenbar in dem Versuch, ihn in Schwierigkeiten zu bringen, so daß er den Rückzug durch das Gartentor antrat, bevor ihn dort jemand sehen und falsche Schlußfolgerungen ziehen würde. Er war doch nur hier, um Quinn zu beschützen, um herauszufinden, wie schlecht diese Gegend wirklich war, und sie war derartig schlecht, daß er schlagartig die Notwendigkeit erkannte, sie von hier fortzuholen.

»Was tun Sie da?« hörte er eine Frauenstimme rufen und fuhr herum, um eine schlampig aussehende Brünette zu erblicken, die sich über den Gartenzaun lehnte.

»Gasmann«, rief er ihr unbeschwert zu und hielt sein Gesicht abgewandt, während er ihr zuwinkte und durch das Gartentor hinausging. Der Hund, immer noch bellend, schlüpfte mit ihm durch das Gitter.

Ohne diesen blöden Köter würde Quinn kein Haus brauchen.

Er ließ das Tor zuschlagen, so daß der Hund draußen auf der Straße ausgesperrt war – vielleicht würde er überfahren werden, blöde genug war er ja –, stieg in seinen Wagen und machte sich auf die Suche nach der nächsten Telefonzelle. Er wollte dem Tierheim mitteilen, daß ein bissiger Hund durch die Stadt streife. Quinn konnte ihm keine Vorwürfe machen, daß der Hund ausgebrochen war, schließlich war der Köter selbst schuld. Das Tierheim würde ihn anrufen, weil er die Gebühr bezahlt hatte. »Schläfern Sie ihn ein«, würde er dann sagen. »Ich glaube, er ist gefährlich.« Und das entsprach weiß Gott der Wahrheit. Er war gefährlich.

Als er wegfuhr, sah er im Rückspiegel, wie der Hund die Mülltonnen beschnüffelte und nicht einmal den Versuch machte wegzulaufen.

Blöder Köter. Er hatte es verdient zu sterben.

Gemeinsam luden sie Quinns Möbel von dem Laster herunter und trugen sie unter den anerkennenden Blicken von Patsy Brady ins Haus, die, als Max einen Sessel hineinschleppte, von ihrer Vorderveranda aus »Hallo, Süßer« herüberrief, so daß er beinahe gestolpert wäre.

»Du hast wirklich einen Draht zu den heißesten Frauen«, meinte Nick, worauf Max nur erwiderte: »Ich gehe nach oben, um das Bett zusammenzubauen. Du kannst dich gerne um sie kümmern.«

»Nö«, sagte Nick. »Ich weiß, wann ich aus dem Rennen bin. Sobald sie dich gesehen haben, bin ich abgemeldet.«

»Dieses Teil ist wirklich riesig«, meinte Max eine halbe Stunde später, während er die letzte Schraube festdrehte. »Hat sie irgendwelche Pläne, von denen wir nichts wissen?«

»Keine Ahnung«, erwiderte Nick, obwohl es ihm äußerst schwerfiel, das Bett anzusehen, das selbst in der zunehmenden Dämmerung immer noch wie die Fußböden schimmerte, und sich nicht vorzustellen, wie Quinn darauf – darin, unter ihm – lag. *Schlag es dir aus dem Sinn,* ermahnte er sich, um nur noch mehr an sie zu denken.

»Wir haben ein Problem«, sagte Darla hinter ihm und ließ ihn schuldbewußt zusammenfahren. »Anscheinend ist uns dieser verfluchte Hund stiften gegangen.«

»Sie ist weder im Haus noch in den Nachbargärten«, ließ sich Quinn mit leicht zitternder Stimme hinter ihr vernehmen. »Ich verstehe das nicht. Das Tor ist immer noch zu, und im Zaun sind keine Löcher. Ich habe trotzdem die Straße abgesucht, aber da ist sie auch nicht. Die Nachbarin meinte, ein

Gasmann wäre hier gewesen. Vielleicht hat er sie rausgelassen.«

»Ein unterernährter schwarzer Hund von der Größe einer Ratte?« erkundigte sich Max und sah durch das vordere Schlafzimmerfenster hinaus. »So einer läuft jedenfalls dort unten auf der Straße herum, mit einem Wagen der Tierfänger hinter sich.«

Schneller, als Nick es je gesehen hatte, rannte Quinn die Treppe hinunter. Er lief ihr durch das Eßzimmer und die Haustür hinterher, gerade rechtzeitig, um zu sehen, wie sich Katie den Weg entlang in den Vorgarten schnüffelte.

Der Wagen der Tierfänger drosselte auf Kriechgeschwindigkeit.

»Ich pfeife sie zurück«, sagte Quinn zu Nick. »Fang du Katie ein.«

Auf der Suche nach Ärger tanzte Katie im Vorgarten herum und sah ihn mit ihren hellen Augen an. Als er einen Schritt auf sie zutrat, warf sie sich, ihr knochiges Hinterteil in die Höhe gestreckt, auf den Boden, bereit zum Spielen.

»Ich werde dir nicht hinterherlaufen, Köterchen«, sagte er zu ihr, während sie ihm den Kopf entgegenreckte, eindeutig bereit, Reißaus zu nehmen, sollte er noch näher kommen.

»Sehr schön. Wenn du auf die Straße läufst, bist du Hackfleisch«, sagte er. Er wußte, daß sie ihm so lange zuhören würde, wie er mit ihr redete. »Warum hören wir jetzt nicht einfach auf damit?«

Er ging noch einen Schritt auf sie zu, und sie sprang davon, ohne ihn aus den Augen zu lassen.

Na gut. Ein Teil von ihm verspürte Lust, sie einfach davonrennen zu lassen – sie war diejenige, die für all den Ärger sorgte, Quinn und Bill auseinandergebracht und sein eigenes Leben auf den Kopf gestellt hatte –, aber Quinn hatte ihn gebeten, sie einzufangen, und er wollte nicht, daß Katie etwas zustieß, auch wenn sie aussah wie eine Ratte auf Stelzen. Außerdem standen die Tierfänger auf der Straße.

Womit könnte er diesen Hund also locken?

Wahrscheinlich befand sich irgendwo im Laster noch eine Tüte von Burger King. »Was hältst du von wirklich alten Pommes Frites?« rief er Katie zu, und sie tanzte erneut näher, zwei Schritte vor, einen zurück.

Er öffnete die Beifahrertür des Lasters, beugte sich in die Kabine und fingerte unter dem Sitz nach möglichem Abfall. Mit einem Satz sprang Katie hinein und kletterte über seinen Rücken, um sich auf den Fahrersitz zu setzen.

Nick stieg in den Wagen und warf die Tür hinter sich zu, so daß er sie zusammen mit ihm eingesperrt hatte. »Erwischt.«

Katie stellte die Pfoten gegen das Fenster auf der Fahrerseite und sah ängstlich nach draußen. Vermutlich wunderte sie sich, daß sich nichts bewegte. Sie warf Nick über die Schulter einen Blick zu und begann zu winseln.

»Wir machen jetzt keine Spazierfahrt«, sagte er, und sie bellte ihn an.

Eigentlich war das gar keine so schlechte Idee. Solange sie dachte, sie würde immer eine Spritztour machen, wenn sie in den Wagen sprang, wäre sie problemlos zu ködern. Wenn er also nun mit ihr eine Runde um den Block drehte, würde er eine Menge zukünftiger Probleme für Quinn lösen.

Außerdem konnte er so seine Rückkehr in dieses lichtdurchflutete Haus voller Quinn und Betten für eine weitere Viertelstunde hinauszögern. Er rutschte auf den Fahrersitz, hob Katie hoch, um mit ihr die Plätze zu tauschen, und fuhr den Laster aus der Einfahrt, wobei er Quinn zuwinkte.

Sofort kletterte Katie auf seinen Schoß und preßte ihre Nase gegen die Fensterscheibe.

»Auf deiner Seite ist auch eine«, sagte er zu ihr, aber sie war leicht und regte sich nicht. Nach einer Minute seufzte sie, machte es sich bequem und kuschelte sich vertrauensvoll an ihn, und während er den Wagen steuerte, sah sie, ihr Kinn auf seine Schulter gestützt, aus dem Fenster und beobachtete die vorbeiziehende Landschaft.

Sie war ein lieber kleiner Hund, wurde Nick plötzlich klar. Sie sah zwar verheerend aus, aber sie war ein lieber kleiner Hund. Er kraulte sie hinterm Ohr, so daß Katie ihm ihren Kopf ein wenig entgegenstreckte, genauso wie Quinn an jenem Abend.

Damals in dem dunklen Zimmer war Quinn so verführerisch gewesen, so bereitwillig.

Und sie war so unantastbar, daß er sich fragte, warum er schon wieder an sie dachte.

Er beendete die Rundfahrt und lenkte den Wagen in die Einfahrt. Die Arme über dem flauschigen, purpurfarbenen Pullover verschränkt, um sich zu wärmen, kam Quinn zu ihnen herüber.

Sie sah großartig aus. Er öffnete die Tür, reichte Katie zu ihr hinaus und sagte: »Sie fährt gerne Auto, eine einfache Methode, sie einzufangen.«

»Danke«, begann Quinn und lächelte mit diesen vollen Lippen zu ihm hoch, mit großen Augen und warmen Kurven, und er schnitt ihr das Wort ab. »Keine Ursache, gern geschehen. Ich muß jetzt fahren, es sind ja nun all deine Sachen im Haus.« Er schlug die Tür zu und winkte, während er den Wagen aus der Einfahrt zurücksetzte. Mit offenem Mund starrte sie ihm nach.

Erst als er bei der Werkstatt ankam, fiel ihm auf, daß er Max vergessen hatte.

Bill wartete am Ende der Straße, bis Darla und Max das Haus verließen. Dann parkte er in Quinns Einfahrt und klopfte an die häßliche schwarze Haustür, eine Tür mit viel zu vielen Glaseinsätzen, um sicher zu sein – ein weiterer Grund, warum er sie wirklich von hier fortholen mußte. Als Quinn öffnete, sah sie so hübsch aus, daß er sie eine Minute lang einfach nur anstarrte. »Bill?« fragte sie, und er lächelte und sagte: »Ich habe deine Bücher im Wagen. Wo soll ich sie hinbringen?«

Sie zögerte einen Moment, bevor sie zu ihm auf die Veranda hinaustrat. »Wir können sie vorübergehend im Eßzimmer stapeln.«

Sie half ihm dabei, die Bücher ins Haus zu tragen; das war toll, weil es bedeutete, daß sie bei ihm war, andererseits nicht toll, weil es bedeutete, daß er doppelt so schnell fertig sein und nicht genug Zeit haben würde, um mit ihr zu reden, um sicherzugehen, daß es ihr gut ging, um sie wieder mit ihm sprechen zu hören, wie sie das immer getan hatte. Er mußte sie öfter sehen, das war das Problem, also öffnete er auf einem seiner Gänge ins Haus, während sie beim Wagen war, die Jalousie an dem entfernt liegenden Fenster, damit er jederzeit hineinsehen konnte, wenn er mochte. Nur um sicherzugehen, daß es ihr gut ging.

Es war das Fenster auf der Zaunseite zu dem offenen Gelände, so daß ihn niemand sehen und daran hindern könnte, auf sie aufzupassen.

Der verfluchte Hund knurrte ihn an, und er kämpfte gegen das Bedürfnis, ihm einen Tritt zu versetzen. Er hätte schon lange verschwunden sein sollen, überfahren oder im Tierheim, aber nicht hier. Ein Tritt wäre jedoch dumm. Quinn könnte ihn dabei überraschen und würde sofort Verdacht schöpfen, daß er derjenige gewesen war, der den Hund hinausgelassen hatte.

Als er zwei Gänge später ins Haus kam, war die Jalousie wieder geschlossen – hatte sie bemerkt, daß er sie geöffnet hatte? – und als sie für die letzte Kiste hinausging, löste er eine der unteren Rippen aus ihrer Öse, so daß sie sich nicht mehr schließen würde. Es fiel kaum auf, und er war nicht einmal sicher, ob er würde hindurchsehen können, aber es war immerhin etwas.

Etwas, damit er sie sehen konnte, sehen konnte, was sie tat, bei ihr sein konnte, bis sie wieder zu Verstand kam.

»Das war's«, sagte sie, als sie mit der letzten Kiste ins Haus trat. Sie war ein wenig außer Atem, ihre Wangen waren von der Kälte gerötet, und sie war so wunderschön, daß er einen Schritt auf sie zutrat und seine Arme nach ihr ausstreckte.

Sie schüttelte den Kopf und wich zurück, während der Hund weiterknurrte. »Nein«, sagte sie. »Es tut mir wirklich leid, aber nein. Mir geht es gut, und ich komme nicht zurück. Das ist nun mein Zuhause. Ich bleibe hier.«

Ihm blieb nichts anderes übrig, als zu nicken und zu lächeln und ihr alles Gute zu wünschen, obwohl er sich erbärmlich fühlte. Am liebsten hätte er sie angeschrien und geschüttelt, damit sie ihm zuhörte.

Gott sei Dank hatte Bobby ihren Kredit sperren lassen, so daß sie bald von hier fort mußte. Und wenn sie erst einmal ausgezogen war, mußte sie den Hund loswerden, und alles wäre wieder wie früher. Ohne Bobbys Hilfe wegen des Kredits hätte er nicht gewußt, was er tun sollte.

Darla hatte Max an der Werkstatt abgesetzt, und er rief wenig später an, um ihr mitzuteilen, daß sie wegen Quinns Umzug mit der Arbeit im Rückstand seien und er mit Nick länger arbeiten müsse, um die Zeit aufzuholen. Darla verspürte einen kurzen Stich in der Magengrube – *bist du bei Barbara?* – schalt sich dann jedoch töricht, weil sie wußte, daß Max sie nicht anlügen würde. »Kein Problem«, sagte sie im besten Tonfall der verständnisvollen Ehefrau. »Ich werde dir das Essen warmhalten.«

»Nicht nötig«, sagte er.

Nicht nötig? »Ich warte hier auf dich, bis du nach Hause kommst«, zirpte sie, entschlossen, ihren guten Willen zu zeigen.

»Gut«, meinte Max und hörte sich ein wenig irritiert an. »Ich habe dich eigentlich auch nirgends anders erwartet.«

Sie bereitete den Jungs das Abendessen zu, stritt mit ihnen über ihre Hausaufgaben und brachte sie gerade zu Bett, als Max ölverschmiert und erschöpft endlich nach Hause kam. Als er aus dem Badezimmer trat, waren die Jungs schon eingeschlafen, also ließ er sich allein in dem dunklen Wohnzimmer in einen Sessel fallen, um die Nachrichten im blaustichigen Licht des Fernsehers zu schauen. Ihr Angebot einer späten Mahlzeit lehnte er ab.

»Lieb von dir«, sagte er, »aber ich bin kaputt.«

»Kein Problem«, meinte sie unbeschwert und schloß sich im Badezimmer ein.

Sie löste ihr Haar in dem hellen Licht der runden Glühlampen, die den großen Spiegel einrahmten, und bürstete es, bis alle Unebenheiten von den Nadeln, mit denen sie ihren Nackenknoten festgesteckt hatte, verschwunden waren und es seidig und lang über ihre Schultern fiel.

Max liebte es, wenn sie die Haare offen trug. Ließ sie sich ab und zu die Spitzen nur einen Zentimeter kürzen, um den Spliß herauszuschneiden, fiel ihm das stets sofort auf. »Du hast deine Haare abgeschnitten«, sagte er dann immer.

»Nur ein bißchen«, pflegte sie darauf zu erwidern und schüttelte ihm ihr Haar ins Gesicht, kitzelte seine Haut damit, bis er sie an sich zog –

Wie lange war es her, seit er das zuletzt getan hatte?

Sie wehrte sich gegen solch kritische Gedanken. Es spielte keine Rolle. Heute nacht würde es wieder wie früher sein.

Sie warf ihr Haar über die Schultern zurück. Mittlerweile war sie eigentlich ein wenig zu alt für solch langes Haar. Wäre sie ihre eigene Kundin, würde sie sagen: »Lassen Sie es abschneiden, zu einer flotteren und eleganteren Frisur.« Langes Haar wie ihres war sowieso nur etwas für Märchenfeen. Etwas für kleine Mädchen, ewige Alices.

Und für Frauen mit Ehemännern wie Max.

Sie ignorierte ihr zweckmäßiges langes Flanellnachthemd, das an dem Haken an der Tür hing – sie hatte mindestens ein Dutzend davon, allesamt Weihnachtsgeschenke ihrer Mutter –, streifte ihre Kleider ab und schlüpfte in das weiße Chiffonhemd. Es glitt wie Sahne über ihre Haut, kühl, glatt und fließend; der Stoff umspielte sie wie ein Wasserfall. Sie strich ein paarmal kräftig darüber, um ihn zu glätten, und begutachtete im Spiegel, wie er sich an ihre Kurven schmiegte. Er war leicht durchsichtig, ihre großen Brustwarzen zeichneten sich dunkel darunter ab, und weiter unten –

Wenn Max angesichts dieses Anblicks entsetzt wäre, würde sie sich scheiden lassen und ihn Barbara schenken.

Sie drehte sich ein wenig im Badezimmer hin und her, ohne den Blick von ihrem Spiegelbild zu lösen, um zu sehen, wie der Chiffon sie seidig umspielte und wie ihr Haar weich über die Schultern fiel. Sie war begeistert von ihrem Anblick, von dem wunderbaren Gefühl des Stoffs auf ihrer Haut, voller Vorfreude, wie verrückt Max nach ihr sein würde, sobald er sie so sah.

Sie hörte, wie er in das angrenzende Schlafzimmer trat, und entriegelte die Badezimmertür. Gespannt wartete sie darauf, daß er durch die Tür kam, um sich bettfertig zu machen. Vielleicht würden sie es gar nicht mehr bis ins Schlafzimmer schaffen. Vielleicht würde er sie gleich hier auf dem Waschtisch nehmen. Einmal hatten sie es so im Bad der Werkstatt gemacht, und das war schließlich in der Werkstatt gewesen und nicht in ihren eigenen vier Wänden – in seinem eigenen Haus konnte er einfach nicht nein sagen. In der Werkstatt hatte er jedenfalls keinen Augenblick gezögert. Bei der Erinnerung daran erschauerte sie ein wenig.

Sie hatten es auch an anderen Orten gemacht. Zum Beispiel in ihrem Kinderzimmer, während ihre Mutter nebenan schlief; Debbie war auf einer Schlafanzugparty gewesen, und Darla hatte geflüstert: »Ich will auch eine Party.« Max war den Baum im Garten hochgeklettert und hatte beim Einstieg in ihr Fenster beinahe sein Leben riskiert. Und auf dem Rücksitz von Max' alter Rostlaube – mindestens hundertmal, so schien es ihr, obwohl es tatsächlich nicht mehr als ein dutzendmal gewesen sein mochte. Sogar einmal auf dem Vordersitz des Werkstattlasters. Sie waren damit zum Autokino gefahren, weil der Sitz höher lag und sie so besser sehen konnten, aber dann hatten sie nur die erste Hälfte des ersten Films mitbekommen. *Stunden,* dachte sie. *Wir haben uns stundenlang gestreichelt.* Damals hatte sie ihren ersten Orgasmus gehabt, hatte zum ersten Mal gedacht, das ist es, zum ersten Mal begriffen, warum Mädchen dumm genug waren, schwanger zu werden, weil man für ein derartiges Wohlgefühl einfach ein Risiko eingehen mußte.

Sie konnte ihre Brustwarzen sehen, die sich nun deutlich unter dem Chiffon abzeichneten, und sie begehrte ihn so sehr, daß es ihr den Atem verschlug.

Genau in diesem Moment wurde ihr bewußt, daß er nicht ins Badezimmer kam.

Sie öffnete die Tür zu dem stockdunklen Schlafzimmer. »Max?« fragte sie und ging im Lichtschein der Badezimmerlampen vorsichtig zum Bett, um über nichts zu stolpern, das in ihrem Weg liegen könnte. »Max?«

Sie knipste die Nachttischlampe an. Er lag ausgestreckt auf dem Bettüberwurf, seine attraktiven Gesichtszüge völlig entspannt.

»Max?« Sie kletterte auf das Bett und schüttelte ihn leicht. »Liebling?«

In mehreren tiefen Atemzügen, die fast wie Seufzer klangen, holte er Luft, und ihre siebzehn Jahre lange Erfahrung, mit ihm das Bett zu teilen, sagte ihr, daß er jenseits von Gut und Böse war. Selbst wenn es ihr gelingen sollte, ihn aufzuwecken, würde er sie nur müde anblinzeln und in Wahrheit immer noch weiterschlafen.

Das war also die Belohnung dafür, daß sie auf ihn gewartet hatte.

Klar, hätte sie nicht auf ihn gewartet, wäre er entsetzt gewesen. Genauso wie dieser verdammte Bill.

Sie war so wütend, daß sie ihm gegen die Schulter schlug, woraufhin er jedoch nur das Gesicht verzog, ohne aufzuwachen.

Mit einem frustrierten Aufschrei ließ sie sich neben ihn auf das Bett fallen, aber selbst das weckte ihn nicht auf.

Nichts würde ihn aufwecken. Nicht einmal der Fanfarenstoß zur Wiederkunft Christi.

Allein der Gedanke an ein Kommen jedweder Art ließ sie so wütend werden, daß sie ihm erneut einen Hieb versetzte und dann auf der Suche nach Schlaf unter die Bettdecke kroch.

Als Darla am Samstagmorgen aus dem Bett aufstand, schaute Max ihr auf dem Weg ins Badezimmer blinzelnd hinterher.

»Was trägst du da?« fragte er im Halbschlaf mit vagem Interesse in der Stimme.

»Nichts, was du jemals wiedersehen wirst«, sagte sie und knallte die Badezimmertür zu.

7

Als etwas später an diesem Samstagmorgen Carl Brookner aus der Bank Quinn anrief, saß sie gerade an dem Anrichteblock in der Mitte ihrer Küche auf einem ihrer neuen weißen Hocker, aß ihre Frühstückspfannkuchen in ihrem Haus – in *ihrem* Haus – und ließ diese vollkommen neue Erfahrung voller Wohlbehagen auf sich wirken, während ihr Hund sich in der Hoffnung, ein paar Leckerbissen abzustauben, zu ihren Füßen plaziert hatte. Dies alles gehörte ihr, all dieses Sonnenlicht und dieser Komfort, diese Freiheit und das polierte Holz, ein Ort, um neue Pläne zu schmieden und sich in neue Abenteuer zu stürzen. Wie Nick. Ihm gegenüber müßte sie weitaus offensiver werden –

Als das Telefon klingelte und sie den Hörer abhob, meldete sich Carl Brookner: »Ms. McKenzie? Es gibt da ein kleines Problem mit Ihrem Kredit. Ich fürchte, daß wir eine Anzahlung in Höhe von zwanzig statt zehn Prozent benötigen.«

Einen Augenblick blieb Quinn wie gelähmt sitzen. »Das wären weitere siebentausend Dollar. Warum –?«

»Richtig«, bestätigte Brookner. »Wir halten Ihren Scheck

über die ersten siebentausend selbstverständlich bis zum Rechnungsabschluß am fünfzehnten April zurück, so daß Sie uns die Restsumme bis zu diesem Termin einreichen können. Sie wissen doch, wie das ist. Sie als alleinstehende Frau und so weiter. Wir brauchen lediglich ein wenig mehr Sicherheiten.«

Ich habe aber keine mehr. In Panik versetzt und peinlich berührt legte Quinn auf. Das hatte man davon, wenn man sich auf Bankgeschäfte einließ: Sie vermittelten einem ein Gefühl von Unzulänglichkeit und Armut. Verzweifelt ließ sie den Blick durch ihre sonnendurchflutete Küche schweifen. Und von Verwundbarkeit. Letzte Woche um diese Zeit hatte sie nicht einmal gewußt, daß sie dieses Haus haben wollte. Und nun hatte sie Angst, es zu verlieren.

Erneut nahm sie den Telefonhörer auf und rief Darla an, um ihre Sorgen loszuwerden, aber Darla kam ihr zuvor.

»Dein Nachthemd kannst du zurückhaben«, sagte sie, sobald sie Quinns Stimme hörte.

»Du machst Witze.«

»Er war so müde, daß er sofort in Tiefschlaf gefallen ist.« Darla klang resigniert. »Er hat es nicht einmal gesehen.«

»Das ist meine Schuld.« Quinn klopfte auf ihre Oberschenkel, und Katie sprang auf ihren Schoß, höflich genug, nicht Quinns Frühstücksteller leerzufressen, obwohl sie ihn begehrlich anstarrte. »Der Umzug. Vielleicht –«

»Nein«, sagte Darla. »Es war nicht der Umzug, es ist unsere Ehe. Da läuft nichts mehr.«

»Quatsch.« Quinn brach ein Stück Pfannkuchen ab und fütterte Katie damit, die voller Dankbarkeit und Erleichterung aufseufzte, bevor sie es entgegennahm. »Wir müssen das nur besser timen. Sorge dafür, daß die Jungs irgendwoanders übernachten, damit du früher am Abend loslegen kannst, wenn er noch nicht so müde ist.«

»Unvorstellbar, daß ich mir diesen Kerl einst mit allen Mitteln vom Leibe halten mußte«, meinte Darla. »Und jetzt soll ich mich nach seinem Biorhythmus richten.«

»Nun ja, sein Bruder ist auch nicht gerade ein Feuerwerk«, sagte Quinn.

»Vielleicht ist das genetisch bedingt.«

»Nein, es ist die Routine«, meinte Quinn. »Sie sind beide an die Art und Weise gewöhnt, wie die Dinge immer abliefen, und daran halten sie fest. Wir müssen sie nur ein bißchen wachrütteln, damit sie merken, daß sich die Zeiten geändert haben. Wir müssen sie mit Gewalt aus ihrer Routine herausholen.«

»Mit Gewalt«, wiederholte Darla.

»Genau.« Quinn nickte. »Ich habe darüber nachgedacht und bin zu dem Schluß gekommen, daß wir beide weitaus aggressiver werden müssen.«

Katie stieß ihren Arm mit der Nase an, und sie gab ihr noch ein Stück Pfannkuchen.

»Aggressiv.« Darla holte tief Luft.

»Bisher waren es nur Übungsläufe«, erklärte Quinn. »Der nächste wird funktionieren.«

»Vielleicht.« In Darlas Stimme schwangen Zweifel. »Genug davon. Erzähl mir etwas Aufheiterndes. Wie lebt es sich so als Hauseigentümerin?«

»Ich habe gerade erfahren, daß es um meinen Kredit schlecht steht«, sagte Quinn.

»Was?« Darlas offensichtliche Empörung tat ihr gut.

Quinn erklärte ihr alles und meinte abschließend: »Ich habe noch ein wenig Geld auf meinem Sparkonto, aber dann fehlen mir immer noch fünftausend.«

»Ich leihe sie dir«, sagte Darla sofort. »Wir haben Geld aus den College-Sparbriefen –«

»Kommt nicht in Frage. Aber ich könnte eine andere Art der Hilfe gebrauchen.«

»Alles, was du willst.«

Quinn schluckte. »Wahrscheinlich könnte ich dreitausend auf den Barkredit meiner Visa Card bekommen.«

»Lieber Himmel, denk an die Zinsen«, gab Darla zu bedenken.

»Ich bin nicht in der Position, kleinlich zu sein. Allerdings fehlen mir dann immer noch zweitausend. Die technische Leitung der Theateraufführung würde tausend bringen.«

»Mach das.«

»Schon, nur daß es um Bühnendekoration und Kostüme geht und ich keinen blassen Schimmer vom Nähen und Frisieren habe.«

»Ich helfe dir«, sagte Darla.

»Ich werde dich später dafür bezahlen«, versicherte Quinn. »Sobald ich wieder flüssig bin, bekommst du die Hälfte des Geldes.«

»Nein, das will ich nicht«, widersprach Darla. »Betrachte es als eine Art Hauseinweihungsgeschenk. Oder, besser gesagt, als Anzahlung auf meine Miete, da ich bei dir einziehen werde, falls Max nicht bald anspringt. Du schenkst mir wenigstens Aufmerksamkeit.«

Nachdem Darla aufgelegt hatte, stupste Quinn Katie von ihrem Schoß hinunter und rief Edie an. »Steht dieses Technik-Angebot noch?«

»Klar«, sagte Edie sofort. »Wir fangen am Montag um sechs Uhr an. Du hast den Job, mir fällt wirklich ein Stein vom Herzen. Ich dachte schon, daß sich auch dieses Jahr wieder ein Elternteil darum kümmern müßte.«

»Fällt dir sonst noch irgendein Job ein?« fragte Quinn. »Ich brauche zweitausend Dollar bis zum fünfzehnten April.«

»Bis dahin wirst du das Geld nicht haben«, meinte Edie. »Bis zum Fünfzehnten bekommst du die Hälfte abzüglich der Steuern, den Rest erst Ende Mai. Wie wäre es mit dem Vertrag für die Beleuchtung? Das sind noch einmal siebenhundertfünfzig.«

»Mit Bühnenbeleuchtung kenne ich mich nicht aus«, wandte Quinn ein.

»Ich auch nicht, und bisher habe ich mich darum gekümmert«, sagte Edie. »Nimm den Vertrag.«

»Okay«, willigte Quinn ein. »Ich nehme ihn.« Sie legte auf und rechnete im Kopf schnell die Zahlen zusammen. Wenn beide Verträge zur Hälfte am Fünfzehnten ausgezahlt würden und sie ihre Visa Card nutzen und nächsten Monat nichts essen würde …

Auch dann hätte sie immer noch nicht genug.

»Ich hätte mir die zwei Dollar neunundzwanzig für die zweite Zahnbürste sparen sollen«, meinte sie zu Katie, die besorgt dreinschaute. »Ab nun wird kein Geld mehr für einen Schuß ins Blaue aus dem Fenster geworfen.«

Katie stieß einen Seufzer aus und legte sich, das Köpfchen auf die Pfoten gestützt, an Quinns Füße.

»Genauso fühle ich mich auch«, sagte Quinn.

In der nächsten Woche versuchte Bill in der Schule, mit Quinn zu ihrem eigenen Besten ein vernünftiges Gespräch zu führen. »Dieses Haus ist eine dumme Idee«, erklärte er ihr. »Es fällt auseinander, und du kannst es nicht reparieren. Warum ziehen wir nicht –«

»Bill, es gibt kein Wir«, unterbrach Quinn ihn. »Und das Haus ist völlig in Ordnung. Wenn irgend etwas repariert werden muß, gibt es immer noch Nick oder meinen Vater oder Max. Oder mich. Ich kann Handwerksarbeiten lernen. Jedenfalls bleibe ich in diesem Haus. Und jetzt geh bitte, ich habe Unterricht.«

»Nick.« Er schüttelte den Kopf. »Oder sogar Max. Das ist keine gute Idee. Die Leute werden darüber reden.«

»Bill«, sagte sie und schloß die Augen, um ihn aus ihrem Gesichtsfeld zu verbannen. »Geh jetzt.«

Es war frustrierend, weil sie so schwierig zu erwischen war, da sie nun ihre gesamte Energie in irgendein dämliches Theaterstück steckte, das Edie aufführte, und noch dazu Jason und Corey mit hineinzog, indem sie den Studenten einen Sonderbonus versprach, wenn sie sich beteiligten; das Gute daran war allerdings, daß ihm das einen Grund gab, am nächsten Tag nach der Schule dort vorbeizufahren. »Die Proben beginnen nicht vor sechs Uhr«, erklärte sie ihm, als er versuchte, mit ihr über die Teilnahme der Jungen zu sprechen. »Sollte es zeitliche Probleme mit dem Sporttraining geben, können sie mit dem Stück aufhören.«

Als er am folgenden Tag wieder bei ihr auftauchte, sagte sie nur: »Bill, zwischen uns gibt es nichts mehr zu bereden. Geh jetzt, *ich bitte dich.*« Also war er gezwungen, etwas zu unternehmen, um sie zurückzugewinnen. Geduld war gut und schön, aber nun war es an der Zeit, in die Offensive zu gehen, und er wußte auch schon, was er zu tun hatte: Er mußte diesen Mistköter und dieses verdammte Haus loswerden.

Am nächsten Tag meldete er sich in seiner Freistunde ab und fuhr zu dem Haus. Es war ein derart entsetzlicher Ort, daß es unweigerlich irgendwelche Gefahren bergen mußte, die er nutzen konnte, um sie dort herauszuholen. Er wollte nur ein wenig um das Haus herumschlendern; da ihm allerdings klar war, daß diese Schlampe von nebenan ihn vermutlich beobachten würde, stellte er den Wagen in einer Nebenstraße ab und schlich sich wie beim letzten Mal durch die Seitenpforte in den Garten hinter dem Haus.

Einmal dort, genügte ihm ein Gang durch den Garten nicht mehr. Er mußte irgendwie ins Haus gelangen, um sich ein Bild von all den Horrorzuständen zu machen, die dort auf sie warteten, von all den Möglichkeiten, sie zum Ausziehen zu überreden. Er testete die Tür, aber sie war verschlossen; selbst als er an der Klinke rüttelte und sich dagegen stemmte, rührte sie sich nicht. Der einzige Erfolg war, daß dieser verfluchte Hund zu bellen begann und ihn wütend anknurrte. Das Mistvieh war auch noch gefährlich, am Ende würde es Quinn noch beißen. Er hatte recht gehabt, sie überzeugen zu wollen, es einschläfern zu lassen. Er warf einen Blick zur Tür des Nachbarhauses, um zu sehen, ob diese Frau ihn beobachtete, und ging dann zur anderen Seite des Hauses. Nur freies Gelände auf dieser Seite. Das war sicherer.

Er versuchte sein Glück an der Seitentür, aber auch die war verschlossen, dann an den Kellerfenstern – das wäre ein beschwerlicher Einstieg, immerhin jedoch könnte er durch eine der Türen wieder hinaus –, die allerdings ebenfalls alle verriegelt waren. Aber als er sich gegen eines lehnte, knackte die Scheibe und brach, so daß er hindurchgreifen und das Fenster öffnen konnte. Nachdem er das geschafft hatte, war der Einstieg in den Keller recht einfach.

Als er die Stufen zum Erdgeschoß hinaufstieg, drehte der Hund beinahe durch und knurrte unentwegt, hielt sich jedoch auf Abstand. Er sah sich in der Küche um – hübsch, gemütlich, frisch in blauer und weißer Farbe gestrichen und mit Quinns Druck aus dem Bilderbuch *Night Kitchen* neben ihrem roten Sieb an der Wand, genauso, wie es in ihrer gemeinsamen Wohnung gewesen war – und versuchte, das nervtötende Gekläffe zu ignorieren, bis er schließlich genug davon hatte und die Hintertür öffnete, um den winselnden Köter mit einem Tritt nach draußen zu befördern. Selbst wenn dieses neugierige Weib von nebenan herüberschaute, würde sie nur diesen dämlichen Hund sehen. Er selbst war in Sicherheit.

Er trat ins Eßzimmer und fand sich in einer Flut warmen Sonnenlichts wieder, das einerseits durch die großen Fenster zu seiner Linken einfiel – durch seine Fensterfront; liebevoll betrachtete er die durchbrochene Jalousie –, andererseits, durch einen Torbogen hindurch, durch die ebensogroßen Fenster im Wohnzimmer an der Frontseite des Hauses. Dennoch war auch das Innere schäbig und unansehnlich: Alter, rissiger Putz an den Wänden und Holzverkleidungen mit abblätternder Farbe. Selbst das Sonnenlicht reichte nicht aus, den schlechten Eindruck zu verbessern.

Leider waren rissiger Putz und häßliche Farbe nicht genug, um Quinn hier herauszuholen. Er mußte etwas weitaus Schlimmeres finden.

Er ging ins Wohnzimmer und blieb, sich langsam zu allen

Seiten umdrehend, in der Mitte des Raumes stehen. An den Frontfenstern stand ein alter roter Stuhl vor einem achteckigen Tisch. Neben dem Stuhl auf dem Boden befand sich ein brauner Korb aus dickem Flechtwerk. Bill setzte sich und öffnete ihn. Garn und Stoff, Quinns Handarbeiten.

Sie würde eine Decke für ihr gemeinsames Baby nähen. Sobald sie in ihre Wohnung zurückkäme, würden sie zusammen vor dem Fernseher sitzen, während sie die Ausstattung für ihr Kind stricken könnte.

Das Garn fühlte sich weich und leicht in seiner Hand an, es war ein blaues baumwollähnliches Material. Quinn wußte, daß sie einen Jungen bekommen würden. Wie Jason Barnes. Sie würden ihn Bill Junior nennen, aber auch sie sollte einen Teil zu seinem Namen beisteuern, denn schließlich konnte Quinn sowohl der Name eines Jungen als auch eines Mädchens sein, also würde er William Quinn Hilliard heißen. Ein großartiger Name. Er schloß seine Hand um das Garn zu einer Faust. Ein wirklich großartiger Name.

Er ließ das Garn zu Boden fallen und stand auf.

Rechts und links vom Kamin befanden sich Bücherschränke, vollgestopft mit Quinns Kunstbänden – er fühlte die Anspannung in sich wachsen und dachte, *diese Bücher gehören in unsere Wohnung.* Mit der Hand fuhr er über die glatte Oberfläche der Regalböden und den Kaminsims, berührte das Zifferblatt einer geschmacklosen goldenen Uhr darauf, ließ seine Finger auf den Rücken ihrer Bücher verweilen und dann über die polierte Fläche des achteckigen Tisches gleiten. Allein durch die Berührung dieser Dinge würde auch er an ihnen teilhaben.

Auf der anderen Seite des Zimmers nahm die alte rote Couch ihrer Mutter zuviel Platz ein. Mit einer Länge von nahezu zwei Metern war dieses unmögliche Teil riesig, fast ein Bett. Dieser Gedanke ließ ihn erneut die Hände zu Fäusten ballen, obwohl es dazu keinen Grund gab. Wenn sie diese Couch wirklich behalten wollte, könnten sie sie in ihrer gemeinsamen Wohnung unterbringen. Man mußte nur einen hübschen braunen Überwurf darüber drapieren, dann könnten er und Quinn sich abends darauf ausstrecken und die Nachrichten, den Wetterbericht und die Punktestände der Sportliga schauen und kichernd zwischen den Late Night Shows hin- und herschalten, bis er den Fernseher mit der Fernbedienung ausknipsen und nach ihr tasten würde –

Sein Atem ging schneller, und er versuchte, seine Gedanken in andere Bahnen zu lenken. Es ging nicht um Sex, Sex hatte in ihrer Beziehung nie im Vordergrund gestanden, es ging um wichtigere Dinge wie Familie und Schule. Er sah zu dem Stuhl zurück – das war unverfänglicher –, und sein Blick fiel erneut auf das Garn. Er bückte sich und hob ein kleines Knäuel auf, eines, das sie nicht vermissen würde, und schob es in seine Jackentasche. Er würde es als Erinnerung daran aufbewahren, daß sie bald wieder zu ihm zurückkehren und für Bill Junior Söckchen stricken würde.

Er schrak zusammen, als sein Blick auf die Uhr auf dem Kaminsims fiel. Die Zeit drängte.

Er war bereits auf dem Weg zur Haustür, als ihm einfiel, daß er besser den Hinterausgang nahm, schließlich hatte er auch seinen Wagen auf der Rückseite abgestellt. Als er sich umwandte, blieb sein Blick an einem Schlüssel haften, der an dem Bücherregal neben der Tür hing. Er steckte ihn ins Schloß der Haustür, und er paßte.

Natürlich bewahrte sie einen Schlüssel in der Nähe der Haustür auf. Zwar hatten sämtliche Türen Glasfenster, so daß sie vorne und hinten ein Sicherheitsschloß anbringen mußte, aber als Vorsichtsmaßnahme für einen eventuellen Feuerausbruch hatte sie einen Schlüssel in Türnähe aufgehängt. Das war wirklich sinnvoll.

Er wog den Schlüssel in der Hand.

Hätte er einen eigenen Schlüssel, könnte er jederzeit ins Haus gelangen, sich umsehen und die erforderlichen Pläne für ihre gemeinsame Zukunft schmieden.

Allerdings würde Quinn ihn vermissen, wenn er ihn mitnähme.

Außerdem mußte er zur Schule zurück. Es hatte zu lange gedauert, ins Haus zu gelangen, nun wurde die Zeit knapp.

Er machte sich auf den Weg zu seinem Wagen und ließ das Gartentor gerade lange genug offen, daß der blöde Köter kläffend nach draußen schlüpfen konnte. Sorgfältig verschloß er die Pforte hinter sich und sperrte den Hund erneut aus, bevor er zu seinem Auto ging und losfuhr. Auf dem Rückweg zur Schule machte er einen kurzen Zwischenstopp bei Ronnie Headapohls Eisenwarenladen und gab ein Duplikat des Hausschlüssels in Auftrag. Zurück in der Schule telefonierte er von dem öffentlichen Apparat in der Eingangshalle, um mitzuteilen, daß ein gefährlicher Hund herrenlos auf der Apple Street herumstreune und ihn gebissen habe. Ja, er habe ihm eine tiefe Wunde beigebracht und müsse eingeschläfert werden. Er gab seinen Namen mit Harvey Roberts an, erfand eine Adresse, um seiner Beschwerde einen amtlichen Charakter zu verleihen, und hatte beim Auflegen das Gefühl, große Fortschritte gemacht zu haben, obgleich es ihm nicht gelungen war, schwerwiegende Mängel in dem Haus festzustellen.

Zwei Stunden später meldete er sich in der Schule zu seiner Mittagspause ab, holte die Schlüssel und fuhr zu Quinns Haus zurück. Der Hund war nirgends zu sehen, und der Zweitschlüssel paßte perfekt. Er hakte das Original wieder an dem Regal ein und fuhr erleichtert zur Schule zurück. Dort fand er eine Nachricht von Betty aus dem Tierheim vor, daß sein Hund eingefangen worden sei und laut Anzeige jemanden gebissen habe.

»Wir haben ständig Ärger mit ihm«, erklärte er ihr, als er sie nach Unterrichtsende zurückrief. »Es fällt mir wirklich schwer, aber schläfern Sie ihn einfach ein. Das ist für uns alle das Beste. Ich werde morgen vorbeikommen und die Rechnung bezahlen.«

Er hatte nicht gelogen, dachte er, als er den Hörer auflegte. Sobald die Dinge wieder ihren üblichen Gang nähmen, wäre das Leben in der Tat für jeden einfacher.

»Lois trifft sich also weiterhin mit Matthew?« wollte Quinn von Darla wissen, während sie nach Schulschluß eine Pizza aßen.

»Schon, aber besonders erfreut scheint sie darüber nicht zu sein«, erwiderte Darla.

»Es hat geradezu den Anschein, als wäre ihr Leben uninteressant, wenn sie nicht üble Bemerkungen über Barbara loslassen kann. Ständig reizt sie mich mit diesem Thema, als sollte ich mich mit ihr verbünden und ein Duett über Bankschlampen singen.«

»Klingt sehr reizvoll« meinte Quinn.

»Nicht wirklich.« Darla legte das angebissene Pizzastück in den Karton zurück. »Max würde mich nicht betrügen. Mein Gott, er hat nicht einmal genügend Energie, es mir zu besorgen, geschweige denn Barbara.«

»Genau darüber dachte ich gerade nach«, sagte Quinn. »Mir scheint, daß ein Nachthemd, das Bill gefällt, nicht unbedingt Max' Geschmack entsprechen muß. Du solltest dich unter Umständen für etwas Direkteres entscheiden.«

»Soll ich ihm vielleicht an die Kehle gehen und sagen, ›Fick mich oder stirb‹?« fragte Darla sarkastisch.

»Ich denke eher an Dessous aus schwarzer Spitze«, erwiderte Quinn. »Du weißt schon, so ein unglaublich nuttiges Teil, worauf die Kerle abfahren und worüber wir lachen.«

»Ich weiß nicht –«

»Sieh mal, du hast eine Menge gelernt«, fuhr Quinn fort. »Fordere ihn nicht vor offenen Fenstern oder anderen Leuten heraus, und warte nicht, bis er zu müde ist. Meiner Ansicht nach bist du fast am Ziel. Gib jetzt nicht auf.«

»Glaubst du das wirklich?« Zweifelnd schüttelte Darla den Kopf.

Quinn beugte sich vor und klappte ihren Pizzakarton zu. »Klar. Komm schon, laß uns das sofort in Angriff nehmen. Ich habe nicht Ewigkeiten Zeit, weil Katie allein zu Hause ist, aber eine Stunde kann ich wohl noch opfern, um deine Ehe zu retten.«

»Ich vielleicht nicht«, meinte Darla.

»Hey«, sagte Quinn, »miesmachen gilt nicht. Laß uns irgendwas kaufen, was deinen Mann um den Verstand bringt.«

»So was hat er schon«, meinte Darla trocken. »Mich.«

Fünf Tage waren vergangen, seitdem Nick Quinn bei ihrem Umzug geholfen und er es geschafft hatte, sie in das Hinterstübchen seiner Gedanken zu verbannen, wo sie ständig auf ihn lauerte und ihm ein gewisses Unbehagen bereitete. Das war nur der Ärger, den jede Veränderung mit sich brachte, sagte er sich selbst. So etwas bereitet stets nur Unruhe. Das Beste, was er tun konnte, war zu ignorieren, daß sie überhaupt existierte, obschon dies immer schon schwierig gewesen war und sich nun als unmöglich herausstellte, da Bill nach dem Ende seines Trainings in der Werkstatt vorbeischaute.

»Kann ich dich mal kurz sprechen, Nick?« fragte Bill laut, so daß Nick sich, auf alles gefaßt, hinter Pete Cantors Jeep aufrichtete und sagte: »Klar. Worum geht's?«

»Um Quinn«, sagte Bill. *Oh Shit*, schoß es Nick durch den Kopf, *ich habe sie niemals angefaßt.*

»Ich hörte, daß du ihr hilfst«, meinte Bill, »und ich weiß das zu schätzen, aber meiner Meinung nach ist dieser Umzug keine gute Idee für sie.«

Dankbar verabschiedete sich Nick von seinen Schuldgefühlen und faßte sich wieder. »Wieso?«

»Dieses Haus«, fuhr Bill fort mit dem Gehabe eines weisen, aber unzufriedenen Wikingers. »Das ist wirklich eine schlechte Idee. Sie lebt dort ganz allein, und jederzeit kann alles um sie herum zusammenbrechen.«

»Laut Meggy ist es solide.« Nick widmete sich wieder seiner Arbeit. »An deiner Stelle würde ich mir keine Sorgen machen.«

»Was versteht Meggy schon davon?« Bill schüttelte den Kopf. »Wir müssen sie wirklich dort herausholen.«

Nick sah auf. »Bill, das Haus gefällt ihr. Ich denke, sie wird dort bleiben.«

»Wenn du ihr nicht bei dem Umzug geholfen hättest –« begann Bill, und seine Stimme klang angespannt, beinahe verärgert.

»Natürlich habe ich ihr beim Umzug geholfen.« Nick bedachte ihn mit einem finsteren Blick. »Das haben wir alle getan.«

»Okay, schon in Ordnung«, lenkte Bill ein. »Aber es ist nicht gut für sie. Außerdem werden die Leute über sie reden, Leute, die nicht wissen, daß ihr zwei so etwas seid wie Bruder und Schwester. Möchtest du ihren Ruf ruinieren?«

Nick wollte eine passende Antwort geben, brachte jedoch nur hervor: »Wovon zum Teufel sprichst du eigentlich?«

»Du hast ihr beim Umzug geholfen. Die Leute werden denken, sie sei nur eine deiner ...« Auf der Suche nach dem richtigen Wort verlor sich Bills Stimme.

»Eine meiner was?« fragte Nick aggressiv.

»Freundinnen«, sagte Bill. »Du weißt schon, der Typ Frauen, mit denen du dich triffst.«

Nick zügelte seinen aufkeimenden Ärger. »Bill, es interessiert mich einen Dreck, was die Leute denken, und falls Quinn damit Probleme hat, wird sie mir schon sagen, daß ich verschwinden soll. Außerdem habe ich sie seit dem Umzug nicht mehr gesehen, und ich habe auch nicht vor, sie bald dort zu besuchen. Wenn es also das ist, was dir Kopfzerbrechen bereitet, kannst du beruhigt sein.«

Bills Miene erhellte sich. »Danke, Nick. Ich wußte, du würdest es verstehen.«

Dann weißt du mehr als ich, dachte Nick, sprach diesen Gedanken jedoch nicht laut aus, während er Bill nachschaute. Für diesen Nachmittag hatte er genug von einer Unterhaltung mit Bill Hilliard. Vermutlich sogar für Lebzeiten, wenn er sich den Verlauf des Gesprächs recht überlegte.

Als zehn Minuten später jemand an die Hintertür pochte, dachte er, *O Gott, nicht schon wieder*, aber als er sie öffnete, stand Quinn mit bleichem Gesicht dort in der Kälte, und trotz all seiner vernünftigen Argumente und Versprechen gegenüber Bill freute er sich so sehr, sie zu sehen, daß er sie am liebsten umarmt hätte.

»Was ist los?« fragte er möglichst unbeschwert und hielt absichtlich Distanz – eine Umarmung wäre nicht gut –, und sie drückte sich an ihm vorbei in die Garage. Sie trug eine blaue Daunenjacke, die sie rundlich wirken ließ, sowie Jeans und schwarze Gummistiefel mit Schnallen. Sie sah aus wie ein Clown, wofür er eigentlich hätte dankbar sein sollen, aber sein erster Gedanke war nur, was sie wohl unter all diesem Stoff tragen mochte. Dann bemerkte er ihren Gesichtsausdruck und verbot sich jeden weiteren obszönen Gedanken.

»Katie ist im Tierheim«, platzte sie am Rande der Panik hervor. »Ich habe dort angerufen, um sie vermißt zu melden, und sie haben mir gesagt, daß sie dort ist und daß ich sie nicht wiederhaben kann, weil ich nicht der Berechtigte bin, und daß sie jemanden gebissen hat und sie sie *töten* müssen –«

»Langsam, eins nach dem anderen«, versuchte Nick, sie zu beruhigen. Am liebsten hätte er den Arm um sie gelegt, wußte es jedoch besser. »Ganz von vorn. Wie kommt sie denn ins Tierheim?«

»Das weiß ich nicht«, sagte Quinn verzweifelt. »Das Gartentor war zu, aber trotzdem muß sie irgendwie hinausgelangt sein, und jetzt werden sie sie *umbringen!«*

Die Angst in ihrem Gesicht machte ihn ganz krank. »Heute noch?«

Sie schüttelte den Kopf. »Ich bin nicht sicher. Ich war vorhin dort, aber sie sagten mir, daß der Berechtigte vorbeikommen müsse, und Bill hat sie angewiesen, das Notwendige zu tun, weil sie gefährlich sei, wenn sie jemanden gebissen hat. Sie wollen sie mir nicht zurückgeben, weil die Lizenz auf Bills Namen lautet, aber er ging nicht ans Telefon, als ich ihn angerufen habe, also ist er vielleicht schon unterwegs, um ihr Todesurteil zu unterschreiben, weil er sie *haßt* –«

»Wen hat sie denn gebissen?« fragte Nick und versuchte, dem Ganzen einen Sinn abzugewinnen. Katie war nicht bissig.

»Keine Ahnung. Sie sagten, jemand hätte angerufen und erklärt, von einem streunenden Hund gebissen worden zu sein, und als sie das nachprüften, fanden sie Katie.« In dem kläglichen Versuch, ihre Ruhe wiederzufinden, schluckte Quinn heftig. »Und jetzt ist sie dort –«

»Oh, Mist«, meinte Nick. »Laß uns hinfahren und mit ihnen reden.« In dem Bewußtsein, einen großen Fehler zu begehen, und trotzdem froh, weil er sie wieder bei sich wußte, griff er nach seiner Jacke.

»Sie haben nein gesagt«, meinte Quinn mit zitternder Stimme. »Ich war doch schon dort, aber sie haben nein gesagt. Ich durfte sie nicht einmal sehen.«

»Dann werden wir so lange auf sie einreden, bis sie ja sagen«, sagte Nick ohne einen blassen Schimmer, was er tun sollte. Aber seine Worte schienen ein Trost zu sein, denn Quinn versuchte zu lächeln.

»Danke«, sagte sie. »Ich weiß, daß ich eine Zumutung bin, aber du mußt mir helfen.«

»Du bist keine Zumutung«, log er. »Komm jetzt, laß uns deinen Hund retten.«

Die Fahrt mit dem Laster zum Tierheim verlief reibungslos, und Nick hatte genügend Zeit, über Quinn neben ihm nachzudenken. Es war wirklich reizvoll, mit ihr in der dämmrigen Fahrerkabine zu sitzen, aber dann wurde ihm klar, daß er es immer als reizvoll empfinden würde, mit Quinn allein zu sein, egal wo, weshalb er sich tunlichst darum bemühte, *nicht* mit ihr allein zu sein. Die Gedanken, die ihm eben durch den

Kopf geschossen waren, stellten natürlich keine große Hilfe dar, da sie sich um Unterwäsche drehten, in der sich Quinn bewegte, bis er sie ihr vom Leib reißen und sie auf dieses riesige Bett werfen würde –

Hör auf, ermahnte er sich selbst. Der Hund dieser Frau ist in Gefahr, um Himmels willen. Sie war außer sich. Welcher Scheißkerl würde in einem solchen Moment daran denken, mit ihr zu vögeln?

So ein Scheißkerl wie er.

Neben ihm wischte Quinn mit ihrem Ärmel über die Fensterscheibe, und er versuchte, sie so wie früher zu sehen, so, wie sie für ihn gewesen war, bevor sie begonnen hatte, seine Gedanken permanent zu besetzen. *Das ist Quinn*, sagte er sich immer wieder, aber diese Warnung verlor zunehmend an Kraft. Es war Quinn, die er begehrte.

»Es ist gleich da vorn, hinter dem Autokino«, sagte Quinn, und er spürte ihre sanfte, eindringliche Stimme in seinem Solarplexus. *Das ist Quinn*, sagte er sich noch einmal, und sein Solarplexus erwiderte, *klar ist sie das, greif schon zu.*

»Hier ist die Abbiegung – es liegt dort hinten!«

Quinn umklammerte seinen Arm, und er versuchte, ihre Nähe zu ignorieren, während er abbog und vor dem niedrigen Gebäude parkte. Es war eine einsame Gegend, kein Auto in Sicht, und er hatte das ungute Gefühl, daß niemand mehr dort war, an den sie sich wenden konnten. Er warf einen Blick auf die Uhr am Armaturenbrett. Viertel nach sechs. Nicht gut. »Bleib du hier.«

»Nein«, widersprach Quinn, und als er an die Tür klopfte, konnte er sie dicht hinter sich fühlen. Unter Aufbietung all seiner Kräfte unterdrückte er das Bedürfnis, sich gegen sie zurückzulehnen. »Hallo?« rief er und hämmerte erneut gegen die Tür.

»Keiner mehr da, es ist zu«, sagte Quinn in sein Ohr. Die Wärme ihres Atems ließ ihn zurückweichen.

Er rüttelte an der Tür, aber sie war fest verschlossen.

»Nichts zu machen«, meinte er, woraufhin sie sagte: »Brich sie auf. Sie haben meinen Hund.«

Er drehte sich zu ihr um und sagte: »Quinn, ich werde keine Tür aufbrechen, vor allem keine Tür zu staatlichem Eigentum. Jetzt sei mal vernünftig.« Sie schaute jedoch nur mit ihren riesigen haselnußbraunen Augen durch die Dunkelheit zu ihm auf. Er mußte schnellstens etwas unternehmen, sonst würde er auf der Stelle über sie herfallen.

»Mein Hund ist dort drin«, wiederholte sie. »Oh, verdammt«, seufzte er und ging zu den Zwingern auf der Rückseite des Gebäudes. Mindestens ein Dutzend Hunde kamen mit ohrenbetäubendem Gebell hervor, um zu sehen, was dort vor sich ging. Der letzte im letzten Zwinger war Katie.

»Oh, nein.« Quinn rannte zum Zaun und fiel auf die Knie. »Oh, mein Baby, es tut mir so leid. So furchtbar leid.«

Die kleine Ratte sah mitleiderregend aus, wie sie dort zitternd in der Kälte stand und ihren mageren kleinen Körper verzweifelt gegen den Maschendraht preßte, in dem aussichtslosen Versuch, zu Quinn zu gelangen.

»Okay«, sagte Nick, »wir werden gleich morgen früh wieder herkommen und –«

»Sie werden sie umbringen«, sagte Quinn.

»Dann kommen wir ganz früh –«

»Nein«, entgegnete Quinn. »Ich lasse sie nicht im Stich.«

»Quinn, jetzt sei vernünftig –« begann Nick, aber sie riß nur ihren Kopf hoch und sagte: »Genau das würde *Bill* jetzt sagen. Hier geht es nicht um *Vernunft.* Hier geht es um Loyalität und Liebe und Vertrauen und Verrat, und *ich werde diesen Hund nicht im Stich lassen. Sie werden sie umbringen.*«

»Na, wunderbar«, meinte Nick. »Du willst also hier sitzenbleiben und dich zu Tode frieren.«

»Du hast doch eine Decke im Laster«, antwortete Quinn. »Kannst du mir die hierlassen?«

»Ich lasse dich nicht allein«, sagte Nick wütend. »Für was für einen Typen hältst du mich eigentlich?«

»Schön, und ich werde Katie nicht allein lassen«, erwiderte Quinn. »Also egal, was für ein Typ du bist, dann sind wir zu zweit.«

»Oh, Scheiße.« Nick sah von Quinn, unerschütterlich und unwiderstehlich, zu Katie, die sich zitternd gegen den Maschendraht drückte.

Wider besseres Wissen begann er zu überlegen. Der Zaun war nur knapp zwei Meter hoch und oben glatt. Darüberzusteigen war unglücklicherweise machbar. Verdammt illegal, aber machbar.

»Es ist schon in Ordnung«, sagte Quinn. »Gib mir nur die Decke und fahr heim. Ich weiß, daß du nichts tun kannst.«

Und dabei sollte man sich vorstellen, daß sie einst der *ruhige* Teil seines Lebens gewesen war. »Okay«, antwortete Nick. »Ich gehe zum Wagen zurück. Bleib du vom Zaun weg.«

»Ich habe dir doch gesagt, daß ich sie nicht allein lasse«, widersprach Quinn, und er erwiderte: »Ich auch nicht, aber wenn wir sie dort herausbekommen wollen, muß ich den Wagen herholen.«

Quinn klappte der Mund auf. »Du willst sie befreien?«

»Entweder das, oder ich bleibe hier und friere mir zusammen mit dir den Arsch ab«, erwiderte Nick. »Ich mag dich, aber meine Bereitschaft, in deiner Nähe zu sein, hat auch ihre Grenzen.« *Nicht viele allerdings.*

Quinn erhob sich langsam. »Du bist der wunderbarste Mann im ganzen Universum«, sagte sie und blickte ihm mit soviel Heldenverehrung in die Augen, daß ihm trotz der Kälte ganz heiß wurde. »Ich werde auch nie mehr an dir herummäkeln, das schwöre ich dir.«

»Gut«, meinte Nick. »Das ist es beinahe wert, ins Gefängnis zu wandern. Und jetzt beweg deinen Hintern beiseite, während ich den Wagen hole.«

Nachdem er den Wagen vor den Zwinger gebracht hatte, war es nicht weiter schwierig, über den Zaun zu steigen. Das Problem bestand darin, Katie zu überzeugen, zu ihm zu kommen, da sie sofort, als er auf dem Betonboden neben ihr landete, in den Innenbau zurücklief. Quinn rief und lockte sie, bis sie vorsichtig wieder hervorkam und gehorsam quer durch den Zwinger schlich. Er streckte die Hand aus und bekam sie zu fassen, und als er sie hochhob, pinkelte sie ihn an.

»Oh, das tut mir wirklich leid«, sagte Quinn von der Ladefläche des Lasters aus, während er ihr den Hund über den Zaun reichte. Sie schloß das Tier in die Arme und murmelte, »Oh, Katie«, wobei sie sie an sich drückte.

Unvermittelt wurde er sich der Ironie bewußt: Der Hund wurde liebkost und geküßt, während er bebend vor Kälte und mit bepinkelter Jacke in einem Hundezwinger stand.

»Dafür bist du mir jede Menge schuldig«, sagte er und griff an die Zaunkante, um zurückzuklettern.

»Alles, was du willst«, entgegnete sie, woraufhin ihm so einiges einfiel, bevor er sich hochzog.

Er war gerade wieder auf dem Laster gelandet, als ein Streifenwagen der Polizei um die Ecke des Gebäudes bog.

Entsetzt starrte Darla in den Badezimmerspiegel. Unwichtig, daß das Ding, das sie trug, das Modell ›Lustige Witwe‹ war, nicht gerade das beste Omen unter den gegebenen Umständen.

Unwichtig, daß die schwarze Spitze kratzte, unwichtig, daß das Teil so eng saß, daß ihre Brüste vorstanden, als wären sie auf einem Regalbrett plaziert, unwichtig, daß das passende Höschen dazu so knapp war, daß es kaum diesen Namen verdiente.

Sie mußte sich der Tatsache stellen, daß sie aussah wie eine vulgäre Domina.

Sie stützte die Arme in die Hüften, was auch nichts half, und konfrontierte sich mit ihrer eigenen Person. *Konfrontieren* war ein gutes Wort, dachte sie. Auf Konfrontationskurs, anstrengend, dominant …

Wenn Max nicht eine unterwürfige Ader hatte, war sie erledigt.

Oder vielleicht auch nicht.

Sie ließ ihre Hände sinken und versuchte, weniger wütend dreinzuschauen. Der Ärger war schuld, entschied sie. Der Ärger, daß sie es nötig hatte, ihren Mann mit solch drastischen Mitteln in Versuchung führen zu wollen, daß sie dieses blöde Spitzenteil tragen mußte, von dem Quinn behauptet hatte, es sei sexy – »Er wird einen Herzinfarkt bekommen«, hatte sie gemeint, »kann ich es mir borgen, falls ich es irgendwann schaffen sollte, Nick flachzulegen?« –, daß sie planen mußte, wofür *er* einst zuständig gewesen war; Schmeicheleien und Verführungskunst.

Er war so gut im Verführen gewesen. »Nur bis zur Taille«, pflegte sie damals mit dem festen Vorsatz zu ihm zu sagen, ein anständiges Mädchen zu sein, weil ihre Mutter ihr die Hölle heiß gemacht hätte, hätte sie es jemals herausgefunden, »Das ist mein Ernst, Max«, und er hatte nur geflüstert, »Sicher«, um sie dann zu küssen und so erregend zu streicheln, daß sie ganz schwach wurde und sie beide bald darauf, alles um sich herum vergessend, mit der Zunge den Mund des anderen erforschten und ihre Hände drängend den Körper des anderen ertasteten, bis er sagte: »Es würde sich so wundervoll anfühlen«, und sie sich so sehr danach sehnte –

»Max!« rief Darla, schloß die Badezimmertür auf und trat ins Schlafzimmer. »Könntest du mal kommen?«

Nein, so war das nicht geplant gewesen. Sie versuchte, sich an ihren Plan zu erinnern, aber sie konnte an nichts anderes denken als daran, wie sich seine Hände auf ihrem Körper angefühlt hatten –

»Was gibt's denn?« fragte Max.

Mit einer Ausgabe der *Sports Illustrated* in der Hand erschien er im Rahmen der Schlafzimmertür, und es bedurfte nur des Bruchteils einer Sekunde, um seine Stimmung von leichter Verärgerung in Verblüffung umschlagen zu lassen.

»Jesus Christus«, stieß er hervor.

»Falsch«, meinte Darla. »Es ist teuflisch. Wir werden in die Hölle kommen. Laß uns das Beste daraus machen.«

Sie trat auf ihn zu. Die Zeitung fiel zu Boden, als er sie ganz automatisch mit den Händen berührte und dann die Arme um ihre Taille schlang, die enger und fester als üblich zusammengeschnürt war, so daß sie sich mit seinen Händen dort sexy fühlte. Sie drängte sich mit ihrer Hüfte gegen seine und küßte ihn.

Ohne zu zögern erwiderte er ihren Kuß stürmisch, genau wie in alten Zeiten, impulsiv und fordernd, und sie begehrte ihn so sehr –

Unvermittelt brach er den Kuß ab und fragte: »Was soll das?«

Wie zu Eis erstarrt hielt sie inne, buchstäblich vor Kälte erschauernd angesichts der Zurückweisung. »Was?«

»Ist es wegen Barbara?« Er löste die Hände von ihrer Taille. »Schließlich sind wir eine halbe Ewigkeit verheiratet, und solche Geschosse hast du noch nie aufgefahren.«

Darla spürte, wie ihr Atem schneller ging, und das nicht aus Lustgefühl. »Das glaube ich einfach nicht.«

»Ich habe dir doch gesagt, daß du dir wegen Barbara keine Sorgen zu machen brauchst.« Die Verärgerung war deutlich aus Max' Stimme herauszuhören. »Ich habe es dir gesagt, aber du traust mir nicht. *Unsere Ehe ist in Ordnung.*«

»Den Teufel ist sie«, sagte Darla, stampfte ins Bad zurück, schlug die Tür hinter sich zu und drehte den Schlüssel herum. Sie schälte sich aus der Lustigen Witwe und ließ sie zu Boden fallen, während sie wütend ihr langes Flanellnachthemd vom Haken riß. Anscheinend kannte ihre Mutter sie besser als sie sich selbst. *»Solche Geschosse hast du noch nie aufgefahren«*, hatte Max gesagt. Sie war eben nicht sexy. Sie konnte noch nicht einmal ihren eigenen Ehemann verführen.

»Darla?« fragte Max durch die Badezimmertür.

»Fahr zur Hölle!« schrie Darla, bevor sie zu Boden sank und vor lauter Wut zu weinen begann.

Sie war zumindest ziemlich sicher, daß sie vor Wut weinte.

Nick riß sich die bepinkelte Jacke und das Flanellhemd vom Leib und warf sie hinten auf den Wagen, bevor er zu Quinn in die Fahrerkabine kletterte.

»Er will dich doch nicht verhaften, oder?« fragte sie besorgt. Nick seufzte und sagte kurz angebunden: »Wollte er schon.«

Er ließ den Motor an. »Der einzige Grund, warum ich nicht im Gefängnis sitze und Katie nicht wieder in den Zwinger gesperrt wird, ist der Ärger, den er auf sich nehmen müßte, um den ganzen Papierkram für mich auszufüllen und die Leute vom Tierheim hierher zu zitieren.« Selbst in ihren Sternstunden rühmte sich die Polizeitruppe von Tibbett nicht unbedingt aggressiven Vorgehens, und Gary Farmer war bisher nicht einmal an ihren mittelmäßigen Stunden beteiligt gewesen. »Wir haben verdammtes Glück gehabt, daß es Gary war und nicht Frank Atchity.«

»Ich werde jede Schuld auf mich nehmen«, beteuerte Quinn.

»Wir erzählen ihnen einfach, daß dein Hund gestohlen wurde und unter ärztlicher Aufsicht steht«, sagte Nick. »Wegen eines Harnblasenproblems, das behandelt werden muß.«

»Tut mir wirklich leid wegen deiner Jacke«, meinte Quinn kleinlaut. »Ist dir nur im T-Shirt nicht kalt?«

Er schaute sie von der Seite an, während sie den Hund in der zunehmenden Dunkelheit streichelte, ihre Augen waren weit aufgerissen und voller Dankbarkeit, ihr zweifellos kurvenreicher Körper war unter der dicken Daunenjacke verborgen. »Nein«, antwortete er und schwor sich stillschweigend, nicht mit in ihr Haus zu gehen, sobald sie dort waren, sondern sie nur davor bei laufendem Motor abzusetzen.

»Ich danke dir von ganzem Herzen«, sagte Quinn, und er zog ernsthaft in Erwägung, gar nicht anzuhalten, sondern nur das Tempo zu drosseln, damit sie mit dem Hund hinausspringen konnte.

Als sie jedoch bei ihr ankamen, stand ein Kastenwagen vor der Tür geparkt, und das ganze Haus war hell erleuchtet.

»Hast du hierfür irgendeine Erklärung?« fragte er, und als sie erwiderte, »Nein«, stellte er den Motor ab und folgte ihr ins Haus, um herauszufinden, welches weitere Desaster über ihr Leben hereingebrochen sein mochte.

Das Erste, was Quinn erblickte, als sie durch die Tür trat, war ein Haufen Möbel aus ihrer Vergangenheit. Der Eßtisch ihrer Mutter stand mit dem kompletten Satz der dazugehörigen Stühle mitten im Eßzimmer, und in ihrem Wohnzimmer stolperte sie beinahe über drei kleine und altbekannte Sofatische und einen zusätzlichen Armlehnensessel.

»Quinn?« vernahm sie die Stimme ihrer Mutter. Überrascht wandte sie sich um und sah ihre Mutter im Türrahmen zur Küche stehen. »Wir haben dir nur ein paar Sachen vorbeigebracht.« Meggy sah erhitzt aus und machte einen aufgelösten Eindruck, aber sie lächelte – ein derart begeistertes Lächeln, wie es Quinn, solange sie sich erinnern konnte, bei ihr niemals zuvor gesehen hatte.

»Mom?«

»Wir wußten doch, daß du noch Möbel brauchst, und weil der alte Kastenwagen gerade frei war, dachten wir, wir bringen dir die ganzen überflüssigen Sachen vorbei«, erklärte Meggy.

»Wir?« Quinn hörte, wie Nick die Haustür hinter sich ins Schloß fallen ließ. Das Lächeln ihrer Mutter verflüchtigte sich, als sie ihn erblickte. »Wer ist wir? Wozu brauchst du einen Kastenwagen? Welche überflüssigen Sachen?«

»Edie«, sagte ihre Mutter und zog sich in die Küche zurück. Quinn sah Nick an, der mit den Schultern zuckte.

»Wenn du mich nicht mehr brauchst«, begann er, doch sie unterbrach ihn: »Ich brauche dich.« Er sah skeptisch aus, und sie fügte hinzu: »Das Mindeste, was ich tun kann, ist, dir ein Bier als Dankeschön anzubieten. Komm schon.« Katie immer noch fest umklammernd, als könne sie sich in Luft auflösen, ging sie in die Küche, und ihm blieb nichts anderes übrig, als ihr mit einem resignierenden Seufzer zu folgen.

Edie war gerade dabei, Meggys Rührschüsseln in den Schrank einzuräumen.

»Hast du neue Schüsseln gekauft?« erkundigte sich Quinn, während sie Katie absetzte und ein Bier aus dem Kühlschrank nahm.

»Nein, die von Edie waren schöner«, erwiderte Meggy.

Quinn reichte Nick das Bier. »Was hat das mit dir zu tun?«

»Ich ziehe zu deiner Mutter«, erklärte Edie. »Sie ist zu dem Schluß gekommen, daß sie genauso wie du ihr Leben ändern kann.« Mit anerkennender Zuneigung sah sie zu Meggy.

»Edie und ich verbringen soviel Zeit miteinander, daß wir es für einfacher hielten zusammenzuleben«, fügte Meggy hinzu.

Quinn blickte von dem strahlenden Gesicht ihrer Mutter zu Edie und wiederholte: »Zusammenleben.«

»Ja«, bestätigte Meggy stolz. »Du allein hast den Stein ins Rollen gebracht. Du sagtest, es sei dir egal, was die Leute denken, daß du dein Leben für dich selbst leben mußt, und von diesem Moment an konnte ich an nichts anderes mehr denken als daran, wie sehr ich es mir wünsche, diesen Schritt zu tun und aufs Ganze zu gehen.« Meggy lächelte Edie an und schien so glücklich zu sein, wie Quinn sie seit Jahren nicht gesehen hatte. »Daraufhin haben wir darüber gesprochen und sind zu dem Schluß gekommen, daß es *so bequem* wäre. Edie zieht noch heute abend ein, und ich freue mich so. Das habe ich mir *seit Jahren* gewünscht.«

»Seit Jahren.« Quinn sah zu Nick, der ihrem Blick auswich. »Und was denkt Daddy darüber?«

»Wir haben es ihm noch nicht gesagt«, erwiderte Meggy. »Er ist beim Bowling.«

»Das wird ihm eine Lehre sein«, meinte Nick, und Quinn warf ihm einen vernichtenden Blick zu, der ihm bedeutete, nichts mehr zu sagen.

»Also haben Edie und du beschlossen, zusammenzuziehen, ohne Daddy davon zu unterrichten«, versuchte Quinn, die Sachlage zusammenzufassen.

»Wahrscheinlich wird er es nicht einmal bemerken, bis ich mich vor den Fernseher stelle«, warf Edie ein.

»Ich tue nur das, was du gesagt hast, Liebes«, sagte Meggy. »Ich gehe aufs Ganze. Du hattest recht.«

»Das hatte ich damit eigentlich nicht gemeint«, sagte Quinn.

»Wir müssen jetzt gehen.« Pragmatisch und direkt wie immer nahm Edie ihre Handtasche auf. »Dein Vater wird jeden Augenblick nach Hause kommen und eine Erklärung erwarten.«

»Die würde ich auch gerne hören«, meinte Nick, doch Meggy ignorierte ihn und küßte Quinn zum Abschied auf die Wange.

»Ich will einfach nur glücklich sein, Quinn«, sagte sie und verließ zusammen mit Edie das Haus.

Quinn lehnte sich gegen die Anrichte und meinte leichthin: »Das ist ja wirklich eine Neuigkeit.«

Nick nickte. »Interessanter Abend, den du gerade erlebst.«

Quinn schluckte. »Hast du mitbekommen, wie sie sich angesehen haben? Seit Jahren, hat sie gesagt. Wie konnte mir das entgehen? Wie konnte ich so blind sein?«

»Nun ja, sie sind ja nicht gerade damit hausieren gegangen. Und wer kennt schon das Sexleben seiner Eltern?« Bei diesen Worten sah er ein wenig verstört aus. »Ich möchte darüber jetzt nicht weiter nachdenken.«

»Ich kann damit noch nicht umgehen«, meinte Quinn irritiert. »Es geht um meine *Mutter.* Sie tut nichts Unüberlegtes. Egal, was passiert, sie ist doch immer der ruhende Pol, der sich nie ändert.« Katie stand auf und tapste zur Hundeklappe, so daß Quinn sich vorbeugte, um sie im Auge zu behalten, während sie weiterredete. »Ich konnte mich immer darauf verlassen, daß sie langweilig war. Das Ganze mißfällt mir zutiefst. Es *verändert* die Dinge.«

»Ich kann dich sehr gut verstehen«, sagte Nick und ging mit seinem Bier ins Wohnzimmer.

8

Während der fünf Minuten, die Katie draußen in der Kälte verbrachte, ließ Quinn sie keine Sekunde aus den Augen; ihre Gedanken waren jedoch völlig von Meggy eingenommen. *Seit Jahren*, hatte sie gesagt. *Ich habe mir das seit Jahren gewünscht.* Und nun setzte sie ihren Wunsch in die Tat um und war, dem Blick nach zu urteilen, mit dem sie Edie angesehen hatte, glücklich dabei. Okay, es war selbstsüchtig von ihr, Joe einfach so vor vollendete Tatsachen zu stellen; es war egoistisch, jedermanns Leben auf den Kopf zu stellen, aber dennoch … Sie schien so glücklich.

Nun, gut für sie, entschied Quinn. Wer immer die Idee in die Welt gesetzt hatte, der Lebenszweck von Frauen bestehe darin, sich für andere aufzuopfern, war vermutlich sowieso ein Mann gewesen. Gut für Meggy, daß sie aufs Ganze ging. Katie kam ins Haus zurückgelaufen, und Quinn verriegelte die Hundeklappe, damit sie nicht mehr nach draußen schlüpfen konnte. Dann begann sie, einen Plan zu schmieden. Nick war im Wohnzimmer, die Couch ebenfalls. Und er hatte soeben ihren Hund gerettet, ohne daß sie ihn auch nur darum gebeten hatte. Hierfür sollte sie ihm ihre Dankbarkeit zeigen. Ob er wollte oder nicht.

Katie tapste vorsichtig hinter ihr her, als sie ins Wohnzimmer ging. Mit einer CD in der Hand stand Nick vor der Stereoanlage und sah mal wieder grandios aus, zum Anbeißen, aber als er sie hörte, legte er die CD wieder auf den Stapel zu den anderen und trat mit schuldbewußtem Blick einen Schritt zurück.

»Musik?« fragte sie, und er sagte: »Nein.«

Es hörte sich an, als sage er zu mehr nein als nur zur Musik. Klar, sie trug ihre unförmige Jacke und die klumpigen Stiefel und hatte gerade beinahe seine Verhaftung verursacht, so daß er wahrscheinlich nicht zum Knutschen aufgelegt war, aber sie war es. Sie hatte ihn gleich dort auf dem Boden gewollt, als er ihr gesagt hatte, er werde Katie retten. Außerdem hatten Darla und sie einen Pakt geschlossen, aggressiver vorzugehen. Lieber Himmel, Darla trug schwarze Spitze. Und dann waren da noch ihre Mutter und Edie. Zumindest konnte sie einen Versuch starten.

Nick schob die Hände in die Taschen und ignorierte sie. Er machte einen aufgewühlten und nervösen Eindruck, und sie dachte: *Er hat etwas vor, sonst wäre er schon weg.* Das gab ihr Mut.

»Ich sollte jetzt gehen«, sagte Nick. »Ich muß morgen arbeiten.« Dennoch rührte er sich nicht.

Quinn zog ihre Jacke aus und warf sie auf den Sessel hinter sich. »Meine Mutter geht also aufs Ganze.« So beiläufig wie möglich, obwohl ihr das Herz bis zum Halse schlug, trat sie zur Stereoanlage und griff nach der CD, die er vorhin zurückgelegt hatte: *Greatest Hits* von Fleetwood Mac. Die mußte er tief aus dem Stapel hervorgekramt haben. Egal. Per Knopfdruck öffnete sie das CD-Fach und legte die Disc auf den Teller. »Nun, gut für Mom. Ich meine, schließlich hat man nur eine Chance im Leben. Sollte man dann nicht das Beste daraus machen?«

Die ersten Takte von »Rhiannion« erfüllten den Raum. Nicht gerade einer von Quinns Lieblingssongs. Sie drehte die Musik leiser auf Hintergrundlautstärke, damit sie sich unterhalten konnten. Oder damit zumindest sie reden konnte. Nick war nicht sehr hilfreich. »Ich meine, sollten wir unser Leben nicht so aufregend wie möglich gestalten? Schließlich lebt man nur einmal.«

Nick sah sie sonderbar an, wahrscheinlich, weil sie redete wie in einem Werbespot für Bier. Leichtfüßig ging Quinn an ihm vorbei – was in Gummistiefeln nicht gerade einfach war – und ließ sich auf der roten Couch ihrer Mutter nieder. Genau dort hatten sie gesessen, als sich die Situation letztens zugespitzt hatte. Sie hatte keinen falschen Stolz; vielleicht würde es wieder funktionieren. Sie beugte sich vor, um die Schnallen ihrer Stiefel zu lösen, und bemerkte, wie er sich neben sie setzte. Ihr Puls schien sich förmlich zu überschlagen. So weit, so gut. Sie streifte die Stiefel ab und wackelte mit den Zehen. »Ich bin dir wirklich dankbar für alles, was du heute abend für mich getan hast.« Unter gesenkten Wimpern warf sie ihm einen verstohlenen Blick zu.

Er sah grimmig aus, während er sie anstarrte, den Arm auf der Lehne der Couch ausgestreckt.

Sie lehnte sich gegen das Rückenteil und drehte ihren Kopf näher zu seiner Hand. »Du hast in allem zu mir gehalten. Du bist einfach toll.«

»Du weißt, daß du mich in den Wahnsinn treibst, oder?« fragte er.

»Nun, zumindest hoffe ich das.« Quinn versuchte das Zittern in ihrer Stimme zu unterdrücken. »Ich habe viel darüber nachgedacht.«

Nicks Miene war wie versteinert. »Das ist eine ganz schlechte Idee. Du bist meine Schwägerin.«

»Ex-Schwägerin. Vor zwanzig Jahren. Darla sagt, die Verjährungsfrist ist abgelaufen.«

Nick schloß die Augen. »Also weiß Darla davon.«

»Natürlich weiß Darla davon.«

»Ich will das nicht«, entgegnete Nick. »Du bist meine Freundin. Meine beste Freundin. Und als die möchte ich dich behalten.«

Hätte er nicht soeben ihren Hund gerettet, und würde sie ihn nicht so sehr begehren, hätte Quinn ihn am liebsten mit einem Tritt in den Hintern nach draußen befördert, weil er ein solcher Hasenfuß war. »Warum sitzt du dann hier auf dieser Couch?«

»Du hast recht, die Couch ist schuld«, sagte er und wich ihrem Blick aus. »Ein klassischer Fall äußerer Umstände. Es liegt nicht an mir, es ist die Couch. Laß uns in die Küche gehen.«

Er rührte sich nicht.

»Mir gefällt es aber hier auf der Couch«, sagte sie, worauf er sie endlich voller Verlangen mit seinen dunklen Augen ansah. Ihre Kehle wurde trocken.

»Mir auch«, sagte er.

Sie schluckte und beugte sich ein wenig vor, so daß ihre Wange seine Hand leicht berührte. »Du weißt auch, daß wir nicht ewig so tun können, als seien sie nicht da, diese Schwingungen zwischen uns.«

»Es wäre ein Fehler«, wehrte er sich. »Es wäre ein Riesenfehler.«

»Nein, wäre es nicht –« begann sie, als er plötzlich seine Finger durch ihre Haare gleiten ließ und sie seine Hand tatsächlich und nicht nur in ihrer Phantasie auf sich spürte. Ein wenig atemlos vor Verlangen nach ihm hielt sie inne, gleichzeitig ängstlich und unsicher, was sie als nächstes tun sollte.

»Es ist ein Fehler«, murmelte er, »aber ich denke an nichts anderes mehr, seit wir zuletzt auf dieser verdammten Couch saßen … aber nur dieses eine Mal.« Seine Hand umschloß ihren Nacken, um sie näher zu sich zu ziehen. »Vielleicht wird es ja wirklich lausig, dann brauchen wir es nie wieder zu tun.« Er schien ein wenig die Kontrolle über sich selbst verloren zu haben, und sie hielt den Atem an – erstaunt, ihn so nahe zu wissen und seine ihr so fremde Wärme zu spüren –, als er sich vorbeugte und ihre Lippen so sanft mit den seinen berührte, als sei er gar nicht da. Ihr Herz verkrampfte sich schmerzhaft in dem Verlangen, ihn zu packen, an sich zu reißen und sich inniger von ihm küssen zu lassen. Sie griff nach seinem T-Shirt und umschloß ein Stück des Stoffs mit der Faust, um ihn zu sich zu ziehen. Lustvoll und voller Verheißungen legten sich seine Lippen auf ihren Mund und ließen die Hitze in ihr aufflammen. Sie drängte sich gegen ihn, und er löste sich von ihren Lippen.

»Oh, verdammt, überhaupt nicht lausig«, flüsterte er, und sie hauchte, *»Mehr«*, bevor er die Augen schloß und sie erneut küßte, heftiger diesmal, seine Hand fest um ihren Hinterkopf geschlossen, während ihr Herz pochte und sie ihre Hände in seinem T-Shirt vergrub, um diesen wunderbaren Kuß bis in alle Ewigkeit zu verlängern. Er wich ein wenig zurück, und sie beugte sich noch weiter vor, ihren Mund unmittelbar vor seinem, bis sie beinahe auf seinem Schoß saß und versuchte, seine Lippen wiederzufinden, ihn wieder an sich zu ziehen, um seinen Kuß zu genießen und alles andere, was sie von ihm bekommen konnte.

»Schlechte Idee«, flüsterte er heiser wie eine Warnung, und sie sagte leise: »Küß mich *heftig*«, bevor sie die Arme um seinen Nacken schlang und er sie fest an sich zog, wobei er sie seitlich gegen die Couch drückte, so daß sie in seinen Armen gefangen lag, während sie sich gegen seinen wundervollen und muskulösen Körper preßte. Seine Hände glitten über ihren Rücken, rauhe Hände, deren Berührung sie gleichzeitig erregte und nervös machte. Das war Nick, und diese Vorstellung schien aufregend und gefährlich, aber zugleich fühlte sie sich sicher, eben weil es Nick war und er sie küßte, lange, wunderbare Minuten küßte – die Zeit schien während seines Kusses stillzustehen –, sie erregte, sie erschreckte und sie ängstigte, weil er sie so begehrte und so stürmisch war. Sie drängte sich noch näher an ihn, und er erschauerte, und sie preßte ihre Hüften gegen seine, während er mit der Zunge ihren Mund erforschte. Sie ließ ihre Zunge um seine spielen, und er rollte sie herum auf die Sofakissen und drehte sich, bis sie unter ihm lag. Mit seinem ganzen, sie erregenden Gewicht drückte er sie nieder und schob seinen Schenkel zwischen ihre. Ihre Leidenschaft entflammte. Völlig von Sinnen krallte sie ihre Fingernägel in seinen Rücken.

Sein Körper fühlte sich unter ihren Händen härter an, als sie gewohnt war, hagerer als Bills, erotischer und weniger glatt, und sie versuchte, sich auf ihn einzustellen, seinen Rhythmus zu finden, als er sie küßte. Aber es war so verwirrend, weil sie so unbeschreiblich erregt und weil es Nick war, in dessen Armen sie lag, der sie begehrte und so heiß küßte wie noch nie jemand zuvor. Aber es war immer noch *Nick*, was sie einerseits hemmte, andererseits ihren Atem immer schneller gehen ließ. Auch Nicks Puls raste, sie konnte seinen Herzschlag spüren, aber dann fuhr er mit seiner Hand an der Seite ihres Körpers entlang – der Flanellstoff ihres Hemdes war so abgenutzt, daß sie die Hitze seiner Finger durch ihn hindurch fühlen konnte –, und sie vergaß sein Herz und nahm nur noch ihre Erregung wahr, weil es Nick war, der sie streichelte. Langsam glitt seine Hand über ihre Brüste. Er umschloß sie sanft mit den Fingern und streichelte sie über dem Stoff, und sie erschauerte unwillkürlich, weil sich die Hitze und die Berührung so gut anfühlten und sein Mund so lustvoll auf ihrem lag. Er begann, sie drängender zu streicheln, bevor er, einen Moment wie erstarrt, innehielt und sich die Lust aus seinem Blick zu verflüchtigen schien. Sie drängte sich ihm entgegen, aber er wich zurück.

»Was ist los?« fragte sie überrascht und hob sich ihm entgegen, um ihn zu spüren und festzuhalten, doch dann hörte sie es ebenfalls. Jemand läutete an der Haustür und hielt den Knopf gedrückt, so daß die Klingel ununterbrochen schrillte.

Nicks Augen hefteten sich auf sie. »Oh, Jesus«, stöhnte er. In einer Bewegung rollte er sich weg und stand auf, wobei er Quinn, die sich immer noch an seinem T-Shirt festklammerte, in eine bequeme Stellung zog.

»Nick?« fragte sie, als er ihre Finger mühsam von dem Stoff löste, aber er schüttelte nur den Kopf und ging zur Tür. Sie hörte, wie er sie öffnete und sagte, »Oh. Hi, Joe«, und sie ließ ihren Kopf gegen die Rückenlehne der Couch sinken und seufzte frustriert zwischen zusammengepreßten Zähnen.

Mit dem tragbaren Fernseher aus seinem Schlafzimmer und einem Müllsack in den Händen, der offenbar mit Kleidungsstücken vollgestopft war, betrat ihr Vater das Wohnzimmer.

»Hi, Dad«, sagte Quinn und versuchte, eine unschuldige Miene aufzusetzen.

»Deine Mutter hat mich hinausgeworfen«, sagte er und klang gleichzeitig verblüfft und wütend. »Ich habe sie nur nach einem Bier gefragt, und sie wirft mich raus.«

»Ich glaube nicht, daß das Bier der Grund ist«, meinte Quinn. »War Edie bei ihr?«

»Wahrscheinlich sind es die Wechseljahre.« Joe plazierte den Fernseher am Ende des Tisches neben dem Torbogen und sah sich nach einer Steckdose um. »Weißt du, sie kam herein und meinte, daß Edie eine Weile bleiben werde, und ich sagte, ›Meinetwegen‹, und dann fing sie an herumzuzetern, daß ich ihr nie zuhören würde, und als ich sie fragte, ob sie in den Wechseljahren ist, schrie sie mich an, daß sie die schon seit zwei Jahren hinter sich hätte. Dann hat sie mich rausgeworfen.« Er sah Nick an. »Können sie so was auch zweimal bekommen?«

Nick schaute zu Quinn und schloß die Augen. »Nein. Ich muß jetzt gehen.«

»Oh, nein, das wirst du nicht.« Quinn stand auf und fixierte ihn. »Du bleibst hier.« Sie drehte sich zu ihrem Vater um und sagte: »Im hinteren Gästezimmer oben stehen zwei Einzelbetten. Such dir eins aus. Ich muß mit Nick sprechen.«

»Das Spiel läuft«, wandte Joe ein.

»Es läuft immer ein Spiel«, erwiderte Quinn. »Und jetzt die schlechte Nachricht: Ich habe keinen Kabelanschluß.«

»Ach, Mist«, murrte Joe und stieg mit seinem Müllsack die Treppe hinauf.

Quinn wandte sich zu Nick zurück. »Bezahlst du die Leute dafür, daß sie uns stören?«

»Jetzt fang nicht so an.« Kopfschüttelnd blickte Nick sie an und sah entgeistert aus. »Mein Gott, ein Kuß, okay, und du hast gesagt, *heftiger.* Nein. Es war ein Fehler.«

»Soso, du willst mich wohl verarschen, was?« Quinn versuchte, ihre Wut im Zaum zu halten, da Schreien auch nichts nutzte, obwohl es mit Sicherheit guttäte. »Du willst mir das also *schon wieder* antun?«

»Ich glaube, es sind deine Haare.« Er sah zur Zimmerdecke und überallhin, nur nicht zu ihr. »Ich muß bescheuert sein. Absolut bescheuert.«

»Meine Haare.« Quinn spürte, wie ihr erneut die Zornesröte ins Gesicht stieg. »Meine Haare. Du betatschst mich auf meiner Couch, um mir dann wegen meiner Haare eine Abfuhr zu erteilen.« Sie ergriff eines der Sofakissen und drückte es gegen ihre Brust, die Arme fest darum geschlossen, um es ihm nicht an den Kopf zu werfen. »Du hast vollkommen recht. Du bist bescheuert.«

»Du siehst genauso aus wie mit sechzehn«, sagte Nick. »Nur älter.«

Quinn hatte gar nicht bemerkt, daß sie die Zähne zusammenbiß, bis sie ihren Atem mit einem Zischen ausstieß.

»So meinte ich das nicht.« Nick schloß die Augen und legte seinen Kopf in den Nacken. »Ich habe einen schlechten Tag.«

»Du hast einen schlechten Tag?« Unaufhaltsam spürte sie den Ärger in sich hochsteigen, eine Hitzewelle, die ihr Kopfschmerzen verursachte. »Die Bank lehnt meinen Kredit ab, mein Hund wird gekidnappt, meine Mutter outet sich, mein Vater zieht bei mir ein« – ihre Stimme schwoll zu einem Kreischen an – »und mein Ex-Schwager weigert sich, mit mir zu schlafen, aber du hast einen schlechten Tag? *Das glaube ich kaum!«* Auf seinen Schritt zielend schleuderte sie ihm das Sofakissen entgegen, während er bewegungslos inmitten des Zimmers stehenblieb und es von sich abprallen ließ.

»Die Bank hat deinen Kredit abgelehnt?« fragte er.

»Vergiß den Kredit.« Sie holte tief Luft, um nicht weiterzuschreien.

Nick trat einen Schritt zurück. »Hey, das hier ist nicht nur mein Problem. ›Ex-Schwager‹, hast du gesagt. Du wußtest, daß es nicht funktionieren würde, sonst würdest du mich nicht so bezeichnen. Nicht, während ich –« Er brach ab. »Ich will nicht darüber reden.«

»Um mich geht es hier nicht«, entgegnete Quinn. »Ich war bereit, mir die Kleider vom Leib zu reißen und alles zu tun, was du wolltest.«

Erneut schloß Nick die Augen. »Tu mir das nicht an.«

Quinn wünschte ihm den Tod. »Ich tue dir gar nichts an. Ich bin nicht das Problem hier, das bist du. Warum hast du mich denn geküßt, wenn du nicht weitermachen wolltest?«

»Ich hätte weitergemacht«, sagte Nick resigniert. »Ich *wollte* weitermachen, glaub mir. Aber du –« Hilflos breitete er die Arme aus und vollführte eine kreisende Bewegung in der Luft, als wolle er die Worte, die er suchte, herauszwingen. »Ich kann es nicht. Ich habe daran gedacht, Gott weiß, in letzter Zeit konnte ich an nichts anderes denken, aber dann sehe ich dich an, und du bist Quinn, nicht irgendeine Phantasie, und ich liebe dich, aber nicht auf diese Weise. Ich kann es einfach nicht, also werden wir es nicht tun. Niemals. Dies eben ist nicht passiert, und es wird nicht wieder passieren.«

Hastig drückte er sich an ihr vorbei, um seine Jacke zu holen, und sie sagte: »Du weißt, daß du die Zeit nicht einfach zurückdrehen und das Geschehen auslöschen kannst, wenn dir danach ist. Du hast mich geküßt.«

Er warf sich die Jacke über und vermied den Augenkontakt mit ihr. »Ich will nicht darüber reden.«

»Du hast mich *betatscht*.«

»Ich möchte *wirklich* nicht darüber reden.« Er zog die Autoschlüssel aus der Jackentasche und deutete damit auf sie. »Wir werden das nicht wieder tun. Wirf mir nie wieder mit großen Augen Blicke auf der Couch zu.«

»Oh, dann ist es also *meine* Schuld.«

»Jawohl.« Nick drehte sich um und ging durch den Torbogen ins Eßzimmer und dann zur Haustür. Quinn folgte ihm, einerseits in dem Verlangen, sich ihm in den Weg zu werfen und ihn auf die Couch zurückzuziehen, andererseits mit dem Wunsch, ihm einen kräftigen Tritt zu versetzen. »Es ist allein deine Schuld«, rechtfertigte er sich. »Seitdem du diesen verfluchten Hund aufgegabelt hast, hast du dich verändert. Ich habe so etwas nie zuvor in meinem Leben getan, ich habe nicht einmal darüber nachgedacht, bevor du dich derart verändert hast.« Er blieb stehen, um die Tür aufzureißen. »Zumindest schon lange nicht mehr.«

Quinn starrte ihn an. »Was soll das nun wieder heißen? Vor langer Zeit hast du also daran gedacht? Ich kann nicht glauben, daß du mich einfach so hier zurückläßt.«

»Gute Nacht«, sagte Nick und schlug die Tür hinter sich zu.

»Schön wär's«, schrie sie ihm durch die Fensterscheibe in der Tür hinterher. Als er nichts zurückrief, sondern offensichtlich unbeeindruckt zu seinem Wagen ging, sah sie zu Katie hinunter, die sich angeschlichen hatte, um die Ursache dieses ganzen Aufruhrs zu erkunden. »Meine Haare«, erklärte sie dem Hund. »Er hat mich wegen meiner Haare abblitzen lassen.«

Ein wenig nervös und eindeutig voller Zweifel legte Katie ihren Kopf schief.

»Ich weiß, ich kaufe es ihm auch nicht ab«, meinte Quinn. Dennoch ertappte sie sich bei dem Blick in ihren Garderobenspiegel, als sich Nicks Laster entfernte. Sie trug also immer noch den gleichen Haarschnitt wie zu Zeiten der High-School. Großartig. Blöde Ausrede.

»Go your own way«, sangen Fleetwood Mac im Wohnzimmer.

»Und was seid ihr, scheiß Hintergrundmusik?« fluchte Quinn und stampfte ins Wohnzimmer, um die Stereoanlage zornentbrannt auszuschalten. So viel zu Nicks Musikgeschmack.

»Quinn?« rief Joe von oben zu ihr herunter. »Hast du noch eine Zahnbürste in Vorrat?«

»Im Schrank«, fauchte sie und ging in die Küche, um Zoë anzurufen.

Als ihre Schwester abhob, sagte Quinn nur: »Ich glaube, Mom ist andersrum.«

»Was?«

»Unsere Mutter ist lesbisch. Nur eine Vermutung, aber sie und Edie tauschen keine Rezepte aus, sondern Zärtlichkeiten.«

»Ich werde verrückt.« Im Hintergrund konnte Quinn Bens Stimme poltern hören, bevor sie leicht gedämpft Zoës Stimme vernahm, die sich offenbar abwandte und sagte: »Nein, es gibt kein Problem.« Als ihre Stimme wieder klar durch die Leitung drang, klang sie verwirrt. »Wie geht es Dad?«

»Ich glaube, er hat es noch nicht kapiert«, meinte Quinn. »Aber er ist bei mir eingezogen.«

»O Gott, Quinn, du tust mir so leid.« Wieder ertönte Bens ungeduldige Fragerei im Hintergrund, und sie hörte Zoë sagen: »Nichts ist passiert, das habe ich dir doch gesagt. Deine Schwiegermutter ist eine Lesbe, das ist alles. Verzieh dich jetzt bitte.«

Über die Leitung hörte Quinn Ben auflachen und dann Zoë sagen: »Nein, ich mache keine Witze, aber wenn du jetzt nicht deine Klappe hältst, werde ich nie die Einzelheiten erfahren.« Zoës Stimme drang erneut klar an ihr Ohr. »Ich finde, du solltest das Mom überlassen. Sie war zwar noch nie eine zielstrebige Person, aber irgendwie hat sie immer erreicht, was sie wollte.«

»Mag sein, aber wäre es nicht eine hervorragende Idee gewesen, uns beide in diesem Sinne großzuziehen?« Quinn begann, auf und ab zu gehen, und zog dabei das Telefonkabel in die Länge.

»Du hörst dich ein bißchen verärgert an«, meinte Zoë. »Ich weiß zwar auch noch nicht so ganz genau, was ich von dieser Sache halten soll, außer daß es ein wenig merkwürdig ist zu erfahren, daß Mom neben Dad noch ein Sexleben führt, aber andererseits muß es für sie nach all den Jahren vermutlich auch merkwürdig sein. Wann also hat sie es schließlich gemerkt?«

»Du wirst es nicht glauben.« Quinn setzte sich auf einen der Küchenhocker, während Katie sich zu ihren Füßen zusammenrollte, überzeugt, daß Quinn sich in nächster Zeit nicht unverhofft von ihrem Platz erheben würde. »Sie sagt, daß sie sich das seit Jahren gewünscht hat.«

»*Was?*«

»Ja«, bekräftigte Quinn und fühlte sich durch Zoës Empörung bestätigt. »Ja, die ganze Zeit, in der sie uns die pflichtbewußte und sorgende Ehefrau vorspielte und Dad von vorn bis hinten bediente, hatte sie ein Verhältnis mit Tante Edie.«

»Weißt du, wie oft sie zu mir sagte, Sex sei unnötig, und ich solle aufhören, den Jungs nachzulaufen?« Vor Enttäuschung über diesen Verrat nahm Zoës Stimme einen gereizten Tonfall an. »Und die ganze Zeit über dachte ich, sie würde auch praktizieren, was sie predigte, die arme, langweilige Mom.«

»Mich hat sie vermutlich genauso oft gelobt, es wäre sehr klug von mir, keinen Sex zu haben«, erwiderte Quinn. »Als ich ihr erzählte, daß der Verlust meiner Jungfräulichkeit entsetzlich gewesen war, meinte sie nur: ›Nun, so ist Sex eben.‹ Sie sagte, Sex sei langweilig, während du mir erzähltest, er sei überbewertet, und ich lag irgendwo zwischen euch beiden, weil ich es nicht anders kannte. Und jetzt bin ich die Dumme.«

»Halt die Klappe«, hörte sie Zoë sagen, und dann: »Nicht du, ich spreche mit meinem Mann, dem Witzbold. Er meint, sie hätte wahrscheinlich gehofft, wir würden Mädchen nachlaufen. Ich habe dir gesagt, Sex wäre überbewertet?«

»Mehr als einmal. Ich konnte mir zwar keinen Reim darauf machen, warum du dann immer mehr davon haben wolltest, aber schließlich kam ich zu dem Schluß, daß du nur Mom damit aus der Fassung zu bringen versuchtest.«

»Wahrscheinlich«, meinte Zoë. »Den richtigen Dreh dabei habe ich erst mit knapp dreißig herausgefunden.« Im Hintergrund ließ Ben eine Bemerkung fallen, und sie erwiderte: »Nein, nicht mit dir, aber du bist auch nicht übel. Würdest du dich jetzt verziehen, damit ich in Ruhe telefonieren kann?«

»Mit Nick war es nichts?« Quinn hatte ein schlechtes Gewissen, weil sie das fragte, aber sie konnte nicht anders.

»Es war nicht schlecht, aber auch nicht umwerfend«, sagte Zoë. »Ich war neunzehn, was wußte ich schon davon? Und *Mom* war weiß Gott keine Hilfe.«

»Aber hatte er denn keine Erfahrung? In meiner Phantasie malte ich mir immer aus, was für tollen Sex ihr auf der Couch hättet.«

»Nick war auch erst neunzehn«, gab Zoë zu bedenken. »Das meiste, was er wußte, hat er mit mir ausprobiert. Der Schnelle und die Ahnungslose, das waren wir. Und während all dieser Zeit hatte *Mom* –«

»Na, großartig«, meinte Quinn. »Einfach großartig. Du hast dich scheiden lassen, ich lande bei einem langweiligen Kerl nach dem anderen, und Mom führt eine lebenslange Beziehung mit Dad *und* mit Edie. Ich bin wirklich *sauer* auf sie.«

»Wie Dad sich wohl fühlen mag?«

»Im Moment schiebt er es auf die Wechseljahre.«

»Ach, du lieber Himmel. Soll ich kommen?«

»Wozu? Willst du Dad mit der Nase auf Moms Leiche im Keller stoßen? Er würde dort sowieso nur nach einem Kabelanschluß suchen.«

»Du hörst dich nicht gut an.«

»Ich habe einen miesen Tag.« *Dein Ex-Mann hat mir schon wieder einen Korb gegeben.* »Alle kommen mir dumm.«

»Scheiß auf sie, wenn sie dich nerven«, sagte Zoë. »Tu das, was du willst, Q. Ich habe es schließlich auch mit Ben getan, und Mom tut es nun offensichtlich ebenfalls. Du kannst das auch.«

»Ich werde es mir merken«, sagte Quinn. »Du mußt nur noch die anderen davon überzeugen.«

Am nächsten Morgen begab sich Quinn in ihrer Freistunde auf der Suche nach Darla ins Upper Cut. Debbie winkte ihr über vier Frisierstühle und drei in scharlachrote Plastikkittel gehüllte Frauen hinweg zu.

»Hey, meine Liebe«, rief sie ihr zu. Mit ihrem neuen blonden Haarschnitt sah sie der verstorbenen Prinzessin Diana seltsam ähnlich. »Ich habe von deinem neuen Haus gehört.«

Zwei der Frauen drehten den Kopf, um zu sehen, von wessen neuem Haus die Rede war, während die dritte fortfuhr, von dem Streit zu erzählen, den sie mit irgend jemandem gehabt hatte. »Und dann sagte *sie* –«

»Ist Darla hier?« fragte Quinn und ging nach hinten zu Darlas Arbeitsplatz.

»Sie muß jeden Augenblick kommen.« Debbie sprühte eine Ladung Haarspray auf das champagnerblonde Haar, dem sie soeben zu neuen Höhen verholfen hatte. »Wie gefällt es dir, Corrie?«

Corrie Gerbers runzeliges kleines Gesicht spähte unter einem Turm starrer Locken hervor; sie sah aus wie eine Maus unter einer Eistorte. »Perfekt, Debbie, genau wie immer.«

»Wir geben unser Bestes.« Debbie schälte Corrie ungestüm aus dem Plastikkittel und fegte ein paar Härchen von ihren Schultern. »Das war's, meine Liebe. Paß auf beim Rausgehen, der Boden hier ist glatt.«

Corrie hievte sich aus dem Stuhl und blieb stehen, nicht einmal ein Meter fünzig groß, um ihre Haarpracht im Spiegel zu betrachten. Über ihre Schulter hinweg erhaschte sie einen Blick auf Quinn, die sich größte Mühe gab, sie nicht anzustarren, und sagte: »Ich habe von dir gehört. Hast einfach den Coach sitzenlassen und wohnst jetzt in diesem alten Haus draußen in der Apple Street. Was ist los mit dir, Mädchen?«

»Ich bin Feministin«, sagte Quinn. »Die haben manchmal irrationale Bedürfnisse.«

Hinter ihr stürmte Darla mit solch spannungsgeladener Hektik in den Laden, daß sie beinahe in Quinn hineinlief, bevor sie sagte: »Hey, was machst du denn hier? Hallo, Corrie, du siehst großartig aus. Ist mein Elf-Uhr-Dreißig-Termin schon hier, Deb?«

»Nein«, antwortete Debbie. »Aber es ist schließlich Nella,

also kein Wunder. Was ist denn mit dir los? Du siehst ziemlich fertig aus.«

»Schieb mich dazwischen«, sagte Quinn zu Darla. »Ich will mir die Haare schneiden lassen.«

»Klar, kein Problem. Die Spitzen wären noch mal fällig.« Gleichgültig winkte Darla sie zum Stuhl, so daß Quinn fragte: »Alles in Ordnung mit dir?«

»Später«, sagte Darla. »Also, Spitzen schneiden.«

»Nein«, sagte Quinn. »Schneiden. Schneide sie ab.«

Alle drei sahen sie an.

»Meine Liebe, nein, nicht dieses *wundervolle Haar*«, sagte Debbie.

»Willst du zu einer dieser Lesben werden?« fragte Corrie.

»Bist du sicher, daß du das möchtest?« erkundigte Darla sich.

»Ja«, antwortete Quinn allen dreien. »Runter damit.« Sie setzte sich in Darlas Stuhl und strich die Haare aus ihrem Gesicht. Sie sah verheerend aus, aber anders.

»Nein, nicht so.« Darla versetzte Quinns Hand kleine Klapse, bis sie losließ, und drapierte ihr Haar dann locker um ihre Schläfen.

»Rasier sie ab«, sagte Quinn.

»Habe ich vielleicht irgendwas verpaßt?« fragte Darla.

Im Spiegel sah Quinn Debbie und Corrie, die neugierig die Ohren spitzten. »Später.«

Darla wandte sich zu ihnen. »Können wir noch etwas für Sie tun, meine Damen?«

»Sie muß den Verstand verloren haben«, murmelte Corrie und wankte zur Kasse, um für ihren Haarschnitt zu bezahlen.

»Ich mache nur meinen Platz sauber«, sagte Debbie. »Ich werde euch gar nicht stören.«

»Doch, das wirst du«, meinte Darla. »Gib uns zehn Minuten. Hol dir eine Cola.«

Debbie setzte die gleiche Miene auf wie damals, als Darla sie nicht mit den großen Mädchen hatte spielen lassen, und

Quinn hätte darauf wetten können, sie gleich jammern zu hören, »Das ist gemein«, wie sie es in ihren gemeinsamen Kindertagen tausendmal gesagt hatte. Statt dessen gab sie nur einen verächtlichen Laut von sich und rauschte in den Pausenraum.

Darla zog ihre Schublade auf und holte die Box mit ihren Scheren hervor. »Jetzt erzähl schon, oder ich schneide nicht.«

»Nick hat mich gestern abend geküßt. Heftig geküßt«, platzte Quinn heraus und sah Darla hinter sich im Spiegel lächeln. Zum ersten Mal, seit sie in den Salon gestürzt war, schien sie sich ein wenig zu entspannen.

»Wunderbar. Jetzt erklär mir, was du dir für einen Schnitt vorstellst.«

»Aber dann kam mein Vater, und er nutzte das als Ausrede, um einfach aufzuhören.« Bei dem bloßen Gedanken daran knirschte sie mit den Zähnen. »Er hat einfach *aufgehört.*« Quinn und Darlas Blicke kreuzten sich im Spiegel. »Ich sagte, ›Hör mal, ich habe mich verändert‹, und er sagte, ›Du siehst aus wie immer‹, und als er gegangen war, schaute ich in den Spiegel. Er hat recht. Seit der High-School habe ich diese Frisur. Damals vielleicht ein bißchen länger, aber im Grunde genauso, mit Mittelscheitel. Ich will etwas anderes, denn das ist ein Weg, um *jedem* zu zeigen, daß ich nicht mehr die alte bin und auch nicht vorhabe, es wieder zu werden. Schneid sie ab.«

»Immer mit der Ruhe«, sagte Darla. »Erst mal wasche ich sie, dann kümmern wir uns darum.«

»Warte einen Moment«, sagte Quinn. »Ich habe ganz vergessen zu fragen: Hat die Erde letzte Nacht gebebt?«

Darlas Gesicht im Spiegel war wie versteinert.

»Oh, Shit«, sagte Quinn. »Was stimmt denn bloß mit denen nicht?«

»Was stimmt mit uns nicht?« meinte Darla.

Wieder trafen sich ihre Blicke im Spiegel, und Quinn sagte: »Schneid meine Haare. Schneid sie ganz ab. Mach sie so anders wie möglich. Mach sie so anders, daß ich niemals wieder so werden kann, wie ich war.«

Darla nickte. »Du hast es geschafft.«

»Noch nicht«, sagte Quinn. »Aber ich werde es.«

9

Als Nick um zehn Uhr die Bank betrat, war die Schalterhalle nahezu leer, so daß Barbaras Stimme ein wenig hallte.

»Nick!« begrüßte sie ihn und strahlte wie die Bankpräsidentin höchstpersönlich. »Heute schon so früh mit der Einzahlung?«

»Max wird das Geld später vorbeibringen«, sagte er und registrierte, wie sich ihre Miene aufhellte. Herrgott, Max stand wirklich Ärger ins Haus. Kein Wunder, daß er den ganzen Morgen so schlecht gelaunt gewesen war. »Ich brauche Hilfe.«

»Natürlich.« Wie auf Kommando knipste Barbara das Strahlen auf ihrem Gesicht aus und mutierte wieder zur Bank-Barbie. »Was kann ich für dich tun?«

Nick schaute sich kurz in der Bank um, aber niemand schien ihnen zuzuhören. Er beugte sich vor, und Barbara tat es ihm gleich, angesteckt von seinem verschwörerischen Verhalten. »Quinns Bankkredit wurde abgewiesen.«

Sie richtete sich auf. »Das kann nicht sein.«

»Schhhh«, machte er, und sie beugte sich wieder zu ihm.

»Das kann nicht sein«, sagte sie gedämpft. »Sie ist kreditwürdig. Wer hat dir das erzählt?«

»Quinn«, antwortete Nick. »Könntest du mal nachsehen –«

»Warte hier«, sagte Barbara und marschierte davon.

Auf seiner persönlichen Skala der Hochachtung machte Barbara ein paar Punkte wett. Das, was sie tat, war natürlich absolut unmoralisch, aber es diente einem guten Zweck, Quinns Zweck. Nicht, daß zwischen ihm und Quinn etwas lief.

Nick lehnte sich gegen den Schaltertisch und wiederholte diesen Gedanken noch einmal still für sich, während er wartete. Quinn konnte auf sich selbst aufpassen, aber diese Sache mit dem abgelehnten Kredit stank zum Himmel – eine Sache, um die sich ein Freund für einen anderen Freund kümmern würde, also wahrhaftig keine Gefühlsbindung im eigentlichen Sinne. Er fühlte sich nicht im geringsten von ihr angezogen, keine Berührungen, keine Phantasien von ihrer Unterwäsche – unwillkürlich mußte er daran denken, wie weich sich der Flanellstoff ihres Hemdes gestern abend angefühlt hatte und wieviel weicher sie erst darunter gewesen sein mußte, wie sie sich unter ihm gewunden und ihm ihre Hüften entgegengestreckt hatte, so daß er beinahe den Verstand verlor –, nein, er würde sich definitiv von ihr fernhalten, bis diese Hitzeanwandlung, die ihn momentan heimsuchte, vorüber war.

Barbara kam zurück, die Wangen von hellroten Flecken überzogen – vor Ärger, wie sich herausstellte. »Sie haben ihren Kreditstatus geändert«, erklärte sie. »Sie haben das Darlehen nicht abgelehnt, sondern nur um eine Anzahlung von zwanzig Prozent gebeten. Und soviel hat sie nicht.«

»Warum haben sie ihn geändert?«

Mit zusammengepreßten Lippen beugte sich Barbara näher zu ihm. »Ich sollte dir das eigentlich nicht sagen, aber sie hätten es auch nicht tun sollen. Ihr Boß hat einen Brief geschrieben, in dem er verlauten ließ, daß sie ein merkwürdiges Verhalten an den Tag lege – ›instabil‹, wie er sich ausdrückte.«

»Bill«, meinte Nick.

»Nein, ihr Boß Robert Gloam«, sagte Barbara. »Ich habe den Brief gesehen.«

»Mag sein, aber Bill hat ihn dazu aufgestachelt.« Nicks letzter Rest von Sympathie für Bill verflog. »Wie hoch ist die Anzahlung?«

»Vierzehn«, sagte Barbara. »Aber sieben hat sie bereits eingezahlt.«

»Ich würde gerne einen Teil meines Guthabens transferieren«, sagte Nick.

»Auf Quinns Kredit?« Bedauernd schüttelte Barbara den Kopf. »Das kann ich nicht machen. Er lautet auf ihren Namen und –«

»Willst du, daß sie damit durchkommen?« wollte Nick wissen.

Barbara biß sich auf die Lippe.

»Das hat sie nicht verdient«, fügte Nick hinzu.

Zehn lange Sekunden dachte Barbara nach, bevor sie zu nicken begann. »Du hast recht, das hat sie nicht. Wovon möchtest du das Geld transferieren?«

»Ich habe ein paar Einlagezertifikate im Schließfach«, sagte Nick. »Davon muß niemand erfahren, okay?«

»Das ist wirklich nett von dir.« Anerkennend lächelte Barbara ihn an mit dem distanzierten und unverbindlichen Lächeln einer Bankangestellten.

Im Vergleich zu Quinns Lächeln war das eine Wohltat.

»Schließlich ist es Ehrensache, seinen Freunden zu helfen«, meinte Nick, und Barbara stutzte.

»Ja, das ist wohl richtig.« Zum ersten Mal sah sie ihn mit wirklicher Wärme an. »Ganz bestimmt sogar.«

»Eben«, sagte Nick unbehaglich.

Barbara schenkte ihm ein strahlendes Lächeln.

Darla teilte Quinns feuchtes Haar in Strähnen und dachte über Quinn und Nick und Veränderung und Max nach. Ein Gutes hätte ein Kurzhaarschnitt für Quinn: Endlich würden diese großartigen Wangenknochen zur Geltung kommen. Und vielleicht würde Nick Quinn endlich bemerken, was eine gute Sache wäre. Vielleicht jedenfalls.

Über Quinns Kopf hinweg betrachtete sie ihren eigenen ordentlich gedrehten Nackenknoten. Weitaus ordentlicher als Barbaras Version davon, die lockerer und einfach sexy war.

Verdammt.

»Seit der High-School«, hatte Quinn gesagt. Nun, das war exakt so lange, wie sie ihres wachsen ließ, seit dem Abschlußjahr, als sie Max dabei ertappt hatte, wie er eine Cheerleaderin aus den unteren Klassen ansah und nur sagte: »Ich mag lange Haare.« Anstatt zu entgegnen: »Ich nicht, und wenn du sie noch einmal ansiehst, bist du tot«, hörte sie auf, ihre zu schneiden.

»Darla?« fragte Quinn, und sie erwiderte: »Das ist eine gute Idee.«

Sie schnitt Quinns Haar zu einem stufigen Bob mit Seitenscheitel, um Quinns runde Gesichtsform nicht zu betonen, und war selbst erstaunt darüber, wie sehr Quinn sich mit jedem Scherenschnippel veränderte. Sie sah älter aus, aber auch besser. Darla fuhr ein letztes Mal mit einem Kamm durch das Haar. Schärfer, flotter, richtig sexy. Soviel zum Sex Appeal von langem Haar. »Wie findest du es?«

Quinn nickte, ein wenig blaß im Gesicht, aber entschieden. »Es ist ein Schock, aber es gefällt mir. Wenn ich den Schock erst einmal überwunden habe, werde ich es wahrscheinlich klasse finden.« Sie schüttelte ihren Kopf vor und zurück. »Bei dieser Bewegung konnte ich meine Haare immer schwingen fühlen.«

»Diese Tage sind vorbei«, sagte Darla. »Soll ich noch ein wenig nachfönen?« Aber dann kam Nella eine halbe Stunde zu spät herein und fragte: »Ich bin doch nicht zu spät, oder?«, und Quinn stand auf und schüttelte dabei kupferfarbene Haarsträhnen.

»Überhaupt nicht, Nell«, log Darla. »Nimm Platz. Ich bin sofort bei dir.«

Sie folgte Quinn zur Kasse und sagte: »Das geht auf mich. Ruf mich später an.« Sobald Quinn fort war, ging sie auf der Suche nach Debbie in den Pausenraum hinten im Laden.

»Ist mein Zwölf-Uhr-Termin da?« wollte Debbie wissen. Ihr Tonfall klang ein wenig frostig.

»Nein. Kannst du mir später die Haare schneiden?«

Debbie fiel die Kinnlade herunter. »Deine Haare?«

»Ja«, sagte Darla. »Kurz. Ganz kurz.«

»Ach, du lieber Himmel.« Bei dieser Neuigkeit taute Debbies Frostigkeit auf. »Max wird dich umbringen, sobald er dich sieht.«

»Es ist mein Kopf, nicht der von Max«, antwortete Darla und ging hinaus, um Nella zu bedienen, bevor Debbie einwerfen konnte, daß Max derjenige war, der ihn ansehen mußte.

Aber das war sein Problem.

Quinn saß vor der Werkstatt in ihrem Wagen und versuchte, sich an ihren neuen Haarschnitt zu gewöhnen. Sie starrte in den Spiegel ihrer Sonnenblende und drehte den Kopf von einer Seite zur anderen, aber es kam ihr kein anderer Gedanke in den Sinn als *kurz*.

Was soll's, zur Hölle damit. Sie hatte einen gelungenen Haarschnitt, Darla schnitt nie schlechte Frisuren, also war alles in Ordnung. Sie klappte die Blende hoch, holte tief Luft und betrat die Werkstatt, um mit Nick zu reden.

Er war in ein Gespräch mit Max vertieft, wobei sie beide die Stirn runzelten, und sie hatte den deutlichen Eindruck, daß sie nicht über Autos sprachen. Sie ließ die Hintertür hinter sich zufallen, und die beiden Männer wandten sich um. Ihr Stirnrunzeln verwandelte sich in Erstaunen, aber Nick gewann seine Fassung sehr schnell wieder.

»Was hast du mit deinen *Haaren* gemacht?« fragte er. »Bist du *verrückt* geworden?«

»Nein«, antwortete sie. »Du kannst dir diesen Spruch sparen. Ich bin erwachsen. Fünfunddreißig, um genau zu sein.«

»Das würde die Reife erklären, die du gestern abend bewiesen hast«, meinte Nick.

»Gestern abend?« fragte Max nach.

»Dein Bruder hat sich gestern abend an mich herangemacht, um mir dann zu sagen, ich sei nicht der Typ zum Knutschen«, erklärte Quinn ihm.

»Davon will ich nichts wissen«, sagte Max und zog sich mit einem lauten Knall der Tür ins Büro zurück.

»Schön«, meinte Nick.

»Hör zu, das letzte Mal, als du mir das geboten hast, war ich freundlich«, sagte Quinn. »Aber mittlerweile hast du meine ganze Freundlichkeit aufgebraucht. Was zum Teufel tust du mir an?«

Nick verkrampfte sich noch mehr und starrte sie an. »Ich weiß nicht. Ich weiß nur, daß ich es nicht wieder tun werde.«

»Und warum nicht?« Quinn trat näher, um ihn ohrfeigen oder anspringen zu können, je nachdem, welchen Verlauf das Gespräch nehmen sollte. »Mir würde es ausgesprochen gut gefallen, es sei denn, ich habe dich vorher umgebracht.«

»Du bist mir wichtig«, sagte er, und ihr Ärger löste sich in Luft auf.

Sie schluckte. »Oh.«

»Ich will nicht, daß du nur einfach eine weitere ...« Er suchte nach dem richtigen Wort.

»Null-Acht-Fünfzehn-Nummer?« Erneut flammte die Wut in ihr auf.

»Ich will keine Beziehung«, erklärte er. »Ich übernehme keine Verantwortung. Mir gefällt das Leben so, wie ich es jetzt führe, und ich finde es schön, daß es dich darin gibt. Aber du sollst eine gute Freundin bleiben, weil ich dich so für immer behalten kann.« Er sah nicht gerade glücklich über diesen Plan aus, aber seine Mundpartie zeugte von Entschlossenheit. »Sex mit dir zu haben wäre ein Fehler, das paßt nicht zu uns. Also werde ich es nicht tun.«

»Und warum hast du mich dann geküßt?« wollte sie wissen.

»Weil ich dumm war«, antwortete er, und sie fühlte sich plötzlich mutlos.

Was sollte sie schon machen? Ihn dazu zwingen, mit ihr zu schlafen? Sie war nicht einmal sicher, ob sie dazu bereit war. Sie hatte alles getan, was sie konnte. Zumindest hatte sie ihn zur Rede gestellt. Die rationalen Argumente rückten in den Vordergrund und ließen ihren Vorsatz verblassen.

»Okay, gut.« Sie trat einen Schritt zurück.

Er sah elend aus. »Ich will dir nicht weh tun. Ich wollte dir niemals weh tun. Es tut mir wirklich leid, Quinn.«

»Kein Problem«, sagte Quinn. »Ich bin nicht so empfindlich. Ich bin robust. Verständnisvoll. Verläßlich.«

»Quinn –«

»Überhaupt kein Grund, sich verpflichtet zu fühlen«, sagte sie leichthin und ging rückwärts zur Tür. »Ich kann alleine auf mich aufpassen. Alles in bester Ordnung.«

»Red nicht so.«

»Also bis demnächst mal.« Sie prallte gegen die Tür und tastete nach der Klinke. »Alles Gute für die Zukunft.«

»Quinn –«

Sie sah ihm in die Augen, und das Fair Play verlor jeglichen Reiz. »Du wirst mich nicht vergessen«, sagte sie und reckte ihr Kinn empor. »Du kannst mir erzählen, was du willst, du begehrst mich immer noch. Aber glaube bloß nicht, daß ich herumsitzen und warten werde, bis du dein Beziehungsproblem bewältigt hast, weil ich mit diesem Haarschnitt ein brandneues Leben anfangen werde, wozu mit Sicherheit auch ein brandneues Sexleben gehört. Schade nur, daß du mir dabei nicht Gesellschaft leisten möchtest.«

Sie riß die Tür auf und stapfte nach draußen, sprang in ihren Wagen und startete schnell den Motor, nur für den Fall, daß er ihr folgen sollte, was er natürlich nicht tat.

»Toll gemacht«, beglückwünschte sie sich selbst. Nun *mußte* sie ein Sexleben haben, weil sie ihm damit gedroht hatte. Und sie hatte kaum noch Haare auf dem Kopf. Noch dazu war ihr Vater bei ihr eingezogen und benutzte Nicks Zahnbürste. »Zur Hölle damit«, sagte sie laut und fuhr zur Schule zurück.

Vorsichtig lugte Max hinter der Bürotür hervor. »Ist sie weg?«

»Ja.« Nick starrte in Eli Strauss' Honda. »Für immer.«

Max nickte, ohne die sichere Stellung im Büro aufzugeben. »Ist das gut?«

»Das ist perfekt«, sagte Nick schroff.

»Nun ja, wie du meinst.« Max schüttelte den Kopf. »Warum hat sie sich die Haare abschneiden lassen?«

»Keine Ahnung«, log Nick.

»Ich hasse kurze Haare bei Frauen«, meinte Max. »Das läßt sie so herb wirken.«

»Stimmt«, sagte Nick und erwog, Max umzubringen, wenn er nicht endlich die Klappe halten und ihn allein lassen würde.

»Du hast dich also an Quinn herangemacht, hmm?«

Nick wirbelte herum und bedachte seinen jüngeren Bruder mit einem vernichtenden Blick.

»Ich bin hier im Büro«, sagte Max und zog sich zurück.

Nick arbeitete noch eine Stunde an dem Honda, ohne dem, was er tat, große Aufmerksamkeit zu schenken. Die meiste Zeit dachte er wütend an Quinn. Was für eine Überreaktion, was für ein Aufhebens wegen ein paar Küssen – er unterdrückte den Gedanken an die atemberaubende Fülle ihrer Brust in seiner Hand –, und sie benahm sich, als ob sie beide – er bemühte sich, nicht daran zu denken, was sie beide hätten tun können, von den Dingen, die er nicht tun durfte, von der Vorstellung, wie der weiche Flanellstoff sich unter seinen Händen geöffnet hätte und wie verlangend Quinn sich seiner Umarmung hingegeben hätte ... Er stützte sich mit den Händen auf der Dachkante des Hondas ab und dachte, *Ich bin solch ein Heuchler, und sie hat nicht überreagiert.*

Angenommen, sie hätten nicht aufgehört, angenommen, er hätte ihr dieses Hemd ausgezogen, die Jeans, angenommen, sie hätten miteinander geschlafen –

Er wäre nie imstande gewesen, sie zu verlassen. Ein Leben ohne Quinn war nicht möglich. Sie gehörte zu den wenigen Menschen, die er liebte, wie Max und Darla und die Jungs. Sie war ein Fixpunkt.

Aber ein Leben mit Quinn in seinem Bett war auf die Dauer ebenso unmöglich. Er mochte es, allein zu leben. Und hätte er mit Quinn geschlafen, würde sie bei ihm einziehen wollen oder ihn bitten, bei ihr zu wohnen, und er könnte nie wieder allein sein; außerdem hätte sie definitiv über ihre Beziehung sprechen wollen. Was für ein Alptraum. Er führte ein perfektes Leben, er hatte eine perfekte Wohnung, er hatte die richtige Entscheidung getroffen. Er war einfach nicht der Typ, der für andere sorgte, er wollte keine Verantwortungen übernehmen, er wollte tun, was er wollte und wann er es wollte. Er wollte frei sein, um mit jeder Frau zu schlafen und allein aufzuwachen –

Bei diesem Gedanken richtete er sich auf. Seit Lisa hatte er mit keiner Frau mehr geschlafen. Das war vor Weihnachten gewesen. Er war allein, und Quinn war allein, sie hatten einfach den Kopf verloren. Sobald sie beide wieder mit jemand anderem ausgehen würden, mit jemand anderem *schlafen* würden, löste sich das Problem von selbst.

Nur, daß er keine andere haben wollte, und wenn sie ihre blöde Drohung, mit einem anderen Kerl ins Bett zu gehen, wirklich wahr machen sollte –

Wieder schlug die Hintertür ins Schloß, und er drehte sich so hastig um, daß er schmerzhaft mit der Schulter gegen die Motorhaube des Hondas stieß. Aber es war nicht Quinn, sondern Darla – mit abgeschnittenen Haaren. Die Frisur ähnelte der von Quinn, nur noch kürzer.

»Ach du Scheiße«, stieß er hervor. »Was ist mit euch los, seid ihr in eine Sekte eingetreten? Max wird einen Anfall bekommen.«

»Zur Hölle mit Max«, sagte sie, und er steckte seinen Kopf wieder unter die Haube des Hondas, weil das Leben außerhalb der Automechanik einfach zu emotionsgeladen war.

»Was hast du mit deinen Haaren gemacht?« ertönte Max.

»Ich habe sie abgeschnitten.« Darla schloß die Bürotür hinter sich. »Ich wollte etwas anderes, deshalb –«

»Ich aber nicht.« Max verschränkte die Arme vor der Brust

und starrte sie an. »Ich glaube das einfach nicht. Was zum Teufel ist eigentlich mit dir los?«

»Nichts ist los mit mir«, antwortete Darla und versuchte krampfhaft, ihren Zorn zu unterdrücken. »Ich finde nur, daß wir auf der Stelle treten. Wir sind dieselben –«

»Ich will, daß wir dieselben sind«, unterbrach Max sie immer noch kochend. »Ich habe mir den Arsch abgearbeitet, um uns so weit zu bringen –«

»Hey, ich habe auch gearbeitet«, warf Darla ein.

»– und jetzt, da wir endlich das Leben führen, das wir uns gewünscht haben –«

»Das *du* dir gewünscht hast.«

»– möchtest du eine Veränderung?« Max war so wütend, daß er den Blick von ihr abwandte. »Nur um einer Veränderung willen bist du bereit, ein perfektes Leben aufs Spiel zu setzen?«

»Für mich ist es nicht perfekt«, sagte Darla, und Max mußte sie unwillkürlich wieder anschauen. »Max, seit Jahren ist es immer das gleiche. Wir müssen uns weiterentwickeln, oder wir werden –«

»Du willst also damit sagen, daß *ich* nicht perfekt für dich bin«, fiel Max ihr ins Wort.

»Nein.« Darla schüttelte den Kopf, während ihr Herz schneller zu schlagen begann. »Nein, du bist der perfekte Mann für mich, das warst du immer, und ich liebe dich –«

»Warum dann das?« wollte Max wissen. »Warum dann dieser blöde Sexkram?«

Darla überlief es kalt. »Ich wollte ein bißchen Aufregung. Du allerdings offenbar nicht.«

»Wir sind aufregend genug«, sagte Max.

»Nein«, stieß Darla zwischen zusammengepreßten Zähnen hervor, »das sind wir nicht.«

Max warf ihr einen vernichtenden Blick zu, so verbohrt, wie nur Max sein konnte. »Du meinst, ich bin nicht aufregend genug.«

»Genau«, sagte Darla.

Vor Wut unfähig zu sprechen nickte Max nur.

»Ich will etwas anderes für uns«, ergänzte Darla.

»Nun, ich aber nicht.« Max ließ die Arme sinken und wandte sich ab. »Also nehme ich an, daß du dir alleine etwas anderes suchen mußt.«

»Ganz meine Meinung«, sagte Darla und stapfte aus dem Büro. Auf dem Weg zur Tür kam sie an Nick vorbei, der immer noch über den Honda gebeugt stand, und sagte: »Und du bist auch ein Arschloch«, bevor sie hinausstolzierte und die Tür hinter sich zuschlug.

»Was hat es mit dieser neuen Frisur auf sich?« fragte Thea später an diesem Nachmittag, worauf Quinn erwiderte: »Manchmal mußt du radikale Veränderungen vornehmen, damit die Menschen dich wirklich wahrnehmen und feststellen, daß du nicht die Person bist, für die sie dich gehalten haben.« Als Thea nachdenklich wurde, fügte Quinn hinzu: »Was nicht heißt, daß du deine Haare abschneiden solltest.«

»Ich weiß«, sagte Thea. »Mir gefallen meine langen Haare. Aber mit der Bemerkung über Menschen, die einen nicht sehen, haben Sie recht. Ich meine, die ganze Schule denkt wahrscheinlich, daß Sie nur die Freundin vom Coach und die Kunstlehrerin sind, die alles im Griff hat. Keiner sieht die wahre Person in Ihnen.«

»Vielen Dank«, erwiderte Quinn. »Das baut mich enorm auf.«

»Nun ja, aber jetzt wird es jeder merken«, meinte Thea. »Sie haben den Coach sitzen und Ihr Haar schneiden lassen. Man wird Sie nun mit anderen Augen betrachten müssen.«

»Das können wir nur hoffen«, sagte Quinn.

»Ich finde, das war *sehr* klug von Ihnen«, fuhr Thea fort. »Die Leute dazu zu bringen, einen mit anderen Augen zu sehen, meine ich. Obwohl ich zugeben muß, daß ich Ihr langes Haar wirklich mochte.«

Thea hatte irgend etwas auf dem Herzen, obwohl Quinn sich dessen nicht mehr so sicher war, als Jason eine Viertelstunde später auftauchte, um sich ein Präzisionsmesser zu holen, und Thea freundlich zu ihm sagte: »Ich muß mich bei dir entschuldigen.«

Jason sah sie mit dem gleichen nervösen Blick an, mit dem er sie seit dem Kinofiasko ständig bedachte.

»Du weißt schon, weil ich dich wegen des Kinos gefragt habe.« Thea war sehr ernst. »Du warst nur Mittel zum Zweck, weil ich mein Leben anders gestalten wollte.«

»Oh«, brachte Jason nur hervor.

»Ich wollte ein wenig Abwechslung von dem ewigen Lernen. Und ich dachte, wenn ich mit dir ausgehe, gäbe es Partys, Trinkgelage und Sex auf dem Rücksitz, solche Sachen eben.«

»Was?« fragte Jason verblüfft.

»Es war nicht fair.« Thea schenkte ihm ein entschuldigendes Lächeln. »Ich meine die Vorstellung, daß du mich nur ausführen würdest, um mich für Sex zu benutzen. Dann wärst du ja tatsächlich ein Schwein, und genau darauf habe ich dich reduziert. Tut mir wirklich leid.«

»Warte einen Augenblick«, wandte Jason ein.

»Wird nicht wieder passieren«, erwiderte Thea ruhig und ging in den Materialraum.

»Sie will mich auf den Arm nehmen, oder?« fragte Jason Quinn.

»Ich bin sicher, daß es ihr tatsächlich leid tut«, sagte Quinn.

»Sie sollte nicht solche Sprüche von wegen Sex loslassen«, meinte Jason. »Sonst wird ihr bald jeder geile Kerl dieser Schule nachlaufen.«

Quinn versuchte, ebenso unschuldig dreinzublicken wie Thea. »Was schert es dich?«

»Wissen Sie, sie sieht doch ganz gut aus.« Jason klang erzürnt. »Sie ist zwar nicht mein Typ, aber ein wirklich nettes Mädchen. Sagen Sie ihr bitte, sie soll mit diesem Sexgerede aufhören, oder sie wird Schwierigkeiten bekommen.«

»Ich werde es ihr ausrichten«, sagte Quinn und ging, nachdem Jason schließlich zu seinem Tisch zurückgekehrt war, in die Materialkammer. »Das war reichlich hinterhältig von dir«, sagte sie zu Thea.

»Rache ist süß«, konterte Thea. »Außerdem wird ihm der Gedanke, was er verpaßt hat, keine schlaflosen Nächte bereiten. Er hat kein Interesse.«

»Er scheint sich jedenfalls Sorgen zu machen«, meinte Quinn. »Außerdem hat er recht. Du solltest diese Sache mit dem Sex wahrscheinlich nicht zu laut hinausposaunen.«

»Als ob ich das täte.« Thea mußte grinsen. »Aber einen Moment lang hat er mich mit anderen Augen gesehen, oder?«

»Ja«, gab Quinn zu. »Er war entsetzt.«

»Besser als gelangweilt«, entgegnete Thea. »Und ich habe mir nicht einmal die Haare schneiden lassen.«

Fünfzehn Minuten später klingelte die Schlußglocke der letzten Unterrichtsstunde, und Quinn griff hastig nach ihrem Mantel und stürmte los, um nicht Bill oder dem BP in die Arme zu laufen. Statt dessen traf sie auf Edie. Sie hatten kaum Gelegenheit gehabt, beim Mittagessen miteinander zu sprechen, da Marjorie laut ihre Meinung kundtat, daß jeder wisse, wem die drei Niederlagen des Teams zu verdanken seien, und Petra stumpfsinnig über das Böse in den Seelen der Schüler sinnierte, vor allem dieser perversen halbwüchsigen Jungen – wo Quinn eigentlich diese tolle Bluse gekauft habe?

»Manchmal habe ich den Eindruck, daß jeder hier in dieser Schule verrückt ist«, meinte Edie, während sie durch die Hintertür hinausgingen.

Quinn nickte. »Der BP machte mich völlig verrückt. Jeden verdammten Tag nervt er mich mit belanglosen Sachen. Es ist so, als würde man von Enten zu Tode geknabbert. Von Enten in Designerklamotten.«

»Der lebt doch gar nicht wirklich«, meinte Edie beschwichtigend. »Im Gegensatz zu dir. Dieser Haarschnitt steht dir übrigens phantastisch.«

»Ich habe gar nicht bemerkt, daß ich wirklich lebe«, sagte Quinn. »Soweit ich sehen kann, ist immer noch alles beim alten. Außer der Sache mit dir und Mom.«

»Quinn –« begann Edie, wurde jedoch von Quinn unterbrochen: »Nein, schon in Ordnung. Solange ihr beide glücklich seid, freue ich mich für euch. Und ich bin sicher, daß ich früher oder später Gefallen daran finden werde, mit Daddy zusammenzuleben. Er scheint in seinen Bedürfnissen ziemlich genügsam zu sein.«

»Es tut mir so leid«, sagte Edie.

»Das braucht es nicht«, sagte Quinn. »Alles wird gut werden.«

Um halb sechs an diesem Abend allerdings, als Quinn gerade dabei war, Bratwürste und Sauerkraut für ihren Vater zuzubereiten, bevor sie zur Theaterprobe fuhr, klingelte es. Als sie die Tür öffnete, stand Darla davor, mit einem Koffer und einem Kurzhaarschnitt, der sie zehn Jahre jünger aussehen ließ, und einem verzerrten Gesichtsausdruck.

»Schicke Frisur«, sagte Quinn, als sie zurücktrat, um Darla hereinzulassen.

»Ich ziehe eine Weile bei dir ein«, sagte Darla. »Wenn das in Ordnung ist.«

»Oh, natürlich.« Quinn suchte nach einer taktvollen Bemerkung und entschloß sich dann für den direkten Weg. »Was ist passiert?«

»Er mochte meine Frisur nicht.« Darla stellte den Koffer ab, der sofort von Katie beschnüffelt wurde. »Er sagte, ›Was zum Teufel ist eigentlich los mit dir?‹, woraufhin ich meinte, ›Ich will etwas anderes‹, und er erwiderte, ›Ich nicht‹, deshalb ziehe ich vorübergehend aus. Das ist etwas anderes.«

Die alte Darla hätte dies mit einem Glitzern in den Augen gesagt, aber diese hier stand einfach dort und sah so verkniffen aus wie Lois. Vielleicht war dies die Art von Verkniffenheit, mit der man sich von seinem Ehemann trennte. Nicht, daß Quinn jemals diese Erfahrung machen würde.

Darla sagte nichts weiter, daher meinte Quinn: »Ja, es ist etwas anderes«, um sie zu ermutigen. Nichts. »Nun, komm mit nach oben, dann bringen wir eines der beiden Einzelbetten ins Arbeitszimmer.«

»Warum?« Darla hob ihren Koffer wieder hoch, und Katie sprang einen Schritt zurück.

»Dad ist gestern abend eingezogen. Ich nehme an, du willst dein Schlafzimmer nicht mit ihm teilen.«

»Deine Eltern hatten Streit?«

»Nein. Meine Mom ist in Edie verliebt. Das haben wir Dad allerdings noch nicht gesagt.«

Darla sah sie verblüfft an. »Oh. Und was ist mit dir und Nick?«

»Ich bin sauer, und er macht sich was vor.«

»Nun, zumindest sind wir alle aus unserem alten Trott«, sagte Darla und ging zur Treppe.

Im nachhinein sollte Quinn sich immer wundern, wie sie alle die beiden nächsten Wochen überlebt hatten.

Darla weigerte sich hartnäckig, nach Hause zurückzukehren, und Max weigerte sich ebenso hartnäckig zuzugeben, daß nicht alles in Ordnung war. »Sie spinnt,« sagte er zu Quinn, »sie weiß, daß ich sie niemals betrügen würde.« »Hier geht es nicht um Barbara, Max«, versuchte Quinn ihm zu erklären, aber dann setzte Max seine sture Miene auf und brach das Gespräch ab.

»Es hat keinen Sinn«, meinte Darla später zu ihr. »Aber zumindest führe ich nicht mehr dieses eintönige Leben wie zuvor. Ich denke nicht mehr unaufhörlich daran loszubrüllen. Es macht dir doch nichts aus, wenn ich hier bleibe, oder?«

»Nein«, sagte Quinn. »Ist doch lustig. Außerdem führe ich ja sowieso kein eigenes Leben. Ich werde wohl doch noch wie meine Mutter werden; sie hat Edie, und ich habe dich. Natürlich mit einem kleinen Unterschied.«

»Das kann man nie wissen«, sagte Darla. »Vielleicht geht

uns nach zehn oder zwanzig Jahren des Zusammenlebens ein Licht auf.«

Nicht, daß Edies und Meggys Leben perfekt war.

»Edie ist so still«, beklagte Meggy sich bei Quinn, als sie Edie zur Theaterprobe absetzte. Sie vergewisserte sich, daß Edie am anderen Ende der Bühne außer Hörweite war, bevor sie hinzufügte: »Sie geht immer ins Schlafzimmer und schließt die Tür, und wenn ich hineinkomme, *liest* sie.«

»Sie ist Englischlehrerin«, meinte Quinn. »Die machen so was.«

»Sie ist einfach daran gewöhnt, zuviel alleine zu sein«, sagte Meggy. »Arme Edie.«

Quinn dachte an ihr eigenes Haus, durch das nun den ganzen Tag ESPN schallte, seitdem Joe das Kabel angemeldet hatte, und in das jeden Abend Darlas Söhne zum Abendessen einfielen, gefolgt von Darlas Mutter, die sehen wollte, ob Darla ihren Verstand endlich wiedergefunden habe und zu Max zurückgekehrt sei, der ein guter Ernährer war. »Ja, arme Edie.«

Später an diesem Abend zog Edie sie in eine Ecke und sagte: »Deine Mutter macht mich wahnsinnig. Ständig bringt sie mir irgendwelche Sachen, fragt mich, was ich zum Abendessen möchte, und will, daß ich mein Buch weglege, um mit ihr fernzusehen.«

»Ich bin sicher, daß ihr nur eine gewisse Eingewöhnungszeit braucht«, sagte Quinn. »Ihr wohnt doch erst seit zwei Wochen zusammen. Sie hat nahezu vierzig Jahre mit Daddy verbracht, und du hast immer alleine gelebt. Da sind kleine Anpassungsschwierigkeiten vorprogrammiert.« Sie dachte an Joe, der sich sein Leben in der Apple Street eingerichtet hatte in dem Glauben, es sei vorübergehend, und mit der Überzeugung, bis zum Beginn der World Series zu seinem großen Fernsehbildschirm zu Hause zurückzukehren.

»Mir hat es sehr gut gefallen, alleine zu leben«, sagte Edie.

»Warum bist du dann zu ihr gezogen?« fragte Quinn ärgerlich und zugleich schuldbewußt, weil sie ärgerlich war.

»Weil sie von der Idee so begeistert war«, antwortete Edie kläglich. »Sie sagte immer wieder, wie toll es sei, daß wir endlich zusammenleben könnten, wie hätte ich da sagen können, ›Mir gefällt es, alleine zu leben‹? Das wäre entsetzlich gewesen.«

Unwillkürlich mußte Quinn an den Gesichtsausdruck denken, mit dem ihre Mutter sie alle an jenem Abend in der Küche angestrahlt hatte. »Du hast recht. Ich hätte es ihr auch nicht abschlagen können.«

»Ich werde mich daran gewöhnen«, meinte Edie. »Verflucht, ich verwende soviel Zeit auf dieses Theaterstück, daß ich sowieso kaum dort sein werde.«

Bill hingegen war ständig in der Nähe und suchte Quinn in ihrem Klassenzimmer auf, um über Jasons Teilnahme zu diskutieren, obgleich sie ihm immer und immer wieder gesagt hatte, daß sie an einer Unterhaltung mit ihm nicht interessiert sei. »Ich mache mir doch nur Sorgen, daß er überlastet sein könnte«, sagte Bill, womit er sie offenbar ermuntern wollte, sich mit ihm zu sorgen.

»Das ist Jasons Sache«, entgegnete Quinn und kehrte ihm den Rücken zu, um mit ihrem Unterricht fortzufahren.

Der BP war nicht annähernd so taktvoll wie Bill. »Du ruinierst das Team«, sagte er zu ihr, als er sie am letzten Mittwoch im März zu sich zitierte, die fünfte Vorladung, mit der er sie in diesem Monat zu sich rief. »Jason Barnes' Disziplin ist komplett den Bach hinuntergegangen, und Corey Mosserts Einstellung wird bald genauso schlecht sein. Du wirst sie aus der Schauspielgruppe hinauswerfen, oder ich selbst werde es tun.«

»Dann wirst du das wohl machen müssen«, antwortete Quinn. »Sie sind achtzehn, Robert. Sie sind in der Lage, ihre eigenen Entscheidungen über außerplanmäßige Aktivitäten zu treffen.«

»Baseball ist keine außerplanmäßige Aktivität.« Bobbys Augen sprühten vor religiöser Inbrunst.

»Stimmt«, bestätigte Quinn und floh ins Vorzimmer. »Ist er noch mehr übergeschnappt, oder liegt das an mir?« fragte sie Greta.

»Das liegt an dir«, sagte Greta, ohne von ihrer Schreibmaschine aufzublicken. »Er war immer schon ein Mistkäfer.«

Und sofern dies noch nicht genug war, schwärzte sie ständig jemand bei den öffentlichen Behörden an, so daß sie eine Inspektion nach der anderen über sich ergehen lassen mußte – Wasser, Fundament, Schädlingsbekämpfung, Gas, Zaun und so weiter und so fort –, bis sie von den ständigen Kontrollen derart genervt war, daß sie sich fast wünschte, sie hätte dieses Haus nie gekauft.

»Irgend jemand hat es auf dich abgesehen«, meinte Darla.

»Der Gedanke ist mir auch schon gekommen«, sagte Quinn zu ihr. »Ich habe Bill gebeten aufzuhören, andauernd meinetwegen bei der Stadt anzurufen, aber er meinte, er hätte nichts damit zu tun. Was willst du machen, wenn man dir das Leben derartig schwermacht?«

»Ich bin ausgezogen«, sagte Darla. »Aber das hast du ja bereits getan, also ist das keine Lösung. Übrigens ist die Post gekommen. Du hast schon wieder eine Benachrichtigung von der Stadt.«

Bill war nicht der einzige, der ihr das Leben schwermachte: Nick war wie vom Erdboden verschluckt. Seit Jahren hatten sie jeden Tag miteinander gesprochen, und nun war er plötzlich einfach nicht mehr da. Zuerst war Quinn wütend, dann verletzt, und schließlich fühlte sie sich nur noch allein gelassen, weil sie den großen Teil ihres Lebens vermißte, den er eingenommen hatte. Genau das hatte er gemeint, als er davon sprach, sie würden ihre Freundschaft aufs Spiel setzen, und sie bemühte sich, den Abend auf der Couch zu bereuen, was ihr jedoch nicht gelang. Sie hatte Aufregung haben wollen, und er hatte dafür gesorgt; wie konnte sie das bereuen, wenn sie noch mehr davon wollte? Sie bekämpfte das Bedürfnis, ihn zur Rede zur stellen, und beschloß, abzuwarten.

Tibbett war nicht so groß, daß er sie ewig ignorieren konnte. Früher oder später mußte er einlenken oder zumindest in irgendeiner Weise zugeben, daß sie existierte.

Hoffte sie.

In denselben beiden Wochen erging es Nick keinen Deut besser.

Er redete sich um das Gefängnis herum, indem er die Strafe wegen Besitzstörung und die Gebühren für Katie bezahlte. Das Tierheim zeigte kein wirkliches Interesse daran, Anzeige zu erstatten, da der anonyme Anrufer nicht vorstellig geworden war, um den Bericht über den Hundebiß zu bestätigen, so daß Katie unter Bewährung gestellt wurde, nachdem Quinn versprochen hatte, den Hund außerhalb ihres Grundstücks nie wieder aus den Augen zu lassen, und diesmal eine Lizenz auf ihren eigenen Namen ausschreiben ließ.

Somit war zwar das Katie-Problem gelöst, das Quinn-Problem allerdings nicht. Gleichgültig, welch tugendhafte Gefühle er bei dem Gedanken daran zu entwickeln versuchte, wie er sich aus dieser Couchaffäre herausgezogen hatte, er mußte ständig daran denken, was passiert wäre, hätte er das nicht getan. Seine Libido spielte ihm Filme über das, was hätte geschehen können, in Technicolor und Dolby Surround vor, und das Wissen, daß Quinn sauer, aber gewillt war, machte ihm das Leben nicht leichter. *Nur einmal,* flüsterte ihm sein Es beharrlich ins Ohr. *Nur einmal, um damit abzuschließen, um nicht mehr ständig daran denken zu müssen. Es wird mit ihr nicht anders als mit den anderen sein. Ich sollte es tun, nur einmal.*

Das war eine derart schlechte Idee, daß er, als Max zwei Wochen, nachdem Darla ausgezogen war, in die Werkstatt kam und vorschlug, »Ich gehe heute abend zu Bo's, willst du mitkommen?«, nicht antwortete, »Ich habe keine Lust, mich mit einem verheirateten Mann an eine Theke zu stellen, um Weiber aufzureißen«, sondern vielmehr: »Klar.« Alles war besser, als noch eine weitere Nacht mit dem ständigen Gedanken an Quinn zu verbringen.

Unglücklicherweise stand Joe neben Max, als er den Vorschlag machte.

»Großartige Idee«, meinte Joe. »Ich werde auch kommen. Mit meinem eigenen Wagen allerdings, vielleicht habe ich ja Glück.«

»Glück?« fragte Nick zweifelnd.

»Na ja, wahrscheinlich wird es noch einige Wochen dauern, bis Meggy anfängt, mich zu vermissen«, sagte Joe. »Es macht keinen Sinn, untätig herumzusitzen und abzuwarten. Stimmt's, Max?«

»Stimmt«, sagte Max ohne jede Begeisterung.

Von diesem Moment an war der unselige Verlauf des Abends vorprogrammiert.

Gegen Bo's Bar & Grill war prinzipiell nichts einzuwenden. Nick hatte zahlreiche nette Stunden dort verlebt: Das Bier war kalt, die Pizza heiß, die Jukebox nicht zu nervtötend, und Karaoke-Vorstellungen gab es nur mittwochs abends, so daß man dem leicht aus dem Weg gehen konnte. Die Bar war zwar nicht besonders schön – ein Haufen verkratzter Resopaltische und Stühle aus rostfreiem Stahl, die bei Tageslicht wahrscheinlich erbärmlich aussahen –, aber schließlich ging niemand wegen der Einrichtung zu Bo's. Man ging dorthin, um zu saufen, fernzusehen und ein wenig Gesellschaft zu haben. Heute abend hätte Nick auf die Gesellschaft verzichten können.

»Hier ist also der Ort, wo man Frauen treffen kann«, sagte Max, während er sich auf einem Stuhl niederließ und versuchte, sich wie ein Mann von Welt zu benehmen, obwohl er sich statt dessen eher wie ein High-School-Student im ersten Semester anhörte, der wie ein Mann von Welt klingen wollte.

Joe lehnte sich gegen den Tresen und blickte sich im Raum um. »Nette Mädels hier. Dann mal los, Nick.«

»Wir bleiben nicht lange«, sagte Nick und bestellte ein Bier.

Er rechnete damit, daß Joe sich schnell langweilen und beginnen würde, das Spiel in dem Fernseher über der Bar zu verfolgen. Und bald würden die Frauen anfangen, Max schöne Augen zu machen – attraktiv, wie er war –, so daß er bald genervt wäre und bestimmt nach Hause wollte. Dann könnten sie gemeinsam zu Max gehen, da Joe ihnen überallhin folgen würde, wo es Kabelfernsehen gab, und er selbst könnte diesem Alptraum entfliehen.

»Hey, Nick«, sagte Lisa hinter ihm, und er erstarrte.

»Hi, Lisa.« Um nicht unhöflich zu sein, drehte er sich um. »Wie geht es dir?«

»Einsam«, sagte sie und lächelte ihn an, jung und hübsch, aber da war nichts, was er begehrte.

»Setzen Sie sich doch zu uns, junge Dame«, sagte Joe und rückte einen Platz weiter, um ihr einen Stuhl zwischen ihnen freizumachen. Nick warf ihm einen vernichtenden Blick zu, während Lisa auf den Barhocker kletterte. »Ich bin Joe.« Er beugte sich mit einem Lächeln zu ihr, das noch breiter war als das, mit dem sie Nick bedachte. »Darf ich Ihnen ein Bier bestellen?«

»Oh, gerne«, sagte Lisa und sah Nick an, während der bemerkte, wie Max näher zu ihm rückte, und sich daher umwandte, um zu sehen, wovor er zurückwich.

»Du bist neu hier, oder?« wurde Max gerade von einer hübschen kleinen Blondine gefragt.

»Oh, hallo, Max«, stellte er sich vor und streckte der Blondine seine Hand entgegen.

»Tina«, sagte sie, ergriff seine Hand und hielt sie fest. »Sehr nett, dich kennenzulernen.«

»Oh, hmm, möchtest du ein Bier?« brummelte Max und gestikulierte mit der Flasche in seiner linken Hand, da Tina von seiner rechten dauerhaft Besitz ergriffen hatte. »Was hast du gesagt?«

Tina ließ seine Hand angewidert fallen, als handele es sich um eine glitschige Masse. *»Unverschämter Kerl«*, stieß sie hervor und stolzierte davon.

»Was habe ich der denn getan?« wollte Max wissen, seine Stimme vor Panik eine Tonlage höher. »Ich dachte, es gehört sich so, ihnen einen Drink anzubieten.«

Am anderen Ende der Bar flüsterte Tina mit ihren Freundinnen, die daraufhin alle Max anstarrten.

Nick blickte auf die Bierflasche, die Max mit der linken Hand umklammert hielt. »Nun, ich würde mal tippen, daß es vielleicht am Ehering lag.«

»Oh, verdammt.« Max stellte die Flasche ab und riß an seinem Ring, aber der rührte sich nicht vom Fleck.

»Was ist los?« erkundigte Joe sich laut über Lisas Kopf hinweg, bevor er sah, daß Max an seinem Ring zog. »Gute Idee.« Er streifte seinen eigenen Ring ab und steckte ihn in die Jackentasche, wobei Lisa ihn beobachtete. »Meine Frau hat mich verlassen«, erklärte er bekümmert. »Nach neununddreißig Jahren treuer Ergebenheit hat sie mich hinausgeworfen.«

»Das ist ja *furchtbar«,* sagte Lisa. »Neununddreißig Jahre treuer Ergebenheit.« Sie blitzte Nick unter ihren Wimpern an. »Das nenne ich Verbundenheit.«

Nick drehte sich wieder zu Max um, der noch immer an seinem Ring riß. »Weißt du, das ist vermutlich ein Zeichen, daß du hier nichts verloren hast.«

»Du hörst dich an wie Quinn«, grummelte Max weiter vor sich hin. »Hey«, rief er dem Barkeeper zu, »hast du ein bißchen Butter?«

»Max, gib es auf, und hol sie zurück«, sagte Nick. »Du willst doch überhaupt keine andere, du willst Darla.«

»Sie hat mich verlassen«, sagte Max mit dem typischen störrischen Ausdruck im Gesicht. »Seit zwei Wochen sagt sie nichts anderes, als daß sie etwas Neues erleben will.« Wie in Sodom blickte er sich in Bo's Bar um. »Das hier ist was Neues, verdammt noch mal.«

»Ich vermute, sie meinte etwas Neues mit ihr zusammen.« Voller Empörung sah Nick ihn an. »Ich kann nicht glauben, daß du für einen solchen Scheiß deine Ehe aufs Spiel setzt.«

Max starrte ihn an. »Geht dich das irgendwas an?«

»Na, großartig.« Nick widmete sich wieder seinem Bier. »Schön. Tu, was du willst. Grab dir deine Grube selbst.«

Einige Minuten lang saßen sie schweigend da, bevor Max sagte: »Du hast heute noch gar kein Mädchen angemacht.«

»Ich brauche eine Ruhepause«, knurrte Nick kurz angebunden.

»Wirst du Quinn anrufen?«

»Nein.«

»Hältst du mich für blöd? Quinn will dich, du Schwachkopf.«

»Nun, aber ich will sie nicht«, sagte Nick und zog in Betracht, Lisa anzumachen, um Max loszuwerden, verwarf den Gedanken jedoch sofort wieder.

»Ja, klar doch.« Er klang wieder normal, da er ein für ihn unverfängliches Gesprächsthema gefunden hatte. »Du hast sie immer schon gewollt.«

»Wolltest du nicht gerade Weiber aufreißen?« fragte Nick. Er hatte den Satz kaum ausgesprochen, als eine Frau neben Max Platz nahm und sagte: »Hallo, Max Ziegler, was machst du denn an einem Ort wie diesem?«

Max rammte seine linke Hand in die Hosentasche und drehte sich um. »Ach du liebe Güte. Hi, Marty.«

Mit zusammengekniffenen Augen sah Nick an ihm vorbei.

Marty Jacobsen, eine von Darlas Stammkundinnen. Gut. Das geschah Max nur recht. Er hatte Quinn nicht schon immer begehrt.

Nur während der letzten zwanzig Jahre.

»Weiß Darla, daß du heute abend unterwegs bist?« fragte Marty und beugte sich ein wenig näher zu ihm.

»Nö«, sagte Max und wich leicht zurück. Nick stieß ihn an, und er fügte hinzu: »Wollte nur mit Nick und Joe ein Bier trinken.« Er zog die Hand aus der Tasche und sah auf seine Uhr, wobei er seinen Ehering direkt vor ihrer Nase aufblitzen ließ.

»Ich habe gehört, sie hat dich verlassen.« Marty rückte noch näher. »Sie muß ziemlich dumm sein, einen so tollen Kerl wie dich zu verlassen.«

»Sie ist nur vorübergehend zu Quinn gezogen«, sagte Max nervös.

»Das habe ich auch gehört.« Marty nickte voller Mitgefühl. »Muß ja schlimm für dich sein, es so zu erfahren.«

»Was zu erfahren?«

»Zuerst Quinns Mom und Mrs. Buchman, und dann Quinn und Darla.«

Nick begann zu lachen, als ihm klar wurde, worauf Marty hinaus wollte, und sie richtete sich auf und funkelte ihn an Max vorbei an. »Nicht, daß ich irgend etwas dagegen hätte oder so. Ich meine, Darla kann mich auch weiterhin frisieren.«

»Wovon redest du eigentlich?« fragte Max verwirrt.

»Ich dachte nur, ich könnte dir vielleicht helfen, wenn du – nun, sagen wir – *Gewißheit* haben möchtest.« Marty schenkte ihm einen liebreizenden Augenaufschlag. »Ich würde dir sehr gerne helfen.«

»Marty, sie sind kein Liebespaar«, sagte Nick. »Sie arbeiten nur an dem Theaterstück.«

»Liebespaar?« fragte Max.

»Ihr Männer seid so blind«, sagte Marty. »Quinn hat den Coach verlassen, oder etwa nicht? Den besten Mann der ganzen Stadt.« Sie schüttelte den Kopf. »Und dann haben sie sich diese Frisuren zugelegt. Das ist doch ganz offensichtlich.«

»Liebespaar?« fragte Max Nick mit zusammengekniffenen Augenbrauen und zunehmend wütend, als er langsam die Bedeutung des Wortes verstand.

»Kein Liebespaar«, sagte Nick. »Lieber Himmel, Max, ich bitte dich.«

»Ja, aber die Leute *denken* –«

»Wie wäre es mit einem Bier, Max?« fragte Marty. »Ich habe Durst.«

»Sicher«, erwiderte Max, gab dem Barkeeper ein Zeichen

und legte einen Geldschein auf die Theke. »Die Lady hätte gern ein Bier.« Er nickte Marty zu. »Nun, ich muß jetzt gehen. War nett, dich zu sehen.«

Zu Nicks Erleichterung und Martys Enttäuschung glitt er von dem Barhocker herunter und fragte: »Joe?«

Nick wandte sich um und sah, daß Joe gegen den Tresen gelehnt stand und sich mit Lisa und zwei ihrer Freundinnen, einer Rothaarigen und einer Brünetten, unterhielt.

»Wahrscheinlich ist es eine kaputte Dichtung, wenn das Spülbecken schon ziemlich alt ist«, erklärte er gerade.

»Es ist schon ziemlich alt«, bestätigte Lisa und strahlte ihn von unten herauf an.

»Ich könnte morgen vorbeikommen und es reparieren.«

»Das wäre toll.« Lisa warf Nick aus dem Augenwinkel einen Blick zu, um zu sehen, ob er zuhörte. »Dann haben wir beide morgen eine Verabredung.«

»Das darf doch nicht wahr sein«, stieß Max zwischen den Zähnen hervor.

»Wir gehen, Joe«, sagte Nick. »Viel Spaß noch.«

»Hoffe ich doch«, antwortete Joe und prostete ihm mit seinem Bier zu.

Lisa ignorierte Nick komplett.

»Das müssen wir unbedingt bald wiederholen«, sagte Nick, während er Max zu dessen Wagen folgte.

»Halt die Schnauze«, sagte Max.

10

Auch Bill durchlebte in diesen beiden Wochen die Hölle.

Zunächst einmal hatte Quinn sich die Haare abschneiden lassen, was ihm überhaupt nicht gefiel. *Er haßte es.* Alleine der Anblick bereitete ihm Kopfschmerzen. Sie hatte vorher so süß ausgesehen, wie eine Mutter, wie sein Mädchen, und nun war sie anders, weiter weg von ihm, und er *haßte* es.

Natürlich würden sie wieder wachsen. Sie machte gerade nur eine Phase durch, und sobald sie wieder zusammen wären, würde er sagen, »Bitte schneide dir die Haare nie wieder so kurz«, und sie wäre bald wieder so süß wie immer. Sie würden wieder wachsen.

Er konnte nicht mehr abwarten.

In der Zwischenzeit geriet der BP außer Kontrolle. »Wir werden das Gerücht verbreiten, daß zwischen ihr und Jason Barnes etwas läuft«, sagte er zu Bill und kicherte beinahe vor Begeisterung. »Das wird Jason von diesem dämlichen Theaterstück abhalten und sie dazu bringen, zu dir zurückzukehren, um ihren Job zu retten. Tolle Idee, was?«

Bill sah ihn an, als wäre er wahnsinnig geworden. »Quinn würde sich niemals mit einem Studenten einlassen.«

»Das kann man nie wissen.« Bobby schüttelte den Kopf. »Sie benimmt sich eigenartig, und der Junge ist ständig in ihrer Nähe. Ich wäre gar nicht überrascht –«

Bill funkelte ihn an, so daß er den Satz nicht zu Ende sprach. Quinn hatte kein Verhältnis mit jemand anderem, vor allem nicht mit einem Studenten und schon gar nicht mit Jason Barnes, der ihm beinahe so etwas wie ein Sohn war. Quinn hatte keinen anderen, keinen außer ihm.

»Das wird funktionieren«, setzte Bobby hinzu, aber Bill schüttelte nur den Kopf, sagte jedoch nichts. Er hatte einen eigenen Plan.

Nachdem sie alle Überprüfungen durch die Stadt überstanden hatte, die er ihr in den letzten beiden Wochen aufgeladen hatte, hatte er endlich begriffen, daß Quinn völlig vernarrt war in die Idee, ein Haus zu besitzen. Also hatte er beschlossen, ein ordentliches Haus zu suchen, das sie sich teilen konnten. Er wußte gar nicht, warum er nicht schon früher daran gedacht hatte; es war so offensichtlich. Er würde Becky im Immobilienbüro anrufen, und sobald er das perfekte Haus gefunden hätte, würde er es Quinn zeigen, und sie würde einsehen, daß seine die bessere Wahl war. Sie würden zusammen dort einziehen, und ihr Haar würde nachwachsen, so daß er sich wieder auf das Team konzentrieren konnte. Nicht, daß vier Niederlagen ein Grund zur Besorgnis waren.

»Ich werde mich um Quinn kümmern«, sagte Bobby, »und du konzentrierst dich darauf, zu gewinnen.« Bill ignorierte ihn, weil er eine andere Idee hatte.

Die Leute dachten, daß Quinn und Jason zusammen seien, weil sie gemeinsam an dem Theaterstück arbeiteten. Aber er konnte ebenfalls mitarbeiten. Wenn er bei der Technik helfen würde, könnte er Quinn jeden Abend sehen. Damit und mit dem Haus –

Innerhalb kürzester Zeit würden die Dinge wieder ihren geordneten Gang nehmen.

Am Montag rief der BP Quinn in ihrer Freistunde zu sich.

»Worum geht's denn diesmal, Greta?« fragte Quinn.

»Du ruinierst sein Leben.« Greta tippte weiter, sah jedoch kurz auf, um Quinn einen Blick voller Sympathie zuzuwerfen. »Zumindest das Leben, wie er es kennt. Geh nur hinein, er erwartet dich.«

Bobbys Miene, als sie eintrat, war noch selbstgefälliger als üblich.

»Wir haben ein Problem«, sagte er.

»Haben wir das nicht immer?« Quinn gab sich keine Mühe, den Ärger in ihrer Stimme zu verbergen.

»Wie ich dir bereits sagte, kommt Jason Barnes ständig zu spät zum Krafttraining und geht früh wieder.« Bobbys Lippen wurden so schmal, daß man sie beinahe gar nicht mehr sah. »Seine Mitarbeit an diesem Theaterstück wirkt sich negativ auf seine Sportleistung aus. Das muß aufhören.«

»Und wie ich dir bereits sagte, zwingt niemand Jason dazu, bei dem Stück mitzuwirken«, entgegnete Quinn. »Ich weiß wirklich nicht, was ich damit zu tun habe.«

»Die Leute haben sich über deine Beziehung zu diesem Jungen geäußert«, sagte Bobby. »Ich möchte nicht seine Eltern anrufen müssen.«

Quinn überlief es eiskalt. Der BP war nicht mehr nur ein Blödmann, er begann tatsächlich, gefährlich zu werden. »Welche Leute und was für eine Beziehung und warum seine Eltern anrufen?«

»Man hat euch beide zusammen gesehen«, fuhr Bobby fort. »Es machte einen recht intimen Eindruck.«

»Er ist einer meiner Schüler«, verteidigte Quinn sich. »Er mag ein lieber Junge sein, aber er ist schließlich noch ein Kind.«

»Ihr führt lange Gespräche und lacht miteinander.« Bobby sah sie finster an. »Er läuft dir überall hinterher, und du ermutigst ihn auch noch dazu, so daß er sich nicht mehr auf das Team konzentriert. Mir ist die Art aufgefallen, wie du –«

»Ich verstehe.« Quinn verschränkte die Arme und sah ihn von oben herab an. »Du bist ›die Leute‹, und du bist verärgert, weil du Jason von dem Stück abziehen und mich wieder hinter Bills Herd stehen sehen willst.« Am liebsten wäre sie dieser miesen Filzlaus hinter dem Schreibtisch an die Gurgel gesprungen; was bildete er sich ein, dieses üble Spiel mit ihr spielen zu wollen?

»Andere werden es auch bemerken«, sagte Bobby. »Man wird wahrscheinlich –«

»Ja, nachdem du alle darauf aufmerksam gemacht hast, wird es wohl schon als Annäherungsversuch ausgelegt, wenn ich dem Jungen Hausaufgaben gebe.« Fassungslos schüttelte Quinn den Kopf. »Du wirst mich nicht mit meinem Ruf erpressen, Robert. Ich kann nicht glauben, daß du und Bill so unter die Gürtellinie zielt. Ihr solltet euch schämen.«

»Es gibt nichts, dessen ich mich schämen müßte«, polterte Bobby los. »Mich wird jedenfalls niemals jemand beschuldigen können, zu engen Kontakt zu einer Studentin zu pflegen –«

Das war verdammt sicher, weil ihn alle für eine Null hielten.

»– also sollte dir allein die Tatsache, daß du angreifbar bist, zu denken geben.« Blasiert legte er eine Pause ein, und sie hätte ihm am liebsten eine Ohrfeige verpaßt, weil er recht hatte. »Du solltest es eigentlich besser wissen. Lehrer müssen über jeden Verdacht erhaben sein. Du wirst Jason sagen, daß er nicht mehr länger an dem Stück mitwirken kann. Schick ihn zu Bill zurück, dorthin, wo er hingehört.«

»Ich werde Jason ausrichten, daß du und Bill euch über sein Krafttraining Sorgen macht«, sagte Quinn. »Alles andere liegt bei euch. Aber eines verspreche ich dir« – vor lauter Zorn beugte sie sich weit über den Tisch – »solltest du irgendwelche Gerüchte über Jason und mich in die Welt setzen, werde ich eine Beschwerde über dich einreichen, die dich in Carl Brookners Augen wie der letzte Dreck dastehen lassen wird.«

Sämtliche Farbe wich aus seinem Gesicht, und vor Wut zog er die Augenbrauen zusammen. Damit konnte sie besser umgehen. Es war die Blasiertheit, die sie zur Raserei brachte.

»Solange du gegenüber niemandem eine Bemerkung fallen läßt«, fügte Quinn ruhig hinzu, »bist du auch nicht angreifbar. Und wenn du deinen Mund hältst, wird es auch keine Schwierigkeiten geben, weil die einzige Person weit und breit, die niederträchtig genug ist zu glauben, ich hätte ein Verhältnis mit einem Schüler, du selbst bist.«

»Sei vorsichtig«, sagte Bobby. »Sei bloß vorsichtig. Die Leute werden es bemerken. Und die Leute reden. Daß du verrückt geworden bist, denken sowieso schon alle, weil du ins Tierheim eingebrochen bist, um einen Hund herauszuholen.«

Kopfschüttelnd verließ Quinn das Büro. Auf dem Weg nach draußen blieb sie kurz im Vorzimmer stehen und sagte zu Greta: »Ich glaube, jetzt dreht er völlig durch.«

»Da bin ich sicher«, erwiderte Greta. »Übrigens, da war ein Anruf von der Bank für dich. Irgend etwas wegen deines Kredits.«

»Oh, Mist«, sagte Quinn, aber als sie zurückrief, erklärte Barbara ihr: »Ich wollte dir nur mitteilen, daß dein Kredit genehmigt ist. Du kannst jederzeit herkommen und die Papiere unterschreiben.«

Quinn verstand die Welt nicht mehr. »Mein Kredit? Welcher Kredit? Ich dachte, ich müßte eine höhere Anzahlung leisten.«

»Er ist genehmigt«, wiederholte Barbara freundlich. »Du kannst jederzeit herkommen.«

Es paßte nicht zur Bank-Barbie, einer Frage in Finanzangelegenheiten auszuweichen. »Ich werde in meiner nächsten Freistunde kommen«, sagte Quinn. »Dann können wir uns schön lange unterhalten.«

Barbara wirkte ein wenig nervös in ihrem eleganten grauen Gabardine-Kostüm, als Quinn die Bank betrat. »Ich habe in fünf Minuten Mittagspause«, sagte sie zu Quinn und schob ihr die Unterlagen quer über den Schreibtisch zu. »Wenn du einfach nur hier unterschreibst –«

Quinn nickte. »Gut. Ich begleite dich.«

»Nun …« Barbara schien das nicht zu behagen.

»Ich will wissen, was passiert ist«, sagte Quinn.

Barbara wurde rot. »Ich habe ihm versprochen, nichts zu verraten.«

»Ihm? Wem ihm?«

Barbara warf einen Blick über die Schulter und flüsterte: »Nick.«

»Nick?«

»Schhhh!«

»Jetzt gehen wir erst recht gemeinsam zu Mittag essen«, sagte Quinn grimmig.

Eine halbe Stunde später hatte Quinn im Anchor Inn, über eine französische Pastete gebeugt, immer noch mit der Absurdität der Situation zu kämpfen. Mit ihr sprechen wollte Nick nicht, er zögerte jedoch nicht, die Hälfte der Anzahlung für ihr Haus auf den Tisch zu legen. Welcher konkrete Gedankengang ihn dazu bewogen haben mochte, war ihr nicht ganz klar, aber sie wußte, daß sie zugleich dankbar und auch wütend war – dankbar, weil er so besorgt war, und wütend, weil er es getan hatte. Bill hatte hinterhältig dafür gesorgt, ihren Kredit platzen zu lassen, davon war sie überzeugt, und nun hatte auch Nick hinter ihrem Rücken gehandelt, um sie zu retten, so als sei sie ein kleines Kind.

»Ich kann das einfach nicht glauben«, sagte sie zu Barbara.

»Ich finde das toll«, meinte Barbara. »Er kümmert sich um dich. Du hast vielleicht ein Glück.«

»Ich bevorzuge es, mich selbst um mich zu kümmern«, erwiderte Quinn. »Er sollte mich lieber so behandeln, als könne ich mich um mich selbst kümmern.«

»Warum?« Barbara sah sie so verständnislos an, daß Quinn hinzufügte: »Ich kapiere dich nicht. Du machst eine tolle Karriere bei der Bank, und du verdienst gut. Warum bist so derart darauf fixiert, einen Mann zu finden, der dich unterstützt?«

Barbara lehnte sich zurück. Auf ihren Wangen brannten zwei rote Flecken. »Ich brauche keinen Mann, der mich unterstützt. Ich würde mich nie von einem Mann aushalten lassen.«

»Oh.« Quinn nahm sie ins Visier. »Warum gehst du dann ständig mit verheirateten Männern aus?«

»Das tue ich gar nicht«, stritt Barbara ab. Der Kummer auf ihrem Gesicht war echt. »Das tue ich wirklich nicht. Ich gehe nie mit ihnen aus, bevor sie sich nicht getrennt haben. Weißt du, es ist einfach nur so schwierig, jemanden zu finden, der sich um einen sorgt. Wenn du einen guten Handwerker gefunden hast, weißt du, daß du Glück gehabt hast.«

Quinn dachte an die Reihe von Männern, die bei all diesen Inspektionen durch ihr Haus getrampelt waren. Sie hatte jeden einzelnen betrachtet und gedacht: *Willst du mich übers Ohr hauen? Ich habe nämlich nicht den blassesten Schimmer, wovon du sprichst.* »Okay, soweit gebe ich dir recht, aber dann ziehen sie bei dir ein, Barbara.«

»Nur drei von ihnen«, korrigierte Barbara sie.

»Du bist erst achtundzwanzig«, sagte Quinn. »Drei verheiratete Männer bis achtundzwanzig ist statistisch gesehen nicht zu verachten.«

»Ich gehe nicht mit ihnen aus, solange sie verheiratet sind«, beharrte Barbara. »Ich habe mich noch nie mit einem verheirateten Mann getroffen. Es ist nur einfach so, daß ich sehr viele Aufgaben habe, wenn ich jemanden finde, der wirklich gut ist und Sachen reparieren kann.«

»Also kommt er dann häufig zu dir.« Quinn nickte, um sie zum Weitersprechen aufzufordern.

»Und dann fragen sie mich irgendwann, ob ich mal mit ihnen ausgehen möchte«, erzählte Barbara weiter. »Aber ich sage ihnen immer, daß ich, auch wenn ich ihnen wirklich dankbar bin für die harte Arbeit, die sie geleistet haben, und ich sie wirklich ganz toll finde, weil sie das tatsächlich sind, ich unmöglich mit einem verheirateten Mann ausgehen könne. Ich könnte das wirklich nicht.«

»Und dann verlassen sie ihre Ehefrauen«, sagte Quinn und begann langsam zu verstehen. Sie konnte sich bestens vorstellen, wie Matthew nach zig langen Jahren mit der zeternden Lois auf eine junge, hübsche Blondine reagierte, die ihm erzählte, er sei toll.

»Und dann ist es eine Weile einfach wundervoll«, sagte Barbara wie zu sich selbst. »Ich fühle mich dann so geborgen, und ich weiß, wer ich bin, weil ich mit diesem wunderbaren Mann zusammen bin, der alles weiß.« Sie kam wieder auf den Boden zurück und fuhr fort: »Aber dann stellt sich heraus, daß es ein Trugschluß war. Es ist so enttäuschend, weil sie immer behaupten, alles zu wissen, verstehst du? Aber das tun sie nicht, und schließlich kann man ihnen gar nicht mehr trauen.«

»Ich denke, du solltest sie um ihrer selbst willen lieben«, sagte Quinn.

»Das tue ich ja auch«, sagte Barbara. »Bis sie mich enttäuschen.«

Quinn kehrte zu den wesentlichen Dingen zurück. »Warum willst du unbedingt einen Mann haben, der seine Frau sitzengelassen hat?«

Barbara sah verständnislos drein. »Alle Welt läßt sich scheiden. Nick ist auch geschieden, und du bist mit ihm zusammen.«

»Nein, bin ich nicht«, widersprach Quinn. »Er redet nicht einmal mit mir.«

»Warum hat er dann die Anzahlung für dich übernommen?« wollte Barbara wissen. »Er muß glauben, ihr wärt zusammen.«

»Ich weiß nicht, was er glaubt«, sagte Quinn. »Ich bin nicht einmal sicher, was ich selbst glaube. Ich mache gerade eine sonderbare Phase durch.«

»Darla Ziegler ist zu dir gezogen, oder?« fragte Barbara.

Quinn sah sie prüfend an. *»Nein.* Sie bleibt nur vorübergehend bei mir, um mit mir gemeinsam am Theaterstück der Schule zu arbeiten.« Das hörte sich so lahm an, daß sie verstehen konnte, warum Barbara ihr das nicht abkaufte, also nahm sie Abstand von den Ausflüchten und entschied sich für die Wahrheit. »Sie hat Max nicht verlassen. Sie sind immer noch verheiratet.«

»Wenn ich jemanden wie Max hätte, würde ich nicht ausziehen und ihn alleine lassen«, sagte Barbara. »Ich habe gehört, daß er gestern abend bei Bo's gewesen ist. Das ist schrecklich.«

Bo's. Mist. »Sie werden sich nicht scheiden lassen, Barbara«, sagte Quinn. »Vergiß es.«

Barbara wurde rot, und sie tat Quinn aufrichtig leid. »Du wirst schon noch einen wunderbaren Mann finden, der viel weiß und nicht verheiratet ist«, meinte Quinn zu ihr. »Das passiert ganz gewiß.«

Später, auf der Rückfahrt zur Schule, wurde ihr bewußt, daß sie ziemlich gönnerhaft geklungen haben mußte. Eigentlich ging es ihr selbst nicht besser als Barbara. Barbara kümmerte sich zumindest um die Instandhaltungsarbeiten ihres Hauses. Quinn brachte es nicht einmal fertig, daß der Mann, den sie begehrte, ihr Aufmerksamkeit schenkte (auch wenn er die Anzahlung für sie geleistet hatte, dieses Rindvieh), und daß der Mann, den sie loswerden wollte, sie in Ruhe ließ. *Bringe erst einmal dein eigenes Leben in Ordnung, bevor du dich mit Barbaras beschäftigst,* schoß es ihr durch den Kopf.

Sie begann bei Jason. »Mr. Gloam ist verärgert darüber, daß du dich neben dem Baseball auch für das Theaterstück engagierst.«

»Es liegt nicht an mir, daß das Team schlecht spielt«, rechtfertigte sich Jason.

»Er scheint zu denken, daß es meine Schuld ist«, erklärte Quinn ihm. »Außerdem deutete er an, daß unser Verhältnis – hmmm, enger sein könnte als zwischen Lehrerin und Schüler.«

»Der hat sie doch nicht mehr alle«, meinte Jason.

Quinn trat ein wenig zurück, als Thea mit neuem Papiernachschub aus der Materialkammer kam. »Ganz meine Meinung, aber er könnte mir das Leben zur Hölle machen. Deshalb wüßte ich es zu schätzen, wenn du zukünftig mindestens zehn Meter von mir Abstand hältst.«

»Sie wollen mich auf den Arm nehmen, oder?« Jason verlieh seinem Unmut deutlich Ausdruck.

»Was ist los?« fragte Thea, und Jason erwiderte: »Gloam glaubt, ich wäre scharf auf McKenzie.«

»Er versucht nur, mich zu erpressen, damit ich Jason aus der Schauspielgruppe werfe«, erklärte Quinn ihr. »Er glaubt nicht ernsthaft daran.«

»Aber Sie werfen mich doch nicht raus, oder?« fragte Jason, woraufhin Quinn den Kopf schüttelte. »Gut«, sagte er. »Ziemlich verrückte Schule hier.« Bei diesen Worten warf er Thea einen Blick zu, bevor er zu seinem Platz zurückkehrte, nur um ein paar Minuten später wieder nach vorne zu kommen und ihr zu sagen: »Hör mal, Thea, falls Gloam während des Unterrichts hier auftaucht, halte ich mich an dich. Vielleicht wird er dann denken, daß ich nicht hinter McKenzie, sondern hinter dir her bin, und sie in Ruhe lassen.«

»Bist du so ein guter Schauspieler?« fragte Thea kühl, und

Jason schüttelte den Kopf und sagte: »Diese Schule ist *eindeutig* verrückt.«

»Nicht nur diese Schule«, kommentierte Quinn und dachte an Nick. Er hatte die Anzahlung für ihren Kredit geleistet. Dafür sollte sie sich ihm erkenntlich zeigen. Bei diesem Gedanken beschleunigte sich ihr Puls ein wenig. Ein aufregendes Leben zu führen erwies sich als nicht so einfach, wie sie sich das vorgestellt hatte, aber es war es zweifellos wert, dieses Ziel weiterzuverfolgen. Nachdem er sie nun zwei Wochen lang ignoriert hatte, wurde es definitiv Zeit, Nick ihre Dankbarkeit zu zeigen. Ob er das wollte oder nicht.

Darla war gerade dabei, Joan Darling zu fönen, als Max ins Upper Cut kam.

»Da ist dein Mann«, sagte Joan.

»Der Typ da?« fragte Darla. *Halt den Mund, Joan.*

»Du bist schon so lange fort, daß du es wahrscheinlich vergessen hast«, sagte Joan.

»Fertig«, sagte Darla und schaltete den Fön aus, bevor die Hinterpartie von Joans Frisur ganz trocken war. Soll sie doch eine Weile so herumlaufen.

»Du und Quinn könnt niemanden an der Nase herumführen«, meinte Joan, als sie aufstand. »Wir haben alle die Gerüchte gehört, und Corrie Gerber hat erzählt, daß Quinn es genau hier in diesem Stuhl zugegeben hat.«

»Was zugegeben hat?« wollte Darla wissen, aber in diesem Moment trat Max zu ihr und sagte: »Ich muß mit dir sprechen.« Sie ging in den Pausenraum, gefolgt von Max, während Joan sie beobachtete, begierig auf Neuigkeiten, die sie verbreiten konnte.

Max schloß die Tür hinter sich. »Wie lange willst du diesen Mist eigentlich noch durchziehen?«

»Welchen Mist?« fragte Darla. »Mit Quinn zusammenzuleben anstatt mit dir? Bis du mir einen guten Grund dafür gibst, nach Hause zu kommen.«

»Nun, ich habe einen für dich«, sagte Max. »Es geht das Gerücht um, daß du und Quinn miteinander schlaft.«

Darla mußte lachen. Sie konnte nicht anders, weil er so empört aussah. »Also machst du dir Sorgen, daß wir das tatsächlich tun, oder bist du enttäuscht, weil wir es nicht tun?«

»Das ist nicht lustig.« Max funkelte sie an. »Du machst mich zum Gespött der Leute.«

»Ich wüßte nicht, wieso«, erwiderte Darla. »Eigentlich müßte man dir viel Sympathie entgegenbringen. Ich wette, daß all diese jungen Dinger schon in den Startlöchern sitzen.«

Max stieg die Zornesröte ins Gesicht. »Glaubst du etwa wirklich, ich würde dich betrügen? Tust du das tatsächlich?«

»Nein«, sagte Darla. »Aber ich glaube wirklich, daß du es immer noch nicht kapiert hast.« Er sah so unglücklich aus, daß sie ihn am liebsten in die Arme genommen hätte, aber dann wäre sie nur wieder an ihrem Ausgangspunkt angelangt. »Wir brauchen eine Veränderung, Max. Wir müssen einander wirklich wieder sehen, Risiken eingehen, uns daran erinnern, wie es war, wirklich lebendig zu sein. Würde ich nach Hause zurückkommen, wäre alles wie immer, und das hielte ich nicht aus.« Sie brach ab, weil sie an seinem Gesichtsausdruck erkannte, daß er nichts von dem verstand, was sie sagte, sondern nur noch wütender wurde. »Vergiß es.« Sie wandte sich zur Tür. »Vergiß es einfach.«

»Okay, erklär mir schlicht, was du willst, und du kriegst es«, sagte er mit vor Erbitterung müder Stimme.

»Wenn ich es dir erkläre, nützt das gar nichts«, antwortete Darla. »Es ist nichts Spezielles. Ich will nur, daß du begreifst, daß wir uns zu Stein verwandeln, dabei sind wir noch nicht einmal vierzig. Ich habe versucht, ein wenig Abwechslung in unsere Beziehung zu bringen, aber du hast mir keinerlei Aufmerksamkeit geschenkt. Jetzt bist du an der Reihe, dir etwas auszudenken. Überrasche mich. Zeig mir, daß wir noch leben.«

»Ich habe keine Ahnung, wovon du verdammt noch mal redest«, sagte er.

»Nun, genau aus diesem Grunde schlafe ich bei Quinn anstatt bei dir«, entgegnete Darla.

Später an diesem Nachmittag beugte sich Nick über Marcy Benbows Jeep und dachte an Quinn. Und an Sex. Die Vereinigung dieser beiden Vorstellungen in einem Satz behagte ihm gar nicht, aber er konnte sie einfach nicht aus seinen Gedanken verbannen. Vielleicht sollte er mit ihr darüber sprechen, es einmal zu tun, damit sie es abhaken und zum üblichen Gang der Dinge zurückkehren konnten. Einen einzigen Versuch, mehr wollte er nicht. Eine einzige Gelegenheit, ihr diese Unterwäsche vom Leib zu reißen und sie zu nehmen, um dann zu den guten alten Zeiten zurückzukehren. Ein flotter, verbotener Fick, und dann –

Draußen schlug eine Autotür zu, und Barbara Niedemeyer erschien in der Tür zur Werkstatt. Diesmal hatte sie den Camry ihrer Mutter mitgebracht, was Sinn machte, weil sie an ihrem eigenen Wagen jedes erdenkliche Teil repariert hatten. Nick duckte sich unter die Motorhaube des Jeeps, um den Anschein zu erwecken, für ein Gespräch zu beschäftigt zu sein. Seitdem er den Rest von Quinns Sicherheiten übernommen hatte, strahlte ihn Barbara genauso an wie Max. Sie war eine hübsche Frau, aber keine, mit der er etwas zu tun haben wollte. Insbesondere, seit ihm Quinn ständig im Kopf herumspukte und –

»Nick?« sprach sie ihn an, und er machte einen Satz, weil sie sich lautlos direkt rechts neben ihn gestellt hatte. Diese vermaledeite Frau bewegte sich wie eine Katze. »Ich muß mit dir reden.«

»Klar«, sagte er und richtete sich auf.

»Quinn weiß von dem Darlehen.« Barbara sah zugleich schuldbewußt und erfreut aus. »Sie wollte wissen, woher das Geld kommt, also mußte ich es ihr sagen. Es ging nicht anders.«

»Schon okay«, sagte er und dachte, *Mist.*

»Sie war ziemlich verärgert«, fuhr Barbara fort, und Nick spürte einen Stich. »Aber als wir mit dem Mittagessen fertig waren, hatte sie sich schon wieder beruhigt.«

»Gut«, sagte er. »Danke jedenfalls.« Er nickte ihr zum Abschied zu und beugte sich wieder unter die Haube in der Hoffnung, daß sie gehen würde, aber just in diesem Augenblick trat Max aus dem Büro.

»Bringst du diesmal den Wagen deiner Mutter?« rief er Barbara aufgeräumt zu.

»Ich bin ein wenig besorgt«, sagte sie und ging zu ihm hinüber, um ihm die Schlüssel auszuhändigen. »Sie wird schließlich nicht jünger, und ich will sichergehen, daß ihr Auto in Ordnung ist.«

»Kein Problem«, sagte Max. Er füllte den Arbeitsauftrag aus und plauderte mit ihr während des Schreibens, und Nick unterbrach seine Arbeit an Marcys Wagen, als er bemerkte, daß Max sich Zeit ließ und nicht versuchte, sie loszuwerden.

Nein, dachte er. *Oh mein Gott, Max, tu das nicht.*

»Wie kommst du denn nach Hause?« erkundigte Max sich, nachdem er den Auftrag und die Schlüssel ins Büro gebracht hatte.

»Ich habe es ja nicht weit«, sagte Barbara. »Außerdem ist schönes Wetter. Ich kann zu Fuß gehen.«

»Ich bringe dich nach Hause«, sagte Max.

»Wir haben jede Menge Arbeit hier«, ließ sich Nick laut hinter dem Jeep vernehmen.

»Pause fürs Abendessen«, sagte Max. »Hast du Hunger, Barbara?«

Oh, Shit.

»Ich habe heute mittag nur eine Kleinigkeit gegessen«, sagte Barbara, in deren Stimme Entzücken mitschwang.

»Wie wäre es mit dem Anchor Inn?« schlug Max vor. »Du hast uns schließlich viele Aufträge erteilt, da ist es nur fair, wenn ich dir ein Abendessen spendiere.«

»Könnte ich dich mal einen *Moment* sprechen?« fragte Nick.

»Ich warte im Wagen«, sagte Barbara und schenkte ihnen beiden ein strahlendes Lächeln, bevor sie hinausging.

»Halt mir bloß keine Vorträge«, sagte Max zu Nick.

Nick warf ihm hinter dem Jeep einen vernichtenden Blick zu. »Du bist ein hirnloser Vollidiot. Darla wird dich in Stücke reißen, und dann hättest du noch Glück, weil sie dich ansonsten für immer allein auf deinem Arsch sitzenläßt, und wie stehst du dann da?«

»Genau wie jetzt auch«, sagte Max störrisch. »Wenn sie sich nicht um das kümmert, was sie hat, wird sie es verlieren.«

»Vielleicht ist genau das der Grund, warum du es verloren hast, du Arschloch.« Nick knallte die Motorhaube des Jeeps zu. »Wann hast du Darla zum letzten Mal ins Anchor Inn ausgeführt?«

»Sie hat mich verlassen, weil sie keinen schlecht zubereiteten Hummer bekommen hat?« Max schüttelte den Kopf. »So ein Schwachsinn.«

»Was hat sie denn bekommen?« Weitaus wütender, als er sein wollte, lehnte Nick sich gegen den Jeep. »Wenn ich eine Frau wie Darla hätte, die mich nackt in der Tür empfängt, würde ich nicht mit der Bank-Barbie ausgehen. Aber du, nein, du setzt dich vor den Fernseher und siehst dir Videos von Footballspielen mit mir an, während sie sich im Schlafzimmer einschließt. Kannst du mir das eigentlich erklären, verdammt noch mal?«

Max wandte sich zum Gehen. »Ich muß jetzt los.«

»Wahrscheinlich hat sie ihre Haare abgeschnitten, damit du ihr ein bißchen Aufmerksamkeit schenkst«, rief Nick ihm nach. »Und was machst du? Du gehst zu Bo's. Du baust ganz große Scheiße, du Schwachkopf.«

An der Tür drehte Max sich um. »Und warum hat Quinn ihre abgeschnitten, du Klugscheißer? Ich kann nicht sehen, daß du dich besser benimmst.«

»Quinn ist eine gute Freundin«, sagte Nick.

»Und du bist ein Arschloch«, sagte Max und ging hinaus zu Barbara.

Quinn hatte eine Entscheidung treffen müssen, damit sie sich an diesem Abend auf die Theatertechnik konzentrieren konnte. Nach der Probe würde sie bei Nick vorbeischauen, um ihm zu danken. Auch wenn sie nicht zu dem Schluß gekommen wäre, daß er ihre Eintrittskarte in ein aufregendes Leben war, hätte sie sich bei ihm bedanken müssen. Das war nur recht und billig.

Vielleicht sollte sie ohne BH gehen.

Am anderen Ende der Bühne fiel irgend etwas mit lautem Gepolter um, und sie schob den Gedanken an Nick beiseite und ging hinüber, um das neueste Desaster zu begutachten. Jason und Corey stellten gerade die Hohlbäume aus Pappmaché auf, die der Kunstkurs gebastelt hatte. Als sie näher kam, sah sie, wie Corey einen Baumstamm hochhob, und sie hörte ihn sagen: »Diese Thea, die hat was. Warum ist sie mir bisher noch nicht aufgefallen?«

»Sie wird dir auch weiterhin nicht auffallen.« Jason stellte den verbeulten Stamm in die Mitte der fahrbaren Platte, auf der sie ihn bewegen würden, und begann, ihn festzuschrauben. »Vergiß sie.«

»Hast du ein Auge auf sie geworfen?« fragte Corey.

»Nee. Nicht mein Typ.«

Jason, du Armleuchter. Wieder benahm er sich genau wie Nick.

»Alles klar hier?« erkundigte sich Quinn.

»Bestens.« Jason steckte seine Hand in den Stamm, um die Beule herauszudrücken.

»Okay«, sagte Quinn und zog sich zurück, um die Bäume zu prüfen, die sie bereits befestigt hatten. Sie befand sich immer noch in Hörweite, als Corey sich nach Thea umsah, die sich über die Bühnenkante beugte, um einem der Techniker eine Rolle Klebeband zu reichen. »Mein Typ ist sie. Sieh dir bloß diesen Hintern an.«

»Nein«, sagte Jason, der immer noch mit dem Festschrauben beschäftigt war. »Nicht dein Typ.«

Ärgerlich sah Corey ihn an. »Wenn sie nicht deiner ist, kann sie ja wohl meiner sein.«

»Sie ist der Typ von niemandem.« Jason stand auf. »Sieh dir lieber die zweite Stiefschwester an. Sie ist in unserem Chemiekurs. Die ist dir bisher auch nicht aufgefallen.«

»Welche meinst du?«

»Die mit den dicken –«

»Schon verstanden.« Corey sah sich noch einmal nach Thea um.

»Nein«, sagte Jason. »Frag die aus der Chemie um Hilfe bei deinen Laborversuchen. Die könntest du jedenfalls gebrauchen.«

Corey zuckte mit den Schultern, meinte: »Was soll's« und ging zu dem Chemiemädchen hinüber.

Sie schien verblüfft und erfreut, ihn zu sehen.

»Willst du mir erklären, was das gerade sollte?« fragte Quinn und trat hinter dem Baum hervor.

»Nö.« Jason griff nach dem Technikplan, um ihn Thea zu bringen.

»Es ist ihr nicht verboten auszugehen, weißt du«, sagte Quinn.

»Aber nicht mit Corey«, sagte Jason. Plötzlich fuhren sie beide zusammen, als hinter ihnen Bills Stimme ertönte: »Quinn?«

»Hey, Coach«, begrüßte Jason ihn und verzog sich sogleich quer über die Bühne zu Thea.

Sehr feinfühlig, dachte Quinn und drehte sich zu Bill um.

»Ich dachte, ich könnte vielleicht helfen«, meinte er zu ihr. »Du weißt schon, noch ein Paar helfende Hände.«

»Nein«, sagte Quinn und legte soviel Endgültigkeit wie möglich in dieses Wort.

»Quinn, wir gehören zusammen.« Bill lächelte sie mit demselben alten Lächeln an, das besagte, *Ich weiß es am besten.* Quinn spürte die Wut in sich aufwallen.

»Ich kann das nicht noch deutlicher machen«, sagte sie. »Es ist mir egal, ob du Gerüchte über Jason und mich in die Welt setzt –«

»Das habe ich nicht getan«, widersprach Bill empört.

»– es interessiert mich nicht, was du tust, wir sind nicht mehr zusammen und werden es auch nie wieder sein.«

»Ich habe dieses Gerücht nicht gestreut«, verteidigte sich Bill. »Ich schwöre –«

»Ich glaube dir«, sagte Quinn. »Das war der BP, unter Garantie. Aber genug davon. Laß mich in Ruhe. Geh jetzt.«

Er machte Anstalten, noch etwas zu sagen, zuckte dann jedoch nur mit den Achseln.

»Vielleicht später«, sagte er, und sie preßte die Zähne zusammen, als er von der Bühne schlenderte und ihr Schuldgefühle vermittelte, die dann in Ärger umschlugen, weil sie sich schuldig fühlte. Es war nicht ihre Schuld. Es war ihr gutes Recht, einen Mann zu verlassen, den sie nicht wollte.

Und einen zu verführen, den sie wollte.

Um neun Uhr an diesem Abend, nachdem der letzte Schüler gegangen war und sie die Bühnentür kontrolliert hatte, um sicherzugehen, daß sie abgeschlossen war, zog Quinn ihren Büstenhalter aus und fuhr zu Nicks Wohnung. Sie fröstelte und fühlte sich unwohl, weil sie nervös war und keinen BH trug. Sie wußte immer noch nicht, was genau sie ihm sagen sollte – sie hatte hundert verschiedene Konversationen durchgespielt, aber keine einzige erschien ihr besser als schlecht –, daher hoffte sie, daß die fehlende Stütze unter ihrem Pullover eine lange Unterhaltung sowieso überflüssig machen würde.

Sie stieg die Stufen auf der Rückseite der Werkstatt hinauf, die zu seiner Wohnung führten, und als er die Tür öffnete und offenbar verdutzt war, sie zu sehen, sagte sie nur, »Ich habe von dem Bankdarlehen erfahren« und schob sich an ihm vorbei, wobei sie ein Stoßgebet gen Himmel schickte, er möge aufgeben und so schnell über sie herfallen, daß sie ihre Nervosität vergessen konnte.

»Das war doch nichts Besonderes«, sagte Nick, aber als sie sich umwandte, um ihm in die Augen zu schauen, hatte er die Tür geschlossen und sah ziemlich angespannt aus.

»Es war Bill«, sagte sie. »Er hat hinter meinem Rücken versucht, den Kredit platzen zu lassen.«

»Das habe ich mir schon gedacht.«

»Und dann versuchst du hinter meinem Rücken, ihn zu retten«, fuhr sie fort. »Ziemlich patriarchalisch von dir, findest du nicht?«

»Was?« Er sah ein wenig verwirrt aus. »Bist du verrückt geworden?«

»Eigentlich nicht.« Quinn schlenderte zum Bücherregal hinüber, um ihn nicht mehr ansehen zu müssen, weil er in dem Hemd mit aufgeknöpftem Kragen so gut aussah, groß und lässig. Zudem war er barfuß, und das wirkte außerordentlich sexy.

Wovon hatten sie gesprochen? Ach ja, von dem Kredit. »Ich würde einfach gerne wissen, wie es um meine Finanzen bestellt ist«, sagte sie so gelassen wie möglich. »Anstatt daß ihr beide euch hinter meinem Rücken einmischt.«

»Eigentlich war es mehr ein Herumschnüffeln hinter deinem Rücken«, meinte Nick. »Was kein Wunder ist, weil ich dich in letzter Zeit kaum mehr zu Gesicht bekommen habe.«

Bei diesen Worten zog sich ihr Herz ein wenig zusammen; er hörte sich leicht verärgert an. Vielleicht hatte er sie vermißt. »Das Theaterstück nimmt unsere ganze Zeit in Anspruch«, erklärte Quinn. »Es wird großartig werden. Edie –«

»Möchtest du einen Drink?«

Quinn nickte.

Er würde sie nicht hinauswerfen. Er nötigte sie zum Trinken. Das waren gute Zeichen. Während er in die Küche ging, um den Chivas zu holen, stöberte sie mit leicht zitternden Händen durch seine CDs, auf der Suche nach etwas unauffällig Verführerischem, etwas anderem als dem »Bolero«. Als sie auf die *Greatest Hits* von Fleetwood Mac stieß, legte sie die CD in den CD-Spieler. Bei ihr zu Hause hatte sie auch Wirkung gezeigt. Wenn doch nur die Couch ihrer Mutter hier wäre –

Die ersten Töne von *Rhiannon* erklangen, und Quinn zuckte zusammen und drückte auf die Weiter-Taste, bis sie zu *Hold me* gelangte. Ein toller Song. Verfänglicher Titel. Sie drehte sich um und sah Nick im Türrahmen zur Küche stehen, mit einem Glas in jeder Hand und einem sonderbaren Ausdruck auf dem Gesicht.

»Was ist?« fragte sie und ging auf ihn zu, um ihren Drink entgegenzunehmen.

»Interessante Musikwahl«, sagte er. »Also, bist du nun verrückt geworden oder nicht?«

Ernst sah er sie an. Ihre Blicke trafen sich, und erneut spürte sie, wie ihr der Atem stockte, weil er so gut aussah, schlank und dunkel und gefährlich. Sie hatte beinahe Angst davor, mit ihm zu schlafen – er war so anders als jeder, der sie bisher geliebt hatte –, aber noch mehr Angst hatte sie davor, es nicht zu tun. Zu lange schon hatte sie ihre Chancen verpaßt.

»Ich bin nicht verrückt«, sagte sie. »Ich bin dankbar. Ich liebe mein Haus. Vielen Dank. Ich werde dir das Geld natürlich zurückzahlen, aber dennoch vielen Dank.«

»Das war doch selbstverständlich.«

Sein Blick hielt den ihren immer noch fest, und je intensiver er sie anschaute, um so heißer wurde ihr. Aber er sah sie unentwegt an, und das verschaffte ihr gleichzeitig ein unbehagliches Gefühl. Sie nippte an ihrem Chivas und suchte nach einem unverfänglichen Gesprächsthema. Das Wetter war in den letzten Tagen gut gewesen. Vielleicht –

»Also, warum bist du hier?«

Quinn erstickte beinahe an ihrem Chivas, bevor sie ihn hinunterschluckte und sich den Mund mit dem Handrücken abwischte. »Um dir zu danken.« Sein Blick ruhte unverwandt auf ihr, wie auf der Suche nach Beute. Niemals zuvor hatte er sie so angesehen. Selbst die beiden Male, als er sie geküßt hatte, war er mehr widerstrebend als alles andere gewesen. Irgend etwas hatte sich geändert. Er wehrte sich nicht mehr.

Vielleicht war dies also kein günstiger Augenblick. Es gab noch genügend Tage, an denen sie sich leichtfertig zeigen konnte, wenn er sie nicht so ansah wie ein Serienmörder. »Tja, da ich mich nun bedankt habe –«

Sie drückte ihm den Chivas in die Hand, und er stellte ihn auf dem Bücherregal ab, ohne den Blick von ihr abzuwenden, nun ob ihrer Nervosität halb amüsiert.

»– werde ich jetzt gehen.« Wieder schaute sie zu ihm auf, in seine wunderschönen glutvollen Augen, die sie über sein Glas hinweg mit einer gewissen Selbstgefälligkeit betrachteten. Sie wartete, bis er einen Schluck nahm, und sagte dann: »Eigentlich bin ich hergekommen, um mit dir zu schlafen.«

Nick verschluckte sich an seinem Chivas.

Gut. »Aber wenn du kein Interesse hast –«

»Nur einmal.« Nick stellte sein Glas schneller ab, als sie ihn sich jemals hatte bewegen sehen.

Sie spürte, wie der Boden unter ihren Füßen schwankte. »Was?«

»Nur einmal, um es aus dem Weg zu schaffen.« Nick hörte sich absolut rational an, so als ermahne er sie, zweimal im Jahr zum Zahnarzt zu gehen. »Damit wir beide aufhören können, ständig daran zu denken.«

Einmal, um es aus dem Weg zu schaffen.

Soviel zu der tollen Affäre, die ihr Leben aufregend machen sollte. Sie öffnete den Mund, um ihn sofort wieder zu schließen, und suchte nach einer witzigen und überlegenen Antwort, um ihm zu sagen, daß er sich und seinen netten One-Night-Stand sonstwo hinschieben könne. »Du hast also darüber nachgedacht, stimmt's?«

»Zum Teufel noch mal, ja.« Er lehnte sich so selbstbewußt gegen das Bücherregal, daß sie ihn am liebsten geohrfeigt hätte. »Genau wie du.«

»Einmal, um es aus dem Weg zu schaffen, richtig?« Quinns Stimme bebte ein wenig vor Wut. Nur über ihre Leiche. Nein, über *seine*, dieser Bastard. »Das ist also dein Plan?« Sie funkelte ihn an. »Wer, verdammt noch mal, glaubst du eigentlich, wer du bist?«

»Ich glaube, daß ich der Fick bin, den du willst«, sagte Nick. Als sie zu einem Schwinger ansetzte, duckte er sich unter ihren Arm, zog sie zu sich und küßte sie derart fordernd und intensiv, daß sie ihren Arm sinken ließ, um die Hitze und den Schauder zu genießen, den seine Lippen auf ihren verursachten, grenzenlos erleichtert, daß sie endlich seine Arme um sich spürte.

Sie versuchte, sich zu lösen, und sagte: »Ich bin sauer auf dich«, doch er erwiderte nur: »Du wirst trotzdem noch ja sagen«, zog sie wieder zu sich und küßte sie erneut, während er seine Hände unter ihren Pullover gleiten ließ und fest über ihre Brüste fuhr, so daß sie aufstöhnte, während sie versuchte, einen klaren Kopf zu behalten.

Das Problem war das Lustgefühl; das wurde ihr klar, als sie versuchte, die Reste ihres Verstandes zusammenzuklauben. Er benahm sich nicht wie Nick, sondern wie ein Scheißkerl, absolut fordernd und machomäßig, aber seine Hände fühlten sich so gut an, und er küßte sie endlich, trieb sie mit seinem Kuß zum Wahnsinn, während seine Hände ihren Körper so fordernd erforschten, daß sie unwillkürlich erschauerte und sich in seiner Umarmung wand. Als er seine Zunge in ihren Mund gleiten ließ, gab sie jeden Widerstand auf.

»Das Schlafzimmer ist hier hinten«, flüsterte er, als sie nach Luft schnappte.

»Wir müssen noch einiges ausdiskutieren«, hauchte sie, aber er erwiderte nur, »Später«, und sie dachte, *Ja, später.*

11

Nick zog sie auf das Bett und rollte sich über sie. Ihn auf sich zu spüren erregte sie so, daß sie Arme und Beine um ihn schlang und sich ihm entgegenwölbte. Für diesen Mist, »Ich bin der Fick, den du willst«, konnte sie ihn später büßen lassen; im Augenblick begehrte sie ihn einfach. Mit einer schnellen Bewegung zog er ihr den Pullover über den Kopf und küßte sie heftig auf die Lippen, fuhr mit der Zunge ihren Hals entlang, bis er ihre Brüste fand und sie in den Wahnsinn, in eine dunkle Hitze trieb, in nie gekannte Abgründe, weil sie noch nie mit jemandem wie Nick zusammen gewesen war. Mit so einem gefährlichen Typ Mann, dem Typ Mann, der sagte, »Ich bin der Fick, den du willst«, was sie anmachte und gleichzeitig Mordgelüste in ihr weckte, dem Typ Mann, der einer Frau den Verstand raubte –

Fast jedenfalls.

Aber da war ein Teil von ihr, der nicht mitmachte, der immer noch ein wenig vom Verstand beherrscht wurde und ihr sagte, daß sie mit Nick zusammen war, der einfach nicht vom rationalen Überlegen ablassen wollte, der nicht aufhören wollte *zu denken.* Sein Mund liebkoste ihre Brüste, und sie ließ sich gehen, genoß es und wand sich vor Wonne unter ihm, während sich der Abgrund aufzutun schien, doch dann dachte sie, *Moment mal, das ist Nick*, und sie merkte, wie sie an die Oberfläche zurückkehrte. *Will ich das wirklich? Das könnte enorme Probleme geben,* doch dann sog er fester oder biß in ihre Schulter oder öffnete ihren Reißverschluß – *O Gott, fühlt sich das gut an* –, und wieder ging sie unter, völlig von Sinnen, bis das logische Denken sie wieder an die Oberfläche beförderte. *Wissen wir, was wir hier tun? Werde ich es bereuen?* Nach einer halben Stunde fühlte sie sich wie ein Angelkork. Wie nannte man die Dinger noch? Ach ja, Schwimmer. Sie fühlte sich wie ein –

Nick ließ seine Hand in ihren Slip gleiten, und erneut ging sie unter, nur um eine Minute später wieder aufzutauchen, als er sich bewegte, um ihr die Jeans vom Leib zu reißen.

Okay, ich bin ziemlich sicher, daß es das ist, was ich will, deshalb bin ich hergekommen, aber Zoë wird mich umbringen –

Eigentlich war nicht Zoë ihr Problem, sondern die Sache mit der Konzentration: Lust oder Logik, Lust oder Logik. Wenn sie sich nicht bald für eines entschied, würden ihre Lustgefühle sie verrückt machen.

Sie wollte wirklich logisch denken, beschloß sie, während Nick ihre Jeans über ihre Knie zerrte und der Teil von ihr Besitz ergriff, der sich lösen und kühl sagen konnte, »Nun ja, er ist ein bißchen stürmisch, aber im Umgang mit einer Vulva scheint er sich auszukennen«, der Teil, der nicht in die dunkle, verlockende Leere eintauchen wollte, in die sie abglitt, wenn sie ihren Kopf ausschaltete. Es war nicht so, als hätte sie nie zuvor Sex gehabt, es war nicht so, als hätte sie nie zuvor Orgasmen gehabt, viele davon sogar, nette kleine Vanille-Orgasmen, und nun war Nick hier und schien mit dunkler Schokolade zu handeln, aber sie war nicht sicher, ob sie der *Typ* für dunkle Schokolade war, und wenn nicht –

Nick fuhr mit der Zunge über ihren Bauch, um dann tiefer zu gehen, und sie ließ ihren Kopf zurückfallen und die Logik einen Moment beiseite. Sie schob seinen Kopf weg, damit sie die Jeans von ihren Füßen abstreifen konnte, ohne ihm gegen den Kopf zu treten, während er sich hastig Hemd und Shorts auszog. Sie waren nackt. Er sah klasse aus, schön und schlank und durchtrainiert, und er griff nach ihr –

»So kennen wir uns ja gar nicht«, sagte sie in dem Versuch, witzig und selbstsicher zu klingen, um mit der Situation klarzukommen, während er sich an sie drängte.

Verdammt, wir sind nackt.

»Stimmt, schön«, sagte er mit heiserer Stimme und ließ seinen Blick wandern, bevor er sie auf sich zog – all diese Haare auf seiner Brust, wo Bill glatt gewesen war –, seine Hand über ihren Bauch gleiten ließ, so daß ihr Verstand hin und her sprang – *tolle Hände, wirklich* und schließlich zwischen ihre Schenkel wandern ließ, wodurch sie gut fünf Minuten aus ihrem Bewußtsein verlor und sich ihm nur entgegendrängte – *ja, genau da* –, während seine Finger in sie hineinglitten – *hör nicht auf* – und er sich dann auf sie rollte und sie durch die Berührung und den Druck seiner Hand wieder hinabgezogen wurde –

Das ist Nick, sagte ihre Logik. *Ist das nicht interessant? Sieh mal diesen Unterschied zu den anderen Malen* –

Sie spürte, wie er sich auf sie legte und sein Gewicht die Luft aus ihren Lungen quetschte – *nicht sehr erotisch* –, bevor sie bemerkte, daß er in der Nachttischschublade nach einem Kondom tastete – *sieh an, ein Gentleman* –

Er spreizte ihre Beine mit seiner Hüfte auseinander, ließ seine Hand dazwischengleiten, daß sie erneut glaubte, wahnsinnig zu werden und den Verstand zu verlieren, bevor seine Finger sie schließlich öffneten – *warte einen Moment* – und er in sie eindrang. Sie wölbte sich ihm entgegen, weil es sich so gut anfühlte, derart ausgefüllt zu sein, fest, hart und groß. Sie drängte sich an ihn, um ihn so tief wie möglich zu spüren, und bohrte ihre Fingernägel in seine Schultern, weil er sich so unglaublich gut anfühlte.

Er sagte etwas, preßte es hervor, aber sie konnte es durch den Schleier der Lust nicht hören; dennoch reichte der Tonfall seiner Stimme aus, um wieder zu Verstand zu kommen.

Mache ich das richtig?

Er bohrte sich tiefer in sie, und erneut gab sie sich ihm völlig willenlos hin, bevor sie wieder auftauchte – *jetzt bloß nicht unseren Verstand verlieren* –, doch dann bewegte er sich wieder, so daß die Erregung und der Schauer und der Rhythmus – sein Rhythmus – erneut von ihr Besitz ergriffen – *ich glaube, ich hinke einen Taktschlag hinterher, wenn er sich langsamer bewegen würde, könnte ich aufholen, so ähnlich wie bei einer Rumba* –

Nie zuvor hatte sie solche Nebengedanken im Bett gehabt, aber schließlich war sie auch nie zuvor derart paralysiert und geblendet gewesen. Eine Frau konnte dabei die Kontrolle verlieren. Man stelle sich nur die Probleme vor, zu denen das führen konnte.

Nick rutschte auf ihrem Körper höher und stieß in sie, so daß sie sich erneut verlor, nur um sich schnell wieder zusammenzureißen mit dem Gedanken, daß sie etwas Produktives tun könnte, sicherlich war er an mehr gewöhnt bei all den agilen Zwanzigjährigen, mit denen er ausgegangen war, *außerdem könnte ich ein paar Pfund abnehmen, na ja, sagen wir zehn, nicht nur ein paar* –

Er glitt aus ihr heraus, doch sie klammerte sich an ihn. Er küßte sie heftig, bevor er seinen Mund weiterwandern ließ und ihre Brüste ebenso heftig liebkoste, um dann noch weiter abwärts zu gehen und in ihren Bauch zu beißen und sie dann zu lecken – *so naß*, schoß es ihr durch den Kopf, *warum tut er das* –, doch dann fand seine Zunge ihr Ziel. Vor Wonne wand sie sich unter ihm, während er ihre Hüfte mit seinen Händen festhielt und sie schließlich zu keinem vernünftigen Gedanken mehr fähig war. Es war einfach zuviel, und sie gab sich völlig der Spannung hin, die er aufbaute, schrie ihre Lust wie von Sinnen in die Dunkelheit hinaus, die sich vor ihr auftat. Sie würde fallen, wenn er nicht aufhörte – *hör nicht auf* –, doch dann tat er es, und dankbar und enttäuscht fand sie zurück zur Besinnung, bevor er sich wieder auf sie schob und hart in sie eindrang. Tief stieß er in sie und flüsterte ihr *Ja* ins Ohr, völlig ernst – *O Gott, Quinn,* sagte er, so daß sich alles in ihr zusammenzog und sie nicht anders konnte, als sich noch enger an ihn zu drängen, bevor sie sich ein letztes Mal fing – *was tust du hier? Du hast die Kontrolle verloren* – und er sie dann wieder in seine Dunkelheit hinabzog, seine Hand rauh an ihrem Gesicht, seine Augen schwarz vor Lust, so tief in ihr zu sein. *»Komm jetzt!«* stieß er zwischen den Zähnen hervor, und sie sah ihm in die Augen, er war *Nick,* und das war alles, was nötig war, damit sie ihren Widerstand unter ihm aufgab, erschrocken und überrascht, schnell und heiß und heftig.

Erschöpft fiel er auf sie, und sie umklammerte ihn, während sie versuchte, sich daran zu erinnern, wie man atmete. Er glitt von ihrem Körper, wobei er seine Hand über ihren Bauch und zwischen ihre Beine wandern ließ und dann wieder hoch zu ihren Brüsten, und sie wandte sich ihm zu, um den Druck zu spüren. Er beugte sich über sie und küßte ihre Brüste – sie drängte sich an ihn –, dann ihren Mund – er schmeckte heiß und fremd und köstlich –, und schließlich ließ sie ihren Verstand dauerhaft zurückkehren, während er sich neben sie auf den Rücken rollte.

»O Gott«, sagte Quinn.

Oh, Scheiße, dachte Nick.

Es war schwierig, sich nach gutem Sex deprimiert zu fühlen, aber es gelang ihm. Es war eine großartige Idee gewesen, einmal mit ihr zu schlafen, um die Magie zu entzaubern und am nächsten Morgen als neuer Mann zur Arbeit zu gehen, frei von all diesen dummen Phantasien, weil er dann wüßte, daß sie einfach nur wie all die anderen Frauen war, nett, amüsant und der Mühe wert, aber dennoch nur eine in der Reihe von Frauen, die mit Nick Ziegler geschlafen hatten.

Nur, daß sie immer noch ein Mysterium war und er sie schon wieder begehrte.

Mach, daß du aus diesem Bett kommst, ermahnte er sich, doch seine Hand tastete wie von selbst nach ihr, sie war so heiß und weich. Er stützte sich auf seinen Ellbogen, obwohl er so erschöpft war, daß er seine ganze Energie darauf verwenden mußte, nur, um sie anzuschauen.

Sie sah nicht wie Quinn aus, so wie sie dalag mit diesem kurzen zerzausten Haar, nackt und sinnlich vor Sex, entspannt und befriedigt an ihn geschmiegt. Sie sah exotisch und erotisch aus, sie verströmte Hitze, sie war die Sorte Frau, die jeder Mann vögeln wollte, und er wollte sie schon wieder. Begierig studierte er ihren Körper, versuchte, sie mit normalen Augen zu sehen. Er betrachtete die Rundung ihrer Brüste, er bemerkte die schwache Blinddarmnarbe auf der kleinen Wölbung ihres Bauches, maß die Breite ihrer Hüften mit den Augen ab – kein perfekter Körper, es sei denn, man spürte dieses Verlangen, in diese Hüften zu versinken, es sei denn, man begehrte eine Frau, die so sinnlich war, heiß und stark und willig. Er strich mit der Hand über ihren Bauch abwärts, um zu sehen, wie sie sich aufbäumen und aufstöhnen würde wie jede Frau – *Laß sie wirklich werden,* dachte er, *laß sie wie jede andere werden* – doch statt dessen errötete sie und kuschelte sich an ihn, wobei sie ihre Brust mit einem Arm bedeckte und seine Hand mit ihrem Schenkel wegschob, zufrieden nach allem, was sie getan hatten. Plötzlich war er gar nicht mehr müde.

»Nein«, sagte er und schob ihren Arm weg. Er beugte sich über sie, um ihre Brüste mit Küssen zu bedecken. Er spürte, wie ihre Brustwarzen bei der Liebkosung seiner Zunge hart wurden, er spürte die Glut ihres Körpers unter seiner Hand. Sie war so weich, während sie unter seiner Berührung erschauerte, und er verstärkte den Druck seiner Hand auf ihrem Körper, um zu spüren, wie ihre Formen kleine Hügel in seinen Fingern bildeten. Er ließ seine Hand über ihren Rücken gleiten, die Wirbelsäule entlang, während er an ihrer Brust sog und sie aufstöhnen ließ. Er erkundete die volle Rundung ihres Hinterns, zog sie näher zu sich, um sie überall zu streicheln, überwältigt von seinen fleischgewordenen Phantasien. Er wollte sie wieder unter sich spüren, offen und willig, er wollte wieder ihre Weichheit und ihre Kurven und ihre Nässe spüren und ihr Stöhnen hören. Er küßte sie heftig, fuhr mit der Hand über ihren Bauch abwärts und schob sie zwischen ihre Beine, während er sie ansah und ansah und ansah, um sie erneut mit Blicken ganz in sich aufzunehmen.

»Du starrst mich an«, flüsterte sie und griff nach seiner Hand in dem Versuch, zu verbergen, daß sie verwirrt war, und dabei nur um so verwirrter aussah, weil sie ihm etwas vormachte. Durch die Lust völlig irritiert, war sie wunderbar empfänglich und gehörte vollkommen ihm.

»Ich darf starren«, sagte er. »Das ist mein Bett. Und ich werde dich auf jede Weise bekommen, wie es mir gefällt.« Ihm kam der Gedanke, sie umzudrehen, sich gegen ihren festen Po zu pressen und ihre vollen Brüste von hinten mit den Händen zu umschließen; er dachte daran, sie hochzuziehen und auf der Bettkante rittlings auf sich zu setzen, so daß er sie durchbohren konnte, während er ihre Brüste mit seinem Mund liebkoste; er dachte daran, sie zu nehmen, sie zu lecken und ihre Lust und Nässe und Süße zu schmecken, bis sie den Verstand verlor –

Plötzlich richtete sie sich auf und küßte ihn, überraschte ihn, als sie ihre Zunge zwischen seine Lippen gleiten ließ, bevor sie ihn mit dem Rücken auf das Bett hinunterdrückte. Er konnte nichts anderes mehr wahrnehmen als ihren weichen Körper und ihre forschenden Hände. Sie knabberte an seiner Lippe und preßte sich an ihn. Als er auflachte und zu ihr hochblickte, sah sie plötzlich wieder wie Quinn aus, allerdings wie eine verwandelte Quinn, ihre Augen vor Lust geweitet, ihr Mund ein wenig wund und rot, weil er sie so heftig und so oft geküßt hatte, Quinn, die verdorben aussah, so als wäre sie gründlich genommen, gelegt, klargemacht, gebissen, geleckt und gevögelt worden-

»Mein Gott, bist du schön«, flüsterte er und nahm erneut Besitz von ihrem Mund, während er ihren heißen Körper unter seinen Händen spürte, seine Hände auf ihren Leib gepreßt, ganz fest, *du gehörst mir* – in dem wahnsinnigen Verlangen, mit ihr zu verschmelzen, sie zu nehmen, für sich zu beanspruchen, sie in sich aufzusaugen, in sie einzudringen, sie zu behalten –

Mit einem Kratzen im Hals stoppte er abrupt, alarmiert von der Intensität, mit der er sie begehrte und immer wieder begehrte. Sie behalten?

Weg hier.

Er schloß die Augen, damit er nicht sehen mußte, was er aufgab, und drehte seine Hüfte, um sie von sich abzusetzen. Dann rollte er sich in die andere Richtung und richtete sich auf der Bettkante auf. »Ich sterbe vor Hunger«, sagte er und griff nach seinen Shorts, während er versuchte, das Zittern in seiner Stimme zu unterdrücken. »Wie wär's mit einer Pizza?«

Völlig verblüfft versuchte Quinn ungeschickt, sich aufzusetzen. Verwirrt kämpfte sie gegen ihre Lustgefühle an. Es kostete ihn seine ganze Kraft, nicht sofort wieder über sie herzufallen.

»Pizza?« fragte sie ungläubig. Er warf ihr ihren Pullover zu, damit er nicht mehr mitansehen mußte, wie unglaublich schön sie nackt war.

»Wir haben jede Menge Energie verbraucht«, sagte er und verlieh seiner Stimme einen unbeschwerten Klang. »Irgendwelche Präferenzen?«

»Präferenzen.« Sie saß wie angewurzelt dort mit ihrem Pullover im Schoß, und er wandte sich ab, damit er nicht länger dumme Gedanken hätte.

»Peperoni, Funghi –«

»Ich habe keinen Hunger«, sagte sie tonlos.

»Ich schon.« Er flüchtete ins Wohnzimmer und schob alle nackten Phantasien von ihr beiseite, indem er verzweifelt einen Weg zu finden versuchte, wie zum Teufel er sie aus seiner Wohnung schaffen konnte. Vielleicht könnte er sie losschicken, um die Pizza zu holen, und dann umziehen. Diese Idee würde wunderbar zu den restlichen brillanten Einfällen passen, die er in letzter Zeit gehabt hatte.

Als sie jedoch fünf Minuten später komplett angekleidet aus dem Schlafzimmer kam, griff sie ohne Aufforderung nach ihrer Jacke.

»Ich gehe jetzt«, sagte sie, »aber eines will ich dir sagen: Äm Finish mußt du noch arbeiten. Wirklich lausig, Ziegler.«

Er fühlte sich zwischen Beleidigtsein und Erleichterung hin- und hergerissen. »Hey, du bist gekommen.«

»Ich war nur höflich«, sagte sie schnippisch und stapfte aus der Tür.

»Warst du nicht«, rief er hinter ihr her. Er hatte gespürt, wie sie sich ihm völlig hingegeben hatte, er hatte gespürt, wie sie sich an ihn drängte und erschauerte und willenlos wurde, bis sie alles gab. Er hatte auch ziemlich lange daran arbeiten müssen, sie dorthin zu bekommen. Er bemühte sich, sich gekränkt zu fühlen, aber das einzige, woran er denken konnte, war, wie toll es gewesen war, sich so um Quinns Körper zu bemühen.

Quinns Körper.

»Zur Hölle damit«, sagte er laut und ging ins Bad, um sich zu duschen. Anschließend wechselte er die Bettlaken, in dem festen Entschluß, sie ab heute für immer und ewig aus seiner Wohnung fernzuhalten.

Bill saß in seinem Wagen auf der anderen Straßenseite gegenüber der Werkstatt und beobachtete, wie Quinn wegfuhr. Sie war länger als eine Stunde bei Nick gewesen, und er verspürte einen Stich der Eifersucht, wenn er sich vorstellte, wie sie beieinandersaßen, sich unterhielten und zusammen lachten, genauso, wie er sie tausende Male beisammen gesehen hatte. Wegen Nick brauchte er sich keine Sorgen zu machen, er war nur Nick, aber Bill beneidete ihn um die Zeit, die er mit Quinn dort in seiner Wohnung verbrachte. Er hatte vor der Schule gewartet, während sie ihre Proben beendete und mit den Schülern drinnen redete und lachte – er war sicher, daß sie redete und lachte –, und war ihr dann zu Nick gefolgt, um sich dort auszumalen, wie die beiden in der Wohnung saßen und sich lachend unterhielten. Es war so unfair, daß er ihr nicht näher kommen konnte, als draußen in einem Auto zu sitzen, das Haus zu beobachten und zu warten; das war so unfair, er *haßte es, haßte es* –

Er atmete tief durch und rieb sich die Stirn, weil er schon wieder Kopfschmerzen bekam. Dann ließ er den Motor an. Er fuhr an ihrem Haus vorbei, um sicherzugehen, daß sie gut nach Hause gekommen war, nach Hause zu ihrem Dad und Darla, nach Hause, wo sie – ohne ihn – noch mehr reden und lachen würde, aber das war in Ordnung, denn bald würden sie wieder zusammen sein.

Er konnte es kaum erwarten.

Als Zoë am anderen Ende der Leitung abhob, holte Quinn tief Luft und fragte: »Warum habt Nick und du euch getrennt? Du wolltest zwar nie darüber sprechen, aber ich muß es wissen.«

»Weil ich ihn verlassen habe«, antwortete Zoë. »Geht es ihm gut? Warum horchst du mich ständig nach ihm aus?«

»Es geht ihm gut.« Quinn suchte nach einem Grund außer *Ich habe eben mit ihm geschlafen, und am Ende benahm er sich merkwürdig. Ist das normal?* »Er hat sich vor kurzem von Lisa getrennt. Das dürfte so ungefähr seine zwanzigste Freundin nach dir gewesen sein.«

»Macht ihm das zu schaffen?« fragte Zoë.

Quinn dachte daran zurück, wie Nick voller Lust auf ihr gelegen hatte. »Er läßt sich zumindest nichts anmerken. Es interessiert mich nur.«

»Es ist schon so lange her«, meinte Zoë. »Ich habe dir doch erzählt, daß ich glaube, ihn nur geheiratet zu haben, um Mom aus der Fassung zu bringen und um aus Tibbett herauszukommen. Außerdem war es lustig mit ihm, bis wir in Dayton landeten und er die ganze Zeit arbeitete und abends, wenn er nach Hause kam, irgendwie nur herumsumpfte.«

»Herumsumpfte?«

»Du weißt schon, er las ständig, spielte mit seinen Freunden Basketball und so weiter.«

»Das tut er immer noch«, sagte Quinn. »Er und Max haben hinter der Garage einen Korb aufgehängt.«

»Nun, da siehst du's.« Zoës Stimme klang hochgradig rational. »Ich war nur für den Sex da, deshalb begann ich mich zu langweilen. Worum geht es denn eigentlich?«

»Er wollte dich nur für Sex?« Quinn haßte es, diese Frage auszusprechen. Unter anderem wollte sie nicht daran erinnert werden, daß er mit Zoë *tatsächlich* Sex gehabt hatte.

»Nein, das war das einzige, wofür ich ihn wollte. Ich weiß nicht, wofür er mich wollte. Als Ehefrau, nehme ich an.« Sie schien nachzudenken. »Obwohl er nie besonders besitzergreifend war. Es war mehr so, als wäre ich nur eine angenehme Begleiterscheinung. Nach drei Monaten überredete ich ihn, mich nach Hause zu bringen, um dich und Mom zu sehen, und ich war so froh, wieder in Tibbett zu sein, daß mir klar wurde, daß irgend etwas nicht in Ordnung war. Als wir nach Dayton zurückkehrten, habe ich ihn verlassen. Ich hielt es nicht mehr aus.«

»Tut es dir leid?« fragte Quinn in dem Wunsch nach Absolution, in dem Wunsch, Zoë sagen zu hören. *Nimm ihn, er gehört dir.*

»Nein. Ihm etwa?«

Quinn dachte an die wenigen Momente zurück, in denen er Zoë erwähnt hatte. Er hatte ihren Namen ohne jede Tonveränderung ausgesprochen, wie den Namen einer beliebigen anderen und keiner besonderen Person. »Ich denke nicht. Er macht nicht gerade den Eindruck, als würde er etwas verheimlichen.«

Zoës Auflachen drang verächtlich durch die Leitung. »Dann tut er es auch nicht. Nick kann nichts verheimlichen, auch wenn er es wollte. So wie Nick sich gibt, so ist er auch.«

Kurz und scharf schoß Quinn die Erinnerung an Nick durch den Kopf, wie er schlank und nackt neben ihr lag. »Stimmt.«

»Er hatte Witz, aber keinen Wumm.« Zoë hörte sich nicht gerade nach gebrochenem Herzen an, und dann wurde ihre Stimme leiser, als sie sich vom Hörer abwandte und sagte: »Ja, du hast Wumm. Deshalb habe ich dich genommen.«

Quinn hörte das Gemurmel von Bens Stimme, woraufhin Zoë auflachte. Sie verspürte einen Anflug von Neid. Es mußte wundervoll sein, mit einem Mann zusammenzuleben, den man liebte und der diese Liebe erwiderte. So wie bei Ben und Zoë. »Woher wußtest du, daß Ben der Richtige ist?« fragte sie unvermittelt. »Weshalb warst du dir so sicher? Du hast ihn doch nur bei der Arbeit kennengelernt. Woher wußtest du es?«

»Ehrlich gesagt habe ich ihn nicht bei der Arbeit kennengelernt«, sagte Zoë. »Das habe ich zwar dir und Mom erzählt, aber tatsächlich hat er mich in einem Brunnen aufgegabelt.«

»Was?«

»Vor unserem Gebäude gab es diesen Brunnen.« Zoë schien das Ganze ein wenig peinlich zu sein. »Eines Tages bin ich dorthin gegangen, ich war wirklich depressiv, weil ich auf die Dreißig zuging und niemals Kinder haben würde, obwohl ich mir doch so sehr welche wünschte, und weil ich ein Kostüm trug und so stinknormal war, anstatt – na ja –«

»Anstatt Zoë zu sein«, ergänzte Quinn, die ihre Schwester sehr gut kannte.

»Ich zog meine Schuhe und meine Strumpfhose aus und stieg in den Brunnen, weil ich genau das getan hätte, bevor ich zu einem Kostüm geworden war. Ich habe nicht einmal bemerkt, daß Ben dort war, bis er sagte: »Sie haben tolle Beine.« Er saß auf der anderen Seite des Brunnens, die Hosenbeine aufgerollt und mit den Füßen im Wasser, und begutachtete mich hinter dieser Hornbrille. Ich dachte, er wolle mich einfach anmachen, deshalb habe ich ihm die kalte Schulter gezeigt. Doch dann sagte er, nein, es sei lediglich eine wissenschaftliche Feststellung gewesen, denn er sei glücklich verheiratet und Vater eines wunderbaren Sohnes namens Harold –«

»Du willst mich verarschen«, meinte Quinn.

»– woraufhin ich ihm sagte, daß nur ein Sadist sein Kind Harold nennen würde, daß meine Tochter Jeannie heiße und der Star ihrer Ballettklasse sei –«

»Das war *spitze*«, sagte Quinn.

»Ich weiß«, sagte Zoë. »Plötzlich hatte ich das Gefühl, wieder ich selbst zu sein. Anschließend haben wir uns von unseren jeweiligen Ehepartnern vorgeschwärmt, bevor ich irgendwann merkte, daß er das Blaue vom Himmel herunterlog. Daraufhin habe ich ihm erzählt, in Wirklichkeit sei ich eine russische Spionin mit Lizenz zum Töten, und er meinte, ›Es war immer schon mein Traum, nachmittags mit einer russischen Spionin mit Lizenz zum Töten Sex zu haben‹, worauf ich nur erwiderte, daß es eine Schande sei, daß er mit solch einer wundervollen Frau verheiratet wäre, weil wir ansonsten *mit Sicherheit* Sex gehabt hätten. Daraufhin meinte er nur, ›Sie hat mich verlassen‹. Wir haben fünf Tage in einer Suite im Great Southern verbracht und sind dann nach Kentucky durchgebrannt.«

»*Was?*«

»Du hast richtig gehört«, sagte Zoë. »Deshalb habe ich euch erzählt, wir hätten uns bei der Arbeit kennengelernt und würden uns schon lange kennen. Blöd von mir, nicht wahr?«

»Das ist eine wundervolle Geschichte«, sagte Quinn. »Kein Wunder, daß du Nick nicht vermißt.«

»Hey, Nick war ein lieber Kerl«, wandte Zoë ein. »Nur einfach nicht der Richtige. Warum erkundigst du dich eigentlich so sehr nach ihm?«

»Ich habe in letzter Zeit nur viel darüber nachgedacht, wie wir einst waren«, antwortete Quinn ehrlich. »Wer wir damals alle waren. Und wer wir jetzt sind.«

»Hmmm, nun ja, ich vermute, daß Nick derselbe geblieben ist. Solche Typen ändern sich nicht. Nick war immer nur für Sport, Autos und Sex zu haben.«

Das hörte sich nach Nick an.

»Nicht, daß das schlecht gewesen wäre. Ich war nur Fleetwood Mac derart überdrüssig, daß ich hätte schreien können –«

Quinn überlief ein kalter Schauer. »Was?«

»Fleetwood Mac. Ihm gefiel es, zu Fleetwood Mac zu bumsen, und ich würde um einen Groschen mit dir wetten, daß er das noch immer tut. Frag Lisa doch mal. Ich wette, sie hat ›The Chain‹ so oft gehört, daß es ihr dabei schon ohne ihn kommt.«

»Ich bringe ihn um«, sagte Quinn.

»Wie bitte?«

Jetzt hatte sie Gewißheit. Eine von denen, die Nick Ziegler flachgelegt hatte. Musik von Fleetwood Mac. Dieser Hurensohn.

»Quinn?«

An dem Abend, nachdem Meggy und Edie gegangen waren, hatte er die CD sogar aus ihrem Stapel ausgewählt. Zuerst wollte er also zur Sache gehen, dann hatte er es sich anders überlegt. Sie hatte sie eingelegt. Er hatte sie wegen Fleetwood Mac geküßt und wegen ihrer Haare aufgehört, sie zu küssen. Dann hatte sie sich eine neue Frisur zugelegt und – »Ich bringe ihn um.«

»Du hast mit ihm geschlafen.« Zoës Stimme klang sachlich.

»Ja.« Je mehr Quinn darüber nachdachte, desto mehr begann ihr Blut zu kochen.

»Aha.«

»Aha, was?« fragte Quinn, bereit sich mit dem Erstbesten zu streiten.

»Aha, nichts. Außer daß du mit meinem Ex-Mann geschlafen hast und du meine Schwester bist und wir uns anhören wie einer von Jerry Springers größten Hits.«

»Ich dachte, es ist dir egal, mit wem er schläft.«

»Ist es auch.« Zoë hörte sich ein wenig überrascht an. »Aber es ist mir nicht egal, mit wem du schläfst.«

»Nun, du kannst aufhören, dir Gedanken zu machen, weil ich nie wieder mit jemandem schlafen werde.« Quinn dachte daran, wie Nicks nackter und heißer Körper auf ihr gelegen hatte und verdrängte den Gedanken schnell. »Nie mehr.«

»War es so schlecht?«

»Nein.« Quinn versuchte, nicht daran zu denken. »Ich kann nur einfach nicht glauben, daß er auch mit mir diese Fleetwood Mac-Nummer abgezogen hat. Er küßte mich nach der

Hälfte von ›Hold me‹ und hatte mich bei ›You Make Lovin' Fun‹ nackt ausgezogen.«

»Ich glaube, zu ›You Make Lovin' Fun‹ haben wir es nie gemacht«, sagte Zoë. »Das kommt doch am Ende des Albums. So lange hat er sich für mich nie Zeit genommen. Das mit ›The Chain‹ war kein Witz. Wenn ich bis dahin nicht gekommen war, hatte ich auch keine Chance mehr, weil er fertig war.«

»Er hat sich geändert«, sagte Quinn. »›Hold me‹ lief bereits zum zweiten Mal, als ich kam. Ich kann es einfach nicht glauben.«

»An ›Hold me‹ kann ich mich gar nicht erinnern«, sagte Zoë. »Du meinst doch das Album *Rumours,* oder?«

»Sie haben noch ein paar andere herausgebracht, seit du achtzehn warst«, sagte Quinn. »Es waren die *Greatest Hits.«*

»Und er hat ein paar dazu flachgelegt, nehme ich an«, erwiderte Zoë. »Er war immer gut darin, Mädchen ins Bett zu kriegen. Dieser verdammte Hurensohn.«

»Das ist er immer noch«, sagte Quinn. »Ich bin so wütend, daß ich brechen könnte.«

»Ich kann einfach nicht glauben, daß er meine kleine Schwester verführt hat«, sagte Zoë. »Er war zwar immer schon sexbesessen, aber ich hätte gedacht, er wäre *reifer* geworden –«

»Ich habe ihn verführt«, sagte Quinn.

»Was?«

»Ich bin zu ihm in die Wohnung gefahren, damit er mit mir ins Bett geht.« Quinn kam sich dumm vor, es zuzugeben. »Ich wollte wissen, wie es wäre. Deshalb bin ich zu ihm gefahren und habe mich ihm angeboten.«

»Oh.« Zoë versuchte, das nachzuvollziehen. »Weshalb bist du dann sauer auf ihn? Ich meine, ich bin sauer auf ihn, weil du sauer auf ihn bist, aber jetzt verstehe ich nicht mehr, warum du sauer auf ihn bist. War es so schlecht?«

»Ich dachte, ich wäre etwas Besonderes für ihn.« Bei diesen Worten kam sich Quinn wie eine Idiotin vor.

»Das warst du wahrscheinlich auch, bis du mit ihm ins Bett

gestiegen bist«, meinte Zoë. »Du mußt die einzige Frau gewesen sein, die ihm so nahestand, und die er nie nackt gesehen hat. Außer seiner Mutter und Darla.«

»Danke«, sagte Quinn. »Das baut mich unheimlich auf.«

»Vermutlich stand er dir sogar näher als jeder Frau, die er nackt gesehen hat. Er war nie gut darin, Gefühle und Sex zu verbinden. Rechne nicht mit langen Telefongesprächen, um über eure Beziehung zu diskutieren.«

»Ich kann nicht glauben, daß ich so dumm war«, meinte Quinn.

»Sag mir bitte noch einmal, warum du das getan hast«, forderte Zoë sie auf. »Ich kann es nämlich beim besten Willen noch nicht nachvollziehen.«

Weil er so liebenswert ist. Weil er sexy ist. Weil ich ihm vertraue. »Weil ich wie du sein wollte, denke ich. Um Aufregung zu erleben, anstatt nur … einfach da zu sein.«

Zoë schwieg so lange, daß Quinn dachte, die Leitung wäre vielleicht unterbrochen worden. »Zoë?«

»Ich denke nach. Was ist denn plötzlich passiert? Du wolltest noch nie wie ich sein. Nun hast du Bill verlassen und mit Nick geschlafen. Was ist los mit dir?«

»Ich weiß es nicht. Ich wollte einfach nur … anders sein.«

»Nun, das hast du jetzt wohl geschafft. Soll ich eine Weile zu dir nach Hause kommen?«

»Nein.« Quinn seufzte. »Was kannst du schon tun? Ich muß alleine damit fertig werden.«

»Ich könnte Nick mit einem stumpfen Löffel kastrieren. Ich habe ihm vor langer Zeit angekündigt, daß ich das tun werde, sollte er dich jemals anfassen, also erwartet er mich wahrscheinlich schon.«

Quinn setzte sich aufrechter. »Was meinst du damit, du hättest ihm das schon vor langer Zeit angekündigt?«

»Ich habe ihn dabei erwischt, wie er dich angesehen hat. Du warst noch ein Kind, aber er hatte diesen Blick in den Augen. Ich war entsetzt.«

»Ein Kind? Wie alt?«

»Wir waren gerade verheiratet. Wir kamen nach Hause und –«

»Sechzehn«, unterbrach Quinn sie. »Vor neunzehn Jahren. Er wartet neunzehn Jahre, um Fleetwood Mac laufen zu lassen.«

»Vielleicht siehst du das zu hart«, meinte Zoë. »Es geht nur um Sex, nicht um den Tod. Es sei denn, du hast angebissen.«

»Ich habe nicht angebissen«, erwiderte Quinn und war ziemlich sicher, die Wahrheit zu sagen. »Ich habe mir nur vorgestellt, daß der Sex aufregend wäre, und ich wollte einmal aufregenden Sex erleben, bevor ich sterbe.«

»War er es denn nicht?«

»Ich weiß nicht«, sagte Quinn. »Die meiste Zeit versuchte ich, mir klar zu machen, was eigentlich abläuft, und dann bin ich ganz plötzlich gekommen. Es erschien mir so unwahrscheinlich, das mit Nick zu tun.«

Zoës Lachen drang kichernd durch die Leitung. »Hört sich toll an, oder etwa nicht?«

»Am Ende war es das auch«, sagte Quinn und bemühte sich, nicht sehnsüchtig zu klingen. »Kurz nach ›No Questions Asked‹ war es fast perferkt. Aber dann bekam er Hunger auf Pizza, und die ganze Stimmung war verdorben.«

»Bist du sicher, daß ich nicht doch zu dir kommen soll?«

»Ganz sicher«, sagte Quinn. »Ich kann damit umgehen. Auch ich habe stumpfe Löffel.«

»Laß mich wissen, wie es weitergeht«, meinte Zoë.

»Mit Sicherheit«, antwortete Quinn. »Ich werde dich auf dem laufenden halten.«

»Und, wie war dein scharfes Date mit Barbara?« wollte Nick von Max wissen, als er am nächsten Morgen zur Arbeit kam.

Max brummte vor sich hin und ging ins Büro.

»Du bist Nummer vier, weißt du das?« rief Nick ihm in dem Bedürfnis nach, sein eigenes Elend zu überspielen. »Bald muß Barbara sich so ein Gerät zum Nummernziehen wie bei Baskin-Robbins anschaffen. Der Nächste bitte.«

Er hörte, wie Max Schubladen zuknallte und konnte sich einer gewissen Schadenfreude, die er trotz seiner eigenen Mißstimmung verspürte, nicht erwehren.

»Ihr könntet doch einen Club gründen«, setzte Nick so laut wie möglich hinzu. »Die Ehebrecher. Du könntest dich zu Beginn hinstellen und sagen, ›Ich heiße Max, und ich bin ein –‹«

»Gibt es irgendeinen Grund dafür, daß du mir derartig auf die Nerven gehst?« fragte Max in der Tür zum Büro.

»Ja.« Nick verschränkte die Arme und lehnte sich gegen die Werkbank. »Habe ich. Ich mag Darla.«

»Ich nicht«, entgegnete Max.

»Erzähl keinen Mist«, sagte Nick. »Wenn sie dir egal wäre, wärst du nicht so verdammt übelgelaunt. Und du hättest gestern abend nicht diese blöde Vorstellung abgezogen.«

»Ich habe nicht mit ihr geschlafen«, rechtfertigte Max sich. »Nach dem Nachtisch habe ich sie sofort nach Hause gebracht. Sie ist die langweiligste Frau, die mir jemals begegnet ist.«

»Weil du seit so vielen Jahren mit Darla zusammenlebst«, meinte Nick. »Sie setzt einen hohen Maßstab.«

»Halt die Schnauze«, sagte Max und verzog sich ins Büro. Das waren die letzten Worte, die Nick vernahm, bevor drei Stunden später Quinn in der Garage auftauchte.

»Fleetwood Mac«, sagte Quinn nur und beobachtete voller Genugtuung, wie Nick so abrupt von dem Honda aufschreckte, an dem er gerade arbeitete, daß er sich den Kopf an der Kante der Motorhaube stieß.

»Was?« Er rieb sich die Stelle und sah sie über den Wagen hinweg an. »Schleich dich hier nicht so an. Was tust du überhaupt hier? Hast du keinen Unterricht?«

»Ich habe mich abgemeldet«, erwiderte Quinn. »Ich habe

Mittagspause. Und wechsele nicht das Thema. Du hast es mit mir zu Fleetwood Mac gemacht.«

Nick warf einen Blick über die Schulter, bevor er um den Wagen herum zu ihr trat, um ihren Arm zu ergreifen. »Könnten wir das bitte hier hinten besprechen?«

Im rückwärtigen Teil der Garage angelangt, sagte Quinn: »Ich dachte, ich wäre anders.«

»Du bist anders«, sagte Nick. »Was soll das eigentlich? Anders als was?«

»Anders als all die anderen Frauen, die du –« Quinn rang um eine Bezeichnung, die weder zu grob noch zu milde klang.

»Du bist anders als alle anderen Frauen, die ich.« Nick klang verärgert. »Was einer der Gründe dafür ist, daß ich dich so lange nicht.«

»Nun, schön wenigstens, endlich im Club aufgenommen worden zu sein«, sagte Quinn.

»Wovon zum Teufel redest du eigentlich?« Wütend sah Nick sie an. »Du wußtest, daß ich keine Jungfrau mehr bin. Warum führst du dich dann hier so auf?«

Quinn schluckte und versuchte, ihrer Stimme einen festen Klang zu verleihen. »Mit Zoë hast du es auch zu Fleetwood Mac gemacht.«

»Mein Gott, ich habe es mit jeder zu Fleetwood Mac gemacht«, entfuhr es Nick, bevor er zusammenzuckte und sagte: »Laß es mich anders formulieren.« Erst dann fiel bei ihm der Groschen. »Du hast es Zoë erzählt?«

»Blöde wie ich bin, habe ich gedacht, ich wäre etwas Besonderes für dich, nicht nur eine in der langen Reihe«, sagte Quinn. »Ich will es einfach nicht wahrhaben.«

»Ich auch nicht.« Nick sah sie finster an. »Du bist sauer, weil ich es gerne zu Fleetwood Mac tue? Prima. Such dir eine andere Gruppe aus. Ich bin flexibel. Du warst diejenige, die sie aufgelegt hat.« Er klang sarkastisch, nicht entschuldigend. »Ich kann nicht glauben, daß du es Zoë erzählt hast.«

Das letzte, was sie gebrauchen konnte, war Sarkasmus.

»Du bist äußerst flexibel«, sagte Quinn. »Zoë erwähnte so etwas bei unserem Gespräch. Außerdem scheinst du an Ausdauer gewonnen zu haben.«

Nicks Blick verfinsterte sich noch mehr. »Ich bitte dich, ich war achtzehn, als ich mit ihr zusammen war.«

»Abgesehen davon«, fuhr Quinn mit grimmiger Fröhlichkeit fort, »scheinst du dich nach dem Vergleich unserer Erfahrungen nicht sonderlich geändert zu haben.«

Nick schloß die Augen. »Ich will davon nichts hören.«

»Nun, darüber hättest du nachdenken sollen, bevor du die Stereoanlage anmachtest, du Schuft.« Quinn starrte ihn an. »Ich kann einfach nicht glauben, daß ich genauso wie die anderen war.«

»Du warst nicht wie die anderen«, widersprach Nick. »Das bist du immer noch nicht. Keine von ihnen hat mich je so viele Nerven gekostet wie du.«

»Einen Augenblick mal –«

»Außerdem hast du die Musik angemacht, nicht ich, Baby.« Nick verschränkte die Arme. »Du warst diejenige, die sich die Haare abgeschnitten hat, ohne BH bei mir vor der Tür stand und ›Hold me‹ auflegte.«

»Oh, das alles ist also meine Schuld.« Quinn unterdrückte den Impuls, ihm einen der Schraubenzieher an den Kopf zu schleudern, vor allem, weil er recht hatte. Hätte sie nicht seine Wohnung betreten –

»Und dann mußtest du auch noch Zoë anrufen«, fügte Nick hinzu. »Wahrscheinlich ist sie gerade dabei, ihre Messer zu wetzen.« In seiner abwehrenden Haltung lehnte er sich gegen den Wagen. »Langsam dämmert es mir. Hier geht es gar nicht um mich.«

»Ach nein?« Vor Empörung klang Quinns Stimme schrill.

»Es geht darum, daß du wie Zoë sein willst.« Er sah sie grimmig an. »An diesem Abend auf der Couch sagtest du, du wolltest wie Zoë sein. Der einzige Grund, warum du mit mir geschlafen hast, ist, daß Zoë es auch getan hat.«

»Das stimmt nicht«, widersprach Quinn, ziemlich sicher, die Wahrheit zu sagen. »Ich wollte dich wirklich. Und du wolltest mich auch wirklich, verdammt noch mal.« Als er nur den Kopf schüttelte, als sei er von ihr angewidert, setzte sie hinzu: »Na schön. Ich wollte dich nur wissen lassen, daß es das war. Nie wieder.«

»Gut«, sagte Nick, und Quinn schmerzte dieses Wort wie ein Dolchstoß.

»Ich bin froh zu sehen, daß du es so gut aufnimmst«, sagte sie. »Ich muß dein Leben ja völlig verändert haben, stimmt's?«

»Es war schön mit dir«, sagte Nick. »Harte Arbeit, aber schön. Aber ich brauche diese Art von Ärger nicht, und mit Sicherheit habe ich es nicht nötig, für dich das Mittel zum Zweck auf dem Weg zu Zoë zu sein.«

Er wandte sich halb ab, um sich wieder dem Auto zu widmen, da trat Quinn ihn hart gegen das Schienbein.

»Hey!« sagte er und rieb sich das Bein, während er sich zu ihr umdrehte.

»Das war nur der Anfang, bis ich einen stumpfen Löffel gefunden habe«, sagte sie und stapfte nach draußen.

Nick beobachtete ihren Abgang und versuchte, erleichtert zu sein, während er sich das Schienbein rieb. Sie hatte einen Tritt wie ein Pferd. Ein Gutes hatte die Sache: Er würde nicht mehr getreten werden. Ein weiterer Vorteil: Er würde nicht allein aufwachen und sich daran erinnern müssen, seine beste Freundin gevögelt zu haben. Und er würde sich nicht daran erinnern, wie sehr er es genossen hatte, sie so zu nehmen, ihre Lust auf ihn zu wecken, sie zum Orgasmus zu bringen, auch wenn sie sich dagegen wehrte, zu beobachten, wie sie sich unter seinen Berührungen wand –

Nein, es war *verdammt* gut, daß Quinn dem Ganzen ein Ende bereitet hatte, weil ihm dies somit erspart blieb. Es mußte sein Glückstag sein.

»Was sollte das denn?« wollte Max hinter ihm wissen.

»Gar nichts.« Nick richtete sich auf und humpelte zum Wagen zurück.

»Ich glaube, ich habe sie noch nie so wütend gesehen.« Max schien Gefallen daran zu finden.

»Das wirst du auch nie wieder«, sagte Nick.

»Habe ich etwas Interessantes verpaßt?«

»Nein«, sagte Nick, und Max gab es auf und ging zum Büro zurück.

»Ach du Scheiße«, hörte Nick ihn sagen und blickte auf, um zu sehen, wie Barbara auf die Tür zusteuerte.

»Verschwinde«, sagte er, und Max flüchtete durch die Hintertür.

»Ist Max hier?« fragte Barbara dreißig Sekunden später, als sie den Kopf um die Tür steckte.

»Er mußte kurz weg.« Nick lehnte sich gegen den Wagen und betrachtete Barbara zum ersten Mal als eine mögliche Kandidatin. Mittelgroß, schlank, ein wenig ausdruckslos, aber nicht dumm. Hübsch und nett und adrett. Ein Mann konnte Schlimmeres erwischen, vor allem, wenn er dadurch seinen Bruder retten und sich selbst vor zwei mordlustigen Schwestern in Sicherheit bringen konnte. *»Wie gefällt dir Fleetwood Mac?«* wollte er fragen, doch statt dessen klappte er die Haube des Hondas zu und meinte: »Ich wollte gerade Mittagspause machen. Hast du schon etwas vor?«

»Ich?« Überrascht sah Barbara ihn an.

»Hättest du Lust, mit mir essen zu gehen?« fragte Nick freundlich, weil sie so verblüfft war. »Das Anchor Inn würde mir weitaus besser gefallen als ein Big Mac.«

»Oh.« Barbara stand steif und regungslos da.

»Ich habe deine Heizung repariert.« Vielleicht würde sie ihre Dankbarkeit zeigen wollen.

»Was?«

»Die sich nicht mehr regulieren ließ. Ich habe sie repariert, nicht Max. Komm, geh zum Dank mit mir zum Essen aus.«

Er schenkte ihr sein Lächeln, das die Frauen normalerweise zurücklächeln ließ.

»Du hast meine Heizung repariert?«

»Richtig«, bestätigte Nick und bedauerte bereits, die Unterhaltung angefangen zu haben.

»Das, was du für Quinn getan hast, war wirklich toll von dir.«

»Was?« fragte Nick verständnislos. »Oh, die Sache mit dem Kredit.«

»Wirklich toll.« Barbara lächelte. »Sich so um sie zu kümmern. Ich würde sehr gerne mit dir essen gehen.«

»Wunderbar«, sagte Nick und fragte sich, warum er sich so mies fühlte, wenn doch alles den gewünschten Gang nahm.

Nach der Schule stand Bill auf der Veranda des Hauses in der Apple Street – er würde es niemals als Quinns Haus bezeichnen, weil sie sowieso nicht mehr lange dort wohnen würde – und wartete darauf, daß Quinn ihm auf sein Klingeln öffnete. Er fühlte sich besser als während der ganzen Zeit, seit sie ausgezogen war, eigentlich sogar noch besser als zu der Zeit, bevor sie auszog, weil sein Leben endlich wieder in geregelten Bahnen zu laufen versprach und er sich um alles kümmern konnte. Der Frühling lag in der Luft, sie hatten ihre ganze Zukunft zu planen, alles würde wieder –

Die Tür wurde aufgerissen, und Quinn stand dort in einem mit Farbklecksen übersäten Baumwollshirt mit einem dicken Pinsel in der Hand. Ihr Gesicht war leicht gerötet, und sie sah so hübsch aus, daß ihm einen kurzen Augenblick lang der Atem stockte, weil er sie so gerne berührt hätte –

»Bill?«

»Du siehst toll aus«, sagte er.

Der verfluchte Köter erschien schnüffelnd in der Tür und knurrte ihn an. »Ruhig, Katie«, beschwichtigte Quinn sie. Für ihn hatte sie nicht einmal ein Lächeln übrig. Nun, das würde sich wieder ändern.

»Hol deine Jacke.« Er grinste sie an, um ihr ein Lächeln zu entlocken. »Ich muß dir etwas zeigen.«

»Bill –« Sie brach ab und sah ihn an, als sei sie sauer auf ihn. »Ich bin nicht in der Stimmung für so etwas. Ich hatte wirklich einen üblen Tag.«

»Es dauert nur eine Minute.« Sein Grinsen verbreiterte sich. »Das wird deinen Tag ändern.«

»Das bezweifle ich.« Sie trat einen Schritt zurück und wollte die Tür schließen. »Ich habe keine Zeit.«

»Warte einen Augenblick.« Er legte die Hand auf die Tür, um sie offen zu halten. »Du verstehst nicht. Ich habe ein Haus für uns gefunden.«

»Du hast was?«

»Ich habe ein Haus für uns gefunden.« Das würde eine großartige Überraschung werden. »Im Neubaugebiet hinter der Schule, sowohl die High-School als auch die Grundschule liegen nur einen kurzen Fußweg entfernt. Zur Junior High müßten die Kinder zwar mit dem Bus fahren, aber das ist nicht weiter schlimm.«

Quinn sah verwirrt aus. »Welche Kinder?«

»*Unsere* Kinder.« Er mußte beinahe lachen, so verblüfft sah sie aus. Die Überraschung war ihm wahrlich gelungen. »Es ist ein tolles Haus. Vier Zimmer, ein großer Garten, ein geräumiger Keller –«

»Bill, wir werden keine Kinder haben.«

»– und warte erst, bis du das Wohnzimmer siehst, die Kinder –«

»Bill!«

Durch ihren Ausbruch aus seinen Träumen gerissen, brach er ab.

»Wir werden keine Kinder haben«, sagte sie. »Und ich werde kein Haus mit dir kaufen. Erst gestern habe ich dieses hier gekauft. Du kannst das andere ja kaufen, aber mir gehört bereits dieses hier. Wir werden keines zusammen kaufen. Wir werden überhaupt nichts zusammen tun.« Sie hielt inne, und er hörte das Blut in seinen Ohren rauschen. »Tut mir leid, aber ich habe es dir wieder und wieder gesagt. Es ist aus zwischen uns, für immer.«

»Wie konntest du dieses Haus kaufen?« fragte er.

»Bill, ich habe dir gesagt, daß ich das tun würde –«

»Wie hast du den Kredit bekommen?« platzte er heraus, bevor er sich selbst daran hindern konnte, und sie wurde still.

»Ich mußte eine höhere Summe anzahlen«, sagte sie schließlich. »War das deine Idee?«

Er verspürte einen heftigen Druck auf der Brust, der ihm das Atmen und aus irgendeinem Grunde auch das Sehen schwermachte. »Quinn, du solltest hier nicht alleine leben«, begann er, bevor sein Verstand aussetzte, weil er nicht erklären konnte, daß es nur zu ihrem eigenen Besten geschehen war, daß er es eigentlich gar nicht gewesen war, daß sie ihn nicht hassen dürfe –

Der verdammte Hund steckte seine Nase an ihrem Bein vorbei und begann, ihn anzubellen.

»Du wolltest meinen Kredit platzen lassen«, stellte sie fest, das Gekläffe des Hundes im Hintergrund. »Du jagst mir ständig die Stadt auf den Hals, du hast dafür gesorgt, daß Bobby mir wegen Jason droht, und du hast *dreimal* meinen Hund gestohlen –«

»Nein«, sagte er und versuchte, sich Gehör zu verschaffen.

»– *Halte dich aus meinem Leben heraus!*«

Quinn schlug die Tür zu und ließ ihn alleine auf der Veranda zurück. Er versuchte, genügend Luft einzuatmen, um die Worte aussprechen zu können, die sie zu ihm zurückbringen würden, aber seine Lungen wollten einfach nicht genug aufnehmen.

Alles wird gut werden, sagte er sich am Rande der Panik. Alles würde sich einrenken. Das neue Haus stand also nicht mehr zur Debatte, in Ordnung, vielleicht war dieses Haus hier doch nicht so schlecht. Wirklich, so übel war es gar nicht. Es war klein, er wußte nicht, wie viele Zimmer es hatte, aber vielleicht konnten sie ja anbauen. Ja, das war eine gute Idee. Sie könnten anbauen.

Er stieg von der Veranda hinunter und ging um die Seite des Hauses herum zum Gartentor. Ganz langsam setzte er einen Fuß vor den anderen, weil ihm ein wenig schwindelig war. Der Garten war nicht groß, aber er würde ausreichen, bis die Kinder in das Alter für die Junior High kamen. Dann wären sie sowieso die meiste Zeit in der Schule und hätten dort genügend Platz für Sportübungen. Ein kleiner Garten bedeutete auch weniger Fläche zum Mähen. Das war gut. Sie könnten das Haus ausbauen, vielleicht ein weiteres Badezimmer und noch ein Kinderzimmer oben, ein Wohnzimmer unten, und es bliebe immer noch genügend Raum für eine Mansarde. Kein Problem. Er hätte von Anfang an flexibler sein sollen. Es war seine Schuld. Er hätte ihr zuhören sollen. Er begann, sich zu beruhigen. Dieses Haus war in Ordnung.

Er wandte sich um, um zum Gartentor zurückzugehen, als er in der Küche eine Bewegung wahrnahm. Er trat näher an das Seitenfenster und blinzelte durch den Spitzenvorhang. Er konnte nicht viel sehen, weil im Inneren kein Licht brannte, aber dennoch konnte er Quinn an der Spüle erkennen, die irgend etwas mit ruckartigen Handbewegungen bearbeitete. Wahrscheinlich den Pinsel – sie machte den Pinsel sauber. Er blieb eine Weile dort stehen und beobachtete, wie sie sich über das Becken beugte. Die Rundung ihres Pos war ihm so vertraut, daß er beinahe das Gefühl hatte, die Hand ausstrecken und darüber streicheln zu können, wie er es immer getan hatte – obwohl, so wurde ihm plötzlich bewußt, er das nie getan hatte.

Er war kein Typ für Zärtlichkeiten, und Quinn schien auch nie die Frau gewesen zu sein, die es danach verlangte, doch nun hatte er das Bedürfnis danach. Er fühlte sich ihr näher als damals, als er mit ihr zusammen gewesen war, vielleicht weil sie nicht wußte, daß er dort war, und sich ihm deshalb nicht verschließen konnte, nicht diesen abweisenden Blick in ihre Augen treten lassen konnte, wie sie dies in letzter Zeit immer tat, wenn er mit ihr zu reden versuchte. Er konnte es nicht verstehen; er gab ihr doch so viel Zeit. Wann würde sie endlich damit aufhören und sich ihm wieder öffnen?

Es begann zu regnen, und als er aufschaute, war Patsy Brady aus dem Haus getreten, um ihre schäbigen Gartenmöbel hereinzuholen. Neugierig starrte sie ihn an. Das ist *lächerlich*, sagte er sich selbst, ignorierte sie und ging zu seinem Wagen. Jeder dachte, er habe Quinn verloren. Dabei würde alles gut werden. Er mußte nur Geduld haben und Verständnis zeigen, dann würde alles gut werden.

Es war nicht so, daß er nicht wieder zu ihr durchdringen *konnte.* Das konnte er jederzeit.

Schwerfällig begab er sich zu seinem Wagen und ermahnte sich, nicht zu vergessen, daß er Bucky anrufen und ihm sagen mußte, daß sich die Haussuche erledigt hatte. Er dachte darüber nach, seine Sachen für den Umzug in Quinns Haus zusammenzupacken. Wahrscheinlich würde er nicht alles brauchen, da sie ein paar neue Möbel gekauft hatte, aber das war zum größten Teil alter Kram und Schund, den sie vielleicht nicht mehr haben wollte, sobald er ihre gemeinsamen Fichtenmöbel aus der Wohnung mitbrachte. Sie würden das besprechen, wenn er für den Umzug fertig war.

Allein die Vorstellung, diese Dinge mit Quinn zu besprechen, ließ es ihm bessergehen. Auf dem ganzen Heimweg malte er sich ihre Unterhaltungen aus.

»Ich habe gehört, daß sich die Bankschlampe mit deinem Mann trifft«, sagte Lois am nächsten Tag im Pausenraum des Upper Cut.

Darla schlug das Herz bis zum Halse, aber sie zwang sich, sich auf dem Sofa zurückzulehnen und zu sagen: »Tatsächlich?«, als ob es ihr egal wäre. *Max.*

»Er hat sie am Montagabend zum Essen ausgeführt«, fuhr Lois mit selbstgefälliger Genugtuung fort. »Ins Anchor Inn. Sie hat Hummer gegessen.«

»Wer im Anchor Inn Hummer ißt, hat nichts Besseres verdient.« Darla konzentrierte sich darauf, regelmäßig zu atmen. »Und wie geht es Matthew?«

Lois' Selbstgefälligkeit löste sich in Luft auf. »Er ist wieder eingezogen«, sagte sie, das Kinn trotzig in die Luft gestreckt. »Ich nehme ihn zurück.«

»Schön für dich«, sagte Darla. *Ihr habt einander verdient.*

»Wir werden sehen«, meinte Lois. »Mal abwarten, wie er sich benimmt.« Sie schien nicht sonderlich erfreut zu sein.

In diesem Moment rauschte Quinn herein und drängte sich an ihr vorbei, um sich Darla gegenüber in den Sessel fallen zu lassen. »Hey, Lois«, begrüßte sie sie. »Was gibt's Neues?«

»Matthew ist wieder eingezogen, und Max hat Barbara zum Essen ausgeführt«, sagte Darla ruhig und hielt Quinns überraschtem Blick ohne Wimpernzucken stand.

»Interessant«, meinte Quinn und schwieg, bis Lois es aufgab und aus dem Zimmer ging. »Was hat Max getan?« fragte sie ungläubig.

»Lois erzählte, er hätte sie am Montagabend zum Essen eingeladen.« Darla schluckte. »Hummer im Anchor Inn.«

Quinn sah elend aus. »Er will dich eifersüchtig machen.«

»Und es funktioniert.« Darla beugte sich vor, um die Zeitschriften auf dem Kaffeetisch zu ordnen und nicht Quinns Mitgefühl sehen zu müssen. »Ich dachte, er wolle keine Veränderung.«

»Willst du zu ihm zurück?« fragte Quinn.

»Das kann ich nicht.« Darla legte die Zeitschriften aus der Hand und ließ sich nach hinten fallen. »Was hat sich denn geändert? Wenn ich zu ihm zurückgehe, wird alles so sein wie immer, und das war der Grund, weshalb ich ihn verlassen habe.« Sie spürte den Schmerz wie Übelkeit in sich aufsteigen. »Wenn ich zurückgehe, ohne daß Max den blassesten Schimmer hat, warum ich ihn verlassen habe, wird er mich nur für ein dummes Weibsstück halten und mir nie wieder vertrauen. Solange er nicht einsieht –«

»Was, wenn er es nie einsieht?« wollte Quinn wissen. »Willst du ewig darauf warten?«

»Das sagt die Richtige«, entgegnete Darla bissig. »Du unternimmst ja auch nichts.«

»Im Gegenteil, das habe ich.« Quinn sah miserabel aus. »Ich habe gestern abend mit Nick geschlafen.«

»Ach du lieber Himmel.« Darla rang um Fassung. »Und wie war's?«

»Seltsam«, meinte Quinn. »Seltsam gut bis zum Ende und dann nur noch seltsam. Er ist definitiv nicht an einer Wiederholung interessiert. Aus und vorbei.« Sie sank ein wenig zusammen. »Dabei hat es eigentlich noch gar nicht begonnen.«

»Oh, Mist«, sagte Darla.

»Großer Mist«, sagte Quinn.

12

Bill kam zu dem Ergebnis, daß er Quinns Haus von innen sehen mußte, um den Anbau, den sie brauchten, zu planen. Das bedeutete, daß er es noch einmal betreten mußte. Es war unvermeidlich. Er mußte es tun.

Der Hund bellte, als er eintrat, deshalb griff er nach einer Flasche Fensterreiniger, die Quinn auf dem Tisch hatte stehen lassen – diese Nachlässigkeit war typisch für sie –, und sprühte dem Hund damit in die Augen. Der Köter wimmerte und verkroch sich unter einem Stuhl. Bill lachte hämisch und begann, die Küche auszumessen. In seinem Filofax machte er sich Notizen wegen der Umbauarbeiten. Als er dort fertig war, stieg er nach oben, um sich die wichtigsten Punkte für den Ausbau der oberen Etage zu notieren, während sein Herz nun aus irgendeinem Grund heftig klopfte.

Oben war es dämmriger, da die Diele nur ein Fenster hatte, das auf die Ziegelsteinmauer des Nachbarhauses hinausging. Fünf Türen gingen von der Diele ab. Zu viele. Zu überfüllt.

Die erste neben dem oberen Treppenabsatz führte zu Quinns Schlafzimmer. Er blieb im Türrahmen stehen, weil der Raum so sehr ihrer war, daß es ihn wie einen Schlag vor den Kopf traf. Dann ging er hinein und nahm ihn in Besitz. Quinn würde das nichts ausmachen, sie wäre froh darüber.

Sie hatte das übliche Chaos hinterlassen, die Schubladen schief zugeschoben, die Schranktür halb offen, das Bett ungemacht – so war seine Quinn –, aber es war immer noch das Schlafzimmer wie in ihrer gemeinsamen Wohnung, bevor sie ausgezogen war, mit dem Waschtisch ihres Großvaters und der Vitrine, die sie als Wäscheschrank benutzte, und –

Den Blick auf das Bett mied er. Es war neu. Er hatte ihr altes Bett. Bei seinem Einzug würde er es mitbringen, damit alles wieder wie früher wäre. Neben dem Bett stand eine schwere Lampe mit einem Glasschirm, die ebenfalls neu war. Sie gefiel ihm nicht, weil sie nicht von ihnen beiden war. Sie würden sie entsorgen, wenn er einzog.

Ihre Hasenhausschuhe lagen nachlässig ausgezogen neben dem Kamin – sie hatte einen Kamin im Schlafzimmer, das war wirklich großartig –, und die Slipper sahen so lustig und so nach Quinn aus, wie sie dort übereinander lagen, als würden sie Liebe machen –

Sein Blick löste sich von den Hasenhausschuhen und glitt zum Bett zurück.

Es war zerwühlt, die dicke blaue Decke und der blaugelbe Überwurf waren zusammen eingerollt, während sich auf dem Laken noch die Umrisse von Quinns Körper abzeichneten. Er trat näher – kein Grund, atemlos zu sein, alles war in bester Ordnung – und ließ seine Hand dort ruhen, wo sie gelegen hatte. Das Laken fühlte sich kalt an, sie war schon seit Stunden fort, und nur eine Minute lang streckte er sich dort aus, wo sie geschlafen hatte. Er legte seinen hämmernden Kopf auf ihr gelbes Kopfkissen – so strahlend wie Quinn – und glaubte, ihre Wärme und ihr Lachen zu spüren – war es wirklich ihr Shampoo? Sie benutzte kein Parfüm; nein, es war Quinn –

beinahe hätte er angefangen zu weinen, weil er sie sich so sehnlich zurückwünschte.

Nicht, daß sie für immer fortgegangen war. Das war sie nicht. Sie machten derzeit nur eine Phase der Neuanpassung durch. Alles würde gut werden.

Er blieb noch eine Weile dort liegen und dachte daran, wie wundervoll alles werden würde, wie sie ein Feuer im Kamin anzünden und sich dann genau dort davor zusammenkuscheln würden, bevor sie wieder unter ihm liegen würde und –

Der Gedanke, sie wiederzuhaben, schaltete seinen Verstand aus. Er dachte daran, wie sie reglos in seinen Armen liegen würde, daß er sie bald wieder lieben würde, hier in diesem Bett, hier würde er sie zurückerobern – sein Atem ging schneller, und er kniff die Augen zusammen, bis er nichts mehr sehen konnte.

Dann stand er auf und atmete tief und langsam durch, um seine Ruhe wiederzufinden. Er ließ den Blick ein letztes Mal durch ihr Schlafzimmer schweifen. Er wollte nicht gehen, oder wenn, dann wollte er sie mitnehmen. Zumindest etwas von ihr.

Er zog den Überzug von ihrem Kopfkissen ab und drückte ihn vor sein Gesicht, um ihren Geruch einzuatmen.

Ihr Kissen lag weiß und nackt auf dem Bett. Das war nicht gut.

Er ging zu der Vitrine und holte einen frischen gelben Kissenbezug aus dem untersten Fach hervor. Er bezog das Kopfkissen damit und steckte dann den gebrauchten, der nach Quinn roch, zusammengefaltet unter seine Jacke.

Anschließend fuhr er zur Schule zurück, nicht ohne die Tür sorgfältig hinter sich abzuschließen, damit niemand eindringen und ihr weh tun konnte.

An der Tür zum Kraftraum stieß er mit dem BP zusammen.

»Bill«, ermahnte dieser ihn, »du mußt dich zusammenreißen.«

»Es geht mir gut«, sagte er und spielte mit dem Gedanken, Bobby wie eine Stubenfliege zu zerquetschen.

»Es ist noch immer diese Frau, nicht wahr? Warum vergißt du sie nicht einfach?« Bobby schüttelte den Kopf. »Sie ist es nicht wert. Warum kannst du nicht einfach –«

»Sie ist es wert«, stieß Bill zwischen zusammengepreßten Zähnen hervor. »Wir werden wieder zusammenkommen, also halte dich einfach da raus, Bobby.«

Bei der Bezeichnung ›Bobby‹ zuckte der BP zusammen, und Bill realisierte, daß ihm der Name herausgerutscht war. Er hätte ihn ›Robert‹ nennen sollen, aber schließlich hatte er nichts anderes dafür verdient, an Quinn zu zweifeln.

»Wenn wir noch drei weitere Spiele verlieren«, sagte Bobby, »werden wir es noch nicht einmal zu den Regionalmeisterschaften schaffen.«

»Das wird nicht passieren«, erwiderte Bill und schob sich an ihm vorbei.

»Wo warst du überhaupt in deiner Freistunde?« rief Bobby ihm nach, doch Bill ignorierte ihn.

Sie würden in der Regionalmeisterschaft mitspielen. Sie würden das Turnier sogar gewinnen. Sobald Quinn zu ihm zurückgekehrt war, würde alles wieder gut werden. Er würde schon dafür sorgen.

Heute abend würde er es ihr beweisen.

Quinn war allein in der Materialkammer des Kunstraums, um Pinsel für die Technikgruppe an diesem Abend zusammenzusuchen. Sie kochte immer noch vor Wut über Nick und über ihr eigenes törichtes Benehmen – mein Gott, schließlich kannte sie das Sündenregister seiner wechselnden Beziehungen –, als Bill hereinkam, im Eingang stehenblieb und ihr den Durchgang zum Kunstraum versperrte. Als sie sich umblickte und ihn dort den Türrahmen ausfüllen sah, zog sich ihr Herz angesichts seiner Größe und ihrer Hilflosigkeit einen Moment lang zusammen. Die Schüler waren alle unten auf der Bühne, niemand war in der Nähe, um sie schreien zu hören, falls sie Hilfe brauchte –

Das war töricht. Schließlich stand nur Bill vor ihr.

»Du hast mir einen Schrecken eingejagt«, sagte sie und wollte ein paar Schritte vorgehen, damit er zurückweichen und sie aus der Kammer lassen würde, war gleichzeitig aber zu ängstlich dazu, weil sie fürchtete, er könnte ihr den Weg nicht frei machen.

»Ich wollte nur mit dir reden«, sagte er und lächelte sie an. Sie haßte dieses Lächeln. »Bill, es gibt nichts zu bereden, und außerdem bin ich spät dran.« Sie tat nun tatsächlich einen Schritt vor, aber er rührte sich nicht von der Stelle. Sie hielt inne. »Du stehst mir im Weg.«

»Ich kann dir nicht im Weg stehen«, sagte er. »Wir gehören zusammen. Dein Weg ist mein Weg.«

»Nein«, widersprach sie, woraufhin er erwiderte: »Wenn du mir nur zuhören würdest, wäre zwischen uns alles wieder in Ordnung.«

»Es gibt kein ›uns‹ mehr.« Quinn hörte ihre eigene Stimme ein wenig zittern. »Und das gab es nie, Bill. Wir lagen nie auf der gleichen Wellenlänge.«

»Natürlich taten wir das«, widersprach er. »Wir werden heiraten, sobald –«

»Nein!« schrie sie. Seine Miene veränderte sich, und er rang eine Minute lang offenbar um Beherrschung, bevor sie sich wieder glättete. »Es ist in Ordnung, wir können in dem Haus in der Apple Street wohnen.«

Sie stützte sich an einem der Regale ab, um ihr Gleichgewicht wiederzufinden. Vor lauter Wut war ihr schwindelig, und sie war wütend, weil er ihr nicht zuhörte, weil er nicht begreifen wollte, wie sehr sie sich verändert hatte. Außerdem hatte sie Angst, obwohl das lächerlich war. Es war doch nur Bill. »Wir werden nicht heiraten«, sagte sie so ruhig wie möglich. »Ich liebe dich nicht. Das habe ich nie getan. Unsere Beziehung war ein Fehler. Es ist vorbei, und du wirst niemals in das Haus in der Apple Street ziehen. Und jetzt laß mich hier raus.«

Seine Kiefermuskeln verkrampften sich, und er sagte: »Du

hörst mir nicht zu.« In diesem Moment ging sie ein paar Schritte vor, entschlossen, sich von ihm nicht aufhalten zu lassen, und sagte mit fester Stimme: »Laß mich hier raus!« Aber er schlug ihr die Tür vor der Nase zu und schloß sie ein.

»Bill?« fragte Quinn und hämmerte gegen die Tür. »Laß mich hier raus! Das ist doch lächerlich. Ich habe dir gesagt, daß –«

»Ich bitte dich, hör mir doch zu«, erklang seine Stimme von draußen. »Ich habe Pläne gemacht. Ich weiß, du glaubst, es gäbe nicht genug Platz für uns, aber wir können anbauen.«

Zu ihrem wachsenden Entsetzen fuhr er fort, ihr seine Pläne für die Erweiterung des Hauses zu erklären, wo sie Türen und Fenster installieren, wo ihre Kinder schlafen würden. Quinn fühlte sich wie gelähmt, nicht nur in einer kalten Materialkammer gefangen, sondern auch in der kalten Welt von Bills gestörter Wahrnehmung, während er in seinem ruhigen Lehrerton weiter und weiter redete und sich völlig normal anhörte.

Inmitten seiner Erklärung, wie die rückwärtige Mansarde aussehen würde, brach er ab. Quinn preßte ihr Ohr gegen die Tür, um zu hören, was vor sich ging.

»Haben Sie McKenzie gesehen?« hörte sie Jason fragen. »Wir brauchen sie unten auf der Bühne, und Mrs. Buchman meinte, ich solle hier mal nachschauen.«

»Jason!« rief Quinn, bevor Bill etwas sagen konnte. »Ich bin hier drin.« Sie rüttelte am Türknauf, aber er ließ sich nicht bewegen. Bill mußte ihn von außen festhalten. »Laß mich raus, Bill«, sagte sie. »Ich muß bei dem Theaterstück mithelfen.«

»Wir unterhalten uns gerade«, hörte sie Bill zu Jason sagen. »Sie kommt später nach unten.«

»Nein!« Quinn hörte die Panik in ihrer Stimme und zwang sich, Ruhe zu bewahren. Jason in diese Sache hineinzuziehen, war keine gute Idee. »Jason, würdest du bitte Mrs. Buchman holen? Und Mrs. Ziegler.« Sie war zwar ziemlich sicher, daß Bill nicht gewalttätig werden würde, er war höchstens wirk-

lichkeitsfremd, was allein sie betraf. Wenn Edie und Darla auftauchten, würde er die Absurdität der Situation erkennen und die Tür öffnen.

Hoffte sie zumindest.

»Coach, wir brauchen sie wirklich jetzt«, beharrte Jason. »Ich glaube, Sie sollten sie besser herauslassen.«

»Sie wird hinunterkommen, sobald wir uns ausgesprochen haben«, sagte Bill in freundlichem Tonfall. »Geh jetzt bitte.«

»Das geht leider nicht«, sagte Jason. »Wir haben keine rote Farbe mehr, und der Nachschub steht im Materialraum.«

Das war keine schlechte Lüge, weil Bill nicht wußte, daß die Sachen für das Theaterstück in der Bühnenkammer aufbewahrt wurden; dennoch kaufte er es ihm nicht ab. »Sie wird sie mitbringen, wenn sie kommt.«

»Ich muß jetzt gehen, Bill«, drängte Quinn. »Du hältst unsere Proben auf. Laß mich raus.«

»Wir brauchen sie wirklich, Coach.« Jasons Stimme war jetzt nahe, ebenso nahe wie Bills, und Quinn stellte sich vor, daß die beiden nebeneinander dort vor der Tür standen, Jason fast so groß wie Bill, Jason mit achtzehn praktisch ein Mann, kräftig durch das Gewichtheben und bereit, Bill die Stirn zu bieten.

Nein, dachte sie und öffnete den Mund, um Jason zu versichern, daß alles in Ordnung sei, aber in diesem Moment drehte sich der Knauf, und Jason öffnete die Tür, wobei er Bill sanft mit dem Ellbogen aus dem Weg schob.

»Sie sind spät dran«, sagte er in betont fröhlichem Tonfall zu ihr. »Sie werden Schwierigkeiten bekommen.«

Sie schlüpfte an ihm vorbei aus der Kammer und ignorierte Bill, der niedergeschlagen hinter Jason stand, während sie versuchte, ihr Zittern zu unterdrücken und zur Tür hastete, dicht gefolgt von Jason, der sie noch immer abschirmte.

»Warte«, sagte Bill, und sie drehte sich um, wobei sie nach Jasons Arm griff. »Du hast deine Farbe vergessen«, sagte Bill, doch sie schüttelte den Kopf.

»Ich werde jemand anders schicken, um sie zu holen«, sagte sie und floh in den Korridor, während sie Jasons Arm noch immer umklammert hielt.

»Sind Sie okay?« fragte er, als sie um die Ecke in den Hauptflur bogen, wo sie sich endlich sicher genug fühlte, ihn loszulassen.

»Ja«, sagte sie.

»Das war reichlich merkwürdig.«

»In der Tat«, sagte sie und schluckte.

Jason legte den Arm um sie. »Sie sollten hier nicht mehr alleine herumlaufen, sondern immer Corey oder mich mitnehmen. Das war wirklich übel.«

Ihn das sagen zu hören, machte die Sache nur noch schlimmer – ein Schüler hatte alles mitbekommen. Dennoch nickte Quinn, denn sie wußte, daß er recht hatte.

Jason drückte ihre Schulter. »Das wird nicht wieder passieren«, sagte er zu ihr, sah an ihr vorbei und ließ sogleich seinen Arm sinken.

Sie wandte sich um und sah, wie Bobby sie anstarrte. Was zum Teufel machte er so spät noch hier? Schlich er ihr hinterher?

Das war nicht lustig, wurde ihr bewußt. Überhaupt nicht lustig.

»Ms. McKenzie, ich möchte Sie in meinem Büro sprechen«, sagte Bobby mit eisiger Stimme.

»Nicht jetzt, Robert«, sagte sie, während sich ihre Angst beim Anblick seines dummen und einfältigen Gesichtsausdrucks in Ärger verwandelte. »Aber du solltest vielleicht mal nach deinem Baseball-Coach sehen. Er hatte mich gerade in meinem Materialraum eingeschlossen.« Plötzlich wachsam versteifte sich Bobby ein wenig, und sie fügte hinzu: »Mit ihm stimmt ernsthaft etwas nicht, Robert. Er hat wirklich ein Problem. Du mußt mit ihm reden. Halte ihn mir vom Hals.«

»Mach dich nicht lächerlich«, sagte Bobby, ging aber trotzdem den Korridor hinunter.

Angespannt und frustriert saß Bill in dem leeren Kunstraum. Jason hatte es gut gemeint, aber alles ruiniert. Sie hatte ihm gerade zugehört, ganz still hinter der Tür, und er hatte alles so gut erklärt. Wenn er nur die Möglichkeit gehabt hätte, zu Ende zu reden –

»Bill?« sprach Bobby ihn im Türrahmen an. »Alles in Ordnung? Was ist passiert?«

»Sie will nicht, daß ich mich um sie kümmere«, erwiderte Bill. »Sie hat nur dieses Stück im Kopf und ist ständig beschäftigt –«

»Sieh mal«, Bobby kam herein und setzte sich neben ihn, »ich denke, du solltest dich von ihr fernhalten –«

»Wenn sie nur einmal bleiben würde, um mir zuzuhören«, fuhr Bill fort.

»Ja, klar, ich könnte ihr ein Bein brechen«, meinte Bobby sarkastisch. »Aber auch dann würde sie auf Krücken davonhumpeln. Sie ist fertig mit dir.«

»Du verstehst das nicht«, sagte Bill. »Wir gehören zusammen.«

»Stimmt«, sagte Bobby. »Nach der Baseball-Saison hast du den ganzen Sommer lang Zeit, sie zurückzugewinnen.«

Stirnrunzelnd sah Bill ihn an. »Das ist zu lang. So lange kann ich nicht warten.«

»Jetzt hör mir mal zu, Bill, treib es nicht auf die Spitze«, sagte Bobby. »Du weißt, ich bin der Rektor, und ich könnte dir ernsthafte Schwierigkeiten machen, aber das möchte ich nicht, weil ich will, daß du dich einzig und allein mit dem Team beschäftigst.«

Bill stand auf. Er hatte die Nase voll vom Team. »Es gibt wichtigere Dinge als Baseball, Robert«, sagte er und verließ den Raum, ziemlich sicher, daß Bobby sich keines vorstellen konnte.

Das war wirklich traurig.

»Er ist völlig durchgedreht«, meinte Quinn später zu Hause zu Joe und Darla. »Ich konnte es nicht fassen. Er glaubt tatsächlich, er würde hier einziehen und mit mir eine Familie gründen.«

»Ich werde mit ihm reden«, sagte Joe, und Quinn sah ihren Vater überrascht an. »Ich werde ihm sagen, er soll dich in Ruhe lassen.«

»Das wird nichts nützen«, meinte Quinn. »*Ich* habe ihm das bereits gesagt, und er hat mir nicht geglaubt.« Sie lächelte ihrem Vater zu. »Aber trotzdem vielen Dank. Ich habe Bobby gesagt, er solle sich um ihn kümmern. Vielleicht –«

»Das genügt nicht«, widersprach Joe, und Darla sagte: »Er hat recht, Quinn. Wenn Bill dich in Materialkammern einsperrt, ist er wirklich übergeschnappt. Wir müssen irgend etwas unternehmen.«

»Was denn?« wollte Quinn wissen. »Sollen wir die Polizei anrufen und sagen, daß Bill Hilliard, der Held von Tibbett, mich in meinem Materialraum eingeschlossen hat und nicht herauslassen wollte? Das klingt doch nach einem Kinderstreich. Ich meine, wem würdest du denn glauben, Bill oder der Frau, die ihren Hund aus dem Tierheim geklaut hat?«

»Laß mich mit Frank Atchity sprechen«, meinte Joe. »Wir spielen zusammen Poker. Ich könnte es ihm wenigstens stecken. Und von nun an gehst du nirgendwo mehr alleine hin.«

»Für den Rest meines Lebens?«

»Er hat recht«, pflichtete Darla bei. »Nirgendwo mehr alleine hin. Und dem BP wirst du sagen, daß du zur Polizei gehst, wenn er Bill nicht im Zaum hält. Das sollte helfen.«

Wie der Zufall es wollte, war der BP der erste Mensch, dem Quinn am nächsten Morgen in der Schule über den Weg lief. Er schritt vor der Tür zu ihrem Klassenzimmer auf und ab.

»Jason hat das Handtuch geworfen«, sagte er zu ihr, während sie die Tür aufschloß. »Er ist heute morgen aus dem Team ausgetreten, gerade so, als sei er Bill gar nichts schuldig.«

Oh, verdammt, Jason, dachte Quinn, schaltete das Licht ein und betrat das Zimmer. »Das tut mir leid, aber es überrascht mich nicht. Er hat mitbekommen, wie Bill gestern abend abgedreht ist. Ich mache keine Witze, Robert, mit ihm stimmt ernsthaft etwas nicht. Entweder hältst du mir Bill vom Leib, oder ich werde zur Polizei gehen und eine einstweilige Verfügung erwirken.« Sie drehte sich um und blickte ihm geradewegs in die Augen. »Was das für Gerüchte auslösen wird, kannst du dir sicherlich vorstellen. Tschüs Zuschuß.«

Bobbys Gesicht wurde dunkelrot vor Zorn. »Das ist alles nur deine Schuld. Er will doch nur dich, obwohl allein Gott weiß, warum. Du bist die undankbarste –«

»Bobby, würdest du endlich damit aufhören?« Wieder drehte sich Quinn zu ihm um. »Was muß ich denn noch tun, um –«

»Nur bis Juni«, sagte Bobby. »Mehr verlange ich gar nicht. Geh nur zurück zu ihm, bis wir den Pokal gewonnen haben, und danach werde ich dir eigenhändig beim Auszug helfen.«

»Du bist genauso verrückt wie er«, meinte Quinn. »*Nein.* Halte ihn von mir fern, oder es passiert was.«

»Du allein bist schuld daran«, knurrte Bobby im Weggehen, und Quinn dachte, *Genau das wird auch jeder andere denken.* Bill war vollkommen normal gewesen, bis sie ihn verlassen hatte. Nun ja, so normal wie jeder Coach in Amerika.

Wie immer noch halb verschlafen und verdrießlich strömten die ersten Heimschüler in den Raum, und Quinn schob jeden Gedanken an Bill beiseite, um die Anwesenheitsliste durchzugehen.

Zumindest ein Teil ihres Lebens war unter Kontrolle: Sie konnte noch immer Schüler zählen. Während sie die einzelnen Namen aufrief, spukte Bill ihr trotzdem im Kopf herum und weigerte sich zu verschwinden.

Sie mußte in der Tat etwas unternehmen. Sie wußte nur nicht, was.

Jason hatte das Team verlassen. Bill versuchte zu verstehen, wie Jason ihn nach vier Jahren im Stich lassen konnte. Vier

Jahre Football und Baseball, und dann stand Jason beim morgendlichen Gewichtestemmen einfach dort mit ausdrucksloser Miene und sagte: »Sorry, Coach, aber ich habe keine Lust mehr.«

»Jason«, hatte Bill gesagt, aber Jason hatte nur den Kopf geschüttelt und war aus dem Kraftraum gegangen.

Bill sah Corey Mossert an und sagte: »Red ihm das aus.«

Doch Corey schüttelte ebenfalls nur den Kopf. »Gestern nach der Schule ist irgend etwas passiert. Er wollte mir nichts darüber erzählen, aber er ist absolut sicher, das Richtige zu tun. Er ist weg, Coach. Geben Sie es auf.«

Bill wurde kalt. Die Geschichte in Quinns Klassenzimmer. Als er gerade versuchte, mit ihr zu reden, war Jason hereingeschneit und hatte alles ruiniert. Was hatte Quinn gesagt? Was hatte sie Jason erzählt, das ihn dazu veranlaßte, aus dem Team auszuscheiden?

Er mußte etwas unternehmen. Er mußte *irgend etwas* unternehmen. Seine Kopfschmerzen wurden schlimmer. Nichts lief, wie es sollte. Überhaupt nichts.

Daher fuhr er in seiner Freistunde wieder zu Quinns Haus – das mußte er, denn er hatte beim letzten Mal vergessen, die oberen Räume auszumessen –, und drinnen fühlte er sich besser. Es war fast so, wie in Quinn zu sein. Nein, nein, so meinte er das nicht, er meinte, bei Quinn.

Er konnte es nicht erwarten einzuziehen.

Bei seinem Anblick verkroch sich der Hund sofort unter einen Stuhl und knurrte ihn an, hielt sich aber fern. Auf dem Weg nach oben bemerkte Bill, wie locker der Handlauf war. Nur in der Wand verschraubt. Es konnte sich jederzeit lösen. Wenn er hier wohnte, würde er für ein besseres Geländer sorgen. Sie brauchte ihn wirklich hier.

Fast oben angekommen, verlangsamte er seinen Schritt. Das war es vielleicht. Wenn ihr klar wurde, wie sehr sie ihn brauchte, würde sie vielleicht –

Er stieg die Treppe wieder hinunter und ging zur Hinterveranda, wo er Quinns Werkzeugkiste fand. Mit einem Schraubenzieher löste er die Bolzen am Treppenlauf und ging dann durchs ganze Haus, um weitere Schrauben, Türknäufe und Steckdosen zu lockern, wobei er auch die Drähte hinter den Dosen löste. Er überlegte, was er noch tun konnte. Er könnte auch die Gasleitungen ein wenig aufdrehen, nur ein bißchen, nichts Schlimmes. Die Stufen zur Vorderveranda waren erbärmlich. Er könnte eine ein wenig ansägen, so daß sie früher oder später einbrechen würde. Schließlich sollte nicht alles auf einmal passieren. Er könnte einen Teil des Verandageländers lockern. Er könnte viele Dinge tun. Sie würde ihn wieder brauchen.

Als er eine Stunde später nach oben ging, war er nahezu fröhlich, in der sicheren Zuversicht, bald einzuziehen. Die zweite Tür oben führte in ein weiteres Schlafzimmer unter dem Dachvorsprung. Ein Einzelbett stand darin, vermutlich Quinns oder Zoës aus Kindertagen. Erheitert mußte er lächeln, weil es ein tolles Zimmer für ihre Jungs sein würde. Die beiden Räume im hinteren Teil des Hauses waren ein Arbeitszimmer mit noch einem Bett und ein Bad. Das Bad war zu klein, das würden sie ausbauen und vielleicht noch ein weiteres dahintersetzen. Das Arbeitszimmer würden sie zum Elternschlafzimmer vergrößern, von dem direkt ein Bad hinter dem jetzigen abging. So würde es gehen. Das war gut.

Bill notierte sich die Maße und steckte das Maßband und den Organizer wieder in seine Tasche. Er hatte alles, was er benötigte. Nun würde alles ganz leicht werden, sobald Quinn nur bemerkte, wie sehr sie ihn brauchte. Sobald sie ihn bitten würde, zu ihr zurückzukommen.

Und sie würde so überrascht sein, wenn er ihr nach seinem Einzug die Pläne zeigen würde. »Du bist doch nicht dumm«, würde er sagen, »du wußtest doch, daß wir mehr Platz brauchen. Du hättest dir denken können, daß ich es planen würde.«

Auf dem Weg durch den Flur öffnete er aus reiner Neugier die fünfte Tür.

Quinns begehbarer Kleiderschrank.

Er konnte die Ärmel ihrer Kleider sehen. Das grüne aus Kattunstoff, das sie getragen hatte, als sie das erste Mal zusammen ausgegangen waren, das blaukarierte, das sie mit einer Jacke darüber am Tag der offenen Tür im Herbst getragen hatte, das rote Flanellkleid mit Plaidmuster, das sie bei ihrem letzten gemeinsamen Besuch eines Basketballspiels angezogen hatte – bei diesem Gedanken zog sich sein Herz ein wenig zusammen, sie waren so glücklich gewesen –, das schwarze, das sie zum Unterricht trug, wenn die Schüler ohne Farben arbeiteten, und das braune Patchworkkleid und das aus Jeansstoff und –

Er schloß die Augen, weil seine Brust schmerzte. Er würde doch wohl keinen Herzinfarkt bekommen, dafür war er zu jung und zu gesund. Vielleicht eine Verdauungsstörung. Er sollte sich einen Moment hinlegen.

Auf Quinns Bett ausgestreckt, die Decke über sich gezogen, fühlte er sich besser. Einen Augenblick lang war er ihr fast böse, weil sie so stur war. Sie hatte verdient, was er in ihrem Haus angestellt hatte. Wenn sie ihm doch nur zuhören würde, könnte sie jetzt hier bei ihm sein, unter der Decke, aber sie wollte ja nicht zuhören; wenn er sie nur dazu bringen könnte zuzuhören –

Er dachte darüber nach, wie er das schaffen konnte, was er tun mußte, um sie zum Zuhören zu bringen, was sie verdient hatte, weil sie ihm kein Gehör schenkte. Er war wütend, so wütend, weil sie ihm *einfach nicht zuhören wollte* –

Sein Atem ging schwerer, der Raum verschwamm vor seinen Augen, während er an Quinn dachte und daran, wie er sie zum Zuhören bewegen konnte, wie er sie dazu bringen konnte, ihn zurückzunehmen, sie mußte ihn jetzt einfach zurücknehmen, das Ganze dauerte nun schon lange genug, es war genug, genug, genug –

Als er sich wieder beruhigt hatte, erzählte er sich die alte Geschichte, daß alles wieder gut werden, daß sie ihm nun zuhören würde – es *waren jetzt schon zwei Monate* – nur noch ein wenig mehr Zeit, und alles wäre wieder gut, und sie würde ihm zuhören –

Nein, das würde sie nicht.

Wieder spürte er, wie sich seine Brust verkrampfte, wie von einer riesigen Faust gepackt. Er wälzte sich aus dem Bett. Er war in Ordnung, sie würde ihm zuhören, alles würde gut.

Er ging durch das Zimmer und öffnete die Tür zum Wandschrank – hier hingen ihre Blusen und Röcke, die Jeans lagen gefaltet auf dem Regal darüber –, öffnete die Vitrine – Laken und Kopfkissenbezüge, T-Shirts –, zog die Schubladen des Waschtischs auf –

Quinns Unterwäsche. *Mein geheimes Leben,* hatte sie immer dazu gesagt. Absurde Farben, schreiendes Pink und metallisches Gold und beißendes Grün und –

Er ließ seine Hände in die Schublade eintauchen und über die Spitze, den Satin und die Seide streicheln. »Beim Kunstunterricht muß ich mich wie ein Hafenarbeiter anziehen«, hatte sie einmal gesagt, »aber darunter kann ich mich aufdonnern.« Eigentlich mochte er diesen ganzen Kram nicht, all diese merkwürdigen und schrillen Farben, so schrill und heiß wollte er Quinn nicht haben; seine Quinn war rein, weiß, schlicht und gut – er schloß seine Hände um die anstößigen Stoffe zu Fäusten – *seine,* sie mußte doch wissen, daß sie sein war.

Er ließ die Unterwäsche wieder in die Schublade fallen, als sei sie unrein, verdorben. Sie verdarb sie, er hatte das Bedürfnis, sie zu zerreißen, zu zerfetzen, zu verbrennen, damit sie nie wieder ihren Körper berührte. Gerade, als er in dieser Absicht mit vollen Händen zugriff, fiel sein Blick auf den weißen Stoff hinten in der Schublade.

Es war zwar kein züchtiger Baumwollschlüpfer, er war knapp und aus Spitze – nicht so einer, der sie wirklich bedeckte –, aber immerhin war er weiß wie der einer Braut. Er holte ihn hervor und hielt den Atem an. Einige Männer sagten Höschen dazu, aber das war Bill immer schon vulgär erschienen. Er nannte sie einfach Unterhosen, eine nette und neutrale Bezeichnung. Diese hier war größtenteils aus Spitze, mit nur einem Streifen weißen Satins im Schritt – *Schritt*, kein Wort, das er im Zusammenhang mit Quinn verwenden mochte, es war so derb – Satin im Schritt, der Teil, der sich zwischen ihre Beine schmiegte, der Teil –

Er erschauerte ein wenig und schob hastig die Schublade zu, den Slip noch immer fest in der Hand.

Unterhosen.

Sie war aus weißer Spitze. Sie könnte sie bei ihrer Hochzeit tragen.

Sie mußte ihm zuhören. Er mußte sie dazu bringen, ihm zuzuhören. Er hatte lange genug Geduld bewiesen. Man mußte Frauen ein wenig Zeit zugestehen, aber irgendwann mußte man durchgreifen.

Er würde durchgreifen, und sie würde das verstehen. Sie wäre ihm sogar dankbar, denn auch sie mußte dem Ganzen doch ein Ende bereiten wollen. Sie würde zu ihm zurückkommen, diesen Slip für ihn tragen, ihm ihre Arme öffnen, sich ihm in der Dunkelheit öffnen –

Alles würde gut werden.

Er hielt das Höschen weiter umklammert, während er versuchte, ruhiger zu atmen. Er sah es an, er sah es nur an, als Bobby plötzlich hinter ihm sagte: »Das tust du also in deiner Freistunde.«

Bill fuhr zusammen und sah Bobby grinsend im Türrahmen stehen.

»Wirklich pathetisch, Hilliard«, sagte er.

»Wie bist du –«

»Ich bin dir gefolgt.« Bobby zuckte mit den Achseln. »Du hast verloren, Hilliard. Noch wichtiger, du verlierst Spiele. Das geht nicht.« Seine Stimme war überheblich, seine Miene selbstgefällig.

Bill schluckte. »Verschwinde hier.«

Bobby schüttelte den Kopf. »Dafür ist es zu spät. Komm schon, steck dir dieses Ding in die Tasche, wenn es das ist, was du brauchst, aber wir müssen hier weg. Ich habe wirklich keine Lust, das irgend jemandem erklären zu müssen.«

»Du verstehst das nicht«, sagte Bill. »Das ist nicht –«

»Ich verstehe sehr gut«, unterbrach Bobby ihn. »Jetzt halt die Klappe, und komm raus hier, bevor wir erwischt werden. Mein Gott, was bist du für ein Idiot.«

»So kannst du nicht mit mir sprechen«, polterte Bill los, aber ihm war ganz kalt. Seine Welt war schon vorher aus den Fugen geraten, aber nicht in diesem Ausmaß.

»Ich kann mit dir sprechen, wie ich will.« Bobbys Grinsen war häßlich. »Hiernach?« Er nickte zu dem Höschen, das Bill noch immer umklammert hielt. »Jetzt gebe ich hier den Ton an, und du wirst tun, was ich sage.« Er wies mit dem Kopf zur Treppe und ging zur Tür, als sei er völlig sicher, daß Bill ihm folgen werde.

Und schwindelig vor Verwirrung, während die pochenden Kopfschmerzen ihn erneut zu quälen begannen, tat Bill, wie ihm geheißen.

»Was zum Teufel macht sie da?« fragte Max und knallte den Hörer des Bürotelefons auf.

Nick hob den Kopf von dem Subaru, an dem er gerade arbeitete, und spähte aus dem Fenster. »Wer?«

»Nicht draußen. Darla.« Max klang wütend. »Sie hat nur eine Nachricht auf unserem Anrufbeantworter hinterlassen, daß die Jungs wieder zum Abendessen kommen sollen. Ich nicht, nur die Jungs.«

»Wahrscheinlich denkt sie, daß du im Anchor Inn ißt.«

»Leck mich doch«, sagte Max. »Das ist doch albern. Wir sind verheiratet. Sie sollte zu Hause sein.«

»Klar.«

»Wie sieht das denn aus? Verdammt, die Leute reden schon darüber.«

Nick steckte den Kopf unter die Motorhaube. »Vielleicht lassen die beiden uns zugucken, wenn wir nett zu ihnen sind.«

»Du kannst Witze machen«, sagte Max. »Dir fehlt ja nichts.«

Und ob.

»Es ist nun schon über einen *Monat* her«, seufzte Max. »In der High-School saß ich nicht so lange auf dem trockenen.«

»Oh«, meinte Nick, »deshalb hast du so miese Laune.«

»Hättest du die nicht?«

Nick spielte mit dem Gedanken, ihm zu erzählen, daß es ihm egal war, wie lange er gewartet hatte, sondern daß ihn vielmehr die Vorstellung wahnsinnig machte, daß es nie wieder passieren würde, aber er schwieg. Über einige Dinge wollte er einfach nicht mit Max sprechen, auch wenn er ständig daran denken mußte.

Jeden Tag hatte er das Bedürfnis unterdrückt, im Haus vorbeizuschauen, um zu sehen, ob sie irgend etwas brauchte. Ihn in sich zum Beispiel. Mit Darla und Joe im Haus war das natürlich aussichtslos, und Quinn besuchte ihn auch nicht mehr in seiner Wohnung, so daß er, wollte er sie nicht mitten auf der Straße anspringen, ziemlich in der Klemme saß. Aber das war gut so. Sie war nur eine Freundin, und außerdem hielt sein Interesse nie lange an. Normalerweise hätte es mittlerweile schon abflauen müssen. Er war nicht der Typ, der Frauen hinterherlief.

Er wollte sie wieder nackt unter sich spüren.

Nein, wollte er nicht.

»Ich war drüben im Upper Cut«, sagte Max, gefangen von seinen eigenen Problemen. »Sie sagt nein. Ich weiß nicht mehr, was ich noch tun soll. Gehe ich zu Bo's, lacht sie. Verabrede ich mich mit Barbara, um sie eifersüchtig zu machen, rät sie mir, beim nächsten Mal den Hummer zu meiden.«

»Ich habe dir doch gesagt, daß das ein dummer Schachzug war«, meinte Nick.

Max ignorierte ihn. »Ich bitte sie, mir zu sagen, was sie will, ich versichere ihr, daß sie es haben kann, was immer es ist. Und sie meint nur, daß es keinen Zweck hätte, wenn sie es mir erst sagen muß.«

»Wirklich blöd«, meinte Nick, dessen Mitgefühl mit Max zurückkehrte.

»Sie will eine Veränderung«, erklärte Max. »Aber mir gefällt unser Leben. Warum sollte ich etwas daran ändern?«

»Um dieses Leben zurückzubekommen?«

»Sie ist meine Frau«, beharrte Max stur. »Sie gehört zu mir. Am besten warte ich einfach ab, sie wird schon wieder zu Verstand kommen.«

Bevor du deinen verlieren wirst? wollte Nick fragen, aber es war ziemlich klar, daß Max' Verstand bereits ernsthaft gelitten hatte, und außerdem war Nick nicht in der Position, Kritik zu üben, weil es ihm auch nicht besser erging. Schließlich war er auf eine Frau fixiert, die er nie wieder nackt zu Gesicht bekommen würde, die er nie wieder halten, berühren, streicheln, umarmen würde, in die er nie wieder eintauchen würde –

Nicht, daß er das wollte. Kaum.

»Entführe deine Frau doch einfach«, schlug Nick vor. »Zum Teufel mit der Warterei.«

Max grunzte ihn an und ging ins Büro zurück, und Nick starrte auf den Subaru und versuchte, mit Ruhe und Gelassenheit dahinterzukommen, welche Gefühle er für Quinn hegte, ohne wirklich über seine Gefühle nachzudenken.

Okay, alles war unter Kontrolle. Er hatte sie bereits nach diesem Abend auf der Couch zwei Wochen lang missen müssen, und das hatte ihn mißmutig gemacht, weil er gerne mit ihr zusammen war, gerne ihre Stimme hörte, ihr Lachen, gerne ihr Gesicht sah und ihr schwingendes Haar betrachtete – *Quinn mit gestutztem Haar, die sich unter ihm wand, mit wunderschönen Wangenknochen, ihren Kopf im seinen Händen, während er sich in sie bohrte* – er mochte sie wirklich als Freundin für Gesellschaft und Unterhaltungen. So wie man die Artikel im *Playboy* liest, die wirklich gut sind.

Und nun war es fast eine Woche her, daß er sie gesehen hatte – *nackt, weich und feucht* –, und er wollte sie zurück.

Zum Reden.

Er konnte nicht glauben, wie sehr er sie vermißte. Als Kumpel. Sie war sein bester Freund gewesen, und nun war sie aus seinem Leben verschwunden – *siehst du,* wollte er ihr sagen, *deshalb war es so eine schlechte Idee von uns, Sex zu haben. Ich wußte, daß das passieren würde, ich habe es dir doch gesagt* –, und er vermißte sie. Das Reden mit ihr.

Er hatte gar nicht wirklich zu schätzen gewußt, wie wichtig es war, sich mit einer Frau zu unterhalten, bis er kurze Zeit mit einer verbrachte, die nichts zu sagen hatte. Abgesehen von ihrer Vorliebe für verheiratete Klempner und Handwerker war Barbara eine rundum nette Frau, aber wenn er in tausend Jahren noch einmal fünf Minuten mit ihr verbringen müßte, wäre das immer noch zu früh.

Quinn hatte immer jede Menge zu sagen. Sie hatten sich über Bücher, Kinofilme, Leute, ihren Unterricht und seine unergründliche Haltung gegenüber Frauen unterhalten, aber erst seit der Woche, in der er mit Barbara ausgegangen war, war Nick klargeworden, daß ihm am meisten die Gespräche mit Quinn fehlten. Sie waren Freunde. Sie sollten miteinander reden.

Und aus diesem Grunde wünschte er sie sich zurück. Er nickte. Das war gut. Vernünftig. Das machte Sinn.

Er liebte Quinn wie eine Schwester, also war es nur selbstverständlich, daß er sich nach ihrer Gegenwart sehnte.

Es war nicht ihr Körper, den er liebte – *wohlgeformt und fest und geschmeidig unter ihm,* streich das mit der Schwester, das war ein schlechter Vergleich, vergiß das, denk nicht daran –, nein, es war ihr Verstand, den er liebte, wer sie war, Quinn als Mensch und nicht Quinns Körper.

Absolut vernünftig.

Das Problem allerdings war, daß er – völlig losgelöst von dieser Sache mit der Liebe, diese beiden Dinge waren etwas völlig anderes, gehörten noch nicht einmal ins gleiche Universum, sie hatten absolut nichts miteinander zu tun – sich danach sehnte, ihren heißen Körper unter sich erschauern zu spüren.

Das machte Sinn, sagte Nick sich. Eigentlich war es ganz einfach. Wie die Trennung zwischen Kirche und Staat die Unabhängigkeit beider stets garantiert. Liebe hier, Sex dort. Keine Vermischung.

Natürlich wäre es einfacher, wenn zwei Frauen anstatt nur eine daran beteiligt wären. Tatsächlich war, so wurde ihm nun bewußt, eines der Dinge, die sein Leben bisher so unbeschwert gemacht hatten, die Tatsache gewesen, daß er Quinn geliebt und mit anderen Frauen geschlafen hatte. Und da es einfacher war, Frauen zu finden, mit denen man schlafen konnte, als solche, die man lieben konnte, würde er Quinn einfach weiterlieben – vermutlich konnte er sowieso nicht anders – und sich eine andere zum Vögeln suchen.

Die Erinnerung an ihren Körper stieg in ihm hoch – heiß und willig unter seinen Händen, die Art, wie er sie erforscht, gefühlt, gespürt, kennengelernt hatte, wie er sie erschauern lassen und zum Höhepunkt gebracht hatte – und ließ ihn sofort wieder steif werden.

Er mußte sie noch einmal haben, sonst würde er nie damit abschließen.

Resignierend lehnte Nick sich gegen den Subaru. Okay, es bestand kein Grund zur Panik. Er konnte das immer noch handhaben wie bisher. Er mußte nur daran denken, die beiden Dinge völlig voneinander zu trennen. Den Verstand zu lieben und den Körper zu vögeln. Dann konnte er immer noch, wenn er den Körper nicht mehr vögelte, ihren Verstand lieben.

Eindeutig logisch. Vielleicht konnte er sie davon überzeugen.

Aber zunächst mußte er sie dazu bringen, daß er sich ihr nähern durfte, ohne getreten zu werden.

Während er darüber nachdachte, wie er das anstellen sollte, klingelte das Telefon, und als er abhob, sagte Joe: »Nick?

Könntest du heute abend hierher kommen, wenn du mit der Arbeit fertig bist?«

»Hierher?« fragte Nick. »Du meinst, zu Quinn?« Soviel Glück konnte er doch gar nicht haben.

»Ja«, sagte Joe. »Quinn ist die Treppe hinuntergefallen und hat sich den Knöchel verstaucht. Das Treppengeländer hat sich gelöst.«

»Oh, Mist.« Nicks Verlangen wandelte sich in Besorgnis. »Geht es ihr gut? Soll ich sie ins Krankenhaus bringen?«

»Darla fährt sie hin.« Joes Stimme klang grimmig. »Ich glaube, jemand hat den Handlauf gelockert. In allen Halterungen müßten drei Schrauben sein, aber es war nur eine in jeder. Ich habe ihn so gut es geht wieder befestigt. Und als ich gestern abend heimkam, habe ich Gas gerochen. Irgendeiner hat an dem Ventil im Keller herumgespielt, und als ich hinunterging, habe ich ein kaputtes Fenster entdeckt. Jeder hätte hier einsteigen können. Ich denke, dieses Haus ist das reinste Minenfeld.«

»Wer –« setzte Nick an, unterbrach sich dann aber. »Doch nicht etwa Bill?«

»Ich will es nicht glauben, aber nach dieser Geschichte in der Materialkammer ist das auch mein Tip.«

»Welche Geschichte in der Materialkammer?« wollte Nick wissen, und als Joe es ihm erzählte, verwandelte sich seine Besorgnis um Quinn in Wut, mit der er weitaus leichter umgehen konnte als mit Liebe und Angst. »Lieber Himmel«, sagte er, »du hättest mich anrufen sollen, dann hätten wir beide ihm einen Besuch abgestattet.«

»Quinn wollte das nicht«, sagte Joe. »Du weißt doch, daß sie keinen Wirbel mag. Ich denke, sie glaubte, daß er es aufgeben würde, wenn sie kein Aufhebens verursacht, aber nach dieser Sache müssen wir etwas unternehmen. Ich habe schon bei Frank Atchity angerufen und werde jetzt einen Kontrollgang durchs Haus machen, aber ich möchte, daß du auch noch mal alles abcheckst. Wenn du –«

»Ich komme sofort«, unterbrach Nick ihn. »Und Max bringe ich auch mit. Heute ist Samstag, da können wir eine Stunde früher schließen.«

»Danke«, sagte Joe.

»Ist mir ein Vergnügen«, antwortete Nick.

13

Nick brachte Verschlußriegel mit, die sie an den Eingangstüren und an der Tür zum Keller montierten. Dann begannen sie, alles im Haus zu überprüfen, angefangen von dem Gasleck im Keller. Zwei Stunden später waren sie erst mit dem Erdgeschoß fertig.

Bill hatte gründliche Arbeit geleistet.

Es schien, daß nahezu alles, das eine Schraube oder einen Nagel hatte, gelockert worden war. Kabel waren abgewetzt, Rohre leicht losgeschraubt, ein Bein der Couch war gelockert und Konservendosen waren so positioniert worden, daß sie aus dem Schrank fielen, sobald man ihn öffnete. »Er muß Stunden dafür gebraucht haben«, meinte Max schließlich, doch Joe, der Jahre als Elektriker und Mann für alles hinter sich hatte, schüttelte den Kopf. »Es dauert immer länger, etwas zu befestigen, als es loszuschrauben. Beim Losschrauben muß man nicht vorsichtig sein.« Nick blieb still, während er alles doppelt überprüfte und zunehmend zorniger wurde, je mehr Sabotage sie entdeckten.

Als sie gerade die Treppe hinaufgehen wollten, um oben alles zu kontrollieren, klingelte das Telefon, und Nick hob ab.

»Hallo?« meldete er sich, und Zoë fragte: »Wer ist da?«

»Na wunderbar«, sagte Nick, der ihre Stimme nach zwanzig Jahren immer noch erkannte. »Du hast mir gerade noch gefehlt.«

»Nick?«

»Ja.«

»Ich habe gehört, daß du meine Schwester vögelst.«

»Ich nutze jede Gelegenheit«, sagte er. »Sie ist nicht hier. Ich werde ihr sagen, daß sie dich zurückrufen soll.«

»Warte mal einen Augenblick. Wenn sie nicht da ist, was tust du dann dort?«

Nachdem er es ihr erklärt hatte, schwieg sie eine Minute, bevor sie sagte: »Scheiße. Zieh bei ihr ein.«

»Was?«

»Zieh bei ihr ein. Sie liebt dich, du liebst sie, und dieses Oberarschloch sollte das wissen. Hör auf herumzuvögeln, und zieh zu ihr.«

»Das ist nicht so einfach«, meinte Nick.

»Oh, werd doch endlich erwachsen«, entgegnete Zoë. »Du hast sie immer schon geliebt. Hör auf, so ein Kindskopf zu sein.«

»Mein Gott, was habe ich dich vermißt«, sagte Nick. »Ich werde Quinn Bescheid sagen, daß sie dich anrufen soll.«

»Tu das. Aber in der Zwischenzeit bleibst du dort und paßt auf sie auf. Ich meine das ernst, Nick«, setzte sie hinzu und schaffte es, ihn wie und je auf die Palme zu bringen. »Mach keinen Mist.« Dann legte sie auf.

»Wer war das?« wollte Joe wissen, als er die Treppe herunterkam.

»Zoë«, antwortete Nick und legte den Hörer auf.

»Du hast ein interessantes Leben«, meinte Joe und holte einen Schraubenzieher aus der Schublade. »Was hat sie gesagt?«

»Sie will, daß ich bei Quinn einziehe«, sagte Nick.

Joe grinste. »Das ist meine Zoë. Ein Teufelskind.« Er ging wieder zur Treppe, blieb jedoch stehen, als die Haustür aufging und Quinn mit Darlas Hilfe auf Krücken hereinhumpelte. Ihr Knöchel war bandagiert, auf ihrem Ellbogen saß ein großes Pflaster, aber vor Wut schlecht wurde Nick, als er den Bluterguß auf ihrer Stirn sah.

»Du siehst furchtbar aus«, sagte Max, und Joe warf ihm einen mißbilligenden Blick zu.

»Ich bin okay«, sagte sie in die Runde. »Sieht viel schlimmer aus, als es ist.« Sie klemmte sich die Krücken unter die Arme. »Bis zum Ende der Woche werde ich die schon nicht mehr brauchen. Sie dienen nur dazu, den Knöchel zu entlasten. Nur eine Verstauchung –«

»Eine schlimme Verstauchung«, sagte Darla grimmig und schloß die Tür hinter sich.

»– und in ein paar Wochen bin ich wieder vollkommen hergestellt.« Quinn holte tief Luft und lächelte, und Nick dachte: *Ich bringe ihn um. Sollte er sich ihr jemals noch mal nähern –*

»Aber jetzt werde ich mich ins Bett legen.« Ungeschickt hantierte sie mit den Krücken und humpelte zur Treppe. »Ich bin hundemüde.«

Nick wollte sie auf die Arme nehmen, doch Joe war schneller. »Komm, ich trage dich«, sagte er und hob sie hoch.

»Du wirst dir das Rückgrat brechen«, protestierte Quinn und ließ ihre Krücken fallen. »Ich kann gehen.«

»Nein.« Joe trug sie die Treppe hinauf, während Nick ihm folgte, nur für den Fall, daß er einen Herzinfarkt bekäme und hintenüber fiel.

Joe legte Quinn mitten auf ihrem großen Eichenbett ab und lehnte sich eine Minute an die Wand. »Als du klein warst, habe ich das immer getan«, keuchte er. »Du hast zugenommen.«

Quinn grinste zu ihm hoch. »Ich liebe dich, Daddy«, sagte sie, und als Joe zurücklächelte, bemerkte Nick plötzlich zum ersten Mal, wie ähnlich sie sich sahen. Meggy und Zoë waren die Verrückten in der Familie, die jede Aufmerksamkeit auf sich zogen, während Quinn und Joe in der Menge untergingen und einfach nur da waren, mit beiden Beinen auf dem Boden, ohne daß sie jemand wirklich wahrnahm. Abgesehen davon, daß er Quinn in letzter Zeit überall vor sich sah und sie jeden Tag seine Phantasie ausfüllte. Aber das hatte sie immer schon getan. Bisher allerdings hatte er nicht unter ihr gelitten, wie er das in den letzten Wochen erlebte.

Oder er war um sie besorgt wie jetzt.

»Ich liebe dich auch«, grummelte Joe heiser, als er wieder zu Atem gekommen war. Er drückte ihr einen Kuß auf die Stirn. »Rühr dich nicht vom Fleck, bevor ich nicht wieder Luft bekomme. Ich glaube, ich habe keine Kondition mehr.« Kopfschüttelnd verließ er das Zimmer, und Nick, unfähig, an etwas anderes zu denken, trat ans Bett und zog das Kopfkissen, auf dem sie nicht lag, unter der Decke hervor.

»Setz dich«, sagte er, und als sie das tat, stopfte er es hinter sie. »Hast du noch mehr Kissen?«

»Warum?« Quinn sah ihn stirnrunzelnd an. »Das reicht. Danke.«

»Für deinen Fuß. Du solltest ihn hochlagern.« Er öffnete die Vitrine hinter sich und zog eine Decke hervor. »Die dürfte es tun.« Er rollte sie zu einem dicken Schlauch zusammen, hob sanft ihren bandagierten Fuß an und legte die Decke darunter. »Er schwillt nicht so an, wenn er hochliegt. Hast du eine Eispackung? Ich kann schnell losfahren und –«

»Das paßt nicht zu dir«, sagte Quinn. »Entspann dich, es geht mir gut.«

»Okay.« Nick trat einen Schritt zurück. »Brauchst du sonst irgendwas? Eine Cola light? Was zu essen?«

»Es geht mir gut«, wiederholte Quinn, und er ging noch einen Schritt zurück. »Wirklich, Nick. Lieb von dir, aber ich fühle mich prächtig. Darla und Dad werden mich nach Strich und Faden verwöhnen und mich wahnsinnig machen. Du brauchst das nicht auch noch zu tun.«

»Okay«, sagte Nick wieder. Sein Blick fiel auf die Schatten unter ihren Augen und den Bluterguß auf ihrer Stirn. »Ich mache mir Sorgen um dich«, stieß er hervor. »Ich hätte nie gedacht, daß er dir weh tun würde.«

Quinn schüttelte den Kopf. »Ich glaube nicht, daß das seine Absicht war. Wahrscheinlich hat er gar nicht so weit gedacht. Er hat Probleme.«

»Zur Hölle mit ihm.« Seine Stimme war schärfer, als er beabsichtigt hatte, und Quinn sah ihn besorgt an.

»Hör zu, es ist alles in Ordnung.« Quinns Stimme klang wie immer, ruhig und bedächtig. »Darla und Dad sind hier bei mir, in der Schule umgibt mich ein Haufen Leute, und Darla und Edie passen bei den Theaterproben auf mich auf. Ich bin in Sicherheit.«

»Glaubst du wirklich, daß Darla dich vor Bill schützen könnte?« fragte Nick ungläubig. »Ich finde –«

»Hey, wem würdest du ungern im Dunkeln auf der Straße begegnen?« fragte Quinn grinsend, und Nick mußte zugeben, daß das Darla war. Wenn sie wütend war, konnte sie gemeingefährlich werden.

»Paß einfach nur auf dich auf«, meinte er, und sie seufzte und sagte: »*Das werde ich,* okay?«

»Okay«, erwiderte er und wandte sich zum Gehen, hielt jedoch inne, als sie sagte: »Nick?«

Er blickte sich zu ihr um. Sie hatte sich ein wenig zu ihm vorgebeugt, ihr kupferfarbenes Haar war verstrubbelt, ihre Augen waren groß und wunderschön.

»Danke«, sagte sie. »Wirklich. Du bist ein guter Freund.«

Bei dem Wort *Freund* mußte er schlucken, denn es durchfuhr ihn wie ein Messer. »Ruf mich an, wenn du irgend etwas brauchst.«

»Versprochen«, sagte sie, so daß ihm nichts anderes zu tun blieb, als aus dem Zimmer in den Flur hinauszugehen.

Freund. Nun, genau das wollte er ja sein. Alles wie gehabt.

Max kam aus dem Badezimmer. »Der Schweinehund hat die Schnur ihres Föns fast durchgescheuert. Er hätte sie wie auf dem elektrischen Stuhl hinrichten können.«

Nick überlief es eiskalt. »Wir werden alles dreimal überprüfen. Jedes verdammte Teil.«

Als Nick zwei Stunden später das Haus verließ, bemerkte er, wie Patsy Brady hinter ihrem Vorderfenster auf die Straße spähte. Einer plötzlichen Eingebung folgend stieg er die Stufen hinauf und klopfte an ihre Haustür.

»Mein Glückstag«, meinte sie, als sie öffnete.

»Eigentlich nicht«, entgegnete Nick. »Haben Sie zufällig beobachtet, daß in letzter Zeit jemand um das Haus nebenan herumgeschlichen ist?«

Patsy blieb lässig im Türrahmen stehen, sorgfältig darauf bedacht, ihren Plüschmorgenrock geschlossen zu halten. »Nebenan? Bei der Lehrerin?«

»Ganz genau.«

Patsy schüttelte den Kopf. »Nur diesen kräftigen Mann.«

Nick wurde hellhörig. »Einen kräftigen Mann?«

»Ja.« Patsy verlagerte ihre Haltung ein wenig; ihr Morgenmantel tat es ihr nach. »Ein großer blonder Kerl, der sich in ihrem Garten herumtrieb. Einmal hat er ihren Hund rausgelassen.«

»Kennen Sie ihn?«

»Nö.« Wiederum änderte Patsy ihre Haltung, so daß ihr Morgenrock nun genügend aufklaffte, um sie wegen unsittlicher Entblößung zu verhaften. »Möchten Sie nicht reinkommen?«

»Nein«, wehrte Nick ab. »Sah er aus wie Coach Hilliard?«

»Nee«, antwortete Patsy. »Den habe ich auf dem Spielfeld gesehen. Der Typ war zwar groß, aber der Coach ist riesig.«

»Manchmal sehen große Männer auf geringere Entfernung kleiner aus«, entgegnete Nick.

»Blödsinn«, meinte Patsy.

»Okay, machen wir es anders.« Er hob einen vergilbten Werbezettel von Patsys Veranda auf, holte einen Stift aus der Tasche seines Arbeitshemdes hervor und schrieb die Nummer von Frank Atchity darauf. »Wenn Sie diesen großen blonden Mann noch einmal sehen, würden Sie dann diese Nummer anrufen?«

»Ist das Ihre?« fragte Patsy mit hochgezogener Augenbraue.

»Das ist die vom Sheriff«, sagte Nick. »Bitte.«

»Sheriff? Niemals.« Patsy wich zurück, so daß Nick schnell hinzufügte: »Warten Sie bitte einen Moment.« Hastig strich er die erste Nummer durch und schrieb zwei andere auf.

»Dann rufen Sie bitte mich an«, sagte er und reichte ihr das

Papier. »Die erste ist meine Nummer im Geschäft, die zweite mein Privatanschluß. Rufen Sie bitte an, sobald Sie ihn sehen.«

Stirnrunzelnd sah Patsy ihn an, nahm das Blatt jedoch entgegen. »Was ist denn los?«

»Jemand hat ihr Haus mit ein paar Fallen gespickt.« Mit einer Kopfbewegung wies Nick zu Quinns Haus hinüber. »Sie ist die Treppe hinuntergefallen und hat sich den Knöchel verstaucht.«

»Scheiße.« Patsy warf noch einen Blick auf die Nummer. »Ja, ich werd' Sie anrufen. Ist ja echt ein dickes Ding. Wissen Sie, ich dachte, er wäre nur scharf auf sie, weil er ständig so durchs Fenster guckte. Aber das ist ja 'ne nette Geschichte.«

»Er ist gefährlich«, sagte Nick.

»Sie auch.« Patsy begutachtete ihn von oben bis unten. »Aber wahrscheinlich gehören Sie zu ihr, stimmt's?«

»Stimmt«, antwortete Nick der Einfachheit halber.

»Die Glückliche.«

»Ich weiß nicht«, meinte Nick. »Eigentlich bin ich ein Arschloch. Aber trotzdem, vielen Dank für Ihre Hilfe. Wir wissen das zu schätzen.«

Patsy zog ihren Morgenrock zu. »Hey, wir Mädels müssen hier in dieser Gegend bei solchen Typen zusammenhalten.« Sie schüttelte den Kopf. »Hurensohn.«

»Stimmt«, pflichtete ihr Nick bei.

Mit dem Gefühl, recht vermutet zu haben, stieg er die Verandastufen hinunter. Nun machte er sich noch mehr Sorgen um Quinn als vorher, und im Geiste suchte er nach Möglichkeiten, sie zu schützen. Solange Joe und Darla bei ihr waren, war sie in ihrem Haus in Sicherheit, aber schließlich war sie nicht ständig zu Hause, da waren noch die Schule und dieses verdammte Theaterstück –

Zudem fühlte er dieses unterschwellige Verlangen nach ihr. Und er brauchte sie, was noch viel schlimmer war, aber es ließ sich nicht leugnen.

Eine Stunde später, als er zu Hause saß und noch immer

darüber nachdachte, wie er diese Distanz zwischen ihm und ihr wieder überbrücken könnte – sollte er ihr vielleicht als Anfang ein paar Blumen schicken? – rief Joe ihn an.

»Wir haben mit Frank Atchity gesprochen«, sagte er. »Um ihn zu überreden, herzukommen und Fingerabdrücke zu nehmen. Besonders interessiert ist er allerdings nicht.«

»Scheiße, und warum nicht?« fragte Nick ungehalten. Die Polizeitruppe von Tibbett konnte zwar nicht unbedingt *NYPD Blue* das Wasser reichen, aber Frank Atchity war bisher stets zuverlässig gewesen.

»Wir haben keine Beweise.« Joe klang ebenso verärgert. »Das Haus ist alt, und die Stadt war schon dutzendfach wegen angeblicher Mängel hier, deshalb hören sich ein Gasleck und ein kaputtes Fenster für ihn nach der üblichen Sache an. Noch dazu wird Bill hier in dieser Stadt angehimmelt wie eine Gottheit, wegen all diesem Wohlfahrtsscheiß und der Arbeit mit den Kindern. Frank wollte einfach nichts davon hören. Er meinte, er würde morgen vorbeischauen und sich alles ansehen, aber besonders interessiert schien er nicht zu sein.«

»Scheiße«, sagte Nick noch einmal, »ich werde mit ihm reden.«

»Nein«, widersprach Joe. »Laß mich das in die Hand nehmen. Ich bin ihr Vater. Außerdem spiele ich Poker mit ihm. Wenn er morgen herkommt, werde ich dafür sorgen, daß er etwas unternimmt.«

Nick schäumte vor Wut, bis Edie abends um acht Uhr anrief. »Hey, Nick«, meldete sie sich, »Quinn und Darla haben zwar die Technik für das Theaterstück übernommen, aber uns läuft die Zeit davon, deshalb könnten wir ein wenig Hilfe bei Licht und Ton gebrauchen. Ich fragte mich gerade, ob –«

»Joe hat dich angerufen«, unterbrach Nick sie in dem sicheren Bewußtsein, nicht zweimal an diesem Tag ein solches Glück haben zu können.

»Ja«, gab Edie zu. »Er macht sich Sorgen um sie. Und ich auch.«

»Mir geht es nicht anders«, sagte Nick. »Ich bin sofort da. Und ich bringe Max mit. Ich werde sie nicht aus den Augen lassen.«

»Genau wie Bill«, sagte Edie.

»Eben nicht wie Bill«, entgegnete Nick.

Am Montagmorgen rief er den Floristen an und ließ Quinn ein Dutzend roter Rosen in die Schule schicken. Das war zwar nicht viel, aber immerhin ein Anfang.

Am Montag stand Quinn gerade auf ihre Krücken gestützt auf der Bühne und unterhielt sich mit Thea über den Hintergrund, als sie Nick zusammen mit Max durch die Hintertür eintreten sah und mitten im Satz abbrach, weil sie wegen seiner bloßen Anwesenheit schon um Luft ringen mußte. Obwohl sie sich einzureden versuchte, daß er nur ein pizzavernarrter und rote Rosen verschickender Nichtsnutz war, sehnte sie sich mit jeder Faser ihres Körpers nach ihm.

»Wer ist das?« fragte Thea.

»Mrs. Zieglers Ehemann und ihr Schwager.« Quinn lenkte ihren Blick wieder auf die Dekoration, wo er hingehörte.

»Der Hübsche ist der Ehemann, und der Scharfe der Schwager, stimmt's?« hakte Thea nach.

»Richtig geraten.«

»Und was ist der Schwager für Sie?« Thea ließ nicht locker.

»Gar niemand. Gut, wenn wir die Farbe nach oben hin verdünnen wollen –«

»Und ich dachte schon, meine Gefühle Jason gegenüber wären offensichtlich«, meinte Thea. »Das ist nicht niemand. Selbst wenn Sie nicht gewußt hätten, wer er ist, wäre er kein Niemand.«

»Glaub mir«, beteuerte Quinn. »Er existiert nicht einmal.«

»Was hat er getan?«

»Thea«, ermahnte Quinn sie streng.

»Ich frage doch nur.« Thea spähte über Quinns Schulter. »Hi.«

»Hi«, erwiderte Nick ihren Gruß. Allein seine Nähe ließ Quinn kurz erschauern.

»Ich habe dir doch bereits Samstag gesagt, daß alles in Ordnung ist«, sagte sie, ohne sich umzudrehen. »Deine Anwesenheit hier ist überflüssig.«

»Ich wurde darum gebeten«, sagte er immer noch unmittelbar hinter ihr. »Edie hat mich angerufen.«

Bei diesen Worten wirbelte sie herum, in dem krampfhaften Versuch, sich nicht zu freuen, weil er da war. »Das glaube ich nicht.«

»Wegen eurer Lichtanlage«, fügte Nick hinzu und hielt ihren Blick mit seinen unergründlich dunklen Augen fest. »Sie brauchte einen Elektriker.«

»Du bist kein Elektriker.«

»Klar bin ich das.« Sein Lächeln brachte sie fast um den Verstand. »Ich bin bei Joe in die Lehre gegangen.«

Sie drehte ihm den Rücken zu. »Edie steht da hinten. Bei Darla. Wenn du vorne auf die Bühne gehst, siehst du sie.«

»In Ordnung«, erwiderte Nick.

Er war gerade verschwunden, als Thea meinte: »Er muß sich wirklich etwas ziemlich Bescheuertes geleistet haben.«

»Noch schlimmer«, sagte Quinn.

»So schlimm, daß er keine weitere Chance verdient hat?«

Quinn blickte auf und sah, wie Thea Nick voller Sympathie nachschaute. Wahrscheinlich knüpfte sie eine Verbindung zu ihren eigenen Problemen mit Jason. »Ich habe ihm drei Chancen gegeben. Und alle drei hat er versaut.«

»Oh.« Theas Sympathie kehrte zu Quinn zurück. »Nur eine davon hätte ich gerne.« Wieder blickte sie zu Nick zurück. »Obwohl er echt scharf ist. Ist er derjenige, von dem Sie erzählten? Der, bei dessen Anblick Ihnen immer speiübel wird? Hat er Ihnen die Rosen geschickt? Woher haben Sie ihn denn?«

»Ich habe ihn nicht«, sagte Quinn barsch. »Und ich will ihn auch nicht.«

»Sie haben ihn«, widersprach Thea. »Bloß, weil ich neben Ihnen stand, habe ich ja schon die Schwingungen gespürt, als er Sie ansah.«

»Nett formuliert«, meinte Quinn. »Nun, um zu den Farben zurückzukommen –«

Nachdem Thea zu ihrer Arbeit am Hintergrundbild zurückgekehrt war, setzte sich Quinn auf die Tischkante und versuchte, ihr Leben wieder mit vernünftigen Augen zu betrachten. Aufregend zu sein hatte eindeutig für alle die Dinge auf den Kopf gestellt, sie selbst eingeschlossen, insbesondere ihr Liebesleben. Als Freund war Nick großartig, als Liebhaber eine Katastrophe. Sie brauchte einen verläßlichen Mann, der zur Stelle war und neben ihr aufwachte und auf den sie zählen konnte –

Um Gottes willen, nein, das war nicht das, was sie brauchte, das war Bill. Zumindest Bill vor der Geschichte mit der Materialkammer und der Sabotage.

Am anderen Ende der Bühne hörte sie Nick lachen, und sie blickte verstohlen zur Ecke, von der aus er zu Edie heruntergrinste, die ihrerseits dankbar zu ihm hochschaute. Nick, breitschultrig und schmalhüftig – *Nick, der es dir zu Fleetwood Mac besorgt hat,* erinnerte sie ihre Vernunft –, Nick, der sich hart zwischen ihren Schenkeln bewegt und ihren Mund wundgeküßt hatte – *Nick, der eine Pizza dir vorgezogen hat,* ließ sich ihre Ratio wieder vernehmen –, Nick, der ihr einen derart heftigen Höhepunkt verschafft hatte, daß sie blind und atemlos war – *Oh verdammt, nimm ihn zurück,* sagte ihre Vernunft. *Solche Orgasmen wachsen nicht auf Bäumen.*

Und dann würde sie am Ende wieder alleine dastehen. Sie fühlte einen Kloß in ihrem Hals, denn sie wußte, daß Orgasmen nicht genug waren; sie brauchte das, was Zoë mit Ben erlebte, Aufmerksamkeit und Sicherheit und vorbehaltlose Liebesbezeugungen, das, was sie in all den Jahren vermißt hatte. Und Nick konnte ihr das nicht bieten. Zu oft hatte sie ihn auf die Weise angeschaut, wie sie ihn nun ansah, voller Verlangen danach, daß er sie in die Arme schloß, während er ihr den Rücken zudrehte.

Er war also nur ein Freund. Ein entfernter Freund.

Sie wandte ihm den Rücken zu und konzentrierte sich auf ihre Arbeit.

Als Quinn am Dienstag zu den Proben erschien, war Nick ebenfalls wieder dort.

»Okay«, sagte er zu ihr, als sie zusammen am Requisitentisch standen. »Die Lichtsteuerung ist nun wieder sicher, zumindest so sicher wie möglich. Sie ist alt.«

»Vielen Dank für deine Hilfe«, erwiderte sie. »Du kannst jetzt gehen.«

»Dann werden wir uns nun um die Scheinwerfer kümmern«, fuhr er fort und sah zu den Lichtbrücken hoch. »Ich muß wissen, wo du sie haben willst und welche Farbfilter du brauchst.«

Sie sah ihn flüchtig an. »Wir haben Leute in der Crew, die –«

»Ich weiß.« Nick widmete seine Aufmerksamkeit wieder ihr und ließ ihr Herz schneller schlagen. »Aber nur, wenn ihnen jemand zeigt, wie. Die Beleuchtung braucht viel Zeit, und du hast das bisher immer aufgeschoben, obwohl in drei Wochen Generalprobe ist. Edie hat mir ein Buch über Bühnenbeleuchtung gegeben, ich habe es letzte Nacht gelesen. Ich weiß jetzt, wie es geht. Also werde ich dabei helfen.«

Quinn schluckte. »Das ist nett von dir.«

»Eigentlich nicht«, meinte Nick. »Es macht mir Spaß.«

»Oh.«

»Du hast ein paar wirklich nette Kids hier, und Edie schuftet wie verrückt. Es ist ein gutes Projekt. Ihr habt Unterstützung verdient.«

Sie blickte ihn an, um zu sehen, ob er sich bei ihr einschmeicheln wollte, aber er sah bereits wieder zu den Scheinwerfern hoch und begutachtete stirnrunzelnd die Drähte.

»Diese Laufplanke macht keinen sicheren Eindruck«, meinte er. »Schick keinen der Schüler dort hinauf.«

»Nun, dann wirst du auch nicht dort hinaufklettern.«

»Ich passe schon auf. Ich habe viel, wofür es sich zu leben lohnt.« Er sah ihr in die Augen. »Ich muß dich noch einmal haben, bevor ich sterbe.«

Ihre Knie gaben nach, und sie sank auf einen Stuhl.

»Alles in Ordnung mit deinem Knöchel?« fragte Nick sofort alarmiert, und sie antwortete: »Bestens. Alles bestens hier.«

»Hör zu, ich habe Mist gebaut.« Bei diesen Worten kam er näher und senkte seine Stimme. »Wahrscheinlich werde ich das wieder tun, und ich weiß, daß du verletzt bist. Das mag jetzt nicht der richtige Zeitpunkt sein, aber ich will dich zurückhaben.«

Sie schob ihr Kinn vor, bis es zitterte. »Du hast mich nie gehabt.«

»Den Teufel hatte ich nicht«, sagte er, und die Glut in seiner Stimme machte sie schwindelig. »Ich hatte dich zum Reden und um mit dir zu lachen, und ich hatte dich nackt und beim Höhepunkt. Und du erinnerst dich sehr gut daran.«

»Oh, entfernt«, stieß Quinn schwach hervor. »Aber an die Pizza erinnere mich ganz genau.«

»Du erinnerst dich auch an die guten Zeiten und an den Sex«, entgegnete Nick. »Du erinnerst dich daran, wie du kamst und dabei fast den Verstand verlorst, obwohl du dich dagegen sträubtest, was ich für meinen Teil immer noch nicht kapiere. Beim nächsten Mal zeigst du dich bitte ein bißchen kooperativer.«

Quinn fand ihre Stimme wieder. »Es lief Fleetwood Mac, richtig?«

»Verdammt gute Musik«, sagte Nick. »Du kannst so kratzbürstig sein, wie du willst, das ist mir egal. Aber sobald du es leid bist, mich büßen zu lassen, werden wir wieder zusammen lachen, und dann werden wir uns nackt ausziehen.«

Quinn suchte nach einer schnippischen Erwiderung, anstatt ein *Gott sei Dank* auszustoßen, aber er hatte seinen Blick wieder auf die Spots gerichtet.

»Das ist doch mit Kaugummi und Bindfaden zusammengeschustert worden«, meinte er abschätzig und machte sich auf den Weg zur Laufplanke. »Suchst du bitte mal den Lichtplan heraus?« rief er über die Schulter. »Ich bin kein Gedankenleser.«

»Gott sei Dank«, preßte Quinn hervor.

Bill saß in seinem Wagen auf dem dunklen Parkplatz und beobachtete, wie die Schüler nach und nach das Gebäude verließen. Seit Quinn ihn abgewiesen hatte, war er jeden Abend dort gewesen in der Hoffnung, sie alleine abfangen zu können, um mit ihr im Auto zu reden, aber sie kam stets mit Darla heraus, manchmal auch mit Jason und Thea. Außerdem waren Nick und Max und Edie dort. Nie war sie allein, doch genauso brauchte er sie. Allein. Damit er mit ihr reden und sie dazu bringen konnte, ihm *zuzuhören.*

Er sann gerade über die Möglichkeiten nach, Darla loszuwerden, als die Beifahrertür aufgezogen wurde und Bobby im Wagen Platz nahm.

»Du weißt doch, Hilliard«, sagte er in dem falschen Tonfall, den er sich seit jenem Tag in Quinns Schlafzimmer angewöhnt hatte, »daß Beschattungen gegen das Gesetz verstoßen.«

»Ich beschatte niemanden«, entgegnete Bill. »Verschwinde aus meinem Auto.«

»Jeden Abend sitzt du hier«, sagte Bobby. »Das ist nicht gut. Sollte man dich sehen, könnte man auf falsche Gedanken kommen.« Er kicherte. »Oder auf die richtigen.«

»Verschwinde«, wiederholte Bill.

»Ich will dich auf diesem Parkplatz nicht mehr sehen«, fuhr Bobby fort, als sei das, was er sagte, von Bedeutung. »Ich will, daß du zu Hause bist und deinen Trainerjob in den Griff kriegst.«

»Es gibt keinerlei Probleme mit –«

»In dieser Woche hast du bereits zweimal verloren«, schnitt Bobby ihm das Wort ab. »Noch einmal, und wir brauchen nicht einmal mehr zu den Regionalmeisterschaften zu fahren.«

»Es gibt keinerlei –«

»Ich werde es Quinn erzählen.«

Kurzzeitig spielte Bill mit dem Gedanken, ihm einen Schwinger zu versetzen, damit ihm dieses falsche Grinsen im Hals steckenblieb, und sich Quinn zu schnappen, sobald sie herauskam – was konnte Darla schon dagegen tun? Er dachte daran, sie zu –

Bobby öffnete die Tür. »Fahr nach Hause. Auf der Stelle.« Er schlug die Tür hinter sich zu und blieb abwartend draußen stehen.

Am anderen Ende des Parkplatzes trat Quinn mit Darla aus dem Gebäude und lachte über irgendeine Bemerkung von Darla, während sie auf ihren Krücken zum Auto humpelte. Sie stiegen in Darlas Wagen ein, und Bill hörte, wie der Motor startete. Er sah, wie die Rückstrahler in der Dunkelheit kirschrot aufleuchteten.

Als sie fort waren, verließ auch er den Parkplatz. Es gab keinen Grund mehr für ihn, dort zu bleiben, abgesehen von Bobby, der ihm durch das Dunkel finster hinterherstarrte.

Am Mittwoch saß Quinn auf der Ecke des Requisitentischs, überprüfte ein weiteres Mal ihren Zeitplan und versuchte, den Tag, der hinter ihr lag, zu vergessen. Die Dinge wurden zunehmend schlimmer anstatt besser, und sie hatte keinerlei Vorstellung, wie sie sie wieder in Ordnung bringen sollte. Im Gegenteil, sie war in letzter Zeit so angespannt, daß sie eigentlich alles nur noch schlimmer machte. Beim Mittagessen hatte Petra sich übel aufgeführt, Edie mit gemeinen Blicken bedacht und sich naserümpfend über den armen Coach und Perverse geäußert, bis Quinn gesagt hatte: »Petra, halt die

Klappe.« Doch dann war Marjorie hereingekommen, hatte die Zeitung vor Quinn auf den Tisch geknallt und gesagt: »Das ist *deine* Schuld.«

Da die Titelschlagzeile die neuen Abwasserkanäle in Tibbett betraf, hatte Quinn sie kühl angesehen und gefragt: »Bitte?«

»Das hier«, antwortete Marjorie schnippisch und blätterte zur Sportseite. Die Schlagzeile lautete: ZAHNLOSE TIGER BEIM TURNIER – EIN JAMMERSPIEL, und Marjories Finger zitterte, während sie darauf deutete. »Du hast alles ruiniert.«

»Rutsch mir den Buckel runter, Marjorie«, sagte Quinn. »Schlaf du doch mit Bill, wenn du so auf die Meisterschaft erpicht bist.«

Marjorie sog so heftig die Luft ein, daß sie sich verschluckte.

»Gut gekontert«, ließ sich Edie ruhig vernehmen, woraufhin Marjorie wieder hinausstapfte, vermutlich, um sich beim BP über sie zu beschweren.

»Pervers«, warf Petra in den Raum.

»Petra, das Baseballteam plant, dich nach dem letzten Spiel umzubringen«, sagte Quinn. »An deiner Stelle würde ich jetzt das Weite suchen, wenn du den Juni noch erleben möchtest.« Nachdem Petra sich eilig davongemacht hatte, hatte Quinn gemeint: »Ich glaube, die Runde geht an uns«, worauf Edie erwidert hatte: »Darauf würde ich mich nicht verlassen.«

Während sie nun über die Bühne schaute, kreuzte Quinn ihre Finger. Vielleicht –

»Kann ich dich mal kurz sprechen?« fragte Max.

Quinn fuhr zusammen, bevor sie antwortete: »Klar. Was macht der Ton?«

»Den Ton kriege ich alleine hin«, meinte Max. »Bei Darla brauche ich Hilfe.«

Quinn beäugte ihn vorsichtig. »Ich glaube nicht –«

»Was macht der Ton?« fragte Nick hinter ihr.

»Alles bestens«, erwiderte Max. »Verschwinde.«

»Ich kann dir keinen Rat geben, was du wegen Darla unternehmen solltest«, sagte Quinn. »Du bist derjenige, den sie will, also mußt du allein herausfinden, was sie braucht.«

»Da haben wir aber etwas anderes gehört.« Nick trat um den Tisch herum und setzte sich ganz dicht neben sie. Sie bemühte sich krampfhaft, sich nicht darüber zu freuen. »Max und ich wären zwar ziemlich sauer auf euch beide, aber wir hätten wenigstens gehofft, daß ihr uns mal zugucken laßt.«

Max funkelte ihn vernichtend an. »Würdest du jetzt bitte verschwinden?«

Ich sollte ein Stück abrücken, dachte Quinn, aber das wäre lächerlich. Und nicht halb so schön wie dort sitzen zu bleiben, wo sie jetzt war. Quinn wandte sich zu Max. »Sie will doch nur noch einmal dieses Gefühl des Neuen erleben.«

Verbittert sah Max sie an. »Wir sind jetzt siebzehn Jahre verheiratet. Kannst du mir vielleicht mal erzählen, wie ich das neu machen soll?«

»Nein«, antwortete Quinn. »Ich halte mich da raus.«

»Du könntest ihm wenigstens ein paar Tips geben.« Nicks Stimme war ganz nah und leise, er flüsterte ihr beinahe ins Ohr. »Nicht, daß Max so ein Sturkopf in dieser Sache wäre, er kapiert es einfach nicht. Ich übrigens auch nicht.«

Verarsch mich nicht, dachte Quinn, sagte dann jedoch: »Okay, sie will sich noch einmal als etwas Besonderes fühlen, nicht nur als deine Frau.«

»Verstehe«, meinte Max. »Ich werde ihr einen Blumenstrauß schicken.«

»Wenn du sie jemals wiedersehen willst, solltest du das besser lassen.«

Hilfesuchend sah Max Nick an, der sagte: »Für mich ergibt das auch keinen Sinn.«

»Frauen«, erklärte Quinn, so als spreche sie zu Kindern im Vorschulalter, »möchten spüren, daß der Mann, mit dem sie zusammen sind, sie als etwas wirklich Besonderes und Einzigartiges betrachtet. Jeder Kerl auf diesem Planeten schickt Blumen; das ist zu einfallslos. Wenn du ihr wirklich Blumen schenken möchtest, dann muß es ein außergewöhnlicher Strauß sein ... irgend etwas, was ihr zeigt, daß du sie kennst.« Sie sah Nick an. »Rote Rosen sind nichts Besonderes. Genausowenig, wie die gleiche Musik für jede Frau abzuspielen, mit der du ... dich triffst.« Nick verdrehte die Augen, doch sie ignorierte ihn und wandte sich wieder Max zu. »Darla hat das Gefühl, daß du sie einfach nicht mehr wahrnimmst. Es geht nicht nur darum, als selbstverständlich erachtet zu werden, sie hat das Gefühl, sich in Luft aufzulösen. Genau das hat sie dir begreiflich zu machen versucht, aber du hast es nicht gemerkt.«

»Dazu habe ich dir auch schon mal etwas gesagt«, meinte Nick zu Max.

»Also ist sie ausgezogen, damit du ihr Aufmerksamkeit schenken mußt«, schloß Quinn. »Und nun mußt du ihr beweisen, daß du sie wirklich siehst und hörst und daß sie nicht nur die Tapete in deinem Leben ist.«

»Das ist der größte Schwachsinn, den ich jemals gehört habe«, sagte Max.

»Was hat sie an?« wollte Quinn wissen.

Max blickte sich um. »Sie ist nicht hier.«

»Sie kümmert sich um die letzten Vorbereitungen in der Halle, aber du hast sie doch vorhin gesehen. Was hat sie an?«

»Ich habe in meinem ganzen Leben noch nicht registriert, was sie anhat«, erwiderte Max sauertöpfisch. »Ich bin ein Mann. Das mußt du verstehen.«

»Als ich irgendwann mal aus dem Urlaub zurückkam«, sagte Nick, »konnte ich mir den ganzen Abend lang dein Schwärmen über ›Darlas roten Pullover‹ anhören. Du konntest gar nicht damit aufhören.«

»Nur, weil ich so gerne darunterschlüpfen wollte«, rechtfertigte Max sich, sah jedoch nachdenklich aus. »Ob sie den wohl noch hat?«

»Wenn das neunzehnhunderteinundachtzig war«, meinte

Quinn, »tippe ich mal auf nein. Vergiß den roten Pullover. Wo habt ihr damals, als du ihr den Hof gemacht hast, die schönsten Stunden miteinander verlebt? Jetzt glaub nicht, daß du ins Detail gehen mußt.«

»Ich hätte nichts dagegen«, meinte Nick.

»Ich erinnere mich an jene Nacht in ihrem Zimmer, während ihre Mutter nebenan schlief«, dachte Max zurück. »Irgendwie hat mich das total angemacht.«

»Du machst Witze«, sagten Quinn und Nick gleichzeitig.

»Ihre Mutter?« fügte Nick ungläubig hinzu.

»Nein, du weißt schon, der Gedanke, erwischt zu werden«, erklärte Max. »Ich hatte das Gefühl, wirklich etwas zu erleben.«

»Wie ich ihre Mutter kenne, wäre das auch passiert«, meinte Nick trocken, sah jedoch immer noch empört aus.

»Tja, ihre Mutter wohnt immer noch in demselben Haus«, sagte Quinn zweifelnd. »Vielleicht könntet ihr es dort noch einmal probieren. Wenn du Darla dazu überreden könntest, ihre Mom noch mal an einem Tag zu besuchen, der kein hoher Feiertag ist.«

»Ich will ihre Mutter nicht sehen«, erwiderte Max. »Das wäre nicht besonders hilfreich.«

Nick schnippte mit den Fingern. »Das Autokino. Eines Abends, als ich zu Hause war, bist du vom Autokino zurückgekommen und hast dich aufgeführt, als wäre dir Gott persönlich erschienen.«

»Oh, stimmt.« Unwillkürlich mußte Max grinsen. »Das war das erste Mal –«

»Was?« fragte Nick.

»Vergiß es.« Das Grinsen verschwand aus Max' Gesicht. »Du glaubst wirklich, wenn ich noch mal mit ihr ins Autokino fahren würde –«

»Das ist seit Jahren geschlossen«, rief Nick ihm ins Gedächtnis.

»– daß es das wäre?«

»Nein«, widersprach Quinn. »Aber das ist die Art von Vorstellung, die sie hat. Die Art, wie du damals in jener Nacht Gott in ihr gesehen hast, während du heute nur noch die Abendnachrichten siehst. Sie will erkennen, daß du dich geändert hast, daß du bereit bist, mit ihr wieder etwas Außergewöhnliches zu wagen, daß du sie wahrnimmst.«

»Wirklich ein toller Tip«, sagte Max.

»Habe ich dir doch gesagt«, meinte Nick. »An dem Abend, als sie nackt die Tür aufgemacht hat, hättest du uns alle zum Pizzaessen schicken sollen.«

»Ich weiß überhaupt nicht, warum du so verdammt besserwisserisch daherredest«, sagte Max zu ihm. »Du machst es doch selbst nicht besser.« Mürrisch sah er sie beide an und ging zur Tonanlage zurück.

»Guter Punkt.« Nick lächelte Quinn an, so daß sich ihr Pulsschlag schlagartig beschleunigte. »Möchtest du mir vielleicht auch ein paar Tips geben?«

Sie wandte ihren Blick von ihm ab. »Nein.«

»Tut mir leid wegen der Rosen«, sagte Nick. »Gib mir noch eine Chance. Ich will dich zurückhaben. Sollen wir ins Autokino fahren?«

Ja. »Nein.«

»Was willst du dann?«

Ehrlichkeit, beschloß Quinn, würde diese Unterhaltung schneller als alles andere beenden. Sie blickte ihm in die Augen. »Bindung.«

Nick schreckte ein wenig zusammen. »Nach einem Mal verlangst du Bindung?«

»Nein«, sagte Quinn. »Ich will Bindung, nachdem wir uns schon eine Ewigkeit lieben. Aber«, abwehrend hob sie die Hand, als er protestieren wollte, »es reicht schon, wenn du bei mir die Nacht verbringst. Die ganze Nacht.«

»Mit mir schläft es sich sauschlecht in einem Bett«, wehrte Nick ab. »Ich trete immer die Decke weg. Das würde dir kaum gefallen.«

»Ich bin anpassungsfähig. Versprich mir nur, daß du bleibst.«

Skeptisch sah er sie an. »Das ist alles?«

»Das wäre ein Anfang.«

»Okay.« Er mied ihren Blick. »Ich werde bleiben.«

»Du lügst«, sagte Quinn.

»Natürlich lüge ich.« Nick klang ärgerlich. »Du wohnst mit Darla und deinem Vater zusammen. Glaubst du wirklich, ich möchte mit ihnen gemeinsam aufwachen? Runtergehen und ihnen bei einem Orangensaft einen guten Morgen wünschen?«

Am anderen Ende der Bühne stieg der BP die Treppe herauf und begann ein Gespräch mit Edie, deren Miene zunehmend säuerlicher wurde, während er auf sie einredete. »Oh, Mist«, sagte Quinn und stand auf. Nick blickte ihr über die Schulter und meinte: »Ich bin bei dir. Laß uns hingehen.«

Schön, dachte Quinn, als sie sich aufmachte, Edie zu retten. Nicht gut genug, aber schön.

14

Bobby machte sich davon, als er sie näher kommen sah, und Edie erzählte ihnen, er habe sich vor allem darüber beschwert, daß sie die Tür zum Parkplatz nicht fest genug zuzögen – »Sie hat schon drei Nächte lang offengestanden«, hatte er losgepoltert –, aber das allein wäre nicht Grund genug gewesen, Edie derart aus der Fassung zu bringen. Am Donnerstagabend war sie immer noch blaß, als Jason Quinns Gedanken unterbrach und fragte: »Warum redet sie mit Brian?« Die Verärgerung ließ seine Stimme scharf klingen.

Quinn wandte ihren Blick von Edie ab und sah zu Thea am anderen Ende der Bühne hinüber, wo diese sich lachend mit dem Jungen unterhielt, der die Rolle als Cinderellas Prinz übernommen hatte. »Sie ist einfach nur freundlich.«

»Er ist der größte Windhund der ganzen Schule.« Jason zog

die Augenbrauen zusammen und bedachte Quinn mit einem vorwurfsvollen Blick. »Und Sie haben das auch noch unterstützt, indem Sie ihm die Rolle des Prinzen gaben. Toll gemacht, McKenzie.«

»Ich habe seine Rolle nicht besetzt«, entgegnete Quinn. Aus dem plötzlichen Impuls heraus, Salz in die Wunde zu streuen, fügte sie hinzu: »Vielleicht fragt er sie gerade, ob sie ihn zum Collegeball begleiten möchte.«

»Bis zum Collegeball sind es noch Wochen. Das kann nicht sein.«

»Das kann man nie wissen«, erwiderte Quinn. »Laß sie in Ruhe. Sie wird schon irgend jemanden finden, der sie begleitet.«

»Thea sollte sich nicht mit irgend jemandem abgeben«, sagte Jason. »Ich glaube das einfach nicht.«

»Und ich kann dir nicht glauben.« Quinn ließ das Script laut auf den Tisch fallen, um seine Aufmerksamkeit zu gewinnen. »Wenn du derart eifersüchtig bist, warum fragst du sie dann nicht, ob sie mit dir ausgehen will?«

Jason zuckte mit den Schultern. »Sie ist so intelligent. Sie wird bestimmt über Shakespeare oder so einen Kram reden wollen.«

»Nun ja, du bist ja auch intelligent.« Quinn schüttelte den Kopf. »Ich verstehe das nicht. Bitte sie doch einfach um eine Verabredung, um Himmels willen.«

»Das habe ich doch schon«, brauste Jason auf. Quinn setzte sich, um sich konzentrieren zu können. »Was ist passiert?«

Wieder zuckte er mit den Achseln, mühsam um Gleichgültigkeit bemüht. »Ich habe ihr vorgeschlagen, zusammen auszugehen, damit nicht jeder glaubt, ich hätte es auf Sie abgesehen. Sie hat dankend abgelehnt mit den Worten, daß das sowieso keiner glaube.« Plötzlich besorgt sah er sie an. »Hey, machen Sie sich keine Sorgen. Keiner glaubt das. Ich dachte nur, daß das … nun ja, daß das ein guter Aufhänger wäre, um sie einzuladen.«

»Nein«, entgegnete Quinn. »Das war ganz schlecht. Du mußt ihr begreiflich machen, daß du mit ihr ausgehen möchtest, weil du mit *ihr* zusammensein willst.«

»Das kann ich nicht tun.« Jasons Gesichtsausdruck kam ihr vage bekannt vor, bis ihr klar wurde, wo sie ihn zuvor gesehen hatte: bei Max und bei Nick. Es war dieser eselartige Sturblick Ich-will-davon-nichts-hören.

Quinn stand auf und sagte energisch: »Dann wirst du niemals mit ihr ausgehen. Was soll's.«

»Wer sagt das?« fragte Jason verärgert.

Quinn lehnte sich gegen den Tisch. »Jason, wenn du irgend etwas loswerden möchtest, geh einfach rüber, und bitte sie um eine Verabredung, und sei um Gottes willen ehrlich. Sie mag dich. Sie will mit dir ausgehen. Sie möchte nur nicht, daß du ihr einen Gefallen tust.«

Jason schaute sich zu Thea um, die gerade über eine Bemerkung von Brian lachte. »Wenn sie mich mag, warum flirtet sie dann mit ihm herum?«

»Weil du sie ignorierst und sie eines Tages gerne Kinder hätte. Womit dieses Thema für mich abgeschlossen wäre.« Quinn griff nach der Kiste mit den Requisiten. »Hier, bring ihr das, und richte ihr aus, ich hätte euch beide angewiesen, Inventur zu machen.«

»Ziemlich lahm.«

»Genau wie du. Jetzt geh schon.«

Quinn klemmte ihre Krücken unter die Arme und lehnte sich gegen die Wand, um die beiden besser im Auge behalten zu können. Jason trug die Requisitenkiste quer über die Bühne; er machte einen derart verdrießlichen und verletzlichen Eindruck, daß sie sich zum ersten Mal nicht um Thea Sorgen machte. Wenn Thea ihn nun brüsk abweisen würde, weil er sich so schändlich benommen hatte –

»Was machst du, wenn du nicht gerade Hilfstechniker verkuppelst?« wollte Nick wissen, während er eine Kabelspule auf dem Requisitentisch ablegte.

»Ich denke über mein lausiges Liebesleben nach«, erwiderte Quinn, seinem Blick ausweichend. »Das übrigens weitaus angenehmer ist, seitdem ich keines mehr habe. Eine eindeutige Verbesserung.«

Er trat um den Tisch vor sie und hielt ihren Blick fest. Unvermittelt spürte sie jeden Widerstand schwinden, er war so unergründlich und fordernd und gefährlich ... konnte es wirklich wahr sein, daß er sich eine Veränderung wünschte? Selbstsicher wie immer lächelte er sie an. »Okay, ich probier's noch einmal, ich habe es verbockt.«

Quinn schob ihr Kinn vor. »Das hast du mit Sicherheit.«

»Nun ja«, meinte Nick, »Jason hat auch alles vermasselt, und du hoffst trotzdem, daß Thea ihm das verzeiht.«

»Jason hat Thea auch nicht dreimal abblitzen lassen.«

»Beim dritten Mal habe ich dich nicht abblitzen lassen.« Nick kam so nahe, daß er ihr den Blick auf den Rest der Bühne versperrte, und das Herz klopfte ihr schlagartig bis zum Halse, als sie zurückwich, bis sie dicht an der Wand stand. »Ich mag einen kleinen musikalischen Fehler begangen und meinen Abgang vermasselt haben, aber ich habe dich nicht abblitzen lassen. Ich darf dich daran erinnern, daß du einen Orgasmus hattest.«

»Hab' ich nur vorgetäuscht«, log Quinn.

»Hast du nicht«, sagte Nick. »Du warst hinterher so naß wie ein feuchtes Kleenex.«

»Vielen Dank«, sagte Quinn. »Das ist sehr romantisch. Du kannst jetzt gehen.«

»Es hat dir gefallen«, fügte er hinzu, doch sie wich seinem Blick aus.

»Ein bißchen.«

»Sehr.« Die Hand an der Mauer über ihrem Kopf abgestützt, beugte er sich zu ihr. Sie spürte, wie sie allein wegen seiner Nähe errötete. »Wir sollten es noch einmal probieren. Warum sollten nur Jason und Thea ihren Spaß haben? Möchtest du in Shakespeare-Versen mit mir sprechen?«

Quinn legte soviel Geringschätzung in ihre Stimme, wie sie konnte. »Du hast keine Ahnung von Shakespeare.«

»›Lieb ist nicht Liebe, die wechseln würd mit wechselvoller Stund‹«, entgegnete er. »Und bei mir gibt es nicht einmal einen Wechsel. Außer daß ich dazugelernt habe. Kein Fleetwood Mac mehr, was wirklich eine Schande ist, weil sie viele gute Songs haben.«

Quinn versuchte, ihm einen vernichtenden Blick zuzuwerfen, ohne ihm in die Augen zu sehen. »Woher kennst du die Sonette? Werden sie neuerdings Cornflakes-Packungen als Gratisgeschenk beigelegt?«

»College«, erklärte Nick. »Militärabfindung, weißt du noch? Wirtschaft im Hauptfach, Englisch im Nebenfach. War immer nützlich, um Mädchen zu verführen. ›Das Grab, ein Platz so schön und still, doch halten sich dort niemand will.‹ Es wäre eine Schande, wenn wir es niemals mehr ausprobieren und unwissend sterben würden.«

»Damit kann ich leben.«

Er kam noch näher, so daß seine Wange beinahe die ihre streifte, und flüsterte ihr ins Ohr: »›Dem Drang der trunkenen Hände gib dich hin, vorn, hinten, unten, oben, zwischendrin.‹« Sein Atem lag warm auf ihrer Haut. »Laß mich dich noch einmal berühren. Komm zurück zu mir, Quinn. Ich werde dich um den Verstand bringen, das schwöre ich dir.«

Sie war unfähig zu atmen. »Von wem ist das? Marvell habe ich erkannt, aber das –«

»Donne. Mein Lieblingsdichter.« Ganz dicht vor ihr sah er zu ihr hinab. »›Dein Festsein rundet meinen Kreis, und endet mich, wo ich begann.‹ Komm heute abend mit zu mir.«

Sein Mund war dem ihren so nahe, daß sie ihn am liebsten auf der Stelle vor jedermanns Augen geküßt hätte, aber an diesem Punkt war sie bereits zuvor einmal gewesen. »Nein«, entgegnete sie und fühlte sich so schwindelig, daß sie sich ihrer Worte gar nicht bewußt war. »Komm mir nicht so nahe, sonst werden es die anderen sehen.«

»Scheiß auf die anderen«, sagte er, doch völlig verwirrt schob sie sich an ihm vorbei und ging quer über die Bühne zu Edie.

»Alles in Ordnung?« erkundigte Edie sich. »Du siehst aus, als hättest du Fieber.«

»Ich versuche, mir klarzumachen, warum ich Nick abweise.« Quinn schüttelte den Kopf. »Ich muß einen guten Grund gehabt haben.«

»Fleetwood Mac«, warf Edie ein.

»Ich mag Fleetwood Mac«, meinte Quinn, registrierte jedoch im gleichen Moment Edies blassen und kummervollen Gesichtsausdruck und vergaß ihre eigenen Probleme. »Was ist los? Fühlst du dich nicht wohl?«

»Alles in Ordnung«, beteuerte Edie. »Wirklich.«

»Es geht um den BP«, stellte Quinn fest und beobachtete, wie Edies Lächeln dahinschwand. »Was hat er getan?«

Edie schloß die Augen. »Es haben sich Eltern bei ihm beschwert.«

Quinn runzelte die Stirn. »Über das Theaterstück? Das kann nicht sein. Wir –«

»Über meine Moral.« Edie sah entsetzlich aus, als sie diese Worte aussprach.

»Deine Moral?« Quinn spürte die Wut in sich aufsteigen, als sie an Bobbys blasiertes Mausegesicht dachte. Diese verräterische Ratte. »Das kommt nicht von den Eltern, sondern von diesem miesen Dreckskerl selbst. Aber mach dir keine Sorgen, ich werde das in die Hand nehmen. Morgen früh wird er es bedauern, jemals geboren worden zu sein.«

»Ist er da?« wollte Quinn am nächsten Morgen vor Unterrichtsbeginn wissen, und Greta nickte. Sie sah müde aus, und im Normalfall hätte Quinn sich nach ihren Problemen erkundigt, doch zunächst mußte sie einen Schulrektor zurechtstutzen.

Wutentbrannt marschierte sie in Bobbys Büro und sagte: »Robert, du bist zu weit gegangen.«

»Greta, wo ist mein Kaffee?« rief er, worauf Greta vom Vorzimmer aus erwiderte: »Vorne auf meinem Schreibtisch.«

»Nun, dann bringen Sie ihn her, verdammt«, schnauzte der BP ungehalten zurück.

Du bist ein einmaliger Idiot. »Robert, du mußt damit aufhören, Edie unter Druck zu setzen.«

Greta brachte die Tasse Kaffee ins Büro und stellte sie vor ihm ab. »War das denn so schwer?« fragte Bobby sie, doch sie, angestrengt um Fassung bemüht, ignorierte ihn und verließ wieder das Zimmer. »Diese Frau muß gehen«, sagte er zu Quinn und nippte an dem Kaffee. Er verzog das Gesicht. »Noch dazu ist er kalt. Er ist immer kalt.«

»Robert, hörst du mir zu?«

Er schob die Tasse beiseite. »Sie muß gehen«, wiederholte er, und Quinn brach ab.

»Greta?«

»Nein«, antwortete er, »obwohl ich auch sie bereits auf die Kündigungsliste gesetzt habe. Ich meine Edie. So etwas wie sie können wir hier nicht brauchen.«

Quinn schluckte, um ihn nicht anzuschreien. »So etwas wie sie unterrichtet seit dreißig Jahren hier«, erklärte sie ihm so ruhig, wie sie vermochte. »Vor drei Jahren war sie Lehrerin des Jahres. Ihre Schüler vergöttern sie. Die Eltern fragen nach ihr –«

»Das war vorher«, entgegnete Bobby. »Jetzt fragen sie nicht mehr nach ihr.« Sein Tonfall klang selbstgefällig.

»Was hast du getan?« fragte Quinn, obwohl sie es sich bereits denken konnte.

»Wenn sie hier anrufen, bin ich verpflichtet, ihnen die Wahrheit zu sagen«, meinte er. »Ich bin der Meinung, daß unsere Lehrkörper die höchsten moralischen Standards erfüllen sollten –«

»Und warum haben sie angerufen?« Quinn beugte sich über den Schreibtisch und unterdrückte mühsam das Bedürfnis, ihm in sein dummes kleines Gesicht zu schlagen. »Du warst doch der Auslöser, oder etwa nicht? Du hast das Gerücht verbreitet, sie sei moralisch inakzeptabel, woraufhin das Gerede anfing und dann –«

»Quinn, sie ist eine Lesbe«, unterbrach Bobby sie. »Eine offen bekennende Lesbe. Sie beeinflußt die Kinder. Sieh dir nur Thea Holmes an.«

Verwirrt rang Quinn um Fassung. »Wo ist denn das Problem mit Thea Holmes?«

»Ständig diese schwarze Kleidung«, erklärte Bobby. »Noch dazu trägt sie diese schweren Schuhe.«

»Das soll wohl ein Witz sein, oder?« fragte Quinn. »Nicht einmal du kannst ein solcher Ignorant sein. Thea trägt Dog Martens. Wie alle anderen auch. Als kleine Information am Rande, um dich ins zwanzigste Jahrhundert einzuführen, bevor es vorbei ist: Man kann eine Lesbe nicht an ihren Füßen erkennen.« Kopfschüttelnd bedachte sie ihn mit einem vernichtenden Blick, in dem plötzlichen Bewußtsein und Erstaunen, daß sie ihn tatsächlich haßte und wie sehr sie ihn verabscheute. »Ich kann das einfach nicht glauben.«

»Sie könnte eine Gefährdung für unsere Schüler sein«, beharrte Bobby stur.

»Inwiefern?« Quinn war so zornig, daß sich ihre Stimme überschlug.

Verbissen preßte Bobby die Lippen zusammen, als er zu ihr aufschaute. »Allein ihr Dasein übt einen gewissen Einfluß aus.«

»O ja, selbstverständlich.« Quinn suchte nach Halt an der Schreibtischkante, weil sie unvermittelt stark zitterte. »Diese Lesbengeschichten sind äußerst ansteckend. Deshalb hat mich gestern, als ich mit Edie eine Coke trank, das plötzliche Bedürfnis überwältigt, über Darla herzufallen.«

»Es besteht kein Grund dazu, anstößig zu werden«, sagte Bobby, in die Defensive gehend.

»Da hast du wohl recht, du beleidigst uns beide derzeit genug.« Bedrohlich baute sich Quinn so dicht vor ihm auf, daß sie beinahe den Schreibtisch verrückt hätte, und hielt seinen Blick intensiv fest. »Jetzt hör mir mal zu, du kleiner Wurm. Solltest du Edie noch mehr Ärger machen, noch mehr Ärger *bereiten,* werde ich dich bis ans Ende der Welt verfolgen, und du wirst dir wünschen, niemals das Licht dieser Welt erblickt zu haben.«

»Soll das eine Drohung sein?« fragte Bobby.

»Zum Teufel noch mal, ja, das ist eine Drohung«, sagte Quinn. »Das Beste, was ich für diese Schule tun könnte, wäre, dich für immer loszuwerden, aber das liegt vermutlich leider außerhalb meiner Möglichkeiten. Wenn du jedoch mir und meinen Freunden noch weiteren Ärger bescheren solltest, werde ich dich nicht mehr mit Samthandschuhen anfassen, sondern dich bis ins Mark treffen. Laß sie in Frieden.«

Sie wirbelte herum und sah Marjorie Cantor im Türrahmen stehen, die vor Vergnügen fast platzte. Vermutlich würde Marjorie im Lehrerzimmer Hurra schreien und diese Geschichte zum besten zu geben. »Hast du irgendwas verpaßt, Marge?« erkundigte Quinn sich. »Wie wär's mit einer Wiederholung in Zeitlupe?«

»Ich weiß nicht, was du meinst«, sagte Marjorie. »Ich wollte Robert nur die Inventaraufstellung der Lehrbücher bringen.« Sie plusterte sich auf, bis sie wie eine aufgeblähte Kropftaube aussah, strotzend vor Würde und empörter Unschuld, obgleich ihr vernichtender Blick etwas anderes sagte.

»Wunderbar«, meinte Quinn und wandte sich erneut Bobby zu, der sie immer noch mit unverhohlenem Zorn betrachtete. »Du solltest dich weiterhin damit beschäftigen, Lehrbücher zu zählen, und die Unterrichtsgestaltung Fachkräften wie Edie überlassen. Wir finden uns mit dir ab, weil du uns nicht wirklich in die Quere kommst; solltest du jedoch ernsthafte Bedenken wegen der Qualität unserer schulischen Ausbildung streuen, indem du unsere beste Lehrerin entläßt, werden wir zu dementsprechenden Maßnahmen greifen.«

Entschlossen schob sie sich an Marjorie vorbei ins Vorzimmer, wo Greta kopfschüttelnd über ihrer Tastatur saß.

»Wie kannst du es nur mit ihm aushalten?« fragte Quinn.

»Wer sagt, daß ich das kann?« erwiderte Greta und tippte weiter.

Für den Rest des Tages hielt sich der BP zurück, aber dennoch war Quinn um neun Uhr an diesem Abend sowohl wegen ihrer Wut als auch aufgrund der körperlichen Anstrengung völlig erschöpft. Außerdem schmerzte ihr Knöchel nach dem ersten Tag ohne Krücken. Auf der dämmrigen Bühne setzte sie sich auf die Ecke des Requisitentisches und kämpfte gegen die Schmerzen und die Müdigkeit an, um nicht in Depressionen zu verfallen. Die meisten der Schüler waren bereits fort; auch Edie war, noch immer blaß und unglücklich, nach Hause gegangen. Sogar Darla war zusammen mit Max früh zur Apple Street aufgebrochen, da der Ton und die Kostüme fertig waren, und hatte Quinn für die Heimfahrt den Wagen dort gelassen. »Geh nicht allein zum Parkplatz«, hatte sie Quinn ermahnt, »laß dich von Nick begleiten.« Aber Quinn hatte Nick nicht mehr gesehen, seitdem er hergekommen war, und nun war auch er vermutlich fort. Er hatte sich nicht einmal verabschiedet. Es paßte nicht zu ihm, so schnell aufzugeben.

Es paßte nicht zu ihm, sie allein zu lassen.

Andererseits ließ Bill sie seit einer Woche in Ruhe, so daß offenbar kein Grund mehr zur Beunruhigung bestand. Ihr Vater hatte Frank Atchity veranlaßt, mit ihm zu sprechen; vielleicht hatte ihn das ja wieder zur Vernunft kommen lassen –

»Ich gehe jetzt«, sagte Thea, die plötzlich neben ihr aufgetaucht war. »Ich bin die letzte. Brauchen Sie noch irgendwas, bevor ich weg bin?«

»Nein.« Quinn bemühte sich um einen zwanglosen Tonfall. »Wie geht es dir?«

»Jason bringt mich nach Hause«, sagte Thea und grinste dann. »Ich kann es nicht glauben. Gestern abend, als ich mich gerade mit Brian unterhielt, kam er hinzu und sagte zu ihm,

›Verschwinde‹, so daß Brian verärgert das Weite suchte. Dann sagte er zu mir: ›Ich will mit dir zusammen sein.‹ Ich war mir nicht ganz sicher, was er damit meinte, aber es hörte sich gut an.«

»Er gibt sich Mühe«, meinte Quinn. »Gib ihm eine Chance. Männer sind nun einmal unbeholfen.«

»Das tue ich«, sagte Thea. »Und so unbeholfen ist er gar nicht.«

Quinn hob eine Augenbraue. »Oh?«

»Gestern abend hat er mich auch nach Hause gefahren«, erklärte Thea. »Er küßt gut.«

Erheitert, weil zumindest etwas in ihrem Leben endlich in die richtigen Bahnen lief, mußte Quinn auflachen. »Schön für dich.«

»Hey, Thea!« rief Jason an der Tür. »Ich kriege graue Haare hier draußen.«

»Du wirst sowieso graue Haare kriegen, ob ich komme oder nicht«, rief Thea zurück.

»Ja, aber mit dir zusammen wär's lustiger«, entgegnete er, und Thea wurde rot.

»Bis dann«, verabschiedete sie sich von Quinn, ohne den Blick von Jason abzuwenden, und ging zu ihm.

Jason grinste und winkte ihr zu, bevor er den Arm um Theas Schultern legte. Sie strahlte ihn an, und Quinn machte sich Sorgen um die beiden. *Schreckliche Dinge liegen vor euch*, wollte sie ihnen sagen, schwieg jedoch. Vielleicht waren die Dinge gar nicht schrecklich, wenn man sich klarmachte, was man wollte, wenn man ehrlich zu sich selbst war und keine Kompromisse einging.

Die Tür klapperte hinter ihnen, aber bevor sie ihnen nachrufen konnte, »Ihr müßt sie fest zuziehen, sonst schließt sie nicht«, waren sie bereits fort. Sie konnte sie später schließen. Sie war allein und hatte alle Zeit dieser Welt.

»Gäb's da der Welt und Zeit genug«, hatte Marvell geschrieben, *»solch Scheu, du Holde, wär ohne Trug.«* Nick re-

zitierte Poesie für sie, wer hätte das gedacht? Außerdem war der Florist heute schon wieder gekommen, diesmal mit einem Strauß goldgelber und kupferroter Gänseblümchen. *Sie sehen aus wie du,* hatte Nick auf die Karte geschrieben – er hatte sie wirklich selbst geschrieben, es war seine Handschrift, nicht die des Blumenhändlers, er war eigens in den Laden gegangen –, und sie hatte die Vase mitten auf den Eßtisch gestellt, wo die Blumen hell und nahezu kitschig leuchteten. Es war unmöglich, bei ihrem Anblick nicht zu lächeln, unmöglich, dabei kein wohliges Gefühl zu spüren.

»Woher hast du die denn?« hatte Darla gefragt, als sie heimkam, und Quinn hatte erwidert: »Von Nick«, wobei sie albernerweise stolz auf ihn war, was sie jedoch zu verbergen versuchte, weil Max immer noch nichts kapiert hatte.

Dann fiel ihr Blick auf die riesige violette Orchidee, die an Darlas T-Shirt festgesteckt war, und zuckte zusammen. Dunkelrote und graue Bänder hingen daran herunter – wahrlich die häßlichste Ansteckblume, die sie je gesehen hatte. »Von Max?«

»Ja«, bestätigte Darla und grinste. »Ist die nicht toll?«

Nein, gräßlich. »Ich wußte gar nicht, daß du ein Fan von Orchideen bist.«

»Bin ich auch nicht.« Darlas Grinsen wurde noch breiter. »Abschlußfeier, neunzehnhunderteinundachtzig.«

Quinn brach in Gelächter aus. »Er hat dir eine Orchidee zur *Abschlußfeier* geschenkt?«

»Genau.« Darla löste die Blume vorsichtig von ihrem T-Shirt. »Es war unsere zweite Verabredung, und alle Mädchen liefen mit diesen riesigen gelben und weißen Chrysanthemen herum, nur ich bekam diese entsetzliche Orchidee. Trotzdem habe ich mich bedankt, weil es Max war und ich für ihn sogar stinkenden Stechapfel getragen hätte, und er meinte: ›Ich wußte, daß es etwas anderes sein muß, weil du nicht wie die anderen Mädchen bist.‹ Ich wäre beinahe auf der Stelle tot umgefallen.«

Quinn hörte auf zu lachen. »Wo hat er die denn bloß gefunden?«

»Hat er nicht. Er hat sie extra bestellt.« Darlas Stimme bebte ein wenig. »Ich habe beim Blumenhändler angerufen. Die Orchidee mußten sie sogar ordern. Das Mädchen am Telefon entschuldigte sich wegen der Farben, aber sie meinte, Max habe darauf bestanden, daß sie genau so aussehen solle.«

Quinn spürte einen Kloß im Hals. »Er gibt sich Mühe. Er hört zu.«

»Ich weiß.« Darla setzte sich an den Tisch. »Eigentlich hatte ich mit etwas Tollem gerechnet, weißt du.« Sie sah auf die Orchidee. »Aber das ist auch gut. Großartig sogar. Es ist so süß. So typisch Max.«

»Also kehrst du zu ihm zurück«, sagte Quinn.

»Das muß ich.« Darla lehnte sich nach hinten. Das Lächeln wich komplett aus ihrem Gesicht. »Die Jungs haben in Anbetracht der Umstände wirklich viel Verständnis gezeigt, aber sie brauchen eine Mutter zu Hause. Und Max braucht seine Ehefrau. Das bin ich.« Sie fing Quinns Blick auf. »Er hat es wirklich versucht, und er hat es ziemlich gut gemacht. Das genügt.«

»Ich sollte mich mehr darüber freuen«, meinte Quinn. »Ich wünsche mir wirklich, daß ihr zwei wieder zueinanderfindet. Wahrscheinlich habe ich nur gehofft, daß er mit irgend etwas Überwältigendem aufwarten würde.«

»Samstagmorgen ziehe ich wieder nach Hause«, sagte Darla. »Bis dahin wird die Bühnentechnik soweit fertig sein. Zwei Tage kann Max noch warten. Außerdem ist ja Joe noch hier, um auf dich aufzupassen –«

»Du kannst ruhig heute abend schon ausziehen«, sagte Quinn.

»Nein.« Wieder sah Darla auf die Orchidee. »Vermutlich hoffe ich immer noch, daß er sich tatsächlich etwas Überwältigendes einfallen läßt, wie du gerade meintest. Das ist egoistisch, nicht wahr?«

»Zumindest wirst du immer Orchideen bekommen.«

Und sie Gänseblümchen.

Während sie nun auf der schwach erleuchteten Bühne stand, mußte sie wieder darüber nachdenken. Nick war also kein Typ für eine feste Bindung, er würde nicht bei ihr einziehen und sie nicht fünf Tage lang zum Great Southern entführen oder mit ihr nach Kentucky durchbrennen. Aber er würde sie immer lieben, auch wenn er es niemals aussprach; sie wußte, daß er sie immer lieben würde, egal, was passierte. Und sie liebte es, mit ihm zusammenzusein und mit ihm zu schlafen – sie war ziemlich sicher, daß es beim nächsten Mal wunderbar klappen würde –, also war es an der Zeit aufzuhören, romantisch zu sein und auf etwas anderes zu hoffen. Wenn Darla mit Orchideen glücklich sein konnte, sollten ihr Gänseblümchen reichen.

Quinn straffte die Schultern und ging zum Lichtkasten. Die Bühne verdunkelte sich, als sie die Lichter eines nach dem anderen ausschaltete, bis zuletzt nur noch die große Deckenlampe leuchtete, die die Laufplanken über ihr wie ein schwarzes Netz wirken ließ. Morgen würde sie ihn zurücknehmen, beschloß sie, als sie dort im Schatten am Rande der Bühne stand. Es dürfte nicht allzu schwierig sein, ihn dazu zu bringen; sie mußte ihm nur ein Lächeln schenken, dann würde er sie wahrscheinlich gleich hier auf dem Requisitentisch nehmen. Der Gedanke, jemanden wie Nick zu haben, der nur auf sie wartete, war zweifellos schmeichelhaft.

Vielleicht würde sie es ihm also erst verkünden, wenn alle anderen wie jetzt fort waren, nur, daß sie dann auch genauso müde wäre. Dennoch hatte ein Theater im Dunkeln etwas Melancholisches, Romantisches und Sinnliches, selbst ein High-School-Theater mit Turnmatten und in den Ecken aufgestapelten Kunstbüschen. Wenn sie ihm morgen abend aufmunternd zulächelte, könnte er sie auf den Ringermatten am hinteren Ende der Bühne nehmen, in einer Art Pseudo-Vergewaltigung, weil sie zu müde sein würde, dazu beizutragen.

Er sollte die ganze Arbeit übernehmen. Scheiß auf die Gleichberechtigung.

Mit den Händen rieb sie ihre Arme und wünschte sich, daß er jetzt hier wäre und sie sich unterhalten würden, wie sie das immer getan hatten, daß sie sich lieben würden. Dann jedoch ermahnte sie sich, daß es keinen Unterschied machen würde, wenn er hier wäre, da sie hier unmöglich Sex haben konnten. Wenn der BP schon einen Anfall bekam, weil Jason sie mit schmachtenden Blicken beglückte – von Meggy und Edie in der Intimsphäre ihres eigenen Heims ganz zu schweigen – was würde er dann erst sagen, wenn er Nick dabei überraschte, wie er sie mit gewissen Körperteilen beglückte.

Sie beugte sich nach ihrer Tasche. Das Bücken und die Streckbewegung taten gut. Sie richtete sich wieder auf und drehte sich um, um ihren Rücken gegen die kühlen Steine der Bühnenwand zu pressen. Sie ließ ihre Schultern kreisen, um ihre Rücken- und Schultermuskulatur zu lockern, die noch immer von der Woche auf Krücken schmerzte. Es fühlte sich so gut an, daß sie die Tasche fallenließ, um sich noch mehr zu strecken. Sie reckte die Arme an der Wand über ihren Kopf, stellte sich auf die Zehenspitzen und überließ ihren ganzen Körper dem wohligen Gefühl der Entspannung an den kühlen Steinen. Sie ließ ihre Arme an der Wand herabsinken, bis ihre gekreuzten Handgelenke auf ihrem Kopf lagen. Sie schloß die Augen und stellte sich Nick in der kommenden Nacht vor, seinen durchtrainierten Körper neben ihr, unter ihr, auf ihr, während er Dinge mit ihr tat, die sie aus dem Gleichgewicht bringen und heiß machen würden, bis sie käme. Einfach nur Nick, die pure Freude, sich an ihn zu drängen, sein gedämpftes Lachen an ihrem Hals zu hören und das tiefe Seufzen seines Atems, während er sich in ihr bewegte –

»Was machst du da?« fragte Nick.

Beinahe hätte sie vor Schreck die Arme heruntergerissen, als seine Stimme durch die Dunkelheit drang, aber er klang nicht belustigt, sondern eher irritiert, und während sie ihre wirren Gedanken sammelte, wurde ihr bewußt, daß sie in dieser Pose mit den Armen über ihrem Kopf recht interessant aussehen mußte.

»Ich strecke mich«, sagte sie. »Wo bist du?«

Sie registrierte, wie seine Füße auf dem Boden landeten – er mußte auf der Leiter zur Laufplanke gestanden haben – und hörte ihn dann über den Hartholzboden auf sich zukommen, bis er schließlich in den Lichtkegel der einzigen noch eingeschalteten Deckenleuchte trat. Das Licht betonte seine Gesichtszüge schärfer und ließ sein Haar schwarz schimmern. In dem mit Farbflecken übersäten T-Shirt und in Jeans sah er groß und schlank und muskulös aus, das Schärfste, was sie je gesehen hatte.

»Du solltest dich hier nicht alleine aufhalten«, sagte er. »Du weißt doch, daß das gefährlich ist.«

»Ich bin nicht allein«, erwiderte sie. »Du bist doch hier.«

»Das ist noch schlimmer.« Er kam näher, bis er mit ernster Miene vor ihr stand.

Komm her und faß mich an, schoß es ihr durch den Kopf.

Er kam noch näher.

»Danke für die Gänseblümchen«, sagte sie und schaute ihn an. »Sie sind wunderschön. Ich weiß gar nicht, wie ich dir danken soll.«

Heiser drang Nicks Stimme durch die Dunkelheit. »Oh doch, das weißt du.« Er trat noch einen Schritt näher, bis er sie beinahe berührte, seine schwarzen Augen auf sie geheftet, während sie die Dunkelheit seines Schattens umgab.

»Ich habe keine Ahnung, was du meinst.« Quinn hielt seinem Blick stand, hob jedoch ihr Kinn, als das Augenspiel unerträglich wurde und ihr das Herz bis zum Halse schlagen ließ. Plötzlich lächelte er, und sie erzitterte ein wenig und lächelte in der vagen Andeutung einer Aufforderung und neckischer Provokation zurück, während ihr Herz pochte.

»Nun, du könntest mir zum Beispiel das hier erlauben.« Er umfaßte ihre gekreuzten Handgelenke gerade fest genug, daß sie sie nicht mehr bewegen konnte. Es war so lange her, daß er sie berührt hatte, daß sie unwillkürlich die Augen schloß, um die Glut seiner Hand an ihren Handgelenken einfach zu genießen. »Und das.« Mit einem Finger seiner freien Hand fuhr er am Ausschnitt ihres buntgemusterten Arbeitshemdes entlang, um den obersten Knopf zu öffnen.

»Hey.« Quinn wollte sich von der Wand abdrücken, um ihre Arme herunterzunehmen, doch er hielt ihre Handgelenke fest.

»Und das.« Mit der freien Hand fuhr er über ihre Brust und beschrieb mit dem Daumen einen Kreis auf dem Baumwollstoff ihres Hemds, während er ihr geradewegs ins Gesicht lächelte und sein Atem schneller ging. Sie erschauerte, als er seinen Daumen in den V-Ausschnitt ihres Hemdes gleiten ließ, in die warme Kuhle zwischen ihren Brüsten, ein weiterer Knopf aufsprang und sich ihre Brüste ihm hart und fest entgegendrängten.

Quinn stockte der Atem. »Nur für ein paar Gänseblümchen? Das finde ich etwas übertrieben.« *Mach weiter.*

Er öffnete noch einen Knopf. »Überleg's dir noch mal.«

Er beugte sich zu ihr und küßte die Beuge ihres Halses, woraufhin ihr ein lauter Seufzer entwich, als sie das Kitzeln seiner Lippen an ihrer Kehle spürte. Wieder küßte er sie, tiefer diesmal, während er die restlichen Knöpfe auffingerte, einen nach dem anderen, ganz langsam, jeder Knopf von Küssen begleitet, bis ihr Hemd aufklaffte und er mit der Zunge über die warme Stelle zwischen ihren Brüsten fuhr. Er schob ihr Hemd weiter auseinander, glitt mit seiner Hand über den Satinstoff ihres Büstenhalters und ließ seinen Blick darüber wandern – »heißer roter Fummel«, flüsterte er und schaute sie so begehrend an, daß ihr vor ungeduldiger Erwartung ganz schwindelig wurde. Endlich, nach einem Moment, der ihr wie Stunden vorkam, beugte er sich vor, um die Rundung ihrer Brüste mit seiner Zunge nachzufahren. Unwillkürlich erschauerte sie und gab jeden inneren Widerstand auf.

Sie konnte die Linie seines Bizeps am Ärmel seines T-Shirts sehen, während er ihre Hände weiterhin gegen die Wand drückte, die ausgeprägte Kontur seines Halses, sie spürte seine Hand auf ihren Handgelenken und die andere, die verlangend ihren Oberkörper ertastete, während seine Zunge auf ihrer Haut spielte.

Ihr Verlangen, ihn ebenfalls unter ihren Händen zu spüren, sein T-Shirt hochzureißen und ihn an sich zu ziehen, das Kitzeln seiner Brusthaare auf ihrem Busen und die Anspannung seiner Rückenmuskeln unter ihren Fingern zu spüren, war beinahe schmerzhaft. »Laß mich los«, flüsterte sie. »Laß mich los, damit ich dich berühren kann.«

Er hob den Kopf und sah ihr geradewegs in die Augen – *hör nicht auf* –, schüttelte jedoch den Kopf, wobei er sie anlächelte und endlose Begierde in ihr entfachte. »Keine Chance«, sagte er und küßte sie auf den Mund. Das Spiel seiner Zunge ließ sie verstummen und raubte ihr den Atem.

Sie drängte sich ihm entgegen, während er sie gegen die kühle Wand drückte. Seine Hand fuhr über ihre Brüste, sein Daumen über ihren Körper und verharrte dann am Saum ihres Büstenhalters. Sie spürte den Satinstoff über ihre Brustwarze gleiten, als er das Körbchen herunterschob. Er beugte sich vor, und sein Haar kitzelte sie sanft am Hals. Die feuchte Wärme seines Mundes auf ihrer Haut ließ sie erschauern, sogar erzittern, als er begann, an ihrer Brustwarze zu saugen und gar nicht mehr aufhörte.

»Laß mich los«, verlangte sie atemlos und versuchte, ihre Hände aus seiner Umklammerung zu lösen, damit sie ihn streicheln konnte, während sie ihre Hüfte an ihn drängte, aber er verstärkte seinen Griff, preßte ihre Handgelenke zusammen und streckte ihre Arme noch weiter in die Höhe, während seine Lippen noch immer über ihre Brust fuhren, um nun auch die andere zu entblößen und mit seinem Mund zu liebkosen. Seine freie Hand glitt zum Reißverschluß ihrer Hose hinab und zog ihn auf. »Nein«, wehrte sie sich, preßte sich dennoch gegen seine Hand, weil es sich so gut anfühlte und sie ihn überall spüren wollte. Seine Hand schob sich um ihre Taille und wanderte hinten in ihre Jeans und unter den elastischen Seidenstoff ihres Slips, fuhr langsam über die Kurven dort, bis er den Druck verstärkte und sie hart an sich preßte. Er streifte ihre Hosen herunter, bis sie den Bund ihrer Jeans und ihr Höschen unten an ihren Schenkeln spürte. Mit seiner Hüfte drückte er sie gegen die kalten, glatten Steine zurück und drängte sich mit rhythmischen Bewegungen an sie, während er sie anlächelte. Dann spürte sie, wie seine Finger in sie eindrangen, dort in diese schlüpfrige Nässe, bis sie vor Wonne aufstöhnte.

»Lauter«, sagte er in ihr Ohr, während er sie weiterstreichelte. »Ich will dich schreien hören.« Sie schüttelte den Kopf, atmete jedoch schneller und stieß mit jeder Bewegung seiner Hand kleine Seufzer aus.

Irgendwo nahm sie eine Bewegung wahr, ein leises Geräusch, und sie erstarrte.

Auch Nick hielt inne. Zwar wandte er den Blick nicht von ihren Augen ab, schien jedoch abgelenkt zu sein, als lausche er auf etwas. Es war so still, daß sie außer Nicks Atem kein Geräusch wahrnahm.

Er atmete ziemlich heftig.

»Wir sollten besser aufhören«, flüsterte Quinn, aber da keine Geräusche zu vernehmen waren, war sie auch nicht mehr sicher, ob sie das erste tatsächlich gehört hatte und ob es ihr nicht auch egal war. Doch dann gab sie jede Gegenwehr auf und schloß die Augen.

»Ich denke nicht«, flüsterte Nick ihr ins Ohr. »Ich denke, wir werden es jetzt tun. Genau hier an der Wand.«

Sie erzitterte. Es war leichtsinnig, sich hier von ihm lieben zu lassen, sie sollte nein sagen, sie sollte ihm sagen, daß sie das zu Hause tun könnten, in seinem Bett, ihretwegen auch in seinem Laster, aber sie verspürte gerade jetzt in diesem Moment eine derartige Lust und das unbändige Verlangen zu erfahren, wie es sein mochte, einmal den Verstand auszuschalten und einfach nur zu sein, sich in diese dunklen Abgründe fallenzulassen, die sich ihr beim letzten Mal aufgetan hatten und aus denen ihr Verstand sie ständig hatte herausziehen wollen. Sie spürte, wie diese Dunkelheit sie unaufhaltsam zu umschließen begann.

»Es ist so lange her«, sagte er mit gedämpfter Stimme. »So lange her, daß ich in dir war … daß ich beobachtet habe, wie du kamst, wie ich dich zum Höhepunkt brachte.«

Seine Finger glitten tiefer und mit schnelleren Bewegungen in sie, so daß ihr der Atem stockte und ihre Kehle ganz trocken wurde. »Nick –«

»Ich will dich jetzt.«

Seine Stimme verschwamm in ihren Ohren. »Nick –«

»Ich werde dich hart hier an der Wand nehmen«, flüsterte er in ihr Ohr, während seine Finger weiter in sie eindrangen. »Härter, als du es jemals zuvor erlebt hast. So hart, daß du mich noch eine Woche später bei jeder Bewegung spüren wirst. Mit jedem Atemzug, den du tust, wirst du dich daran erinnern, daß du mein warst.«

Sie erschauerte wegen des Kitzelns seines Atems, des Drucks seiner Hand, vor allem jedoch wegen seiner Worte – *du bist mein* –, und die Dunkelheit schlug in langsamen Wellen über ihr zusammen, im gemeinsamen Rhytmus mit der Bewegung seiner Hand.

Seine Finger bewegten sich in ihr, und sie dachte, *Laß dich gehen.* Sie gab auf. Die Hitze und das Prickeln in ihrem Blut nahmen tief und schwer von ihr Besitz. Sie streckte sich Nick entgegen. Sie dachte an seine Hand, um die Dunkelheit noch zu verstärken, an seine Finger, lang und kräftig und geschmeidig, Fremdkörper in ihr, die sie erforschten und in ihre schlüpfrige Tiefe glitten, um dann draußen über ihre harte Klitoris zu streicheln.

Genau da, dachte sie, und als seine feuchten Finger sie dort berührten, stöhnte sie laut *»Da«* und drängte sich ihm bereitwillig entgegen, während sie unter seiner Berührung erzitterte.

»Da«, stieß sie noch einmal hervor, nur um es zu sagen, und als er den Kopf zu ihrer Brust hinunterbeugte, wiederholte sie: »O ja, da« und preßte sich an ihn.

Der Verstand sagte ihr, *Du weißt, du hast etwas gehört*, doch sie ignorierte ihn und überließ sich ganz ihrem Körpergefühl und dem, was Nick mit ihr machte, seinen Fingern in ihr, seiner Hand, die sie festhielt, seinem Körper, der sich gegen den ihren preßte – die Hitze war überall –, seinem Mund, der sie heftig küßte, der immer schneller werdenden Bewegung seiner Finger, seiner Hand, die ihre Handgelenke zusammendrückte – *Ich werde dich hart nehmen* –, seiner Begierde, seiner Rauheit, seiner Dunkelheit, seinem Anderssein und seiner Gefahr, seinem –

»Nimm mich« flüsterte sie, und als seine Finger von ihr abließen und sie leer zurückblieb, erstarb dieses wohlige Gefühl, so daß sie *»Oh«* ausstieß und ihre Hüfte auf der Suche nach ihm vorschob.

Sie drängte sich gegen seine Hand, während er seinen eigenen Reißverschluß öffnete, bis sie wieder seine Berührung spürte, nicht nur seine Hand. Groß und hart spürte sie ihn zwischen ihren Schenkeln. »Ja«, hauchte sie in seinen Mund, als er sie küßte.

Sie erschauerte wohlig, als sie ihn in sich spürte. *»Tiefer«*, dachte sie und stellte sich vor, wie er hart und groß in sie hineinglitt, sie öffnete, wie er tief in ihr drin war, ganz tief, in der Hitze und Nässe und Röte ihres Fleisches dort unten, wie sie ihn ganz in sich aufnahm.

Es war atemberaubend und überwältigend, so in sich zu gehen und sich selbst so wahrzunehmen; sie hatte andere Männer in sich gespürt, aber sie war nie dagewesen, hatte sich nie so heiß und feucht kennengelernt, wie sie es nun erfuhr und genoß.

Und sie konnte es genießen, weil sie ihm so vollständig vertraute, daß sie an gar nichts anderes denken konnte. Zum ersten Mal war sie mehr drinnen als draußen, nur Fleisch und Blut und Nerven und wahnsinniger, endloser Genuß, angefüllt mit Nick.

Er hob ihre Hüfte mit der seinen an, zog sie mit jedem Atemzug, den er tat, auf ihre Zehenspitzen und brachte sie jedesmal aus der Balance, bevor er sie wieder gegen die kühle, glatte Wand drückte. Das Rauschen in ihrem Blut wurde zu einem Knistern, einem dunklen brennenden Verlangen unter ihrer Haut, das sie sich winden ließ, und beinahe hätte sie ihren Verstand Oberhand gewinnen lassen, aber nur beinahe, diesmal nicht. *Tiefer,* dachte sie wieder und zwang sich dazu, die Dunkelheit in sich aufzunehmen, das Öffnen und Zusammenziehen ihrer Muskeln zu spüren, und als sie die Augen aufschlug und sah, wie er sie anstarrte, nahm sie ihn in sich auf, verschlang ihn mit ihren Blicken und ergriff von ihm Besitz.

»Quinn«, flüsterte er und ließ ihre Handgelenke los, um ihr Gesicht mit den Händen zu umfassen und sie zu küssen. Sie umklammerte ihn und gab sich ihm vollends hin. Wieder und wieder flüsterte er ihren Namen, während er sich in ihr bewegte und ihr dabei unentwegt in die Augen schaute, und als sie ihre Fingernägel in seine Schultern bohrte, ließ er seine Hände zu ihrer Hüfte hinuntergleiten, um sie fester und immer schneller an sich zu pressen. Er erschauerte, ohne den Blick von ihr zu lösen, seine Finger bohrten sich in ihr Fleisch, alles Teil der Dunkelheit, die durch ihren Körper wallte, überallhin; die bis in ihre Fingerspitzen, ihre Brüste, ihre Schenkel, ihre Lippen schwappte, überall dorthin, wo sie sich ihr öffnete.

»O Gott, Quinn«, stöhnte Nick, den Blick immer noch unverwandt auf sie gerichtet. Heftig küßte er sie, und die Dunkelheit verdichtete und verstärkte sich.

Sie drängte sich an ihn, während die Dunkelheit brannte, sich in ihr ausbreitete und pochte. Sie erschauerte und stieß kleine atemlose Schreie aus, während Nick sich in sie bohrte – Nick heiß in ihr, ohne Verstand in ihr, groß und hart in ihr – ihr Blut rauschte, sie spannte sich an, jeder Muskel ihres Körpers spannte sich an, immer mehr, immer mehr – »Nick« schrie sie heraus, als sie kam, während sie in seine Augen starrte und mit jeder Pause und jedem Schauer erneut aufschrie, mit jedem Spasmus, der sie in den nächsten trieb, intensiv und intensiver und immer und immer wieder, bis sie sich willenlos und offen und ekstatisch an ihn preßte und die Sicherheit seiner Umarmung suchte. Das einzige, was zählte, war dieses dunkle und wundervolle und erschütternde Gefühl in ihr.

Sie sackte zusammen, doch er hielt sie fest, als ihre Knie nachgaben. Außer dem Schmerz, dem Beben und der Befriedigung verspürte sie keinerlei Gefühl. Er fühlte sich so gut an ihrer nackten Haut an – sein altes T-Shirt weich an ihrer Wange, seine Brust hart unter dem Stoff, seine Hände, die ihren Rücken umklammerten.

Er beugte sich zu ihr und küßte sie, bedeckte ihre Lippen so sanft mit seinen, daß sie allein deshalb aufseufzte, weil es so richtig war.

Wenige Minuten später flüsterte er: »Stell dir vor, was wir erst in einem Bett anstellen könnten.«

»Das will ich mir nicht vorstellen«, sagte sie mit gepreßter und heiserer Stimme. »Das will ich wissen.«

Seine Arme umschlangen sie fester. »Zu dir oder zu mir?«

»Zu dir.« Quinn lehnte ihr Gesicht an sein T-Shirt und umklammerte ihn noch immer, weil sich ihre Knie wie Gummi anfühlten. »Max hat Darla vor einer Stunde zu mir nach Hause gebracht, und ich will wieder schreien.«

Als Nick sich auf den Weg machte, um den Wagen zu holen – »Ich lasse ihn warmlaufen und fahre bis zur Tür vor«, hatte er lachend gesagt, während sie in ihrem Flanellhemd kurz erschauerte, »das letzte, was ich will, ist, daß du abkühlst oder daß das verdammte Ding nicht funktioniert« –, stand sie allein auf der Bühne und umarmte sich selbst, weil sie das

Richtige getan hatten, weil sie selbst das Richtige getan hatte und alles möglich zu sein schien. Darla würde zu Max zurückkehren, das Stück würde ein Riesenerfolg werden, Bill würde irgendwann eine andere Frau finden, und sie und Nick könnten einander ewig in diese heiße, feuchte Dunkelheit treiben.

Sie nahm ihre Tasche vom Boden auf und trat ins Freie, um auf dem dunklen Parkplatz auf Nick zu warten. Ihr Herz machte Sprünge, während sie die Tür hinter sich zufallen ließ und noch einmal kräftig daran zog, um sicherzugehen, daß das Schloß zugeschnappt war. Wenn der BP die Tür unverschlossen vorfinden sollte, würde es ein furchtbares Theater geben –

»Wir müssen miteinander reden«, sagte Bill hinter ihr.

15

Nick saß in seinem Laster und versuchte sich einzureden, daß alles in bester Ordnung und die Trennung von Staat und Kirche immer noch intakt sei, doch es gelang ihm nicht. Seine Demokratie war zu einer Theokratie geworden, und es machte ihm nichts aus. Irgendwann während des Aktes, als er Quinn gegen eine Wand vögelte, hatte er die unzusammenhängenden Gedanken aufgegeben, die sich unter *Das ist phänomenaler Sex* zusammenfassen ließen, und er hatte realisiert, daß Quinn *O ja, genau da* murmelte, seinen Namen hauchte, ihn ohne Fragen nahm, sich ihm ohne Vorbehalte hingab und ihm in die Augen sah – Quinn, der Körper, den er begehrte, und Quinn, die Frau, die er liebte, waren ein und dasselbe, alles vermischte sich, und dennoch hatte er sich fallen lassen und sie geliebt.

Oh, Shit, dachte er nun aus Gewohnheit, aber er war zu freudig erregt, um niedergeschlagen zu sein. Sie gleichzeitig zu halten und zu lieben und zu brauchen und zu haben war eine Erfahrung gewesen, die seine sämtlichen Prinzipien auf den Kopf stellte, und er beabsichtigte, dies zu wiederholen, sooft er die Chance dazu bekäme. Für immer. Vorausgesetzt, er hielte das durch.

»Vermassel das nicht«, ermahnte er sich selbst. »Vermassel das bloß nicht.«

Sie würde natürlich skeptisch sein. *Du hast mich dreimal abblitzen lassen,* hatte sie gesagt, also brauchte sie, wenn sie in den Wagen stieg, der Gewißheit, daß sie nicht zum Pizzaessen fuhren.

Okay, sobald sie im Wagen saß, würde er ihr sagen, daß er sie liebte.

Nein, das würde er nicht. Lieber Himmel, das wäre der schlechteste Zeitpunkt, so kurz nach dem Sex. Sie würde ihm niemals glauben, vor allem angesichts des Mists, den er sich zuvor geleistet hatte. Sie würden nie wieder zusammen Pizza essen können. Warum hatte er nicht vorgeschlagen: »Laß uns einen Brokkoli-Auflauf essen gehen?«

Gut, heute abend konnte er es ihr nicht sagen, aber vielleicht morgen. Er könnte sie morgen nach den Bühnenarbeiten nach Hause fahren und würde sie nicht anspringen, bevor er die Worte nicht über die Lippen gebracht hatte.

Nein, das würde auch nicht funktionieren, denn sie würde bestimmt denken, dies sei nur ein Trick, um sie ins Bett zu kriegen. Also würde er es ihr sagen und morgen abend nicht mit ihr schlafen.

Die Chancen standen schlecht.

Es würde nicht funktionieren. Außerdem wollte er es ihr sowieso nicht sagen. Wie konnte man nur ein solches Geständnis ablegen? Kein Wunder, daß Männer Blumen schickten. Noch mehr Gänseblümchen. Er könnte es auf eine Karte schreiben.

Nein, konnte er nicht.

Okay, also würde er sich erst mit dem Gedanken anfreunden müssen, bevor er es tatsächlich aussprach. Oh, verdammt, er würde es niemals sagen. Vielleicht würde sie es ja einfach wissen. Wenn sie bis morgen früh zusammenblieben, müßte sie es doch erkennen.

Aber dann würde er tatsächlich mit ihr aufwachen müssen. Bei diesem Gedanken zuckte er ein wenig zusammen, doch dann dachte er daran, sie fest und sicher in den Armen zu halten – Quinn fest und sicher in den Armen zu halten, sie zu lieben, die ganze Nacht ihre Wärme zu spüren, neben ihr aufzuwachen und nicht darauf warten zu müssen, sie wieder umarmen zu können –, und mit einem Mal verflüchtigten sich seine Bedenken. Es wäre in Ordnung, sagte er sich. Er könnte früh aufstehen. Es wäre okay.

Er startete den Wagen und überlegte, *Was soll ich denn nun zu ihr sagen, wenn sie einsteigt?* Er stellte den Motor wieder ab, um weiter darüber nachzudenken.

Sie sah blaß aus, dachte Bill. Blaß und krank mit geröteten Flecken auf ihren Wangen. Sie brauchte ihn, um auf sie aufzupassen. »Komm heim«, sagte er, doch sie schüttelte den Kopf und begann zu lachen, aber irgend etwas klang falsch an ihrem Lachen.

»Du hast mich erschreckt.« Wieder versuchte sie zu lachen. Falsch. Falsch. In seinem Kopf begann es zu klopfen.

Sie wich zurück. »Bill, du kannst dir nicht einmal vorstellen, wie müde ich bin. Ich kann jetzt nicht mit dir sprechen.«

»Komm heim«, wiederholte er und versuchte, nach ihrer Hand zu greifen, aber sie entriß sie ihm, als stimme etwas mit ihm nicht, obwohl mit ihm doch alles in Ordnung war. »Bill, ich bin müde«, beharrte sie.

Sie versuchte, sich an ihm vorbeizuzwängen, doch er versperrte ihr den Weg, indem er nur einen Schritt vortrat, ohne sie zu berühren, nur, um sie am Gehen zu hindern. »Komm heim«, sagte er noch einmal. »Wir können miteinander reden.«

»Ich will nicht mit dir reden, Bill.« Ihre Stimme klang wieder tonlos und nicht mehr geheuchelt. Er hatte gewußt, daß das Lachen vorgetäuscht war, und nun sagte sie einfach, daß sie nicht mit ihm reden wollte, als sei sie ihm das nicht schuldig, als sei nicht alles ihre Schuld –

»Aber ich will mit dir reden«, meinte er und bedrängte sie noch mehr. Es gefiel ihm, wie sie zurückwich – endlich schenkte sie ihm Aufmerksamkeit –, so daß er immer näher kam, bis sie an der Hauswand stand und ihr kein Fluchtweg mehr blieb.

Jetzt würde sie mit ihm reden, verdammt.

»Laß das.« Abwehrend hob sie die Hände, um ihn abzuwimmeln. »Hör auf damit. Das ist doch kindisch.«

Sie schob ihn ein wenig beiseite, und es machte ihn wahnsinnig, daß sie ihn fortschob, aber andererseits führte die Berührung ihrer Hände sie dazu, daß er sie begehrte, und das war falsch, denn hier ging es nicht um Sex. »Bill«, sagte sie laut und versuchte, sich an ihm vorbeizudrängen, doch er ergriff ihre Handgelenke und hielt sie zurück.

Nun sagte sie nichts mehr. Sie wußte, daß er es ernst meinte, und diesmal würde sie ihm zuhören.

»Erkläre mir einfach nur, was ich falsch gemacht habe, damit ich es ändern kann und du zu mir zurückkommst.« Er hörte den belegten Klang seiner eigenen Stimme, als habe er einen Kloß im Hals, den typischen Tonfall von Menschen, die jeden Augenblick in Tränen ausbrachen. Das war nicht seine Stimme.

»Du hast nichts falsch gemacht.« Sie versuchte, sich seiner Umklammerung zu entwinden, doch er verstärkte den Griff. Er spürte, wie die zerbrechlichen Knochen in ihren Handgelenken knirschten, und sah, daß sie mit schmerzverzerrtem Gesicht nach Luft schnappte. *Du wirst mir jetzt zuhören*, dachte er und spielte mit dem Gedanken, sie gegen die Mauer zu drücken und sich selbst an sie zu drängen, nur, um sie noch einmal zu spüren und zu –

»Laß mich los, Bill.« Das war nicht ihr Gesichtsausdruck, sie sah ihn voller Mißbilligung an, das war nicht sie. »Es hat einfach nicht funktioniert. Niemand trägt Schuld daran.« Das leichte Schwanken in ihrer Stimme veranlaßte ihn, seinen Griff weiter zu verstärken. Sie sah ängstlich aus. Endlich schenkte sie ihm Aufmerksamkeit, nun konnte er mit ihr reden. »Laß mich gehen«, forderte sie, und er bemerkte, wie angestrengt sie versuchte, ruhig zu bleiben. Das war seine Quinn – es gab nichts, womit sie nicht fertig wurde, nichts, was sie nicht in Ordnung bringen konnte. Dies hier ausgenommen. Jetzt war er es, der die Situation kontrollierte.

Wieder wand sie sich unter seinem Griff. Ihm wurde heiß, er wollte sich an sie und gegen sie pressen, all ihre Weichheit war für ihn bestimmt, sie war sein –

»Bill, das ist doch lächerlich«, sagte sie scharf. »Du tust mir weh.«

Nur so hörst du mir zu, wollte er erwidern, aber damit durfte er keine Zeit verschwenden, denn er mußte ihr klarmachen – »Was hat nicht funktioniert?« wollte er wissen. »Das bist du mir schuldig. Was ist so verdammt schiefgelaufen, daß du mich verlassen mußtest? Du mußt es mir nur sagen.«

»Bill, ich mag das nicht.« Sie versuchte, ihrer Stimme einen festen Klang zu verleihen, konnte das Beben darin jedoch nicht unterdrücken. *Gut,* dachte er. *Gut,* daß jemand anders und nicht immer nur er Schmerz verspürte; *gut* für sie zu wissen, wer hier das Sagen hatte. »Laß mich los«, flehte sie, und erneut spürte er die Hitze in sich aufflammen, weil er ihr diesen Gefallen nicht tun würde. Das Glück hatte sie verlassen, er würde es nicht tun.

»Ich *mag* dich aber nicht gehen lassen.« Bill mußte die Worte hervorpressen, seine Kehle war wie zugeschnürt, sie mußte das verstehen, er würde ihr begreiflich machen, wie *falsch* es von ihr gewesen war, ihn in dieser *Gruft* von einer Wohnung allein zu lassen. Wieder drängte er sie gegen das Mauerwerk zurück und schüttelte sie bei seinen Worten, um sie zum Zuhören zu bewegen. »Ich *mag* es nicht, nach Hause zu kommen, und du bist nicht da.« Und sie durch Fenster zu beobachten, *immer ausgeschlossen,* das war ihre Schuld. Er zog sie vor, um sie dann noch heftiger gegen die Ziegelwand zu schubsen. »Ich *mag es* nicht, dich nie zu sehen. Ich *mag* die Art nicht, wie du es vermeidest, mich anzusehen, die Art, wie du mich behandelst, als wäre ich gar nicht da, also gibt es anscheinend für uns *beide* etwas, das uns nicht gefällt.«

»Ich will jetzt auf der Stelle nach Hause.« Quinn versuchte, ihre Handgelenke loszureißen, aber sie hatte keine Chance, jetzt nicht mehr, er hatte genug. Er zog sie näher und stieß sie dann wirklich brutal gegen die Mauer, damit sie ihm endlich zuhörte. Ihr Kopf schlug hart gegen die Wand, so daß sie aufschrie und die aufsteigenden Tränen und den Schmerz wegblinzelte. Er wußte, was Schmerz bedeutete, und er spürte Genugtuung.

Gewaltsam preßte er ihre Hände gegen die Ziegel, jeweils eine auf jeder Seite ihres Kopfes, damit sie sich nicht abwenden konnte. Ganz nah kam er mit seinem Gesicht vor ihres, so daß sie ihn anblicken, ihn sehen mußte. »Ich habe alles richtig gemacht, ich war alles, was du brauchtest, und du hast mich wegen dieses blöden Köters verlassen. Du warst glücklich mit mir«, sagte er, und ihre Stimme erstickte, als sie hervorpreßte: »Bill –«

»Das *warst* du«, beharrte er, »das warst du, warst du, warst du –« Bei jedem *warst* schlug er ihre Hände gegen das Mauerwerk, froh, daß sie sich dabei wand und immer heftiger zu atmen begann, froh, daß sie ihm Aufmerksamkeit schenkte, das fühlte sich gut an, wirklich gut, aber als er sie wieder nach vorne zog, um sie dann gegen die Wand zurückzustoßen, riß sie sich mit einer plötzlichen Seitwärtsbewegung los und versuchte wegzulaufen. *»Nein«,* stieß er hervor und griff nach ihrem Hemd, aber sie wollte nicht stehenbleiben, er bemerkte, wie der Stoff plötzlich nachgab, und dann sah er sie humpelnd und stolpernd davonlaufen. Ihr Hemd hielt er in seiner Hand, und ihr entblößter Rücken schimmerte hell in der dunklen Nacht, während sie davonrannte; alles, was ihm geblieben war, war ihr Hemd, und das war *falsch.* »Verdammt«, brüllte er und ließ das Hemd fallen, um ihr nachzusetzen, um sie zurückzuholen. Sie durfte nicht schon wieder davonlaufen, sie würde nie wieder davonlaufen.

Mit drei ausgreifenden Schritten hatte er sie eingeholt und griff nach ihrem nackten Arm. Er spürte ihr warmes Fleisch unter seinen Fingern, als er sie zurückriß und schrie: *»Hör auf, vor mir wegzulaufen!«* Er wirbelte sie herum – sie war nackt, nahezu nackt, nur einer dieser schrillen Büstenhalter in entsetzlichem Rot bedeckte sie, sie war so kurvenreich, er griff nach ihr in dem Verlangen, seine Finger in ihr Fleisch zu bohren. »Nein!« schrie sie, holte mit dem Fuß aus und traf ihn am Knie. Der Schmerz schoß ihm in die Leistengegend, das Knie gab nach, und er sank zu Boden, wobei er die Umklammerung löste. Er griff nach ihr, als sie rückwärts strauchelte, doch sie war schneller und rannte davon. Er stolperte auf die Beine und lief ihr nach. In diesem Augenblick jedoch bog ein Laster um die Ecke, und genau wie sie zuvor schrie er nun innerlich *Nein*, weil der Wagen seine Fahrt verlangsamte.

»Nick!« kreischte Quinn. Sein Name verzerrte sich in ihrer Kehle, während der Laster schlitternd neben ihr zum Stillstand kam. Hastig griff sie nach der Tür, als Nick sie bereits von innen aufstieß und Bill sie wieder von hinten packte und an ihrem Arm riß. Sie wollte nur noch schreien, während sie verzweifelt versuchte, sich an die Tür zu klammern oder Nicks Hand zu ergreifen, um bei ihm in Sicherheit zu sein vor diesem Wahnsinnigen, der hinter ihr her war.

»Herrgott!« Nick langte quer über den Sitz, als Quinn die Hand nach ihm ausstreckte. *»Laß sie los!«*

Er schnappte nach ihrer Hand und zerrte sie in die Kabine, wobei sie Bill mit sich in den Türrahmen zog. Sie spürte einen stechenden Schmerz in den Schultern, während die beiden an ihr rissen, und sie umklammerte Nick mit aller Kraft, die ihr geblieben war; sie bohrte ihre Finger in seine Hand und warf sich ihm entgegen in dem Versuch, wieder eins mit ihm zu werden, damit Bill sie nicht zurückziehen konnte.

»Laß mich nicht los«, flehte sie Nick keuchend an, und er beruhigte sie. »Keine Angst.«

Sein Gesicht sah finster aus, als er sich zu ihr herüberbeugte und sie mit der Schulter gegen das Sitzpolster preßte, um sie mit seinem Körpergewicht zu schützen. Er funkelte Bill von oben herab an. *»Bill, laß sie auf der Stelle los.«* Er wollte sich an ihr vorbeizwängen, um aus dem Wagen zu springen, doch Quinn hielt ihn zurück.

»Nein«, stieß sie hervor. »Nein, laß mich nicht allein, *bitte*!«

»Wir müssen miteinander reden«, sagte Bill, während er sie immer noch umklammert hielt. »Nur reden. Das ist eine Sache zwischen mir und ihr, Nick. Halt dich da raus.« Vor Anspannung und Wut war seine Stimme belegt, und Quinn hatte das Gefühl, sich übergeben zu müssen; nie zuvor hatte sie Bill so reden hören. In ihr Haus einzubrechen hätte einfach Bosheit sein können, aber dies hier war der pure Wahnsinn. »Gib sie mir zurück«, verlangte er, und Quinn spürte Panik in sich aufsteigen.

»Laß mich nicht los«, flehte sie Nick an, ohne eine Vorstellung zu haben, was er tun konnte. In schierer Todesangst klammerte sie sich an ihn. »Laß mich nicht im Stich, laß mich nicht los!«

Nick atmete tief durch und zog dann mit der freien Hand die Handbremse an. Er zwängte sich an ihr vorbei und schob sie mit seiner Hüfte weiter zur Seite, damit sie zur Fahrertür rutschen konnte. Sie lag quer auf dem Sitz, weil Bill immer noch ihr Handgelenk umklammerte und versuchte, sie aus dem Wagen zu zerren. Nick lehnte sich gegen ihren Arm, so daß er ihr die Sicht auf Bill versperrte – er fühlte sich so gut und stark an, wie ein Anker, wie ihre letzte Hoffnung –, und begann, Bills Finger gewaltsam von ihrem Arm zu lösen. *»Du* *tust ihr weh, Bill«,* sagte er mit kalter Wut. In diesem Moment gab Bill sie endlich frei.

Quinn war so erleichtert, daß sie beinahe zu weinen begann. Sie verschränkte die Arme vor sich und schlang sie dann um ihren Körper, um den Schmerz in ihren Schultern und Handgelenken zu lindern. Nur mit ihrem Büstenhalter bekleidet kam sie sich nackt und entblößt vor. Ihr Hemd war irgendwo dort hinten auf dem Asphalt zurückgeblieben, zusammen mit allem, was sie jemals über sich selbst und die Welt zu wissen geglaubt hatte. Solche Dinge passierten ihr nicht. Niemand tat ihr weh. Derartiges Entsetzen kannte sie nicht. Sie war diejenige, die alles unter Kontrolle hatte, sie konnte alles in Ordnung bringen, sie –

»Misch dich nicht in unsere Angelegenheiten ein, Nick.« Bill rührte sich nicht vom Fleck und blockierte die Tür mit seinem Körper, so daß Nick sie nicht schließen konnte. »Ich weiß, du bist ein guter Freund, aber hier geht es um eine ernste Sache. Du willst doch nicht, daß ich hinter ihr her in den Wagen steigen muß?«

Seine Stimme war so ruhig, daß Quinn dachte: *Er ist tatsächlich verrückt. Er hat vollends den Verstand verloren.* Er konnte alles tun und glauben, es sei richtig. Sogar ihr weh tun. Sogar sie aus dem Wagen zerren, weil er glaubte, sie gehöre zu ihm.

»Die Situation sieht folgendermaßen aus, Bill«, sagte Nick in dem gleichen ruhigen Tonfall wie Bill. Sie konnte sein Zittern spüren und die Anstrengung hinter seiner Stimme hören, während er versuchte, seinen Zorn zu unterdrücken und Ruhe zu bewahren. »Du kannst mich zweifellos innerhalb von dreißig Sekunden k. o. schlagen, aber du kannst dir nicht gleichzeitig Quinn schnappen, und das bedeutet, daß ihr dreißig Sekunden bleiben, um sich hier im Laster einzuschließen und mit dem Handy die Polizei anzurufen, während wir uns gegenseitig die Seele aus dem Leib prügeln. Dann kannst du Frank Atchity erklären, warum sie so mit den Nerven am Ende ist und warum ich blute, wobei er sowieso schon einige gute Verdachtsmomente gegen dich hat. Oder du kannst mich sie nach Hause bringen lassen, und wir beschäftigen uns morgen weiter mit diesem Scheiß. Du hast die Wahl.«

Bill sah aus wie ein wild gewordener Stier, doch dann blickte er an Nicks Schulter vorbei in Quinns Augen. Zitternd sog sie die Luft ein, und sein Gesichtsausdruck änderte sich schlagartig. »Weine nicht«, sagte er zu ihr. »Ich muß nur mit dir reden.«

»Später«, sagte sie, um ihn zu besänftigen. »Viel später.« *Ich hasse dich. Ich will dich nie wieder sehen. Nie mehr. Ich wünschte, du wärst tot.*

»Ich werde sie jetzt nach Hause fahren«, sagte Nick. »Wenn du einen Schritt zurücktreten würdest, damit ich die Tür schließen kann.«

Eine Minute lang blieb Bill regungslos stehen, die längste Minute in Quinns Leben, bevor er zurücktrat. Nick zog die Tür zu und verriegelte sie. »Lieber Himmel, das war übel«, meinte er und drehte sich zu ihr um, um sie in die Arme zu schließen.

Sie ließ sich in seine Arme fallen und drückte sich an ihn. Bemüht, sich sicher und geborgen zu fühlen, sagte sie: »Ich bin okay«, doch er erwiderte: »Nein, bist du nicht. Jemand, der sich um dich zu sorgen pflegte, hat dir gerade weh getan.«

Seine Arme schlossen sich fester um sie, und sie umklammerte ihn und schluchzte einmal auf – das hatte sie gar nicht gewollt, es brach einfach aus ihr heraus –, während er sie festhielt, bis sich ihr Atem langsam beruhigte. »Fahr mich heim«, murmelte sie an seinem Hals. »Bring mich hier fort.«

Nick küßte sie auf die Stirn. Er ließ sie los, um ihr seine Jacke um die Schultern zu legen. Dann kletterte er über sie hinweg auf den Fahrersitz. Ein letztes Mal sog Quinn lang und zitternd die Luft ein, bevor sie nach dem Sicherheitsgurt griff. Durch das Fenster sah sie Bill mit ihrem Hemd in der Hand auf dem Parkplatz stehen und sie beobachten. »Bring mich hier *fort*«, wiederholte sie. Nick schaute an ihr vorbei. »Lieber Himmel«, sagte er und beeilte sich, sie von Bill fortzubringen.

Bemüht, nicht zu zittern, sondern die vernünftige, besonnene und beruhigende Rolle zu übernehmen, obwohl er eigentlich nur den Wunsch verspürte, Bill umzubringen, fuhr Nick sie heim. Als sie ins Eßzimmer traten, saßen Max und Darla dort in angespanntem Schweigen.

»Was ist denn mit dir passiert?« fragte Darla entsetzt, als sie Quinns Gesicht sah. »Nick, was hast du –«

»Es war nicht Nick«, erklärte Quinn. »Bill war's. Er ist über mich hergefallen. Er ist völlig aus dem Ruder gelaufen.«

»Ruf die Polizei«, sagte Darla, und Nick stimmte ihr zu: »Und zwar sofort.«

Quinn ließ sich auf einen der Stühle fallen. »Ich hasse das. Ich hasse das. Warum kann er es nicht einfach aufgeben und mich gehen lassen?« Sie legte ihren Kopf auf den Tisch, und Darla kam zu ihr hinüber und strich ihr sanft übers Haar.

Nick fühlte sich entsetzlich.

»Es ist nicht deine Schuld«, redete Darla auf sie ein. »Er ist verrückt.«

»Wir rufen jetzt sofort die Polizei«, bestimmte Nick in dem Bedürfnis, etwas zu sagen, doch Quinn hob den Kopf und sagte: »Nicht jetzt.«

»Quinn!« ermahnte Nick sie, und Darla meinte: »Laß ihr eine Minute Zeit. In diesem Zustand wird sie mit niemandem sprechen.«

»Ach ja?« Genauso energisch wie Nick stand Max auf. »Angenommen, dieser Spinner taucht hier auf. Nick ruft jetzt die Polizei.«

»Er wird nicht herkommen«, erwiderte Quinn müde, und Nick verlangte es danach, sie festzuhalten und ihr zu versichern, daß alles gut werden würde und er bei ihr war, daß –

»Mein Dad ist hier. Und Darla –«

»Nein, ist sie nicht mehr«, sagte Max. »Es reicht jetzt.«

Er wandte sich zu Darla und fügte hinzu: »Ich weiß, du möchtest bis Samstag warten, aber es wird Zeit, daß du nach Hause kommst. Solange dieses Arschloch frei herumläuft, wirst du nicht hierbleiben.«

Trotzig schüttelte Darla den Kopf. »Ich kann Quinn nicht alleine lassen. Bill –«

»Sie kann mit zu uns nach Hause kommen«, schlug Max vor, während Nick gleichzeitig sagte: »Ich werde bei Quinn bleiben.«

»Oder Nick kann bei ihr bleiben«, nahm Max den Faden vorsichtig auf. »Aber du bleibst nicht hier. Es ist gefährlich.«

»Wenn es gefährlich ist, werde ich sie erst recht nicht im Stich lassen.« Darlas Stimme klang stur, jedoch unsicher. »Nick wird nicht hierbleiben, du kennst ihn doch –«

»Hey«, widersprach Nick und fühlte sich gleichermaßen wütend und schuldbewußt. Natürlich würde er bleiben. Okay, normalerweise waren Übernachtungen bei Frauen nicht sein Ding, aber in diesem Fall lag die Sache anders. Er würde bleiben. Zumindest bis Bill für eine hübsche lange Zeit ins Gefängnis wanderte.

»– und ich kann sie nicht alleine lassen«, beendete Darla ihren Satz.

»Es ist schon in Ordnung –« begann Quinn, doch Max fiel ihr ins Wort: »Zur Hölle damit, du kommst mit.« Er packte Darla und legte sie über seine Schulter.

Nick fühlte sich unbehaglich, während Darla protestierte: »*Warte einen Moment*« und sich in Max' Armen wand.

»Wahrscheinlich keine gute Idee«, sagte Nick leise zu Max, öffnete jedoch trotzdem die Tür, so daß Max sie hinaustragen konnte.

»*Warte einen Moment,* habe ich gesagt«, wehrte Darla sich auf der Veranda, doch Nick sagte: »Fort mit euch« und schloß die Tür hinter ihnen. Er lehnte sich gegen die Tür, drehte den Schlüssel herum und schob den Riegel vor.

Voller Aufruhr und Anspannung stand Quinn reglos im Zimmer. »Sie ist meine beste Freundin. Ich protestiere.«

Nick trat zu ihr. »Nein, tust du nicht. Du bist genauso froh wie ich, daß die beiden wieder zusammen sind. Komm jetzt –«

»Diese Freude könnte ein wenig vorschnell sein«, meinte Quinn. »Sie schien davon nicht sonderlich angetan zu sein. Genausowenig, wie ich von Bill angetan war.«

Erschrocken über diesen Vergleich hielt Nick inne. »Das ist etwas anderes. Er ist ihr Ehemann.«

»Ich weiß nicht.« Quinn humpelte ins Wohnzimmer und sank auf die Couch. »Ich weiß überhaupt nichts mehr.« Sie rieb sich den Knöchel. »So besessen und gewalttätig hat sich Bill noch nie benommen. Er hat sich verändert. Vielleicht gilt das auch für Max.«

»Das will ich doch verdammt noch mal hoffen.« Nick folgte ihr und baute sich vor ihr auf. »Deshalb hat Darla ihn doch verlassen. Ich dachte, daß es genau das ist, was ihr wollt: eine Veränderung.«

»Aber doch nicht so«, widersprach Quinn. »Ich kann Bill nicht verstehen.«

Sie sah müde und verwirrt und verletzt aus. Wieder fühlte Nick sich mies. »Ich schon. Zwar bin ich auch der Meinung, daß er ein Idiot ist und wir auf der Stelle die Polizei alarmieren sollten, aber ich kann ihn verstehen. Er glaubt, daß du zu ihm gehörst.«

»Hör mal, ich habe ihm doch gesagt, daß –«

»Das hast du auch zu mir gesagt, und ich habe dich genausowenig in Ruhe gelassen.« Er setzte sich neben sie auf die Couch, nahm ihre Hand und versuchte, es ihr begreiflich zu machen, damit sie nicht mehr so verloren aussah. »Während der letzten beiden Wochen habe ich gewartet und dich beobachtet, und ich wußte, daß du zu mir zurückkommen würdest, weil du zu mir gehörst. Jeder Kerl glaubt das von der Frau, die er liebt.«

Bei dem Wort »liebt« riß Quinn den Kopf hoch, doch er ignorierte es und redete weiter.

»Aus diesem Grund habe ich dich an dieser Wand festgenagelt, nachdem du mir wochenlang ausgewichen bist. Ich habe dich zurückerobert.« Bei diesen Worten spürte er eine Hitzewelle in sich aufsteigen. Er begehrte sie schon wieder, er wollte sie wieder wie vorhin nehmen und spüren, wie sie sich ihm erneut völlig hingab. Doch als er bemerkte, wie Quinn die Augen schloß, fühlte er sich schlecht. »Es tut mir leid.«

»Mir nicht.« Sie schlug die Augen wieder auf und sah ihn geradewegs an. »Ich war nur überwältigt, wie erregend das war. Politisch absolut unkorrekt, aber wirklich wahnsinnig erregend.«

Am liebsten wäre er sofort dort auf der Couch über sie hergefallen und hatte deshalb Schuldgefühle. Für einen Abend war sie mehr als genug grob behandelt worden. Aber gegen seine Lust war er machtlos. »Sieh mal, ich weiß, es ist nicht richtig, aber so ist es nun einmal. Ich sehe, wie du über die Bühne gehst, und ich schaue dir auf den Hintern und denke, *der gehört mir.* Ich sehe, wie du dich vorbeugst, um einen Farbtopf von Thea entgegenzunehmen, wie dein Hemd aufklafft, und ich denke, *das gehört mir.* Ich höre deine Stimme und dein Lachen, sehe deine Augen und deinen Mund und denke, *das gehört mir.* Sogar als du nein gesagt hast, warst du mein. Das läßt sich nicht abschalten. Du kannst es mir nicht ausreden. Jede Bewegung von dir gehört zu mir. Ich weiß, daß es falsch ist, aber das ist mir egal.«

»Oh«, machte Quinn.

»Und das Problem ist, daß Bill nicht einmal begreift, daß es falsch ist. Er weiß nur, daß du sein, aber nicht bei ihm bist.«

Quinn schluckte. »Er wird die Wahrheit niemals erkennen, nicht wahr?«

»Doch«, meinte Nick. »Er wird es einsehen, aber dazu bedarf es mehr als einfacher Worte. Ich weiß nicht, was dazu nötig ist, aber ich weiß, daß es mehr ist, als nur zu sagen, ›Bill, es ist vorbei‹. Wenn du das zu mir sagen würdest, würde ich es auch niemals glauben. Du bist mein. Genauso, wie Darla zu Max gehört.« Einen kurzen Augenblick dachte er an Max, der gerade seine Frau gekidnappt hatte. »Hoffe ich jedenfalls.«

»Ich kann mich im Moment nicht damit auseinandersetzen.« Quinn ließ sich gegen die Rückenlehne der Couch fallen. »Ich weiß, das ist schwach, aber ich werde mich morgen darum kümmern, nicht mehr heute abend.«

»Möchtest du einen Eisbeutel für deinen Knöchel haben, bevor wir die Cops anrufen?« erkundigte Nick sich, doch sie schüttelte den Kopf.

»Nein.« Quinn machte eine abwehrende Geste. »Keine Polizei. Das stehe ich heute abend nicht mehr durch. Morgen werde ich sie benachrichtigen, das schwöre ich. Aber nicht mehr heute abend.«

Nick wollte protestieren, bemerkte dann jedoch, wie erschöpft sie aussah. Er würde bei ihr bleiben, und Bill würde ihnen nicht entwischen. »Nun gut, aber es wird das erste sein, was du morgen früh tust, versprochen?«

»Morgen«, nickte sie.

»Okay.« Er streckte seine Hand aus. »Komm jetzt, du Humpelliese. Laß uns ins Bett gehen.«

»Oh, du bleibst tatsächlich hier?« Quinn nahm seine Hand, und sein Blick fiel auf ihre aufgeschürften Handgelenke. Von weit weg hörte er sie sagen: »Du weißt ja, daß Dad oben schläft. Nicht, daß du –«

»Was ist mit deinen Handgelenken passiert?«

Quinn sah auf ihre Hände. »Oh, Bill hat sie gegen die Ziegelmauer geschlagen.«

»Das reicht«, sagte Nick. »Ich werde dafür sorgen, daß er für immer hinter Gitter kommt. Dieser Hurensohn –«

»Es ist nicht so schlimm –«

»Zur Hölle mit ihm. Er wandert ins Gefängnis.« Nick knirschte mit den Zähnen, hielt dann jedoch inne, als er bemerkte, wie sehr sie das aus der Fassung brachte. »Morgen. Wo ist dein Verbandskasten?«

»In der Küche«, sagte Quinn. »Ich glaube nicht, daß er überhaupt gemerkt hat, wie –«

»Scheiß drauf, was er gemerkt hat«, unterbrach Nick sie. »Er wandert ins Gefängnis.«

Darla warf Max einen verstohlenen Blick zu, während der Laster in der Dämmerung die Straße entlangrumpelte. Sie glaubte nicht, daß er wütend war, aber er hatte die ganze Zeit über kaum einen Ton gesprochen. Auch sie wußte nicht, was sie sagen sollte, und konnte daher kein Gespräch anfangen. Sie hatte es mit »Quinn braucht mich« versucht, jedoch nur zurückbekommen, »Nick ist dort«, so daß sie nun schwieg und sich fragte, wie sie in diesen Schlamassel geraten war.

Sie hatte Aufregung gewollt. Okay, die hatte sie bekommen. Obendrein noch eine Orchidee, und sie war von ihrem eigenen Ehemann entführt worden. Das war interessant, auch wenn sie zu dem gleichen alten Leben zu Hause zurückkehrten –

Genau in diesem Augenblick registrierte sie, daß sie sich nicht auf dem Heimweg befanden.

»Max, wo fahren wir hin?«

Anstatt zu antworten bog er ab, und sie erkannte, daß sie am Stadtrand waren. Er nahm eine scharfe Rechtskurve und bog dann schlitternd in den ersten Weg zum alten Autokino ein.

»Der ist seit Jahren gesperrt«, sagte sie und schrie dann: *»Max, paß auf!«*

Er hielt weiter auf die mit einem Vorhängeschloß versehene Kette zu. Erschrocken fuhr Darla zusammen, als sie sie durchbrachen und dabei ein Scheinwerfer zersplitterte.

Vielleicht war er verrückt geworden.

Er fuhr schnurstracks zum rückwärtigen Teil des Parkplatzes, und einen Moment lang dachte sie, sie würden den hinteren Zaun auf dieselbe Weise durchbrechen, wie sie es mit der Kette getan hatten, doch im letzten Augenblick riß er das

Steuer herum, so daß der Laster ausbrach und mit dem Heck einen Halbkreis beschrieb, bevor er in der letzten Reihe des Kinos zum Stehen kam.

»Das habe ich seit zwanzig Jahren nicht mehr gemacht«, sagte er mit tiefer Befriedigung in der Stimme.

»Eher seit fünfzehn«, meinte Darla.

Der Parkplatz erstreckte sich über etwa viertausend Quadratmeter, und gespenstisch wirkende Pfähle markierten Reihe für Reihe die Parklücken. Die Lautsprecher waren schon lange verschwunden, nur noch vereinzelte Wickeldrähte baumelten im Wind. Die Leinwand am vorderen Ende war kleiner, als sie sie in Erinnerung hatte, aber die alte Imbißbude stand noch immer dort, ein rechteckiger Klotz mit dem besten Grillfleisch und den miesesten Toiletten in ganz Tibbett. Sie waren häufig hierher gekommen, als sie beide fast noch Kinder waren, gerade siebzehn, verzaubert vom Leben und voneinander und vor allem von Sex.

Vielleicht war das der Grund, warum Max mit ihr hierher gefahren war: noch einmal Sex auf dem Vordersitz. Nun, das war eine nette Idee, dachte sie müde, aber sie könnten sich auch zu Hause im Bett lieben. Sie würde sowieso den Rest ihres Lebens zu Hause verbringen. Warum es also aufschieben?

Max stellte den Motor ab und wandte sich zu ihr, entspannt in den Sitz gelehnt. »Wir haben hier ein paar schöne Stunden verlebt.« Er lächelte sie an und wirkte ein wenig nervös. Genauso wie damals, schoß es ihr durch den Kopf. »Erinnerst du dich daran?«

»Ja«, sagte Darla. »Es war ziemlich aufregend.«

»Hmm.« Max nickte und wußte offenbar nicht, was er als nächstes sagen sollte. Er tat ihr leid. Meine Güte, er hatte ihr eine Orchidee gekauft. Das sollte genügen.

»Schon okay, Max«, sagte sie. »Ich weiß, daß wir die Zeit nicht zurückdrehen können. Aber es ist wirklich süß von dir, mich der Erinnerung wegen hierher zu bringen.«

»Kein Problem.« Er zuckte mit den Schultern.

Seine Stimme klang lässig, aber seine Sitzposition verriet, daß er das nicht war; seine Hand umklammerte das Lenkrad so verkrampft und so eindeutig unsicher, daß ihr Herz dahinschmolz. Er war nun soviel liebenswerter als damals vor all den Jahren, als er ihr angenehme Schauer über den Rücken gejagt hatte. Man erhielt einige wertvolle Entschädigungen, wenn die erste Aufregung vorbei war, wurde ihr klar. Mochte er auch in der High-School aufregender gewesen sein, würde sie dennoch niemals den Mann, der er jetzt war, gegen den Jungen von damals eintauschen, so süß er auch gewesen war.

»Nun«, er drehte sich zu ihr, um sie anzusehen, verlor dann aber offenbar die Courage, »was gibt's Neues?«

»Abgesehen von Bill, der Quinn überfällt?« fragte sie. »Nicht viel. Und bei dir?«

Wieder zuckte er mit den Achseln. »Oh, ich habe einige Dinge geändert.«

»Stimmt.« Darla seufzte, denn plötzlich spürte sie Mitleid für sie beide. »Es ist schon okay, Max. Ich gebe auf. Ich komme nach Hause.«

»Du brauchst nicht aufzugeben«, protestierte er. »Ich bin einige Risiken eingegangen. Lieber Himmel, ich habe Barbara zum Essen ausgeführt. Das war etwas Neues.«

»Ja, eine tolle Idee«, sagte Darla trocken.

»Und das Theaterstück.« Max hörte sich an, als grabe er nach allem, was ihm einfiel. Tat er wahrscheinlich auch, der arme Teufel. »Ich bin wirklich voll und ganz bei der Sache. Das ist eine große Veränderung.« Er nickte in der Dunkelheit. »Und ich koche abends, habe ich dir das erzählt?« Er nickte noch kräftiger. »Ich kaufe ein und koche. Noch dazu gar nicht so schlecht.«

»Das überrascht mich nicht.« Darla spürte, wie sich ihre Kehle zuschnürte. Er bemühte sich so sehr. »Du warst immer in allem talentiert. Schon gut, ich komme nach Hause, du mußt nicht –«

»Und ich – « ziellos ließ er den Blick über das Gelände

schweifen – »habe dieses Autokino gekauft.« Darla riß die Augen auf. »Du hast was getan?«

Selbstsicherer geworden nickte Max. »Ich habe dieses Autokino gekauft.« Er sah sie an und nickte wieder. »Heute nachmittag. Die Werkstatt läuft gut, die will ich nicht aufs Spiel setzen, aber ich dachte, daß eine neue Generation das haben sollte, was wir hatten, deshalb habe ich es gekauft. Es ist ein Wagnis, aber was soll's?«

Darla fiel die Kinnlade herunter. Er hatte ein Autokino gekauft. In einer Million Jahren hätte sie damit nicht gerechnet. Ebensowenig wie mit der Orchidee, aber das hier –

Das war riesig. Überwältigend. »Max«, sagte sie atemlos.

Er schluckte. »Natürlich werde ich Hilfe dabei brauchen. Alleine kann ich das Geschäft nicht aufziehen.« Er wandte sich zu ihr und sah so verletzlich aus wie ein Siebzehnjähriger. »Ich dachte, wir könnten es zusammen führen. Wie in den alten Tagen, als du den Papierkram für die Werkstatt erledigt hast.« Er versuchte, sich unbeschwert zu geben, aber sie konnte die Anspannung in seinen Augen sehen. »Bist du dabei?«

»Natürlich bin ich dabei«, sagte sie, überrascht, daß Tränen ihre Stimme erstickten. »Ich kann nicht glauben, daß –« Er beugte sich zu ihr und küßte sie. Er war so ganz und gar der solide Max, und es fühlte sich so gut an, sich an ihm festzuhalten, seinen Kuß zu erwidern und sich an ihn zu klammern, als ginge es um ihr Leben.

»Verlaß mich nicht wieder«, murmelte er in ihr Haar. »Verlaß mich nie wieder.«

»Dazu bin ich gar nicht imstande«, sagte sie. »Ich kann dich nicht verlassen, du bist zu unberechenbar. Gott weiß, was du als nächstes kaufst.« Voller Begehren küßte sie ihn wieder, so froh, daß sie das tun durfte und wieder mit ihm zusammen war. »Oh, ich habe dich vermißt. Ich bin so glücklich. Ich kann es nicht glauben, wie glücklich ich bin.«

Er lachte, und sie konnte seine Erleichterung heraushören, mit der plötzlich auch jede Anspannung von ihm wich. Er war wieder der alte Max. »Habe ich dir schon gesagt, wie sexy du in einem T-Shirt aussiehst?« fragte er, und sie erschauerte, als er mit den Händen über ihren Rücken fuhr.

»Nein.« Sie schüttelte den Kopf und schluckte die aufsteigenden Tränen hinunter. Dies war nicht der richtige Zeitpunkt zum Heulen. »Das hast du mir noch nie gesagt.«

»Ohne siehst du noch heißer aus«, sagte er und ließ seine Hände unter ihr T-Shirt gleiten.

Sie drängte sich enger an ihn und atmete seinen Duft ein, während sie die Augen schloß und die Berührung seiner Hände auf ihrer Haut genoß. »Ich habe dich so wahnsinnig vermißt.«

»Gott sei Dank«, sagte er und zog ihr das T-Shirt über den Kopf.

»Max, wir sind hier an einem öffentlichen Ort.« Sie zitterte leicht in der kühlen Luft und verschränkte die Arme vor ihrem Büstenhalter.

»Nein, dieses Gelände gehört uns, es ist nicht öffentlich.« Im Dämmerlicht blickte er sie begehrlich an; ja, er sah sie tatsächlich, und sie hörte auf, sich zu bedecken. »Ich weiß, daß du schwierig zu kriegen bist«, fuhr er fort und öffnete den Verschluß ihres Büstenhalters mit einer Hand, genau wie in alten Zeiten. »Ich weiß, daß du dich nicht ausziehen möchtest.« Er streifte die BH-Träger von ihren Schultern und ließ seine Hand über ihre Brust gleiten. Unwillkürlich schloß sie die Augen. »Komm, wir streicheln uns nur ein bißchen, bis du Stop sagst.« Er beugte sich hinab und küßte ihre Brust. »Ich schwöre dir, daß ich aufhöre, wenn du Stop sagst.« Er beugte sich weit über sie und öffnete mit einer Hand ihren Reißverschluß. Sein Körper fühlte sich auf ihr heiß an.

»Hör nicht auf«, hauchte sie, während er sie weiter liebkoste. »Ich will alles.« Da ihr sein Kopf die Sicht versperrte, begann sie blind, sein Hemd aufzuknöpfen. »Erzähl es nur den anderen in der Schule nicht. Ich will nicht, daß sie mich für ein schlechtes Mädchen halten.«

»Du bist das beste Mädchen, das ich kenne«, sagte Max atemlos. Sie riß sein Hemd auf und kletterte auf seinen Schoß.

Bill stand an Quinns Haus und spähte durch die manipulierte Jalousie. Quinn und Nick waren im Wohnzimmer, wo er sie nicht sehen konnte – er hätte auch dort in weiser Voraussicht eine Jalousie bearbeiten sollen, doch das konnte er morgen noch tun –, aber sie würden vielleicht durch das Zimmer zurückkommen, wenn Nick nach Hause ging; deshalb blieb er dort stehen und schaute in einen leeren Raum. In diesem Augenblick kamen sie hinein und gingen in Richtung Küche. Leise schlüpfte er in den Garten, um durch die Spitzengardinen des rückwärtigen Fensters zu spähen. Nick öffnete einen Schrank. Quinn hielt ihre Handgelenke unter fließendes Wasser. Es versetzte ihm einen Stich, als ihm klar wurde, daß er ihr mehr weh getan hatte, als ihm bewußt gewesen war. Hätte sie ihm doch nur zugehört, dann hätte er ihre Hände nicht so brutal gepackt. Irgendwie war alles außer Kontrolle geraten. Voller Haß starrte Bill den Hund an, der sich auf die Hinterbeine gestellt hatte, um zu sehen, was Quinn tat. Mit diesem blöden Köter hatte alles angefangen.

Nick holte eine Kiste aus dem Schrank hervor und stellte sie auf die Anrichte. Er griff nach einem blaukarierten Handtuch, und als Quinn ihm ihre Hände entgegenstreckte, tupfte er sie vorsichtig trocken. Es schnürte Bill die Kehle zusammen. Er sollte derjenige sein, der Quinn tröstete, nicht Nick, der alte Freund, der sie später nicht in den Armen halten konnte. Freunde waren wichtig, er war froh, daß sie Nick hatte, aber es wäre besser gewesen, wenn Nick heute abend nicht dort gewesen wäre. Dann wäre Quinn mit zu ihm nach Hause gegangen, und er hätte ihre Hände trocknen können.

Nick öffnete die Kiste, nahm eine Rolle Gaze heraus und begann, eines ihrer Handgelenke damit zu umwickeln, wobei er seinen Kopf ganz dicht an ihrem hielt, um zu sehen, was er tat. Zu dicht. Wenn jemand die beiden sah, konnte diese Nähe einen merkwürdigen Eindruck erwecken, auch wenn es nur der gute alte Nick war. Der widmete sich nun dem anderen Handgelenk und legte die Gaze sorgfältig darum. In diesem Moment sagte Quinn etwas zu ihm, und er lachte auf. Er stand viel zu nahe bei ihr.

Bill runzelte die Stirn. Sie sollte vorsichtig sein. Nick könnte auf falsche Gedanken kommen.

Nick hatte die Gaze nochmals aufgenommen und wickelte sie nun einmal um ihr eines Handgelenk – das machte keinen Sinn, schließlich war es bereits bandagiert –, dann um das andere, so daß er sie durch eine lockere Schlinge zusammenband. Dabei sah er ihr in die Augen und lachte. Quinn hob die Arme, und Nick schlüpfte darunter hindurch, und als er sich wieder aufrichtete, schlang sie die Arme um seinen Hals und drückte sich an ihn.

Der Rest der Gazerolle wickelte sich von ihren Handgelenken ab und fiel zu Boden. Bill konzentrierte sich auf das Baumwollband, das sich über Nicks Rücken abwärts schlängelte, und versuchte nicht hinzusehen, wie Quinn zu Nick auflachte, wie sie sich an ihn drückte, wie Nicks Hände zu ihren Hüften glitten – Bills Kopf dröhnte –, bevor er sie plötzlich leidenschaftlich küßte. Das war nicht der Kuß eines Freundes, sondern der eines Liebhabers. Sie liebten sich. Nick küßte sie innig, die Hände auf ihrem Po, hinten in ihre Jeans geschoben, während ihre Hände nach Nicks T-Shirt griffen – das war noch schlimmer, Bill spürte, wie die Luft aus seinen Lungen wich – und sich festklammerten, als wolle sie es ihm vom Leibe reißen. Ohne den Kuß zu unterbrechen, zog Nick Quinn in Richtung Treppe. Nick küßte *seine* Quinn, dazu hatte er kein Recht, und dieser blöde Hund tänzelte um sie herum –

Erst als sie verschwunden waren, etliche Minuten waren vergangen, vielleicht auch ein paar Stunden – Bill hatte jegliches Zeitgefühl verloren – wurde ihm klar, daß seine Schreie lautlos gewesen waren und sich nur in seinem Kopf abgespielt hatten.

Quinn sah zu, wie Nick sich aus seinem T-Shirt schälte. Er hatte einen solch tollen Körper, und gleich würde er ihr gehören. Wieder. Nur, daß sie ihn diesmal berühren konnte. Nick über ihr, in ihr, um die üblen Erinnerungen wegzuwischen. Sie dachte an Bill, und kurz überlief es sie eiskalt, bevor sie den Gedanken beiseite schob. Nick war hier. Sie war in Sicherheit. »Beeil dich«, sagte sie.

»Schhhh.« Nick sah zu der geschlossenen Tür zurück. »Wecke Joe nicht auf. Mir wäre es lieber, er käme nicht herein und würde sich hier auf einem Stuhl postieren.«

Er streifte seine Jeans ab. Er sah göttlich aus. »Ich bin verrückt nach deinem Körper«, flüsterte sie. »Komm her.«

»Du gehst ganz schön ran.« Er schlüpfte unter die Decke und schlang die Arme um sie. Sein Körper fühlte sich hart an ihren weichen Rundungen an, und sie rollte sich herum, bis sie auf ihm saß.

»Du gehörst mir«, sagte sie zu ihm.

»Mir soll's recht sein.« Er fuhr mit den Händen über ihre Seiten, bis sie seine Hände packte und über seinem Kopf in die Kissen drückte.

»Du wirst mich eine ganze Woche lang spüren«, flüsterte sie und drängte sich an ihn.

»Süße, ich spüre dich schon jetzt jede Minute am Tag.« Er hob den Kopf, um sie zu küssen. Seine Lippen fanden ihre Lippen, seine Zunge schob sich in ihren Mund und ließ sie erschauern. »Ich denke schon so verdammt lange an dich, daß es ein Wunder ist, daß ich überhaupt etwas auf die Reihe kriege. Jedesmal, wenn du mir den Rücken zudrehst, möchte ich dich über irgend etwas legen, und wenn du dich nicht umdrehst, möchte ich dich an einer Wand nehmen, und wenn du nicht in der Nähe bist, schließe ich die Augen und stelle mir deinen nackten Körper vor und wie ich in dir drin bin.« Wieder küßte er sie, und seine Worte, sein Mund und sein schlanker, wunderschöner Körper, der sich unter ihr bewegte, brachten ihr Blut zum Kochen.

Quinn schnappte nach Luft. »Scheint nicht zu funktionieren, wenn ich den dominanten Part übernehme«, murmelte sie und versuchte, sich cool zu geben, doch sie spürte seine Erregung hart an ihrem Leib. Sie preßte sich an ihn und genoß das Gefühl, wie er den Druck erwiderte.

»Oh, ich weiß nicht.« Nick küßte ihren Hals, offensichtlich unbeeindruckt davon, daß sie seine Hände festhielt. »In Leder und mit einem Paar Handschellen könntest du einigen Schaden anrichten.«

Quinn ließ ihn los. »Ich kann auch ohne Leder Schaden anrichten«, flüsterte sie und begann, seine Brust mit Küssen zu bedecken und immer weiter abwärts zu wandern.

»Oh, mein Gott«, stieß Nick hervor, als sie ihre Zunge über seinen Bauch gleiten ließ. »Du hast recht. Ich gehöre dir.«

Verdammt richtig, dachte sie und nahm ihn in den Mund.

Am nächsten Morgen wachte Nick um acht Uhr auf, was normal war, die Decke weggetreten, was ebenfalls normal war, während Quinns Kopf auf seinem Arm lag, was nicht normal war. Er spürte einen kurzen Anfall von Panik, doch dann bewegte sie sich im Schlaf, und ihr Haar strich wie Seide über seine Haut, und mit einem Mal fielen ihm die Episode auf der Bühne am Abend zuvor und Bill wieder ein, und er war ungeheuer erleichtert, sie sicher bei sich zu wissen. Wieder bewegte sie sich, und er dachte, *Das ist schön.* Er rollte sich gegen ihren Rücken und fühlte die Wärme ihres ganzen Körpers.

Er strich gerade mit der Hand über ihre Brust, als Darla anklopfte, ohne eine Antwort abzuwarten hereinstürmte und sagte: »Max wartet draußen, ich wollte nur meine Sachen holen –«

Nick erstarrte. Acht Uhr am Morgen war nicht seine beste Zeit für schnelles Denken, selbst wenn er nicht nackt in einem fremden Bett lag.

»Netter Arsch«, meinte Darla. »Aber den werde ich wohl nicht wieder zu Gesicht bekommen.«

»Danke«, sagte Nick, und sie ging aus dem Zimmer und zog die Tür hinter sich zu.

»Was war?« fragte Quinn schläfrig.

»Dafür schuldest du mir was«, sagte er und drehte sie zu sich. »Komm her.«

»Wofür?« wollte Quinn wissen, wehrte sich jedoch nicht.

Eine Stunde später saß Quinn am Frühstückstisch und versuchte, Ordnung in ihr Leben zu bringen und das Gute, das Schlechte und das Schlimme abzuwägen. Sie würde zur Polizei gehen müssen, Bill hatte die Kontrolle über sich verloren, und das war ihr ganz entsetzlich. Bis er sich mit ihr eingelassen hatte, war er kerngesund gewesen, und das würde er vermutlich auch wieder werden, wenn er sie erst einmal vergessen hatte. Vielleicht sollte sie abwarten, bis –

Sie dachte daran, wie er sie am Abend zuvor gegen die Ziegelmauer gestoßen hatte. Einerseits hatte sie Mitleid mit ihm, andererseits konnte sie es nicht fassen. Sie würde zur Polizei gehen.

Nick kam ins Zimmer, sein Haar noch feucht von der Dusche, und sie rief sich den guten Teil ins Gedächtnis. »Du bist schön«, sagte sie, und er erwiderte: »Nein, das ist Max.« Er küßte sie, und ihr wurde bewußt, wie schön es war, an einem sonnigen Samstagmorgen verliebt zu sein.

»Nein, du bist es«, widersprach sie. »Eindeutig du.«

»Nun, nett, daß du so denkst.« Er lehnte sich mit derart gewollter Beiläufigkeit gegen die Spüle, daß sie wußte, daß er irgend etwas auf dem Herzen hatte. »Weil du von nun an neben diesem Gesicht aufwachen wirst. Ich ziehe hier ein.«

Quinn ließ sich gegen die Rückenlehne fallen. Er sah unsicher aus, als er diese Worte aussprach, trotzig und irgendwie mitleiderregend. »Warum?«

Er verdrehte die Augen. »Weil du jemanden brauchst, der auf dich aufpaßt. Meine Güte, was wäre ich für ein Typ, wenn –«

»Ich gehe heute zur Polizei«, sagte Quinn. »Mein Vater ist hier. Du brauchst nicht zu bleiben.«

Wie vor den Kopf gestoßen hielt er inne. »Ich dachte, du willst das –«

»Ich will, daß du hier einziehst«, bestätigte Quinn, »aber nur, wenn du es für dich möchtest, nicht für mich. Ich brauche keine Gefallen.«

»Jetzt fang nicht damit an.« Er ging zum Kühlschrank und holte die Milch heraus. »Du willst mir doch wohl nicht erzählen, daß wir nach der letzten Nacht nicht zusammen sind.«

»Natürlich sind wir zusammen«, sagte Quinn. »Ich liebe dich.« Sie wartete eine Minute, ob auch er es sagen würde, und fuhr dann fort: »Das bedeutet aber nicht, daß du hier wohnen mußt. Du brauchst deinen Freiraum und deine Privatsphäre. Dad ist bei mir, um Bill hier fernzuhalten, bis sich die Polizei seiner annimmt. Du brauchst nicht einzuziehen.«

Er stand dort mit dem Milchkarton in der Hand und sah sie mit hochgezogenen Augenbrauen an. »Das ist nicht der Grund. Ich möchte mich um dich kümmern.«

Dies klang wie das Echo von Bills Worten, und Quinn unterdrückte den Impuls, sich zu schütteln. »Ich weiß. Aber das brauchst du nicht. Du bleibst in deiner Wohnung, wo du dich wohl fühlst, und ich lebe hier. Wir werden uns jeden Tag sehen, genauso wie wir das immer getan haben, nur daß wir jetzt noch jede Menge großartigen Sex obendrein haben werden.« Sie lächelte ihn an. »Ich bin mir ziemlich sicher, daß das deine Vorstellung vom perfekten Leben ist, habe ich recht?«

»Hmmm«, murmelte er und trank einen Schluck Milch aus dem Karton.

»Nun, dann ist ja alles in bester Ordnung«, sagte Quinn und ignorierte seine schlechten Manieren.

»Ja«, sagte Nick. »Danke.«

16

Auf dem Weg zur Arbeit stattete Nick der Polizeistation einen kurzen Besuch ab und brachte eine Beschwerde vor mit der Ankündigung, daß Quinn später vorbeikäme, doch als ihn Frank Atchity im Laufe des Morgens von der Wache anrief, klang er nicht sehr ermutigend.

»Wir haben mit Bill gesprochen, bevor er zum Spiel heute mittag aufbrach«, erklärte er. »Er scheint der Meinung zu sein, daß du übertreibst.«

»Ihre Handgelenke sind wund gescheuert von ihm«, entgegnete Nick wütend. »Er hat sie verletzt.«

»Der Schulrektor war hier und hat erklärt, Bill habe ihm erzählt, Quinn stehe, nun ja, auf die harte Tour.« Frank hüstelte verlegen. »Bill sagt das auch.«

Vor lauter Zorn wäre Nick am liebsten durch die Leitung gekrochen. »Quinn steht nicht auf die harte Tour. Dieses Arschloch ist auf einem dunklen Parkplatz über sie hergefallen und hat sie genötigt.«

»Woher willst du wissen, daß sie nicht auf harte Sachen steht?« fragte Frank.

Nick hörte den mißtrauischen Unterton in seiner Stimme zu spät heraus. »Ich weiß es eben. Sie ist nicht der Typ.«

»Ich habe zwar etwas gegen Männer, die Frauen verprügeln, aber ich habe ebenso etwas dagegen, daß zwei Kerle von einer Frau an der Nase herumgeführt werden. Außerdem war sie noch nicht hier, um Anzeige zu erstatten.«

»Oh, verdammt, Frank –«

»Sieh mal«, sagte Frank, »die Sache sieht folgendermaßen aus: Ich bin Sheriff, nicht nur Joes Pokerkumpel. Ich brauche Beweise. Und deshalb muß Quinn hier erscheinen und Anzeige erstatten, damit ich in dieser Sache ernsthaft etwas unternehmen kann.«

»Sie wird kommen«, sagte Nick grimmig. »Und sie führt

niemanden an der Nase herum. Dieser Typ ist gemeingefährlich.«

»Du bleibst also bei ihr im Haus, um sie zu beschützen?«

»Nein«, sagte Nick.

»Du scheinst dir ja wirklich Sorgen zu machen, was?«

»Frank –«

»Schaff sie her«, riet Frank ihm. »Oder du kannst die Sache vergessen. Entweder oder.«

Nick knallte den Hörer auf die Gabel und knurrte Max an, als der wenige Minuten später eintraf. »Du bist spät dran.«

»Stimmt«, antwortete Max fröhlich. Er begann zu pfeifen, und Nick spielte mit dem Gedanken, ihn umzubringen.

»Ich vermute, du hast deine Frau zurück?«

»Oh, ja«, grinste Max, wurde dann jedoch ernster. »Ach ja, dabei fällt mir etwas ein.«

Nick betrachtete ihn skeptisch. »Was?«

»Willst du ein Autokino mit mir kaufen?« fragte Max betont unschuldig.

»Nein«, sagte Nick und machte sich auf den Weg zu dem Ford in der letzten Bucht.

»Nick«, hielt Max ihn zurück.

Nick blieb stehen und schloß die Augen. »Warum sollte ich ein Autokino kaufen wollen?«

»Weil ich Darla gestern abend erzählt habe, ich hätte es schon gekauft, und als ich heute morgen anrief, habe ich erfahren, daß dieser blöde Laden hundertzwanzigtausend kostet. Ich könnte einen Partner gebrauchen.«

Nick drehte sich zu ihm um. »Du hast ihr erzählt, du hättest das Autokino gekauft?«

»Hey«, meinte Max, »das war die beste Idee, die ich seit langem hatte.« Er wurde nachdenklich. »Außerdem hat es funktioniert. Der Sex war toll.«

Nick starrte seinen Bruder an. Er machte keine Witze. »Du hast also ein heruntergekommenes Autokino gekauft, um Sex mit deiner Ehefrau zu haben?«

Max schüttelte den Kopf. »Das war nicht nur bloßer Sex. Mir ist wieder Gott persönlich erschienen. Dafür sind hundertzwanzigtausend ein Spottpreis.«

Nick schnaubte verächtlich. »Klar, solange ich die Hälfte zahle.«

Max sah ihn stirnrunzelnd an. »Ja oder nein?«

»Ja«, sagte Nick, »aber nur für Darla.« Er schüttelte den Kopf und mußte lachen. »Ein Autokino.«

»Hey, vielleicht machen wir sogar Kohle damit«, meinte Max.

»Nur, wenn wir *Lüsterne Schulmädchen ohne Tabus* Minderjährigen zeigen.«

»Ich bin nicht wählerisch«, sagte Max und griff nach dem nächsten Arbeitsauftrag.

Eine Viertelstunde später sagte Max, den Kopf unter der Motorhaube eines Chevys: »Danke.«

»Keine Ursache«, erwiderte Nick.

»War das Max, der dich hier abgesetzt hat?« wollte Debbie von Darla wissen, als sie ins Upper Cut kam.

»Ja«, sagte Darla. »Ich bin gestern abend wieder eingezogen. Er hat mir ein Autokino gekauft.«

»Diese Ruine draußen am alten Highway?« Debbie starrte sie mit aufgerissenen Augen an. »Warum?«

»Um mich zurückzugewinnen«, erklärte Darla. »Ist das nicht das Romantischste, was du je gehört hast?«

»Blumen wären mir lieber«, meinte Debbie.

Bill saß im Kraftraum und schenkte Bobby keinerlei Beachtung, sondern dachte an Quinn. Da die Baseballsaison nun vorbei war, würde er sie häufiger sehen können und Arbeiten im Haus erledigen.

»Du dämlicher Ochse«, sagte Bobby ihm ins Gesicht. »Du hörst mir nicht einmal zu. Ich habe heute für dich einen Polizisten angelogen, und zum Dank lieferst du den miesesten und beschissensten Trainerjob, den ich je erlebt habe. *Wir fahren noch nicht einmal zu den Regionalmeisterschaften.*«

»Laß mich allein, Bobby.« Bill stand auf. »Ich habe zu tun.«

»Wir haben dieses Spiel wegen *deines Trainings* verloren«, spie Bobby hervor. »*Du hast Scheiße gebaut.* Das alles ist *deine Schuld.*«

»Ist mir egal.« Bill knipste die Lichter im Kraftraum aus und ging zur Tür. »Mein Gott, es ist nur Baseball.«

»*Nur Baseball?*« Der BP schrie sich beinahe die Lunge aus dem Hals, doch Bill lachte ihm nur ins Gesicht. Was für ein Kleingeist. Quinn hatte so recht gehabt.

»Sehr witzig, was?« Bobby trat ganz nah vor ihn. »Ich werde dir jetzt mal etwas wirklich Witziges erzählen. Ich war gestern abend hier, um zu prüfen, ob die Bühnentür abgeschlossen war, weil dieses Flittchen, von dem du so besessen bist, unfähig ist.« Kochend vor Wut brach er kurz ab. »Sie hat mich *bedroht*, und sie ist *unfähig*.«

»Sie ist nicht unfähig«, widersprach Bill. »Manchmal ist sie etwas achtlos« – *sie hat sich von Nick berühren lassen* –, »aber sie ist nicht unfähig.«

»Ach, nein?« Verächtlich schnauzte Bobby ihn an. »Als ich gestern abend zurückkam, um die Tür zu überprüfen, war sie unverschlossen, *weil sie unfähig ist*, und als ich hineintrat, habe ich *sie gesehen.* Und weißt du, was sie machte?«

»Bobby, das interessiert mich nicht«, sagte Bill. »Geh mir aus den Augen.«

»Sie ließ sich *von diesem Mechaniker ficken.*« Bill zuckte zusammen, und Bobby senkte seine Stimme zu einem gehässigen Tonfall. »Gegen die Wand, wie eine Nutte. Mitten auf der Bühne. Ich habe sie beobachtet. Während du *dämlicher Ochse* draußen auf dem Parkplatz gewartet hast, hat diese *Schlampe* –«

Mit dem Handrücken schlug Bill zu. Es war ganz leicht, so als zerquetsche er eine Stubenfliege, und als Bobby auf dem Boden liegenblieb, nickte Bill und ging davon.

Für eine Sache mußte er Bobby dankbar sein, dachte er, während er seine Klamotten in sein Kofferset einsortierte. Wenn das, was er über Quinn gesagt hatte, der Wahrheit entsprach – was vermutlich nicht zutraf, denn Quinn war eine anständige Frau, die so etwas nicht tat; vielleicht hatte sie Nick nur geküßt, was schlimm genug war, und dann war Bobbys schmutzige Phantasie mit ihm durchgegangen, und er war froh, ihn geschlagen zu haben –, war es an der Zeit für ihn, einzuziehen. Das hatte schon einmal funktioniert, als er sich nach und nach mit seinen Sachen in ihrer Wohnung einquartiert und sie nichts dagegen eingewandt hatte. Quinn war unkompliziert, also würde er erst einmal seine Kleidung mitnehmen und die Möbel später holen.

Er wußte wirklich nicht, warum ihm diese Idee nicht schon früher gekommen war.

Als er jedoch auf ihrer Vorderveranda stand und die Haustür aufschließen wollte, ließ sie sich nicht öffnen. Zwar drehte sich der Schlüssel im Schloß, aber die Tür rührte sich nicht. Er ging zur Seite des Hauses, doch das kaputte Fenster war repariert. Ein Stück Holz war dahinter genagelt worden, so daß er, selbst wenn er es wieder zerbrach, immer noch durch das Holz gehindert wurde.

Es schien fast, als versuche sie, ihn aus dem Haus fernzuhalten. Er bemühte sich, den aufsteigenden Zorn zu unterdrücken. Das mußte ein Irrtum sein. Sie wollte ihn dort bei sich haben. Spätestens, wenn er eingezogen war, würde sie das merken.

Wenn er nur hineinkäme.

Er ließ die Koffer auf der Vorderveranda stehen und ging zur Hintertür. Er war ein wenig beunruhigt, weil dieser blöde Köter drinnen bestimmt zu bellen anfangen, die Nachbarin aufmerksam machen und Quinn erschrecken würde, aber als er dort hinter dem Haus stand, hörte er ihre Dusche rauschen – das Badezimmerfenster stand offen, und wenn es nicht im ersten Stock wäre, hätte er hineinklettern können –, und ihm wurde klar, daß zumindest Quinn weder ihn noch den Hund hören würde, solange sie unter der Dusche stand. Und sie pflegte ausgiebig zu duschen. Manchmal hatte er einfach im Badezimmer gestanden, nur um zu sehen, wie sie, hübsch und wohlgeformt wie sie war, aus der Dusche trat und sich ihre Haare trockenrubbelte –

Er hob ein Stück abgebröckelten Beton neben der Stufe auf – das erste, was er nach seinem Einzug tun würde, wäre, den Garten zu säubern, der in einem verheerendem Zustand war –, und schlug das Fenster der Hintertür ein. Er griff hindurch und drehte den Schlüssel im Schloß herum – es war so unvorsichtig von ihr, den Schlüssel in einer Tür steckenzulassen, die ein Fenster hatte. Als sich die Tür immer noch nicht öffnen ließ, tastete er sich weiter vor, bis er den Riegel gefunden hatte. Sie versuchte, ihn auszusperren. Wie dumm von ihr. Er schob den Riegel zurück und öffnete die Tür.

Der Hund war natürlich dort. Verfolgt von der verfluchten Kreatur, die ohne Unterlaß kläffte, ging er zur Haustür und öffnete sie, indem er den Schlüssel umdrehte und den Riegel zurückschob, von dem sie geglaubt hatte, er würde ihn am Hereinkommen hindern. Dann drehte er sich um und schnappte sich den Köter, bevor er davonflitzen konnte. Die Arme weit von sich gestreckt hielt er den Hund, der aufheulte und lospinkelte, in den Händen, trat mit ihm auf die Vorderveranda und schleuderte ihn so brutal wie möglich in den Vorgarten.

Der Hund überschlug sich und blieb dann regungslos liegen.

Gott sei Dank, endlich war er aus dem Weg geräumt. Er hob seine Koffer von der Veranda auf und brachte sie nach oben in sein Schlafzimmer, um sie auszupacken.

Quinns Nachmittag bei der Polizei war weniger als produktiv gewesen. Sie hatte ihre Anzeige erstattet und Frank Atchity erklärt, was geschehen war, während der sie ohne viel Sympathie, jedoch auch ohne große Feindseligkeit ansah. Bitte nur die Fakten, Ma'am.

»Ich würde gerne noch einmal mit Bill sprechen«, hatte Frank gesagt. »Heute nachmittag müßte er vom Spiel zurücksein. Ich werde Sie dann anrufen.«

»Kann ich bis dahin eine einstweilige Verfügung oder so etwas erwirken?« wollte Quinn wissen. »Ich will wirklich nicht, daß er mir nahe kommt. Er ängstigt mich zu Tode.« Sie mußte daran denken, wie Bill sich am Abend zuvor bedrohlich vor ihr aufgebaut hatte, und begann unwillkürlich zu zittern. »Es scheint fast, als lebe er in einer anderen Welt. Er glaubt wirklich, daß wir wieder zusammenkommen, obwohl ich ihm laufend das Gegenteil sage. Schließlich bin ich ausgezogen und habe ein Haus gekauft. Was kann ich denn noch mehr tun?«

Diesmal schwang ein wenig mehr Sympathie im Franks Stimme mit. »Ich werde mit einem Richter wegen einer einstweiligen Verfügung sprechen. Gehen Sie nach Hause, und lassen Sie ihn nicht herein, falls er auftauchen sollte.«

»Er hat einen Weg ins Haus gefunden«, sagte Quinn. »Wir wissen nicht, wie, vielleicht durch den Keller, aber in jedem Falle war er drin und hat all diese Sabotageakte veranstaltet. Wir haben zwar neue Riegel montiert, aber –«

»Machen Sie sich keine Sorgen«, sagte Frank. »Auf welche Weise auch immer, wir werden das heute nachmittag regeln. Wir sprechen hier vom Coach.«

»Ich weiß, von wem wir sprechen«, sagte Quinn. »Er ist gefährlich.«

Als sie heimkam, war niemand im Haus. »Daddy?« rief sie, aber nur Katie kam ängstlich wie immer angerannt, und plötzlich konnte Quinn nachempfinden, wie sie sich fühlte. Sie verschloß sämtliche Türen und schob die Riegel vor, bevor sie sich ins Wohnzimmer setzte und sich ermahnte, sich nicht lächerlich zu machen. Sie hatte genug zu tun, Frank Atchity würde Bill Einhalt gebieten, ihr Dad bald nach Hause kommen, alles würde gut werden.

Sie ging durchs Haus und kontrollierte alle Fenster zweimal, während Katie hinter ihr hertrabte. Schließlich wurde ihr klar, daß niemand in der Nähe war, solange der Hund nicht anschlug. Katie war der perfekte Bill-Alarm, da sie Bill mit aller Inbrunst haßte, die ein kleiner Hund aufbringen konnte. Solange Katie ruhig blieb, war sie in Sicherheit.

Sie ging nach oben, machte das Bett und freute sich auf ein Wiedersehen mit Nick. *Heute abend,* dachte sie. Heute nacht wäre er wieder da. Und noch weitere Nächte, bis er sich daran gewöhnt hatte, bei ihr zu sein, und dann würde er vielleicht bei ihr einziehen. Selbst wenn er dies nicht tat, waren sie zusammen, und das war einfach wundervoll. Sie könnte sich sogar in Klarsichtfolie einwickeln oder dieses Lustige Witwe-Teil anziehen, das Darla nie wieder sehen wollte. Sie versuchte sich vorzustellen, wie sie in schwarzer Spitze aussah. Nein, sie war mehr der Typ für roten und purpurnen Satin. Sie ging ins Badezimmer und durchwühlte ihre Nachthemden auf der Suche nach etwas wirklich Aufregendem, das Nick ihr vom Leibe reißen konnte. Ihr Blick fiel auf die Uhr. Es war vier. Um fünf hatte er Feierabend.

Sie hörte das Klappern von Katies Krallen, die gleichmäßig im Flur vor dem Badezimmer auf und ab trippelte. Da offenbar kein Grund zur Beunruhigung bestand, streifte sie ihre Kleider ab, um zu duschen. Wenn sie Glück hatten, würde Nick noch vor Joe hier sein, dann konnten sie ungestört noch ein wenig Lärm machen.

Das Wasser fühlte sich wunderbar auf ihrem Körper an; es belebte jeden Muskel, mit dem Nick in der Nacht zuvor und am Morgen gespielt hatte. Leidenschaftliche Gedanken überkamen sie, als sie sich überall einseifte. Vielleicht würden sie es in der Dusche tun. Diese Vorstellung beschäftigte sie, bis sie das Wasser abdrehte und sich kurz schüttelte. Ja, in der Dusche. Sie zog den Duschvorhang zurück.

»Hallo, Quinn«, sagte Bill.

Als Nick um halb vier seine Tür öffnete, stand Joe mit seinem tragbaren Fernseher und einem Müllsack davor.

»Ich ziehe hier ein«, sagte Joe und schob sich an ihm vorbei.

»Den Teufel wirst du tun«, sagte Nick.

Joe ließ den Sack fallen und den Blick prüfend durch die Wohnung schweifen. »Ist das alles?«

»Für einen ist sie groß genug.« Nick zog die Tür wieder auf. »Danke für deinen Besuch.«

Joe schüttelte den Kopf. »Ich werde dich nicht stören. In drei Stunden habe ich eine Verabredung.« Er zwinkerte Nick zu. »Ich führe Barbara ins Anchor Inn aus.«

»Barbara?«

»Ich hatte etwas in der Bank zu erledigen, dabei sind wir ins Gespräch gekommen.«

»Darauf wette ich.« Joe rührte sich nicht vom Fleck, so daß Nick schließlich die Tür wieder zumachte. »Warum bist du nicht bei Quinn?«

Joe schnaubte verächtlich. »Klar doch. Als würde ich Barbara mit ins Haus meiner Tochter nehmen.«

»Hierher bringst du sie aber auch nicht«, sagte Nick. »Ich habe nur ein Bett.«

Joe schob ein paar Bücher und Zeitungen von Nicks Beistelltisch und plazierte den Fernseher darauf. »Du schläfst bei Quinn.« Er nahm Nicks Fernsehgerät unter die Lupe. »Hast du Kabel?«

»Joe, du bleibst nicht hier«, widersprach Nick, aber Joe war bereits auf dem Weg in die Küche.

»Ich habe schon größere Kühlschränke gesehen«, meinte er, als er mit einem Bier zurückkam. »Wenn du erst mal hier raus bist, werde ich einen größeren anschaffen.«

»Ich werde hier nicht ausziehen«, sagte Nick.

»Ich dachte, du ziehst zu Quinn.« Joe drehte den Schraubverschluß ab und nahm einen kräftigen Schluck, während Nick mit dem Gedanken spielte, ihn umzubringen.

»Sie will es nicht«, erklärte er.

Mitten im Trinken hielt Joe inne und verschluckte sich fast. »Was hast du angestellt?«

»Nichts.« Müde davon, sich gegen Joe zur Wehr zu setzen, ließ Nick sich auf das Sofa fallen und dachte an Quinn. »Wenn du die Klappe hältst, darfst du bis sieben bleiben, aber die Nacht wirst du nicht hier verbringen. Geh doch zu Barbara.«

»Du willst Quinn alleine lassen, während Bill frei herumläuft?« Joe schüttelte den Kopf. »Eigentlich habe ich dich für einen besseren Kerl gehalten.«

»Joe, ich habe es versucht.« Nick lehnte sich zurück. »Ich habe ihr gesagt, daß ich bei ihr bleiben will, um auf sie aufzupassen, doch sie meinte nur, sie könne auf sich selbst aufpassen.«

»Ich habe meine Mädchen eben zur Unabhängigkeit erzogen.« Joe hob die Flasche, um sich selbst zuzuprosten, und nahm einen Schluck. Dann wischte er sich über den Mund und sagte: »Aber das hättest du ja wissen müssen.«

Nicks Augen verengten sich. »Fang nicht damit an.«

»Ich habe für dich zwei Frauen zum Heiraten großgezogen, und du läßt mich nicht einmal in deiner Wohnung wohnen.« Joe schüttelte den Kopf. »Keine Dankbarkeit. Ich kann natürlich verstehen, daß du auf Zoë ein bißchen sauer bist, sie ist wahrhaftig nicht ohne. Aber Quinn? Mit ihr zu leben ist ein Kinderspiel. Sie ist so ein liebes Ding. Ich kann nicht verstehen, warum du nicht dortgeblieben bist und deinen Standpunkt verteidigt hast.«

»Joe!«

Joe ignorierte ihn und sah sich wieder im Zimmer um. »Lieber Himmel, wie lange hattest du eigentlich noch vor, hier zu leben?«

»Für immer«, erwiderte Nick kühl. »Ich nehme das zurück mit dem Angebot bis sieben Uhr. Du darfst jetzt gehen –«

»Für immer, pah«, sagte Joe. »Deinen Kühlschrank würde Ford nicht einmal in ein Wohnmobil einbauen, deine Bücherregale bestehen aus Betonklötzen und Brettern, und Kabelfernsehen hast du auch nicht.« Er fing Nicks Blick auf. »Dein für immer sieht mir ziemlich behelfsmäßig aus.«

»Sehr scharfsinnig, Joe«, sagte Nick. »Wenn du dein Bier jetzt austrinken würdest.«

Joe gluckste vergnügt vor sich hin und ging ins Badezimmer. Wahrscheinlich schätzte er dessen Eignung für seinen zukünftigen Gebrauch ab. Nick starrte auf seine Bücherregale und dachte, *Vielleicht sollte ich ein paar neue einbauen.*

Für diesen Gedanken konnte er sich nicht begeistern. Also würde er mit achtzig immer noch Regale aus Steinen und Brettern haben, na und? Die Bücher würden sie auch dann noch halten.

Nur, daß er sich nicht vorstellen konnte, mit achtzig noch immer hier zu wohnen. Das hatte er nie gekonnt. Joe hatte recht; irgendwie war er immer davon ausgegangen, daß dies eine vorübergehende Unterkunft war. Hier hatten seine Eltern nach ihrer Heirat gelebt, bis sie sich ein richtiges Haus hatten leisten können, in dem Max und Darla zunächst gewohnt hatten. Plötzlich wurde ihm klar, daß er stets angenommen hatte, auch er werde irgendwann umziehen.

»In Flugzeugen habe ich schon größere Toiletten gesehen«, meinte Joe, als er aus dem Schlafzimmer trat.

»Joe –«

»Aber wenn man ein bißchen Arbeit hineinsteckt, könnte man eine wirklich nette Junggesellenbude daraus machen.«

»Du machst mich wahnsinnig«, stöhnte Nick. »Das hier ist keine Bude, und du bist kein Junggeselle.«

»Du auch nicht«, entgegnete Joe. »Du bist nur zu dämlich, zu deiner Frau zu gehen und darauf zu bestehen, mit ihr zu leben. Früher oder später wirst du sowieso heiraten.« Mit diesen Worten ging Joe wieder in die Küche und begann, die Schränke zu inspizieren.

»Apropos Eheleben«, meinte Nick spitz, »wie geht es Meggy?«

»Bestens.« Joe zog eine Tüte Salzbrezeln hervor und probierte eine. »Alt und vertrocknet. Du solltest dir ein paar von diesen luftdichten Dosen anschaffen, wie Quinn sie hat. Darin bleiben sogar Chips knusprig.« Er kam mit der Tüte ins Wohnzimmer zurück und setzte sich.

»Verschwinde«, sagte Nick ohne Nachdruck.

»Du willst also hier hocken bleiben.« Joe kaute auf der Brezel. »Das Beste, was dir je widerfahren ist, befindet sich draußen in der Apple Street, aber du bleibst hier in verdrießlicher Stimmung auf deinem Arsch sitzen.«

Nick stand auf. »Da ist die Tür.«

»Was hat sie verlangt, was du ihr nicht geben wolltest?« fragte Joe. »Warum hat sie dich rausgeworfen?«

»Sie hat mich nicht rausgeworfen.« Nick ging zur Tür und öffnete sie. »Sie meinte nur, ich könne nicht eher einziehen, bis ich lieber dort als hier wohnen wolle.«

Joe sah sich um. »Scheint nicht zuviel verlangt zu sein.«

»Raus«, sagte Nick, und Joe legte die Brezeln auf den Tisch.

»Du bist offenbar gestreßt«, meinte er. »Ist wohl besser, wenn ich gehe.« Er hob den Fernseher hoch und bückte sich nach dem Müllsack. »Autsch, verdammt!« Er richtete sich auf und sah erleichtert aus. »Dachte schon, ich hätte mich verrenkt. Das wäre ja schlimm, wo ich doch heute abend so eine vielversprechende Verabredung habe.«

»Eine Tragödie«, bestätigte Nick. »Sei vorsichtig auf der Treppe.«

Joe nickte und ging zur Tür.

»Du ziehst also zurück in Quinns Haus?« wollte Nick wissen und versuchte, sein schlechtes Gewissen zu unterdrücken.

»Nein, ich glaube, ich gehe heim.«

»Zu Meggy?«

»Mir scheint, daß Edie bald ausziehen wird«, erklärte Joe. »Manchmal kann Meggy ziemlich anstrengend sein, wenn man nicht an sie gewöhnt ist. Ich bin an sie gewöhnt.«

»Ich denke nicht, daß das so einfach sein wird«, meinte

Nick, doch Joe schüttelte den Kopf und wandte sich im Türrahmen noch einmal um.

»Du denkst überhaupt nicht, mein Sohn«, sagte er. »Das ist dein Problem. Du folgst einfach deinen Hormonen, anstatt darüber nachzudenken, was du tust.« Joe lehnte sich gegen den Türrahmen, während er, den Fernseher noch immer unter den Arm geklemmt, zu philosophischen Ergüssen ansetzte. »Wenn man es recht betrachtet, sind doch alle Beziehungen wie Autos.«

»Sind sie nicht«, widersprach Nick.

»Die guten sind dazu gemacht, die Unebenheiten abzufangen, sie können kräftige Stöße vertragen, wenn du verstehst, was ich meine. Bei Meggy und mir –« Joe grinste, »gibt's kräftige Stöße.«

»Ich habe noch einen für dich«, meinte Nick. »Meggy und Edie schlafen miteinander.«

»Ich weiß.« Joes Grinsen wurde breiter.

»Das weißt du?«

»Zum Teufel noch mal, ja. Das läuft schon seit Jahren.« Voller Bewunderung schüttelte Joe den Kopf. »Meggy ist eine aufregende Frau, jawohl, das ist sie. Ihr gefällt die Abwechslung.«

»Ich will davon nichts wissen«, wehrte Nick ab.

»Wie ich schon sagte«, meinte Joe und begann, die Treppe hinabzusteigen. »Du denkst nicht weit genug.«

Nick schloß die Tür und schaute sich um. Abgenutzter Teppich, Möbel aus vierter Hand, Regale aus Steinen und Brettern – die Wohnung machte den Anschein, als sei sie ihm egal. Wahrscheinlich, weil sie das war. Es war nichts für immer.

»Scheiße«, sagte er. »Es gefällt mir, alleine zu leben.« Er setzte sich in seinen Lehnsessel und verschüttete Joes Bier. Er holte ein Handtuch aus der Küche – mein Gott, war sie klein im Vergleich zu Quinns – und wischte das Bier vom Boden auf – verdammt schöner Boden, genauso gut wie der von Quinn –, bevor er sich wieder setzte, um zu lesen.

Auch Quinn war jetzt sicherlich zu Hause. Wahrscheinlich machte sie ein Nickerchen, häkelte oder fuhrwerkte in der Küche herum, spielte mit Katie oder telefonierte mit Darla. Wenn er bei ihr wäre, würde sie sich nun mit ihm unterhalten.

Da sieht man es. Unterhalten. Wie sollte er lesen, wenn sie redete?

Er sah auf das Buch hinunter, in dem er auch jetzt nicht las, weil er an Quinn dachte. Wenn er lesen wollte, gab es dort sechs Zimmer, in die er sich zurückziehen konnte. Und außerdem sechs Zimmer, in denen er Quinn finden konnte.

Aber dennoch, wie könnte er all dies hier aufgeben? Wieder schaute er sich in seiner Wohnung um. Sie wirkte scheußlich, kalt und ungemütlich, kein Licht, keine Couch und keine Quinn.

»Ich bin glücklich alleine«, sagte er laut und schaute automatisch auf den Boden, um zu sehen, ob Katie, diese neurotische kleine Ratte, ihm mit schräggelegtem Kopf zuhörte und dabei zitterte.

Richtig, keine Katie.

Scheiße.

Er sollte wirklich bei ihr sein. Bill konnte sich immer noch dort herumtreiben, falls Quinn keine Anzeige erstattet hatte. Ja, vermutlich hatte sie das tatsächlich nicht getan. Das sähe ihr ähnlich, kein Problem verursachen zu wollen, das sie dann lösen mußte. Er sollte besser zu ihr gehen und sich vergewissern, daß sie Anzeige erstattet hatte.

Er legte das Buch zur Seite und stand auf, um zu Quinn zu fahren. *Komm nicht zurück, bevor du nicht aus eigenem Willen zurückkommst,* hatte sie gesagt.

Also würde er schwindeln.

Er war gerade auf dem Weg zur Tür, als das Telefon klingelte. Als er abhob, sagte Patsy Brady: »Sie wollten doch, daß ich Sie anrufe, wenn etwas faul ist.«

Nick überlief es eiskalt. »Was ist passiert?«

»Dieser kleine Hund lief schon wieder frei herum«, erklärte Patsy. »Er hinkte so merkwürdig und winselte, deshalb habe ich ihn durch das Gartentor hineingelassen, und er versuchte, durch die Hintertür ins Haus zu kommen, aber er schaffte es nicht, deshalb bin ich hin, um ihn hineinzulassen –«

»Rufen Sie die Polizei«, unterbrach Nick sie hastig. »Ich bin unterwegs.«

»– und da habe ich gesehen, daß das Fenster in der Hintertür kaputt ist«, beendete Patsy ihren Satz. »Der arme kleine Hund lief genau durch die Glassplitter –«

»Scheiße!« Nick knallte den Hörer auf und rannte zur Tür.

Quinns Schrei hallte durch das kleine Badezimmer, und Bill lächelte. »Hey«, sagte er. »Ich bin's nur.«

Sie riß den Duschvorhang vor ihren Körper und keuchte: »Verschwinde! Verschwinde hier!«

»Jetzt beruhige dich doch.« Noch einmal lächelte er ihr beschwichtigend zu. »Denk doch nur mal einen Augenblick darüber nach.«

»Bill –«

»Ich weiß, daß du dich jetzt aufregst, aber das ist doch bloß reine Sturheit. Du wußtest, daß wir früher oder später wieder zusammenkommen, und ich denke, es ist an der Zeit. Wirklich, alles wird gut.«

Quinn umklammerte den Duschvorhang und kämpfte gegen ihr Zittern an, während er sie ermutigend anlächelte. *Wenn du die Ruhe bewahrst, wirst du hiermit fertig.* Er mochte verrückt sein, aber er war nicht gewalttätig.

Trotzdem.

Ihr Herz verkrampfte sich, und sie biß die Zähne zusammen. Nein, sie würde damit fertig werden. Es wäre allerdings besser, wenn sie nicht nackt in der Dusche stünde. Das war vermutlich auch Janet Leighs letzter Gedanke gewesen, als ihr Tony Perkins einen Besuch abstattete.

»Warum versteckst du dich hinter dem Vorhang, du Dummerchen?« fragte Bill. Quinn zwang sich zu einem Lächeln.

»Du hast mir einen Schrecken eingejagt«, sagte sie. »Ich habe nicht mit dir gerechnet. Ach, könntest du mir wohl ein Handtuch geben?«

»Oh, entschuldige«, sagte Bill und reichte ihr das Handtuch von der Stange hinter sich.

»Danke«, sagte sie und wickelte es sich um den Körper. Auf diese Weise bedeckt, fühlte sie sich weniger verletzlich. Nicht viel, aber ein bißchen. Sie schob den Duschvorhang zurück und trat auf die Badematte; das Wasser tropfte aus ihrem nassen Haar. »Ich ziehe mir nur schnell etwas an, bin sofort wieder da«, woraufhin er sagte: »Ich komme mit, dann können wir reden.« Er folgte ihr durch den Flur und beschleunigte seinen Schritt, um sich ihrem Tempo anzupassen.

Sie versuchte, ihm die Schlafzimmertür vor der Nase zuzuschlagen, doch er hielt seine flache Hand dagegen, also zog sie sich auf die andere Seite des Bettes zurück und stolperte dabei über die Koffer, die er am Fußende ihres Bettes aufgestapelt hatte. Da sie leer waren, kippten sie sofort um und rutschten gegeneinander, und sie machte einen Satz nach hinten und starrte sie an, bis sie ruhig lagen.

»Entschuldige«, sagte er, »ich werde sie später im Keller verstauen.« Auf der panischen Suche nach Kleidungsstücken, und um dem zu entgehen, was auch immer er zwischen jetzt und diesem »später« zu tun gedachte, riß sie die oberste Schublade ihres Waschtischs auf.

Ihre gesamte Unterwäsche war fort. An ihrer Stelle lag seine Wäsche darin, T-Shirts, Shorts, Socken.

»Wo sind meine ... Sachen?« fragte sie und bemühte sich um einen normalen Tonfall.

»Diese Schundwäsche paßte nicht zu dir«, sagte er. »So bist du nicht.«

Doch, bin ich. »Okay«, sagte sie und griff nach einem seiner T-Shirts aus der Schublade. »Okay, na schön.«

»Wir werden weitaus mehr Stauraum haben, sobald der Anbau fertig ist«, erklärte er und machte einen großen

Schritt über die Koffer, um sich aufs Bett zu setzen. »Ich dachte, wir könnten heute abend zum Essen ausgehen und alles besprechen, damit wir sofort nach Ferienbeginn anfangen können.«

Sie blickte in sein ruhiges, überzeugtes Gesicht und versuchte zu erkennen, ob er gewalttätig werden würde, wenn sie ihm die Wahrheit sagte. Vielleicht war es das Beste in dieser Situation, ihm nicht zu widersprechen, sondern einfach nur zu ignorieren, was er sagte. Sie zog sich das T-Shirt über den Kopf, obwohl es sie anwiderte, daß es sein T-Shirt war, aber sie war nicht in der Position, kleinlich zu sein. Das Handtuch hielt sie darunter wie einen voluminösen Sarong um sich geschlungen, obwohl ihr das T-Shirt bis zu den Knien reichte. Je mehr Stoff zwischen ihnen, um so besser.

»Mein Dad wohnt auch hier, weißt du«, sagte sie beiläufig. »Er müßte jeden Augenblick zurückkommen.«

Bill schüttelte den Kopf. »Das bezweifle ich. Edie ist zurück in ihre Wohnung gezogen, daher ist er wahrscheinlich wieder bei deiner Mutter.«

»Edie ist wieder ausgezogen?« Quinn war wie vom Donner gerührt und hatte plötzlich Angst. Wenn ihr Dad nicht zurückkam –

»Die Mütter hatten beim Spiel kein anderes Gesprächsthema«, erklärte Bill. »Außerdem habe ich gehört, daß Darla wieder zu Max zurückgekehrt ist. Da wußte ich, daß auch für uns der Zeitpunkt gekommen ist.«

»Bill, es gibt kein ›uns‹.« Ängstlich beobachtete Quinn ihn, um zu sehen, ob er verärgert aussah.

»Natürlich gibt es das.« Geduldig wie immer schüttelte Bill den Kopf. »Das letzte Mal, als ich zu dir gezogen bin, hast du dich genauso benommen. Ich habe es immer wieder vorgeschlagen, du hast dich gewehrt, doch dann bin ich einfach eingezogen, und alles war in bester Ordnung. Mit der neuen Wohnung war es genau dasselbe. Nachdem ich unseren Umzug erledigt hatte, hast du dich gefreut.« Er zuckte mit den

Schultern. »Manchmal weißt du eben nicht, was du willst, bis ich es dir zeige.«

Quinn öffnete den Mund, um zu protestieren, schloß ihn dann jedoch wieder. Er hatte recht. Nicht mit dem, was sie wollte, aber sie hatte stets nachgegeben. Er war nicht verrückt, weil er dachte, daß es wieder funktionieren würde.

Er war einfach nur verrückt, Punkt.

»Ich wollte es nicht«, sagte sie vorsichtig und beobachtete seine Augen, um zu sehen, ob er böse wurde. »Ich wollte nur keine Probleme verursachen, indem ich mich darüber streite. Es war dumm von mir, und genau das hat uns in diesen Schlamassel geführt, in dem wir nun sitzen, aber ich wollte es nicht.«

»Wir sind genauso, wie wir immer waren«, sagte Bill beinahe zu sich selbst, doch sie widersprach: »Nein. Bill, sieh mich an. Ich habe mich *verändert.*«

Er grinste sie an. »Für mich siehst du genau wie immer aus. Du hast oft in einem meiner T-Shirts geschlafen, weißt du noch? Alles genau wie immer.«

»Nichts ist wie immer. Ich habe dir doch gerade gesagt, daß ich mich verän-«

»Menschen ändern sich nicht«, unterbrach er sie. »Sie glauben das vielleicht, aber in Wirklichkeit tun sie es nicht. Tief im Inneren bleiben sie immer dieselben. Sieh dir nur Max und Darla an. Und dein Dad zieht bestimmt wieder bei deiner Mom ein. Genau, wie ich wieder bei dir bin. Menschen machen schon mal Dummheiten, aber sie ändern sich nicht wirklich.«

»Nun, ich schon«, sagte Quinn. »Und ich bin nicht –«

»Nein, auch du nicht«, fiel Bill ihr ins Wort. »Na schön, du hast dein Haar abgeschnitten, aber das wird wieder wachsen. Im September wirst du wieder Kunstunterricht mit langen Haaren geben, genau wie immer. Du bist die gleiche geblieben.« Er wedelte mit der Hand durch das Zimmer. »Du hast dieselben Möbel in diesem Schlafzimmer, dieselben Bilder an den Wänden. In der Küche hast du das Sieb neben dieses Kinderbild gehängt, genau dorthin, wo es in unseren beiden anderen Wohnungen hing. Du hast dich nicht verändert.«

Quinn blinzelte ihn an. Er hatte recht.

»Und ich weiß, daß du denkst, ich gehöre nicht hierher, aber warte ab.« Er nickte ihr zu. »Es wird so sein, wie es immer war.«

»Ich habe mich in Nick verliebt«, platzte sie hervor, um mindestens genauso sich selbst wie ihm zu beweisen, daß sie sich verändert hatte.

»Nein, du liebst ihn«, korrigierte er sie liebenswürdig. »Das hast du immer schon getan. Du hast nur die Art dieser Liebe verwechselt, weil ich nicht bei dir war.«

»Ich schlafe mit ihm«, sagte Quinn. »Mir ist die Art ziemlich klar, wie ich ihn liebe.«

»Nein«, widersprach Bill. Seine Miene verfinsterte sich, und ihr wurde wieder bewußt, wo sie war und in welcher Klemme sie steckte. »Sag ihm einfach, daß du ihn nicht auf diese Weise liebst. Es war ein Fehler, er wird das verstehen. Du kennst doch Nick, er will sowieso keine feste Beziehung.«

»Okay, jetzt hör mir mal zu«, sagte Quinn so gefaßt wie möglich. »Vermutlich hast du recht, wenn du sagst, ich hätte mich nicht geändert« – er lächelte sie an – »weil ich glaube, ich habe Nick immer schon geliebt.«

»Nein.«

»Ich glaube, ich habe ihn geliebt, als ich Zoë überredete, ihn zu heiraten«, fuhr sie fort und bemühte sich um einen möglichst ruhigen Tonfall. »Ich glaube, ich war einfach nur der Meinung, er sei unerreichbar für mich. Deshalb wollte ich Zoë sein. Damit ich ihn haben konnte. Weil ich ihn immer schon geliebt habe.«

»Nein«, sagte Bill und stand auf.

»Und er hat mich immer schon geliebt.« Quinn wich einen Schritt zurück, während sie mit ihrer Alles-in-Ordnung-Stimme weitersprach. »Und jetzt sind wir so zusammen, wie es hätte von Anfang an sein sollen –«

»Nein.« stieß Bill hervor.

»– deshalb mußt du jetzt gehen.«

»Das ist doch *lächerlich*«, brauste er auf. »Ich habe ausgepackt. Ich werde nicht gehen, meine ganzen Sachen sind hier.«

Sie wollte zu argumentieren beginnen, als jemand laut gegen die Hintertür pochte. Einen Augenblick erstarrten sie beide. Sie hörte Katies Krallen auf dem Küchenboden und ihr Jaulen, und Bill sagte: »Verdammter Mist, ich hatte diesen Hund doch rausgeschmissen. Wer zum Teufel –«

»Du hast *was* getan?« Quinn stieß ihn beiseite und rannte zum Treppenabsatz, während Katie die Stufen heraufhumpelte und vor Schmerz und Angst winselte. *»Was hast du ihr getan?«* schrie sie Bill an und hob Katie auf den Arm, um sie zu streicheln und herauszufinden, was ihr fehlte.

»Dieser Hund verschwindet«, sagte Bill mit seiner Master of the Universe-Stimme, und als sie sich umdrehte, griff er nach dem Tier.

»Nein!« schrie sie und rannte, zwei Stufen auf einmal nehmend, die Treppe hinunter, um Katie in Sicherheit zu bringen.

»Verdammt noch mal, Quinn«, rief Bill ihr hinterher, und in dem Moment, als sie unten auf den Boden sprang, hörte sie, wie Bill die Treppe hinabstürmte. *»Gib diesen dämlichen Köter her«*, rief er. Sie drehte sich gerade noch rechtzeitig um, um zu sehen, wie er die Balance verlor und nach dem Treppengeländer griff. Als er daran mit seinem ganzen Gewicht Halt suchte, brach es aus der Wandhalterung, und er schrie auf und fiel gegen die gegenüberliegende Wand, während sie ins Eßzimmer hastete, wobei sie die zitternde Katie noch immer umklammerte.

Sie hörte, wie er hart auf den unteren Stufen landete, aber in diesem Augenblick war sie bereits an der Haustür und tastete hektisch nach dem Schlüssel, während sie ihn fluchen hörte, als er versuchte, sich aufzurichten. Sie hielt Katie mit einem Arm fest, während sie den Schlüssel ins Schloß steckte, umdrehte und die Tür aufriß. In diesem Moment packte er sie von hinten, zerrte an dem T-Shirt und versuchte, ihr Katie zu entreißen. Sie fiel durch die Haustür, während sich seine Fingernägel in ihren Rücken krallten, und stolperte über die Veranda zur Treppe. Sie hielt Katie immer noch fest, strauchelte und suchte nach Halt am Verandageländer, das sich aus der Verankerung löste. Quinn riß ein Stück davon mit sich, als sie ins Gras fiel. Sie ließ Katie los und schrie: »Lauf, Katie, lauf!«, während sie sich mühsam aufzurichten versuchte und sich nach Bill umdrehte, der mit wutverzerrtem Gesicht mit einem Satz auf die oberste Stufe sprang. Die zerbrach unter ihm. Er stürzte nach vorn und landete hart auf dem Boden, wobei seine Hand vorschoß, um Katie einen Fausthieb zu versetzen. *»Nein!«* schrie Quinn und warf sich zwischen Bill und den Hund, um Katie zu schützen.

»Ich bringe dieses Mistvieh um«, stieß Bill hervor und schob Quinn brutal zur Seite, um, nun wieder auf den Füßen, an ihr vorbei zu kommen. Mühsam richtete sie sich vor ihm auf und sagte: »Hör auf, *laß sie in Ruhe*«, doch er versetzte ihr einen Hieb und räumte sie damit aus dem Weg.

»Ich habe dir doch gesagt«, sprach er mit ruhiger und sicherer Stimme, *»du wirst diesen Hund nicht behalten.«* Er schob sich an ihr vorbei und langte nach Katie, die zitternd und jaulend zurückwich. Quinn ergriff das abgebrochene Stück des Verandageländers, das im Gras lag und schlug ihm damit auf den Hinterkopf.

Wie ein Stier schüttelte er kurz den Kopf und drehte sich zu ihr um. *»Gib mir dieses verfluchte Teil.«*

Rückwärts tastete sie sich eine Stufe hoch. »Du hörst mir jetzt zu«, sagte sie kochend vor Wut. »Ich hasse dich. Ich hasse alles an dir. Ich will, daß du von meinem Grundstück verschwindest und aus meinem –«

Er versuchte, ihr das Geländerstück zu entreißen, doch sie schmetterte es auf seine Hand und traf ihn genau an den Fingerknöcheln. Er fluchte.

»Verschwinde hier«, stieß sie hervor. Wieder griff er nach

ihr, aber in diesem Moment verbiß Katie sich in sein Hosenbein und zerrte daran in dem Versuch, ihn zurückzuziehen. Er drehte sich um und versetzte ihr einen brutalen Tritt, sie jaulte auf, und Quinn rastete vollends aus. Mit voller Kraft ließ sie das Geländer auf seinen Hinterkopf knallen.

Er schwankte und fuhr herum. Wieder holte sie Schwung und traf ihn hart am Ohr. »Komm nie wieder« – *klatsch,* als er zurückfiel und den Kopf schüttelte – »in die Nähe« – *klatsch* auf seine Schulter – »meines Hundes«, saus, ein Fehlschlag, weil er sich duckte – »oder in meine Nähe!« – *klatsch* auf seinen Nacken, und er sank auf die Knie. Noch einmal schwang sie das Geländer durch die Luft, um ihm einen letzten Schlag zu versetzen, diesmal zwischen die Augen – *zur Hölle* mit den vernünftigen Lösungen –, als sie jemand von hinten ergriff und wegzerrte. Sie sträubte sich und wollte auch diesen Angreifer schlagen, als er ihr das Geländer aus der Hand zu winden versuchte und atemlos sagte: »Ich glaube, du hast deinen Standpunkt klargemacht. Genug jetzt.«

»Nick?« fragte sie. Er hielt sie einen Augenblick fest umschlungen, bevor sie sich freikämpfte und verzweifelt nach Katie rief.

Sie fuhr herum, als sie hörte, wie Katie den angeschlagenen Bill anknurrte, der ins Gras zurückgefallen war. In diesem Moment fuhr Frank Atchitys Streifenwagen vor.

Frank überquerte den Rasen in seinem üblichen schlendernden Gang. Quinn ließ das Verandageländer fallen und versuchte, eine Unschuldsmiene aufzusetzen.

»Ihre Einstellung zum Coach ist mir jetzt klar«, meinte Frank zu ihr, als er auf Bill hinabblickte. Er schüttelte den Kopf. »Ich glaube, so hart mag sie es nun auch wieder nicht, Bill.«

Bill ließ seinen blutenden Kopf zurückfallen, und während Frank ihm seine Rechte vorlas, mischte sich Katie ein und begann zu bellen.

»Ich ziehe ein«, sagte Nick zu Quinn. Überrascht sah sie

ihn an. »Für mich. Ich liebe dich. Das habe ich immer getan.« Er schaute zu Bill hinunter. »Außerdem kann ich ruhiger schlafen, wenn ich weiß, wo das Verandageländer ist. Meine Güte, du hast ordentliche Arbeit geleistet. Ich denke, nun dürfte er es kapiert haben.«

Mitten im Verlesen der Rechte brach Frank ab und sah Katie mißbilligend an. »Hund, wenn er mich nicht hören kann, wurde er nicht gewarnt.« Er bückte sich, um Katie zu streicheln und zu beruhigen. Sie hockte sich auf den Boden und pinkelte neben Bills Ohr.

»Gut«, lobte Quinn und versuchte, ihre Atmung wieder zu normalisieren. Der Schreck wegen Katie saß ihr noch immer in den Knochen. »Dieser Mistkerl *hat meinen Hund verletzt.*«

»Das war sein erster Fehler«, sagte Nick. »Komm jetzt, zieh dir etwas an, dann fahren wir mit ihr zum Tierarzt.«

Quinn warf einen letzten Blick auf Bill. Sie blieb an seinen Augen haften. Keine Spur von Überheblichkeit war mehr darin zu lesen. *»Nie wieder«,* sagte sie, und er drehte den Kopf weg. »Komm, Katie«, rief sie, und Katie humpelte zu ihr, sie japste wegen der angestrengten Kläfferei, zitterte aber nicht mehr.

Das Autokino eröffnete am ersten Samstag im Juni. Quinn und Nick parkten in der letzten Reihe, weil Quinn in der High-School nie dort gewesen war. »Ich bin immer nur mit anständigen Jungs ausgegangen, die keine Annäherungsversuche machten«, erklärte sie Nick, der erwiderte: »Nun, diese Zeiten sind vorbei.«

»Ich war heute kurz bei Mom zu Besuch«, sagte sie, als der Comic-Vorfilm begann: ein schwarzweißer Woody Woodpecker in einem Betonmischer. Sie kuschelte sich an seine Schulter.

Nick bot ihr eine Tüte Popcorn an und fragte: »Was gibt's Neues?«

»Die Kabelgesellschaft hat jetzt auch ESPN2 und Golf Channel ins Programm genommen.« Quinn nahm sich eine Handvoll Popcorn, während Katie eine oscarreife Vorstellung eines verhungernden Hundes bot. »Dad trifft sich nicht mehr mit Barbara, weil sie ihn an sich binden wollte, aber er hat ihr erklärt, er sei schon an Mom gebunden. Mom und Edie waren bei einem Garagenverkauf.«

Nick lachte.

»Dabei fällt mir ein«, sagte Quinn und setzte sich aufrecht, »ich habe Barbara heute gesehen, und ich schwöre bei Gott, daß sie aussieht wie Prinzessin Diana. Meinst du, sie plant eine Reise nach England? Sollten wir Charles warnen?«

»Ich weiß es nicht und will es auch nicht wissen.« Nick streckte den Arm nach ihr aus und zog sie wieder an sich. »Barbara ist keine gute Erinnerung.«

»Für einige Leute schon. Lois hat Matthew rausgeworfen.« Entspannt und voller Zufriedenheit lehnte sich Quinn an ihn. »Sie meinte, ohne ihn hätte es ihr besser gefallen, und das hätte sie nie erfahren, wenn Barbara ihn ihr nicht ausgespannt hätte. Sie sagt, daß sie sie zwar noch immer hasse, aber sie bezeichnet sie nicht mehr als Bankschlampe.«

»Es geht doch nichts über ein Happy End.« Nick sah an ihr vorbei zu Katie, die das Popcorn aufgegeben hatte, statt dessen aus dem offenen Beifahrerfenster spähte und nach möglichem Ärger Ausschau hielt, dabei jedoch relativ gelassen blieb, als ob sie wisse, daß Bill mindestens für den Rest ihres Lebens hinter Gittern saß. »Paß auf, daß der Hund nicht aus dem Fenster springt. Dieses Jahr haben wir genug für gebrochene Hunderippen bezahlt.«

Quinn tätschelte Katies Hinterteil. »Sie läuft nicht weg.«

Katie ließ ihre Vorderpfoten am Fenster abrutschen und wandte ihre Aufmerksamkeit wieder dem Popcorn zu. Humpelnd machte sie einen Schritt über den Sitz auf sie zu und winselte kläglich.

»Ist dir eigentlich schon aufgefallen, daß der Hund nur

hinkt, wenn er etwas will?« fragte Nick. Quinn fütterte sie mit einem Stück Popcorn und sagte: »Ja. Ist sie nicht klug?«

»Nein«, erwiderte Nick und beugte sich vor, um das Handschuhfach zu öffnen. »Popcorn ist nichts für Hunde. Gib ihr einen Hundekuchen.«

»Du hast Hundekuchen in deinem Handschuhfach?«

»Na und?« wehrte Nick ab und lenkte das Gespräch in sicherere Bahnen. »Wie geht es Edie und deiner Mom und deinem Dad denn nun wirklich?«

»Nun, soweit ich das beurteilen kann, sieht Edie erleichtert aus, Mom sieht adrett aus, und Daddy sieht fern.« Quinn grinste ihn durch die zunehmende Dämmerung an. »Sie sind ziemlich glücklich, glaube ich. Es ist so, als kehrten die Dinge nach einem wirklich schönen Urlaub zur Normalität zurück. Oh, und Edie erzählte, daß das Schulgremium heute nachmittag dafür gestimmt hat, Dennis Rule als Rektor an die Schule zu holen.«

»Der arme alte BP«, meinte Nick. »Wenn Bill nur das Turnier gewonnen hätte –«

»Das hätte keinerlei Unterschied gemacht.« Quinn versuchte, die Genugtuung in ihrer Stimme zu unterdrücken, aber es gelang ihr nur schwer. »Er hat es sich selbst vermasselt. Als der Vorsitzende das Abstimmungskomitee zusammenstellte, hat er Leute ausgewählt, die wissen, wie es in der Schule läuft.«

»Also?«

»Also hat er Greta ins Komitee berufen«, erklärte Quinn und bemühte sich nicht einmal, ihr Grinsen zu verbergen. »Was hätte ich dafür gegeben, Bobbys Gesicht zu sehen, als er das hörte. Obwohl ich vermute, daß er mit seinem durch Drähte zusammengehaltenen Kiefer keinen besonders starken Gesichtsausdruck hinkriegt.«

»Dann ist also jeder glücklich«, sagte Nick. »Außer mir.«

Quinn setzte sich auf. Eine Minute lang schlug ihr Herz wie wild. »Du bist nicht glücklich?«

Er schüttelte den Kopf, und selbst im Zwielicht konnte sie sehen, daß er etwas auf dem Herzen hatte.

»Ich finde, wir brauchen eine Veränderung«, sagte er.

»Bist du verrückt?« fragte Quinn. »Das Leben ist verflixt noch mal fast perfekt, und du willst –«

Er sah sie an. »In Betten, auf Sofas, an Bühnenwänden, auf der Küchenanrichte, im Garten, im Badezimmer der Werkstatt.« Er schüttelte den Kopf. »Immer derselbe alte Kram. Wir werden langweilig.«

Seine dunklen Augen hafteten auf ihr, und sein Körper fühlte sich hart und warm an, als er sich näher beugte. Er war so aufregend und liebenswert und zuverlässig, er war alles, was sie wollte. *Ich bin wirklich eine glückliche Frau,* dachte Quinn, fragte jedoch unverbindlich: »Worauf willst du hinaus?«

Er ließ seine Hand unter ihren Pullover gleiten, während er sich zu ihr beugte und ihr ins Ohr flüsterte. Sie erschauerte, als jede Faser ihres Körpers zum Leben erwachte. »Hattest du schon mal hemmungslosen lauten Sex auf dem Vordersitz eines Pickups im Autokino, während die ganze Stadt um dich herum eine wirklich schlechte Kopie der *Bachelor Party* sieht und dein Hund dein Popcorn auffrißt?«

»Es ist Zeit für eine Veränderung«, wisperte Quinn und zog ihren Pullover aus.

Danksagung

Diese Gelegenheit möchte ich nutzen, um der Fakultät der Ohio State University, Abteilung für Kreatives Schreiben, meinen lange überfälligen Dank auszusprechen. Besonders bedanke ich mich bei Lee K. Abbott, Melanie Rae Thon, Lore Segal, Michelle Herman und Bill Roorbach für ihre Unterstützung, ihre Beratung und ihren Sachverstand. Ich möchte auch den Gastprofessoren Ron Carlson und Alice MacDermott danken, von denen ich in so kurzer Zeit so vieles gelernt habe, sowie Christopher Griffin und Cartha Sexton, die sich des organisatorischen Teils meiner Ausbildung annahmen, so daß ich meinen akademischen Grad erlangen konnte. Schließlich bin ich meinen Kommilitonen des Kreativen Schreibseminars für ihren Zuspruch und ihre Begleitung zu Dank verpflichtet, da sie mir die große Ehre erwiesen, meine Arbeit mit Achtung und Aufmerksamkeit zu behandeln. Besonderen Dank schulde ich Will Allison, Richard Ashbrook, Michael Azre, Michael Charlten, Jennifer Cognard-Black, Kristina Emick, Polly Farquhar, David Ferguson, Kathryn Flewelling, Steve Guinan, Vicki Henriksen, Michael Lohre, Jeff MacGregor, Bruce Machart, Susan McGowan, Susan Metcalfe, Tom Moss, Jason Nunemaker, Dan O'Dair, Bruce Ortquist, Todd Renger, Bonnie Riedinger, Vicki Schwab, John Shamlou, Deborah Sobeloff, Tamara Stevens, Laura Swenson, Mary Tabor, Rick Vartorella und Deborah Way. Jeder, den ich vergessen haben sollte, möge es mir nachsehen.